MIKHAIL BAKHTIN

바흐친의 산문학

바흐친의 산문학

게리 솔 모슨 · 캐릴 에머슨 지음 오문석 · 차승기 · 이진형 옮김

MIKHAIL BAKHTIN
CREATION OF A PROSAICS

앨
ㄹ피

이론가는 개념을 창안하는 사람이다. 그 개념의 생존력이 이론가 및 이론의 수명이기도 하다. 바흐친이라고 해서 예외가 될 수는 없다. 바흐친이 새로 만들거나 수선한 개념들은 많지만, 오늘날 그 개념들의 생존율은 그리 높아 보이지 않는다. 다성성, 카니발, 크로노토프 등의 개념은 이제 철 지난 유행어처럼 보인다. 그래서 바흐친의 이론가로서의 수명은 다한 것처럼 보인다.

그러나 이것은 특정 이론가를 그의 개념으로만 환원했을 때의 이야기다. 유행성 개념 소비자의 눈에는 그것이 얼마나 최신의 것인가만이 중요할 뿐이다. 바흐친의 개념어들이 더 이상 논문 시장에서 자주 목격되지 않는다고 해서 그 수명이 다한 것으로 생각해서는 안 된다. 그 개념들은 바흐친의 말대로 이미 다른 언어, 다른 개념들 속에 대화적으로 침투해 있기 때문이다. 그 개념들의 형체는 알아볼 수 없을지라도, 최신 이론가들의 작업에서 바흐친의 문제의식을 발견하기는 어렵지 않다. 상호텍스트성에서 시작해서 반反아리스토텔레스적 문예학, 아이러니, 패러디, 다문화주의, 타자성 등등으로 이어지는 유행어들 사이에서 바흐친의 개념은 이미 사라진 사다리가 된 지 오래다. 충분한 대화적 관계를 유지하면서 말이다.

그것은 이 책의 특징에서도 드러난다. 이 책은 물론 바흐친의 주요 개념들에 대한 연대기적 추적을 통해 그 입체성을 드러내고자 했다. 그래서 이 책은 바흐친의 주요 개념들을 습득하는 데 많은 도움을 준다. 하지만 이 책의 장점은 거기에 그치지 않는다. 오히려 이 책의 특장은 바흐친의 사유 방식을 그대로 저술의 방법론 차원으로 끌어올렸다는 데에서 발견된다. 말하자면 이 책의 주인공은 분명 바흐친이지만, 저자들은 저술 과정에서 주인공인 바흐친뿐 아니라 바흐친 연구자들과의 대화적 관계를 끊임없이 상기하고 있다는 것이다.

따라서 이 책은 바흐친의 사유 '체계'를 제시하는 데는 관심이 없다. 그렇게 하는 것은 오히려 사상의 체계화에 끊임없이 반대했던 바흐친의 취지를 정면으로 배반하는 것이기 때문이다. 오히려 그의 사유 및 개념들을 경쟁적 이론가들과의 대화적 관계 속에서 설명함으로써 그의 사유를 종결짓지 않고 개방하려는 의도가 농후하다. 이 책에서 바흐친의 사유가 직선적 발전과 최종적 완결의 형식을 띠지 않는 이유가 여기에 있다. 그의 사유는 때로 바흐친 모임으로 알려진 동료들의 사유와 자주 혼합되고, 당시의 통치 체제와 대결하기 위해 균형을 잃고 극단으로 치닫는가 하면, 이전의 사유를 수정하는 데에 거침이 없기도 하다.

이 책의 저자들 또한 바흐친을 당대의 지배적 이즘으로 환원하지 않으려는 노력을 경주하고 있다. 그것은 바흐친이 법칙과 체계로 환원되지 않는 지점에 관심을 집중하는 이론가이기 때문이다. 그 지점이란 바로 산문적 일상을 가리키는 것으로, 바흐친은 그 일상에서 잠재적 창조성의 비밀을 발굴하고자 했던 것이다. 그러므로 바흐친은 산문적 일상을 부정하고 일상에서 분리·이탈하는 지점에서 예술의 궁전을 짓고자 하는 모든 유미주의적, 낭만주의적 시도에 대해 비판적이다.

그것은 삶과 예술을 일치시키고자 했던 아방가르드의 시도를 닮았다. 하지만 삶에서 예술을 실현하고자 했던 아방가르드를 말하는 것이 아니다. 바흐친은 삶을 향해서 시(즉, 낯설게 하기)를 강요했던 러시아 형식주의와 정면으로 대립되는 위치에 있기 때문이다. 그는 오히려 시에서 삶이, 삶의 원리가 실현될 것을 강조한다. 삶의 원리가 곧 산문적 일상성이라고 한다면, 시는 산문적 일상성을 수용하고 그것을 견뎌야 하는 것이다. 그래서 산문적 일상성을 품을 수 없는 시 대신에 소설이 이상적 장르로 선택된 것이다. 소설에서 실현되는 것은 따라서 일상에서도 발견되는 현상이기도 하다.

이때 일상적 산문성의 모델은 대화적 관계에 있다. 물론 그것은 문자를 매개로 하는 의사소통적 상황을 말하는 것이 아니다. 오히려 바흐친의 대화적 관계는 '작가-독자'의 관계보다는 '화자-청자'의 관계를 더 근원적인 경험으로 설정한다. 말하자면, 문자에 의존하는 대화는 구술성에 의존하는 대화의 형식에서 파생된 현상이라는 것이다. 그것은 성인의 언어관을 유아기 언어 관습의 파생물로 이해하는 것과도 관련이 있다. 아무튼 바흐친의 일상적 산문성 모델은 문자문화 이전의 구술문화에 근거하는 것이고, 문자문화에서 그러한 관계가 억압되고 있다는 것이다. 문자는 반복될 수 있지만, 입에서 나간 언표는 결코 반복될 수 없다는 것만 봐도 그렇다. 물리적으로 상대방을 대면해야만 가능한 구술문화에서는 모든 말이 이미 항상 대화적일 수밖에 없다. 상대방의 반응에 따라서 말의 내용과 형식이 수시로 달라지는 것만 봐도 그렇다.

언어의 대화적 관계가 문자 중심의 생활문화에서는 잊혀졌던 것인데, 바흐친은 그것을 망각에서 건져 올린 것이다. 이처럼 타자의 언어를 이미 항상 포함하고 있는 일상의 대화적 관계에서 그는 창조적 잠재력의 비밀을 발굴하고자 한다. 그러므로 형식주의자들이 일상을 벗어난 지점에서 예술이 시작된다는 것을 설명하기 위해 만들어 낸 '낯설게 하기'조차도, 사실은 낯선 타자의 언어를 이미 항상 품고 있는 일상의 평범한 대화적 관계 속에서 이미 발견되는 현상이다. 일상이 곧 창조적 예술성의 터전인 것이다. 그러므로 이 책의 저자들이 산문적 일상성을 무자비하게 파괴하는 데만 관심을 두는 카니발의 축제가 바흐친답지 않다고 보았던 데에는 이유가 없는 것이 아니다.

하지만 바흐친의 진술조차도 바흐친답지 않은 구석이 있다는 것은 바흐친의 사유 자체가 이미 항상 대화적 관계 속에 놓여 있다는 것을 입증한다. 이 책의 저자들이 제공하는 바흐친의 총괄 개념들조차도 바흐친의 사유가 진행되는 과정에서 대화적 관계를 유지하며 서로 경쟁하는 모습을 확인할 수 있다. 이처럼 이 책은 바흐친을 죽은 개념들의 무덤으로 만들지 않고, 살아 있는 대화의 상대로 만들고자 노력한 결과물이라 할 수 있다. 따라서 이 책을 통해서 독자는 바흐친의 사유를 다시 한 번 생동감 있게 추체험하는 경험을 하게 될 것인데, 이것이 바로 바흐친에 대한 숱한 소개서들과 이 책이 차별되는 지점이다.

이전 번역본이 이미 절판된 지 오래되었으므로, 역자들은 시간을 두고 이번 개역판을 통해서 새롭게 오역을 바로잡고 읽히지 않는 문장을 손질할 수 있었다. 물론 번역이란 항상 만족할 수 없는 지점에서 열린-채-끝남을 경험하게 하는 것인지도 모르지만, 최선을 다했다는 것으로 변명이 될지는 모르겠다. 절판된 책의 재출간을 기꺼이 허락해 주시고, 꼼꼼하게 교정하고 편집까지 해 주신 도서출판 앨피에 항상 감사할 따름이다.

2020년 6월
역자 일동

일러두기

- 이 책은 Gary Saul Morson · Caryl Emerson, *Mikhail Bakhtin: Creation of a Prosaics* (Stanford, CA: Stanford Univ. Press, 1990)를 옮긴 것이다.
- 고딕체로 처리한 부분은 원서상의 강조 어구다.
- 이 책에서 인용되는 문헌의 자세한 서지 사항은 참고문헌에서 찾아볼 수 있다. 영어권 문헌이 아님에도 문헌의 한글 제목 옆에 원제 대신 영어 제목을 달아 준 경우가 많은데, 이는 참고문헌과의 연계를 위해서다.
- 외래어 표기는 현행 외래어 표기법을 따랐으며, 러시아어의 경우 2006년 1월에 고시된 새 표기법을 따랐다.

차례

제1부 ——————————— 핵심 개념들과 시대

제1장 — 총괄 개념들: 산문학, 종결불가능성, 대화 · 47

제5장 ── 심리학: 자아 저술하기 · 311

제6장 ─ 다성성: 주인공 저술하기 · 407

제3부 ──────────── 소설의 이론들

제7장 ─ 장르의 이론 · 471

제8장 ─ 산문학과 소설의 언어 · 527

제9장 — 크로노토프 · 625

전기적 스케치

미하일 바흐친Mikhail M. Bakhtin은 1895년 11월 16일 러시아의 오룔(모스크바 남쪽)에서 개방적이고 교양 있는 가정의 다섯 자녀 중 둘째로 태어났다. 그의 부친은 은행 지점장으로 일했다. 바흐친은 제정러시아의 국경 지역에 위치한 두 국제도시 빌뉴스와 오데사에서 성장했으며, 페트로그라드 대학교에서 고전학과 문헌학 학위를 취득했다(1913~1918). 그가 고전학 교육을 받았다는 사실은 저작에서 화제와 사례를 선택하는 것을 보면 분명히 알 수 있다.

졸업 후 바흐친은 내전 기간 동안 수도에서 겪게 될 끔찍한 궁핍을 피하고자 러시아 서쪽에 있는 네벨이라는 작은 도시로 이주하여, 그곳에서 교사로 일하며 철학·종교·정치학의 관계를 탐구하는 일련의 강의와 연구 모임에 참여했다. 1920년, 바흐친은 샤갈Marc Chagall의 고향이자 예술적 아방가르드의 중심지인 비텝스크에 다시 정착했다. 여기서 볼로시노프V. N. Voloshinov와 메드베데프P. N. Medvedev를 포함하는 연구 모임의 회합이 계속되었다. 1920년대 초에 바흐친은 선배들의 신칸트주의에 반대하면서 도덕적 책임의 본성과 미학에 대한 중요한 논문들을 썼다. 경제적으로도 정치적으로도 나라가 좀 더 안정되어 가던 1924년, 바흐친과 그의 아내 —돈벌이도 못하고 종종 아프기까지 했지만, 매우 생산적인 남편에게 없어서는 안 될 존재였던—는 레닌그라드로 다시 돌아왔다.

모임 내 바흐친의 동료 대부분은 마르크스주의를 지지하거나 융통성이 있어서 1920년대 내내 공적이고 안정적인 직업을 가질 수 있었다. 그러나 바흐친은 그렇지 못했다. 이는 한편으로는 병 때문이었는데, 그는 골수염으로 자주 누워 있어야만 했고 1938년에는 결국 오른쪽 다리를 절단해야 했다. 다른 한편으로는, 그가 새로운 체제에서 정치적인 신임을 얻지 못한 이유도 있었다.

1929년, 바흐친은 체포되었다. 초기 스탈린주의 시대에 지식인들에게 가해진 대규모 검속에서는 사소한 정치적 특이성조차 탄압의 구실이 될 수 있었다. 바흐친에게 내려진 특별한 죄목은 그가 지하 러시아정교회에서 활동했다는 혐의와 관련이 있었다. 이 시기에 청년 바흐친이 다양한 지상·지하의 기독교 연구회에 실제로 어느 정도까지 연루되어 있었는지는 분명치 않다. 그는 소비에트 북쪽 끝에 위치한 죽음의 수용소 솔로베츠키 군도에서의 10년형을 선고받았다. 그러나 영향력 있는 친구들의 중재도 있었고 그의 건강 상태도 좋지 않았기 때문에 이 선고는 국내인 카자흐스탄에서의 6년 유배로 대체되었다. 1930년대에 바흐친은 유배지에서 집단농장 부기 계원을 비롯한 여러 임시직에 종사하면서 소설 이론에 관한 유명한 글들을 썼다.

그는 라블레François Rabelais에 관한 중요한 연구에도 착수하여, 1941년에 그 연구 결과를 모스크바에 있는 '고리키 세계 문학 연구소'에 박사학위 논문으로 제출했다. 불경스러움, 카니발과 섹슈얼리티에 대한 찬미, 그리고 유토피아적이고 철학적인 아나키즘을 함축하고 있는 라블레 프로젝트는 그 자체로 하나의 스캔들이 되었다. 결국 바흐친에게 학위(비록 박사학위는 아니었지만)가 수여되었지만, 책은 1965년에야 출간되었다.

1936년 바흐친은 모스크바 동쪽에 있는 외딴 마을 사란스크의 신설 모르도비아 국립사범대학에 교수로 채용되었다. 그곳에서 그는 러시아

〈바흐친 모임〉 1920년대 연구 모임에서(왼쪽에서 3번째가 바흐친). 정확한 촬영 일자와 촬영자는 알려지지 않았다. 페트로그라드 대학교에서 고전학과 문헌학 학위를 취득한 바흐친은 내전을 피해 러시아 서쪽의 작은 도시로 이주하여 교사로 일하며 강의와 연구 모임에 참여했다. 1920년 비텝스크로 옮겨 가서도 볼로시노프, 메드베데프 등과의 연구 회합은 계속되었다.

문학과 세계 문학을 가르쳤다. 그러다가 유배 경험이 있는 사람들에게는 언제나 위험한 새로운 정치적 숙청 소문(곧 현실이 되었지만)이 돌자, 사직하고 더 눈에 띄지 않는 마을로 들어갔다. 제2차 세계대전이 끝날 즈음 그는 사범대학에 다시 복직했다. 대대적인 탄압이 가해지던 시기에 세상을 피해 상대적으로 몸을 낮추고 지낸 덕에 목숨을 부지할 수 있지 않았을까.

바흐친은 말년에 이르러 재발견되고 명성이 높아졌다. 1950년대 스탈린주의라는 암흑의 반대편에서, 바흐친의 1929년판 도스토옙스키 연구서를 읽은 한 모스크바 대학원 학생 그룹이 놀랍게도 이 책의 저자가 아직 생존해 있으며, 심지어 사란스크 대학교[1]에서 그때까지 연구해 온 것들을 가르치고 있다는 사실을 알게 되었다. 사란스크로의 '순례 여행', 즉 사라져 버린 줄로만 알았던 과거의 생존자를 찾아가는 여행은 시간 횡단이라는 성격을 띠었다. 바흐친은 도스토옙스키 연구서 제2판을 위한 개정 작업을 하도록 설득당했다. 이 책이 재출간(1963)되자, 오랫동안 지연되었던 바흐친의 다른 원고들도 속속 출간되었다. 바흐친은 스탈린주의 이후 문학 연구 재고의 길잡이가 되어, 타르투 학파의 구조주의 기호학자들뿐만 아니라 소비에트 체제의 보수적인 마르크스-레닌주의적 인문학자들까지 나서서 조언을 구하는 인물이 되었다.

바흐친은 1975년 3월 7일 사망했을 때 이미 소련에서 숭배의 대상이 되어 있었다. 이 숭배는 1980년대에 파리를 거쳐 미국에까지 퍼졌다. 이러한 현상은 이제 러시아에서도 서구에서도 어느 정도 수그러들었지만, 오늘날 바흐친의 사상을 연구하는 서구의 학자들은 이 유산을 평가하는 어려운 과제를 수행하는 데에 소비에트 학자들보다 더 적극적이다. 상황이 바뀌어 러시아에서도 바흐친과 그의 동료들의 저술을 공정하게 평가할 날이 오길 바란다. 바흐친 모임이 펴낸 소비에트 아카데미판 바흐친 전집이 1990년대 중반에 발행될 예정이다.[2]

---

1 [옮긴이주] 모르도비아 국립사범대학의 후신.
2 [옮긴이주] 현재 확인한 바에 따르면, 러시아 최초의 이 아카데미판 바흐친 전집은 세르게이 보차로프Sergei G. Bocharov가 책임 편집을 맡아 2014년 전 7권으로 완간되었다.

약어표

* 이하의 저작은 저자가 밝혀지지 않은 것을 제외하고 모두 바흐친의 것이다.

선집

1986년 러시아어판 선집 M. M. Bakhtin, 《문학비평 논문집Literaturno-kriticheskie stat'i》, S. G. Bocharov · V. V. Kozhinov (eds.) (Moscow: Khudozhestvennaia literatura, 1986).

1979년 러시아어판 선집 M. M. Bakhtin, 《언어 창조물의 미학Estetika slovesnogo tvorchestva》, S. G. Bocharov (ed.) (Moscow: Iskusstvo, 1979).

1975년 러시아어판 선집 M. M. Bakhtin, 《문학과 미학의 문제: 다년간의 연구Voprosy literatury I estetiki: Issledovaniia raznkh let》(Moscow: Khudozhestvennaia literatura, 1975).

DI 《대화적 상상력: 네 편의 바흐친 에세이The Dialogic Imagination: Four Essays by M. M. Bakhtin》, Michael Holquist (ed.), Caryl Emerson · Michael Holquist (trans.) (Austin: Univ. of Texas Press, 1981).

RB 《바흐친 재고: 확장과 도전Rethinking Bakhtin: Extensions and Challenges》, Gary S. Morson · Caryl Emerson (eds.) (Evanston, Ill.: Northwestern Univ. Press, 1989).

SG& M. M. Bakhtin, 《발화 장르들과 기타 후기 에세이Speech Genres and Other Late Essays》, Caryl Emerson · Michael Holquist (eds.), Vern W. McGee (trans.) (Austin: Univ. of Texas Press, 1986).

논문

AiG 〈심미적 행위에 있어서 저자와 주인공Avtor i geroi v esteticheskoi deiatel'nosti〉 (uthor and hero in aesthetic activity), 1979년 러시아어판 선집, 7~180쪽. 여기서 인용한 내용은 게리 솔 모슨Gary S. Morson과 캐럴 에머슨Caryl Emerson이 번역했다.

BiK 〈1920년대부터 바흐친과 카간이 교환한 편지(카간 가족 문고에서) M. M. Bakhtin i M. I. Kagan(po materialam semeinogo arkhiva)〉 Publikatsiia K Nevel'skoi(Correspondence of Mikhail Bakhtin and Matvei Kagan from the 1920's, from the Kagan family archive), Pamyat 4호(Moscow: samizdat, 1979; Paris: YMCA Press, 1981), 249~281쪽. 이후 일부 자료는 구소련의 〈소비에트 모르도비아Sovetskaia Mordoviia〉에 공개되었고 《문학의 문제Voprosy literatury》 7호(1989)에 다시 실렸다("Sredi zhurnalov i gazet", "Novoe o M. M. Bakhtine").

BSHR 〈리얼리즘의 역사에서 교양소설과 그 의미(소설의 역사적 유형학을 위하여)The Bildungsroman and Its Significance in the History of Realism(Toward a Historical Typology of the Novel)〉, SG&, 10~59쪽. 1979년 러시아어판 선집, 188~236쪽.

DiN 〈소설 속의 담론Discourse in the Novel〉, DI, 259~422쪽. 1975년 러시아어판 선집, 72~233쪽.

EaN 〈서사시와 소설Epic and Novel〉, DI, 3~40쪽. 1975년 러시아어판 선집, 447~483쪽.

FTC 〈소설의 시간 형식과 크로노토프 형식: 역사적 시학을 위한 노트Forms of Time and of the Chronotope in the Novel: Notes Toward a Historical Poetics〉, DI, 84~258쪽. 1975년 러시아어판 선집, 234~407쪽.

IiO 〈예술과 책임Iskusstvo i otvetstvennost〉(Art and responsibility), 1979년 러시아어판 선집, 5~6쪽. 여기서 인용한 내용은 모슨과 에머슨이 번역했다.

KFP 〈행위의 철학을 위하여K filosofii postupka〉(Toward a philosophy of the act), 《소련 과학 아카데미 연감Filosofiia i sotsiologiia nauki i tekhniki》 1984~1985년판 (Moscow: Nauka, 1986), 80~160쪽. 여기서 인용한 내용은 모슨과 에머슨이 번역했다.

M: FM 《문학 연구의 형식적 방법: 사회적 시학의 비판적 입문The Formal Method in Literary Scholarship: A Critical Introduction to Sociological Poetics》, P. N. Medvedev · Albert J. Wehrle (trans.) (Cambridge, Mass.: Harvard Univ. Press, 1985). 이 번역은 처음에는 바흐친Mikhail M. Bakhtin과 메드베데프Pavel N. Medvedev의 이름으로 출간되었다(Baltimore, Md.: Johns Hopkins Univ. Press, 1978). 러시아어 텍스트로는 Mikhail Bakhtin[sic], Formal'nyi metod v literaturovedenii(New York: Serebriany vek, 1982)를 보라. 이 텍스트는 처음에는 P. N. Medvedev, Formal'nyi metod v literaturovedenii(Kriticheskoe vvedenie v sotsiologicheskuiu poetiku)(Leningrad: Priboi, 1928)로 출간되었다.

MHS 〈인문과학의 방법론을 위하여Toward a Methodology for the Human Sciences〉, SG&, 159~172쪽. 1979년 러시아어판 선집, 361~373쪽.

M: VLP 《작가의 연구실에서V laboratorii pisatelia》(In the writer's laboratory), P. N.

Medvedev(Leningrad: Sovetskii pisatel, 1971). 최초의 출간은 '레닌그라드에서 작가들의 출판 협회Izdatel'stvo pisatelei v Leningrade'라는 제목으로 1933년에 레닌그라드에서 이루어졌다.

N70~71 〈1970~1971년에 작성된 노트에서From Notes Made in 1970~71〉, SG&, 132~158쪽. 1979년 러시아어판 선집, 336~360쪽.

PDP 《도스토옙스키 시학의 문제들Problems of Dostoevsky's Poetics》(1963년판 도스토옙스키 연구서), Caryl Emerson (ed.·trans.) (Minneapolis: Univ. of Minnesota Press, 1984). 러시아어 텍스트로는 《도스토옙스키 시학의 문제들Problemy poetiki Dostoevskogo》3판(Moscow: Khudozhestvennaia literatura, 1972)을 보라.

PND 〈소설 담론의 전사(前史)로부터From the Prehistory of Novelistic Discourse〉, DI, 41~83쪽. 1975년 러시아어판 선집, 408~446쪽.

PS 〈언어 창작물의 내용, 재료, 그리고 형식의 문제Problema soderzhaniia, materiala, i formy v slovesnom khudozhestvennom tvorchestve〉(The problem of content, material, and form in verbal creative art), 1975년 러시아어판 선집, 6~71쪽. 여기서 인용한 내용은 모슨과 에머슨이 번역했다.

PT 〈언어학, 문헌학, 그리고 인문과학에서 텍스트의 문제: 철학적 분석 시론The Problem of the Text in Linguistics, Philology, and the Human Science: An Experiment in Philosophical Analysis〉, SG&, 103~131쪽. 1979년 러시아어판 선집, 281~307쪽.

PTD 《도스토옙스키 창작의 문제들Problemy tvorchestva Dostoevskogo》(1929년판 도스토옙스키 연구서)(Leningrad: Priboi, 1929). 여기서 인용한 내용은 모슨과 에머슨이 번역했다.

RAHW 《라블레와 그의 세계Rabelais and His World》, Helene Iswolsky (trans.) (Cambridge, Mass.: MIT Press, 1968). 러시아어 텍스트로는 《프랑수아 라블레 작품과 중세 및 르네상스의 민중문화 Tvorchestvo Fransu Rable i narodnaia kul'tura srednevekev'ia i renessansa》(Moscow: Khudozhestvennaia literatura, 1965)를 보라.

RQ 《《신세계》 편집진의 질문에 대한 답변Response to a Question from the Novyi Mir Editiorial Staff〉, SG&, 1~9쪽. 1979년 러시아어판 선집, 328~335쪽.

SG 〈발화 장르의 문제The Problem of Speech Genres〉, SG&, 60~102쪽. 1979년 러시아어판 선집, 237~280쪽.

TF1929 〈1929년판 도스토옙스키 연구서의 세 가지 단상Three Fragment from the 1929 Dostoevsky Book〉, PDP의 부록 1, 275~282쪽. PTD의 러시아어 텍스트, 3~4쪽·100~102쪽·238~241쪽.

TP1　　　〈톨스토이 전집 11권(희곡)의 서문Preface to vol. 11 (dramas) of Tolstoy's works〉, RB, 227~36쪽. 1986년 러시아어판 선집, 90~99쪽.

TP2　　　〈톨스토이 전집 13권(《부활》)의 서문Preface to vol. 13(Resurrection) of Tolstoy's works〉, 237~257쪽. 1986년 러시아어판 선집, 100~120쪽.

TRDB　　〈도스토옙스키 연구서 개정을 위하여Toward a Reworking of the Dostoevsky Book〉, PDP의 부록 2, 283~302쪽. 1979년 러시아어판 선집, 308~327쪽.

V: DiL　　〈삶 속의 담론과 시 속의 담론(사회학적 시학에 관해)Discourse in Life and Discourse in Poetry(Concerning Sociological Poetics)〉, V. N. Voloshinov, V: F, 93~116쪽. 원본은 〈삶 속의 담론과 시 속의 담론Slovo v zhizni i slovo v poezii〉, 《별Zvezda》 6(1926).

V: F　　　《프로이트주의: 비판적 스케치Freudism: A Critical Sketch.》, V. N. Voloshinov·I. R. Titunik·Neil R. Bruss (eds.) (Bloomington: Indiana Univ. Press, 1987). 초판은 《프로이트주의: 마르크스주의적 비판Freudism: A Marxist Critique》(New York: Harcourt Brace, 1976). 러시아어 텍스트로는 M. M. Bakhtin·V. N. Voloshinov, 《프로이트주의: 비판적 스케치Freidizm: Kriticheskii ocherk》(New York: Chalidze, 1983)를 보라. 원래는 V. N. Voloshinov, Freidizm: Kriticheskii ocherk(Moscow-Leningrad: Gosudar-stvennoe izdatel'stvo, 1927)로 출간되었다.

V: MPL　《마르크스주의와 언어철학Marxism and the Philosophy of Language》 V. N. Voloshinov·Ladislav Matejka·I. R. Titunik (trans.) (New York: Seminar, 1973). 러시아어 텍스트로는 《마르크스주의와 언어철학: 언어학에서 사회학적 방법의 기술적 문제들Marksizm i filosofiia iazyka: Osnovnye problemy sotsiologicheskogo metoda v nauke o iazyke》 2판(Leningrad: Priboi, 1930)을 보라.

Zam　　　〈찾아보기Zametki〉, 1986년 러시아어판 선집, 509~531쪽.

알록달록한 것들을 만드신 신에게 감사—
얼룩소처럼 쌍을 이룬 색깔의 하늘을 만드신
…

그리고 온갖 생업, 거기서 쓰일 톱니장치와 도르래와 장비들을 만드신
상반되거나, 독창적이거나, 모자라거나, 색다른 모든 것을 만드신

– 제럴드 홉킨스Gerald M. Hopkins, 〈알록달록한 아름다움Pied Beauty〉

머리말

아인슈타인적 세계의 통일성은 뉴턴적 세계의 그것보다 더 복잡하고 심원하다. 그것은 더 상위 질서의 통일성(질적으로 다른 통일성)이다. - TRDB, 298쪽

본래적으로 하나이자 유일한 통일성이 아니라, 융합되지 않는 둘 또는 다수의 대화적 조화로서의 통일성. - TRDB, 289쪽

도스토옙스키의 계획은 사실상 계획을 거부하는 열린-채-끝남open_endedness을 본성적으로 포함하고 있다. - PDP, 39쪽

사상가에 관한 책은 그 사상가의 사상에는 없었을 일종의 통일성을 필요로 한다. 이 경계조의 진술은 특히 미하일 바흐친에게 들어맞는다고 하겠는데, 그의 지적인 전개는 단 하나의 우선적인 관심사로 쉽게 통합되거나 정확하게 기술될 수 없는 다양한 통찰을 펼쳐 보이기 때문이다. 사실, 60여 년에 걸친 경력을 통해 그는 극적이기도 하고 점진적이기도 한 사유의 변화를 경험했고, 뜻하지 않은 방향으로 뻗어 나가 폐기했던 통찰로 되돌아가기도 했으며, 초기 관심사와 아주 느슨하게 연결되어 있는 새로운 생각을 통해 작업하기도 했다.

그래서 바흐친이 전기biography, 통일성, 혁신, 창조적인 과정 등 기존 통념들 사이의 관계를 사유하고자 했다는 사실은 약간 의아하다. 통일성은 개인뿐만 아니라 예술, 문화, 그리고 일반적인 의미의 세계와 관련하여 흔히 근원적인 토대나 상위 도식과의 합치로 이해된다. 바흐친은 이 통일성이라는 관념이 진정한 창조의 가능성과 모순된다고 믿었다. 모든 것이 앞서 존재하는 전범에 합치한다면 천재적인 발전은 한낱 발견으로, 엄밀하

게 말하자면 이미 거기 존재하는 어떤 것을 드러낼 뿐인 것으로 환원되기 때문이다. 하지만 바흐친은 통일성 개념의 일부는 본질적인 것으로 받아들였다. 그것이 없다면 세계는 더 이상 의미를 만들어 내지 못하게 되고 창조성은 사라져 버려 순수한 우연성aleatory으로 대체되고 말 것이며, 의미심장하게 새로운 어떤 것의 가능성은 다시금 존재하지 못하게 될 것이다. 이 두 극단의 엄혹한 진리는 보르헤스Jorge L. Borges에 의해 그럴듯하게 표현된 바 있다. 빠져나올 수 없는 미궁은 끝없이 도는 골목이나 막다른 골목으로 이루어져 있을 것이다.

바흐친은 진정한 창조의 가능성을 허용하기 위해 통일성 개념을 재고하고자 했다. 그의 표현에 따르면, 목표는 '비독백적 통일성nonmonologic unity'이었는데, 여기서 실제적인 변화(또는 '놀라움')는 창조적 과정의 본질적 구성 요소였다. 공교롭게도 그러한 변화는, 처음의 의도에서 줄곧 벗어나면서 전개된 것으로 보이는 바흐친 본인의 사상에서 특징적으로 나타난다. 바흐친 사상의 전개가 통일성과 창조성에 대한 그의 생각에 반드시 상응하지는 않겠지만, 우리는 이 경우 비독백적 통일성에 대한 생각이 다양하고 생산적인 이력을 지닌 다른 사상가들의 사상뿐만 아니라 바흐친의 사상을 이해하는 데에도 유용하리라고 생각한다.

바흐친은 말년의 노트와 메모 모음집에 지나지 않는 미완의 에세이에서 통일성과 창조적 과정이라는 즐겨 다루던 주제를 논하면서 동시에 그것을 극화한다. 그는 "언표utterance로서의 텍스트를 정의하는 두 가지 측면, 즉 텍스트의 계획(의도)과 이 계획의 실현"을 구별한다. "그것들의 차이는 엄청난 것으로 드러날 수 있다"(PT, 104쪽). 이어서 다음과 같은 모호하지만 결정적인 말이 이어진다. "그 계획을 실현하는 과정 속에서 계획을 수정하라."

바흐친의 저작은 기껏해야 이런 유의 불안정한 통일성을 보여 줄 뿐이다. 우리는 '기껏해야' 그렇다고 말했다. 바흐친 자신도 깨닫고 있었던 것처럼, 그의 변화무쌍한 생각들 중 일부는 열린, 비독백적인 계획에도 포섭될 수 없기 때문이다. 바흐친은 자신의 생각을 산출하는 과정에서 그 생각을 바꾸는 것처럼 보이기도 하고, 이것은 반드시 인정되어야 하는데, 때로는 그야말로 자기모순에 빠지는 것처럼 보이기도 한다. 어떤 때는 갑자기 옆으로 빗나가기도 하고, 또 어떤 때는 금세 폐기되고 말 설득력 없는 생각을 추구하기도 한다.

생애를 마칠 때까지 자신의 저작을 거의 되돌아보지 않았던 바흐친은 자기 생각에 대한 일부 오해들이란 비독백적인 사유 습관과 글쓰기 습관 때문이라고 여겼다. "나는 변화를 사랑하고, 단일한 현상에 대응하는 용어의 다양성을 사랑한다. 초점의 다중성. 상호 매개적인 고리를 끌어들이지 않은 채 멀리 떨어져 있는 것을 근접시킬 것"(N70~71, 155쪽). 그러나 같은 노트에서 바흐친은 덜 고상한 불일치 형식, 즉 하나의 생각을 끝까지 밀고 나가지 못하거나 스스로를 명료하게 표현하지 못하는 일이 있을 수 있음을 인정하기도 한다. 어떤 종류의 열린-채-끝남은 그의 사유에 본래적인 것이기도 하고 바람직한 것이기도 하지만, 다른 종류의 열린-채-끝남은 결함이 있다. "새롭게 떠오르는(착상 중의) 생각의 통일성. 따라서 많은 내 생각들에는 특정한 내적 열린-채-끝남이 있다. 그러나 나는 결점을 미덕으로 뒤바꾸고 싶지는 않다. 이 작업들에는 훨씬 많은 외적 열린-채-끝남이 있다. … 앞의 열린-채-끝남을 뒤의 열린-채-끝남과 분리하는 것이 어려울 때가 많다"(N70~71, 155쪽). 바흐친의 약점에 대해 변명하지 않으면서 그의 강점을 정당히 평가하기 위해서는 이 두 종류의 모호성과 개방성을 구별해야만 한다.

삶은 허구물이 아니다. 약속으로 충만한 만남이 언제나 우정으로 무르익지는 않으며, 풍부한 잠재력을 지닌 생각이 종종 무위로 돌아가기도 한다. 중요한 사람과 관심사는 각양각색의 시간 동안 이르거나 늦게 우리 삶과 사유에 들어 왔다가 떠나가서는 결코 되돌아오지 않는다. 비록 과거를 되돌아보면서 사건들 사이의 인과의 끈을 추적할 수 있고 사유들 사이의 직접적인 연쇄를 볼 수도 있겠지만, 그렇게 하면서 우리는 그것들 사이의 연관을 잘못 재현할 수도 있다. 우리가 사건들을 하나의 연속체로 응집하는 일은 쉽사리 과소평가된다. 발생할 필요가 없었던 우연적인 요인의 역할을 간과함으로써, 우리는 동등하게 가능한 다른 요인을 배제한 채 실현된 결과만을 상상한다. 어떤 것을 선취하는 것처럼 보이는 생각들은 사실 그와 다른 방향으로 유도될 수도 있는 것이며, 시간을 가로질러 나타나는 외견상의 유사성은 기껏해야 특징적인 사유 습관 따위를 입증하는 것에 불과할 수도 있다. 기억과 전기傳記는 강박적으로 우연을 배제하고 패턴을 고수하는 경향이 있지만, 바흐친이 주장하듯이, 삶과 지적인 이력은 그렇지 않다. 오히려 그것들은 소모적이고, 다양한 성과뿐만 아니라 실현되지 못했거나 부분적으로만 실현되었을 뿐인 잠재성 또한 생산해 낸다.

바흐친은 자기 생각 속에 있는 '연결의 미로'를 누구나 재구성할 수 있을 만큼 쉽게 만들지 않았다. 그의 생애와 관련된 기록상의 증거는 상대적으로 빈약하다. 그는 '개인적 행적'에 관해서는 과묵했다. 그는 자신의 경험에서 이론을 예증하지 않았다. 그를 아는 사람들에 따르면, 그는 자기 학생이나 동료의 개인적인 생활에 대해 거의 묻지 않았으며, 자기 생활에 대해 타인에게 편지를 쓴 일 역시 거의 없었다. 무엇보다도 그는 자기 저작들의 상호 관계에 대해 논하지 않았다. 그가 다른 사람의 이름으로 출간된 텍스트를 썼다는 주장이 있어 왔지만(우리가 보기에는 틀린 주장이다), 그러한 풍문이나 그와 관련된 다른 전설들이 떠도는 것도 모두 너무나 정보가 없기 때문이다. 그의 저작의 집필 연대를 확인하는 것은 어렵다. 그가 글을 쓴 시기와 출간한 시기 사이에 수십 년의 시간이 경과하곤 했기 때문이다. 또한 저술 작업이 언제 시작되었는지를 말하는 것도 대체로 어려우며, 그것이 그 과정에서 어떻게 발전되었는지를 알기는 더더욱 어렵다.

1960년대와 1970년대에 소련과 서구에서 이루어진 바흐친의 재발견은 훨씬 더 복잡한 문제들을 품고 있다. 기존 문화 내에서 바흐친의 영향력은 부분적으로는 그의 저작들이 번역되고 출간된 순서에 의존했는데, 그럼으로써 새로운 텍스트와 번역물이 나타날 때마다 거기에 짙은 해석학적 그림자가 드리워지게 되었다. 예컨대 미국에서는 《라블레와 그의 세계Rabelais and His World》가 첫 번째로 번역된(1968) 연구물이었다는 사실이 다른 저작들, 즉 그와 다르고 특징적인 사유 방향에서 비롯된 저작들을 오독하게 만들었다. 다양한 문화 속에서 번역가들과 평론가들은 그에게 근본적으로 다른 틀을 부과했다. 그는 구조주의자나 포스트구조주의자로, 마르크스주의자나 포스트마르크스주의자로, 화행론자, 사회언어학자, 자유주의자, 다원주의자, 신비주의자, 생기론자, 기독교도, 또는 유물론자로 묘사되어 왔다. 예를 들자면, 초기에 영향력 있게 바흐친의 사상을 서구에 소개하는 역할을 한 줄리아 크리스테바Julia Kristeva는 처음에는 고도의 구조주의(《말, 대화, 그리고 소설Word, Dialogue, and Novel》(1967)》를 위해 바흐친을 전유했다가 나중에는 상호텍스트성(《시학의 몰락The Ruin of a Poetics》(1970)》을 위해 그를 전유했다. 두 가지 전유 모두 독일, 미국, 그리고 러시아의 다른 많은 전유 방식들에는 기질적으로 낯선 프랑스식 '바슈틴

Bachtine'을 제공해 준다.

따라서 '바흐친의 유산을 정돈'하고자 하는 사람들은 아무런 도전도 받지 않았다. 이해할 만한 일이지만, 어떤 이는 바흐친의 주인공들과 가치들을 그의 지적 전기를 정리할 보조 도구로 끌어들이는 식으로, 수사적으로 효과적인 방법들을 찾았다. 이러한 논증에 따라, 바흐친은 어릿광대, 바보, 그리고 전형적인 소설적 주인공을 사랑했기 때문에 그 인물들을 자기 삶의 귀감으로 삼았으리라는 것이다. 이러한 가설은 의심스러운 만큼이나 매혹적이다. 바흐친에 관한 최근의 문헌들을 읽은 독자는 러시아 성인전聖人傳이라는 특별한 장르와 마주치곤 한다. 러시아가 우리에게 그토록 자주 제공해 준 고통 받는 순교자적 작가가 아니라, 덜 알려져 있지만 또한 흔한 인물이기도 한 예수 역의 광대가 그것이다. 그러나 자료에서 볼 수 있듯이 이러한 기술記述은 삶과 삶의 예찬 혹은 삶과 삶의 신비 사이의 경계에 놓여 있다. 즉, 이러한 기술은 한 사람이 말하거나 행한 것에 토대를 두는 것이 아니라 다른 이들이 그 사람에 대해서 지금 얘기하거나 기억하는 것에 토대를 두고 있어서, 기껏해야 그 사람이 쓴 것에 대한 기억을 통해 굴절되고, 최악의 경우에는 정형화된 문화적 영웅을 만들어 내려는 요구에 따라 형성된다.

이와 밀접한 관련이 있는 접근법은 폐쇄된 체계에 대한 바흐친의 불신을 그의 사유의 일관되지 못한 판단을 정당화하는 것으로 끌어들이는 것이다. 신비평가들은 이를 '모방의 오류the imitative fallacy'라고 불렀는데, 이는 일부 바흐친 비평가들에게서 나타나는 것처럼, 명석성, 정확성, 신중한 추론 등을 바흐친에게 어울리지 않는 특징들이라며 거부하는 현상을 낳았다.

바흐친이 초기 원고에서 썼듯이, 오직 우리가 죽은 다음에야 다른 사람이 우리의 인격을 '심미화'하기 시작할 수 있다(AiG, 115쪽). 최소한의 왜곡도 야기하지 않으면서 그렇게 할 수 있는 방법이 존재하는가? 어떤 가능한 모델들이 있는가? 바흐친 비평가들은 많은 흥미로운 모델을 사용해 왔다.[1]

한 저자의 전집을 정리하는 흔한 모델 중의 하나는, 로만 야콥슨Roman Jakobson이 처음 착상하고 그 후 비슷한 생각을 가진 많은 비평가들이 사용한 구조주의적인 모델이다. 작가의 생애는 한 주제 위에서 전개되는 일련의 변주로, 즉 불변하는 '심층 구조'의 표면적인 변형으로 기술된다. 이 모델에서 시간의 이행은, 그리고 전기 작가의 작업은 그 구조의 이러저러한 측면을 밝혀 줄 수 있지만, 전체는 본질적으로 무시간적인 것이다. 만일 진화라는 것이 존재한다 할지라도 그것은 심층에 놓인 구조에 이미 주어져 있다. 츠베탕 토도로프Tzvetan Todorov의 바흐친 입문서(《미하일 바흐친: 대화적 원리Mikhail Bakhtin: The Dialogical Principle》)는 이러한 접근법을 채택하고 있다. 이 책의 서문에서 토도로프는 바흐친의 사유를 일관되고 규칙적인 '일반 체계'(토도로프, 《미하일 바흐친: 대화적 원리》, xii쪽)로 제시하겠다고, 즉 60년간의 이력에 대한 하나의 공시적인 안내서를 제공하겠다고 약속한다. 토도로프의 강점과 약점은 기획의 솔직성에 기인하는데, 이 기획에서 전기는 거의 무의미한 것이며 사소한 것만 변할 뿐 발전이란 본질적으로 존재하지 않는다. 토도로프는 이렇게 진술한다.

정확히 말하자면, 바흐친의 저작에는 **발전**이란 존재하지 않는다. 바

---

1 전기 모델들에 대해서는 다음을 참조하라. Boris Tomashevsky, 〈문학과 전기Literature and Biography〉; Gary S. Morson, 〈도스토옙스키의 반유대주의Dostoevsky's Anti-Semitism〉.

흐친은 관심의 중심을 바꾸고 때로는 공식을 수정한다. 그러나 그의 첫 번째 텍스트에서 마지막 텍스트까지, 즉 1922년에서 1974년까지 그의 생각은 근본적으로 동일하다. 50년의 거리를 두고 씌어졌으나 동일한 문장들이 여전히 나타난다. 발전 대신에 **반복**이 있다. … 말하자면 〔바흐친의 저술〕 각각은 그의 사상 전체를 포함한다(토도로프,《미하일 바흐친: 대화적 원리》, 12쪽).

바흐친의 저작에 굉장히 많은 반복이 있다는 토도로프의 말은 분명히 맞으며, 토도로프의 연구는 바흐친 저작에서 흥미롭고도 유용한 **체계**(엄밀한 의미에서)를 구성해 낼 수 있음을 훌륭하게 논증한다.[2] 하지만 그렇게 하는 것은 바흐친의 텍스트와 사상을 '독백화monologization'하는 것이고, 그 울림을 반감시키는 것이며, 따라서 바흐친의 은유를 사용하자면 "교향악적(협주된) 주제를 피아노 건반에 맞춰 수정"(DiN, 263쪽)하는 것이다.

우리가 보기에는 토도로프의 접근법도 바흐친의 생각들을 제대로 집어 내지 못하고 있다. 토도로프는 바흐친 사상의 심층에 놓인 구조를 강조하기 때문에 그것을 발견하지 못하면 실망하고 만다. 바흐친이 그의 모델에 들어맞지 않을 때면 오히려 바흐친을 비난한다. 그는 이렇게 쓰고 있다. "소설 장르에 대한 바흐친의 설명이 그리 일관되지도 않으며 궁극적으로는 비합리적인 성격을 지니고 있다는 사실은, 이 범주가 체계 내에 그 나름의 자리를 차지하지 못하고 있음을 보여 준다"(토도로프,《미하일 바흐

---

2 이후 검토하는 부분에서 말하겠지만, 츠베탕 토도로프의 공식에는 또 다른 문제가 있다. 말년에 바흐친은 오랫동안 제쳐 두었던 초기 작업의 문제 설정으로 되돌아갔다. 따라서 비록 바흐친의 초기 저술이 50년 후에 반복되는 지점을 발견할 수 있다 하더라도 10년이나 20년 후의 저술들에서 반복되는 지점을 찾기는 그리 쉽지 않을 것이다.

친: 대화적 원리), 90쪽). 바흐친의 사유에서 소설이 얼마나 중심적인지를 고려한다면, 이러한 판단은 겉으로만 보아도 매우 의심스럽다.[3] 우리는 바흐친이 토도로프가 말하는 의미의 '체계'에는 관심이 없었다고 응답할 것이다. 토도로프는 체계를 합리성과 동일시하기 때문에 소설에 대한 바흐친의 접근법이 전혀 '비합리적'이지 않다는 점을 제대로 식별하지 못한다. 오히려 세계를 체계에 부합하지 않는 것으로 상상하는 일이야말로 고도로 합리적인 시도다.

토도로프가 바흐친의 장르 개념을 "모델링" 체계(《미하일 바흐친: 대화적 원리》, 83쪽)로 흡수하고 대화를 "상호텍스트성"(《미하일 바흐친: 대화적 원리》, 5장)으로 환원하는 행위에는 동일한 충동이 작동하고 있다. 이 두 개념은 모두 구조주의의 유산과 그에 수반되는 용어들—시니피앙과 시니피에의 대립, 체계로서의 언어와 자아, 그리고 처음부터 대화화되어 있는 것이 아니라 결과적으로만 대화에 진입하는 완전한 실체로서의 텍스트—에 속한다. 토도로프는 바흐친의 개념들을 바흐친에 분명히 대립하는 틀로 번역한다. 토도로프에게 궁극적으로 중요한 것은, 바흐친의 주요 관심사였던 발전하는 인물과 대화적 목소리라기보다 오히려 비개성적 지위와 자기 목적적 텍스트다.

구조주의적 접근법에 대한 하나의 가능한 대안은 우리가 '맹아론적embryonic' 모델이라고 칭하는 것이다. 이 모델은 저자의 저작을 심층 구조의 변형이 아니라 최초의 생각이나 문제의 변형으로 기술하는 것이다.[4] 이때 그 생각은 대체로 저자 이력의 시초에 존재하며 그의 생애—진정으

---

3 그러나 토도로프는 소설에 대한 바흐친의 일부 생각들이 언어, 문화, 그리고 소설 그 자체에 대한 바흐친의 다른 중요한 생각들과 결합하기 어렵다는 사실을 정확히 지적했다. 이 책의 제2장과 제7~10장 참조.
4 분명 프로이트적 전기는 전형적으로 이러한 접근법을 사용하는데, 그것이 일생을 통한 진정한 발전을 부정한다는 점에서 바흐친 모임은 이 접근법을 어느 정도 불신한다.

로 발전한다기보다는 오히려 '펼쳐지는unfold' 삶—를 통해 재진술된다. 카트리나 클라크Katerina Clark와 마이클 홀퀴스트Michael Holquist의 선구적인 전기 《미하일 바흐친Mikhail Bakhtin》(1984)은 이러한 모델을 채택한 것으로 보인다. 그들의 독해에 따르면 바흐친은 초기에 하나의 중심 사상을 가지고 있었는데, 이는 '응답 가능성answerability의 건축술'이라는 잠정적 표제가 붙은 바흐친의 1920년대 초의 원고에서 찾을 수 있다. 이 두 전기 작가에 따르면, 바흐친은 모든 저술들—초기든 후기든, 완성했든 못했든, 바흐친이나 그의 동료들 중 한 사람이 서명한 모든 저술들—에서 이 생각을 다양한 관용어구와 언어로 재진술하고자 했고, 그것을 다른 주제들에 적용하고자 했다. 그의 모든 저작을 하나로 합쳐서 본다면, "같은 책을 쓰고자 하는 다른 시도들"(클라크·홀퀴스트, 《미하일 바흐친》, 63쪽)이 된다. 이 명제는 사실상 토도로프 명제의 전기적인 변형이며, 많은 점에서 그 구조주의적인 경쟁자와 동일한 결론에 도달한다. 토도로프의 설명에서 가정된 심층 구조의 역할은 여기에서 다소 가설적인 창시적 원原 텍스트originating Ur-text가 맡는다. 그러나 바흐친의 생애 전체를 통해 모든 것이 그대로 동일하게 남아 있다고 보기는 토도로프도 마찬가지다.

클라크와 홀퀴스트는 바흐친의 초기 원고들에 대한 독해에 기초해서 결론을 이끌어 내는데, 그 당시에 초기 원고들 중 하나(《심미적 행위에 있어서 저자와 주인공Author and Hero in Aesthetic Activity》)는 아직 번역되지 않은 상태였고, 또 하나(《행위의 철학을 위하여Toward a Philosophy of the Act》)는 그때까지 어떤 언어로도 출간되지 않은 터였다. 〈행위의 철학을 위하여〉는 1986년에야 러시아어로 출간되었다.[5] 우리가 읽기에, 이 텍스트들과 바흐친을

---

5 이 긴 글에서 발췌된 첫 번째 연재분은 소련의 정기간행물 《사회학 연구Sotsiolo-gicheskie

유명하게 만든 저작들 사이에는 매끄러운 연속성이 아니라 결정적인 단절—분기점—에 더 가까운 무언가가 존재하는 것 같다. 바흐친의 발전과 사유를 이해하는 데 중요하다고 할지라도, 초기 원고들은 그가 곧 벗어나게 될 영향(베르그송Henri Bergson과 신칸트주의)의 산물이며 대부분은 그가 폐기한 정식들의 표현이다. 만일 바흐친이 행한 것이 이 원고들에 들어 있는 생각을 재진술하고 응용한 것뿐이었다면, 그는 독창적이고 심오한 사상가가 되지 못했을 것이다. 바흐친의 후기 저작들을 초기 수고手稿들로 환원시켜 읽는 것은, 후기 저작들이 지닌 가장 흥미롭고도 근본적인 지점을 무디게 만들거나 초기 바흐친이 미처 전개하지 못했던 생각들을 그 시기 텍스트에서 시간착오적으로 찾아내려는 행위에 불과하다.

클라크·홀퀴스트와 토도로프의 연구서는 의심할 여지 없이 가장 폭넓고도 훌륭한 탐구의 결과물들이지만, 바흐친의 사상을 체계적인 통일성으로 환원시키고자 한 유일한 시도는 아니었다. 다른 비평가들은 맹아론적 접근법의 목적론적 전도를 제시하는 경향이 있었다. 이 비평가들은 결정적인 지점을 처음이 아니라 마지막에 두고, 바흐친의 저작을 처음의 생각들에서 파생된 것이 아니라 최후의 결과를 향해 있는 것으로서 기술한다. 이러한 접근법에서 보면, 모든 것은 앞서 존재했던 모든 것들을 이해할 수 있는 특권을 지닌 예정된 이데올로기나 종착점을 향해 흘러가

---

issledovaniia》2호(1986), 157~169쪽에 실렸다. 그것은 '행위의 건축술Arkhitektonika postupka'이라는 제목으로 발표되었다. 전체 텍스트는 머지않아 소비에트 과학 아카데미의 연감에 '행위의 철학을 위하여K filosofii postupka'라는 제목으로 발표되었다(약어표 참조). 제목은 편집자인 세르게이 보차로프가 붙인 것으로 보인다. 정기간행물에 실린 발췌문 156 쪽에서 보차로프는 이렇게 주석을 달고 있다. "저자가 붙인 제목이 알려져 있지 않아서, 아래에 있는 원고의 단편들에는 우리가 제목을 붙였다."

는 것으로 간주된다.[6]

이 세 가지 접근법을 통해 우리는 바흐친의 지적 발전에 대한 유익한 통찰을 얻을 수 있다. 이 접근법들 각각은 각 부분이 전체에 적합해지도록 결함들을 보완하면서 바흐친 사상의 숨겨진 잠재력을 밝혀 왔다. 그러나 우리가 볼 때, 바흐친의 생각에 이러한 접근법을 적용하는 것은 그의 생각을 펼쳐 보여 주는 것과는 구별되어야만 한다.

앞서 다룬 구조주의적, 맹아론적, 목적론적 접근법들은 그 엄청난 차이에도 불구하고 바흐친의 생애를 능동적인 전경前景과 수동적인 배경으로 분할하고 있다는 점에서는 유사하다. 이 접근법들은 바흐친의 생애라는 맥락을 배경으로 돌리는데, 그렇게 하지 않으면 구조, 기원, 또는 목적 이외의 것들이 미리 전제된 생각들에 필수 재료를 제공해 주는 역할에 그치지 않고 그의 지적 발전을 형성하는 데 결정적인 역할을 하게 될 것이기 때문이다. 역사적이고 우연적인 사건들은 전개되는 생각의 속도와 부분적인 윤곽을 강하게 하거나 약하게 할 수는 있지만, 그것을 근본적으로 변화시키지는 못한다. 바흐친은 이와 같은 시나리오를 두고 '시간은 어떤 새로운 것도 벼려 내지 못한다'고 말할 것이다. 모든 것은 '주어

---

6 최근 유력하게 이 모델을 사용한 예로는 리처드 거스태프슨Richard Gustafson의 《레프 톨스토이Leo Tolstoy》가 있다. 거스태프슨은 명백하고도 간명하게 정식화한 이 접근법을 엄격하고 일관되며 철저하게 적용한다. "인간의 모든 언표에서 소리가 오로지 전체 진술 안에서만 의미를 지니는 것처럼, 톨스토이의 모든 텍스트는 오로지 전집 안에서만 의미를 지닌다. 그의 삶의 텍스트의 일부분, 이야기나 소설, 에세이나 소책자, 일기의 목록이나 편지를 이해하기 위해서 우리는 일련의 특수한 말들을 그의 모든 말들과의 관계 속에서 보아야 한다. 이러한 관계의 패턴은 분절화articulation 과정을 통해 형성된다. 따라서 톨스토이 독해에서 제1의 규칙은 나중 것이 먼저 것을 해명한다는 것이다. 이는 초기 예술 작품이 후기 작품보다 더 낫다거나 못하다는 것을 의미하지 않는다. 오히려 초기 작품이 후기 작품을 위한 실험 단계일 수 있다는 것, 그리고 후기 작품이 초기 작품의 숨겨진 패턴과 의미를 드러낼 수 있다는 것을 의미한다"(Richard Gustafson, 《레프 톨스토이》, 6~7쪽. 고딕체는 인용자가 강조한 것이다).

져' 있으며, '과제'나 문제 같은 것은 없다.

이 연구에서 우리는 다른 접근을 시도했다. 우리는 완전히 새롭고 놀랍도록 풍부한 그의 지적 이력을 소개하면서도 무엇보다 사상가 바흐친에 대한 우리의 의견을 전달하고자 했다. 하지만 우리는 그의 저작을 연대순으로 다루는 지적 전기를 쓰고자 하지는 않았다. 오히려 우리 목적은 독자들에게 바흐친의 핵심 생각들을, 그것들의 재정식화와 불일치성을 있는 그대로 소개하는 것이었다. 우리는 어떻게 해야 한 사상가의 이력을 가장 잘 이해할 수 있는가, 어떻게 하면 과장 없이 그 통일성을 이해할 수 있는가, 그리고 어떤 생각이 발전할 수 있게 하는 것은 무엇인가를 자문하면서 시작했다. '결점을 미덕으로' 뒤바꾸지 않으면서, 우리는 바흐친의 삶에서 '성장하는(발전하는) 생각 그리고 생각들의 통일성'을 어떻게 기술해야 할 것인가?

우연의 일치처럼, 바흐친 역시 작업의 상당 부분을 바로 이러한 질문을 탐구하는 데 바쳤다. 우리는 한 사상가의 생애를 그가 설정한 전기의 모델에 따라 재현하는 것은 아무런 특별한 가치도 없다고 생각한다. 지크문트 프로이트Sigmund Freud의 생애는 비非프로이트적 용어들로, 마르크스Karl Marx의 사상은 비마르크스주의적 용어들로, 그리고 아리스토텔레스의 전집은 아리스토텔레스가 꿈도 꾸지 못했을 용어들로 가장 잘 기술된다는 것이 바로 그 예일 것이다. 그럼에도 우리는 바흐친의 발전 이론들이 매우 복잡하기 때문에 그 이론들을 물론 아주 주의 깊게 설명할 필요가 있다고 생각했다. 그가 선호한 작가들(도스토옙스키F. M. Dostoyevsky, 괴테J. W. von Goethe, 라블레)에 대한 바흐친 자신의 설명과 그의 사상을 '관통하는' 나름의 방식 사이에 상호 관계가 있다고 여겨지기 때문이다. 고대 로맨스와 전기에서 19세기 소설까지, 삶을 재현하는 데 사용될 수도 있는 다양한 장르에 대한 바흐친의 설명은, 우리가 앞서 다룬 세 가지 모델에 유력한 대안을 제공해 준다.

비록 다른 이름으로 칭하기는 했지만 바흐친도 이 세 가지 모델을 검토한 바 있다. '크로노토프'[7]에 대한 에세이의 한 절("고대적 전기와 자서전 Ancient Biography and Autobiography")에서 바흐친은 자신이 "플라톤적" 전기 유형이라고 이름 붙인 것에 대해 기술한다. 이 결말이 예정된end-determined 모델, 즉 "진정한 지식을 추구하는 자의 생애"(FTC, 130쪽)라는 이야기는 신화, 변신metamorphosis, 그리고 최종적인 개심을 바탕에 깔고 있다. 이는 우리가 목적론적 모델이라고 칭한 것에 상응한다. 바흐친에 따르면, 다른 두 모델은 헬레니즘 세계와 로마 세계에서 발전된 아리스토텔레스적 범주에 상응한다. 맹아론적 모델에 상응하는 것은 바흐친이 "에네르게이아energeia", 즉 본질의 시간적 전개에 입각한 접근법이라고 칭하는 것이다. 바흐친이 기술하고 있듯이, 이런 유의 전기는 "어떤 사람의 '생성' 또는 성장의 시간이 아니라"(FTC, 141쪽) 모든 원천이 들어 있는 시간을 재현한다. 반대로 분석적 (또는 구조주의적) 전기는 시간과는 무관한 완결된 전체를 불러온다. 여기에서는 최초의 일격에 의해 삶의 윤곽이 결정되는데, 이렇게 결정된 삶의 윤곽 속에서 모든 사건들은 단지 반복되거나 그 윤곽의 내부를 채워 줄 뿐이다.

바흐친은 자신이 이해하는 현실적인 시간 감각에 부적합하다며 이 모델들을 거부한다. 그는 오히려 현실적인 '생성'을 고려에 넣는 소설 특

---

7 [옮긴이주] 문학에서 시간과 공간이 재현되는 방식을 나타내기 위해 바흐친이 1920년대 과학의 신조어에서 차용해 온 개념이다. 크로노토프는 모든 서사체와 언어적 행위의 근본 조건을 지배하는 시간-공간적 모체를 지칭하는 용어인 동시에, 언어 창작물에서 시간-공간에 대한 다양한 역사적 감각을 포착할 수 있는 하나의 분석 단위다. 특정한 크로노토프는 특수한 장르, 상대적으로 고정된 발화 형식에 상응하며, 또한 특수한 세계관 및 이데올로기를 재현한다.

유의 통찰을 선호한다. 그가 기술하듯이, 소설은 이념들이 성장하고 변화하게 해 줄 뿐만 아니라 삶을 형성하는 데 작용하는 배경과 투쟁하게 해 준다. 소설의 배경은 한낱 배경에 불과한 것이 아니다. 사람들의 삶이나 이념을 이런 식으로 이해하는 사례 중 바흐친이 선호하는 것은 도스토옙스키적 소설이다. 그는 이를 《도스토옙스키 창작의 문제들Problems of Dostoevsky's Creative Art》(1929)에서 기술하고 있다.

　바흐친에 따르면, 도스토옙스키는 (서사시에서처럼) 플롯을 통해서도 (독백적 작품들에서처럼) 비인칭적인 저자의 이념을 통해서도 지배되지 않는 인물을 창조함으로써 소설을 변화시켰다. 이 새로운 유형의 주인공은 저자에게서 '거리를 둔 채' 발전하는 자신만의 고유한 이념을 간직하고 있다. 이런 식으로 그 주인공은 이념의 발전 없이는 상상할 수 없는데, 바로 이 이념의 발전이야말로 그의 정체성에 본질적이기 때문이다. 그런가 하면 이념의 발전은 주인공의 인격의 발전과 떨어져서는 존재하지 못한다. 결국 바흐친은 이렇게 쓰고 있다. "도스토옙스키의 형식 창조적 이데올로기는 모든 이데올로기들이 기반으로 삼는 두 가지 기본 요소, 즉 **파편화된 사고**, 그리고 사고의 체계를 낳는 통일된 대상 세계를 결여하고 있다"(PDP, 93쪽). 사고는 주인공의 다른 사고와 대화적으로 상호작용하면서 살아 움직이기 때문에, 그를 둘러싼 사람들의 이념과도 변덕스러운 환경과도 분리되어 있지 않다. 사고는 '체계'로 '이끌리지' 않고 '살아 있는 사건'으로서 존재한다.

　바흐친에 따르면, 자기 주인공들의 전기 작가인 도스토옙스키는 통상적인 의미에서 플롯에 의존하지 않았다. 그의 주인공들은 "플롯이라는 프로크루스테스의 침대와는 도저히" 어울리지 않기 때문이다. "여기서 플롯이란 있을 수 있는 많은 플롯들 중 하나일 뿐이며, 따라서 궁극적으로는 그 주인공에게 한낱 우연에 불과한 것으로 여겨진다"(PDP, 84쪽). 도스

〈작가 표도르 도스토옙스키의 초상〉 by Vasili Perov, 1872. 바흐친에 따르면, 도스토옙스키는 (서사시에서처럼) 플롯을 통해서도 (독백적 작품들에서처럼) 비인칭적인 저자의 이념을 통해서도 지배되지 않는 인물을 창조함으로써 소설을 변화시켰다.

토옙스키는 어떤 이념이 이르렀어야 할 곳에 초점을 맞추는 대신, 그 이념이 다른 곳에 이르렀을 수도 있으며 또한 여전히 다른 곳에 이를 수 있음을 강조한다. 이념이나 인물은 그 자체로 **"잠재력"**을 지니고 있고, "바로 이 잠재력이 예술적 이미지에서"—이 경우에는, 적절하게 파악된 사상가의 삶의 이미지에서—"가장 중요하다"(PDP, 91쪽). 이념 내의 어떤 것도 필연적으로 어딘가에 이르도록 되어 있지 않다. 이러한 삶을 기술하기 위해서는 프로크루스테스의 플롯을 피해야만 한다. 이러한 플롯은 읽을 만한 책을 만들어 내는 데는 무척 편리하지만 우연성, '다른 플롯들', 그리고 잠재력의 감각에는 너무나 해롭다.

이 연구에서 우리는 일관된 설명을 유지하면서도 그러한 위험들을 피하고자 했다. 우리는 주제들을 하나씩 다루어 나갔고, 그럼으로써 바흐친의 사상이 우리에게 이야기했을 법한 방식에 대해 의견을 제시할 수 있었다. 우리는 바흐친식 '점선'으로 그의 생각과 우리 관심사 사이를 이으려 했으며, 그 과정에서 그의 명시적인 논증들을 (우리가 이해하는 바의) 그 논증들의 잠재력과 구별하고자 했고, 체계를 부과하는 일 없이 연관들을 추적하고자 했다.

오늘날 바흐친이 명성을 얻게 된 것은 대부분 몇몇 신조어들과 급속하게 상투어cliché로 환원되어 버린 기존 단어들의 새로운 사용 때문이다. 다성성polyphony, 겹목소리의 말the double-voiced word, 카니발과 카니발화, 크로노토프, 이질언어성heteroglossia, 메타언어학, 잉여, 틈구멍the loophole, 그리고 오늘날 때로는 창조적이지만 때로는 이상할 뿐이고 또 어떤 때는 단순히 기계적인 부연과 응용을 통해 유통되는 일군의 단어들. 바흐친은 '체계' 속에 강제로 편입되지 않을 경우 '파편화된 사상들'의 저자로 취급된다. 즉, 그 사상들에서 영혼을 빼앗음으로써, 그리고 때로는 그것들의 특정한 의미를 단지 잘못 진술함으로써 그 사상들을 왜곡하는 저자로 취급되는 것이다. 따라서 우리 목적 중 하나는 바흐친의 핵심 용어들, 그 용어들 간의 관계, 용어를 발전시키거나 비일관적으로 사용한 용례, 그리고 특히 그 용어가 대답하도록 되어 있는 질문에 대한 해석을 제공하는 데 있다.

바흐친의 사고는 실제적인 발전과 놀라운 변화를 겪었다. 그렇지만 우리는 그의 생애 전체에 걸쳐 변화하면서도 특히 강렬하게 반복되는 어떤 문제들을 발견할 수 있다. 이 문제들에 대한 해답은 바흐친이 다양한 영역에 눈을 돌렸을 때 성취하고자 했던 바를 이해하는 데 도움을 줄 수 있다. 가장 중요한 두 가지는 창조적 과정의 역학과 윤리학의 본성이다. 이 두 가지와 밀접하게 관련된 세 번째 것은 작품의 가치, 즉 삶의 기획을 구성하는 순간순간의 노력이다.

바흐친은 여러 해에 걸쳐 많은 총괄 개념을 발전시켰다. 그러면서도 그는 반복되는 문제들을 이해하는 데 크게 도움이 되는 특정 영역들을 집중적으로 탐구했다. 이 책 제1장에서 우리는 그의 사고 스타일을 파악하는 데 매우 중요하다고 여겨지는 세 가지 총괄 개념을 제시한다.

이 세 가지 총괄 개념은 **산문학**(우리의 용어), **종결불가능성**unfinalizability, 그리고 **대화**다. 이 개념들은 바흐친 저작 속에서 다양하게 결합되고 강조되면서, 분리된 채로 또는 함께, 명시적으로 또는 암시적으로 나타난다. 우리는 바흐친이 특정한 새로운 개념을 만들어 내기 위해 이 몇 가지 개념을 기계적으로 결합했다고도, 또한 이 개념들이 새로운 관념적 합성물을 만들어 내기 위해 화학적 결합 과정을 거친 요소들을 구성한다고도 생각하지 않는다. 종결불가능성에 의해 다중화된 산문학은 크로노토프를 산출하지 않는다. 그러나 우리는, 바흐친이 크로노토프라는 아이디어를 떠올렸을 때 그것이 종결불가능성과 산문학에 대한 이해를 반영하고 풍부하게 했다고 생각한다. 간단히 말해서 우리는, 어떤 의미로든 바흐친이 하나의 생각을 떠올리는 경우에는 언제나 그 자신이 반복해서 제기하는 문제를 해결하는 데 그 생각이 도움을 줄 수 있는지, 그리고 그 생각이 언제나 발전하는 총괄 개념들과 잘 어울리거나 그것들을 풍부하게 해 줄 수 있는지를 고려하면서 판단했다고 생각한다. 이 세 가지 개념이 모든 것을 감싸 주지는 못한다. 그러나 우리는 이것들이 좋은 출발점이 되기에 충분할 만큼 포괄적이며, 바흐친의 특수한 이론들, 설명 방법들, 그리고 질문들의 틀을 짜는 스타일을 이해하는 데 도움을 주리라고 생각한다.

　이 연구는 세 부분으로 나뉜다. 제1부는 바흐친 사상의 핵심 쟁점들을 하나의 전체로서 폭넓게 개관한다. 제1장에서 그의 총괄 개념들을 살펴본 뒤, 제2장에서는 그의 발전 양상을 연대기적으로 설명할 것이다. 여기에서는 연속성과 함께 불연속성도 지적하고, 발전의 중심선이라고 입증된 것뿐만 아니라 곁가지와 막다른 골목 또한 보여 주고자 한다. 제3장에서 우리는 바흐친이 '논란이 되는 텍스트들'—즉 그의 동료인 볼로시노프와 메드베데프의 이름으로 출간된 저작들인데, 그중 일부는 바흐친이 쓴 것으로 여겨져 왔다—의 저자가 **아니라고** 생각하는 이유를 제시한다. 또한 이 세 사상가 각각을 이해하는 데, 특히 마르크스주의와 기호학에 대한 그들 각각의 관계를 이해하는 데 이 쟁점이 왜 그토록 중요한지를 보여 준다. 우리는 바흐친이 볼로시노프와 메드베데프에게 영향을 미쳤을 뿐만 아니라 그들의 생각도 바흐친의 발전에 중요한 영향을 끼쳤다고 생각한다.

　제2부는 바흐친 사상에서 저자성authorship의 본성에 속하는 세 가지 포괄적이고 밀접하게 관련된 주제를 다룬다. 제4장은 그의 여러 가지 언어 이론을 논한다. 제5장은 다양한 자아 이론을, 그리고 제6장은 난해하지만 핵심적인 다성성 개념을 논한다. 제3부에서는 바흐친의 장르 이론과 소설 이론을 다룬다. 문학 장르에 대한 일반 이론은 제7장에서 개괄한다. 우리는 제8장부터 제10장까지를 바흐친의 세 가지 주요한 소설 이론에 바친다. 이 이론들은 틀림없이 그가 문학 연구에 기여한 영속적인 업적으

로 문학 연구에 남을 것이다.

이렇게 이 책은 바흐친의 저작에 따라서가 아니라 주제와 문제에 따라서 구성되어 있다. 우리는 바흐친의 이론을 제시하면서, 분석적 접근과 연대기적 접근이라고 불릴 수 있는 두 접근법 사이를 오갈 것이다. 예컨대 바흐친의 언어이론을 다룰 경우 같은 시기에 공존하던 다른 관심사들과의 차이점을 염두에 두면서 일반적인 문제를 제기하는 동시에 바흐친의 특정한 해결책을 함께 제시하고자 한다. 이와는 반대로, 근본적으로 서로 다른 그의 자아 이론들은 연대기적으로 제시된다. 한편으로 이 두 제시 방법은 재료 그 자체에 대응하는 것이다. 또 한편으로 이 두 제시 방법은 이 책의 두 저자가 서로 다른 지적 스타일을 지니고 있다는 사실에 대응한다. 우리 두 사람은 어떤 접근법도 다른 접근법보다 특권을 누리지 못한다고 생각하며, 이 이중 초점이 자신의 사상을 진정으로 '생성한' 사상가로서의 바흐친에 대한 독자의 이해를 풍부하게 하는 데 도움을 줄 수 있기를 바란다.[8]

---

8 우리는 바흐친이 이전의 사상가들에게 지고 있는 여러 가지 빚에 대해서는 질문을 던지고자 하지 않았다. 이는 광대하고도 중요한 주제다. 우리는 주요 관심사인 바흐친의 요점을 파악하기 위해 필요할 때만 이 빚에 대해 언급했다. 즉, 바흐친의 빚보다는 그의 '과제'에 초점을 맞추었다. 우리는 바흐친이 이전의 사상가들과 자신을 명백하게 구별하면서 자신의 생각을 설명할 때만 그 사상가들에 대해 언급할 것이다.

제1부

핵심 개념들과
시대

제1장

총괄 개념들:
산문학, 종결불가능성, 대화

MIKHAIL
BAKHTIN

산문학

종결불가능성과 **대화**는 바흐친이 빈번히 사용한 용어지만, 산문학Prosaics 은 우리가 만든 신조어다.[1] 우리는 바흐친의 저작에 스며들어 있는 어떤 개념을 포착하기 위해 이 용어를 만들어 냈다. 제8장에서 논하겠지만, 바 흐친은 산문학과 대략 같은 뜻을 나타내는 관용구를 자주 사용한다. 소 설의 '형식 창조적 이데올로기'로서의 '산문적 지혜' 또는 '산문적 지성' 등이 그 예다.

산문학은 관련되어 있지만 서로 구별되는 두 가지 개념을 포함한다. 첫 번째, 산문학은 '시학'에 대립하는 것으로서 산문 일반, 특히 소설을 시 장르보다 특권화하는 문학이론을 뜻한다. 두 번째 의미에서의 산문학은 문학이론보다 훨씬 더 광범위한 것으로서, 일상적인 것, 평범한 것, '산문 적인' 것이 중요하다고 가정하는 사유 형식이다.

산문학을 두 번째 의미로 사용할 때 바흐친은 러시아와 서양의 다른 많은 사상가들의 뒤를 따르는데, 그중에서도 아마 톨스토이L. N. Tolstoi가

---

1 우리가 말할 수 있는 한, 산문학이라는 용어는 모슨Gary S. Morson의 《명쾌한 시선의 맹목 Hidden in Plain View》(1987), 126~128쪽 · 218~223쪽에서 처음 활자화되었다. 같은 해에 이 용어는 키테이Jeffrey Kittay와 고지히Wlad Godzich의 《산문의 등장: 산문학에 대한 에세이 The Emergence of Prose: An Essay in Prosaics》(1987)에서도 나타난다. 분명 이 용어는 독자 적으로, 그리고 본질적으로 동시에 만들어졌다.
우리가 이 용어를 사용하는 방식은 키테이와 고지히의 방식과 다르다. 아래에서 설명하겠지 만, 우리의 용법에서 산문학은 산문에 대한 접근법과 문화적 세계관을 모두 지칭한다. 키테 이와 고지히의 용법은 이 두 의미 중 전자와 겹친다. 그들의 계몽적인 연구는 산문의 기원(발 생)에 관심을 두고 있다. 하지만 우리의 용법은 주로 19세기 소설에서 전개된 산문에 초점을 맞추고 있다.
모슨은 〈산문학: 인문학에 대한 하나의 접근법Prosaics: An Approach to the Humanities〉과 〈산 문학과 《안나 카레니나》Prosaics and Anna Karenina〉라는 두 편의 글로 출간된 강의록에서 이 관념을 발전시켰다.

가장 중요한 인물일 것이다. 비트겐슈타인Ludwig Wittgenstein, 베이트슨Gregory Bateson, 브로델Fernand Braudel 등을 포함하는 다른 많은 근대 사상가들도 이와 비슷한 생각을 전개했으므로, 우리는 바흐친의 산문학을 이들과 같은 광범위한 맥락에 자리매김할 것이다. 우리가 아는 한 첫 번째 의미의 산문학, 즉 산문과 소설을 특권화하는 진지하고도 포괄적인 문학이론은 바흐친의 독특하고도 독창적인 창조물이다.

비평가들은 **시학**이라는 용어를 '문학이론'의 실질적인 동의어로 사용하는 데 너무나 익숙해져 있기 때문에, 산문을 이해하는 데 **시학**이라는 말이 함축하는 바를 종종 간과하거나 과소평가한다. 만일 일차적으로 운문 장르(혹은 극)를 염두에 두고 문학을 정의한다면, 틀림없이 산문은 충분히 문학적이지 못한 것으로, 문학적이라고 연상될 뿐인 것으로, 혹은 어쩌면 전혀 문학적이지 않은 것으로 나타나게 된다. 기껏해야 시학은 산문을 시적 특질이 결락되고 비非시적 특질이 첨가된 시로 기술하는 경향이 있다. 이는 마치 포유동물을 알을 낳지 않는 피가 따뜻한 파충류라고 정의하는 것과 같다.

이 책에서 우리는 바흐친이 산문학을 제시함으로써 '산문의 시학'으로 전통적인 시학을 **보충**하고자 한 것이 아니라 시적인 것이든 산문적인 것이든 모든 문학 장르에 대한 우리의 접근법을 바꾸고자 했음을 논증할 것이다. 그는 소설의 본질을 이해한다면 모든 문학 형식을 다르게 생각해야 하고, "시적 담론에 관한 기초적인 철학적 개념을 뿌리째 수정"(DiN, 267쪽)해야 한다고 주장했다. 결국 아리스토텔레스에서 러시아 형식주의[2]에

---

2 [옮긴이주] 러시아 형식주의는 제1차 세계대전 무렵부터 1930년대까지 러시아에서 형성된 유력한 문학비평 학파다. 시클롭스키V. B. Shklovsky, 티냐노프Y. Tynyanov, 아이헨바움B. Eichenbaum, 야콥슨Roman Jakobson 등이 대표적 이론가다. 러시아 형식주의는 문학의 '문학

이르기까지 시학의 모든 전통은 철저하게 재고되어야만 한다.

바흐친이 볼 때 형식주의자들은 시학의 철학적 개념을 가장 극단적인 형태로 구체화했고, 그로 인해 그것을 전체 전통에 대한 간편한 대체물로서 제공할 수 있었다. 나중에 다시 살펴보겠지만, 형식주의를 주도했던 이들은 '시어詩語연구학회OPOIAZ'를 세우고는 시적 언어의 특정한 본성이라고 여겨지는 것의 정체를 밝히면서 모든 문학을 이에 입각해 정의했다. 이는 본질적으로 시학의 특징을 이루는 행보이다. 바흐친의 동료인 메드베데프는 시클롭스키V. B. Shklovsky와 야콥슨이 발전시킨 시적 언어라는 관념이 그 이후의 모든 형식주의적 작업의 토대였으며, 따라서 시적 언어라는 관념 없이는 형식주의적 작업은 아무런 의미도 없을 것이라고 주장(M: FM, 61~63쪽)했다. 이러한 주장은 틀릴 수도 있지만 분명 논쟁적이다. 사실 메드베데프도 바흐친도 시적 언어는 운문 형식을 정확히 특징짓는 것이 아닐 뿐더러 산문에는 적용될 수 없을 것이라고 주장했다.[3]

산문의 언어와 스타일을 고려하지 않으면 안 될 때 형식주의자들은 어떻게 하는가? 바흐친에 따르면 형식주의자들은 두 가지 접근법 중 하나

성'을 결정짓는 본질을 형식에서 찾고, 문학적 기법의 기능적 역할을 강조했다. 이들이 보기에 문학의 핵심적 기능은 일상적 삶을 문학 속에 끌어들여 낯설게 변형시키고 문학적 기법과 장치에 주목하게 만듦으로써 문학 자체의 형식을 드러나게 하는 데 있다.

3 사실 바흐친의 초기 저술은 산문적 관점에서 서정시에 접근한다. KFP, 131~138, 141~145쪽에 실려 있는 푸시킨A. S. Pushkin의 서정시 〈이별Parting〉에 대한 그의 논의를 참조하라. 키테이와 고지히는 많은 점에서 바흐친의 관점을 떠올리게 하는 입장에 이른다. "아리스토텔레스의 《시학Poetic》 이후 우리는 이용 가능한 모든 문학이론을 통해서 운문이란 산문보다 더 정교한 담론 형식이라는 가르침을 받아 왔다. 이 가르침은 두 가지를 암시한다. 첫째, 운문은 산문으로 간주되는 담론에 노고를 가한 결과라는 것, 둘째, 산문이 운문에 선행한다는 것이 그것이다. 중세의 시학을 포함해 여러 시학들은 산문을 마치 자연적이고 비예술적이며 그저 주어진 것처럼 여기고는 운문에 관심을 기울인다. … 시 쓰는 법에 대한 연구는 그토록 많이 있지만 산문 쓰는 법에 대한 연구가 많지 않은 것은 바로 이 때문이다"(Jeffrey Kittay · Wlad Godzich, 《산문의 등장: 산문학에 대한 에세이》, 11쪽).

를 선택하는데, 그 두 가지 접근법 모두 소설을 오해하고 과소평가하게 만든다. 때때로 그들은 시를 위해 계발된 문체론의 전통을 산문에 적용하고는 저자, 서술자, 또는 인물의 문채文彩 · tropes를 논하곤 한다. 이에 따라 그들은 자신들도 납득하지 못할 만큼 이치에 닿지 않는 결론에 도달한다. 즉, 고골N. V. Gogol의 〈외투Overcoat〉는 서로 어긋나는 스타일들의 유희에 불과하고, 《돈 키호테Don Quixote》의 개성은 혁신적인 플롯 기법과는 무관한 부산물이며, 《전쟁과 평화War and Peace》에 있는 철학적 에세이들은 아무런 주제적 의의도 없는 스타일상의 장치로만 소용된다는 것이다. 약간 다른 어조이기는 하지만, 미국 비평가들도 전통적인 시학의 관점에서 특정 저자의 '산문 스타일'을 연구해 왔다. 예컨대 윔샛William Wisatt의 《새뮤얼 존슨의 산문 스타일The Prose Style of Samuel Johnson》이 그것이다.

바흐친은 이런 유의 연구에서 스타일이란 저자가 보여 주는 언어 체계의 개별적 예시로 이해된다고 주장한다. 따라서 일련의 소설군群이 어떤 스타일상의 특질을 지닐 수 있다는, 즉 저자와 전체로서의 언어 사이에 어떤 포괄적 전통이 개입할 수 있다는 생각은 적어도 근본적인 의미에서는 분석되지 못한다. 소설이라는 스타일은 소설 내 스타일의 총계로 환원된다. 그러나 바흐친은 소설이라는 장르는 스타일들의 스타일, 즉 일상생활의 다양한 언어가 완전히 이질적인 전체 속에서 협주orchestration하게 하는 것으로 이해되어야 한다고 주장한다. 전체를 의식하지 않고도 부분을 쉽게 분석할 수 있다. 따라서 바흐친이 볼 때 시학과 전통적인 문체론은 이러한 상위의 스타일을 이해하는 데에는 전적으로 부적절하다.

시학의 실천가들이 특징적으로 채택한 두 번째 방법은 소설을 비문학적 형식으로 다루는 것이다. "소설적 담론을 비예술적인 매체로 여기는 … 굉장히 특징적이고 널리 퍼진 관점이 있다. 소설적 담론에서 … 순수하게 시적인 공식(좁은 의미에서 '시적'인)을 발견하지 못하면 … 산문적 담론의 예술적 가치는 전적으로 부정된다. 산문적 담론은 일상생활의 실용적인 회화會話나 학문적 목적에 따른 회화, 즉 예술과 무관한 의사소통 수단과 동일하다는 것이다"(DiN, 260쪽). 바흐친은 형식주의의 동조자인 지르문스키V. Zhirmunsky를 이러한 접근법을 사용한 실례로 인용한다. 지르문스키는 자신의 전제에 기대어 소설을 언어예술 작품으로 간주하는 견해를 일관되게 반박했다.

서정시가 … 진정한 의미에서 **언어예술** 작품이라고 할 수 있다면, 언어적 구성이 자유로운 톨스토이의 소설은 말을 예술적으로 유의미한 상호작용의 요소로 사용하는 것이 아니라 중립적 매체나 (실용적 회화의 경우에서처럼) 의사소통적 기능에 종속된 의미화 체계로 사용한다. … 우리는 그러한 **문학작품**을 **언어예술** 작품이라고 부를 수 없으며, 서정시를 두고 언어예술 작품이라고 부르는 것과 같은 의미에서 결코 예술 작품이라고는 부를 수 없다(지르문스키, 〈형식적 방법의 문제에 대하여on the Problem of the Formal Method〉, DiN, 260~261쪽 주 1번에서 재인용).

만일 예술적 담론이 필연적으로 시적 담론이라면, 그리고 예술적 담론이 언어예술을 정의한다면,《안나 카레니나Anna Karenina》는 '언어예술' 작품이 아닐 것이다.

이러한 결론이 명백한 문제를 품고 있어서 많은 형식주의자들과 유사 형식주의자들은 자신들의 논지를 수정하지 않을 수 없었다. 어떤 이들은 두 종류의 스타일 분석을 행하려 했다. 그들에 따르면, 시는 전통적인 스타일 범주들에 따라 연구되는 반면, 산문에 대한 연구는 수사학의 복원으로 가능해질 것이다. 물론 이러한 기획은 미국 문학이론에서는 일반적인 것이었다. 바흐친에 따르면 "수사학의 재건은 합당한 이유가 있는 것으로서 형식주의의 입장을 크게 강화한다"(DiN, 267쪽 주 3번). 수사학은 적어도 소설의 언어를 단순히 무시하는 것이 아니라 그것을 분석할 방법을 비평가에게 제공해 주기 때문이다.

하지만 이러한 해결책은 여전히 예술=시학이라는 등식은 그대로 둔 채, 소설을 비예술적인 언어 사용에서 유래한 방법들에 따라 분석하는 것이다. 물론 소설이 수사적 형식을 이용하므로(소설 속의 서술자가 시를 인용할 수 있다) 수사학도 시학도 우리의 소설 이해에 기여할 수 있다. 그러나 수사학적 분석은 시와 구별될 뿐만 아니라 수사학과도 구별되는, 언어 예술로서의 소설의 지위를 인정하는 데서 출발하는 소설 접근법을 대신할 수 없다.

산문에 수사학적 분석만을 적용하는 것은 곧 산문의 문학성을 부정하는 일이다. 바흐친은 이러한 접근법을 실천한 사람 중 하나로서 지르문스키 못지않게 자신의 시적 전제에 입각해 일관된 주장을 한 구스타프 슈페트Gustav Shpet를 인용한다.

슈페트는 소설에 대해 다음과 같이 말한다. "요즘 유행하는 도덕적 선전의 형식—즉 **소설**—은 **시적 창조성**이 아닌 순전히 수사적인 구성의 산물에 불과하다. 이러한 인식은 소설이란 어찌되었든지 일종의 미학적 가치를 지니고 있다고 하는, 보편적 통념의 형태를 띤 가공할 장애물에 대립해서 생겨난 것이다."

슈페트는 소설에 어떠한 미학적 가치도 없다고 주장한다. 소설은 비예술적인 수사적 장르의 하나이며 "요즈음 유행하고 있는 도덕적 선전 형식"이라는 것이다. (우리가 앞에서 지적했던 의미에서) 시적 담론만이 예술적 담론이다(DiN, 268쪽).

바흐친은 소설을 (비노그라도프V. Vinogradov처럼) "혼종적 구성물"로 다룬다고 해서 슈페트의 입장을 개선할 수는 없다고 주장한다. 예술성 또는 문학성을 시적인 것과 동일시한다는 근본적인 문제는 그대로 남아 있기 때문이다.

더 나아가, 바흐친은 소설 장르의 문학성을 언어 이외 특질들의 기능으로 간주하는 또 다른 접근법도 분명히 거부했다. 형식주의자들은 산문이 서사시와 공유하는 특질, 즉 플롯·모티프·주제에 따라 적절하게 취급될 수 있다고 주장했다. 엄밀하게 말해서, 이러한 접근법은 그들의 이론적 전제와 모순되는 것이다. 메드베데프에 따르면, 형식주의는 시적 언어로 '문학성'을 정의하기 때문이다. 비록 형식주의자들이 '플롯 구성 장치와 일반 문체론적 장치 사이의 연관'(시클롭스키의 논문 제목)을 상술하고자 했을지라도, 이러한 유사성에 따른 논증은 형식주의적 접근법의 근본적인 비일관성을 실질적으로 해결할 수 없었다. 바흐친과 메드베데프는 형식주의 이론이 제한적이기는 하지만 매우 유익한 산문 작품 분석 기술들을 산출했다는 점을 인정한다. 그렇지만 형식주의 이론은 산문을 타락한 시나 진전된 수사학과는 다른 어떤 것으로 다루는 방법을 제공하지는 못했다.

이러한 이의를 제기하면서 바흐친과 메드베데프는 시클롭스키, 토마셉스키B. Tomashevsky, 아이헨바움B. Eichenbaum, 프로프V. Propp 등이 진전시킨 형식주의적 플롯 연구의 거대한 전통을 염두에 두고 있었다. 우리 시대에 그 전통은 무엇보다도 채트먼Seymour Chatman, 주네트Gérard Genette, 그리고 토도로프 등의 '서사학'을 촉발시켰다. 이 전통에 속하는 많은 형식주의적 연구는 시가 일상언어의 변형으로 '만들어지는' 것처럼 서사체narratives가 일상 서사체의 '변형'을 통해 '만들어지는' 방법을 설명한다. 이 연구들은 **파불라**fabula, **수제**siuzhet,[4] 반복repetition, 지연retardation, 대구parallelism, 형태론morphology, 대체substitution, 동기화motivation, 그리고 장치 드러내기baring the device처럼 이젠 익숙해진 기법들과 개념들의 저장소를 만들어 냈다.

그러나 이 전통을 잇는 수많은 이론가들이 지적해 온 것처럼, 이러한 기법들은 민간설화, 탐정물, 공상물 등을 분석하는 데는 어느 정도 적합해 보이지만, 단편소설short stories이나 장편소설novels에 적용되면 결함을 드러낸다. 토머스 그린Thomas Greene이 관찰한 것처럼, 이 기법들은 《데카메론Decameron》을 그와 유사한 플롯을 지닌 다른 수많은 소설들과 구별해 주는 것이 무엇인지를 설명해 주지는 못한다. 보카치오Giovanni Boccaccio 이야기의 흥미와 생명은 그 플롯뿐만 아니라 분명하게 설명하기 어려운 그 이야기 방식에서도 기인한다. 그린은 형식주의와 서사학이 우리에게 '명사와 동사'를 제공해 주지만, 우리는 '부사'를 필요로 한다고 결론짓는다.[5] 바흐친이 보기에 형식주의적 플롯 분석은 부피가 큰 소설에 적용될 때 훨씬 더 부적합한데, 그것은 소설에 플롯 이상의 다른 것들이 많이 있기

---

4 [옮긴이주] 파불라와 수제는 러시아 형식주의에서 서사 분석에 사용되는 개념으로, 파불라는 스토리를, 수제는 스토리가 말해지는 방식을 뜻한다. 즉, 파불라는 실제 시간에서 일어났을지 모르는 순서 그대로의 스토리를 가리키며, 저자의 형식적 조작을 기다리는 아직 가공되지 않은 이야기 재료에 해당한다. 수제는 저자에 의해 스토리에 가해진 변형을 지칭한다. 게리 헨치 · 조셉 칠더즈 엮음, 《현대 문학 · 문화 비평 용어사전》, 황종연 옮김(문학동네, 1999) 참조.
5 토머스 그린Thomas Greene의 언급은 Gary S. Morson (ed.), 《문학과 역사: 이론적 문제와 러시아 사례 연구Literature and History: Theoretical Problems and Russian Case Studies》, 270쪽에서 재인용.

때문만이 아니라 서사적 기법들의 집합체라는 것만으로는 플롯 자체가 제대로 이해될 수 없기 때문이기도 했다.

바흐친에 따르면, 소설은 사건을 구상하고 공간, 시간, 사회적 환경, 성격, 행위의 상호 관계를 이해하는 특별한 방법을 지니고 있다. 소설의 플롯은 언어만큼이나 특별하다. 바흐친의 에세이 〈소설 속의 담론Discourse in the Novel〉은 소설적 언어의 특별한 질을 탐구하는 데 바쳐졌지만, 〈소설의 시간 형식과 크로노토프 형식: 역사적 시학을 위한 노트Forms of Time and of the Chronotope in the Novel: Notes Toward a Historical Poetics〉라는 또 다른 에세이는 다른 장르의 플롯과 소설적 플롯을 구별하고 있다. 요컨대 소설에 대한 형식주의적이고 서사학적인 접근법의 근본 문제는, 그 접근법이 **산문의 시학**(토도로프의 책 제목)을 전개하고 있다는 것이다. 하지만 필요한 것은 '산문의 산문학'이다.

간단히 말해서, 산문을 분석하는 모든 방법은 시에서 유래하기 때문에 그것으로는 산문의 '산문성'과 소설의 '소설성'을 드러낼 수 없다. 기존의 방법에 따르면 산문은 반드시 불완전한 시, 또는 비문학적 목적에 굴복한 것으로 여겨지게 된다.

바흐친은 산문을 산문 특유의 용어를 통해 고찰하기만 한다면 시를 포함한 모든 언어예술이 다른 방식으로 보이게 될 것이라고 주장한다. 산문학에 비추어 보면, 시학은 시학 고유의 대상인 시에 대해서조차 부적절한 것으로 나타난다. 바흐친에게 "소설적 담론은 스타일을 구상하는 이 모든 방식에 대한 시금석으로서, 담론이 예술적 삶을 영위하는 모든 영역에서 이러한 사유 유형의 편협함과 그 부적합성을 드러낸다"(DiN, 261쪽). 그럼으로써 이론적 사유는 다음과 같은 딜레마에 봉착한다. "소설이 (따라서 그와 같은 방향성을 지니는 모든 예술적 산문이) 비예술적 또는 유사 예술적 장르임을 인정할 것인가, 아니면 전통적인 문체론의 기반이 되어 그 문체론의 모든 범주를 규정하는 시적 담론이라는 개념을 근본적으로 재고할 것인가"(DiN, 267쪽). 바흐친은 계속해서 이렇게 말한다. 물론 "이러한 딜레마는 … 결코 보편적으로 인식되지 못한다. 대부분의 학자들은 시적 담론이라는 기초 철학적 개념을 근본적으로 수정할 의향이 없다"(DiN, 267쪽). 그러나 요구되는 것은 바로 이러한 근본적 수정이다.

물론 어떤 사람은 바흐친의 제언이 산문이든 시든 어느 것도 특권화하지 않는 포괄적인 문학이론보다 오히려 시학의 단순한 전도, 즉 일종의 소설적 제국주의novelistic imperialism를 초래할 수 있다고 반대할지도 모른다. 제2장에서 살펴보겠지만, 소설 중심의 제국주의적 지향에서 바흐친이 면제되지는 않는다.

바흐친의 언어이론과 소설 이론은 문학적 범주들을 이처럼 근본적으로 재고하게 한다. 우리는 이 점을 강조할 것이다. 바흐친 숭배자들이 그의 작업을 너무 편협하게 다루기 때문이다. 그들은 자신들의 근본 전제들을 그대로 둔 채 대화, 다성성, 크로노토프 같은 바흐친의 한두 가지 개념들을 분석 속에 통합하기 때문에 이러한 바흐친적인 범주들을 오해하거나 오용하게 된다. 바흐친은 단지 일련의 분리 가능한 용어들 또는 일련의 새로운 기법들을 제공하고자 했던 것이 아니라, 언어와 문학적 담론 전체에 근본적으로 다른 접근법을 적용하고자 했다.

바흐친의 언어 연구와 문학 연구는 비문학적 담론, 소설, 그리고 수많은 서사적 시narrative poetry 장르에 대해 산문적 접근법이 의미하는 바를 충분히 해명하지만, 그 접근법이 서정시에 지니는 함의를 충분히 풀지는 못했다. 그는 우리가 산문학의 용어들로 사유하기 시작하면 이전에 간과했던 서정시의 특질을 식별하게 될 것이며, 이미 분석되어 온 서정시의 특질마저도 전혀 다르게 이해될 것이라고 말한다. 그러나 그의 생각을 이러한 방향으로 발전시키는 일은 여전히 미완의 것으로 남아 있다.

산문학과 일상언어

이미 언급한 것처럼, 바흐친이 볼 때 시학—특히 러시아 형식주의가 대변하는 극단적 형식의 경우—은 문학적 담론뿐만 아니라 비문학적 담론에까지 오해를 초래한다. 사실 시학은 대개 어원학 및 언어학 일반의 오류들에 **기인한다**. 바흐친에 따르면 시학, 어원학, 전통 언어학, 그리고 러시아 형식주의는 모두 근본적으로 동일한 착오를 범하고 있다. 메드베데프는 주요 형식주의자들의 글에서 다음과 같은 구절들을 본보기로 선별하여 인용한다.

> 이리하여 우리는, 시는 제동에 걸려 왜곡된 발화라는 정의에 이른다. 시적 발화는 구성된 하나의 발화다. 그리고 산문은 평범한 발화, 즉 경제적이고 평이하고 정확한 발화다(데아 프로자에dea prosae는 정상적이고 원만한 출산의 여신, 태아가 정상적인 위치에 자리 잡고 있는 여신이다)(시클롭스키, 〈장치로서의 예술Art as Device〉. M: FM, 89쪽에서 재인용).

> 시는 표현 대상에 대해서는 무관심하다(야콥슨, 《최근의 러시아 시Noveishaia russkaia poeziia》. M: FM, 87쪽에서 재인용).

> 사변적 미학에 호소하지 않으면서 이러한 열거의 원리를 실천하고 강

화하기 위해, 문학적 사실을 그와는 다른 일련의 사실들과 대조할 필요
가 있었다. … '시적 언어'를 '실용적 언어'와 대조하는 것은 그러한 방법
론적 책략이었다. 그것은 시어연구학회의 첫 번째 논문집에 나타났으며
… 시학의 근본 문제들을 형식주의적으로 연구하는 출발점 역할을 했
다(아이헨바움, 〈형식적 방법의 이론The Theory of the Formal Method〉. M: FM, 88쪽에서 재인용).

산문의 리듬은 한편으로는 노동요, 즉 '두비누시카'의 리듬이며, '어
기영차heave-ho'라는 구령을 대신하는 것이다. 그러나 다른 한편 그것은
노동을 더 쉽게 만들고 자동화한다. … 따라서 산문적 리듬은 자동화
하는 요인으로서 중요하다. 그러나 시의 리듬은 다르다. … 예술적 리
듬은 산문적 리듬의 파기다(시클롭스키, 〈장치로서의 예술〉. M: FM, 90쪽에서 재인용).

메드베데프가 "고도로 〔형식주의에〕 전형적"(M: FM, 90쪽)이라고 칭한 이 비
슷비슷한 구절들은 시학의 몇 가지 핵심적 오류를 일제히 드러낸다. 이
구절들에서는 '예술적'인 것이 '시적'인 것과 동일시되고 있다. 마찬가지로
이 구절들에서는 산문이 비문학적 담론과 동일시되고 있으며, 비문학적
담론은 '실용적'이거나 (다른 경우에는) 습관적인 것으로 특징지어지고 있
다. 그리고 실용적이거나 **일상적인**bytovaia 발화는 동질적이고 비창조적이
며 '자동화된' 것으로 설명된다. 이러한 특성화는 시와 산문의 본성을 왜
곡할 뿐만 아니라, 비문학적 담론의 본성까지도 심각하게 오해하게 한다.
메드베데프가 지적하듯이, 무엇보다도 형식주의자들의 '부정적apophatic
방법'(부정에 의한 정의)은 비문학적 언어의 전체 영역을 무차별적인 하나
의 덩어리로 간주하게 만든다. 시적 언어가 어떤 특별한 속성들을 지니고
있다는 점을 인정한다 할지라도, 이 점이 곧 다른 담론 영역들이 그들 나

름의 특별한 속성들을 지닐 수 없다는 데로 귀결되지는 않는다. "우리는 어떤 구성물도 체험된 삶에 충실하지 않다는 것을, 그리고 삶의 언표들, 즉 언어의 의사소통적 기능의 본성을 뒷받침해 주는 현실이란 실제 상호 작용의 서로 다른 영역들과 목표들에 따라 다양한 방식으로 형성된다는 것을 알고 있다. 실제 삶에서 개별적인 의사소통적 구성들 사이의 형식적 차이가 과학적 작업과 시 작업 사이의 차이보다 훨씬 더 심각하고 중요할 수 있다"(M: FM, 93쪽).

형식주의자들의 논리에 따르면, 법률 언어나 저널리즘 언어 또는 기타 다른 언어의 특질들을 동일시하고, 시를 포함해서 그 외의 언어를 하나의 미분화된 덩어리라고 주장하는 것도 가능하다. 사실 형식주의자들이 '실용적'이라고 칭하는 종류의 언어는 상업 활동의 극히 제한된 영역만을 특징짓는다. "형식주의자들은 실용언어라는 개념의 난해함을 전혀 보지 않았다. 그들은 그것을 직접적으로 자명한 것으로 여겼다"(M: FM, 93쪽). 바흐친 모임은 이러한 오류를 교정했다. 바흐친과 볼로시노프의 작업 대부분은 비문학적 담론의 이질적이고도 미세한 형식들을 다뤘다. 바흐친은 훗날 〈발화 장르의 문제The Problem of Speech Genres〉를 쓰면서 이 문제로 되돌아갔다.

바흐친 모임에 따르면 형식주의적 틀은 일상적 영역에 대한 모욕을 초래한다. 만일 일상적 발화가 당연히 자동화된다면, 그것은 활력의 장소도, 사회적이고 개인적인 창조성의 장소도 될 수 없을 것이다.

사실상 실제 삶의 상호 왕래는 비록 그것이 느리게 이루어지거나 좁은 영역에서 이루어진다 할지라도 끊임없이 발생하고 있다. 각 영역들 사이의 상호 관계는 거의 눈에 띄지 않을 정도라 할지라도 언제나 변화한다. 이러한 생성의 과정 속에서는 생성되는 내용조차도 생성하고 있다. 실천적인 상호 변화는 사건-잠재력event-potential으로 충만해 있으며 가장 하찮은 언어적philological 변화도 이러한 끊임없는 사건의 생성에 참여한다. 말은 이러한 생성 속에서 그 가장 열정적인 삶을 산다. 비록 예술적 창조에서는 그 삶과는 다른 삶을 살지라도 말이다(M: FM, 95쪽).

형식주의자들과 그들의 동맹자 미래파에게 **일상적 세계**(byt)란 죽은 것, 자동화된 것, 본질적으로 무의식적인 것, 그리고 확실히 비창조적인 것이다. 형식주의자와 미래파는 보헤미안 낭만주의에—대중적 취미에 대한 거부, 극적인 시작과 종말, 위기, 바리케이드의 습격에, 보답 없는 사랑과 '제동 걸린' 감정에, 묵시록적 시간과 역사적 도약에—매료되었다. 그들이 좋아하지 않았던 것은 일상적 세계였다. 마야콥스키V. V. Mayakovsky는 자살할 때 쓴 시에서 "사랑의 보트는 일상의 **단조로움**(byt)을 깨부수었다"라고 썼다. 이와는 반대로 바흐친은 "가장 평범하고 표준적이고 일상적인 발화의 저자라는 문제"(SG, 109쪽)를 탐구한다. 바흐친, 볼로시노프, 메드베데프에게 일상은 지속적인 행위의 영역이며, 모든 사회적 변화와 개인적 창조성의 원천이다. 산문적인 것은 진정으로 흥미로운 것이며 평범한 것은 진정으로 가치 있는 것이다.

물론 산문적 창조성은 일반적으로 더디게 진행되고 협소한 영역에서 시작되며 거의 눈에 띄지 않는다. 그러한 이유 때문에 우리는 그것을 보지 못하고, 혁신은 다른 어떤 곳에서 격발되어야만 한다고 생각한다. 그러나 혁신은 사실 '끊임없이' 발생하는 수많은 작은 변화들의 산물이다. 우리가 그것을 지각하고 이해하기 어려운 것은 바로 그 친숙함 때문이다.

평범한 것의 철학으로서의 산문학

> 그는 모든 것에서 위대한 것, 영원한 것, 무한한 것을 보는 법을 배웠다. 그래서
> 자신의 감식안을 향유하기 위해 그는 사람들의 머리 위를 조망하곤 했던 망원
> 경을 버리고는, 자신을 둘러싸고 있는, 언제나 변화하는, 끝없이 위대하고 심오
> 하고 무한한 삶을 기쁨이 가득 찬 눈으로 살펴보았다. – 톨스토이, 《전쟁과 평화》,
> 1320쪽

바흐친은 포괄적 산문학을 우리가 산문학의 첫 번째 의미라고 칭했던 것
(시학에 반대되는 것으로서의 산문학)으로 정식화한 최초의 인물이지만, 두
번째 의미에서는 가장 중요한 '산문적' 사상가 중 한 사람일 뿐이다. 일상
적인 것과 평범한 것에 대해 성찰할 때 바흐친은 헤르첸Alexander Herzen, 톨
스토이, 체호프Anton Chekhov를 비롯해 이데올로기에 반대하는 러시아 사
상가들의 전통을 따른다. 《바냐 아저씨Uncle Vanya》에서 엘레나 안드레예브
나는 러시아 사상에서 지배적인 반골 전통을 반박한다. "이반 페트로비
치, 당신은 교양 있고 지적인 사람입니다. 그래서 나는 당신이 범죄나 방
화 때문이 아니라 이런 자질구레한 말다툼 때문에 세상이 무너지고 있음
을 이해하리라고 생각합니다"(체호프, 《바냐 아저씨》, 2막, 191쪽).[6]

〈왜 사람들은 무감각한가Why Do Men Stupefy Themselves?〉라는 에세이에서
톨스토이는, 우리가 거의 의식하지 못하는 일상의 순간에 실제 윤리적 결
정이 내려지고 진정한 삶이 체험된다는 생각을 전개한다. 어느 순간 우리
의 판단을 희미하게 하는 것은, 그것이 아무리 하찮은 변화를 가져온다

---

6 특징적이게도 체호프Anton Chekhov는, 정확한 말을 할 때조차도 묵시록적인 언어에 대한 유
   혹을 뿌리치지 못하는 매력 없는 인물로 하여금 이 말을 하게 했다.

할지라도 잠재적으로 매우 유해하다. 결정적인 순간에 발생하는 큰 효과만이 중요하다고 생각하는 것은 "시계를 돌에 부딪치는 것은 시계에 해롭지만 시계 안에 작은 먼지가 들어가는 것은 해롭지 않다고 생각하는 것과 같다"(톨스토이, 〈왜 사람들은 무감각한가?〉, 196쪽).

톨스토이는 이 에세이에서 학생들의 그림을 고쳐 주던 화가 브률로프K. P. Bryullov의 이야기를 반복한다. 한 학생이 브률로프가 단지 조금 손을 댔을 뿐인데도 그림이 전혀 다르게 되어 버렸다고 놀라워하며 말했다. 이에 대해 브률로프는 이렇게 대답한다. "작은 일이 시작되는 곳에서 예술은 시작된다." 톨스토이는 여기에서 중요한 결론을 이끌어 낸다.

> 이 말은 예술에 대해서뿐만 아니라 삶 전체에 대해서도 놀랍도록 참이다. 작은 일이 시작되는 곳에서—우리가 보기에 미세하고 무한히 작은 변화가 발생하는 곳에서—진정한 삶이 시작된다고 말할 수 있을 것이다. 진정한 삶은 거대한 외적 변화가 발생하는 곳에서는—사람들이 몰려다니고 충돌하고 싸우고 서로를 살해하는 곳에서는—체험되지 않는다. 그것은 오직 너무나도 사소하고 극미하게 작은 변화들이 발생하는 곳에서만 체험된다(톨스토이, 〈왜 사람들은 무감각한가〉, 197쪽).

톨스토이는 그 당시 마치 자신이 쓰기라도 한 것처럼 탐독하던 《죄와 벌》에서 한 예를 취한다. 톨스토이에 따르면, "라스콜리니코프가 노파와 그녀의 여동생을 살해했을 때 그는 자신의 진정한 삶을 살지 않았으며", 어떤 단 하나의 "결정적인" 순간에 살인을 감행하기로 결정했을 때도 진정한 삶을 살지 않았다. 도끼를 품고 노파의 집에 들어갔을 때도, 완전범죄를 계획했을 때도, 살인이 도덕적으로 용납될 수 있는지 걱정할 때도,

그는 스스로 선택하지도, 자신의 진정한 삶을 살지도 않았다. 오히려 그가 침대에 막 누웠을 때, 가장 일상적인 문제들—자기 어머니에게서 돈을 가져올 것인가 말 것인가, 지금 사는 아파트에서 계속 살아야 할 것인가 말 것인가, 그리고 노파와는 아무런 관계도 없는 다른 문제들—에 대해 생각하고 있을 때 선택은 이미 이루어지고 있었다. "그 문제는 … 그가 아무것도 하지 않은 채 의식만 활동하고 있을 때 결정되었다. 그리고 그 의식 속에서 작고 작은 변화가 일어났다. … 작고 작은 변화—그러나 가장 중요하고도 끔찍한 결과가 거기에서 비롯한다"(톨스토이, 〈왜 사람들은 무감각한가?〉, 197~198쪽).

《안나 카레니나》에서 톨스토이는 이 논지를 사랑, 일, 그리고 일상적 윤리에 적용한다. 그의 인물들은 일상적인 가족사, 직접적인 욕구와 관련된 매일매일의 과제, 그리고 순간순간 올바르게 살아온 삶에서 나오는 체계적이지 않은 판단의 소중함을 배운다. 레빈은 일상적 삶의 풍요로운 평범함을 새롭게 감지하게 되면서 자멸적인 회의주의에서 벗어난다. "그런데도 나는 기적을 바라고 있었다. 그리고 나를 납득시켜줄 만한 기적을 만나지 못한 것을 안타까워하고 있었다. … 그런데 여기에 기적이 있다. 더구나 그것은 항상 존재하며, 사방에서 나를 에워싸고 있는 오직 하나의 가능성 있는 기적인데도 나는 그것을 깨닫지 못했던 것이다!"(톨스토이, 《안나 카레니나》, 8부 12장, 829쪽). 그는 철학적 문제들, 즉 그것들이 단 하나의 해답을 가지고 있는 게 아니라는 사실을 알고는 혼란스러워했던 그런 철학적 문제들에 대한 해답을 발견한다. 어쩌면, 톨스토이 찬양자인 비트겐슈타인이 진술하듯이 "삶의 문제에 대한 해답은 문제를 추방하는 데 있는 것으로 보인다. (이것이야말로, 오랜 의심의 시기를 거친 후 삶의 의미가 분명해졌다고 깨달은 사람들이 그 의미를 구성하는 것이 무엇인지 말할 수 없었던 이유가 아닐까?)"(비트겐슈타인,《논리-철학 논고Tractatus Logico-Philoso-phicus》, 6. 521).

산문학과 윤리학

톨스토이적 산문학은 직접적으로 윤리학을 함축하고 있다. 바흐친은 초기 글, 특히 〈행위의 철학을 위하여〉와 〈예술과 책임Art and Responsibility〉(1919)에서 이와 동일한 취지에서 윤리적인 문제들에 접근했다. 두 사상가 모두 윤리적 문제에 대한 특정한 관점을 제공해 준다.

《안나 카레니나》의 레빈과 《전쟁과 평화》의 피에르는 윤리 이론을 정초하는 것이 불가능하다는 점, 그러므로 무엇이 옳고 그른지를 확실히 아는 것이 불가능하다는 점 때문에 괴로워한다. 한편으로 절대주의적인 접근법들은 특수한 상황에 부적합하다는 것이 입증되었을 뿐만 아니라 서로 모순되기도 한다. 다른 한편으로 상대주의는 의미심장한 문제들을 터무니없이 부정하고, 그래서 무기력한 냉담함에 빠지게 한다. 레빈과 피에르는 절대와 무無 사이에서 동요하다가, 결국 도덕성을 규칙 적용의 문제로 간주하고 윤리학을 체계적 인식의 영역이라고 간주한 데 자신들의 착오가 있었음을 깨닫는다. 두 인물은 일반 철학 없이도 올바른 도덕적 결정을 내릴 수 있다는 사실을 발견한다. 체계 대신에, 그들은 순간순간을 올바르게 살아가고 개개의 경우 환원 불가능한 특수성들을 신중하게 배려하는 데서 비롯하는 도덕적 지혜에 의존하게 된다.

바흐친은 초기 수고에서 칸트Immanuel Kant에 대한 반론을 펴며 이와 유사한 주장을 하는데, 거기에서 바흐친은 칸트를 데카르트René Descartes와 파스칼Blaise Pascal 이래 서구에서 지배적이게 된 모든 추상적이고 철학적인 윤리학 접근법들의 대표자로 다루고 있다. 바흐친에 따르면, 이러한 접근법들은 보통 윤리학을 일반적 규범이나 원리의 문제로 간주하고 개별 행위는 한낱 규범에 대한 예증(또는 예증의 실패)으로 간주한다. 그러므로 윤리적 결정을 내리는 것이 범법 사건에 대해 판결을 내리는 것과 유사해진다. 톨스토이의 이반 일리치는 현명한 법학자이기라도 한 듯이 올바른 결정에 도달하기 위해 특수한 사실들을 추려내고, 관계없는 것들을 모두 배제한 뒤, 규범을 적용한다. 바흐친에 따르면, 이러한 접근법은 진정으로 윤리적인 사유에 본질적인 모든 것들을 간과한다.

바흐친의 견해에 따르면, 규칙의 견지에서 윤리학에 접근하는 모든 방법은 규칙에 맞지 않는 본질적으로 특수한 것들을 무시할 뿐만 아니라 근본적으로 기계적인 방식으로 작용한다.[7] 오늘날에는 이렇게 말할 수도 있을 것이다. 만일 도덕성이 규범을 적용하는 문제라면, 우리보다 더 잘할 수 있는 컴퓨터에게 그것을 기대할 수 있을 것이다. 바흐친은 이러한 의미에서의 윤리학이란 기껏해야 소급 적용에 불과하다고 주장한다. 그것은 어떤 특수한 결정을 내리기 위한 지침이 될 수 없으며, 기껏해야 "이미 완료된 행위들을 그 이론적 사본寫本에 따라 일반화할 원리"(KFP, 102쪽)에 불과하다. 시의 번역에서처럼, 그러한 사본은 사건과 관련한 가장 중요

---

7 바흐친과 톨스토이는, 비록 그 이름을 언급하지는 않지만, 여기에서 아리스토텔레스의 (반플라톤주의적) 사상을 발전시키고 있다. 즉, "모든 법은 보편적이지만, 어떤 것들some things에 대해 올바른 보편적 진술을 한다는 것은 불가능하다"(Aristotle,《니코마코스 윤리학 Nichomachean Ethics》, 1020쪽). 보편적 정의는 "형평법衡平法, 즉 그 보편성으로 인해결함이 있을 때 법을 수정할 수 있는 권리"(Aristotle,《니코마코스 윤리학》, 1020쪽)에 의해 수정되어야만 한다. 형평법은 "형평인 것을 올바르게 식별하는 판단"의 문제이며, 판단은 다시 "경험"(Aristotle,《니코마코스 윤리학》, 1032~1033쪽)에 의존한다. 최근 이러한 사상의 부활에 대해서는 다음을 참조하라. Stephen Toulmin, 〈원리의 횡포The Tyranny of Principles〉, 34~35쪽(특히 톨스토이에 대한 섬세한 독해 부분); Albert R. Jonsen·Stephen Toulmin,《궤변의 남용: 도덕적 추론의 역사The Abuse of Casuistry: A History of Moral Reasoning》.

한 어떤 것, 즉 "사건이 확실하게 알고 있으며, 행위가 방향 지어진 그 사건성의 의미"(KFP, 105쪽)를 놓쳐 버리기 쉽다. 의무, 즉 책임의 '당위성'이란 개별 특수한 상황의 본질을 제거할 때에만 적절히 일반화될 수 있는 방식으로 그 특수한 상황에서 발생하며 또 그 상황에 응답한다.

바흐친도 톨스토이처럼 이러한 절대성에 대한 거부가 상대주의나 주관주의의 수락을 뜻하지는 않는다는 것을 여러 차례 주지시킨다. 상대주의와 주관주의는 모두 추상적 이론의 영역에 자리 잡고 있으며, 일반 규범 이론만큼이나 사건의 '당위성'과 '사건성'에서 멀리 떨어져 있기 때문이다. 바흐친은 전 생애에 걸쳐서 그랬던 것처럼, 초기 글에서도 상대주의(또는 주관주의)와 절대주의(또는 독단주의)가 동전의 양면임을 주장했다.

윤리학에서 절대주의는 사건의 당위성을 규칙으로 대체함으로써 그 당위성을 파괴한다. 상대주의는 윤리학이 규칙의 문제라는 점에는 동의하지만, 비자의적인 규칙이 존재할 수 있다는 것은 부인한다. 어떤 입장도 바흐친이나 톨스토이가 이해했던 것과 같은 윤리적 행위와는 양립할 수 없다.

윤리학이 일반화될 수도 없고 규칙의 문제도 아니라는 사실이 짐을 덜어 주는 것은 결코 아니다. 반대로 윤리학이 규칙의 문제이고 우리가 그 규칙을 알 수 있다면, 윤리적 행위의 모든 노고는 사라질 것이다. 우리는 아무 생각 없이 간단히 그것을 적용할 수 있을 것이기 때문이다. 거꾸로 '무엇을 해도 괜찮다'고 해도 노고는 없을 것이다. 그러나 윤리학이 실제적이고, 근본적으로 특수한 상황들에 위치해 있다면, **언제나** 실제적인 노고가 요구될 것이다. 판단의 노고에는 필연적으로 위험, 그 상황의 특수자들에 대한 특별한 배려, 그리고 인생의 주어진 순간에 다른 독특한 사람들과 맺는 특별한 관계가 포함된다. 사랑과 마찬가지로, 도덕성이 살아 있는 것은 바로 그러한 연관 속에서다.

바흐친은 윤리적인 것을 우리 삶의 모든 평범한 순간과 결합하고자 한다. 혹자는 물을지도 모른다. 왜 평범한 것이 도덕적인 것과 결합될 필요가 있는가? 파국도 비범한 행운도 윤리적인 성과를 낳을 수 있지 않은가? 일반적으로 비범한 것은 윤리적인 것을 위험에 처하게 만든다. 파국은 한 개인이나 한 사건을 둘러싸고 이루어진 작고 분별력 있는 의무의 망을 해체시킨다. 물론 이것은 파국의 공포가 또한 '해방적'인 이유이기도 하다. 위기는, 규범과 원리가 그렇게 하듯이 개인적 책임을 말소하는 경향이 있다. 그래서 내적인 숙고를 거친 후 내가 선택한 자질구레하고 사소한 prosaic 결정에는 더 이상 초점이 맞춰지지 않고, 내가 그 자리에 오기 전부터 이미 존재했거나 외부에서 내게 부과되는 거대하고 비개인적인 명령에 초점이 맞춰진다.

바흐친이 윤리학에 대한 철학적 접근법의 가치를 전적으로 부인한 것은 아니다. 규범이 결함을 드러내는 바로 그 지점을 파악함으로써 특수한 상황의 다양한 지류를 이해하게 될 것이고, 이러한 훈련을 통해서 우리는 다가올 상황에 대한 응전력을 높일 수 있다고 바흐친은 믿었다. 물론 이 같은 논의는, 모든 실제 상황의 풍부한 세부 사항을 제거해 버리는 사례 연구에 의존하는 경향이 있기 때문에 추상적인 면이 있고, 그래서 그리 유용하지는 않다. 철학자들이 제공하는 사례는 지나치게 도식적이어서 산문적 관점에서 볼 때는 매우 유용한 세부 사항을 간과하는 경향이 있다. 우리는 대체로 수많은 특수자를 인식하는 방법을 가지고 있지 않기 때문에, 실제 삶 속에서 일어나는 상황조차도 마치 대면하기 전에는 알 수 없는 개개인의 심리 상태처럼 불충분할 수 있다. 사례 연구를 수백 페이지에 걸쳐 수행하고, 고려해야 할 계기들을 그 역사 및 지각 대상과 더불어 모든 관련 인물들의 망 속에 자리 잡게 하고, 이 모든 사건들을 다가적多價的인 사회적 환경 속에서 기술한다고 해서 특별히 뛰어나다고는 할 수 없다. 간단히 말해서, 위대한 소설에서 발견되는 풍부하고 '방대한' 설명이라 해도 결코 뛰어나다고 할 수 없을 것이다.

톨스토이와 바흐친에게 산문적 형식 중에서도 가장 산문적인 소설은 윤리 교육에서 특별한 위치를 차지한다. 좋건 나쁘건, 소설은 특수한 상황들에 대한 우리의 도덕적 감각을 풍부하게 하는 강력한 수단이다. 소설은 의무를 사건성―물론 여전히 불완전하게, 그러나 다른 재현 형식들보다는 훨씬 더 풍부하게―속에 위치시킨다. 이것이 바로 전체 플롯과 관계없는 그토록 많은 세부 사항들을 가지고 있는 톨스토이 소설의 길이가 바로 그 소설의 목적에 본질적으로 부합하는 이유이며, 일반적으로는 소설이, 특수하게는 러시아 장편소설이, '예술과 책임'에 대한 바흐친의 이해에서 핵심을 차지하는 이유다. 만일 윤리학이 지식의 대상이라면, 철학은 가장 도덕적인 교육학일 것이다. 그러나 윤리학은 지식의 문제가 아니라 지혜의 문제다. 그리고 바흐친은 지혜란 체계화될 수 없다고 믿었다.

산문학과 체계들

산문적 사고의 기본 특징을 설명하고 그것이 '평범한' 것과 '일상적인' 것을 어떻게 이해하는지를 상술할 필요가 있다.

산문학은 엄밀한 의미에서의 체계, 즉 구조주의자들, 기호학자들, 그리고 일반 체계 이론가들이 사용하는 의미에서의 체계―모든 요소가 엄격한 위계 구조 내에 자리 잡고 있으며, "어떤 부분도 다른 부분과 무관하지 않은 상호 연관된 것들의 집합체"(크라머Nic. J. T. A. Kramer·스미트Jacob de Smit,《사고하는 체계Systems Thinking》, 14쪽)[8]—를 의심한다. 만일 누군가 산문적으로 사고한다면, 그는 자아에서 언어까지, 일상생활에서 전체 역사까지 문화의 모든 측면이 총괄적인 패턴을 제시할 만큼 단단하게 조직될 수 있는지를 의심하게 될 것이다.

이미 살펴보았듯이, 산문학의 사상가 톨스토이는 일상생활의 무질서를 해명해 줄 수 있는 어떤 역사법칙이나 어떤 잠재적인 질서의 가능성도 분명히 거부했다. 그는 역사를 지배하는 '진보의 법칙'이 존재한다는 것을 부인했으며, 그러한 법칙뿐만 아니라 그 밖의 다른 어떤 법칙도 존재할 수 없다고 주장했다. 톨스토이는 '헤겔G. W. F. Hegel에서 헨리 버클Henry Buckle[9]까지' 모든 거대한 체계를 세운 이들의 공리 자체를 의심하고자 했다. 소쉬르Ferdinand de Saussure, 형식주의자들, 그리고 (명시적으로) 프로이트는 자주 바흐친의 표적이 되곤 했던 이들이었다. 바흐친은 헤겔과 마르크스를 포함하는 '변증법' 전통 전체를 공격하기도 했다.

바흐친은 체계에 대한 그릇된 애착을 지적하는 다양한 용어들을 사용했다. 이러한 오류를 지적하기 위해 맨 처음 사용한 용어는 이론주의 theoretism다. 후에 그는 이를 **독백주의**monologism라고 칭했다. 이러한 경향을 총괄해서 우리는 **기호학적 전체주의**semiotic totalitarianism라는 용어를 사용하는데, 이는 모든 것에는 솔기 없는 전체와 연결된 의미, 즉 암호를 알고 있을 때만 발견할 수 있는 의미가 있다고 가정하는 사유 경향을 말한다.[10]

---

8 물론 이보다 훨씬 더 엄밀한 정의들이 있다.
9 [옮긴이주] 헨리 버클Henry Buckle(1821~1862)은 영국의 역사가이며 어학의 천재, 체스의 명수로도 알려져 있다. 그는《영국 문명사History of Civilization in England》(전2권, 1857~1861)를 지어 역사의 기본적 요소를 자연과 인간 정신으로 보는 역사관을 주창했다.
10 Gary S. Morson · Caryl Emerson, 〈마지막 말에 앞서Penultimate Words〉; Gary S. Morson,《명

이러한 종류의 사유는 사물의 총체성을 원리적으로 설명할 수 있다고 가정한다는 점에서 전체주의적이다. 그리고 이것은 모든 명시적인 사건들에 접근할 때, 그 사건들을 기존 체계가 열쇠를 쥐고 있는 기층 질서의 기호로 간주한다는 점에서 기호학적(또는 암호 해독적)이다. 프로이트가 손쉬운 사례를 제공해 준다.

바흐친(과 볼로시노프)이 프로이트주의의 특수한 학설들을 싫어할 만한 이유는 많았지만, 바흐친과 프로이트를 가장 뚜렷하게 구별시켜 주는 것은 다름 아닌 프로이트의 사고 스타일이었다. 그 스타일은 심리적 사건들이 우연적이거나 무의미하거나 무관할 수 있다는 가능성 자체를 배제한다. "나는 나 자신의 심리적 활동의 뜻하지 않은 현현이 숨겨진 어떤 것을 … **드러내 준**다고 믿는다 … 나는 사실 외적(실제적인) 우연은 믿지만 내적인(심리적) 우연적 사건들은 믿지 않는다"라고 프로이트는 주장한다(프로이트, 《정신병리학Psychopathology》, 257쪽).

프로이트는 오류란 **필연적으로** 의도적이고, 망각이란 "망각하고자 하는 의도"(프로이트, 《정신병리학》, 4쪽)에서 비롯한다는 통찰을 이러한 가정에서 도출해 낸다. 프로이트라면 오직 특정한 망각만이 의미심장하고 다른 실수는 심리의 비효율성에 기인한다는 반박할 수 없는 입장을 받아들이려고 하지 않을 것이다.

우리는 누구한테나 잘 일어나는 망각이 기억-흔적의 파괴—즉, 소멸—를 의미한다고 생각하는 오류를 극복한 이후, 그와 반대되는 견해, 즉 심리적 생활에서는 한번 형성된 것은 결코 사라질 수 없다는—즉

쾌한 시선의 맹목》, 84~86쪽; Gary S. Morson, 〈산문학: 인문학에 대한 하나의 접근법〉 참조.

모든 기억은 어떻게든 보존되며 적절한 환경에 놓일 때 (예컨대 퇴행이
충분히 이루어졌을 때) 다시 한번 드러날 수 있다는—견해를 채택하곤
했다(프로이트, 《문명 속의 불만Civilization and Its Discontents》, 17쪽).

물론 프로이트주의에 설득력을 부여하는 것은 바로 이러한 접근법이
며, 바흐친이 의심하는 것도 바로 이 접근법이다.

현대 기호학과 그 밖의 문학이론이나 문화이론 일부의 입장에서 볼 때,
만일 이론이 제공하리라는 열쇠를 가지고 있기만 하다면 그와 같은 충동
은 꿈에서 몸짓, 사회사의 전 시기에 이르기까지 삶과 행위의 다양한 측
면을 전적으로 의미 있는 것으로 해석하게 해 줄 것이다. 문학비평의 경
우, 우리는 텍스트 내의 모든 것이 구조, 의미 또는 주제적 통합성에 따라
정당화될 수 있다는 공통된 가정에서 동일한 사유 형식을 보게 된다.

이와는 반대로 베이트슨은 딸과 나눈 인상적인 대화의 한 대목에서 대
안적인 견해를 제시한다. 베이트슨은 이 대화의 양태가 대화의 주제를 되
풀이한다는 점에서 그것을 '메타담화metalogues'라고 칭한다. 〈왜 만사가 뒤
범벅이 되는가Why Do Things Get in a Muddle?〉에서 아버지와 딸은 아무렇게나
되는대로 진행되는 대화를 통해 일련의 산문적 통찰에 도달한다. 딸은 이
렇게 말한다. "사람들은 수많은 시간을 허비해서 만사를 말끔하게 하려
고 하지, 만사를 뒤범벅으로 만들려고 하지는 않는 것 같아요. 만사가 스
스로 뒤범벅이 되는 것 같아요. 그러면 사람들은 다시 만사를 바로잡아야
하고요"(베이트슨, 〈왜 만사가 뒤범벅이 되는가?〉, 3쪽). 애써 노력하지 않는다면 말끔한 것
들은 어질러지지만 어질러진 것들은 결코 말끔해지지 않는다. 왜 그런가?

베이트슨의 대답은 천진난만하게도 간단하다. 만사가 어질러질 수 있
는 데는 무수히 많은 방법이 존재하지만, 말끔하다고 할 수 있는 상태는

극히 드물기 때문이라는 것이다. 딸은 이 대답에 불만을 표한다. 무질서란 무질서해지고자 하는 어떤 적극적인 힘(아마도 프로이트의 죽음 본능과 같은 어떤 것)으로 설명되어야만 한다고 생각하기 때문이다.

> 딸: 아빠, 아직 드릴 말씀이 있어요. 왜 제 물건들이 말끔하게 있지 않죠?
>
> 아버지: 난 이젠 더 이상 할 말이 없는 것 같은데? 왜냐하면 '말끔하게' 되는 방법보다 '말끔하지 않게' 되는 방법이 더 많기 때문이야.
>
> 딸: 그러나 그것은 충분한 이유가 아니잖아요?
>
> 아버지: 아냐, 이유가 되지. 그것은 사실 단 하나의 아주 중요한 이유란다.
>
> 딸: 아빠, 제발 그만하세요!
>
> 아버지: 아냐, 농담이 아냐. 그것은 충분한 이유가 돼. **그리고 모든 과학이 그 이유와 관련되어 있단다**(베이트슨, 〈왜 만사가 뒤범벅이 되는가?〉, 5쪽).

모든 과학이 그 이유와 연결되어 있든 그렇지 않든 상관없이, 모든 산문학은 그 이유와 연결되어 있다. 질서는 정당화를 필요로 하지만 무질서는 정당화될 필요가 없다. 사물의 자연적 상태는 **무질서**다.

프로이트, 그리고 기호학적 전체주의는 일반적으로 이와 정반대되는 가정을 한다. 그러나 톨스토이는 어떤 것들은 특정한 이유로for a reason 발생하지만 다른 것들은 단지 '어쩌다 보니for some reason'(톨스토이가 좋아하는 관용구) 발생한다고 주장한다. 즉, 그것들은 '적합'하지 않은 이유로 발생한다. 바흐친 역시 적어도 문화의 경우에는 혼란이 정상적인 상태이며 심지어 어떤 때는 건강한 상태이기까지 하다고 생각했다.

바흐친은 문화적 세계란 '구심'력(또는 '공식적'인 힘)과 '원심'력(또는 '비공식적'인 힘)으로 이루어진다고 주장했다. 전자는 본질적으로 이질적이고 흐트러진 세계에 질서를 부과하고자 하며, 후자는 의도적으로 또는 **특별한 이유 없이** 줄곧 그 질서를 무너뜨린다. 우리는 '특별한 이유 없이'를 강조한다. 왜냐하면 바흐친 찬양자들 가운데, 특히 마르크스주의자들 중에, 흔히 원심력을 어떤 통일된 저항으로 잘못 해석하는 이들이 많기 때문이다. 하지만 간혹 조직된 저항 세력들이 연합할 때조차도 원심력은 일반적으로 말해서 산만하고 무질서하다고 바흐친은 지적한다.

그것들을 단 하나의 이름으로 칭하는 것도 오해를 불러일으킬 수 있다. 원심력은 통일성이라기보다는 오히려 가장 이질적인 요소들의 집합체다. 그것들은 '공식적'인 것과 차이가 난다는 점을 제외하고는 서로 아무런 관련도 없다. 공식적인 것(그것이 가장하는 것처럼 결코 그렇게 통일되어 있지 않은)과의 이러한 차이는 종류에서뿐만 아니라 정도에서도 다를 수 있고, 그래서 구심력과 원심력 사이에 선명한 선을 긋는 것은 원칙적으로 불가능할 것이다. 이 범주들의 관계는 원심분리기에 비유될 수 있다.

원심력은 일상생활의 다양한 사건들, 즉 공식적이거나 비공식적인 정의에 결코 부합하지 않는 산문적 사실들을 기록하고 그것들에 응답한다. 원심력은 순간순간 우리 삶의 본질적인 부분이고, 그에 대한 우리의 대응은 모든 문화적 제도, 언어, 그리고 우리 자신에게 결과를 남긴다. **이질언어성**—언어학적 원심력과 그것의 산물을 지칭하는 바흐친의 용어—은 일상생활의 미세한 변화와 재평가를 끊임없이 새로운 의미와 어조tones로 번역하는데, 이는 언제나 모든 언어의 전체성을 위협한다. 언어와 모든 문화는 사소하고 비체계적인 변화들로 만들어진다. 사실 모든 문화적 조형물의 전체성은 결코 "주어진 것"이 아니라 "언제나 본질적으로 설정된 것이며,

그래서 매 순간 이질언어성" 또는 원심력의 "현실과 대립한다"(DiN, 270쪽).

결국 전체성은 언제나 과업work의 문제다. 그것은 증여물이 아니라 기획이다. 바흐친이 통일성이란 언제나 '설정된' 것이라고 쓸 때, 그가 선택하는 단어는 zadan이다. 그는 zadacha, 즉 문제와 zadanie, 즉 과제라는 서로 밀접하게 관련된 말들을 가지고 유희하는 것처럼 보인다. 따라서 전체성은 결코 주어져 있는 것이 아니라 언제나 하나의 과제다. 이와는 반대로 무질서는 (언제나는 아니지만) 대체로 주어져 있다.

일반적으로 기호학적 전체주의는 다름 아닌 무질서야말로 설명이 필요한 것이라고 전제한다. 산문학은 증명의 부담을 다른 방식으로 대체하면서 출발한다. 무질서는 어떤 특정한 원인을 지니고 있다고 가정할 수 없으며, 단지 '어쩌다 보니' 발생할 수 있는 것이다. 하지만 질서는 다소 성공적으로 해결된 과제나 문제임이 틀림없다.

자아, 문화, 언어에서 (프로이트가 우리를 설득하고자 했던 것처럼) 설명이 필요한 것은 무질서나 파편화가 아니다. 오히려 설명해야 할 것은 통합성이다. 통합적인 자아의 창조는 필생의 과업이며, 비록 그 과업이 완수될 수 없다 할지라도, 그것은 하나의 윤리적 책임이다. 여기에서 우리는 바흐친의 산문학과 윤리학 사이의 연관을 감지하는데, 이 연관은 우리가 책임을 지기 위해 통합성을 창조할 것을 요구한다. 부정직함은 어떤 동기에서가 아니라 대체로 책임의 기획을 떠맡지 못한 데 기인할 수 있다.

이러한 윤리적 관심은 바흐친의 초기 저술들에서 분명하게 나타나며, 그의 생애 전체에 걸쳐서 조금은 감추어진 형식으로 다시 출현한다. 〈행위의 철학을 위하여〉에서 그는 개개의 자아가 유일무이한 이유는 관련된 것과 관련되지 않은 것의 총합이 각각 다르다는 데 있다고 주장한다. 통합하는 데 공식이란 있을 수 없고, 개개인의 고유한 자아 기획을 대체할 수 있는 것도 없으며, 매 순간 매 상황의 윤리적 의무에서 도피하는 행위도 있을 수 없다. 혹은, 바흐친이 종종 요점을 정리해서 말하듯이 "존재하는 데 알리바이란 없다"(예컨대 KFP, 112쪽·119쪽).

이와 다른 식으로 가정하면, 바흐친이 말하는 '참칭자pretender'가 있다. 이는 다른 누군가의 정체를 가장하는 사람이 아니라 자아 기획을 회피하면서 자기 정체성 없이 살아가려고 하는 사람을 뜻한다. 참칭자는 추상적 요구들을 단순히 수행하거나 수행하지 못하면서, 우리 모두는 살아가야만 한다고 말하는 윤리적 '규범'의 이론가처럼 살아가고자 한다. 참칭자는 "대변인처럼representatively", "의례적으로ritualistically"(KFP, 121쪽) 살아간다. 이러한 삶은 "무한하고 공허한 잠재성의 파도에 의해 모든 측면이 씻겨 내려간"(KFP, 120쪽) 삶이다.

최초로 출간된 에세이 〈예술과 책임〉에서 바흐친은 이상주의적인 어조로 "인격은 철두철미하게 책임을 져야만 한다. 인격의 모든 측면은 삶의 일시적인 흐름에 따라 배열되어야 할 뿐만 아니라 비난과 책임의 통일성 속에서 서로 교차해야 한다"(liO, 5~6쪽)라고 주장한다. 이 요구는 무한하고도 필수적인 의무를 수반한다. 바흐친은 이 이념을 저자와 독자에게 적용하면서, "예술과 삶은 하나가 아니지만, 내 속에서, 나의 책임의 통일성 속에서 하나가 되어야 한다"(liO, 6쪽)라고 결론짓는다.

원심력의 세계에서 찾을 수 있는 통일성의 유형을 특정하는 것은 바흐친의 반복되는 문제였다. 장르들의 '직조knitting together'에서 다성성의 통일성에 이르기까지, 그의 다양한 정식화 전체를 관통하여 변하지 않고 남아 있는 것은, 이 통일성이란 결코 완성되지 않는다는, 그리고 그 통일성이란 '기계적'이거나 '체계적'인 통일성과는 구별되는 '다른 질서의 통일성'이라는 주장이다.

눈에 띄지 않는 것과 평범한 것

산문학은 체계에 대한 의심과 평범한 사건들에 대한 강조를 가장 중요하게 생각한다. 밀접하게 연결되어 있기는 하지만 이 두 가지 기준은 신중하게 구별되어야 한다. 통상적으로 한 사상가에게 어느 한 기준이 만족스럽다면 다른 한 기준은 그렇지 않을 것이기 때문이다. 예컨대《일상생활의 정신병리학The Psychology of Everyday life》에서 프로이트는 평범한 것에 대한 관심을 보이지만, 일상사의 혼돈을 꿰뚫고 그 심층의 체계를 식별하고자 한다. 일상사에 대한 마르크스주의적 고찰의 일부도 이와 유사한 절차에 의해 인도된다. 이와 반대로, 거대한 사건들이 역사를 형성하기는 하지만 그 사건들은 어떤 뚜렷한 법칙에도 합치되지 않는다고도 충분히 주장할 수 있다. 모든 형태의 파국론catastrophism은 이러한 접근법을 따르는데, 아마도 우리는 나폴레옹 전쟁 기간 중에 발생했던 뜻하지 않은 폭풍우가 역사의 과정을 변화시켰다는 빅토르 위고Victor Hugo의 주장에서 그 흔적을 찾을 수 있을 것이다.[11] 다소 모순되게도, 위고는 역사를 형성하는 거대한 사건은 뚜렷한 법칙에 따라 발생한다는 네 번째 가능성을 받아들이기도 했다. "워털루 전투의 승리자 보나파르트는 19세기의 법칙과 조화를 이루지 못했다. 일련의 다른 사태들이 준비되고 있었지만, 거기에 나폴레옹의 자리는 없었다. … 이 사람이 몰락할 때였다"(위고, 《레 미제라블Les Miséables》 2권, 1부 8장, 29쪽).

  우리는 이 네 가지 가능성을 다음과 같이 요약할 수 있다.

---

11 "17일에서 18일로 넘어가는 날 밤에 비가 내리지 않았더라면 유럽의 미래는 달라졌을 것이다. 몇 방울의 비가 어느 정도는 나폴레옹을 동요하게 했다"(Victor Hugo, 《레 미제라블Les Misérables》 2권, 1부 3장, 10쪽).

	체계의 가정	체계의 의심
비범한 것과 극적인 것의 효능	종교적 계시주의 볼셰비즘	파국론 낭만적 영감
평범한 것과 산문적인 것의 효능	《일상생활의 정신병리학》에서의 프로이트	산문학

물론 과도적인 상태가 있을 수 있고, 특수한 사유 스타일의 본성에 대한 이견이 있을 수 있다.[12]

산문학은 원칙적으로 '심층에 놓인' 법칙이나 체계로 환원되지 않는 매일매일의 사건들에 초점을 맞춘다. 법칙이나 체계로 환원하고자 하는 충동은 아마도 자연과학의 일부에서 파생되었을 테지만, 바흐친에 따르면 그것은 서로 전혀 다른 사실들을 연구하기 위해 믿을 만한 방법을 찾고자 하는 인문과학의 본성이자 도전이기도 하다. 〈언어학, 문헌학, 그리고 인문과학에서 텍스트의 문제: 철학적 분석 시론The Problem of the Text in Linguistics, Philology, and the Human Science: An Experiment in Philosophical Analysis〉에서 그는 다음과 같은 질문을 던진다. "과학은 언표와 같이 절대적으로 반복 불가능한 개별성들을 다룰 수 있는가, 혹은 개별성들은 일반화하는 과학적 인식의 경계 너머까지 연장될 수 있는가. 물론 대답은 그럴 수 있다는 것이다. … 과학, 그리고 무엇보다도 철학은 개별성의 특정한 형식과 기능을 연구할 수 있고 또 해야만 한다"(PT, 108쪽).

우리는 '과학'을 정의상 일반적인 무시간적 법칙의 문제로 생각하는 데

---

12 꼼꼼하게 질문을 제기하여 이 가능성들을 분명히 하는 데 도움을 준 제럴드 그래프Gerald Graff에게 감사한다.

너무나 익숙해져 있어서, 개별자의 과학이란 역설적인 것처럼 들린다. 바흐친이 말하는 요점은 이러한 역설의 의미 자체가 문화를 이해하는 데 부적합한 사고 습관을 반영한다는 것이다. 사실 바흐친은 자신이 인문과학을 이해하는 것처럼 자연과학이 물리적 세계를 이해하게 될 것이라고 말하기까지 했다.

바흐친이 염두에 두고 있던 것을 제대로 평가하기 위해서는 지난 25년간 러시아와 미국에서 나타난 새로운 '카오스 이론'을 고려해도 좋을 것이다. 이 이론의 기초를 형성한 통찰은 확실히 에드워드 로렌츠Edward Lorenz에게서 비롯하는데, 그는 장기간의 기상예보가 원칙적으로 불가능하다는 사실을 입증한 바 있다. 기상이란 '처음의 조건들에 대한 민감한 의존성'을 드러내기 때문이라는 것이다. 이 말은 극미한 차이가 결과에서는 커다란 차이를 산출할 정도로 급속히 증식함을 뜻한다. 헬리 혜성의 위치를 측정할 때 약간의 오차를 낸 과학자가 수년 후 그 위치를 추정할 때에도 역시 약간의 오차만을 내는 데 반해, 베이징에서 '나비의 날개'가 펄럭이는 것을 못 보고 지나친 기상학자는 한 달 후 뉴욕의 날씨를 예보할 수 없을 것이다. 이 현상을 나타내는 좀 더 잘 알려진 용어는 나비효과다. 문화뿐만 아니라 자연도 톨스토이적인 '사소한 변화', 즉 산문학에 의해 움직일 수 있는 것으로 보인다.

나비효과 및 그와 유사한 일군의 특질들은 현상을 심장의 고동, 해안선, 물결의 휘몰아침만큼이나 다양한 것으로 특징짓는다. 사실 이러한 효과들은 지구상의 삶을 거칠고 예측 불가능하게 만드는 모든 것들을 이해하는 데 필수적인 것으로 여겨진다. 그렇다면 왜 이것들은 그토록 오랫동안 과학자들의 관심을 끌어 왔는가? 제임스 글릭James Gleick이 설명하는 것처럼, 과학적 훈련은 더 인습적이고 선형적인 규칙성을 찾는 데 책무가 있기 때문이다.

사람들은 그런 일들을 우연히 발견했을 때—그리고 그런 일을 했을 때—그것들을 일탈로 여겨 배척하라는 훈련을 받았다. 오직 몇몇 사람만이 해결 가능하고 규칙적이고 선형적인 체계가 일탈이라는 것을 생각해 낼 수 있었다. 즉, 오직 몇몇 사람만이 어떻게 자신의 마음속 깊은 곳에 비선형적인 본성이 있는지를 이해했다. 엔리코 페르미Enrico Fermi가 언젠가 설명했듯이, '모든 자연의 법칙을 선형적으로 표현할 수 있다는 말은 성경에 씌어 있지 않다!' 수학자 스타니수아프 울람Stanislaw Ulam은 카오스 연구를 "비선형적인 과학"이라고 칭하는 것은 동물학을 "코끼리 이외의 동물에 대한 연구"라고 칭하는 것과 같다고 말했다(글릭, 《카오스: 새로운 과학의 구성Chaos: Making a New Science》, 68쪽).[13]

체계화할 수 없는 평범한 사건들을 연구하기는 어렵다. 사실 그것들은 거의 알아채기조차 힘들다. 비트겐슈타인은 "우리에게 가장 중요한 사물들의 면모는 그 단순성과 친숙함으로 인해 숨겨져 있다(우리는 그것을 알아챌 수 없다. 그것은 언제나 우리 눈앞에 있기 때문이다)"라고 진술한 바 있다. "그리고 이는, 일단 한번 눈에 띈 이후에는 가장 돋보이고 가장 강력한 것이 우리 눈에 들어오지 않는다는 것을 뜻한다"(비트겐슈타인, 《철학적 탐구 Philosophical Investigations》, 129절).

이러한 의미에서 언어, 소설, 자아, 그리고 사회에 대한 바흐친의 다양

---

13 제임스 글릭James Gleick의 《카오스: 새로운 과학의 구성Chaos: Making a New Science》, 제1장은 '나비효과'를 깊이 다루고 있다. 프리먼 다이슨Freeman Dyson, 《전방위적 무한Infinite in All Directions》도 참조하라.

한 이론은 산문적 사건들에 대한 관심을 반영한다. 그가 저자성authorship에 대해 말할 때, 그는 단지 위대한 작가들을 이해하는 것뿐만 아니라 우리가 다른 사람들을 상상하는 가장 일상적인 방식들을 제대로 평가하는 데에도 관심을 갖고 있다. 그는 가장 친숙하고 가장 평범한 변화들에서 무시되었던 풍부함과 복잡성과 힘을 제대로 평가하는 데 도움을 줄 수 없다면 언어모델이란 아무런 쓸모도 없다고 생각한다.

바흐친은, 인류학자들이 방언과 오지 문화를 연구하고, 언어학자들이 복잡한 구조적 모델을 만들어 내며, 문학 연구자들이 위대한 작품들을 해독하기 위해 난해한 방법을 사용하지만, 자신들이 매일 듣는 엄청나게 다양한 대화에서 배우고자 하는 생각을 가진 이는 거의 없다는 아이러니에 대해 언급하곤 한다. 그는 도스토옙스키 연구서에서 본 줄거리를 벗어나 이렇게 말한다.

실제 생활에서 우리는 주위 사람들의 발화에 나타난 이러한 모든 뉘앙스를 대단히 예리하고도 민감하게 알아채고, 우리가 사용하는 언어의 팔레트에 있는 모든 색채를 매우 능숙하게 사용한다. 우리는 다른 사람의 실제적인 일상 담론, 그러나 우리에게는 중요한 그 일상 담론에서 극히 미미한 억양의 변화나 극히 경미한 목소리들의 움직임까지도 대단히 예민하게 포착해 낸다. 모든 언어적인 곁눈질, 유보, 빈틈, 힌트, 대거리 등은 우리 귀를 미끌어져 지나치지도 않고 우리 입에도 낯설지 않다. 이 모두가 이제껏 뚜렷한 이론적 인식의 대상이 되거나 당연한 평가를 받지 못했다는 게 얼마나 놀라운 일인가!(PDP, 201쪽)

바흐친에 따르면 문학 연구자들은 이런 유의 연구를 맥락 분석의 다른 형식들을 이용해 교묘하게 회피해 왔다. 더 나쁜 것은, 그들이 문학을 "말하자면 문화의 배후에 놓인 사회경제적 요인들과" 상호 관련시키면서 조야한 마르크스주의자들이 하는 방식으로 탐구한다는 사실이다(RQ, 2쪽). 그렇지 않은 경우, 그들은 작품을 그 시대의 문학 논쟁 및 문학 학파 속에 자리매김하면서 작품의 맥락을 이해했다고 상상한다. 특히 빈약한 분석 형식을 지닌 그러한 연구는 문학 자체를 "진지한 것이 아닌 하찮은 것"(RQ, 3쪽)으로 바꿔 버린다. 물론 바흐친에 따르면 텍스트 바깥을 전부 도외시하는 형식주의적이거나 신新형식주의적인 접근법이야말로 가장 하찮은 것이다.

이 방법들은 작품의 언어에서 작품의 '장치'와 복잡한 의미의 층까지 작품과 관련한 모든 것을 조건 짓는 산문적 삶의 풍부한 결을 보지 못한다. 문학작품은 문학적이고 철학적인 선배들에 의존할 뿐만 아니라 "작가들의 창조성을 실질적으로 규정하는 문화의 강력하고도 심원한 흐름들(특히 하층의 대중적인 흐름들)"(RQ, 3쪽)에도 의존한다. 소설가가 사용하는 말 자체는 일상적 삶에 축적된, 즉 그 존재가 인정된 적 없는 다양한 맥락과 이질적인 발화 장르에 축적된 억양 및 가치 평가를 담지하고 있다. 바흐친은 특히 다음과 같이 쓰고 있다.

주요 시적 장르들이 언어적·이데올로기적 삶의 통합적이고 집중적이며 구심적인 힘들의 영향 하에서 발전하고 있을 때, 소설과 소설 지향적인 예술적 산문 장르들은 탈중심화하는 원심력에 의해 역사적으로 형성되고 있었다. … 좀 더 저급한 차원, 즉 지방 장터의 무대나 어릿광대의 놀음에서는 광대의 이질언어가 … 메아리치고 있었고, 우화시fabliaux나 익살극Schwäke, 거리의 노래, 속담, 기담奇談의 문학이 펼쳐지고 있었다. 그곳에는 언어적 중심이란 존재하지 않았고, 시인, 학자, 승려, 기사 등의 '언어'에 대한 활기찬 유희가 펼쳐졌다(DiN, 272~273쪽).

바흐친은 저자의 시대뿐만 아니라 여러 세기에 걸친 문화 발전 과정에서 나타나는 이질적인 일상적 장르와 의미의 중요성을 강조한다. 말과 발화 장르는 가치 평가 위에 가치 평가를 쌓고 억양 위에 억양을 덧씌우는, 여러 세기에 걸친 상이한 경험의 의미를 점진적으로 축적한다. 평범한 것에 주목하기 위해서는 바흐친이 "장대한 시간"(RQ, 5쪽)이라고 칭했던 것, 즉 여러 세기를 조망하는 관점이 필요하다.[14]

바흐친의 장대한 시간 개념은 브로델의 '장기 지속longue durée' 개념을 생각하게 하는데, 이는 아마도 두 사상가가 유사한 산문적 가정에서 출발하기 때문일 것이다(몇 가지 중요한 차이가 있지만 여기서 우리는 유사성에 초점을 맞출 것이다). 브로델은 바흐친이나 톨스토이와 마찬가지로 무엇보다도 역사를 체계로 환원하려는 시도에 반대한다. "따라서 우리는 더 이상 이러저러한 지배적 요인을 통해 역사를 설명하는 것을 신뢰할 수 없다. 일방적인 역사란 존재하지 않는다. 어떠한 것도 지배적인 것은 없다"(브로델, 〈1950년, 역사의 상황The Situation of History in 1950〉, 10쪽). "단 하나의 틀로 가둘 수 있는 문제는 결코 존재하지 않는다"(브로델, 〈1950년, 역사의 상황〉, 15쪽). 그는 또한 역사란 위기나 극적인 사건의 문제가 아니라고 주장하는데, 사실 위기나 극적인 사건 자체가 무수히 많은 일상의 행위, 습관, 반복의 산물이다.

---

14 바흐친은 또한 '장대한 시간'과 '작은 시간'을 구별한다. 작은 시간은 그 시대의 표면상 거대한 사건들, 그것들이 두드러지게 눈에 띄기 때문에 중요한 것처럼 보이는 사건들에 사로잡혀 있다. 반면에 장대한 시간을 이해하기 위해서는 여러 세대를 조망하는 관점이 필요하며, '세계의 삶과 원자의 삶의 경험'이 있어야 한다. 이 원자들은 '작은 시간'의 관점을 통해서는 인지되지 않는다(MHS, 167쪽; Zam, 519쪽 참조).

"서사적 역사가들narrative historians이 볼 때 인간의 삶은 극적인 사건들에 의해 지배된다. … 그리고 '일반사'에 대해 말할 때 그들이 실제로 염두에 두는 것은 그러한 예외적인 운명들의 교차다"(브로델, 〈1950년, 역사의 상황〉, 11쪽).

브로델이 볼 때 서사적 역사는 필연적으로 극적인 것, 즉 훌륭한 이야기를 만들어 내는 것을 지향한다. 그러므로 서사적 역사는 좀처럼 변하지 않거나 아주 미세하게만 변화하는 삶의 평범한 요소들은 대체로 무시한다. 그러한 사회적 현실을 바라볼 때, 역사가들은 그 현실을 **'그 자체 있는 그대로**in themselves and for themselves' 연구하기는커녕 한낱 '배경'으로 취급한다. 평범한 사건들은 오랜 시간 동안 눈에 띄는 결과를 전혀 낳지 않을 수도 있기 때문에 서사적으로 기술될 수 없다. 그래서 학자들은 "문명의 역사보다 더 느린 역사"(〈1950년, 역사의 상황〉, 12쪽)—장기 지속—를 준비해야 한다. 우리는 바흐친과 브로델 사이에 중요한 유사성이 더 있음을 보게 될 것이다.

물론 산문적 통찰을 과장할 수도 있고, 체계를 거부하는 것으로 또 다른 체계를 만들어 낼 수도 있다. 특히 톨스토이는 이러한 유혹에 꽤 자주 굴복하는 것처럼 보이며, 바흐친은 때때로 자신의 사회사에 거주하는 광대, 바보, 또는 그 밖의 원심적인 인물들이라는 물신을 만들어 낸다. 이것의 위험은 산문학을 탐구의 한 스타일이 아니라 도그마로 만들 수 있다는 데 있다.

진정한 산문적 사상가들은 거대한 사건들이 중요할 수 있음을 부인하지 않는다. 정확히 말하면, 그들은 단순히 눈에 띄지 않는다는 이유만으로 훨씬 더 중요한 다른 사건들이 간과되어 오지는 않았는지 묻고자 한다. 틀림없이 산문학은, 겉으로는 산만해 보이는 개개의 사건들 배후에 질서가 있을 수 있다는 사실을 부인하지는 않는다. 산문학은 일상생활의 무수히 많은 이질적 원심력을 압도한다고 하는 질서의 증거를 요구하는 것이다.

종결불가능성

바흐친은 세계가 혼란스러운 장소일 뿐만 아니라 열린 장소이기도 하다고 확신한다. 바로 이 확신을 전달하기 위해 그가 만능의 담지체로 제시하고 있는 것은 다름 아닌 **종결불가능성**nezavershennost이다. 이 용어는 그의 저작들에서, 그리고 여러 상이한 맥락에서 빈번히 나타난다. 이는 그의 사유에 핵심적인 가치들—그가 또한 빈번히 사용하는 용어들인 혁신, '놀라움', 진정한 새로움, 개방성, 잠재성, 자유, 창조성 등—의 집합체를 명시해 준다. 도스토옙스키의 생각을 풀어 쓴 구절은 바흐친 자신의 생각을 표현한 것이기도 하다. 하나를 바꾸어 표현한 용어가 바흐친 자신의 이념을 표현하기도 한다. "**그 어떠한 최종적인 것도 아직 이 세계에서는 발생하지 않았으며, 세계의 마지막 말도 세계에 대한 마지막 말도 아직 발화되지 않았다. 세계는 열려 있고 자유로우며, 모든 것은 여전히 미래에 놓여 있고 또한 언제나 미래에 있게 될 것이다**"(PDP, 166쪽).

개방성에 관심을 가지면서 바흐친은 철학의 가장 어려운 몇 가지 문제들 및 러시아 문학에서 자주 제기되었던 '저주받은 문제들'과 일부러 맞붙어 싸운다. 도스토옙스키에 대한 베르댜예프N. Berdyaev, 세스토프L. Shestov, 뱌체슬라프 이바노프Vyacheslav Ivanov[15] 등의 연구가 그렇듯이, 바흐

---

15 [옮긴이주] 이 책에는 두 사람의 뱌체슬라프 이바노프가 등장한다. 이곳과 제6장의 '완결과 통일성' 항에서 언급되는 이바노프는 러시아의 시인이자 비평가인 뱌체슬라프 이바노비치 이바노프Vyacheslav Ivanovich Ivanov(1866~1949)이며, 그 외의 부분에서 언급되는 이바노프

친의 《도스토옙스키 시학의 문제들Problems of Dostoevsky's Poetics》은 도스토옙스키에 대한 분석일 뿐만 아니라 바흐친 자신의 핵심 질문들에 대답하려는 시도이기도 하다. 러시아에서는 흔히 비평과 이론이 다른 수단으로 철학을 실천하는 것이 된다.

세계가 열리고 자유로워지는 것은 어떻게 가능한가? 사건들이 의미를 지니려면 법칙—알다시피 자유와 책임을 가상으로, 행위자를 한낱 꼭두각시로 환원시켜야 하는—의 지배를 받아야 한다는 주장이 있어 왔다. 톨스토이가 말했듯이, "만일 우리가 인간의 삶이 이성에 지배될 수 있음을 인정한다면, 삶의 가능성은 파괴되고 말 것이다"(톨스토이, 《전쟁과 평화》, 1354쪽).

레르몬토프M. Y. Lermontov의 〈숙명론자The Fatalist〉부터 자먀틴Y. Zamyatin의 《우리》까지, 러시아 작가들은 이 문제에 사로잡혀 있었다. 바흐친이 볼 때, 이와 관련한 가장 중요한 작품은 도스토옙스키의 《지하 생활자의 수기Notes from Underground》였다. 바흐친의 정식을 이해하는 데에는 바흐친이 해석하고자 한 도스토옙스키의 주제들을 부연하는 게 도움이 될 것이다.

필사적으로 자유를 믿고자 하는 지하 생활자는 극단적인 결정론을 비웃는다. 그는 언젠가 우리가 역사의 모든 법칙을 알게 될 것이고, 오늘날 행성의 위치를 정확히 표시할 때 발휘되는 것과 같은 정밀함으로 인간 행위를 계산할 수 있으리라고 생각한다. 우리 삶의 모든 세부를 나타내는 "로그표"가 작성될 것이고, "진짜 수학 공식"이 우리의 모든 욕망을 상술해 줄 것이다(도스토옙스키, 《지하 생활자의 수기》, 22쪽·24쪽).

그렇게 되면 인간은 아마도 바로 그때 그곳에서 완전히 욕구를 상실

는 LA 캘리포니아 주립대학의 교수이자 기호학자인 뱌체슬라프 이바노프(1929~2017)다.

해 버리고, 더 나아가 욕구를 가지기를 확실히 중단할 것이다. 왜 사람들이 도표에 따라 욕구를 가지려 하겠는가. … 예를 들어 만약에, 언젠가 그들이, 내가 어떤 사람을 조롱하는 손가락질을 했을 때 내가 그 짓 이외에는 다른 어떤 짓도 할 수 없었다는 명료한 이유 때문에 그렇게 했고, 또한 그 짓이 바로 이 손가락으로 행해져야 했다고 나에게 계산해서 입증한다면, 그때 내 안에 **자유롭게** 남아 있는 것은 대체 무엇인가. 특히 내가 배운 사람이고 어딘가에서 학업을 마친 상태라면 말이다(도스토옙스키, 《지하 생활자의 수기》, 24쪽·25쪽).

따라서 의외의 행동은 2와 2를 곱했을 때의 예기치 못했던 답만큼이나 터무니없는 일이 될 것이다. 수학 문제를 푸는 데 시간이 걸리는 것과 마찬가지로 어떤 행위를 수행하는 데 시간이 걸리겠지만, 시간은 근본적으로 두 경우와는 무관하다. 바흐친의 용어로 말하자면, 이는 '시간이 아무런 새로운 것도 벼려 내지 못하는' 세계, 즉 '놀라움' 없는 세계일 것이다. 사실 법칙들이 아직 알려져 있지 않다 할지라도 이러한 결론이 도출된다. 그리고 법칙들이 알려질 수 있다는 사실만으로도 자유, 선택, 그리고 진정한 새로움의 가능성을 제거하는 데는 충분하다. 창조는 한낱 발견이 되고, 삶은 '제곱근을 구하는 일'로 환원된다.

삶은 무엇보다도 예기치 않은 어떤 것을 필요로 한다. 가장 유명한 대목에서 지하 생활자는 격분하여 다음과 같이 야유한다. "2×2=4는 내 의견으로는 뻔뻔스러움 이외에 아무것도 아니다. … 나는 2×2=4라는 것이 훌륭하다는 데 동의한다. 그러나 우리가 모든 것을 칭찬해야 한다면, 2×2=5도 때때로 가장 사랑스러운 것이 될 수 있다"(도스토옙스키, 《지하 생활자의 수기》, 30쪽).

바흐친은 이 문제에 대해 누구나 다 가져다 쓸 수 있는 해답을 선택하려 하지 않았다. 그는 많은 사상가들과 달리 자유에 대한 우리의 주관적 감각과 객관적 법칙이 환원 불가능하다는 것을 선언하는 것만으로 만족하지 않았다. 그러한 해답은 여전히 '로그표'를 고스란히 남겨 둘 것이다. 자유, 개방성, 실제적 혁신, 그리고 창조성은 현상적 세계에서 가능해야 했다.

언어, 문학, 문화, 자아에 대한 바흐친의 몇몇 이론은 자유와 종결불가능성이 실재하는 세계의 비전을 제공해 준다. 다성성, 소설적 크로노토프, 특정한 대화의 유형, 문화의 '열린 통일성', 그리고 그 밖의 많은 핵심 개념들은, 세계가 진정한 과학적 지식에 대해서는 얼마나 충분히 규칙적일 수 있으며 진정한 창조성에는 얼마나 충분히 개방적일 수 있는지를 이해하는 방법들로서 기능한다. 사실 바흐친 모델의 일부는 역설적이게도 자유가 불가피하다는 점을 설명해 준다. 오든W. H. Auden이 썼듯이, '우리는 필연적으로 자유 속에서 살고 있다'.

자유가 가능하다면, 바흐친에게 언제나 핵심적으로 중요했던 윤리적 문제들 또한 가능하다. 자유가 가능하다면 책임이 불가피하다. "존재에 대한 알리바이란 없다."

내재적인 것으로서의 종결불가능성

어원학적으로 볼 때 종결불가능성은 부정적인 용어지만 바흐친은 이를 긍정적으로 정의하고자 했으며 그 본성과 기능을 우리 삶 속에서 상술하고자 했다. 이렇게 하기 위해 그는 개개의 정식들에서 종결불가능성을 일상적 실존에 내재하는 것, 그 실존에 본질적인 것으로 기술했다. 자유가 내재적이고 본질적이기만 하다면 그것은 실제적일 수 있다고 믿었다.

바흐친은 철학적 질문들을 정식화하는 몇몇 통상적 방법들이 처음부터 종결불가능성의 가능성을 배제한다고 주장한다. 특히 바흐친은 실제 사건들을 한낱 선재先在하는 법칙의 예증으로 취급하면서 문화적 과정을 법칙이나 체계의 견지에서 탐구하는 모든 모델들을 계속해서 거부한다. 그러한 탐구 아래서는 독창적인 문화적 과정이란 사라지고 만다. 법칙을 통해 증류된 잔여물은 한낱 우연적이고 불가해하고 분류할 수 없는 현상들의 조립품이 된다. 바흐친에게 소쉬르는 이러한 접근법을 보여 주는 가장 좋은 실례—결코 유일한 실례는 아니었지만—였다. 바흐친이 볼 때, 소쉬르가 언어langage에서 랑그langue를 추상화했을 때 잔여물인 파롤parole은 다만 부대적인 현상, 과학적 탐구 바깥에 있는 무정형의 영역일 뿐이었다. 법칙과 잔여물이라는 것은 부적절한 사고방식이 낳은 쌍생아다.

바흐친에 따르면, 이러한 접근법의 주요 문제점은 그 접근법이 실제적인 구체적 사건—파롤 혹은 다른 영역에서의 그것의 유사물—을 연구하지 않은 채로 남겨 둔다는 사실에 있지 **않다**. 이 경우라면, 사람들은 랑그 연구를 파롤 이론으로 언제나 간단히 보충할 수 있을 것이다. 바흐친은 종종 그와 같은 보충을 주장하는 사람으로 오해되곤 한다. 그러나 바흐친은 오히려 그러한 모든 접근법들이 바로 그 추상화 행위 속에서 언어나 그 밖의 문화적인 것에 관한 뭔가 본질적인 것을 놓치고 있다고 생각한다. 여기서 본질적인 것이란 그것들의 '사건성'으로서, 이를 놓친다는 것은 곧 그것들의 종결불가능성을 놓친다는 것을 의미한다.[16] 종결불가능

---

16 우리는 모슨과 에머슨의 《바흐친 재고: 확장과 도전Rethinking Bakhtin: Extensions and Challenges》서문에서 〈행위의 철학을 위하여Toward a Philosophy of the Act〉를 요약하며 바흐친의 '사건성' 개념을 논한 바 있다.

성, 즉 실제적 창조성이 법칙의 체계 내에 놓일 수는 없기 때문이다. 만일 체계가 공시적으로 취급된다면, 당연히 변화의 원리란 존재하지 않을 것이다. 그리고 구조주의의 특정한 형태나 변증법적 유물론에서처럼 체계가 통시적으로 취급된다면, 변화는 본질적으로 이미 주어져 있는 대안들을 단지 드러낼 수 있을 뿐이다. 더욱이 체계적 변화의 법칙은 필연적으로 인간의 힘을 넘어서 있으며, 따라서 결정적인 지점에서 인간의 창조성을 넘어서 있다.

다른 한편으로, 창조성이 수동적이고 우연한 현상의 영역에 존재할 수 없다는 것도 분명하다. 그러한 현상들이 단지 주어진 법칙을 따를 경우에도, 무작위로 그 법칙에 불복할 경우에도, 마찬가지로 창조성은 부재할 것이다. 의미 있는 창조적 행위나 책임 있는 윤리적 행위의 가능성은 존재하지 않게 된다.

소쉬르 언어학에 크게 빚지고 있는 러시아 형식주의는 바로 이런 유의 오류를 범했으며, 그 결과 실제적 창조성은 불가해한 것이 되어 버렸다. 메드베데프는 "정말 새로운 것의 창조는 이곳에서 끝나고 만다"고 썼다. "형식주의자들의 구상 속에는 그것이 자리 잡을 여지가 없다"(M: FM, 97쪽). 그러한 체계는 낡은 요소들을 재결합할 수 있을 뿐이고, 이미 존재하는 어떤 하나의 대안을 다른 대안으로 바꿀 수 있을 뿐이다. 따라서 형식주의자들은 때때로 문학적 변화를 '후속 계열younger line의 전범화'로 설명하곤 했다. 그러나 메드베데프가 진술한 것처럼, 후속 계열은 "이미 가정된 현재다. 최초로 새로운 것이 어떻게 나타나는지는 어디에서도 보여 주지 못한다"(M: FM, 97쪽).[17]

---

17 다음 장에서 설명하겠지만, 볼로시노프나 메드베데프와 달리 바흐친은 마르크스주의도 이

형식주의자들은 그러한 모델들에 대한 대안은 단 하나밖에 없다고 보았는데, 그것은 창조성을 순전한 무작위성으로 돌리는 것이었다. 하지만 그들은 문학사에 대한 그 어떠한 의미 있는 접근법과도 양립할 수 없다는 이유로 그 대안을 분명히 거부했다. 소쉬르적인 틀에 따라 추론하면서, 그들은 새로운 것의 기원을 설명할 능력이 없는 두 가지 입장 중에서 하나를 선택해야만 했다. 바흐친에 따르면—나중에 메드베데프도 같은 생각을 하게 되지만—형식주의자들의 문제점은 애초의 가정에 이미 놓여 있었다. 또한 바흐친은 이런 유의 문제점이 소쉬르와 형식주의자들에게만 특유한 것이 아니며, 일반자에서 특수자를, 사회적인 것에서 개인적인 것을, 그리고 행위에서 법을—두 항 중 어떤 쪽이 특권적인지와는 무관하게—분리하는 모든 모델들의 특성이기도 하다는 사실을 인식했다.

바흐친은 언제나 이러한 부당한 분할 없이 문화적인 것에 접근하는 방법을 찾고자 한다. 창조성을 실제적인 것으로 만드는 유일한 방법은 그것을 끊임없이 진행하는 과정 중에 내재하는 것으로 만드는 것이다. 바흐친이 여기에서 신뢰할 만한 방법으로 생기론의 전통을 재사유하고자 한다고 말해도 좋을 것이다.

언어를 창조적인 것으로, 자아를 종결 불가능한 것으로, 그리고 역사를 근본적으로 열린 것으로 이해하기 위해서는 창조성이 그 안에 각각 내재하도록 기술되어야만 한다. 창조성이 없으면 그것들은 전혀 다른 것이 될 것이다. 창조성은 언제 어디에나 있다. 이제 우리는 종결불가능성과 산문학 사이의 연관을 제대로 평가할 수 있다. 개방성의 모델을 구성하

러한 오류를 범했다고 비판했다. 볼로시노프와 메드베데프는 프로이트주의, 형식주의, 구조주의에 비판을 국한하면서 마르크스주의를 비판에서 면제시키고자 했다.

는 방법은 종결불가능성을 평범한 과정에, 즉—바흐친이 쓰는 것처럼—바로 "일상생활의 산문"(ll0, 5쪽)에 놓는 것이다. 그 과정은 미래를 향해 열려 있다. 그것은 매일매일의 '존재의 사건'을 구성하는 축적된 작은 변화들의 산물이고, 또 그러한 산물이었기 때문이다.

바흐친 대 바쿠닌

바흐친이 종결불가능성을 말하는 방식은 자유와 개방성을 옹호하는 여타의 비슷한 말들과 신중히 구별되어야 한다. 바흐친, 메드베데프, 볼로시노프에게 자유에 대한 이전의 공식적인 설명들은 부적합했다. 이는 그 공식들의 논거가 취약하기 때문만이 아니라 그것들이 설명하는 종류의 자유가 바흐친의 기준에 비추어 볼 때 진정으로 의미 있는 것이 아니기 때문이기도 했다. 바흐친에게 자유란 매일의 삶에 내재하는 것이어야 했으며, 윤리적 책임의 요구와 분리될 수 없는 것이어야 했다.

　이러한 이유에서 바흐친 모임은 자유와 창조성에 대한 낭만적인 개념—창조적 행위를 인과의 굴레 바깥으로부터의 돌연한 침입이라고 보는 경향이 있는—을 거부했다. 이런 유의 자유는 당연히 산문적이라기보다 파국적이다. 창조성은 뭔가 예외적인 것, 신비한 것, 그리고 가장 중요하게는, 인간의 힘을 넘어서는 것이 된다. 셸리Percy B. Shelley는 〈시의 옹호A Defense of Poetry〉에서 다음과 같이 주장한다. "누구도 '나는 시를 지을 작정이다'라고 말할 수는 없다. 가장 위대한 시인조차도 그렇게 말할 수는 없다. 창작에서의 마음이란 꺼져 가는 석탄과도 같아서, 변덕 심한 바람 같은 눈에 띄지 않는 작은 영향에도 일시적으로 불꽃을 피우기 때문이다. … 나는 오늘날의 가장 위대한 시인들에게 묻고 싶다. 최고로 멋진 시구가 노동과 연구의 산물이라고 주장하는 것이 잘못인지 아닌지를"(셸리, 〈시의 옹호〉, 511쪽).

메드베데프의 책《작가의 연구실에서In the Writer's Laboratory》는 이와 같은 관념에 대한 하나의 긴 논쟁처럼 읽힌다. '직관', '영감', 그리고 '창조의 자유'를 다룬 장들에서 그는, 창조적 계기를 그것의 후속 작업이나 일상적 맥락에서 분리함으로써 창조성을 완전히 알 수 없는 것으로 남겨 두는 저 낭만적 견해에 반대한다.

바흐친이 창조성에 대한 낭만적 견해를 받아들일 수 없었던 또 다른 이유는 그의 윤리적 관심과 밀접히 연관되어 있다. 바흐친에게 창조성과 책임은 분리 불가능한 것들이다. 그 둘 모두 나날의 삶의 '과제'나 일상사에 속해 있다. 그러므로 창조성을 '노동과 연구'에서 분리하는 낭만적 관점은 윤리적 근거에서 반대할 만한 것이었다. 초기 수고 〈심미적 행위에 있어서 저자와 주인공〉에서 바흐친은 낭만적 시인을, "누구나 공유하는 존재의 사건에 대해 마치 그 사건의 유일한 참여자라도 되는 듯이 행위하고 창조하고자 하는 노력〔을 기울이는〕, 그리고 체념한 채 작업에만 열중하지도 못하고 그 사건 내에서 자신의 위치가 타자를 통해 규정되거나 타자와 함께 취급되는 것을 못 견뎌 하는 기질"을 지닌 예술가라고 규정한다(AiG, 176쪽).

이렇게 볼 때 창조성에 대한 낭만적 견해는 당연하게도 '산문적'인 것이라기보다는 '시적'인 것이다. 죽은 채로 법칙에 의해 지배될 뿐이라고 이해되는 지상에는 창조성이 거주할 집이 없다. 창조성은, 창조적 에너지의 설명할 수 없는 침입이 없다면 필연적으로 틀에 박힌 삶을 살게 될 실제 사람들의 일상사에서는 발견될 수 없다. 이러한 침입은 셸리가 강조하는 것처럼 언제나 수동적으로 경험된다. 그 침입이란 실로 만들어지는 것이 아니다. 실로 인간의 노력에 의해 창조되는 것이 아니다.

바흐친은 도스토옙스키 소설의 몇몇 주인공들이 제공하는 해결책, 즉 자유와 혁신이란 악의적이거나 이유 없는 자기 절멸처럼 전적으로 임의적인 행위라는 대답도 더 이상 받아들일 수 없었다. 우리는 《악령The Possessed》에서 키릴로프가 자살을 통해 자유를 입증하기로 결심하는 장면을 떠올릴 수 있다. 처음으로 그렇게 하는 사람이 있다면 그는 '신인神人'이 될 것이다. "그러나 너는 자살하는 유일한 사람이 되지는 않을 것이다. 수많은 자살자들이 있다"라며 스타브로긴은 반박한다. 키릴로프는 이렇게 대답한다. "〔그들은 모두〕 충분한 이유를 가지고 행한 것이었다. 하지만 아무런 이유도 없이, 단지 나 자신의 자기 의지만으로 그렇게 하는 사람은 오직 나뿐이다"(도스토옙스키, 《악령》, 628쪽). 비슷한 이유에서, 하지만 그다지 확신은 가지지 않은 채로, 지하 생활자도 무의미한 악의적 행위를 본질적으로 자유로운 행위라고 말한다. 알베르 카뮈Albert Camus 같은 실존주의자들이 비슷한 생각을 품고 있다면, 그들도 바흐친이 거부하는 입장을 옹호하는 것이 된다.

키릴로프가 자유에 대한 어떤 형이상학적인 추구 때문이 아니라 그의 죽음으로 이익을 보게 될 혁명가 동료에 의해 짐승처럼 쫓기다가 총으로 자살하는 장면을 보고, 그의 뇌가 마룻바닥에 튀어 있는 모습을 읽을 때, 우리는 그가 초월하고자 했던 법칙의 냉혹함과 그렇게 상상했던 자유의 무의미함에 대해 반성할 수 있을 것이다. 그리고 우리가 지하 생활자의 악의에 익숙해지게 된다면 그의 행위를 그 자신이 알고 있는 만큼이나 아주 잘 예견할 수 있을 것이다. 악의도 역시, 괴팍할지는 모르지만, 철의 법칙을 지닐 수 있다.[18] 그리고 이러한 행위는, 비록 그것이 순간적으

---

18 로버트 루이스 잭슨Robert Louis Jackson, 《《지하 생활자의 수기》 제2부에서의 아리스토

로는 자유로울 수도 있겠지만, 아무것도 가져오지 못하며 일상, 즉 체험된 삶 내에서 창조성의 가능성을 더욱 배제할 것이다.

바흐친이 보기에는, 자신의 자유를 입증하고자 하는 지하 생활자의 그밖의 좀 더 흥미로운 시도 역시 더 나을 바가 없다. 지하 생활자는 모든 행위가 그 자신을 한정하고 '종결시킨다'고 추론하면서, 아무것도 하지 않고 아무런 최종적인 정의도 내리지 않으려 애쓴다. 바흐친의 말에 따르면, 그는 '순수한 기능'의 인간이 되기 위해 노력한다. 그러나 바흐친에 따르면 순수한 기능은 아무것도 창조하지 못한다. 그것은 한낱 '공허한 잠재성'일 뿐이어서, 현실화되기 위해서는 가끔씩 실현되고 응답되어야만 한다.

흔히 바흐친이 우리 시대의 바쿠닌M. A. Bakunin처럼 일종의 철학적 아나키스트에 불과한 존재로 취급되곤 하기 때문에, 우리는 그가 그러한 '해결책들'을 의심스러워했다는 점을 강조하고자 한다. 바흐친이 볼 때, 종결화finalization의 전적인 부재는 완전한 종결화만큼이나 자유와 창조성을 파괴한다. 절대적으로 결심하지 않는 상태도 보편적 규범의 기계적 적용 못지않게 진정한 책임을 배제한다. 바흐친에 따르면, 윤리적 개인은 비록 잠정적이긴 하지만 실제적인 결심을 해야 한다. 볼로시노프가 쓰고 있듯이, 아이러니와 틈구멍뿐만 아니라 "말하는 바를 실제로 뜻하고 거기에 책임을 지는 그러한 말"(V: MPL, 159쪽)도 필요하다.

바흐친의 유명한 아포리즘에 따르면, '파괴하고자 하는 정념은 창조적인 정념이다'. 그러나 바흐친에 따르면 창조성이 진정으로 창조적인 것이 되려면 전적인 파괴를 통해 진행되어서는 안 된다. 그는 단순한 부정은

텔레스적 운동과 기획Aristotelian Movement and Design in Part Two of Notes from the Underground〉 참조.

결코 의미심장한 말을 산출할 수 없다고 주장한다.

　서구 최초의 비판적 바흐친 수용은 그의 글 가운데 바쿠닌의 입장과 상당히 유사한 것처럼 보이는 부분에 집중되었다. 그의 찬미자들은 바흐친을 자유주의자로, 즉 규칙의 해체, 원심력을 위한 원심력, 광대짓, 그리고 모든 권위와 '공식 문화'에 대한 거부를 즐기는 순수한 자유와 카니발적 방종의 주창자로 기술했다. 사실 카니발에 대한 사고 속에 도덕률 폐기론 antinomianism, 이론적 아나키즘, 그리고 숭엄한 어리석음의 요소들이 있다는 점은 분명하다. 그러나 대체로 바흐친은 첫눈에 비치는 것보다는 훨씬 더 그런 유의 사유에 거리를 두고 있다. 전체 저작을 두고 판단한다면, 바흐친은 오히려 속박의 주창자다. 그는 올바른 속박이 없다면 자유도 창조성도, 종결불가능성도 책임도 실재할 수 없다고 믿었다.

　종결불가능성과 산문학을 함께 다룬다면, 바흐친이 자주 말하는 평정심, 더 나아가 박애를 이해하는 데 도움을 얻을 수 있다. 초기 수고의 몇몇 곳에서 바흐친은 다음과 같은 용어로 질투, 수동성, 절망이라는 일상적 유혹에 반대하는 주장을 폈다. "나를 특수화하는 요인들의 다수성 때문에, **다른 어느 누구도** 지금 이 순간 내가 할 수 있는 것을 행할 위치에 있지 않다"(KFP, 112~113쪽).

종결불가능성과 역사성

역사성에 대한 바흐친의 이해는 종결불가능성과 산문학을 통해 이루어졌다. 바흐친(과 메드베데프)은 표면상 역사적인, 하지만 오직 피상적으로만 역사적인 많은 서사 모델과 철학적 개념을 서둘러 폐기했다. 예컨대 러시아 형식주의자들은 변화의 모델들을 진전시켰지만, 메드베데프에 따르면 그 모델들 자체가 '심각하게 비역사적'이다. "존재의 질적 발전은 … 형식주의가 전혀 이해할 수 없는 것이다"(M: FM, 97쪽). 바흐친과 메드베데프에게 역사란 단순한 변화 이상의 어떤 것이다.

그러나 역사성이란 무엇인가? 바흐친에게 이 문제는 철학적인 것인 동시에 역사적인 것이다. 재삼재사, 그는 개념에 대한 설명을 통해서뿐만 아니라 자기 나름의 역사적 인식의 역사를 서술함으로써 그 문제를 고찰한다. 그는 명시적인 역사 이론들과 다양한 서사 형식을 만들어 내는 암시적인 역사 이론들을 모두 고찰한다. 예컨대 그는 소설의 역사를 "실제 역사적 시간"(BSHR, 19쪽)의 점진적인 (그리고 진정으로 역사적인) 발전으로 기술한다. (이 측면과 관련한 바흐친의 사유에 대해서는 이 책의 제9장에서 살펴볼 것이다.)

바흐친에게 실제 역사적 시간에 대한 인식은 흘러간다는 데 대한 인식 이상의 것을 수반한다. 역사성은, 현대의 문학이론가들이 종종 그렇게 하듯이, 가변성을 드러내 보이는 데 만족하거나 만사가 상대적이라는 결론을 내리는 생각과 동일시될 수는 없다. 어떤 상황에서든 언제나 똑같이 도출될 수 있는 이러한 결론은 그 자체로 심각하게 비역사적인 것이다. 사실 그것만큼 반역사적인 것은 없다. 개개 연구의 끝은 언제나 이미 알려져 있으며, 따라서 개개의 특수한 역사적 사건에 대한 고찰은 불필요하기 때문이다.

마르크스주의를 포함한 거대한 역사적 모델도 역시 바흐친의 기준에 따르면 겉보기에만 역사적인 것일 뿐이다. 그러한 모델이 흔히 사용되는 방식이 그렇듯이, 그 모델은 사람들이 찾아낼 수 있는 어떤 중대한 것을 어느 정도 미리 보증해 주기 때문이다. 소비에트 시절의 바흐친에게는 이런 유의 사유를 비판할 만한 충분한 이유가 있었을 것이다. 그러나 서구 마르크스주의라고 해서 이런 유의 사유에 빠지지 않았던 것은 아니다.

사르트르Jean-Paul Sartre의 고찰에 의하면, "연역적 추론apriorism"에 기초한 "게으른 마르크스주의"는 이미 알려져 있는 것만을 계속해서 발견해 낸다(사르트르, 《방법의 탐구Search for a Method》, 53쪽·42쪽). 결국 마르크스주의는 실제의 역사적인 사람들을 "황산 용액으로 가득 찬 욕조에서 용해시키는"(사르트르, 《방법의 탐구》, 43~44쪽) 경향이 있다. "변증법은 하늘의 법 … 그것만으로도 역사적 과정을 유발하는 형이상학적 힘"이 되며, 우리는 특수한 행위, 즉, "인간 창조성"의 가치에 대한 모든 감각을 상실한다(사르트르, 《방법의 탐구》, 99쪽). 바흐친은 틀림없이 이러한 비판에 동의했을 것이다. 특수한 경험이 의미를 지니지 못한다면, 행위에 책임이 따르지 않는다면, 결과에 예측 불가능한 부분이 없다면, 그리고 개인이든 집단이든 사람들의 삶이 경이롭지 못하다면, 역사는 역사가 아닐 것이다. 간단히 말해서, 역사성은 종결불가능성을 요구한다.

또한 형식주의자들, 구조주의자들, 기호학자들이 뜻하는 식으로 역사성이 단순한 통시적 변화diachrony와 같을 수는 없다. 통시적 변화란 그 역사적 연관을 알 수 없는 공시적인 단면들의 연속체에 불과한 것일 수 있고, 또 종종 그렇기 때문이다. 아니면, 통시적 변화는 때때로 비스듬히 분할된 공시태synchrony의 일종, 즉 조직적이거나 체계적인 방식으로 시간을 넘어 전개되는 하나의 체계. 인간의 작용과는 무관하게 원인의 결과가 변화하는 모델, 미리 알 수 있는 모델, 본성적으로 또는 적어도 원칙적으로 획일적인 모델 등에서는 종결불가능성과 산문학을 찾아볼 수 없다.

바흐친은 19세기의 역사주의 모델뿐만 아니라 좀 더 최근의 구조주의 모델과도 상충하는 것으로서, 역사성에 대한 특별히 근대적인 감각을 형성하는 데 중요한 기여를 한 사람으로 여겨질 수 있다. 역사성 개념을 다루는 그의 작업은 복잡하고도 광범위하다. 우리는 이 책 뒷부분에서 그의 사상을 더욱 깊이 탐구할 작정이지만, 우선 그의 사상에서 되풀이되는 몇 가지 패턴들을 기술해 두고, 실제 역사적 시간을 충분히 감지하는 데 필요한 최소한의 요건을 일반적인 용어로 확인해 두는 것이 좋겠다.

바흐친에 따르면 역사는 무작위적인 것도 완전하게 계획된 것도—이것들은 모두 진정한 '생성'을 허용하지 않는다—아니다. 사회적이고 심리적인 것들은 완전하게 계획될 수 없기 때문에 구조주의적인 의미에서의 '구조들'로 기술될 수 없다. 그런가 하면 그것들은 **부분적으로** 정렬되기 때문에, 브로델이 《일상생활의 구조The Structures of Everyday Life》에서 사용했던 느슨한 의미의 구조를 드러낸다. 일반 체계 이론가들은 체계(기억하겠지만, '어떠한 부분도 다른 부분과 관계하지 않을 수 없는 상호 관계적인 것들의 결합체'라고 정의되는)를 그들이 집합체aggregate라고 부르는 느슨한 형태와 구별하는데, 이것은 "아마도 개체들이 부분적으로 상호 관계하고 있을 수는 있지만 적어도 그것들 중 어느 하나 일부는 개체들의 여집합餘集合과 관계하지 않는 그런 결합체"다(크라머·스미트, 《사고하는 체계》, 14쪽). 바흐친이 볼 때, 사회적인 것들은 체계보다 집합체를 닮는 경향이 있다.

바흐친에게 세계는 밀집되어 있으면서 분산되어 있다. 특수한 요소들은 현존하는 집합체와 상호작용하고, 그 집합체는 다른 집합체와 상호작용하며 변화한다. 특수한 요소들 또한 끊임없이 집합체에서 떨어져 나와 새롭게 무리 지으며 전혀 예기치 못한 상호작용이 이루어질 수 있는 토대를 형성한다. 종결불가능성은 특수한 부분뿐만 아니라 전체도 특징짓는다.

모든 문화적인 실재는, 심리적인 것이든 사회적인 것이든 모두 이러한 방식으로 움직인다. 사회 구성체는 결코 완벽하게 설계되어 있지 않다. 사회 구성체는 손에 쥐고 있는 자원들을 가지고 융통성 있게 변통해 간다. 사회 구성체가 전개하는 형식은 그것이 무엇이든 예기치 못한 부산물을 산출하는데, 이 부산물에는 뜻밖의 방식으로 미래의 발전에 영향을 미치는 잠재력이 내재해 있다.

바흐친은 생물학에 많은 관심을 갖고 있었기 때문에 진화생물학에서 가져온 유추법을 유용하게 쓸 수 있었다. 굴드Stephen J. Gould는, 다윈에 따르면 **불완전한** 설계, 즉 절충적인 구조—어느 정도 잘 움직이기는 하지만 상상할 수 있는 다른 구조만큼 효율적으로 움직이지는 못하는—야말로 진화를 가장 잘 입증해 준다는 사실을 반복해서 우리에게 상기시킨다. 어떤 우주의 설계자도 그러한 절충적인 방식으로 구조를 만들 수는 없을 것이다. 따라서 그 구조는 변화하는 환경과 자연사의 자원들을 가지고 융통성 있게 변통함으로써 발생했음이 틀림없다. 다시 말해, 완벽한 적응이 아니라 산만함과 어설픔이 역사성의 진정한 표지다.[19]

더 나아가서 굴드는, 다윈의 견해를 '범汎적자생존론hyperselectionism'으로 보는 흔한 오해는 사실 진화의 역사를 입증하고자 한 다윈의 증명의 핵심을 잘못 해석하고 있다고 주장한다. 앨프리드 월리스Alfred Wallace 같은 범적자생존론자들은, "형태의 각 부분, 기관의 각 기능, 선택을 통해 '더 우월한' 유기체로 진화할 수 있게 해 주는 각각의 적응 행위. 이것들은 자연의 '정의', 즉 모든 피조물은 절묘하게 환경에 적응한다는 사실에 대한 깊은 믿음을 지탱해 준다"고 생각했다(굴드, 《판다의 엄지The Panda's Toes Thumb》, 50쪽). 범적자생존론의 견해에 따르면, 기관이나 행위상의 특징이 어떤 명시적인 기능도 전혀 보여 주지 않는다 할지라도, 그러한 결핍은 단지 우리

---

19 예컨대 Stephen J. Gould, 《판다의 엄지The Panda's Toes Thumb》, 제1부, 19~44쪽 참조.

지식의 불완전함만을 보여 줄 뿐이다. 우리는 이러한 견해에서 기호학적 전체주의와 유사한 사고방식을 확인할 수 있다.

굴드가 강조하는 것처럼, 다윈에 대한 이 같은 희화화는 완벽한 설계라는 창조론적 관점에서 기묘한 방식으로 다시 나타난다. 이 관점은 다윈이 보았던 역사, 즉 굴드가 "보다 산만한 우주"라고 이름 붙인 역사를 전혀 고려하지 않는다(굴드,《판다의 엄지》, 50쪽). 다윈은 자연도태가 유일하게 작용하는 힘이 아니며 모든 것이 그 힘에 적응하는 것도 아니라는 사실을 인식하고 있었다. 우선 "〔한 유기체의〕 한 부분의 적응을 위한 변화는 적응과 무관한 다른 특질들의 수정을 초래할 수 있다". 더욱이 "어떤 특정한 역할을 수행하도록 선택되는 과정에서 만들어진 기관은, 그 구조의 영향을 받음으로써 선택되지 않은 다른 특질의 역할까지도 수행할 수 있다"(굴드,《판다의 엄지》, 50쪽). 그리고 일단 자리가 잡히면 선택되지 않은 특질은 미래의 변화를 위한 재료 역할을 한다. 간단히 말해서, 사회적인 것과 마찬가지로 생물학적 구조 역시 계획되는 동시에 계획되지 않기도 하고 잘못 계획되기도 한다. 그것들은 불완전한 방식으로 변화하며 부산물을 유발한다. 이 모든 이유에서 그것들은 예기치 못한 것의 잠재력을 드러낸다.

만일 자연적 과정의 본모습이 이러하다면, 인간의 작용과 다양한 이질적 목적이 항상 작동하고 있는 사회적 과정은 더더욱 이러한 성격을 가질 것이다. 이러한 맥락에서 볼 때, 완전히 폐쇄되어 있는 거대한 역사적 체계는 무생물적이거나 비인간적인 자연력에 대해서조차 지나치게 단순하고 완고한 용어들로 역사를 기술하는 것 같다.

바흐친은 역사성을 다양한 잠재성의 문제로 파악함으로써 시간의 본성에 대해 숙고하게 된다. 그는 현재의 순간—각각의 현재의 순간—을 앞서 지나간 것의 단순한 파생물로 환원하는 모든 사고방식에 대해 줄곧 반대했다. 사건의 '사건성'을 강조하고 지금 여기에서의 책임의 필요성을 강조했던 것처럼, 그는 또한 매 순간의 현재성presentness을 강조했다. 시간은 열려 있고 매 순간은 다양한 가능성을 지니고 있다.

역사적인 과거 혹은 한 개인의 생애의 초기 단계를 이해할 때, 우리가 과거를 얼마나 자주 시간착오적으로 해석하는지에 주의할 필요가 있다. 우리는 과거에서 오직 실제로 실현된 가능성들만을 보려는 경향이 있다. 그렇게 하면서 우리는 과거를 잘못 재현한다. 왜냐하면 각각의 과거의 순간은 그것이 발생했을 때의 '현재성'을 드러내기 때문이다. 그러나 그 순간은 여러 방향으로 이끌고 갈 잠재력을 지니고 있다. 그 순간에 참여한 각각의 참여자들은 서로 다른 시간 감각을 경험했던 것이다.

바흐친은 서사 장르들에 대해 논하면서 서사 장르 각각이 현재의 감각을 재현하는 방식을 강조한다. 어떤 주어진 장르는 현재를 열린 것으로 묘사하는가 닫힌 것으로 묘사하는가, 또는 확정적인 것으로 묘사하는가 불확정적인 것으로 묘사하는가? 저자의 위치는 자기 시대에 벌어진 사건의 맥박에서, 그리고 자기가 만든 인물의 시대에 벌어지는 사건의 맥박에서 얼마나 가까운가? 뒤에서 살펴보겠지만, 바흐친에게는 오직 소설만이 '열린 현재'와 실제 역사성을 근사近似하게 재현할 수 있다. "우리가 소설에서 보는 것과 같은 [재현된] 현실은 다만 많은 가능한 현실 중의 하나일 뿐이다. 그것은 불가피한 것도 아니고 임의적인 것도 아니며, 자체 내에 다른 가능성들을 품고 있는 것이다"(EaN, 37쪽). 이러한 시간 감각은 소설이 역사의 순간, 그리고 인물의 삶의 순간을 묘사하는 방법에 본질적인 것이다. 즉, "(기성의 형식으로 존재하는 것이 아닌) 사건으로서의 세계"(MHS, 162쪽) 말이다.

바흐친이 쓴 것처럼, 만일 역사가 드러나지 않은 잠재력을 지니고 있는 유일무이하고 반복 불가능한 사건들의 문제라면, 그리고 오직 그럴 경우에만, 시간은 '불가역적'일 것이다. 바흐친은 '불가역성'이라는 말이 단지한 방향으로만 흘러간다는 단순한 사실 이상의 것을 뜻한다고 본다. 미래를 앞서 말하는 것prediction 못지않게 과거를 소급해 말하는 것retrodiction은 원칙적으로 불가능하며, 시간을 단지 사건들로 채워질 뿐인 공백으로환원해 버리는 고전적인 결정론적 시간 개념이란 잘못되었다고 말한다.

바흐친은 생물학뿐만 아니라 물리학에도 관심이 있었다. 그가 이 두학문을 얼마나 충분히 이해했는지를 말하기는 어렵지만, 그 학문들이 시간성을 재개념화했다는 점만은 높이 평가했던 것으로 보인다.[20]

프리고진I. Prigogine(《있음에서 됨으로Being to Becoming》)이 설득력 있게 설명했듯이, 뉴턴적 역학과 고전적 결정론은 시간을 한낱 '매개변수parameter'로 보고, 물리적 과정을 본질상 '가역적'인 것으로 간주한다. 즉, 사건들은 분명히 반대 방향으로도 꼭 마찬가지로 일어날 수 있다는 것이며, 어떤 물리적 대상이 장차 놓이게 될 위치를 앞질러 말할predict 수 있는 것과 마찬가지로 그것이 있었던 위치를 소급해 말할retrodict 수 있다는 것이다. 그러나 열역학의 발전에서 양자역학에 대한 논쟁에 이르기까지, 물리학과 화학은 시간을 불가역적인 것으로, 방향성을 본질적인 것으로, 그리고 과거에 대한 소급적 발화를 불가능한 것으로 이해하기 시작했다. 어떤 체계의 바로 앞에 선행하는 상태에서 그 체계의 미래 상태를 예견하여말하는 것도 원칙적으로 불가능할 것이다. 선행하는 상태는 결과물을 산

---

20 과학에 대한 바흐친의 관심에 대해서는 홀퀴스트Michael Holquist, 〈글쓰기로서의 응답하기:
   미하일 바흐친의 통通언어학Answering as Authoring: Mikhail Bakhtin's Trans-Linguistics〉
   참조. 크로노토프 에세이의 서두에서 바흐친은 아인슈타인에게 빚지고 있음을 밝히면서 양
   자역학을 참조하고 있다. 우리는 제9장에서 아인슈타인과의 관계를 논할 것이다.

출하지만 반드시 결과물을 규정하는 것은 아니다. 프리고진은 불가역성의 이해에서 과학과 인문학이 갖는 중요한 관계를 상세히 설명한다. 그는 우리의 구상이 **있음에서 됨으로** 이행해 가야 한다고 믿는다.[21]

자유가 시간의 불가역성과 결합해야 한다는 말은 역설적으로 들릴 수 있다. 그러나 잘 생각해 보면, 오직 그러한 관점만이 어떤 특수한 순간에 일어나는 유일무이한 사건에 실제적인 중요성을 부여해 줄 수 있음이 분명해진다. 그리고 만일 유일무이한 사건들이 그러한 중요성을 지니지 못한다면, 그것들이 체계의 이전 상태나 미래 상태에서 완전히 예측될 수 있다면, 자유는 하나의 환상일 뿐이며 진정한 역사성은 사라지고 말 것이다.

시간은 한낱 매개변수가 아니라 작용자operator다. 사건들이 시간을 채우는 만큼이나 시간이 사건들을 채운다.[22] 그리고 만일 그러한 것이 물리학적, 지질학적, 생물학적 사건들에서 참이라면, 사회적이고 문화적인 사건들에서는 당연히 훨씬 더 참일 것이다. 바흐친은 라블레와 도스토옙스키에 대한 연구서, 특히 괴테에 대한 연구서와 크로노토프에 대한 에세이에

---

21 프리고진I. Prigogine도 바흐친도 인문학과 자연과학을 철저하게 대립시키는 방식을 넘어서고자 한다. 예컨대 바흐친의 〈1970~1971년에 작성된 노트에서From Notes Made in 1970~71〉 참조. "인문학과 자연과학의 구별. 그것들 사이에 넘어설 수 없는 장벽이 있다는 생각의 거부. 그것들이 서로 대립한다는 관념(딜타이Whilhelm Dilthey, 리케르트Heinrich Rickert)은 그 후의 인문학의 발전 과정에 의해 반박되었다. 수학적 방법과 그 밖의 방법들—불가역적 과정인 동시에 특정한 방법들, 세부적인 것들에 접근하는 일반적 경향(예컨대 가치론적 접근)—의 혼합은 발전하고 있고, 또한 발전할 것이다"(N70~71, 145쪽).

22 굴드Stephen J. Gould는 우리가 시간에 대한 과학적 사고에 관심을 가질 때 물리학과 천문학만을 염두에 두는 것은 잘못이라고 주장한다. 진화생물학과 지질학 같은 어떤 과학들은 역사성에 대한 강한 감각이 없다면 상상할 수도 없다. 물리학자가 "총괄적이고 간소화된, 통합적인 법칙"을 생각하는 경향이 있는 반면, 진화생물학자는 "대체로 역사의 불확실한 개입에 의해 규제되는 세계의 흐트러진 다양성"에 초점을 맞춘다(Stephen J. Gould, 〈즐거운 꿈 Pleasant Dreams〉, 204쪽). 또한 다이슨Freeman Dyson의 《전방위적 무한》에 나타난 '아테네'와 '맨체스터'의 대조를 참조하라.

서 르네상스 이후 시간적 약분 불가능성이 파악되어 온 과정을 탐구했다.

바흐친은, 정태적 세계에 자리 잡은 정태적 주인공에서 시작하는 유럽식 산문이 처음에는 개인에게서, 그 다음에는 개인과 사회 모두에게서 진정한 발전을 재현하는 방법을 익혔다고 주장한다. 바흐친에 따르면, 더 정밀한 서사적 산문이 더 정밀한 철학적 논의에 선행했다.

계몽주의 시대에 씌어진 허구물fiction부터 비로소 인물이 "**세계와 더불어 성장하고 인물이 세계 그 자체의 역사적 성장을 반영하는**"것으로 이해되었다(BSHR, 23쪽). 그 결과 종결불가능성이 깊이 있게 파악되었다. "당연하게도, 그러한 성장소설a novel of emergence에서, 현실과 인간 잠재력의 문제, 자유와 필연의 문제, 그리고 창조적 주도권의 문제가 최고도의 중요성을 갖고 대두했다. 성장하는 인간의 이미지는 그 사적私的인 본성을 극복하기 시작하여 … 완전히 새로운 역사적 존재의 **공간적** 영역으로 들어가게 된다"(BSHR, 24쪽).

바흐친의 공간성 은유는 역사성에 대한 또 다른 규준을 암시한다. 역사성은 **아나크로니즘**anachronism뿐만 아니라 **아나토피즘**anatopism이라고 부를 수 있는 것도 포함한다. 여기저기, 이 구석 저 구석, 이 방 저 방에 따라, 시간과 시간 감각은 질적인 차이를 보여 주며 사건들을 상이한 방식으로 형성한다. 바흐친에 따르면, 괴테에게는 서로 다른 종류의 시간이 동시에 작동하고 있음을 지각할 수 있는 통찰력이 있었다. "개개의 〔외관상〕 정적인 다양성 배후에서 그는 이질시간성heterochrony을 보았다"(BSHR, 28쪽). 흔히 간과되지만, **이질시간성**('다중시간성multitemporality'이라고 번역되기도 하는)은 바흐친의 역사 감각에서 핵심적인 역할을 하는 요소다.

흥미롭게도, 브로델 또한 전통적인 서사적 역사가들이 "사회적 시간의 다수성 … 시간의 다중성"을 간과했다고 비판한다(브로델, 〈역사와 사회과학: **장기 지**

속History and the Social Science: The Long Durée〉, 26~27쪽). 역사의 리듬은 수세기에 걸쳐서야 겨우 지각될 수 있는 극도로 느린 것부터 거의 순간적인 것에까지 걸쳐 있다. 브로델에 따르면, 어떤 시간에서든지 다양한 리듬들은 서로 다른 영역에서 작동한다. "과학, 테크놀로지, 정치적 제도들, 개념적 변화, 문명…이 모든 것들은 저마다 삶과 성장의 고유한 리듬을 지니고 있으며, 새로운 국면들conjunctures의 역사는 이 모든 것들로 완전한 협주를 해 낼 때만 완성될 것이다"(브로델, 〈역사와 사회과학: 장기 지속〉, 30쪽). 바흐친이라면 이질적 크로노토프들의 '다성적 통일성'이 요구된다고 말했을 것이다.

대화

> 사물화된 세계 모델은 이제 대화적 모델로 대체되고 있다. - TRDB, 293쪽

> 대화적 관계는 텍스트 내에 문장으로 제시된 대화의 단순한 말대꾸보다 훨씬 더 광범한 현상이다. 그 관계는 인간의 모든 발화 및 인간 생활의 모든 관계나 현시 ─일반적으로 의미와 의의를 지니는 모든 것─에 스며들어 있는 거의 보편적인 현상이다. - PDP, 40쪽

산문학과 종결불가능성에 덧붙여, 바흐친의 세 번째 중요한 관심사는 '대화'라고 불리는 관념 복합체다. 그는 이 용어를 아주 많은 맥락에서, 마치 명료한 정의란 존재하지 않는다는 듯이 다양한 의미로 사용한다. 우리는 바흐친의 언어이론(제4장), 자아 이론(제5장), 문학이론(제6장에서 제10장까지)에서 이 용어가 지니는 의의를 탐구할 것이다. 지금은 이 용어를 '세계 모델a model of the world'이라는 가장 광범한 의미에서 논하고자 한다.

바흐친에게 대화는 특별한 종류의 상호작용이다. 불행하게도 대화는

종종 상호작용 또는 언어적 상호작용 일반의 동의어로 간주됨으로써 평범해지곤 했다. 바흐친에게 대화란 언쟁argument과 동일한 것도 아니고, '문장상에 표현된 대화', 즉 소설이나 희곡에서처럼 문자화된 목소리의 순차적인 재현과 같은 것도 아니다. 바흐친은 대화를 논리적인 모순과 혼동하지 말라고 경고한다. 그것은 마르틴 부버Martin Buber의 나-너 관계와 다르다. 무엇보다도 그것은 헤겔주의적이거나 마르크스주의적인 변증법과는 전혀 닮지 않았다.

대화를 상상할 때 우리는 기존의 방식대로 두 단자들이 상호작용한다고 생각하는 경향이 있다. 모순되면서 종합을 산출하는 대립자들처럼 말이다. 이러한 통상적인 발상은 바흐친이 '이론주의'라고 칭하는, 그리고 그가 근대 서구의 역사에서 지배적이라고 간주하는 사고 유형의 필연적인 귀결이다. 바흐친에게 이론주의란 언제나 사건들을 일련의 규칙이나 구조의 견지에서 이해하는 것이다. 예컨대 기호학의 경우 특수한 사람은 그 자신에 대립하는 일반자로 환원되고, 그로 인해 그의 행위에 대한 내밀한 윤리적 관계는 사라져 버린다. 이는 마르크스주의 변증법에서도 마찬가지다. 바흐친이 초기 저술에서 기술하고 있듯이, 이론주의는 사건의 '사건성'을 지워 버린다. 그럼으로써 사건의 '사건성'은 일차적인 것이 아닌 이차적인 것이 된다.

실제 대화를 생생한 과정으로 만들어 주는 요소는 종결불가능성을 인정하지 않는 표준적인 모델들 너머에 있다. 이론주의의 문제점은 잘못된 장소에서부터 분석을 시작한다는 데 있다. 바흐친에 따르면, "우리는 이론적 세계 내부에서 일순간에 사건들의 세계로 들어갈 수 없다. 행위 그 자체에서 출발해야지, 행위의 이론적 전사轉寫·transcription〔옮겨 적기〕에서 출발해서는 안 된다"(KFP, 91쪽). 이러한 유형의 '사본'은 시간을 한낱 매개변수로 환원하고 사건의 실제적인 역사성을 놓치고 만다. 바흐친이 진술하는 것처럼, 이론주의에서는 "존재의 실제 역사의 시간성은 단지 추상적으로 인식된 역사의 계기에 불과하다"(KFP, 89쪽).

사실, 바흐친에 따르면, 모든 사회적이고 심리적인 것은 본성적으로 과정적이다. 그 정체성의 본질은 바로 종결 불가능한 행위에 있다. 그리고 사람들에게 가장 중요한 행위는 대화다. 따라서 개인의 경우든 사회의 경우든 결코 의사소통의 진행 과정에서 존재를 분리할 수는 없다. "**의사소통을 위한 수단이 될 것**"(TRDB, 287쪽). 그러므로 대화에 참가하는 것을 두고, 마치 그렇게 참가하는 구성 요소들이 다른 방식으로 존재할 수 있기라도 한 듯이 이야기하는 것은 잘못이다. 물론 특수한 대화들은 끊어질 수도 있지만(대화들은 결코 진정으로 끝나지는 않는다), 대화 그 자체는 언제나 계속된다. 언어학적 저작에서 바흐친은 언어에 대해 설명하면서, 대화가 결합 이후의 행위가 아니라 그 자체가 출발점이라는 사실을 보여 준다.

단자들 간의 상호작용이라는 이미지가 지닌 두 번째 문제점은, 이미 살펴본 것처럼, 바흐친이 볼 때 개인이든 사회적 존재든 결코 단자를 이루지 않는다는 데 있다. 그것들은 단자보다 훨씬 더 느슨하고, '더 흐트러져' 있으며, 더 열려 있다. 모든 상호작용의 가장 흥미롭고도 가장 종결 불가능한 측면은 참여자들의 상대적인 무질서에서 나타난다.

더욱이 우리는 흔히 단자를 분명한 경계를 지닌 완전체라고 생각하곤 한다. 하지만 바흐친은 어떤 개인도 어떤 사회적 존재도 자기 경계 내에 갇혀 있지 않다고 경고한다. 그것들은 초영토적extraterritorial이며, 부분적으로는 자기 "바깥에 자리 잡고" 있다. 그리하여 바흐친은 자아의 "비자족성"에 대해 언급한다(TRDB, 287쪽). "타자에 이르기 위한, 그리고 타자를 통해 자신에 이르기 위한 수단이 될 것. 인물은 주권적인 내부 영토를 지니지 않으며, 전적으로 언제나 경계 위에 있다. 자기 안을 들여다볼 때 그 인물은 **타자의 눈 속을**, 또는 **타자의 눈으로 본다**"(TRDB, 287쪽).

사실 바흐친에 따르면 "영토"와 "경계"라는 은유는 불완전하다. 만일 이 은유를 사용하기를 고집한다면 필연적으로 역설적인 공식에 말려들게 될 것이다. 바흐친은 문화적 실재들이란 사실상 **모두** 경계라고 주장한다.

> 하지만 문화의 영역을 경계뿐만 아니라 내부 영토도 가지고 있는 일종의 공간적인 완전체라고 상상해서는 안 된다. 문화의 영역에는 내부 영토가 없다. 그것은 전적으로 경계를 따라서, 즉 모든 곳의 모든 측면에 걸쳐 뻗어 있는 경계를 따라서 분포되어 있다. … 모든 문화적 행위는 본질적으로 경계 위에서 살아 움직인다. 여기에 그 중대함과 의미심장함이 존재한다. 경계에서 분리되면 문화적 행위는 그 토양을 잃게 되고, 공허하고 오만해지며, 퇴화하여 죽게 된다(PS, 25쪽).[23]

우리는 영토와 경계라는 은유에 친숙할지도 모른다. 개별 자아들이 어떤 특정한 시간에 특정한 장소를 점유하고 있다고 생각하기 때문이다. 그러나 비록 그것이 사실이고 물질적인 신체들에 필수적이라 할지라도, 영혼이나 그 밖의 다른 문화적인 것들의 경우에는 맞지 않을 것이다. 그러한 은유는 피하는 게 상책이다. 바흐친은 자신이 선호하는 주인공들을 역설적으로 언제나 문지방과 경계에 놓여 있는 것들로 정의함으로써 그러한 은유를 회피하면서 동시에 그 은유에 문제가 있음을 알려 준다.

바흐친은 단자, 영토, 육체라는 통상적인 은유를 대체할 다른 일군의

---

23 PDP, 301쪽 주 7번에 번역되어 있는 것을 옮겼다.

은유를 더 선호할 것이다. 그가 생각하기에 이 세 가지 은유 각각은 본질적으로 '뉴턴적'이거나 '프톨레마이오스적'이다. 그 은유들은 물리적인 실체를 마치 충돌하는 물체나 일정한 중심을 에워싸고 고정된 궤도를 도는 행성이기라도 한 듯이 상상한다. 그러나 과학에 시선을 돌리기만 한다면, 좀 더 최근의 연구에서 더 나은 지반을 발견할 수 있다. 문화적 실재는 대상들의 집합체라기보다는 오히려 진동하는 '장場', 또는 자장의 활동과 매우 흡사하다. 다른 경우에 그는 '흐릿한 안개', '탄력 있는 환경', 그리고 '살아 있는 매체' 등의 표현을 사용하기도 한다. '말'에 대해 독특하게 기술하고 있는 다음 구절에서 일련의 은유들을 살펴보자.

그러나 그 어떠한 살아 있는 언어도 대상과 유일무이한 방식으로 관계하지는 않는다. 언어와 대상, 언어와 말하는 주체 사이에는 같은 대상에 대한 다른 이질적인 말이라는 탄력적인 환경이 존재한다. … 바로 이러한 특정한 환경과 생생하게 상호작용함으로써만 말은 개별화될 수 있고, 또 양식화될 수 있다.

사실 모든 구체적인 담론(언표)이 발견하는 대상은 이미 여러 차례 속성이 부여되고 논쟁에 부쳐지고 가치가 부과되어, 즉 이미 어떤 흐릿한 안개에 휩싸여—혹은 그와 반대로, 그것에 대해 이미 발화되었던 이질적인 말의 '조명'을 받음으로써—드러난다. 그 대상은 공유된 사고, 관점, 이질적인 가치 판단과 강조 등이 스며든 채로 뒤얽혀 있다. 대상을 향해 있는 말은 이질적인 말, 가치 판단, 강조 등의 대화적인 동요와 긴장으로 가득 찬 환경에 들어서고, 복합적인 상호 관계에 안팎으로 엮이며, 어떤 것과는 융합하고 다른 어떤 것은 피하며 제3의 어떤 것과 서로 교차한다(DiN, 276쪽).

여기서 바흐친이 단일한 은유—그것이 아무리 유동적이고, 능동적이고, 불완전하고, 상호 침투를 허락하는 것이라 할지라도—가 내포하고 있을지도 모르는 고정성에서 벗어나려고 하자마자 그의 산문은 "긴장으로 가득 찬 환경", 즉 혼합된 은유들 위에 다시 은유들이 혼합된 "흐릿한 안개"가 된다. 이 구절에 이어 은유들이 계속 덧붙여진다. 말은 "빛과 그림자의 유희"를 만들어 내는 광선, 짙은 "대기", 그리고 "스펙트럼의 분광"이다(DiN, 277쪽). 여기서는 순수 에너지로서의 빛의 특질을 이용하되 그 직선 운동적인 경향성은 피하고자 하는 바흐친의 모습을 보게 된다. 그가 여기에서 보여 준 말의 특질은 문화의 모든 것에도 해당한다.

이들 문화적인 '장'은 단지 다양한 요소와 힘으로 이루어져 있을 뿐만 아니라 다중적인 시간성과 다양한 리듬으로 '충만해' 있기도 하다. 그러므로 이러한 장들의 상호작용은 당구공의 충돌을 닮지도 않았고, '모순'의 견지에서 범주화될 수도 없다. 이러한 대화적 상호작용의 복잡성은 막대하여 그 자체가 일반 문화이론의 중심 화제가 될지도 모른다.

이렇게 이해된 대화는 분명 그 참여자들의 끊임없는 재정의를 수반하며, 참여자들 '내에서' '제각각', 그리고 그들 '상호 간에' '대화적으로' 수많은 잠재력을 발전시키고 창조한다. 또한 그 어떤 단일한 상호작용도 미래의 교환이 지니는 잠재적인 가치를 고갈시킬 수 없다. 대화도 대화의 잠재력도 모두 끝이 없다. 어떤 말도 되돌려질 수 없고, 최종적인 말은 아직 발화된 적이 없으며 앞으로도 결코 발화되지 않을 것이다.

대화를 향하여

바흐친의 대화 개념은 초기 저술들에서 이미 맹아를 보였다. 말년의 시점에서 이전의 발전 과정을 되돌아본다면, 초기의 바흐친은 '자아'와 '타자'의 상호작용이라는 모델의 한계를—자아와 타자라는 각각의 용어를 지나치게 복잡하게 만듦으로써 그 모델이 거의 붕괴할 정도까지—시험했던 것처럼 보일지도 모른다. 그가 좋아하는 유추법 중 하나를 들어 말하자면, 그의 초기 작업은 '프톨레마이오스적' 모델에 주전원周轉圓·epicycles을 계속 덧붙여 가면서 그 모델을 어설프게 보완하는 것이었다. 물론 나중에는 결국 자기 나름의 '코페르니쿠스적' 혁명을 통해 그 모델을 완전히 폐기하게 되지만 말이다. 자아와 타자(또는 사회)를 일차적인 대립 관계로 간주하는 한, 그는 아직 프톨레마이오스의 단계에 머물러 있었다고 하겠다. 그의 코페르니쿠스적 혁명은 대화를 중심적이고도 일차적이게 만드는 것이었고, 자아와 사회의 낡은 대립을 부차적인 추상물로 만드는 것이었다. 그러므로 성숙기 바흐친의 작업을 통상적인 의미에서의 이타성alterity에 대한 고찰로 여기는 것은 잘못이다.

바흐친은 대화에 대해 충분히 이해하게 되면서, 자신이 초기에 전개했던 몇몇 개념들을 재해석하여 일부 복원할 수 있었다. 후기 저작에서 그가 초기에 선호했던 여러 용어들과 개념들은 그때와 다른 좀 더 풍부한 세계관 속에서 새로운 중요성을 지니며 다시 등장한다. 이 초창기의 개념들 몇 가지를 살펴보는 게 좋겠다.

청년 바흐친에 따르면 모든 사람들의 모든 행위는 시간과 공간 속에서 차지하는 각각의 단독성singularity에 의해 조건 지어진다. 윤리나 행위의 '이론가들'은 세계를 패턴과 규범과 규칙들로 일반화하여 고찰함으로써 이 단독성을 놓쳐 버리고 만다. 누구든 다른 장소에 있을 수 있다고 인정한다는 점에서 이론가들의 설명은 '가역적'이다. 분석은, 사람들이 서로 번갈아가며 일인칭 대명사를 사용할 수 있는 것과 마찬가지로 관계자들의 자리를 뒤바꿔 놓을 수 있다. 그러나 실제적인 행위는 본질적으로 불가역적이며 특수하다. 이는 바흐친이 '비非알리바이nonalibi'라는 개념에 도달하게 되는 또 하나의 길이다.

한 사람이 다른 사람과 마주할 때, 그의 경험은 '외재성outsideness'에 의해 조건 지어진다. 물리적인 의미에서조차 사람은 언제나 자기 안에서 보지 못하는 어떤 것을 타자에게서 본다. 나는 당신 등 뒤의 세계를 볼 수 있다. 나는 다른 누군가가 고통스러워하는 것을 볼 때 "고통 받는 그의 배후에 펼쳐진 맑게 갠 푸른 하늘을 나에게 의미를 갖는 외적 이미지로 볼" 수 있다(AiG, 25쪽). 그는 그럴 수 없겠지만 말이다. 그리고 각자는 자기에 관한 한 마찬가지로 시선vision의 '잉여'를 가지고 있음을 나는 알고 있다. 심미적, 윤리적, 정치적, 종교적 활동 등 여러 상이한 형식들(바흐친은 이 모든 주제에 관해 쓸 것을 제의하는데)은 이 '잉여'를 서로 다르게 사용한다.

다른 사람의 고통에 나는 어떻게 반응해야 할 것인가? 어떤 것이 가장 생산적인가? 우리는 때때로 공감을 권고하곤 한다. 즉, 타자의 입장과 최대한으로 융합하고, "그의 관점에서 세계를 바라보기" 위해 노력하며, 자신의 외재성과 시선의 잉여를 포기할 것을 권고하곤 한다. 그러나 그러한 공감은 가능하면 할수록 무익하기도 하다. 바흐친은 이렇게 묻는다. "만일 타자가 나와 뒤섞여 버린다면 나는 과연 무엇을 얻어 낼 수 있겠는가? 그는 내가 이미 보고 안 것만을 보고 알 것이며, 나 자신의 삶의 불가피한 폐쇄적 원환을 단지 그의 내부에서 반복하게 될 것이다. 차라리 그를 나의 외부에 그대로 내버려 두자"(AiG, 78쪽).

우리에게는 공감보다 오히려 바흐친이 다른 사람에게 '들어가 살기live entering' 또는 다른 사람'으로 살기living into '(vzhivanie)라고 칭했던 것이 필요하다. 이 과정에서 우리는 자신의 잉여를 포기하는 동시에 이용한다. 우리는 두 관점이 동시에 상호작용하게 하며, 어떤 것으로도 환원될 수 없는 시야의 '건축술'을 만들어 낸다. 이 건축술은 새로운 이해를 산출한다. "나는 살아 있는 존재(vzhivaius)"로서 한 개인 안에 능동적으로 들어가며, 따라서 한순간도 나 자신을 완전히 상실하거나 그 개인 바깥에 있는 나의 독자적인 자리를 상실하지도 않는다. 그것은 예기치 않게 수동적인 나를 점유하는 주체가 아니라 그에게 **능동적으로** 들어가는 나다. vzhivanie는 나의 행위이며, 오직 그 속에서만 생산성과 혁신이 있을 수 있다"(KFP, 93쪽).

바흐친이 대화를 발견했을 때, 그는 이 〔자아와 타자의 상호작용이라는〕 모델을 대부분 포기했다. 행위의 복합성을 나타내는 그의 초기 용어는 **건축술**(KFP, 139쪽)이었는데, 이는 너무나 정태적인 은유로 여겨졌음이 틀림없다. 그리하여 건축술은 **장場** · fields과 **살아 있는 매체**live media로 대체되었다. 무엇보다도 자아와 타자를 어쩔 수 없는 양끝의 출발점으로 여기는 그 모델의 추상성은, 출발점으로서 대화가 지니는 더욱 풍부한 의미에 자리를 내주었다. 그는 서로 대립시킬 경우 파생적이고, 사물화되고, 부분적으로 오도되는 두 범주인 자아와 사회에 대한 이해에 이르게 되었다.

대화와 다른 문화들

우리는 《신세계》 편집진의 질문에 답함Response to a Question from the Novyi mir

Editorial staff〉(1970)에서 바흐친이 평생 동안 가지고 있었던 생각의 대화적 풍부함을 볼 수 있다. 현대 러시아 문학 연구 및 문화 연구에 대한 의견을 진술해 달라는 요청을 받은 바흐친은 "탐구 과정에서 발생할 수 있는 위험에 대한 두려움, 가설을 세우는 데 대한 두려움"(RQ, 1쪽)을 안타까워한다. 그는 이렇게 쓰고 있다. "일반적인 문제에 대한 그 어떤 과감한 진술도 행해지지 않고 있다. 하지만 이것이 없다면 우리는 높이 올라가거나 깊이 내려갈 수 없을 것이다"(RQ, 7쪽). 그는 소심함의 몇 가지 실례를 들고는 대담함의 다양한 유형들을 권한다.

낯선 문화들을 탐구할 때는 새로운 사실적 재료들을 모으거나 낯선 관점을 재구성하는 데 만족해서는 안 된다고 바흐친은 주장한다. 이러한 유형의 인류학은 모두 다른 문화들에서—그리고 우리 자신의 문화에서—"새로운 **의미론적** 깊이"(RQ, 6쪽)를 드러내야 하는 좀 더 중요한 과제의 한낱 예비 단계에 불과할 뿐이다.

반드시 대화적으로 진행해야만 한다. 바흐친은 다음과 같이 논의를 시작한다. "매우 강력하지만 일면적이어서 신뢰할 수 없는 관념이 존재한다. 그 관념이란, 낯선 문화를 더 잘 이해하기 위해서는 그 문화에 들어가서 자신의 문화는 잊은 채 (전적으로) 이 낯선 문화의 눈을 통해서 세계를 바라보아야 한다는 것이다"(RQ, 6~7쪽). 이러한 과정이 필수적이기는 하지만, 만일 그것이 목표로 여겨진다면 연구는 한낱 "복제가 될 뿐이며" 어느 쪽의 문화를 위해서도 "새롭거나 풍부한 것을 전혀 남기지 못할 것이다"(RQ, 7쪽). 이는 바흐친의 초기 저술에서 쓰였던 단순한 '감정이입'에 대응한다. 필요한 것은 vzhivanie다. 또는, 그가 1970년에 썼듯이, 우리 목표는 대화적인 '창조적 이해'여야 할 것이다.

창조적 이해는 그 자체를, 시간 속에서의 그 고유한 장소를, 그 고유한 문화를 폐기하지 않는다. 그리하여 창조적 이해는 아무것도 망각하지 않는다. 이해하기 위해서는, 이해하는 사람이—시간 속에서, 공간 속에서, 문화 속에서—그/그녀의 창조적 이해의 대상 **바깥에 자리 잡는** 것이 너무나도 중요하다. 우리는 자기 자신의 겉모습을 결코 실제로 볼 수도 그것을 하나의 전체로 이해할 수도 없다. 거울이나 사진도 아무런 도움이 되지 못한다. 우리의 실제 겉모습은 오직 다른 사람들에 의해서만 보이고 이해될 수 있다. 그들은 공간적으로 우리 바깥에 자리 잡고 있기 때문이고, 그들은 **타자들**이기 때문이다(RQ, 7쪽).

외재성은 대화의 가능성을 만들어 내며, 대화는 문화를 깊이 이해할 수 있게 해 준다. 모든 문화는 스스로 알지 못하고 스스로 실현하지 못한 의미들을 포함하고 있기 때문이다. 그 의미들은 다만 하나의 잠재력으로 있을 뿐이다. 뒤에서 살펴보겠지만, 잠재력이라는 개념은 다양한 주제를 다루는 바흐친의 사유에서 굉장히 중요하다. (우리는 장르에 관한 장에서 이 점을 좀 더 세밀하게 살펴볼 것이다.)

오직 대화만이 잠재력을 드러낸다. 대화는 잠재력에 말을 걸고 특정한 대답을 유도함으로써 특수하고 불완전한 방식으로나마 잠재력을 현실화한다. 동시에 질문자도 필연적으로 동일한 과정을 거치게 되는데, 이 과정은 질문자가 자신의 문화 내에 있는 생각지 못한 잠재력을 이해할 수 있게 해 준다. 그리하여 그 과정은 풍부함을 증폭시킨다. 그것은 자신에 대해서도 타자에 대해서도 알 수 있게 해 주며, 잠재력을 발견할 뿐만 아니라 활성화한다. 사실 대화의 과정은, 미래의 활동과 대화를 통해서만 실현 가능한 새로운 잠재성을 만들어 낼 수 있다.

이 과정은 누구든 자신의 관점을 포기하거나 고립시키고자 한다면 발생할 수 없다. 또한 이 과정은 총체적 상대주의―(몇몇 근대의 이론가들이 가르치는 것처럼) 누구나 자신이 미리 알고 있는 것만을 배울 수 있을 뿐이고 필연적으로 모든 것을 제 자신의 거울로 바꾸기 마련이라고 가정하는―의 입장을 취할 경우에도 발생할 수 없다. 바흐친이 자주 지적하는 것처럼, 독단론 못지않게 상대주의도 대화를 배제한다. 또한 우리는 일종의 관점의 '종합'이나 '융합'을 기대해서도 안 된다. 대화는 자기 소비적인 물건도 아니고 '변증법'도 아니다. (헤겔주의적이거나 마르크스주의적인 의미에서) 변증법은 하나의 단일한 의식 속에서만 담지될 수 있으며 모순들을 하나의 단일한 독백적 견해 속에서만 극복하기 때문이다. 이와는 달리 "두 문화가 대화적으로 조우"하는 경우에는 "각각 그 고유의 통일성과 열린 총체성을 유지하면서도 서로 풍요로워진다"(RQ, 7쪽).

바흐친은 이와 마찬가지로 문학 연구에서도 외재성이 중요하다고 주장한다. 저자를 가장 풍부하게 이해하기 위해서는, 연구자는 저자를 자신의 이미지로 환원해서도 안 되며 자신을 저자의 다른 모습으로 만들어서도 안 된다. 두 가지 방법은 모두 "모든 것을 단 하나의 의식으로 환원시키고, 그 속에서 타자의 의식을 해체해 버리는 그릇된 경향"(N70~71, 141쪽)의 실례다. 각각의 참여자는 외재성을 유지해야만 한다. "우리는 이해를 정서적인 감정이입, 말하자면 자아를 타자의 입장에 놓는 것(자기 입장의 상실)으로 이해할 수 없다. 이는 오직 주변적인 이해를 위해서나 필요할 뿐이다. 우리는 [또한] 이해를 타자의 언어를 우리 자신의 언어로 번역하는 일로 이해할 수도 없다"(N70~71, 141쪽).

텍스트를 단순히 "저자 자신이 이해한 것만큼" 이해하기보다는 "그 이상"을 찾아야 한다(N70~71, 141쪽). 진정한 이해는 텍스트의 완전성을 인식할 뿐만 아니라 그것을 "보충"하고자 한다. 그러한 이해는 "본래적으로 능동적이고 창조적이다. 창조적 이해는 창조성을 지속시키며, 인류의 예술적 부를 증식시킨다". 그러므로 우리는 "이해하는 자들의 공동 창조성 co-creativity"을 높이 평가해야 한다(N70-71, 142쪽). 그리고 이는, 우리 외재성의 토대가 인격적이든, 공간적이든, 시간적이든, 민족적이든, 그 밖의 다른 어떠한 것이든 상관없이 참이다.[24]

독백화

> **질문과 대답**은 논리적인 관계(범주)가 아니다. 그것들은 한 사람의 의식 속에 자리 잡을 (그 자체 내에 통합되고 폐쇄될) 수 없다. 모든 응답은 새로운 질문을 야기한다. 질문과 대답은 상호 외재성을 전제로 한다. 만일 대답이 새로운 질문을 야기하지 않는다면, 그 대답은 대화에서 떨어져 나간다. -MHS, 168쪽

마음의 습관, 지적 전통, 구심적인 문화적 힘 때문에 우리는 종종 사건의 대화적 특질이 지니는 의미를 놓치곤 한다. 살아 있는 매체는 죽게 된다. 활동은 정체stasis로 표현되고, 이질시간성은 단독성으로 환원되며, 불가역성은 가역성으로 이해되고, 개방성은 폐쇄된 체계성으로 환원되며,

---

24 사실 바흐친의 제언은 지난 수십 년간 소비에트식 '문화론적' 저술의 진전 과정에, 특히 타르투 학파에 속하는 로트만Ju. M. Lotman과 우스펜스키V. A. Uspenskij의 작업에 영향을 미쳤다.
최초의 성명서를 보려면, 소련에서 기호학적 문화 연구의 개시를 알린 이른바 타르투 테제Tartu Theses를 참조하라(Ju. M. Lotman · V. A. Uspenskij · V. V. Ivanov · V. N. Toporov · A. M. Pjatigorskij,《기호론적 문화 연구에 관한 테제Theses on the Semiotic Study of Culture》). 그리고 좀 더 최근에 갱신된 입장을 보려면 Ju. M. Lotman, 〈기호 영역에 관하여O semiosfere〉를 참조하라.

잠재력은 완전히 간과된다. 바흐친은 이러한 사멸의 과정을 나타내기 위해 다양한 용어들을 사용한다. 초기 저술에서 그는 이를 '전사transcription'라고 칭했다. 그 후 그는 이러한 종류의 상실을 나타내기 위해 '종결화'와 '독백화'라는 용어를 사용한다.

'독백화'라는 말은 매우 빈번하게 등장한다. 대화와 마찬가지로 독백은 바흐친에게 여러 상이한 의미를 지닌다. 여기서 우리가 관심을 갖는 것은 가장 광범한 의미에서의 독백으로서, 대화를 공허한 형식 및 생명 없는 상호작용으로 만들어 버리는 사유 형식이다.

바흐친에 따르면 변증법은 그러한 독백화의 한 예다. 그는 분명히 이렇게 쓰고 있다. "대화와 변증법. 대화를 가져다가 목소리(목소리들 간의 구분)를 제거하고 억양(정서적이고 개별적인 억양)을 제거하며, 살아 있는 말과 응답들에서 추상적 개념과 판단을 추출해 내고, 모든 것을 단 하나의 추상적 의식 속으로 밀어 넣는다—이것이 바로 당신이 변증법에 이르는 길이다"(N70~71, 147쪽). 변증법에 대한 바흐친의 경멸은 변함이 없어서 1970년대의 저술뿐만 아니라 1920년대의 저술에서도 나타난다.

변증법은 대화에서 대화적인 것을 추상화한다. 그것은 대화를 종결짓고 체계화한다. 예측 불가능한 것의 실제적 잠재력을 창조하는 개별적 작용, 특수한 가치 평가, 세계 내재성은 사물화되고 죽게 된다. "사물화된(물질화, 객관화된) 이미지들은 삶과 담론에 너무나 부적합하다"고 바흐친은 주장한다. "사물화된 세계 모델은 이제 대화적 모델로 대체되고 있다. 모든 사고와 모든 삶은 끝없는 대화 속에서 융합한다. 또한 말을 물질화하는 것도 허용되지 않는다. 말은 본래 대화적이다. 변증법은 대화를 추상화한 산물이다"(TRDB, 293쪽). 변증법은 뉴턴적이고 독백적인 낡은 세계관의 전형적인 산물이다.

변증법에서 세계가 "'대립들'의 기계적인 접촉", 즉 사람들의 접촉이라기보다 "사물들"의 접촉이라면, 대화론의 관점에서 볼 때 "세계는 하나의 〔살아 있는〕 사건이다". "만일 우리가 대화를 하나의 연속적인 텍스트로 변형시킨다면, 즉—극단적인 상태(헤겔의 독백적인 변증법)에서나 가능할 텐데—목소리들 간의 차이(말하는 주체들의 변화)를 지워 버린다면, 심층에 놓인(무한한) 맥락적 의미는 사라질 것이다(우리는 바닥으로 떨어져 정지 상태에 처하게 된다). 〔변증법의 틀 안에서는〕 수족관 속의 물고기처럼, 바닥과 벽면에 부딪칠 뿐 더 멀리, 더 깊이 헤엄쳐 갈 수는 없는 사고를, 즉 독단적 사고를 〔갖게 된다〕"(MHS, 162쪽).

바흐친은 변증법 못지않게 기호학도 말을 "물질화"하고 사물화한다고 말한다. 기호학은 언어와 문화에서 삶을 박탈한다. 부분적으로 그러한 사물화는 역사에 대한 오해에 기인한다. 그 오해는 습관이라든지 일군의 규칙이나 법칙을 잘못 다룬 데서 비롯된다.

바흐친에 따르면, 문화와 개인들이 축적한 습관과 절차는 이전의 활동이 "굳어진 침전물sclerotic deposits"(DiN, 292쪽)이다. 형식은 사건과 상황이 "응고된congealed" 것이다(MHS, 165쪽). 습관과 계승된 형식은 현재의 행동에서 어떤 규칙성을 산출하고, 그래서 미래의 새로운 활동을 위한 기반이 된다. 특히 문화의 구심력은 이 습관을 일련의 고정된 규칙들로 전환하여 성문화하곤 한다. 이러한 성문화는 부분적으로 변화를 억제하는 데 이바지한다. 그 자체가 문화적 구심력의 산물이기도 한 기호학, 문헌학, 언어학 같은 분과 학문들은 성문화를 현실로 착각하며, 따라서 현재의 잠재력도 과거의 활동도 오해하는 경향이 있다.

기호학은 활동과 담론이 언제나 가치 평가적이게 덧씌워져 있고 또한 특정한 맥락이기도 하다는 사실을 망각함으로써 대체로 맥락의 특수성을 일반화한다. "기호학은 기성의 약호를 사용하는 기성의 의사소통 전달 과정을 일차적으로 다룬다. 그러나 엄격히 말해, 살아 있는 발화에서 의사소통은 전달의 과정에서 처음으로 창조되며, 거기에는 본질적으로 어떤 약호도 존재하지 않는다"(N70-71, 147쪽). 바흐친이 볼 때, '맥락'과 '약호' 사이에는 결정적인 차이가 있다. "맥락은 잠재적으로 종결 불가능하다. 약호는 종결되어야만 한다. 약호는 정보를 전달하는 기술적 수단에 불과하다. 그것은 인식적이고 창조적인 의의를 지니지 않는다. 약호는 신중하게 확정된, 살해당한 맥락이다"(N70-71, 147쪽).[25] 바흐친은 종종 기호학에 대한 비판과 변증법에 대한 비판을 짝짓곤 한다. 두 가지 접근법 모두 동일하게 맥락을 소거하려는 충동을 체현하고 있기 때문이다.

화행론이 상황의 문법을 기술하고 맥락 그 자체를 성문화하고자 하는 한, 바흐친은 틀림없이 그 이론에도 비슷하게 반대할 것이다.[26] 화행론도 기호학도 여전히 규칙에 따라 움직이는 단자라는 모델을 사용한다. 바흐친이라면 이 이론들의 경우, "말하자면 담론이 그 자체를 넘어서, 대상을 향한 살아 있는 충동 속에서 살아 움직이는" 방식을 충분히 인식하지 못하고 있음을 간파할 것이다. "만일 우리가 이러한 충동에서 완전히 떨어져 나온다면, 우리에게는 벌거벗은 말의 시체만 남을 것이다. … **말을 넘어서 뻗어 나가는 충동을 무시한 채 말 그 자체를 연구하는 것은 심리적 경험을 규제하고 규정하는 저 실제 삶의 맥락 바깥에서 심리적 경험을 연구하는**

---

25 우리는 최초로 인쇄된 영어판 텍스트에서 인쇄공의 실수—"그러나 그것은 또한 인식적이고 창조적인 의의를 지닌다"라고 되어 있는—를 바로잡는다. 제2판에서는 오류가 수정되었다.
26 바흐친의 언어이론이 화행론 및 사회언어학과 맺고 있는 관계에 대해서는 Susan Stewart, 〈거리에서의 외침: 바흐친의 반언어학Shouts in the Street: Bakhtin's Anti-Linguistics〉 참조. 그러나 화행론이나 화용론은 어떤 규칙의 체계라기보다는 일련의 격률들maxims로 이해할 수 있을 것이다.

것만큼이나 무의미한 일이다"(DiN, 292쪽. 특별한 언급이 없는 한 인용문 중 고딕체는 원문상의 강조어구다). 영혼의 독백화에 대한 반대는 5장에서 살펴보게 될 바흐친의 자아이론의 핵심 주제다.

대화 개념이 중심적이게 되기 이전의 초기 저술에서 바흐친은 이론주의를 독백화와 비슷한 오류로서 지적한다. 윤리학을 규칙의 견지에서 이해하는 사람들은 언어를 약호의 견지에서 이해하는 것과 유사한 실수를 저지르게 된다. 그들은 사건의 본질적인 측면을 놓치지 않기 위해 그 사건을 '전사하는transcribe' 것이 가능하다고 생각하지만, 그렇게 하는 중에 사건은 책임의 기원이 되는 그 모든 단독성을 상실하고 만다. "물론 이론적인 용어들로 이 모든 것을 전사하고 그것을 행위의 불변적 법칙으로 표현하는 것은 가능하다. 언어의 모호성이 이런 일을 가능하게 해 줄 테지만, 우리는 결국 공허한 공식만을 얻게 될 것이다"(KFP, 111쪽).

물론 이러한 전사와 독백화가 쓸모없는 것은 아니다. 출발점에서 보자면 그것들은, 약호가 언어를 이해하는 데 도움을 주고 규칙이 윤리적 사고로 나아갈 수 있는 유익한 첫걸음이 될 수 있는 것처럼, 사건이나 대화의 이해를 용이하게 해 줄 수 있다. 때때로 바흐친 자신이 독백화에 기대기도 한다. 비록 그것을 실제적인 것으로 착각하지 말라는 충고를 하기는 하지만 말이다. 예컨대 그는 이렇게 말한다. "도스토옙스키의 소설을 결말짓는 카타르시스는 이런 식으로—**물론 부적절하게 그리고 다소 합리주의적으로**—표현될 수도 있다. 이 세계에서는 어떤 결정적인 것도 아직 발생하지 않았다"(PDP, 166쪽. 고딕체는 인용자가 강조한 것이다). 〈도스토옙스키 연구서 개정을 위하여Toward a Reworking of the Dostoevsky Book〉라는 노트에 그는 다음과 같은 경계조의 말을 분명히 적고 있다. "구체적이고 생생한 예술적 가시화의 대상을, 게다가 형식의 원리가 되는 것을 나는 추상적 세계관의 언어로 번역한다. 그러나 이러한 번역은 언제나 부적절하다"(TRDB, 288쪽). 이같은 진술이 잠정적이라는 사실을 망각한 채 그것을 사물화해 버리면 곡해가 발생한다.

이미 살펴본 것처럼, 바흐친은 종종 상대주의자로 오해받곤 한다. 그러나 그의 관점에서 볼 때는 상대주의 그 자체가 독백화의 한 형식이다. 모든 서술이 똑같이 자의적이라고 생각하는 상대주의자들은 우리에게 무한한 독백화만을 남겨 줄 뿐이다. 결국 우리는 사건의 대화적 특질을 어느 때보다도 훨씬 더 확실하게 놓치고 말 것이다. 적어도 단일한 독백화, 즉 독단적 진술이란 하나의 입장을 취하는 것이고, 그래서 초월 가능한 것이기 때문이다. 순수한 상대주의는 우리를 이러한 초월조차 불가능한 세계, 어떤 의미에서의 책임도 부재하는 세계 속에 놓을 것이다.

대화로서의 진리

> 정신의 과학. 그것의 실제 탐구의 장은 하나가 아닌 두 개의 '정신들'이다. … 실제 연구 대상은 '정신들'의 상호 관계와 상호작용이다. – N70~71, 144쪽

바흐친은 전체 삶을 일상생활의 매 순간마다 발생하며 끝없이 진행되는 종결 불가능한 대화라고 상상했다.

의식의 대화적 본성. 인간 삶 그 자체의 대화적 본성. 진정한 인간 삶을 **언어적으로 표현할 때** 유일하게 적합한 형식이 있다면 그것은 **끝없는** 대화다. 삶은 본성상 대화적이다. 산다는 것은 대화에 참여한다는

것을 뜻한다. 질문을 던지고, 주의를 기울이고, 응답하고, 동의하는 등
등. 개인은 전 생애에 걸쳐 이러한 대화에 참여한다. 눈, 입술, 손, 영혼,
정신을 사용하면서, 그리고 온몸으로 행하면서. 그는 전 자아를 담론
속에 던져 넣고, 이 담론은 인간 삶의 대화적 짜임, 즉 세계 향연 속에
진입한다(TRDB, 293쪽).

바흐친에 따르면, 현존하는 지식의 형식들은 끝없이 열린 대화를 그 내
용만 '요약'할 뿐 종결 불가능한 정신은 제대로 재현하지 못하는 독백적
진술로 변화시킴으로써 불가피하게 세계를 독백화한다. 삶의 대화는 그
것을 재현하는 대화적 방법과 대화적 진리 개념을 요구한다. 그러나 바흐
친이 보기에 그러한 진리 개념은 근대 서구 사상, 적어도 철학의 전통 속
에서 드러나는 사상에는 빠져 있다. 지금까지는 오직 문학작품들만이 이
러한 좀 더 적합한 재현에 접근해 갔다. 최고의 소설가들은 철학자들을
훨씬 앞서간다.

'세계 향연'에 대한 바흐친의 언급은 그가 소크라테스식 대화에 접근하
는 방식을 암시한다. 이 장르는 세계를 대화적으로 재현하는 데 미숙한
대로 진전을 보인다. "그 장르의 근저에는 … 진리에 대해 생각하는 인간
사유의 대화적 본성에 관한 소크라테스식 개념이 놓여 있다"고 그는 도
스토옙스키 연구서에서 쓰고 있다(PDP, 110쪽). 이 장르는 "기성의 진리"를
거느리고 있는 "공식적 독백주의"(PDP, 110쪽)에 대립해서 그 반대의 이념을
체현한다. "진리는 개별 인간의 머릿속에서 잉태될 수도 발견될 수도 없
다. 그것은 진리를 집단적으로 추구하는 **사람들 사이에서**, 그들의 대화적
상호작용 과정에서 잉태된다"(PDP, 110쪽). 바흐친에 따르면, 소크라테스 이
후 플라톤은 대화를 설명의 공허한 매개체로, 즉 한낱 '교리문답'으로 전

환하면서 대화를 독백화했다.[27] 그러나 초기 대화들에서 소크라테스는, 자신의 진리 그 자체가 활동적인 것이었기 때문에 기성의 진리를 진술하지 않을 수 있었다.

바흐친에 따르면, 적어도 소크라테스가 그러지 않을 수 있었던 것은 이 장르가 가진 경향성, 즉 은폐되어 있어서 거의 탐구된 바 없는 잠재력 때문이다. 그 속에서 대화적 진리 관념은 "그 **형식**"을 규정하지만, 그 관념이 "개별 대화들의 실제적 내용을 통해 언제나 표현되는 것은 결코 아니다. 심지어 내용은 종종 그 장르의 형식 창조적 이념과 모순되는 독백적 성격을 띠기도 한다"(PDP, 110쪽).[28]

이후의 몇몇 대화적 문학 형식들도 이러한 핵심 이념을 공유하며 미숙하게나마 그것을 실현한다. 예컨대 루키아노스와 이후 작가들의 '문턱 대화threshold dialogues'는 현존하는 사상가들과 서로 교차하기 전까지는 그들과 '점선'으로 연결된다. 통상적으로 그들은 결말의 대화를 다른 세계로 들어가는 관문에서 이루어지는 대담으로 서술한다(예컨대, 루키아노스의 〈죽은 자들의 대화Dialogues of the Dead〉,《걸리버 여행기Gulliver's Travels》 제3권에 나오는 걸리버와 죽은 자 간의 대담, 또는 천국이나 지옥으로 들어가는 관문에서의 면접을 다룬 무수한 이야기들). 최상의 경우 이 대화들은 개별 사상가들의 생각과 그 생각들의 상호작용을 통해 새로운 잠재력을 드러내고 또 만들어 낸다.

---

27 바흐친은 플라톤의 독백적 경향에 대한 서술에 흥미로운 제한을 가하고 있다. "플라톤의 이상주의는 순수하게 독백적이지는 않다. 그것은 신칸트주의적 해석에서만 순수하게 독백적이 된다. 또한 플라톤의 교수법적인 유형의 대화도, 그 속에 강력한 독백주의의 요소가 존재함에도 불구하고, 순수하게 독백적이지는 않다"(PDP, 100쪽 주 1번)). 우리는 바흐친이 짧은 시간 내에 초기의 신칸트주의적 영향권에서 얼마나 멀리 벗어났는지를 볼 수 있다.

28 '형식 창조적 이념'이라는 바흐친의 개념에 대한 논의를 보려면 이 책의 제6장과 제7장을 참조하라.

바흐친이 볼 때 도스토옙스키는 이러한 과제를 가장 성공적으로 수행했다. 우리는 제6장에서 도스토옙스키의 '다성적 소설'에 대한 바흐친의 이해를 논하게 될 것이다. 여기에서 우리는 도스토옙스키에 대한 이러한 이해가, 단순한 비평적 분석이나 일반 문학이론을 훨씬 뛰어넘는 것이라는 사실을 강조하고자 한다. 바흐친은 자신의 인식을 근본적으로 수정하는 데 뒷받침이 되는 지주를 도스토옙스키에게서 찾는다. 바흐친은 자기 나름의 독백적인 설명 형식 속에서 대화적 세계관의 본질적인 특징을 드러내 보이고자 노력한다. 바흐친은 마치 자신의 작업이 도스토옙스키의 소설을 향해 신호를 보내는 행위라고 생각하기라도 한 듯하다. 그래서 우리는 도스토옙스키의 소설 속에서, 바흐친의 독백을 포함해 독백적 부연 설명을 벗어나는 모든 것들을 볼 수 있을 것이다. 우리는 다만 도스토옙스키의 작품이 함축하고 있는 바를 제대로 식별하고 확장할 수 있을 뿐이다. 바흐친은 1961년에 "도스토옙스키의 영향이 정점에 이르려면 아직 멀었다"라고 썼다. "오늘날에조차도 우리는 덧없는 주제들을 둘러싼 그의 대화에 매력을 느끼고 있다. 그러나 그가 보여 준 대화주의, 즉 예술적 사유의, 예술적 세계상의 대화주의와 내적으로 대화하는 세계라는 새로운 모델은 아직도 철저하게 고찰되지 못했다"(TRDB, 291쪽). 그럼에도, 도스토옙스키와 비교해서 소크라테스적 대화가 "단순한 대화이며, 대화주의의 외면적 형식에 지나지 않는다"는 것은 이미 명백하다(TRDB, 291쪽). 실제적인 대화주의는 하나의 세계를 구현한다. 그 세계의 통일성은 다수 목소리들의 통일성이고, 그 세계의 대담은 결코 끝나지 않으며 독백적 형식으로 전사될 수도 없다. 그 세계의 통일성은 실제 있는 그대로, 즉 다성적으로 나타나게 될 것이다.

이때 바흐친의 예언적 어조는 신학적인 것에 가깝다. 초기 저술에서 그는 그리스도를 신적인 외재성을 전혀 상실하는 일 없이 살아서 이 세계 내에 진입한 유일자라고 생각한다. 바흐친이 품고 있던 신학은 부활 신학이 아니라 육화 신학이다. 그것은 "믿음(정통orthodoxy에 대한 믿음, 진보에 대한 믿음, 인간에 대한 믿음, 혁명에 대한 믿음 등 특정한 믿음이라는 의미에서)"(TRDB, 294쪽)을 권고하지 않는다. 왜냐하면 이런 유의 믿음은 독백적 교의일 것이기 때문이다. 오히려 바흐친은 전혀 다른 것, 즉 "믿음의 감각sense of faith, 말하자면, 좀 더 높은 궁극적인 가치를 향한 … 필수적인 태도"(TRDB, 294쪽), 《카라마조프 가의 형제들The Brothers Karamazov》의 조시마 장로가 지니고 있었던, 또는 《안나 카레니나》의 결말 부분에서 레빈이 불확실하게 이르렀던 유의 믿음을 권고한다. 이 믿음은 계속해서 거듭 주장되어야 하며, 언제나 고된 노고의 산물(그리고 과정)이다. 비트겐슈타인이 쓰고 있는 것처럼, 그 "효과를 통해 세계는 전혀 다른 세계가 되지 않으면 안 된다. 말하자면 세계는 전체로서 감소하거나 증가하거나 해야 한다"(비트겐슈타인, 《논리-철학 논고》, 6. 43).[29] 지식 또한 "이론(일시적인 내용)이 아니라 '이론의 감각'"(TRDB, 294쪽)이 되어야 한다.

이러한 대화적 믿음에 대한 바흐친의 궁극적인 이미지는 특징적이게도 그리스도와의 대담conversation이다. "어떤 개성적인 것으로서의 말. 진리로서의 그리스도. 나는 그에게 질문을 던진다"(N70~71, 148쪽. 번역 수정). 궁극적인

---

[29] 우리가 이해하는 것처럼, 이는 바흐친이 〈인문과학의 방법론을 위하여Toward a Methodology for the Human Sciences〉에서 언급한 것과 같은 의미다. "의미는 물리적이고 물질적인, 또는 그와 다른 여타의 현상들을 변화시킬 수 없다(그리고 변화시키고자 하지도 않는다). 의미는 물질적 힘처럼 행사될 수 없다. 의미는 이렇게 할 필요가 없다. 의미는 그 자체로 어떤 힘보다도 더 강하며, 사건과 현실의 실제적(실존적) 구성을 조금도 변화시키지 않으면서 그것의 총체적인 맥락적 의미를 변화시킨다. 모든 것은 있었던 그대로 남아 있지만, 완전히 다른 맥락적 의미(실존의 의미론적 변형)를 획득하게 된다"(MHS, 165쪽).

문턱 대화인 바흐친과 그리스도의 대담은 어떠한 것일까? 우리는 그것이 불가코프M. Bulgakov의 소설《거장과 마르가리타The Master and Margarita》에 나오는 본티오 빌라도가 본 환영을 닮았을 것이라고 상상할 수 있다. 빌라도는 달빛을 따라 개와 함께 산책하는 꿈을 꾸는데, 그 꿈에서 그는 "떠돌이 철학자"인 그리스도와 이야기를 나눈다. "그는 방가Banga를 따라 걷고 있었고 그 떠돌이 철학자는 그의 옆에 있었다. 그들은 무겁고 복잡한 문제를 가지고 토론하고 있었는데, 그 토론에서는 그중 누구도 우위를 점할 수 없었다. 그들은 전적으로 의견이 맞지 않았다. 그런데 바로 그 점이 그들의 토론을 훨씬 더 흥미롭고 끝없게 만들었다"《거장과 마르가리타》, 제26장, 310쪽).

이력의 형성

MIKHAIL
BAKHTIN

앞 장에서 우리는 바흐친의 세 가지 주요 이념인 산문학, 종결불가능성, 그리고 대화에 대해 포괄적으로 접근했다. 총괄 개념들이 연대순에 따라서 입안된 것이 아니기 때문에, 그 개념들에 대한 우리의 논의는 바흐친의 사상가로서의 성장 과정을 평면화한 것처럼 보일 수도 있다. 이제 우리는 바흐친의 이력에 대한 동태적이고 연대기적인 고찰을 행할 것이다. 바흐친 철학의 내용만이 아니라 필생의 작업의 전개 과정이 진정으로 대화적이고 비종결적이었다는 것—즉 매우 생산적인 생각과 그렇지 않은 생각이 한데 뭉쳐 있었고 예기치 않은 마주침들, 분수령들, 창조적인 시기와 불모의 시기, 그리고 조금은 모순적인 막다른 골목이 있었다는 것—이 이 책의 중요한 전제였기 때문이다. 또한 그의 동료들이 상이한 방향으로 발전시킨 바 있는 일반적 관념들이 다시금 바흐친 자신에게 새로운 정식화를 도출하도록 촉구했으리라 여겨지는 지점들도 존재한다. 때때로 바흐친 스스로 놀라기도 했던 이 전제는, 그의 생각이 진정으로 **성장했다**는 사실, 그리고 그 생각들이 모두 다 똑같은 정도로 풍요로운 것은 아니었다는 사실을 암시해 준다. 이는 그의 작업이 지니고 있는 일관성의 유형을 설명할 필요가 있다는 것도 나타내 준다.

우리가 이 장에서 제시하는 가설은 미간행 자료나 어떤 새로운 구두 증언의 결과가 아니다. 여러 가지 점에서 시기 구분이 독창적인 것은 아니지만,[1] 우리는 바흐친 정전正典에서 이른바 논란의 여지가 있는 텍스트를 **배제**한다는 점에서 흔히 통용되는 서지적 견해와는 의견을 달리한다. 이렇게 배제하는 이유에 대해서는 제3장에서 길게 밝히고 있다. 우리

---

[1] 우리의 시기 구분은 홀퀴스트가 Victor Terras (ed.),《러시아 문학 입문Hand-book of Russian Literature》34~36쪽에서 바흐친의 전기적 목록을 작성하면서 행한 시기 구분과 대략 일치한다.

의 가설을 세우는 데 미친 일차적인 '새로운' 영향은, 예전엔 문서보관소에 출입할 수 있는 사람들만 입수할 수 있었던 바흐친의 초기 저술 2차분이 1986년에 출간되었다는 사실이다(1차분은 이미 1979년에 러시아에서 출간된 바 있다).[2] 이 자료들은 바흐친 자신이 출판을 위해 준비한 것들이 아니었다. 모든 미완의 초고들이 다 그렇듯이 이 자료들도 조심스럽게 다뤄져야 한다. 소련에서 이 자료들의 출간은 그 자체가 하나의 정치적 사건이었는데, 이는 바흐친의 특수한 사후死後 이미지를 만들어 낼 필요가 있었던 유고 관리자들이 있었기에 가능한 일이었다. 이 초기 저술들은 종결되지 않은 상태임에도 의미심장하다. 그것들은 바흐친의 삶에 나선형 모양의 대칭을 부여해 준다. 바흐친의 초기 관심은 카니발화와 소설사에 대한 유명한 저작들에 흥미로운 틀을 부여해 준 바 있는데, 반세기 후 그는 바로 그 초기의 관심으로 되돌아가기 때문이다.

연대기적 고찰을 하면서 우리는 1929년 이전의 시기에 가장 주의를 기울였다. 이 시기는 바흐친의 이력에서 매우 중요한 두 분기점을 포함하고 있으며, 또한 이 시기의 저술들은 아직 비교적 잘 알려져 있지 않기 때문이다. 이 시기 저작들을 읽어 본 결과, 바흐친은 자신만의 비판적 목소리를 찾고 있었지만 10년간 발견하지 못한 것으로 보인다. 바흐친의 이 같은 탐색에 기여한 대륙 철학의 다양한 전통을 재구성하는 것은 이 장의

---

2 '행위의 철학을 위하여'라는 표제하에 1986년 출간된 2차분은 아마도 《언어 창조물의 미학 Estetika slovesnogo tvorchestva》에 〈심미적 행위에 있어서 저자와 주인공Author and Hero in Aesthetic Activity〉으로 실렸던 1979년 단편보다 시기적으로 앞설 것이다. 그것은 아직 번역되지 않았다. 그것의 내용과 논의의 주요 윤곽에 대한 요약은 《바흐친 재고: 확장과 도전》에 쓴 우리의 서문에서 찾아볼 수 있다. [옮긴이주] 이 2차분은 이 책이 나온 1990년까지는 아직 영어로 번역되지 않았으나, 1993년 영역되었다. M. Bakhtin, 《행위의 철학을 위하여Toward a Philosophy of the Act》, Vadim Liapunov (trans. · note), Vadim Liapunov · Michael Holquist (eds.) (Austin: Univ. of Texas Press, 1993).

목적이 아니다. 그 일은 다른 이들에 의해 이미 행해져 왔다.[3] 오히려 우리는 바흐친 자신에, 즉 이 시기에 그가 발전시킨 틀, 러시아 형식주의에 대한 도전과 그 틀 사이의 관계, 그리고 그 틀의 결점—우리가 보기에 이 결점은 그로 하여금 1929년에 《도스토옙스키 창작의 문제들》의 개념적 돌파구를 만들게 했다—에 초점을 맞출 것이다. 도스토옙스키를 다룬 걸작은 바흐친이 한 최초의 중요한 이론적 진술일 뿐만 아니라, 바흐친이 자신만의 '내적으로 설득적인' 목소리를 발견했음을 보여 주는 최초의 확실한 증거이기도 하다.

소설사론과 소설론, 교양소설론과 라블레론, 그리고 수정된 도스토옙스키 연구서를 포함하는 1929년 이후의 주요 책과 에세이는 서구에 가장 잘 알려져 있고 가장 영향력 있는 '바흐친 정전'을 이룬다. 이 장에서 우리는 이 텍스트들과 개념들은 간략하게 다룰 것이다. 그 자세한 내용은 제2부와 제3부의 각 장에 할당되어 있다.

네 시기, 세 분기점

우리는 바흐친의 사상에서 네 시기, 세 분기점을 볼 수 있다(137쪽의 표 '바흐친 이력의 형성' 참조). 1919년에서 1924년까지의 첫 번째 시기는 바흐친이 최초로 출간한 글, 즉 6개 단락의 강령적 서술로 이루어진 〈예술과

---

3 Nina Perlina, 〈바흐친 포럼에 가는 길에 생긴 흥미로운 일들Funny Things Are Happening on the Way to the Baxtin Forum〉 참조. 또한 바흐친 초기 저술 번역본 《행위의 철학을 위하여》(텍사스 대학 출판부 간행 예정)에 옮긴이 리아푸노프V. Liapunov가 덧붙인 주석 참조. 그 주석에는 바흐친 사상의 원천과 그 영향에 대한 세부적인 정보가 담겨 있다.

제2장 이력의 형성 · 135

책임〉으로 시작해서 1924년 대표 에세이 〈언어 창작물의 내용, 재료, 그리고 형식의 문제The Problem of Content, Material, and Form in Verbal Creative Art〉의 기탁(불행하게도 출간되지는 못했다)으로 끝난다. 이 시기에 바흐친은 칸트주의 또는 신칸트주의적인 초기 시절답게 윤리적 영역과 인식적 영역을 연결시키는 데 관심이 있었고, 그 연결 고리를 심미적 영역에서 발견했다.

하지만 이 무렵 **말** 그 자체는 아직 바흐친에게 핵심적이지 않았다. 그가 연구한 것은 윤리적이고 심미적인 **행위**였다. 형식주의자들이 심미적 가치를 나타내는 자신들만의 특별한 표지로 '문학성'을 내세웠을 때, 바흐친은 1924년의 에세이에서 다섯 가지 점을 들어 그들의 '재료미학material aesthetics'을 비판하며 통일된 예술이론이 없다고 지적했다. 그는 형식주의적 경향이란 작품을 만들어 낸 '재료'—언어와 그 '장치들'—에 대한 연구에 불과하다고 보았던 것이다. 그러면서 나름의 타당성이 있는 형식주의적 연구가 거둔 성취는 고려하지 않았다.

이 점에서 바흐친의 비판은 아직은 대체로 부정적이었다. 그는 내용의 미학을 요구했지만, 특정한 방법론을 고안해 내지는 못하고 있었다. 서로 짝을 이루는 주관주의와 추상화의 위험을 잘 알고 있었기 때문에 긍정적인 의제를 세우는 데 실패했다. 분기점에서 그는 분명히 이런 질문을 던지고 있었다. 형식주의가 약속하는 엄밀성과 객관성을 갖춘 '비재료미학nonmaterial aesthetics'이란 것이 있을 수 있는가?

1924년에서 1930년까지의 두 번째 시기는 이 질문으로 시작해서 이에 대한 잠정적인 해답, 즉 바흐친이 《도스토옙스키 창작의 문제들》에서 제시하는 산문적 말의 유형학the typology of the prose word으로 끝난다. 이 시기의 중요한 점은 그가 언어를 핵심적인 주제로 발견했다는 것이다. 이러한 발견으로 인해 구조언어학자, 형식주의자, 러시아 미래주의자들이 이해

바흐친 이력의 형성

	저작	스타일	주제	새로운 개념들	총괄 개념들
제1기	〈예술과 책임〉 〈행위의 철학을 위하여〉 〈심미적 행위에 있어서 저자와 주인공〉(미도기저)	칸트적 전통에서 철학적 영향을 강하게 받음	윤리학, 일반 미학	이론주의, 외재성, 잉여, 생동적인 참여	신문화, 종결불가능성을 **압도하는** 종결화(아직 대하는 부재)
제2기	《도스토옙스키 창작의 문제들》(1929)	말이 발견, 그리고 바흐친이 자신의 목소리를 발견함	언어, 저자, 윤리학	다성성, 대화(H유형과 2유형), 겹목소리 내기	신문화, 종결불가능성으로 이해, 대화(3유형)
제3a기	〈소설 속의 담론〉 〈소설의 시간 형식과 크로노토프 형식〉 〈소설 담론의 전사로부터〉 〈리얼리즘의 역사에서 교양소설과 그 의미〉	논증적, 분석적임	장르, 소설, '역사적 시학'	소설성, 크로노토프, 이질언어성	세 가지 총괄 개념들의 균형 접힌 혼합
제3b기	《라블레와 그의 세계》 〈서사시와 소설〉	시적이고 과장된 표현에 몰두함	민속 이해, 웃음, 반反장르	카니발, 유쾌한 상대성, 소설화(소설제국주의)	실정적으로 신문화과 대화를 배제할 만큼 극단까지 종결불가능성을 몰고 감
제4기	〈발화 장르들〉 〈인문과학의 방법론〉 〈언어학, 문헌학 그리고 인문과학에서 텍스트의 문제: 철학적 분석 시론〉 〈도스토옙스키 연구서 개정을 위하여〉 〈1970~1971년에 작성된 노트에서〉	전문적, 관조적, 메타철학적임	인간성의 본질, 텍스트, 문화 연구, 문학사	장대한 시간, 창조적 이해, 장르 기억, 잠재적 장르	세 가지 총괄 개념들의 혼합

하는 방식과 달리, 언어는 언표된(말해지거나 씌어진) 대화적 담론으로 재정의된다. 바흐친은 도스토옙스키 연구서에서 발화 행위를 가장 특권적인 인간적 행위로 정의하고, 비로소 산문이 문학의 가장 특권적인 장르라고 말하기 시작한다. 겹목소리의 말double-voiced words의 유형학(이에 대해서는 제4장에서 논할 것이다)에서 바흐친은 결국 1924년 에세이에서 탐구했던 '비非시적' 엄밀성의 단계에 도달한다. 그는 형식주의적 시학을 상대할 수 있는 '산문학'을 고안해 냈으며, 그의 적수들보다 훨씬 더 확실하게 통일된 언어철학 위에 자신의 이론을 정초했다.

말의 발견, 특히 소설적 말의 발견이 1930년부터 1950년대 초에 이르는 세 번째 시기를 가능하게 했다. 두 개의 서로 연관되어 있지만 뚜렷하게 구별되는 사고 노선이 도스토옙스키 연구서에서 뻗어 나왔다고 말할 수 있다. 첫 번째 노선에서 바흐친은 다성적 소설을 창조한 유일한 인물 도스토옙스키로부터 '소설성' 일반—여기에서 도스토옙스키는 단지 하나의 주요한 표본에 불과하다—으로까지 초점을 확대했다. 겹목소리의 말과 대화화된 언어dialogized language 등 도스토옙스키를 위대하게 만드는 몇몇 측면들은 모든 진정한 소설적 산문이 소화할 수 있는 바람직한 '의식意識의 특질들'로 일반화되었다(하지만 다성성이 모든 소설의 특징으로 재해석되지는 않았다). 여기서부터 바흐친은 시간과 공간(크로노토프)의 견지에서 본 '소설적 의식'의 역사에 대해, 소설과 다른 문학 형식들 사이의 차이에 대해, 그리고 소설에서 언어가 여타 장르와 다르게 작동하는 방식에 대해 도발적으로 사고하기 시작했다. 우리는 이러한 통찰이 바흐친의 가장 유력하고도 가장 생산적인 측면에 속한다고 생각한다.

그러나 바흐친은 1930년대와 1940년대 사이에 절정에 도달한 두 번째 사고 노선, 즉 카니발 및 카니발화와 관련된 노선을 따르면서 '소설화'를 과장하고 이상화하게 된다. 비록 지금 이 개념이 유행하고 있기는 하지만, 우리가 보기에는 바흐친의 불충분한 정식들 중 하나다. 우리를 포함해서 초기에 바흐친을 해석했던 이들이 강조점을 잘못 둠으로써 강화된 '카니발 텍스트들'(라블레에 관한 책과 〈서사시와 소설Epic and Novel〉의 일부분을 포함하는)은 '아나키스트 바흐친'이라는 지배적인 이미지를 만들어 냈다. 그는 바쿠닌과 마찬가지로 유쾌한 파괴, 카니발적 광대짓, 그리고 틈구멍으로서의 소설을 기쁘게 향유하는 도덕률 폐기론자처럼 묘사된다. 결국 이렇게 거꾸로 뒤집힌 세계에서는 언제나 서로 상대의 텍스트를 쓰게 된다는 점에서 바흐친은 내심 저자성을 부정하고 있었다고들 말한다. 그러나 오직 일부 사람들만이 짓궂게 서명을 거부할 뿐이다. 윤리적 책임을 다하지 않은 적이 없었던 바흐친이 난봉꾼이나 아나키스트처럼 무책임한 사람으로 제시된 것이다.

이 카니발 양식은 마르크스주의부터 해체론에 이르기까지 바흐친을 독특하게 전유하는 많은 방식들의 규범적 근거가 된다. 그러나 우리가 보기에 이는 바흐친 사상의 더 크고 더 일관된 양상을 은폐하는 경향이 있다. 일반적으로 말해서, 바흐친은 천년왕국적인 환상이나 신성한 어리석음보다는 일상적인 생활의 속박과 책임들에 훨씬 더 관심이 많았다. 카니발은 한편으로는 라블레의 여러 측면과 도스토옙스키의 일부 측면에 대한 도발적인 통찰을 제공해 주지만, 결국에는 막다른 궁지로 드러난다. 말년까지 남아 있었던 것은 웃음이었지 카니발의 무질서 상태에 대한 이상화가 아니었다. 실제로 웃음의 기능이 훨씬 더 상세하게 설명되고 있었다.

1950년대 초부터 1975년 그가 사망할 때까지에 해당하는 바흐친의 네 번째이자 마지막 시기는 되풀이의 시기, 즉 1920년대의 윤리적 주제로 회귀한—더 적절한 단어가 없어서—'전문화'의 시기였다. 1950년대 후반 일군의 모스크바 대학원 학생들이 바흐친을 재발견했을 무렵, 그는 별로 유명하지 않은 모르도비아 국립사범대학(후일 사란스크 대학)에서 1936년부터 간헐적으로 강의를 해 오고 있었다. 그는 1941년 '고리키 세계 문학 연구소'에 (라블레에 대한) 학위논문을 제출했는데, 10년간 논쟁과 연기가 반복된 뒤 1952년에야 박사학위를 받을 수 있었다. 1963년 이래 새로 출간되거나 재출간되어 명성을 얻은 그의 유명한 저작들은 이제 기이한 정치적 유배자가 아닌 국립대학 교수라는 이름 아래 세상에 나왔다. 1970년대 초에 바흐친은 이미 스탈린 사후의 소련에서 상당히 존경 받는 인물이 되어 있었다. 그 같은 자격으로 그는 문학 연구의 미래를 둘러싼 문제에 대해 주요 문학잡지들과 인터뷰를 했다. 그가 쓴 최후의 에세이는 현대 문화에서 인문학이 갖는 위치에 관한 것이었다. 바흐친은 주변부적인 지식인에서 전문 직업의 대변인이 된 것이다. 그가 말년에 윤곽을 그린 이러한 생각들이 적어도 세 번째 시기의 유명한 소설론들만큼이나 그의 초기 수고들에 빚지고 있다는 것은 말할 필요도 없다.

물론 바흐친의 이력에는 다섯 번째 시기, 즉 '사후' 시기가 있다. 1960년대 프랑스와 1970년대 미국으로의 텍스트 이동과 그곳에서의 그의 명성은 그의 유산을 둘러싼 소련에서의 새로운 논쟁과 병행했다. 그는 구조주의자인가, 기호학자인가, 마르크스-레닌주의적 휴머니스트인가, 아니면 이 모든 것들에 대한 반대자인가?

1919~1924년: 초기 저술들

바흐친의 초기 저술들은 세 부분으로 나뉘어 출간되었다. 1919년 한 지

방 잡지에 실렸던 〈예술과 책임〉이라는 한 쪽짜리 에세이, 편집자가 제목을 붙인 〈심미적 행위에 있어서 저자와 주인공〉이라는 150쪽짜리 미완의 에세이(1975년까지 출간되지 않음), 그리고 1986년이 되어서야 출간된 다소 짧은 글 〈행위의 철학을 위하여〉가 그것이다. 〈행위의 철학을 위하여〉는 칸트의 제3비판서에서 도출된 범주들로 구성되어 있으며, 이론철학의 언어와 용어들로 논하고 있다. 그 후에 씌어진 것으로 여겨지는 〈심미적 행위에 있어서 저자와 주인공〉은 동일한 범주들을 심미적인 측면에서 재가공한 것이다.

〈행위의 철학을 위하여〉와 〈심미적 행위에 있어서 저자와 주인공〉은 똑같이 20세기 초에 폭넓게 논의된 주된 관심사 세 가지를 포괄적으로 다루고 있다. 첫째, 바흐친은 추상적이고 철학적인 명제에 반하는 것으로서 개인적으로 윤리적인 행위의 상대적 장점에 대해 고찰한다. 그는 이렇게 묻는다. 신 또는 정언명령이 부재하는 상태에서 개인의 도덕성은 어디에 근거할 수 있는가? 둘째, 바흐친은 이러한 대조를 '근본적으로 단독적인 사건'과 체계적으로 적용된 규칙 사이의 대조로 재설정한다. 그리고 마지막으로, 푸시킨A. Pushkin의 서정시를 세밀하게 읽으면서 윤리적인 것이 어떻게 심미적인 것이 되는지를 묻는다. 이 세 번째 관심사는 또한 〈언어 창작물의 내용, 재료, 그리고 형식의 문제〉(1924)에 동기를 부여하지만, 이 무렵 그의 논의는 신칸트주의가 아니라 러시아 형식주의와 대화하고 있었다.

〈행위의 철학을 위하여〉 앞부분에서 바흐친은 계획하고 있는 내용의 윤곽을 제시한다(KFP, 122쪽). 그것은 네 부분으로 이루어져 있다. 우선, 실제 세계(도식화된 세계가 아니라 개인적으로 경험되는 세계)의 '건축술'에 대한 논의가 있고, 그 다음에 행동이나 **행위**로 (즉, 외적으로 보이는 산물이 아니라 책임 있는 참여자의 관점에서 체험되는 과정으로) 파악되는 심미적 활동에 대한 절이 뒤따른다. 세 번째 부분은 정치학의 윤리를 다루며, 네 번째 부분에서는 종교의 윤리를 다룬다.

정치학과 종교를 다루는 이 의제의 절반은 소련 문화의 스탈린화가 진행되던 1920년대 말까지는 아마도 실현 불가능했을 것이다. 그러나 부분적으로는 여기에 생략되어 있는 것 때문에 최초의 개요는 여전히 시사하는 바가 많다. 예컨대 우리는 언어예술이 원래의 기획에서는 매우 지엽적인 것이었음을 인정한다. 핵심 개념은 **행위**인데, 바흐친은 이를 사상 행위, 감정 행위, 외적 실행external deed의 행위로 나눈 바 있다. 행위를 정의하는 것은 주로 내용이나 실현 양식이 아니라 오히려 행위를 취하는 사람의 개인적 책임의 정도와 종류다. 즉, 주어진 행위와 주어진 인격의 동일화라는 **구체성**이다. 바흐친은 명령과 도덕적 규범에 기대는 칸트를 바로 이 지점에서 비판한다. 의무 또는 '당위성dolzhestvovanie'의 의미는 반드시 구체적인 심급에 근거해야지 일반 규칙이나 추상적으로 가정된 상황에 근거해서는 안 된다. 바흐친은 어떤 점에서는 "그 자체로 의미를 지니는 도덕적 규범이란 없으며", 다만 "의존하지 않을 수 없는 … 특정한 구조와 공존하는 도덕적 주체"만 있을 뿐이라고까지 주장한다(KFP, 85쪽).

바흐친은 우리 시대의 주요한 철학적 도전은 시간, 공간 또는 도덕성의 추상적 가치를 식별하는 것이 아니라 이론적인 것과 추상적인 것의 유혹에 저항하는 것이라고 쓴다. 바흐친이 인식의 세계라고 칭하는 무한하고 순수하게 추상적인 의미의 영역에서 '나'를 구출해야 하며, 그리하여 진정한 책임otvetstvennost을 위해 '나'를 해방시켜야 한다. 따라서 주어진 행위와 관련하여 가장 중요한 것은, 내가 거기에 '서명'을 한다는 사실이다. 바흐친은, 올바르게 이해하기만 한다면 '나'라는 개념은 유아론적이지도 이기적이지도 않다고 주장한다. 사실 니체의 커다란 실수는 자기 **힘으로**from oneself 살아가는 것을 자기를 **위해**for oneself 살아가는 것으로 오해한 데 있다(KFP, 119쪽). 행위에 서명을 한다는 것은 모든 비난을 다 받아들인다거나 행위에 대한 절대적인 통제를 가정한다는 것을 뜻하지 않는다. 오히려 서명한다는 것은 하나의 필수불가결한 권리 부여 행위로, 바흐친이 말하는 삶의 '건축술' 내에서 도덕성을 인간과 결합시켜 주는 것도 바로 그 행위다. 이론가들이 삶과 동일화하는 사물의 추상적이고 "투사적인projective" 측면은 언제나 "성취 가능성만 있는 거친 초안", "서명하지 않아서 아무도 책임지지 않으며 책임질 것도 없는 문서"로 남아 있다(KFP, 115쪽). 오직 단독적인 행위만이 우리를 "끝없는 거친 초안들"에서 해방시켜 "우리 자신의 삶을 단번에 정본으로 쓸 수 있게" 해 준다(KFP, 115쪽).

그러므로 서명한다는 것은 어떤 상황의 진실에 다가가는 첫걸음이다. 인격화된 것만이 해명, 전체성, 상호작용에 접근할 수 있다. 그리하여 행위와 관련하여 가장 중요한 점은 바로 이것이다. 내가 그것을 행했는가, 나는 그 행위에 따른 책임을 받아들이는가, 혹은 나는 마치 다른 누군가가 행한 것처럼 아니면 특별히 어느 누구도 행하지 않은 것처럼 행동하는가?

돌이켜 보면, 사실 이 '행위의 윤리'는 바흐친 후기의 더 유명한 개념들 중 일부와 대립하는 것처럼 보인다. 이러한 외관상의 불일치성을 포착하기 위해 우리는 초기 수고에 등장하는 **건축술**이라는 또 하나의 핵심 용어를 살펴봐야 한다. 바흐친은 (좀 더 역설적인 정식화를 통해서) 건축술을 "주인공과 같은 특정한 인간을 둘러싸고서만 형성될 수 있는 [것인] 완결된 전체 속으로 구체적이고 유일무이한 부분들 및 양상들을 집중적이면서도 비자의적으로 배치하고 연결하는 것"이라고 정의한다(KFP, 139쪽). 이것이 역설인 이유는, 건축술이 특수한 행위들의 일반적 측면을 명료하게 표현하고자 함에도 불구하고 그 행위들의 특수성이 손상되지 않도록 한다는 데 있다.

바흐친은 건축술이라는 개념을 체계라는 이념에 대한 대안으로 삼고
자 한다. 바흐친이 암시하듯이, 체계는 그것이 정확하지 않다거나 인위적
이라거나 예측 가능하기 때문에 문제가 되는 것은 아니다(비체계도 그러한
특징들을 지닐 수 있다). 체계가 지닌 문제는 그것이 필연적으로 어떤 인간
존재도 포함하지 않는다는 데 있다. 구체적인 개별적 사례가 없으면 어떠
한 의무도 없다. 특수한 것만이 우리에게 의무를 지울 수 있기 때문이다.

만일 건축술적 행위의 이념을 후기의 (좀 더 친숙한) '대화적 말'과 비교
한다면, 두 가지 차이점이 금세 드러날 것이다. 첫째, 행위와 관련하여 주
목할 만한 것은 그것이 고도로 폐쇄적이라는 점이다. "행위는 … 이미 종
결된 맥락을 모두 그러모으고, 상호 연관시키고, 용해시킨다"고 바흐친은
쓰고 있다(KFP, 103쪽). **행위**는 바흐친이 개방적이고, 비종결적이고, 많은 목
소리들이 깃들어 있으며, 따라서 곁눈질이나 틈구멍들로 가득 차 있다고
정의하는 소설적 말과 두드러지게 대조를 이루는 것으로서, 내가 나의 책
임을 감수할 수 있는 구체적이며 종결된 사건으로서의 가치를 지닌다.

당연한 결론이 뒤따른다. 초기 수고는 상대적으로 저자의 권위라는 개
념을 문제 삼지 않는다. 행위와 관련해서는 내가 거기에 서명한다는 사실
이 중요하게 다뤄질 뿐, 나의 서명이 어떻게 나의 것이 되는지는 특별히
문제 되지 않고 있다. 세계의 건축술적 전체가 나me의 주변에 퍼져 있다
는 것은 바흐친의 주장대로 '프톨레마이오스적' 우주를 암시하는 이미지
에 속한다(KFP, 124쪽). 이와 반대로 우리는, 도스토옙스키적인 말에 대해 논
하면서 정반대의 입장을 찬미하는 1929년의 바흐친을 불러올 수도 있을
것이다. 1929년 도스토옙스키 연구서 초판에서 바흐친은, 도스토옙스키
가 소설에서 "코페르니쿠스적 혁명"을 개시하고, 저술하는 "나"를 만물의

중심에서 추방하며, 그럼으로써 창조된 타자에게 무게와 중력의 힘을 부여하는 데 찬사를 보낸다(PTD, 56쪽). 이 책을 쓸 무렵, 인격의 정당성의 출처는 외부로 옮겨졌다. 바흐친에게 말은 **타자**가 나를 창조하기 위한, 혹은 내가 타자로부터 나 자신을 창조하기 위한 수단이 되었다. 그러므로 대화적 말과 관련하여 중요한 것은, 내가 거기에 **완벽하게** 서명하기란 언제나 불가능하다는 사실이다. 왜냐하면 "나의my"라는 개념 자체가 다중적이기 때문이다. 말은 틈구멍들을 지닌 것으로 보인다. 하지만 행위는 의무를 지니고 있다. 물론 말 역시도 의무를 지니고 있지만 그것은 오직 행위가 되는 한에서만 그러하다.

바흐친이 암시하듯이, 일단 행위의 본질을 이해한다면 '심미적 행위'를 이해할 수 있을 것이다. 〈행위의 철학을 위하여〉의 끝부분에서 바흐친은 서정시, 서사시, 그리고 극에서의 "심미적 행위"라는 개념을 도입한다. 바흐친은 나중에 소설적 말을 발견하며 이 '독백적'인 장르들을 폐기하게 되지만, 이 지점에서는 그런대로 이것들을 참아 준다. 우리는 도스토옙스키 연구서 이전의 저술 가운데 유일하게 당대에 출판된 한 쪽짜리 글 〈예술과 책임〉을 서정시에 대한 그의 세밀한 독해와 함께 고찰할 수도 있을 것이다. 이 두 편의 글은 모두 첫 번째 시기의 저술들에서 제기되었던 다음과 같은 가장 어려운 질문들에 대한 하나는 이론적인, 다른 하나는 실천적인 대답들이다. 나는 저자로서의 권리를 어떻게 획득하는가? 내가 저술된 대상에게 빚지고 있는 것은 무엇인가? 그리고 **심미적 사건**이 실제 삶에서 떨어져 나오면서 동시에 나에게 실제 삶에 대한 책임을 지도록 요구할 수 있는 방법이 있는가?

책임과 건축술

〈예술과 책임〉은 부분적으로는 시클롭스키의 초기 형식주의 에세이인 〈장치로서의 예술〉(1917)에 대한 응답으로 읽힐 수 있다. 이 에세이에서 시클롭스키는 지금은 유명해진 '낯설게 하기defamiliarization'라는 개념, 즉 문학 예술가가 자신의 예술을 일상생활과 분리하고 그럼으로써 그것을 심미적 완전체로 빚어 낼 수 있게 하는 '낯설게 하는making strange' 장치라는 개념에 대해 설명한다. 예술적 창조성을 논하면서 형식주의자들은 '재료'—삶의 원재료—와 '형식', 즉 예술가에 의해 부과된 형상을 구별했다. 이 이분법에는 내용이 생략되어 있는데, 내용은 너무나 주관적이어서 문학 연구에는 어울리지 않는 것으로 여겨졌기 때문이다. 사실 초기 형식주의자들은 예술과 주제, 또는 예술과 '삶' 사이의 이 같은 소외를 예술과 비평의 이상으로 상정했다. 바흐친이 볼 때 이러한 소외는 확실히 극복되어야 할 것이었다.

바흐친이 1919년 에세이에서도 주장했듯이, 예술적 통일성을 위한 기계적 비인격화는 사실 성취하기가 훨씬 쉽다. 예술-삶의 경계라는 난감한 문제는 실상 양 측면의 상호 편의 때문에 적용하는 것이다. "삶도 예술도 저마다의 부담을 가볍게 하고 책임을 모면하고자 한다. 결국 삶에 응답하지 않으면서 창조하는 것이 더 쉽고, 예술을 염두에 두지 않은 채 살아가는 것이 더 쉽다"(liO, 6쪽). 그러므로 예술과 삶을 분리된 채로 두는 것이 미학의 주된 과제일 수 없다. 그런데 모든 것이 너무나 쉽사리 그런 식으로 행해진다. 만일 예술가가 삶을 뒤에 버려 둔 채 순수한 영감의 세계에 들어간다면, "예술은 너무나 뻔뻔스럽게 자신만만해지고 또 너무나 감정적이 될 것"(liO, 5쪽)이며, 삶은 예술에 대한 관심을 잃고 말 것이다. 특징적인 의인법을 사용하면서 바흐친은 삶에 대한 별난 이야기를 전한다. "'그래서 이 모든 것 가운데 우리 자리는 어디에 있단 말인가?'라고 삶이 말한다. '그것은 예술이다. 그리고 우리가 가지고 있는 것이라곤 일상생활의 산문밖에 없다'"(liO. 5쪽). 여기서 우리는 산문학의 맹아를 볼 수 있다.

의미심장하고도 엄정한 방식으로 예술을 '삶의 산문'에 관련시키는 것이 1920년대 바흐친의 기획이었다. 장치를 기계적으로 이용하는 것은 너무나 비인간적이다. 그것은 '기계적 통일체' 이상을 획득할 수 없다. 반대로 삶에서부터의 격리와 영감은 너무나 초월적이다. "삶을 무시하는 영감은 … 한낱 망상이다"(liO. 6쪽). 이 짧은 에세이는 다음과 같은 진술로 끝난다. "예술과 삶은 하나가 아니다. 그러나 그것들은 내 안에서, 내 책임의 통일성 안에서 통일되어야 한다"(liO. 6쪽).

그 방법은 희미하게 암시될 뿐이지만, 예술에서의 책임이란 심미적 영역과 윤리적 영역의 상호작용을 포함해야만 한다. 바흐친은 평생에 걸쳐 다양하게 이 상호작용 가능성을 모색하고자 했다. 초기 저술에서 바흐친은 형식주의자와는 반대로 저자의 필수불가결한 위치를 복권시킨다. 그러나 이 위치는 창조자의 독점적인 지배를 인정하는 것도, 창조자의 모든 변덕을 허용하는 것도 아니다. 강제는 간접적으로 작용한다. 바흐친은 심미적 기획이란 언제나 완전한 한 인간의 창조, 즉 저자의 의식 이외의 제2의 의식의 창조에서 시작된다고 주장한다(AiG, 170-175쪽). 여기서 바흐친은 작품의 독자가 아니라 작품의 인물 혹은 '주인공'을 염두에 두고 있다. 이제2의 의식이 나름의 논리와 원동력을 지니고 저자의 의식과 상호작용하는 정도에 따라서 작품은 심미적이게 된다. 이 기획에서 형식은 주로 저자에게 속하며 내용은 주로 주인공에게 속한다. 바흐친은 저자가 성의껏 행해야 할 것을 강조한다. 저자는 구제의 능력을 지니고 있는 '충실한 형식'을 내용에 덮어씌우지 않으면 안 된다. 형식과 내용이 모두 동등하게 의미를 발생시키는 강력한 요인이기 때문에 저자와 주인공의 상호작용이 진정성을 갖는 것이다.

바흐친은 푸시킨의 짧은 서정시 〈이별Parting〉을 독해하면서 이 '심미적 투쟁aesthetic struggle'에 대한 좋은 예를 제공한다(KFP, 131~138쪽·141~154쪽).[4] 러시아 서정시 중 가장 유명한 시 가운데 하나인 이 작품에서 시인은 러시아를 떠나 고향인 이탈리아로 간 연인에게 말을 건다. 시인은 그 먼 땅에서 그녀가 죽었다는 소식을 전해 듣는다. 바흐친은 이 시 안에서 서로 겹쳐지고 상호작용하는 가치의 중심들(특정한 시점에서 이야기되고 있는 것)을 분석하고, 이 목소리들을 상호 연관시킬 수 있는 범주들을 제시한다. 그는 하나는 '현실적'이고 다른 하나는 '형식적'인 두 개의 '극점'을 설정한다. 시의 주인공들은 시 내부에서부터 사건에 '현실적으로' 반응한다. 그들은 자신들이 허구라는 사실을 알지 못한다. 따라서 사랑하고, 기억하고, 화해하는 그들의 행위는 끝이 없으며, 그들에게 실제적인 윤리적 의의를 지닌다. 주인공들을 창조하는 저자는 '형식적으로' 반응한다. 저자의 주된 역할은 종결된 심미적 통일체를 창조하는 것이다. 따라서 심미

---

4 푸시킨의 서정시에 대한 바흐친의 두 가지 분석은, 하나는 〈행위의 철학을 위하여〉의 끝부분에, 다른 하나는 편집자의 판단에 따라 〈심미적 행위에 있어서 저자와 주인공〉에 할당되어 출간되었다. (〈바흐친의 시론에 대한 논평Remark Regarding Baxtin's view on Poetry〉에서) 데이비드 파월스톡David Powelstock은 이 두 가지 해석을 대조한 바 있다. 그는 첫 번째 (초기) 해석에서 주인공이 '객관화된 저자'와 동일시되고 있음을 주목한다. 주인공과 저자를 이어 주는 견해는 여주인공의 견해와 병치되고 있으며, 따라서 대화는 이원적인 '나-타자'의 매개변수 내에서 발생한다는 것이다. 그 다음의 해석에서 저자-예술가는 주인공-서술자와 분명하게 분리되고, 그 결과 세 가지 방향의 긴장이 형식적으로 훨씬 더 복잡해진다. 여기서 우리는 바흐친이 나-타자 행위의 세계로부터 후기 저작에 특징적으로 나타나는 좀 더 탄력적인 삼각형의 심미적 구조(나, 당신, 그리고 주인공)로 나아가는 움직임을 축소판으로 보게 된다.

적 행위는 '반응에 대한 반응', 즉 사건에 대한 주인공들의 반응에 대한 저자의 반응인 것이다. 저자가 이런 방식으로 주인공에게서 떨어져 나오지 못한다면, 작품은 한낱 고백이 되고 말 것이고, 그래서 다른 방식으로 책임을 지게 될 것이다.

바흐친의 분석은 그것이 누락한 것 때문에 주목할 만하다. 러시아의 운율학적 분석 전통과는 반대로, 바흐친은 수량적이거나 통계적인 시 분석의 측면들을 전혀 다루지 않고 원형이나 문채文彩를 논하는 역사적이고 발생적인 차원도 끌어들이지 않는다. 구조적 성분 분석에 가장 근접한 것이 있다면, 그것은 억양과 리듬을 '현실적인' 것과 '형식적인' 것으로 흥미롭게 그러나 궁극적으로는 오히려 기계적으로 구별한다는 점이다. 현실적인 억양은 주인공의 영역이며, 형식적인 리듬은 저자의 영역이다. 물론 목소리의 복잡성은 거기에서 멈추지 않는다. 만일 주인공이 '읊는다'거나, 시인의 역할을 한다거나, 자기만의 담론을 양식화한다면, 그의 억양은 형식적인 리듬을 취하게 될 것이다. 이 모든 변수들이 필연적으로 동일한 말의 평면 위에 표현되어야 하므로, 갈등이나 미묘한 모호성은 불가피하다. 바흐친이 암시하듯이, 이 투쟁이 더 많은 뉘앙스를 띠게 되고 더 재주껏 다루어진다면 심미적 작품은 더욱 성공할 것이다.

이 초기의 해석은 중요하다. 이는 비단 그 해석이 이후 소설 중심의 세 번째 시기에서 보게 될 바흐친보다 서정시 형식의 복잡성에 대해 훨씬 더 공감하는 바흐친을 보여 주기 때문만은 아니다. 시에 대한 분석으로서 그것은 많은 것을 생략하고 있을 뿐만 아니라, 근시안적으로 윤리학을 미학에 대립시키기까지 한다. 바흐친이 여기저기에서 주장했듯이, 실제 삶에서조차 사람들은 어느 정도 심미화될 수 있기 때문이다(KFP, 153쪽). 더욱이 심미화 행위 자체가 도덕적 의의를 지닌다. 바흐친에게는 창조하는 의식이 창조된 의식과 맺는 관계를 의미하는, 심미적 영역이 윤리적 영역에 대해 지니는 책임을 둘러싼 좀 더 미묘한 논의는 〈심미적 행위에 있어서 저자와 주인공〉과 〈언어 창작물의 내용, 재료, 그리고 형식의 문제〉에서 찾을 수 있다. 이 에세이들에 담긴 바흐친의 통찰은, 일반적 문제를 그대로 다루기보다 특수한 예증을 통해 설명하고자 한 도스토옙스키 연구서에 이르러 비로소 대안적인 시학으로 발전했다.

실제적 타자와 '불특정한' 잠재적 타자

> 그러나 공주는 아무런 생각 없이 있을 때 자신의 눈이 짓는 사랑스러운 표정을 결코 보지 못했다. 모든 사람들과 마찬가지로 그녀의 얼굴은 창에 비춰 보자마자 부자연스럽게 일그러진 추한 표정을 드러냈다. —톨스토이, 《전쟁과 평화》, 128쪽

〈심미적 행위에 있어서 저자와 주인공〉은 참여하고 있는 다양한 의식들과 그 의식들의 상호 관계에 따라 인간적 사건을 유형학적으로 구별하면서 시작한다(AiG, 22쪽). 바흐친은 네 가지 기본 범주를 구별한다. **심미적** 사건은 서로 불일치하는 두 의식을 포함해야만 한다. 윤리적 사건에서는 주인공과 저자가 일치한다. 내가 나의 행위를 나타내는 것이다. 추상적 진리를 다루는 **인식적** 사건에는 주인공이 전적으로 부재한다. 그리고 마지막으로 **종교적** 사건에는 두 의식이 존재하지만, 그 두 의식은 전혀 동등할 수 없다. 여기서 타자는 모든 것을 포함하는 최상의 것이다. 바흐친은 초기 저술들, 적어도 소련에서 출판물 형태로 발표된 저술들에서는 종교적 사건을 그 자체로 연구하지 않는다. 그러나 다른 세 범주는 행위의 건축

술을 재생하려 하는 바흐친의 작업에서 중심을 차지한다.

첫째, 우리는 〈심미적 행위에 있어서 저자와 주인공〉이 〈행위의 철학을 위하여〉에서 논의된 쟁점들을 확장하고 '심미화'한 것 이상이라는 데 주목해야 한다. 이는 방법론상의 이행, 즉 문제가 던져지는 층위의 변화이기도 하다. 마치 바흐친이 체계에 대한 의혹이란 자료를 수집하는 일 자체에 대한 새로운 접근법으로 표현될 수 있음을 깨닫게 된 것처럼 말이다. 이 새로운 접근법은, 이 책의 첫 장에서 총괄 개념을 가져온다면, '산문적'인 것이다. 초기 저작에서는 구체적인 것을 논할 때조차 칸트와 베르그송의 일반 도식을 불러오면서 그들을 인용하는 (그리고 그들과 논쟁하는) 경향이 있었다면, 후기 텍스트 대부분에서는 일반화보다는 오히려 국부적인 요구와 목적에서, 즉 일상적인 관찰에서 시작한다. 바흐친은 산문적으로 묻는다. 우리가 거울을 들여다볼 때 어떤 일이 발생하는가? 왜 자화상은 언제나 타자들이 우리를 보는 방식과 일치하지 않는가? 왜 어떤 행위—말하자면 높이뛰기—는 외부에 투사된 목표에 집중하지 않고 행위 자체를 하나하나 곰곰이 생각하면 실패하고 마는가? 고통 받는 사람에 대한 공감의 가능성을 탐구하면서 바흐친은 (자신의?) 병든 다리에 대해 숙고한다.

〈심미적 행위에 있어서 저자와 주인공〉은 5개의 기본 부분으로 나뉜다. 그중 세 부분은 주인공을 다룬다. 즉, 주인공의 공간적 형식, 시간적 전체성, 그리고 주인공의 인격을 둘러싼 의미 전체성의 가능성이 그것이다. 여기서 우리는 바흐친의 광범위한 논의 중에서도 관심사들의 재편성을 통해 엿볼 수 있는 지적 발전의 특징들만 언급할 것이다.

바흐친은 주인공의 공간적 형식을 그 주인공의 외적 출현과 외적 경계, 행위의 견지에서 논한다. 이 범주들이 비록 '외재성'을 암시하기는 하지만, 여기서 바흐친의 강조점은 내적 자기 감각의 언어에 놓여 있다. 우리는 어떻게 스스로를 환상이나 꿈의 주인공으로 상상하는가. 우리는 어떻게 자기 이미지의 외재화를 경험하는가. 자기 자신의 얼굴을 제대로 그려 보이지 못하는 것과 다른 누군가의 잊힌 얼굴을 기억해 내지 못하는 것 사이의 차이. 이 각각의 단일 의식 상황에서는 동일한 결과가 나온다. 즉, 우리는 결코 우리 자신을 다른 이들에게 비치는 대로 창조할 수 없다. 우리가 스스로 되고자 하는 '불특정한 잠재적 타자'는 우리를 초점화되지 않은 투명하고 공허한 것으로 만들 뿐이다. 오로지 진정으로 **다른** 의식만이 우리에게 납득할 만한 경계선을 부여할 수 있고, 우리를 완성할 수 있으며, 우리를 채워 줄 수 있다. 이렇게 볼 때, 형식으로서의 자서전은 존재하기 어렵게 되며—좀 덜 문학적인 또 다른 층위에서—환상담을 완성하는 일 역시 전혀 가능해지지 않는다.

이 시점에서, 이 에세이 중 주인공의 행위 관련 논의(AiG, 40~47쪽)와 〈행위의 철학을 위하여〉에 있는 논의를 대조해 보는 게 도움이 될지도 모르겠다. 초기 논의에서 행위란 내가 책임을 지는 어떤 것이었음을 우리는 기억하고 있다. 즉, 바흐친의 초기 논의에서는 근본적으로 단독적이고 개인적인 것에 초점이 맞춰져 있었다. 어조, 억양, 그리고 반복 불가능성이 결합하여 나의 각 행위의 "궁극적인 단독적 통일성(edinstvo)"을 창조한다(KFP, 109쪽). 여기에서 통일성이라는 말은 경계 짓기나 완전히 이질적인 것들의 조화를 나타내는 것이 아니라 오히려 일체성wholeness, 즉 '단일-성unit-y'을 나타낸다. 이는 내 안의 모든 것이 하나의 단위unit를 형성하는 방식을 가리킨다. 그럼으로써 주어진 복합체 내에 있는 것들 중에서 없어도 되거나 대체될 수 있는 것은 아무것도 없다. 이러한 의미에서 통일성은 단독성과 도덕적 책임을 의미한다.

〈심미적 행위에 있어서 저자와 주인공〉에서 바흐친은 윤리적 행위보다는 심미적 행위의 근거를 고찰하면서 초점을 이동시킨다. 여기서 그는 여전히 실제 삶의 산문적 상황에서 사례를 끌어오기는 하지만, 내가 무엇을 행하는지를 목격하는 유일한 증인으로서의 타자 없이는 자기 현실화와 자기 실현이 **불가**능하다는 점을 강조한다. 자아와 타자 사이의 이 좀 더 복잡한 관계—타자에게 주어진 우선성과 더불어—의 맥락에서 근본적으로 단독적이었던 책임은 변형되기 시작한다. 결국 이는 **말 걸기**addressivity(obrashchennost)로 재정의될 것이다. 응답에 대한 절대적 요구는 책임의 도덕적 필요조건에 비견되기 시작한다.[5]

'otvetstvennost'〔오트베츠트벤노스트〕라는 러시아 말은, 그에 상응하는 영어 단어와 마찬가지로 '응답answer'과 '대응response'을 모두 뜻하기 때문에, 이 말을 **책임**responsibility으로 옮길 것인가 **응답 가능성**answerability으로 옮길 것인가 하는 번역가의 결정은 바흐친의 지적 발전을 인식하는 방식과 시기 설정의 타당성에 일정한 영향을 끼친다. 분명히 윤리적인 울림이 있는 '책임'이란 말은 1919년에 씌어진 〈예술과 책임〉이 의도했던 바처럼 보인다. 하지만 1920년대 중반에는 이 말이 윤리적인 책임으로도, 말에 대한 응답 가능성(즉, 대응의 현전)으로도 번역될 수 있었다. 물론 응답 가능성에도 윤리적 요소가 있지만, 그것은 좀 더 추상적이며 어떤 특정한 행

---

5 바흐친의 후기 에세이 〈언어학, 문헌학, 그리고 인문과학에서 텍스트의 문제: 철학적 분석 시론The Problem of the Text in Linguistics, Philology, and the Human Science: An Experiment in Philosophical Analysis〉(1959~1961)에서 우리는 이러한 강조점의 이동과 관련한 극단적인 사례를 찾을 수 있다. "말에서 (따라서 인간 존재에게) 응답의 결여만큼 끔찍한 것은 없다. 오류라고 알려져 있는 말이라 할지라도 절대적으로 오류는 아니며, 언제나 그것을 이해하고 정당화해 줄 사례를 가정한다. 비록 '누구든 내 입장에 서면 거짓을 말하게 될 것이다'와 같은 형식일지라도 말이다"(PT, 127쪽).

위에 특별히 국한되지는 않는다. 응답 가능성에서의 의무란 순수 잠재력으로부터 타자를 구출하는 것이다. 다른 의식과 접촉하는 행위는 살아 있는 사건을 향해 열린 공간으로 타자를 끌어들여 타자의 "한낱 잠재력"을 그런 공간으로 바꾸어 놓는 것이다(AiG, 39쪽).

〈심미적 행위에 있어서 저자와 주인공〉 중 공간적 형식을 다루는 장에서 바흐친은 역사에서의 육체의 역할에 대해 길게 논한다. 또한 죽음에 의해서 육체와 인격의 심미화가 가능하게 된다는 점도 다룬다. 바흐친은 주인공의 '의미로 충만한 전체'를 다룰 때에야 비로소 전통적인 의미에서의 미학적 문제들(문학 장르와 성격 연구)로 돌아간다.

이 영역에서 우리는 또한 책임에서 응답 가능성으로의 이행을 보게 된다. 바흐친은 사적 고백, 전기, 자서전, 성인전 등의 장르(그리고 고전적이고 낭만적인 인물 유형들)를, 그것들이 타자의 형식을 어떻게 추방하거나 결합하거나 끌어들이고자 하는가에 입각해서 다룬다(AiG, 121~161쪽). 이 타자는 이웃, 신, 또는 우리가 우리 자신의 목소리를 표명할 때 필요한 일상적인 '코러스의 지원choral support'일 수도 있다. 초기 논평의 산문적 지향과 마찬가지로 바흐친은 여기에서도 이른바 전기의 '사회적 일상' 유형에 대한 선호를 보인다. 이 유형에서 역사는 근본적으로 계획된 것이 아니라 근본적으로 다양한 것으로, 즉 사회적인 교차로 제시된다. 그 사소한 현재의 사건들은 "죽은 주인공이나 미래의 후손이 아니라 살아 있는 사람들의 인간성"을 가늠하는 가치를 지닌다(AiG, 140쪽).

〈심미적 행위에 있어서 저자와 주인공〉의 마지막 장은 저자의 문제를 다루고 있다. 여기에서 바흐친은 주인공에 대한 고찰을 통해 도출된 윤리적 결론을 미학적 맥락에서 반복한다. 오직 타자만이 가치 부여의 중심이 될 수 있으며, 일체성은 외부에서 부여되어야만 한다. 저자로서 나는 언제나 "아직 아닌" 것이며, 따라서 저자로서의 나의 과제는 "삶에 대한 근본적인 접근법을 외부에서 찾는 데" 있다(AiG, 166쪽).

이러한 일련의 저술들에서 행위의 정당화 방식이 조금씩 **외부로** 옮겨지면서, 즉 '자아에게 타자인' 존재의 역할이 점점 더 중요해지면서 바흐친은 최초의 분기점에 도달한다. 여기에서 바흐친 모임의 다른 구성원들과 대조해 보는 것은 도움이 된다. 모임에서 논쟁은 종종 양극화를 통해 전개되곤 했다. 1920년대에 모임 구성원들은 그 당시의 가장 논쟁적인 주제들(소쉬르 언어학, 프로이트주의, 형식주의, 마르크스주의)을 논할 때마다 대립하는 경향들을 찾아내어 양극단의 부적합성을 들춰내고는 절충 지점을 표기하는 방식을 취했다. 볼로시노프는 두 권의 책, 즉《프로이트주의: 비판적 스케치Freudism: A Critical Sketch》와《마르크스주의와 언어철학 Marxism and the Philosophy of Language》에서 바로 이러한 패턴을 따르고 있다.[6] 하지만 동료들과 달리 바흐친은 이분법 방식을 그리 내켜 하지 않았다. 동료들이 개인적인 것을 사회적인 것 안으로 (그리고 역사적인 것 안으로) 흡수시키고자 했을 때, 바흐친은 바로 개인적인 것과 사회적인 것의 구별 자체를 해체하는 방식으로 작업했다.

바흐친은 이미 자아와 타자가 서로 필요 불가결하다는 것을 보여 주었다. 그리하여 그는 그러한 구별 자체가 잘못 도출된 것일 수 있다고 의심하기 시작했다. 하지만 의식에 대한 지배적인 은유로서의 언어를 발견할 때까지 바흐친은 자아-타자 대립을 넘어서는 만족할 만한 방식을 찾을

---

6 《마르크스주의와 언어철학Marxism and the Philosophy of Language》은 정통 마르크스주의 언어학을 '추상적 객관주의'와 '개인주의적 주관주의'라는 두 극단으로 설명하면서 양자 모두에서 결함을 발견한다. 이와 유사하게 볼로시노프는 프로이트에 관한 책에서 근대 심리학을 두 가지 경향, 즉 (관찰된 행동에 입각하는) '객관적'인 것과 (언어를 통해 전달된 개인적 경험에 의존하는) '주관적'인 것으로 특징짓고 양자를 비판한다.

수 없었다. 바흐친은 새로운 정식을 발견했을 때, 말을 체계에서, 즉 문법적 구조 체계뿐만 아니라 체계적으로 미리 프로그램화되어 있는 모든 내적(또는 심리적) 공간에서도 분리할 필요가 있음을 깨달았다. 이와 관련하여 제5장에서 모임의 다른 구성원들이 제안한 심리학 이론들과 제휴하면서도 여전히 분리되어 있는 바흐친의 자아 심리학에 대해 일정한 가설을 제공할 것이다.

<언어 창작물의 내용, 재료, 그리고 형식의 문제>: 내용을 둘러싼 형식주의자들과의 대결

바흐친은 1920년대 중후반에 단 하나의 에세이 〈언어 창작물의 내용, 재료, 그리고 형식의 문제〉만을 써서 출판을 준비했다고 한다. 이 에세이는 그 스타일과 접근법에서 모임의 다른 구성원들이 쓴 심리학 및 언어학에 관한 글과 확실히 다르고, 1920년대 말에 쓴 그의 대표작《도스토옙스키 창작의 문제들》과도 전혀 다르다.

〈언어 창작물의 내용, 재료, 그리고 형식의 문제〉를 읽으면, 바흐친은 초기 수고手稿에서부터 형식주의자들과 충돌했던 것으로 보인다. 이 난해한 에세이는 한편으로는 대체로 부정적인 의제를 다루고, 다른 한편으로는 바흐친이 여전히 조금은 어설프게 자기만의 스타일을 남용하고 있기 때문이다. 그는 자신이 벗어나고자 하는 칸트적 범주들에 대해서도 자신이 저항하고자 하는 형식주의적 용어에 대해서도 잘 알지 못했다. 이 에세이에서 바흐친은 동료 파벨 메드베데프가 1928년《문학 연구의 형식적 방법: 사회적 시학의 비판적 입문The Formal Method in Literary Scholarship: A Critical

Introduction to Sociological Poetics》에서 아주 성공적으로 성취하게 될 것을 시도하지도 않았고, 또 할 수도 없었다. 메드베데프의 이 책은 초기 시클롭스키의 선언에 내재된 문제적 모순을 기초로 형식주의적 독해 방식을 효과적이고 솔직하며 실용적으로 비판했다. 바흐친은 이런 유의 비판에서는 여전히 멀리 떨어져 있었다. 그는 여전히 정신(인식)과 행위(윤리학) 사이에 다리를 놓을 수 있는 매개 구조를 고안해 내는 데 전념하고 있었다. 우리는 바흐친이 초기 저술들에서 심미적인 것의 범주를 그 둘 사이의 일차적인 매개물로 제시했음을 알고 있다. 그러므로 〈언어 창작물의 내용, 재료, 그리고 형식의 문제〉가, 형식주의란 그것이 부분적으로 얼마나 성공적이든 간에 통일된 미학을 결여하고 있기 때문에 궁극적으로 생산적일 수 없다는 비평에서부터 시작한다는 것은 전혀 놀랍지 않다. 형식주의는 진행상의 절차는 있으나 '과제'가 없으며, 장치는 있으나 더 뚜렷한 목적이 없다는 것이다.

이 에세이에서 바흐친이 보여 주는 형식주의에 대한 대응은, 문학적 장치들이 정당화될 수 있는 방식과 저자 고유의 과제를 다룬 〈심미적 행위에 있어서 저자와 주인공〉의 마지막 장을 또 다른 층위에서 보완하는 것이다(AiG, 162~180쪽). 바흐친이 강조하듯이 주인공은 순수한 형식으로 '만들어질' 수는 없다. 형식주의자들의 주장에도 불구하고 인물이란 저자와 독자 사이에서 작동하는 장치의 이름이 아니다. 작품을 심미적으로 인식한다는 것은, 사람이 또 다른 인간의 현존을 느끼는 것처럼, 작품 안에 있는 또 다른 의식을 '느끼는' 것이다.

그러므로 저자의 과제는 세 가지 속성을 지니는 구체적인 세계를 조직하는 데 있다. 즉, 가치를 생성하는 중심으로서 살아 있는 육체를 지닌 공간적 세계, 그 세계의 중심으로서 영혼을 지닌 시간적 세계, 그리고 육체와 영혼의 통일이라는 의미가 부여된 세계가 그것이다(AiG, 165쪽). 1930년대에 바흐친은 이 세 가지 심미적 세계의 필요조건을 '크로노토프 chronotope'라는 새로운 개념으로 발전시키게 된다. 하지만 1924년에는 이 세계들을 심미적 기획에서 완전히 추방시키는 것을 반대하는 데 더 관심이 있었다.

〈언어 창작물의 내용, 재료, 그리고 형식의 문제〉의 핵심 과제는, 형식주의적 기획과의 대결뿐만 아니라, 삶에 대한 예술의 의무와 예술에 대한 삶의 의무라는 문제를 다룬 1919년의 에세이 〈예술과 책임〉을 반복하는 지점에서도 찾을 수 있다. 바흐친은 처음으로 출간한 에세이에서 이 두 가지 의무가 '내 책임의 통일성 속에' 연결되어 있다고 쓴 바 있다. 그렇다면 이 통일성은 어떠한 '문화 영역'에 속하는 것인가? 1924년의 바흐친은 그것이 심미적 영역에 속한다고 대답한다.

바흐친은 심미적인 것이 다른 인간 활동과 조화를 이루는 장소에 대해서는 적절하게 탐구된 바 없다고 주장한다. 이 때문에 인간이 현실과 맺을 수 있는 세 가지의 가능한 관계, 즉 초기의 수고에서 논했던 인식적 행위, 윤리적 행위, 심미적 행위에 대해 반복해서 말한다(PS, 30쪽). 인식은 통일되어 있다. 그것은 '지식 일반'이며, 어떤 분리된 행위나 작업도 알지 못한다. 다른 한편, 윤리학은 갈등적이다. 그것은 오직 특수화된 개인적 가치만을 알 뿐이다. 이것들을 연결하는 것은 미학이다. 미학은 두 세계의 '구체적 직관적 통일'을 창조하며, 그 세계들이 소통할 수 있게 해 준다. 저자-예술가의 위치는 서로 접하고 있는 이 두 영역과의 관계 속에서만 이해될 수 있다. 바흐친이 쓰고 있듯이, "현실과 예술, 또는 삶과 예술이라는 통상적인 대립, 그리고 그것들 사이에서 어떤 본질적인 연관을 찾고자 하는 노력은 전적으로 정당하다. 그러나 그러기 위해서는 좀 더 확실한 과학적 정식이 필요하다"(PS. 26쪽). 이것은 형식주의자들이 의도한 것과는 전혀 다른 의미에서의 '문학 연구'다. 우리는 이것이 행위의 건축술과 교차하는 지점을 어렵지 않게 볼 수 있다.

형식주의자들의 오류를 두 가지 방향으로 꼼꼼하게 추적하면서 바흐친은 다음과 같은 점을 지적한다. 첫째, 실제 삶의 재료는 예술에서 그리 쉽게 삭제해 버릴 수 없다. 그것이 바람직할지라도 말이다. 왜냐하면 '실제 삶'은 **이미** 심미화되어 있기 때문이다. 삶은 '심미적 직관'을 통해서 우리에게 실제적인 것이 되며, 예술에 대립할 수 있는 '중립적 현실'이란 존재하지 않는다(PS. 24~26쪽). 게다가 형식적 (또는 형태론적) 방법은 사물들을 **고립시킴**으로써 '과학'이 가능하다고 가정한다는 점에서 틀렸다. 그와 달리 다소 역설적이게도, 예술의 자율성은 사실 삶에서의 고립이 아니라 삶에 대한 참여로—즉, 그것이 삶 **속에서** 차지하는 "독특하고 필연적이며 대체할 수 없는 장소"에 의해—보증된다(PS. 9쪽). 당연하게도, 바흐친은 실제 윤리적 삶을 사는 사람에게 요구했던 특질들을 예술에도 요구한다. 특수화, 참여, 그리고 '존재의 비非알리바이'가 그 특질들이다. 두 가지 경우 모두에서 바흐친은 '올바른 특이성'을 식별하는 데 관심이 있다. 그러한 특이성은 현상을 추상화하거나 그것을 체계에 연결함으로써가 아니라, 실제 세계에서 그것이 발휘하는 독특한 효과에 응답함으로써 획득될 수 있다.

바흐친은 '유물론 미학', 즉 불활성의 재료에 장치들을 적용함으로써 성취한 '문학성'을 비난하는 가운데 형식주의적 방법에 반대하면서 자신의 틀을 구성한다(PS. 14~24쪽).[7] 첫째, '낯설게 하기'와 유사한 장치들은 기

---

7 형식주의를 (내용을 장치에 의해 조직되는 한낱 원재료로 환원한다는 이유로) '유물론'이라

껏해야 '생리학적 쾌락주의'를 제공할 뿐이다. 그 장치들은 예술적 형식의 기초를 구성할 수도 실제적인 가치를 낳을 수도 없기 때문이다. 둘째, 재료미학은 예술 작품을 이해하는 데 핵심적인 심미적 대상(개별적이고, 건축술적이며, 행위하는 의식과 결합해 있는 것으로서의 작품을 지향하는 **활동**)과 외적 예술 작품(기술적 실현) 사이의 구별을 이끌어 낼 수 없다. 셋째, 앞의 비판과 관련해서, 유물론적 접근은 '건축술적' 형식과 '구성적 compositional' 형식 사이의 차이를 지워 버린다고 한다. 후자의 형식은 구조적이고, 목적론적이고, 도구적이며, 제한된 목표를 실현하는 데 필요하다. 바흐친은 형식주의가 구성적 형식에 진정으로 가치 있는 기여를 해 왔다고 주장한다. 하지만 건축술적 형식은 형식주의의 범위를 벗어나 있다. 건축술적 형식은 내용의 영역에 속하는데, '현대 시학'은 형식의 단순한 한 측면 또는 재료의 단순한 한 측면으로 치부하면서 내용을 거부해 왔다(PS, 33~34쪽). 바흐친은 이러한 방식이 사태를 퇴보시킨다고 주장한다. 첫째로 내용(매우 복잡한 개념)을 이해해야만 하며, 또한 내용이 재료를 어떻게 변형시키는지를 이해해야만 한다. 그럴 때에만 '형식의 가치 담지 기능'을 이해할 수 있다(PS, 24쪽).

건축술적 형식과 구성적 형식이 혼동되어서는 안 된다. 바흐친이 주장하듯이, 세계를 다루는 것이 아니라 **세계**라는 말ﾑ을 다루는 텍스트들이 있을 수 있는데, 그러한 텍스트들에서 형식은 참으로 내용에 무관심하다. 그러한 작품들은 사실 '낯설게 하기'를 연습하는 것에 불과할 수도 있다(PS, 35쪽). 그러나 가장 문학적인 작품들은 **세계**라는 말이 아니라 세계 그

고 부르는 것이 이상해 보일 것이다. 어쩌면 이러한 정식화는 모든 유물론 미학에 대한 광범한 비판을 암시하고자 한 것이 아닐까?

자체를 가리킨다. 사실 이것이야말로 근대에 들어와서 **말에 대한 지나친 기대 때문에** 재료가 그토록 문제적이게 되어 온 이유 중의 하나라고 바흐친은 말한다. 시인은 대리석을 극복하는 조각가처럼, 즉 모든 예술가들이 원재료를 정복하는 것처럼 말을 극복해야만 한다. 언어학자와 형식주의자들은 재료인 말을 지나치게 배타적인 방식으로 다루기 때문에 말이 지닌 재료로서의 성격을 초월할 수 없다(PS. 50~53쪽).

우리는 이 에세이에서 바흐친이 후기 저술들의 로고스 중심적인 우주에서 아직은 멀리 떨어져 있음을 볼 수 있다. 그의 초기 수고들이 행위(말은 다만 행위의 한 유형이었을 뿐이다)에 집중했던 것처럼, 초기 형식주의 시학을 다룬 1924년 에세이는 말 그 자체를 향해 조심스럽게 뒷걸음질할 뿐 적절한 언어적 원천을 탐구하는 데는 소극적이다. 비록 바흐친은 말에 물질적인 요소들(소리, 억양 등)을 부여하지만, 말의 가장 중요한 특징은 여전히 '의미가 적극적으로 발생하고 있다는 느낌'이다. 이 의미가 그 자체로 반드시 언어적일 필요는 없다고 바흐친은 서둘러 덧붙인다. "말의 행위는 윤리적 사건의 통일성과 관련된다"(PS. 62~63쪽). 오직 시라는 특별한 경우에만 언어적 활동의 느낌, 오직 말을 통해서만 이루어지는 의미의 발생이 지배적인 요인이다. 바흐친이 시를 아주 특별한 경우로 간주했다는 사실은 그가 이미 산문을 특권화하기 위해 얼마나 멀리 나아갔는지를 보여 준다.

그러므로 형식은 재료에서 실현되고 물질적인 것의 본성에 의해 조건 지어지지만, 그 일차적인 행위는 내용에 가해진다. 심미적 형식은 내용에 무슨 일을 하는가? 바흐친은 이렇게 묻는다(PS. 59~60쪽). 심미적 형식은 **고립시키고 단절시키는** 데 복무한다. 그것은 내용이 안정되고 완성되어서 숙고될 수 있게끔 내용을 고정하기 위해서 실제 세계의 맥락에서 내용을 분리해 낸다. 그렇지만 동일화와 윤리적 가치 평가에서 내용을 분리하는 것은 아니다. 형식의 목적은 "〔특수한〕 미래의 사건에 앞서 책임의 내용을 자유롭게 하는 것이다. … 말, 즉 언표는 자기 경계 너머에 있는 실제적인 어떤 것을 기다리거나 욕망하기를 그친다"(PS, 61~62쪽). 심미적인 것은 삶을 제자리에 '응고'시키며, 저자에게 동기화하고 해석할 수 있는 힘을 부여한다. 그러나 그렇다고 해서 삶을 도덕적인 판단에 적용될 수 없는 것으로 만들지는 않는다. 도덕적인 판단은 부정되지 않으며 재설정된다.

혹자는 ostranenie〔오스트라네니에〕 또는 '낯설게 하기'라는 형식주의의 장치 역시 고립시킨다는 점을 들어 바흐친의 주장에 반대할지도 모른다. 그러나 바흐친은 형식주의적 장치들이란 원재료를 고립시키는 것이지 의미 있는 내용을 고립시키는 것은 아니라는 사실을 우리에게 일깨워 준다. 그리고 재료는 인식적 영역과 윤리적 영역 사이를 결코 매개할 수 없으며, 따라서 심미적 경험에서 결코 본질적인 역할을 수행할 수 없다. 바흐친은 형식주의자들이 내용을 오해하기 때문에 내용을 두려워한다고 말한다. 그들은 내용이 명제적인 부연이나 추출할 수 있는 주제의 문제이고, 그래서 예술 작품을 빈약하게 만드는 것이므로 안전하게 추방할 수 있다고 생각하는 듯하다. 바흐친이 인정하는바, 예술은 분명히 그러한 인식과 편협한 지시 대상에서 자유로울 수 있지만 내용에서 자유로울 수는 **없다**. 그는 음악의 예를 든다. "음악은 특별한 지시 대상도 없고 인식적 구별 작용도 하지 않지만 내용상으로는 심오하다. 반면, 음악의 형식은 음향 생산의 경계 너머까지 우리를 인도하지만 가치론적 공간으로 인도하지는 않는다. 여기에서 내용은 근본적으로 윤리적이기 때문이다"(PS, 16쪽).

이 1924년 에세이에는 각주가 거의 없지만, 바흐친은 '훌륭한 논문'으로 통하는 스미르노프A. A. Smirnov의 〈문학 연구의 방향과 과제Puti i zadachi nauki o literature》(1923)만은 참고하고 있다(PS. 10쪽). 바흐친은 비록 이 논문을 논하지 않지만, 예술에서의 윤리적인 것에 관한 스미르노프의 논평은 바흐친의 입장을 웅변해 주는 요약문으로 볼 수도 있다. "시의 '비도덕성'에 대한 모든 판단은 순전한 오해다. 시는 그것이 모든 구체적인 도덕 체계에 도전한다는 의미에서만 비도덕적이라고 불릴 수 있다. 그러나 시는 윤리적 자기정의self-definition의 원리를 거부하지 않을 뿐만 아니라 본질적으로 그것을 일깨운다"(스미르노프, 〈문학 연구의 방향과 과제〉, 97쪽).[8]

위험한 측면뿐 아니라 긍정적인 측면도 담고 있는, 형식주의자들에 대한 바흐친의 평가를 간략히 요약해 보자.《문학 연구의 형식적 방법: 사회적 시학의 비판적 입문The Formal Method in Literary Scholarship: A Critical Introduction to Sociological Poetics》에서의 메드베데프와는 달리, 바흐친은 진정으로 균형 잡힌 비판을 가한다. 그가 볼 때, 첫째, 형식주의자들이 예술에 대한 미메시스 논거를 붕괴시키고 반영보다 굴절을 말한 것은 옳았다. 그러나 형식주의자들이 예술에서 '굴절'되었다고 본 것은 장치에 의해 개조된 재료였다. 반면 바흐친이 굴절된 것으로 보고자 한 것은 내용에서 작동하는 (형식으로서의) 개성이었다. 둘째, 형식주의자들이 예술의 발생 측면에서나 수용 측면에서 신비적인 천재 또는 직관을 강조하지 않고 실재하는 확실한 작품을 통해 실현되는 특질들인 숙련성과 분석을 강조한

---

8 스미르노프A. A. Smirnov는 말과 관련한 세 가지 분과 학문을 구별한다. slovesnost(언어학적 말 자체), literatura(단편화될 수 있는 모든 분석. 문학사, 전기, 재료에 가해지는 형식주의적 장치들의 활동), 그리고 마지막으로 poeziia('분리할 수 없는 내용'에 대한 연구). 바흐친의 노선을 따라 스미르노프는 시적 가치를 심미적 측면과 인식적 측면, 윤리적 측면으로 나눈다. 그러면서 '이미지로 하는 사유'라는 포테브니아Potebnia의 예술 정의를 복원시킨다. 스미르노프가 정확히 지적하듯이, 포테브니아는 종결된 시적 이미지가 아니라 잠재적인 시적 이미지를 뜻한다(A. A. Smirnov, 〈문학 연구의 방향과 과제Puti i zadachi nauki o literature〉, 96쪽)

것은 옳았다. 그러나 형식주의자들에게 '작품'은 재료에 적용된 장치를 뜻했다. 그와 달리 바흐친에게 작품은 예술 작품의 이차적 의식을 창조하는 개인적 책임을 의미했다.

게다가 형식주의자들은 (바흐친이 정확하게 보았듯이) 저자가 예술 작품 '바깥'에 위치해야 한다고 믿었다. 저자의 심리학과 전기라는 주관적 속성은 예술적 특질들과 무차별적으로 뒤섞여서는 안 되었다. 형식주의자들에게 외재성은 기술적이고, 비도덕적이며, 기계적인 것이었다. 하지만 바흐친에게 외재성은 예술 작품을 공동으로 경험하고, 예술 작품을 종결하며, 그럼으로써 예술 작품의 내용에 책임을 지는 데 필수적인 도덕적 입장이다. 마지막으로, 문학성이 예술 작품의 본래적인 특질들에 의존하는 게 아니라 그 특질들의 기능에 의존한다는 데에는 바흐친도 형식주의자들과 뜻을 같이한다. 하지만 형식주의자들에게 기능이란 체계 내의 기능, 잠재적으로 저자와 무관한 기능이었다. 반면에 바흐친에게 심미적 효과란 분명 **체계 없는 기능**, 즉 형식의 적극적인 응용을 통해 윤리적 책임을 내용에서 인물로 옮겨 놓는 예술가의 근본적인 유일무이성이었다.

이 절을 마무리하면서, 1924년 에세이가 어떤 식으로 바흐친의 발전 과정에서 진정한 분기점을 이루게 되는지 주목할 필요가 있다. 〈언어 창작물의 내용, 재료, 그리고 형식의 문제〉는 바흐친이 문학에서의 심미적 기능에 대해 최초로 광범위하게 논한 글이지만, 여기서 그는 아직 말에 대한 배타적인 열광자가 아니다. 오히려 그가 형식과 내용, 재료 사이의 상호작용을 묘사하고자 반복적으로 불러오는 것은 음악이다. 분명 상징주의자들을 염두에 두고, 그는 현재 문화의 대부분이 지나치게 말과 말의 형이상학으로 환원되어 왔다고 지적하기까지 한다. "말이 없다면 문화에는 아무것도 없고, 모든 문화란 언어 현상에 불과하며, 학자와 시인은 똑같이 〔한낱〕 말을 다룰 뿐이라고 결론 내리기는 쉽다"(PS. 43쪽). 통일적 문학 미학 이론이라면 말만 다룰 수는 없고, 윤리와 인식의 문제까지 다루어야 한다. 말은 재료일 뿐이며, 시인은 말을 극복해야만 한다. "심미적 대상은 말들의 경계에서 발생한다"(PS. 49쪽).

35년 후인 1950년대 말, 바흐친은 이렇게 쓰고 있다. "언어와 말은 인간 삶의 거의 모든 것이다"(PT. 118쪽). 결국 바흐친에게 언어가 이렇게나 중심적인 위치를 점할 수 있었던 것은, 부분적으로는 〈언어 창작물의 내용, 재료, 그리고 형식의 문제〉와 《도스토옙스키 창작의 문제들》 사이에 사상의 새로운 약진이 있었기 때문이다. 1924년 에세이에서 바흐친은 말이 어떻게 윤리적 판단(그가 '내용'이라고 부르는 것)을 심미적 형식으로 전달할 수 있는지를 이해하려 한다. 그러나 그는 그러한 내용 이해가 '과학적' 방법론으로 쉽게 번역되지 않으리라는 것을 잘 알고 있다. 형식주의가 통일적 미학을 결여하고 있다는 점을 안타까워하기는 하지만, 그는 형식주의자들의 조작 절차가 비록 제한적이기는 해도 객관적으로 구체적인 결과들을 산출할 수 있다는 점을 인정한다.

바흐친이 '내용에 기초한 방법론'을 정립한다는 과제에 부담을 느끼고 있었다는 것은 이해할 만하다. 내용 분석이 매우 어렵다는 점은 그도 인정한다. 오직 "학자적 요령"만이 우리를 적절한 한계 내에 머물게 할 수 있다(PS. 43쪽). 이 과제는 1924년에는 더 이상 수행되지 않는다. 10년 후 대화적 말의 모델을 발전시켰을 때에야 비로소 바흐친은 내용을 분석할 수 있는 정밀한 방법론, 즉 주관적이지 않으면서 동시에 비개성적이지도 않은 방법론을 고안할 수 있었다.

1924~1929년: 말의 잠재력

바흐친은 대화적 말의 유형학을 전개함으로써 '건축술'과 '구성' 사이의
구별을 새로운 지반 위로 옮길 수 있었다. 〈언어 창작물의 내용, 재료, 그
리고 형식의 문제〉에서 표현된 것처럼, 기본적으로 대립은 하나의 중심을
둘러싼 관계(건축술)와 기술 혹은 목적론(구성) 사이에 놓여 있었다. 이 에
세이에서 창조적 문학 생산의 두 구성 요소는 상당히 양극화되어 나타난
다. 마치 예술의 **살아 있는** 측면과 **구조적인** 측면은 절충 없이는 한 지점
에서 만날 수 없다는 듯이 말이다. 말을 단지 여러 유형의 재료들 가운데
하나로서만이 아니라 무엇보다도 의미가 적극적으로 산출되는 감정으로
이해함으로써, 바흐친은 구성이라는 이념을 모호한 형식주의적 틀이 아
닌 대화적인 틀 속에서 다시 주조하게 된다. 말에는 '기법'이 재투자될 수
있고, 그래서 '기계화'의 우려 없이도 유형학으로 소생될 수 있다. 왜냐하
면 유형학은 이제 장치가 아니라 목소리에 관심을 갖기 때문이다. 목소리
는 이미 '어조'와 '내용'을 지니고 있다. 바흐친은 비형식주의적(즉, 대화적)
문학 연구를 위한 언어 구성을 회복한 뒤, 1930년대에는 다른 노선을 따
라 건축술이라는 이념을 전개할 수 있었다. 특히 그는 자신을 건축술로
이끈 쟁점들을 장르의 문제와 크로노토프의 문제로 재사유한다. 앞으로
살펴보겠지만, 반복 가능하고 역사에 민감한 건축술을 떠올릴 수 있다.

   바흐친은 《도스토옙스키 창작의 문제들》에 처음으로 긍정적인 의제들
을 포함시켰다. 본 책 제4장에서 바흐친이 이 책에서 처음으로 전개한 언
어이론을 설명하고, 제6장에서 다성성 논의와 그 함축적 의미에 대해 설
명할 것이다. 이 장에서 도스토옙스키 연구서를 그 이전과 이후의 저술들
과 묶어 주는 연결 조직을 강조하고, 이 책의 초판 내용과 각 부분에 대

해 논평할 것이다.[9] 원래의 판본은 서유럽 언어로 번역되지 않았으며, 대폭 확대되고 수정된 1963년 판본이 대중적으로 알려지고 정전正典의 위치에 오르면서 원래의 판본 구조는 드러나지 않게 되었다.

다음의 목차와 각 장에 할당된 쪽수는 원래의 도스토옙스키 연구서를 평가하는 데 도움을 줄 것이다.

1929년 도스토옙스키 연구서의 차례

---

9 두 가지 판본의 도스토옙스키 연구서의 차이에 대해서는 10장 참조.

무엇보다도 가장 중요한 것은, 초판본이 1963년 판본보다 산문적 담론 유형학을 비율상 훨씬 더 강조하고 있다는 점이다. 제목과 차례에 **시학**이라는 말이 빠져 있을 뿐만 아니라 **산문적**이라는 말이 제시되어 있기도 하다. 초판본의 더 큰 부분인 제2부는 '도스토옙스키의 말'이라는 표현이 붙어 있으며, 제1장에는 '산문적 말의 유형'이라는 제목이 붙어 있다. 도스토옙스키 비평을 개관하는 데에는 지면이 덜 할애되어 있다(당연히도, 1963년 판본에서 바흐친은 소비에트 학계에서 30년간 논의된 내용을 갱신하고 있기 때문이다). 따라서 도스토옙스키의 작품을 변증법적으로 읽는 비평가(보리스 엥겔하르트Boris Engelhardt)에 대한 바흐친의 **반박**은 '비평에 대한 비판'(제1부 제1장)에서 훨씬 더 중요한 위치를 차지하고 있다. 그리고 개정된 판본에서 80쪽이나 되는 제4장의 내용(고대 세계에서 도스토옙스키의 뿌리를 추적하는 '장르와 플롯 구성')은 원래 모험 플롯의 기능을 논한 9쪽짜리 작은 장(제1부 제4장)에 지나지 않았다. 1963년 판본에서 이 모험 플롯에 대한 논의는 단지 메니포스적 풍자,[10] 민속, 그리고 장르 기억에 대한 새롭고도 주요한 부연 설명의 도입부에 불과하다. 분명 수십 년간 카니발화와 소설사에 바친 바흐친의 작업 성과일 텐데 말이다.

따라서 최종 개정판과 비교하면, 1929년판은 산문적 말에 더 기울어진 다소 빈약한 연구다. 문학사에 관한 것도 별로 없고, 읽은 것도 상대적으로 그리 많지 않다. 이 첫 번째 책이 초기의 저술들과 맺고 있는 정확

---

10 [옮긴이주] 메니포스적 풍자는 그리스의 견유학파 메니포스가 썼다고 알려진 독특한 풍자적 산문에서 유래한 명칭이다. 메니포스의 풍자는 루키아노스와 마르쿠스 바로Marcus Varro의 작품에 직접적으로 영향을 끼쳤다고 한다. 메니포스적 풍자는 스타일과 관점을 끊임없이 변화시키는 특징이 있다. 풍부한 인간 성격을 다루기보다는 고집불통의 심리 상태와 그런 심리 상태가 표현하는 유머를 다룬다. 따라서 메니포스적 풍자에는 융통성 없는 현학자, 허풍선이, 고집쟁이, 구두쇠, 수다쟁이 등이 주로 등장한다.

한 관계는 추적하기 어렵다.[11] 그러나 도스토옙스키에 대한 소책자가 바흐친이 동시에 여러 가지 방식으로 초기 저술들을 계속 집필하는 데 도움을 주었다는 점만은 분명하다. 첫째, 그것은 마르크스주의에 반대하는(베일로 감추어진) 진술이었다. 문화와 자본주의에 대해 그다지 언급하지 않고 있지만, 제1장은 문학적 형상 또는 그 저자들의 발전을 해명할 때 변증법을 적용하는 것을 문제 삼는 포괄적인 논쟁이다.[12] 이 책은 또한 내용과 인격에 대한 형식주의적 거부를 논박하고, 19세기의 가장 이데올로기적이고 내용을 중시하는 소설가인 도스토옙스키와 대결하는 동시에 그의 작품들이 **형식적 질문들**로 분석되어야 한다고 주장하기도 한다. 바흐친은 엄밀한 분석적 질문을 던지지만, 그의 분석은 장치나 체계가 아니라 그가 1924년에 이 말을 사용했던 의미에서 내용에 초점을 맞추고 있다 (PS. 37쪽). 그는 이론적 통일성이나 사상, 이념 따위에는 관심이 없었고, 오로지 직접적으로 대상을 향하는 심미적 활동으로서의 내용, 즉 행위하는 의식과 관련된다고 여겨지는 모종의 내용에 관심이 있었다.

1929년의 도스토옙스키 연구서는 도스토옙스키 소설에 담긴 순수한 심리적 구조들에 거의 공감하지 않는다. 그것이 도스토옙스키 자신의 생각에 내재하는 것이든 독자들이 부여한 것이든 말이다. 바흐친에게 심리학이란 기껏해야 교육적 학문일 뿐이며, 나쁘게 보자면 독백적 학문에 불과하다. 심리학적 설명은 일종의 나쁜 외재성, 즉 가능하게 하기보다는 종결시키는 외재성을 요구한다. 사실 바흐친은 도스토옙스키에게서 심리

---

11 1922년에 바흐친이 도스토옙스키에 대해 쓴 글은 '출판 준비 중'인 것으로 광고되었지만, 현재 그 수고는 남아 있지 않다. 《기억Pamiat'》, no. 4(Paris: YMCA, 1979~1981), 279쪽 주 37번에 인용된 《예술의 삶Zhizn' iskusstva》(Petrograd: 1922년 11월) 참조.
12 이 점에 대해 더 알고 싶다면, 모슨·에머슨의 《바흐친 재고: 확장과 도전》서론 제3절에서 바흐친과 톨스토이를 논한 앤 셔크먼Ann Shukman의 에세이를 다룬 우리의 논의를 참고하라.

학이 명백하게 나타날 때조차도 그것을 보려고 하지 않았다. 개정판에서는 삭제된 1929년 책의 한 구절에서, 바흐친은 도스토옙스키가 "전혀 비책도 없고 뒤에서 공격하지도 않기" 때문에 "〔낭만주의를〕 심리학으로 변형"시키지 않았다고 했다(TF1929, 278쪽). 바흐친이 도스토옙스키(그리고 도스토옙스키의 서술자들)를 호의적으로 해석하고 그 서술자들에게서 나타나는 불변하는 무자비함과 병리성에 주목하지 않은 것은 무엇보다도 이러한 심리학을 거부했기 때문이다. (바흐친이 당대의 심리학에 어떻게 대항했는지, 그리고 어떠한 맹점들을 발견하고 자기 해석으로 나아갈 수 있었는지는 이 책 제5장에서 볼 수 있다.) 바흐친은 여러 해가 지난 후 도스토옙스키 연구서를 수정하기 위한 노트에 다음과 같은 메모를 남겼다. "무의식의 어떠한 콤플렉스보다 의식이 훨씬 더 경악스럽다"(TRDB, 288쪽).

이 시기의 주요한 긍정적 성취는 다성성과 겹목소리라는 개념들이다. 마침내 바흐친은 운율학 연구의 엄격함에 필적할 만한 **산문** 유형학을 만들어 냈고, 그럼으로써 '문학성'이란 우선적으로 시어와 관련된다는 일반적인 가정—형식주의자들이 촉진시키긴 했지만 그들에게만 속하지는 않는—에 맞설 수 있게 되었다.[13]

바흐친의 제3기에서 그토록 대단히 생산적이었던 겹목소리의 발견에도 대가는 따랐다. 그 대가란 바흐친의 초점이 대체로 책임에서 말 걸기로 이행했다는 데 있다. 바흐친은 평생 동안 윤리학에 관심이 있었지만, 그 주제는 그의 저작 전면에서 사라져 갔다. 말하자면, 숨겨지고 가정된 의

---

13 매슈 로버츠Mathew Roberts는 〈바흐친과 야콥슨Bakhtin and Jakobson〉에서 1920년대 바흐친의 주요 적대자는 시클롭스키(바흐친의 동료 메드베데프가 대결한 상대적으로 단순한 표적)가 아니라 훨씬 더 강한 야콥슨이었다고 말한다. 장치와 낯설게 하기에 대한 생각은 결코 언어이론으로 뒷받침되는 '언어학적 시학'만큼 심각한 위협이 되지 않았던 것이다.

제로 변형된 것이다. 도스토옙스키 연구서와 소설 이론에 관한 이후의 저술들에서 바흐친은 말 걸기를 다시금 강조하는데, 이는 바흐친 이력의 제2기와 제3기의 분기점을 이룰 뿐만 아니라 강력하고 굉장히 도발적인, 하지만 많은 경우 오해된 독해를 낳기도 했다.

1930년대에서 1950년대 초까지: 말의 역사화와 이상화

《도스토옙스키 창작의 문제들》이 단지 도스토옙스키에 관한 책도 아니고 도스토옙스키적인 다성성에 관한 책만도 아니라는 점을 기억하는 것이 중요하다. 이 책은 또한—이는 아마도 1920년대 초의 저작과 이 책을 이어 주는 가장 풍부한 혈맥血脈일 텐데—창작 과정에 관한 책이기도 하다. 바흐친에 따르면, 다성적 저자들이 성취하는 창조성이란, 전통적이고 낭만적인 창조성 모델을 따르는 저자들은 알지도 못하고 원하지도 않는 종류의 창조성이다. 다성적 글쓰기는 공식적인 플롯 짜기에도 순수한 영감에도 의존하지 않는다(이 두 가지는 모두 구성 행위가 시작되기 전에 '이미 끝났다'고 말할 수 있을 것이다). 오히려 다성적 글쓰기는 목소리들의 식별과 촉발에 의존하는데, 뜻밖의 대화를 위한 이 목소리들의 잠재력이야말로 작품의 형태를 창조하는 것이다. 도스토옙스키적 다성성과 예기치 못한 자기 실현의 잠재력 사이의 이러한 결합은 1930년대에 역사적·메타언어학적·민중적인 것 같은 새로운 주제들의 전개를 가능하게 했다.

우리는 이 시기 바흐친의 성과를 산문적 말의 유형학에서 도출되는 두 가지 기본 노선으로 구분한다. 첫 번째 노선은 **장르**에 대한 새로운 관심에서 촉발되었다. 이질언어성, 소설에서의 언어 사용, 그리고 역사적 시학과 관련한 바흐친의 주요 에세이(《소설 속의 담론》, 〈소설 담론의 전사前史로부터From the Prehistory of Novelistic Discourse〉, 〈소설의 시간 형식과 크로노토프 형식: 역사적 시학을 위한 노트〉, 〈리얼리즘의 역사에서 교양소설과 그 의미 The Bildungsroman and its Significance〉 등)가 이에 속한다. 두 번째 노선은 1940년대 초, 라블레의 카니발적 웃음을 다룬 바흐친의 박사학위 논문에 이르러 극점에 도달한 패러디의 이상화였다. 어떤 의미에서 장르를 형성하는 크로노토프(역사적 시학의 도구)와 카니발화(몰역사적 개념)는 동일한 연속체의 양극단으로 보일 수 있다. 크로노토프는 규범들을 어림잡고 특정한 세계 속에 살고 있는 의식이 그 세계를 매일매일 인식할 수 있게 해 주는 산문적 규칙들을 찬양한다. 반면에 카니발은 거의 반크로노토프적이며, 모든 가능한 규범들과 지속하는 정의들을 조롱한다. 크로노토프와 카니발은 각각의 개념을 다루는 장(제9장과 제10장)에서 더 살펴볼 것이다. 이장에서는 이 두 노선의 일반적인 방향에 대해, 그리고 그것들이 바흐친의 이력을 형성하는 데 어떻게 기여했는지에 대해서만 논의할 것이다.

1929년 도스토옙스키 연구서에서 '모험 플롯'에 대해 몇 쪽 다룬 것을 제외하면, 바흐친이 1920년대에 장르 문제를 다룬 적은 없다. 그러나 모임 동료인 메드베데프는 1928년 책의 독립된 한 장에서 장르 문제와 관련하여 형식주의를 비판했다(M: FM, 129~137쪽). 바흐친은 볼로시노프가 저서에서 생각을 마르크스주의적으로 표현하는 것을 보고 사회학에 기반하면서도 비마르크스주의적인 담론이론을 구성하려고 했다. 우리는 이 책 제3장의 끝부분과 제5장에서 이 점을 암시했다. 그리고 메드베데프가 《문학 연구의 형식적 방법: 사회적 시학의 비판적 입문》에서 문제를 깊이 다루는 방식을 접한 후에 바흐친도 마찬가지로 장르 문제를 탐구해야겠다는 자극을 받았으리라고 추측할 수 있다.

요컨대, 메드베데프의 논지는 다음과 같다. 형식주의자들은 장르를 특정한 지배소에 의해 조직되는 장치들의 축적으로 보고 기계적으로 아래에서 위로 접근했다. 그러나 메드베데프는 장르란 위에서 아래로 접근해야 한다고 맞선다. 장르는 '예술적 언표의 전형적 총체성', 즉 '종결되고 해결된 전체'다. "종결화zavershenie의 문제는 장르사에서 가장 중요한 문제들 중의 하나다"(M: FM, 129쪽). 메드베데프는 이데올로기적 창조의 모든 영역 가운데 오직 예술만이 엄밀한 의미에서 종결화를 알고 있다고 주장한다. "모든 장르는 전체를 구성하고 종결하는 특별한 방식, 즉 전체를 조건부적으로나 구성적으로가 아니라 (우리가 되풀이해서 말하듯이) 본질적이고 주제적으로 종결하는 방식을 표상한다"(M: FM, 130쪽).

바흐친도 상황을 종결하는 것에 대해 무조건 적대적이지는 않았으며, 체계의 산물이 아닌 한 전체라는 관념에 대해서도 적대적이지 않았다. 하지만 그는 심미적 종결을 메드베데프와는 아주 다른 방식으로 이해했다. 〈심미적 행위에 있어서 저자와 주인공〉 첫 쪽에서 바흐친은 저자와 창조된 인물 사이의 일반적인 관계를 '나'가 '타자'와 맺는 관계로 정의했다. 그러나 실제 삶과 심미적 저술 사이에는 하나의 중요한 차이가 있다.

바흐친은 우리가 삶에서 일상적 사건들의 압박을 받아 단편들fragments을 만들어 낼 뿐이며, 그와 다른 방식으로 상호작용할 수 있는 시간도 주의注意 집중 범위attention span도 가지고 있지 않다고 말한다. "우리는 한 개인의 전체에는 관심이 없다. 다만 그의 분리된 행위들에 관심이 있을 뿐이다"(AiG, 7~8쪽). 하지만 예술에서 저자는 "한 주인공의 전체에 대한 통일된 반응"을 가정하지 않으면 안 된다(AiG, 8쪽). 주인공의 전체를 제대로 획득한다는 게 어려운 일임을 바흐친도 인정한다. 저자의 변덕스러운 주관성과 공상에서 비롯된 "찡그림, 변칙적인 가면, 거짓된 몸짓들"(AiG, 8쪽)이 얼마나 많겠는가. 그러나 그것은 필수적인 것이다. 그래야만 주인공이 **자신의** 현실 논리 속에서 자유롭게 발전할 수 있기 때문이다. 저자의 가장 책임감 있는 행위는 다른 의식이 완전한 전체를 인식하게 하는 것이다. 이는 그 의식이 '주어진 특성들'뿐만 아니라 예기치 못한 잠재력까지 인식하게 하는 방식이다.

작품 내의 창조된 인물들을 대하는 이 같은 관점은 문학사 내의 장르들을 대하는 모델을 시사해 준다. 메드베데프가 장르에서 결정적으로 중요하다고 보는 ("조건부적으로나 구성적으로가 아니라 ⋯ 본질적이고도 주제적으로 종결하는") '전체'는, 《도스토옙스키 창작의 문제들》 이후의 바흐친에게는 소설의 진정한 잠재력을 충족시켜 주기에는 지나치게 아리스토텔레스적이고, 지나치게 플롯 종결 모델에 의존하는 것으로 보였다. 바흐친에게 전체를 종결한다는 것은 창조적 활동에 저자가 어떻게 접근하는가 하는 문제 이상이다. 본래적인 의미에서 전체는 근본적 단독성들과 이것들이 잠재적으로 만들어 내는 세계들을 가시화함으로써 성취된다. 언어 예술 작품에서는 그와 같은 많은 세계들을 협주하고, 그것들을 서로에게 민감하게 만들고, 그 감수성을 작품의 언어 속에 반영하면 대화화된 이질언어성에 도달할 수 있다. 문학사에서 이 세계들을 확장시키면 크로노토프의 연쇄를 발견할 수 있다.

다시 말해서, 발화 장르와 문학은 특정한 가치의 복합체, 상황의 정의, 행위 종류에 따른 (단지 구조가 아니라) **잠재력들을** 제공해 준다. 그것들은 체계의 폐쇄된 전체에 대립하는 복합체, 무리 지은 덩어리, '응고된 사건들'이다. 장르 그 자체는 형식주의자들이 주장하고자 했던 것같이 체계적인 것도 아니고 더 큰 체계의 일부분도 아니다. 또한 장르는 메드베데프가 형식주의자들을 비판하면서 주장한 것과 달리, 구조적으로 종결되거나 주제적으로 통일될 필요도 없다. 바흐친이 염두에 두고 있는 복합체란 상대적 안정성을 제공해 주지만, 어떤 주어진 장르의 구성 부분들을 남김 없이 정의하지는 않는다. 바흐친은 장르를 특정한 행위로 이해하기 위해서는 장르가 필요하지만, 장르를 이해한다고 해서 그 행위 및 문학작품들과 관련된 중요한 것들을 모두 이해하는 것은 아니라고 주장한다. 장르는 '기존의 것'을 제공해 주지만, 작품이나 행위는 '창조된 것', 즉 새로운 어떤 것을 제공해 준다. 결국 그가 설명하는 것처럼, 각각의 발화 행위와 각각의 문학작품은 특정한 개별 상황에 반응하면서 특정한 방식으로 장르의 원천들을 이용한다. 언표된 말과 마찬가지로 장르 역시 각각의 용례에 따라 조금씩 변화한다. 장르는 그 용례를 '기억하며', 바흐친이 의인화해서 말하듯이 '장르 기억'을 획득한다(제7장 참조).

바흐친의 장르 이해는 건축술의 역설, 즉 근본적으로 단독성을 유지하면서도 역사와 소통하며 역사를 축적한다는 역설을 극복하고자 하는 시도들 중 하나였다. 말할 필요도 없이, 장르에 대한 이 같은 개방적인 개념은 문학 형식의 고정된 위계질서에는 거의 들어맞지 않으며, 소설을 최대한 개방적인 장르로 특권화한다. 바흐친이 '심미적 전체'에 대한 생각을 근본적 단독성과 창조적 잠재력에 대한 초기의 관심과 결합시키자, 장르, 크로노토프, 대화화된 이질언어성 등의 개념은 대부분 진행 중인 해결책 solutions-in-progress으로 나타나게 된다.

카니발: 종결불가능성의 신격화

바흐친은 〈소설 속의 담론〉(1934~1935)에서 오래된 생각들 가운데 가장 홀륭한 부분을 새로운 이론적 토대와 결합하는 데 성공했다. 상대적으로 분명하고 대담한 논증 스타일로 씌어진 이 글은 바흐친적인 전제들의 성숙한 발전을 보여 준다. 당연하게도, 많은 비평가들은 이 저작을 그의 가장 특징적인, 그리고 어쩌면 가장 심오하고도 이론적인 연구로 읽어 왔다.[14]

이 글을 쓰면서 바흐친은 세 가지 총괄 개념들을 융합하는 데 전념했다. 산문적 언어가 시적 언어와 근본적으로 다르다는 도스토옙스키 연구서에서의 제언은, 모든 전통적 시학에 반대하여 산문학을 구성한 이 글에서 뚜렷하게 옹호된다. 또한 이 글에서는 모든 책임과 창조성의 원천으로서 일상적 경험의 가치를 강조하는 두 번째 의미에서의 산문학에 대해서도 논한다. 1930년대의 또 다른 주요한 연구(《소설의 시간 형식과 크로노토프 형식》)에서 바흐친은 더 나아가, 19세기 소설의 산문적 시간 감각, 사회적 공간, 그리고 인물이 소설이라는 장르를 진정한 역사적 세계 감각을 전달할 수 있는 최초의 장르로 만들어 주었다고 공표했다. 그는 이 두 편의 에세이에서 산문적 역사 감각이 진리와 언어에 대한 대화적 개념을 요구한다고 주장했다. 또한, 오로지 진정한 대화와 진정한 산문적 경험의 올바른 인식만이 인류와 문화의 비전을 그것들이 실제 존재하는 바대로 —즉, 철두철미 책임을 다하고, 매 순간 창조적이며, 무엇보다도 본질적으로 종결 불가능한 것으로— 있을 수 있게 한다고 주장했다.

그가 선호하는 개념들을 이렇게 성공적으로 융합한 것은 이 시기에 바흐친 사상이 발전해 나간 한 방식에 불과했다. 사상의 두 번째 노선은 첫 번째 노선과 연대기적으로 중첩된다. 〈서사시와 소설〉(1941)에서, 그리고

---

14 이러한 이유로 이 글은 폴 드 만Paul de Man의 바흐친 비판에서 중점적으로 다루어졌다. Paul de Man, 〈대화와 대화주의Dialogue and Dialogism〉; Mathew Roberts, 〈시학 해석학 대화학Poetics Hermeneutics Dialogics〉 참조.

《라블레와 그의 세계》로 출판된 수고들에서, 바흐친은 자신의 총괄 개념들 중 하나를 극단적으로, 즉 다른 두 개념을 배제하거나 그것과 모순을 일으킬 정도까지 극단적으로 밀고 나가는 실험을 한 것으로 보인다. 그가 선택한 개념은 '종결불가능성'이었고, 그가 채택한 어조는 시적이고 낙관적이며 말할 수 없이 과장된 것이었다. 바흐친이 라블레를 주제로 선택한 것은, 그가 자유로운 유희와 철저한 실험에서 새롭게 즐거움을 발견했기 때문인 듯하다.

라블레 연구서(1930년대 말과 1940년대 초에 씌어졌지만 1965년에야 출간된)의 스타일을 바흐친의 초기 수고들과 대조해 볼 수도 있을 것이다. 〈행위의 철학을 위하여〉는 지나치게 논쟁적이지만, 《라블레와 그의 세계》는 흥분된 비판적 돈호법을 시도하려고 애쓴다. 《라블레와 그의 세계》에서 우리는 바흐친이 자신의 논증적 습관 및 초기에 애써 만든 스타일과는 정반대로, 영감이 풍부한 표현 양식으로 서술하는 모습을 보게 된다.

> 축제의 의식은 죽으면서 동시에 태어나고, 낡은 것을 새것으로 다시 개조하고, 어떤 것도 영속하지 못하게 하는 시간의 움직임 그 자체를 투사하는 경향이 있었다. 시간은 움직이며 웃는다! 그것은 우주 최상의 권력을 소유한 헤라클레이토스의 놀이하는 아이다('지배권은 아이에게 속한다'). 강조점은 미래에 찍힌다. 유토피아의 기미가 언제나 현존한다(RAHW, 82쪽).

결국 《라블레와 그의 세계》는 (원래는 박사학위 논문이었지만) 라블레적 과장 및 황홀경이 반복 및 꼼꼼함과 특이하게 혼합된 책이 되었다.

내용 면에서도 카니발을 다룬 이 저작은 바흐친의 다른 저술들과 현저하게 대조된다. 이력 전체를 통틀어 바흐친은 비종결성과 종결화를 적절한 비율로 탐구했다. 초기 저작에서 그는 종결화를 지나치게 추구하지 않고, 인물이 스스로를 종결할 수 있다고 상정하지만 않는다면 종결화도 가치가 있다고 주장한 바 있다. 결국 바흐친은, 마치 내가 자의식을 가지고 있지 않을 때 내 정신이 어떻게 움직이는지를 알 수 없는 것처럼, 그리고 거울을 들여다볼 때 내가 어떻게 실제로 세계에 나타나는지를 알지 못하는 것처럼, 종결화하는 타자가 없다면 '나'는 나 자신의 이미지를 획득할 수 없다고 주장했다. 통합적인 자아, 불확실한 자기 정의는 **타자**를 요구한다. 자신을 알기 위해서는, 즉 세계 내에서의 자신의 이미지를 알기 위해서는 다른 사람의 종결짓는 외재성finalizing outsideness이 필요하다.

바흐친은 또한 모든 예술의 창조 역시 유사한 외재성을 요구한다고 주장했다. 환영과 꿈은 결코 하나의 전체로 응고되지 않는다. 꿈속에서는 저자 자신이 주인공이고, 따라서 주인공 **외부**에 서 있을 수 없기 때문이다(AiG. 67~68쪽). 그에 반해 예술 작품은 심미적 전체를 제공해 준다. 종결화 행위, 주인공 외부에 자리 잡고서 그의 통합된 이미지를 제공해 줄 수 있는 저자에 의해 수행되기 때문이다. 결국 윤리학은 종결화와 외재성을 요구한다. 윤리적 행위는 본성상 별도의 완전한 지위가 다른 지위를 향해 내려 주는 은혜로 이루어져 있기 때문이다. 윤리적인 사람은 고통 받는 타자와의 완전한 동일화를 추구하지 않으며, 외부로부터 잠시 동안 종결하는 관점을 가지고 새롭고 가치 있는 무언가를 보태 주는 특별한 관계, 즉 '생동적인 참여'를 추구한다. 간단히 말해서, 이 수고들은 종결화 없이는 예술도, 자아도, 책임도 있을 수 없음을 주장한다.

1929년 도스토옙스키 연구서는 종결화보다 종결불가능성에 좀 더 가치를 부여하고 있다. 적절하게만 사용한다면 종결화는 필요하고도 가치 있는 것이지만, 종종 그렇듯이 남용될 때는 몹시 위험한 것으로 보이기도 한다. 종결하거나 정의하는 행위, 또는 다른 것을 '인과적이고 발생적으로', 그리고 '중재자를 통해' 설명하는 행위—모든 종결적인 정의들을 거짓된 것으로 만들어 버릴 수 있는 행위—는 자아의 본질에 대한 근본적인 위협으로 기술된다. 바흐친은 이렇게 쓰고 있다. 살아 있는 개인은 자신에 대한 모든 외적인 정의들을 조건적이게 만들어 버리는 능력이 있고, 그래서 그 자신과 '일치하지 않는다'. '이론주의', 또는 바흐친이 부르듯 지난 수세기 동안 서구 사상에 널리 퍼져 있는 '독백적인' 진리 개념의 죄는 사람들이 스스로를 개조하고 자기 행위에 책임을 지려는 진정한 자유는 보지 않은 채 그들을 만들어 낸 환경으로 그들을 환원시킨다는 데 있다. 여기서 바흐친은 종결불가능성이 없다면 자아도, 윤리적 책임도 없다고 주장한다. 그는 분명 거대한 주의들-isms, 특히 심리학주의(또는 프로이트주의)와 마르크스주의의 위협에 많은 관심이 있었다. 도스토옙스키의 소설은 그의 무기가 되었고, 도스토옙스키의 인물들은 종결불가능성의 증류된 본질이 되었다.

도스토옙스키 연구서에서 바흐친은, 예술은 필연적으로 종결한다는 자신의 초기 이론에 은연중에 도전하는 태도를 보인다. 이제 그는 오직 독백적인 예술만이 종결화를 통해 작용한다고 주장하게 된다. 도스토옙스키의 위대한 발견은 사람들을 진정 종결 불가능한 것으로 표상할 수 있는 길을 예술 내에서 발명한 데 있다. 그러기 위해 도스토옙스키는 그 자체로 종결 불가능한 창작 방법을 전개했던 것이다. 다성적 소설은 사람들을 진정 개방적인 것으로 표상하고자 인물들과 직결된 저자의 '외재하는 본질적 잉여'를 거부한다.

바흐친은 《라블레와 그의 세계》에서 한 발 더 나아가 종결불가능성을 유일한 최상의 가치로 제시한다. 이제 종결화와 종결불가능성은 적절하게 비교할 수조차 없다. 종결화의 가치는 영秦으로 축소되기 때문이다. 완결되거나 고정되거나 정의된 모든 것은 독단적이고 억압적인 것이라고 단언된다. 오직 현존하거나 상상할 수 있는 모든 규범의 파괴만이 가치를 지닌다. 마치 바흐친은 바쿠닌의 저 유명한, 저항을 위한 저항의 주문—'파괴하고자 하는 의지가 창조적인 의지다!'—뿐만 아니라 텔렘 수도원의 반명령anticommand—'네 멋대로 해라!'—까지 자신의 좌우명으로 삼고 있는 것 같다.

바흐친은 심미적 경험이란 외재성과 종결화를 요구할수록 더 나빠질 것이라고 말하는 듯하다. 카니발에서는 누구도 바깥에 있지 않고, 어떤 것도 전체상에 이르지 못한다. 전체상은 오로지 한정되어 있을 뿐이다. 카니발은 "결코 순수하게 예술적인 형식도 아니고 구경거리도 아니며, 일반적으로 말해서 예술의 영역에 속하지도 않는다. … 사실 카니발은 배우와 관객 사이의 거리를 인정하지 않는다는 의미에서 무대를 알지 못한다. 풋라이트footlight의 부재가 연기를 파괴하듯이, 풋라이트는 카니발을 파괴할 것이다"(RAHW, 7쪽).

바흐친은 카니발에서 순수한 도덕률 폐기론의 사회적 의례儀禮를 발견했고, 카니발적 웃음에서는 '세계에 대한 부차적이고도' 끝까지 '비공식적인 진리'—즉, 모든 유일한 진리의 현존을 거부하는 진리—를 간파했다. 웃음은 "우주적인 철학적 형식"(RAHW, 67쪽)이 되었으며, 그 철학은 일시적으로 바흐친 자신의 것이 되었다.

《라블레와 그의 세계》에서는 이렇게 선언한다. "웃음의 원리는 … 필연성의 초시간적 의미와 무조건적 가치의 모든 가면을 파괴한다. 그것은 인간 의식, 사고, 그리고 새로운 잠재성들에 대한 상상을 풀어놓는다"(RAHW,

49쪽). 사실 초기 저술에서 바흐친은 이와 같은 견해를 두고 '한낱 공허한 잠재력'의 배양이라며 조롱했었다. 구체적으로 실현되지 못한 잠재력이란 필연적으로 그 자체의 한낱 환영으로 드러나리라는 게 그 이유였다. 그에 반해《라블레와 그의 세계》에서 순수한 잠재력은 순수한 자유이며, 순수한 자유는 거의 유일한 진정한 가치가 된다.

바흐친이 카니발적 웃음에 요구하는 것은 그 자체로 터무니없는 것이며 '라블레적'인 것이다. 그는 카니발적 웃음이란 모든 억압적인 사회적 규범을 극복할 뿐만 아니라 죽음과 죽음의 공포를 떨쳐 버리기까지 한다고 주장한다. 헤라클레이토스적인 흐름 속에서 순수한 기쁨을 취하는 카니발은, 인간의 육체를 고통 받고 규율되는 개인의 사라져 갈 껍질로서가 아니라, 라블레적인 주신제酒神祭적 과잉에 내맡겨진, 그리고 모든 변화와 역사를 관통해 지속하는 사람들의 거대한 집단적 육체로 이해한다. "라블레의 소설에서 죽음의 이미지는 비극적이고 무서운 모든 배음背音을 결여하고 있다. 죽음은 사람들의 성장과 부활이라는 과정 내의 필수적인 고리다. 그것은 탄생의 '다른 면'[에 불과한 것]이다"(RAHW, 407쪽). 따라서 라블레의 책은 "세계문학에서 가장 겁 없는 책이다"(RAHW, 39쪽).

〈서사시와 소설〉에서 바흐친은 이내 카니발을 설명했던 것과 같은 태도로 소설을 설명한다. 자신이 선호하는 장르를 의인화하면서, 그는 문학사를 '기성의' 진리와 확정된 정전을 거느린 '종결'되거나 '완결된' 장르의 정신과, 영원히 편력하는 소설, 카니발의 후손, 그리고 순수한 생성의 예언자 사이에서 지속적으로 이루어지는 투쟁이라고 간주한다. "소설은 단순히 여타의 장르들 중 한 장르가 아니다. … 그 장르들과 달리 소설은 이질적인 종에서 창조된 것으로 보인다. … 그것은 문학에서 자신의 헤게모니를 관철하기 위해 투쟁한다. 그것이 승리하는 곳에서 다른 낡은 장르들은 쇠퇴하게 된다"(EaN, 4쪽). 카니발과 마찬가지로 소설은 순수한 패러디이며 순수한 도덕률 폐기론이다. "소설은 다른 장르들을 (바로 그것들의 〔고정되고 정전화된〕 장르로서의 역할을) 패러디한다. 소설은 다른 장르들의 형식 및 언어가 지닌 규약성conventionality을 폭로한다"(EaN, 5쪽). 결국 소설은 정전을 결여한 유일한 장르다. 소설은 결코 그 자체를 확정할 수 없다. "그것은 유연성 그 자체"이기 때문이다(EaN, 39쪽). 말할 것도 없이 이러한 견해는 〈소설 속의 담론〉에서 표현된 것과 뚜렷하게 대조된다. 〈소설 속의 담론〉은 소설적 담론을 디킨스Charles Dickens, 필딩Henry Fielding, 투르게네프J. S. Turgenev—전통적인 소설을 썼을 뿐만 아니라 바흐친에게 소설 장르의 발전 과정에서 뚜렷한 '선'을 그은 정전화된 사례들로 여겨진 저자들—의 언어로 설명한 바 있다.

《라블레와 그의 세계》와 〈서사시와 소설〉이 대숙청과 공포정치가 횡행하던 스탈린 시대의 러시아에서 씌어졌다는 사실을 상기한다면, 이 두 저작을 전체주의 국가에 대한 비타협적인 반항으로 독해하고 싶어질 것이다.[15] 특히 카니발에 특징적인 순수한 '발화의 자유'를 역설한 바흐친의 장황한 서술에서 감명을 받을 수도 있다. 그러나 이는 이 책을 오로지 이러한 알레고리적 차원으로만 환원하는 오류다. 이 저작은 분명 종결불가능성에 대한 바흐친의 필생의 관심, 그리고 그 무렵 패러디와 소설에 대해 지니고 있던 그의 관심에서 비롯된 것이다. 그럼에도 정치적 알레고리가 분명히 제시되어 있고, 그래서 라블레 연구서의 특별한 한 차원을 설명해 줄 수 있다.

----

15 이러한 견지에서 라블레 연구서를 독해한 Katerina Clark · Michael Holquist,《미하일 바흐친 Mikhail Bakhtin》, 제14장 참조.

우리는 바흐친의 다른 저작들에서 나타나는 반유토피아와 상반되는 라블레 연구서의 공공연한 유토피아주의를 잊지 않는다. 바흐친은 일생 동안 체계를 혐오했으며, 최종적인 답을 불신하고 일상생활의 비루한 사실들을 선호한 탓에 모든 유토피아적 비전을 심각하게 의심했다. 라블레와 카니발에 대한 중요한 논의를 포함한 크로노토프 에세이에서 바흐친은 "역사적 전도轉倒", 즉 지나간 황금시대의 신화를 유토피아적 비전에 투사하면서 실제적이고 직접적인 미래는 비우고 불모로 만들어 버리는 것을 가차 없이 비판한다(FTC, 147~148쪽). 우리는 이러한 불일치가 라블레 연구서의 유토피아적 구절들을 한낱 눈속임으로 만든다고 주장하지 않는다. 이 책의 너무도 많은 부분이 바흐친의 다른 저술들과 불일치한다는 이유로 이 책의 유토피아주의를 거짓된 것으로 숨아 낼 수는 없다. 우리가 말하고자 하는 것은, 이 책의 유토피아주의가 분명 특이하며 일반적인 유토피아적 전통과는 근본적으로 다르다는 점이다. 아마도 바흐친의 이단적인 견해를 가리는 무화과 잎사귀 노릇을 하도록 의도된 것이라면, **유토피아적**이라는 용어는 오히려 오해를 불러일으킬 것이다. 맥락을 따져 볼 때 그것은 정반대에 가까운 어떤 것, 즉 목적이 없는 부단한 회의주의와 끝없는 변화의 이상화를 나타내는 듯하다. 바흐친이 우리에게 제공해 주는 것은 반유토피아적 사상가의 유토피아다.

카니발과 웃음은 지금까지 있어 왔거나 **앞으로 언제나 있을** 모든 사회적 규범에 도전한다는 의미에서 유토피아적인 것으로 기술된다. 카니발과 웃음은 완결되었거나 완결될 모든 것에 대한 유쾌한 부정의 정신을 구체화한다. 규범이란 언제나 작동하고 있기 때문에, 이 부정은 우리가 알고 있는 세계를 다른 세계로 대체하는 데 결코 궁극적으로 성공할 수도 없고 성공하려고 애쓰지도 않는다. 정치적 유토피아주의는 다만 어떤 일련의 규범들을 다른 일련의 규범들로 대체할 뿐이다. 그러나 "우리는" 라블레와 카니발적 웃음에서 라블레의 시대든 다른 어떤 시대든 그 시대의 "모든 정치적 문제뿐만 아니라 [정치적] 사건들의 유쾌한 상대성을 발견한다"(RAHW, 448쪽). 카니발과 바흐친은 근본적으로 비정치적인 유토피아주의의 역설을 제공한다. 라블레 연구서는 비정치주의apoliticism—특히 모든 것을 정치적으로 정의하는 스탈린주의적 맥락에서—가 그 자체로 일종의 정치학이라는 의미에서만 정치적이다.

따라서 바흐친 제3기의 이 '두 번째 노선'은 두 가지 방식으로 볼 수 있다. 그것은 시대에 대한 대응이면서 다른 한편으로는 바흐친의 지적 생애의 맥락 내에서 이해될 수 있는 발전이기도 하다. 특히 그것은 바흐친의 세 가지 총괄 개념들 중 하나를 극단적으로 확장한 것이며, 〈행위의 철학을 위하여〉에서 《도스토옙스키 창작의 문제들》에 이르는 궤도의 연장이기도 하다.

그럼에도 바흐친은 종결불가능성에 배타적이고도 극단적으로 초점을 맞춤으로써 그의 이력의 맥락에서 벗어나는 것처럼 보이는 결론에 이른다. 그의 초기와 후기 저작과는 반대로, 라블레 연구서는 순간순간의 평범한 삶의 산문적 활동들에 대한 경멸을 표한다. 카니발은 우리를 일상생활의 "평범한 모든 것"(RAHW, 34쪽)에서 자유롭게 함으로써 해방시킨다. 라블레의 언어는 새롭고도 가치 있는 진리들을 유발하는 대화로서가 아니라 모든 진리에 대한 유쾌한 파괴로서 묘사된다. 그리고 개인이 향연을 즐기는 사람들의 거대한 무리 속으로 용해될 때 개인적인 책임은 시야에서 완전히 사라져 버린다. 더 이상 자아는 없으며, 있는 것은 오직 카니발적 가면일 뿐이다. 다른 사람들이 나의 축제 의상을 입는다면 그들은 '나'가 할 수 있는 것을 그대로 할 수 있다. 대체로 카니발은 '존재에 대한' 완벽한 '알리바이'를 제공하는 것으로 보인다.

 마지막 시기에 바흐친은 웃음과 카니발이라는 주제로 돌아갔지만, 이때는 다른 의도가 있었다. 도스토옙스키에 관한 책을 수정하여 재출간하기로 마음먹었을 때, 그는 카니발화와 웃음에 관한 긴 절 하나(제4장의 대부분을 차지하는)를 삽입했다. 비록 이 장은 바흐친이 라블레 연구서를 쓰면서 했던 연구를 반영하고 있지만, 어조상 그 책과는 뚜렷하게 구별된다. 카니발은 이제 도덕률 폐기론적인 파괴의 순수한 힘이 아니라 새로운 창조가 이루어질 수 **있도록** 도그마를 제거하는 힘으로 묘사된다. 카니발은 잠재력이 실현될 수 있게 한다. 웃음은 좀 더 긍정적이고 창조적인 용어로 재규정된다. 그것은 회의적이기는 하지만 도덕률 폐기론적이지는 않은, 실험과 '익숙하게 하기'와 탐구 기획의 일부분이 된다. 이는 〈소설 담론의 전사로부터〉처럼 1930년대 이후 패러디에 대한 바흐친의 좀 더 온건한 논의들에서 중요한 역할을 수행했다(PND, 51~56쪽). 《라블레와 그의 세계》에서 웃음이 대중적인 폭력을 배경으로 발생하는 것이었다면, 〈1970~1971년에 작성된 노트에서From Notes Made in 1970~71〉에서는 다음과 같은 것이다.

 폭력은 웃음을 알지 못한다. 심각한 얼굴(공포 또는 위협)의 분석. 웃는 얼굴의 분석 … 중요한 소식을 전하는 아나운서의 어조에 실린 이름 모를 위협의 감각. 심각함은 우리에게 절망적인 상황을 짐 지우지만, 웃음은 우리를 그 상황 위로 들어 올려 그 상황에서 해방시킨다. 웃음은 사람을 가로막지 않으며 해방시킨다. … 진정으로 위대한 모든 것은 웃음의 요소를 포함해야만 한다. 그렇지 않다면 그것은 위협적이거나 무시무시하거나 거들먹거리는 것이 된다. 어떤 경우에도 그것은 제한된다. 웃음은 장벽을 들어 올리고 길을 깨끗이 치운다(N70~71, 134~135쪽).

라블레 연구서에서 카니발적 발화는 다양한 '욕설의 장르들'에서 외쳐지는 음탕한 욕설의 분출과 쾌활한 독설의 세례로 설명된다. 그것은 진정으로 개방적인 대화(두 번째 의미에서)와는 가장 먼 것이다. 그러나 후기 저술에서 웃음은 대화의 여지를 만들어 내기 위해 폭력과 위협을 '깨끗이 치운다'. 사실 웃음은 카니발이나 그 밖의 극단적인 상황들을 요구하지 않는다. 그와 반대로 웃음은 가장 산문적인 상황들에서 발생한다(또는 발생해야 한다). "웃음은 극히 친밀한 감정과 결합할 수 있다(로렌스 스턴Laurence Sterne, 장 파울Jean Paul 등)"(N70~71, 135쪽). 웃음은 농신제農神祭와 같은 잉여의 문화가 아니라 "평일의 문화"(N70~71, 135쪽)에 속한다.

1950년대 초에서 1975년까지: 전문 직업의 대변인

1960년대 초 바흐친의 '재발견'과 그에 따라 국내외에서 쏟아진 그에 대한 환호는 그의 생애 전체를 수미일관하게 설명함으로써 그 각각의 시기 구분을 거의 와해시키는 기이한 결과를 초래했다. 1924년부터 1973년까지 씌어진 저작들을 싣는 바흐친 생전의 마지막 책은 부제('다년간의 연구')를 통해 이 같은 뒤섞임을 증명하고 있는 듯하다. 이 책이 나온 뒤에는 1919년부터 최후의 미완성 기획들에 이르기까지 매우 상이한 에세이들을 모은 유고가 출간되었다. 그럼으로써 일시에 바흐친 생애의 전 시기가 러시아인들에게 알려지게 되었다. 초기 저작에 대한 수정들, 진정으로 새로운 통찰들, 유실되었거나 의의를 상실한 개념들이 그의 유산에 일종의 공시적인 고색창연함을 부여하는 가운데 동질화되어 차례차례 번역되었다.

바흐친이 초기 저작에서 비롯됐지만 그곳에 들어 있지 않았던 새로운 통찰들을 산출해 낸 것처럼, 그의 사상이 시간을 거치며 변화했다는 것이 이 장의 주제였다. 생애의 막바지에 바흐친은 자신의 이력에서 최고의 생각들을 추려 내고, 훨씬 더 풍부한 질문들을 던질 수 있도록 그것들을 종합하고자 노력했던 것 같다. 〈소설 속의 담론〉을 쓰던 1930년대 중반에도 이와 유사한 기획을 시도했지만, 이때는 훨씬 더 완전하게 하고자 했다.

바흐친은 마지막 시기에 쓴 새로운 저술에서 1920년대 초의 관심사들로 되돌아갔다. 길고도 지리멸렬한 이력을 지닌 저술들을 통합하려는 노력의 일환으로, 그는 다시 초기 저작에서 핵심적이었던 여러 도덕적 쟁점들을 전면에 놓았다. 외재성, 윤리적 책임, 창조성(이제는 그가 '창조적 이해'라고 부르는 것)이 그것이다. 주제와 스타일에서는 소설제국주의, 카니발지상주의, 그리고 스탈린 시대의 유토피아 구상들에서 후퇴했다. 사실 이 시기의 가장 흥미로운 에세이들(특히 과도기적인 글인 〈발화 장르의 문제〉)은 종결화의 가치에 대한 새로운 가치 평가와 속박에 대한 새로운 관심을 보여 준다.

그러나 이 친숙한 윤리적 쟁점들은 이제 색다르게 논의된다. 우리는 초기 수고에서 바흐친이 칸트 및 그 밖의 체계화론자들을 '철학자의 담론'으로 논박했음을 기억한다. 이후에 그는 곧 자신의 언어가 전하려는 메시지에 부적합하다는 것을 알아챘고, 그리하여 부분적인 세목과 산문적인 관찰에 좀 더 의존하는 글쓰기 스타일을 발전시켰다. 마지막 시기에 이 산문주의는 유지되었지만 언어는 덜 산만해졌다. 언어는 이제 관조적이고 메타철학적이게 되었다. 그의 후기 에세이 또는 에세이 초고의 제목들은 그 글들의 넓은 시야를 드러내 준다. 〈언어학, 문헌학, 그리고 인문과학에서 텍스트의 문제: 철학적 분석 실험〉(1959~1961), 그리고 〈인문과학의 방법론을 위하여Toward a Methodology for the Human Sciences〉(1930년대 혹은

1940년대 초에 집필하기 시작하여 1974년에 재집필된 글)가 그 예이다.[16] 이러한 넓은 시야는 계산된 것이든 아니든 짧은 형식으로의 회귀와 결합한다. 바흐친이 가장 심혈을 기울인 정식화들은 대부분 완성되지 않은 문장, 과거의 계획 중 실현되지 못한 것을 수정하거나 앞으로의 계획을 기록한 노트 목록, 그리고 나중에 다시 생각하기 위해 따로 적어 놓은 기록 등의 형태로 되어 있다.

이 마지막 시기에 새롭게 제시된 것은 바흐친의 어조와 주제로 표현된, 소위 '직업 정신professionalism'이었다. 그의 작업이 인정받고 아카데미가 그에게서 조언을 구하게 되면서, 바흐친은 문학 연구의 미래에 관심을 기울였다. 첫 시기에 지니고 있었던 체계와 단독성 사이의 이분법이 자연(또는 정밀)과학과 인문과학 사이의 구별로 다시 나타났다. 이 둘 사이의 경계에 형식주의자들과 구조주의자들이 있었고, 그래서 바흐친은 그들을 가치 있으면서도 결함을 지닌 자들로 특징지었다.[17]

바흐친은 자신의 사상에 대한 이 두 강력한 대안에 대해 논평하면서, 인문학에서의 도덕적 산문학을 위한 기초 작업을 개괄했다. 〈인문과학의 방법론을 위하여〉에서 그는 다음과 같이 썼다.

형식주의에 대한 나의 의견: 특화에 대한 다른 이해, 내용에 대한 무시가 '재료미학'을 초래함(1924년 내 논문에서 이에 대해 비판함), '만들기'가 아니라 창조성…

---

16 첫 번째 논문의 제목은 편집자가 붙인 것이지만 적절한 듯하다. 두 번째 논문은 바흐친이 표제를 붙였지만 폐기했던 초안 '인문과학의 철학적 기초를 위하여'에 바탕을 두고 있다.

17 바흐친은 '형식주의의 긍정적 의의'와 '구조주의의 높은 가치'를 언급한다. "새로운 것은 언제나 처음엔 일면적이고 극단적인 형태를 취하지만, 발전 과정 속에서 창조적인 단계로 나아간다"(MHS, 169쪽).

구조주의에 대한 나의 의견: 나는 텍스트 내에 갇히는 것에 반대한다. 기계적 범주들: '대립', '약호 변환' … 그에 따른 형식화와 비개성화: 모든 관계들은 논리적(광범위한 의미에서)이다. 그러나 나는 모든 것에서, 그리고 그것들 사이의 대화적 관계 속에서 목소리들을 듣는다. … '정밀함'과 '깊이'의 문제(MHS, 169쪽).

'정밀함'은 자연과학의 목표이고, '깊이'는 인문학의 목표다. 이 정식화로 바흐친은 평생 동안 고수해 온 구별을 또 다른 층위에서 수정한다. 즉, 즈나체니예znachenie(어떤 것의 객관적이고 일반화할 수 있는 사전적 의미)와 스미슬smysl(주어진, 반복 불가능한 맥락에서 지니는 의미 또는 특수한 뜻) 사이의 구별이다.

바흐친에 의하면, 정밀과학은 즈나체니예znachenie, 특히 형식적 정의와 반복적인 실증 가능성으로 특징지을 수 있다. 자연과학은 오직 하나의 진정한 주체, 즉 연구자와 그 주체가 연구하는 '말 못하는 사물'만을 알뿐이다. 자연과학의 기술은, 제대로 이해된다면 인문학에 대해 오직 예비적인 의의만을 지닐 뿐이다. 바흐친의 세계 지도상에서 사물들(인격에 대립하는 것)은 환경을 지닐 수는 있어도 진정한 맥락은 지닐 수 없다. 진정한 맥락은 적어도 두 개의 의식을 요구한다. 그것은 한낱 '객관적 지식'만이 유일한 목표가 되는 곳에는 있을 수 없다. 바흐친이 주장하듯이, 맥락이란 언제나 양극단에서부터 인격화되는 중단된 대화이기 때문이다.

그리하여 사태의 '맥락적' 상태는 언제나 둘 이상의 주체를 다루어야 하는 인문학에서만 획득될 수 있다. 물론 이 주체들은 서로를 사물처럼 취급하기를 선택할 수 있다. 바흐친도 기꺼이 인정하듯이, '사물성'은 정도에 따라서 어떤 과제를 해결하는 데는 도움이 될 수 있다. 특히 '본질'

보다 오히려 유용한 추출물이 요구되는 일에서는 그렇다. 바흐친은 여기서 언어학을 염두에 두고 있는데, 그는 언어학이 유용한 학문 분야이기는 해도 말하기와 쓰기의 메타언어학적 본질은 건드리지 못한다고 비판한 바 있다.

인문학에서 모든 지식은 두 관점 사이의 상호작용으로 시작된다. 바흐친이 '사건'이라는 말로 가리키는 이런 유의 상호작용은 불가피하게 가치 평가를 수반하는데, 이 가치 평가는 결국 반대의 가치 평가를 예견하게 한다. 과학적 명제와 달리, 이러한 지식은 실험을 더 한다고 해서 확증되거나 재생될 수 있는 것이 아니다. 왜냐하면 "(인간) 사유는 조건부의 지점만을 알 뿐이어서, 이전에 확립되었던 모든 지점을 침식해 버리기"(MHS, 162쪽) 때문이다.

인간 사유에 대한 이렇듯 대단히 비플라톤적인 신념이야말로 **창조적 이해**라는 개념이 출발하는 지점이다(RQ, 7쪽; MHS, 159쪽). 초기의 칸트적인 삼분법을 수정하면서 이제 바흐친은 이해란 실로 네 겹의 과정이라고 주장한다. 첫째는 물리적인 지각, 그 다음에는 그것의 인식, 그 다음에는 그것이 맥락 속에서 지니는 의의의 파악, 그리고 마지막으로—이것이 중요한 단계인데—'능동적-대화적 이해'. 이 네 번째 단계는 현존하는 맥락을 인정하는 것 이상이다. 그것은 전적으로 창조적이며, 언제나 놀랍도록 새로운 맥락들을 상상한다. 바흐친에 의하면, 대부분의 현대적인 분석은 "작은 시간의 협소한 공간 속에서 분망하게 법석을 떤다. … 거기에서는 가치 평가적인 비숙명론, 예기치 않음, 즉 '놀라움', 절대적 혁신, 경이로움을 이해할 수 없다"(MHS, 167쪽).

외재성과 생동적인 참여, 비융합, 능동적 대화를 강조하는 이 같은 이해에 대한 이해는 바흐친을 다른 분과 학문, 특히 문화인류학에 참여하게 했다. 소련의 문학 연구의 미래에 대해 논평해 달라고 요청받았을 때, 바흐친은 더 많은 다양성과 더 많은 대담성, 그리고 문화를 '열린 단일성'으로 바라보는 방법론을 요구했다. 그는 우리가 이 장의 앞부분에서 논했던 것과 동일한 의미에서의 '단일성'을 염두에 두고 있었다. 즉, 대체 불가능하고 본질적으로 다중적이며, 자기 실현과 창조적인 발전을 위해 언제나 바깥에 있는 다른 관점을 요구하는, 그러한 단독적 단일성 말이다(RQ. 5~7쪽). 어떤 문화적 텍스트도 단지 '그 자체의 용어'로는 이해될 수 없다. **"창조적 이해**는 그 자체, 그 고유한 시간 속 장소, 그 고유한 문화를 부인하지 않는다. 그리고 그것은 어떤 것도 망각하지 않는다. 이해하기 위해서는 이해하는 사람이 시간적으로, 공간적으로, 문화적으로 그/그녀의 창조적 이해의 대상 **바깥에 자리 잡아야** 한다는 것이 너무나도 중요하다"(RQ. 7쪽).

그렇다면 타자성을 어떻게 창조적이고도 책임 있게 다룰 수 있는가? 우리는 완전한 감정이입이라든가 지평 '융합'을 통해 타자의 복제물 따위가 될 수는 없다. 그것은 진정으로 새로운 어떤 것도 덧붙이지 못할 것이다. 또한, 타자를 자아의 한 변형으로 뒤바꿈으로써 타자를 '근대화하고 왜곡'해서도 안 된다. 유일하게 가능한 것이라고 하는 이 두 가지 선택지는 모두 두 가지 목소리와 두 가지 관점을 하나로 환원한다. 진정한 책임과 창조적 이해는 대화적이며, 대화는 **예기치 못한** 질문들을 불러일으킨다. "만일 대답이 그 자체에서 새로운 질문을 불러일으키지 못한다면, 그 대답은 대화에서 떨어져 나와 본질적으로 비인격적인 체계적 인식에 빠져들게 될 것이다"(MHS. 168쪽).

이 장에서 개괄적으로 다룬 네 시기 뒤에 사후 시기라는 다섯 번째 시기를 덧붙여야 할지도 모르겠다. 바흐친이 본국에서 처음 수용된 방식—'대화주의'와 '카니발화'가 다소 기계적이게 문학 텍스트에 적용되곤 했던—과는 반대로, 최근 소련에서 개최되는 바흐친 심포지엄은 초기 저술들과 그것들이 지닌 강한 도덕적 메시지를 강조하는 경향이 있다〔이 책은 1990년 초판 출간되었고, 소련은 1991년 12월 25일 붕괴되었다〕.

예컨대 바흐친 철학에서의 '윤리적 지배소'를 다룬 간략한 에세이에서 브란트는, 바흐친의 "참여적인, 또는 행위 지향적인 사유", 철학에서의 "치명적인 이론주의"에 대한 저항, 예술 작품에서 윤리적인 것이 일차적이라는 생각을 높이 평가한다(브란트G. A. Brandt, 〈바흐친의 철학에서 문화의 윤리적 지배 Eticheskaia dominanta kul'tury v filosofii M. Bakhtina〉, 24쪽). 이 에세이는 기대에 찬 개인적인 주석으로 결론을 맺는다. "우리가 '새로운 사유'를 위한 격률들을 정하려 노력하고 있는 오늘날, '계급적' 고찰보다 일반적인 인간적 고찰의 우선성을 긍정하고 '만물의 척도'로서의 인간 존재를 긍정할 때, 영예로운 자리는 그/그녀의 고유한 단독성을 위해 개개인의 책임을 강조한 바흐친에게 돌아가야 할 것이다"(브란트, 〈바흐친의 철학에서 문화의 윤리적 지배〉 24쪽).

바흐친의 초기 저술들이 그 저술들을 풍부하게 되풀이하는 마지막 원고들과 점차 통합되어 가는 것처럼, 그가 남긴 유산이 전체로 보이기 시작한다. 하지만 바흐친을 전체적으로 보기 위해서는 그가 쓴 것은 물론이고 쓰지 않은 것도 더 면밀히 들여다보아야 한다.

제3장

논란의 여지가 있는 텍스트들

MIKHAIL
BAKHTIN

오랜 이력 내내 바흐친은 모든 형태의 이론주의에 반감을 표했다. 변증법에 대한 여러 차례의 공격, 소쉬르적 언어관에 대한 비판, 그리고 심리학 이론을 프로이트와 파블로프ㅣ. P. Pavlov 이론에 대립하는 방식으로 설명하려 한 시도는 모두 사건의 사건성에 대한 관심에서 파생되었다. 그의 반감과 비판은 문화의 비체계성, 사람들의 종결불가능성, 그리고 인간적 경험의 중심에 진정한 책임이 있다는 믿음을 반영한다.

바흐친은 인문학 지식이 자연과학을 모델로 삼아야 한다는 견해, 문화·언어·정신이 결국에는 체계로 설명될 수 있다는 견해에 대안을 제시하려 했다. 바흐친에 따르면 이러한 견해는 사이비 과학의 환원론을 만들어 낸다. 이 환원론은 끔찍한 도덕적 결과를 초래하고, 그에 따라 불모의 상대주의를 야기하게 된다. 그는 이론주의 없이 어떤 종류의 지식이 가능한지를 설명하고자 개념적 대안을 다수 개발했다. '생동적인 참여', '대화', '소설성', '창조적 이해' 등이 그것이다.

예컨대 〈1970~1971년에 작성된 노트에서〉에서 우리는 그가 기호학과 구조주의('약호' 개념과 함께), 마르크스주의(와 변증법)를 한 쌍의 오류로서 거부하는 모습을 본다.

기호학은 기성 약호를 사용하는 기성의 의사소통 전달 과정을 일차적으로 다룬다. 그러나 엄격히 말해, 살아 있는 발화에서 의사소통은 전달 과정에서 처음으로 창조되며, 거기에는 본질적으로 어떤 약호도 존재하지 않는다. …

대화와 변증법. 대화를 가져다가 목소리(목소리의 분할)를 제거하고 억양(정서적이고 개별화하는 것)을 제거하고, 살아 있는 말과 반응들에서 추상적인 개념과 판단을 잘라 내어, 모든 것을 추상적 의식 속에 억지로 끼워 넣는 것—바로 이것이 변증법에 이르는 길이다.

맥락과 약호. 맥락은 잠재적으로 종결 불가능하다. 약호는 종결되어야만 한다. 약호는 정보를 전달하는 기술적 수단에 불과하다. 그것은 인식적이고 창조적인 의의를 지니지 않는다. 약호는 신중하게 확정된, 살해당한 맥락이다(N70-71, 147쪽).

이 인용문을 읽는 바흐친 독자는 다른 세 권의 책—볼로시노프의 《마르크스주의와 언어철학》과 《프로이트주의: 비판적 스케치》, 메드베데프의 《문학 연구의 형식적 방법: 사회적 시학의 비판적 입문》(볼로시노프와 메드베데프가 쓴 수많은 논문뿐만 아니라)—을 바흐친이 썼다고 그렇게나 많은 사람들이 믿고 있다는 것이 이상해 보일 수 있다. 이 각각의 책은 공공연히 그리고 일관되게 마르크스주의적이며, 언어에 관한 볼로시노프의 책은 기호학적 저작이기도 하다. 그렇다면 사람들은 어떤 근거로 이렇듯 바흐친의 신념과 근본적으로 상충되는 저작들이 다름 아닌 바흐친의 저작이라고 여겼을까?

논쟁

> 만일 타자가 나와 뒤섞여 버린다면 나는 과연 무엇을 얻어 낼 수 있겠는가? - AiG, 78쪽

비평가들이 어떤 주석도 달지 않은 채 볼로시노프와 메드베데프의 저작들을 바흐친의 저작으로 인용하는 것은 이제 흔한 일이 되었지만, 사실상

이 텍스트들의 저자가 누구인가 하는 문제는 전혀 해결되지 않은 상태다. 미국에서는 카트리나 클라크와 마이클 홀퀴스트의 선구적인 전기傳記가 이 책들을 바흐친의 저작으로 보는 입장을 분명히 했고, 이 견해가 비전 문가들에게 널리 퍼진 가설이 되어 이젠 문제를 제기하기도 어려운 상황이 되었다.[1]

여러 해 동안 우리는 볼로시노프와 메드베데프의 저작들을 바흐친의 것으로 여기는 관례를 따라 왔고, 그 관례를 굳히는 데 기여해 왔다.[2] 그리하여 그 내용이 클라크와 홀퀴스트의 전기에까지 등장하게 된 것이다. 하지만 최근에 새로 출간된 수고들을 검토한 결과, 우리는 이 가설을 다시 생각하게 되었다. 1986년 《슬라브 및 동유럽 저널Slavic and East European Journal》은 바흐친에 관한 한 포럼에서 이 문제를 다룬 세 발표자의 원고를 실었다. 볼로시노프의 번역가이자 볼로시노프의 저작권을 옹호하는 티투니크Irwin R. Titunik는 클라크와 홀퀴스트의 입장에 심각한 반대 의견을 제기했다.[3] 다른 글에서 니나 펄리나Nina Perlina와 에드워드 브라운Edward J.

---

1 Katerina Clark · Michael Holquist, 《미하일 바흐친》, 특히 146~170쪽 '논란의 여지가 있는 텍스트들'이라는 장 참조.
2 여기서 우리가 어떤 새로운 문서상의 또는 구술상의 증거를 가지고 이러한 재고를 하게 된 것이 아니라는 점을 밝혀 둔다. 우리는 바흐친의 텍스트들과 바흐친 모임의 다른 구성원들의 텍스트들을 재독함으로써, 그리고 최근 출간되는 저작권 문제와 관련된 주요한 논의와 증거들을 통해서 이러한 결론에 이르게 되었다. 우리는 적어도 1981년에 이미 미국에서 공저共著 사실을 유보하는 기록들을 볼 수 있다. 코치스Bruce Kochis와 레지어W. G. Regier에 따르면, "이전까지 볼로시노프와 메드베데프의 저작이라고 여겨져 온 글들과 바흐친의 관계를 문제 삼는 논쟁적인 질문은 편집자에 의해 간단히 묵살되었다. 사실이 풍문 이상의 것을 만나 실체화될 때까지는, 그리고 독특한 스타일상의 특징들이 분리될 때까지는 티투니크Irwin R. Titunik의 방안이 가장 합리적인 해결책이 될 것이다." Bruce Kochis · W. G. Regier, 《대화적 상상력》에 대한 서평Review of The Dialogic Imagination〉, 535쪽 주 8번.
3 〈바흐친 산업The Baxtin Industry〉이라는 에세이에서 모슨은 클라크와 홀퀴스트의 주장을 납득할 수 없는 것으로 규정했지만, 저작권 문제에는 어떤 입장도 취하지 않았다. (이하에서 살펴볼) 〈계속되는 대화A Continuing Dialogue〉라는 답변 글에서 클라크와 홀퀴스트는 티투니

Brown을 포함한 다른 학자들 역시 바흐친 모임의 저작들을 한 저자의 산물로 취급될 수 있으며 그 저자가 다름 아닌 바흐친이라는 이중의 가정에 대해 방법론과 내적 일관성에 근거하여 반대했다.[4]

그 후 우리는 새로운 증거가 제시되지 않는다면 바흐친이 논란의 여지가 있는 이 텍스트들의 저자라고 믿을 납득할 만한 이유는 없다는 결론에 이르렀다.

이런 종류의 논의에는 상당한 회의주의가 작용한다. 출판계의 경제학과 전문가들의 세계에서 학자적 명성의 '경제학'이 그러하듯이, 이 문제에도 정치계와 학문계의 정치학이 채색되어 있다. 바흐친의 경우에는 소련과 미국 정치학이 두드러진 역할을 수행해 왔다.

1960년대 초 소련에서 바흐친이 재발견될 무렵에는 기호학, 구조주의, 그리고 그와 관련한 문학적·언어학적·문화적 분석 방법들의 출현을 둘러싸고 오랫동안 논쟁이 전개되고 있었다. '물리학자들'과 '서정시인들', 기호학자들과 전통주의자들은 문학 연구의 '수학화', 인문학에서 인공두뇌학의 효용, 문학 연구에서 언어학의 위치, 형식주의의 유산이 지니는 가치, '직관'과 '창조성'의 형식화 가능성, 미학에서 신경생리학의 역할 등과 같은 문제들에 대해 다양하고도 복잡한 입장들을 취했다. 격렬한 논쟁의 와중에서, 페터 자이페르트Peter Seyffert의 《소비에트의 문학적 구조주의

크의 반론을 집중적으로 다루고 있다.
4 Nina Perlina, 〈바흐친-메드베데프-볼로시노프Bakhtin-Medvedev-Voloshinov〉, 35~47쪽;
   Edward J. Brown, 〈소비에트 구조주의Soviet Structuralism〉, 118~ 120쪽; David Carroll, 〈담론의 이타성The Alterity of Discourse〉, 제3부 참조. 데이비드 캐럴David Carroll은 바흐친의 초기 수고가 후기의 모든 생각을 맹아적으로 포함하고 있다거나 그 생각들이 주로 신학적이라는 가정뿐만 아니라, 홀퀴스트의 '복화술로 말하기ventriloquization'라는 개념의 내적 논리도 문제 삼고 있다.

Soviet Literary Structuralism》는 '환원론', '과학주의', '생기론', '속류 사회학주의'라는 비난을 받기도 했다.[5] 러시아 내셔널리즘의 저류底流와 러시아정교의 부활은 훨씬 복잡한 문제다. 소비에트라는 맥락을 고려한다면 이해할 만한 일이겠지만, 반대 진영들은 마르크스와 레닌을 인용했다. 마찬가지로 이해할 수 있는 일이지만, 그 반대편의 논객들은 당시 명성이 최고조에 이르렀던 바흐친을 무기로 이용했다. 바흐친은 어느 편에서도 반대편에게 넘겨주기에는 너무나 중요한 인물이었다.

이러한 맥락에서 볼로시노프와 메드베데프의 저작을 바흐친에게 귀속시킴으로써 각양각색의 정보를 얻을 수 있었다. 만일 바흐친이 기호학을 다룬 저작의 저자라는 사실을 인정했다면, 기호학자들이 이익을 얻었을 것이다. 또한 만일 누군가가 형식주의에 대한 메드베데프의 공격을 강조했다면, 그 반대쪽 사람들이 이익을 얻었을지도 모른다. 사태를 좀 더 관대하게 해석하는 것도 가능하다. 즉 지금은 본국에서 인정을 받아 찬사까지 듣게 된 바흐친이, 오랫동안 금지되거나 판금되었던 동료들의 텍스트들을 다시 소개할 수 있는 통로로 이용되었다는 식으로 말이다.[6] 이는

---

5 페터 자이페르트Peter Seyffert의 탁월한 연구는 그가 노골적으로 기호학자들을 선호한다는 점을 고려하여 주의해서 읽을 필요가 있다. 하지만 그는 현명하게도 영향력 있는 여러 논문을 직접 길게 인용함으로써 독자들이 나름의 결론을 도출할 수 있도록 한다.

6 최근 소비에트 대학 제도 내에서는 잠정적으로 바흐친의 것이라고 여겨지는 논란의 여지가 있는 텍스트들을 포함하여 철저하게 주석 작업이 이루어진 아카데미판 바흐친 학파 저작집에 대한 요청이 있어 왔다. S. Averintsev, 《M. M. 바흐친의 논문집》에 대한 서평Review of M. M. Bakhtin, Literaturno-kriticheskie stat'i〉 참조. 아이헨바움의 《문학에 대하여O literature》에 대한 서평의 한 각주에서 넴저A. Nemzer는, "진지한 독자가 이 책의 강점과 약점을 알아볼 수 있게 하기 위해, 그리고 그 책의 내용 중 어떤 부분이 바흐친에게서 영향을 받았는지, 어떤 부분이 20세기 말의 논쟁 스타일에서 영향을 받았는지를 이해할 수 있게 하기 위해" 메드베데프의 형식주의 비판서를 재발간하라고 요구한다(A. Nemzer, 〈보리스 아이헨바움, 《문학에 대하여》에 대한 서평Review of Boris Eikhenbaum, O literature〉, 262쪽). 마땅히 이루어져야 할 볼로시노프와 메드베데프의 복권은 바흐친 연구를 위해서도, 마르크스주의 사상사를 위해서도 바람직한 일일 것이다.

일종의 전기적 제국주의biographical imperialism, 즉 다른 두 학자의 유력한 저작들을 끌어들여 바흐친의 정전을 확장시키는 결과를 낳았다.

서구에서는 다른 관심들이 일어나기 시작했다. 쉽게 말해서, 야콥슨주의자들이 바흐친을 구조주의와 기호학 편으로 (바흐친이 이 양자를 자주 공격했음에도 불구하고) 끌어들이려 노력했다. 마르크스주의자들 역시 바흐친을 끌어들였는데, 그들은 분명히 마르크스주의적인 성격이 있는 문제의 텍스트를 바흐친이 썼다고 주장함으로써 좀 더 쉽게 바흐친을 끌어들일 수 있었다. 바흐친의 업적과 연관된 이력이 있는 학자들은 당연하게도 그의 유산을 확대하는 논거들에 공감해 왔다. 노력의 경제학 역시 일익을 담당했다. 비평가들은 세 이론가의 사상을 일관되게 설명하면서, 편의상 그것을 한 저자의 산물로 취급하고, 그들의 텍스트를 골치 아픈 신원 증명 문제에서 떼어 내려는 주장의 이점을 취한다. 그리고 당연히 출판업자들은 표지에 바흐친의 이름을 내걸어 책을 더 많이 팔고 싶어 한다.[7]

1989년 케메레보라는 시베리아 도시에서 열린 바흐친 기념 회의에 대한 리뷰에서 투르빈V. Turbin은 "바흐친의 뛰어난 책 《문학 연구의 형식적 방법: 사회적 시학의 비판적 입문》은 몇 가지 근거에서 바흐친이 아닌 파벨 메드베데프―(내가 아는 한) 바흐친의 절친한 친구도 아니었던―가 쓴 것"이라고 언급하고 있다(〈M. M. 바흐친: 부에노스아이레스-케메로보M. M. Bakhtin: Buenos Aires-Kemerovo〉, 8쪽). 바흐친에 대한 숭배는 신화 만들기의 영역에까지 점점 더 깊이 퍼져 간다.

7 《문학 연구의 형식적 방법: 사회적 시학의 비판적 입문》은 원래 메드베데프의 이름으로 출간된 책이지만, 첫 번째 미국판(앨버트 윌Albert J. Wehrle의 번역으로 1978년 존스홉킨스 대학 출판부에서 출간)에서는 저자가 '메드베데프 · 바흐친'으로 되어 있다. 하버드대학 출판부에서 출간된 페이퍼백 재판(1985)은 순서를 뒤바꿔 저자를 '바흐친 · 메드베데프'로 소개한다. 뉴욕에서 인쇄된 러시아어판(1982년 세레브랴니 벡에서 출간)에서는 저자가 '미하일 바흐친' 단독으로 돼 있다. 이 판의 서문은 고도의 도덕적 어조를 취하면서 이 책을 진짜 저자에게 되돌려 주라고 요구하기까지 한다. 그러면서 바흐친이 서명한 소비에트저작권중개소(VAAP)와의 계약서가 윌의 번역판에 언급되어 있다는 점을 바흐친이 이 책의 저작권을 주장했다는 사실의 증거로 제시한다(Mikhail Bakhtin, 《문학 연구의 형식적 방법: 사회적 시학의 비판적 입문Formal'nyi metod v liera-turovedenii (Kriticheskoe vvedenie v sotsiologicheskuiu poetiku)》, 5~6쪽). (여러 판본에 있는 전기적 정보에 대해서는 약어표에

양측에 관한 논의를 분명히 하기 위해서는 어떤 것이 논쟁되지 **않았
는가**를 분명히 하는 것이 효과적일 것이다. 볼로시노프와 메드베데프라
는 인물은 실제로 존재했다. 어느 누구도 이들의 이름이 '마크 트웨인Mark
Twain' 같은 필명이라고 생각하지 않는다. 메드베데프와 볼로시노프는 바
흐친의 절친한 친구여서 그들은 바흐친과도 그들 서로 간에도 자주 의견
을 나누었음이 분명하다. 또한 바흐친의 생각이 친구들의 책에 깊은 영향
을 주었음도 너무나 분명하다. 볼로시노프와 메드베데프는 성실한 마르
크스주의자였던 것으로 보인다. 그들은 1938년에 함께 사망했다. 문제가
되는 저작들이 출판된 때(대략 1920년대 말)부터 1970년까지는, 볼로시노
프와 메드베데프가 그들의 이름으로 출간한 책들을 썼다는 사실에 어느
누구도 공개적으로 이의를 제기하지 않았다.

바흐친의 생각이 친구들에게 영향을 끼쳤다는 사실을 어느 누구도 반
박하지 않기 때문에, 바흐친이 서명한 저작들과 볼로시노프와 메드베데
프가 서명한 저작들 사이에 중요한 유사성들이 존재한다는 점은 논거로
서 적절하지 않다. 볼로시노프의 저작과 메드베데프의 저작이 명백히 마

있는 M: FM을 참조.) 사실 윌의 진술은 그렇게 단정적이지는 않다. 그는 다만 바딤 코시노
프Vadim Kozhinov가 자신에게 그런 문서가 있다는 사실을 알려 주었다고 주장했을 뿐이다.
뒤에서 언급하겠지만, 클라크와 홀퀴스트는 바흐친이 그러한 문서에 서명하기를 거절했음을
알려 준다.
다른 한편, 하버드대학 출판부는 볼로시노프의 《마르크스주의와 언어철학》과 《프로이트주
의: 비판적 스케치Freudism: A Critical Sketch》를 바흐친과 전혀 무관한 것으로 재출간했는
데, 이는 아마도 《마르크스주의와 언어철학》의 공역자이자 《프로이트주의: 비판적 스케치》
의 역자인 티투니크가 '바흐친 제국주의'에 대한 가장 일관되고도 지속적인 반대자였기 때
문일 것이다.
클라크와 홀퀴스트 역시 논란의 여지가 있는 텍스트들이 다른 언어로 번역되면서 그 저작권
이 바흐친에게 귀속되는 경우를 언급한다. 그들의 전기에 따르면, 소비에트저작권중개소는
바흐친에게 신용장이 전달되었다고 주장한다. Katerina Clark · Michael Holquist, 《미하일 바
흐친》, 147쪽 참조.

르크스주의적이기 때문에 그들 연구의 광범한 틀이 지니는 중요성을 주장하는 것은 적절하다. 클라크와 홀퀴스트가 주장하듯이, 검열관 때문에 마르크스주의로 위장한 것인가, 그것은 바흐친의 신념과 사실상 양립할 수 있는 것인가?

바흐친을 자신의 전공으로 삼아 왔다고 주장하는 소비에트의 기호학자 뱌체슬라프 이바노프Vyacheslav Ivanov가 처음으로 바흐친의 저작권을 공개적으로 옹호하고 나섰다. 1970년에 행해졌고 1973년에 확장된 형태로 출판된 한 강의에서 이바노프는 다음과 같이 진술했다.

〔논문 목록에서〕 1~5장과 7장의 기본 텍스트들은 바흐친이 쓴 것이다. 그의 학생이던 볼로시노프와 메드베데프는 자신들의 이름으로 책을 출판했지만, 이 논문 및 책들에 극히 사소한 첨언을 했을 뿐이며 특정 부분들을 (어떤 경우에는 5장에서처럼 제목을) 변형했을 뿐이다. 모든 저작이 동일한 저자에게 귀속된다는 사실은 증인들의 증언을 통해서도 확증되었지만, 텍스트 자체만 봐도 명백하다. 따라서 제시된 인용문만 봐도 누구나 쉽게 납득할 것이다.[8]

볼로시노프의 옹호자들이 언급했듯이, 이바노프는 이 주장을 실증할 만한 어떠한 증거도 제시하지 못했다. '증인들'의 이름은 밝혀져 있지 않다. 우리가 이미 지적했듯이, 생각이 유사하다는 사실은 볼로시노프의 저

---

8 브라운E. J. Brown은 〈소비에트 구조주의, 기호학적 접근Soviet Structuralism, A Semiotic Approach〉, 118~120쪽에서 이바노프의 방법론적 가설에 대해 논평하고 있다. [옮긴이주] 이바노프, 〈의미Significance〉, 366쪽 주 101번; 5항목은 V: MPL. 1~4와 7항목은 V: DiL; V: F; M: FM; 볼로시노프, 〈서구 언어 사상의 최근 경향The Latest Trends in Linguistic Thought in the West〉(1928); 볼로시노프, 〈언표의 구성the Construction of the Utterance〉(1939)

작도 메드베데프의 저작도 바흐친에게 영향을 받았지만 반드시 바흐친이 쓴 것은 아니라는 가정과 전적으로 양립할 수 있다.

바흐친 전기에서 클라크와 홀퀴스트는 바흐친의 저작권과 관련한 현존하는 증거들을 제시한다. 그들에 따르면, 바흐친은 저작 모두를 또는 거의 모두를 직접 썼다. "논란의 여지가 있는 저작들에 한 저자의 이름만 내걸 수 있다면 그것은 바흐친이 될 것이며, 메드베데프와 볼로시노프는 각각의 경우에 주로 편집자 역할을 수행했다"(클라크·홀퀴스트, 《미하일 바흐친》, 147쪽).[9]

클라크와 홀퀴스트는 이렇게 주장하고 나서 곧 쟁점의 핵심에 다가가는 방법론적 논의로 넘어간다. '첫째로, 바흐친이 논란의 여지가 있는 그 텍스트들을 써서 친구들의 이름으로 출간했을 리 없다는 사실을 입증해주는 것은 아무것도 없다.' 즉, 증명의 책임은 이 텍스트들에 있다기보다는 회의론자들에게 있는 것으로 여겨진다. 이 논의는 중요하다. 사실 '논란의 여지가 있는 텍스트들'을 다룬 클라크와 홀퀴스트의 장에는 바흐친

---

9 같은 장에서 클라크와 홀퀴스트는 이렇게 쓰고 있다. "바흐친의 저작이라고 여겨지는 최초의 '볼로시노프' 텍스트는, 1925년 초 《별》지에 발표되었던 〈사회적인 것을 넘어서Beyond the social〉다. 이 논문의 많은 부분은 1927년 여름에 출판된 '볼로시노프'의 《프로이트주의: 비판적 스케치》—역시 바흐친이 쓴—와 유사하다"(Katerina Clark·Michael Holquist, 《미하일 바흐친》, 162쪽). 그들은 계속해서 이렇게 말한다. "그 다음으로 '볼로시노프'의 이름으로 씌어진 〈서구 언어 사상의 최근 경향The Latest Trends in Linguistic Thought in the West〉은 1928년에 출간되었다. 그것은 앞서 나온 '볼로시노프'의 책 《마르크스주의와 언어철학》의 세 장을 요약한 것으로 소개되었다. 그 책이 바흐친의 것인 한, 바흐친이 요약문을 작성하는 번거로운 일을 볼로시노프에게 맡길 수 있었다 할지라도, 그 논문 역시 바흐친의 것으로 보인다. 1929년에 출간된 《마르크스주의와 언어철학》의 저작권은 분명히 바흐친에게 있다"(Katerina Clark·Michael Holquist, 《미하일 바흐친》, 166쪽). 그 장의 끝부분에서 클라크와 홀퀴스트는 "저자의 정체 그 자체보다 오히려 그 몫과 비율에 관한 것"(Katerina Clark·Michael Holquist, 《미하일 바흐친》, 170쪽)이 더 문제라는 점을 인정하고 있지만, 이 장뿐만 아니라 그들의 책 전체는 볼로시노프와 메드베데프가 요약문을 작성하거나 약간의 부차적인 첨언을 하는 등 순전히 기계적인 역할만 수행했다고 본다. 특히 중요한 점들에서 전체 논의에 이르기까지 모든 내용과 모든 창조적 에너지는 바흐친의 것이라고 말이다.

이 문제의 저작들을 **썼다**는 증거가 거의 제시되어 있지 않기 때문이다. 그 장의 대부분은 바흐친의 저작권을 반박하는 논의들을 의심하거나, 바흐친이 실제로 자신이 그것들을 썼음에도 불구하고 다른 사람의 이름으로 출간하고자 한 동기를 제공한다.

하지만 우리가 보기에 증명의 책임은, 바흐친이 다른 사람의 이름으로 서명된 저작들을 썼다고 주장하는 사람들에게 있다. 어쨌든 볼로시노프와 메드베데프의 이름은 표지에 실려 있고, 그들의 저작권은 40여 년간 논박되지 않았다. 우리가 알기로, 옥스퍼드의 얼Earl of Oxford이나 프랜시스 베이컨Francis Bacon이 셰익스피어William Shakespeare의 작품들을 썼을 리 **없다**는 것을 결정적으로 보여 준 사람은 아무도 없지만, 이를 증명할 책임은 그들이 그 작품을 썼다고 주장하는 사람들에게 있다.[10]

따라서 바흐친의 저작권을 입증하는 납득할 만한 증거가 먼저 제시되지 않는다면, 반론을 논박한다는 것은 대체로 논점을 벗어난 것이다. 어떤 증거가 제시된 적이 있는가?

클라크와 홀퀴스트는 네 가지 유형의 증거를 열거한다. 그들이 기대는 첫 번째이자 가장 중요한 증거는 일화적인 것으로서, '사적인 곳에서'

---

10 이 부분의 근본적인 오류에 대해서는 최근 퍼뱅크P. N. Furbank와 오언스W. R. Owens의《대니얼 디포의 정전화The Canonisation of Daniel Defoe》에서 논의된 바 있다.
"저작권의 귀속을 결정하는 첫 번째 규칙은 배런 길버트Baron Gilbert가 고전적인 저작《증언법Law of Evidence》에서 규정한 것처럼 … 부정적인 것은 증명할 필요가 없다는 것이다. "그리고 여기에서 제일 먼저 고려해야 할 것은, 어떤 법정에서든 확정적인 것이 증명되어야 한다는 것이다. 그 반대가 입증되지 않는 한 확정된 것을 부정하는 것은 충분치 않기 때문이다. … 시민법은 '증명의 책임은 진술을 하는 자에게 있다. 부정적인 것을 증명하는 것은 사물의 본질에 반하는 것이기 때문이다'라고 말하고 있다." 익명의 저작이 어떤 저자에게 귀속될 때, 그것을 증명할 책임은 전적으로 그 귀속을 주장하는 자에게 있으며, 적어도 이론적으로는 그것을 반증할 의무와 같은 것은 전혀 없다. 그것이 참이라고 증명될 때까지는 참이 아닌 것으로 추정될 수 있다. 저작의 귀속을 그토록 중대한 일로 만드는 것이 바로 이것이다"(P. N. Furbank · W. R. Owens,《대니얼 디포의 정전화》, 29쪽).

바흐친과 그의 아내를 본 '목격자'의 증언이다. 이 일화적인 증거의 대부분은 그 장의 각주 3번에 제시되어 있는데, 여기에서 우리는 "바흐친이 1973년에 미국 슬라브학 연구자 토머스 위너Thomas Winner와 대화하던 도중에 저작권을 주장"했으며 그와 동일한 주장을 그의 유저遺著 관리자인 세르게이 보차로프Sergei Bocharov에게도 했다는 점을 알 수 있다. 더욱이 클라크와 홀퀴스트가 이바노프와 인터뷰한 내용에 따르면, "이바노프와의 면담에서 바흐친의 아내는, 언젠가 바흐친이 프로이트 책을 자신에게 받아쓰게 한 적이 있다고 기억했다". "미국 슬라브학 연구자 앨버트 월 Albert J. Wehrle은 '메드베데프' 책의 복사본이 바흐친과 그의 아내 앞에 놓였을 때, 바흐친은 아무 말도 하지 않았지만 그의 아내는 '어머나, 내가 이 책을 얼마나 많이 베껴 썼는데!'라고 소리치는 것을 보았다." 또한, 클라크와 홀퀴스트가 1978년에 시클롭스키와 인터뷰한 내용을 보면, 형식주의자 시클롭스키가 "형식주의자들을 다룬 메드베데프의 책이 사실은 바흐친의 저작이라는 사실을 이미 1920년대에 알고 있었다"는 점을 확인할 수 있다(클라크·홀퀴스트 《미하일 바흐친》, 375쪽 주 3번).

어떤 상황에서도 실체화하기 어려운 이러한 구술적 증거에 덧붙여, 클라크와 홀퀴스트는 거기에 다른 문제들이 있음을 지적한다. 다른 각주에서 그들은 "시클롭스키는 형식주의자였기 때문에 사실을 부정적으로 해석할 여지도 있었다"고 인정한다(클라크·홀퀴스트, 《미하일 바흐친》, 376쪽 주 9번). 더욱이 다른 사람들이 논란의 여지가 있는 텍스트들에 관해 물었을 때, 바흐친은 자신의 저작권을 확실히 하지 않았다. "사실 1960~1970년대에 많은 이들은, 논란의 여지가 있는 이 텍스트들을 정말로 그가 썼는지 바흐친에게 직접 물었을 때 그가 질문을 회피하거나 입을 다물었다는 사실을 알고 있었다"(클라크·홀퀴스트, 《미하일 바흐친》, 148쪽. 무엇을 참조했는지는 언급되어 있지 않다). "처음에 그(바흐친)는 유저 관리자에게조차 자신의 저작권을 인정하지 않았으며, 그 후 저작권을 인정하게 되었을 때에도 그 주제에 관해 얘기하는 것을 좋아하지 않았다"(클라크·홀퀴스트, 《미하일 바흐친》, 148쪽). 이바노프와 마찬가지로, 유언 집행자들은 바흐친 유산의 중요성을 둘러싼 논쟁에 깊이 연루되었다. 결국 클라크와 홀퀴스트는, 소비에트저작권중개소(VAAP)가 바흐친에게 논란의 여지가 있는 세 권의 책과 한 편의 논문이 그 자신의 저술임을 밝히는 서류에 서명하기를 요청했을 때, "그가 그 문서에 서명하기를 거부했다"(클라크·홀퀴스트, 《미하일 바흐친》, 147쪽)고 전한다. 소련은 이 서류가 만들어지기 직전에 국제저작권협약을 맺었으며, 서양에서 바흐친의 명성을 제고하는 데 도움이 되는 것이라면 무엇이든 이용했다. 간단히 말해서, 일화적인 증거는 구두 증언이어서 거의 입증될 수 없을 뿐만 아니라 너무나 모호하다.

이런 종류의 증거와 관련한 또 다른 문제는, 그 질문이 얼마나 정확했는지, 바흐친이 그 문제에 대해 말했다고 하는 몇 안 되는 경우에 그가 실제로 뭐라고 대답했는지 언제나 분명하지는 않다는 사실이다. 바흐친이 논란의 여지가 있는 이 텍스트들을 실제로 쓴 경우와 단지 영향을 미쳤을 뿐인 경우를 확실하게 구별해서 질문했는가? 질문은 (한편으로) 바흐친의 텍스트에 단순히 기계적인 변화가 가해진 것인지, (다른 한편으로) 바흐친과의 폭넓은 논의를 거친 후 볼로시노프와 메드베데프가 작성한 것인지를 분명히 구별하고 있는가? 바로 이것이 논쟁에서 쟁점이 되는 문제이기 때문에, 질문의 정확성은 매우 중요하다. 많은 학생과 동료들이 재능 있는 친구의 생각에 깊이 영향을 받지만, 그 생각을 소화하고 그것을 자신의 사고 틀 속에서 전개하며, 그 과정에서 생각의 전체 의의를 창조적으로 변형시킨다.

우리가 읽은 바에 따르면, 일화적 증거에 대한 월의 설명은 바흐친의 저작권을 입증하기 위해 제시된 정보가 바흐친의 영향을 입증하는 증거로 사용될 수도 있음을 보여 주는 듯하다. 그는 투르빈V. N. Turbin과의 대화를 기록하면서 다음과 같이 쓰고 있다.

지금 우리가 가지고 있는 퍼즐 몇 조각은 짜 맞추기가 어렵다. 이바노프는 볼로시노프와 메드베데프가 문제 되는 책과 논문들의 "특정 부분에 약간의 첨언과 수정만 가했을 뿐"이며 제목 몇 가지를 변경했다고 말한다. V. N. 투르빈은 《문학 연구의 형식적 방법: 사회적 시학의 비판적 입문》과 관련해서 바흐친이 "파벨 니콜라예비치〔메드베데프〕가 그 책에 내용을 덧붙였지만, 늘 좋은 결과를 낳지는 않았다"고 말했던 사실을 인용함으로써 이바노프를 지지하는 것으로 보인다. 투르빈에 따르면, 바흐친은 이 책에 대해 몇 번이고 이렇게 말했다고 한다. 그 외의 경우에는 자신이 이 책에 "도움을 주었다"고 언급하는 데서 그치기도 했다. 바흐친이 이 책에 대해 그다지 언급하지 않았다는 것을 아는 투르빈은 하나의 실험을 하기로 했다. 1965년에 바흐친을 방문한 투르빈은 말없이 탁자 위에 《문학 연구의 형식적 방법: 사회적 시학의 비판적 입문》의 복사본을 내려놓았다. 바흐친은 아무 말도 하지 않았지만 그의 아내는 "어머나, 내가 이 책을 얼마나 많이 베껴 썼는데!"라고 소리쳤다. 다른 한편, 코시노프Vadim V. Kozhinov가 제공한 최근 정보에 따르면 문제의 책과 논문들이 "미하일 미하일로비치〔바흐친〕와의 대화에 기초하여" 씌어졌다고 한다(월, M; FM 서문, xvi쪽).

메드베데프가 바흐친과의 '대화에 기초하여' 책을 썼다고, 그러나 쟁점들을 깊이 생각하면서 바흐친의 생각들을 마르크스주의적 틀로 변형시켰다고 해 보자. 그렇다면 바흐친은 자신이 메드베데프를 '도왔다'고 생각하면서도 메드베데프가 덧붙인 내용이 '늘 좋은 결과를 낳지는 않았다'고 느꼈을지도 모른다. 바흐친 부부와 메드베데프의 긴밀한 관계를 고려할 때, 그리고 학계와 출판계에서 메드베데프의 영향력 있는 위치 때문에 받을 수 있었던 원조와 보호에 바흐친 부부가 상당히 의존했다는 사실을 고려할 때, 바흐친의 아내는 남편이 이 책을 쓰지 않았다 해도 수고를 베껴 썼을지 모른다(바흐친은 그때 실직 상태였다). 더욱이, 우리가 추측하듯이 바흐친이 메드베데프의 책에서 영향을 받았다면, 그의 아내는 이 책의 상당 부분을 베껴 썼을 수도 있다. 간단히 말해서, 바흐친, 메드베데프, 볼로시노프 사이에 모종의 관계가 있었다는 것을 최근에야 알게 된 사람들이 불명확한 질문들을 던지고 비약적인 결론을 내렸으리라 상상하기란 어렵지 않다. 특히 그 시절의 열정적인 분위기에서 바흐친의 명성이 모든 연구자들에게 새롭게 발견되었다는 사실을 고려한다면 말이다.

클라크와 홀퀴스트가 제시하는 두 번째 유형의 증거 역시 설득력이 없다. 볼로시노프와 메드베데프가 논쟁이 시작되기 30여 년 전에 사망했기 때문에, 그들과 면담할 수 없었던 미국 학자들은 그들의 가족과 인터뷰를 했다. 한 학자에 따르면, 볼로시노프의 첫 번째 아내는 자기 남편의 책을 바흐친의 것으로 돌렸다. 또 다른 학자에 따르면, 메드베데프의 아들과 딸은 아버지가 《문학 연구의 형식적 방법: 사회적 시학의 비판적 입문》을 썼으며, 바흐친을 '참고'했을 뿐이라고 주장했다(클라크·홀퀴스트, 《미하일 바흐친》, 148쪽, 376쪽 주 4번).

세 번째 유형의 증거는, 비록 공감을 자아내기는 하지만 몇 가지 이유에서 의심스럽다. 바흐친은 1929년에 체포되어 소비에트 북쪽 끝에 위치한 솔로베츠키 군도의 수용소에 감금되었다. 그는 건강이 악화되었기 때문에 자신에게 내려진 판결이 자신을 죽게 만들 것이라고 그 자리에서 호소했다. 클라크와 홀퀴스트에 따르면, 조사자들은 바흐친이 '마르크스주의적 방법론'에 정통하다는 것을 알았기 때문에 메드베데프와 볼로시노프의 텍스트들에 대한 저작권을 가지고 있는지 물었다. 여기에 암시되어 있는 바는, 바흐친이 쓴 마르크스주의적 저서들의 경우 조사자들이 바흐친을 변호하는 데 크게 기여할 수 있었고, 따라서 그에게 내려진 판결을 완화할 수 있었으리라는 점이다. 말하자면, 이러한 상황에서 바흐친은 저작권을 인정한 것이다(클라크·홀퀴스트, 《미하일 바흐친》, 143~144쪽). 어떤 구술 자료나 문서 자료도 이러한 이야기를 뒷받침해 주지 않는다. 어쨌든 상황은 바흐친이 저작권을 인정하지 **않을 수** 없게 만들었을 것이다. (바흐친에게 내려진 판결은 결국 6년간의 국내 추방으로 바뀌었고, 그의 아내는 구제되었다.)

마지막으로 클라크와 홀퀴스트는 텍스트 자체를 검토하면 바흐친이 저자라는 사실이 확증된다고 주장한다. 여기서 그들의 주장은 질에 대한 판단에 의존한다. 클라크와 홀퀴스트에 따르면, 의심할 여지 없이 메드베데프가 쓴 텍스트들, 즉 그들이 메드베데프가 쓴 것이라고 확신하는 《작가의 연구실에서In the Writer's Laboratory》와 같은 텍스트들은 《문학 연구의 형식적 방법: 사회적 시학의 비판적 입문》보다 질적으로 낮다. 또한 그들은 볼로시노프가 썼음이 틀림없는 텍스트들 역시 메드베데프가 쓴 텍스트들에 비해 월등히 낮기는 하지만, 볼로시노프가 쓴 것인지 논란이 되고 있는 텍스트들만큼 뛰어나지는 않다고 말한다. 클라크와 홀퀴스트는 볼로시노프와 특히 메드베데프가 그들이 쓴 가장 졸렬한 (그리고 가장 마르크스주의적인) 구절들을 제외하고는 그들의 이름이 서명된 텍스트들을 쓸 만큼 지적이지 않았다고 결론짓는다. 그래서 셰익스피어 연구자들은 그의 희곡의 가장 탁월한 구절들만을 셰익스피어가 썼고, 그보다 못한 구절들은 다른 누군가가 썼다고 주장한다.

이러한 논의는 위대한 작가는 반드시 일관되게 뛰어나야만 하고, 그만큼 위대하지 못한 작가는 일관되게 덜 뛰어나야 한다고 가정한다. 이는 정당화되기 어려운 가정이다. 바흐친의 톨스토이 연구서 서문은 같은 해에 출간된 그의 도스토옙스키 연구서만큼 뛰어난가?[11] 게다가 그 주장을 받아들인다면, 바흐친보다는 볼로시노프가 《문학 연구의 형식적 방법: 사회적 시학의 비판적 입문》을 썼음을 입증하는 게 더 쉽다. 볼로시노프는 메드베데프보다 지적으로 뛰어나다고 인정되고 있기 때문이다. 무엇보다도, 저작의 질에 대한 판단 자체가 굉장히 의심스러운 것이라는 데 주의해야만 한다. 《문학 연구의 형식적 방법: 사회적 시학의 비판적 입문》의 제2판 서문에서 블라드 고지히Wlad Godzich가 행한 고찰이 설득력 있어 보인다.

최근 소련에서 아주 강력하게 떠오르고 있는 한 현상에 주의를 기울여야 할 것이다. 그 현상은 바로 바흐친에 대한 진정한('비공식적'이기는 하지만) 숭배다. 그래서 그의 저작들에서 드러나는 의심스러운 측면들 —특히 그것이 마르크스주의적인 견해와 관련될 때—은 공저자 또는 이름을 빌려 준 이들의 탓으로 돌려지고 바흐친은 모든 찬사를 한 몸에 받는 사람이 되고 있다. 오늘날 소련에서 역사를 다시 쓰는 행위는 국가 이데올로기의 전매품이 아니다(고지히, M: FM 서문, ix쪽).

---

11 이 서문의 영역본은 《바흐친 재고: 확장과 도전》에 실려 있다. 이 서문은 그 책에 실려 있는 셔크먼의 〈바흐친의 톨스토이 서문Bakhtin's Tolstoy Prefaces〉과 에머슨의 〈바흐친과 톨스토이의 관련성The Tolstoy Connection in Bakhtin〉에서도 논의된다.

동기를 통한 행위의 입증

클라크와 홀퀴스트는 자신들의 입장을 드러내면서 바흐친이 다른 사람의 이름으로 출판을 하게 된 동기를 설명하는 데 많은 주의를 기울이고 있다. 우리가 보기에 이러한 논의는 본말이 전도된 것이다. 물론 바흐친이 문제의 저작들을 썼다는 주장이 사실로 드러난다면, 사람들은 그가 왜 그렇게 했는지를 알고 싶어 할 것이다. 그러나 누군가가 어떤 일을 행했으리라고 추정할 만한 동기들을 제시할 수 있다는 사실이 그/그녀가 그 일을 했음을 입증하지는 못한다.

소비에트의 맥락에서 가능한 동기와 숨은 의미, 교묘한 전략들을 찾아내기란 특히 쉽다. 출판물에 대한 검열, 구속, 그리고 처벌의 공포가 언제나 중요한 요인들이기 때문이다. 어떤 미국 비평가가 '아이러니'를 발견해 냄으로써 자신의 해석에 반대되는 문장들을 다룰 수 있었던 것처럼, 슬라브학 연구자들은 일찌감치 훈련을 통해 검열관에게 의지하는 법을 배운다. 그리고 러시아의 독창적인 사상가들은 언제나 검열관을 우려하기 때문에 이러한 주장은 언제나 가능하다. 그러나 바로 그렇기 때문에 이러한 주장은 불충분하다. 왜냐하면 원칙적으로 어떤 텍스트에 대한 어떤 해석이든 정당화될 수 있기 때문이다. 러시아에서조차 사람들은 자신들이 의도한 대로 말하는 법이다.

바흐친의 동기를 설명하려면, 클라크와 홀퀴스트는 우선 자신들의 설명에 반대하는 많은 의견들에 대답할 필요가 있다. 그 반대 의견들 중 어떤 것들은 이미 제기된 바 있고, 다른 것들은 필연적으로 제기될 것들이다. 1929년에 《마르크스주의와 언어철학》이 볼로시노프의 이름으로 발표되었다. 같은 해에 《도스토옙스키 창작의 문제들》은 바흐친의 이름으로 출간되었다. 그렇다면 바흐친이 동료의 이름으로 출판하는 방법밖에 없었기 때문에 볼로시노프의 이름을 빌린 것이라고 어떻게 주장할 수 있겠는가? 비마르크스주의자이자 종교인(클라크와 홀퀴스트에 따르면)이었던 바흐친이 왜 매우 강력한 적들에 맞서 마르크스주의를 옹호하려 애썼단 말인가?

클라크와 홀퀴스트는 바흐친이 '별난 농담'을 좋아했다고 주장한다. "바흐친은 악한을 무척이나 좋아했고 엄청난 속임수로 골탕 먹이는 장난을 능숙히 해내고는 즐거워하곤 했다"(클라크·홀퀴스트, 《미하일 바흐친》, 151쪽). 사실상 바흐친이 카니발화 이론을 몸소 보여 줬다는 얘기다. 소비에트의 바흐친 유저 관리자 중 한 사람인 코시노프와의 대화를 부연하면서 앨버트 월은 이러한 해석을 뒷받침한다. "코시노프는 바흐친이 또 다른 '카니발' 타입의 사람들과 어울리는 것을 본 적이 있었다. 바흐친 모임 내에서 이루어진 정체성 바꾸기는 아마 어느 정도는 이러한 카니발적 환경 때문이거나, 아니면 적어도 바흐친이 양가성, 위장, '비공식적'이고 문자화되지 않은 민중적 전통에 매력을 느낀 데서 영향을 받았을 것이다"(월, M: FM 서론, xxi쪽).

간단히 말해서, 바흐친이 행동으로 자신의 이론을 수행했다는 설명이다. 다른 어딘가에서 홀퀴스트는 필명의 사용이 다성성, 대화, 복잡한 저작성에 대한 바흐친 필생의 관심을 극화하는 한 방식이었다고 주장한 적이 있다.[12] 반면에 마르크스주의적 언어로 기독교적 관점을 드러내는 것이

---

12 〈재현의 정치학The Politics of Representation〉이라는 논문에서 홀퀴스트는, 바흐친이 고의로 자신의 이론들을 예증하기 위해 친구들의 이름으로 책을 출판했다고 주장했다. 이는 "그가 자신이 저술한 특정 텍스트들(논란의 여지가 있는 텍스트들)과 맺고 있는 관계를 보여 주는 사례"다(Michael Holquist, 〈재현의 정치학〉, 167쪽). 이와 유사한 구절들이 논문 여러 곳에서 발견된다.

그리스도의 육화를 극화하는 바흐친의 방식이었다고 주장하기도 한다.[13]

물론 바흐친이 실제로 다른 사람의 이름으로 출간했다면 이러한 동기들 때문이었을 가능성도 있다. 그러나 티투니크가 간파한 것처럼, 그렇다면 왜 정체성 바꾸기가 오직 한 방향으로만 진행되었는가?[14] 만일 카니발화가 바흐친 모임을 특징짓는 것이라면, 《도스토옙스키 창작의 문제들》이 전체든 일부분이든 볼로시노프에 의해 씌어졌을 가능성도 마찬가지로 존재할 것이다. 어쨌든 티투니크가 언급하듯이, 카니발 개념은 이 당시 바흐친 저작 어디에서도 아직 나타나지 않았다(티투니크, 〈바흐친 문제: 카트리나 클라크와 마이클 홀퀴스트의 《미하일 바흐친》에 관하여The Baxtin Problem: Concerning Katerina Clark and Michael Holquist's Mikhail Bakhtin〉, 93쪽).[15]

티투니크는 볼로시노프의 박사학위 논문에 대한 이런 식의 설명이 윤

----

13 이러한 논의는 홀퀴스트의 〈재현의 정치학〉에서 이루어졌다. 티투니크는 〈바흐친 문제: 카트리나 클라크와 마이클 홀퀴스트의 《미하일 바흐친》에 관하여The Baxtin Problem: Concerning Katerina Clark and Michael Holquist's Mikhail Bakhtin〉에서 이 논의를 비판한 바 있다. 홀퀴스트는 이렇게 쓰고 있다. "이 시점에(1920년대 후반에) 그의 저작의 이론적 중심점─말씀이 육체가 되었다는 성서적 믿음과 근대 언어학을 어떻게 화해시킬 것인가─은 그의 긴급한 실제적 필요와 중첩되었다. 자신의 저작이 완전히 폐기되기 전에 팔릴 수 있도록 하려면 그 저작의 정신에 적합한 이데올로기적 육체를 어떻게 찾아야 할 것인가? … 기독교적인 말씀이 소비에트적 육체를 취할 수 있으려면 이데올로기적인 가면을 써야 할 것이다"(Michael Holquist, 〈재현의 정치학〉, 172~173쪽). 이러한 신학적 비교가 한낱 유비의 의미만 갖는 것은 아니다. 홀퀴스트는 저작권의 문제와 관련한 바흐친의 사상과 행동을 신학적 맥락에서 설명하고자 러시아정교에 대해 논한 바 있다.

14 Irwin R. Titunik, 〈바흐친 그리고/또는 볼로쉬노프 그리고/또는 메드베데프Baxtin &/or Vološinov &/or Medvedev: Dialogue &/or Doubletalk〉, 8쪽 주 8번.

15 티투니크는 다음과 같이 진술한다. "카니발(그리고 메니포스적 풍자와 같은 관련 주제들)에 대한 바흐친의 관심은 라블레François Rabelais에 대한 저작에서 비롯된 것으로 보인다. 하지만 저자들은, 바흐친의 이력 초창기부터 그의 삶의 환경 자체가 '카니발적'이었다고 주장하면서 그를 처음부터 '카니발적인 사람'으로 간주한다"(Irwin R. Titunik, 〈바흐친 문제: 카트리나 클라크와 마이클 홀퀴스트의 《미하일 바흐친》에 관하여〉, 93쪽). 이에 대해 응답하면서 클라크와 홀퀴스트는 바흐친이 오래전부터 메니포스적 풍자를 잘 알고 있었다는 데 주목한다. 그러나 당연하게도 그것이, 바흐친이 메니포스적 풍자를 카니발과 카니발화의 맥락에서 해석하려고 마음먹었음을을 뜻하지는 않는다.

리적 함의를 품고 있다는 점에도 이의를 제기한다. 클라크와 홀퀴스트에 따르면, 그것은 "아마도 '보고된 발화reported speech'를 어떻게 제시하는가의 문제'"(클라크·홀퀴스트, 《미하일 바흐친》, 110쪽), 즉 《마르크스주의와 언어철학》의 3분의 1에 할애된 문제였다. 만일 볼로시노프가 자신의 학위논문을 직접 썼다면, 틀림없이 《마르크스주의와 언어철학》의 내용들도 쓸 수 있었을 것이다. 하지만 만일 바흐친이 그 학위논문을 썼다면, "바흐친과 볼로시노프는 단순한 '속임수 장난'이 아니라 완전한 사기를 친 것으로, 결코 웃어넘길 사안이 아니다"(티투니크, 〈바흐친 문제〉, 93~94쪽).[16]

바흐친이 자신의 저작을 다른 사람의 것으로 돌림으로써 대화와 육화에 대한 관심을 극화했다는 명제에 대해, 티투니크는 학문적인 저작을 자기 이론의 사례로 만들어야 할 어떤 필연적인 이유도 존재하지 않는다며 반대한다(티투니크, 〈바흐친 문제〉, 94쪽). 바흐친에 대한 최근 미국 비평의 실태를 투사하는 것으로 보이는 이 명제는 의심스럽게도 시대착오적이다. 더욱이 자기 저작을 거짓으로 다른 사람에게 귀속시키는 행위는, 행위가 반드시 '책임 있는' 것이어야 한다는 (《행위의 철학을 위하여》에서의) 바흐친의 기본 신념을 위배하는 것이다. 이는 바흐친에게 '서명'이 근본적으로 윤리적 행위라는 사실을 상기시킬 것이다. 그리고 모임 내 논의를 거쳐 산출된 책들을 한 개인에게 귀속시키는 것은 대화를 극화하기에는 너무나 이상한 방식이라는 점을 덧붙일 수 있겠다.

---

16 티투니크는 "혹시 그것은 유머 감각의 문제일 뿐인가?"라고 묻는다(Irwin R. Titunik, 〈바흐친 문제〉, 93쪽). 클라크와 홀퀴스트는 볼로시노프가 학위논문을 종결짓지 못했고, 어떤 기록도 남아 있지 않아서 "최종적인 답변은 할 수 없다"고 답한다(Katerina Clark · Michael Holquist, 〈계속되는 대화A Con-tinuing Dialogue〉, 98쪽)

마르크스주의적인 책은 과연 마르크스주의적인가

저작권이 문제가 되는 이유 중 하나는, 그것이 세련되고 비환원적인 마르크스주의 비평의 중요한 표본으로 여겨져 온 세 권의 책의 지위와 직접적으로 관련되어 있다는 데 있다. 만일 바흐친이 마르크스주의자가 아니라면, 그리고 바흐친이 《마르크스주의와 언어철학》, 《문학 연구의 형식적 방법: 사회적 시학의 비판적 입문》, 《프로이트주의: 비판적 스케치》를 썼다면, 이 책들의 마르크스주의는 클라크와 홀퀴스트가 주장하는 것처럼 한낱 '눈속임'에 불과한 것으로 밝혀질 것이다(클라크·홀퀴스트, 《미하일 바흐친》, 168쪽). 반면, 만일 볼로시노프와 메드베데프가 실제 저자라면, 그럼에도 이들이 바흐친에게서 강한 영향을 받았다면, 이 책들의 마르크스주의는 진지하게 취급될 수 있을 것이다. 이 책들은 세련된 마르크스주의적 문화이론을 구성하려는 시도들로서, 암호화된 신학이라기보다 그 당시 소련에서 지배적이었던 단순한 마르크스주의에 대한 대안을 만들어 내고 있다.[17]

부분적으로 이러한 논의는 사람들이 논란의 여지가 있는 텍스트들을 읽는 방식에 의존한다. 클라크와 홀퀴스트는 "바흐친이 쓰지 않았음을 입증하는 데 인용되는 《프로이트주의: 비판적 스케치》의 마르크스주의적 측면은 과장되어 왔다"고 주장한다(클라크·홀퀴스트, 《미하일 바흐친》, 164쪽). 《마르크스주의와 언어철학》과 관련해서 클라크와 홀퀴스트는, "이 책을 읽으면 읽을수록 마르크스주의적 술어는 점점 더 시야에서 사라져 간다"고 주장한다(클라크·홀퀴스트, 《미하일 바흐친》, 166쪽). 그러나 우리 시야에서는 사라져 가

---

17 이 점은 《문학 연구의 형식적 방법: 사회적 시학의 비판적 입문》 재판(1985)에 실린 고지히의 서문 참조.

지 않는다. 우리는 독자들에게 직접 시험해 보라고 권한다.

클라크와 홀퀴스트는 우리가 바흐친의 저작들에 대해 가지고 있는 두 가지 견해에 의문을 제기하고자 한다. 첫째, 그들은 바흐친의 모든 핵심적인 생각들이 이미 (1924년 이전의) 초기 저술들에 등장했고, 이후에는 그가 그 생각들을 표현하거나 적용하는 다른 방식들을 찾았을 뿐이라고 주장한다. 홀퀴스트가 쓰고 있듯이, 바흐친의 최초 저작은 **"바흐친이 그 이후 필생에 걸쳐 품을 수 있었던 모든 주요한 생각들을 맹아적인 형태로 간직하고 있다"**(홀퀴스트, 〈재현의 정치학The Politics of Representation〉, 171쪽)는 것이다. 둘째, 그들은 바흐친의 근본적인 관심사가 종교적이었고, 그래서 그의 저작들은 위장된 신학이라고 주장한다. 그들이 바흐친의 초기 저작을 명백히 신학적인 것으로 규정하고 있기 때문에, 두 가지 논점은 긴밀히 연관되어 있다. 논란의 여지가 있는 텍스트들의 마르크스주의를 다루는 그들의 논의는 이러한 전제들에 기초해 있다.

그들에게 문제는, 그들이 그렇게 믿는 '종교적 인간'이 왜 자신의 생각을, 특히 러시아에서 종교 박해가 극에 달했던 시절에 일종의 마르크스주의로 제시하고자 했는가 하는 점이다. 육화에 대한 논의에 덧붙여, 그들은 자아와 타자의 관계에 대한 초기 바흐친의 칸트주의적 고찰이 이미 '사회적'인 성격을 지니고 있었기 때문에 바흐친식 종교는 마르크스주의에 적대적이지 않았다고 말한다. 그러나 이렇게 느슨한 의미에서라면 거의 모든 문화이론이 사회적이라고 말할 수 있을 것이다.

이와 동시에 클라크와 홀퀴스트는, '필명을 쓴' 텍스트의 마르크스주의는 단순한 눈속임이지만, 그럼에도 바흐친은 마르크스주의에 적대적이지 않았다는 두 가지 전제를 지니고 있다. 예컨대 그들은 도스토옙스키 연구서의 (또는 그 책 일부분에서의) 논의가 "일반적인 의미에서 마르크스주의적"이라고 주장한다(클라크·홀퀴스트, 《미하일 바흐친》, 154쪽). 그들은 그 증거로서, 자본주의가 따로 떨어져 있던 각양각색의 사회적 집단들을 결합하고 개인성에 대한 예민한 감각을 만들어 냈기 때문에 다성적 소설은 '자본주의 시대에만 실현될 수 있다'고 한 바흐친의 말을 인용한다.[18] 그러나 아무리 '일반적인 의미'에서라 할지라도 소설 장르, 중간계급의 발흥, 그리고 개인적 정체성에 대한 관심 사이의 관계를 눈여겨보는 것을 특별히 마르크스주의적이라고 하기는 어렵다. 서양의 경우 이 명제는 비마르크스주의적 소설 비평에서 일종의 판에 박은 문구에 불과하며, 러시아에서도 비마르크스주의적인 도스토옙스키 비평에서 자주 볼 수 있는 상투어이다. 클라크와 홀퀴스트는 명백하게 변증법을 비판하는 도스토옙스키 연구서 구절들에 대해서는 아무런 언급도 하지 않는다.[19]

클라크와 홀퀴스트는 명백하게 마르크스주의적인 바흐친의 두 가지 텍스트, 즉 바흐친이 1929년판 톨스토이 작품집에 실은 두 개의 서문(TP1과 TP2 참조)을 언급한다. 현명하게도 그들은 이 점을 고집하지 않는다. 관련된 모든 점들을 고려하면, 이 에세이들의 마르크스주의는 사실 일종의 '눈속임'처럼 보인다. 그것은 바흐친의 다른 저작들이 지닌 담론적 개방성만큼이나, 논란의 여지가 있는 텍스트들의 정교하고 탄력적인 마르크스주의와도 거리가 멀다. 클라크와 홀퀴스트는 앤 셔크먼Ann Shukman의 논문 〈바흐친의 톨스토이 서문Bakhtin's Tolstoy Prefaces〉 초고를 인용한다. 여기에서 셔크먼은 톨스토이 서문이 사실 패러디적인 것일 수도 있음을 암시한

---

18 우리는 이 책의 뒷부분(제7장 참조)에서 바흐친의 이 견해를 다르게 해석한다. Ann Shukman, 〈바흐친의 톨스토이 서문〉 참조.
19 예컨대 도스토옙스키의 '정신의 변증법적 발전'이라는 엥겔하르트Boris Engel-hardt의 이론에 대한 바흐친의 대응 참조(PDP, 22~26쪽). 이 비판은 도스토옙스키 연구서 초판에서 훨씬 더 두드러진 위치를 점하고 있었다.

다(클라크 · 홀퀴스트, 《미하일 바흐친》, 377쪽).

끝나지 않는 논쟁

클라크와 홀퀴스트는 1986년 티투니크와 모슨에 응답하면서 몇 가지 낯익은 근거들을 되풀이하는 가운데 새로운 논거들도 만들어 냈다. 그런데 그 가운데 몇몇은 티투니크가 이미 예견한 것들이었다.

첫째, 클라크와 홀퀴스트는 "풍문에 따른 증거"란 "직접적 지식에 대한 요구들에 따라 변화하고 무관심성의 정도에 따라 달라지는 증언"에 의해 제공된다는 점, 그리고 자신들이 그 증언이 "당장 폐기될" 수는 없음을 주장한다 해도 그 자체로는 충분치 않다는 사실을 인정한다(클라크 · 홀퀴스트, 〈계속되는 대화A Continuing Dialogue〉, 96쪽). 또한 "텍스트들 그 자체"의 증거가 실상을 입증하지 못한다는 점도 인정한다. 그리하여 그들은 새로운 증거를 제시하기에 이른다.

클라크와 홀퀴스트는 《미하일 바흐친》에서 바흐친이 메드베데프와 볼로시노프의 이름으로 씌어진 저작들 이외에 제3의 친구인 카나예프I. I. Kanaev의 이름으로 간행된 논문도 썼다고 주장했다. 그러나 책에는 이 주장을 뒷받침할 만한 그 어떤 증거도 제시되어 있지 않다. 그래서 티투니크는 이 논의를 무시했다. "카나예프가 쓴 논문 역시 바흐친의 것이라고 치부되고 있지만, 오직 클라크와 홀퀴스트만이 그렇게 여기고 있기 때문에 그 논문은 논란의 여지가 있는 텍스트라고 할 수 없다"(티투니크, 《바흐친 문제》, 93쪽). 문제의 논문은 카나예프의 〈현대 생기론Contemporary Vitalism〉(1926)이다.

요약하자면, 클라크와 홀퀴스트는 ① 카나예프의 논문을 바흐친이 썼

음을 보여 주는 증거를 자신들이 갖고 있지만 제시할 수는 없다는 점, ②
바흐친이 카나예프의 논문을 썼다면 메드베데프와 볼로시노프의 저작들
도 쓸 수 있었음을 주장한다. 우리가 보기에 두 번째 진술은 첫 번째 진
술에서 도출되는 것이 아니다. 지적했듯이, 소비에트의 맥락에서 출판 검
열과 국가 통제는 종종 복잡한 시나리오를 만들어 내곤 한다. 하지만 문
제가 되는 것은 바흐친이 볼로시노프와 메드베데프의 저작들을 썼는가
하는 것이지, 그가 소비에트의 수수께끼 같은 출판 술책의 관례를 따랐
는가 하는 것이 아니다.

클라크와 홀퀴스트는 바흐친이 생기론 에세이를 썼다는 주장을 뒷받침
하고자, 카나예프가 이 논문의 저자가 바흐친임을 직접 '확증'했다고—비
록 두 사람에게 직접 확증해 준 것은 아니지만—진술한다(클라크·홀퀴스트, 〈계
속되는 대화〉, 96쪽).[20] 클라크와 홀퀴스트는 카나예프가 누구에게 이런 확증을
했는지 왜 밝힐 수 없는지, 그리고 왜 저작권 문제와 관련된 다른 증거를
밝힐 수 없는지를 해명하고자 바흐친의 '마르크스주의'와 '기독교'를 포함
한 관련 쟁점들의 민감함을 언급하고, 많은 사람들이 이 쟁점들에 관한
정보를 제공해 주었지만 그들의 신원을 확인하지는 않았다고 진술한다.
물론 소비에트적 맥락에서 그러한 상황은 매우 흔하다.

이 논의에 대한 하나의 대답은 클라크와 홀퀴스트가 대응하는 티투니
크의 에세이에 이미 암시되어 있다. 티투니크는 정보가 입증될 가능성이

---

[20] 클라크와 홀퀴스트는 이렇게 쓰고 있다. "아주 분명히 서술하자면, 카나예프는 아직 생존해
있으며(적어도 우리가 이 책을 쓸 때는 생존해 있었다), 따라서 (생기론에 관한) 그 문제의 텍
스트를 실제로 바흐친이 썼다는 주장을 부정하거나 비준할 수 있다"(Katerina Clark · Michael
Holquist, 〈계속되는 대화〉, 97쪽). 카나예프는 바흐친의 저작권을 누구에게 확증했는가? "우
리가 책에서 분명히 밝혔듯이, 우리는 그와 직접 인터뷰하지 않았다(서둘러 덧붙이자면, 인터
뷰를 시도하지 않았다)"(Katerina Clark · Michael Holquist, 〈계속되는 대화〉, 97쪽).

없고 정보의 원천이 사심 없는 것이라 볼 수 없을 때는 그것을 의심해야 하는 학자의 책임을 언급한다. 또한, 바흐친에 대한 클라크와 홀퀴스트의 노골적인 열광이 그들을 정도正道에서 벗어나게 했으리라고 지적한다. 티투니크는 다른 많은 주석가들과 마찬가지로 클라크와 홀퀴스트의 전기에서 강력한 성인전聖人傳의 요소를 발견한다. 두 사람은 자신들의 근거를 확신했겠지만, 그 근거들이 어떠한 의심을 거쳐 평가되었는지, 그리고 질문들이 얼마나 정확하게 제기되었는지 우리가 어떻게 판단할 수 있는가?[21]

티투니크는 바흐친의 저작을 일종의 암호로 이루어진 신학으로 읽으려한 클라크와 홀퀴스트의 시도를 특히 강조한다.[22] 바흐친이 종교적이었든

---

21 티투니크는 이렇게 쓰고 있다. "내 생각에 그들 노력의 결과는 연구가 아니라 일종의 변론서와 같은 것 혹은 그보다 더한 것이다. 클라크와 홀퀴스트는 성인전, 즉 (그들이 바흐친과 비교하는 아인슈타인과 같은) 사상의 '성인'과 기독교의 '성인', 더 나아가—그들의 관점에서는—특히 러시아정교의 성인에 대한 이야기…라고 평가할 만한 것을 만들어 냈다. … 내가 말하고자 하는 것은, 클라크와 홀퀴스트가 바흐친의 지적이고 기독교적인 고결함을 입증하고자 하지 않았다는 사실이 아니라—이는 내가 주로 반대하는 것인데—지금 필요한 것은 결코 성인전이 아니라는 사실이다"(Irwin R. Titunik, 〈바흐친 문제〉, 91쪽). 티투니크에 따르면, 우리는 저작의 전체적인 취지를 통해, 그리고 신뢰성과 정확성과 입증 가능한 주의 깊은 주장을 통해 판단해야만 한다. 그리고 티투니크는, 그들 저작이 지니고 있는 문제가 이것으로 끝나는 것이 아니라고 덧붙인다. 티투니크는 클라크와 홀퀴스트의 전기에 있는 사실과 증거 자료 상의 오류들을 열거한다. Irwin R. Titunik, 〈바흐친 문제〉, 95쪽 참조.
'성인전'에 대해 덧붙여 보자. 때때로 최근 소비에트 출판물에 실리는 회고담은 바흐친 숭배의 기원이 1960년에 있다고 말한다. 대중잡지인 《돈Don》의 문학과 삶에 대한 대담 코너에서 코시노프는 동료 대학생인 보차로프, 젠나디 가체프Gennadi Gachev와 함께 사란스크에 있는 바흐친을 방문했던 일을 이야기한다. 이때 가체프가 무릎을 꿇고 "미하일 미하일로비치 선생님, 우리가 당신처럼 되려면 어떻게 살아야 하는지 가르쳐 주십시오"라고 애원했다고 한다(Vadim Kozhinov, 〈이랬다더라Tak eto bylo〉, 159쪽).
정신적인 고아 상태에 놓여 있던 이 세대에게 바흐친은 훨씬 창조적인 아득한 시대에 기적적으로 살아남은 생존자처럼 여겨졌다.

22 티투니크는 "바흐친은 종교적 인간이었다"(Katerina Clark · Michael Holquist, 《미하일 바흐친》, 제5장의 첫 구절)라는 정언적 주장에도 불구하고 그 이유를 정확히 제시한 곳은 거의 없다는 점을 지적한다. 클라크와 홀퀴스트는 그 당시의 종교 모임들에 대해서만 되풀이하여 설명하고, 결국 바흐친이 그 모임들에 속했다는 어떠한 증거도 없다는 결론에 도달한다. 티투니크는 그럼에도 불구하고 그들이 바흐친의 종교성에 대한 정언적 주장을 접지 않는다고 지적한다. 독자들은 그들의 설명이 얼마만큼 증거들에 기대고 있는지, 그리고 얼마만큼 "상

아니든, 저술 전체를 은폐된 신학으로 만들지 않았더라도 종교적일 수는 있다. 특히 티투니크는 그들의 전기가 바흐친의 초기 저작들을 규정하는 방식에 반대한다(클라크와 홀퀴스트는 바흐친의 초기 저작들이 '응답 가능성의 건축술'이라고 명명되는 하나의 거대한 저작의 일부분이라고 믿는다). 클라크와 홀퀴스트가 집중하는 텍스트인 〈심미적 행위에 있어서 저자와 주인공〉은, 그들이 규정한 바에 따르면 대체로 신학적인 것으로 보일 수도 있지만, 사실 "〔그들의 설명에서〕 다루어지는 단편의 '그리스도론적' 구절들—그들에게는 핵심적인 구절들—이란 〔175쪽 중〕 대략 한 쪽 반 분량이다"(티투니크, 〈바흐친 문제〉, 92쪽). 더욱이 그들은 자신들이 바흐친의 생각을 풀어서 부연한 것과 자신들의 '여록餘錄 및 여담'을 구별하지 않으며, 그리하여 "무엇이 바흐친의 생각이고 무엇이 부연한 것인지를 식별하려면 원 텍스트를 잘 알고 있어야 한다"(티투니크, 〈바흐친 문제〉, 92쪽). 최근에 출간된 초기 수고 〈행위의 철학을 위하여〉를 검토한 결과, 바흐친의 초기 저술을 신학적으로 특징짓는 데 대한 티투니크의 반대가 옳았음을 확인할 수 있다(모슨·에머슨, 《바흐친 재고: 확장과 도전》 서문 참조).

티투니크는 이 부연에 대해 한 가지를 더 지적하는데, 우리는 그에 대해서도 동의한다. 티투니크는 클라크와 홀퀴스트가 일종의 전기적인 시대착오를 범하고 있다고, 즉 바흐친의 초기 수고를 그것이 씌어진 시기가 아닌 후기 저작들이 씌어진 때의 언어와 개념으로, 자신들이 후기 개념들을 끌어들이고 있다는 사실에 대해 어떠한 고지도 하지 않은 채 부연한다고 비난한다(티투니크, 〈바흐친 문제〉, 93쪽). 클라크와 홀퀴스트의 '건축술' 장을 읽는 독자는, 〈심미적 행위에 있어서 저자와 주인공〉, 〈행위의 철학을 위하여〉, 〈예

상과 추측, 짐작"에 기대고 있는지 알 수 없다(Irwin R. Titunik, 〈바흐친 문제〉, 92쪽).

술과 응답 가능성(원문 그대로)〉을 도스토옙스키 연구서 및 〈소설 속의 담론〉과 마찬가지로 대화에 관한 긴 논의로 여길 수 있다. 그러나 사실은 그렇지 않다. 우리가 보기에 책임otvetstvennost'을 **응답 가능성**answerability으로 번역하고 사용하는 것 자체가 일종의 시간착오다. 왜냐하면 이 단어는 그 당시 바흐친의 저작에서 언어와 대화가 중심에 놓여 있었음을 시사하기 때문이다. 입수 가능한 텍스트들은 그러한 견해를 뒷받침하지 않는다.[23] 물론 바흐친의 후기 사상 전체가 이미 초기 텍스트에 제시되어 있다는 클라크와 홀퀴스트의 명제를 받아들인다면, 시간착오의 문제는 핵심적인 것이 아니다. 그러나 그 명제 자체가 논쟁의 여지가 있다.

클라크와 홀퀴스트가 이러한 '맹아론'을 주장할 당시에는 서양 학자들 가운데 오직 그들만이 〈행위의 철학을 위하여〉를 입수했다. (이 책이 인쇄될 당시에 세 편의 초기 텍스트 중 어떤 것도 영역판으로 나와 있지 않았다.) 티투니크의 핵심 주장은 이 텍스트들이 다양한 방식으로 해석 가능하다는 점, 입증되지 않은 증거는 당연히 의심할 필요가 있다는 점, 이전에 접할 수 없었던 텍스트들이 공개될 경우 결론을 재평가할 필요가 있다는 점이다.

니나 펄리나는 카나예프의 논문 〈현대 생기론〉을 바흐친의 것으로 보는 클라크와 홀퀴스트에게 또 다른 차원의 이의를 제기한다.[24] 1922년 소련에서 추방된 철학자 니콜라스 로스키Nicholas Lossky(1870~1965)가 추방당하기 직전에 《현대 생기론》이라는 소책자를 출판했다고 한다. 바흐친은 분명 로스키의 책을 잘 알고 있었으며, 〈행위의 철학을 위하여〉에서 이

---

23 〈재현의 정치학〉에서 홀퀴스트가 내건 제목은 여전히 책임의 건축술이다(Michael Holquist, 〈재현의 정치학〉, 171쪽).
24 Nina Perlina, 〈바흐친 포럼에 가는 길에 생긴 흥미로운 일들〉, 특히 15~17쪽(니콜라스 로스키Nicholas Lossky의 철학적 저술과 그것이 바흐친에게 갖는 중요성에 대한 글)과 17~21쪽(문제적인 '카나예프' 논문에 대한 글) 참조.

책에 대해 매우 긍정적으로 언급하고 있다(KFP, 92쪽). "생기론에 대한 로스키의 소책자를 바흐친의 말썽 많은 텍스트들에 대한 논의에 끌어들이는 것은 인과응보나 마찬가지"라고 펄리나는 진술한다(펄리나, 〈바흐친 포럼에 가는 길에 생긴 흥미로운 일들Funny Things Are Happening on the Way to the Baxtin Forum〉, 18쪽). 왜냐하면 카나예프(또는 바흐친)의 논문 〈현대 생기론〉이 로스키 소책자의 많은 부분을 되풀이하고 있기 때문이다. 1926년에 (추방인의 저작을) 언급하는 것은 경솔한 행위였을 것이다. 카나예프(또는 바흐친)는 로스키의 결론을 뒤집음으로써, "소비에트 검열 기관 때문에 이미 국내에서 유통되지 않았던 로스키 책의 상당 부분을 끌어"올 수 있었다(펄리나, 〈바흐친 포럼에 가는 길에 생긴 흥미로운 일들〉, 20쪽). "바흐친이 자기 이름으로 적어도 하나의 텍스트를 출간했다는 카나예프의 진술이 틀리지 않는다고 해도, 우리는 여전히 바흐친이 **정말로 그 논문을 썼는지** 여부를 확신하지 못한다"(펄리나, 〈바흐친 포럼에 가는 길에 생긴 흥미로운 일들〉, 20쪽). 만일 바흐친이 "자기 친구인 카나예프를 위해 생기론에 대한 로스키의 소책자 일부분을 베껴 썼다면", 그 때문에 바흐친이 저자가 되는 것인가? 카나예프가 바흐친의 저작권을 인정했을 때 그가 정확히 뭐라고 말했는가, 그리고 그의 승인을 얼마나 신뢰할 수 있는가? 이 문제들은 실로 복잡하며, 메드베데프와 볼로시노프의 책들을 둘러싼 정황과는 전혀 다른 상황에서 비롯되는 것으로 여겨질 수 있다. 어쨌든 카나예프 건과 관련한 증거는 《문학 연구의 형식적 방법: 사회적 시학의 비판적 입문》과 《마르크스주의와 언어철학》의 저자가 바흐친임을 밝히는 문제와 멀리 떨어질 수 없다.

기억해야 할 것은, 클라크와 홀퀴스트가 일화적 증거로도 텍스트 그 자체의 증거로도 자신들의 주장을 입증할 수 없음을 인정했다는 사실이다. 그리하여 그들은 카나예프 건이 이를 입증한다고 주장하는 듯하다.

카나예프 건은 볼로시노프와 메드베데프 텍스트들과는 관계가 없기 때문에, 이 새로운 주장이 과거 주장의 결함을 바로잡을 수는 없어 보인다. 그러므로 논란의 여지가 있는 텍스트들을 바흐친이 쓴 것이라고 계속해서 주장할 만한 근거가 어디에 있는지 이해하기 어렵다.

무엇보다 왜 그것이 문제가 되어야 하는가?

문제가 되는 것

> 비평가들은 종종 저자를 만들어 낸다. 그들은 비슷하지 않은 두 개의 작품—이를테면 《도덕경》과 《천일야화》—을 골라 그것들을 동일한 작가에게 귀속시키고는 이 흥미로운 문학가의 심리학을 아주 세심하게 규정한다. - 보르헤스, 〈틀뢴, 우크바르, 오르비스 테르티우스Tlön, Uqbar, Orbis Tertius〉, 13쪽

독창적이고 도전적인 견해를 가진 모든 사상가는 어느 정도 오해를 받게 되고 피상적인 독서 대상이 되기도 하며 술어들을 부주의하게 전유당하기도 한다. 바흐친의 경우, 지연되고 일관되지 못한 번역으로 인해, 러시아의 비평 사상과 언어 사상의 전통에 대한 무지로 인해, 그리고 극히 적은 미국인들만이 그의 텍스트를 원문으로 읽을 수 있다는 사실로 인해 쉽게 이해받지 못했다. 이 요인들에, 텍스트들이 긴장된 러시아의 상황에서 나왔다는 사실과 그 텍스트들이 미국에서의 논쟁 속으로 급속히 휩쓸려 들어갔다는 사실을 덧붙인다면, 바흐친의 저작이 흔히 기대에 어긋난 방식으로 읽혀 왔다는 사실은 더 이상 놀랍지 않다. 논란의 여지가 있는 텍스트들에 대한 논쟁은 그의 사상을 해석하는 일과 관련하여 안 그래도 복잡한 문제들에 그 이상의 특별히 모호한 층을 덧씌웠다.

제국주의 국가들이 영토 확장을 통해 강해지기보다는 오히려 약해지 듯, 제국주의적 전기 작가와 해석가들의 주장은 바흐친 이해라는 대의 를 해칠 수 있다. 많다고 해서 언제나 더 나아지거나 강해지는 것은 아니 다. 볼로시노프와 메드베데프가 서명한 저작들을 바흐친에게 귀속시키려 는 시도는 이 책들에 대한 연구와 바흐친 저작들이 갖는 의미를 모호하 게 만들어 왔다. 바흐친을 마르크스주의자나 기호학자로 제시하려 한 초 기 시도들은 여전히 많은 독자들에게 영향을 미치고 있다. 그래서 바흐친 의 텍스트들이 그 자체로 정당화되지 못하고 모순되기까지 하다는 가정 하에 바흐친 텍스트들을 대하게 된다. 볼로시노프와 메드베데프 저작들 의 마르크스주의를 일종의 '눈속임'으로 읽으려는 시도들은 이 책들의 의 미에 대한 진정한 고찰을 희생시키는 난해한 독서 전략을 초래한다. 이로 써 혼란과 축소가 일어나고, 서로 다른 세 사상가들의 사상을 동일한 것 으로 취급하려다 모든 사상을 놓치게 된다.

볼로시노프와 메드베데프의 저작들은 진정으로 마르크스주의적이다. 우리가 보기에 이 저작들은 복잡하고 읽을 만한 가치가 있는 형식의 마 르크스주의를 제시하고 있어, 우리 세기의 언어와 문학에 대한 유력한 저 작들에 속한다. 특히 《마르크스주의와 언어철학》이 그러하다. 볼로시노 프와 메드베데프의 책과 논문들은 바흐친이 쓴 것이 아니라 단지 영향을 준 것일 뿐이라는 생각 때문에 무시되어서는 안 된다. 바흐친이라는 이름 만으로 신비한 아우라가 생기던 시절은 지나갔다.

바흐친은 마르크스주의자도 기호학자도 아니었다. 또한, 프로이트주의 자도 형식주의자도 아니었다. 초기 수고들이 예증해 주듯이, 그가 볼 때 이 모든 접근법들은 극히 파괴적인 방식으로 이론주의의 오류를 범하고 있을 뿐이다. 우리가 살펴본 바와 같이, 바흐친 사상의 근본 교의敎義는 진정하고 가치 있는 지식이란 체계가 되어서는 안 된다는 것이고, 대상을 체계로 기술해서도 안 된다는 것이다. 이와 반대로 오직 체계만 있고 그 밖에는 아무것도 없다고 생각한다면, 언어·문학·윤리학·정신·역사·문화의 가장 중요한 측면들을 상실하고 말 것이다. 바흐친은 이러한 그릇된 가정에서 길을 찾는 데 지적인 생애 전체를 바쳤다. 따라서 그를 마르크스주의자, 기호학자, 구조주의자 또는 그 어떤 주의의 지지자로 설명한다면 그의 사상은 평범한 것이 될 수밖에 없다.

〈행위의 철학을 위하여〉에서 바흐친은 사건들의 '사건성'을 상실하게 만드는 방식으로 사건들을 '전사轉寫'하는[옮겨 적는] 이론주의를 비난한다. 말기에는 독백화라는 개념이 전사 개념을 대체한다. 분명 바흐친은 독백화와 전사가 그 나름의 적법한 용법을 지니고 있음을 인정한다. 예컨대 자연과학에서 연구자는 분명 독백적 명제 같은 반복 가능하고 안정적인 것에 관심을 둔다. 살아 있는 언어라 할지라도 사어死語를 해독하는 사람들은 체계적인 문법으로 약호화될 수 있는 것에 관심을 가질 수 있다. 그러나 인문학 대부분의 영역에서 독백화는 탐구되는 대상의 본질을 파괴한다.

분명 볼로시노프와 메드베데프는 모든 종류의 체계에 대해 이처럼 적대적이지는 않았다. 그들은 바흐친의 특정한 개념들 일부를 공유하고 있었고, 그 개념들이 체계로 통합될 수 있음을 보여 주었던 것처럼 보인다. 볼로시노프는 언어를 대화적인 것으로 설명했지만, 이 설명을 마르크스주의적이고 변증법적인 체계 안으로 통합했다. 그가 이러한 전환을 꾀했다는 사실은, 바흐친의 특정 개념들이 반드시 그것들이 효과적으로 작용하도록 되어 있는 전체적인 틀에 의존하는 것은 아니라는 점을 너무도 잘 드러내 준다. 볼로시노프와 메드베데프는 바흐친의 생각들을 이용해 문학과 언어에 관한 뛰어난 책들을 썼다. 그러나 우리가 보기에 이 책들은 대체로 교육적인 시각에서도 그 정신에서도 바흐친과는 근본적으로 거리를 두고 있다. 이 책들은 탁월한 책들이지만 바흐친의 책은 아니다. 그 것들은 바흐친의 사상을 고도로 정교하게 **독백화**한 것들이다.

이상한 일이지만, 위대한 대화의 제창자를 지지하는 이들이 심오한 대화적 관계를 독백화하고 말았다. 바흐친이 종종 말하곤 했듯이, 진정한 대화는 서로 다른 목소리들을 융합하는 종합(변증법적인 것이든 다른 어떤 것이든)을 만들려는 시도 때문에 파괴된다. 우리는 바흐친, 볼로시노프, 메드베데프 사이의 관계가 진정으로 대화적이었다고 생각한다.[25] 독자들이 이들 가운데 누군가를 선택할 기회를 빼앗긴다면 그만큼 안타까운 일이 없을 것이다.

논란의 여지가 있는 텍스트들을 바흐친에게 귀속시키는 것이 바흐친의 지적 발전에 대한 독자들의 감각을 얼마나 모호하게 만드는지 정확히 말하기는 어렵다. 다만, 그것이 초래하는 왜곡이 상당하리라는 점만은 분명하다. 1920년대를 살면서 〈행위의 철학을 위하여〉, 〈심미적 행위에 있어서 저자와 주인공〉, 《도스토옙스키 창작의 문제들》, 《마르크스주의와 언어철학》, 《프로이트주의: 비판적 스케치》, 《문학 연구의 형식적 방법: 사회적 시학의 비판적 입문》과 같이 판이하게 다른 저작들을 쓴 사상가라는 이미지를 만들어 내려는 시도는 바흐친이 가지고 있던 관심사의 윤곽을 불명확하고 불투명하게 만들 뿐이다. 체호프가 고리키의 저작들을 썼다고 믿게 되면, 체호프에 대한 (또는 고리키에 대해서도) 우리의 감각이 더 정

---

[25] 이들의 관계가 대화적이라는 것을 받아들인다면, 우리가 여기에서 제기하지 않은 또 다른 문제가 드러난다. 바흐친에 대한 볼로시노프의 '독백화'와 메드베데프의 '독백화' 사이에는, 그리고 그들 각각의 마르크스주의 시학 사이에는 어떠한 차이가 있는가?

확해질까? 굳이 납득시키려 하는 대신에 우리는 보르헤스의 우화를 제시했다.

동일성과 필명 대신에 대화와 영향의 맥락에서 생각하게 되면 다른 가능성들이 보인다. 만일 바흐친이 볼로시노프와 메드베데프에게 영향을 끼쳤다면, 어째서 그 반대는 안 되는가? 그럴 가능성도 얼마든지 있다. 자아와 타자에 대한 성찰이 모두 사회학적이라는 평범한 의미에서가 아니라면, 바흐친의 초기 저술은 전혀 사회학적이지 **않았다**. 그러나 1930년대와 1940년대 그의 저술들(예컨대 〈소설 속의 담론〉과 라블레 연구서)은 철저히 사회학적이었다. 자신의 생각이 강렬한 마르크스주의로 번역된 결과를 보고 나서 그런 변화를 일으킨 것은 아닐까? 자신의 생각에 상당 정도 기초를 둔 정교한 사회학적 시학의 도전에 직면했을 때, 바흐친은 마르크스주의적이지 않은 사회학적 언어이론과 문학이론으로 그에 대응했던 것으로 보인다. 그는 친구들의 도전에 대해 이론주의 없는 사회학으로 응답했다. 그는 마르크스주의가 사회학적 문제들을 고찰하려는 사상가들에게 많은 자극을 주었음에도 불구하고, 그 문제들에 대한 해답을 주는 데는 부족하다고 생각했던 듯하다.

제2부

저자성의
문제

제4장

메타언어학:
저자성의 대화

MIKHAIL
BAKHTIN

> 대화적 관계 특유의 본성. 내적 대화주의의 문제. 언표들 간 경계들의 봉합선. 겹
> 목소리의 말 문제. 대화로서의 이해. 여기서 우리는 인문학 내부에서 언어철학
> 및 사유의 미개척 영역으로, 그 처녀지로 다가가고 있다. 저자성(창조하는 개인)
> 문제에 대한 새로운 진술로. – PT, 119쪽

언어를 대화적으로 보는 발상은 1924년 이래로 바흐친 사유의 중심을 차
지해 왔다. 바흐친은 이를 기반으로 심리와 문화를 설명함으로써 소설에
관한 뛰어난 담론이론을 전개할 수 있었다. 이 주제는 다음 장에서 살피
기로 하고, 여기에서는 바흐친으로 하여금 언어와 관련한 전통적인 분과
학문들(문체론, 시학, 언어학)의 위대한 삼두정치의 막을 내리게 한 핵심 이
념들을 조망하려 한다.

바흐친은, 자신이 이러한 분과 학문들을 논박하는 이유가 언어에 관한
그 분과 학문들의 서술 내용에 단순히 대화적 차원을 하나 '첨가'하는 데
있지 않음을 강조한다. 오히려 그는 대화의 본성과 중요성을 제대로 평가
하지 못하는 무능력 때문에 그 분과 학문들을 근본적으로 재고해야 한
다고 여긴다. 몇몇 지엽적이고 제한된 목적들에는 소용될지 몰라도, 이러
한 분과 학문들의 통찰은 무용지물이 되었고, 연구 대상에 접근하는 방
법에서부터 방향을 잘못 잡고 있다는 것이다. 그러므로 (바흐친의 비유 중
하나를 사용하자면) 프톨레마이오스의 우주는, 물론 그 공헌을 무시할 수
는 없겠지만, 근본적으로 우주에 대한 잘못된 상을 심어 주었다. 만약 그
우주가 잘못된 것이라면, 그것은 장차 사소하지만 더 많은 그릇된 결과
들을 낳을 수밖에 없다.

바흐친이 말하는 전통적 언어학이란 앞선 세기의 위대한 유산만을 의
미하지 않는다. 오히려 그것은 특히 소쉬르와 그의 영향을 받은 사람들
(형식주의자, 구조주의자, 그리고 나중에는 기호학자)의 작업을 가리킨다. 그

는 전통적 언어학의 전형적인 오류가 특히 소쉬르의 저작에서 분명히 드러난다고 느꼈다. 그래서 소쉬르의 저작을 전통적인 언어 사상의 증류된 본질로서 문제 삼았던 것이다. 문체론에 대한 비판은 또다시 학파들 간의 경쟁에 끼어들겠다는 뜻이 아니다. 바흐친은 그 기획의 근거 자체를 거부했다. 언어학과 마찬가지로, 문체론은 근본적으로 재고되어야만 한다. 시학에 대한 그의 급진적 비판은 다음 장에서 살펴보기로 하고, 여기서는 바흐친이 시학을 언어학과 문체론이 제공하는 것과 똑같은 언어 개념에 의존하는 것으로 간주했다는 점에 주목하고자 한다. 이 모든 분과 학문들은 언어의 이데올로기들이다. 바흐친에 따르면, 그 이데올로기들은 그들이 가정하는 대상에 적합하지 않다.

　바흐친은 자신이 직접적으로 대면하는 문제에 기대어 각각의 연구마다 약간 다른 방식으로 언어이론을 전개한다. 도스토옙스키 연구서(1929, 1963)에서는 목소리 내기voicing 개념, 그리고 화자와 청자 및 그 주제 간의 관계에서 시작한다. 이러한 논증 구조는 이 책의 상당 부분을 '독백적' 소설과 '다성적' 소설에서 저자와 주인공이 맺는 관계에 할애하게 한다. 〈소설 속의 담론〉은 소설에서 이루어지는 다양한 말하기 방식들의 협주를 논한다. 그로 인해 새로운 출발점, 바로 '이질언어성'에서 언어에 접근한다. 제목이 시사하는 것처럼, 바흐친의 〈발화 장르의 문제The Problem of Speech Genres〉라는 후기 에세이는 우선 일상적 발화 장르와 문학적 담론 장르의 관계에 일차적으로 관심을 두고 있다. 말년에 쓴 또 다른 에세이 〈언어학, 문헌학, 그리고 인문과학에서 텍스트의 문제: 철학적 분석 시론〉에서 바흐친은 문화 분석이라는 더 확장된 문제를 염두에 두고 언어에 접근했다. 이러한 논의들 각각은 그 모든 논의에서 중심을 차지하는 몇 가지 개념들을 가다듬어 사용한다. (문장과 대립하는) 언표의 본성, 언어의 비체계성, '대화화'의 문제 혹은 '겹목소리 내기'(용어는 다를 수 있다)의 문제가 그것이다. 겹목소리 내기를 중심에 놓고 생각한다면, 바흐친의 언어 연구는 중심에서 서로 다른 반경으로 퍼져 나가는 것처럼 그려 볼 수 있다.

볼로시노프의 언어 연구, 특히 가장 유명한 책《마르크스주의와 언어철학》은 바흐친과 유사한 담론이론을 전개한다. 그래서 또한 겹목소리 담론의 변주로 간주될 수 있는 중심점(즉, 보고된 발화 형식들)으로 회집한다. 볼로시노프의 설명으로 바흐친의 것을 보충할 수는 있지만, 바흐친과 그 동료 사이의 두 가지 중대한 차이를 마땅히 염두에 두어야 한다.

첫째, 바흐친은 밀도 있는 대화화와 겹목소리를 상찬하는 반면에, 마르크스주의자의 입장에서 글을 쓰는 볼로시노프는 그러한 현상을 못마땅하게 서술한다(예컨대 V: MPL, 158~159쪽). 바흐친의 종결불가능성 이념에서 중심을 차지하고, 문화 세계에 대한 그의 산문적 접근법의 특성을 이루는 여러 형식들을 볼로시노프는 퇴폐적인 '상대주의적 개인주의'의 징후로 간주한다(V: MPL, 122쪽). 이러한 발화 형식들을 폐기하지는 못하더라도, 그 몰락을 기대하고 요청하는 볼로시노프는 노동계급의 승리가 이러한 형식들의 조종弔鐘이 될 것이라 믿는다.

둘째, 볼로시노프는 바흐친이 언어를 특별나게 서술하는 것을 수용하면서도 언어를 사적 유물론의 용어들로 설명함으로써 바흐친의 이론들을 바꾸어 놓는다. 바흐친은 언어를 체계적이지 않은 것으로 서술한다. 볼로시노프도 이 점에는 동의한다. 그러나 이러한 비체계성이 그것을 설명해 줄 외부 체계를 모색하게 할 뿐이라고 주장한다. 그 체계란 볼로시노프가 이해하고 있는 마르크스주의다. 사실상 마르크스주의의 재공식화는 볼로시노프의 전체 기획에서 중심을 차지하지만, 비마르크스주의자 바흐친에게는 해당되지 않는다.

언표 대 문장

바흐친이 언어를 **랑그**(체계)와 **파롤**(개별 발화 행위)로 나누는 소쉬르식 구별을 거절하는 여러 가지 이유 중 하나는, 이 모델이 언표에 대한 근본적인 오해를 낳는다는 점이다. 특히 이 모델은 언표란 언어 체계의 **예증** instantiation이라는 전통적 관점을 지지하는데, 여기에는 결국 언표란 언어 단위들(단어, 문장 등)로 이루어진 기계적 축적이라는 생각이 담기게 된다. 비록 언표가 통상적으로 단어들과 문장들을 포함하고 있다 하더라도 그러한 것들이 언표의 특질을 남김 없이 정의해 주는 것은 아니라는 점에서, 바흐친의 생각은 전통적 관점과 다르다. 전통적 언어학과 소쉬르 언어학의 관점에서 보면 비언어적인 요소들로 구성되어 있는 것이 언표다.

언표와 문장은 종류부터가 다르다. 언표라는 것은 단어나 문장 혹은 다른 언어 단위들을 배합한다고 해서 구성되는 것이 아니다. 우리는 종류가 다른 별개의 것을 다루고 있는 셈이다. 거친 비유를 하나 들자면, 언어학은 섬유 조직과 체형에 입각해서 옷 입기를 설명하려는 사람의 위치에 있다. 그래서 그/그녀는 옷이 특정한 이유(보온, 유행, 자기표현)로 입히도록 기획되었고, 실제로 그렇게 입힌다는 사실에 기초해서 분석하지 않는다. 섬유 화학이 옷을 연구하는 데 부적절한 것은 아니지만, 섬유에만 의존한다거나 옷을 섬유 자원의 예증으로 취급하는 식의 옷 연구는 결정적으로 그 생산물에 대한 기묘한 상을 제공하게 된다. 사회적 대상으로서의 옷 입기를 규정하는 결정적인 어떤 측면이 누락될 것이기 때문이다.

문장은 (전통적인 의미로) 언어의 한 단위이고, 언표는 '발화에 의한 의사소통rechevoe obshchenie'의 한 단위다. 언표는 꿀꿀 소리만큼 짧을 수도 있고 《전쟁과 평화》만큼 길 수도 있지만, 언표와 문장의 구별에서 길이는 문제가 되지 않는다. 하나의 언표가 한 문장 길이일 때조차, 그것을 언표로 만들기 위해서는 문장의 언어적 조합에 어떤 것이 첨가되어야만 한다. 아무개는 언표를 아무개에게 말해야만 하고, 어떤 것에 응답하고 상대방의 응답을 예측해야만 하며, 무언가를 말함으로써 그것을 성취해야만 한다. 언표에는 **응답**할 수 있어도 문장에는 응답할 수 없는 법이다. 형식상 평서문으로 되어 있는 문장조차도, 그것이 언표로 틀이 잡히지 않았다면 아무것도 단언하지 않은 것이다. 바흐친에 따르면, 결정적인 것은 이러한 틀 잡기framing의 본성이다.

이 점이 자주 간과되는 것은, 언어학자들이 때때로 용례로서 문장들을 선택하고 나서, 가설을 설명하지도 않은 채로 그 문장들이 언표가 되는 특정하고 단순한 상황을 상상해 내기 때문이다. 따라서 그들은 언표의 특성을 문장 "속으로 몰래 들여온다"(PT, 123쪽). "너무도 많은 언어학자들과 (통사론 분야의) 언어학파들이 이러한 혼동에 사로잡혀 있다. 그들이 연구하는 문장은 본질적으로 (언어의 단위인) 문장과 (발화에 의한 의사소통 단위인) 언표의 **혼종**이다"(SG, 75쪽). 이러한 혼동으로 인해 언어학자들은 문장과 언표 양자의 특성을 잘못 규정할 뿐만 아니라, 실제 언표의 복잡성과 그 작동 방식을 보지 못하게 된다. "문장보다는 (언어학적으로 엄밀하게 말하자면) 단어나 구절 따위가 더 많이 교환된다. 사람들은 언어 단위들의 〔파편적〕 구성물인 언표를 교환하는 것이다"(SG, 75쪽).

문장은 반복 가능하다. 문장은 반복 가능하다. 문장은 기하학의 합동 형식들처럼 서로 똑같을 수도 있다. 문장이나 다른 언어 요소들은 인용하기도 쉽고, 부지기수로 다양한 상황 속에서 별 뜻 없이—예컨대 자주 하는 간단한 질문('몇 시입니까?')처럼—반복해서 나타날 수도 있다. 그러나 모든 언표는 본질적으로 반복 불가능하다. 어떤 언표가 존재하는 문맥과 이유는, 언어상으로는 동일한 것을 포함한다 하더라도 다른 모든 언표의 그것과 구별된다. 언어상으로는 똑같아 보이는 두 가지 언표도 결코 동일한 것을 **의미**하지 않는다. 독자나 청자가 두 번씩 그 언표에 직면한다 할지라도 두 번째에는 다르게 반응하기 때문이다. 문맥은 결코 동일하지 않다. 화자와 청자, 작가와 독자 또한 변한다. 사람들은 정확하게 동일한 방식으로 반응하지도 않을뿐더러 결코 그렇게 반응할 것을 요청받지도 않는다. 그것들이 공유하는 속성이 얼마나 많은지에 상관없이 두 가지 언표가 결코 모든 것을 공유할 수는 없는 노릇이다. 각각의 언표는 유일무이하다. 그러므로 각각의 언표는 언어상으로는 동일하다고 할지라도 서로 다른 것을 의미하며, 서로 다른 어떤 것을 의미하는 것으로 이해된다.

우리가 말을 하고 텍스트를 만들어 내는 까닭은 그것이 반복 **불가능하다는 데** 있다. 언표의 반복 불가능한 측면은 아주 조금씩이라도 늘 변화하는 우리의 일상적 목적들을 반영한다. 언표는 달라도 언표의 "이런 측면은 정직, 진, 선, 미, 역사에 어울린다. 이 측면에서 보면, 반복 가능하고 재생 가능한 것은 모두 어떤 목적에 이르기 위한 재료나 수단에 불과할 뿐이다". 이때 "그 목적을 위해 만들어지는 것이 〔언표〕다"(PT, 105쪽). 그리고 그 목적들은 결코 언어학의 범주로 환원되지 않는다.

그러므로 종류가 다른 두 가지 의미를 구별할 필요가 있다. 바흐친은 러시아어로 즈나체니예znachenie〔그는 이것을 '추상적(혹은 사전적) 의미'를 뜻하기 위해 사용한다〕와 스미슬smysl(그는 이것을 '문맥적 의미'—혹은 상황 감각—를 가리키기 위해 사용한다)을 구별해서 사용한다. 전자는 후자를 가능하게는 해도 결코 후자를 다 설명해 주지는 못한다. 언어학자들은 오로지 추상적 의미만을 인정하며, 따라서 문맥적(혹은 실질적) 의미를 추상적 의미로 전락시켜 버린다.

바흐친에 따르면, 추상적 의미는 '순수 잠재적' 의미다. 그 잠재성이 특정한 경우에 특정한 목적을 위해 발굴되는 순간 거기에 실제적 의미가 존재하게 된다. 볼로시노프도 말만 다르지 본질적으로는 동일한 구별을 행한다. 그는 문장의 의미(znacheinie, 《마르크스주의와 언어철학》에서는 글자 그대로 '의미'로 번역된다)에 대해서는 같은 단어를 유지하지만, 언표의 실제적 의미에는 '주제'(tema, 그의 저서는 소설의 주제와 같은 더욱 일상적인 의미로 tema를 사용하기도 하기 때문에 부적절한 선택이다)라고 칭한다. 볼로시노프는 이렇게 말한다. "본래, 주제만이 어떤 한정된 것을 의미한다. 의미는 본래 아무것도 의미하지 않는다. 그것은 오직 잠재성—즉, 구체적 주제의 범위 내에서 의미를 보유할 가능성—을 소유하고 있을 뿐이다"(V: MPL, 101쪽). 바흐친의 말대로 문장의 추상적 의미만 있다면 "숨이 막혀 죽을" 수 있지만(MHS, 160쪽), 문맥적 의미는 그럴 염려가 없다.

능동적 이해: 말의 공동 창작

이러한 두 가지 의미에는 두 가지 이해가 상응한다. '수동적 이해'(볼로시노프의 용어로는 '인지')는 문장의 의미를 파악하는 데 사용되는 것이다. 이는 전통적 언어학이 상정하는 전부다. 하지만 어떠한 구체적 언표도 문장의 속성을 분석한다고 해서 남김 없이 해명될 수는 없는 것처럼, 어떠한 구체적 이해 행위도 문장의 의미를 '인지'하거나 '해독'한다고 해서 소진될 수 있는 것이 아니다. 실제적인 각각의 '능동적 이해' 행위는 그것보다 훨씬 복잡하다. 청자는 언표를 해독해야 할 뿐만 아니라, 말해진 이유를 파악하고, 그것을 자신의 관심사 및 가설과 관련짓고, 그 언표가 앞으로 있을 언표에 어떻게 응답하는지, 그리고 그것이 어떤 응답을 초래할지를 상상해 보며, 잠재적인 제3의 무리들이 그것을 어떻게 이해할지 직관해야만 한다. 결국, 청자는 언표에 **응답할 준비를 하는** 복잡한 과정을 통과해야만 하는 것이다. 이러한 다양한 요소는 사실상 분석을 목적으로 할 때만 분리될 수 있는데, 어떠한 실제적 이해 행위에서 그 요소를 분리해 내기란 본질적으로 불가능하다. 다시 말해서, 우리는 먼저 수동적으로 해독하고 나서 그 다음에 어떻게 응답할지를 결정하는 것이 아니다. 오히려 우리는 능동적 이해 행위에 참여하며, 이를 위해서 수동적 이해가 필요하다.

바흐친은 전통적인 의사소통 도식의 잘못된 측면을 비판한다. 그중에서 가장 많이 알려진 것이 소쉬르에 의해 형성되고 야콥슨에 의해 정련된, 복잡한 '전송' 모델이다.

바흐친의 관점에서 보면, 이 모델에는 잘못된 부분이 많다. 화자에 의해 형성된 어떤 것이 약호가 되고 그 다음에 청자에 의해 그 약호가 해독된다는 식으로 '메시지'를 표상한다는 데 직접적으로 문제가 있다. 우리가 본 것처럼, 이해는 한갓 약호 해독의 문제가 아니다. 게다가 언표는 순수하게 물리적이거나 심리적인 의미에서라면 몰라도 실제로는 화자에서 청자로 '전송'되는 것이 아니다.

언표는 이해되기 위해서만 발생하는 것이 아니다. 엄밀하게 말해서, 야콥슨의 모델에서는 수신자가 잠들었거나 아예 부재한다고 해도 그 메시지에 어떠한 변화도 일어나지 않을 것이다. 그러나 실제적 언표에서는 그렇지 않다. 화자는 능동적 이해 과정을 예측한다. 그는 매 순간 그것을 염두에 두어야지, 그렇지 않고는 언표 형성을 계속할 수 없을 것이다. 사실상 화자의 언표는 그 자체가 앞선 언표들에 대한 응답인 만큼 능동적 이해 과정의 산물이다. 화가가 캔버스에서 한 발 물러서서 그것이 어떻게 보일지 상상해 보는 것처럼, "화자는 자신의 말과 이 말을 규정하는 개념적 지평이 청자의 낯선 이해의 지평에서 읽힐 수 있도록 노력한다. 그는 이 지평의 특정 측면들과 대화적 관계에 들어선다. 화자는 청자의 낯선 지평을 뚫고 들어가, 그 청자의 통각적 배경을 뒤로하고 그 낯선 영토에 자신의 언표를 구축한다"(DiN, 282쪽).

이러한 언표 구축 과정은 단어와 통사의 선택에서부터 내용과 억양에 이르기까지 모든 것을 형성한다. 다시 말해서, 처음부터 청자(실제적이든 상상이든)가 언표를 형성한다. 일반적으로 텍스트가 만들어진 **다음**에 독자가 텍스트를 어떻게 해석하느냐에 관심을 두는 독자수용이론과 달리, 바흐친의 대화적 모델은 만들어지고 있는 것으로서의 언표를 형성하는 존재로 독자를 표상한다. 바로 이러한 이유 때문에 언표는 거의 흥미조차 없는 순수 생리적 의미에서만 화자(혹은 작가)에게 속할 수 있다. 그러나 의미심장한 의사소통으로서의 언표는 언제나 화자와 그/그녀의 청자 (최소한) 두 사람에게 속한다.

초점을 달리해 보자. 바흐친은 언어학자들이 언표를 화자의 책임으로 돌림으로써 언표의 '소유권' 문제를 오해하고 있다고 본다. 그러나 단어 및 언어 단위들 자체는 그것이 한낱 언어 단위로만 간주되는 한에서는 '아무에게도' 속하지 '않는다'. 그리고 우리가 언표를 고려하자마자 마주치게 되는 것은 다음과 같다.

상호 개인적인 것. 말해진 모든 것, 표현된 모든 것은 화자의 '영혼' 외부에 자리 잡고 있으며, 그에게만 속하는 것이 아니다. 말은 화자 단독의 소유가 아니다. 저자(화자)는 그 말에 대한 양도 불가능한 고유 권리를 가지고 있지만, 청자 또한 그 권리를 갖는다. 그리고 저자가 그것을 생각해 내기 이전에 그 말에서 들리는 목소리의 소유자들도 그 권리를 가지고 있다. (결국 누구에게도 속하지 않는 말이란 없다.) 말은 저자의 외부에서 수행되며, 저자가 섭취해 버릴 수는 없다. (PT. 121~122쪽)

같은 이유에서, 볼로시노프는 언표('말')를 양쪽 가장자리에 의존하는 '교량'에 비유한다. "사실상 **말은 양면 행위다**. 말은 **누구**의 의미인지, 그리고 **누구를 위한** 의미인지에 따라 동등하게 규정된다. 말은 정확히 말해 **화자와 청자, 발신자와 수신자 간 상호 관계의 산물**이다. 나는 타자의 관점에서 … 언어적 형상을 부여받는다"(V: MPL, 86쪽).

이 분석을 문체론에 적용해 보면, 우리는 이 분과 학문이 대상을 근본적으로 오인하고 있음을 알게 된다. 작가의 스타일을 결정할 때, 문체론자는 통상 어떤 상황(작가가 언어 자원을 어떻게 활용하는가)을 하나의 실례로 상정한다. 이 책의 후반부에서 우리는 이 모델이 장르와 같은 몇몇 핵심 범주들을 간과하고 있다는 점, 그것이 소설에 적용될 경우 불행을 초래한다는 점을 보게 될 것이다. 여기에서 우리는 이 모델이 능동적 청자의 자리를 마련하지 않는다는 데 주목할 수 있다. 사실 저자의 스타일이란 평생에 걸쳐, 그/그녀가 말하고 생각하는 방식의 일부를 이루는 타자들과의 부단한 상호작용을 통해 발전하는 것이다. 모든 언표는 이러한 양(혹은 다중)면의 상호작용이다. 볼로시노프는 이렇게 말한다. "'스타일은 그 사람이다'라고 그들은 말한다. 그러나 우리는 이렇게 말할 수 있을 것이다. 스타일은 최소한 두 사람이다. 혹은 더 정확하게 말해서, 스타일은 한 사람에게 그 사람이 권위를 대변하고 있는 사회집단이라는 청자—그 사람의 내적 발화와 외적 발화에 지속적으로 참여하는—가 더해진 것이다"(V: DiL, 114쪽). 바흐친은 이 점을 강조하기 위해 정치적 은유를 사용한다.

> 스타일은 그 바깥으로 뻗어 나가는 지표들을, 말하자면 자신의 요소들과 낯선 문맥의 요소들 간의 상응을 내부에 유기적으로 포함하고 있다. 스타일의 내부 정치(요소들이 정돈되는 방식)는 외부 정치(다른 사람의 말과 맺는 관계)에 따라 규정된다. 말(담론)은 자신의 문맥과 또 다른 낯선 문맥의 경계 지점에 살고 있는 것이다(DiN, 284쪽).

이 문제를 해결하려면 문맥에 기반한 특정한 접근법들, 말하자면 수사학, 화용론, 혹은 화행이론과 같은 것들로 언어학을 보완할 필요가 있다고 대답하고 싶을지도 모르겠다. 다시 바흐친이 했음직한 응답은 보완이 아니라 문제 전체를 재고해야만 한다는 것이다. 전통적으로 언어학이 취급한 많은 핵심적인 문제들은 언어의 대화적 본성을 감안하게 되면 성격이 바뀌기 때문이다. 예컨대 언표의 통사, 즉 '내부 정치'는 '외부 정치', 즉 대화성dialogicality에 의해 형성된다. 사실상 바흐친과 볼로시노프는 통사 형식이 대화적 상황의 변화에 상응하여 발생한다고 주장한다.

바흐친은 또한 화행이론가들이 그 전형을 보여 주듯이 언어의 문법을 문맥의 문법으로 보완하려는 모든 시도를 의심한다. 이러한 이론들은 언어에 미치는 언어 외부 요인들의 중요한 효과를 깨닫는 대신에, 단순히 언어 외부의 것을 첨가하고 그것이 문법상 마치 또 다른 종류의 언어인 양 취급한다. 수사학은 실제로 대화로서의 언어 연구에 공헌한 바 있지만, 언어의 본성 자체를 재고하는 데는 실패함으로써 몇몇 핵심적 대화 현상을 보지 못하게 했다. 이런 현상들을 이해하기 위해서 우리는 먼저 바흐친의 대화가 뜻하는 바가 무엇인지를 고찰해야만 한다.

대화

언어는 오직 그것을 사용하는 사람들 간의 대화적 상호작용을 통해서만 살아 있다. - PDP, 183쪽

바흐친은 **대화**라는 용어를 최소한 세 가지 의미로 구별하여 사용했다. 그런데 이 의미들이 혼동됨으로써 심각한 오해가 발생했다. 제1장에서 우리는 대화를 총괄 개념으로서, 즉 진리관 및 세계관으로서 논했다. 우리는 그것이 대화의 세 번째 의미라고 생각한다. 여기서는 우리가 대화의 첫 번째 의미라고 칭하는 것을 다룰 것이다. 이에 따르면 모든 언표는 정의상 대화적이다. 이 장의 뒷부분에서는 대화의 두 번째 의미를 고찰하게 될 것이다. 그렇게 되면 어떤 언표들은 대화적이지만 다른 언표들은 비대화적(혹은 독백적)임이 드러날 것이다.

(첫 번째 의미의) 대화를 이해하기 위해서, 대화가 추상적 언어 요소들 사이에서가 아니라 사람들 사이에서만 가능하다는 것을 상기할 필요가

있다. 문장들 사이에서는 대화가 있을 수 없다. 하나의 언표는 화자와 청자(혹은 저자와 독자) 두 사람을 요구하는데, 이미 살펴본 것처럼 그들은 그 언표의 소유권을 공유한다. 다시 말해서 모든 언표의 구성적·필수적 측면은 '말 걸기obrashchennost', 즉 "그것이 없으면 언표가 존재하지 않고 존재할 수도 없는 … 누군가를 향하는 성질"(SG, 99쪽)이다. 순수하게 언어학적인 요소들에는 말 걸기가 결여되어 있다.

그렇다면 대화는 (전통적인 의미에서의) 언어를 주시한다고 해서 발견할 수 있는 게 아니다. 그것은 언표의 언어 외적 측면이기 때문에 언어학의 영역 바깥에 놓여 있다(PDP, 183쪽). 그러므로 바흐친의 주요 관심사인 복잡한 '말의 삶' 전체는 새로운 분과 학문을 요청하게 된다. 이 분과 학문은 '순수 언어학'의 자원을 사용하긴 하겠지만, 근본적으로 그것을 재고하고 초월하여 그 절차를 반성할 것이다. 이렇게 기획된 새로운 분과 학문을 바흐친은 '메타언어학metalingvistika'('이 용어는 '초언어학'으로도 번역돼 왔다)이라고 칭한다.

메타언어학적 관계는 논리적 관계로도 언어적 관계로도 환원되지 않는다. 언어적 관계와 마찬가지로 논리적 관계도 필요하긴 하지만 그 관계들을 '재료'로 사용하는 대화성에는 충분하지 않다. 언어학자들이 종종 부당하게 대화적 관계를 문장 속으로 몰래 들여오듯이, 철학자들도 종종 대화적 관계를 논리적 명제들 속으로 몰래 들여오곤 한다. 그러나 (모순을 비롯한) 논리적 관계는 누군가가 무언가를 다른 누군가에게 말하지 않으면 대화적이 될 수 없다. 논리적 명제들도 서로 모순될 수는 있지만, 오직 사람들만이 이견을 드러낼 수 있다.

바흐친은 우리에게 '인생은 즐겁다'라는 문장과 '인생은 괴롭다'라는 문장 둘을 제시한다. 이 두 문장 사이에는 특수한 논리적 관계가, 즉 부정의 관계가 존재한다. "그러나 두 문장 사이에는 어떤 대화적 관계도 없고 있을 수도 없다. 그것들은 (비록 논거를 위한 지시적 재료와 논리적 기반을 제공할 수는 있겠지만) 어떤 식으로든 서로 논쟁하지 않는다. 이 양측의 판단은, 그것들 사이에 그리고 서로를 향해서 대화적 관계가 발생한다면, 틀림없이 육화될 것이다"(PDP, 183쪽).

반대로 다음과 같은 두 언표를 발화하는 특정한 두 사람을 상상해 보자. 두 번째 사람이 첫 번째 사람에게 응답하는 것으로 하자. '인생은 즐겁다'라고 첫 번째 사람이 말하자, '인생은 즐겁다'라고 다른 사람이 응수한다. 언어학자의 관점에서 보면, 우리는 동일한 문장의 반복을 발견 한다. 논리학자의 관점에서 보면, 우리는 특수한 논리적 관계, 즉 동일성을 발견한다. 그러나 메타언어학의 관점으로 보면 우리는 상당히 다른 어떤 것, 즉 **동의**라는 대화적 관계를 발견한다. 두 번째 사람은 첫 번째 사람이 자기 나름의 경험에 따라 내리게 된 판단을 자신의 경험에 따라 추인追認한 것이다. 이를테면, 두 번째 사람이 다음과 같은 내용을 의미한 것이라고 상상해 볼 수 있다. "당신도 알다시피 내 인생은 질병과 비극으로 가득 차 있었지만, 아마도 당신이 그런 판단을 내리게 된 이유와는 다르겠지만, 나에게도 인생은 즐거워 보인다." 여기에서 우리가 발견하는 것은 두 사람 사이의 구체적 관계다. 그들에게 언어와 논리라는 자원은 관계로 들어서는 재료를 제공해 준다. 사람들이 그 관계를 얼마나 견고하게 또는 체계적이게 보든, 그것을 재료 자체에서 찾기란 불가능하다.

바흐친은 대화 하면 바로 '이견'을 먼저 연상하는 버릇은 대화에 대한 천박한 이해 때문이라고 주의를 준다. 이러한 천박함은 대화를 오직 논리적 모순 관계로만 환원해 버리는 명백한 실수에서 멀리 떨어져 있지 않다. 동의는 이견만큼이나 대화적이다. 동의는 무수한 다양성, 무한한 명암과 농담, 그리고 엄청나게 복잡한 상호작용을 지니고 있다. 《전쟁과 평화》에서 피에르 베주코프는 동료 프리메이슨들에게 말을 건다. 이때 그는 이견에 대한 불만을 드러내지만 자신이 불러일으킨 동의에 대해서는 훨씬 더 큰 불만을 드러낸다.

이 모임에서 피에르는 처음으로 무한하게 다양한 인간들의 마음에 충격을 받았다. 그것은 어떤 두 사람에게도 진리가 동일하게 나타나지 못하게 만드는 것이었다. 자기 편처럼 보였던 한 무리의 사람들조차 그들 나름대로 그를 이해했던 것이다. 그것은 그가 조건부로 동의할 수 있을 뿐이거나 전혀 동의할 수 없게 변형된 것이었다. 그렇기 때문에 그가 간절히 바랐던 것은 자신의 생각이 다른 사람들에게 자신이 이해한 대로 정확하게 전달되는 것이었다(톨스토이, 《전쟁과 평화》, 528쪽).

완벽하게 일치할 수 있는 것이 동의라는 생각은 유토피아적이다. 피에르 수준의 정신발달 단계에서는, 자신이 발견한 것에 반反유토피아가 함축되어 있음을 깨닫는 것이 절망에 빠지는 이유가 된다. 바흐친의 경우 이러한 반유토피아적 통찰은 세계에 대한 '산문적' 감각에서 중심을 이루는 것이자, 세계의 종결불가능성이라는 산문적 감각과 대화적 언어이론 사이의 연관성을 표시하는 것이다.

바흐친은 많은 경우 대화적 관계로 오해받고 있음에도 불구하고, 변증법적 관계란 근본적으로 대화적 관계와 다르다고 주의를 준다. 변증법적 관계는 본질적으로 논리적이긴 하지만 대화적이지는 않다. 종합을 산출하는 두 개의 반정립 명제, 즉 테제와 안티테제를 고려한다고 할 때, 이러한 과정 전체가 여전히 누군가에 의해 반드시 육화되는 것은 아니다. 그리고 만약 이 과정이 육화된다 하더라도, 그것은 단독 화자의 언표로서 육화되기 쉽다. 이 모든 것은 "자신의 통합된 변증법적 입장을 표현하는 단일 주체의 단독 언표 속에 통합될" 수 있고, "이 경우에 대화적 관계는 발생하지 않는다"(PDP, 183쪽).

저자들: 목소리와 억양

> '예'라고, 그의 말을 반쯤은 부정적인 것으로 만드는 특유의 목소리 높이로 카소봉 씨가 말했다. - 조지 엘리엇George Eliot, 《미들마치Middlemarch》, 194쪽

'육화'에 대해 말하면서, 바흐친은 언표라는 것이 청자를 가지는 것과 똑같이 '저자'를 가져야만 한다고 강조한다. 사람들은 한 사람과만 대화적으로 관계할 수 있다. 그래서 "언표의 창조자"가 있어야 하는데, "언표가 표현해 주는 것이 바로 그의 자리"다(PDP, 184쪽). 혹은 달리 말해서 우리가 언표에 응답할 때, 즉 그것을 언표로 취급할 때, 우리는 필연적으로 하나의 저자를 세우기 마련이다. 비록 거기에 저자라고는 없다 할지라도 말이다. 우리는 주어진 작품이 집단에 의한 산물이라는 것, 다시 말해 승계하는 세대들의 노력의 산물이라는 것을 안다. 그러나 그 집단에 응답하기 위해서 우리는 거기에 '목소리'를 부여하고, 그 세대의 경험을 소유하고 있어 그 지혜(혹은 어리석음)를 우리에게 말해 주는 누군가를 상상한다. 만약 우리가 속담에 응답한다면 (그 속담의 지혜를 무시하거나 반대 속담의 통찰을 선호함으로써) 우리는 그런 말을 했을 법한 누군가를 상상하고, 그래서 그 속담을 이끌어 낸 경험이 단편적이었음을 암시할 수도 있다. 우

리가 그 속담을 독일 속담이나 러시아 속담으로 취급할 때는 그것을 발설했을지도 모르는 '전형적인' 독일인이나 '전형적인' 러시아인을 상상한다. 사람들이 그런 스타일을 자의식 없이 사용할지도 모르는 '전형적' 화자를 상상한다면, 발화 스타일만 놓고도 대화적으로 응답할 수 있게 된다. 우리가 무생물이나 자연적으로 생겨난 것들을 누군가의 인격이나 목소리를 표현하는 기호로서 상상한다면, 그것들에 응답할 수 있을지도 모른다.

'목소리'라는 개념이 중요한 것은 그것이 직접적으로 바흐친의 또 다른 핵심 개념인 '어조'를 함축하기 때문이다. 바흐친이 관심을 언어로 돌리기 전부터 어조는 그의 사유의 중심 범주였다. 중심 범주가 '말slovo'보다는 '행위postupok'였던 초기 저작들에서 바흐친은 모든 행위의 구성적 측면이 어조임을 주장했다. 매 행위마다 나는 새로운 어떤 것을, 즉 나에게만 특별한 어떤 것을 첨가한다. 어조는 행위의 단독성, 그리고 그 행위가 행위 수행자와 단독적 관계를 맺고 있다는 증거를 보유하고 있다. "감정-의지적 어조는 밀폐된 채로 자족적인 잠재적 사유의 내용을 열어 놓고, 거기에다 통일적이고 단독적인 '존재 사건'을 부여한다. 일반적으로 의미화하는 모든 가치는 실상 개별 문맥에서만 의미화된다"(KFP, 108~109쪽). 후기에 이르러서도 동일한 방식으로 언표를 다루면서, 바흐친은 이렇게 말하게 된다. 억양의 형식에서 어조는 대화적 상황 및 특정한 말 걸기, 그리고 참가자들의 책임의 단독성을 입증한다.

배우가 행위에, 혹은 대화 참여자가 언표에 첨가하는 '무언가 새로운 것'은 항상 행위나 언표의 '감정-의지적 어조'를 통해 수행되는 가치 평가적 태도를 포함하기 마련이다. 개개인마다 과거의 경험이 고유하기 때문에, 어조는 '개별성(혹은 개별적인 것)의 인장印章'으로 기능한다. 어조의 명암은 무척 복잡하고 다양하다. 어조에 대해서는 어떠한 문법도 불가능하다. 문법은 이론주의의 전형적인 기만이기 때문이다.[1] 바흐친은 초기 수고 본에서 이렇게 쓰고 있다. "물론 이론적 용어로 이 (개별성) 모두를 전사하고transcript 그것을 지속적인 행위의 법칙으로 표현할 수는 있다. 그러나 언어의 모호성이 이를 허용한다고 하더라도, 그것은 공허한 공식으로 마무리될 것이다"(KEP, 111쪽).

따라서 지정, 수행, 질문, 명령 등 언표가 행하는 모든 것은 가치 평가적이다. 볼로시노프는 "어떠한 언표도 가치 판단 없이는 구성될 수 없다. 모든 언표는 결국에는 **가치 평가로 정향되어** 있다"(V: MPL, 105쪽)라고 주장한다. 이어서 볼로시노프는 어떤 식으로든 "지시적 의미와 가치 평가의 분리는 전적으로 허용될 수 없다"고 말한다(V: MPL, 105쪽). 바흐친은 여기에 동의하면서도 한 걸음 더 나아가 가치 평가는 항상 윤리적 함의를 지닌다고 말한다.

흔히 어조를 언표가 운반하는 **모든 것**이라고 말한다. 무의미한 말이나 단순한 감탄은 순전히 어조로만 기능하는 언표일 것이다. 사실 볼로시노프의 주장에 따르면, "생생한 발화에서는 종종 억양이 발화의 의미론적 구성과는 무관한 의미를 지니는 경우가 있다. 우리 내면에 갇혀 있는 억양의 재료는 특정 억양에는 완전히 부적합한 언어적 구성에서 종종 그 배출 경로를 발견하기도 한다"(V: MPL, 104쪽). 말년에 이르러 바흐친은 이 점을 강조하게 된다. "어느 정도는 억양만을 수단으로 하여 말할 수 있는데, 이는 발화에서 언어적으로 표현된 부분을 상대적이고 대체 가능한 것으로 만든다"(MHS, 166쪽). 볼로시노프와 바흐친 두 사람은 적지 않은 사람들

---

1 인용 혹은 간접화법의 경우 우리는 결코 '그것을 올바르게 따올' 수 없다. 우리는 항상 그것을 왜곡하는 또 다른 목소리를 첨가하게 된다. 목소리는 결코 재생될 수 없고, 다만 인용될 수 있을 뿐이다. 왜냐하면 언표와 마찬가지로 어조는 반복 불가능하기 때문이다.

에게 선호하는 말(에라든가 **그러니까** 따위)이 있음을 주목했다. 그런 말들은 억양을 더 잘 보유하게끔 전형적으로 늘어지거나 반복되는데, 사람들은 습관적으로 감정-의지적 어조를 운반하기 위해 그런 말을 사용한다. 종종 몸짓이 똑같은 기능으로 쓰이면서, 무언의 억양(혹은 어조 실린 말이 동반될 수도 있다)을 수행하기도 한다. 사실상 어조 자체가 몸짓의 일종이며, 둘은 통상적으로 뒤섞여 있다. 그러한 '의미 없는' 말과 몸짓이 완벽한, 그리고 고도로 표현적인 언표인지도 모른다.

초월적 수신자

어조를 주의 깊게 살펴보면, 언표의 또 다른 구성적 측면들이 시야에 들어오게 된다. 우리는 모든 언표가 청자, 즉 '제2의 인물'(물론 이 표현은 '산술적 의미'(PT. 126쪽)로 취해진 것이 아니기 때문에 더 많을 수도 있다)을 전제하고 요청함을 알고 있다. 언표는 제2의 인물의 응답적 이해를 계산하는 가운데 형성된다. 그러나 이런 제2의 인물에 덧붙여서, 모든 언표에는 또한 제3의 인물이 있는데, 바흐친은 그를 '초월적 수신자superaddressee (nadadresat)라고 불렀다.

어떠한 저자(혹은 화자)도 청자에 의해 완벽하게 이해될 것을 미리 계산에 넣을 수는 없다. 그래서 청자는 "그의 전체 자아와 발화 작업을 곁에 있거나 가까이 있는 수신자들의 완전하고도 **최종적인** 의지에 넘겨 줄"(PT. 126쪽) 수 없다. 따라서 더 많이 알고 있든 조금 알고 있든, 모든 언표는 또다른 종류의 청자에 의해 구성된다. 그는 "형이상학적 거리건 역사적 거리건, 절대적으로 적합한 응답적 이해가 예상되는 탁월한 청자"(PT. 126쪽)

다. 이런 초월적 수신자는 능동적으로 공감하면서 언표에 응답하고 그 언표를 '아주 정확하게' 이해할 수 있다. "각각의 대화는 그 대화에 참여하는 사람들을 모두 초월해 있는, 보이지는 않지만 현전하는 제3자의 응답적 이해를 배경으로 하여 발생한다"(PT, 126쪽). (우리는 초월적 수신자를 의사소통 모델에 대한 필수적 교정자로 간주할 수도 있을 것이다. 가까운 경쟁자인 하버마스Jürgen Habermas의 의사소통 모델과 달리, 이 의사소통 모델은 '왜곡도 없고 비강압적인 의사소통'이라는 이상적 상황을 취급하려고 하지 **않는다**.)

바흐친은 초월적 수신자를 설명해 주는 아무런 사례도 제공하지 않았지만, 이에 대해 몇 가지 생각해 보는 것은 어렵지 않다. 두 사람 사이의 일상적 발화에서도, 보이지 않는 제3의 인물을 상정하고 실제로 눈앞에 있는 사람에 대해서 말할 수도 있다. "어디 그의 말 좀 들어 보시겠어요!" 혹은 둘 중 한 사람은 다음과 같은 몸짓을 해 보일 수도 있다. 즉, 두 눈을 휘둥그레 치켜뜨거나 몸으로 누군가에게 물어보는 듯한 자세를 취할 수도 있다. 마치 고집불통의 타자를 이해시키기 위해서 어떤 보이지 않는 사람에게 지도를 부탁하는 것처럼 말이다. 때때로 우리는 어떤 사람에게 마치 실제로는 눈앞에 없는 가능 청자와 관련되어 있지 눈앞의 청자와 관련되어 있는 게 아니라는 듯이 말할 때가 있다. 그 (가능) 청자의 판단이 **실제로** 반영될 수도 있고, 그의 충고가 실제로 우리에게 도움을 주는 경우도 있다. 더 적극적으로 말하자면, 초월적 수신자는 희망의 원리를 육화한 것이다. 그것은 크든 작든 의식적으로 모든 언표에 현재한다. 초월적 수신자는 "언표 전체의 구성적 측면으로서, 더욱 심화된 분석에서 드러날 수 있다"(PT, 126~127쪽).

바흐친은 초월적 수신자가 "다양한 이데올로기적 표현들(신, 절대 진리, 냉혹한 인간 의식의 법정, 대중, 역사의 법정, 과학 등등)"에서 인격화될 수 있고 인격화돼 왔다고 덧붙인다(PT, 126쪽). 그러나 이러한 이데올로기적 표현들이 투영된 것이라고 할지라도 그것들을 초월적 수신자 자체와 혼동해서는 안 된다. 엄밀히 말해서, 그것은 이데올로기적인 것이 아니라 모든 언표를 구성하는 메타언어학적 사실이다. 문화, 하위문화, 그리고 개인은 이상적인 응답적 청자의 이미지를 변경할 수도 있고, 구체적이고 일반적으로 공유되는 이미지를 지니지 않을 수도 있다. 그러나 언표만은 여전히 이러한 '제3자'를 가정하고 있다. 신은 죽었을지 모르지만, 어떤 형식으로든 초월적 수신자는 언제나 우리와 함께 있다.

초월적 수신자에게 필수조건인 "보이지 않는 현존"은 "항상 **들리기**를 원하고, 항상 응답적 이해를 모색하며, **직접적** 이해에 만족하지 못하고 더욱더 (무한히) 재촉해 대는"(PT, 127쪽) 담론 자체의 본성에서 도출된 것이다. 더 깊고 성숙한 이해에 대한 요청은 근거가 없다는 것, 그리고 초월적 수신자에게 호소하는 바로 그것이 허구에 지나지 않는다는 것(《1984년Nineteen Eighty-four》에서 윈스턴 스미스에 대한 오브라이언의 확신처럼)을 깨닫게 되는 상황에 대해 사람들은 특별한 공포심을 가지고 있다는 결론이 도출된다. 형성 도중에 유산流産된 담론은 부조리와 악몽으로 변질된다. 토마스 만 Thomas Mann의 《파우스투스 박사Dr. Faustus》를 끌어와 비유하면서 바흐친은 이렇게 덧붙인다. "참고: 토마스 만에게 파시스트의 고문실이나 지옥은 **들리는 것의 절대적 결핍, 즉 제3자의 절대적 부재**로 이해된다"(PT, 126쪽).

바흐친은 거의 공개되지 않은 신학적인 노트들 가운데 하나에서 신에 대한 필요를 들림에 대한 필요와 관련지어 논평을 달고 있다. 만약 신을 초월적 수신자에 입각해서 생각한다면, 신은 매우 특별한 성격을 떠맡게 된다. 그는 듣고는 있지만 반드시 응답하는 것은 아니다. 그는 기꺼이 이해하려고 하지만 반대로 이해받기를 요구하지는 않는다. 바흐친의 비밀스러운 주석은 이렇다. "신은 인간 없이 지낼 수 있겠지만, 인간은 그 없이 살 수 없다"(TRDB, 285쪽).

'이미 말해진 것'에 대해 말하기

바흐친이 초월적 수신자 대신에 **제3자**라는 용어를 사용하는 것은 잠재적인 혼동을 야기한다. 바흐친은 초기 연구물 〈소설 속의 담론〉에서 그 용어를 모든 언표의 전혀 다른 구성적 측면, 즉 (삼인칭 대명사에 상응하는) '주인공' 혹은 화제를 지시하기 위해 사용한 바 있기 때문이다. 우리의 이야기 소재 또한 언표를 복잡하게 하고 언표를 대화적에게 구성한다.

우리는 응답에 대한 예상에 의해서, 말하자면 '아직 말해지지 않은 것 esche ne skayannoe'에 의해서 언표가 형성됨을 살펴보았다. 언표는 또한 화제에 대한 앞선 언표들, 말하자면 '이미 말해진 것'에 의해 형성되기도 한다. 물론 우리 담론의 화제는 실제로 우리에게 말을 걸지는 않지만, 우리가 말을 하는 한 그것은 마치 우리에게 말을 거는 것처럼 영향을 끼친다. 화제는 결국 제3의 인물인 것이다. 바흐친의 수사학은 그것을 살아 있는 것으로 취급한다. 우리는 여기에서 진정한 표현을 위해서는 육화가 필수적이라는 바흐친의 확신을 탐지하게 된다. 모든 언표에서 우리는 화제 및 그 주인공과의 대화적 관계에 진입하며, 주인공의 '말'은 우리가 말하는 어조, 양태, 의미에 기여한다.

어떠한 화자도 자기 담론의 화제에 대해 말하는 최초의 인물이 아니다. 결국 화자는 처음으로 세상을 이름 짓고 규정하고 평가했던 "성서 속 아담"(SG, 93쪽)이 아닌 것이다. 우리 각자는 '이미 말해진ogovorennyi, uzhe skazannyi' 세상, 즉 이미 "다양한 방식으로 표현되고, 논평되고, 해명되고, 평가된" 세상을 만나게 된다(SG, 93쪽). 야콥슨의 모델에서는 화자가 우주의 영원한 침묵을 처음으로 깨는 자인 까닭에 본질적으로 아무런 변화도 발생할 수 없지만, 바흐친의 관점에서는 그것이야말로 그런 유의 모든 모델이 가지는 또 다른 결정적 오류다. 능동적 청자와 마찬가지로, 이미 말해진 화제는 언표를 파롤—즉, 추상적 언어 자원의 단순 사례—로 보는 관점에서는 중요한 자리를 차지할 수 없는 범주다.

우리가 말하는 매 시간마다, 우리는 앞서 말해진 어떤 것에 응답하는 것이며, 화제에 대한 앞선 언표들과 관련해서 태도를 취하는 것이다. 이렇게 앞선 언표들을 감지하는 우리의 방식—그것이 적대적이건 동조적이건, 권위적이건 비굴하건, 사회적으로 시간적으로 가까운 것이건 먼 것이건 간에—이 우리가 말하는 바의 내용과 스타일을 형성한다. 우리는 대상 자체에서 이렇게 이질적인 언표를 감지한다. 마치 그 대상이 앞서 규정된 성격을 보유하기 위해 일종의 접착제로 덧입혀진 것처럼 말이다.

단어를 사용해서 화제에 대해 말을 할 경우, 우리는 화제가 '이미 점령되어 있다는 것naselen', 다시 말해서 사실상 그 화제에 대한 다른 사람들의 언표로 '넘치도록 가득 차 있다는 것perenaselen'을 알게 된다. "살아 있는 어떤 말도 **독자적인**〔그리고 직접적인〕 방법으로 대상과 관계하지 않는다. 말과 대상 사이에, 말과 그 말의 주체 사이에는 동일한 대상, 동일한 주제에 대한 또 다른 낯선 말들의 탄력 있는 환경이 존재한다. 그 환경을 간파하기란 그리 쉽지 않다." 그 환경은 "긴장으로 가득 차" 있기 때문이다(DiN, 276쪽). 낯선 말들과 낯선 가치 평가들이 '교란하는' 영역에서, 화자의 말은 "그 일부와 융합하고, 다른 일부에서 멀어지며, 제3의 그룹과 교차한다. 이 모든 것이 결정적으로 담론을 형성하며, 의미론적 층위 전반에 걸쳐 흔적을 남기고, 표현을 복잡하게 만들어, 전반적인 스타일의 윤곽에 영향을 끼친다"(DiN, 276쪽).

그러므로 말은 대상을 결코 단순하지도 직접적이지도 않은 방식으로 '개념화'해야만 한다. 알다시피 바흐친은 이러한 개념화 활동을 가치 판단으로 가득 찬 '대기大氣' 속으로 들어온 광선에 비유한다. 이때 가치 판단이란 사회역사적 사건들에 의해서뿐만 아니라 특정한 사람으로서의 화자 및 청자의 경험에 의해서도 형성된 것이다.

> 그러한 말의 **의도**를, 다시 말해서 그 말이 **향하는 대상의 직접성**을 광선의 형식으로 상상해 본다면, 그것이 구성하는 이미지의 표면에서 일어나는 색채와 빛깔의 생생하고도 반복 불가능한 유희를 그 선─말ray-word의 분광하는 흩어짐으로 설명할 수 있을 것이다. … 낯선 말들과 가치 판단, 그리고 악센트로 가득 차 있는 대기를 통과해서 선은 대상을 향하여 제 갈 길을 가게 된다. 그 말의 사회적 대기, 대상을 둘러싸고 있는 대기가 이미지의 표면에서 불꽃이 튀게 하는 것이다(DiN, 277쪽).

보고된reported 발화의 중요한 측면들이 모든 언표 속에 현재하고 있다 ─직접적이든 간접적이든 모든 담론은 다른 언표들에 대한 언표라는 사실─는 깨달음을 통해 우리는 언표를 더 잘 이해할 수 있다. 어떤 의미에서 모든 발화는 보고된 발화다. 언표를 사회적 맥락에서 깊이 있게 분석해 보면, 모든 언표는 "반쯤 은폐되어 있거나 완전히 은폐되어 있는 수많은 타자들의 말을, 이질성의 정도에는 차이가 있을지라도, 우리에게 드러내 보이기" 때문이다. "그러므로 멀리 떨어져 있어서 거의 들리지 않는 발화 주체들 간의 주고받는 메아리와 대화적 배음倍音, 그리고 저자의 표현에도 완전히 침투 가능하게 상당히 유연해진 언표의 경계면들로 인해 언표는 주름져 보일 것이다"(SG, 93쪽).

　이러한 설명은 왜 바흐친이 대화를 기록 문자 모델에 따라 사유하는 게 개념적인 재앙이라고 생각했는지에 대한 몇 가지 이유를 암시해 준다. 기록 문자는 '문장으로 표현된 대화'로, 여기에서 하나의 발화는 단순히 또 다른 발화의 뒤에 이어지는 것에 불과하다. 그러나 이미 말해진 것이라는 말의 자질과 청자의 능동적 이해에 의해 창조된 복잡성은 말의 **내적 대화주의**internal dialogism를 창조해 낸다. 모든 언표는 이러한 (몇몇 타자적) 요인들에 의해 **내부에서부터** 대화성을 띤다. 사실상 특정한 말조차도 그것이 속한 언표의 나머지 부분과 대화하는 방식과는 다른 방식으로 대화성을 띨 수 있다. 그런 경우, 우리는 그 말에서 느껴지는 어조에 따라 그 말이 또 다른 화자에게서 인용된 듯함을 감지하게 된다. 이 경우에 그 말 속에는 전체 언표의 내적 대화주의만 있는 것이 아니라 '미세한 대화microdialogue'도 있다.

　말은 이전의 문맥을 '기억'하고 있으며, 따라서 '양식적 아우라'를 성취하게 된다. 이는 종종 의미론적 중심을 둘러싼 말의 내포connotations로 오해받기도 한다. 사실 이러한 아우라는 통일성으로 환원될 수 없으며 중심을 산출하지도 않는 다층적 목소리들의 효과다. 말을 사용할 때 화자는 그 말의 아우라 속에 현재하는 가치들과 그 이전 용법에서 전제된 것에 의문을 제기하기 위해 그 말에 어조를 부여할 수도 있다. 다시 말해서, 말이란 (19세기에 **센티멘틀**이 그랬던 것처럼) '재강조'될 수 있다. 축적이나 공유와 마찬가지로, 재강조는 이미 말해진 것이라는 말의 자질에 부가되어 그 말해진 것을 변경시킨다. 이러한 과정은 말의 진화를 형성하는 데 본질적 요인이다.

말의 기억과 아우라는 또한 스타일을, 그리고 그 말이 조형되는 말하기 방식들을 포함한다. 말하기 방식과 그 함의에 대한 바흐친의 요점을 이해하려면, 또 다른 핵심 개념으로 향해야만 한다. 바로 1930년대에 발전된 '이질언어성'raznorechie(문자 그대로 '多발화성varied-speechedness')이다.

이질언어성

우리는 **파롤** 개념에 대한, 다시 말해서 언표를 언어 체계의 단순 적용 사례로 보는 것에 대한 바흐친의 극심한 반대를 살펴봤다. 또한 바흐친과 볼로시노프는 언어를 **랑그**로, 즉 추상적 규범 체계로 보는 관점에 강하게 반발하면서, 이러한 관점이 학자들로 하여금 담론의 몇몇 결정적 측면을 보지 못하게 한다고 지적한다. 바흐친은 〈소설 속의 담론〉에서 사람이나 집단이 다르면 발화도 다르다는 사실에 대한 그릇된 해석이나 불충분한 평가를 이유로 언어학, 시학, 문체론을 공격한다. 이러한 문제는 순전히 개인적 특이 성향이나 의식적이거나 무의식적인 실수로, 혹은 방언학으로 환원되는 게 예사였지만, 이런 식의 접근을 총동원한다 해도 이질언어성의 풍부한 의미를 평가하기에는 적합하지 않다.

바흐친에 따르면, 언어는 **결코** 통일된 규범들의 체계가 **아니다**. 오히려 반대로, 심리에서나 문화 전반에서의 질서가 그렇듯이 언어에서의 질서도 결코 완결된 것이 아니며 항상 작업을 필요로 한다. 그것은 항상 진행 중이며 결코 끝나지 않는 **과제**이자 **기획**이다. 그러면서 그것은 항상 세계의 본질적 혼잡성에 대립한다. 언어에서 혼잡성이란 일상생활의 복잡성의 결과다. 일상생활은 예측 불가능하고 사소한 산문적 목적들, 그리고 체계로 환원될 수 없는 분위기와 가치 평가의 변화들로 가득하다.

부단히 질서를 붕괴시키는 이러한 '원심적' 힘들은 반대 세력**으로서** 통일되어 있는 게 아니다. 카니발화 개념으로, 혹은 마르크스주의의 사유 틀로 바흐친을 알게 된 사람들은 이렇게 결정적인 지점에서 자주 그를 오해하게 된다. 원심적 힘들은 본질적으로 차별적이며, 통일되어 있지 않다. 그것들 가운데서 상대적 질서가 생산될 수도 있지만, 그런 질서의 생산 자체가 기획이다. 알다시피 이러한 (원심적) 힘들을 위해 단일한 말을 선택하는 것 자체가 잘못이다. 그것은 힘들이 유기적인 하나의 중심에서부터 방사된다고 생각하게 하기 때문이다.

그럼에도 문화는 통일성과 질서를 추구한다. 이는 민족 언어의 유럽식 규범화에, 말하자면 문법과 사전을 저술하고 표준적 용법과 비표준적 용법을 한정하는 데 반영되어 있다. 바흐친은 이러한 노력이 그르다고 말하지 않는다. 오히려 그가 말하려고 한 것은 우리가 그러한 노력이 지향하는 바, 언어의 통일성을 정립함으로써 질서를 창안하려는 시도를 이해해야 한다는 점이다. "통일된 언어는 주어지는dan 것이 아니다. 그것은 언제나 본질적으로 정립된zadan 것이다"(DiN, 270쪽). 어원학, 언어학, 문체론, 그리고 시학의 본질적 오류는 본질상 관념적인 것을, 즉 통일을 향한 사회적 갈등 안에서 정립되었을 뿐인 것을 사실처럼 취급한다는 데 있다. 구성된 체계는 사물화된 것—볼로시노프의 말로는 '실체화된 것'—이며, 그래서 언어가 실제로 무엇인지와 그것이 실제로 어떻게 작동하는지를 설명할 때 오해를 유발한다.

이론주의의 유산이 이러한 오류를 부추겼다. 예컨대 우리는 그 유산을 라이프니츠Gottfried Leibniz 이래 추상적 보편문법을 세우려는 모든 시도에서, 그리고 언어에 접근할 때 본질적으로 데카르트적인 방식을 취하는 모든 곳에서 목격할 수 있다. 생생한 대화의 흔적을 본질적으로 식별하기도 어렵거니와 대화가 거의 상실되어 버린 언어, 즉 죽은 언어를 검사하는 어원학의 유산은 특히 이런 종류의 사유에 굴복하게 만든다. 바흐친과 볼로시노프도 동의하는 것처럼, 어원학은 서구의 언어 사상에 지대한 영향을 끼쳐 왔다. 언어학자들은 은연중에 언어의 '구심적' 힘을 반영하며 거기에 공헌하려는 경향이 있다. 그래서 본질적으로 논쟁적이고 정치적인 언어학의 정체를 과학적이거나 기술적인 활동으로 잘못 파악하고 있다.

바흐친은 언어가 항상 언어들로서 존재한다고 반복해서 말한다. 언어에는 언제나 "엄밀한 의미에서 (형식 언어학적 표지, 특히 음성학적 표지에 따라) 언어학적 변증법"(DiN, 271~272쪽)이 있을 뿐만 아니라, 더욱더 중요하게는 항상 매우 다양한 말하기 방식, 즉 사회적 경험과 사회적 개념화 및 사회적 가치의 다양성을 반영하는 수많은 '언어들'이 있다는 것이다. 실제로 우리는 모두 이러한 다양성에 극히 민감한데도, 언어학자들은 그것을 등재할 적합한 방식의 필요를 절감하지도 못하고 그것을 고안하지도 않았다.

다른 직업을 가진 사람들 각자에게 그들만의 고유한 말하기 방식이 있듯이, 다른 세대, 다른 계급·지역·인종 집단, 그리고 수많은 다른 분파에 속하는 사람들 역시 그렇다. 우리가 꼭 알아야 할 사실은, 바흐친에게는 이렇게 다른 '언어들'이 반드시 직업별 방언을 뜻하지는 않는다는 점이다. 그 경우에 직업별로 특화된 어휘는 간단하게 사전에 수록될 수 있고, 그래서 통일 언어라는 이념을 위협하지 못한다. 아니, 이렇게 다른 언어들을 구성하는 것은 세계를 특별한 방식으로 개념화하고, 이해하며, 가치 평가한다는 점에서 그 자체로 언어학 외부의 어떤 것이다. 복합적 경험들, (많든 적든) 공유하는 가치들, 이념들, 그리고 태도들이 말하기 방식을 산출하기 위해 '함께 짜여 있다'. 함께 짜인다는 것—접합한다거나, 혹은 뼈가 함께 자라듯이 같이 성장한다는 것—을 의미하는 스라탓시아 sratat'sia라는 용어는 분리된 것들을 뒤섞는 유기적 과정을 함축하고 있다. 이 단어는 명백히 언어가 체계라는, 혹은 전체의 하위 체계라는 암시를 주지 않도록 선택된 것이다. 전체가 있다고 한다면, 그것은 수많은 요소들이 함께 성장함을 말한다. 이때 함께 성장함이란 접합, 즉 적응과 성장이라는 일상의 과정으로 형성되어 온 것이다.

우리는 또한 이렇게 말할 수도 있다. 각각의 언어는 특수하고 비체계적인 뭉치와 덩어리 속에 그것을 만든 우연한 역사적·사회적 힘들을 반영하고 있다고 말이다.

세계를 향한 태도와 세계를 보는 관점이 언어를 인식한다. 어떠한 언어적 특징도 (방언 연구자들이 추정하는 것처럼) 규정되어 있지 않다. 바흐친이 다양한 방식으로 말했듯이, 그것은 이러한 태도들—그리고 그 이상으로, 특수한 방식으로 살아가는 제반 활동—의 '흔적', '결정화', 혹은 '두터운 퇴적층'이다. 이러한 활동은 매우 창조적이며, 항상 일상의 압력과 삶의 기회에 응답한다. 그럼으로써 "담론은 말하자면 자신을 뛰어넘어 객체를 향한 생생한 충동napravlennost 속에서 살아가는 것이다. 만약 우리가 이러한 충동에서 전적으로 떨어져 있다면, 우리에게 남아 있는 모든 것은 그 단어의 발가벗겨진 껍데기에 지나지 않을 것이다. 여기서 우리는 사회적 상황 혹은 주어진 단어의 운명에 대해 아무것도 배우지 못할 것이다"(DiN, 292쪽).

다양한 이질언어적 언어들에는 주어진 단어들에 '강세'와 '억양'을 부여하는 그 나름의 방식이 있어서, '언어' 전체에 조성tonality을 부여한다. 그러나 전수된 언어적 경험 자료(즉, 다른 이질언어적 언어들)를 사용함으로써 각각의 말하기 방식은 "차이를 표시하면서 통일을 이루는 완벽하게 다른 원리(혹자에게 이 원리는 기능적인 것이고, 다른 사람들에게는 주제와 내용의 원리며, 또 다른 사람에게는 적절하게 말해서 사회 방언의 원리)"를 채택한다(DiN, 291쪽). 공통의 언어학적 방법론, 즉 언어학적 기호에 대한 특수한 탐색은 이질언어성의 '흔적들'을 발견하는 데조차 부적합할 것이 분명하다. 이러한 언어들이 공통으로 소유하고 있는 것, 이 언어들이 모두 공통으로 소유하고 있는 유일한 것은 그 언어들이 "세계를 바라보는 특별한 관점, 세계를 말로써 개념화하는 형식, 그리고 그 대상과 의미, 가치에 의해 성격을 부여받는 각각의 특별한 세계관"(DiN, 291~292쪽)이기 때문이다.

특정한 언어들을 검토해 보면, 거기에 놀랄 만큼 다양한 언어들이 있음을 알게 된다. 또한 언어들 내부에도 언어들이 있다는 것, 언어들이 다른 언어들 위에 포개져 있다는 것, 대규모 사회집단의 언어들만큼이나 소규모 사회집단의 언어들도 있다는 것, 힘을 행사하고 있는 언어들이 있는가 하면 급속하게 몰락하는 언어들도 있다는 것, 생성 중에 있는 다른 언어들에 의해 가치와 억양이 조정되는 경우도 있다는 것을 알게 된다. 모든 학술 학회마다, 학교의 모든 학급마다 나름의 고유한 언어를 매 세대, 아니 매년, 혹은 매'일'가지고 있다. 언어에도 날짜가 있으며, 우리는 언어에 새겨진 날짜를 익숙하게 감지할 수 있다. 이렇게 다양한 모든 집단은 많건 적건 "그 [언어의] 말과 형식을 자기 집단의 독특한 의도와 억양을 가지고 자기 궤도 속으로 끌어들일 능력이 있다"(DiN, 290쪽).

특정한 말을 살펴보면, 우리는 '중립적 말'이란 없음을, 다시 말해 '누구에게도 속하지 않는 말'이란 없음을 알게 된다. 단어들은 서로 다른 말하기 방식들 속에서 독특하게 기능하고, 서로 다르게 조성되며intoned 평가

된다. 그러나 말(사전에 실린 말처럼 '발가벗겨진 시체')이 먼저 중심이 되는 외연적 의미를 갖고, 그 다음 주변적인 함축적 의미를 갖게 된다는 생각 때문에, 심지어 단어들이 '다의적'이라는 생각 때문에 그러한 과정은 평가절하된다.

대화화된 이질언어성

> 이것도 캘럽의 독특한 버릇 가운데 하나일 텐데, 자기 생각을 표현할 말이 떠오르지 않으면, 그는 여러 가지 관점을 담고 있으며 다양한 심정에 두루 적용될 수 있는 구절을 선택하곤 한다. 그리하여 그가 경외감에 사로잡히기라도 하면 성서 구절의 의미가 줄곧 그의 머릿속을 맴도는 것이다. 물론 그걸 말하고 싶어도 정확하게 인용할 수는 거의 없지만 말이다. – 조지 엘리엇, 《미들마치》, 제4부 제40장, 395쪽

말하기 방식을 구성하는 원리는 너무도 다양하기 때문에 우리 각자는 매 순간 여러 가지 언어에 참여하여 그 참여자들의 관점과 가치관을 공유한다. 우리는 모두 특정한 세대이며, 일정한 계급에 속해 있고, 특정 지역 출신으로서, 특정한 직업에 종사하면서 고유한 인척 집단과 공유하는 사적 언어들을 발전시켜 왔다. 그래서 우리는 경우에 따라 다르게 말하는 것이다. 주어진 화자의 경우 그/그녀가 서로 사용하는 식별 가능한 언어들은 어떤 관계를 맺고 있는가? 바흐친은 실제 삶에서 이질언어성은 정도의 차이는 있지만 다양한 방식으로 '대화화되어' 있다고 답한다.

'대화화된 이질언어성'이라는 관념은 종종 이질언어성이라는 관념과 혼동된다. 그래서 언어란 대화화되어 있다고 말한 바흐친이 무엇을 의도했는지를 탐색하는 게 도움이 된다. 바흐친은 존재하지 않는 가상의 사람,

그야말로 언어가 대화화되어 있지 **않은** 일자무식의 농부를 생각해 보라고 권한다(DiN, 295~296쪽을 보라). 우리는 이 농부가 몇 마디 언어를 사용하리라 상상할 수 있다. 그는 우선 신에게 기도할 것이고, 두 번째로 노래를 부를 것이며, 세 번째로 가족에게 말할 것이고, 관리에게 민원을 구술할 필요가 있을 땐 '종이' 언어로 글을 써 줄 대서사代書士를 찾을 것이다. 이 가상의 농부는 적합한 시점에 각각의 언어를 도입한다. 그의 다양한 언어는 그야말로 자동적으로 서로 다른 문맥에 따라 활성화된다. 이때 그는 각각의 언어가 해당 화제와 과제에 적합한지 따져 보지 않는다.

이와 대조적으로 또 다른 농부가 있을 수 있다. 그는 "하나의 언어(그리고 거기에 상응하는 구술 세계)를 또 다른 언어의 눈으로"(DiN, 296쪽) 주시할 수 있는 능력이 있다고 하자. 그는 기도 언어와 노래 언어로 일상언어에 접근할 수도 있고, 그 반대로 할 수도 있다. 이때 이러한 언어들 속에 내재하는 가치 체계와 세계관들은 서로 영향을 끼치게 될 것이다. 그것들은 마치 서로의 대화 속으로 진입한 것처럼 서로 '활기를 불어넣을 것이다'. 이런 일이 자주 발생할수록 주어진 언어의 가치 체계를 당연한 것으로 간주하기란 더욱더 어려워진다. 그 가치들은 여전히 올바른 것으로 느껴지고 그 언어는 여전히 화제에 적합해 보일지 모르지만 전혀 논쟁의 여지가 없는 것은 아니다. 왜냐하면 그것들은 조심스럽게나마 논쟁이 된 것들이기 때문이다.

사실상 언어의 이러한 대화화는 항상 진행 중에 있으므로, 이질언어적 언어들에서 어조와 의미를 끌어낼 때마다 말들은 이미 대화화된 의미를 끌어내게 된다. 이러한 말들은 한 가지 이상의 가치 체계에 참여함으로써 대화화되고 논쟁에 부쳐지며, 또 다른 말들에 맞닥뜨릴 때마다 또 다른 방식으로 재강조된다. 이렇게 잠재적으로 무한한 과정은 특수한 말만이 아니라 언어의 다른 요소들(기존 스타일, 통사 형식, 문법 규범조차)에도 해당된다. 이와 같은 복잡한 상호작용은 모든 언어의 역사에서 추진력으로 작용했다.

우리는 언어의 역사에 대한 이런 식의 설명을 체계의 불균형성이라는 구조주의적 관념과 비교해 볼 수 있다. 즉, 체계는 부단히 스스로를 수정해 나가고 이러한 과정에서 새로운 불균형성을 만들어 내며 결국에는 변화를 야기한다는 것이다. 티냐노프Y. Tynyanov와 야콥슨은 1929년에 "체계의 역사란 또다시 하나의 체계"라고 적고 있다. "모든 체계는 필연적으로 진화하면서 존재한다. 다른 한편으로 진화는 불가피하게 체계의 성격을 띠고 있다"(티냐노프·야콥슨, 〈문학과 언어 연구의 문제들Problems in the Study of Literature and Language〉, 79~80쪽). 이러한 통찰은 프라하 구조주의의 핵심으로서, 언어의 역사를 내재적 진화 법칙에 유도되는 것으로 기술하게 한다. 언어는 초시간적 완전성과 체계적 성격을 보존하되 끊임없이 변화에 적응해야 하며, 균형을 회복하고, 체계를 재조정하며, 더 큰 불균형을 낳을지 모르는 새로운 변화를 수단으로 해서 불균형을 보존하여, 그것이 미래 변화의 동력으로 소용되도록 해야 한다. 언어의 역사가 마치 체스 게임 규칙의 우연한 변화처럼 제멋대로였다고 소쉬르가 주장했다면, 티냐노프와 야콥슨은 그러한 변화가 체계적인 방식으로 조절되어 왔다고 맞섰다. 법칙, 균형, 그리고 역동적 체계라는 관념은 러시아 및 체코의 언어사 모델에서 핵심을 이룬다.[2]

다른 한편, 바흐친에게 언어의 변화는 체계적인 것이 아니라 혼잡한

---

2 이렇게 매혹적인 모델에 대한 설명은 F. W. Galan, 《역사적 구조: 프라하 학파의 기획, 1928~1945Historic Structures: The Prague School Project, 1928~1945》, 특히 제2장 '통시적 언어와 문학의 진화Language Diachrony and Literary Evolution', 6~44쪽 참조.

messy 것인데, 이는 일상적 활동에서의 예측 불가능한 사건들 때문이다. 더욱이 언어의 변화는 순수하게 추상적인 힘들(체계의 불균형성)의 결과가 아니라, 나날의 생활에 응답하는 실제 사람들의 활동의 산물이기 때문이다. 이 중 극소수만이 머리 위에 드리워진 법칙의 지배를 받는다. 티냐노프와 야콥슨은 외부의 파열 자체가 다른 문화 '계열' 내부의 변화에서 기인한다고 본다. 따라서 사건이란 얼핏 보기에는 제멋대로인 것 같아도 실제로는 문화 내부의 어딘가에 있는 체계적 역동성의 결과인 것이다. 두 이론가에 따르면, 분명히 제멋대로인 것도 실제로는 전체 문화가 '체계들 중의 체계'라는 사실을 검증해 주는 것이 된다. 그러나 바흐친에게 더 많은 체계들과 체계들 중의 체계라는 더 높은 질서를 요청하면서까지 언어의 혼잡성을 설명해 내려는 시도는, 잘해 봐야 프톨레마이오스적 우주에 더 큰 원 하나를 더하는 것과 같으며, 최악의 경우에는 이론의 신뢰를 얻기 위한 전적으로 부당한 비약에 지나지 않는다.

볼로시노프는 또한 '추상적 객관주의'(언어를 체계로 보는 관점)라는 더 경박한 발상을 논박한다. 그는 추상적 객관주의에서도 '실체화하는 부류 hypostasizing sort'(체계의 객관적 실재를 주장하는)와 그렇지 않은 종류를 구별한다. 하지만 실체화하지 않는 추상적 객관주의도 비록 언어가 객관적으로는 체계가 아닐지라도 여전히 각각의 개별 화자에게는 객관적 체계로 기능한다고 주장한다. 이 입장이 좀 더 개선된 것임은 볼로시노프도 인정하지만, 그럼에도 그것은 여전히 잘못된 생각이다(V: MPL, 67쪽). 우리는 다음 장에서 심리를 하나의 유의미한 체계로 간주하는 생각에 대해 바흐친과 볼로시노프가 함께 반대하는 것을 보게 될 것이다. 의식 또한 구심력과 원심력이라는 '긴장으로 가득 찬 환경'이다. 사고의 전부나 거의 대부분을 구성하는 언어가 특수한 화자들에게도 체계적이라면, 이는 놀랄 만한 일일 것이다.

볼로시노프에 따르면 어째서 언어가 모든 화자를 위한 하나의 체계가 아닌지를 알 수 있다. 우리가 모국어를 배울 때 (언제나 그것을 배우는 중이지만) 사전이나 문법이 아니라 우리가 참여하는 특정한 교환을 통해 배운다는 점을 상기해 보면 된다. 결과적으로 우리가 동화되는 언어는 이미 대화화된 채로, 이미 말해진 채로, 이미 가치 평가된 채로 우리에게 다가온다. 우리는 그것을 이미 사용된 것이면서 헝겊 조각으로 꿰매진 어떤 것으로서, 말하자면 체계가 아니라 모아진 것으로서 마주치게 되고 배우게 된다. 새로운 단어와 통사 형식을 익힐 때, 그것을 체계화하고자 강세며 말 걸기의 성질을 제거하지는 않는다. 결국 말을 할 때 우리는 강세를 사용하게 될 것이다. 단어와 형식은 사회 세계에 존재하는 것과 똑같이 우리 안에도 존재한다. 그것은 '발가벗겨진 시체'로서가 아니라 '살아 있는 충동'으로서 기억과 활동성을 지닌 채 존재한다.

모국어 화자들은 규칙을 적용하지 않고도 의사소통 흐름에 참여한다. 물론 모국어 화자들은 규범을 내면화하고 있어서 문법적 규칙들을 알게는 되겠지만, 엄밀히 말해서 무의식적이라도 규칙을 적용하는 것은 아니다. 그들은 말하거나 쓴다. 그들은 무언가를 성취하기 위해 언어라는 자원을 사용한다. 그들은 약호를 해독하기보다 이해하며 응답한다. 언어학자들이 규칙에서 예외 사항을 맞닥뜨렸을 때, 그리고 외국어 교사들이 그 예외가 있는 범례를 제시하려 할 때, 그들은 예외란 어느 정도 정상적인 것이 아니라고 가정하며 (학생들에게도 그렇게 전달한다) 범례와 표면적인 위반형 양자를 설명해 줄 상위 규칙이 틀림없이 있다고 가정한다. 사실상 언어학자들이 많은 경우에 옳은지도 모른다. 그러나 예외가 아주 많은 것이 아니라면, 매번 예외에 대해 하나의 규칙을 만들려고 노력하는 것은 많은 경우 경제적으로 낭비가 될 것이다. 다만, 만일 누군가가 명백한 비체계성의 배후에 하나의 체계가 있으리라 확신하려 한다면, 상위의 규칙 체계가 반드시 존재한다는 가정에는 그럴듯한 이유가 있을 것이다.

게다가 추상적 객관주의의 모든 접근법은, 발화가 좁은 의미에서 언어의 문제에 불과하다는 생각에 의존한다. 그러나 실제로 사용하는 언어는 '초언어적' 힘들에 단지 영향을 받기만 하는 것이 아니라 사실상 그 힘들에 의해 구성된다. 반복하건대 발화는 항상 대화적이며, 대화는 상상 가능한 어떠한 언어학 범주로도 환원될 수 없다. 그러므로 그것은 메타언어학적이다.

대화의 두 번째 의미

바흐친의 경우 모든 언표는 첫 번째 의미에서 대화적이게 정의됨을 살펴보았다. 바흐친은 대화라는 용어를 두 번째 의미로도 사용하는데, 그에 따르면 어떤 언표들은 대화적이고 다른 언표들은 어느 정도 비대화적(혹은 독백적)이다. 이 용어의 두 가지 의미를 파악하는 것, 그리고 경우에 따라 그가 마음에 두고 있는 게 어떤 것인지를 알아내는 것은 중요하다.

대화의 두 번째 의미를 이해하려면 약간 다른 개념을 도입할 필요가 있다. 바흐친이 다양하게 의인화해서 표현하는 언표의 '과제', '목표', 혹은 '기획'이라 부르는 것이 그것이다. 범박하게 말해서, 언표의 과제는 그것이 제공하려는 목적들의 복합체다.

두 가지 다른 경우를 생각해 보자. 제대로만 분석한다면 모든 언표에 속한 말들이 다른 문맥에서 인용된 것이거나 보고된 것들로 보일 수 있음을 우리는 안다. 그러나 우리가 말할 때 말의 출처를 고려하는 것은 우리가 청자에게 바라는 바가 아니라는 점 또한 인정할 수 있다. 첫 번째 경우에 우리는 그/그녀에게 단지 우리가 말하려 하는 것만을 고려해 주기를, 즉 우리 화제에 대해서 그 담론이 직접적이고, 무매개적이며, 인용되지 않은―'인용부호' 없이 말해진―말이라고 간주해 주기를 바랄 수 있다. 이와 대조되는 두 번째 경우에는, 동일한 단어를 말하면서도 그것이 청자에게 인용부호와 **더불어** 들리기를 바란다. 예컨대, 화자는 아이로니컬하게도 그 화제에 대해 말하고 있을지도 모르는, 화자와 청자 모두 알고 있는 어떤 사람을 은근히 암시하면서 말하는 경우가 있다. 화자는 '우리', 즉 화자와 청자가 말하는 것에서 이러한 공동 지인의 특징적인 표현법과 억양 등을 구별해 내기 위해 자신의 언표 속에 그것들을 포함시킬 수도 있다. 첫 번째 경우에 타자들의 목소리와 인용부호는 언표 과제의 일부가 아니며, 어쩌면 그와 정반대일지도 모른다. 그러나 두 번째 경우에 그것들은 언표 과제의 일부다. 두 가지 경우는 첫 번째 의미에서는 대화적이다. 그러나 두 번째 의미에서는 오직 두 번째 경우만 대화적이다.

문체론과 시학의 전통이란 첫 번째 경우에서, 즉 (인용부호 없는) 더 단순한 언표 유형을 분석하는 데서 도출되었고, 그것이 무리 없이 일상에, 수사적 형식에, 그리고 그런 유형의 문학 형식에 꼭 맞게 되었다는 것이 바흐친의 주장이다. 물론 언표들이 순수한 경우는 매우 드물기 때문에, 이러한 분석 형식은 두 가지 표현 유형으로 구성되어 있을지 모르는 텍스트를 취급하는 데에는 결함이 있다. 그 결함은 두 번째 의미에서 대화적인 언표들로 이루어진 텍스트를 취급하는 데에서 완전한 실패로 전환된다. 사실 우리는 일상생활에서 그러한 언표들을 자주 사용하는데, 바흐친은 소설이야말로 두 번째 의미에서 대화화된 언어에만 거의 전적으로 의존하는 장르라고 간주한다. 이 경우에, 우리는 왜 '시학'이 아니라 '산문학'이 필요한지를 알 수 있다.

제8장에서 우리는 어떻게 이러한 사유의 길이 바흐친의 소설 담론이론으로 이어지는지를 좀 더 상세히 살피게 될 것이다. 여기에서는 바흐친이 염두에 두고 있는 그와 같은 종류의 담론 사례 몇 가지를 제공하면서, 실제적인 언어생활을 이해하는 데 시학과 언어학, 문체론이 어째서 메타언어학이나 산문학보다 덜 만족스러운지 그 이유 몇 가지를 들려고 한다.

지금까지의 진술을 쉬운 말로 바꿔 보자면, 담론에는 두 가지의 기본 유형이 있다는 것이다. 하나는 (인용부호 없는) 홑목소리로 되어 있고, 다른 하나는 (인용부호가 있는) 겹목소리로 되어 있다. 바흐친은 도스토옙스키 연구서 마지막 장에서 겹목소리의 담론을 가리켜 자기 논의의 참된 '주인공'이라고 말하고 있다(PDP, 185쪽).

그 장에서 이루어진 바흐친의 분석은 상세하게 요약하기에는 너무 복잡하고 길다.[3] 현재의 목적을 위해서, 우리는 바흐친의 논의에서 그 자신조차 종종 불분명한 채로 놓아두는 기본 논리만을 지적하려 한다. 이를 위해 그의 '말'(혹은 '담론 유형들'—러시아어 slovo는 글자 그대로 '말'을 뜻하는데 종종 '담론'이라는 뜻으로도 사용된다) 도표를 변경해 보면 도움이 될 것이다. 여기서 '재생' 혹은 '주석'이라고 하지 않고 '변경'이라고 한 이이유가 있다. 바흐친은 자신의 도표(PDP, 199쪽)를 매우 긴 논의의 요약으로 제공하는데, 여기에는 그의 기본적인 틀거리를 모호하게 만들 만한 것들이 상당히 포함되어 있기 때문이다. 또한 바흐친은 자신의 논의에 나타나

---

3 바흐친 저작의 개별 용어들과 개념들에 대한 간편한 안내서로, 본 책에서는 다루지 않은 많은 것을 포함하고 있는 우리 두 사람의 책 《이질언어Heteroglossary》를 보라.

는, 그래서 자신의 분석 논리를 이해하는 데 중요한 몇 가지 핵심적 구별
들을 도표에 포함시키지 않았다. 다음의 수정된 도표가 바흐친의 이념을
이해하는 데 지침이 되어 줄 것이다.

담론 유형들

I. 홑목소리의 말

    A. '첫 번째 유형의 말': 직접적, 무매개적 담론

    B. '두 번째 유형의 말': (재현된 인물의) 객체화된 담론

II. 겹목소리의 말: '세 번째 유형의 말'

    A. 수동적 겹목소리의 말

        1. 단일 방향적인 수동적 겹목소리의 말 (양식화의 경우)

        2. 다중 방향적인 수동적 겹목소리의 말 (패러디의 경우)

    B. 능동적 겹목소리의 말

바흐친은 우선적으로 마지막 범주에, 즉 능동적 겹목소리의 말에 관심
을 둔다. 이러한 담론은 가장 복잡한 종류의 (두 번째 의미에서의) '내적 대
화화'를 제시하고 있어서 전통적인 시학과 문체론의 한계를 가장 선명하
게 지시하기 때문이다.

가장 단순한 종류의 담론에서 가장 복잡한 종류의 담론으로 진행해
보자. 첫 번째 유형의 말에서 시작해 보자. 이 담론 유형의 분석에서, 전
통적 접근법은 첫 번째 의미에서의 내적 대화주의는 간과하지만 두 번째
의미에서의 내적 대화주의는 놓치지 않는다. 왜냐하면 거기에는 간과할
만한 대화주의가 없기 때문이다. 첫 번째 유형의 담론은 독백적이다.

특히 첫 번째 유형의 담론은 자신, 그리고 자신이 최대한도로 부합하고자 하는 자신의 객체만을 인식한다는 점에서 '직접적'이고, '무매개적'이며, '지시 대상에 정향되어 있다'(PDP. 186-187쪽). 화자는 자신의 말하는 방식이 목적을 달성할 것이고, 그에 필적할 만한 다른 적합한 방식이란 없다는 듯이 자신이 말하고자 하는 바를 말한다. 예컨대 직업상의 문제를 토론하는 특정 직업의 종사자들은 그 문제가 자신들의 직업적 '언어' 내에서 논의될 수밖에 없다고 가정한다. 그들은 다른 어떤 말하기 형식이 더 적합한지를 두고 걱정하지 않는다. 그들이 말로 인해 좌절한다면, 그것은 그들이 그 직업의 언어 내에서 몇 가지 다른 용어들을 배울 필요가 있기 때문이다. 혹은 언어가, 그들만의 특정한 언어가 아니라 모든 언어가 궁극적으로 그 화제에는 적합하지 않기 때문이다. 또 다른 이질언어적 언어가 더 적합할지도 모른다는 가능성은 고려 대상조차 되지 못한다.

'직접적, 무매개적 담론'의 화자들은 또한 그 객체의 성질에 대해 이미 말해진 바를 고려하지 못하거나, 적어도 그들 자신의 발화 권위에 암묵적으로 도전하는 방식으로 그렇게 하지는 못한다. 그들은 마치 말에는 '스펙트럼식 분산'이 없는 것처럼 말한다. 그들은 단순히 자신들이 가리키는 것의 이름을 부를 뿐이다. 물론 메타언어학적 분석을 해 보면 그들의 담론은 동일한 화제를 다룬 다른 사람들의 말에 의한 결과물임이 드러나고 그 담론에 인용된 요소들도 나타날 것이다. 그러나 이러한 결과물과 요소들은 "담론의 자기정립 기획에는 들어가지 않는다"(PDP. 187쪽). 분석을 통해 탐지되는 그것은 "건축업자가 고려해야 할 필수불가결한 것임에도 건물에는 통합되지 않는 비계"(PDP. 187쪽)를 닮았다. 만약 비계라는 것이 건축 설계도면 속에 포함되어 있다면, 즉 화자가 다른 사람들의 말을 탐지 가능하게 사용하기를 원한다면, 그때 우리는 세 번째 유형의 말, 즉 '겹목소리의 말'을 가지게 될 것이다.

직접적, 무매개적 담론은 저자의 '궁극적인 의미론적 권위'를 '직접적으로' 표현하는 유일한 형식이다. 물론 그 권위는 (간접적으로) 다른 유형의 언표들 속에 현존하겠지만, 그것을 표현하는 유일한 작문법이란 있을 수 없다. 예컨대 희곡에서 저자의 궁극적인 의미론적 권위는 작품 전반에 걸쳐 발견될 수 있을 뿐, 특정한 배역에 의해 표현될 수 없다.

바흐친은 이제 자신이 '재현된' 혹은 '객체화된' 담론이라고 부르는 두 번째 유형의 말로 접어든다. 기본적으로 이 범주는 인물의 특성이나 유형을 통해 그 인물이 하나의 개인 혹은 사회집단의 한 소속원이라고 느껴지게끔 서술자가 인물의 말을 재현하는 방식을 포함한다. 인물 자신의 관점에서 보면 그의 말은 첫 번째 유형에 속한다. 그는 자신이 말하려 하는 것을 직접적으로 말한다. 즉, 객체를 가리키고, 명령을 내리며, 목적을 성취한다. 그러나 사실상 여기에는 비가시적이지만 독자에 의해 탐지되는 또 다른 '발화 중심'이 있다. 이 '발화 중심'은 인물의 말하기 방식을 재현해서는 그것을 청자의 객체로 만든다. 이때 그것은 물론 인물 자신의 객체도 아니다. 여기에서 우리는 저자와 주인공에 대한 바흐친의 초기 시나리오의 흔적을 발견할 수 있다. 거기에서 창조된 인물은 자신의 윤리적 삶을 '의식하지 못한 채' 살아가는 반면에, 저자는 '외부에서' 그러한 삶에 심미적 최종점을 부과한다.

두 번째 유형의 말에는 제2의 발화 중심이 있기 때문에, 바흐친이 어째서 이러한 종류의 담론을 홑목소리라고 불렀는지 이해하기 어려울 수 있다. 그는 저자와 인물 사이에 아무런 대화적 관계도 존재하지 않는다고 해명한다. 그들은 같은 자리에 머무르지 않기 때문에 결코 논쟁하지 않으며 서로 융합하지도 않는다. 물론 '독백적 문맥'이 취약해지면, 즉 그 목소리들이 평등해지면, 그때는 대화적 관계가 발생하여 우리에게 다른 종류의 담론이 주어질 것이다. 첫 번째 유형에 속하지만 서로 대화적 관계에 있는 두 언표나, 아니면 세 번째 유형에 속하는 언표 말이다.

두 번째 유형의 말의 경우에 결정적인 사실은, 인물의 발화에서 그/그녀의 발화가 제2의 발화 중심을 알아채지 못한 채로 형성된다는 점이다. 주인공은 그/그녀만의 세계에 살면서 말한다. "객체가 된 담론은 자신이 감시받고 있음을 모른 채 자기 일을 계속하는 사람처럼 그 사실을 알아채지 못한다. 객체화된 담론은 [결국에는] 마치 자신이 직접적인 홑목소리의 담론이라도 되는 것처럼 말한다"(PDP, 189쪽). 전적으로 두 번째 유형의 담론으로만 이루어진 작품은 의미를 만들기 위해서 저자의 궁극적 권위를 직접 표현하지는 않는다(비록 그 권위라는 것이 거기에 여전히 있을지라도 말이다)는 사실을 기억해야 한다.

수동적 겹목소리의 말: 양식화

세 번째 유형의 말, 즉 겹목소리의 말에서는 제2의 목소리 발성이 언표의 기획 자체에 포함되어 있다. 이런저런 방식으로, 이런저런 이유에서, 저자는 "이미 의도를 가지고 있는, 혹은 보유하고 있는 어떤 담론 속에 새로운 의미론적 의도를 삽입함으로써 자신의 목적을 위해 다른 사람의 담론을 사용한다"(PDP, 189쪽). 우리가 만약 일상 담론에서 타자의 말을 얼마만큼이나 은근히 끌어들이고 있는지, 또한 타자의 말을 얼마나 통합해 내고 있는지를 숙고해 본다면, 그리고 대화적 관계에 있음을 얼마나 과시하려고 하는지를 생각한다면, 우리는 어째서 저 겹목소리 담론 형식들이 그렇게

나 많고 다양한지를 즉시 인정하게 될 것이다. 사회적 태도(예를 들자면 권위에 대한, 타자에 대한, 그리고 받아들인 진리에 대한)를 변경할 때는 항상 다양한 겹목소리의 담론이 새롭게 생성되는데, 결국에는 이것이야말로 그런 변화의 탁월한 증거 자료가 된다.

겹목소리의 담론은 수동적일 수도, 능동적일 수도 있다. 수동적일 경우에는 저자나 화자가 통제력을 발휘한다. 그는 타자의 담론을 자신의 목적을 위해 사용한다. 그가 만약 타자의 담론을 듣거나 감지할 수 있게 만든다면, 이는 그의 목적이 그렇게 하기를 요구하기 때문이다. 단적으로 말해서 이런 종류의 겹목소리의 말에 적용되는 '수동성'이라는 명칭은 저자(혹은 화자)의 손아귀에서 수동적 도구로 놀아나는 '타자의 말'에 속한다. 반면에 능동적 겹목소리의 말에서 타자의 말은 쉽게 굴복하지 않는다. 그것은 저자의 목적에 능동적으로 저항하며, 그의 의도를 논박하고, 그렇게 함으로써 언표의 의미와 스타일적 윤곽을 재형성한다. 능동적 유형의 겹목소리 말은 더욱더 흥미롭다.

수동적 겹목소리의 담론은 다시 '단일 방향적' 담론 혹은 '다중 방향적' 담론으로 분류된다. 그런 구별은 화자의 목적과 타자의 목적 사이의 관계에 따른다. 단일 방향적 담론에서 양자의 '과제'는 본질적으로 동일하지만, 다중 방향적 담론에서 그것들은 다소 차이를 보이며 대립한다. 바흐친이 지적한 것처럼, 저자와 타자는 서로 다른 '방향'으로 가려고 한다. 명백히 이러한 구별은 단지 하나의 연속체에서 양극단을 지칭하는 것이므로, 그 사이에는 무수히 많은 중간 단계들이 있기 마련이다.

단일 방향적인 수동적 겹목소리의 담론에서 범례적인 경우로는 바흐친이 '양식화'라고 부르는 것이 있다. 스타일 작가stylizer는 선행 화자나 선배 작가의 담론을 채택하곤 한다. 이는 달성하고자 하는 과제와 관련하여,

그들이 말하는 방식이나 글 쓰는 방식이 본질적으로 올바르고 적합하다고 간주한다는 뜻이다. 어떤 비평가는 자신이 존경하는 선배 세대에게서 전수받은 스타일을 반복한다. 어떤 작가는 특정한 선행 유파에 속해 있음을 표시하는 스타일을 채택하는데, 이는 그가 그 유파에 동의한다는 결론을 내렸기 때문이다. 두 명의 화자가 본질적으로 똑같은 일을 하길 원한다면, 왜 이러한 담론이 두 번째 의미에서의 겹목소리이고 대화적인 것인지 의문이 있을 수 있다. 이미 보았듯이 이견 못지않게 동의도 대화적 관계라는 것이 이에 대한 답이다. 특정 화자가 자신과 일치하는 것과 두 명의 화자가 각자의 관점에서 의기투합하게 되는 것 사이에는 근본적이고 질적인 차이가 있다. 마찬가지로 직접적인 무매개적 담론과 양식화 사이에도 차이가 있는 법이다.

스타일 작가는 자신의 언표 속에서 타자의 목소리가 소리를 내고 들리게끔 구성한다는 점이 중요하다. 만약 그가 그렇게 하지 않는다면, 다시 말해 출처가 탐지되지 않기를 원해서 언표를 그렇게 되도록 구성한다면, 타자의 목소리는 비계가 될 것이고 우리에게는 첫 번째 유형의 언표가 주어질 것이다. 그러나 그가 만약 타자의 목소리가 들리기를 원한다면, 더군다나 자신도 동감하고 있으며 심지어 그 목소리를 적극 옹호한다는 듯이 들리기를 원한다면, 그 언표는 겹목소리가 된다.

이 경우에 타자의 목소리가 지닌 지위는 변한다. 그 변화의 본성을 알아채려면, 어떤 사람에게 동의하는 바로 그 행동에 이견의 가능성이 함축되어 있음을 이해해야만 한다. 화자는 자신의 선행자에게 동의하지만, 모든 사람이 그렇게 생각하는 것은 아님을 안다. 화자는 타자에게 동의할지 동의하지 **않을지**를 고려하고 나서, 그 다음에 타자의 담론이 '옳다'고 혹은 그렇지 않다고 결정한다. 다른 말로 하자면, 타자의 담론은 **시험에 부**

쳐진 것이다. 시험에 통과한다고 하더라도, 그 담론을 시험해 볼 필요가 있었다는 사실 자체로 인해 그 담론이 지닌 권위의 본성은 달라진다. 바흐친이 설명하듯이, "객체화의 엷은 그림자"(PDP, 189쪽)가 선행자의 스타일 위에 드리워진 것이다. 한때 '무조건적'이었던 것—말하자면, 직접적이고 무매개적이며 지시체를 향해 방향 지어진 담론—이 이제는 '조건적'인 것 (특수한 조건 하에서 수용되는 것)이 된다. 시험이 진행되는 과정에서 그것은 어떤 한 인물의 담론처럼 취급되고, 시험에 통과하지 못하면 그 상태 그대로 남게 될 것이다. 이는 시험이 종료된 이후에도 어째서 '객체화의 그림자'가 그 위에 여전히 남아 있는지를 말해 준다. 단적으로 말해, 양식화는 대화를 포함하고 있다.

물론 시간이 경과할수록 대화는 침묵하게 되고 결국에는 사라질 것이다. 스타일 작가의 "모델에 대한 열광이 오히려 거리감을 파괴하여, 재생된 스타일이 **다른 어떤 사람의** 스타일이라는 것을 차분히 감지하지 못하게 할 수도 있다"(PDP, 190쪽). 그런 일이 발생하면, 두 개의 목소리가 '병합'하게 되어 오로지 하나의 목소리만 감지된다. 그것은 양식화하는 대신에 단순히 (좁은 의미에서) '흉내'를 낸 셈이 된다. 이런 의미에서 흉내는 홑목소리다. 정반대로, 시간이 경과하면서 흉내가 양식화로 발전할 수도 있다. 양식화와 흉내 사이에는 순간순간마다 수많은 중간 단계들이 있음을 알게 된다. 거리는 벌어지거나 좁아질 수 있고, 권위는 성쇠를 거듭한다. 메타언어학과 사회적 문학사는 이런 식의 변화에 주목할 것이다. 그런데 이 변화는 다른 식으로는 가시화되지 않을지도 모른다.

신역사주의적 문체론의 또 다른 화제는 특정 시기의 양식화를 상대적으로 지배하는 직접화법이다. 때로는 회의론이 특정 집단의 세계 감각의 중심을 차지하면서 언어가 그 대상에 완전히 들어맞는다고 생각하는 직접적인 무매개적 담론이 무척이나 소박한 생각으로 보일 수 있다. 결국 소박성의 혐의를 모면하기 위해 저자들은 '인용문'을 사용하는 다양한 스타일을 개발할 수 있고, 그래서 직접적인 무매개적 담론을 선호하는 가운데서도 다양한 양식화 형식을 사용할 수 있다. 지식층에게는 현재가 그러한 시대일 테지만, 역사적으로는 다른 시기들도 있었다. "직접적인 권위적 담론은 모든 시대에 가능하지만, 모든 시대가 하나의 스타일을 명령할 수는 없다. 〔그런 의미에서의〕 스타일은 권위적 관점이 현재할 것을, 그리고 권위적이고 안정된 이데올로기적 가치 판단이 현재할 것을 요구하기 때문이다"(PDP, 192쪽).

바흐친과는 달리 볼로시노프는 직접적 스타일이 양식화에 지배당하는 시기를 퇴폐로 간주한다. 그는 혁명 전 러시아가 이런 방식에서 퇴폐적이었다는 입장을 고수하면서도, 승리하는 프롤레타리아계급이 직접적, '정언적', '단정적'인 말에 고대의 모든 권리를 회복시켜 주리라는 확신을 표현하고 있다(V: MPL, 158~159쪽). 여기에서 우리는 볼로시노프와 바흐친 사이의 근원적인 차이점을 알게 된다. 볼로시노프의 경우 중요한 대립은 언제나 영구적 진리와 해로운 오류 사이에 놓여 있다. 이에 비해 바흐친은 대화를 선호하며 다수성과 혼잡성의 수사학을 가치 있게 생각하는 경향이 있다. 그에게서 중요한 대립은 시험을 거치지 않은 것(혹은 의문이 제기되지 않은 것)과 시험을 거친 것(혹은 '의심의 십자가'를 통과한 것) 사이에 있다.

수동적 겹목소리의 말: 패러디와 스카츠

단일 방향적인 수동적 겹목소리의 말과는 대조적으로, 다중 방향적인 수동적 겹목소리의 말은 타자의 담론을 비판적으로 혹은 적대적으로 취급하는 경향이 있다. 타자의 담론은 시험을 거치면서 결핍을 노출할 뿐 아니라 논쟁을 필요로 하게 된다. 패러디는 바흐친의 사례에서 이러한 현상에 속한다.

겹목소리의 말인 패러디는 양식화와 마찬가지로 타자의 담론을 느낄 수 있게 해 준다. 다만 양식화와 달리, 패러디는 타자의 말을 거칠게 취급하는 경향이 있다. 특히 패러디는 "원본에 직접적으로 대립하는 의미론적 의도를 담론에 도입한다"(PDP, 193쪽). 패러디의 담론은 결국 "두 목소리의 싸움터"(PDP, 193쪽)가 된다.

여러 가지 이유에서 어떤 것에 동의하지 않을 가능성이 있을 때, 패러디 작가는 자신이 의견을 달리하는 근거를 가리켜 보이고자 표적 담론에서 못마땅한 측면을 의도적으로 '뚜렷하게' 만들 것이다(PDP, 193쪽). 만일 그렇게 하지 않는다면, 패러디의 초점은 사라지게 된다. 예컨대, 패러디 작가는 자신이 발견한 못마땅한 속성들을 내보이는, 표적의 스타일적 측면을 과장할 수도 있다. 달리 말해서, 타자 목소리의 스타일적 윤곽은 양식화에서보다 패러디에서 더욱 또렷하게(그렇다고 반드시 더 정확한 것은 아니지만) 느껴질 것이며, 원본에 대한 저자의 의도 역시 더욱 "개별화될" 것이다(PDP, 193쪽). 이런 이유에서, 그리고 일반적으로 동의보다는 이견이 더 흥미를 유발하는 것처럼 보이기 때문에, 양식화보다는 패러디가 더 많이 비판적 주목의 대상이 되어 왔다.[4]

논의 과정에서 바흐친은 논점을 이탈하여 러시아 형식주의가 제기한

---

4 바흐친의 패러디 접근법에 대한 더 자세한 논의로는 《바흐친 재고: 확장과 도전》, 63~103쪽의 '패러디 이론Theory of Parody' 장 참조.

성가신 문제, 즉 스카츠skaz[5]의 본성 문제를 고찰한다. 스카츠는 형식주의의 주요 저작에서 자주 다뤄지는 주제였는데, 이후에도 빈번하게 분석되고 거듭 재정의되곤 했다. 거칠게 말해서, 이 용어는 고골의 〈외투〉(범례적 경우), 미국의 경우에는 마크 트웨인의 《캘리베러스의 명물 도약 개구리 The Celebrated Jumping Frog of Calaveras County》와 《늙은 램의 이야기Story of the Old Ram》 또는 링 라드너Ring Lardner의 〈이발Haircut〉 같은 작품들에서 나타나는 담론 형식을 가리킨다. 형식주의자들은 이러한 서사에 나타나는 두 가지 특성을 강조한다. 첫째, 그들이 선호하는 《트리스트럼 섄디Tristram Shandy》와 관련된 스카츠로서, 서술자의 통제 없이 작품 창작이 '진행 중'이어서 수정이 덜 이루어진 듯한 느낌을 주는 원고다. 〈외투〉는 이렇게 시작된다. "어느 관청의 국局에 … 하지만 그것이 어떤 관청인지는 구태여 밝히지 않는 게 좋을 듯싶다. 관청의 국이든 연대聯隊든 사무실이든 간에, 그런 곳에 근무하는 사람치고 다시 말해 관청에 근무하는 사람치고 다루기 쉬운 사람은 없다"(고골, 〈외투〉, 562쪽). 그러고 나서, 그 다음 페이지에서 서술자는 자기가 써 놓은 것을 삭제하지도 않은 채 이야기를 처음부터 다시 시작한다. 아니, **썼다**기보다는 **말했다**고 하는 편이 맞겠다. 왜냐하면 참으로 중요한 스카츠의 두 번째 특성은 서사가 구술된다는 점이기 때문이다. 스카츠는 구술 발화 특징에 정향되어 있으며, 사투리를 선호한다. 형식주의자들에 따르면, 스카츠에서는 구전적 특징이 두드러질수록 더 좋다.

바흐친이 반대하는 것은 형식주의자들이 스카츠를 본질적으로 형식적인 범주들, 예컨대 가장 두드러진 것으로는 구술성에 기대어 설명하는 것

---

5 [옮긴이주] 스카츠란 소설의 서술자를 대신하여 개별 이야기꾼의 구연 발화를 흉내 낸 구어체 이야기 서술 기법을 말한다.

이다. 바흐친에 따르면, 상당수의 구전 서사는 〈외투〉에서와 같은 발성으로 읽히지 않는다. 예컨대, 투르게네프의 이야기는 많은 경우 구어적 담론을 전혀 다른 방식으로 사용한다. 그의 이야기에 "구어적 발화를 지향하는 경우는 있어도" 고골의 소설에서처럼 "다른 사람의 〔특이한〕 담론을 지향하는 경우는 없다"(PDP, 192쪽). 세 번째 변형태인 레스코프N. Leskov의 이야기를 보자면, 여기에도 사투리가 사용된다. 하지만 구술성을 위한다는 것은 부차적인 것이고, 일차적으로는 "사회적으로 이질적인 담론과 사회적으로 이질적인 세계관을 나타내기 위해서" 그렇게 한다(PDP, 192쪽).

그런 경우, 스카츠는 〈외투〉에서와 같은 '겹목소리'가 아니다. 레스코프의 구어적 서술은 사실상 두 번째 유형의 말, 즉 재현된, 객체화된 담론으로 작성되어 있다. 그러나 더욱 흥미로운 스카츠의 사례들은 겹목소리로 되어 있다. 특히 그것들은 다중 방향적인 수동적 겹목소리 말의 사례들이다. "스카츠에서 다른 누군가의 담론을 지향한다는 사실을, 즉 겹목소리로 되어 있다는 사실을 무시한다는 것은 스카츠 담론의 한계 범위 내에서 일단 다중 방향적으로 된 목소리들이 맺게 되는 복합적인 상호 관계를 전혀 이해하지 못하는 것이다"(PDP, 194쪽).

형식주의자들은 메타언어학적 범주보다는 오히려 언어학적 범주에 초점을 맞추기 때문에, 사실상 매우 다른 현상들임에도 불구하고 스카츠를 동일한 묶음으로 처리하곤 했다. 바흐친은 (두 번째 유형의 말을 사용하는) '단순' 스카츠와 (겹목소리의 말을 사용하는) '패러디' 스카츠를 구별하자고 제안한다. 메타언어학적 견지에서 보면, 패러디형 스카츠는 구술된 담론을 재현하는 홑목소리의 서사보다는 기록된 담론을 재현하는 겹목소리의 서사에 더욱 가깝다. 〈외투〉는 레스코프의 이야기 혹은 애덤 비드[6]의 발화 및 사상보다는 도스토옙스키의 서간체 소설 《가난한 사람들Poor Folk》을 닮았다.

능동적 겹목소리의 말

패러디 개념을 좀 더 다뤄 보자. 저자가 다른 사람의 언표를 반어적으로 인용하고 과장하는 패러디의 경우를 생각해 보라. 표적 목소리의 '객체화'를 점차 축소해 가면서 그것이 패러디 작가의 행위에 저항하게 만들어 보자. 표적으로 하여금 자신의 권리를 주장하게 하고, 패러디 작가와 평등해지기를 소망해 결국에는 평등해지게 해 보라. 게다가 이러한 대화적 평등의 점진적 성취가 언표를 둘로 쪼개는 것이 아니라 오히려 원본이 되는 단일 언표 안에서 발생한다고 상상해 보라. 언표는 전에도 그랬듯이 여전히 '싸움터'지만, 패러디 작가는 이제 더 이상 통제력을 행사하지 않는다. 우리는 두 개의 목소리를 예리하게 느끼면서 헤게모니를 놓고 경쟁하는 두 개의 억양을 탐색한다. "이러한 담론에서 저자의 사상은 더 이상 타자의 사상을 강압적으로 지배하지 않고, 담론은 균형도 확신도 잃어버린 채 동요하면서 내적으로 미결정인 상태에서 양면성을 드러내게 된다"(PDP, 198쪽). 패러디, 곧 수동적 유형의 겹목소리의 말은 능동적 겹목소리의 말로 전환된 것이다.

수동적 겹목소리의 말과 능동적 겹목소리의 말 사이에서 수많은 중간

----

6 [옮긴이주] 조지 엘리엇George Eliot의 소설 《애덤 비드Adam Bede》(1859)의 주인공이다.

단계가 발견된다는 것은 사실이다. 이런 구별은 바흐친이 대립 경향으로 정의한 여러 가지 구별 중 하나에 불과하다. 바흐친은 절대 이어질 수 없는 대립을 주장하기 위해서 구별을 제안한 것이 아니라 둘 사이의 공간의 복잡성을 표시하기 위해서 이런 구별을 한 것이다.

능동적 겹목소리의 말은 엄청나게 내적으로 대화화(두 번째 의미에서의 대화로)되어 있다. 이러한 내적 대화화가 도스토옙스키에게서 종종 볼 수 있는 것처럼 충분히 밀도 있고 복합적이라면, 텍스트를 크게 소리 내어 읽어도 서로 경쟁하고 대립하는 수많은 억양들을 다 간직할 수 없을 것이다. 그러나 우리는 조용하게나마 여전히 억양들의 유희를 '들을' 수 있다. 소설들을 개작함으로써 획득된 이 유희의 연출자들은 이러한 난국을 타개하는 가운데 막대한 도전을 경험하게 될 것이다. 바흐친은 여러 억양이 동시에 실행되는 담론 실현의 문제에 공감을 표한다. "큰 소리로 말한다는 것이 [때로는] 어렵다. 크고 생생한 억양은 담론을 과도하게 독백적으로 만들어서 다른 사람의 목소리가 공평하게 그 안에 현재할 수 없게 만들기 때문이다"(PDP, 198쪽).

바흐친이 능동적 겹목소리 담론, 즉 '숨겨진 논쟁'의 일환으로 제시하는 첫 번째 사례는 이 범주의 기초적 특성을 명확히 보여 준다. 숨겨진 논쟁에서 저자의 담론은 부분적으로는 그것이 지시하는 대상을 향해 있다는 점에서 첫 번째 유형의 담론과 같다. 그러나 동시에 그것은 청자의 말이 현재한다는 데 움찔하면서, 혹시 있을지 모르는 적대적 대응에 '곁눈질'을 보내는 것처럼 보인다. 그것은 "동일 주제 안에서 타자의 담론을 향해 논쟁적인 한 방"을 먹임으로써(PDP, 195쪽) 예견되는 대답에 응답한다. 그래서 우리는 그 말이 이중의 방향을 가지고 있음을 알아챈다. 이러한 이중의 방향성은 스타일과 억양, 그리고 통사에 반영되어 있다. 만일 이중의 방향을 가진 말을 첫 번째 유형의 담론처럼 취급한다면, 그래서 그 말이 지시하는 의미나 표면적인 목표에 배타적으로 초점을 맞춘다면 그에 대한 이해는 불가능할 것이다.

기본적으로 이와 같은 담론은 일상생활에 흔하게 널려 있다. 우리는 화자가 '뼈 있는' 말을 사용하는 경우를 본다. 예컨대 "누군가를 겨냥해 함정을 파는" 말을 하는 경우, 그리고 "선수를 쳐서 자신을 부정하는 식의 과도하게 자기비하적인 발화를 하는 경우, 또 여러 차례 머뭇거리고 망설이고 틈구멍을 보이는 등의 발화를 하는 경우가 그러하다"(PDP, 196쪽). 산문적 실천은 메타언어학적 관점을 위한 하나의 길잡이가 될 수 있다. 더 놀라운 것은, 즉 전통적 문체론의 잘못된 방향을 그만큼 더 잘 드러내는 것은, 학자들조차 이러한 현상의 복잡성을 제대로 식별하지 못했다는 점이다. 발화 및 글쓰기를 원천이 되는 어떤 체계의 개별적 사례로서 생각하는 한 그것을 식별할 수 없다.

문학적 발화literary speech를 생각해 보더라도, 우리는 어떤 숨겨진 논쟁 요소가 모든 스타일에 걸쳐 틀림없이 현재함을 알아챌 것이다. 그 요소가 오로지 선행 스타일과 차별화하려는 이유에서 비롯된 것일지라도 말이다. 그러나 직접적인 무매개적 담론에서는, 숨겨진 논쟁의 요소란 언표가 할 일에 속하지 않는다. 저자는 정밀 분석을 통해서나 드러날 정도의 것을 우리에게 제시하지는 않는다. 그러나 능동적 겹목소리의 말에서는, 타자에 의한 저항의 느낌뿐만 아니라 그 저항에 대한 화자의 우선적 반응이 언표의 임무에 포함되어 있다.

작문에 표현된 대화 속의 답변을 살펴보면, 우리는 곁눈으로 눈치 보는 능동적 겹목소리를 적잖게 발견할 수 있다. 사실 이러한 현상은 자주 일어나기는 힘들어도 어느 정도는 항상 있기 마련이다. 대개의 경우 말 내부의 대화주의는 거의 전적으로 **첫 번째** 의미의 대화주의다. 그러나 때로는 대화 중의 답변이, 숨겨진 논쟁과 마찬가지로, 응답을 예상하며 '굽실거리고' 예상되는 대답에 곁눈으로 눈치를 보기도 한다. 이런 경우 답변은 바흐친이 "밀도 있는 대화적 담론"(PDP, 197쪽)이라고 부르는 능동적 겹목소리 말의 유형이 된다.

또는, '숨겨진 대화성'이라는 현상을 검토해 볼 수도 있겠는데, 이는 숨겨진 논쟁이나 '밀도 있는 대화적 담론'과 관련되어 있지만 그와 전혀 다르다. 대화의 전반적인 느낌으로 알 수 있을 정도로 한쪽의 진술에서 누락된 구석이 있는 두 사람의 대화를 상상해 보면, 누락된 화자의 말들은 귀에 들려오는 발화 위에 깊은 흔적으로 남게 된다. 이 스타일은 보이지 않는 타자에 의해 형성되는 것이리라. 사실 상당수의 담론은, 이런 과정이 발생하지 않았는데도 불구하고 마치 그 과정이 발생한 것처럼 들리곤 한다. 이런 종류의 발화에서 "우리는 이것이야말로 대화라는 느낌을 받는다. 비록 한 사람만 말하고 있지만, 그래도 이것은 가장 밀도 있는 대화다. 왜냐하면 현재 언표된 각각의 말들은 보이지 않는 화자에게 온몸으로 응답하고 대응하면서, 자기 바깥의 무언가를, 자신의 한계를 넘어서는 곳을, 다른 사람이 하지 않은 말들을 가리켜 보이고 있기 때문이다"(PDP, 197쪽).

능동적 겹목소리의 담론에서 가장 일반적인 면들을 논해 보면, 바흐친이 제공하는 점차 더욱 복잡해지는 수많은 사례는 도스토옙스키의 소설에서 도출된 것이다. 각각의 사례들은 더 많은 섬세함, 구분, 범주를 함축하고 있기 때문에 여기에서 살펴보기에는 그 수가 너무 많다. 다만 몇 가지 인상적인 부분만 정리해 보자.

가장 단순한 경우는 도스토옙스키의 서간체 소설 《가난한 사람들》에서 도출된 것이다. 물론 서간체 소설이 특정한 담론 유형을 원칙적으로 요구하지는 않지만, 송·수신인 양자가 모두 현재한다는 느낌은 그 형식을 능동적 겹목소리의 말에 썩 적합하게 만든다. 청년 도스토옙스키는 모욕감과 굴욕감의 심리를 극화하는 데 적절한 이 장르의 이점을 활용하여 겹목소리의 말을 두드러져 보이게 만들었다. 《가난한 사람들》에서 가난하고 자의식 강한 주인공 마카르 데부시킨의 편지에는 예상되는 타자의 답변이 끊임없이 '비집고 들어와 있'고, 그 점이 편지들의 스타일적 윤곽을 형성하고 있다.

젊고 감상적인 처녀에게 쓰는 편지에서, 데부시킨은 끊임없이 자신의 말이 어떻게 들릴지 고심한다. 거의 병적이라 생각될 만큼, 그는 자신의 진술을 완전히 끝마치기도 전에 부단히 자신의 진술에 대한 답변을 예측하며 자신이 두려워하는 응답에 맞서 선수 칠 구절을 적어 나감으로써, 결과적으로 자신의 두려움을 드러내면서도 우리에게는 그 두려움을 무시하라고 주의를 준다. 바흐친은 다음과 같은 사례를 인용한다. "소중한 사람, 그렇다고 뭔가 다른, 비밀스러운 의미가 여기 숨겨져 있을 거라고는 생각하지 말아 주세요. 그러니까 그게, 말하자면, 이 '부엌에 산다는 것' 말입니다! 바꿔 말해서 제가 부엌 한쪽에 있는 칸막이 방에 살고 있는 것은 사실이지만, 뭐 괜찮아요"(도스토옙스키, 《가난한 사람들》, PDP, 208쪽에서 재인용). 여기 데부시킨의 담론에는 **부엌**이라는 단어가 어떤 두려움을 표시하는 단어처럼 툭 튀어나와 있는데, 이는 상대 여자가 데부시킨의 말을 믿지 않을 것에 미리 대비해서 그가 논쟁적으로 과장해 못마땅한 억양과 어조로 표현한 것이다. 데부시킨은 이런 단어를 사용하는 데 대해 불쾌감을 느끼지만 그 단어의 힘을 알고 있다. 그래서 그의 발화는 그 단어가 언표되는 것을 막고 피하려는 시도에서 나온 것임을 우리는 안다. 하지만 그 단어가 어차피 언표**되어야만 한다면**, 데부시킨은 스스로 그 단어를 내뱉는 사람이 되어서, 남자답게 진실에 부딪쳐 약간의 권위라도 얻으려 한다. 그러나 그 단어의 타자성은 스타일의 통합을 끊임없이 위협한다. "그에게 깊이 박혀 버린 이 낯선 담론에서 나오는 둥근 원들이 그[데부시킨]의 발화의 부드러운 표면을 가로지르는 고랑을 만들면서 흩어져 있다"(PDP, 208쪽). 만약 이런 구절을 손쉽게 '직접화법'으로 분류해 버린다면 실제 진행되는 사태를 알아채지 못할 것이다.

《가난한 사람들》 전반에 걸쳐, 데부시킨은 동시에 서로 다른 두 가지 관점에 근거해 자신의 말을 선택한다. 즉, 그가 "자신이 이해하는 바대로 타인들이 그 말을 이해해 주기를 바란다는 관점, 그리고 타인이 그 말의 사실상의 의미를 이해한다는 관점"(PDP, 208쪽)이다. 두 번째 관점은 다시 세 번째 관점, 즉 타인이 그의 말이 지닌 사실상의 의미를 이해하게 될 방식에 그가 응하는 방법을 유도해 낸다.

다양한 강조와 겹목소리의 과정이 강렬해지면, 그것은 더욱 복잡한 현상을 낳게 되어 '미세한 대화들' 사이에서 끊임없는 변동을 유발한다. 실제로 텍스트의 모든 국면은 '빈번하게 중단'될 수 있다. 이와 같은 중단은 "발화의 미묘한 구조적 요소들" 속으로, 그리고 의식으로 침투하게 된다(PDP, 209쪽). 두 개의 목소리는 "원자 내부에서"(PDP, 211쪽) 서로를 중단시킨다.

그 다음 소설 《분신The Double》에서 도스토옙스키는 이 기법을 발전시켰다. 이 신작 소설의 정신분열증적 주인공 야코프 페트로비치 골랴드킨에 비하면 데부시킨은 그나마 제정신에 속한다. 골랴드킨의 정체성 감각은 언제나 위협받는다. 그는 타인의 의견에 대한 전적인 무관심을 가장하고자 자신에게 말을 건다. 다른 사람과의 잦은 마찰 때문이다. 그래서 자신이 내뱉는 문장에 안심하고 마음이 진정될 때까지 그의 내적 '독백'은 지루하게 끝도 없이 반복된다. 골랴드킨은 상상으로 만들어 낸 자비로운 타자의 목소리, 즉 '제2의 목소리 대역代役'의 감미로움에 평온을 느낀다. 사실상 이러한 제2의 목소리는 그가 이해하지 못하는 실제 타자들의 말을 들리지 않게 하고, 그로 하여금 이상하고도 부적합한 방식으로 답하게 한다.

그러나 위로를 위해 창조된 것은 충분한 권위를 행사하지 못하는 법이다. 자신의 두려움, 그리고 인위성에 대한 자각이 그 위로에 구멍을 내게 된다. 골랴드킨의 제2의 목소리 대역은 자주 적대적이 되어, 감미로운 목소리에서 조롱하는 목소리로 돌변하곤 한다. 오로지 내부자만이 골랴드킨의 아픈 마음을 알 수 있고 그 모든 상처를 점검할 수 있다는 점이 인식되면, 이 목소리는 타인에 대한 골랴드킨의 위장된 무관심을 조롱하고 그가 확신하는 그 자신의 문장을 웃음거리로 만들어 버린다. 골랴드킨은 이러한 적대적인 목소리에서 자신을 숨기려 하고, 군중 속에 파묻혀 버리고자 하며, 자신이 다른 사람들과 전혀 다를 바 없다고 주장하는 것으로 응답한다. 골랴드킨의 사고를 서술하는 한 단락에서, 이 모든 목소리들이 어지러울 정도로 빠른 속도로 각자 응답하면서 중단과 위무, 조롱, 그리고 핑계로 솟아오르는 소용돌이를 만들어 낸다.

마치 이러한 복잡성으로는 충분하지 않다는 듯이, 도스토옙스키는 그 이야기를 들려주고자 특별한 서술자의 목소리를 사용한다. 바흐친에 따르면, 《분신》은 골랴드킨 자신의 여러 목소리들 중에서 특별히 주인공을 조롱하는 제2의 목소리 대역으로 서술되어 있다. 이야기는 마치 우리에게 들리는 것이 아니라 골랴드킨 자신에게 대화적으로 말을 거는 것처럼 되어 있다. 우리가 읽는 서사는 골랴드킨의 귓가에 울려 퍼지면서 그를 미치게 하려는 것처럼 보인다. 상류층의 무도회장에 초대받지도 않은 골랴드킨이 나타나는 장면을 기술하는 저 조롱하는 투의 서술보다 도스토옙스키의 '잔인한 재능'이 더 잔인하게 드러나는 곳은 없을 것이다.

그보다는 이 실화의 하나밖에 없는 진짜 우리 주인공, 골랴드킨 씨에게로 관심을 돌려 보기로 하자.

문제는 그가 지금, 간단히 말해, 아주 이상한 상황에 처해 있다는 것이다. 여러분, 그도 바로 여기에 있다. 무도회장 안은 아니지만 거의 무도회장에 있는 것이나 다름없다. 여러분, 그는 아무렇지도 않다. 그는 나름대로 바르게 사는 사람이지만, 지금은 있어야 할 곳에 있지 않고 엉뚱한 곳에 서 있다. 그가 서 있는 곳은—말하기도 이상하지만—올수피 이바노비치의 집 뒤쪽 층계 출입구에 딸린 광 비슷한 곳이다. 그가 거기에 서 있다는 사실쯤은 아무것도 아니다. 그는 아무렇지도 않다. 그리고 어두컴컴한 곳에서, 따뜻하지도 않은 그곳에서, 거대한 진열장과 낡은 칸막이, 그리고 온갖 잡동사니, 고물, 못 쓰는 물건들 틈에 몸을 가리고 때가 될 때까지 숨어서 아직은 방관자적인 입장으로 사태의 추이만 지켜보고 있다. 여러분, 그는 지금 지켜보고만 있다. 여러분, 그는 들어갈 수도 있는 것이다. … 왜 못 들어가겠는가? 몇 발자국만 떼면 들어갈 수 있는 것을, 그냥 시치미 뚝 떼고 들어갈 수도 있는 것을(도스토옙스키, 《분신》. PDP, 218쪽에서 재인용. 말줄임표는 원문에 나와 있는 것임).

《가난한 사람들》의 경우와는 대조적으로, 여기에서는 타자의 목소리가 우세하여 자신의 방식으로 이야기를 들려주면서 다른 담론들을 모두 삼켜 버린다. 이 다른 목소리는 골랴드킨 자신의 '자기 확신'의 말—예컨대, 그는 아무렇지도 않다, 그는 나름대로 바르게 사는 사람이다—을 포함하되 그 말을 비웃기 위해 자신을 노출하고, 그 대목을 심각하게 조롱하는 어조로 발음하여 틀림없이 골랴드킨을 괴롭히고 화를 돋우려는 의도를 담고 있다. 이러한 자극은 특히 주인공에게 반드시 고통을 주게 되어 있는데, 골랴드킨도 잘 알고 있는 것처럼, 자기 자신에게 말할 때 그는 꼭 이런 방식으로 말하고, 자신이 하는 정당화를 믿지 못하고 '여러분' 앞에서 자신을 정당화하기 때문이다.

따라서 이런 식의 서술에서는 골랴드킨이 자신에게 하는 직접적인 말 속으로 미끄러져 들어가기가 쉽다. "'왜 못 들어가겠는가?'라는 반문은 골랴드킨 자신의 말이다. 하지만 그것은 괴롭히고 도발하려는 서술자의 어조 속에 들어가 있다"(PDP, 218쪽). 비록 방금 인용된 구절에서는 인용부호들이 생략되어 있지만, 여러 지점에서 인용부호들이 첨가될 수 있다. 실제로 발화 중 서술자의 리듬은 골랴드킨을 조롱하는 제2의 목소리가 보여 주는 리듬에 매우 가깝다. 저자는 원칙적으로 거의 모든 곳에 인용부호를 삽입할 수 있었다. 때때로 도스토옙스키는 직접화법으로 미끄러져 들어갔다가 나오곤 하는데, 그것은 실제적으로 우리가 그 인용이 어딘가에서 이미 시작되었음을 느낄 수 있게 하는 방식이기도 하다. 실제로 인쇄되어 현존하는 인용부호보다, 인용부호의 **느낌**과 텍스트 전반에 퍼져 있는 그 인용부호들의 변덕스럽고 교묘한 배치는 나중에 바흐친에 의해 소설 장르의 표지 중 하나로 규정된다.

틈구멍을 지닌 말

《지하 생활자의 수기》에 나오는 유명한 일그러진 발화는 바흐친의 분석에 안성맞춤이다. 지하 생활자의 모든 발화는 놀라울 만큼 다양한 방식의 능동적 겹목소리들로 되어 있다. 지하 생활자는 항상 자신을 규정하려는 타자의 힘을 피하려 하고, 언제나 자신의 '최종적' 이미지가 고정되는 것을 막으려 한다. 그러므로 그는 자기가 한 말이 만들어 낼지도 모르는 인상과 끊임없이 논쟁하며, 자신의 말이 끝나기도 전에 이미 해 버린 말을 조롱하고 철회하는 것처럼 보인다. 심지어 그는 자신의 철회 습관을 철회하기도 하고, 겹목소리의 담론을 사용해서 선수 치는 습관을 지레 비웃기도 한다. 마치 바흐친의 분석을 포함해서 자신에 대한 모든 가능한 분석을 자신은 이해하고 있고, 그래서 그 모든 분석을 무기력하게 만들면서, 분석가들이 입을 열기도 전에 그들을 깜짝 놀라게 하려는 것처럼 보인다.

물론 지하 생활자도 알고 있듯이, 자신에게 행사되는 타자들의 힘을 부인한다는 바로 그 사실이야말로 그 힘에 대한 인식과 두려움을 입증한다. 결과적으로 그는 오랜 동기생들과 하던 짓을 자신의 발화에서 하고 있다. 즉, 그는 자신이 그들을 **무시하고 있다**는 사실을 고의적으로 그들에게 **보여 주려고** 한다. 바흐친은 이런 구절에 들어 있는 강세, 반反강세, 반반反反강세의 복합적 상호작용을 분석한다. 실제로 지하 생활자는 자신이 상상한 청자와의 대화 전체를 또 다른 청자, 즉 양자의 대화를 '엿듣고 있는' 독자에게 들려주기 위해 말을 거는 것처럼 보인다. 지하 생활자가 이 청자와의 숨겨진 논쟁에 전념하는 것은 전혀 놀라운 일이 아니다. 바흐친의 관찰에 의하면, 그의 담론은 두 방향이 아니라 세 방향으로 이루어져 있다.

바흐친은《지하 생활자의 수기》를 논하면서 또한 가장 복잡한 담론 유형 중 하나를 도입하고 있다. 그것이 바로 '틈구멍을 지닌 말slovo s lazeikoi'이다. '틈구멍loophole'이라는 개념은 그 말에 길을 터 주기도 전인 초기 저작으로까지 소급된다. "나는 언제나 행위 중에 나 자신의 내적 경험의 선을 따라 출구를 마련해 둔다." 바흐친은 '나를 위한 나I-for-myself'를 이렇게 적고 있다. "말하자면, 나에게는 철저히 자연적으로 주어진 상태에서 나를 구제해 줄 틈구멍이 있다"(AiG, 38쪽).

그러므로 틈구멍을 지닌 말은 메타언어학적 형식일 뿐만 아니라 완전한 이데올로기이며 세계관이기도 하다. 이러한 이데올로기는 또한 지하생활자의 '틈구멍 의식'과 그의 육체의 틈구멍 이미지에 반영되어 있다. 틈구멍이란 가장 기본적으로 다음과 같다.

틈구멍은 누군가가 자기 말의 궁극적, 최종적 의미의 변경 가능성을 스스로 보유하고 있다는 뜻이다. 어떤 말이 그러한 틈구멍을 유지하고 있다면, 이는 불가피하게 그 구조에 반영될 수밖에 없다. 이와 같은 잠재적인 다른 의미, 말하자면 열려 있는 틈구멍은 그림자와 같은 말을 동반하고 있다. 그 의미만으로 판단했을 때, 틈구멍을 지닌 말은 궁극적인 말, 그 자체로 자신을 현시하는 말이어야만 하겠지만, 사실상 그것은 끝에서 두 번째 말에 지나지 않아서, 그 뒤에 하나의 조건을 미뤄두고 있는 까닭에 결코 최종적 지점이 되지 못하는 말이다(PDP, 233쪽).

《지하 생활자의 수기》에서의 틈구멍 담론은 종결불가능성을 향한 걷잡을 수 없는 욕망이다. 예를 들어, 지하 생활자가 자신에 대해 후회하고 저주하는 것은 타자가 그를 부정하도록 유도하기 위함이다. 그러나 타자가 자기 정의를 반박해 오지 않을 경우, 그는 자기 자신을 틈구멍으로 남겨 두고 필요하다면 (자주 그랬던 것처럼) '여러분은 제가 그렇다고 믿겠죠!'라고 말할 수도 있다. "여러분은 제가 그 모든 것을 부끄러워한다고,

그래서 여러분의 삶에서 그보다 더 어리석은 경우는 없다고 상상할 수 있겠죠, 여러분?"(도스토옙스키, 《지하 생활자의 수기》, 51쪽). 틈구멍의 존재 여부는 진정한 자기 멸시만큼이나 과장된 요소를 지니고 있는 첫 진술의 어조에서부터 느낄 수 있다. 반대 어조가 특별한 설명 없이 높은 권위를 지닌 자리로 위치를 바꾼다. 그것도 상황이 보증하는 것과 모순되는 방식으로 진술이 재규정될 수 있다는 식으로 말이다.

도스토옙스키에게서 도출한 이러한 사례들—앞서 제시된 것은 적은 사례에 불과하다—을 논하면서, 바흐친은 때때로 도스토옙스키 스타일에 관한 형식주의자들의 작업을 인용하곤 한다. 그는 형식주의자들의 분석이야말로 관습적인 문체론과 시학 전통이 할 수 있는 최선의 작업이라고 간주한다. 그 자체만을 보았을 때, 이러한 분석은 통사론적 미숙함과 왜곡을 섬세하게 기술할 수는 있지만 정말로 문제가 되는 것은 다루지 못한다. 형식주의자들은 이러한 왜곡의 본성을 통찰하지 못한다. 왜냐하면 그들의 방법은 그러한 왜곡을 만들어 내는 겹목소리의 담론을 이해하는 데 적합하지 않기 때문이다. 형식주의자들은 메타언어학적 범주에 대한 이해가 없기 때문에 자신들이 인용하는 사례들을 단순하게 만들 뿐만 아니라, 특별한 형식적 스타일적 표지가 없는 어조들이 벌이는 그 모든 유희를 포착하지 못한다.

보고된 발화에 대한 볼로시노프의 논의

형식주의자들은 1920년대에 바흐친이 가장 지속적으로 반대했던 세력으로서, 바흐친 사상에 지대한 영향을 끼쳤다. 하지만 그에 버금갈 정도로 바흐친이 빚지고 있던 '호의적인 타자들'이 있었다. 특히 그의 모임 동료들이 그러했다. 바흐친의 관심사와 동일한 이념들의 망을 공유했던 볼로시노프는 그 이념들을 마르크스주의의 방향에서 전개했다. 우리는 볼로시노프의 결론을 조금 자세히 설명하려고 한다. 이 둘은 서로 영향을 주고받았고, 바흐친의 1930년대 작업은 부분적으로 볼로시노프의 초기 업적에 의해 형성되었기 때문이다. 소설의 담론이론을 형성하는 과정에서, 바흐친은 한편으로는 볼로시노프에게서, 다른 한편으로는 도스토옙스키에 대한 자신의 초기 연구에서 동시에 생각을 빌려 온 것으로 보인다. 바흐친은 볼로시노프의 모델에서 마르크스주의적 틀은 제거했지만, 볼로시노프가 그 틀을 생성하면서 얻어 낸 통찰의 상당 부분을 그대로 보존했다. 더욱이 '보고된 발화chuzhaia rech'(즉, '타자의 발화')에 대한 볼로시노프의 논의는 그 자체로 무척 흥미로운 것이고, 그래서 바흐친 모임에 남긴 중대한 기여라는 측면에서 상세히 논해 볼 가치가 있다.[7]

볼로시노프의 《마르크스주의와 언어철학》은 바흐친이 도스토옙스키 연구서 초판을 내던 해(1929)에 출간되었다. 《마르크스주의와 언어철학》의 마지막 제3부는 도스토옙스키 연구서와 동일한 토대 위에 놓여 있지만, 보는 각도가 다를 뿐 아니라 더 넓고 색다른 의제議題를 염두에 두고 씌어졌다. 볼로시노프의 궁극적 목적은 언어에 대한 대화적 접근을 변증법적 사관에 연결하는 것인데, 이는 바흐친의 목적과는 완전히 다르다.[8]

---

7 보고하는 발화와 보고된 발화를 가리켜서 볼로시노프가 사용하는 용어를 좀 더 글자 그대로 번역하면 각각 '저자의 발화avtorskaia rech'와 '다른 사람의 발화chuzhaia rech'가 된다.

8 볼로시노프를 이용하여 볼로시노프의 정신으로 씌어진 최근의 마르크스주의적 언어 설명은 Raymond Williams, 《마르크스주의와 문학Marxism and Literature》, 35~44쪽 참조. 레이먼드 윌리엄스의 가정에 따르면, (우리가 보기에는 올바른 지적인데) 바흐친은 《마르크스주의와 언어철학》을 저술하지 않았고, 이 책은 언어에 대한 적절한 마르크스주의적 접근법을 전개

우리는 메타언어학적 현상의 가치를 평가할 때 볼로시노프와 바흐친의 논의가 서로 다르다는 점을 살펴보았다. 볼로시노프 또한 중세 이후 유럽 '이데올로기'의 시기 구분을 매우 거칠게 그려 보이고 있다. 그가 제시하는 네 시기—'권위주의적 독단주의', '합리주의적 독단주의', '현실주의적이고 비판적인 개인주의', '상대주의적 개인주의'(V: MPL, 123쪽)—는 사적 유물론 범주에 연결되어 있기 때문에 러시아혁명에서 시작되는, 아직 이름을 얻지 못한 다섯 번째 시기를 암시하고 있다(V: MPL, 154쪽·159쪽). 의심할 바 없이 바흐친은 여러 가지 이유에서 이러한 도식에 반대했는데, 그것이 시기와 언어를 균질화했기 때문만은 아니다. 하지만 볼로시노프의 시기 구분이 아무리 거칠다고 해도, 언어 형식과 역사에 대한 사회학적 접근을 주장하는 그의 논조는 결코 거칠지 않다. 우리의 입장에서 보면, 그의 설명은 비록 바흐친만큼 세련되지는 못해도 수많은 중요한 통찰을 제공하는 것이 사실이다.

매우 일반적인 견지에서 말하자면, 볼로시노프의 주장은 일정한 시기의 언어적 자원들—그 패턴들—이란 특정한 화자들에 의해 실행되는 한에서만 존재한다는 것이다. 결정적인 사실은, 화자들이 패턴을 예증하기만 하는 것이 아니라, 전진하는 사회적 활동의 압력에 응하여 그것을 변형시키기도 한다는 것이다(더욱 정확하게 말해서, 그들은 사회적으로 형성된 패턴 감각을 변형한다). 압력이 변하면 그에 따라서 변형이 발생한다. 압력이 보편화되고 지속적으로 이루어질수록 변형은 더욱 널리 공유될 것이다. 변형이 반복해서 사용되면, 그것은 별개의 스타일로 '결정화'된다. 그다음에는 그 스타일이 문법적 규범으로 받아들여진다. 그러므로 문법이

하려는 수준 높은 시도를 대표한다.

란 매우 견고한 결정화를 거친 일개 스타일에 지나지 않는다.

하나의 연속체가 가장 특이한 화법에서부터 가장 확고부동한 문법적인 규범으로까지 연장되어 있다. 낮은 수준의 사회적 압력으로 형성되어 그 연속체를 따라 발생하는 운동은 사회적 유행의 지침으로 제공될 수도 있다. 문법화와 '탈문법화' 과정은 모든 언어에서 항상 진행되고 있다.

결론적으로, 스타일적 규범과 문법적 규범의 차이는 정도의 차이지 종류의 차이가 아니다. 그러므로 특정한 규범과 그 형식의 지위를 놓고 종종 다음과 같은 논쟁이 발생하리라 예측할 수 있다. 그것은 문법적인 것인가, 아니면 단순히 스타일적인 것인가? 볼로시노프에 따르면, 그러한 논쟁은 원칙적으로 완전한 해결이 불가능하다. 그 논쟁은 문법과 스타일 사이, 그리고 체계와 그 사용 사이에 견고하고 단단한 경계를 가정하고 있기 때문이다. 사실 "〔문법과 스타일 사이의〕 경계선은 언어의 존재 양상 그 자체 때문에 유동적이다. 즉, 어떤 형식이 문법화를 경험하는 동시에 다른 형식이 탈문법화를 경험하기 때문이다. … 여기야말로 언어의 발달 경향이 식별되는 그 현장인 것이다"(V: MPL, 126쪽). 이 논쟁의 실제적 의의는 증후성에 있다. 이 논쟁이 유동적인 형식의 경계선에 주목하게 만듦으로써 언어의 역사에 대한 가치 있는 기록 문서를 제공해 준다는 것이다.

볼로시노프는 언어에 대한 사회적이고 역사적인 접근법의 예증을 통사론 논의, 특히 보고된 발화 논의에서 찾아낸다. 이 화제를 선택함으로써 볼로시노프는 곧바로 언어의 대화적 측면을 강조할 수 있었다. 결국에는 "보고된 발화라는 것이 발화 속의 발화, 언표 속의 언표인 동시에, 또한 **발화에 대한 발화, 언표에 대한 언표**이기 때문이다"(V: MPL, 115쪽).

더욱이 보고된 발화에 대한 분석은 원칙적으로 이해 자체를 이해하는 데 유용하다. 다음 장에서 논하겠지만, 바흐친과 볼로시노프는 사고를 내부화된 대화로서, 즉 '내적 [대화적] 발화'로서 기술하고 있다. 사고는 사회적 대화 형식이 적용된 것으로, 그 결과 우리는 그것을 머릿속으로 조용히 실행하는 법을 배우게 된다. 그러므로 어떤 중대한 변형들과 더불어 우리가 대화에 관해 배우는 것은 심리학에서 중요하게 취급될 것이다. 볼로시노프에 따르면, 보고된 발화의 특별한 중요성은 어떠한 이해 행위도 반드시 보고된 발화와 유사한 무언가를 행한다는 데 있다. 우리가 어떤 것을 이해한다고 하려면, 어떻게 해서든지 그 언표를 '입수'하여 그에 대한 답변을 준비해야만 한다. 그러므로 이해는 반드시 인용과 주석 비슷한 어떤 행위를 포함해야만 한다. 다시 말해서, 보고된 발화와 유사한 것이 보고하고 평가하는 문맥 속에 이미 설정되어 있다. 간접화법과 유사한 어떤 것이 우리 안에서 진행되고 있는 것이다.

볼로시노프는 이러한 유추를 너무 멀리 밀고 나가지 말라고 주의를 준다. 어쨌든 능동적 이해는 '인식'한 다음에 '대답'이 이루어지는 순차적 진행을 따르지 않기 때문이다. 두 가지 행위는 유기적으로 융합되어 있어서, 분석적으로만 분리될 수 있을 뿐 별개의 과정들로 사물화되어서는 안 된다. 더욱이 두 화자가 들을 수 있는 언표와 마찬가지로 입 밖으로 보고된 발화에서는 반드시 제3자를 지니게 된다. 이때 제3자는 보고를 받게 되는 청자, 그러므로 그 발화를 만들어지고 있는 것으로서 능동적으로 형성하는 청자이다. 그러나 내적 이해의 모든 행위가 그렇다고 할 수는 없다. 더욱이, 러시아의 심리학자 레프 비고츠키Lev Vygotsky가 입증한 것처럼, 내적 발화에서는 다른 사람들과의 실제적 대화에서 있을 수 있는 것보다 언표의 생략이 극심하다.[9] 바깥으로 보고된 발화와 내적 이해 사이

---

9 L. Vigotsky, 《사유와 언어Thought and Language》(1934), 210~256쪽 참조. 비고츠키L.

의 이러한 차이에도 불구하고, 전자가 후자에 대한 중요한 단서를 제공한다는 것만으로도 둘 사이의 유사성은 충분히 중요하다.

저자의 권위와 타자의 담론

《마르크스주의와 언어철학》제3부에서 보고된 발화에 대한 논의를 시작할 때 볼로시노프는 통사론적 형식 분류(직접화법, 간접화법, 의사 직접화법)를 의도적으로 피한다. 그 대신 이러한 형식들을 형성하는, 그리고 그 형식들을 넘어서는 태도와 사회적 가치를 먼저 논한다. 그가 가장 역점을 두는 내용은 서로 다른 보고된 발화들이 타자의 담론과 관련한 일군의 서로 다른 가치들 및 목적들의 결정체라는 점이다.

예컨대 만약 어떤 언표가 극도로 권위적이라 느껴진다면(예를 들어《성서》), 보고된 발화의 유형으로 그것을 인용할 수는 있어도 그것에 대한 동의나 이견 혹은 다른 개인적 의견을 표현할 기회는 거의 허용되지 않을 것이다. 또한 권위적인 인물의 발화를 '비인격화'하고, '탈육체화'해서 그 발화를 한낱 개인적인 의견으로 파악하지 못하게 하려는 경향이 있을 수도 있다. 볼로시노프가 제시하는 수많은 사례들은, 저자의 권위라는 개념, 인격에 대한 태도, 그리고 사회적 유형성에 대한 생각 등이—현재 사용 중인, 그리고 변형되거나 창조되기도 하는—보고된 발화의 모든 형식을 형성한다는 사실을 예시한다.

Vigotsky의 책 제목(Myshlenie i rech)은 과정과 구술성을 강조하는 러시아 원서의 특성을 반영하려면 '생각하기와 말하기Thinking and Speaking'로 옮기는 것이 더욱 정확할 것이다.

볼로시노프는 제3부의 제2장을 보고된 발화에 대한 예비적이고 투박한 분류로 시작한다(V: MPL, 120~122쪽). 이 분류를 한눈에 알아볼 수 있게 정리하면 다음과 같다.

보고된 발화의 스타일

I. 선적線的 스타일(경계선이 선명하고, 인격화는 최소화되어 있는).

II. 그 반대인, 회화적 스타일(경계선이 불분명하고, 인격화는 최대화되어 있는).

    A. 회화적 스타일(보고하는 발화가 보고**되는** 맥락을 용해한다). IIA의 극단적 형식은 '장식적' 경향.

    B. 명명되지 않은 하위 분류: 보고**되는** 발화가 보고하는 맥락을 용해하고 있다.

볼로시노프의 논의를 따르기가 어려운 이유를 즉시 알아볼 수 있을 것이다. **회화적 스타일**이라는 용어가 상위 분류와 하위 분류에 동시에 사용되고 있으며, 나머지 하나에는 명칭이 없다. 어떤 용어는 다른 학자들의 것을 빌려 와 마음대로 각색한 것이다(**선적 스타일**은 하인리히 뵐플린Heinrich Wöfflin의 것이다). 또한 유행이나 연속체의 양극을 정의하면서도 범주들마다 견고하고 단단한 경계선을 부여하지 않았다는 점을 명심해야 한다. 일군의 중요한 태도들을 기술하고 있는 다른 수많은 연속체에 대해서도 이 점을 보완할 필요가 있다.

간략하게 설명해 보자. 하나의 집단이 권위적인 발화 계급에 다가가지만 그를 건드리지 못한다면, 이 계급은 선적 스타일을 지향하려 할 것이다. 선적 스타일은 보고되는 발화와 보고하는 맥락 사이에 선명한 윤곽선을 그려놓고, 그래서 양자 사이의 상호작용을 최소화한다. 또한 선적 스타일은 보고되는 발화의 스타일적 개별성을 최소화한다. 청자들이 그 발화를 단지 특정한, 그래서 편파적인 경험들의 산물로 간주하지 못하도록 말이다. 그러므로 선적 스타일은 "저자와 그 인물들이 모두 정확하게 같은 언어로 말하게 되는" 지점까지 "스타일적 동질성"을 과시하는 경향이 있다(V: MPL, 120쪽). 시기에 따라 선적 스타일의 종류와 정도는 다르게 발전할 수 있는데, 이는 그 사용법을 형성하는 태도를 반영한다.

그 반대 경향은 '회화적 스타일'이다. 이 스타일은 보고되는 발화와 보고하는 발화 사이의 경계선을 파괴하거나 삭제하려는 노력의 표현으로, 최대한의 대화적 상호작용을 허용하기에 가장 적합하다. 발화의 스타일적 윤곽은 어떤 종류의 스타일이 개인적 혹은 사회적 태도를 표시하느냐에 관심을 모으기 위해서만 강조될 것이다.

회화적 과정이 발생하는 방식에는 두 가지 가능성이 있다. 보고하는 발화가 주도권을 쥐는 경우와, 보고되는 발화가 주도하는 경우다. 더 이해하기 쉬운 첫 번째 경우에, "언표의 테두리를 약화시키는 추동력"은 보고하는 저자에게 속해 있다. 그래서 저자 "자신의 억양, 즉 유머, 애정이나 증오, 열정이나 경멸"이 보고되는 발화에 스며든다(V: MPL, 121쪽). 극단적인 경우, 이러한 충동은 보고되는 발화가 말하고자 하는 내용을 전적으로 무시한 채로, 보고하는 저자가 스타일적 측면에만 전적으로 집중하게 만든다. 예컨대, 고골의 소설 속 인물들은 스타일과 무의미한 말의 선택이 자신들에 관한 것을 누설하는 경우가 아닌 한 완전히 무의미한 구절을 자주 발설한다. 볼로시노프는 이렇게 극단적인 경향을 '장식적'이라고 부른다.

회화적 발화의 두 번째 종류에서는 보고되는 발화가 주도권을 행사하여 "말하자면, 보고하는 맥락을 용해하기 시작하는데, 이는 앞의 경우와 다르다"(V: MPL, 121쪽). 보고하는 저자는 자신의 발화가 타자의 발화 못지않게 '주관적'이라고 느끼게 된다. 소설의 경우 우리는 상당수의 불안정한 서술자들에게서 이러한 현상을 본다. 바흐친과 마찬가지로 볼로시노프도 도스토옙스키를 그 사례로 인용하고 있는데, 바흐친이 거의 동시에 '능동적 겹목소리의 말'을 통해 더욱 자세하고 신중하게 서술하는 현상들을 틀림없이 염두에 두고 있는 것이다.

주목해야 할 점은, 바흐친과 볼로시노프의 정식화 사이에 특징적인 강조점 차이가 있다는 사실이다. 볼로시노프는 공유되는 지평과 종합하는 변증법적 과정에 대한 각별한 관심으로, 발화 행위들 사이의 경계선 삭제 혹은 극복이 어떻게 복잡한 의사소통을 촉진하는지를 강조한다. 반면에 바흐친은 경계선들 및 병합되지 않은 지평들을 강조하는 경향이 있는데, 그것들이 궁극적으로 모든 대화와 모든 창조성을 가능하게 만들어 주는 외재성을 제공한다고 생각하기 때문이다.

간접화법, 직접화법, 의사 직접화법

이러한 고려 사항을 염두에 두면서, 볼로시노프는 직접화법, 간접화법, 의사 직접화법이라는 넓은 범주로 향한다. 이러한 형식들의 용법과, 방금 설명한 보고된 발화의 분류법 사이에는 명백한 관련성이 있다. 예를 들어, 의사 직접화법(혹은 '자유 간접화법')은 보고하는 발화와 보고되는 발화 사이의 경계를 약화시킬 가능성이 농후하다. 그러므로 이것은 특별히 회화적 스타일에, 특히 그중에서도 보고되는 발화가 주도권을 쥔 두 번째 유형에 매우 적합하다. 실제로 의사 직접화법은 이러한 필요에 부응하여 만들어졌는지도 모른다. 그럼에도 형식적 범주와 태도의 범주들 사이에는 일대일 대응이 전혀 성립하지 않는다. 우리는 모든 태도들에 두루 적용되는 직접화법과 간접화법 형식을 식별할 수 있다. 하지만 형식들에만 집중하면 그 용례의 복잡성과 잠재성을 놓치고 말 것이다.

또한, 언어가 다르면 발화를 전송하는 데 소용되는 자원도 다르다는 점을 명심할 필요가 있다. 문법책은 두 언어에 있는 동일한 형식들이 사실상 별개의 역할을 한다는 것을 자주 보여 준다. 볼로시노프에 따르면, 러시아어는 "직접화법의 무조건적 우선성"을 표명한다(V: MPL, 127쪽). 다른 언어들의 경우에는 간접화법이 더욱 풍부하게 발전되어 있다. 그러므로 볼로시노프는 러시아어가 특히 보고된 발화의 회화적 스타일에 매우 적합하다고 주장한다. 즉, "비록 약간 모호하고 유동적인 종류이긴 하지만, 다시 말해서 (다른 나라의 언어처럼) 경계가 강제되고 있다든가 저항이 진압되고 있다는 투의 감각이 없다. 너무나도 수월한 상호작용과 상호 침투가 … 지배적이다"(V: MPL, 127쪽). 볼로시노프는 보고된 발화의 형식을 기계론적으로, 즉 형식들에 불과한 것으로 처리하는 경향에 반대해야 한다고 반복해서 주의를 준다. 오히려 우리는 구어적 상호작용, 언표에 대화적으로 응답하는 언표들, 많든지 적든지 자기지향적인 대화자들, 주어진 언어에 적용되는 용법의 가능성들 속에서 생각해야만 한다.

보고하는 발화의 형식과 스타일이 다르면 타자의 말을 '듣는' 방식도 다르다고 간주할 필요가 있다. 간접화법을 사용할 때도 문법적 규칙을 적용하기만 하면 되는 것이 아니다. 반드시 보고된 언표를 분석해서 그에 응답해야 하며, 그것과 우리의 대화적 관계를 보여 주어야만 한다. 우리는 보고된 언표의 다른 측면들에 관련되어 있을 수도 있다. 간접화법의 어떤 형식은 원본의 '내용'에 초점을 맞추는데, 그러한 경향을 가리켜 볼로시노프는 '내용 분석적 변형predmetno-analiticheskii'(V: MPL에는 '지시체 분석'으로 번역되어 있다)이라고 말한다. 이러한 형식은 여러 의견들을 우선적으로 설명하거나 비교하는 것과 관련된 논증적 혹은 수사적 맥락에 적합하다. 이런 형식들이 사용되면 스타일적 특질이나 휴지, 불연속성 등 화제와 무관한 것들은 '들리지' 않는다. 화제 자체가 그러한 측면들의 청취를 요청한다면, 그러한 측면들은 내용으로 전환되며 보고하는 맥락 안에 위치하게 된다('그는 화가 나서…라고 말했다'). 명백히 내용-분석적 변형은 선적 스타일에 잘 들어맞는다.

볼로시노프는 간접화법의 두 번째 종류를 '말 분석적 변형sloves-no-analiticheskii'(V: MPL에서는 '짜임 분석적 변형'이라고 되어 있다)이라 부른다. 그것은 보고된 언표의 '주관적인 스타일적 인상', 다시 말해서 감정적이거나 사회적으로 전형적이거나, 개인적으로 특이한 측면에 초점을 맞춘다. 세 번째 종류인 '인상주의적 변형'은 오히려 보고된 언표에서 자유롭다. "그것을 축약하기도 하고, 종종 그 주제만을 집중 조명하기도 하는데 … 〔그래서〕 저자의 어조는 유동적 구조 위를 쉽고도 자유롭게 출렁인다"(V: MPL, 133쪽). 인상주의적 변형에서 가장 많이 느껴지는 것은 저자의 아이러니, 즉 질료를 축약하고 재조직하는 데 능숙한 그의 손이다. 볼로시노프는 이러한 경향을 제시하며 사례를 들어 기술한다. 그러나 이는 간접화법을 분명히 보여 주기는 해도 다 설명해 주지는 못한다.

언뜻 보기에, 보고되는 발화를 고스란히 인용하는 직접화법에서는 대화 또는 구어적 상호작용의 가능성이 거의 없다고 생각하기 쉽다. 실제로 그와 같은 '불활성' 보고의 사례가 많다(V: MPL, 133쪽). 볼로시노프는 그것을 '기념비적 스타일'이라 부르는데, 그렇다고 해서 직접화법의 풍부한 자원이, 즉 대화를 만들어 내는 수많은 방식이 그런 스타일로 인해 소진되는 것은 아니다. 러시아를 비롯해서 다른 언어들도 "어조의 상호 변경, 즉 보고하는 맥락과 보고되는 발화 사이의 일종의 상호 감염성을 표시하는 많은 변형들을" 가지고 있다(V: MPL, 133쪽).

볼로시노프는 너무나 명백해서 상세한 논의가 불필요한 몇몇 예시적 현상을 각주로 돌리고 있다. 즉, "원문 그대로sic!"의 사용이나 보고되는 말의 어조를 변경시키는 이탤릭체, 혹은 삽입 어구("그는 ~을 승인했다"와 같은 구성적 첨언으로 인용이 중단되는 곳) 등이다(V: MPL, 134쪽 주 5번). 그 다음에 겹목소리의 말이라는 바흐친의 논의를 상기시키는 더욱 흥미로운 현상으로 옮겨 간다.

예를 들어, '준비된 직접화법podgotovlennyi'(V: MPL에는 '예비된 직접화법'으로 번역되어 있다)은 이미 저자의 억양으로 채색되어 있는 간접화법 혹은 의사 직접화법에서 인용이 이루어지는 경우다. 예컨대 《백치The Idiot》에서는 간질 발작이 시작될 무렵 미시킨의 사고가 의사 직접화법으로 기술되어 있는데, 거기에는 안팎으로 직접화법의 그림자가 드리워져 있다. 우리는 타자와 미시킨의 대화, 그리고 미시킨의 자신과의 대화에 대한 복잡하고도 심오한 대화적 부연에서 주변 맥락과 분명하게 구별되지 않는 직접화법으로 옮겨 간다(우리는 이미 바흐친의 《분신》 논의에서 유사한 현상을 보았다).

볼로시노프는 또 다른 변형, 즉 '물질적으로 실현된oveshchestvlennyi 직접화법'을 희극적 행위와 비교한다. 희극 배우의 화장, 복장, 동작, 거동 등은 그가 말을 꺼내기도 전에 미리 웃을 준비를 하게 한다. 볼로시노프에 따르면, 고골과 초기 도스토옙스키가 이러한 기술의 대가였다.

그의 가장 흥미롭고도 복잡한 사례, 즉 '예고되고 분산되어 보고된 발화'에서는 보고되는 발화가 보고하는 맥락에 강세와 유형적 말, 어조를 통해 침투해 있다. 이 경우에는 보고자 자신의 발화가 왠지 보고되고 있는 것처럼 들리기 시작한다. 예를 들어, 이야기의 서술자가 등장인물을 지나치게 칭찬하면 서술자의 발화에 등장인물의 화법이 녹아드는 경우다. 볼로시노프는 도스토옙스키의《지저분한 이야기A Nasty Story》도입부에서 하나의 사례를 선택한다.

언젠가 겨울에, 춥고 얼어붙을 것 같은 밤에—아주 늦은 밤, 이미 열두 시쯤 된 것 같은데—세 사람의 **아주 저명한** 신사들이 페테르스부르크 섬에 있는 **근사한** 이층집의 **편안하고** 화려하게 꾸며진 방에 앉아서 **아주 놀랄 만한** 화제를 놓고 **무게 있고 격조 높은** 대화에 몰두하고 있었다. 세 신사 모두 장성급 관리들이었다. 그들은 조그만 탁자의 둘레에 자리를 잡고 근사한 천을 댄 의자에 앉아 대화가 중단될 때마다 **편안하게** 샴페인을 홀짝홀짝 마셨다(도스토옙스키, 《지저분한 이야기》. V: MPL, 135쪽에서 재인용. 고딕체는 볼로시노프가 강조한 것이다).

볼로시노프의 관찰에 의하면, 여기에서 벌어지는 상황을 이해하지 못하면 인용된 구절은 과장되고 백해무익한 말의 반복으로 이루어졌다는 점에서 극히 진부해 보일 수 있다. 그러나 이야기가 진행될수록 서술자의 발화에서 이와 같거나 이와 유사한 사례가 등장인물들의 과시적 발화에 전염되어 있음을 소급해서 알게 된다. 우리가 서술자의 발화에서 찾아낸 것은 '예고되고 분산된predvoskhishchennyi i rasseiannyi 직접화법'이다. 볼로시노프가 '강조한' 말들은 등장인물이 사용하는 말의 일종이기 때문에 쉽게 인용부호 안에 놓을 수 있다. 도스토옙스키가 인용부호를 사용하지 않은 것은 그 말들이 서술자의 말이기도 하기 때문이다. 서술자는 자신이 비위를 맞추고 있는 상대와 말이며 세계관을 공유하고 있어서, 이런 방식으로 말하는 게 자연스럽다는 듯 말한다. 물론, 서술자는 불량한 모방자라서 과도하게 모방함으로써 자신과 자신의 모델을 자기도 모르게 아이러니에 노출하고 만다.

이러한 각각의 사례에서 주어진 말과 구문들은 "두 개의 발화 행위에 동시에 참여하고 있는 두 명의 주인"을 제공한다(V: MPL, 137쪽). 볼로시노프는 이러한 현상을 '발화 간섭'이라고 명명한다. 이는 명백히 바흐친이 '겹목소리의 담론'이라 부른 것의 변종이다.

결코 '무기력'하지 않은 직접화법의 다양한 사례를 제공한 후, 볼로시노프는 의사 직접화법으로 옮겨 간다. 그가 이러한 화법을 '자유 간접화법'이라 부르지 않고 독일어 표현 'uneigentliche direkte Rede'의 번역어인 '의사 직접화법'이라는 명칭을 채택한 것은, 자유 간접화법이라는 말에 아주 미미하게나마 못마땅한 이론이 개입해 있는 것처럼 보였기 때문이다. 볼로시노프의 이론은 추상적인 문법 형식에 토대를 둔 기계론적 설명을 피하려 한다.

의사 직접화법은 흔히 '직접화법과 간접화법의 혼합'으로 기술되어 왔다. 그렇지 않을 경우, 의사 직접화법은 보고된 발화로 인식되기도 한다. 보고된 발화의 경우, 말하는 사람은 문법적으로 보면 저자지만 감각과 일반적 정향에 따르면 등장인물이다. 볼로시노프는 '직접화법과 간접화법의 혼합'이라는 기술을 못마땅하게 생각한다. 이는 두 가지 기존 형식을 '혼합'하여 반죽해 놓은 것이라는 점에서 완전히 기계론적 기원을 내포하고 있기 때문이다. 보고된 발화라는 기술은 기억하기 좋은 방책인지는 몰라도 실제로 여기서 이루어지는 일, 즉 언표들을 대화적이게 만드는 새로운 방식의 창안을 놓치고 있다. 반면 의사 직접화법은 특히 보고된 맥락과 보고하는 맥락이 상호 침투할 수 있게 하는 흥미로운 방식을 제공한다.

볼로시노프는 '기계론적 접근'을 반박하는 데 논의의 상당 부분을 할애한다. 이는 궁극적으로 그러한 형식이 운반하는 '상대주의적 개인주의'에 대한 불만의 표현이다. 그렇다 보니 오히려 사례와 예시를 다양하게 보여 주지 못한다. 몇 가지는 도스토옙스키 연구서에서 바흐친이 겹목소리를 논하는 과정에서 볼 수 있는 것들이다. 〈소설 속의 담론〉에서 바흐친은 보고된 발화를 매우 상세하게 다루고 있다. 이 문제는 제8장에서 다룰 것이다.

주어진 것과 창조된 것

바흐친과 볼로시노프는 경쟁적으로 언표와 예시의 동등함을 주장하고, 언어란 근본적으로 대화적이라는 입장을 고수하며, 언어가 닫혀 있든 열려 있든, 정적이든 동적이든 체계라는 관념에 대항한다. 그들에게 언어는 언어 외적인 힘들과 상호작용을 하게 되는 자율적 혹은 반자율적 전체가 아니다. 오히려 언어 외적인 힘들이 언어와 그 역사를 구성한다. 따라서 언어는 '메타언어학적'(볼로시노프의 말로는 '사회학적') 관점에서 이해되어야만 한다.[10]

---

10 바흐친은 도스토옙스키 연구서 초판본에서는 메타언어학metalingvistika을 언급하지 않고 오히려 '사회학적' 접근을 추천하는 볼로시노프를 따르고 있다. 도스토옙스키 연구서의 두 가지 판본에서 두 구절을 나란히 놓고 비교할 수 있다. "타자의 말을 향하는 발화의 방향 문

볼로시노프에 비해서, 바흐친은 이러한 비체계성을 역사 유물론이나 다른 체계에 입각해서 설명하려 들지 않는다. 산문학의 입장에서 보면 세계는 근본적으로 혼잡하다.

언어와 문화, 그리고 심리 이론에서 바흐친은 인간의 행위를 일련의 인과법칙으로 환원해 버리는 이론주의의 충동에 저항한다. 법칙은 물론 존재하지만 그 지배는 제한적이며, 그것이 잠재적으로 모든 것을 설명한다고 이해해서는 안 된다. 만약 그렇다면, 그때는 인간이 자신과 세계를 창조할 수 있는 개입의 여지가 사라질 것이다. 이 점을 강조하기 위해서 바흐친은 '주어진 것dan'과 '창조된 것sozdan' 사이의 구별을 도입한다. 이를 앞서 논한 '주어진 것'과 '정립된 것' 사이의 구별과 혼동해서는 안 된다.

모든 이론가들이 알고 있듯이 주어진 것은 '질료'다. 즉, 우리가 말하고 행동하기 위해 사용하는 자원이다. 거기에는 우리의 언어, 문화적 규범, 개인사 등 단적으로 말해서 우리에 대해서 이미 종결된 모든 것이 포함된다. 그러나 언표나 행위가 주어진 것들의 '산물'이라고만 할 수는 없다. "언제나 그것은 전에는 결코 존재하지 않았던 어떤 것, 절대적으로 새로운 것, 반복되지 않는 것을 창조한다. … 주어진 것은 창조된 것 속에서 완전히 변형된다"(PT, 119~120쪽).

물론 창조된 것보다 주어진 것을 연구하기가 더 쉽다. 하나의 작품을 그것을 가능하게 했던 것들로 환원해 버리는 것이 더 쉽다는 말이다. 그러나 주어진 것에 멈추는 것은 모든 것이 조립되어 있는 '기성품'의 세계

제는 극히 중요한 사회학적 의미를 갖는다. 말은 그 본성상 사회적이다"(1929년판; PTD, 131쪽); "문체론은 언어학뿐만 아니라, 아니 그 못지않게 메타언어학에도 기반해야 한다. 메타언어학은 말을 언어 체계 속에서 연구하지 않으며, 대화적 상호작용에서 떼어 낸 '텍스트' 속에서 연구하지도 않는다"(1963년판; PDP, 202쪽).

에서 사는 것과 같다. 거기에서는 그러나 어느 누구도 진심으로 어떤 일을 하거나 어떤 것을 창조하지 않는다.

대상도 기성품이고, 그것을 기술하는 언어학적 수단들도 기성품이며, 예술가 자신도 기성품이고, 게다가 그의 세계관도 기성품이다. 그러므로 여기에서는 기성의 수단을 가지고, 기성의 세계관을 조명 삼아, 기성의 시인이 기성의 대상을 성찰한다. 그러나 사실 그 대상은 창조 과정에서 창조된 것이다. 마치 그 시인 자신도, 그의 세계관도, 그리고 그의 표현 수단들도 그러한 것처럼(PT, 120쪽).

우리는 항상 우리 자신과 우리의 세계를 창조한다. 산문적으로, 순간순간마다, 우리의 행위는 도덕적 가치를 문제 삼으면서도 도덕적 가치를 지니고 있다. 우리는 바흐친의 윤리학적 접근과 언어이론 사이의 깊고도 유기적인 연관을 발견할 수 있다. 언표들이 반복 불가능한 것처럼, 행위도 특정한 사람에 의해서 한 번, 오직 단 한 번 수행될 수 있을 뿐이다(KFP, 112쪽). 발화도 윤리적 행위도 한낱 규칙의 사례가 될 수는 없다.

제5장

심리학:
자아 저술하기

MIKHAIL
BAKHTIN

영혼의 문제는 … 심리학이라는 가치중립적이며 인과론적인 과학의 문제가 될 수 없다. 왜냐하면 영혼이란—비록 그것이 발전하기도 하며 시간에 속하는 것이긴 하지만—개별적이며, 가치 평가적이고, 또한 자유로운 전체이기 때문이다. — AiG, 89쪽

앞 장에서는 바흐친과 볼로시노프의 언어이론을 살펴보았다. 이제 밀접하게 관련된 화제, 즉 그들의 자아이론으로 향하게 된다. 바흐친은 언어에 주목하기 오래전부터 자아의 본성에 관심이 있었고, 초기 수고에서 평생에 걸쳐 재고하고 재강조하게 될 수많은 개념들을 전개했다. 바흐친 제2기와 제3기에 걸쳐서 언어가 사유의 중심을 차지하게 되었을 때, 그는 내적 발화의 견지에서 자아의 메타언어학적 모델을 정식화했고, 그렇게 함으로써 초기의 구상들을 새로운 틀로 통합했다.

바흐친의 자아관 전모를 제시하는 데에는 특별한 난점이 따르는데, 이는 우리를 포함하여 수많은 선행 연구들이 볼로시노프의 프로이트 연구서 및 《마르크스주의와 언어철학》에 있는 심리학에 대한 주석을 바흐친의 것으로 믿고 있기 때문이다. 두 권의 볼로시노프 책의 사실상의 저자가 바흐친이라는 가설은 바흐친을 마르크스주의자로 개조했을 뿐 아니라, 프로이트류 사고에 대한 바흐친 나름의 미묘한 논박을 모호하게 만드는 데 기여했다. 그것은 또한 볼로시노프가 공헌한 바의 약점과 강점을 은폐하는 데도 기여했다. 이 책을 저술하면서 우리가 부딪힌 가장 어려운 부분도, 앞에서 우리가 그랬던 것처럼, 바흐친, 메드베데프, 볼로시노프를 한 사람으로 간주하지 않으면서 각 개인의 공로를 다시 생각해야 한다는 과제였던 것 같다.

자아성에 대한 바흐친식 관념의 발생과 그 논리를 제시하고자 우리는 연대기적으로 접근할 것이다. 바흐친의 초기 수고는 아직까지도 거의 알

려져 있지 않기 때문에, 더구나 그 수고의 중심이 되는 관심사가 부단히 변경되었기 때문에, 우리는 바흐친의 출발 지점에, 특히 〈심미적 행위에 있어서 저자와 주인공〉이라는 에세이에 특히 집중하려 한다. 바흐친 제 2기를 고찰하면서, 프로이트에 맞서는 볼로시노프의 실망스러운 측면과 더불어 볼로시노프가 언어에 관한 저서에서 보여 준 내적 발화에 대한 매우 성공적인 주석도 논할 것이다. 그리고 발달심리학자 레프 비고츠키 의 업적, 특히 심리적 삶을 내적 발화로 설명하는 도발적 이론과도 비교 할 것이다.

제3기의 첫 단계에서 바흐친은 자신과 볼로시노프의 내적 발화라는 개 념을, 자아 형성에 언어적 자원을 사용하는 사람들의 방식을 탐구하는 주목할 만한 모델로까지 발전시켰다. 우리는 자아에 대한 이런 식의 접근 법을 '소설적'이라 칭할 텐데, 왜냐하면 그것이 바흐친의 소설 담론이론과 밀접한 관계가 있기 때문이다. 그것은 소설을 자아 이해를 위해 고안된 가장 풍부한 형식으로 만들어 준다. 사실상 〈소설 속의 담론〉에서는 이 것이 매우 길게 논의된다.

제3기 두 번째 단계에 이르러 바흐친은 그 기원이 초창기 발상에까지 닿아 있는 견해들을 다시 발전시켰지만, 그럼에도 어조며 내용, 그리고 정 신에서 근본적으로 달라져 있다. 이 단계에서 그는 다른 두 가지 총괄 개 념과는 별도로 종결불가능성을 구상하려 했으며, 이 과정에서 '카니발적' 자아 모델을 제출했다. 그는 제1기에도 마찬가지로 자아의 결정권자로서 의 육체body에 각별히 주목했지만, 결론은 거의 알아볼 수 없을 만큼 달 라졌다. 생애 마지막 시기에 바흐친은 카니발 이전의 관점으로 회귀했고, 죽음에 임박해서는 사유의 모든 단계들에서 가져온 관념들이 재통합되 는 것처럼 보였다. 자아에 대한 바흐친의 가장 도전적인 개념들이 대부분

다성성, 크로노토프와 소설의 일반 이론에 관련된 다른 화제들, 그리고 이 책의 다른 곳에서 기술하는 '인물 이미지' 묘사 등을 연구하는 과정에서 발전했다는 것은 주목할 만하다.

1920년대라는 맥락

지적인 삶의 다른 수많은 영역들과 마찬가지로, 소련에서의 심리학 연구도 1920년대에 그 어느 때보다 다양해졌다.[1] '관념론자'와 '행동주의자'의 접근법에 대하여, 그리고 환원주의의 가치와 위험성에 대하여, 또한 특정 심리학파나 심리학 분과와 마르크스주의의 관계에 대하여 공식적인 토론이 왕성하게 이루어졌다. 1885년에서 1922년까지 존속했던 모스크바 심리학회에 정신병리학자나 심리학자뿐 아니라 사변 철학자까지 정회원으로 참여했을 정도다. 파블로프의 국제적 명성이 러시아에서 그의 위치를 특별하게 만들어 주긴 했지만, 그렇다고 해서 파블로프가 아무런 도전도 받지 않을 만한 지위에 있었던 것은 아니다.

　이후의 사건들에 비춰 보았을 때 이 시기는 당이 아직 프로이트를 결정적으로 거부하기 전으로, 당시 프로이트의 관점을 중심으로 토론이 활발히 진행되고 있었다는 점을 기억해야 한다. 확실한 것은, 볼셰비즘과 그것이 기대고 있는 인간 본성의 관점에 대한 프로이트의 명백한 비판을

---

[1]　소련의 심리학과 19세기의 선구자들에 대해서는 Loren R. Graham, 《소련에서의 과학, 철학, 그리고 인간 행동Science, Philosophy and Human Behavior in the Soviet Union》, 제5장('생리학과 심리학Physiology and Psychology'); David Joravsky, 《러시아 심리학사 비판Russian Psychology: A Critical History》; Alex Kozulin, 《심리학의 유토피아Psychology in Utopia》 참조.

포함하고 있는 《문명 속의 불만Civilization and Its Discontents》이 아직 출간되지 않았다는 사실이다. 그러나 프로이트의 다른 저작들은 20세기 초부터 오데사 및 모스크바 지성인 사회에 광범위하게 알려져 있었고, 주요 저작들은 재빨리 러시아어로 번역되었다. 1910년에 발족한 러시아 정신분석학회는 트로츠키Leon Trotsky(프로이트의 공식적 옹호자)가 1927년 소련에서 축출되기 전까지 활발하게 운영되었다.

그때까지는 프로이트가 마르크스주의에 적대적일 수밖에 없다는 사실이 드러나지 않았던 것이다. 어떤 사람은 프로이트의 발상이 변증법적 유물론과 양립할 수 있다고까지 생각했다. 프로이트의 체계를 '결정론'의 승리로 간주하고 보니, 자아를 폐위시킨 그의 방식이 부르주아 개인주의에 타격을 줄 것처럼 보였던 것이다. 때마침 당시 서구 학자들이 시도한 프로이트-마르크스 연합 담론의 구축은 이와 같은 초기 러시아의 논의를 재연하는 것처럼 보였다. 예를 들자면 알렉산더 루리아Alexander Luria는 초기 저서 《심리학과 마르크스주의Psycho-logy and Marxism》(1925)에서 양 체계의 양립 가능성을 강조했다. 양자는 공히 일원론적·유물론적이며 반행동주의적이고 임상실험에 호의적일 뿐만 아니라, 더 나아가 사변적이거나 신비주의적이지 않고 '과학적'이라는 것이다(적어도 루리아에게는 그렇게 보였다). 물론 그러한 논의가 가능했다는 사실 자체는, 그것의 일반적인 적용 가능성에 대한 논쟁에서 소련 마르크스주의가 상대적으로 융통성과 개방성이 있었음을 알려 준다. 이런 부류의 마르크스주의자들은 과정, 변화, 그리고 유기체와 환경 사이의 상호작용을 강조하는 경향이 있다. 이러한 사정은 곧이어 스탈린 집권기의 극단적 경직성 및 독단론과 통렬한 대조를 이루게 된다. 1920년대에 볼로시노프는 자신의 유연하고도 세련된 마르크스주의가 공식 학회에서 무리 없이 설득력을 입증받기를 희망

했다. 그러나 그 희망은 향후 10년 사이에 완전히 터무니없는 것으로 드러났다.

그 시대에 쟁점이 되었던 문제와 바흐친의 관심은 서로 교차했지만, 볼로시노프와 달리 1920년대의 바흐친은 심리학자들과의 직접적 논쟁에 참여하지 않았다. 바흐친에게는 자아의 문제가 엄밀하게 보면 심리학의 문제가 아니라 넓은 의미에서 철학의 문제였기 때문이다. 도스토옙스키 연구서에서 바흐친은 소설에서 보이는 여러 심리학적 통찰에도 불구하고 도스토옙스키는 심리학자가 **아니었다**는 단언을 도스토옙스키 본인의 진술에서 인용하고 있다. 바흐친은 이 한 줄의 문장을 인간의 사유와 행동을 인과적으로 설명하려는 자들에 대한 공격으로 해석한다. 그 한 사례로서 바흐친은 《카라마조프 가의 형제들》에 나오는 리즈의 관찰을 인용한다. 그녀에 의하면 스네기료프에 대한 알료샤의 분석은 명민하고 치밀하긴 하지만 근본적으로 잘못되었다. 알료샤에게는 스네기료프의 동기며 행동에 대한 확신이 있었기 때문이다. 그러한 확신은 한 인격체에게 응답할 자유를 주지 않는다. 바흐친의 방식으로 읽어 낸 도스토옙스키의 경우와 마찬가지로, 바흐친이 보기에 자아를 풍부하게 이해하려면 사람들 각자가 자유롭다는 느낌, 그리고 도덕적 책임을 지는, 진정으로 종결 불가능한 자들이라는 느낌이 있어야 한다.

그러므로 바흐친은 프로이트와 다르다. 비단 정신에 대한 특정 학설에서뿐만 아니라 탐구하는 정신 자세에서도 그렇다. 프로이트주의와 마르크스주의를 종합하려는 몇몇 소련 학자들의 시도에 먹구름처럼 드리워진 것은 정신에 대한 '결정론적' 접근이었는데, 그 점에서 바흐친은 양자를 혐오했다. 확신컨대 양자 모두 노골적으로 자신의 이론을 체계, 즉 이론주의의 형식으로 제시했다는 사실이 양자에 대한 바흐친의 불신을 낳았을 것이다. 바흐친이 형식주의에 대해, 그리고 나중에는 구조주의에 대해 그랬던 것처럼 말이다.

정신 자세나 어조에서의 차이를 제외하고, 바흐친과 프로이트 사이에서 우리가 주목해야 할 또 다른 결정적 차이는 정신에 대한 접근 방식이다. 바흐친은 자신의 이론에서 프로이트가 이해하는 방식으로 무의식을 환기하지 않으려 고심했다. 확실히 바흐친은, 볼로시노프나 비고츠키와 마찬가지로, 우리가 자기 행동에 함축된 의미를 완벽하게 알고 있다든지, 혹은 우리가 주의를 집중해야만 행위와 사고가 출현한다고는 믿지 않았다. 누가 그것을 믿겠는가? 그럼에도 무의식을 들먹이는 대신에, 이 러시아 사상가들은 곧잘 기억과 습관의 역동성에 끌렸다(연합론자에서 인지론자에 이르는 심리학자들이 그랬던 것처럼 말이다). 대단히 중요한 점은 그들이 우리의 충동, 공포, 경악이 발원하는 독립적이고 접근 불가능한 구조가 있다는 생각에 저항하면서, 더 풍부하고 변화무쌍하며 다양한 **의식**의 상을 주장했다는 것이다.

프로이트가 의식과 무의식 간의 갈등을 묘사하는 바로 지점에서, (1920년대의) 볼로시노프와 (1920~1930년대의) 바흐친은 내적 발화에 현재하는 수없이 다양한 사회적 이질언어heteroglot의 목소리들 사이에서 벌어지는 복잡한 대화를 묘사한다. 그들은 기본적으로 학자들이 의식에 대해 터무니없이 궁색한 이념을 가지고 있을 때 무의식으로 돌아선다고 주장했다. 1960년대 초 바흐친은 도스토옙스키 연구서를 개정하면서 노트에 이렇게 적고 있다. "무의식의 어떠한 콤플렉스보다 의식이 훨씬 더 경악스럽다"(TRDB, 288쪽).

여기서 흥미로운 점은, 바흐친과 프로이트 모두 자신들의 독특한 정신이론을 예증하고자 도스토옙스키를 끌어들인다는 사실이다. 마치 도스토옙스키 소설 속 인물들을 설명하는 것이 모든 심리학 이론이 통과해야 할 필수 시험이라도 되는 것처럼 말이다. 충분히 이해할 수 있는 일이다. 도스토옙스키의 소설은 내적 발화를 통한 정신의 묘사뿐 아니라 프로이트의 무의식 이론을 지지할 만한 내용을 모두 포함하고 있기 때문이다. 그러나 도스토옙스키를 환기하면서 두 사람은 도스토옙스키 작품의 결정적 측면을 간과하는 경향이 있다. 프로이트는 신학에 기초해서 인간적 자유를 구하려는 도스토옙스키에 대해 무척 당황하며 반발하고, 바흐친은 우리가 지금 '도스토옙스키주의자'라고 부르는 모든 맹신자들을 오히려 두둔하는 설명거리를 제공한다.[2]

행위와 자아

남아 있는 바흐친의 초기 원고들은, 앞서 보았듯이 크게 보아 윤리적 문제들에 연관되어 있다. 특히 다음과 같은 두 가지 의문이 그의 자아론을 이해하는 데 적절해 보인다. 즉, 자아는 어떻게 현 세계에서 책임 있는 행위를 수행하는 존재로 구성되는가? 나의 '나'와 이것이 수행하는 행위는 어떻게 전체로서의 문화에 적합한가? 초기의 바흐친에 따르면, 그 당시 철학이 직면한 위기는 본질적으로 행위의 본성에 대한 이해의 위기였다 (KFP, 95~97쪽).

바흐친이 보기에 이 위기는 행위를 둘로, 즉 (객관적, 초역사적으로 지각

---

2 도스토옙스키에 대한 바흐친의 지나치게 관대한 접근이 지닌 단점에 대해서는 Caryl Emerson, 〈바흐친, 도스토옙스키, 그리고 소설 제국주의의 발흥Bakhtin, Dostoevsky, and the Rise of Novel Imperialism〉; 〈바흐친 시학의 문제들Problems with Baxtin's Poetics〉 참조.

되는) 행위의 의미 혹은 내용과 그것을 실행에 옮기는 주관적 과정으로 분리하려는 경향에서 기원한다. 마찬가지 이유에서 나중에 그는 언어를 추상적 규칙의 체계와 그것의 개별적 예증으로 구별하는 소쉬르에 반대했다. 바흐친은 그러한 이원적 분할이 분석을 목적으로 할 때는 유용할지 몰라도 근본적으로는 언어나 행위를 기술하는 하나의 방식에 지나지 않는데도 전부인 양 오도된다고 주장한다. 이런 전통을 따르는 지식인들은 언어나 행위를, 추상 활동을 통해 만들어 낸 분석적 범주들의 합으로 간주하는 경향이 있다. 그렇기 때문에 그들은 우선적으로 실존한다고 착각하는 실체화된 양자가 어떻게 상호작용하는지를 두고 끝도 없는 논쟁에 빠져들고 만다. 1920년대 후반에서 1930년대에 걸쳐 바흐친은 이런 식의 언어 분할이 언어의 실상을 뒤바꿔 버렸다고 주장했다. 같은 방식으로, 바흐친은 1920년대에 주류를 이루었던 행동철학이 행위의 본성과 사건의 사건성을 유사한 종류의 분석적 분할로 바꿔 버렸다고 주장한다. 그것이 '파생적인 것을 절대화'하고 근원적인 현상을 그릇되게 표현한다는 것이다.[3]

바흐친의 입장에서 보면, 그러한 오류는 특수자를 사유에서 제외하는 경향이 있는 이론주의의 자연스러운 결과다.[4] "진리라는 것이 다만 일반적 계기들을 그러모은 것에 불과하다는 생각, 그리고 명제의 진리는 반복 가능성과 지속성에 있다는 생각은 합리주의[와 이론주의]의" 슬픈 "유산"(KFP, 110쪽)이다. 대립하고 있는 부분들(랑그와 파롤, 혹은 사회와 개인)이

---

3 W. Wolfgang Holdheim, 〈학계의 우상Idola Fori Academica〉, 특히 11쪽 참조.
4 이론주의에 대해서는 《바흐친 재고: 확장과 도전》의 도입부에 있는, 〈행위의 철학을 위하여〉에 대한 우리의 서문을 보라. 모슨과 에머슨의 《이질언어: 바흐친 모임의 용어와 개념 Heteroglossary: Terms and Concept of the Bakhtin Group》에도 이에 대한 내용이 있다.

절대화되면, 다른 한쪽 범주를 무시하거나 제거하고 싶은 유혹이 생긴다. 어떤 학자들은 개인적인 것을 전부 사회적인 것으로 해소하려 하며, 반대의 경우도 있다. 바흐친의 초기 수고에서는 칸트의 윤리학이 일반자를 강조하는 한 사례로 제시된다. 바흐친에게 도덕성은 "개별적 사실의 역사적 구체성의 문제이지, 어떤 명제의 이론적 진실의 문제가 아니다"(KFP, 84쪽).

더구나 '존재 사건'에 지속적으로 참여하고 있는 우리 모두는 불가피한 결단의 구체성을 항상 실감하는데, 이 구체성에는 그 어떤 불변하는 규칙도 부합되지 않는다. 행동하며 윤리적 선택에 직면하는 하나의 인간으로서 자아를 이해한다는 것은 특수한 순간들과 반복 불가능한 상황들에 놓여 있는 존재로서 자아를 이해하는 것이다.

이러한 요약은 바흐친이 앙리 베르그송에 동조하여 그의 근본 이념들을 알고 있었음을 암시하는 것처럼 보인다. 이때의 베르그송은 열린-채-끝난 흐름open-ended flow을 예찬하는 사람이면서, 현실을 무시하는 '공간화된' 지성의 활동에 직관을 대립시키는 사람이고, 시간의 창조적 능력을 제안하는 사람이다. 바흐친은 베르그송과의 이러한 전면적인 친화성을 당연하게 받아들이는 것처럼 보인다. 이는 베르그송의 접근법이 칸트와 유사하다는 지적에 그가 크게 구애받지 않는 것과 마찬가지다. 그러나 바흐친의 초점은 베르그송과 다르다. 오히려 바흐친의 눈에 베르그송은 이론주의를 역전시킴으로써 이론주의의 오류를 반복하는 사람으로 비친다. 즉, 아무리 예증을 중시한다 할지라도 베르그송은 행위를 추상과 예증으로 분리할 수 있다는 가설을 수용하는 사람들과 다르지 않다.

바흐친에 따르면, 베르그송은 이성적 인식에 직관을 대립시키는 데 있어서 "방법론적으로 비일관적"이다(KFP, 91~92쪽). 이론적인 것과 감각적인 것이 혼합된 직관 개념이 여전히 추상적이기 때문에, 베르그송은 자아를 실제적인 '존재 사건'에 직면하게 하지 않는다(KFP, 95쪽). 바흐친의 관점에서 보면, 직관의 두 요소(이론과 감각)가 빈약해 보인다. 행위에 대한 이론적 번역은 순전히 선재先在하는 도덕적 규범들과 그 행위를 관련지을 뿐이고, 행위에 대한 감각적 표현은 그 행위가 지고 있는 미래에 대한 실제적인 책임을 면제해 줄 뿐이다. 그러므로 양자를 결합한다 한들 위험천만한 도덕적 상황에 자아를 맡길 수는 없다.

논의 과정에서 바흐친이 로스키의 저서 《베르그송의 직관 철학The Intuitive Philosophy of Bergson(Intuitivnaia)》을 인용하는 것으로 보아, 그 책이 이 프랑스 철학자에 대한 바흐친의 해석에 영향을 준 것으로 보인다. 여기서 그 책을 언급함으로써 가치를 평가할 생각은 없다. 다만 로스키의 베르그송 독해를 통해 바흐친의 베르그송 독해의 정도를 읽어 내는 것이 우리의 목적일 뿐이다. 저자가 소련에서 추방당한 바로 그해(1922)에 3판을 기록한 로스키의 책은 베르그송의 사상을 요약하고 있어 문외한에게 안성맞춤이다. 이 책은 하나의 장만을 비판에 할애하고 있는데, 여기서 '직관적 관념론'에 대한 로스키의 관심과 바흐친의 산문학이 포개지는 것을 볼 수 있다. 특히 지나친 비합리주의에 회의적인 바흐친을, 즉 라블레 연구서를 집필하려 했던 때와는 상당히 달라진 바흐친을 보게 된다. 바흐친의 사상에서 '종결불가능성에 대한 교정책'으로 급제동이 걸리는 최초의 사례일 수도 있기 때문에 이 순간은 의미가 있다.

로스키는 애초부터 직관과 이성의 엄격한 분리에는 반대했다. "이성은 그 자체가 직관적이기 때문에 〔양자 사이에〕 심연이란 없다"(로스키, 《베르그송의 직관 철학》, 40쪽)는 것이다. 그는 또한 인간 이성의 활동을 기술하는 것에도 반감을 품었는데, 그러한 기술은 사실 이성을 희화화하는 것에 해당하기 때문이다. 이러한 움직임은 모든 종류의 '심리학주의'가 의식적 사유의 복잡성에 빈약한 설명만을 제공한다고 생각하던 바흐친에게 호소력이 있었다. 로스키의 주장에 의하면, 이성에 분석과 일반화의 두 가지 능력만 허용하고 이 능력들이 전적으로 꼼짝하지 않는 수동적 질료를 대상으로 실행된다고 여기는 것은 이성을 이성 자체의 그림자로 축소한다(로스키, 《베르그송의 직관 철학》, 98~99쪽). 이성은 '계산' 이상의 일을 한다. 로스키에 따르면, 베르그송은 이성이 도달할 수 있는 지식의 종류에 대한 이해 면에서 잘못을 범하고 있으며, 이성이 특수한 세계를 취급하고 그 세계와 교섭하는 다양한 방식을 가지고 있다는 사실을 불신하는 것 또한 그에 못지 않은 잘못이다. 요컨대 순수하게 추상적인 이성에 대해서는 비판하는 사람이나 칭송하는 사람 모두, 비록 이성이 미치는 범위에 대한 평가에서는 서로 다른 반응을 보일지라도, 이성의 범위를 부당하게 축소한다. "기계론적 세계관의 오류는 현실의 추상적인 면에 실재성을 부여한다는 데 있는 것이 아니라, 오히려 추상적인 것들에 자율성을 부여하고, **이쪽 추상물을 저쪽 추상물에 외적으로 부착하는 방식**으로 전체를 이해하려 한다는 데 있다. 이는 이성의 잘못이 아니라 이성을 부적절한 방식으로 사용하게 한 사람들의 잘못이다"(로스키, 《베르그송의 직관 철학》, 102쪽).

로스키는 베르그송이 표적을 잘못 선택해서 다음과 같이 잘못된 결론에 이르게 되었다고 지적한다. "**마치 세계가 오직 변화의 흐름에 불과하다는 듯이**, 세상에 초시간적 원칙은 존재하지 않는다고 확신하는 것만큼이나 심각한 왜곡은 없다"(로스키, 《베르그송의 직관 철학》, 102쪽).

궁극적으로 바흐친은 로스키의 직관주의적 관념론에도, 어찌되었건 세계가 유기적이고 체계적인 전체를 구성하고 있다는 신념에도 공감할 수 없었다. 그러나 이성이 질료에 가해지는 단순한 분석으로 이해되어서는 안 된다는, 이성의 복잡성에 대한 로스키의 변호는 강력하게 옹호했다.

그러면서 정신의 기능을 둘로 나누는 엄격한 경계 그리기에 대한 로스키의 불신을 확실하게 수용했다. 여기서 가장 중요한 것은, 주로 무한한 내적 변화의 흐름으로 정의된 인격성 개념에 대한 로스키의 비판을 바흐친이 받아들였다는 사실이다. 바흐친의 입장에서 보면 베르그송이 결과물보다 과정에 초점을 맞춘 것까지는 옳았지만, 그는 **행위**에 너무 무관심했다. 바흐친은 자아가 행위를 합리적으로, 의식적으로, 그리고 책임 있게 해명해야만 하고 '인식'해야만 한다고 이해했고, 베르그송의 관점에 대한 불만은 명백하게 여기에서 시작된다. 베르그송은 어떻게 행동이 윤리적으로 '서명될' 수 있는지, 또는 사회적으로 뜻있는 방식으로 공유될 수 있는지 이해하는 데 어려움을 겪는다. 바흐친에 따르면, 만약 칸트주의가 체계적이고 비인격적이며 근본적으로 정적인 것을 상징한다면, 베르그송주의는 순수한 내적 변화와 흐름을, 즉 같은 강물에 두 번 들어갈 수 없다는 순수 헤라클레이토스적 자아의 유동을 대표할 것이다. 만약 자아가 그러한 흐름에 지나지 않는다면, 누가 도덕적으로 책임을 질 수 있단 말인가?

실현 가능한 윤리적 행동을 위해서, 바흐친은 책임 있는 자아에 대한 새로운 관념이 필요하다고 믿었다. 〈행위의 철학을 위하여〉에서 그는 비체계적이면서 상호 인격적인 자아의 모델을 보여 주고 있다. 행위하는 자아들을 무엇이 통합하는가? 무엇이 자아들을 윤리적 '존재 사건'—바흐친의 러시아식 말장난sobytie bytiia을 살려 '존재의 공共-존재co-being of being'로 번역되는 것—에 결합시키는가? 바흐친의 말을 옮기면, 이것들을 이해하기 위해서 나는 "우리를 통합하는 진리를, 그리고 우리가 그 안에 참여하고 있고, 나의 행위가 그 안에서 분출하고 있는 사건을 알아야" 한다(KFP, 94~95쪽).

같은 생각으로, 바흐친은 언제든 자아를 긍정하는 적절한 방식은 "양도할 수도 없고, 나눌 수도 없는 나 자신의 실존에 대한 긍정"(KFP, 112쪽)이라고 적고 있다. 순간의 흐름도 영원한 규범도 책임을 지지 않지만, 나는 책임을 진다. 책임을 이해하기 위해서는, 고유한 시간과 공간에서 행동하는 고유한 자아를 인정해야만 한다. 모든 행위는 반복 불가능하며, 책임은 양도 불가능하다는 의식에서 윤리적 행위가 산출된다. "내가 성취할 수 있는 바는 그 누구도 영원히 성취할 수 없다"(KFP, 112쪽).

참칭자와 존재의 알리바이

그 일부가 '심미적 행위에 있어서 저자와 주인공'이라는 제목으로 출간된 초기 수고의 제2부에서, 바흐친은 마침내 윤리적 관념들을 미적인 영역으로까지 확장한다. 이제 그의 일차적 관심은 어떤 행위에서 우리가 자신에게 대답하는 방식과 개인적 책임에 있지 않고, 우리가 타자의 이미지와 타자를 위한 우리 자신의 이미지를 창조하는 방식에 집중된다. 바흐친의 경우, 그렇게 종결된 이미지의 창조는 미적 활동의 본질에 속한다. 그의 의도는 미적 활동을 기술하는 것만이 아니며, 그것이 윤리적 활동과 그리고 개성이라는 전체 기획과 맺는 가능하고도 적합한 관계를 숙고하는 것이기도 하다.

이 에세이에서 바흐친은 예술과 삶 양쪽에서 자아 형성 과정을 검토한다. 그는 자아를 검토하면서 서로 관련된 세 가지 범주를 사용한다. 첫째는 나를 위한 나(나의 자아가 나 자신의 의식에 어떻게 비치며 어떤 느낌을 주는지)이며, 그 다음은 외재성과 타자성, 즉 타자를 위한 나(나 자신이 외부에 있는 사람들에게 어떻게 비치는지)와, 나를 위한 타자(외부인들이 나 자신에게 어떻게 비치는지)라는 두 범주다. 이 셋을 가지고 바흐친은 자아에 대한 수많은 문제를 정립한다. 이 문제에 대한 답변이 심리학에 대한 접근에서 그의 최초의 매개변수를 한정하게 된다.

바흐친은 먼저 자아가 세계와 관계 맺는 방식을 묻는다. 처음부터 그는 근본적 결함이 있는 전통적 주객主客 대립 모델을 거절한다. 안정된 자아라는 것은 없으며, 그와 대립하기 위해 안정적으로 '주어진' 세계라는 것도 없기 때문이다. 오히려 외부 세계는 우리의 의지로 그것과 맺는 관계를 통해서만 우리에게 규정적이고 구체적으로 되는 것이다. 이런 의미에서 "우리의 관계 맺음이 대상과 그 구조를 결정짓는 것이며 다른 방도는 없다"(AiG, 8쪽).

우리의 환경이 가장 변덕스럽고 이질적인 것처럼 느껴질 때는 우리가 세계와의 그릇된 관계를 창조하거나 지각할 때가 아니라 세계와의 모든 관계를 단절하려 할 때, 다시 말해서 마치 우리가 '존재의 알리바이'를 지니고 있기라도 한 것처럼 살아갈 때다. 그러나 존재의 알리바이가 있을 수 없다는 것은 인간적 실존의 근본적 사실이다. 그럼에도 사람들은 위장할 방법을 궁리해 낸다.

초기 저작에서 바흐친은 이러한 알리바이로 살아가려는 사람들을 '참칭자'라고 불렀다. **참칭자**pretender(samozvanets)(글자 그대로 '자-칭자self-caller')라는 단어의 용법에는 묘한 데가 있다. 왜냐하면 러시아에서(영어에서도 그렇지만) 이 말은 다른 사람의 자리를 차지하려는 사람을 뜻하기 때문이다. 그러나 바흐친의 특이한 용법으로 보면 참칭자는 다른 사람의 자리를 찬탈하는 사람이 아니라, 특정한 자리에서 결코 살지 않으려 하는 사람, 즉 순전히 일반화된 추상적 자리에서 살려는 사람을 가리킨다(도스토옙스키는 《악령》의 주인공 스타브로긴을 그러한 참칭자로 창조해 냈다). 이런 방식으로 살아가는 사람들은 "의미를 그냥 지나치"거나 "과거 실존의 의미를 무책임하게 빠져나간다"(KFP, 115쪽). 그들의 모든 행위는 "완성될 가능성만 있는 거친 초벌 그림이며, 서명하지 않아서 아무도 책임지지 않으며 책임질 것도 없는 문서"(KFP, 115쪽)의 일종에 지나지 않는다.

참칭자로 살아가는 사람들은 마치 소설 속 인물이라도 되는 양 살아가며 행동하는 경우가 종종 있다. 도스토옙스키의 초기작에서는 자기 자신을 하나의 예술 작품으로 만들기 위해 살아가는 인물들이 관찰되며, 도스토옙스키의 수많은 인물에서 발견되는 특이한 병증은 그러한 시도에서 도출된 것이다. 《지하 생활자의 수기》가 특히 잔인한 사례일 수 있겠는데, 이 소설의 주인공은 자기에게만 말하고 생각하며, 자신이 '한 권의 책인 양' 말하고 생각한다.

실제 삶에서 자포자기에 이르는 데는 몇 가지 방도가 있다. 바흐친이 오랫동안 머물렀던 관심사는 거울에 비친 자신의 이미지였다(AiG, 28~31쪽). 실제로 참칭자는 그러한 이미지와 자신을 동일시하며 그것의 기묘한 허위성을 간과한다. 거울만 들여다봐서는 타자들이 나를 볼 때 무엇을 보는지 결코 알 수가 없다. 진정한 외면外面적 자아를 위해서는 제2의 의식의 종결 지으려는 노력이 요청되기 때문이다. 그러므로 타자를 위한 나와 나를 위한 타자를 혼동하는 데서 오류가 발생한다. 타자를 위한 나에는 실질적으로 자아의 이미지를 공급해 주는 제2의 의식, 즉 외부 타자의 도움이 요청된다. 자기 자신을 바라본다 해도, 나는 타자를 흉내 내는 것에 불과하다. 설사 그러한 흉내에 성공한다 해도, 나는 여전히 타자를 위한 나의 느낌을 가진 것에 불과하다. 그것만 해도 나를 위한 나에서 크게 달라져 있긴 하다. 나의 육체이고 나의 목소리일지라도, 다른 사람들에게 보이고 들리는 것과 나에게 보이고 들리는 것이 같을 수는 없다.

나의 입장에서 보면, 나의 육체는 잘해야 약간 돌출된 일종의 '부조'상일 수 있다. "우리의 외적 이미지에서는 묘한 공허감, 유령성, 막연히 숨막히는 고독감이 느껴진다"(AiG, 28~29쪽). 거울 속에 비친 나의 얼굴에 응답하더라도—말하고, 미소 짓고, 제2의 의식인 척해 봐도—나는 "불특정의 잠재적 타자"(AiG, 31쪽)를 연기할 수 있을 뿐이다. 나는 결코 실제 타자가 될 수 없으며, 그때 내가 연기하는 것은 다만 "고유의 자기 자리도 없고, 이름도 역할도 없는, 기만적인 꼭두각시"에 불과하다(AiG, 30쪽). 이렇게 반은 자아이고 반은 타자인 '꼭두각시'는 "잠재적 타자의 가치 평가적 표현"을 증명해 주지만, 실제 타자는 부재하기 때문에 거울에 반사된 나의 얼굴에 나타난 표현은 언제나 "약간은 틀린" 것이며, 한꺼번에 여러 방면으로 움직이면서, 만족감과 불만족감이 혼합되어 나타난다(AiG, 31쪽). 삶은 다양한 종류의 거울을 제공하며, 바흐친에게는 익숙한 일이지만, 꼭두각시를 경험할 수 있는 초대장을 남발한다. 무책임하게 자기를 미화하는 세계에 살고 있는 한 우리는 참칭자에 불과하며, 그런 일은 한갓 "참칭적 분신"(KFP, 95쪽)에 지나지 않는 것에 주체를 내맡길 때마다 발생한다.

"의례적인" 삶이나 "대변자적인" 삶을 살아가도 참칭자가 될 수 있다(KFP, 121쪽). 바흐친은 이런 용어를 사용함으로써 자신이 책임져야 할 방향을 상실한 채 자기가 맡은 역할과 자기 자신을 동일시하는 정치적 공직자나 종교적 사제를 우선적으로 염두에 두려 했다. 조국에서의 혁명적 정치화를 은근히 빗대면서, 바흐친은 순수한 의미에서 "약간 큰 전체의 대변인"(KFP, 121쪽)이 되었다는 사람들의 '자부심'을 비판한다. '대표성'의 이름으로 단독 '참여'의 기회를 박탈하는 것은 정치 활동의 불변하는 유혹이며, 거기에 파국의 잠재성이 내재한다.

바흐친은 정치적 이데올로기라는 것을, 칸트 윤리학의 모든 위험성을 통합한 다음에 거기에 자신들의 생각을 약간 첨가한 것이라고 여기는 듯하다. 모든 체계적인 윤리학, 그리고 개인의 책임을 일반 정치 체계로 해소하려 하는 모든 시도는 개개인의 특정한 도덕적 의무의 가치를 부인한다. "인격 일반이란 없다. 내가 있고, 구체적으로 명확한 타자들, 즉 나의 절친한 친구, 나의 동기 동창(사회적 인간), 실제적 인민들(진정한 역사적 인간)의 과거와 미래가 있을 뿐이다"(KFP, 117쪽). 절대 윤리나 정치적 이데올로기의 관점에서 보면, 모든 죽음은 똑같다. "사랑스러운 살결도 우리와는 무관한 무한한 물질의 한 조각이며, 호모사피엔스의 견본을 의미할 뿐이다"(KFP, 120쪽). "그러나 어느 누구도 모든 사람이 가치론적으로 똑같은 방식으로 죽어 가는 세계에 살고 있는 것은 아니다"(KFP, 118쪽).

인상적인 한 대목에서—그것은 잠재적으로 어떤 유서 깊은 판결 원칙을 부각시키고 있다—바흐친은 "내가 사랑하는 어떤 사람이 파멸을 겪고, 충분히 당할 만한 정당한 치욕을 당하는 경우"(KFP, 128쪽)를 생각해 보라고 말한다. 규범, 법칙, 그리고 추상적 '내용'의 관점에서 보면, 처벌의 정당성을 인정할 수 있다. 그럼에도 나의 심기가 불편한 것은 낯선 사람이 동일한 상황에 처해 있을 때와 이 상황이 다르다는 것, 아니 달라야만 한다는 것을 말해 준다. 진정으로 두 가지 경우에 동일한 방식으로 반응하는 사람이 있다면 그는 무책임하고 비도덕적으로 처신하는 것이다. "최고의 가치는 한 사람의 인간이고, '선'은 부수적 가치다. 반대의 경우란 없다"(KFP, 129쪽). 만약 윤리학을 추상적 규범으로 간주하거나, 혹은 의례적인 것으로 여기고 살아가는 사람이 있다면, 그에게는 이러한 구별이 눈에 들어오지 않을 것이다. 바흐친은 이에 대해서 문제를 제기하지는 않았는데, 그런 그의 입장은 공적인 역할을 책임지고 완수하고자 하는 사람들에게는 러시아 사상가들의 전형적인 허약성을 나타내는 것이었다.

〈심미적 행위에 있어서 저자와 주인공〉에서, 그리고 처음 출판된 에세이 〈예술과 책임〉에서, 바흐친은 심미적 책임 회피에 대단한 관심을 보였다. 제대로만 이해된다면, 미학은 윤리적 일상생활에서 중요한 역할을 수행할 수 있다. 만약 미학이 일상생활에서 우리를 떼어 놓거나, 최악의 경우 일상생활에 현재하는 삶을 심미적으로 꾸며진 생활로 대체하는 데 사용되지만 않는다면, 즉 오로지 그것이 생활 감각을 풍요롭게 해 주기만 한다면 미학은 윤리적으로 기능할 수 있다는 것이다. 바흐친은 모든 '유미주의' 형식에 전혀 동조하지 않았는데, 크게 보면 이는 그가 도덕적 인간과 이른바 "일상생활의 산문"(iiO, 5쪽)을 전체 산문적 기획의 기반으로 삼았기 때문이다.

예술과 삶의 통일은 주어진 것이 아니라 하나의 기획이라는 것이 바흐친의 주장이다. 통일은 전적으로 부재하며, 그렇지 않다면 순전히 '기계적' 통일에 불과할 것이다. 진정으로 예술과 삶을 통일하는, 즉 "한 인격체 안에 있는 이러한 요소들 사이의 내적 연관을 보증"해 줄 수 있는 유일한 것은 다음의 내용에서 드러난다.

책임의 통일이다. 내가 예술에서 경험하고 이해한 모든 것에 대해 나는 나의 삶을 담보로 책임을 져야 한다. 이것은 경험하고 이해한 모든 것이 삶에 영향을 미칠 수 있도록 하기 위함이다. … 시인은 저속하고 산문적인 삶 앞에서는 자신의 시가 유죄라는 것을 기억해야만 한다. 점잖고 단순한 취미와 천박한 일상적 물음들은 예술의 불모성 탓이라는 것을 삶 속의 인간은 알아야 한다. 철저하게 책임을 져야만 하는 것이 인격이다. 인격의 모든 측면들은 세월의 흐름을 따라 정돈되어야 할 뿐만 아니라, 비난과 책임의 통일 속에서 서로 침투해야만 한다(liO. 5~6쪽).

예술과 삶은 서로 책임져야만 한다. 그렇지만 오직 나만이 그러한 책임을 떠맡을 수 있다. "예술과 삶은 하나가 아니다. 그렇지만 내 안에서, 즉 내 책임의 통일성 속에서 그것들은 통일되어야만 한다"(liO. 6쪽).

미학은 삶이라는 산문에 정확히 어떤 기여를 하는가? 우리는 또 다른 특수한 의식에 의해서만 수행될 수 있는 종결이라는 특수한 이득을 미학이 제공한다는 것을 후에 알게 될 것이다. 바흐친에게, 수많은 의식을 추상적으로 일반화된 단일한 의식으로 압축해 버린 '불모의 미학 이론'은 미적 활동의 전체 핵심을 놓치는 것이다. (더욱 최근의 사례를 들자면, 바흐친이라면 아마도 추상적인 '이상적 독자'를 구성하는 데 전적으로 냉담했을 것이다.) 바흐친의 경우, '융합'에 소용되는 것은 뭐든지 불모를 조장한다. 왜냐하면 그것은 외재성과 타자성을 파괴하기 때문이다. 그것은 상호작용하는 과정을 완성된 생산품으로 대체하며, 단순히 이론적인 '표기'를 위해서 사건의 사건성을 희생시킨다.

불모의 이론은 자기 자리를 거절하는 사람들, 자기와 타자의 병치를 거절하는 사람들, 그래서 **의식의 통일성에 애착**을 보이고 일치단결과 합병을 부르짖는 사람들 위에 문화적 창조성의 지반을 세워 둔다. … 인식론은 다른 모든 문화 영역들의 이론을 위한 모델이 되었다. 윤리학 혹은 행위의 이론은 이미 저질러진 행위에 대한 인식론으로 대체되었다. 미학, 혹은 심미적 활동의 이론은 이미 완결된 심미적 활동에 대한 인식론으로 대체되었다(AiG. 79쪽).

윤리학, 책임 있는 행동, 그리고 미적 활동은 다중의 의식을 요청하며, 특정한 행동, 특정한 사람, 특정한 시간, 특정한 장소는 일반화될 수 없다는 인식을 요청한다.

<심미적 행위에 있어서 저자와 주인공>
: 타자의 육체를 본다는 것, 그리고 타자에게 보인다는 것

> 만일 타자가 나와 뒤섞여 버린다면 나는 과연 무엇을 얻어 낼 수 있겠는가. … 차라리 그를 나의 외부에 그대로 내버려 두자. - AiG, 78쪽

현실적 자아의 중대한 가치는 비非융합과 상호작용에 있다. 이 범주는 어떤 관점을 취하느냐에 따라 전혀 다르게 이해된다. 나를 위한 나(즉, 내부에서 외부를 바라보는 것)의 범주에서 시작해 보자. 나의 '나'는 타자가 나를 어떻게 보는지 알아내려고 애를 쓰지만, 이러한 활동은 결코 완결될 수 없다. 비록 내가 평생토록 타자에게 반사되는 나를—즉, 내 인생의 일부와 전체적 기획의 반영을—'내다보고' 있을지라도, 이러한 반영물들은 통일된 이미지로 연합될 수도 없고, 연합되지도 않는다. 타자에 의해 구성된 나에 대한 모든 이미지는 몇 가지 이유에서 반드시 불완전하다. 즉, 모든 이미지에 필요한 종결 행위 자체가 종결 불가능한 내 삶의 기획에 어긋나는 경우가 많다. 나의 삶은 (바흐친이 후기에 말했던 것처럼) 항상 나 자신과 일치하지 않기 때문이다. 나는 어떤 제한된 목적을 위해서 그때마다 이미지의 종결 능력을 추구하지만, 이러한 이미지가 "살아온 내 삶의 통일성을 교란하지는 못한다. 나의 삶은 언제나 아직 오지 않은 사건

을 향해 있기 때문이다"(AiG, 17쪽). '전체'—이미지 전부—는 항상 우리의 내적 자아에 의해 초극되며, 그처럼 무한히 전진하는 추진력에 대한 인식이 실로 건강한 내적 관점을 구성한다. 만약 "이질적인 반영들"이 우리 안에서 "살을 얻는다"면, 그것들은 우리의 삶에서 "불모의 완결 지점, 즉 제동 장치"가 될 것이다(AiG, 17쪽).

나를 위한 타자와 타자를 위한 나(타자를 내가 어떻게 보는가, 그리고 나를 타자가 어떻게 보는가)라는 범주에 착수하면서, 바흐친은 '잉여'라는 중대한 개념을 도입한다. 우리는 이 개념을 제1장에서 논한 바 있으며, 바흐친의 다성성 이론(제6장)에서 그 중요성을 더욱 자세히 말하게 될 것이다. 여기에서 초창기 바흐친의 자아론을 이해하는 데 잉여 개념이 본질적이라는 사실은 강조할 가치가 있다. 왜냐하면 잉여 개념은 각각의 자아를 철저한 단독자로, 그리고 대체 불가능자로 만들어 주는 위치 방식과 묘사 방식이기 때문이다. 이러한 공간적 개념을 사용함으로써, 우리 각자가 어떤 면에서든 철저한 단독성(의 결과)의 모습으로 주어진 시간에 단독의 장소를 차지하는 것이라는 단순한 사실을 가리키는 바흐친의 말에 익숙해질 수 있다. 물리적이고 시간적인 특성은 우리의 대체 불가능성에 대한 일종의 제유적 표현인 것이다.

물리적인 사실에서 시작해 보자. 우리 각자는 특정한 방식으로, 즉 특수한 '시야krugozor'에서 세계를 바라본다. 이때 시야라는 매개변수를 그 사람의 '주변okruzheniia'과 혼동해서는 안 된다. 주변이란 아무 데서나 바라볼 수 있는 환경과 마찬가지이기 때문이다(AiG, 87쪽). 나의 주변은 나의 시야에 들어오지 않는 내 뒤통수까지 포함한다. 우리가 서로 만날 때, 우리는 주변을 공유하지만 시야를 공유할 수는 없다. 우선 우리 각자는 상대편 타자의 시야에 나타나는 것이지 자신의 시야에 나타나는 것이 아니다. 설사 내가 나의 육체를 바라본다고 한들, 나의 보는 행위 자체는 나 자신의 시야에 나타나지 않으며, 너의 경우도 마찬가지다. 우리 각자는 이러한 사실을 알고 있으며, 수많은 연극과 일상의 가치가 여기에서 발전했다. 네가 볼 수 없는 너 자신의 모습을 내가 볼 수 있다는 것이 너에 관련된 나의 잉여다(약간의 잉여는 항상 필연적으로 있을 수밖에 없다는 사실은 절대적이라 하더라도, 각각의 잉여는 항상 상대적이며 우발적이다).

잉여는 나를 바라보는 위치에 네가 자리하게끔 나에게 최종적 환경의 창조를 허락하며, 나에게 너의 이미지를 종결짓고 완결하도록 허락한다. 나 자신의 총체성이 열려 있고 "나의 위치가 매 순간 변경되어야만 하며, 그래서 꾸물대거나 쉴 틈이 없"(AiG, 87쪽)긴 해도, 나는 마치 주인공과 관계 돼 있는 저자처럼 너와 관계돼 있을 수 있다. 왜냐하면 나는 너에게 형식을 제공하고, 너의 이미지를 창조하기 때문이다. 이러한 유비는 바흐친의 에세이 〈심미적 행위에 있어서 저자와 주인공〉을 이해하는 데 중요하다.

본질적으로 그처럼 타자의 이미지를 창조하는 심미적 행위는 한쪽으로 병합당하거나 서로를 복제하지 않으려 할 때, 하지만 서로가 서로를 보완하고 저마다의 특수한 시야의 강점을 최대한 살리려 할 때 가장 진가를 발휘한다. 일상의 창조성—더욱 주목할 만한 창조적 행위가 의존하고 있는, 실제 산문적 창조성—속에서 너와 나는 공식적으로 서로를 살찌우고 세계를 풍요롭게 한다. 제대로만 수행된다면, 일상에서의 심미적 행위는 마주치는 타자 앞에서 자기 자신의 위치를 재추인하고 재확정하는 것을 뜻한다. 우리는 융합하는 것이 아니라, 새롭고 가치 있는 것을 산출해 낸다. 바흐친의 결론은, "나는 [다른 사람의 고통을] **타자**의 범주 안에서 바로 그의 고통으로 경험한다. 그러므로 그에 대한 나의 반응은 고통으로 비명을 지르는 것이 아니라, 위로의 말과 도움의 손길이다"(AiG, 25~26쪽).

자아는 오직 자기 자신으로 회귀한 다음에야 심미적 활동을 시작하며, 이때 자기 자신의 잉여와 외재성이 이용된다. 예술적 형식 제공의 작업은 의식에서 별개의 두 중심을 필요로 한다. 혹은 바흐친이 이 에세이 말미에서 지적하고 있는 것처럼, "형식이란 심미적으로 재가공된 경계다. … 정신과 영혼의 경계뿐 아니라 육체의 경계도 그렇다"(AiG, 81쪽).

이렇게 규정된 심미적 형식의 성격은 〈심미적 행위에 있어서 저자와 주인공〉에 있는 주목할 만한 한 측면을 제대로 설명하고 있다. 말하자면 바흐친이 육화enfleshment, 공간을 차지하는 육체의 물리적 성질, **경계를 마주하는 것들**의 상호작용에 지대한 관심을 쏟고 있다는 것이다. 이 에세이에는 공간적 형식으로서의 육체만을 집중적으로 다룬 장이 포함되어 있다. 바흐친은 '외적 현상'의 복잡성에서 시작한다(우리가 우리의 외면을 어떻게 경험하는지, 그리고 이러한 경험은 어째서 항상 어느 정도 꾸며지고 위조된 것인지). 그런 다음에 육체의 바깥쪽 경계들을(그리고 자기 자신을 끌어안거나 쓰다듬으려 하는 정서적 오류를) 들먹이면서, 우리의 외적인 행동들을 경험하는 다양한 양상을 숙고한다(물리적 행위—예컨대 높이뛰기—를 성공적으로 완수하기 위해서는 외부의 감각에 집중해서는 안 되고, 오히려 목표를 향한 내부의 충동에 집중할 필요가 있다). 바흐친은 또한 인간의 육체에 대한 가치 평가의 역사를 길게 늘어놓으면서, 고대부터 계몽주의까지, '타자를 위한 나의 육체'에서 '나를 위한 나의 육체'로 강조점이 점차 변화하게 되는 과정을 추적한다.

바흐친이 왜 초창기 저작에서 자아의 담지자 혹은 '표지'로서의 육체에 대해 그토록 많은 관심을 기울이는지 의문이 들지도 모른다. 이에 대한 대답은 창조적 예술에서 '육화'와 '유희'가 수행하는 더욱 일반적 역할과 관련될지도 모르겠다. 이 문제에 접근하는 한 가지 길은 바흐친이 제시했던 창조적 예술의 심리학을 우리에게 익숙한 정신분석 모델과 비교하는 것이다.

정신분석, 환상, 예술의 창조

1920년대는 '심리학주의'와 프로이트에 대한 비판가들이 프로이트라는 이름을 예사로 들먹이던 시절이었다. 바흐친의 동료들 중에서 볼로시노프는 이를 주제로 책 한 권(《프로이트주의: 비판적 스케치》)을 썼으며, 바흐친과 친분이 있었던 것은 아니지만 정신적 동료였던 레프 비고츠키도 예술적 창조성에 대한 프로이트의 설명을 공개적으로 비판했다.[5] 그러나 바흐친은 명확한 공격을 피하려 했는데, 아마도 인간에게서 개방성과 무한 책임, 창조성을 박탈하는 방식으로 인간을 설명하려고 하는, 일반적인 오류의 사례로 프로이트를 봤기 때문일 것이다. 그럼에도 프로이트는 바흐친의 초기 작품을 통틀어 내심 소중한 타자였던 것 같고, 사실상 후기에도 그랬다.

책임지는 창조적 자아라는 바흐친의 자아 모델은 프로이트의 모델에 근본적인 도전장을 내밀었다. 우리는 프로이트가 현실의 생생한 경험과 구별했던 세 가지 다른 활동을 연상할 수 있다. 프로이트는 그것들을 다시 하나의 범주로 처리하는데, 말하자면 유희, 백일몽 혹은 환상, 그리고 예술 등이다. 프로이트의 고찰에 따르면 "유희의 반대는 진지한 것이 아니

---

5 V: F와 비고츠키의 《예술심리학The Psychology of Art》(1925), 특히 제4장의 제2절('예술과 정신분석') 참조.

라 현실적인 것이다. 창조적 작가는 놀고 있는 어린아이와 같은 일을 한다. 그는 매우 진지하게—다시 말해서, 막대한 양의 감정을 투입해서—환상의 세계를 창조하며, 그것을 현실과 날카롭게 구별해 낸다"(프로이트, 〈창조적 작가와 몽상Creative Writers and Daydreaming〉, 749쪽). 예술에서의 창조적 충동은 환상의 억압에서 유래하며, 예술을 창조하거나 감상할 때 우리가 느끼는 쾌감은 실현되지 못한 욕망의 보상일 수 있다는 것이 프로이트의 추론이다. 예술은 "우리 정신에서 긴장을 해소"(프로이트, 〈창조적 작가와 몽상〉, 753쪽)시켜 준다. 예술, 유희, 그리고 환상은 모두 **결핍**에서 기원한 것이다. "우리는 행복한 인간은 결코 환상을 만들지 않으며, 오로지 만족하지 못한 사람만이 환상을 만든다고 주장할 수 있다. 환상을 추동하는 동기는 만족하지 못한 소망이고, 하나하나의 환상은 만족하지 못한 현실의 교정이며, 소망의 충족이다"(프로이트, 〈창조적 작가와 몽상〉, 750쪽).

물론 바흐친은 환상과 마찬가지로 예술과 유희도 실제로 결핍 혹은 만족하지 못한 소망에서 유래할 수 있다고 응답할 것이다. 그러나 바흐친적 관점에서 보자면, **결코**와 **항상**과 같은 단어를 사용하는 프로이트의 '기호론적 전체화' 경향을 주목했을 수도 있다. 우리의 경험 하나하나가 예외 없이 모두 기억에 보존된다는 주장만 해도 그렇다. 바흐친이라면 소망 충족, 만족하지 못한 욕망, 또는 결핍 등을 능가하는 다른 창조성의 원천도 많다고 주장했을 것이다.

바흐친의 경우 창조성은 산문적 경험에서, 즉 주어진 것을 끊임없이 창조된 것으로 전환하는 그 모든 방식에서 구축된다. 살아간다는 것은 창조한다는 것이며, 우리가 **창조적**이라는 말로 존경을 표하는, 더욱 거창하고 주목할 만한 행위는 우리가 매일같이 행하는 것과 똑같은 종류의 활동의 연장이자 그 발전에 불과하다. 간단히 말해서, 프로이트는 창조성과 영감을 예외적인 것으로 간주하는 낭만주의적 경향에 참여하고 있는 것이다. 창조성을 방향을 바꾼 일종의 불행이나 잠재적 병증의 건전한 사용으로 바라보는 것은 인간적 경험과 일상 활동의 본성 자체를 오해하는 것이라고 바흐친은 암시한다.

물론 어떤 창조성은 실제로 '프로이트적'일 수도 있을 것이다. 그러나 바흐친에 따르면, 창조성은 능동적이고 의식적인 규칙으로 존재하며 전 인격이 동원된 작업의 결과다. 게다가 인격이란 타자와의 상호작용으로 발전하는 것이므로, 창조성이란 개별적이고 반복 불가능한 자아의 형성인 동시에 특별한 종류의 사회적 행위다.

환상에 대한 바흐친의 서술 또한 프로이트와 현저하게 다르다. 바흐친의 경우, 환상은—약간은 심미화된 활동이기도 하겠지만—완벽하게 정상적인 일상의 경험일 뿐만 아니라, 억압도 필요 없고 양심의 가책을 느낄 필요도 없는 활동이다. 바흐친은 자신의 예술-삶의 관계 모델, 혹은 윤리적-미적 관계 모델에서, 현실적 경험을 꿈, 환상, 예술의 삼총사에 대립시키지 **않는다.** 굳이 범주를 나눌 필요가 있다면 바흐친은 현실적 경험, 꿈, 그리고 환상을 하나로 묶고, 그 셋이 하나가 되어 예술과 구별되는 것을 선호한다(AiG, 67~68쪽). 그가 그린 구분선은 우리가 이미 검토했던 개념들, 즉 나를 위한 나, 타자를 위한 나, 그리고 나를 위한 타자의 삼분법, 또한 외재성과 잉여, 게다가 종결화와 종결불가능성 등의 개념들에서 도출된다.

첫 번째 묶음(삶과 환상)을 특징짓는 것은 '내적 자기 감각'으로서, 자아에게는 "외부로 표현된 성질"이 없고(AiG, 67쪽), 그래서 주연배우, 즉 나를 위한 나를 완성하고 종결지을 수 없다는 것이다. 바흐친의 추론에 따르면, 나는 타자를 볼 수 있지만 나 자신은 나에게 행동으로만 감지될 뿐이다(AiG, 28쪽). 꿈속에서도 나는 나 자신을 행동으로 감지할 수 있을 뿐이다. 오로지 내가 꿈이나 환상을 다시 말로 표현할 때만, 그것은 종결된 것 혹은 (바흐친의 의미로) 예술적인 것이 된다. 그러나 그런 경우 나는 저자가 아니라 환상의 '주인공'이 된다(말하기라는 행위에서 보면 나는 이제 저자다). 꿈을 말하는 동안, 나는 다른 주인공들과 마찬가지로 나 자신을 동일한 화면 위에 배정해야만 한다. "예술가[또는 말하는 자]가 하는 첫 번째 행위는 주연급 주인공에게 육체를 부여하는 것"(AiG, 28쪽)이며, 그 육체에 '주변'을 부여하는 것이다. 근본적으로 창조적 예술은 무의식적인 신체상의 욕구불만에 대한 반응으로 생산된 것이 아니라 의식적인 육화 행위로서 생산된 것이다. 어떤 것이 일단 육체를 지니게 되면, 예술가는 그것의 '외부'에 설 수 있게 되고, 심미적 활동이 시작된다.

그 기원이 병리적이든 산문적이든, 환상만으로는 예술을 낳을 수 없다는 것이 바흐친의 주장이다. 환상은 '내적 모방'에 지나지 않는다. 그것은 예술에 필수적인 외재성이 결여되어 있다(AiG, 67쪽). 환상은 "상상할" 수는 있지만, 어떤 것에도 "이미지를 나눠 줄" 수는 없다. 왜냐하면 환상은 진정한 타자를 전혀 참작하지 않기 때문이다(AiG, 67쪽). 바흐친은 이 점을 설명하지는 않지만, 도스토옙스키가 몇 편의 단편에서 '몽상가mechtatel'의 초상을 탐구했을 때와 같은 딜레마를 염두에 두고 있는 것처럼 보인다. 도스토옙스키의 초기 단편 〈백야: 감상적 이야기|White Nights: A Sentimental Tale〉가 이에 속한다. 이 소설은 (바흐친의 의미로) 완결되지 않는 환상의 역설, 위험, 역동성을 화려하게 예시하고 있다. 이런 식으로 읽다 보면, 때로는 지나치게 맥 빠진 플롯이나 그런 플롯에 대한 구식 패러디처럼 보이는 것이, 어느새 훨씬 더 강렬한 관념에 대한 논쟁적인 탐구가 되어 버린다. 말하자면 바흐친이 '심리학적 타자 부재성'이라 했던 것, 혹은 타자의 종결

하는 힘에 진짜로 직면하는 위험을 피하는 것이 그것이다. 삶은 환상이라는 논법에 따르면, 몽상가들은 항상 홀로 깨어 있는 사람이다. 도스토옙스키의 단편 〈여주인The Landlady〉의 주인공 또한, 몽상가에서 자기가 그렇게 소망하던 예술가로의 전이에 실패하고 만다. 그는 완결과 종결을 단행할 수 없기 때문이다.[6] 지하 생활자가 이런 유형에서 정점을 차지하는 것처럼 보인다.

그 다음에 바흐친은 (병리적이기보다는) 건전하게도 사회적이며 산문적인 맥락, 즉 어린아이들의 놀이에서 유희와 예술의 상관관계를 논한다 (AiG, 67~68쪽). 어린아이들이 놀이에 푹 빠져 있는 동안, 그들에게 놀이는 현실적인 경험, 즉 내적으로 경험되고 상상된 것이지 이미지로 주어진 어떤 것이 아니다. 그러나 유희가 예술에 근접하는 때는 '능동적으로 응시하는' 외부의 관찰자가 그것을 보고 탄복하기 시작할 때다. 우리는 그 구경꾼이 바라보는 동안만큼만, 심미적으로 극적인 사건의 핵심을 소유하게 된다. 구경꾼이 떠나 버릴 때, 아니면 너무 흥미를 느껴서 아예 그 놀이에 참여하게 될 때, 후기 바흐친의 용어로 하면 '풋라이트'라는 것이 각본에서 사라지게 되고, 심미적 사건은 다시 유희의 수준으로 되돌아오게 된다. 아마도 예술이 되기 위해 필수불가결한 것은 창조물을 예술로서, 즉 외부의 시선으로 종결된 이미지를 지각해 주는 제2의 자아인 듯하다. 예술은 그 사건과 관련해서 잉여를 수행하는 누군가를 필요로 한다.

예술적 창조자와 청중은 시간과 공간 양면에 걸쳐서 주인공의 사건 외부에 머물러 있어야만 한다는 점, 아니 더 정확히 말해서 일정한 시간과

---

6 이 이야기와 거기서 발생하는 더 큰 문제에 대해서는 Robert L. Jackson, 《도스토옙스키의 형식 추구: 그의 예술철학 연구Dostoevsky's Quest for Form: A Study of His Philosophy of Art》, 158~162쪽 참조.

공간에 속해야 한다는 점에서 동일하다. 바흐친에게 너무도 중요한 것은 이렇게 외재성의 지위를 공유한다는 점이다. 그가 하나의 합성 용어, 즉 **저자-관찰자**avtor-sozertsatel를 통해 저자와 독자의 기능을 자주 결합한 것도 그러한 맥락에 닿아 있다. 지나고 보니, 이 용어는 화자와 청자를 언표의 공동 저자로 대우하는 후기 바흐친을 예고하는 것처럼 보인다. 그리고 그것은 통상 저자성과 해석으로 구별되어 있는 활동을 창조성이 결합한다는, 자주 표명된 그의 신념을 상기하게 한다. 초기의 수고에서, 바흐친은 창조자와 예술 작품의 관찰자 사이에 경계선을 그리려 하지 않는다. 저자는 언제나 관찰자와 같다. 왜냐하면 창조 행위에서 그는 "전체를 항상 순간적으로 파악하지만, 시간에서뿐 아니라 의미에서조차 항상 **지각생**"(AiG, 104쪽)이기 때문이다.

완전성, 창조성, 형식

이어서 바흐친은 수많은 창조된 자아들과 창조하는 자아들 사이의 바람직한 관계를 위한 필요조건을 서술한다. 저자와 주인공의 문제는 또한 각각의 자아가 다른 자아와 맺는 관계의 문제이기도 한 까닭에 바흐친의 원대한 윤리적 관심이 항상 현재한다. 첫 번째 필요조건은 외재성의 인정과 그것을 적절하게 사용하려는 의지다. "낯선 사람들의 세계에서 편안함을 느낄 수 있어야만 한다"(AiG, 98쪽). 두 번째 필요조건은 모든 참가자들이(창조하는 사람과 창조되는 사람 모두) 무언가 새로운 것을 만들 수 있는 잠재력을 가진 것으로 대우받는 것이다. 이 단계의 바흐친 사고에서는 이 필요조건도 훨씬 불투명하게 표현되었고, 그가 세운 용어들도 딱히 만족할 만한 것이 없다. 왜냐하면 어떻게 창조되는 인물이 예상치 못한 일을 창시하는 그의 창조자와 동등한 능력을 가질 수 있다는 것인지 이해하기 어렵기 때문이다. 어떻게 그러한 창시적 평등이 가능하다는 것인지에 대한 최종적 해답으로 출현한 것이 바로 (제6장에서 논하게 될) 다성성 이론이다.

이러한 필요조건들은 심미적인 것 못지않게, 정신적인 것—이 말에서 바흐친의 육화 및 육체 중심의 의미를 상기할 것—이기도 하다. 이 두 영역의 연결 문제는 분명 바흐친 필생의 탐구 주제 가운데 일부다. 바흐친에 따르면, 주인공의 시간적 전체는 "내적 인간, 즉 영혼의 문제"이며, "영혼의 문제는 방법론에서 미학의 문제다"(AiG, 89쪽).

예술의 경우, 주인공과 저자의 적절한 관계를 위해서 가장 먼저 필요한 것을 바흐친은 완전성 혹은 전체성tsel'nost이라 부른다. 어떤 자아가 또 다른 자아의 전체성이나 완전성을 결정하는 데 유리한 지점은 어디인가? 주인공의 개방성과 성장을 저해하거나 손상시키지 않으면서 예술상의 구성적 전체성에 이르는 길은 있는가? 간단히 말해서, 저자는 어떻게 의외의 방식으로 펼쳐질 수 있는 주인공의 능력을 희생시키지 않으면서 주인공을 하나의 전체로서 기술한단 말인가? 여기에서 다시 한 번 이 수고들의 문제의식은 바흐친이 다성성 이론과 그에 수반되는 "상위 질서의 전체성"(TRDB, 298쪽) 개념을 발전시킬 수밖에 없었던 이유를 암시한다.

앞서 우리는 바흐친의 경우 **사건들**에는 전체성 혹은 '통일-성edinstvo'이 있다는 것을 살펴보았다. 그는 이제 이러한 통일성 개념을 **인격**—특히 미적 관점에서 바라본 인격—으로까지 연장한다. 이런 맥락에서 보면 '통일성'에 대응하는 짝은 '완전성tsel'nost'이다. "예술 속의 인간은 완전한(tsel'nyi) 인간이다"(AiG, 88쪽). 이런 의미에서 완전성은 우선적으로 플롯의 일관성이나 주인공의 운명에서 측정되는 정합성의 문제가 아니다. 언뜻 보기에는 약간 이상해 보이겠지만 오히려 그것은 주인공의 **잠재성**, 즉 유의미한 방식으로 예상을 뛰어넘는 능력, 그리고 예언을 어긋나게 하는 능력의 문제다. 이와 같은 완전성 혹은 전체성이라면 '기계론적'일 수 없으며, 그것을 지니고 있는 주인공은 완전히 완성될 수도 없고(완성된다면 깜짝 놀랄 일이 없을 테니까), 그렇다고 해서 전적으로 제멋대로일 수도 없다(참된 놀라움과 참된 유의미성을 제거해 버릴 테니까). 주인공들은 오직 저자에 의해서 '완전한' 전체로 가시화될 때만, 자기 세계에서만은 진정한 창조자로서 저자에 의해 풀려날 정도로 충분히 대담한 인격을 지닐 수 있다. 완전성을 시험하는 것이 창조성이다.

정확히 여기, 즉 잠재성을 논하는 대목에서 바흐친은 자신이 윤리학과 미학에서의 '심리학적 접근'이라 칭했던 것(다소 막연하긴 하지만)을 강력하게 반대하는 진술을 제공한다. 물론 그러한 접근법에 프로이트만 포함되는 것은 아니다. 완전성은 진정한 창조성을 포함하고 있기 때문에, "영혼의 문제는 **가치 배제적이고 인과적인 과학**인 심리학이 다룰 수 있는 문제가 아니다. 영혼은—비록 발전하고 성장하는 것이지만—개별적이고, 가치 평가적이며, 자유로운 하나의 전체이기 때문이다"(AiG, 89쪽, 고딕체는 인용자가 강조한 것이다). 심리학은 창조성의 대부분을 제거하지 않고는 창조성에 대해 생각할 수 없다.

바흐친의 경우, 자아는 타자에 의해 주어진 자신의 이미지에 응답했을 때 창조적이다. 타자는 나에게 형식을 부여하는데, 그것이 심미적 행위이며, 나는 그 형식을 내적 삶의 일부로 받아들여 거기에 반응한다. 나를 위한 나는 타자를 위한 나의 이미지에서 배우긴 하지만, 언제나 그것과 동일하지는 않다. 그것은 오히려 그 이미지를 초월하여, 나에게 새로운 종류의 형식을 부여하는 다른 심미적 행위를 유발한다. 형식의 과제 중 하나는 자신의 초월을 허용하는 것, 그리고 열린 잠재성의 장을 창조하는 것이다. "이러한 형식에 무심한 경험적 실재로서 〔간주되는〕 영혼은 심리학의 〔특징인〕 사변이 낳은 추상적 산물 이외에 아무것도 아니다"(AiG. 92쪽). 형식에 대한 이러한 개념은 '형식 창조적 이데올로기'(혹은 '형식 창조적 힘')라는 후기 바흐친의 관념을 미리 내다보게 한다. 그것은 새로움의 잠재성을 희생하지 않으면서 유의미한 종결을 허용하는 방식으로 형식이 부여되는 과정을 설명한다.

나의 자아 감각은 타자들에 의해 제공된 이미지들과 복잡하게 연루되어 있기 때문에, 진짜 '내 것'이라는 관념은 특히 복잡해진다고 바흐친은 주장한다. 내 것을 형성하는 데 타자의 역할을 이해하지 못한다면 나는 심각한 혼란에 빠질 것이다. 일상생활에서 어떤 것이 단지 내면에서 발생한 것처럼 보인다는 이유로 그것을 순전히 나의 것이라고 확신하는 것은 틀림없이 '잘못된 주관성'에서 기인한 결과다. 그래서 죄 또는 속죄의 느낌이 발생하게 된다. 만약 내 것이 타자가 나에게 선물로 준 것이라면, 그리고 내가 그 선물을 받고 그에 따르는 책임을 지는 것이라면, 그러한 반응은 생겨날 필요가 없다. 나의 것이라는 관념을 연구하는 방법에서 심리학은 언제나 잘못을 범하고 있다.

대상을 경험할 때 발생하는 나의 것이라는 느낌은 심리학에 의해 연구되곤 하지만, 그것은 나와 **타자**에게서 가치 발생의 책임을 완전히 제거해 버리고, 더구나 바로 그들을 단독으로 고유하게 만들어 주는 요소를 철저히 추상화하면서 이루어진 연구다. 그러므로 심리학은 단지 '가설에 지나지 않는 개별성'만을 알고 있을 뿐이다. … 〔심리학에서〕 내적 소여는 충분히 숙고되지도 않은 채, [부당하게도] 가치중립적이라는 맥락에서, 즉 규칙이 관철되는 심리학적 조화라는 가정된 통일성 속에서 연구되었던 것이다(AiG, 101쪽).

바흐친의 입장에서, '규칙이 관철되는 심리학적 조화'(그리고 추상적이고 가치중립적인 서술 및 규정이나 법칙 체계로 이루어진 심리학 분과)란 이론주의가 마음에 투입되었을 때 예상되는 결과에 지나지 않는다.

정신 대 영혼, 틈구멍 대 리듬

> 윤리적 자유(이른바 의지의 자유)는 인식적(인과적) 필연성으로부터의 자유일 뿐만 아니라, 미적 필연성으로부터의 자유이기도 하다. – AiG, 105쪽

바흐친의 경우, 자아는 의식과 무의식으로 분열된 것이 아니며, 원래 개별적이었던 것이 '사회화'됨으로써 형성된 것도 아니다. 바흐친에 따르면 사회화 이념, 다시 말해서 자신의 환상과 욕망을 사회의 현실적 압력에 순응시키도록 강요받는 최초의 자아라는 이념은 프로이트를 비롯해 모든 서양 심리학적 사상의 전형적 산물이다. 바흐친이 선호하는 모델에서는 심리학의 기본 단위들이 개인적인 것과 사회적인 것의 구별보다 선행(하거나 구별을 완전히 해소)한다. 두 개의 범주는 현실적으로 실재하는 것들에 분석적 범주를 잘못 적용한 결과 나타난 사물화로 간주될 수 있다. 이러한 분석적 구분에 선행하는 어떤 것이 존재하며, 바흐친은 평생에 걸쳐서 이처럼 '선행하는 것들'에 반복해서 이름을 부여했던 것이다. 대화화

된 이질언어적 내적 발화로서의 심리적 삶이라는 이념에 초점을 맞추는 것이 그에 대한 가장 세련된 설명이다. 물론 바흐친은 인격의 중심적 위치에 언어를 두기 전까지는 이런 설명을 할 수 없었다. 〈심미적 행위에 있어서 저자와 주인공〉에서, 그의 범주들은 '정신dukh'과 '영혼dusha'의 구별 위에 자리 잡고 있다.

정신이란 나를 위한 나, 즉 내가 내부에서 경험한 나 자신을 묘사하는 것이며, 견고한 완성consummation 지점을 가지고 있지 않다. 완성은 영혼에 속하는 것으로, 타자를 위한 나의 결과물이다. 타자들은 그들 자신을 위해서 나에게서 영혼이 발생하는 과정에 참여해야만 한다. 이는 영혼이 불가피하게 부분적이며 의도적이라는 것을 의미한다. 특수한 외재성의 심급과 타자가 수행하는 특정한 종결 행위에 의존함으로써, 나의 영혼은 언제나 다른 사람들의 구체적인 요구에 응답한다. 제4장에서 보았던 것처럼, 바흐친은 후기에도 '말'에 관해 유사한 논의를 했다.

나의 영혼이라는 말은 그러므로 일종의 역설 혹은 모순어법처럼 보일 수밖에 없다. 타자들이 나를 종결짓고, 나를 종결짓는 그들의 행위에 내가 편입되는 복잡한 과정의 산물이 바로 영혼이기 때문이다. 이는 나의 영혼이 어째서 '사회적'인 동시에 '개별적'인지 설명해 준다. 나의 영혼은 내적이며, 열린-채-끝난, 과제 지향적인 자아(나의 정신)의 한 계기다. 그것은 다른 의식이 경계 안에서 일시적으로 안정시키고, 육화하고, 완결지어서, 나에게 '선물'(dar)로 되돌려 준 것이다(AiG, 89쪽·90쪽). "영혼은 내 정신이 타자에게 주는 선물이다"(AiG, 116쪽).

바흐친은 이러한 시나리오를 역설로 가득한 정식화로 설명하고 있다. "정신에서 나는 나의 영혼을 상실할 수 있고 상실해야만 한다. 나의 영혼은 보존될 수 있지만, 나 자신의 힘으로 되는 것이 아니다"(AiG, 90쪽). 나의 입장에서 보자면, 나는 내 속에서 영혼을 창조할 수 없다. 자기 반성은 "그릇되고 어긋난 주관성"(AiG, 90쪽)만을 생산할 수 있기 때문이다. 타자가 나를 위해 실존한다는 것은 "사건의 무게"를 지니지만, 나 자신의 영위된 삶은 "심미적 구성plot"이나 "줄거리의 무게"를 지니지 못한다(AiG, 94쪽). 나는 나 자신의 삶에서 "잠재력의 조건"이긴 하지만, 내 삶의 주인공은 아니다. 주인공이라는 관념에 타자의 관점이 전제되어 있는 한 그렇다(AiG, 94쪽).

정신은 줄거리의 기능 수행자도, 보유자도 될 수가 없다. 줄거리에는 처음, 중간, 끝—이미 현재하고 있으며 단지 전개되기만 기다리고 있다는 뜻의 끝—이 있기 때문이다. 반면에 정신은 종결되지 않은 것, 자기 자신과 일치하지 않는 것, 언제나 아직 아닌 것yet-to-be이다. 혹은 바흐친이 〈심미적 행위에 있어서 저자와 주인공〉에서 지적한 것처럼, 정신에는 항상 '틈구멍'이 있다. 정신, 그리고 내적 관점은 "시간에서, 주어진 모든 것에서, 이미 현재하고 있어서 손에 쥐고 있는 모든 것에서 직관적으로 경험된 틈구멍을 우리에게 제공한다"(AiG, 97쪽). 틈구멍이라는 용어는 이후 도스토옙스키 연구서에서 말, 언표, 말 걸기, 그리고 세계관 전반을 기술하기 위해서 의미가 확장되었다.

줄거리가 고유한 무게를, 다시 말해서 고유한 종결과 의미를 창출하기 위해서는, 순간순간을 자신의 과거와 미래(탄생과 죽음)에 통합하고, 전체 과정의 "리듬"을 발견하며, 그 리듬에 입각해서 현재의 순간을 재현해야만 한다(AiG, 103~116쪽). 이때 바흐친이 말하는 '리듬'은 반드시 운율적 박자를 의미하는 것이 아니다. 운율적 박자는 바흐친이 염두에 두고 있는 것, 즉 기획된 예상 혹은 패턴화의 한 결과일 뿐이다. 바흐친적 의미에서 리듬은 틈구멍의 반대를 뜻한다. 틈구멍이 현재 순간의 개방성을 표현하는 반면에, 리듬은 현재 순간의 폐쇄성을 표현한다. 성공적으로 리듬이 부과되면, 그것은 열려 있고 모험으로 가득 찬 미래를 극복하며, 그 미래를 사실상 이미 과거인 것이자 완성된 것으로 만들어 버린다. 그것은 그러므로 "의미에 관한 한 희망 없음hopelessness"(smyslovaia beznadezhnost)을 암시한다 (AiG, 103쪽).

여기에서 바흐친이 **희망 없음**이라는 말을 사용하는 것은 시사적이다. 일단 명확하게 확립된 리듬에는 불가피하게 희망이 없다는 묘한 가설은 '의미'에 대한 바흐친식 정의 자체의 핵심을 건드리고 있다. 사실 의미는 항상 **새로운** 의미의 가능성을 내포하고 있어야만 한다. 영혼이 끊임없이 우리에게 부여되고 있기 때문에, 모든 자아에는 리듬화된 조각들이 기워진 채 붙어 있다. 그러나 이러한 조각들은 언제나 스스로 변화한다. 그러므로 이런 의미에서 보면 '희망'의 태도는 개량에 대한 신념을 내포할 필요가 없다. 그것이 내포하는 것은 다만 일종의 중대한 변화에 대한 확신이다.

심미화된 삶과 마찬가지로, 리듬은 책임에 반하여 작동한다. "나는 리듬에 사로잡힐 수 있을 뿐이다. 리듬 속에서는, 마치 혼수상태에서와 마찬가지로, 나 자신을 알지 못한다. … 이런 의미에서, 윤리적 자유(이른바 의지의 자유)는 인식적(인과적) 필연성으로부터의 자유일 뿐만 아니라, 심미적 필연성으로부터의 자유이기도 하다. … 현재하는 모든 곳에서 나는 자유롭지만, '당위'로부터 자유로울 수는 없다"(AiG, 103쪽).

그러므로 리듬에는 이득이 있는 만큼 위험도 있다. 그것은 당연하게도 타자에 의해 창조된 나의 이미지의 일부로서, 그리고 타자가 나에게 제공하는 '영혼'의 일부로서 제공되지만, 한편으로는 내가 초월할 수 있고 초월해야만 하는 것이기도 하다. 이런 의미에서, "리듬은 타자와 관계하기 위한 형식일 가능성은 있어도 나 자신과 관계하는 형식은 아니다"(AiG, 106

쪽). 나의 특수한 이미지가 나를 완벽하게 한정하지는 못한다는 것을 알고 있기 때문에, 나는 타자에 의한 나의 '리듬화'로 풍부해질 수 있다. 하지만 마치 다른 사람이 나를 완벽하게 리듬화할 수 있는 것처럼 살아가려 한다면, 나는 빈약해질 수밖에 없다. 그러한 시도는 참칭에 이르는 또 다른 길이다. 내가 만약 나 자신에게서 소외된다면, 더 이상 스스로 가치를 산출할 수 있는 삶을 살지 않는다면, 그리고 완전히 타자에 의해 설정된 패턴에 따라 그 안에서 살아가려 한다면, 그때 나는 나 자신을 타자의 리듬에 선뜻 동화하게 될 것이다. 그 경우 나는 마치 나에게 창조성이나 틈구멍이 없는 것처럼 살게 될 것이다. 바흐친의 사례에서 보면, 내가 만약 단순히 사회적 질서나 운동의 일부로서, 국민의 일부로서, 혹은 심지어 모든 인간의 일부로서 살아간다면, 그리고 내가 그러한 거대한 실재들에 나 자신을 수동적으로 결합하고 있는 것이라면, 그때의 나는 너무도 거리낌 없이 리듬에 복종하여 단순히 타자들의 '코러스'의 일원으로서 말하게 된다(AiG. 106쪽). 이렇게 되면, 나는 유일무이하고 책임 있는 목소리를 잃어버리고 만다(또는 마치 잃어버린 것처럼 살아가게 된다)(AiG. 106쪽).

초기 수고에서도 무척 드물게 언어 자체를 논하는 자리에서, 바흐친은 리듬화된 '줄거리' 인생을 참칭하는 것과 언어 사이의 유비를 제공한다. 〈심미적 행위에 있어서 저자와 주인공〉 거의 막바지에는, 모든 육화의 '용기와 고집'에 대한 바흐친의 진술이 있다. "**이미 존재하는** 모든 것은 너무나도 정당화될 수 없다. 그것은 말하자면 감히 자신을 서둘러 정의하는 것이며, 아직 의미가 다 드러나지도 않았고, 모든 것이 다 정당화되지도 않은 세계 속에 전적으로 한정된 채 (고집스럽게) 남아 있는 것이다"(AiG. 116~117쪽). 그러한 육화는 "아직 끝까지 말해지거나 생각되지 않은 어떤 문장 속에서 완전히 정의되고 싶어 하는 말을 닮았음"(AiG. 117쪽)이 틀림없다. 어떤 의미에서 모든 발화된 말은 그 발음의 조건을 이루는 "단일한 의미의 빛"을 수치스럽게 생각한다는 것이 바흐친의 결론이다. "말이 발화되지 않은 채로 있는 한, 거기에는 믿음과 희망의 가능성이 남아 있다는 뜻이다. 어쨌든 거기에는 의미의 지속적인 충만함이 있었던 것이다. 이제 그것이 발화되었다. 이제 그것은 여기 완고한 실제 삶의 구체성으로 완전히 들어온 것이다. 모든 것이 여기에 있다. 더 이상 아무것도 남아 있지 않다!"(AiG, 117쪽). 이 구절에서 우리는 다성성 이전 단계의 바흐친을 엿보게 된다. 그는 아직 말이 대화적이라는 것을 이해하기 이전에 있다. 아직은 발화된 말이 그 자체 안에 잠재적으로 무한한, 해결되지 않은 대화를 포함하는 어떤 것으로 생각되지 않고 있다. 《도스토옙스키 창작의 문제들》에서부터 말은 자신의 잠재력을 유용하게 만들기 위해 언표되어야만 한다는 바흐친의 주장이 제기된다. 정확히 말해서 '더 이상 아무것도 남아 있지 않은' 것에서 구출된 말이 구체적 언표인 것이다.

리듬과 참칭에 대한 바흐친의 숙고를 통해, 우리는 1920년대의 생각과 나중에 볼로시노프에 의해 마르크스주의화된 생각 사이에 중대한 차이가 있음을 발견하게 된다. 《마르크스주의와 언어철학》과 〈삶 속의 담론과 시 속의 담론Discourse in Life and Discourse in Poetry〉의 저자인 볼로시노프가 보기에 사람들 사이의 의사소통은 그들이 공유하고 있는 리듬과 억양에 의해서, '공통의 환경, 공통의 지식과 이해'에 의해서, 그리고 공통의 가치평가에 의해서 가능해진다.[7] 비록 볼로시노프가 개성을 논하고 있고, 문

---

7 V: DiL, 특히 98~100쪽 참조. 바흐친의 초기 수고를 기준으로 한 바흐친의 생각과 볼로시노프의 생각 사이의 이러한 분기에 대한 철저한 논의로는 Mathew Roberts, 〈형식주의자도 마르크스주의자도 아니다Neither a Formalist nor a Marxist Be〉 참조. 볼로시노프의 '마르크스주의 일원론'은 비록 세련되어 보여도 심미적·인식적·윤리적 영역을 한낱 사회의 다양성 속으로 붕괴시켜 버림으로써 바흐친의 기획에서 떨어져 나간다는 로버츠의 지적은 올바르

화이론이 개성의 역할을 인식하고 있어야 한다고 주장한다 할지라도, 그 논지의 취지는 공유된 것, 즉 '코러스'의 가치와 결정적 중요성을 정립하는 데 있다. 그러나 바흐친은 정반대에, 즉 내가 코러스를 초월할 수 있는 방법, 그리고 주어진 사회와 자연적 세계**에서 출발하면서** 새로운 것을 생산할 수 있는 방법에 강조점을 두고 있다.

우리는 또한 바흐친의 초기 수고와 이후 《라블레와 그의 세계》에 나타나는 생각 사이에서 중대한 차이를 추적할 수 있다. 카니발 시기에는, 구제를 약속하는 집단성의 리듬이 분명히 있다. 외재성은 제거되어 있으며, 개별적인 것은 집단의 육체로 해소됨으로써 완결된다. 반면 초기 수고에서는, 제4기의 저작들에서처럼 공동체성과 리듬으로 와해되는 것에 저항할 필요가 있다는 것, 그리고 곤란과 고독, 위험을 감수하는 것이 '당위'의 일부임을 강조한다. 오직 "부단한 가능성, 즉 삶의 형식을 변형시키고, 새로운 의미를 나의 삶(궁극적으로는 의식)에 주입해야 할 부단한 필요를 느낌으로써"(AiG. 107쪽)만 나는 살아 있다.

실제로 잠재성보다 참칭이 더 평가받을 수 있다면 그 이유는 자기 상실의 경험에 있다고 바흐친은 쓰고 있다. 진정한 자아는 '아직 아닌 것'이다. "나의 내적 자신감을 구성하고, 허리를 꼿꼿이 세운 채, 고개를 쳐들고 시선을 정면으로 향하게 하는" 것은 "나의 자기 정의라는 중력의 실질적 중심이 미래에 놓여 있으며" 언제나 미래에 놓여 있을 것이라는 "인식"에서 가능하다(AiG. 111쪽).

다. 다시 말해서, 로버츠는 볼로시노프의 '예술사회학'이 (바흐친의 경우처럼) 차별화된 것들에 기반하기보다는 '공유된 가치 평가적 맥락'에 기반해 있다고 주장한다.

비다성적 주인공에서 다성적 주인공으로

바흐친은 초기 수고의 개념들을 적용하면서 처음으로 예술에서의 자아를 기술하게 된다. 창조된 인물들은 불가피하게 외부에서 보이게 되어 있다. 즉, 그들은 '정신'보다는 '영혼'으로 보인다는, 그리고 리듬화를 피할 수 없다는 뜻이다. 고골의 치치코프처럼, 저자는 영혼을 다루는 자이며, "(정신과는 달리) 영혼은 언제나 이미 결정되어 있다"(AiG, 114쪽). 완전히 리듬화된 자아에서의 '의미의 희망 없음'에 대한 초기 주석을 따라서, 바흐친은 다음과 같이 결론짓고 있다. "내적 인간의 심미적 육화는 처음부터 의미에 관한 한 주인공의 희망 없음을 예견하고 있다. 예술적 시각화는 충분히 계산되고 측정된 주인공의 **전체**를 제공한다. 우리 입장에서 보면 그에게는 의미와 관련해서 아무런 비밀도 없음이 틀림없으며, 그래서 우리의 신념과 희망은 묵살될 수밖에 없다"(AiG, 115쪽). 그러한 주인공에게는 평생에 걸쳐서 "장송곡의 어조"가 따라다닌다(AiG, 115쪽). 예술은 우리에게 죽은 영혼을 주었다.

〈심미적 행위에 있어서 저자와 주인공〉은 문자에 의한 신체적 육화 능력을 강조하는 저자성을 숙고한다. 바흐친은 이 에세이에서 미적 형식은 주인공을 미리 주어진 구조에 완전히 포함하는 외재성을 요구한다고 주장한다. 그러므로 그는 예술적 시각화란 정신, 비종결성, 혹은—그 말의 특별한 의미에서—희망에 대해서 우리가 접근할 여지를 거의 남겨 놓지 않는다고 결론짓는다. 하지만 그는 곧바로 마음을 바꿔 먹게 된다. 제2기에 전개된 다성 소설론은 예술 작품이 사람들을 비종결적이며, 책임을 지며, 열린 것으로 묘사할 수 있는 방법을 기술한다.

육체의 신체적 특성(어느 정도는 심미적 저자성 및 주인공의 전체성에 대한 정의를 위축시키는 바가 있지만)에 매혹된 바흐친은 개별화하는 다른 힘들에 길을 내준다. 이러한 새로운 힘들은 또한 인격을 구체화하고 책임 있는 것으로 만드는 데도 기여하는데, 육체가 사용할 수 있는 것들보다 더욱 복잡하고 유연한 방식으로 그렇게 한다. 처음에는 다성성으로 향하던 바흐친은, 1930년대에 이르러 대화화된 이질언어성으로 향하게 된다.

다성성 개념은 다음 장에서 논할 것이므로 여기에서는 논하지 않겠다. 다만, 다성적 작품은 플롯이 주인공을 완전히 한정하지 못하도록 단순한 "봉사 기능"(PTD, 100쪽; TF1929, 277쪽)으로 축소하고 있다는 점을 유념하자. "실제적인 연결은 정상적인 플롯이 끝나는 데서 시작된다"(TF1929, 277쪽). 이러한 결론은 초기 수고의 문제의식과 줄거리의 무게 및 희망 없음에 대한 생각으로 요청되었다.

1929년 도스토옙스키 연구서에서 다성성을 제시한 것도 초기 수고에서 찾아볼 수 있는, 잘못된 심리학에 대한 공격의 연장이라고 하겠다. 바흐친은 도스토옙스키적 자아 논의를 이 소설가의 노트에 있는 유명한 진술로 시작한다. "나를 심리학자라고들 부른다. 그러나 사실이 아니다. 나는 다만 더 높은 의미에서 리얼리스트에 지나지 않는다." 도스토옙스키는 자기 자신을 리얼리스트로 여겼다. 바흐친에 따르면 주인공들의 자아에 대한 도스토옙스키의 시각은 (다른 면에서는 공유한 바가 많은 일부 낭만주의자들과는 달리) 전적으로 **외부적**인 것이어서, 말하자면 주인공 자신의 '나'라는 범주로 주조될 수 없기 때문이다. 그러나 도스토옙스키는 이러한 접근법을 심리학에서 말하는 **유의** 잘못된 외재성과 혼동하지 않았다. 인물에 대한 심리학적 접근법은 타자의 객관화는 승인해도 타자와의 공유는 승인하지 않는다. 그러므로 심리학적 접근법은, 유사시에 사용할 비법을 숨기고 있다가 뒤통수를 치거나, 다른 사람들의 등 뒤에서만 자기 얼굴을 드러내는 이미지를 창조하게 된다(TF1929, 278쪽). 도스토옙스키는 원칙적으로 인물의 의식에 접근할 수 없는 정보를 가지고 인물을 결정지으려 하지 않는다. 널리 알려진 바와 달리, "도스토옙스키는 심리학자가 아니다. 그러나 동시에 도스토옙스키는 객관적이며, 자신을 리얼리스트라 명명할 수 있는 충분한 권리가 있다"(TF1929, 278쪽). 그는 객관적이다. 왜냐하면 실제적으로 의식에 적용되는 복잡성과 잠재적 자유를 통해서 의식을 기술하기 때문이다.

도스토옙스키 연구서 개정판에서, 바흐친은 드미트리 카라마조프의 재판을 서술하는 부분에서 심리학과 심리학자에 대한 비판의 수위를 높인다. "〔인격의〕 생생한 핵심의 자리에 … 그들〔심리학자들〕은 '심리학적 법칙'에 의해 말과 행위가 **이미 결정된** 일종의 **기성의 정의**를 놓는다"(PDP, 62쪽). 개정판 노트에서, 바흐친은 또한 도스토옙스키가 탐구한 '깊이'가—또다시 프로이트나 진부한 지혜를 무시하면서—무의식과는 아무런 관련도 없으며, 오히려 의식에 대한 유례없이 복잡하고 풍부한 관점이라는 생각을 전개한다. 초기의 정신과 영혼의 범주로 되돌아가서, 바흐친은 다음의 내용을 목도한다.

도스토옙스키는 인격의 궁극적인 의미론적 자리이자 심미적 관조의 대상인 정신을 만든 것이다. 이전에는 인간의 육체와 영혼만을 볼 수 있었던 방식을 통해 그는 정신을 **볼 수** 있었다. 그는 심미적 시각화를 깊이, 즉 깊숙하고 새로운 층에까지 이동시켰으나, 그것이 무의식의 깊이는 아니다. 오히려 그것은 의식의 높이만큼의 깊이라고 할 수 있다. 의식의 깊이는 동시에 그 높이이기도 하다. … 무의식의 어떠한 콤플렉스보다 의식이 훨씬 더 경악스럽다(TRDB, 288쪽).

분명한 것은 바흐친이 심리학과의 전쟁에 도스토옙스키를 즐겨 끌어들였다는 사실이다.[8] 그는 프로이트의 범주를 너무도 당연하게 생각하는 시대에 하기 어려운 방식으로 도스토옙스키를 읽어 내는 인상적인 사례를 보여 준다.

우리의 관점에서 보면, 의식이 굉장히 복잡하다는 도스토옙스키의 감각을 바흐친이 강조한 것은 확실히 정당한 일이다. 그러나 아마도 바흐친의 진술에는 과장이 있을 것이다. 도스토옙스키의 가장 병적인 인물과 병적인 상황을 호의적이고 개방적이며, 따라서 '희망적인' 것으로 해석하는 바로 그 순간에, 그는 도스토옙스키에게서 신비하고 묵시록적인 부분을 벗겨 낸다. 《작가 일기》에서 집단 무의식 이론을 제시한 바 있는 도스토옙스키는 아마도 바흐친의 의식 못지않게 프로이트의 무의식 비슷한 것도 믿었을 것이다(혹은 그렇다고 우리는 추정한다).

바흐친은 인간의 '깊이와 높이'—즉 창조성, 활동성, 저항, 자유 등—를 모두 의식의 영역에 배치한다. 훗날 1961년 노트에서, 바흐친은 '의식의 외부에 있는 힘들'에 대한 이론을 비판적으로 언급한다. "환경과 폭력에서부터 기적, 신비, 권위에 이르기까지 그것들은 의식을 외적으로 (기계론적으로) 한정한다. 이러한 힘들의 영향 하에서 의식은 진정한 자유를 상실하게 되고, 인격은 파괴되고 만다. 이러한 힘들에는 무의식(이드)도 속한다"(TRDB, 297쪽). 여기에서 바흐친은 인간의 자유에 대한 정치적 부정과 심리학적 부정을 연결하고 있다.

---

8 좀 더 상세한 내용은 Gerald Pirog, 〈바흐친 학파와 프로이트: 실증주의에서 해석학으로The Bakhtin Circle's Freud: From Positivism to Hermeneutics〉, 특히 605쪽 참조. 파이로그는 볼로시노프의 노골적인 정신분석 비판(과 바흐친의 암묵적인 비판)을 구별하면서, 몇 군데서 위르겐 하버마스Jügen Habermas와 수정된 프로이트의 유사점을 도출해 내고 있다.

물론 '기적, 신비, 권위'라는 구절은 이렇게 유명한 3박자를 이끌어 낸 대심문관에 대한 도스토옙스키의 성인전 전체의 문제의식을 암시하고 있다. 성인전 전체, 특히 이 구절은 정치적 전체주의뿐만 아니라 선택도 책임도 없는 인간상에 기초하는 모든 사유 체계에 대한 고전적 암시다. 바흐친에게 그가 뼈저리게 체험했던 정치적 전체주의와 프로이트주의는 이러한 복잡한 방식에서 연관된 것처럼 보였다. 만약 우리가 그의 고찰에서 이사야 벌린Isaiah Berlin 경이 에세이 〈20세기의 정치 이념Political Ideas in the Twentieth Century〉에서 전개한 논의의 축약본을 발견한다 해도, 그것이 과잉 해석이 아니기를 바란다. 벌린은 러시아 문학의 산문적 경향을 성찰하여 사유의 대부분을 도출해 냈다.

벌린의 주장에 따르면, 20세기의 급진적 정치사상은 일찍이 그런 종류의 사상에서는 거의 볼 수 없었던 새로운 논거(이렇게 불릴 수 있다면)에 의존해 왔다. 사람들의 동기가 되는 것은 사실상 의식적 이유들이 아니라고 믿었기 때문에 급진적 사상가들은 자신들의 입장이 합리적임을 입증할 필요성을 느끼지 못했다. 벌린의 주장에 따르면 "새로운 입장을 가능하게 하는 요소들 중 하나는 이성의 힘을 능가하는 무의식적이고 비합리적인 영향이라는 관념이다. 다른 하나는 문제의 해답이란 합리적 해결이 아니라 사유나 논증이 아닌 다른 방식으로 문제 자체를 제거하는 데 있다는 관념이다"(벌린, 〈20세기의 정치 이념〉, 7쪽). 사람들이 이성에 호소할 필요가 없는 이유는 "진지한 사람들 사이에서 신망을 얻고 있는 냉정한 사상가들은 미처 생각하지도 못했던 영역에서 인간의 행위가 발원하기 때문이다"(벌린, 〈20세기의 정치 이념〉, 14쪽). 벌린은 이러한 새로운 입장의 표본으로 레닌V. I. Lenin 을 든다.

바흐친 시대의 러시아인들에게, 소련의 레닌주의적 사상은 일반적으로 받아들여졌을 것이다. 사람들은 계급의 적들과 논쟁할 필요가 없었는데, 그들은 자신들의 관점이 어디에서 기원했는지 이해할 수 없을 것이기 때문이다. 벌린에게는 베르그송주의자와 프로이트주의자의 몇몇 학설도 유사한 교훈을 준 바 있다. 다른 면에서는 레닌과 차이가 있을지 몰라도, "앙리 베르그송이 … 생의 흐름과 비판적 이성의 힘을 대조하면서, 후자는 창조 혹은 연합의 능력이 없으며 오로지 분해하고, 고정시키고, 죽게 만들며, 해체하기만 한다고 말할 때, 그의 말은 레닌의 관점과 조금도 다를 바가 없었다"(벌린, 〈20세기의 정치 이념〉, 20~21쪽). 프로이트가 아니라 프로이트주의도 종종 동일한 지적을 받곤 했다.

인간적 신념의 참된 원인이 그들 스스로 그럴 것이라 생각하는 것과 종종 엄청나게 다르다는 것, 즉 그들이 알지도 못하며, 최소한 알고 싶어 하지도 않았던 사건과 과정을 통해 야기된다는 관점을 과장하는 설이 유행하게 되면서, 저 유명한 〔프로이트적〕 사상가들은 자신도 모르는 사이에 자신들의 학설이 힘을 얻은 바 있는 합리적 근거 자체를 불신하는 데 일조하게 되었다. 여기에서 몇 걸음만 더 나아가면, 인간을 영원히 만족하게 만드는 것은 … 자신을 괴롭히는 문제의 해법을 발견하는 것이 아니라, 문제를 몽땅 사라져 버리게 만드는 자연적 혹은 인위적 과정이라는 관점에 이르게 되기 때문이다. … 왜냐하면 그 문제의 심리학적 '원천'이 분산되거나 휘발해 버렸기 때문이다(벌린, 〈20세기의 정치 이념〉, 21쪽).

대심문관 성인전(혹은 《악령》)을 주의 깊게 읽은 독자라면, 비록 소련의 맥락에서 표현된 것은 아닐지라도, 이러한 논거의 기초적 윤곽이 즉각 명백해 보일 것이다. 평생에 걸쳐 인간의 책임을 긍정하고 규정하던 것과 관련해 보았을 때, 바흐친은 프로이트와 베르그송을 경계하면서, 모든 변증법적 사유 형식뿐 아니라 소련판 마르크스주의에 반대했다. "이러한 힘들의 영향 하에서 의식은 진정한 자유를 상실하게 되고, 인격은 파괴되고 만다"(TRDB, 297쪽)는 것을 바흐친은 제대로 보았다.

그러므로 프로이트의 견해에 대한 대안을 마련해야 한다는 과제가 절박했다. 그것은 바흐친이 근본적으로 자기 식의 윤리학, 창조성, 자유에 몰두했던 것과 밀접한 관련이 있다. 내적 발화로서의 의식이라는 관념은 그 자체로 대안을 제공한 셈이다. 왜냐하면 그것은 '도스토옙스키적' 복잡성을 무의식에 배치하지 않고, 더욱 복잡해진 의식의 관점에 자리매김했기 때문이다. 바흐친 모임이 정립한 이런 식의 모델을 최초로 정식화한 사람이 바흐친인지 볼로시노프인지는 불분명하다. 다만 두 사람이 서로 영향을 주고받으면서, 함께 대화와 내적 발화의 순환이라는 관념을 이끌어 낸 것으로 보인다. 먼저 볼로시노프가 그 관념을 어떻게 제시하는지 살펴보자.

볼로시노프: 심리학과 이데올로기

볼로시노프는 《마르크스주의와 언어철학》의 제3장을 마르크스주의에 있는 난해한 과제(혹자는 거의 불가능하다고 보는)를 언급하면서 시작한다. 그는 마르크스주의의 가장 긴급한 과제 중 하나가 "진정으로 객관적인 심리학을 구축하는 것이며, 그것은 생리적 혹은 생물학적 원칙이 아니라 **사회학적** 원칙에 기초하는 심리학을 뜻한다"라고 쓰고 있다(V: MPL, 25쪽). (부수적으로 볼로시노프는 생물학적 접근이 객관성을 결여한 이유가 아니라 부적합한 이유를 밝히고 있다.) 문제의 요지는 "의식, 즉 주관적인 인간 심리에 대한 객관적—또한 미묘하고 유연한—접근법"을 발견하는 것이다(V: MPL, 25쪽).

주관적 심리에 대한 객관적 접근법을 모색하는 일은 바흐친의 초기 저작에서부터 우리에게 이미 익숙해진 용어와 가치들에 의존하고 있다. 그것이 바흐친 모임이 공유하는 '이데올로기적 지평'을 특징짓는다고 말할 수 있다. 특별히 볼로시노프와 바흐친 양자는 자아를 형성하고 한정하는 데 있어 타자성의 본질적 역할을 주장하고 있다. 이미 우리가 보았던 것처럼, 바흐친의 경우 타자성이란 '외부성', '잉여', 그리고 심미적 종결처럼 서로 주고받아 생기는 활동 및 세계관의 근본적 단독성 등을 의미한다. 마르크스주의자로서 볼로시노프는 타자성을 사회학적 견지에서 재해석하고 있다. "의식적 심리는 사회-이데올로기적 사실이다. … [그리고] 심리적 내용을 기본적으로 한정 짓는 과정은 개별적 유기체 내부에서가 아니라 외부에서 발생한다. 비록 그 과정이 개별적 유기체의 참여를 내포한다고 할지라도 말이다"(V: MPL, 25쪽). 바흐친은 1930년대에 이르러 자신의 심리학에 사회학적 차원을 첨가하는데, 이는 아마도 볼로시노프의 마르크스주의를 피하면서도 그의 통찰로 자신의 이론을 풍부하게 하려는 시도였던 것 같다.

우리는 또한 소쉬르의 의사소통 모델에 대한 거절을 공유한다는 점에서 두 사상가 간에 유사성이 있음을 발견한다. 볼로시노프에 따르면, 언표는 화자에서 청자로 전달되는 것이 아니다. 오히려 그것은 처음부터 "양면적 행위다. 즉, 그 말이 누구에 의한 것인지와 누구를 향해 의미를 지니는지에 따라 동등하게 결정된다"(V: MPL, 86쪽). 따라서 볼로시노프와 바흐친이 사유를 내적 발화로 기술할 때, 그들은 우리의 가장 은밀한 사유에 다른 사람들이—각각 양면적 행위의 다른 한 면으로서—반드시 참여한다고 주장한다. 소쉬르의 정신으로 언어를 이해한다면 이런 생각은 받아들일 수 없을 것이다.

볼로시노프의 경우, 심리가 사회적으로 구성되어 있다는 사실은 순수하게 분리된 자율적 심리 법칙을 탐색한다는 것이 잘못임을 의미한다. 물론 개개인이 서로 다른 만큼 그 생각도 다르다. 그리고 심리학자는 그 사실(말하자면 개성)을 주시해야만 한다. 그러나 그 차이를 설명하기 위해서 특별한 심리학적 법칙에 호소할 필요는 없다. 사실상 그렇게 되면 사람들이 서로 다르게 생각하고 서로 다르게 세계를 경험하는 것을 일반 법칙이 어떻게 허용한다는 것인지가 여전히 의문으로 남게 된다.

볼로시노프의 경우, 심리적 삶의 질료뿐 아니라 그것이 조직되는 근본 원칙도 사회적·이데올로기적 삶의 더욱 일반적인 질료와 원칙적으로 단절된 것이 아니다. 적어도 프로이트를 비롯해 다른 심리학자들이 생각하는 의미에서 특별한 심리 법칙 같은 것은 없다. 대신에 경험이 공유되는 정도에 따라 편차를 허용하는, 심리-이데올로기적 삶의 원칙은 있다.

이데올로기와 심리학 양쪽을 이해하려 했던 대부분의 시도가 부적절한 것으로 판명된 이유로, 볼로시노프는 두 영역이 근본적으로는 별개의 것으로서 오직 결과적으로만 상호작용하게 될 뿐이라는 사실을 지적한다. 사유의 내용과 사유의 심리학 사이의 관계에 대한 논쟁의 역사 전체는 이러한 오류를 반영하고 있다. 볼로시노프에 따르면, 문제의 핵심은 **개별적** Individual이라는 말의 생물학적 표본과 인격자라는 두 가지 의미를 혼동하면서 생겨났다. 생물학적 표본 혹은 자연적 대상으로서 개별적이라는 개념은 사회적이라는 개념과 본질적으로 다르다. 그러나 **인격자**person(혹은 인격)의 범주는 사실상 사회적인 것과 본질적으로 반대되지는 않는다. 볼로시노프의 설명에 의하면, "심리와 이데올로기의 한계를 정한다는 우리의 문제를 매우 복잡하게 만드는 것은 '개별성'이라는 관념이다. '사회적'이라는 것은 통상 '개별적'인 것과의 이항대립 속에서 사유되었으며, 그 때문에 심리는 개별적이지만 이데올로기는 사회적이라는 관념이 생겨났다. 하지만 그와 같은 관념은 본질적으로 잘못된 것이다"(V: MPL, 34쪽).

한편으로 개별적 인격이란 "이데올로기만큼이나 사회적인 것"이다(V: MPL, 34쪽). 다른 한편으로 이데올로기적 현상이란 심리적 현상만큼이나 불가피하게 개별적인 것이다. "모든 이데올로기의 산물에는 그 창조자나 창조자들의 도장이 찍혀 있다"(V: MPL, 34쪽). 그리고 그것은 특수한 사람들에 의해서 다양하게 실행될 때만 이데올로기적 현상으로 존속할 수 있다. 개별성이 사회적으로 구성된 것과 마찬가지로, 이데올로기적 현상이 존속하기 위해서는 개별적 '실행'이 필요하다. "이데올로기적 기호는 내적이고 주관적인 기호들 속에 침잠해야만 한다. 이데올로기적 기호가 살아 있는 기호로 남으려면, 그리고 알 수 없는 박물관 소장품이라는 명예직으로 격하되지 않으려면, 주관적 어조로 울려 퍼져야 한다"(V: MPL, 39쪽).

그러므로 사회적 산물로서 중요한 의미를 띠는 심리는 결코 한 인격체 '속에' 자리해서는 안 된다. 나의 뇌는 내 속에 있지만, 나의 심리는 나의 것이 아니다. "주관적 심리는 그 실존적 본성에 의해서 유기체와 외부 세계 사이의 어떤 지점에, 즉 두 개의 현실 영역을 분리시키는 **경계선**상에 자리하고 있다"(V: MPL, 26쪽). 이 경계선상에서 유기체와 외부 세계 사이의 특별한 만남이 발생한다. "그러나 그 만남은 심리적 만남이 아니다"(V: MPL, 26쪽). 그것은 오히려 기호학적 만남이다. "심리적 경험은 유기체와 외부 환경 사이의 접촉을 나타내는 기호학적 표현이다"(V: MPL, 26쪽).

1930년대에 바흐친이 기호학적 정신보다는 산문적 정신 속에서 생산적으로 발전시킨 볼로시노프의 모델에서, 모든 개인은 두 종류의 의사소통 활동에 참여한다. 개인은 특정한 언표를 통해서 다른 개인과의 관계를 형성하는 동시에 외부 세계와 자기 심리 사이의 관계도 형성한다. 부단히 지속되는 이러한 이중적 활동이 심리적 삶을 경계선상의 현상으로 만든다. 볼로시노프는 정치적 은유를 구사한다. 해외에 거주하는 사람들이 오직 그들 모국에만 재판권이 있음을 주장하는 것과 마찬가지로, 정신도 "유기체 내에서 치외법권적 지위"를 누린다는 것이다. "개별적 인격의 유기체 내부를 관통하는 것은 바로 사회적 실재다"(V: MPL, 39쪽). "내적 경험"에 대한 모든 객관적 정의는 "객관적이고 외적인 경험의 통일성 내부에" 틀림없이 포함되어 있다(V: MPL, 26쪽). 그 두 경험 사이의 차이란 질적인 것이 아니라 정도의 문제이기 때문이다.

볼로시노프: 외적인 말과 내적 발화

모든 심리적 삶은 기호학적이며, 그 대부분이 언어학적이다. 우리는 내적 발화를 통해 생각하는데, 이때 내적 발화란 우리의 머릿속에서 실행되는 외적 발화다. '언어'는 사회 이데올로기적으로 그리고 변증법적으로 이해되어야만 한다. 즉, 모든 언표에 대한 이해는 그것이 외적이든 내적이든 양면적 행위라는 사실에서 시작되어야 한다. 그러므로 심리적 삶을 이해하는 것은 내적 발화의 내용과 형상을 특수한 사람의 마음속에서 일어나는 것이면서도 마치 일반적인 것처럼 이해하는 것이다. 이것이 볼로시노프 심리학 이론의 본질적 교리다.

이 이론은 수많은 특정 물음들을 야기하는데, 이것들이 볼로시노프의 입장에서는 생존 가능한 분과 학문이 되기 위한 심리학의 의제를 구성한다. "내적 기호로서 그 역할을 수행하는 말의 본성은 무엇인가? 내적 발화는 어떤 형식으로 실행되는가? 그것은 어떻게 사회적 상황과 결부되는가? 내적 발화와 외적 언표의 관계는 무엇인가? 말하자면 내적 발화를 점유하고 폭로하는 절차는 무엇인가?"(V: MPL, 38쪽). 이러한 물음들은 경험적 작업을 요구한다. 그러는 한편 볼로시노프는 이 물음들을 시험 삼아 몇 가지로 분류한다.

어떤 형식이 내적 발화로 추정되는지는 아직 분명하지 않지만 그 형식이 순수한 언어학적 범주(좁은 의미에서)로 환원될 수 없다는 것만은 '처음부터' 분명하다. "외적 언어의 형식(어의학적, 문법적, 음성학적)을 분석하기 위해서 언어학이 사용하는 모든 범주들은 전적으로 내적 발화를 분석하는 데는 이용할 수 없다. 만약 이용할 수 있다면, 그 범주들이 철저하면서도 근본적으로 수정될 때만 그럴 수 있을 것이다"(V: MPL, 38쪽). 바흐친은 이러한 언어학적 범주들이 문장에 부속되어 있는 반면, 내적 발화는 외적 발화처럼 언표에서 발생한다는 것을 상기시킨다. 볼로시노프도 기본적으로는 동일한 사실을 염두에 두고 있는 것처럼 보인다.

볼로시노프가 설명하는 것처럼, 내적 언표는 무엇보다도 **"대화의 교차선"**과 유사하다. "그것은 어째서 고대 사상가들이 내적 발화를 **내적 대화**로서 생각할 수밖에 없었는지, 그 이유를 잘 말해 준다"(V: MPL, 38쪽). 대화 중의 언표는 문법적 관계나 논리적 관계로 연결된 것이 아니라 오로지 특정한 대화적 관계들에 의해서, 즉 **가치 평가적**(감정적) **교감, 대화적 전개** 등의 법칙으로 연결된 것이다. 전체 언표 형식들을, 특히 대화적 발화 형식들을 규명하면, 내적 발화의 흐름 속에 있는 그것들의 특이한 연결 논리뿐만 아니라 내적 발화의 형식도 조명할 수 있다"(V: MPL, 38쪽).

볼로시노프가 어째서 자기 저서의 마지막 제3장을 보고된 발화의 문제에 바치기로 했는지, 그 이유가 이제 분명해졌다. 그 화제는 양면적 현상으로서의 언표라는 이론을 설명하는 훌륭한 방도였을 뿐만 아니라, 심리학의 문제와도 특별한 관련성이 있다. 모든 보고된 외적 발화 행위에서 발생하는 것은 우리가 내적 발화로 생각하는 것처럼 모든 이해 행위에서 진행되는 것과 유사하기 때문이다. 결국 볼로시노프는 이렇게 묻는다. 타자의 언표 무대를 우리의 "통각적 배경"(V: MPL, 118쪽)의 맥락 속에서 찾지 않는다면 이해란 무엇인가? 무엇이 우리 안에 있는 대화의 총체성인가? 다양한 형식과 기능이라는 점에서 보고된 발화와 유사한 것이 아니라면 타자의 언표 무대는 무엇인가? "결국 언표를 수용하는 자는 말없이 침묵하는 피조물이 아니라, 내적인 말로 가득 찬 인간이다. 그의 모든 경험—이른바 그의 통각적 배경—은 그의 내적 발화 속에 약호화되어 존재하며, 그런 한에서만 외부에서 수용된 발화와 접촉하게 된다. 말과 접촉하는 것은 말이다"(V: MPL, 118쪽).

다시 상기해 보면 외적인 보고된 발화 형식은 모두 능동적 수용의 기록 문서이며, 그 안에서는 보고된 언표와 보고하는 맥락 사이에서 복잡한 상호작용이 발생한다(제4장을 보라). 추측건대 상호작용과 똑같거나 유사한 일이 내적 발화에서 발생하는 것이다. 내적 발화에서는, 외적 발화에서처럼, 능동적 수용이 "실질적 논평"과 "내적 왜곡"을 수행하게 될 것이다(V: MPL, 118쪽). 내적 발화를 이해하는 데서도, 또한 이러한 두 가지 기능이 "능동적 수용의 통일성 속에서 유기적으로 혼용되어 있으며 … 추상적 견지에서만 따로 떨어질 수 있음을 명심해야 한다"(V: MPL, 118쪽).

볼로시노프가 생각하듯, 내적 발화가 외향적 표현에 대해 취하는 거리는 수시로 바뀐다. 우리가 전달할 어떤 발화를 준비하거나 기억해 낼 때,

내적 발화는 그 형식에서 외적 발화에 접근하게 된다. 그렇지 않을 경우, 내적 발화는 그런 독특한 윤곽을 자주 상실하게 된다. 그래서 내적 발화는 대화적 원칙에 따라 다른 내적인 총체적 인상과 연결된 하나의 '총체적 인상'에 근접할 수 있으며, 그래서 심리적으로 상상해 낸 염탐꾼에 의해서 공유되거나 이해될 수 있는 어떤 것과는 거리가 멀다. 우리는 심지어 바깥으로도 연장되는 공유 가능한 연속체를 기도해 볼 수 있는데, 외적 언표 역시 다소간 공유 가능하기 때문이다. 어떤 언표는 화자와 청자가 동일한 시각장, 유사한 태도, 그리고 본질적으로 동일한 정보를 가지고 있기를 요구한다.[9] 그와 반대로, 또 다른 언표는 우발적으로 중복되는 환경을 거의 전제하지 않으며, 그래서 최소한 원칙적으로는 광범위한 청중에 개방되어 있다. 공유 가능성이 가장 높은 (반드시 가장 광범위하게 공유되지는 않더라도) 언표는 완벽하게 정립된 한 문화의 이데올로기 체계다.

이러한 혹은 이와 유사한 연속체를 따라 언표의 특별한 측면들을 이해한다는 것은 심리적 삶의 이해에 필수적이다. 볼로시노프는 자신의 모델을 인상적인 직유를 사용해 요약하고 있다. "발화의 과정은, 그것을 내적·외적 언어생활 전 과정에 대한 이해로 확장하면, 연속적인 진행이다. 그것은 시작도 끝도 알지 못한다. 외적으로 현실화된 언표는 내적 발화라는 끝없는 바다에서 솟아오른 하나의 섬이다. 이 섬의 면적은 그 언표의 특수한 상황과 청중에 따라 결정된다"(V: MPL, 96쪽).

---

9 이것이 "저것 봐!"라는 언표에 대한 볼로시노프 논의의 핵심이다. V: DiL, 98~102쪽(제3절) 참조.

볼로시노프 대 비고츠키와 바흐친

볼로시노프의 심리 모델은 제3기의 바흐친을 능가할 정도로 현저하게 로고스 중심적이다. 자아가 이용할 수 있는 표현 재료나 '운동신경 반작용'의 범위가 아무리 넓어도, 말에 의해 제공되는 "미묘하고 유연한 기호학적 재료"에 견줄 만한 것은 없다는 것이다(V: MPL, 29쪽). 오직 말만이 "외부로 표현되는 과정 중에 육체 이외의 환경에서 형성되고, 다듬어지며, 분화될 수 있다. 내면생활의 토대와 골격을 구성하는 것은 말이다"(V: MPL, 29쪽). **로고스** 중심주의라면 전혀 낯설지 않은 바흐친도 이와 같은 추론에 동의할 것이다. 〈언어학, 문헌학, 그리고 인문과학에서 텍스트의 문제: 철학적 분석 시론〉에서 그는 "언어와 말이 인간의 삶에 거의 전부"(PT, 118쪽)라고 말한다. 그러나 그는 의식을 전적으로 언어로 축소하는 일은 자제한다.

볼로시노프는 "**객관화와는 관계없이, 특수한 재료**(동작, 내적인 말, 절규 등의 재료)**로 육화되는 것과도 관계없이, 의식은 하나의 허구**이며 … 흠물스러운 **이데올로기적 구성물**"(V: MPL, 90쪽)이라고 주장한다. 이런 생각이 극단화되면, 동물도 신생아도 언어 비슷한 어떤 것을 가지고 있어야 하며, 그렇지 않다면 그들은 무의식 상태에 있는 것이라는 결론이 나올 수밖에 없다. 볼로시노프의 이론은 여러 면에서 탁월하지만, 언어의 발생 문제, 즉 한 개인이 어떻게 언어를 습득하는지의 문제는 언급하지 않고 있다.

우리는 의식에 대한 이런 방식의 사유가 반드시 내적 발화라는 관념 때문에 발생한 결과가 아니라는 점을 강조하려 한다. 1920년대와 1930년대에 걸쳐 적극적으로 활동했던 영향력 있는 소련의 발달심리학자 레프 비고츠키는 바로 그 발달의 문제를 탐구했다. 그는 사유와 내적 발화의 **관계**에 대해서, 즉 아이들이 언어를 배울 때 그 둘이 결부되는 방식, 그리고 사유가 내적 발화가 될 때 일어나는 변화를 검토했던 것이다.

볼로시노프는 비고츠키가 제기한 물음에는 관심을 두지 않았는데, 이는 그가 "모든 의식 현상의 표현성"(V: MPL, 28쪽 주 4번)을 신뢰하기 때문이다. 볼로시노프의 관점에서는, 표현될 수 없는 경험은 발생하지도 않는다. **"경험은 기호라는 재료 속에서 그것을 겪어 내는 사람에게만 존재한다. 그 재료 바깥에는 경험 자체가 없다. 이런 의미에서 모든 경험은 표현 가능한 것, 다시 말해서 잠재적 표현인 것이다"**(V: MPL, 28쪽). 볼로시노프와 비고츠키의 입장 차이는, 비고츠키가 다른 경험적 심리학자를 상대로 저작을 썼다면, 반대로 볼로시노프는 마르크스주의 이론가들을 겨냥해 쓴 것처럼 보인다는 데서 찾을 수 있다. 모든 현상의 표현성이라는 교설은 볼로시노프의 이론을 그의 맞수 비고츠키와는 달리 철저한 일원론으로 기술하게 만든다.

이 논의는 또한, 사적이고 발화되지 않고 고립된 경험—언어장애인과 시각장애인의 세계는 말할 것도 없고, 신비와 몽환의 영역—으로 간주되는 것은 본질적으로 **경험으로서는** 불가능하다는 추측을 가능하게 한다. 경험이라고 할 만한 것은 존재하지 않거나 아니면 실제로 소리가 났을 것이다. 그렇다고 해도 그것은 병리적인 것에 가까울 만큼 이상할 것이다. 어느 경우든 볼로시노프는 "사회적인 것에 기초해서 구축된 [잠재적] 청자를 결여한" 경험은 "견고한 뿌리를 내릴 수 없으며, 분화된 경험다운 경험이 되지 못할 것"(V: MPL, 92쪽)이라고 주장한다.

심리를 밝은 곳으로 끌어올리고, 그 표현 가능성을 주장하며, 그 이데올로기적 내용을 외부 세계와의 (크게 보면 언어적) 대화로 설명함으로써, 볼로시노프는 상당 부분 1920년대 바흐친의 관심사를 반복한다. 그러나 논의 과정에서 볼로시노프는 그 당시 바흐친이 신봉하지 않았으며 나중에도 신봉하지 않았던 방향으로, 말로 충만해 있는, '경계선상에 있는' 사회학적 영혼을 염두에 두고 있다. 사태를 재구성해 보면, 바흐친은 볼로시노프의 몇 가지 정식화에 반발해서, 마르크스주의뿐만 아니라 기호학적 요소도 배제한 사회학적 관점에서 언어, 문학, 그리고 심리 이론에 이르게 된 것이다. 그렇다면 볼로시노프가 심리에 관한 바흐친의 초기 작업에 첨가한 것은 무엇이며, 볼로시노프의 견해 중 바흐친이 나중에 수용하여 창조적으로 병합한 것은 무엇인가?

우리가 보았듯이 볼로시노프는 기호 개념을 첨가했다. 확실히 이 개념을 다루는 그의 방식은 각종 구조주의와 그 후에 이어질 기호학적 모델화 이론에 비한다면 더욱 '미묘하고 유연하다'. 그러나 바흐친이 보기에 기호는 전반적으로 이론주의의 틀에 지나치게 밀착해 있다.

볼로시노프의 경우, 내적 경험과 외적 경험의 연속성은 "내적 심리는 … 오로지 기호로서 이해되고 해석될 수 있다"(V: MPL, 26쪽)는 사실로 보증된다. 그는 문법적 규범과 문체적 규범이 연속체를 형성하고 있다는 주장에 버금가게, 내적 경험과 외적 경험의 연속체에 대해서도 양자 모두 기호학적이기 때문에 동일한 용어를 사용하는 객관적 분석이 가능하다고 주장한다.

기호와 더불어 약호 해독 행위가 수반된다. 여기에서 볼로시노프는 바흐친과 뚜렷한 차이를 보인다. 바흐친은 (그런 의미에서의) 기호에 흥미를 보인 적도 거의 없고, 더구나 (무마, 축소, '죽은 맥락' 등과 같은 부정적 사례를 제외하면) 약호에는 전혀 흥미를 보이지 않았다. 실제로 바흐친은 기호라는 말을 거의 사용한 적이 없다. 그러나 볼로시노프에게 기호는 개별적인 것에 대한 사회적인 것의 궁극적 우선성을 보증하며, 개인적 변화를 변증법적 역사에 연결하게 한다. 기호는 또한 매우 적합한 번역 도구이기도 하다. 그러나 '완벽한 번역' 또한 바흐친이 평생토록 조심스럽게 거절했던 것이다.

단적으로 말해서 볼로시노프는 심리란 크게 보아 하나의 "체계"임을 시사한다(V: MPL, 35쪽). 반면 바흐친의 경우, 다른 곳에서와 마찬가지로 심리에서도 질서는 기껏해야 하나의 기획일 뿐이다. 그에게 전체성과 완전성은 언제나 일생에 걸쳐 있는 미완의 과제다. 볼로시노프의 경우 그러한 개념들은 조금도 문제가 되지 않는다. 볼로시노프는 의식에 침투해서 "개별적인 액센트로 위장하고 있는" "이데올로기적 주제들"을 재검토하는 과정으로 인격의 개별화를 기술했다.[10] 바흐친은 그것을 윤리적 인간의 정체성 탐색 및 책임의 탐색으로 기술하면서, 이런 용어의 의미가 결코 완벽한 질서에 이를 수 없는 자아에 적용될 수 있을지 의아하게 여긴다. 자아와 세계를 혼잡한 것으로 이해하며 그 '일치'를 알지 못하는 바흐친은 이러한 탐색의 과정을 끊임없이 재점검해 나갔고, 그것이 그를 잠정적 결론을 동반하는 새로운 실험으로 이끌었다.

바흐친은 자기표현의 가능성에 대한 고민을 결코 멈추지 않았다. 그것은 나를 위한 나와 타자를 위한 나에 대한 초기의 연구에서부터 초월적 수신자와 "순수한 자기표현"(SG, 153쪽) 장르에 대한 후기의 생각들에 이르기까지 그의 작업의 화제였다. 볼로시노프의 경우, "모든 의식 현상의 표

---

10 볼로시노프는 초창기의 야심찬 에세이 〈삶 속의 담론과 시 속의 담론Discourse in Life and Discourse in Poetry〉에서 시인의 스타일은 "통제되지 않는 내적 발화의 스타일에서 발생한 것이며, 자신의 내적 발화는 그 자체로 사회생활 전체의 산물"(V: DiL, 114쪽)이라고 주장한다. 동일한 내용이 《마르크스주의와 언어철학》에도 등장한다. "사람들은 모국어를 '수용'하는 것이 아니다. 그들은 모국어 속에서 처음으로 의식을 갖게 되는 것이다"(V: MPL, 81쪽). 내성內省 행위 자체는 외적인 사회적 담론을 귀감으로 삼는다. 그것은 자기 관찰, 자기와의 교섭, "자신의 내적 기호에 대한 이해"다(V: MPL, 36쪽).

현성"은 이 문제를 거의 투명하게 만들고, 사실상 전혀 문제 삼지 않는 것처럼 보인다.

심리에 접근하는 바흐친과 볼로시노프 사이의 더욱 결정적인 차이는 주목할 가치가 있다. 볼로시노프는 심리에 대한 '인과적' 접근을 비난했지만, 그때 그가 염두에 둔 것은 '기계론적' 혹은 '생물학적' 인과성에 입각한 설명이었다. 그는 심리를 훨씬 더 세련된 방식으로 규정하는 마르크스주의 사회학으로 그것들을 대체하자고 제안한다. 반면 바흐친의 경우 문제는 인과성 자체에 있다. 왜냐하면 인과성은 오로지 주어진 것에만 관계하고 창조된 것에는 개념적 여지를 남겨 두지 않기 때문이다. **온갖 것**에 대한 철저한 인과적 설명은 궁극적으로 종결불가능성과 책임을 부정하는 것이다. 도스토옙스키가 부인했던 '심리학자'는 인간의 행위를 철두철미하게 설명할 법칙이 잠재한다고 믿는 사람이다. 이런 의미에서 본다면 볼로시노프야말로 (설사 훨씬 세련되었을지라도) 심리학자였다. 하지만 바흐친은 결코 심리학자가 아니었다.

그렇다면 각자 이유는 달라도, 내적 발화라는 관념이 두 사람 모두에게 프로이트의 무의식이라는 관념을 대신할 대안으로 여겨졌던 것이다. 그들은 다층적이고 다양한 의식에 대해 충분히 복잡한 견해를 가지고 있었기 때문에 무의식의 영역이나 내부의 검열자에 대한 속임수에 호소하지 않았다.

1930년대에 바흐친이 이러한 생각을 했을 때 그는 내적 발화라는 관념은 보존하되 기호의 관념은 거절했다. 그렇게 함으로써 그는 약호 입력과 약호 해독은 무시한 채로 번역 불가능성, 단독성, 규합되지 않는 원심력, 혼잡성 등 엄청나게 많은 용어를 재도입했다. 내적 발화는 기호학적 기계 장치가 아니라 톨스토이의 전쟁터를 닮게 되었다. 그러나 그러한 시기로 이동하기 전에, 먼저 바흐친의 후기 사유를 유발하는 데 도움을 주었던 두 개의 텍스트를 간단하게 고찰해야 한다. 하나는 볼로시노프의 저서인 《프로이트주의: 비판적 스케치》로서, 여기에는 프로이트에 대한 반대를 《마르크스주의와 언어철학》에서보다 더욱 노골적으로 명시하고 있다. 다른 하나는 비고츠키의 《사유와 언어Thought and Language》인데, 이것은 결코 노골적이지 않다.

《프로이트주의: 비판적 스케치》
: 역사의 희망 없음으로서의 부르주아의 '내재성'

볼로시노프의 논쟁적인 저서 《프로이트주의: 비판적 스케치》는 내적 발화의 이론보다 훨씬 깊이가 없다. 볼로시노프는 첫 페이지에서부터 우선적으로 프로이트주의를 진지한 이론이라기보다는 하나의 사회적 징후로서 간주해야 한다는 점을 분명히 하고 있다. 하물며 그것이 과학적 이론으로 보였겠는가. 오히려 볼로시노프는 진부하게도 마르크스주의 노선을 명시하고 있다. 정신분석은 부르주아적 인간을 구제하기 위해 그를 역사에서 끄집어 내어 사회적 존재로서가 아니라 추상적인 생물학적 유기체로서 설명한다는 것이다(V: F, 9~11쪽). 볼로시노프의 이해에 따르면, 프로이트는 언제나 우리로 하여금 내부에서 해답을 구하게 했다. 그의 추종자들은 사회적 위기를 망각하고 "인생의 동물적 방면인 유기체적 온기溫氣에서 도피처를 구한다"(V: F, 11쪽). 그러므로 프로이트주의의 '이데올로기적 모티프'는 상대적으로 사회적 힘의 영향을 받지 않는 두 가지 요인, 즉 성性과 연령을 강조한다. 성과 연령은 사회적 퇴행기에 유력한 모티프가 된다. 그 기간 동안, 자연(생물학적 충동을 통해 이해되는 '인간적 자연'을 포함하여)은 전능한 것처럼 보이고 역사는 무기력한 것처럼 보인다. 이러한 너무나도 단순한 비판은 불행하게도 볼로시노프의 저서에서 드문 일이 아니어서 그의 설명과 바흐친의 설명 사이의 중대한 차이를 보여 준다.

볼로시노프는 프로이트를 어느 정도 선별적으로 읽었음이 분명하다. 그는 어디에서도 프로이트의 가장 도발적인 저서, 즉 제1차 세계대전 시기와 1920년대에 발표된 훌륭한 사회심리학적 에세이를 언급하지 않는다. 오히려 그는 정신분석학의 기초적 가설과 프로이트적 무의식의 기초 개념이 담긴 프로이트 초기의 임상 저서의 도전적 자세에 반대하는 데 관심을 둔다.

최악의 경우, 볼로시노프는 험담과 다름없는 수준으로 떨어지기도 한다. 기껏해야 내적 발화에서 보이는 다수의 목소리 이론으로 프로이트의 중심 개념에 맞서는 대안을 제시하는 정도다. 그는 또한 '비공식적 의식'—아직 충분히 발화되지 않은 의식—이라는 자신의 개념을 무의식의 대안으로 제출하기도 한다. 누구보다 먼저 그는 정신분석 상담에 영향을 미치고, 분석가의 결론을 틀지우는 대화적 요인들을 강조한다. 볼로시노프에 따르면 정신분석 과정에 대한 프로이트의 설명에서 화려하게 등장하는 이드id와 에고ego의 힘은, 배출되는 과정에서 억압되는 내적 현실이 아니다. 오히려 그것은 의사와 환자 사이의 역동성을 포함하는, 공공연한 사회적 역동성의 반영일 것이다(V: F, 79쪽).

설명 과정에서 볼로시노프는 프로이트가 자율적 충동과 협상 불가능한 요구에 투영한 것은 "신체적인 것의 심리화"(V: F, 71쪽)에 불과하다고 몇 번씩이나 주장한다. 볼로시노프의 관점에서 그러한 시나리오는 이를테면 신화보다 과학적으로 더 정확하다고 주장할 수는 없는 것이다. 프로이트의 '신화적 무의식'은 이번에는 역사를 삭제하게 하고, 유의미한 변화를 가능하게 하는 사회적 이해를 무시하게 한다. 시간과 사회를 제거하면 구조는 변형될 수 없다. 거기에 만족하거나 억압당할 뿐이다.

볼로시노프의 《프로이트주의: 비판적 스케치》는 심리학적 경쟁 모델에 대항하는 부정적 논쟁이면서도, 긍정적 대안을 고심해서 만드는 데는 전혀 관심이 없다. 오히려 바흐친의 저서와 관련되어 있는 《마르크스주의와 언어철학》이 프로이트의 전통에 맞서는 유망한 대안적 모델을 제공한다. 그것을 보완하는 것이 내적 발화로서의 심리라는 비고츠키의 연구다. 특히 비고츠키의 최후 저서 《사유와 언어》는 이러한 접근법의 풍부한 잠재력을 발굴하는 것처럼 보인다. 간단한 해설로 그러한 잠재력을 조금이나마 살펴보자.[11]

---

11 비고츠키가 바흐친 모임의 일원 중 누구라도 만났다는 증거는 없다. 더구나 비고츠키는 저서에서 그들에 대해서는 한 마디도 언급하지 않고 있다. 아마도 대화에 대한 그의 흥미는 레프 야쿠빈스키Lev Yakubinsky의 저작에서 비롯되었을 텐데, 이는 비고츠키가 그것의 바퀴를 새로 만들어 다는 데서 시작했음을 의미한다. 물론 상당히 다른 방식으로 디자인된 바퀴일 테지만. 비고츠키 전문가 제임스 워치James V. Wertsch는 '바흐친'(그가 《마르크스주의와 언어철학》의 저자로 간주하는)이 '비고츠키가 했던 것 이상으로 내적 발화의 대화적 본성을 강조했다'는 정확하고도 지각 있는 관찰을 하고 있다. 워치는 바흐친과 볼로시노프를 혼동함으로써 바흐친 제3기의 소설에 관한 작업을 '기호학적' 견지에서 거론하게 된다. 말하자면 바흐친을 볼로시노프를 통해 읽었다는 뜻이다. James V. Wertsch, 《비고츠키와 마음의 사회적 형성Vygotsky and the Social Formation of Mind》, 223~237쪽 참조. 비고츠키 책의 제목은 알렉산데르 포테브냐Alexander Potebnia의 1862년 저서 《사유와 언어Mysl' I iazyk》를 생각나게 한다. 비고츠키도 그것을 알고 있었음은 의심할 바 없다. 그는 자신의 과정지향적 제목을 포테브냐의 이미지로서의 예술(혹은 언어) 이론에 대비시켰다.

레프 비고츠키: 말하기, 생각하기, 그리고 자아의 출현

> 조사를 마치기 전에, 우리 연구가 의식의 일반적 문제에 대해 … 열어 놓은 관점
> 을 지적해 두고 싶다. 우리는 발화의 내적 측면을 연구했으며, 그것은 달의 뒷면
> 과 마찬가지로 과학이 알지 못했던 것이다. … 사유와 발화가 인간 의식의 본성
> 에 이르는 열쇠라는 사실이 드러났다.
> … 말은 우리의 의식 속에 있는 것이다. … 한 사람만을 위한 말은 절대로 불가능
> 하며, 두 사람이 있을 때에만 말은 현실이 된다. 말은 인간 의식의 역사적 본성의
> 직접적 표현이다.
> 의식은 물방울 속에 비치는 태양처럼 말에 반영되어 있다. … 말은 인간 의식의
> 소우주다. – 비고츠키, 《사유와 언어》, 255~256쪽

볼로시노프와 비고츠키는 모두 심리학적 사고에 만연해 있는, 역사와 발
전을 배제하는 경향에 반대했다. 볼로시노프는 '개인적 주관주의'와 '추
상적 객관주의' 둘 다 언어를 역사적으로 이해할 수 없게 만들 뿐만 아니
라 의식을 사회적 언어에 의해 구성된 것으로 해석하지 못하게 한다고 주
장했다. 비고츠키도 같은 의견으로, 그러한 정식에서는 시간이 사라져 버
린다고 말한다. 비고츠키가 애석하게 여기는 것은 '양극단'의 입장이다.
"한편에는 발화에서 소리가 제거된 것을 사유로 보는 행동주의적 입장이
있다면, 다른 한편에는 뷔르츠부르크 학파와 베르그송이 정립한 관념론
적 관점이 있는데, 이들은 사유를 '순수한 것'으로, 즉 언어와 무관한 것
으로 보고, 심지어 말에 의해 사유가 왜곡된다고 본다." 계속해서 그는
이렇게 말한다. "순수 자연주의로 향하든 극단적 관념론으로 향하든 상
관없이, 이러한 이론들은 공통된 특징을 가지고 있는데, 그것은 바로 그
들의 반反역사적 편견이다. … 오직 내적 발화에 대한 역사적 이론만이
저 엄청나게 복잡한 문제를 취급할 수 있다"(비고츠키, 《사유와 언어》, 254~255쪽).
　　비고츠키는 시간이야말로 심리학이라는 과학에서 오랫동안 오해되

고 오용되어 왔다고 주장한다. 유아의 발달이 한 번은 '식물학적' 모델(성장, '유치원kindergarten')을 통해서, 그 다음에는 동물학적 모델(실험실용 동물의 행동)에 따라서 기술된 적이 있다. 그러나 정확히 말해 그것은 식물이나 하급 동물을 통해서 알아낼 수 있는 성질의 것이 아니다. 다시 말해서, 심리학자들이 검토해야 할 것은 언어를 흡수하고 언어를 생산하는 인간 고유의 활동이다. 인간의 자아 발달 표지는 그들 사이를 매개해 주는 도구와 기호에 숙달하는 것이다. 그러므로 언어는 유아에게 가장 훌륭한 도구다. 인간의 발달을 올바르게 연구하려면, 심리학자들은 과제지향적인 언표 자체에 초점을 맞추어야 한다.

만약 언어가 항상 문제 해결의 수단이면서 세계와의 상호작용 수단이라면, 그것을 고립된 환경이나 전통적 방식의 '통제된 실험실'에서 연구한다는 것은 위험한 일이다. 비고츠키는 이러한 관습적인 과학 현장을 훨씬 더 느슨한 '과제 상황'으로 대체한다. 거기에서 주체는 현실 사회를 배경으로 현실적 문제에 직면하게 된다.

고전적 심리학 실험(비고츠키가 '자극과 반응의 틀'이라 칭한 것)에 대한 비고츠키의 불신은, 이상적 화자와 이상적(혹은 존재하지도 않는) 청자를 전제하는 고전적 의사소통 모델에 대한 볼로시노프와 바흐친의 불신을 생각나게 한다. 마르크스주의자이면서 기호학자이기도 한 볼로시노프와 비고츠키는 바흐친에 비해서 개념적 행위 및 의사소통적 행위를 공동의 집단적 체계로 통합하는 것에 호의적이다. 바흐친이 초기 수고 어디에서나 비체계성, 세계관의 불연속성, 단독성의 불가피성을 진정한 저술과 의사소통의 보증인으로서 강조할 때, 볼로시노프는 "코러스의 지원"을 강조하고 "'우리'에 기반했을 때만 언어적으로 자기 실현이 가능한 나"(V: DiL, 100쪽)를 강조한다. 볼로시노프와 마찬가지로(그러나 바흐친과는 달리), 비고츠키는 체계 관념을 의식의 필요조건으로 받아들인다. 그러나 '발신자'와 '수신자'를 설정하고, 허공과 마찬가지인 곳에서 일방적으로 전언을 보내고 받는다는 소쉬르 식의 이상화된 언어모델에 대해서는 세 사람 모두 회의적이다. 오직 역사적 사건만이 인간의 의사소통을 구성하고, 학문 활동을 유도할 수 있다.

비고츠키는 심리학적 사건이 역사 속에서, 구체적으로는 시간을 통해서 연구되어야만 한다고 믿었다. 그는 성숙과 훈육을 방법론적으로는 독립된 과정들로 보았지만, 주어진 지점에서 자아가 할 수 있는 것과 그 이상의 역동적 발달 패턴을 형성하면서 지속적으로 상호작용하는 과정들로 보았다. 또한 비고츠키는 외부의 사회 환경을 의식의 출발 지점으로 정립했다. 이 두 가지 전제는 밀접하게 관련되어 있는데, 왜냐하면 우리는 시간이 경과함에 따라 외부 세계에 대해 알고 있는 모든 것에 변경을 시도할 수 있기 때문이다.

독창적인 실험을 통해서 비고츠키는 장 피아제Jean Piaget, 로렌스 스턴, 프로이트가 제공한 언어 습득 지도를 확장(나중에는 수정하거나 거부)했다. 그의 일차적 표적은 자폐적 놀이와 정향된 (현실지향적) 생각 사이에 있는 단계인 '자아중심적 발화'에 대한 피아제의 해석이었다. 비고츠키의 실제적 공격은 사실 훨씬 더 광범위하다. 유아의 생각이 원래 자폐적이며 사회적 압력으로만 현실적이게 된다는 피아제의 근본 가정이 쾌락 원칙과 현실 원칙이라는 프로이트의 이분법과 유사하기 때문이다. 이 러시아 학자 셋이 서구적 관점에서 발견한 못마땅한 점은, 자아란 주어진 것이고 그 다음에 사회화된다는 관념이었다. 이 러시아 이론가들에 따르면, 자아는 사회적 과정으로 언제나 형성 중에 있다. 비고츠키가 특별히 동의하지 않은 것은 개인이 근본적으로 환경에 마지못해 적응한다는 가정,

그리고 현실, 노동, 사회적 교섭 등이 내심으로는 어느 정도 '유쾌'하지 않은 것이라는 가정이다. 정반대의 가정을 시험하고자 비고츠키는 자신만의 실험실을 고안하고 대안적 모델을 구성해 냈다.

이 모델에 따르면 사유와 발화는 어릴 때부터 공통된 기원을 가지는 것이 아니며, 두 과정이 일차적 끈으로 연결된 것도 아니다. 유아의 경우, 전前언어적 사유는 (동물과 마찬가지로) 생물학적이며, 전前이성적 발화는 사회적이며 외부적이다. 여기에서 비고츠키는 볼로시노프보다 훨씬 확신에 차 있는 것처럼 보이는데, 볼로시노프는 비언어적 사유를 허용하지 않으며 유아가 처음 언어를 어떻게 배우는지에 대한 가설을 제공하지 않기 때문이다. 비고츠키가 볼 때, 인지 과정에서 유아가 하는 최초 시도는 말의 의미를 고립시키는 결과를 낳는다. 이때 '의미'란 진정한 기호의 의미라기보다는 맥락에 따라 신호로서 기능하는 음성적 자극에 지나지 않는다.

인간의 성숙 과정에서 참으로 결정적인 순간은 유아가 사물의 이름을 묻기 시작할 때 발생한다. 이 지점에서 비고츠키는 발화가 이성적이게 되는 것처럼 사유는 구어적이게 된다고 주장한다. 두 과정은 더 이상 고립될 수 없는데, "**발달의 본성 자체가** 생물학적인 것에서 사회역사적인 것으로 **바뀌기**" 때문이다(비고츠키, 《사유와 언어》, 94쪽). 더 이상 두 기능 각각의 **내부에서**의 변화를 고립시켜서 연구할 수 없으며, 이제는 결과적으로 질적으로 달라져 버린 두 기능 사이의 관계를 연구해야만 한다. 이러한 관계는 최상위의 수준(사유가 외적 발화에 가장 근접한 수준)에서부터 최저의 수준—내면화된 발화가 "순수한 의미에서의 사유"(비고츠키, 《사유와 언어》, 249쪽)를 닮을 정도로 변형되고 단축된 수준—으로까지 이어져 있다.

사유는 곧 내적 발화—즉, '내면화'와 '내부로의 성장' 과정을 겪은 외적 발화—라는 믿음에서, 비고츠키는 과제 상황에 놓고 실험할 수 있는

'자아중심적' 발화 현상을 검토했다. 이러한 발화는 자기중심적으로 발생한 환상 속의 말이라고 결론짓는 피아제를 못마땅해 하면서, 비고츠키는 유아들이 "자기 자신에게 말 거는"(비고츠키, 《사유와 언어》, 제2장) 바로 그 연령대에 유아의 환경을 복잡하게 만들고 사회화하는 일련의 실험을 지속했다. 그는 유아의 말이 장애에 직면했을 때 두 배로 많아진다는 것, 그리고 이렇게 외부로 표출된 "자기와의 대화", 즉 행위의 결과를 예측하고 논평하는 것이 사실상 문제 해결의 자연스러운 역동성임을 입증했다.[12] 더군다나 이런 말이 사회적 요인들에 극히 민감하다는 것이 입증되었다. 주목해야 할 것은 피아제 또한 자아중심적 발화가 사회적 맥락에서 발생한다는 것을 알고서, 그러한 발화는 단축되거나 속삭일 수 있는 것이 아니라 크게 언표된다고 말하고, 유아는 그렇게 함으로써 자신이 다른 사람들에게 이해받고 있다고 생각한다는 결론을 내린 점이다. 심리학자로서 두 사람은 이러한 고찰에 서로 다른 의미를 부여했으며, 비고츠키는 자신의 결론을 피아제의 것과 구별하고자 실험을 했던 것이다.

비고츠키가 사회적 요인들에 변화를 주었을 때—유아를 고립시키거나, 청각이나 언어장애아들 사이에 놓거나, 고막이 터질 만큼 시끄러운 음악이 흐르는 방 안에서 놀게 했을 때—자아중심적 발화는 철저하게 사라졌다(비고츠키, 《사유와 언어》, 232~234쪽). 자아중심적 발화는 피아제의 생각처럼 원초적 자폐 상태와 마지못한 사회화 사이의 타협이 아니라, 오히려 처음부터 사회적이고 환경지향적이었던 발화의 직접적 소산(혹은 좋게는 내적 성장)이라는 것이 비고츠키의 결론이다.

---

12 또한 비고츠키의 〈유아 발달기의 도구와 상징Tool and Symbol in Child Develop-ment〉의 논의를 보라.

다시 말해서 피아제는 이 단계에서 사적 발화와 사회화된 발화가 교차한다는 가설에서는 옳았지만, 그 발달 방향에 대해서는 옳지 않았다. 유아는 내적 사유를 외면화하는 것이 아니라, 오히려 외적인 언어적 상호작용을 내면화하는 법을 습득하는 것이다. 처음에는 손가락으로 숫자를 세다가 그 다음에 암산하는 법을 배우는 것처럼, 유아는 다른 사람에게 말하는 법을 배운 다음에 대화를 내적 발화로 내면화한다. 일단 이러한 학습이 이루어지면, 의식은 근본적으로 달라지며 더욱 풍성해진다. 우리는 우리 속에 거주하는 목소리들이 되고, 이러한 목소리들과의 대화를 유지한다. "사유의 참된 발달 방향은 개인에서 사회로가 아니라 사회에서 개인으로 진행된다"는 것이 비고츠키의 결론이다(비고츠키, 《사유와 언어》, 36쪽).

내면화가 시작되면 자아중심적 발화는 줄어들고, 말하자면 유아는 스스로 자신의 가장 좋은 대화 상대자가 된다. 그러나 이 과정에서 중요한 것은 언어적 환경과 신체적 환경의 도전에 직면한다는 점이다. 자아중심적 발화가 만들어지는 묘사적 '독백'은 외부의 목소리들이 질문하고 도전할 때만 창조적으로 내면화될 수 있다. 오직 이런 방식을 통해서 지능이 만들어질 수 있다. 이때 지능은 이미 숙달된 기술의 측정이 아니라 외부 세계를 향한 말 걸기로서, 그리고 자신의 미래 과제와의 대화로서 정의된다.

비고츠키가 규범적인 지능 테스트에 동조하지 않았다는 것은 놀랄 일이 아니다. 그것은 경쟁적이고 고립된 문맥에서 오직 이전에 성취된 것만 측정하며, 도움이라도 구하면―'부정행위'를 저질렀다며―유아들을 처벌한다. 비고츠키의 주장에 의하면 참된 지성 테스트는, 유아의 해결 능력을 넘어서는 문제를 제시함으로써 도움이 유용해지게 만드는 것이다. 그 사람이 도움을 **어떻게** 구하는지, 그/그녀의 환경을 **어떻게** 이용하는지, 그리고 다른 사람들에게 **어떻게** 질문하는지, 이런 것들이 적합한 테스트 항목이다. 왜냐하면 이런 것들은 유아의 "핵심적 발달 구역"에 말을 거는 것이며, 여기에서 비로소 참된 배움이 가능해지기 때문이다.[13] 바흐친이 말한 것처럼, 지능은 주어진 것의 문제가 아니라 창조된 것의 문제다.

요컨대 발화, 행동, 그리고 정신 활동은 유아의 발달 과정에서 역동적으로 상호작용한다. 처음에는 발화가 행위를 뒤따르다가, 그 다음에는 행위를 앞지르고, 마지막에는 행위를 대체한다. 즉, 발화가 계획의 기능을 수행한다. 최종적으로 '내부로의 성장 단계'에서, 내적 발화와 그 증류액인 언어적 사유는 결정적으로 기억과 가설 형성 및 여타의 성숙한 정신 과정을 구축하게 된다.

의미의 유입과 언표 작업

바흐친, 볼로시노프, 비고츠키는 모두 내적 발화가 여러 측면에서 외적 발화와 다르다는 점을 강조한다. "내적 발화는 자기를 향한 발화이며, 외적 발화는 타자를 향한 발화"라는 것이 비고츠키의 주장이다. "그와 같이 기능에서 보이는 근본적인 차이가 두 가지 발화의 구조에 아무런 영향도 끼치지 않는다면 정말 놀라울 것이다"(비고츠키, 《사유와 언어》, 225~226쪽). 간단히 말해서 내적 발화와 외적 발화 사이의 가장 명백한 구조적 차이는

---

13 Lev Vygotsky, 《사유와 언어》, 186~196쪽; Lev Semenovich Vygotsky, 〈학습과 발달의 상호 관계Interaction Between Learning and Development〉, 84~86쪽 참조. '핵심적 발달 구역'이라는 개념은 몇몇 미국 심리학자들에 의해 생산적으로 발전되었다. 비고츠키의 관점을 미국 교육철학자들의 관점과 비교하여 존 홀트John Holt는 이렇게 말했다. "참된 지능 테스트는 하는 방법을 얼마나 많이 아느냐를 따지는 것이 아니라, 무엇을 해야 할지 알지 못할 때 어떻게 행동하느냐를 따지는 것이다"(John Holt, 《아동의 실패How Children Fail》, 205쪽).

통사론에 있다는 것이 비고츠키의 결론이다. 왜냐하면 사람들은 내적 발화의 주어와 맥락을 당연한 것으로 전제해서, 주어를 유난히 생략하고 내적 언표의 술어만 늘어놓기 때문이다. 이는 커피를 원하는지, 차를 원하는지 질문받은 사람이 간단하게 '차'라고 대답하는 것과 마찬가지다. 비고츠키는 이런 종류의 생략과 압축이, 공유된 지식과 맥락을 특화할 필요가 없는 내적 발화에서 훨씬 더 확산되어 있음을 시사하고 있다. 그는 해당 과정을 언어학적 교착어형에 비유하는데, 거기에서 한 단어는 다른 단어들은 가질 수 없는 하나의 의미의 장으로 둘러싸이게 된다.

말은 비고츠키가 '의미의 유입'이라 칭한 과정의 영향을 받는다. 그것은 이미 말해진 것, 그리고 맥락을 '기억하는' 말의 능력이라는 바흐친의 개념을 상기시킨다. 내적 발화에서는 "서로 다른 말의 의미들이 서로에게 흘러 들어가며, 글자 그대로, 서로에게 '영향을 끼치며', 그래서 이전 말의 의미는 나중 말의 의미에 담겨서 그 의미에 수정을 가하게 된다"(비고츠키, 《사유와 언어》, 246~247쪽)는 것이 비고츠키의 주장이다. 그 과정은 말이 소설이나 시에서 반복적으로 등장함으로써 문맥적 의미의 다양성을 점차적으로 흡수하는 일과 유사하다. "내적 발화에서 그런 현상은 극에 달한다. 하나의 말이 의미로 충만해져서, 《죽은 혼Dead Souls》이라는 제목처럼 의미를 농축하게 된다. 그것을 공개적 발화로 펼쳐 놓으려면, 수많은 말들이 필요해질 것이다"(비고츠키, 《사유와 언어》, 247쪽). 그리고 수없이 많은 사려 깊은 선택이 필요해질 것이다.

생각을 외재화할 때, 우리는 그것을 타자들과 공유할 수 있고, 타자들에게 이해될 수 있게끔 만들**어야 한다**. 비고츠키의 주장처럼 우리는 여러 종류의 연결 중에서 선택해야만 하고, 우리가 사용하고 싶은 단어의 의미를 결정해야 하며, 상황에 대한 새로운 정의—우리가 내적 발화에서 막연히 상상했던 것과는 아마도 다른 정의—를 놓고 청자와 협상해야 한다. 이런 이유 때문에, (비고츠키가 요점을 설명한 것처럼) 머릿속에서 가끔씩 구상하는 대로의 발화는 거의 불가능하다. 예행연습은 대화적 상황의 힘을, 우리를 놀라게 하고 심지어 말을 이루지 못하게 하는 그 능력을, 실제 사회적 맥락에서 내적 발화를 외적 발화로 번역할 때, 즉 '생각을 말로 옮길' 때 우리가 내려야 하는 선택의 어려움을 암묵적으로 입증한다. **표-현**ex-pression이라는 용어는 이미 거기에 있는 어떤 것의 단순한 외면화라는 뜻을 내포하고 있기 때문에 오해의 여지가 있으며, 모든 산문적 언표에는 무능력과 실질적 창조성이 뒤섞인 채 작동하고 있다는 사실을 간과하게 할 수 있다.

우리의 선택에 문제가 있음이 발견되었을 때 우리는 머릿속이나 종이 위에서 일련의 '초안'을 만들어 본 다음에, 역할을 바꿔서 예상 청자의 관점에서 자신의 말을 들어 보거나 읽어 본다. 물론 이러한 예비적 작성도 타자와의 실제적 대화에서 성공적 의사소통을 보장해 주지는 못한다. 성공적 의사소통은 여전히 다른 과제이며 훨씬 더 위험천만한 일이다. 그러므로 다음과 같이 말할 수 있다.

사유와 말의 관계는 사물이 아니라 과정이다. 즉 사유에서 말로, 말에서 사유로 진행되는 부단한 전진과 후진 운동인 것이다. 그 과정에서 사유와 말의 관계는 기능적 의미에서 발전으로 간주될 법한 변화를 겪게 된다. 사유는 단순히 말로 표현되는 것이 아니라 말을 통해서 존재하게 된다(비고츠키, 《사유와 언어》, 218쪽).

창조는 진정한 의미에서 **만들기**이며 세상에서 가장 흔한 일이다.

제3기의 바흐친: 소설적 자아

의식은 불가피하게 언어를 선택해야만 할 필요성에 직면하게 된다. – DiN, 295쪽

바흐친의 사상을 시기별로 구분하면서, 우리는 세 번째 시기를 두 단계로 나누었다. 매 단계마다 바흐친의 우선적 관심은 자아의 본성을 성찰하는 데 있었다. 제3a기에 그는 내적 대화의 견지에서, 그리고 시간의 경과에 따라 내적 대화가 인격으로 형성되어 가는 과정의 견지에서 자아를 본질적으로 소설적인 것으로 기술했다. 여기에서 바흐친은 심리학에 대한 자신의 초창기 연구와 1929년 도스토옙스키 연구서 마지막 장에 있는 언어 연구, 그리고 볼로시노프의 내적 발화 이론에 의존한다. (이 단계에서 바흐친은 '인물의 이미지' 이론과 사회적 시간과 공간에서 바라본 자아 이론을 전개했다. 이 이론에 대한 논의는 제9장으로 미룬다.) 제3b기에 그는 《라블레와 그의 세계》에 있는 웃음, 카니발, 그리고 육체 이론에 상응하여 카니발적 자아 이론의 윤곽을 그렸다. 먼저 초기의 구성물인 소설적 자아부터 살펴보자.

바흐친 제1기에 〈심미적 행위에 있어서 저자와 주인공〉에서 '의미의 전체로서의 주인공의 전체'라는 제목으로 전개된 개념 몇 가지를 재고하면서 시작하는 게 좋을 듯하다. 여기에서 바흐친은 자아를 특별한 의미로서의 "행위"를 실행하는 존재자로 보았다(AiG, 121~123쪽). 바흐친은 전체적 동일성의 감각에서 행위가 이루어진다는 생각, 즉 **창조되고 있는** 것에서 보다 **주어진** 것에서 행위가 이루어진다는 생각에 반대했다. 일반적으로 나의 행위에서 나의 전체적 동일성이나 '규정성'은 내 행위의 요인이 아니다. 행위하는 의식에게는 전체성에 대한 느낌은 필요치 않으며, 오히려 목

표와 가치에 대한 느낌이 필요하다. 행위 중에 의식이 묻는 것은 '무엇을 위해서?' '무슨 목적으로?' '이래도 되는 건가?' 등이지, '내가 누구지?' 혹은 '나는 뭔가?' 등이 아니다(AiG, 122쪽). 사람들은 행위한다. 그는 자기 자신을 기획된 작품의 행위하는 주인공으로 만들 필요가 없다. 이런 의미에서 자아는 텍스트가 아니다.

행위의 윤리적 자유를 보증해 주는 것은 충분한 규정성(혹은 텍스트화 Textualization) 없이 이루어지는 행동이다. 행위하는 사람의 경우, 미리 주어진 자아는 전적으로 규정된 것이 아니기 때문이다. 오히려 자아는 행위 자체에 참여함으로써 조금씩 존재하게 된다. 모든 행위는 부분적으로는 종결되어 있고 부분적으로는 종결되어 있지 않은 자아에서 발생한다.

그러고 나서 바흐친은 자아의 종결 가능성의 관점에서 고백록, 자서전, 전기 등 몇 가지 장르를 고찰한다. 고백록에서, 자아는 종결이 불가능하다. 고백록은 자아를 완성해 줄 누군가를 승인하는 것도 아니다(AiG, 125쪽). 이런 의미에서 고백록은 저자와 주인공의 분리를 허용하지 않고, 이 둘을 하나로 융합한다. 정신이 영혼을 압도했으므로 자신을 완결할 수도 없다. 잘 꾸며진 이야기는 없다. 반면에 자서전에서는 종결불가능성과 종결가능성의 비율, 즉 나를 위한 나와 타자를 위한 나의 비율이 훨씬 더 균형을 이루고 있다. 우리가 우리 삶의 이야기를 자서전적으로 말할 때, 우리 속에서 가장 자주 발언하는 것은 직접적 경험이나 기억이 아니라, 상상된 타자의 가치와 억양을 취하는 서술자다. "나를 위한 나는 어떤 것도 이야기할 능력이 없다"고 바흐친은 말한다. 서사적 위치를 확보하기에 기획된 목표만으로는 충분치 않기 때문이다(AiG, 134~135쪽). 이런 관점에서 보았을 때 자서전은 고백록보다는 전기와 유사하다. 아마도 바흐친은 고백록과 자서전 사이에서도 매개적 단계를 허용했을 테지만 양자는 개념적으로 크게 다르다.

전기에서도 자서전에서도 나를 위한 나는 형식의 중요한 계기를 결정하지 못한다(AiG, 131쪽). 그 까닭은 두 장르 모두 외부에서부터 자아를 이야기하기 때문이다. 자서전에서는 나를 위한 나에 의해 기획되고 결집된 일종의 분신에 의해 이야기된다. 전기에서는 실제 타자가 이야기한다. 만약 자신의 이상적 전기를 상상한다면, 그것은 자신에 의해 이야기되는 것이 아니라 "거울 속을 들여다볼 때, 영광을 꿈꿀 때, 우리 인생의 과시용 계획을 수립할 때 우리와 함께하는 잠재적 타자"에 의해 이야기되는 것이다 (AiG, 133쪽).

특별한 잠재적 타자는 나를 위한 나의 주변에 살 수 있으며, 둘은 갈등하지 않는다. 그는 언제나 사랑스러운 타자이고, 나의 과거를 기억하는 타자이며, 그가 이야기하는 나의 삶에 내가 동의하기 때문에, 그는 나에게 특별한 권위를 가질 수 있다. 들을 수만 있다면, 그의 목소리는 (바흐친이 나중에 고안해 낸 용어를 사용하자면) 내적으로 설득적이면서도 또한 권위적이다. 이상적인 전기는 이렇게 "심미적 종결자"로서 "가치 평가된 타자를 내 안에" 제공한다(AiG, 133~134쪽). 이처럼 잠재적으로 우호적인 타자라는 관념은 자비에 호소하는 바흐친의 소박성을 반영하면서, 초월적 수신자라는 후기의 개념을 예견하는 것처럼 보인다.

자아를 창조적이며 책임을 지는 것으로 기술하는 것과 관련하여, 서사 장르의 사례가 필요할 때마다 바흐친은 특징적으로 고백록, 자서전, 전기를 선택한다. 바흐친의 도스토옙스키 연구서와 1930년대 소설에 대한 논의는 자아에 대해서, 그리고 종결가능성과 종결불가능성의 비율 변화에 대해서 이런 식의 흥미를 유지하지만, 크게 보면 나를 위한 나와 타자를 위한 나의 모델을 폐기하고 있다. 그 대신 바흐친은 내적 발화를 통해 자아를 형성시키는, 언어 내부의 핵심 대립을 재위치시킨다. 그는 서로 차별되는 목소리들이 대담을 나누는 것이자 종종 다투기도 하는 것으로서 자아를 상상한다. 목소리들(혹은 말들)은 정도도 다르고 종류도 다른 **권위**가 투입된 채로, 서로 다른 위치에서 발화되고 있는 것이다. 이러한 접근법의 사례는 〈소설 속의 담론〉에서 드문드문 나타나는 자아에 대한 논의들에서 찾아진다.

이 대목은 사회 속의 말과 사회적 말들의 협주로서의 자아 사이의 불변의 균형을 강조한다. 다음과 같은 주장이 특징적이다. "말은 자신을 넘어서 객체를 향한 생생한 충동 속에서 살고 있다. … 자신을 넘어서 뻗어나가는 충동을 무시한 채로 말 그 자체를 연구한다는 것은, 그 지향점이자 결정권을 쥐고 있는 실질적 삶의 맥락을 벗어난 채로 심리학적 경험을 연구하는 것만큼이나 무의미한 일이다"(DiN, 292쪽. 원문에서는 두 번째 문장이 강조돼 있다). 비교는 단순한 유비가 아니다. 자아와 말은 대화적으로 이해되어야만 하며, 대화를 이해하지 않고 자아를 이해하는 것은 불가능하다.

내적으로 설득적인 담론과 권위적인 담론

소설적 자아는, 바흐친의 메타언어학적 의미에서 이해되는 언어에 의해서, 언어로서 구성되어 있다. 따라서 자아에 대한 바흐친의 논의는 소설에서 '발화하는 사람'에 대한 논의의 일부로 제기되었다. 제8장에서 우리는 소설의 특별한 어법에 대해 논하게 될 것이다. 다만 여기에서 우리가 주목할 것은, 바흐친의 경우 소설은 자아와 마찬가지로 세계의 특별한 의미를 조직하고 있는 다양한 목소리와 발화 방법들 간의 고도로 복잡한 조합이자 대화라는 점이다. 대화는 자아에 본질적이며, 소설은 가장 대화적인 장르다. 그래서 바흐친에게 (다른 많은 사람들의 경우에도 그랬던 것처럼) 소설은 심리학적 탐구를 위한 최고의 형식인 것이다.

바흐친은 내적 발화로서의 심리적 삶이라는 관념을 채택한다. 그러나 그는 비고츠키처럼 언어 습득의 최초 단계에 집중하기보다는, 오히려 이후의 과정, 즉 개인의 내부와 외부에 있는 세계가 이미 철저하게 말로 충만해진 때에 초점을 맞춘다. 심리학과 소설의 유비를 시사하면서 그는 교육법에서 표본을 구한다. "학교에서 언어 훈련을 시킬 때, 타자의 말(텍스트, 규칙, 모델)을—즉각적으로—전유하고 전송하기 위한 두 가지 기본적인 방법이 알려져 있다. 하나는 '속으로 암송하기'이며, 다른 하나는 '자신의 말로 재진술하기'다. 후자는 모든 산문적 문체론에 내포되어 있는 과제를 소박하게 보여 준다"(DiN, 341쪽).

심리에서도 연속체의 양극을 표시하기 위해 비슷한 구별을 할 수 있다. '속으로 암송'되어야만 하는 말에 상응하는 것이 '권위적인 담론'이고, 자신의 말로 재진술하기에 상응하는 것은 '내적으로 설득적인 담론'이다. 심리(혹은 사회적 세계)는 양극단, 혹은 양극단을 향해 가고 있는 것들 사이에 가로놓인 무수히 많은 목소리는 물론, 각각의 담론에 대해 몇 가지 사례쯤은 알고 있을 것이다. 이와 같은 담론들 사이의 상호작용과 대화가 심리의 역사와 자아의 발달을 형성한다.

나중에 발화 장르에 대한 에세이에서 바흐친이 주장하는 것처럼, 권위적인 담론은 모든 사회집단에서 역할을 수행하고 있으며, "인간이 성장하며 살아가는 가족, 친구, 지인, 동료 등의 소규모 세계"에까지 미친다(SG, 88쪽). 권위적인 담론은 주어진 삶의 영역에서 행위에 어조를 부여해 준다. 그리고 그것은 특수한 사유 영역에 어조를 부여하기 위해서 심리 속으로 흡수된다. 권위적인 담론에 복종하지 않을 수는 있지만, 담론이 완전히 권위적인 상태를 유지하는 한 그것과 논쟁할 수는 없다. 정의에 따르면 권위적인 담론은 대화적 관계를 사전에 차단한다. 그것은 상속된 것으로, 그리고 의심의 여지가 없는 것으로, 아주 멀리 떨어진 구역에서 들려오는 목소리로 느껴진다. 오히려 그것은 "우리가 그것을 승인해서 우리 자신의 것으로 만들 것을 요구한다. 그래서 그것은 우리를 내적으로 설득할 수도 있는 모든 힘에서 완전히 벗어난 채 우리를 결박해 놓으며, 우리는 그것과 마주치는 순간 이미 거기에 혼합되어 있는 권위와도 마주치게 된다"(DiN, 342쪽). 권위적인 담론은 무조건적 충성을 요구함으로써 자신을 유희의 대상으로 삼지 못하게 하며, 우리를 설득하는 다른 목소리들과 자신을 통합하거나 병합하는 것도 허용하지 않는다. 우리는 거기에서 우리가 좋아하는 것을 선택하거나 그 일부만을 취할 수 없다. 그런 선택 행위는 (**선택**의 근원적 의미에서) 이단적 행위가 될 것이다.

　권위적인 담론이 그대로 유지되는 한, 심리에 있어서 그것은 성장과 종결불가능성에 닫혀 있다. 만약 심리가 그것으로만 구성되어 있다면, 사람들은 완전히 '자기 자신과 일치'하게 될 것이며, 잠재적으로 모두가 알아볼 수 있는 방식으로 단 한 번에 정의될 수 있을 것이다. 아마도 여기에서 바흐친은 소설적 자아의 반대편에 있는 '새로운 소비에트형 인간'의 이미지를 염두에 두었을 것이다. 진정한 소설에서는 (사회주의 리얼리즘 소설과는 반대로) 권위적인 담론이 어떤 역할도 수행할 수 없다. 왜냐하면 소설의 본질은 모든 담론과의 대화로 진입하는 것이며, 모든 담론을 '각각 떨어져 있는 단계'에서 끌어내어 '거리낌 없는 접촉 구역'으로 밀어 넣는 것이기 때문이다. 만약 소설이 권위적인 말을 대화화하는 데 성공한다면, 그것은 그 말의 지위를 근본적으로 변경시킬 것이다. 만약 소설이 대화화하려는 노력에 실패한다면, 권위적인 담론은 작품에 통합되지 않은 채로, 단순한 "죽은 인용으로, 예술적 맥락에서 벗어난 어떤 것(예컨대, 톨스토이의《부활》말미에 등장하는 복음서)으로 남게 될 것이다"(DiN, 344쪽). 그러한 죽은 인용에 의존하는 소설은 실패한다.

　권위적인 담론을 소설 속에서 창조적으로 사용하는 것에 대한 바흐친의 멸시는 어떤 텍스트에 대해서는 제대로 된 독해를 방해한다. 거기에는 비단 (짧게 암시되어 있는)《전쟁과 평화》뿐만 아니라 그가 매우 존경하고 가장 잘 이해한다고 자부하는 저자의 작품, 예컨대《카라마조프 가의 형제들》도 포함되어 있다. 소설을 자아 비슷한 것으로 만드는 것은 분명 바흐친 자신의 비판적 상상력을 방해하고 그가 추천하는 소설 유형의 폭을 좁힐 수 있다. 만약 바흐친의 논리를 추종한다면, 권위적 담론에 의존하는 것에 비례하여 소설이 실패하는 것처럼, 권위적 담론에 의존하는 것에 비례하여 자아의 성장도 실패할 것이 분명해진다. 그러나 참으로 소설적이고 성숙한, 책임 있는 자아는 최소한의 권위적 담론은 알고 있다.

　오해를 방지하기 위해, 우리는 바흐친이 권위에 대한 단순한 적대감을 성숙의 징표로 보려 하지 **않았다**는 점을 강조해야만 한다. 그는 또한 권위에 동의하는 것을 미성숙의 징표나 무책임의 징표라고 비난할 의사도 없다. 다시 상기해 보면 그와는 반대로, 동의야말로 참된 대화적 관계이며, 어떤 담론에 동의한다는 것은 그것을 이미 시험해 보았다는 것, 그래서 무조건적 충성의 여지를 제거하고, 그것을 자신의 틀에 편입시켰다는 것을 의미한다. 사람들이 자신의 말로 그것을 재진술한 이상은, 그 말을 수용하든 거부하든, 그것은 부분적으로 그들 자신의 몫이다. 반대로 권위적인 담론에 대한 단순한 적대감은, 반대자가 가장 열렬한 노예적 신봉자로 남게 되는 경우와 마찬가지로, 그 담론의 지위를 난공불락의 절대적 권위로서 방치해 두는 것인지도 모른다. 어떤 담론이나 어떤 종류의 권위에 대하여 책임을 느끼려면, 그것을 혐오할 것이 아니라 오히려 그것과의 대화에 참여할 필요가 있다. 다시 말해서, 그것을 **시험하고 흡수하여 재강조할** 필요가 있다는 것이다.

'흡수usvoenie'는 타자의 발화가 우리의 내적 발화에서 역할을 수행하는 과정을 가리키는 바흐친의 일반적 용어다. 언표들이 흡수될 때, 그것들은 낯선 것의 아우라를 보유하거나, 아니면 어느 정도 재가공되어 "여러 수준의 '우리 자신다움'"을 부여받을 수도 있다(SG, 89쪽). 흡수에 포함되는 것으로는 '말의 강조점을 바꾸'거나, 말에 새로운 아우라를 부여하거나, 말의 잠재적 의미를 계발하거나, 그 말에 적대자인, 아니면 아예 그 말을 완전히 왜곡하는 다른 목소리와의 대화 관계 속에 말을 위치시키는 일 등이 있다. 소설은 일상생활의 담론을 부단히 흡수해서 강조점을 바꾸며, 우리는 우리의 심리적 삶이 더욱더 복잡해짐에 따라 타자의 담론의 강조점을 바꿀 새로운 길을 개발하게 된다. 이런 관점에서 보면, 자아 또한 담론의 흡수자라는 점에서 소설을 닮았다.

흡수와 강조점 바꾸기 과정은 심리의 권위적 담론에 영향을 주어 거기에서 절대적 권위를 박탈한다. 이전에 권위적이었던 말은 다르게 기록되고 다른 '강세'를 덮어쓰게 된다. 소설을 이해하기 위해서는 사회적 환경에서나 작품 속에서 여전히 권위적인 담론과 **한때** 권위적**이었으나** 이제는 대화화되고 강조점이 바뀐 담론을 반드시 구별할 필요가 있다. 그런데 이질적인 문화의 소설이나 접근 불가능한 시대의 소설을 읽을 때는 이러한 결정적인 차이를 추적하기가 어렵다. 동일한 구별이 심리에서도 도출될 수 있다. 거기에서 극히 중요한 범주는 방금 막 흡수되기 시작한 권위적인 담론이다. 그러한 담론은 어조나 효과 면에서 불안정한 것이 특징인

데, 이전의 권위가 어느 순간, 비록 방어적이고 논쟁적일지라도 다시 주장될 수 있기 때문이다. 진짜 권위적인 담론은 결코 잡음을 내지 않으며 방어적이지도 않다. 아예 그럴 필요가 없다. 왜냐하면 그것은 시험을 알지 못하기 때문이다.

권위적인 담론이 권위로 인해서 강제적인 것처럼, '내적으로 설득적인' 말은 바로 그것이 설득적이기 때문에 우리를 속박한다. 내적으로 설득적인 담론은, 우리가 앞서 보았던 타자의 목소리처럼, "절반은 남의 것이고 절반은 우리의 것"(DiN, 345쪽)인 지점으로 흡수된다. 그것이 전적으로 우리의 것이 아닌 까닭은, 그전부터 있었던 것이 아니기 때문이다. 우리의 것인 부분은 타자의 목소리를 협주하는 우리의 방식과 우리 내부에 있는 내적 발화의 복잡하면서도 고도로 특별한 성격이다. "우리 자신의 담론(svoe slovo)은 타자의 말에서부터 점진적으로 서서히 만들어진 것이며, 양자의 경계는 처음에는 거의 감지되지 않는다"(DiN, 345쪽 주 31번). 우리는 바흐친의 경우 스타일의 조합이 소설의 진정한 스타일이라는 것을 알게 될 것이다. 이와 유사하게 자아는 내부에 있는 특정한 목소리가 아니라 그 안에 있는 수많은 목소리를 조합하는 특정한 방식이다. 의식은 권위적인 담론과 내적으로 설득적인 담론 간의 상호작용 과정이라는 형상을 취하면서, 결코 그러한 형상 취하기를 멈추지 않는다.

내적으로 설득적인 담론은 경험에 상응하여, 그리고 내적으로 설득적인 다른 목소리에 상응하여 성장하고 변할 때 풍성해진다. 무엇보다도 그 담론은 결코 죽어 있는 것이 아니며 결코 종결된 어떤 것이 아니다. 오히려 그것은 미래를 향한 충동의 일종이다. "내적으로 설득적인 담론의 창의성과 생산성은 그 말이 새롭고 독립적인 말을 일깨운다는 바로 그 사실에 있다. 그 담론은 내부에서부터 우리 말의 덩어리를 조직하며, 고립된 채 부동의 조건에 머물지 않는다. 그 담론은 우리에 의해 해석된 것이라기보다는 그 이상이다. 즉 그 담론은 자유롭게 발전하며, 새로운 재료, 새로운 조건에 적용된다"(DiN, 345~346쪽). 이런 의미에서 내적으로 설득적인 담론은 종결되지 않았고 종결될 수도 없는 것이라서, 종결된 모든 텍스트와는 구별된다. 그것은 아마도 다성적 소설에서 들리는 한 목소리에 가장 가깝겠지만 소설과도 구별된다.

마음은 결코 전체가 아니며 경험은 항상 이질적이기 때문에, 내적으로 설득적인 목소리들은 언제나 예측 불가능한 방식으로 서로 구별된다. "우리의 이데올로기적 발달이란 우리 내부에서 수많은 언어적·이데올로기적 관점들, 접근법들, 방향들, 그리고 가치들이 치열하게 헤게모니 투쟁을 벌이는 것과도 같다"(DiN, 346쪽).[14] 이러한 치열한 투쟁은 내적으로 설득적인 목소리들의 다수성의 결과일 뿐만 아니라, 내적으로 설득적인 말 각각의 구조 자체의 결과이기도 하다. "내적으로 설득적인 담론의 의미론적 구조는 **종결되어 있지 않으며, 열려** 있다. 그것을 대화화하는 새로운 문맥에서마다, 이 담론은 더욱 새로운 **의미화 방식**을 나타내 보일 수 있다"(DiN, 345~346쪽).

권위적인 담론이 권위를 상실할 수 있듯이, 내적으로 설득적인 담론은 설득력을 잃을 수 있고, '남의 것'이 절반 **이상**을 차지한 것처럼 보일 수 있다. 이런 일이 발생하면, 전형적으로 우리는 그 담론에 대한 유희를 시작한다. 즉, 우리는 그 담론의 객관화된 이미지를 만들고, 그 담론을 '두 번째 유형의 말'로 바꿔 버리거나, 사람들이 약간 거리를 두고 있는 다른

---

14 이 구절은 바흐친이 정신분열증을 염두에 두고 있다는 것을 암시한다. 내적 목소리들에 입각해서 기술하자면, 정신분열증은 정상적인 일상생활에 이미 현재하는 경향들이 과도해진 것으로 볼 수 있을 듯하다.

특정인에게 그 담론을 부착시키기도 한다. 사람들은 그 담론의 한계를 이해하고자 다양한 관점에서 그것을 조사한다. 이전의 설득적인 목소리를 양식화하거나 심지어 패러디를 시작할 수도 있다.[15] 권위적인 목소리를 흡수하면 그 권위가 상실되는 것처럼, 이전의 설득적인 목소리에 대한 이러한 패러디는 본래부터 불안정하다. 처음의 설득성이 어느 순간 다시 주장될 수도 있기 때문이다.

내적으로 설득적인 목소리에서 거리를 두는 과정은 심리 및 이데올로기적 발달 과정에서 엄청나게 중요하다. "자신의 담론과 자신의 목소리는, 비록 그것이 타자에게서 나왔거나 혹은 타자에 의한 역동적 자극에서 생겨났을지라도, 조만간 타자의 담론이 가지고 있는 권위에서 벗어나기 시작한다"(DiN, 348쪽). 내적 대화를 협주하는 데 사용했던 기념물들—오래된 편지, 낡은 노트, 일기장, 강렬한 내적 갈등을 상기하게 하는 어떤 것—에 직면하는 것이 종종 고통스럽다는 생각이 들 때가 있다. 우리가 거절했거나 우리를 압도했던 것들, 그리고 타자에게 비판받았던 목소리와 관점들이 얼마나 큰 역할을 수행했는지를 우리가 잘 알고 있기 때문이다. 작가라면 상당히 성공적이었던 옛날 작품들을 거부할 수도 있다. 왜냐하면 그것들을 형성했던 내적 목소리들이 낯설고, 위협적으로 느껴지며, 혹은 자신을 재주장할 우려가 있기 때문이다.

바흐친의 주장에 따르면, 내적 목소리의 흡수와 강조점 바꾸기라는 복잡한 과정을 진심으로 이해한다면 작가의 발전에 대해 엄청나게 많은 것을

---

15 내적으로 설득적인 목소리가 또 다른 목소리에 대해 관용을 상실하게 되면, 또 다른 목소리를 조작하고, 침해하고, 패러디하기 시작한다. 《분신》은 사실상 권위적인 말과 내적으로 설득적인 말 사이의 다양한 결탁을 통해 자신과 교전 중에 있는 자아를 탁월하게 읽어 냈다 (PTD, 146~162쪽; PDP, 211~221쪽).

이해할 수 있을 것이다. 예컨대 영향이라는 관념에 더 풍부한 의미가 부여될 수 있을 것이다. 다른 목소리—그것이 권위적이든, 설득적이든, 그 사이에 있든지 간에—에 대한 복잡한 재가공과 대화화에 입각해서 영향을 기술할 수 있을 것이다. 소설적 언어와 이미지는 특히 "그러한 토양에서 생겨난다. 그것은 한때 저자의 마음을 흔들었던, 내적으로 설득적이지만 낯선 모든 유형의 담론과의 투쟁을 객관화하려고 한다"(DiN, 348쪽). 여기에서 다시 우리는 바흐친이 평생 몰두했던 것이 창조적 과정임을 알게 된다.

도스토옙스키 연구서에서, 더 나아가 〈소설 속의 담론〉에서 세계를 언어로 개념화하는 것은 모든 자아와 사회에서 중심을 이루는 철저하게 인간적인 사건으로 기술되어 있다. 바흐친은 "독립적이고, 책임질 수 있는, 능동적인 담론이야말로 윤리적·법적·정치적 인류의 근본적인 척도 **자체**"라고 주장한다(DiN, 349~350쪽). 윤리적 책임과 자아의 기획에는 '자신의 말'과 '권위적인 말', 그리고 '내적으로 설득적인 말'의 부단한 재조정이 요구된다. 이러한 재조정은 언어의 개념화 능력과 윤리적 능력에 대한 의심을 나타내기는커녕, 그 능력에 대한 깊은 헌신을 나타낸다.

법정에 선 소설적 자아: 카니발과 메울 수 없는 틈구멍

소설이란 … 조형성 자체다. - EaN, 39쪽

존재하는 모든 옷은 인간에게 너무 꽉 끼며, 그래서 희극적이다. - EaN, 37쪽

제3b기에 바흐친은 라블레를 등에 업고, 개방성의 균형에서 순수 종결불

가능성의 방향으로 전환했다. 그 전환은 바흐친이 본질적 자아를 새롭게 기술하는 데 중대한 결과를 낳았다.

바흐친은 〈서사시와 소설〉에서 소설에 대한 이해를 변경함으로써 새로운 자아 이론의 전조를 보여 주었다. 웃음과 근본적 다언어성의 능동적 역할, 순수 잠재력으로서의 틈구멍 등 그가 선호했던 초기의 몇몇 개념들을 극단화함으로써 소설의 특성 및 인류에 대한 소설의 감각을 재평가하고 있다. 우리는 소설 장르 자체의 의인화에서 이러한 변화를 즉각적으로 감지하게 된다. 그것은 이제 하나의 '살아 있는 충동'일 뿐만 아니라 전체적 인격이 된다. 이제 소설은 "다른 장르들과 사이좋게 지내지 못하"고, "다투며"(EaN. 4쪽), 자기 자신을 포함해서 모든 것에 비판적이고, 모든 것을 조소하며, 자신의 과거를 완전히 망각하고 있다. 소설은 영구 혁명의 장르가 되고, 소설이 선호하는 자아 이미지는 기발함을 위한 기발함을 추구하는 가운데 조만간 **피카로**picaro[16]가 된다.

말년의 바흐친은 기억이나 과거에 대한 풍부한 감각이 없는 상태에서는 자유라든가 유의미한 변화도 착각에 불과하다고 주장했다. 도스토옙스키 연구서 개정판에서, 그리고 잡지 《신세계》에서 한 마지막 진술에서, 그는 '장르 기억'과 문화 기억이라는 복잡한 모델을 전개하는데, 그것은 과거에 대한 감각과 종결 불가능한 미래 사이의 밀접한 연관성을 설명하기 위한 것이었다. 기억은 정체성을 정립하고, 책임을 가능하게 하며, 의미 있는 잠재력을 창조한다는 것이다. 그러나 바흐친은 제3b기에 이르러 불연속성을 향한 열정을 펼쳐 보이면서, 사건들을 웃어넘기고 완전히 망각해 버리는 능력을 칭송한다.

---

16 [옮긴이주] 피카레스크 소설의 주인공.

이러한 차이는 극단적인 진술이나 영감으로 충만한 과장법을 선호하는 경향에서 즉시 드러난다. 그는 헤라클레이토스의 잠언처럼, 종종 명령법과 감탄사를 구사하면서 말한다. 예컨대 이런 식이다. 시간은 웃고 운다! 지배는 유아의 몫이다! 소설 장르의 발전 과정에서 두 가지 오래된 스타일 노선을 추적했던 〈소설 속의 담론〉과는 반대로 〈서사시와 소설〉은 모든 과거, 심지어 자신의 과거에서조차 소설이 완전히 벗어나 있음을 주장한다. 소설은 이제 다른 장르들과 다를 뿐만 아니라, "낯선 종들에서 나온 창조물"(EaN, 4쪽)이다.

이러한 정식에서, 웃음의 정신은 소설의 중심일 뿐 아니라 본질적으로 소설성의 전부다. 웃음은 "특정 대상에 대한 연민과 공포"(EaN, 23쪽)를 떨쳐 버릴 뿐만 아니라, 모든 것을 책임과 기억의 구속으로부터 풀려나게 하는 것처럼 보인다. 바흐친은 이렇게 말한다. "기억의 역할은 최소한에 그친다. 희극적 세계에서 기억이나 전통이 할 일은 아무것도 남아 있지 않다. 사람들은 잊기 위해서 조롱한다"(EaN, 23쪽). 소설은 이제 별개의 인격을 취한다. 그것은 저주하고, 악을 쓰며, 패러디하고, 거칠게 자기 힘으로 탐사하며, 영원한 현재 속에서 살아간다.

소설 장르가 **다음** 단계로 나아가고, "미지의 것을 성찰"하는 한, 과거는 소설성에 우연한 것이 된다(EaN, 32쪽). 한정할 수 없는 것으로 이해되는 '미지의 것'은 또한 바흐친이 칭송하는 소설 주인공에게 근본적인 것이 되기도 한다. 소설에서 발생할 수 있는 다소 안정된 유형의 자아에서 벗어나, 이 단계에서 바흐친은 희극적 주인공과 대중적 가면을 강조한다. 전기傳記에 무관심한 교활하고 죽지 않는 주인공들은 "항상 행복한 잉여를 보유하고 있는 … 자신의 가능성들을 소진해 버릴 수도 없을"(EaN, 36쪽) 뿐 아니라, 결코 소멸되지도 않는다. 그들은 "자유로운 즉흥성"의 형상을 하고 있으며, "소멸될 수 없고 영원히 갱신되는 삶의 과정 자체"(EaN, 36쪽)를 육화하고 있다. 결정적으로 여기에서 바흐친의 강조점은 집단적 활동으로서 추상적인 삶의 과정에 있지, 초기 수고에서와 같은 개인적 삶 자체에는 있지 않다. 더 이상 나를 위한 나는 없으며, 말하자면 오직 우리를 위한 우리만 있을 뿐이다. 이런 까닭에 바흐친은 한동안 중심적 관심사였던 책임의 모태와는 전혀 다른 활동의 장을 기술할 수 있게 되었다.

상기해 보면 바흐친은 〈행위의 철학을 위하여〉의 곳곳에서 자아의 근본적 독자성, 시공간 내에서의 대체 불가능성, 그리고 각 개인의 삶이 매 순간 윤리적 책임을 지게끔 하는 자질들을 강조했다. 말하자면 "내가 성취할 수 있는 일은 결코 다른 사람에 의해 성취될 수 없다"(KFP, 112쪽)는 것이다. 〈소설 속의 담론〉에서는 자아가 전 생애에 걸쳐서 형성과 재형성, 기억과 재강조를 행하는 담론들의 상호 활성화로 묘사되었다. 즉, '양심의 목소리'는 '양심의 대화'가 되었던 것이다. 그러나 바흐친이 〈서사시와 소설〉을 작성하던 그때, 훨씬 더 무절제한 자아를 향한 방향 전환이 이루어진 그때, 자아는 과거가 없기 때문에 후회를 모르게 되었고, 단지 열려 있는 것만이 아니라 순수한 틈구멍이 된다.

카니발적 자아

바흐친의 약력에 비춰 봤을 때, 라블레 연구서는 자아에 대해 오히려 전형적이지 않은 태도를 보여 주고 있다. 《라블레와 그의 세계》는 자아의 두 가지 근본적 표지로서 육체와 목소리를 규정한 것으로 간주할 때, 적절한 맥락 속에 놓일 수 있을 것이다.

초기 수고, 특히 〈심미적 행위에 있어서 저자와 주인공〉에서는, 공간 내 형식—즉, 육체—이 주인공이자 필수불가결한 범주로 되어 있다. 라블레 연구서의 경우도 마찬가지다. 이미 살펴본 것처럼 〈심미적 행위에 있어서 저자와 주인공〉 전체는 외적인 현상, 즉 육체의 외부 경계선, 역사 속에서 육체가 갖는 미학적 역할에 바쳐져 있다. 그럼에도 육체에 대한 이러한 기술은 《라블레와 그의 세계》에서 보이는 카니발적 육체에 대한 기술과 크게 다르지 않다.

〈심미적 행위에 있어서 저자와 주인공〉에서 중요한 것은 육체의 경계선, 주어진 시공간에서 육체가 차지하는 위치, 그리고 타자의 육체와 세계를 바라보는 육체의 독특한 시점이다. 이런 상황에서 바흐친은 인간적 책임, 가사성可死性, 고통에 대한 취약성, '존재의 사건'에 내재하는 위험을 특별하게 기술해 낸다. 바흐친의 세계 기술에서 중심적 은유였던 육화된 행위를 말이 대신할 때, 자아-타자 관계는 더욱 유연해지고 명료해진다. 육체와는 달리 언어의 과정은 인격의 성장을 추적하기 시작한다. 소설적 언어는 잠재력, 틈구멍, 그리고 미래성을 측정하고 보증한다. 이 범주들은 육체의 구속에서 벗어날 탈출구를 제공한다. 우리는 《라블레와 그의 세계》에서 이러한 과정의 극단에 직면한다. 거기에서 탈출 행위는 근본적일 뿐 아니라, 가치 산출적인 사건이 된다.

《라블레와 그의 세계》에서는 육체의 경계가 아니라, 오히려 육체의 구멍이 문제 된다. 그것은 개별적 자아와 세계 사이의 경계를 침해한다는 이유 때문에 중요하다. 라블레 연구서에서 카니발적 자아는 여러 방면에서 〈심미적 행위에 있어서 저자와 주인공〉의 책임감 있는 자아와 반대된다. 카니발적 자아는 단순히 사회적으로 형성된 것일 뿐만 아니라 전적으로 집단적인 것이기 때문이다. "이것은 현대적 의미에서 육체가 아니며 그에 대한 생리학도 아니다. 개별화되지 않았기 때문이다"(RAHW, 19쪽). 카니발에서 개인의 육체는 군중 육체의 일부로서만 중요하다. "육체의 재료적 원리는 생리학적 개인, 즉 부르주아적 에고에 있는 것이 아니라, 지속적으로 성장하고 갱신되는 군중 속에 있다"(RAHW, 19쪽).

카니발적 자아의 경우, 죽음은 세포의 분열과도 같다. 낡은 세포는 "어떤 의미에서는 죽는 것이지만 동시에 재생산하는 것이기도 하다"(RWHW, 52쪽). 본질적으로 죽은 육체란 없다. 카니발적 시각에 의해 생산된 '유토피아적' 자아의 의미는 자아에서 가사성可死性이 갖는 모든 중요성이 사라진다는 데 있다. 카니발적 자아는 말 그대로 아무것도 잃을 것이 없기 때문에 죽어 가는 자신을 조롱할 수 있다. 바흐친이 라블레의 작품에 대해 세계문학에서 가장 겁 없는 책이라고 말했던 것은 조금도 이상하지 않다.

또한 카니발적 자아는 자아를 목소리와 '말'에 따라 기술했던 바흐친의 설명 자체를 전도시키기도 한다. 〈소설 속의 담론〉과는 달리, 라블레 연구서는 목소리의 기능을 신성모독, 욕설, 코러스의 반주와 같은 일련의 집단적인 활동으로까지 일반화하고 있다. 그것은 도스토옙스키의 주인공처럼 죄책감에서 고뇌하는 도덕적 대화가 아니라, 인간의 목소리를 규정하는 공공 광장에서의 외침의 형식이다. 말은 발화되는 것이 아니라 외쳐진다. 그것은 설득이 아니라 사납고 상스러운 욕설이다. 지금 바흐친이 흥미를 보이는 발화 형식들은 '거리낌 없이 교제하는 자유로운 집단성'을 창조하는 것이다. 그 형식들은 서로 주고받을 수는 있지만 인쇄할 수는 없으며 기이한 방식으로 비인격적이다.

바흐친은 이러한 담론이 문학으로 전유되는 것을 그 힘과 활기의 축소로서 기술한다. 이렇게 해서 라블레 연구서에는 미래를 향한 더욱 오래되고 대중적인 지향, 즉 오래전에 지나가 버린 시간 감각에 대한 향수의 어조가 울려 퍼진다. 그러나 일단 카니발의 언어가 고도의 풍자 담론과 결부되고 모든 신성모독과 격하의 성질을 상실해 버리자, 카니발은 약해지기 시작했다. 카니발은 저자와 청자의 문제가 되었고, 왕과 왕비는 누군가의 이야기에 등장하는 단순한 인물이 되었으며, 세계는 보편적 참여가 가능하다는 과거 '유토피아'의 단순한 그림자가 되어 버렸다. 지금 우리가 이를 수 있는 최고 수준은 "주관적이고 관념론적인 철학으로 전이된" 그로테스크 카니발과 "실내" 카니발 드라마가 고작이다(RAHW, 37쪽).

카니발은 집단을 향해 있기 때문에 개인의 목소리로 발화되지는 않는다. 오히려 그것은 목소리를 개인에게서 분리하고, 집단에 결부하기 위해 가면과 변장을 개발한다. 인격을 제한하는 모든 중핵으로부터의 자유를 칭송함으로써, 카니발은 발화의 이상인 대화로 나아가지 **않는다**(RAHW, 40~41쪽). 대화가 적어도 두 명의 책임감 있는, 각자 상대 타자의 외부에 있는 별개의 자아를 가정하는 반면, 카니발은 어디에서건 **융합**을 이루려 노력한다. 이 점이 진정한 대화를 불가능하게 만드는 것이다.

융합과 대화의 구별은 매우 중요하다. 라블레 연구서를 전후로 해서, 바흐친은 감정이입과 같은 타자와의 융합이 어떻게 대화의 효율성은 물론 그 가능성 자체를 파괴하는지를 강조한다. 그러나 《라블레와 그의 세계》는 모든 것이 "대중의 이차적 삶"으로, 즉 〔공통〕 웃음을 기반으로 하여 조직된"(RAHW, 8쪽) 삶으로 병합되는 이상적 상태를 기술하고 있다. 외재성 없는 이러한 웃음은 "금제도, 한계도 알지 못하며" 그러므로 두려움이 없다(RAHW, 90쪽).

바흐친은 대중의 이차적 삶을 그들의 일차적 삶에, 즉 "이미 정립된 진리의 승리"(RAWH, 9쪽)를 찬미하고 "폭력, 협박, 위협, 금제"의 어조로 전달되는 "진지성"을 찬미하는 "공식적인 삶"(RAWH, 94쪽)에 대립시킨다. 수많은 독자들에게, 공식적인 것과 비공식적인 것의 대립은 다른 이항대립쌍들, 예컨대 독백적인 것과 대화적인 것, 권위적인 것과 내적으로 설득적인 것 등의 쌍을 연상하게 한다. 그러나 사실 그렇게 병렬하는 것은 오해다. 바흐친의 대화 이론의 입장에서 보면, 공식적인 것과 비공식적인 것은 모두 (그것이 카니발에서처럼 조직되었을 때) 서로 비생산적인 대립 관계에서 대치하는, 독백주의처럼 보일 것이다.

소설적 자아 이론은 전반적으로 자아를 형성하는 지속적인 활동과 기획 속에서 내적으로 설득적인 말과 권위적인 말이 상호작용하고, 매개되고, 결합되고, 혼종되는 방식에 대한 이론이다. 자아라는 것은 도스토옙스키의 다성적 소설의 자아처럼, 유일무이하며, 대체 불가능하고, 매 순간 자기과도 다른 모든 자아와도 일치하지 않는다. 그러나 이러한 불일치가 복잡성 속에서 **성장**을 이끈다는 자아의 이미지와는 대조적으로 카니발은 단순화와 무효화를 통해서 근본적으로 자아를 해방한다. 언제나 새로운 과제를 향하는 소설적 자아와는 반대로, 카니발적 자아는 구체적인 과제를 가지고 있지 않다. 바흐친의 두 주인공, 도스토옙스키와 라블레는 그의 사유에서 근본적으로 다른 움직임을 상징한다.

'전체성'에 어떻게 접근하는가를 살펴보면 이 시기의 바흐친과 다른 시기의 바흐친 사이에 존재하는 차이를 알아챌 수 있을 것이다. 이미 살펴본 것처럼, 바흐친은 자아나 언어, 기타 다른 문화적인 것 등을 완전히 통합된 체계로 기술하지 않으면서도 그것들을 의미 있는 전체로서 기술할 수많은 방법을 모색해 왔다. 초기 저작에서 '전체'는 행위에 대해 개별적으로 책임감 있게 서명하는 것(그리고 행위를 중심으로 연합하는 것)으로 묘사되었다. 이론주의의 전통 속에서 제공된, 다양한 형식의 체계는 잘못된 전체성이었다. 제2기에 전체성은 관계의 산물이었으며, 최소한 서로 의사소통을 할 수 있는 두 의식을 요구했다. 바흐친은 이러한 생각에서 앞서 사건의 열린 통일성이라고 기술했던, 대화의 열린 통일성이라는 개념을 발전시켰다. 두 시기 모두, 진정한 전체는 정적인 것으로 기술되지 않았으며, 미리 결정된 방식으로의 발전도 아니었다. 오히려 그 전체는 열린-채-끝난 것, 생산적인 것, 잠재력으로 충일한 것, '사건의 잠재력'으로 이해되었다.

처음 두 시기에, 바흐친은 잠재력이 그 말의 사전적 의미가 공허한 것처럼 특정한 맥락에 관련되지 않는다면 공허할 수밖에 없다고 경고했다. 양면 가치와 잠재적 풍요는 서로 관련을 맺지 않는다면 현실성을 잃을 수 있다. 사람들은 그것들을 기반으로 행동해야만 한다. 혹은 새롭고 의미 있는 어떤 것을 생산하는 방식으로 잠재력을 실현하려고 노력해야 한다. 그리하여 더욱더 잠재적인 것을 생산해야만 한다.

반면, 카니발 시기에는 순수―바흐친이 공허하다고 했던―잠재력 자체가 (유일하다고는 할 수 없지만) 최고의 가치를 부여받게 된다. 크로노토프 개념이 개별적 행위를 가능케 하는 역사적으로 제약된 특정한 시공간을 강조하는 한, 카니발은 반크로노토프적인 것으로 이해될 수 있다. 책임의 윤리는 틈구멍의 윤리로 대체된다. 그리고 자아의 전체성은 순수한 양면 가치의 총체성으로 대체된다. 그러한 전체성에서는 특정한 방식으로 잠재력을 계발하는 자아도 없고 위험도 없다. 바흐친의 초기나 후기 저작의 관점에서 보면, 그 전체성은 명백히 자아를 전혀 허용하지 않는 것이다.

카니발적 웃음이 영감을 불러일으키고 원기 회복을 가능케 하는 것은, 확실히 그것이 정신적으로나 육체적으로 개별성에서 분리되어 비인격체가 되는 정도에 달려 있다. 괴테의 로마 카니발 경험에 대해 바흐친이 썼던 것처럼, "문제의 핵심은 주관적 자각에 있지 않고, 〔군중의〕 영원성을 의식하는 데 있다"(RAHW, 250쪽). 그런데 자아에 대한 다른 저술에서는, 여기에서 '주관적 자각'이라고 별 생각 없이 내던져 버린 것이 근본적 가치를 지닌다. 그것은 내가 특정한 시공간에 있다는 위치 감각, 그리고 '나만이 성취할 수 있는 것'에 대한 유일무이한 책임감을 가리킨다. 카니발의 상황 아래에서, 자아는 팽창하고, 향락하며, 탐식하다가—사라져 버린다.

후기 저작들: 처음으로의 회귀

바흐친의 최후 저작들은 라블레 연구서에서 보여 준 순수 종결불가능성에 대한 과도한 매혹이나 독단적 반독단주의를 보이지 않는다. 두 가지 다른 총괄 개념들, 즉 대화와 산문학이 다시 옹호되면서 균형이 회복된다. 자아 건설은 다시금 종결불가능성의 기능일 뿐만 아니라 한계, 개별화, 책임 있는 사회화 등의 기능이며, 잠재력의 발전으로 인식된다. 바흐친은 사실상 제약이—그것이 전부는 아니다—창조성과 개방성에 필수적임을 다시 인식하게 된다.

그리하여 바흐친은 발화 장르에 대한 에세이에서, "주제, 구성, 문체에서 상대적으로 안정된 발화 유형"이 일상적으로 사용될 때 언어가 새로운 것을 창조할 수 있다고 강조한다(SG, 64쪽). 일반적으로 말해서 바흐친은 상대적으로 안정된 유산이 얼마나 진정한 창조성을 허용하는지를 이해하는 하나의 방식으로서 문학적이든 비문학적이든 장르에 대한 초창기 관심사로 회귀한 것이다(이 책의 제7장을 보라). 틈구멍 못지않게 패턴들도 인격에 필수적인 지위를 부여하기 위해 허용되며, 인격에 이르는 열쇠는 다시 대화적 관계가 된다(PT, 121쪽).

바흐친은 다시 한 번 창조된 것의 자원으로 제공되는, 주어진 것의 가치를 알게 되었다. 올바른 종결화가 종결불가능성을 가능케 한다. 이전 활동의 '경직된 침전물'은 다시 한 번 새로운 '생생한 충동'을 위한 출발점이 되고, 이제 더 많은 것들을 남겨 두게 될 것이다. 바흐친은 기억이라는 것을 보존을 위해서뿐만 아니라 창조적 변형을 위해서도 존재하는 과거 경험의 비체계적 축적으로 간주함으로써, 기억에 대해 새로운 관심을 표현한다. 그래서 도스토옙스키 연구서 개정판은 '장르 기억' 이론을 전개하고 있으며, 후기의 다른 저작들은 '장대한 시간'이라는 개념을 도입하고 있다. 카니발 관련 연구서에서 칭송되었던 무시간성과 순수한 현재성은 이제 한계가 있는 것으로 여겨진다. 왜냐하면 그것은 '작은 시간', 즉 전망도 없는 현재에 대한 강박에서 도출된 것이며, 그 시간은 미래 속에 있는 진정한 창조성의 원천에서 우리를 분리해 놓기 때문이다.

바흐친은 개인의 분리되어 있음, 즉 시간, 공간, 문화 면에서 개인이 차지하는 특정한 자리가 중요하다는 초기의 인식으로 회귀한다. 군중의 집단적 육체가 아니라 타자들과 교섭하며 타자들에 의해 형성되는 한 인간의 독립된 육체가, 대화와 창조성 모두를 위한 필수조건으로 재출현한다. 그는 경계와 경계로 인해 가능한 '창조적 이해'의 긍정적 측면을 인식한다. "**창조적 이해**는 자신의 고유한 시간적 장소를, 자신의 문화를 폐기하지 않는다. 그것은 아무것도 망각하지 않는다. 이해를 위해서라면 이해하는 사람이—시간적으로 공간적으로 문화적으로도—창조적 이해의 대상 **외부에 위치한다**는 것이 굉장히 중요하다"(RQ, 7쪽). 지적 발전의 맥락에서 보았을 때, 창조적 이해가 "아무것도 망각하지 않는다"는 바흐친의 주장은 자유를 기억의 추방과 연결짓는 카니발 저작들에 대한 응답처럼 읽힌다. 창조성이 산문과 대화처럼 다시 긍정된다. 그것은 개인이 실제로 겪는 경험의 점진적 축적은 물론, 참된 배움의 기반으로서 진정한 타자의 실존을 모두 필요로 한다. 개인이 사건들을 재고할 능력을 보유하고 있는 한 결코 사건들에 전적으로 휩쓸리지 않는다는 것을 바흐친은 거의 금욕주의적으로 승인한다.

> 과거의 사실적인 측면, 사물 같은 측면을 변경시킬 수는 없다. 하지만 그것의 유의미한, 표현적, 발화적 측면은 변경될 수 있다. 왜냐하면 그것은 종결되지 않았으며, 자신과도 일치하지 않기(자유롭기) 때문이다. 기억의 역할은 이처럼 과거의 영구적 변형에 있는 것이다. 과거의 인식/이해는 그 열린-채-끝남(자신과의 불일치성) 속에서 이루어진다 (Zam, 516~517쪽).

말년에 이르러 자유에 대한 바흐친의 서술은 카니발적 승인과 거의 관련이 없으며, 모든 것이 불일치성과 관련되어 있다. 자신의 자아와 타자의 자아 사이에, 그리고 기억된 과거와 그것에 대한 창조적 재승인 사이에 차이를 매길 수만 있다면, 우리는 이미 창조성과 자유의 조건을 소유하고 있는 것이다. 우리는 이런 의미에서 바흐친의 다음과 같은 진술을 이해할 수 있을 것이다.

"나 자신의 말에 대한 탐구는 사실 내 것이 아닌 말, 즉 나를 능가하는 말에 대한 탐구다. 이것은 아무런 본질적인 것도 말해 줄 수 없는 자신의 고유한 말에서 벗어나려는 노력이다. … 이러한 탐구를 통해 도스토옙스키는 다성적 소설을 창조해 낼 수 있었다"(N70~71, 149쪽).

제6장

다성성:
주인공 저술하기

MIKHAIL
BAKHTIN

이렇게 정리할 수 있다. 다성성을 향한 예술적 의지는 수많은 의지들을 결합하려
는 의지이며, 사건을 향한 의지라고. - PDP, 21쪽

다성성은 바흐친의 개념들 중에서도 가장 복잡하고 독창적인 개념이다. 불행하게도, 바흐친이 친구이자 동료인 코시노프에게 털어놓았던 것처럼, 다성성은 "다른 어떤 것보다도 더 많은 반대와 오해를 낳았다".[1]

때때로 바흐친의 도스토옙스키 연구서를 부주의하게 읽은 특정 비평가들은 바흐친이 하지도 않았고, 실제로는 명백히 부정하기까지 했던 주장을 그에게 귀속시키는 경우가 있었다. 오독은 1929년판에 대한 첫 번째 서평에서 비롯되었다.[2] 하지만 모든 오해를 비평가들만의 잘못으로 돌릴 수는 없다. 바흐친이 다성성을 기이한 방식으로 설명한 것이 피할 수 없는 오해를 낳은 것이다.

애초부터 바흐친은 결코 다성성을 명쾌하게 정의한 적이 없다. 《도스토

---

1 바흐친이 코시노프에게 보낸 1961년 7월 30일자 편지. 1979년 러시아어판 선집 404쪽에 있는 〈도스토옙스키 연구서 개정을 위하여K pererabotke knigi o Dostoevskom〉(TRDB)의 편집자 각주에서 인용했다.

2 1929년 《별》지에 실린, 《도스토옙스키 창작의 문제들》에 대한 나움 베르콥스키Naum Berkovskii의 매우 부정적인 서평을 보라. 이 비평가는 바흐친의 연구서에서 '철학적-언어학적 부분'(제2부 'Slovo u Dostoevskogo')만을 평가의 대상으로 삼았는데, 이는 바흐친이 다성성을 통해 의미하고자 한 바를 이해하지 못했기 때문이다. 베르콥스키는 도스토옙스키의 주인공들과 그들의 "곁눈으로 눈치 보는 말"에 대한 바흐친의 이해를 칭찬하는 말을 늘어놓은 후에, 다음과 같이 결론짓는다(120~121쪽). "바흐친의 저서에서 무엇보다 가장 치명적인 점은 도스토옙스키의 이른바 '다성주의'에 관한 절대적으로 근거 없는, 또한 근본적으로 잘못된 확신이다. 바흐친의 견해로는, 도스토옙스키의 소설에 저자의 '방향 제시'가 없다. 즉, 거기에는 똑같이 타당한 가치를 지닌 인격적 의식들(목소리들)이 있는데, 이것들은 저자의 동일화 의식으로 축소되지 않는다는 것이다. 그래서 모든 목소리들은 독립적으로 살아간다는 것, 그 결과 소설은 저자의 통일된 목소리로 포섭되지 않는 다중 목소리, 즉 '다성성'으로 되어 있음이 입증된다는 것이다. (그러나) 사실상, 도스토옙스키의 소설은 정확히 말해서 저자의 사상에 의해 극단적으로 통일되어 있다. … '다성주의'라는 그리 성공적이지 못한 관념이 바흐친의 구조물을 모두 파괴하고 있다."

엡스키 시학의 문제들》(1929년 판본의 제목은 '도스토옙스키 창작〔혹은 창조성〕의 문제들') 제1장에서, 그는 도스토옙스키에 대한 비평적 문헌들을 선별적으로 재검토하면서, 각각에 대한 요약 이후에, 동의하거나 동의하지 않는 이유를 일일이 열거하고 있다. 이러한 파편적 해설은 몇몇 사항은 반복해서 강조하지만, 다른 것들은 모호하게 만든다. 제1장을 마칠 때까지 다성성에 대한 상당량의 정보가 제공된 것은 사실이지만, 그것에 대한 명쾌한 정의는 내려지지 않는다. 다음 장에서는 이러한 누락이 수정될 것이라 기대한 사람이 있다면 곧 실망하게 될 것이다. 이 책의 나머지는 주인공의 재현과 그 이념의 재현에서, 그리고 플롯의 형성과 겹목소리의 언어 사용에서 다성성이 갖는 함의를 논한다. 그렇지만 바흐친은 끝내 다성성이 무엇인지, 그리고 다성성 자체를 구성하는 것이 무엇인지에 대해서는 결코 말하지 않는다.[3]

다성성은 도스토옙스키가 창안했지만, 그의 작품에만 한정되는 것은 아니라고 바흐친은 분명하게 주장한다. 정확하게 어디라고 말하지는 않았지만 다성성은 후대에도 사용되었고, 훨씬 다양한 방식으로 사용될 수 있었으며 사용되었을 것이다. 그러므로 독자는 다성성의 규정적 특질들과 도스토옙스키가 그것을 사용하는 특정한 방식을 바흐친이 구별해 주리라 기대할 것이다. 더구나 바흐친도 이렇게 필요한 몇 가지 구별을 암시하는 것처럼 보인다. 예컨대 다성성을 실현하는 데 카니발화가 유효한 방

---

3 다성성이라는 음악적 은유 또한 다소 오해의 소지가 있다. 바흐친이 주의를 주었던 것처럼, 음악적 다성성의 단지 몇몇 측면만이 그 개념에 속하기 때문이다(PDP, 22쪽). 바흐친은 독립적인 '선율들'(혹은 목소리들)의 조화라는 생각은 보존하고 있다. 또한 다수성, 불협화음 혹은 '비병합성', 역동적 운동도 보존한다. 그러나 동시에 소리 내기의 필요성은 빠뜨리고 있으며, (마치 후대의 무조음 혹은 현대적 음감에서 그러하듯이) 다성성의 발전이 불협화음에서 협화음으로 진행된다고 주장하지도 않는다.

식이긴 해도 반드시 필요한 방식은 아니라는 점은 비교적 분명하다. 반면에 '대화적 진리 감각'은 다성성을 절대적으로 구성하고 있다. 그러나 그 외의 구별은 제시된 적이 없다. 바흐친은 자신의 탁월한 사례에서 뽑아낸 우발적 특질들과 그 개념의 규정적 특질들을 뚜렷하게 나누지 않는다.

고의는 아니겠지만 여전히 더 큰 혼동을 낳는 것은, 다성성을 대화에 입각해서 논하면서도 바흐친이 염두에 두고 있는 것이 어떤 의미에서의 대화인지를 거의 말하지 않았다는 데 있다.[4] 다른 핵심 용어들 또한 일관성 없이 사용된다.

설령 바흐친이 더 분명히 설명했다 할지라도 혼동의 가능성은 여전히 많은데, 왜냐하면 그 개념 자체가 철저히 직관을 거부하기 때문이다. 바흐친은 이 개념의 미묘함을 제법 알고 있었지만, 그가 제시한 방법은 자신이 올바르게 예상했던 오해를 차단하기에는 적절치 못한 전략이었다. 아마도 도스토옙스키 인물들의 언어 행태를 닮은 듯한 방식으로, 도스토옙스키 연구서(특히 1963년판)의 제1장은 대체로 현전하는 잠재적 오독자에게 '굽실'거리며, '곁눈질로는' 미래 비평가의 눈치를 보는 것처럼 보인다. 〈도스토옙스키 연구서 개정을 위하여〉(TRDB, 1961)에서도, 바흐친은 새로운 설명 전략을 실험하면서도 미래 세대들이 자신의 의중을 간파하게 되리라는 희망을 표현하는 등 오락가락하고 있다.

오해는 해를 거듭할수록 늘어 갔기 때문에, 우선 좀 더 일반적인 오해 몇 가지를 열거하는 것이 도움이 될 것이다. 바흐친에 따르면, 다성성은

---

4 제1장과 제4장에서 우리가 구별했던 것, 즉 바흐친이 대화라는 용어를 사용하는 세 가지 주요 방식을 상기해야 할 것이다. 그것은 첫째로 모든 언표를 정의상 대화적으로 만드는 언어에 대한 기술로서, 둘째로 언표의 특별한 유형으로서, 즉 독백적 언표에 반대되는 용어로서, 마지막으로 세계와 진리를 보는 관점(총괄 개념)으로서 사용되었다.

모든 소설에 적용되는 속성이 **아니다**. 도스토옙스키가 첫 번째 다성성의 작가였으며, 다른 작가들이 있었는지 몰라도 그 현상은 상대적으로 드물었다. 또한 다성성과 이질언어성은 구별되어야 한다. 이질언어성은 하나의 언어 내에서 나타나는 발화 스타일의 다양성을 말하는 것이고, 다성성은 하나의 텍스트에서 저자가 차지하는 지위와 관련된 것이다. 많은 문학작품들이 이질언어로 되어 있긴 하지만, 다성적인 작품은 극소수에 불과하다. 비록 바흐친의 범주들을 뒤섞어 버리는 비평적 습관이 독자들의 구별을 흐리는 경향이 있었다 할지라도, 두 개념은 근본적으로 종류가 다른 현상에 속한다.

다성성은 종종 저자의 관점 부재를 정립하는 이론이라고 비판받았지만, 다성적 저자가 이념과 가치를 표현하는 능력이 모자라거나 그 표현에 실패하는 것은 아니라고 바흐친은 분명히 말하고 있다. 바흐친은 몇 번이고 되풀이해서 다성적 저자의 참여와 '활동'을 밝히고 있다. 그러면서 "저자의 지위"가 없는 작품은 "일반적으로 불가능하다. … 여기에서의 쟁점은 저자의 지위 부재가 아니라 **그 지위의 급격한 변화**에 있다"(PDP, 67쪽)라고 주장한다. 다성적 작품에서 저자의 시점은 표현의 종류며 방법에서 독백적 작품의 그것과는 다르다. 바흐친의 기준에 의하면 어떤 종류든 통일성이 없는 작품은 단지 균열된 작품에 불과하다. 하지만 다성성은 오히려 다른 **종류**의 통일성을 요구하며, 이를 바흐친은 "더 높은 차원의 통일성"이라 부른다(TRDB, 298쪽).

바흐친은 이러저러한 오해를, 수세기 동안 이론주의라는 것에 의해 양육된 독백적 사유 습성 탓으로 돌린다. 그는 1963년 도스토옙스키 연구서의 마지막 문장에서 비평가들이 근본적으로 새로운 방식으로 사유할 것을 요청하고 있다. "도스토옙스키가 발견한 새로운 예술적 영역과 친숙해지기 위해서는, 그리고 그가 창조한 비할 데 없이 더욱 복잡한 **세계의 예술적 모델**로 향하기 위해서는, 우리의 독백적 습성을 반드시 단념해야만 한다"(PDP, 272쪽). 알다시피 바흐친은 홉슨John Hobson이 선택한 다음과 같은 근대적 사유를 거절했다. 즉, 체계가 있든 아무것도 없든, 포괄적인 폐쇄 구조가 있든 혼돈이 있든, 원칙적으로 모든 것을 포함하는 설명 체계가 있든 전적인 상대주의가 있든(혹은 신이 있든 모든 것이 허용되든), 이것들이 유일한 선택지라는 억측은 비평가들로 하여금 근본적으로 다른 종류의 진리, 통일성, 관점이 존재할 가능성을 보지 못하게 했다.

이러한 억측은, 바흐친이 상대주의적 독법에 대해 분명히 경고했음에도 불구하고, 다성성을 상대주의와 동일시하는 잘못을 저지르게 했다. "다성적 접근은 상대주의(혹은 독단론)와는 아무런 공통점도 없다. 상대주의와 독단론은 똑같이 모든 논쟁을, 모든 진정한 대화를 배척한다는 점을 주시해야 한다. 하나(상대주의)는 그것을 불필요하게 만들고, 다른 하나(독단론)는 그것을 불가능하게 만든다"(PDP, 60쪽).

이런 이유로 바흐친은 당시에 비평적 논쟁을 주도했던 상대주의라는 유력한 형식을 가차 없이 제거했다. 만약, 최근에 몇몇 사람들이 주장하는 것처럼 모든 논쟁이 궁극적으로 권력이나 이권의 문제로 축소된다면 가치와 의미에 대한 '진정한 대화'는 불가능해진다. 그리고 만약 모든 다양한 관점들이 근본적으로 '약분 불가능'하다면, 진정한 대화의 가능성은 환상에 불과한 것이 되고 말 것이다. 사유의 형식이자 예술적 형상화의 형식으로서 다성성은 유의미한 대화의 가능성을 전제하며 그 가치를 확언한다. 바흐친은 다성성을 기술할 뿐만이 아니라 그것이 실어 나르는 세계관을 지지하기도 하는 것이다.

다성성, 그리고 대화적 진리 감각

바흐친을 해석해 보면, 두 가지 밀접하게 관련된 기준이 다성성을 구성하고 있음을 알 수 있다. 하나는 대화적 진리 감각이고, 다른 하나는 그 진리 감각을 시각화해서 전달하는 데 필수적인 저자의 특별한 지위다. 사실이 두 가지 기준은 동일한 현상, 즉 다성적 작품의 '형식 창조적 이데올로기'의 두 측면이다. 이것들은 오직 분석을 위해서만 분리될 수 있을 뿐이다.

바흐친은 자신의 논의가 문학비평이라는 독백적 장르에 배당된다는 것을 인식하고, 비평은 자신의 주제를 다루는 데 어느 정도 부적합할 수밖에 없으리라고 반복해서 말한다. 그럼에도 독백적 비평이 도달할 수 있는 가장 먼 지점에까지 이르게 된다면, 어쩌면 그것이 우리가 직면한 다성성의 본질을 인식하고 이해하는 데 더 좋을 수도 있다고 암시한다.

바흐친은 도스토옙스키 연구서 제3장에서 독백적 진리 이해와 대화적 진리 이해의 차이를 좀 더 상세하게 논하고 있다. 이 이해들은 그 자체로 특정한 이론은 아니지만, 근본적으로 이론화하는 행위 자체에 대한 접근의 문제다. 말하자면 그것들은 '이차적 질서'의 이론인 셈이다. 과거 수백 년 동안 근대적 사고는 독백적 진리 이해에 지배되어 왔으며, 철학뿐 아니라 문학에서도 그러하다는 것이 바흐친의 판단이다. 이는 칸트, 헤겔을 비롯한 그 외의 위대한 사상가들뿐 아니라, 도스토옙스키 이전의 모든 소설을 아우르는 독백적 소설 전통 전반에 반영되어 있다. "이러한 근본적 [독백적] 원리는 예술적 창조성의 경계를 넘어서, 최근의 이데올로기적 문화 전반을 떠받치는 원리다"(PDP, 80쪽). 바흐친의 입장에서 보면, 도스토옙스키의 다성적 작품의 본질을 설명하려면 먼저 단 하나의 진리만이 가능하다는 진리 이념을 재현하는 근대 세계의 '지적인 문화 전반'에 도전해야만 한다.

여기에서 우리는 도스토옙스키 연구서가 어째서 '오리-토끼' 형상의 그림처럼 사실상 이중적인 저서인지를 알게 된다. 도스토옙스키 연구서는 한편으로 메타철학적, 메타심리학적, 메타언어학적 쟁점들을 지엽적으로 다루지만, 다른 한편으로는 그 자체가 비독백적이고 비체계적인 진리 이해를 제안함으로써 모든 이론주의와 기호학적 전체주의에 도전하는 메타철학적 작업이다. 이렇게 다른 이해가 가능하다는 것을 보여 주기 위해서, 바흐친은 그것이 도스토옙스키의 소설에 실제로 존재한다는 것을 입증하고 있다. 이런 식으로 읽어 보면, 그의 도스토옙스키 작품 분석은 도스토옙스키 비평가들이 간과했던, 그리고 일반적인 근대적 사유에서는 생각하지도 못했던, 대화적 진리 이해를 내놓기 위해 기획된 것이다. 바흐친 저서에서 이러한 두 가지 참조틀이 지배권을 놓고 서로 다툰다는 점이 불행히도 다성성에 대한 설명이 약간 모호해지는 결과를 낳았다.

그 저서가 출간되었던 당시 소련의 맥락을 고려해 보면, 이러한 설명 전략의 불가피성을 이해할 수 있다. 변증법(헤겔과 마르크스)을 철저한 독백이라고 기술해서 공격하는 것 외에 다른 방법이 있을 수 있었겠는가? 바흐친에게 마르크스주의 이데올로기와 비마르크스주의 이데올로기 사이의 대립은 그 자체로 독백적 사유의 전통 내부에서의 논쟁에 불과했다. 바흐친의 관심은 그러한 전통 전체를 극복하는 데 있었다.

바흐친이 서술한 것처럼, 독백적 진리 이해는 "낱낱의 분리되어 있는 사유"와 그 "사유들의 체계"라는 두 가지 별개의 요소들로 만들어진 것이다(PDP, 93쪽). "이데올로기"(여기에서는 독백적 사유를 의미한다)(PDP, 80쪽)에서 우리가 마주치는 것은 "독자적으로 놓고 보면 참일 수도 있고 거짓일 수도 있는 분리되어 있는 사유들, 주장들, 명제들이다. 그것들은 문장의 주어와의 관계에는 의존해도, 정작 그것들을 운반하는 사람에게서는 독립해 있다"(PDP, 93쪽). 이러한 명제들이 세계를 정확히 기술하는 한 그것은 참으로 간주된다. 부정확하게 기술한다면, 그것은 거짓이다. 다른 식으로는 가치 평가를 할 수 없다. 원칙적으로 이러한 사유를 누가 발음하느냐 하는 문제는 중요하지 않다. 더 정확히 말해서, 이러한 사유의 내용은 그 출처에는 어떠한 실질적 영향도 받지 않는다.

물론 만약 명제의 출처가 권위적이라면, 우리는 그 이유로 그것을 믿기로 결정할 수도 있고, 혹은 출처로 암시된 부가적 명제의 특성을 파악하고자 노력할 수도 있다. 예컨대 특정한 학문 영역에서 제시되는 명제는 그것이 공언된 주제인 경우 대체로 묵시적 정의를 수반하는 경우가 많다. 그러나 이렇게 공언되는 순간, 사유의 진리성은 그것을 언표하는 사람에게서 철저히 분리된다. 명제의 '반복 가능성'은 과학적 실험이 여러 사람들에 의해서 반복 가능한 것과 같다. 혹자가 특수한 관념에 문제가 있음을 발견했을지라도, 그 발견은 모두에게 적용되는 것이며 발견자의 목소리나 특수한 맥락을 배제한다. 이런 의미에서 "분리되어 있는 사유"를 바흐친은 "임자 없는 사유"(PDP, 93쪽)라고 부른다.

분리되어 있는 사유는 체계로 "유인"되는 성향이 있는데, 이것이 독백적 진리의 두 번째 측면이다. "체계는 여러 요소들을 모으듯이, 분리되어 있는 사고들을 한데 모은다"(PDP, 93쪽). 바흐친은 독백적 사유의 사례로서 헤겔(혹은 마르크스)을 염두에 둔 것처럼 보인다. 분명히 분리되어 있는 사유들이라고 해서 그것들이 전부 모든 것을 포괄하는 체계로 통합되지는 않겠지만, 원칙적으로 그런 사유들은 체계성을 목표 삼아 형성된다. 그러므로 독백적 사유의 위대한 지적 영웅들은 위대한 체계주의자들이며, 그들은 명백히 서로 다른 통찰들과 명제들을 하나의 일관된, 모든 것을 포괄하는 체계로 만든다.

체계는 또한 '임자 없는' 것이다. 혹은 바흐친 식으로 말하자면, 하나의 체계는 **단일** 의식에 의해 파악될 수 있고, **단일** 의식에 완전히 포함될 수 있다. 이때 단일 의식이란 원칙적으로 충분한 지적 능력을 갖춘 의식을 가리킨다. 비록 하나의 사유가 집단적으로 생산되었다 할지라도, 그것은 과학이나 역사, 혹은 시대정신이나 국민정신 같은 단일한 추상적 실재에 의해 발화된 것으로 여겨진다. 개인은 그 진리를 수용하거나 거절할 수 있을 뿐이지 그 내용에 참여하지는 않는다. 체계 신봉자의 관점에서 보면, "인식적 개별화에는 오직 단 하나의 원리가 있을 뿐인데, 그 원리란 곧 **오류**이다. 참된 판단은 인격에 부착된 것이 아니라 통합된 맥락, 즉 체계적이고 독백적인 맥락에 상응하는 것이다. 오류만이 개별화된다"(PDP, 81쪽).

바흐친은 이러한 진리 모델이 유일무이성을 오해하고 있다고 주장한다. 도스토옙스키 연구서의 핵심 구절에서 그는 다음과 같이 주장한다.

> 의식의 복수성을 필요로 하는 통일된 진리를 상상하거나 요청할 수 있다. 그러한 진리는 원칙적으로 단일 의식에 속박된 상태에서는 불가능하다. 말하자면 그것은 본성상 잠재적 사건으로 충만sobytiina하며, 다양한 의식들의 접점에서 산출된다. 독백적 진리 인식의 방식은 가능한 여러 방식들 중 하나에 불과하다. 그것은 의식이 실존보다 상위에 있을 때에만 발생한다(PDP, 81쪽).

초기 수고에서 바흐친은 사건의 '사건성', 즉 사건을 특수하게 하며, 종결 불가능하게 하고, 예측 불허의 다양한 가능성에 열어 놓는 모든 것을 '전사해transcript 버리는' 이론주의를 비판한 적이 있다. 방금 인용한 구절에서 '잠재적 사건으로 충만'이라고 번역된 부분은 '사건성으로 충만'으로 바꿀 수 있다. 바흐친이 염두에 두고 있는 것은 모든 실존의 순간을 잠재력으로 충만해지도록 해 주는 진리 이해다. 이런 대안적이고 산문적인 진리 이해는 '실존보다 상위에 있지' 않을 것이며, 매 순간 '열린 현재'의 경험에서 발원할 것이다. 여기에서 산문학, 종결불가능성, 대화라는 바흐친의 세 가지 총괄 개념이 결합된다.

대화적 진리 감각은 상호작용하는 여러 의식들의 '문턱porog' 위에, '병합되지 않은 목소리들'의 '다수성'으로 존재함으로써 종결불가능성을 증명한다. 여기에서 중요한 것은 **병합되지 않는** 변경자modifier다. 그런 목소리들은 독백주의에는 물론 단일 의식에도 포함될 수 없다. 오히려 그것들의 분리성이 대화에 본질적이다. 그것들은 의견이 서로 일치할 때조차도 서로 다른 관점과 서로 다른 세계관을 가지고 일치하는 것이다.

바흐친은 종종 대화적 진리 이해의 참가자들을 '목소리 이념'이라고 부른다. 이때 그는 이념과 인격의 통일성을 염두에 둔다. 이념은 그것을 말로 표현하는 사람에게서 분리해 낼 수 없지만, 세계를 보는 데 필수불가결한 한 사람의 관점을 나타낸다. 역으로 이념을 유지하는 인간은 그 이념 덕에 완전한 인격이 된다. 이념은 그가 믿게 되는 어떤 것일 뿐 아니라, 전 생애에 걸쳐 그를 본질적으로 형성하는 힘이다. 도스토옙스키의 주장에 따르면 그러한 이념은 '느껴진다'. 두 개의 목소리 이념이 상호작용하게 될 때 그것들은 대화를 산출해 내는데, 이를 통해 그 둘이 변화함으로써 새로운 통찰과 새로운 대화가 나타나게 된다. 진리의 '통일성'은 대담의 통합된 '느낌'이지, 얼마나 복잡한 것이든 대담에서 유래하는 단일 명제의 통일성이 아니다. 독백적으로 사유하는 사람들은 그러한 대담에 직면할 때, 언제나 그와 같은 최종적 명제만을 도출하려고 함으로써 대화 과정 자체에는 실패하고 만다.

그러한 진리 이해에서 근본적 단위는 분리된 '임자 없는' 사유가 아니다. 그것은 진정한 대화에서는 중심 역할을 수행하지 못한다. 아니, "궁극적인 최소 단위는 주장이 아니라 한 인격의 필수불가결한 관점, 필수불가결한 지위다"(PDP, 93쪽). 바흐친에 따르면 "도스토옙스키는—역설적으로 말해서—사유를 통해 사유하지 않고, 관점, 의식, 목소리를 통해 사유한다"(PDP, 93쪽). 이와 같은 개별 단위들의 조합은 체계성으로 '유인되지' 않는다. 그것은 "체계가 아니라" "인간적 지향들과 목소리들의 유기적 조합으로 이루어진 구체적 사건"을 산출한다(PDP, 93쪽). 여기에서 사건이라는 단어는 평상시에 우리가 이해하고 있는 것과 같은 단순한 사건이 아니라 '사건성'이라는 특별한 의미로 이해해야 할 것이다.

다성성과 저자의 새로운 지위

당신이 부르시면 제가 답하리다. 아니면 저에게 말하게 하시고, 당신이 응답하소서. — 〈욥기〉, 13장 22절

구조상 욥의 대화는 내적으로 무한하다. 왜냐하면 신과 영혼의 대립은—그 대립이 적대적인 것이건 사소한 것이건 간에—철회할 수 없는 영원한 어떤 것으로 여겨지기 때문이다. — TF 1929, 280쪽

대화적 진리 감각은 의식의 복수성을 요구하기 때문에, 단일 저자는 그것을 표상하거나 전하는 데 심각한 어려움을 겪게 된다. 사실상 대부분의 문학 장르들, 그리고 도스토옙스키 이전 소설의 '형식 창조적 이데올로기'는 이러저러한 독백적 진리를 육화하고 있다. 도스토옙스키의 업적을 이해하려면, 문학작품에서 독백적인 형식 창조적 이데올로기의 효과

를 탐색할 필요가 있다.

독백적 작품에서는 오로지 저자만이 '궁극적인 의미론적 권위'로서 직접적으로 진리를 표현할 능력을 보유한다. 작품의 진리는 그/그녀의 진리이며, 다른 모든 진리들은 단지 '두 번째 유형의 말들'처럼 '표상'될 뿐이다. 이에 따라 독백적 작품에서 개별 인물들의 진리는 저자 자신의 이데올로기에 반해서 측정되어야 한다는 것이 바흐친의 주장이다. 왜냐하면 저자의 이데올로기는 작품을 지배하고 통일성을 창조하려 하기 때문이다. 독백적 작품은 다양한 방식으로 저자의 지위를 전해 줄 수 있다. 때에 따라 그것은 특정한 인물에 의해 표현될 수도 있고 다양한 인물들을 통해 분산되어 제시될 수도 있다. 어떤 작품에서는 그것이 직접적이거나 명시적으로 표현되지 않을 수도 있다. 그럼에도 저자의 진리는 작품의 전체 구조에 형식을 부여하기 때문에, 그것이 없다면 작품의 전체 구조는 파악될 수 없을 것이다.

독백적 작품에서는 다른 비저자적 진리들이 논박당하거나, 소설에서 통용되는 더욱 보편화된 수법에 의해 한갓 '인물의 성격적 기질'로 처리된다. 이와 유사한 견지에서, 저자는 이러한 '다른 진리들'을 일면적인 것으로서, 즉 특수한 사회적 관점이나 심리적 콤플렉스에 전형적인 것이자 그를 통해 설명되는 것으로서 표상한다는 것이 바흐친의 주장이다. 인물의 사교 집단이나 개인사를 추적함으로써 그러한 진리들을 파악한다 해도, 독자는 그 진리들이 '직접적으로 의미하게' 하지는 못한다. 그 진리들의 발원지를 파악하고 그 결과를 상상한다 해도, 독자는 그것들과의 대화에 참여하지 못한다. 다른 진리들은 독자에게 대답을 요구할 권리조차 없다. 그 권리는 오로지 저자의 진리에만 할당되어 있다. 저자의 진리는 인물들의 진리와 동일한 평면 위에 놓인 것이 아니다. 저자의 진리가 아무리 복잡하고, 모호하며, 모순과 회의로 가득 차 있다 할지라도 그것은 다른 의식의 진리들을 공평하게 취급하지 않는다. 저자는 작품에 대해 완전한 통제력을 보유하고 있으며, 인물들과 독자 사이를 중재할 수 있는 권리를 결코 포기하지 않을 것이다. 통제력이 상실되면 작품에 금이 가게 된다.

반면 다성적 작품의 형식 창조적 이데올로기 자체는 저자가 독백적 통제력을 발휘하지 않을 것을 요구한다. 그러므로 작품에서 저자의 지위 변화가 다성성의 두 번째 기준이다. 다성성은 여러 의식이 동등하게 만나서, 원칙적으로 종결 불가능한 대화에 참여하는 작품을 요구한다. 인물들은 **"저자 담론의 객체일 뿐만 아니라 직접적으로 의미화하는 자기 담론의 주체"**(PDP, 7쪽)여야만 한다. 독백적 작품에서는 직접적인 의미화 능력이 저자에게만 부여되지만, 다성적 작품에서는 여러 목소리들에 부여된다. 도스토옙스키는 독백적 능력을 포기함으로써 대화적 진리 이해를 육화할 수 있는 방법을 창안해 냈다.

바흐친에 따르면 세상에는 모순이나 모호성을 내포하는 진리가 있는가 하면 둘 이상의 목소리를 필요로 하는 진리가 있는데, 둘 사이에는 막대한 차이가 있다. '타자들에게도 동등한 진리의 권리가 있다'는 식의 독백적 사유를 단순히 표현하는 것과 실제로 대화적 진리를 **육화하는 것** 사이에도 똑같은 구별이 가능하다. 전자의 표현은 기껏해야 후자를 독백적으로 증류한 것에 불과하며, 그래서 그것은 독백적 세계에서 우리를 구하지 못한다. 독백적 작품은 자신을 넘어선 지점을 가리킬 수는 있어도, 자신을 넘어서지는 않는다. 자신을 넘어서기 위해서는 다른 의식에게 충분한 의미론적 권위와 직접적인 의미화 능력을 허용할 필요가 있다. 다성적 작품은 작중 인물의 의식이 진정 **"다른 사람의 의식"**(PDP, 7쪽)이 되도록 허용함으로써 대화적 진리를 육화한다.

이러한 방향 전환은 불가능한 것처럼 보인다. 왜냐하면 결국 저자는 여전히 유일한 창조자이며 작품의 기획자이기 때문이다. 더군다나 우리는, 실제로 다성성을 창조한 도스토옙스키의 선례가 없었다면 다성성이라는 것도 사실상 불가능했을 것이라고 결론 내릴 수 있다. 도스토옙스키는 자신의 기획 능력을 포기하는 대신에 기획의 본성 자체를 변경함으로써 그렇게 했다. 그는 다른 의식과의 만남을 기획 자체의 일부분으로 만들었던 것이다.

진정한 다성적 작품을 창조하려면 저자는 그 인물과 동등한 자격으로 만날 수 있어야 한다. 저자 자신의 이데올로기는 작품에 표현될 수 있으며, 실제로 도스토옙스키의 소설에서도 분명히 어느 정도는 늘 그렇게 표현된다. 이러저러한 인물이나 서술자를 통해서 저자의 이데올로기는 열렬하게 옹호될 수도 있을 것이다. 도스토옙스키 작품에서 새로운 점은 타자들이 저자의 이데올로기와 **동등하게** 경쟁할 수 있고 또 그렇게 한다는 데 있다. 그리고 이러한 경쟁의 무대를 설치하는 사람은 저자 자신이지만, 그는 이기게끔 미리 수를 쓰지도 않으며 그 결과를 전혀 예견하지도 않는다. 간단히 말해, 다성적 저자는 그 작품에서 반드시 두 가지 역할을 수행한다. 그는 수많은 별개의 관점이 대화를 시작하는 세계를 창조한다. 그리고 그 자신도 별도의 역할을 수행하면서 그 대화에 참여한다. 그는 자신이 창조한 '장대한 대화'에서 하나의 대화자가 되는 것이다.

바흐친은 이러한 저자의 의미를 신학적 유비를 통해 탐색한다. 도스토옙스키 연구서에서 그는 다성적 저자를 괴테의 프로메테우스에 비유함으로써 "(제우스처럼) 목소리 없는 자아가 아니라, 그들의 창조자와 **나란히** 설 수 있는, 즉 창조자에게 동의하지 않을 수 있고 심지어는 창조자에게 반역할 수도 있는 자유로운 인간을 창조한다"(PDP, 6쪽). 그는 노트 〈도스토옙스키 연구서 개정을 위하여〉에서 신이 도덕적으로 **자유로운** 인간을 창조했다는 유대교적 이념에 호소한다(TRDB, 285쪽). 신은 욥과 논쟁했던 것처럼 인간과 논쟁할 수도 있는데, 욥은 비록 암묵적으로나마 신에 동의 하거나 동의하지 않을 수 있는 힘을 가지고 있다. 마찬가지로 도스토옙스키는 인물들에 대답할 수 있으며, 그들을 수동적 객체로 취급하지 않는다. "죽은 것에 대해서, 그리고 자신이 원하는 대로 주조되고 형성될 수 있는 말 없는 질료에 대해서 능동적인 것과 **타자의 생생하고 자율적인 의식에** 대하여 능동적인 것은 전혀 별개의 것이다"(TRDB, 285쪽).

물론, 다성적 작품의 인물들은 저자에 의해서 창조되었지만 일단 창조된 이상 부분적으로 저자의 통제를 벗어나며 심지어 자신들이 앞으로 어떻게 저자에게 대응할지 저자가 알지 못하도록 한다. 그러므로 다성적 소설은 "**독립적이며 병합되지 않은 목소리들과 의식들의 복수성, 즉 완전히 정당성을 갖는 목소리들의 진정한 다성성**"(PDP, 6쪽)을 특징으로 한다.

바흐친은 다른 유비를 사용해서 독백적 세계의 특징을 '프톨레마이오스적인 것'으로 표현한다. 지구로 표상되는 저자의 의식을, 다른 의식 전체가 그 둘레를 돌고 있는 하나의 중심으로 생각하는 것이다. 반면에 다성적 세계는 코페르니쿠스적이다. 지구가 수많은 행성 중 하나에 불과한 것처럼, 저자의 의식도 수많은 의식 중 하나일 뿐이다. 도스토옙스키 연구서와 그 개정판 노트에서, 바흐친은 다성적 세계를 아인슈타인의 우주에 비유한다. 거기에서 우리는 원칙적으로 하나의 단일한 체계로 환원될 수 없는 '측정 체계의 다수성'을 발견한다.

러시아의 수학자 로바쳅스키N. Lobachevsky가 '비유클리드' 공간 모델을 정식화한 것은, 공간이 유클리드 기하학에 들어맞지 않는다 하더라도 인간의 마음에는 다른 종류의 기하학이 떠오르지 않기 때문에 우리는 그 사실을 결코 알지 못하리라는 칸트의 논증에 대응하기 위해서였다. 로바쳅스키는 그것을 구상함으로써 비유클리드 공간의 구상 가능성을 입증한 것이다. 이반 카라마조프에게 비유클리드 기하학의 존재는 알료사가 받아들일 수 없는 비유클리드 진리의 가능성을 암시한다. 바흐친이 제시하는 아인슈타인의 비유클리드 우주는 로바쳅스키와 이반의 전략을 반복하는 것처럼 보인다. 바흐친은 기왕에 존재하는 작품들을 기술함으로써 다성적 작품이 존재할 수 있음을 증명하고 있다. 설사 도스토옙스키 작품에 대한 그의 해석이 잘못된 것으로 입증된다 해도, 바흐친은 다성적 독해를 통해 최소한 다성성의 구상 가능성을 입증한다는 자신의 가장 중요한 목적은 성취한 셈이다. 수세기 동안 이론주의에 양육된 비평가들에게는 다성성이 직접 확인할 수 없는 것으로 여겨진다 하더라도, 그것은 진정한 가능성이자 어쩌면 이미 성취된 사실이라는 게 바흐친의 생각이다.

다성성과 잉여

바흐친은 초기 수고에서 전개된 개념들을 끌어들임으로써, 다성성에서 설정된 저자의 새로운 지위를 '잉여'라는 견지에서 설명한다. 우리가 다른 사람들과 마주할 때 그들에 대해서 우리 각자가 '시선의 잉여'를 즐긴다는 사실을 상기해 보자. 한 사람은 다른 사람의 뒤통수까지 볼 수 있으며, 타자의 고통의 배경을 이루고 있는 '우울한 하늘'까지 통찰할 수 있다. 타자가 자신의 모습을 전혀 자각하지 못할 때조차도 우리는 그가 어떤 모습인지 알 수 있지만, 타자는 이를 영원히 알 수 없다. 마찬가지로 타자 또한 우리에 대해서 동일한 지식의 잉여를 가지기 마련이다. 그러나 독백적 작품의 경우에는 저자가 인물들에 대해 시선의 잉여를 만끽한다 할지라도, 인물들은 저자에 대해서 동일한 잉여를—실제로 대부분은 아무런 잉여도—가지고 있지 않다.

사실 독백적 저자들이 누리는 잉여의 범위는 일상생활에서 우리가 평상시에 접하는 잉여보다 훨씬 더 넓다. 저자는 인물을 창조했다는 이유로 인물의 심리를 인물 자신보다도 더 잘 알며, 심지어 인물의 운명까지 훤히 꿰고 있다. 이런 종류의 '본질적' 잉여(인물은 이용할 수조차 없는 본질적 사실에 대한 지식)는 저자와 인물이 '단일한 평면 위에 존재'하지 못하게 만들며, 따라서 동등하게 대화를 나눌 수도 없게 만든다. 저자는 잉여를 사용해 인물을 **종결짓고**, 그의 정체성을 최종적으로 확정한다.

그러나 실제의 대화는 동일한 평면 위에서 서로 마주하는 상대편을 요구한다. 각자는 타자에 대해 종결 불가능함이 틀림없다. 그러므로 바흐친이 기술하는 것과 같은 진정으로 다성적인 소설이 실제 대화에서는 불가능해 보인다. 그리고 사실 다성성을 방해하는 것들이 엄청나게 많다는 데 바흐친도 동의한다. 이 점은 그런 방해물들을 극복하기 위해 왜 그토록 오랜 문학적·사회적 역사가 필요했는지 그 이유를 말해 준다. 도스토옙스키의 위대한 발견은 인물들을 종결 불가능한 타자로서 마주하는 방법을, 그리고 그들과 더불어 진정으로 열린-채-끝난 대화를 나누는 방법을 찾았다는 데 있다.

그렇게 하기 위해서, 저자의 **"의미의 본질적 잉여"**(PDP, 73쪽)를 폐기할 필요가 있었다. 오직 그러한 폐기만이 인물들에게 상대적 자유와 독립을 부여할 수 있다. 다만 작품 창작을 위해서 저자는 적어도 두 번째 종류의 잉여는 보유해야만 하는데, 그렇기 때문에 인물의 자유와 독립은 '상대적'이다. 바흐친은 그것을 "이야기의 진행을 위해서 필요한, 순전히 **정보 담지적인** '잉여', 즉 불가피한 최소한의 실용적 '잉여'"(PDP, 73쪽)라고 부른다.

저자는 종결 불가능한 인물이 살아가는 세계, 그 인물이 우연한 만남과 자극적인 사건을 자기 식대로 경험할 수 있는 세계를 창조한다. 저자는 이처럼 순수하게 실용적인 이유에서 필요로 하는 것 이상의 우월한 지위를 차지하지 않는다. 저자는 인물과의 대화적 만남을 위해 시간과 장소는 선택할 수 있지만, 일단 그 장소에 입장한 다음에는 인물에게 동등한 자격으로 말을 걸어야만 한다.

저자는 인물에게 말을 걸면서 또 다른 종류의 잉여를 사용할 수도 있다. 만약 다성적 소설을 성공적으로 쓰고자 한다면, 저자는 이러한 세 번째 유형의 잉여를 활용하되, 매우 재치 있게 사용해야만 한다. 바흐친은 이러한 세 번째 잉여에 이름을 붙이지는 않았지만, 우리는 그것을 '말 거는 잉여'라고 불러도 좋을 것이다. 인물들은 서로 그것을 사용한다. 그래서 그것은 저자에게만 한정된 특권이 아니다. 실제로 우리도 일상생활에서 그것을 사용하고 있긴 하지만, 바흐친에 따르면 현명한 사람은 그것을 더 자주 사용한다.

말 거는 잉여는 '생동적인 참여'를 가능하게 한다는 점에서 좋은 청자의 잉여다. 그것은 "능동적(건성으로 따라 하지 않는) 이해, 즉 들으려는 의지"(TRDB, 299쪽)를 요구한다. 사람들은 타자를 단숨에 종결짓거나 제한하려 하지 않으면서, 올바르게 질문하기 위해서 자신의 '외재성'과 경험을 이용한다. 타자의 변화 능력을 인정하는 사람들은 스스로 드러나고 변화하도록 자극하거나 권한다. 바흐친의 주장에 의하면 "최종적 의미는 유한한 의미다"(TRDB, 299쪽). 도스토옙스키의 인물들 중에서, 《악령》의 티콘 대주교, 《백치》의 미시킨 공작, 《카라마조프 가의 형제들》의 조시마 장로 등이 말 거는 잉여를 특히 효과적으로 사용한다. "이러한 잉여는 숨어 있다가 몰래 다가가서 뒤에서 뒤통수를 치는 기회로 사용되지 않는다. 이것은 정직하고 열린 잉여이며, 다른 사람에게 대화적으로 드러나 있으며, 중개자의 말을 통하지 않고 말 듣는 사람에 의해 표현되는 잉여다. 모든 본질적인 문제는 얼굴을 마주하는 대화에서 해결된다"(TRDB, 299).

저자는 인물과의 대화에 참여하는 사람으로서, 대화적 상호작용의 거의 모든 범위를 마음대로 좌지우지할 수 있다. 그는 인물을 괴롭히고 자극하거나, 부추기고 어루만지며, 화나게 하고 모욕을 줄 수도 있다. 실제로 다성적 저자는 인물과의 관계에서 다음 두 가지를 특히 피해야만 한다. 잘 알겠지만 저자는 본질적 잉여를 보유하여 인물을 종결짓는 일을 피해야만 한다. 그렇게 되면 참된 대화가 불가능해지기 때문이다. 또한 다성적 저자는 인물에 전적으로 몰입하는 일도 피해야만 한다. 그 경우 저자는 자신의 잉여를 사실상 포기한 것이 되고, 둘의 목소리가 하나로 축약되어 참된 대화가 또다시 불가능해지기 때문이다.

여기에서 바흐친의 논의는 도스토옙스키 연구서 제5장에서 시도했던 구별, 즉 (좁은 의미의) '모방'과 '양식화'의 구별과 유사해진다. 그것은 또한 초기 수고에서 설명되었던 '감정이입'과 '생동적인 참여'의 구별을 상기하게 한다. 감정이입(혹은 모방)은 "능동적 이해"를 두 목소리가 하나로 혼합되는 "중복적 이해"로 대체함으로써 참된 대화를 차단한다(TRDB, 299쪽). 저자와 인물이 병합된 작품은 다성적인 작품이 아니고, 심지어 문학작품조차 아닐 뿐 아니라 다만 다양한 위장술을 사용한 고백에 불과하다.

창작 과정 이론으로서의 다성성

'본질적 잉여의 폐기', 인물의 '상대적 자유', 저자의 '지위' 및 '활동'의 변화 같은 개념은 모두 다성성이 사실 창작 과정의 이론임을 시사한다. 다성적 작품은 특별한 방법으로 창작되어야지 그렇지 않으면 불가피하게 독백적이게 된다는 것이 바흐친의 주장이다. 만일 잘못된 창작 방법이 사용된다면, 그 작품은 진정한 대화가 아니라 오히려 "모든 독백적 소설의 일반적 성질인, 객관화되고 종결된 **대화의 이미지**"(PDP, 63쪽)가 될 것이다.

바흐친에 따르면 "도스토옙스키의 창작 과정은, 애벌 초고에도 반영되어 있듯이, 다른 작가들의 창작 과정과 선명하게 구별된다"(PDP, 39쪽). 바흐친은 자신이 이해한 도스토옙스키의 방법에 의존함으로써 분명 기존의 창작 과정 모델들, 즉 '낭만적'(혹은 '영감에 의한') 모델과 '고전적'(혹은 '형식주의적') 모델에 대한 대안을 구성하고자 했다. 플라톤에게서 시작되어 최근 프로이트의 수정을 거친 영감에 의한 모델은 창작 과정을 뮤즈나 무의식, 혹은 정체불명의 원천에서 영감이 느닷없이 분출하는 것으로서 표상한다. 결국 그것은 방법적 작업의 중요성을, 그리고 매 순간마다 요구되는 결단 과정의 중요성을 무시한다. 이 점에서 영감에 의한 모델은 바흐친의 산문학에 들어맞지 않는다.

셸리의 〈시의 옹호〉는 이런 관점을 전형적으로 진술하고 있다. "시는 의지의 결정에 따라 실행되는 능력, 즉 추리와 같지 않다. 누구도 '나는 시를 지을 작정이다'라고 말할 수 없다. … 왜냐하면 창작에서의 마음이란 꺼져가는 석탄과도 같아서, 변덕이 심한 바람처럼 눈에 띄지 않는 작은 영향에도 일시적으로 불꽃을 피우기 때문이다"(셸리, 〈시의 옹호〉, 511쪽). 이러한 관점에서 보면 작품이 본질적으로 완전히 저자에게 불어넣어진 것인 한, 창작은 엄밀하게 말해서 과정이라고 할 수 없다. 영감을 기록하는 행위는 셸리에게 결코 진정한 창작이 아니다. "시 짓기가 시작되자, 영감은 이미 사라지고 없다. … 왜냐하면 존 밀턴John Milton은 《실낙원Paradise Lost》의 각 부분들을 완성하기 전에 그것을 하나의 전체로 구상했기 때문이다"(셸리, 《시의 옹호》, 511쪽). 이런 종류의 창작은—실제로 존재한다면—시간적인 연장이 불가능하다는 점에서 분명 다성적 작품에 적합하지 않을 것이다. 그 모델에는 미래의 형상을 변경시킬 수 있는 종결 불가능한 만남의 자리가 없다. 순간적으로 받아들여지며 본질적으로 처음부터 완성되어 있어야 하는 낭만적 영감은 저자나 인물 양측에서 진행되는 진정한 대화적 활동을 허용하지 않는다.

이 모델을 대신하는 고전적 혹은 형식주의적 모델은 다성적 작품에 훨씬 부적합하다. 이 모델에 따르면 저자는 처음부터 주어진 계획에 따라 작업을 진행하고, 수학자가 문제를 풀 때의 엄밀함과 주의를 가지고 세부를 완성한다. 에드거 앨런 포Edgar Allan Poe의 에세이 〈창작의 철학Philosophy of Composition〉은 러시아 형식주의자들이 선호하는 텍스트로서, 이러한 입장의 고전이다. 에드거 앨런 포는 〈갈가마귀The Raven〉의 창작 내력을 하나의 전형으로 선택하여 다음과 같이 쓰고 있다. "창작할 때 단 한 지점도 우연이나 직관에 맡기지 않았음을 명확하게 하는 것이 나의 기획 의도다. 그 작품은 수학 문제의 정확성과 엄밀한 결과를 가지고 하나하나 완성되었다"(포, 《창작의 철학》, 530쪽). '엄밀한 결과'는 다성적 저자가 거의 따를 수 없는 것이다. 사실상 수학 문제를 푸는 것은 창작이라기보다는 발견의 형식인데, 어떤 의미에서 해답이 이미 존재하는 것이기 때문이다. 그에 반해서 다성적 저자는 언제나 진정 새로운 것을 창조해 낼 수 있는 잠재력을 가진 대화에 참여한다. 포의 창작자는 다성적 저자라면 폐기해야만 하는 '본질적 잉여'를 최대한으로 사용하고 있다.[5]

---

5 이런 식의 창조성 설명에 대한 더 자세한 설명과, 이 두 모델의 가능한 대안들에서 바흐친이 차지하는 위치에 대한 논의를 보려면 Gary S. Morson, 《명쾌한 시선의 맹목》, 173~189쪽의 '잠재력에 의한 창작Creation by Potential' 장 참조.

진정한 대화와 마찬가지로, 다성적 창작은 걸음을 내딛을 때마다 '놀라움'을 찾아내는 열린 과정이다. 바흐친은 도스토옙스키 연구서 개정판에서 초판에 대한 수많은 반론을 거론하면서, 시클롭스키의 고찰을 인용하고 있다. "도스토옙스키의 계획에는 본래 결국 자신의 계획을 반박하게 될 열린-채-끝남이 포함되어 있다"(시클롭스키, 《찬성과 반대: 도스토옙스키론Pro and Contra. Remarks on Dostoevsky》, PDP, 39쪽에서 재인용). 시클롭스키가 바흐친을 부연 설명하면서 고찰한 바에 따르면, 도스토옙스키의 신경질적이고 성급한 창작 방법은 그가 새로운 통찰과 새로운 방향에 개방적이었음을 반복적으로 입증해 준다. 시클롭스키의 주장에 따르면 도스토옙스키는 분명 이미 씌어진 대화들로 끊임없이 되돌아가서, 그것들을 새롭게 열어 놓고, 새로운 반응을 불러일으키고자 했으며, 그래서 대화의 결과를 바꾸어 놓았다는 것이다. 그래서 다음에 이어질 대화를 부득이하게 재작성하게 되었고, 어렴풋이 상상했던 대화의 예비적 형상을 바꿔야만 했다. "작품이 다-층적이고 다-성적일수록, 그 안에 있는 사람들이 한층 논쟁적일수록, 해답의 부재로 인한 절망은 일어나지 않는다"(시클롭스키, 《찬성과 반대: 도스토옙스키론》, PDP, 39쪽에서 재인용). 결국 도스토옙스키에게는 작품을 끝낸다는 것이 특히 고통스러운 일이었다. "소설의 끝이 도스토옙스키에게는 새로운 바벨탑의 붕괴를 의미했다"(시클롭스키, 《찬성과 반대: 도스토옙스키론》, PDP, 39쪽에서 재인용).

바흐친은 도스토옙스키의 창작 과정이 매우 활동적이었을 것으로 상상한다. 그의 설명에 따르면 도스토옙스키는 작품의 구조나 계획, 혹은 전체 플롯을 먼저 만들지 않았다. 그는 먼저 특별한 '목소리들', 즉 세계에 대한 고유한 이념과 감각을 가지고 있는 완전한 인격체들을 구상했다. "도스토옙스키는 … 대화의 이념 주인공으로 시작한다. 그가 완전한 목소리를 찾으면, 그 다음에 운명과 사건들(플롯의 운명과 사건들)은 목소리를 표현하는 수단이 된다"(TRDB, 296쪽). 도스토옙스키는 때때로 자신이 그 목소리와 세계관을 이미 잘 알고 있는, 특정한 실제 사람들에서 시작하기도 하는데, 처음의 대략적인 개요에는 종종 그 사람들의 이름—헤르첸, 차다예프P. Chaadaev, 그라놉스키Granovsky 등—이 등장하기도 한다.

그 다음에 도스토옙스키는 '실용적' 잉여를 이용함으로써, 그 사람들이 고유한 견해를 가지고 서로 대화를 나눌 수 있는 상황을 고안해 내고자 했다. 도스토옙스키 자신도 대화에 합류한 인물들 사이에 어떤 형식으로든 참여하며, 그 과정에서 인물들은 (저자 또한 마찬가지로) 점차 성숙해진다. 가끔 도스토옙스키는 새로운 장면에서도 그 대화를 지속하는 때가 있다. 어떤 때는 모의 대화를 그의 노트에 그대로 남겨 둔 채로 최근에 더욱 복잡해진 인물들과 새롭게 대화를 재개하기도 한다.

도스토옙스키의 창작 방법은 어째서 그렇게 많은 연구자들이 그의 노트를 두고 두 배로 극적이라고 했는지 그 이유를 설명해 준다. 그것은 장면 하나하나가 그 자체만으로도 매혹적일 뿐만 아니라, 작품이 만들어지는 과정 자체가 정열적이라는 점에서 한 편의 드라마와 같다. 비록 바흐친은 그렇게 말하지 않았지만, 도스토옙스키는 완성된 텍스트의 줄거리 초고가 담겨 있는《작가 일기》를 출간함으로써 아마도 흥분으로 가득 찬 작업 과정을 활용하려 했던 것 같다. "도스토옙스키는 이런 작업을 통해 자극하고, 괴롭히며, 강요하고, 대화화하는 말이나 플롯 상황을 찾는다. 여기에 도스토옙스키의 창작 과정의 의미심장한 독창성이 놓여 있다. 그의 수고 자료들을 이러한 각도에서 연구한다는 것은 흥미롭고도 중요한 과제다"(PDP, 39쪽).

바흐친은 또한 도스토옙스키 연구서 초판에 대한 루나차르스키A. Lunacharsky의 반응을 인용한다. 볼셰비키의 지도자급 지성인이자 1917년부터 1929년까지 인민교육위원이었던 그는 바흐친의 사상을 부연하면서 다음과 같이 주장했다.

> 도스토옙스키는—소설의 최종적 단계가 아니라면, 정확히 **최초 계획 단계와 점진적 전개 과정에서**—미리 구상했던 구조적 계획에서부터 작업하는 습관을 가지고 있지 않았다. … 우리는 여기에서 **절대적으로 자유로운 인격들**을 서로 연결하고 엮어 짜는 유형의 참된 다성주의를 만나게 된다. 도스토옙스키 자신은 아마도 자신이 창조한(아니, 더 정확하게 말해서 작가 안에서 스스로를 창조한) 상상적 인물들 사이에서 이러한 대화적이고 윤리적인 갈등의 궁극적 결과를 발견하는 데 극히 강렬한 흥미를 느꼈을 것이다(루나차르스키, 《도스토옙스키의 다중 목소리Dostoevsky's 'Plurality of Voices'》, PDP, 46쪽 주 51번에서 재인용).

이러한 기법은 저자가 진심으로 그들에게 말 걸 수 있을 만큼 인물들에 대한 생생한 감각을 가지고 있을 때만 작동한다.[6] 말하자면, 인물들이 저자에게 응답하는 것처럼 된다. 인물들에게 실제로 말을 걸어 보기 전까지는 저자도 그들의 응답을 상상할 수 있을 뿐 미리 알아낼 수는 없는

6　인물에 대한 이러한 "생생한 감각"은 역설적이게도 저자가 "전체 인격"을 파악하는 데 성공했을 때 가능하다. 초기 수고에서 바흐친은 실제 삶과 미적 "저작"을 구별하고 있다(AiG, 7~8쪽). 우리는 삶 속에서 파편들을 저작한다. "우리는 [언제나] 한 인격의 전체에 흥미를 갖는 것이 아니라, 다만 그의 분리된 행위들에만 흥미를 보인다." 그러나 예술에서 저자는 "주인공의 전체에 통합된 반응"을 생각해야만 한다. 주인공의 전체를 올바르게 파악하는 것이 힘든 과제라고 바흐친은 주장한다. 그리고 그는 "얼마나 많은 우거지상, 이유 없는 가면, 그릇된 행위"(AiG, 8쪽)가 저자의 변덕의 산물일 수 있는지를 말한다. 그러나 그 과제가 필수적인 것은, 오직 개념 파악된 전체로서만 주인공이 자신의 현실 논리 안에서 자유롭게 풀어 놓아질 수 있기 때문이다. 이러한 고찰은 도스토옙스키 연구서의 문제의식을 예견하는 것처럼 보인다.

것이다. 이런 의미에서 설사 도스토옙스키가 그들의 창조자라 할지라도 그들은 진실로 종결될 수 없는 자들이다.

바흐친의 요점은 소설을 구성하는 대화들은—즉, 소설 전체를 하나의 '거대한 대화'로 만드는 것은—사전에 조형되는 것도 아니며, 일반적인 의미에서 '계획'되는 것도 아니라는 것이다. 오히려 그 대화들은 "바로 지금, 다시 말해서, 창작 과정의 **실제 현재에서**"(PDP, 63쪽) 일어난다. 우리가 읽고 있는 것은 단순히 "**종료된** 대화에 대한 속기사의 보고서", 즉 "저자가 이미 그 대화에서 떠나 버린 채, 마치 결정을 내리는 높은 위치에 있는 것처럼 대화들 **위에** 자리 잡고 쓴 보고서가 아니다"(PDP, 63쪽). 이 경우—독백적 작품에는 공통된 것이지만—우리에게 남는 것은 **한낱** '대화의 이미지', 즉 종결된 어떤 것일 뿐 진정한 대화가 아니다. 다성적 작품에서 우리는 대화가 실제로 전개되고 있는 것처럼 느낀다. 우리는 인물들이 "**실제로 현재하며 … 저자에게 대답할 능력이 있다**"(PDP, 63쪽)는 듯이 그들에게 말을 거는 저자를 감지하게 된다.

도스토옙스키가 이런 종류의 대화를 구상할 수 있었던 것은, 그가 어떤 이념의 명시적 내용과 암시적 내용뿐만 아니라 그 '잠재성'까지도 직관할 수 있었기 때문이다(PDP, 91쪽). 그 이념의 담지자를 자극하고 괴롭힘으로써, 그는 인물이 새로운 어떤 것을 산출하게 유도할 수 있었다. 그리하여 독자들은 자신들도 잘 알고 있는 특수한 이데올로기가 어떻게 한 번도 표현되지 않은 새로운 개념들로 유도될 수 있는지(반드시 그런 것은 아니지만)를 보게 된다. 독자들은 헤르첸이나 그라놉스키가 실제로 한 말뿐만 아니라, 그들이 다른 상황에서라면 했을지도 모르는 말들을 알게 된다. 이념들이 "변경된 특정 조건 하에서 어떻게 전개되고 기능하는지" 그리고 이념들이 "어떤 예상 외의 방향으로 더 전개되고 변형될 것인지"

도스토옙스키가 그려 보여 줄 때 독자들의 눈앞에 이념들의 몇몇 잠재력들이 출현하게 된다(PDP, 91쪽). 도스토옙스키는 사실상 실제 삶에서 아직 만나지 못한 위치들 사이에 '점선punktir'을 그리고자 한다. 그는 "대화적으로 서로 간섭하는 의식들의 경계선상에 이념을 위치시키며 … 그것들이 서로 싸우게 만든다"(PDP, 91쪽). 그는 '주어진 것'에서 출발해서 그것을 '창조된 것'으로 전환시키는데, 이것이 바로 창작이다.

산문학을 향하여: 플롯과 구조 대 다성성과 사건성

그렇다면 다성적 작품에서 플롯의 지위는 어떠한가? 명백히 그것은 독백적 작품의 경우와는 달라야 한다. 왜냐하면 다성적 저자는 '창작 과정의 실제 현재'에서 대화가 어떤 결과를 낳을지 알지 못하며, 인물들에게 무슨 일이 발생할지 미리 결정할 수도 없기 때문이다. 물론 우리가 그의 노트에서 보는 것처럼, 그가 여러 가지 가능성을 그려 볼 수는 있을 것이다. 그러나 이러한 잠재적 결과들은 직접적 행동에 도움을 주기보다는 오히려 주어진 시간에 인물에 대해 더 나은 의미를 만들어 냄으로써, 그들 인격이 개념화된 '전체'에 이를 수 있게 해 준다. 저자는 현재적 순간마다 그 순간에 인물들에 대해 생각할 수 있는 모든 미래를 상상해 냄으로써 그들을 이해한다. 예견은 미래를 위한 계획이 아니라, 창작 과정이 진행되면서 매번 다시 도출되는 '점선'일 뿐이다. 그들의 잠재적 대화와 행위가 구체적인 만큼 인물들이 언제든지 저자를 깜짝 놀라게 할 수 있기 때문에, 그리고 그들이 참여하고 있는 대화가 그들을 전혀 예상 밖의 방식으로 변모시킬 수 있기 때문에, 가능한 결과들은 계속해서 낡은 것이 되어 버린다. 인물과 마찬가지로 작품도 창작 과정 내내 종결 불가능한 채로 남게 된다. 플롯은 더 이상 인물들이 추종해야만 하는 순서가 아니고 그들의 말이나 행동의 결과다.

그리하여 도스토옙스키는 특별한 방식으로 플롯을 다룬다. 그는 '잠복'해 있다가 그 인물을 '종결짓는' 방식으로 사용되는 인물의 선결된 운명을 피한다. 그 대신에 플롯은 예측 불가능한 결과와의 밀도 있는 대화가 가능하게끔 최상의 상황을 설정하는 방식이 된다. "플롯의 목적은 한 인물을 그가 자극받을 수 있는 다양한 상황에 노출되게 만드는 것, 그리고 사람들을 모아 놓고 갈등 속에서 서로 충돌하게 만드는 것이다. 그러나 이렇게 되면 사람들은 플롯에 얽매인 접촉 영역 안에만 머무르지 않고 그 테두리를 넘어서게 된다"(TF 1929, 276~277쪽). 이렇게 되면 작품 전체를 지탱하는 '거멀못'은 플롯으로 인해 만들어지는 것이긴 하지만 플롯에 포함되어 있는 것은 아니라는 결론이 가능하다. "통상적인 플롯이 제 기능을 완수하여 종료되었을 때 비로소 실질적 관계가 시작된다"(TF 1929, 277쪽). 도스토옙스키의 플롯은 비록 흥미롭다고(혹은 진부하다고) 하더라도 작품의 중심 계기들이 드러나는 곳이 아니다. 플롯은 "플롯 외적 관계"(PDP, 105쪽)를 맺는 인물들에 의해 초월되고자 존재한다.

바흐친은 소설 전체에 대한 일관된 독법을 제공하지는 않는다. 그러므로 우리는 특정한 작품에서 플롯 외적 관계가 수행하는 역할을 바흐친이 어떻게 분석할지 짐작해야만 한다. 바흐친의 분석이 암시하는 바에 따르면 《카라마조프 가의 형제들》의 진정한 중심 계기가 바로 거대한 대화적 만남들이라는 것인데, 그 대화적 만남들은 플롯으로 가능해졌음에도 불구하고 마치 플롯을 벗어나서 벌어지는 것처럼 보인다. 그 만남들은 소설의 행동이라는 견지에 비춰 봤을 때 어쩐지 '과도한' 것처럼 보인다. 모르긴 몰라도 바흐친은 제 자신의 삶을 살아가는 듯한 대심문관의 전설에, 그리고 악마와 이반의 대담에, 또한 알료샤에게 '소돔의 아름다움'을 설명하는 드미트리의 "열렬한 마음의 고백, 시의 형식으로"에 초점을 맞추려 했을 것이다.

최초의 '과도한' 대화는 제2권에서 카라마조프 가족들이 가족들 간의 불화를 해소하고자 조시마 장로의 방에 모였을 때 벌어진다. 그러나 서술자의 설명처럼, 그런 이유는 핑계에 불과하며, 그것도 진짜 핑계는 되지 못한다("이 모임을 위한 핑계는 잘못된 것이었다")(도스토옙스키, 《카라마조프 가의 형제들》, 제1권, 제5장, 32쪽). 서로 속고 속이는 분위기에서 인물들은 궁극적인 문제들을 논하게 되고, 그 논의는 이반조차 자신도 모르게 잠시 진지해지게 만든다. "저런 인간은 도대체 왜 살까!"라는 이 장면의 중심 장(제2권, 제6장)의 제목은 드미트리가 자칭 악의 화신인 그의 아버지에 관해 제기한 질문에서 따온 것이다. 이 제목은 소설에서 장차 벌어질 대화를 예고하는 텍스트로 제공된다. 드미트리의 질문을 받은 조시마 장로는 거의 즉각적으로 그에게 조용히 고개를 숙이는데, 이러한 단순한 동작에는 엄청난 대화적 잠재력이 집약되어 있다. 심문관의 키스처럼, 그것은 예측하지 못했던 무언의 미세 대화다. 근본적으로 그것은 순진한 인물들이 생각하듯이 미래 행위의 전조가 아니다. 그것은 플롯 초월적 대화 중에서도 비교적 높은 자리를 차지하는 핵심적 대화다.

바흐친은 도스토옙스키의 작품에서 대화는 중단되기는 해도 결코 끝나지는 않는다고 확신한다. 극적인 사건이 발생한다면, 그것은 인물이 대화 과정에서 갑자기 변할 수도 있는 자신의 심오한 사상이나 감정을 말할 수밖에 없게 만드는 '결정적 순간들'을 마련하기 위해서다. 그 과정에서 이루어진 발화와 대담을 플롯에 입각해서 읽는다는 것은 소설을 뒤집어 놓는 짓이다. "아기" 장에서의 드미트리의 꿈을 단지 체포되었을 때 그의 정신상태를 가리키는 것으로 읽어서는 안 된다. 오히려 꿈을 통해서 그의 체포 의미를 이해해야만 한다. 특이하게도 꿈 자체가 궁극적 질문을 둘러싼 상상적 대화인 것이다. 그것은 나중에 드미트리와 라키친의 대화를 유발하고, 더 나아가서는 이 대화에 관해 드미트리와 알료샤가 대화를 나누게 만든다. 이때 드미트리는 자유, 책임, 질문 행위 자체의 유의미성을 위협한다는 점에서 화학적 의식 이론을 거부한다. 드미트리는 신을 받아들일 때도 마치 지하에 감금되어 있는 상태에서 누군가를 부르는 것처럼 대화적으로 그렇게 한다.

그렇다면 바흐친식 독법에서는 무엇이 작품의 구조를 한정하는가? 그것은 분명 플롯이 아니다. 왜냐하면 플롯 중심의 독법은 과거와 미래의 행위에 입각해서 대화를 설명하게 될 테니 말이다. 독백적 작품에나 완전히 들어맞는 그러한 설명은 대화의 본성을 결정적으로 변경시킬 것이다. 대화 참가자들은 '직접적으로 의미화하는' 능력을 상실할 것이고, 그들의 언표는 그/그녀 자신의 응답에 독자가 대화적으로 응답하도록 권하는 '직접 의미화하는 이념들'이 되지 못하고, 다만 그들 성격을 나타내는 기호라든가 그들 운명을 보여 주는 표식이 되고 말 것이다.

도스토옙스키의 소설은 독자가 인물, 행위, 환경에 대한 분석가가 아니라 인물 및 저자와 함께하는 대화 상대자로 바뀌게끔 설계되어 있다. 그들 삼자의 "상호작용 앞에서는 전체 사건을 몇몇 독백적 범주(주제적, 서정적, 혹은 인지적 범주)에 따라 객관화하는 구경꾼이 설 자리가 없다. 이러한 상호작용은 구경꾼마저도 참가자로 만들어 버린다. … 소설 속의 모든 것은 대화적 갈등을 피할 수 없게끔 설계되어 있다. 작품을 구성하는 요소는 단 한 가지라도 비非참여적 '제3자'의 관점에서 구조화되어 있지 않다"(PDP, 18쪽). 인물은 말할 것도 없고, 독자마저도 한낱 "목격자"(이반 카라마조프의 속칭)로 남아 있기가 불가능하다. 말하자면 그의 소설은 "풋라이트를 깨 버린 것이다"(PDP, 237쪽).

드리트리의 재판에서 참관인이나 검사처럼 사건의 원인에만 관심을 보이는 인물들은 바보임이 판명된다. 이반은 결국 자신이 아버지를 죽일 음모를 꾸몄는지 여부는 중요한 문제가 아니라는 것을 깨닫게 된다. 그의 책임은 전적으로 다른 층위에 놓여 있다. 마찬가지로 출처와 논리적 귀결에 입각해서 이념을 이해하려 했던 독자는 자신이 너무나 많은 주요한 문제들을 미해결인 채로 내버려 두었음을 발견하게 된다. 플롯을 위해서 읽어서는 안 되며, 대화를 위해서 읽어야 한다. 대화를 위해 읽는다는 것은 거기에 참여한다는 것을 뜻한다. 도스토옙스키 소설의 주목할 만한 자질은 부분적으로 독자들이 만들어 내는―혹은 불러일으키는―강렬한 반응에서 기인한다.

로버트 벨크냅Robert Belknap의 《카라마조프 가의 형제들〉의 구조The Structure of "The Brother Karamazov"〉는 도스토옙스키의 구조에 대한 고전적 분석서로서 그 작품에 대해서 있을 수 있는 가장 독백적인 독해라고 할 만한 정교한 분석을 제시하고 있다. 바흐친은 가장 뛰어난 형식주의 저작에 반발했던 것과 마찬가지로 벨크냅의 연구에 반발하면서, 그것을 잘못된 견해의 본보기로 취급했을 것이다. 다성적 플롯과 구조에 대한 바흐친의 이해를 이해하려면, 그가 반대했던 것들을 생각해 볼 필요가 있다. 벨크냅은 소설을 상징적 상호 참조, 반향, 복선의 복잡한 그물망 속에서 서로 공명하는 장면들과 사건들로 이루어진 복잡한 "내재적 관계들의 구조"(벨크냅, 《카라마조프 가의 형제들〉의 구조》, 89쪽)로 간주한다. 바흐친은 이러한 접근법이, 본질적으로 구조주의적 범주에 기초한 모든 독법과 마찬가지로, 진행 중인 사건으로부터 폐쇄된 구조를 만들어 낸다고 본다.

구조의 탐색은 본질적으로 작품을 공시적으로 읽는 것이다. 즉 플롯, 상징, 그리고 반향 등은 이미 제자리에 있어서, 한순간에 완전히 포착될 수 있다는 것이다. 이 요소들은 비록 시간에 따라 전개되는 구조의 요소들로 간주되긴 하지만, 본질적으로 시간에 의해 완전히 종결 불가능한 것으로 구성되어 있지는 않다. 야콥슨이 읽었던 것처럼 말하자면 이런 방식으로 읽히는 소설은 본질적으로 서정시를 닮게 된다. 소설의 풍요로움은 시의 풍요로움과 마찬가지로 훨씬 정교하게 상호 관계를 맺는 연결망의 밀도에 있게 된다. 전체에 대한 계획은 모든 사건, 상징, 말들이 마치 다른 사건, 상징, 말들과 서로 얽혀 있기라도 한 것처럼 과도한 결정을 내리게 한다. 얽힘이 복잡할수록 계획은 더욱 좋은 것이며, 계획이 좋을수록 작품은 더욱 좋아진다는 것이다.

　바흐친은 어떤 종류의 작품에 대해서는, 즉 서정시와 독백적 서사에 대해서는 이러한 모델의 힘을 인정하지만, 다성적 작품에 대해서는 그 적합성을 부정한다. 시학에서 비롯되었기에 시에 잘 들어맞는 이러한 모델이 다성적 산문의 규정적 특질을 포착하지 못하는 것은 당연하다. 여기에서 바흐친은 산문에 적용되는 특별한 이론인 산문학을 향한 첫걸음을 내딛는다. 도스토옙스키 연구서에서 그는 새로운 접근법을 요구하는 다성적 작품을 전통적 시학으로 접근할 수 있는 독백적 작품과 대조한다. 나중에 그는 산문학의 영역을 확장하여 점차 그 범주를 모든 소설에 적합하게, 더 나아가 소설로 '유인되는' 모든 산문들에 적합하게 조정한다. 《도스토옙스키 시학의 문제들》 제4장('메니포스적 풍자')은 그가 소설의 일반 이론을 정립한 이후인 1963년에 첨가된 것으로서 이러한 확장된 산문학을 반영하고 있다. 제4장이 저서의 나머지 부분과 완전히 통합되지 못하는 이유가 바로 여기에 있다.

바흐친이 볼 때, 도스토옙스키의 소설은 일상적인 의미에서 통하는 계획이 없으므로 구조가 아니다. 그 소설의 거대한 대화들은 아직 완결되지 못한 전체에 통합될 목적으로 구성된 것이 아니다. 왜냐하면 그러한 구성은 대화를 단순히 "객관화되고 종결된 대화의 이미지"(PDP, 63쪽)로 전환시킬 것이기 때문이다. 오히려 대화는 "창작 과정의 **실제 현재** 속에서"(PDP, 63쪽) 미지의 결과와 더불어, 그리고 미리 특화되지 않은 전체를 함축하면서 발생한다. 따라서 독백적 독자에 대한 구조적 대응물처럼 보이는 후속 사건들이나 유사 사건들에 견줄 만한 것은 현실에 존재하지 않는다. 뚜렷한 반향과 복선은 저자의 계획에 의한 산물이 아니라 인물의 강박관념에 의한 산물이다. 이념에 사로잡힌 인물은 몇 번이고 다시 그 이념으로 되돌아오며, 너무나도 자연스럽게 특정한 반복이 증대된다. 삶에서조차 습관과 강박관념은 우리도 모르게 미리 계획된 것처럼 보일 수 있는 어떤 반복을 산출한다는 사실을 아는 것이 중요하다. 《카라마조프가의 형제들》에는 면밀한 계획이 아니라 '억압된 것의 귀환'이라 불릴 만한 것이 반영되어 있다.

　　바흐친이 제대로 지적한 것처럼, 이미 전개된 플롯은 전개될 수 있었던 여러 가능한 플롯들 중 하나에 불과하다. 우리는 똑같이 시작하는 대화를 두고도 거기에서 전개될 수 있을 법한 다른 가능한 플롯들에 '점선'을 긋고 싶은 유혹을 받는다. 대화적 교환이 이루어지는 본질적인 순간에는 인물들이 모든 플롯과 모든 구조 너머로 달아나 버린다는 점에서, 플롯은 한낱 '프로크루스테스의 침대'에 불과하다. 구조는 다성적 소설이 피하는 일종의 '본질적 잉여'를 필요로 한다. 대화적 진리 감각처럼, 다성적 소설은 하나의 체계에 통합된 요소들로 만들어진 것이 아니라 잠재적 사건으로 가득 찬 목소리들로 만들어진다. 종결된 플롯 대신 도스토옙스키는 우리에게 "둘 또는 그 이상의 의식이 대화적으로 만날 때 벌어지는 살아 있는 사건"(PDP, 83쪽)을 제공한다. 우리가 직면하는 것은 구조가 아니라 '사건성sobytiinost'이다.

물론 바흐친의 도스토옙스키 소설 분석에 잘못이 있을지 모른다. 확실히 다성성 개념이 특정 작품들에는 잘 적용되지만 다른 작품에는 그렇지 못하다. 그러나 설사 벨크냅의 독법에 설득력이 있다고 하더라도,《카라마조프 가의 형제들》에 대한 진정으로 다성적인 독해가 세부적으로 이루어져서 그것이 소설 전체에까지 적용되었을 때는 문제가 달라질 것이다. 설사 벨크냅이 옳았다고 입증될지라도 우리는 바흐친의 뛰어난 다성성 개념이 훨씬 더 광범위하게 적용될 수 있고 그렇게 의도되었다는 입장을 견지할 것이다. 바흐친의 목표는 무엇보다도 문화에 대한 독백적 접근법을 환원 불가능한 의식들의 다수성을 필요로 하는, 참으로 대화적인 접근법으로 대체하는 것이었다.

완결과 통일성

> 도스토옙스키에게 전체의 통일은 플롯이나 독백적 이념의 문제, 즉 단일 이념의 문제가 아니다. 그것은 플롯이나 이념보다 상위에 있는 통일이다. - TRDB, 298쪽

이제는 바흐친의 다성성 이론에 대한 통상적인 반대, 즉 저자를 왠지 수동적인 것으로 서술한다는 반대가 어째서 오해에 기초하고 있는지 분명해졌으리라. 바흐친에 따르면 다성적 저자는 모든 인격체들을 개념적으로 파악하고는 열린-채-끝난 대화를 설정해서 인물들의 발화를 유발한

다는 점에서 지극히 능동적이다. 어쨌든 도스토옙스키는 대부분의 독백적 작가들보다 훨씬 더 능동적이며, 그의 작품이 보여 주는 신경질적이고 열광적인 속성은 도스토옙스키가 자신의 작품에 지속적·열정적으로 참여하고 있음을 보여 준다.

저자에게 아무런 시점도 부여하지 않는다고 바흐친을 비난하는 것 또한 부적절하다. 이와 달리 저자는 서로 구별되는 두 가지 방식으로 열심히 자신의 시점을 표현해 낸다. 저자는 원칙적으로 자기 이데올로기의 여러 측면을 대변하는 인물들(예컨대 《악령》의 샤토프, 《카라마조프 가의 형제들》의 조시마, 《죄와 벌》의 소냐, 《백치》의 미시킨 등)을 창조함으로써 소설 속의 대화에 참여할 수 있다. 그리고 도스토옙스키의 관점은 대화적 진리 이해를 동반하는 작품의 형식 창조적 이데올로기에 육화되기도 한다.

바흐친에 따르면 이러한 이중적 표현은 심각한 혼동을 야기한다. 왜냐하면 저자적 시각은 두 경우에서 근본적으로 다르기 때문이다. 저자는 샤토프와 미시킨 같은 부류를 통해 독백적 진리를 표현하면서도, 작품 전체를 통해서는 대화적 진리 이해를 표현하게 된다. 그렇다면 저자의 두 가지 표현은 서로 어떤 관계를 맺고 있는가? 그리고 저널리스트로서 도스토옙스키의 이념들이 소설에 등장한다면 우리는 그 이념들에 어떤 식으로 접근해야 할 것인가? 바흐친의 답은 단호하고도 분명하다. 오로지 그의 소설을 통해서만 '도스토옙스키적인 이념'에 접근해야 한다는 것이다.

그것은 우리가 나폴레옹 3세의 이념(사상가 도스토옙스키는 전적으로 동의하지 않는 이념)을 《죄와 벌》에서 만나고, 혹은 차다예프와 헤르첸의 이념(사상가 도스토옙스키가 부분적으로 동의하는 이념)을 《미성년》에서 마주치는 것과 마찬가지다. …

사실 사상가 도스토옙스키의 이념들은 다성적 소설에 들어서면서 ··· 인물들의 이미지(소냐, 미시킨, 조시마)와 확고하게 결합한다. 그 이념 들은 독백적 고립과 종결에서 해방되어, 철저하게 대화화된 채로 다른 이념 이미지들(라스콜리니코프, 이반 카라마조프, 혹은 다른 사람들의 이념 들)과 **완전히 동등한 입장에서** 소설이라는 장대한 대화에 들어선다. 독 백적 소설에서 저자의 이념이 수행하는 종결화 기능을 이러한 이념들 은 전혀 갖고 있지 않다. 다성적 소설에서 이념들은 그러한 기능을 수 행하지 않는다. 왜냐하면 이념들은 모두 동등한 특권을 가지고 장대한 대화에 참여하기 때문이다(PDP, 92쪽).

도스토옙스키는 자신의 견해를 능동적으로 표현하면서도, 그때마다 사실상 자신의 인물들과의 대화적 관계뿐 아니라 자신의 형식 창조적 이 데올로기와의 대화적 관계도 맺는 식으로 자신의 위치를 설정한다. 도스 토옙스키는 자신이 가장 소중하게 생각하는 신념이 승리하도록 미리 손 을 쓰기 위해 저자라는 유리한 지위를 부당하게 사용하지 않는다.

그러나 이러한 설명에는 바흐친이 시원하게 답할 수 없는 일련의 반론 들이 내포되어 있다. 원칙적으로 종결이 불가능하다는 작품이 어떻게 완 결될 수 있으며 그런 작품이 어떻게 하나의 전체로 기능할 수 있는가? 이 문제에 대해 도스토옙스키는 어떤 해법을 제시했는가?

우선 두 번째 질문에 대해 바흐친은 한 발 물러서며 답한다. 도스토옙 스키는 대체로 소설의 다성적 본질을 훼손하지 않은 채 작품을 종결짓는 데 실패했다. 이는 작품 자체의 어조와 작품의 결말 부분이 일치하지 않 는 원인이 되곤 했다. 바흐친의 기준에서 보아 실패한 결말의 전형적 사 례는 많은 독자들이 "지리멸렬"하다고 느끼는 《죄와 벌》의 에필로그다.

"인물들과 대화의 내적으로 열린-채-끝남과 모든 개별 소설의 **외적**(대개는 작품 구성의 측면에서나 주제적 측면에서 필요한) **완결성** 사이에 유별난 갈등"이 발생했을 때, 도스토옙스키는 대개의 경우 "**관습적인 문학적** 결말, 다시 말해서 **관습적인 독백적** 결말"에 호소하곤 했다(PDP, 39쪽). 이러한 실패 중에서도 바흐친이 주목할 만한 예외적 사례로서 꼽은 것은《카라마조프 가의 형제들》의 결말이다. 다성성을 유지하면서 열린 채 종결되는 그것은 머잖아 미해결 부분에 대한 속편이 있으리라는 서술자의 '약속'을 따라 점선을 긋게 만든다.

다른 비평가들의 판단과는 달리, 여기서 바흐친은《카라마조프 가의 형제들》이 현재 상태 그대로 완결된 것이라는 주장을 내놓는다. 설사 도스토옙스키가 (그렇게 하기로 작정하고) 그 후속 작업을 지속할 수 있을 정도로 충분히 오래 살았다고 할지라도 그 작품은 완결 상태를 유지했을 것이라는 판단이다. 흥미로운 것은 벨크냅의 주장이다. 그는 도스토옙스키가 다른 작품에서도 그랬지만(《지하 생활자의 수기》가 대표적이다)《카라마조프 가의 형제들》에서도 고의적 미완결 단편deliberate fragment이라는 장치를 사용했다고 주장한다. 그러나 이런 식의 종결법에 대한 바흐친의 다성적 해석은 벨크냅의 구조주의적 해석과는 완전히 다르다.

벨크냅이 보기에, 도스토옙스키의 고의적 미완결 단편은 '끝나지 않는' 낭만적 시편들과 고골의 '끝나지 않는' 이야기들(예컨대 〈이반 표도로비치 시폰카와 그의 이모Ivan Fyodorovich Shponka and His Aunt〉)을 포함해, 수많은 작품에서 사용된 고의적 미완결 단편과 본질적으로 유사하다. 구조주의자의 눈으로 봤을 때 그런 식의 반反완결 형식은 사실상 고도로 꾸며진 특유의 완결 형식이며 실제로 전체의 구조를 완성하고 있다. 그 장치의 재치와 교묘함은, 그것이 거부하는 일을 바로 그 거부의 순간에 성공적으로 해치운다는 데 있다. 영감의 실패를 나타내는 작품이 뮤즈의 불가사의함을 성찰하기라도 하듯이 멈추는 경우라든가 서스펜스 장치에 따른 이야기가 마치 전환점에 도달하기라도 한 듯이 우리를 멈춰 기다리게 만드는 경우가 그러하다.

독백적 작품에 구조주의적 분석이 적합하다는 데는 바흐친도 동의할 것이다. 하지만 똑같은 장치라도 다성적 작품에서는 완전히 다른 기능을 수행하게 된다는 것이 그의 주장이다. 특히 그 장치는 작품이 반완결을 통한 완결이 아니라 완결의 진정한 결여를 성취할 수 있도록 해 준다. 우리는 메타문학적 재치 대신 대화적 종결불가능성을 목격하게 된다. 우리는 지배하지 않는 것처럼 지배한다는 거장적 수법을 보고 있는 것이 아니다. 다만 일반적인 의미의 구조가 없으니 일반적인 의미의 완결도 없을 뿐임을 깨닫게 된다. 다성적 작품에는 구조 없는 플롯이 있는 것과 마찬가지로, 아무런 결말도 없는—겉으로만 그런 것이 아니라 참으로 그러한—결말이 있는 것이다.

이러한 환경에서 어떤 종류의 통일성이 가능하겠는가? 어떤 종류의 통일성이 열린 통일성이며 다성적 통일성인가? 바흐친의 대답이 전적으로 만족스러운 것은 아니다. 하지만 그 대답은 더 적절한 정식화를 찾는 데 지침이 된다. 부분적으로 바흐친이 제공한 유비적 답변은 이렇다. 아인슈타인의 세계에는 뉴턴적 단일 참조 체계로 통합될 수 없는 독립된 수많은 척도 체계가 있다. 그러나 그럼에도 아인슈타인의 우주는 하나의 통일체다. 바흐친은 분명 자신의 생각이 현대 사상의 광범위한 흐름의 일부라고 생각했다. 아이로니컬하게도 과학은 인문학이 긴급히 필요로 하는 개념들을 정식화한다는 점에서 인문학을 앞서 있었다. 그러나 유비를 통한 논증은 일대일 대응이 분명치 않다는 점에서 사람들을 만족시킬 수 없다. 아인슈타인의 통일성이 소설이나 문화에 적용된다면 어떤 의미를 갖게 되는가?

생각해 보면 다성적 작품에서 각각의 주인공에게는 '직접적으로 의미화하는' 능력이 있다. 즉, 독백적 작품에서라면 오로지 저자에 의해서만 수행되었을 법한 역할을 여러 곱으로 늘려서 여러 인물이 수행한다는 것이다. 모든 인물은 저마다 자신의 말을 가지고 있어서, 저자나 다른 인물이 그 말을 단순히 대상으로 여기거나 인물의 성질 탓으로 돌릴 수 없다. 다성적 작품은 별개의 약분 불가능한 중심을 가지고 있다. 따라서 그 작품의 통일성은 독백적일 수 없다. 독백주의는 작품의 모든 요소를 유일하고 궁극적인 의미론적 권위에 의해 지배되는 단일한 기획으로 통합함으로써 통일성에 도달하기 때문이다. 각자가 자율적이고 "상대적으로 독립된" 목소리로 말하는, 여러 주인공의 출현은 "(물론, 새롭고 비독백적인 예술적 통일성은 침해하지 않으면서) 작품의 독백적 통일성을 파괴한다"(PDP, 51쪽).

비독백적 통일성은, 독백적 작품에 독백적 통일성을 부여할 가능성이 있는 여러 '의미론적 권위'를 결합하기는 해도 병합하지는 않는다. 다시 말해서 다성성은 여러 잠재적 통일성들의 통일성을 성취한다는 것이다. 이런 이유로 바흐친은 여러 차례 다성적 통일성을 이차적 통일성 혹은 고차적 통일성이라 칭했다(PDP, 15쪽·51쪽: TRDB, 298쪽을 보라). 고차적 통일성이란 거칠게 비유하자면 하나의 집합이 아니라 집합들의 집합이라는 뜻인데, 다만 집합들의 집합은 폐쇄되어 있는 반면 다성적 통일성은 반드시 열려 있다는 점에서 차이가 있을 뿐이다. 바흐친은 한때 다성적 통일성을 "죄인과 의인이 모였어도 병합되지 않는 영혼들의 공동체인 교회"에, 그리고 "다-층을 이루며 영원까지 뻗어 있는 단테Alighieri Dante의 세계"에 비유한 적이 있다(PDP, 26~27쪽). 그러나 이러한 비유는 즉각 철회되었는데, 왜냐하면 그것들이 너무 정적이고 폐쇄적이고 구조화되어 있어서 이데올로기적·독백적 통일성에 너무 쉽게 융합될 것처럼 보였기 때문이다.

도스토옙스키 소설들에 대한 독백적 독법은 그 소설들을 대체로 일차적 통일성이나 저차적 통일성—아인슈타인적 통일성보다는 뉴턴적 통일성—에 귀속시킨다. 어떤 비평가들은 도스토옙스키의 소설이 그의 논설문에서 주장되는 관점을 예증해 준다고 가정하고 그의 소설에서 그 이데올로기를 읽어 낸다. 다른 비평가들은 도스토옙스키의 작품을 지배하는 목소리는 그의 의도와는 무관하게 겉으로는 논박하면서도 실제로는 빼어나게 성장시키고 있는 이반 카라마조프와 같은 인물들 속에 들어 있다고 주장한다. 심지어 또 다른 비평가들은 모든 인물들이 테제와 안티테제로서 참여하는 변증법적 체계를 그리려 하는데, 바흐친은 이러한 접근법을 진정한 다성적 이해에서 가장 멀리 떨어져 있는 것으로 여긴다.

바흐친은 가장 세련된 독백적 비평가들이 작품에서 대화적 진리 감각을 어렴풋이 감지했으면서도, 그것을 "하나의 인격체가 되어라"(아스콜도프A. Askoldov)라든가 "다른 사람의 '자아'를 긍정하라"(뱌체슬라프 이바노프)라는 투의 단일 주제나 도덕적 명령으로 독백화해 버린다고 주장한다. 그러나 이런 식의 주제는 "모두 순수 독백적 소설에서나 가능하며, 사실상 그런 유의 소설에서 자주 발견된다. … 다른 사람의 의식을 긍정한다고 해서 그 자체가 새로운 형식이나 새로운 유형의 소설적 구성을 창조하게 되는 것은 아니다"(PDP, 10~11쪽). 간단히 말해서, 이바노프는 "도스토옙스키의 기본 원칙에 대한 깊고도 올바른 정의—다른 사람의 '자아'를 객체로서가 아니라 또 다른 주체로서 긍정하라—에 접근했으면서도 이 원칙을 독백화하고 말았다. 다시 말해서, 그는 이 원칙을 독백적으로 공식화된 저자의 세계관으로 통합함으로써 그것을 독백적인 저자의 의식이 재현하는 세계의 여러 흥미로운 주제들 중 하나에 불과한 것으로 처리했다"(PDP, 11쪽).

이러한 모든 시도는 전통 시학의 '독백적 관습'에 물들어 있는 비평가들에게서 능히 예상되는 일이다. 도스토옙스키에 대한 비평의 역사를 보면 다성적 작품에 직면해서 독백적 시학의 자원이 모두 소진되는 것처럼 보인다. 대안적 전통이 결여된 비평가들은 "새로운 예술 형식을 이미 익숙한 예술 의도로 환원하고 있다"(PDP, 11쪽). 흥미롭게도 바흐친은 가장 제대로 된 전통적인 반응이 일견 가장 순박한 반응을 보인다는 사실을 알아냈다. 마치 인물들이 문학작품의 일부가 아닌 것처럼, 그리고 어쩌면 그들이 자기 힘으로 살고 말하는 것처럼 인물들과 직접 논쟁하려 드는 몇몇 비평가의 시도가 있다는 것이다. 플로베르Gustave Flaubert의 인물들과는 직접 논쟁할 생각이 없었을 비평가들이 이반, 라스콜리니코프, 대심문관, 키릴로프 등과는 자진해서 논쟁한다. 이러한 논쟁은 그 인물들이 가지고 있는 '직접적으로 의미화하는' 전례 없는 힘을 우연하게 증명해 준다. 이러한 접근법은 그 순박성이라는 한계에도 불구하고 인물들에게 '직접적으로 의미화하는 자기 고유의 담론 주체들'이라는 지위를 보장해 준다. 다성적 통일성을 기술할 때, 우리는 인물들이 가지고 있는 이러한 특별한 힘과 지위를 반드시 고려해야만 한다.

다성적 통일성이란 "선천적으로 유일무이한 통일성을 말하는 것이 아니라 병합되지 않은 다수들 간의 대화적 일치로서의 통일성"을 뜻한다(TRDB, 289쪽). 이러한 일치는 정확히 어떤 본성을 가지고 있는가? 바흐친은 이에 대해 "사건의 통일성"(PDP, 21쪽)이라는 상당히 모호한 표현으로 답하고 있다. 그는 두 종류의 사건을 염두에 두고 있는 것 같다. 먼저 대화라는 사건이 있다. 공동의 큰 관심사에 관해 격렬하게 논쟁하는 대담에서는, 서로 간의 입장 차이에도 불구하고 참가자 전원이 통일된 정신을 가지는 경우가 있다. 우리에게는 이런 종류의 통일성을 가리키는 어휘가 없기 때문에 설명하는 데 어려움이 따른다. 정적인 통일체를 가리켜 구조라고 하면서 그러한 구조들을 좀 더 세분하는 경우는 있지만, 사건의 통일성이라든가 우리가 경험했던 생소한 종류의 '사건성'에 필적할 만한 용어는 아직 없다. 그러나 바흐친은 거기에 맞는 용어를 제공하려 한 것이 아니라 그것을 후속 연구의 과제로서 던져 놓은 것처럼 보인다.

창조적 사건성의 통일성

바흐친이 '사건의 통일성'을 말할 때, 그것은 창작 과정이라는 사건을 염두에 둔 것처럼 보인다. 다성성이 본질적으로 창조성의 이론임을 상기하자. 다성성이란 다성적 작품의 생산에 필수적인 특별한 창작 방법을 가리킨다. 독자의 입장에서 우리는 창작 과정의 '흥분'을 작품 전체를 지탱하는 '거멀못'이라 생각하는 경향이 있다. 바흐친의 요점은 저자가 자기 마음에 떠오르는 모든 것을 바로 '만들어 내'거나 직조해 내지 못한다는 데 있다. 오히려 저자는 특정한 절차를 따르기 마련인데, 이는 작품 전체의 완전성을 해치지 않는 한 위반할 수 없는 것이다. 어린아이조차도 놀이를 할 때면 그렇게 한다고 바흐친은 주장한다. 다성적 작품이 독백적 작품과 구별되는 점은 ① 절차의 성질이 다르다는 것, 그리고 ② 통일성에 대한 우리의 감각이 우선적으로 과정 자체의 완전성에 대한 감각에서 도출된다는 것이다. 두 번째 점은 바흐친이 명시한 것은 아니지만 그의 논의에서 충분히 도출해 낼 수 있다.

우리는 여기에서 바흐친의 논리를 확장해야만 한다. 바흐친은 1929년 도스토옙스키 연구서 초판을 출간할 때만 해도 다성성이 창조성의 이론임을 충분히 알아채지 못했던 것처럼 보인다. 우리가 제시했던 많은 인용문은 1963년도 개정판에서 처음 등장한다. 두 판본 모두 창조성을 화제로 삼고 있긴 하지만 창조성은 두 번째 개정판에서 더욱 중심을 차지하고 있다. 〈도스토옙스키 연구서 개정을 위하여〉와 기타 후기 에세이에서 창조성은 한층 더 중심적인 것 같다. 그러나 바흐친은 자신이 생각했던 것만큼 엄밀하게 혹은 효과적으로 이 개념의 잠재력을 발전시키지는 못했다.

잠재하는 논의를 재구성한다면 다음과 같이 전개되었을 것이다. 다성적 저자는 독백적 저자와는 다른 특정한 유형의 재료를 가지고 시작한다. 독백적이든 다성적이든 모든 훌륭한 저자는, 작품이 참된 것이라면, 저자 마음대로 침범할 수 없는 성격의 인물을 창조한다. 독백적 저자는 이따금 자신이 하고 싶은 일에 저항을 느낄 수 있다. 왜냐하면 자신이 원하는 바가 주어진 인물의 이미지와 모순될 수도 있기 때문이다. 작품이 진행되면서 육화된 인물은 미리 계획된 플롯이 부자연스럽다는 느낌을 줄 수 있다. 이렇게 되면 독백적 작품의 인물조차도 저자를 깜짝 놀라게 만들 수 있다. 하지만 독백적 저자는 그런 놀라움을 기획한 적이 없기 때문에 자신의 놀라움을 숨기기 위해 일반적으로 작품을 수정하려 들 것이다. 그 놀라움은 결국 노트에 남게 되고, 단지 눈에 띄지 않도록 기획된 '비계'가 되고 만다. 그렇지 않다면 독백적 저자는 예측 불허성이 처음부터 대본에 있었고 계획된 것처럼 보이도록 만들기 위해 메타문학적으로 그 작품을 개작할 수도 있다. 그렇게 되면 진심으로 놀라움을 경험하는 쪽은 저자가 아니라 오직 독자일 것이다.

다성적 저자는 한 술 더 뜬다. 그는 놀라움이 드러나도록 되어 있다는 식으로 아예 기획의 한 부분으로 놀라움을 계산해 놓는다. 그는 부지중에도 진심으로 주인공의 반응에 신경을 쓰게 되고, 그렇게 해서 완성된 작품에는 갑작스러움의 느낌이 남게 된다. 사실상 다성적 작품의 기획은 그 안에 진정한 놀라움이 있는 경우에만 실현될 수 있다. 다성적 기획이 일반적으로 말하는 구조라든가 계획 따위와 양립하지 않는 이유 중 하나가 여기에 있다. 처음 등장할 때부터 인물들이 종결 불가능해 보이고 본질적 변화나 예측 불허의 변화 조짐이 보인다고 생각되면 다성적 기획은 성공할 수 있다. 확실한 것은 이렇게 '살아 있는 타자들'을 창조하기 위해서는 특별한 상상력이 필수적이라는 점이다.

일단 다성적 저자가 진정으로 종결 불가능한 주인공들을 구상하면, 그는 인물들에게서 예측 불허의 반응을 불러일으키는 기법뿐 아니라, 인물들이 서로 논쟁을 벌이기도 하고 저자의 견해와 논쟁을 벌이기도 하는 다양한 기법을 활용하게 된다. 이러한 기법의 종류는 저자에 따라, 작품에 따라 다양하다. 하지만 도스토옙스키의 기법에는 언제나 특별한 플롯 짜기 방법이 포함되어 있다. 도스토옙스키는 상습적으로 끔찍한 범죄 자백 욕구라든가, 행동이나 신념의 여러 '문턱'을 넘고 싶은 충동, 그리고 자긍적 자존심과 격렬한 모욕감의 격정적 혼재 등과 같은 추문적 장면이나 결정적 순간을 설정한다. 도스토옙스키 작품에서 직면하게 되는 이러한 추문적 장면에 대해 바흐친은 다음과 같이 말한다. "파국은 끝이 아니다. 그것은 다수의 관점의 충돌과 갈등이 최고조에 달했다는 것을 의미할 뿐이다. … 파국은 누군가의 승리나 신격화와는 반대된다. 그것은 본질적으로 카타르시스의 요소마저 배제한다"(TRDB, 298쪽). 도스토옙스키는 카타르시스보다는 내적 대화에 초점을 맞춘다. 내적 대화에서 인물들은 자신들이 선호하는 이념이 주요 타자들의 목소리를 관통하는 것을 보게 되는데, 그렇게 함으로써 그들은 어떤 의미에서는 자신들이 출현하는 소설의 논리를 반복한다. 인물과 서술자 양쪽에서 능동적 겹목소리의 말들이 사용되는 것은 분명 이러한 기법에 썩 잘 어울린다.

도스토옙스키는 또한 소설 속에 이질적인 문학 장르들(전설, 민담, 성인전, 탐정담, 유령이나 악마와의 대화, 가족 연대기, 그리고 잡지류의 폭로 기사 등)을 끼워 넣는데, 이는 인물의 이념을 근본적으로 다른 틀에서 시험하기 위함이다. 목소리 이념들은 새로운 환경에서 새로운 '강세'와 의미가 축적되었음을 발견하고 새로운 방식으로 공명하며, 그 결과 미래의 대화에서 다른 소리를 낼 수 있게 된다. 작품이 진행될수록 대화를 불러일으키는 저자의 방식은 새롭게 전개된다.

간단히 말해서 역동적 매개변수들이 처음부터 설정되었다 해도, 작품의 성공을 결정하는 사건은 지속적으로 저자와 독자를 놀라게 만든다. 이러한 극적 사건이 작품의 진정한 통일성을 구성한다. 그것은 역동적 과정의 통일성이지 종결된 산물의 통일성이 아니다. 즉, 《트리스트럼 섄디》, 〈외투〉, 그리고 기타 메타문학적 고전들에서 볼 수 있는 것과 같이, 각본에 짜 맞춘 과정이나 표면적인 자연스러움을 말하고 있지 않음을 강조할 필요가 있다. 그 작품들은 우리에게 '사건성' 자체가 아니라, 객관화된 '사건의 이미지'를 제공할 뿐이다. 그것들의 통일성은 여전히 계획의 통일성에 지나지 않는다. 오직 다성적 작품만이 우리에게 '사건의 통일성'을 제공해 준다. 다성적 작품에서 통일성은 창작이라는 사건이 진행됨에 따라 예측 불허의 방식으로 서서히 펼쳐지는 특정한 창작 과정이 진행되고 있다는 우리의 느낌에서 도출되는 것이다.

바흐친은 다성적 창작이 이런 의미에서 '사건적'인 유일한 창작인 것처럼 기록한다. 그러나 우리에게 다성적 창작은 일군의 사건적 창작 방법이나 사건적 문학작품 중 하나에 지나지 않는 것처럼 보인다. 그 외의 저자들도 여러 방법들을 개발해 냈다. 이것들은 물론 바흐친이 도스토옙스키에게 부여한 것과는 전혀 다르지만, 그럼에도 '놀라움'에 의존하면서 진정한 과정의 통일성을 이루었던 것이다. 바흐친 자신이 푸시킨의 운문소설 《예브게니 오네긴Eugene Onegin》을 언급하기는 하지만, 자신이 염두에 두고 있는 것이 아니라고 일축해 버리기 위해 간단히 언급할 뿐이다. 설사 푸시킨이 놀라움을 경험했으며 놀라움을 줄 수 있도록 작품을 만들었다고 하더라도, 그의 인물은 직접적으로 의미하는 능력을 지니지 못한다고 바흐친은 주장한다. 우리가 보기에 그 차이는 '잠재력에 의한 창작'이라 할 만한 더 큰 부류에 다성적 창작이 속해 있다는 사실을 말해 준다. 다만 그 부류에 대한 논의는 현재 우리의 연구 범위를 넘어서는 일이다.[7]

때로는 주목할 만한 바흐친의 에세이들도 마치 잠재력에 의해서, 다시 말해 다성적으로 창작된 것처럼 읽히는 경우가 있다. 바흐친은 일련의 착상으로 시작해서 몇몇 다양한 맥락들(목소리가 아니라)을 관통한 후, 장차 있을 논의를 유도할 새로운 통찰을 산출해 낸다. 이런 방법은 특히 바흐친의 미완성 에세이들에 자주 나타나지만, 〈소설 속의 담론〉이나 《라블레와 그의 세계》, 그리고 도스토옙스키 연구서 두 판본과 같이 이미 완결된—혹은 완결 중인?—작품에서도 발견된다. 그 방법은 기존의 주제에 대해서도 다른 각도에서 접근하면 상당히 차별화된 일련의 통찰을 산출

---

7   Gary S. Morson, 《명쾌한 시선의 맹목Hidden in Plain View: Narrative and Creative Potentials in "War and Peace"》, 173~189쪽 참조. 톨스토이에게도 잠재력에 의한 창작이 있는 것처럼 보이는데, 다만 종류가 다를 뿐이다. 톨스토이의 독백주의에 대한 바흐친의 뿌리 깊은 반감은 그로 하여금 톨스토이의 이념을 보지 못하게 한다. Caryl Emerson, 〈바흐친과 톨스토이의 관련성The Tolstoy Connection in Bakhtin〉 참조. 저자가 전체의 출간 계획을 잡기도 전에 부분적인 텍스트 제작에 착수하고 있는 연속 간행물이 '잠재력에 의해 창작'되곤 하는 방식을 탐구하는 것은 특히 흥미로운 일일 것이다. 이런 논의에 적합한 다른 창조성 연구물에 대해서는 Gary. S. Morson, 《명쾌한 시선의 맹목》, 295쪽 주 16번 참조.

할 수 있음을 보여 준다는 장점을 가지고 있다. 간단히 말해서, 그것은 하나의 착상이 가지고 있는 풍부한 잠재력을 극화하는 훌륭한 방식이다. 그러나 그 방법마저도 바흐친 스타일 특유의 인증 마크인 반복성으로 떨어져서 수많은 독자(그리고 번역자)를 지치게 한다.

도스토옙스키의 시간과 인물

> "이 순간에, 바로 이 순간에 '시간이 얼마 남지 않았다'는 심상치 않은 말이 나에게 와 닿기 시작했어." 그는 웃으면서 덧붙였다. "아마 이 순간은, 간질병 환자인 마호메트가 쓰러진 물병에서 물이 쏟아지기도 전에 알라 신의 모든 집들을 관찰할 여유가 있었다는 바로 그 순간일 걸세." - 도스토옙스키, 《백치》, 제2부 제5장, 214~215쪽

> 아, 만약에 나의 무위無爲가 오직 게으름에서 기인한 것이었다면! … 나는 그때 얼마나 나 자신을 존경했을 것인가. 비록 게으름일망정 무언가 한 가지를 자기 내부에 지닐 수 있다는 점만으로도 나 자신을 존경했을 것이다. 왜냐하면 한 가지만이라도 스스로 확신할 수 있는 능동적인 개성을 지니고 있는 셈이니 말이다. 저건 대체 뭣 하는 놈이냐고 누가 물었을 때, 게으름뱅이라고 한마디로 대답할 수 있지 않은가. 자기에 관해서 이런 말을 듣는다는 것은 무척 기분이 좋을 것이다. '게으름뱅이'—이것은 하나의 떳떳한 직함이요, 신분이요, 이력이 아니겠는가. - 도스토옙스키, 《지하 생활자의 수기》, 제1부 제6장, 17쪽

이렇게 해서 우리는 다성성의 두 가지 구성적 특질을 파악하게 되었다. 하나는 대화적 진리 감각(세 번째 의미의 대화)을 구체화하는 특정한 형식 창조적 이데올로기이며, 다른 하나는 그런 종류의 대화를 육화하기 위해 필요한 저자의 변경된 지위다. 우리는 또한 이러한 기준에 따라 몇 가지 결과를 추론해 냈다. 특별한 창작 과정이 이제는 플롯, 구조, 통일성에 접근하는 새로운 방법을 유도한다는 것이다. 반면에 도스토옙스키 작품의

몇몇 특질들, 예컨대 능동적 겹목소리 담론의 사용 같은 것은 다성성에 잘 어울리긴 해도 다성성에 반드시 필요한 것은 아닌 듯하다. 우리는 이제 이 마지막 범주에 해당되는 도스토옙스키 소설의 몇몇 다른 특질들로 향하게 된다. 바흐친이 서술한 것처럼 이러한 특질들은 분명 도스토옙스키의 다성성에서 도출되었고 거기에 공헌하는 것이긴 하지만, 원칙적으로 다른 저자들의 다성적 글쓰기에서는 생략되거나 다른 대안적 기법들로 대체될 수 있을 것이다.

바흐친에 따르면 도스토옙스키가 대화를 특히 밀도 있으면서도 극적으로 열려 있게 만들 수 있었던 것은 특별한 시간 감각 덕분이다. 여기에서 우리는 바흐친이 이념들의 복합체에 흥미를 느끼고 있었음을 알 수 있는데, 이는 초기 저술에서 건축술에 관한 논의로 시작된 후 점차 크로노토프에 대한 에세이로 성숙해 갔다. 그는 도스토옙스키의 크로노토프를—아직 이 단어를 사용하기 전에—**동시성**의 일종으로 파악한다. "예술적 시각화의 양상에서 도스토옙스키의 근본 범주는 진화가 아니라 **공존**과 **상호작용**이다. 그는 자신의 세계를 우선적으로 시간이 아니라 공간에 따라서 보고 생각했다"(PDP, 28쪽). 이런 종류의 시각화는 그의 작품에서 자주 보이는 '황급한 동작'과 '파국으로 치닫는 행위의 민첩성'을 설명해 준다. "속도는 시간 속에서 시간을 극복하는 유일한 수단이기 때문이다"(PDP, 29쪽).

도스토옙스키는 사람들 사이의 대화를 상상함으로써 사회현상을 이해했다. 그는 여러 동향들을 목소리들로 육화하고, 목소리들로 하여금 서로 맞부딪쳐 다투게 했다. 그렇게 하기 위해서 그는 비록 그 목소리들이 동시에 존재하지 않는 것일지라도 동시적인 것으로 재현했다. 바흐친은 이러한 시각화의 형식을 괴테의 것에 견준다. 도스토옙스키가 이념들을 동시에 "**병치**하고 **대치**시키는" 곳에서, 괴테는 "유기적으로 진화하는 연쇄에 이끌렸다. 그는 현존하는 모든 모순조차도 통일된 발달의 여러 단계로 지각하려 했다"(PDP, 28쪽). 괴테의 경우 모든 것은 과거의 표식과 미래의 암시를 동반하고 있다. 반면 도스토옙스키의 경우 시간 차이는 언제나 극복될 수 있었고, 그로 인해 이데올로기들 간의 동시적 대화도 창조될 수 있었다.

각종 시각화에는 나름대로 이득과 손해가 있다고 바흐친은 말했다. 괴테는 도스토옙스키보다 현실적 발전과 역사성을 이해할 수는 있었지만, 발달을 실제의 모습보다 더 '통합된 것'으로 표시할 위험이 있었다. 도스토옙스키의 방법은 세계의 개방성과 어쩔 수 없는 무질서를 재현하는 데는 매우 적합했지만—바흐친의 주요 관심사이자 크로노토프 에세이의 중심 주제인—시간의 연장에 따라 진행되는 현실적 변화를 인식하는 데는 부적합했다. 바흐친은 실제로 "도스토옙스키의 탁월한 예술적 능력, 즉 모든 것을 공존과 상호작용 속에서 보는 능력"을 "그의 가장 큰 강점인 동시에 가장 큰 약점"으로서 기술한다. 그로 인해 바흐친은 엄청나게 많은 본질적 사태들 앞에서 맹인이자 벙어리가 되어야 했다. 현실의 수많은 측면이 그의 예술적 시각장 안으로 들어올 수 없었던 것이다"(PDP, 30쪽). 바흐친은 오랜 시간에 걸친 발전 속에서 열린-채-끝남을 재현할 수 있다는 데 다성성의 우월성이 있다고 주장한다.

도스토옙스키의 약점은 또한 강점이기도 했는데, "이러한 능력은 주어진 순간의 교차 지점에 대한 지각을 극단에 이르기까지 예민하게 만들었기 때문이다"(PDP, 30쪽). 도스토옙스키는 다른 사람들이 단일성을 느끼는 곳에서 다양성, 갈등, 그리고 대화를 보았다.

다른 사람들이 단일한 생각을 보는 곳에서, 그는 생각이 둘로 분기되어 있음을 보고 느낄 수 있었다. 다른 사람들이 단일한 성질을 보는 곳에서, 그는 두 번째 성질 혹은 모순적인 성질을 발견했다. 그의 세계에서는 단순해 보이는 모든 것이 복합적인 것, 다층적으로 구조화된 것이 된다. 그는 모든 목소리 속에서 두 가지 경쟁하는 목소리를 들을 수 있었고, 모든 표현 속에서 균열은 물론이려니와 즉시 또 다른 모순적 표현으로 이행할 준비가 되어 있음을 보았으며, 모든 동작에서 신뢰와 신뢰의 결핍을 동시에 탐색해 냈다. 그는 모든 현상의 심오한 모호성을, 심지어 복합적 모호성을 지각했던 것이다(PDP. 30쪽).

바흐친은 그답게도 이러한 모순들과 분기들을 변증법적으로 해석하지 말 것을 즉시 당부한다. 그것들 사이에서는 어떠한 종합도 가능하지 않으며, 그것들은 단일 목소리나 단일 의식에 거의 포함될 수 없다는 것이다. 오히려 그것들은 "병합되지 않은 목소리들의 영원한 합주, 혹은 화해할 수 없을 정도로 계속되는 다툼으로"(PDP. 30쪽) 존재한다. 볼로시노프와는 반대로, 바흐친은 대화를 변증법과 대조할 기회를 놓치지 않는다.

이러한 시간 감각은 도스토옙스키의 인물 묘사에서 중요한 함의를 가진다. 그것은 인물 속에서 '비본질적인 것'과 '본질적인 것'을 구별해 내는 기준이 된다. 바흐친이 기술한 바에 따르면 도스토옙스키의 경우 본질적인 것은 현재 순간에 인물들을 괴롭히고 있는 어떤 것이다. "'그 이전' 혹은 '나중에'로서만 의미를 갖는 것, 즉 그 순간만으로 충분한 것, 과거로서만 혹은 미래로서만 타당한 것"은 "비본질적인 것이며 그의 세계에 구체화되지 못하는 것"이다(PDP. 29쪽). 결국 도스토옙스키의 인물들은 톨스토이, 투르게네프, 조지 엘리엇 등의 인물들과 달리 "전적으로 과거에 경험된 것을 의미하는 전기를 가지고 있지 않다"(PDP. 29쪽). 우리가 라스콜리니코프의 과거에 대해 알고 있는 사실이라고는 그가 소설의 현재 속에서 숙고하는 내용이 고작이다. 그것은 지금 여기에서 경험되어야만 하며, 현재의 문제로서 주인공을 괴롭히는 것이어야만 한다. 그렇지 않다면 독자는 그 사실을 알아야 할 이유가 전혀 없다. 도스토옙스키 소설의 엄청난 강렬함은 부분적으로 인과성과 전기에 대한 이러한 태도에서 기인한다. 또한 이 태도는 그의 소설의 중요한 대화들에서 매우 현저한 위기의 감각을 형성하게 된다.

도스토옙스키는 이런 식의 재현 방법을 선택했는데, 이는 그것이 인물들을 최대한 자유로운 상태로, 사실상 전적으로 자유로운 상태로 재현할 수 있게 만들어 주기 때문이다. 이런 측면에서 도스토옙스키는 또한 다성성의 요구를 넘어선다. 다성성은 인물들이 부분적으로 종결 불가능하고 자유로울 것만을 요구하기 때문이다. 다성성은 인물들이 예측 불허의 반응을 보이고 자신에게 중요한 어떤 것을 변경하기를 요구하지만, 그들에게 전적인 자유나 모든 것을 변경하는 능력을 요구하지는 않는다. 이런 관점에서 보면 아마도 도스토옙스키의 극단주의가 다성적 소설을 창조하도록 자극했겠지만, 그것이 미래의 다성적 작가들을 속박하는 것은 아니다. 그리고 극단주의는 바흐친이 이해하고 있는 인간 본성의 어떤 측면들을 도스토옙스키가 오해하게끔 만들었다. 바흐친에게 '인간성'이란 시간적으로는 연장되고, 전기적으로는 분산되며, 역사적으로는 진화하고, 시간이 지나도 책임을 지는 것이다.

바흐친의 관점에서 보면 도스토옙스키의 인물들은 '발생적 범주나 인과적 범주'에 결코 종속되지 않는다. 한 잡지에서 도스토옙스키는 모든 것을 포괄하고 싶어 하는 '환경주의적' 행동 해석을 반박했다. 그러한 관점은 필연적으로 도덕적 책임을 불가능하게 하며 범죄를 사회적 불평등의 징후에 지나지 않는 것으로 만든다. 그러나 도스토옙스키는 잡지 기고문에서 어떤 범죄는 사회적 원인, 심지어는 전기적 원인의 결과라는 데 동의한다. 심지어 그는 임신에 의한 심리적 압박으로 범죄를 저지른 임부에 대해 무죄 방면을 주장하기도 했다. 그러나 도스토옙스키의 소설에서 형식 창조적 이데올로기—즉, 세계를 시각화하는 방식—는 사람들을 묘사할 때 그들이 발생적 접근법을 완전히 벗어나 있으며, (혹은 바흐친이 주장하는 것처럼) 궁극적으로 자신에 관련된 모든 것을 재창조할 능력이 있는 것처럼 그리게 했다.

1930년대에 바흐친이 장르로서의 소설에 주목했을 때, 그는 도스토옙스키의 형식 창조적 이데올로기의 근본적 극단을 그 소설들에 귀속시키지는 않았다. 오히려 그는 소설 장르의 위대한 발견이란 역사적 혹은 발생적 범주들과 개개 인물들의 종결 불가능한 본성 사이의 관계를 적절하게 이해하는 것이라고 보았다. 그가 설명하는 소설은 이 두 요인 간의 상호작용을 필요로 한다. 사람들은 사회적·역사적 환경에 의해 본질적으로 형성되어 있지만, 그들의 '인간성의 잉여'는 그래도 그 환경을 초월하며 그들(우리들)을 유일무이하며 종결 불가능한 있는 그대로의 존재들로 만든다. 이러한 후기 저작의 관점에서 볼 때, 사람들을 재현하는 도스토옙스키의 방식은 일면적이고 약간은 소박해 보인다.

인격과 불일치성

바흐친은 〈도스토옙스키 연구서 개정을 위하여〉라는 노트에서 도스토옙스키의 주인공을 분석하는 데 중심이 되는 구별을 끌어낸다. 독백적 작가는 주인공을 '성격characters'으로 재현한다. 하지만 도스토옙스키는 주인공을 진정한 '인격personalities'으로 재현한다. 바흐친의 용법에 따르면, 성격이란 일련의 심리적·사회적 특징들을 가리킨다. 한 성격의 심리가 아무리 엄청나게 복잡하다 해도, 그것은 본성상 '객체화'되고 종결된 어떤 것이다. 이와 반대로 '인격'은 실제 사람들이 그러하듯이 그/그녀의 기본적 정체성을 변경시킬 능력이 있는 진정한 다른 사람이다. 주인공을 인격으로 재현한다는 것은 그를 참으로 종결 불가능하게 묘사한다는 것이다. "인격은 객관화된 인지에 종속되지 않으며(즉 저항하며), 오로지 자유롭고 대화적인 것으로서(나를 위한 너로서)만 나타난다"(TRDB, 298쪽). 아무리 복잡하게 표현된다 해도, 성격이란 전적으로 '주어진' 것이고, 인격이란 늘 '창조되고' 있는 것이다.

바흐친은 도스토옙스키가 자신의 주인공들을 이러한 의미에서의 인격으로 재현하도록 배웠던 방식을 탐색한다. 그는 전통적인 화제, 즉 도스토옙스키가 초기에는 고골을 사사했다는 사실에서부터 시작한다. 러시아 형식주의자들은 매우 흥미로운 방식으로 이 문제에 접근했다. 마카르 데부시킨이 (도스토옙스키의 《가난한 사람들》 속에서) 고골의 단편소설 〈외투〉를 읽는 장면과 같은 구절에 초점을 맞춤으로써 그들은 도스토옙스키가 예술적 혁신 및 '장치'의 갱신 방법으로서 메타문학적 기법과 패러디를 사용했다는 점을 강조했다. 바흐친은 이러한 통찰을 배제하지 않으면서도 훨씬 더 중요한 일이 도스토옙스키가 고골의 주제와 플롯을 개정했을 때 일어났다고 주장한다. 사람들을 재현하는 데 "소규모의 코페르니쿠스적 혁명"(PDP, 49쪽)이, 즉 "성격"을 "인격"으로 바꾸는 혁명이 있었다는 것이다.

벨린스키v. G. Belinsky를 위시해서, 대부분의 러시아 비평가들은 데부시킨과 《변신》의) 골랴드킨을 새로운 특성이 첨부된 고골풍의 가난한 사무원으로 보았다. 그리하여 데부시킨이 거울 속에 반사된 자신의 모습 때문에 고뇌하거나 고골의 단편소설 속에 나오는 가난한 사무원의 비열한 초상에 분개하는 것은 당연한 일이다. 바흐친은 여기에서 자기에 대한 모든 "간접적"이고 "인과적"인 정의에 대한 "주인공의 반항"(PDP, 58쪽)이 실제 드라마라고 주장한다.

바흐친에 따르면 도스토옙스키 주인공들의 자의식은 단지 또 다른 특성에 불과한 것이 아니라 근본적으로 새로운 재현의 원리였다. 도스토옙스키는 데부시킨을 단지 자의식이 있는 아카키 아카키예비치로 만든 것이 아니라 훨씬 더 근본적인 일을 해낸 것이다. 그는 주인공을 변경했을 뿐 아니라 주인공이 시각화되는 방식도 변경함으로써 고골풍의 성격을 도스토옙스키적 인격으로 만들었다.

도스토옙스키의 주인공들은 결코 묘사되지 않는다. 그들은 스스로 묘사한다. (바흐친은 이 점을 과장하고 있다.) 그들은 결코 '중재자에 의해' 재현되지 않으며, 어떠한 저자적 '잉여'도 그들을 종결하지 못한다. 엄밀하게 말해서 우리는 그들을 전혀 보지 못한다. 그 대신에 우리는 그들 자신에 대한 그들의 자의식적 이미지만을 볼 뿐이다. 묘사하는 데 어떤 외부의 관점이 필요하더라도, 어떤 주인공이 자신에 대해 의식하지 못한다고 하더라도, 우리는 그에 대해 알지 못한다. "저자는 스스로 자신의 배타적인 시각장을 보유하지만, 주인공에 대해서는 단일한 본질적 정의도, 단일한 특성도, 최소한의 특질도 보유하고 있지 않다. 다시 말해 저자는 자신의 시각장을 전부 주인공 자신의 시각장 속으로 투입하며, 자신의 시각장을 전부 주인공의 자의식이라는 용광로 속으로 던져 넣는다"(PDP, 48쪽). 결국 "우리는 그[데부시킨이나 골랴드킨]가 어떤 존재인지는 알지 못하지만, 그가 자신을 **어떻게** 의식하는지는 안다"(PDP, 49쪽). 주인공 외부의 세계는 오로지 자기 인식의 기능으로 보이며, 그러므로 소설은 우리에게 한 번 옮겨진 현실을, 즉 "이차적 현실"(PDP, 48쪽)을 제공한다.

외부 세계가 고골의 주인공을 규정하고 설명하는 데 도움을 주는 반면, 도스토옙스키의 주인공은 알다시피 "인과적이거나 발생적인 요인들"(PDP, 48쪽)의 영향을 받지 않는다. 이런 작품에서는 주인공의 의식에서 독립된 객관적 실재란 있을 수 없으며, 오직 "다른 의식"만이 있을 수 있다. "그래서 주인공의 시각장 옆에는 [오직] 다른 시각장[만이 있을 수 있으며], 주인공의 세계관 옆에는 다른 세계관이 있을 수 있다"(PDP, 48쪽). 다시 말해서, 우리는 '나'가 '너'를 만난다는 것은 알지만, 결코 '그것'에 의해 형성되는 '나'를 알지는 못한다.

원래 이러한 재현 방법은 모든 종류의 주인공에게 적용될 수 있지만, 최대한 자기를 인식하고 자기를 의식하는 주인공들에게 가장 잘 들어맞는다. '가난한 사무원'은 재료로서는 빈약했다. 그는 광범위한 경험을 조명하기에는 충분한 자의식이 부족했다. 그러므로 도스토옙스키는 다른 주인공으로 향했다. "그에게는 일차적으로 의식적이어야 한다는 사명이 주어질 것이다. 그리고 이전 주인공의 삶은 자기에 대한 의식 및 세계에 대한 의식을 획득한다는 순수한 기능에 집중될 것이다"(PDP, 50쪽).

간단히 말해서 도스토옙스키는 후기 작품에서 반복적으로 등장하게 될 유형들을 창조했다. 몽상가와 지하 생활자가 바로 그것이다. 《지하 생활자의 수기》의 주인공은 자신이 생각하고 있는 것에 대해서 끊임없이 생각한다. 그래서 그는 무엇보다도 다른 사람들이 자신을 어떻게 생각할지, 다른 사람들이 자신에 대해 어떻게 생각하고 있으며 자신이 그들의 생각에 대해 어떻게 생각하고 있는지를 자신이 생각하고 있다는 바로 그 사실을 다른 사람들이 생각할지도 모른다고 염려한다. 도스토옙스키의 주인공은 "무한 함수"(PDP, 51쪽)다. 그러므로 재현의 대상은 재현의 방법에 최대한 적합해야 한다. 자기 의식은 자기 의식을 통해 모든 것을 걸러 내는 방법에 의해 재현된다.

사실상 지하 생활자 또한 자기 의식의 이데올로그다. 그는 끊임없이 자기 의식이 얼마나 행위를 마비시키는지 불평한다. 그리고 반복해서 자아에 대한 모든 '인과적·발생적 설명'은 물론 결정론까지 반박한다. 그렇게 도스토옙스키의 많은 주인공들과 마찬가지로 그는 종결 불가능할 뿐 아니라 명시적으로 자신의 종결불가능성을 주장한다. '놀라움'에 대한 지하 생활자의 옹호를 자기 말로 풀이하면서, 바흐친은 자신의 가장 소중한 확신 중의 하나를 표현한다.

한 인간이 살아 있는 한 그는 자신이 종결되지 않았다는 사실, 그는 자신의 최후의 말을 하지 않았다는 사실 때문에 살아 있는 것이다. … 인간은 자유롭다. 그러므로 자신에게 강요되는 모든 규제적 틀을 위반할 수 있다. …

인간은 결코 자기 자신과 일치하지 않는다. 사람들은 그에게 A=A라는 동일률을 적용할 수 없다. 도스토옙스키의 예술적 사고에서 진정한 인격적 삶은 한 인간이 내적으로 불일치하는 지점에서 발생한다. 즉, 진정한 인격적 삶은 물질적 존재, 즉 엿볼 수 있고 한정할 수 있으며 자신의 의지와는 무관하게 '중재자를 통해' 예측할 수 있는 존재에게 부여된 모든 한계 너머의 출발점에서 발생한다는 것이다(PDP, 59쪽).

바흐친이 말하는 언표는 문장과는 달리 반복될 수 없으며, 결코 '기하학적 형상들처럼' 합동이 되게 만들어질 수 없다. 그와 마찬가지로, 인격들은 자기 자신과의 영원한 '불일치'로 정의된다—혹은 부분적으로 정의되지 않은 채 남는다.

윤리학과 '중재자'에 의한 정의

우리는 도스토옙스키 연구서가 사실상 이중의 책이라는 것을 알아봤다. 한편으로 그것은 저자에 대한 분석이며, 다른 한편으로 그것은 다성성과 대화적 진리 감각에 대한 광범위한 숙고다. 이제는 그 책을 세 번째 방식으로, 즉 윤리학에 대한 성찰로도 볼 수 있다는 것이 명백해졌을 터이다.

바흐친이 이해하는 도스토옙스키의 경우나 바흐친의 경우 '중재자'에 의해 타자를 정의하는 것은 근본적으로 비윤리적이다. 우리는 타자를 "인격"으로, 즉 "아직 최후의 말을 하지 않은"(PDP, 59쪽) 누군가로 대해야만 한다. 비록 바흐친이 특정한 적대자를 공격하지는 않았지만, 프로이트주의와 마르크스주의처럼 자아를 종결적으로 대하는 접근법을 염두에 두고 있는 것처럼 보인다. 실제로 그는 삶을 순수 인과적 용어로 설명하려고 하는 서양의 '뉴턴주의적' 사고 전통을 생각하고 있다.

바흐친은 도스토옙스키 작품에 등장하는 몇몇 주인공들을 언급하는데, 이들은 살아 있는 사람들을 중재자에 의해 정의하는 것을 윤리적 이유로 반대한다. 그들은 중재자에 의한 정의가 어떤 사람에 대해 본질적으로 정확한 어떤 것을 말해 줄 때조차도 그 정의가 중재자에 의한 정의라는 바로 그 사실 때문에 그것은 깊은 의미에서 볼 때 그릇된 것일 뿐 아니라 도덕적으로 잘못된 것이라고 주장한다. "타자의 입에서 나온 한 사람에 대한 진리는 그 사람에게 대화적으로 향하는 것이 아니므로 결국 **중재자에 의한 진리**일 뿐이다. 그래서 그 진리가 사람의 '가장 성스러운 부분', 즉 '가장 인간적인 부분'을 건드린다면 그것은 그를 격하시키고 고사시키는 거짓말이 된다"(PDP, 59쪽). 《백치》에서 아글라야는 이폴리트의 자살 기도에 대한 미시킨의 분석에 반대한다. "나는 이 모든 것에서 당신의 매우 비열함을 보게 됩니다. 왜냐하면 당신이 이폴리트를 판단하듯이 **한 인간의 영혼을 들여다보고 판단한다는 것은 매우 잔인한 일**이기 때문입니다. 당신은 다정하지 않고, **진리밖에 모르며, 그래서 부당하게 판단하는 것입니다**"(《백치》, 제3부 제8장. PDP, 60쪽에서 재인용. 고딕체는 바흐친이 강조한 것이다). 바흐친의 주석은 이렇다. "진리가 **다른 사람**의 인격의 심부에 관련될 때 진리는 부당하다"(PDP, 60쪽).

알료샤가 스네기료프 장교의 마음 상태를 분석하면서, 그 장교가 다음번에는 **틀림없이** 호의를 받아들일 것이라 예측했을 때, 리즈는 다음과 같이 말한다. "우리는 그에게, 저 불쌍한 사람에게 모욕을 준 게 아닐까요? 이런 식으로, 말하자면, **위에서 내려다보듯 그의 영혼을 분석했을 때** 말이에요. 너무도 확실하게 그가 그 돈을 받을 것이라고 단정했을 때 말이에요"(《카라마조프 가의 형제들》, 제5권, 제1장, 257쪽). 이런 구절은 바흐친의 윤리적 입장의 반향처럼 들린다.

자신은 심리학자가 아니라는 도스토옙스키의 주목할 만한 진술을 바흐친이 거론한 것도 이런 맥락에서였다. 도스토옙스키에 대해 비판적 반응을 보이는 사람들은 특히 프로이트가 도스토옙스키의 소설들을 그 심리학적 깊이 때문에 높이 평가했다고 생각하는 경향이 있다. 그러나 도스토옙스키는 이렇게 적고 있다. "그들은 나를 **심리학자**라고 부릅니다. **그것은 진실이 아닙니다. 나는 다만 더 높은** 의미에서의 리얼리스트에 불과합니다. 다시 말해서 나는 인간 영혼의 심층부를 묘사할 뿐입니다."[8]

바흐친의 경우 이 구절은 매우 중요하며, '중재자에 의한 정의'에 대한 리즈와 아글라야의 반발뿐 아니라 드미트리의 심판에서도 보이는 심리학자에 대한 도스토옙스키의 풍자와 연결된다. 도스토옙스키가 거부했던 '심리학'은 정확히 말해서 '중재자에 의한 심리학'이다. 그것은 한 인간의 의식을, 그의 통제를 받지 않는 무의식적, 생리적, 화학적 힘들의 유희로 환원해 버린다. 프로이트와 파블로프만큼 독특한 심리학자들은 전통적으로 그러한 환원에 자부심을 느꼈지만, 바흐친은 그것을 혐오했다. 제5장에서 본 것처럼, 인격에 대한 '과학적' 접근은 무의식적 충동을 통해 심리를 기술하려 하는 프로이트의 시도를 바흐친이 왜 혐오했는지를 일부 설명해 준다. "도스토옙스키는 … 심미적 시각화를 깊이, 즉 깊숙하고 새로운 층에까지 이동시켰으나, 그것이 무의식의 깊이는 아니다. 오히려 의식의 높이에 있는 깊이라고 할 수 있다. … 무의식의 어떠한 콤플렉스보다 의식이 훨씬 더 경악스럽다"(TRDB, 288쪽).

타자를 이해하는 적절한 방식은 '심리학적'인 것이 아니라 대화적인 것이다. 도스토옙스키의 작품에서 타자를 실질적으로 이해하는 주인공들은 "대화적 직관"(PDP, 61쪽)을 소유한 사람들이다. 이때 대화적 직관은 **전적인 종결불가능성 속에 있는** 타자의 내적 대화를 감지하고, 개방성을 존중하면서 그 대화에 참여하는 능력을 말한다. 그들은 '본질적' 잉여에 대한 욕망을 거절하고, 그 대신에 말 거는 잉여를 구한다. 바흐친에 따르면 이러한 접근법은 인간 본성과 관련해서도 더욱 정확할 뿐 아니라 유일하

---

8 도스토옙스키, 《도스토옙스키 노트에 기재된 전기, 편지 및 메모Biografiia, pis'ma i zametki iz zapisnoi knigi F. M. Dostoevskogo》(St. Petersburg, 1883), 373쪽. PDP, 60쪽에서 재인용.

게 윤리적이다.

도스토옙스키 연구서의 윤리적 의제는 신학적 의제와 관련되는 것 같다. 우리는 신이 이 세계를 '아인슈타인적' 방식으로, 즉 다성적으로 창조했다고 생각할 수 있다. 신은 종결 불가능한 존재들을 창조했고, 그들은 진정으로 자유로우며 자신의 창조주를 놀라게 했던 도스토옙스키의 인물들처럼 신을 놀라게 할 능력을 지니고 있다. '세계의 향연'에 직접 참여하기 위해서 신은 스스로 육화되고 시험을 당했다. 마치 도스토옙스키가 자신의 이념을 시험하기 위해서 이념을 샤토프, 조시마, 티콘으로 육화했던 것처럼 말이다. 그리스도는 세계'에 들어가 살았고', 결코 종결되지 않는 '대화적 직관'으로 사람들에게 말을 걸면서 자신이 완벽한 대화 상대자임을 입증했다.

마지막으로 도스토옙스키 연구서는 반마르크스주의라는 정치적 의제를 함축하고 있는 것 같다. 분명히 소련이라는 맥락에서 이러한 견해는 직접적으로 표현될 수 없었다. 그러나 바흐친은 '변증법'(소련에서 마르크스-레닌주의가 공식적으로 변증법적 유물론과 동일하다는 것은 어린애도 안다)에 대한 장문의 공격을 통해 그런 행위에 두드러지게 근접한다. 오랫동안 계속된 바흐친의 '반변증법'적 열정은 도스토옙스키의 다성성을 설명하는 가운데 피상적인 목적 이상으로 두드러지게 나타난다. 바흐친은 1963년 도스토옙스키 연구서를 개정할 기회가 주어졌을 때, 변증법에 대한 비판을 길게 서술할 호기를 맞았다. 또한 바흐친은 사실상 소련에서 과녁으로 삼는 것이 허용되었던 헤겔주의와 유토피아주의를 명시적으로 비판한다. 그러나 변증법에 대한 비판과 더불어, 이 대목은 우리가 '점선'을 그어 볼 수 있는 지목되지 않은 적수, 즉 마르크스주의와 삼각형을 이룬다.

유토피아적 사유에 대한 바흐친의 규정은―전부 다―변증법에 대한 진술과 매우 유사하다. 이들 사유는 양쪽 모두 철저하게 독백적이고, 근대 유럽의 사유에서도 최악의 것을 반영하고 있으며, 별개의 종결 불가능한 인격과는 근본적으로 아귀가 맞지 않는다. "유럽의 모든 유토피아주의는 이러한 독백적 원리 위에서 건설되었다. 여기에는 확신의 전능함을 신봉하는 유토피아적 사회주의도 포함된다. 의미론적 통일성은 단일 의식과 단일 시점에 의해서 재현되는 곳이면 어디에나 존재한다"(PDP, 82쪽). 물론 무오류성과 '전능'을 요청하고, 결국 '확신과 ⋯ 단일 시점의 전능'을 유지했던 것은 소련의 마르크스주의였다. 1929년이나 1963년의 연구서보다 더 심하게 노골적인 경우는 거의 없을 것이다.

바흐친의 경우, 유토피아주의는 그 전반적인 형식에서 독백적인데, 왜냐하면 그것은 사람들과 그들이 살고 있는 세계에 대해서 "최후의 말을 가지고 있다"고 주장하기 때문이다. 그러나 "세계에 대한 최후의 말은 아직 발화되지 않았다. ⋯ 모든 것은 아직도 미래에 있으며 언제나 여전히 미래에 있을 것이다"(PDP, 166쪽). 그리고 만일 유토피아주의가 진실로서 입증된다면, 우리의 일상적 삶은 어떤 패턴의 단순한 사례가 될 것이며, '중재자에 의한' 이론에 의해서 서술될 수 있을 뿐만 아니라 이미 서술되어 있을 것이다. 도스토옙스키의 지하 생활자가 주장하듯이, 사람들은 '피아노의 키' 혹은 '오르간의 페달'이 되고 말 것이다. 그리고 삶은 '대수對數의 일람표' 비슷한 어떤 것에 따라 미리 결정될 수 있는 비창조적 행동으로 변하게 될 것이다. 우리는 실제로 존재하는 대신, 존재의 알리바이만을 소유하게 될 것이다.

제3부

소설의 이론들

제7장

장르의 이론

MIKHAIL
BAKHTIN

서양에서 바흐친이 얻은 명성은 상당 부분 그의 장르 이론 및 소설 이론에 기대고 있다. 문학비평가들 사이에서 그는 '대화적 상상력The Dialogic Imagination'이라는 제목으로 번역된 1930년대의 에세이들을 통해 알려져 있는데, 이 에세이들 전체는 서사 장르의 역사를 다루고 있다. 다른 영역의 학자들은 라블레, 패러디적인 사회 형식들, 그리고 '카니발화된' 장르로서의 소설에 대한 연구서를 가장 먼저 떠올리곤 한다.

따라서 그의 이력의 세 번째 시기까지 장르나 소설의 범주가 그의 주된 관심사가 아니었다는 것은 놀랄 만한 일이다. 1930년대에 들어서야 바흐친은 자기가 관심을 갖고 있던 문제들을 충분히 해결할 수 있겠다고 생각한 듯하다. 언어에 대한 새로운 관심이 바흐친을 두 번째 시기로 나아갈 수 있게 했던 것처럼, '소설성'과 장르에 대한 좀 더 일반적인 질문들로의 전환이 세 번째 시기로의 이행을 특징짓는다.

도스토옙스키 연구서의 개정판만을 아는 사람들에게는 이 말이 이상하게 들릴 텐데, 그도 그럴 것이, 그 책의 제4장과 결론은 장르 이론을 광범위하게 다루고 있기 때문이다. 하지만 그 부분은 1929년 초판에는 실려 있지 않다. 그것은 사실 바흐친의 제3기와 제4기 사상의 산물인 것이다. 돌이켜 보면, 도스토옙스키 연구서 초판은 기껏해야 나중에 바흐친의 소설 이론들을 통해 풍부해지게 될 개념들(특히 '산문적 말'과 대화적 진리 개념에 대한 그의 관심)의 맹아를 포함하고 있을 뿐이다.

바흐친 모임에서 장르에 대한 최초의 진지한 논의가 바흐친이 아닌 메드베데프에게서 시작되었다는 사실은 아마 훨씬 더 놀라울 것이다. 《문학 연구의 형식적 방법: 사회적 시학의 비판적 입문》(1928)의 한 장은 문학에 대한 훌륭한 사회학적 접근법이라면 반드시 장르에 기초해야 한다는 점을 논증하고 있는데, 여기에서 메드베데프는 장르가 개인들의 사회적 경험을 형성하며 전달한다고 주장한다. 이러한 관점을 누가 먼저 정립했는지는 이 자리에서 규정할 수 없지만, 바흐친은 메드베데프의 지론에서 강한 인상과 영향을 받았던 것 같고 그래서 그것을 다듬고 확장하고 수정하고자 한 듯하다. 그 후 수십 년간에 걸쳐 일정 정도의 성취를 거두면서야, 바흐친은 장르와 소설의 프리즘을 통해 자기가 흥미를 느끼고 있던 개념들과 관심사들을 다루게 되었다.

아래에서부터 읽기

메드베데프의 예비적인 논의는 바흐친의 생각에 대한 유용한 입문이 될 수 있다. 형식주의자들의 접근법과는 정반대로, 메드베데프는 시클롭스키와 토마솁스키 등이 문제들을 묻고 답하는 방식 자체를 공격한다. 메드베데프가 설명했듯이, 형식주의자들은 '부분에서 전체로', 그리고 '아래에서부터' 장르에 접근했다. 그러나 위에서부터, 그리고 전체 작품에서 그 구성 부분으로 접근하는 것이 필요하다. 형식주의자들에게 문학이론의 일차적인 관심사는 언어적 요소들이었는데, 이는 장르와 같은 언어적 요소들의 복합체가 필연적으로 나중에 구성된다는 것을 뜻했다. 메드베데프에게 일차적인 관심사는 청중에게 지향된 사회적 사실로서의 작품이었다. 그에게 이것은 전체 언표의 형식들—즉, 언표의 장르—이 출발점이 되어야 한다는 것을 뜻했다. 결국 우리는 음소가 아니라 언표에 반응한다. 통사론적이거나 문법론적인 요소들이 아니라 동화나 소설들이 우리에게 작용한다. "시학은 실로 장르에서 끝나는 것이 아니라 장르에서 출발해야 할 것이다. 왜냐하면 장르는 전체 작품, 전체 언표의 전형적인 형식이기 때문이다"(M: FM, 129쪽).

메드베데프에게 '전체 작품'이란 세계에 대한 특정한 개념화이며, 장르
란 그것을 파악하는 포괄적인 방식, 특정한 개념화를 시작하는 출발점이
다. 특정한 요소들, 장치들, 또는 주제들의 선별은 작품의 '시각'의 소산이
다. 반대 입장을 취하는 형식주의자들에게 이것들은 손쉬운 목표에 불과
하다. 메드베데프는 그들을 비판하면서, 대안적 이론의 근본 교의를 간략
하지만 명료하게 설명한다.

특히 메드베데프는, 형식주의자들에 대한 독해를 통해 추려 낸 다음과
같은 전제들을 반대했다.

① 작품의 주제(또는 포괄적인 의미)는 그 구성 부분들의 주제의 총합이다.
　 메드베데프는 다음과 같은 토마솁스키의 말을 인용한다. "예술적으로
　 표현된 다양한 문장들은 의미에 따라 결합되며, 공통의 이념이나 주제
　 에 의해 통일된 일정한 구성물을 낳는다. 주제(이야기되고 있는 바)는 작
　 품 내에 분리되어 있는 요소들의 의미의 통일이다. 우리는 전체 작품
　 의 주제와 그 분리된 부분들의 주제들에 대해서 말할 수 있다"(토마솁스키,
　 《문학이론Teoriia literatury》. M: FM, 131쪽에서 재인용).

② 작품의 각 부분은 본성상 언어적이다. 즉, 작품은 궁극적으로 문장,
　 절, 단어로 분해될 수 있다.

③ 이 부분들은 '장치'를 통해 결합된다. 인물이나 철학과 같이 흔히 순진
　 한 독자들이 관심을 갖는 작품의 특정 측면들은, 사실 예술가의 유일
　 하게 진정한 관심사인 장치들의 결합이 낳은 부산물에 불과하다.

④ 장르는 장치들의 위계를 배치하는 특정한 방식이다. 그 위계는 그것의
　 정점, 즉 지배소에 의해 강제된다.

⑤ 문학사를 통해 다양한 위계들이 '마모'되고, 다른 위계들로 대체된다.

낡은 위계들은 (그 대체물 역시 마모될 때까지) 대중문화 속으로 떨어지고 고급문화의 주변으로 밀려나는데, 이곳에서 두 개의 위계가 자리바꿈을 할 수 있다.

메드베데프는 장르에 대한 자신만의 대안적 견해를 제시하기 전까지 이 전제들 각각에 대해 줄곧 반대해 왔다. 그는 처음부터 문학작품이 언어적 요소들로 분해될 수 없다고 주장했다. 여기에서 그의 논의는 언표와 문장을 구별하는 바흐친의 후기 견해와 매우 닮아 있다. 언표만이 의미를 지닌다. 작품들은 언표다. 그리고 문장은 그와 다른 질서의 한 단위다. 비록 언어적 요소들이 언표에 필요하기는 하지만, 그것들만으로는 결코 충분하지 않다. 메드베데프가 주장하듯이, "작품의 주제적 통일성은 그 단어들과 개별 문장들의 의미의 결합이 아니다. … 주제는 이 의미들로 이루어져 있지 않다. 주제는 이 의미들의 도움을 받아 형성되는 것이지만, 그것들은 다른 모든 의미론적인 언어적 요소들과 동일한 정도로 도움을 줄 뿐이다. 언어는 주제를 지배할 수 있도록 도움을 주지만, 우리는 결코 주제를 언어의 한 요소로 만들어서는 안 된다"(M: FM, 132쪽).

바흐친과 마찬가지로 메드베데프는 근본주의적인 것이든 상대주의적인 것이든, 본질주의적인 것이든 해체론적이라고 칭할 수 있는 것이든 상관없이 모든 형태의 언어적 환원론을 일관되게 반대했다. 메드베데프는 형식주의적 원자론을 공격하면서, "주제란 언제나 언어를 초과한다. … 그것은 전체 발화이자 그 발화의 형식들이어서, 주제를 조절하는 그 어떤 언어적 형식들로도 환원될 수 없다. 작품의 주제는 일정한 사회역사적 행위로서 전체 언표의 주제다. 따라서 주제는 언어적 요소들과 분리될 수 없는 것과 마찬가지로 언표의 총체적 상황과 분리될 수 없다"(M: FM, 132쪽). 그러므로 위에서 언급한 형식주의자들의 두 번째 전제, 즉 작품을 (메타언어학적인 것이 아닌) 언어적 요소들로 환원시키는 전제는 오류다. "주제를 실행하는 것은 문장이나 종지부 또는 그것들의 총합이 아니라, 노벨레, 소설, 서정시, 동화다. … 동화란 문장과 종지부들로 이루어지지 않는다"(M: FM, 132쪽).

형식주의의 언어학적 원자주의는 또 다른 이유에서도 틀렸다. 문장은 다만 잠재적 의미를 지닐 뿐이고 언표만이 진정한 의미를 지니기 때문에, 우리는 특정한 부분들의 의미라는 것을 말할 수 없다. 바흐친이 언어학자들은 은밀히 또는 부지중에 문장이 언표로 기능하는 상황을 상상하기 때문에 진정한 의미를 문장에 귀속시키곤 한다고 주장했음을 우리는 기억한다. 언어학자들처럼 생각할 경우 문장은 의미가 '밀수입된' 일종의 의사 언표가 된다. 메드베데프는 형식주의자들이 작품 내의 독립된 부분들의 의미에 대해 말할 때 이와 유사한 밀수입을 행하고 있다고 주장한다. 엄격히 말해서 메드베데프는, 부분은 오직 "이 부분들이 독립될 수 있고 현실에 대한 정향과는 상관없이 〔전체〕 언표가 종결될 수 있다고 상상할 때"만 의미를 지니는 것으로 상상될 수 있다고 주장한다(M: FM, 132쪽). 그러나 부분은 부분으로서 의미를 지니지 않으며 오히려 전체 언표의 의미에 귀속된다. 따라서 위에서 기술된 형식주의자들의 첫 번째 전제 역시 오류다. 왜냐하면 그 전제는 전체의 의미를 부분들의 의미의 총합으로 만들기 때문인데, 사실상 부분은 그와 같은 의미를 지니지 않는다.

형식주의자들의 세 번째 전제—작품이 장치를 통해 조직된다는—는 도덕성과 인물의 문제에 관심을 갖는 사람들의 경우 어딘가 교양이 결여되어 있음을 암시하는 것으로 표현되곤 했다. 한꺼번에 말해서 형식주의자들의 세 번째, 네 번째, 다섯 번째의 전제는 소박한 독자들은 위대한 작가를 도덕 교사, 사회 연구자, 철학자, 또는 심리 분석가로 간주할 뿐이지만, 정확한 이론은 저자가 진정으로 숙련된 기술자라는 사실을 가르쳐 준다는 것을 암시하고 있다. 저자는 기성의 요소들을 예술적인 전체로 결합하는 효과적인 방법들을 개발한다는 것이다. 메드베데프는 이 형식주의적 전제들을 예증하면서 소설의 기원과 《돈 키호테》의 '제작'에 대한 시클롭스키의 논의를 인용한다.

시클롭스키에 따르면, 장편소설은 단편소설의 모음집에서 발생했다. 첫째, 저자는 이야기를 따로따로 쓰고는 그것들을 '공통의 틀' 속에 결합하는 방식을 발견했다(《데카메론》이 그 예다.)(시클롭스키, 《돈 키호테》는 어떻게 만들어졌는가 Kak sdelan Don-Kikhot). M: FM, 136쪽에서 재인용). 그 다음 단계는 이야기들을 연결하는 좀 더 나은 방법을 찾는 것이었다. 저자는 이야기들을 '서로 얽는 법 nanizyvanie'을 발견했다. 저자는 그것들을 별개 사람들의 별개의 서사로 구성하는 대신, 그것들을 단일한 인물의 삶의 에피소드들로 변형했다. 이런 방식으로 근대소설이 생겨났다는 것이다.

시클롭스키는 처음엔 이러한 기술이 일관되지 못하게 행동하는 주인공들을 만들어 냈다고 주장한다. 돈 키호테라는 복잡하고도 역설적인 인물은 어떤 철학적이거나 심리학적인 통찰을 예증하기 위해서보다는 일관되지 못한 모험들을 서로 얽다가 만들어 낸 순전히 우연적인 산물일 뿐이다. 시클롭스키는 다음과 같이 결론짓는다. "하이네Heinrich Heine가 그토록 찬미하고 투르게네프가 입에 침이 마르도록 격찬한 돈 키호테라는 전형은, 저자가 처음부터 의도한 목표가 아니었다. 그 전형은 언어 운용의 기법이 종종 새로운 시 형식들을 창안해 내는 것과 마찬가지로, 소설을 구성하는 과정의 소산이었다"(시클롭스키, 《돈 키호테》는 어떻게 만들어졌는가). M: FM, 136쪽에서 재인용).[1]

---

1 시클롭스키는 계속해서 다음과 같이 말한다(그리고 메드베데프의 인용은 계속된다). "소설의

메드베데프가 보기에 시클롭스키가 지니는 특별한 가치는, 형식주의적 전제들을 논리적으로 따를 때 이르게 되는 극단적 결론들에서 결코 벗어나지 않는다는 데 있다. 시클롭스키는 더 눈치 빠르고 더 비일관적인 동료들보다 그 전제들의 근본적인 어리석음을 더 잘 전경화前景化한다. 메드베데프가 보기에, 투르게네프와 같이 '심미적 교양이 결여된 자'가 세르반테스Miguel de Cervantes Saavedra의 걸작에서 미묘한 인물 형상화와 무시간적 지혜를 발견함으로써 그 작품을 잘못 읽고 '격찬했다'는 시클롭스키의 의견은, 형식주의적인 '아래에서부터'의 추론의 결과이며 결국엔 부조리로 환원되고 말 것이다.

장르의 눈

만일 장르가 장치의 집합체도 아니고 언어적 요소들을 결합하는 특정한 방식도 아니라면, 도대체 무엇인가? 메드베데프는 이 질문에 아주 분명하게 답한다. 장르는 현실의 어떤 주어진 부분을 가시화하는 특정한 방식이다.

이러한 점에서 장르는 문학에만 특유한 것이 아니라 '외적'이든 '내적'이든 우리의 모든 일상적 발화를 제어한다. 내적 발화(또는 사고)는 "단어와 문장의 연결체"(M: FM, 134쪽)가 아니다. 오히려 "우리는 언표 속에서 생각하고 개념화"하며, 언표는 궁극적으로 "통사적" 원리가 아니라 "장르적" 원리에 따라 조직화된다(M: FM, 134쪽). 이 원리는 보는 방식을 정립한다. 경험

중간쯤에서 세르반테스는 이미, 돈 키호테에게 자신의 지혜를 실어 줌으로써 자신이 돈 키호테를 이중적으로 만들었음을 잘 알고 있었다. 그리하여 그는 이 사실을 자신의 예술적 목적을 위해 사용했거나 사용하기 시작했다."

과 사회적 목적의 다양성은 장르의 다수성multiplicity을 필요로 한다. "(그러므로) 인간 의식은 현실을 바라보고 개념화하기 위한 일련의 내적 장르를 지니고 있다고 말할 수 있을 것이다. 어떤 주어진 의식은 그 이데올로기적 환경에 의존하면서, 장르 속에서 더 풍부해지거나 빈약해진다"(M: FM, 134쪽).

후일 바흐친은 사람들이 (문법, 통사론, 어휘, 발음법, 그리고 그 밖의 '언어학적' 범주들을 통해) 언어를 잘 알 수는 있지만, 여전히 "기존 영역에서 장르 형식들을 실질적으로 구사하지 못하기 때문에 특정한 의사소통 영역에서는 거의 무력함을 느낀다. … 여기서 문제는 어휘가 빈약하다든가 스타일이 추상적으로 다루어진다든가 하는 것이 아니다. 이는 전적으로 다양한 사회적 의사소통 장르들을 제대로 구사할 수 없다는 데서 발생하는 문제다"(SG, 80쪽)라고 주장하면서 비슷한 점을 입증했다. 외국어를 배우는 과정에서 이와 비슷한 경우가 발생한다. 비록 이해력과 어휘력이 뛰어나다 할지라도, 학습자는 계속해서 모국어의 장르들을 사용한다. 모국어든 제2의 언어든, 더 폭넓게 장르들을 제어할 수 있는 능력은 사회적 삶의 다양한 측면을 개념화하고 그것들에 참여할 수 있는 능력을 향상시킨다.

메드베데프에 따르면 형식주의자들과 많은 다른 이들이 그렇게 생각하듯이, 발화자(또는 작가)가 우선 현실을 이해하고 그 다음에 자신이 이해한 것을 표현하기 위한 형식들과 장르를 찾는다고 가정하는 것은 더할 바 없이 순진한 것이다. 예컨대 화가가 "우선 모든 것을 보고, 그 다음 자신이 본 것의 형태를 잡고, 그것을 특정한 기법에 따라 자기 그림의 표면에 그려 넣는다는 것은 진실이 아니다"(M: FM, 134쪽). 오히려 시각이 표현 장르에 의해 틀 지어진다. "시각과 표상은 융합한다"(M: FM, 134쪽). 새로운 장르를 배우면, 다르게 보는 법을 배우고 시야의 범위를 확장시키게 된다. "새로운 재현 수단은 가시적인 현실의 새로운 측면을 보게 만든다. … 예술가는 기성의 현실을 자기 작품의 표면에 억지로 갖다 붙이지 않는다. 표면은 예술가가 재료를 보고, 이해하고, 선택할 수 있게 도와준다"(M: FM, 134쪽).

메드베데프는 성공적으로 창조하기 위해 "예술가는 현실을 장르의 눈으로 보는 법을 배워야 한다"(M: FM, 134쪽)고 설명했다. 예술가는 기존 장르가 적용될 수 있는 현실의 여러 측면들을 보아야 하고, 그것들을 장르의 방식에 따라 가시화해야 하며, 진정으로 새롭고 가치 있는 무언가를 표현하기 위해 그 시각의 잠재력을 충분히 이용해야 한다.

이와 같은 취지에서 나중에 바흐친은, 작가가 자신이 선택한 장르를 오해하고 장르를 그것의 에토스에 맞지 않는 목적을 위해 사용하고자 함으로써 빚어진 특수한 유형의 실패에 대해 설명했다. 바흐친이 드는 예는 풍자적 소설 《죽은 혼》을 서사시 《신곡》의 첫 권으로 바꾸고자 한 고골의 불운한 시도, 즉 제2권의 절망적인 실패를 초래한 그 시도다. 바흐친은 다음과 같이 주장했다. "고골은 같은 작품에서 같은 인물들을 지옥에서 연옥으로, 그 다음에는 천국으로 이동시킬 수 없었다. 〔풍자적 소설에서 서사시로의〕 연속적인 이행은 불가능하다"(EaN, 28쪽). 왜냐하면 두 장르는 근본적으로 양립할 수 없는 방식으로 세계를 바라보기 때문이다. "이물질처럼 메니포스적 풍자의 세계 속으로 침입한 〔서사시적〕 파토스"는 "추상화되어 작품으로부터 떨어져 나오게" 된다(EaN, 28쪽).

간단히 말해, 고골의 실패는 재능이 부족하기 때문도 아니고 상상력의 쇠퇴 때문도 아니며, 자신의 기획이 수행될 수 없는 장르를 취했기 때문이다. 이러한 기획은 특별한 종류의 창조적 비극을 초래한다. "고골의 비극은 참으로 장르(형식주의적 의미에서가 아니라 가치 평가된 지각의 구역과 영역으로서의, 세계를 재현하는 하나의 양식으로서의 장르)의 비극이다. 고골은 러시아를 잃어버렸다. 즉, 그는 러시아를 지각하고 재현할 수 있는 자신의 청사진을 잃어버렸다. 그는 [서사시적인] 기억과 [소설적인] 거리낌 없는 접촉 사이의 어딘가에서 헤매게 되었다. 거칠게 말하자면, 그는 쌍안경의 정확한 초점을 맞출 수 없었다"(EaN, 28쪽).

이러한 논의를 제시하면서 메드베데프는—그리고 나중에는 바흐친도—장르를 특정한 맹목과 통찰의 결합체로 간주했다. 각각의 장르가 현실의 어떤 측면들을 다른 것보다 더 잘 개념화할 수 있다는 사실이야말로 사람들과 문화가 그 경험의 한계를 넓히는 만큼 지속적으로 새로운 장르를 배울 필요가 있는 이유다. "각각의 장르는 현실의 어떤 제한된 측면들만을 제어할 수 있을 뿐이다. 각각의 장르는 제한된 선별의 원리와 … 한정된 통찰 범위와 깊이를 지닌다"(M: FM, 131쪽).

따라서 메드베데프는 소설의 기원에 대한 시클롭스키의 설명에 여전히 또 다른 이의를 제기한다. 메드베데프에 따르면, 한쪽에 단편소설, 일화, 노벨레를, 다른 한쪽에 소설을 두고 양자 사이에서 오직 단어량의 차이만을 보는 것은 근본적인 오류다. 반대로 서사적 장르의 길이상 차이 자체는 대체로 시각 차이에 의한 결과다. 《전쟁과 평화》는 결코 긴 일화가 아니며, 《미들마치》 역시 교묘하게 '엮어 짠' 단편소설의 모음집이 아니다. 단편소설을 수백 쪽으로 늘릴 수 있을 테지만, 그렇게 한다고 '소설'을 만들어 내는 것은 아니다.

메드베데프가 보기에 단편소설은 본질적으로 삶을 일화적인 맥락에서 바라보는 경향이 있다. 그 장르는 메드베데프가 "삶의 일화적 측면"이라고 부르는 것을 포착하는 데 적합하다(M: FM, 134쪽). 그와는 반대로 소설은 한 시대 또는 그 밖의 커다란 사회적 현상의 근본적 성격을 묘사하는 데 적합하다. 각 장르는 다른 주제나 목적에는 부적절하다는 것이 입증될 것이다. 메드베데프가 고찰한 것처럼, "소설을 창작하기 위해서는 삶을 소설적 이야기의 맥락에서 바라보는 법을 배우는 것이 필요하며, 큰 규모에서 삶의 좀 더 넓고 깊은 관계들을 바라보는 법을 배우는 것이 필요하다. 우연적인 상황의 고립된 통일성을 포착하는 능력과 한 시대 전체의 통일성 및 내적 논리를 이해하는 능력 사이에는 차이의 심연이 존재한다"(M: FM, 134~135쪽).

따라서 새로운 장르의 창안은 순전히 기계적인 과정의 산물이라든가 무시되었던 장치들을 재생한 결과물일 수 없다. "만일 예술가의 지평에서 오로지 노벨레의 틀에 끼워 넣을 수 있는 삶의 통일성만 포착된다면, 그 예술가는 노벨레나 노벨레의 모음집을 만들어 낼 수밖에 없을 것이다. 그리고 노벨레의 외적 결합으로는 소설에 적합한 현실의 내적 통일성을 대체할 수 없다"(M: FM, 136~137쪽). 새로운 장르는 현실적인 사회적 삶의 변화를 반영한다. 그 변화는 경험에 대한 새로운 시각을, 그리고 발화, 사회적 행동, 문학의 상이한 장르를 불러일으킨다. 거꾸로 문학 장르들은 일단 생겨나면 사람들이 현실의 여러 측면을 새로운 방식으로 바라볼 수 있게 만들 수 있으며, 그리하여 이 장르들은 그것들이 생겨난 기원과는 무관하게 공공의 것이 될 수 있다. 대체로 "장르는 현실을 평가하고 현실은 장르를 명료하게 한다"(M: FM, 136쪽).

문학사

장르가 사회적 경험에 대응한다는 메드베데프의 논의는 문학사에 대한 형식주의적 견해들에 맞서 그가 전개한 논쟁에도 그늘을 드리우고 있다. 문학 형식들은 장치가 닳아 버리기 때문이 아니라 현실의 사람들이 자신들의 변화하는 삶을 이해하는 새로운 방식들을 창안해 내기 때문에 변화한다. 메드베데프는 마치 창조성을 해명하거나 역사성을 부정하는 새로운 방식을 발견할 때마다 필연적으로 미신을 떨쳐 버리기라도 해야 하는 것처럼 인간적인 노력들에 대해 기계적인 설명을 제공하려는 형식주의적 시도들에 특히 불만을 품고 있었다. 바흐친은 이와는 조금 다른 이유에서 메드베데프의 논의가 이론주의에 맞서 투쟁하는 데 적합하다고 생각했던 듯한데, 그는 형식주의에 대해서뿐만 아니라 구조주의, 기호학, 그리고 마르크스주의에 대해서까지 메드베데프의 논의를 적용했다. 특히 메드베데프는 다음과 같이 형식주의를 반대했다.

창조성을 기성gotovye 요소들의 재결합으로 여기는 형식주의자들의 기본 경향 … [형식주의자들에 따르면] 새로운 장르는 가까이에 있는 장르들에서 만들어진다. 모든 장르 내에서는 이미 마련된 요소uzhe gotovyi material의 재배치가 이루어진다. 예술가에게는 모든 것이 주어져 있다. 남겨진 것은 기성의 재료를 새로운 방식으로 결합하는 것뿐이다. 이야기는 주어져 있다. 필요한 것은 그것을 플롯으로 결합하는 것뿐이다. 플롯의 장치들 역시 주어져 있으며, 그것을 재배열하는 것이 필요할 뿐이다. 주인공도 주어져 있으며, 기성의 모티프에 그 주인공을 얽어 짜는 것이 필요할 뿐이다(M: FM, 140~141쪽).

메드베데프가 볼 때 진정한 문학사 이론이란 역사적으로 형성된 인간 경험과 장르를 통해 현실을 개념화하는 방식들 사이의 상호작용을 논하는 것이다. 장르는 수세기에 걸쳐 형성돼 온 것으로 설명될 것이며, 따라서 하위 장르들, 경향들, 또는 단명한 유파들을 낳은 더 급속한 변화들도 포착할 수 있을 것이다.

바흐친은 이러한 견해를 공유하게 되었으며, 문학사에서 장기간의 변화를 간과하고 "오직 문학적 경향들과 유파들의 투쟁만을" 보는 사람들을 다소 경멸적으로 이야기하게 되었다. "그러한 투쟁들은 물론 존재하지만, 부차적인 현상이며 역사적으로는 대수롭지 않은 것이다. 그것들 배후에서 좀 더 깊고 좀 더 진정으로 역사적인 장르들의 투쟁, 즉 문학의 장르적 골격의 확립과 성장을 감지해야만 한다"(EaN, 5쪽). 마지막으로 출간된 에세이에서 바흐친은, 장르에 대한 심원한 이야기라기보다 오히려 "문학적 유파들의 피상적인 투쟁"(RQ, 3쪽)으로 이해되는 문학사를 반복해서 비판한다.

간단히 말해서, 형식주의적 문학사 모델에 대한 메드베데프의 비판은 장르를 "사회의 역사에서 언어"와 문학"의 역사로 이어지는 전동 벨트"로 다루고자 했던 바흐친 모임의 몇 가지 시도들 중 최초의 시도였다(SG, 65쪽).[2]

메드베데프가 지적하듯이, 특히 초기 단계의 형식주의는 삶에 대한 새로운 시각을 이끌고, 새로운 장르와 새로운 종류의 작품들을 가져오는 현실적 경험을 무시하거나 부정하는 경향이 있었다. 형식주의자들은 표현을 필요로 하는 새로운 세계관보다는 오히려 낡은 형식들에 대한 지루함에서 새로운 형식들이 비롯된다는 생각을 완전히 떨쳐 버리지 못했다. 메드베데프는 티냐노프가 제시한 문학적 변화의 4단계 모델에 초점을 맞춘다. 첫째, 문학작품을 만드는 데 이미 자동화된 "구성 원리"는 반대되는 구성 원리로 대체된다. 둘째, 새로운 원리는 "가장 용이한 적용을 추구한다". 셋째, 그 원리는 지배적이게 되고 널리 퍼지게 된다. 넷째, 그 원리는 또다시 "자동화되고 그와 반대되는 구성 원리를 이끌어 낸다". 그리하여 이 과정

---

2 이러한 맥락에서 이루어진 볼로시노프의 논의는 V: MPL, 제2부 제3장('언어적 상호작용')에서 찾을 수 있다. 특히 '발화 장르'가 '삶의 장르'(V: MPL에서 '행동적 장르'라고 영역된)와 맺는 관계에 대한 논의를 참조하라. 91~92쪽·96~97쪽.

은 반복된다(티냐노프, 〈문학적 사실에 대하여O literaturnom fakte〉. M: FM, 166쪽에서 재인용).

　　메드베데프는 이러한 모델에 대해 수없이 반대했는데, 그중 몇 가지는 바흐친을 이해하는 데 특히 중요하다. 처음부터 형식주의적 모델은 역사에 대한 어떤 실제적인 감각도 알지 못한다. 정전화되지 않은 계열이 정전화된 계열을 영원히 대체하지만, 그러한 대체가 일어난다고 해도 아무런 차이가 없다. 사회적 경험에 대해서는 아무런 언급도 없다. "그 도식에 따르면, 18세기에 데르자빈G. R. Derzhavin의 전통이 자리 잡고, 19세기 초에 푸시킨의 전통이 자리 잡은 것은 순전히 우연한 일이다"(M: FM, 163쪽). 더욱이 단순한 반대는 하나의 구성 원리를 다른 구성 원리로 대체하게 될 뿐이므로, 낡은 구성 원리가 복귀할 수도 있다. 사실 형식주의자들은 그러한 반복이 문학사에 공통적인 것이라고 주장한다. 이론상으로는 두 가지의 구성 원리가 영원히 상호 교체될 수 있을 것이다. 메드베데프는 이런 식의 논의는 문학사를 완전히 '되돌릴 수 있는' 것으로 만든다고 주장한다. 그리하여 모든 진정한 역사성 개념을 구성하는 한 요소—즉, 시간착오—는 형식주의 이론에 전적으로 부재하게 된다.

　　아마도 메드베데프를 가장 골치 아프게 만드는 문제일 테지만, '지각의 자동화'와 '장치의 마모'를 문학사를 움직이게 하는 동력이라고 간주한다면, 그 동력에 의해 이루어지는 변화는 극히 짧은 시기에 완수되는 것에만 해당될 것이다. 특히 한 세대에서 닳아 버린 것은 후속 세대에게 필요하지 않기 때문에 변화는 한 세대 이상 지속될 수 없다. 형식주의자들에게 역사는 언제나 "영원한 현재"와 "영원한 동시대성"이다(M: FM, 171쪽). 그리하여 메드베데프는 분명 바흐친에게도 중요했을 질문을 던진다. "실로 오랜 세대에 걸쳐 시대를 넘어서야만 수행될 수 있는" 변화를 우리는 어떻게 설명해야 할 것인가? "이러한 과제는 현실적이고 역사적인 과제이기 때문이다"(M: FM, 171쪽).

메드베데프가 일깨워 주듯이 만일 형식주의적 견해를 받아들인다면, 그 선임자들의 작업을 지속시키는 세대는 독창성 없는 아류의 세대일 것이다. 문학, 과학, 또는 다른 어떤 영역에서든 진정한 독창성은 언제나 혁명의 문제일 것이다. "형식주의적 관점에서 볼 때, 감각론자를 제외하고, 모든 과학자는 아류다"(M: FM, 171쪽).

이미 살펴본 것처럼, 바흐친은 변화를 혁명으로 보기보다는 주로 산문적이고 연속적인 것으로 설명하는 모델들을 선호했다. 그러한 시각만이 일상적인 창조성과 평범한 책임성을 의미 있는 것으로 만들 수 있기 때문이다. 바흐친에게 이러한 산문적 관점은 근본적 변화가 이루어지려면 '장대한 시간'이 길게 확장될 필요가 있음을 뜻했다. 상이한 세계들과 우발적인 사건들에 순응해 전개되는 이러한 과정은 단순한 패턴에는 어울리지 않는다. 이 과정은 간결한 구조를 만들기는커녕 예측 불가능한 결과들을 가져온다.

문학사가 장대한 시간에 걸쳐 전개된다는 견해는 어떤 '기억 기관', 즉 경험이 한 세대에서 다음 세대로 전달될 수 있는 어떤 통로를 필요로 한다. 과거는 비록 세계를 보는 새로운 관점을 전적으로 결정하는 것은 아니지만, 그것을 형성할 수 있는 잠재력을 지니고 있음이 틀림없다. 바흐친은 장르를 기억의 핵심 기관이자 역사성의 중요한 매개체로 여기게 되었다.

예술적 사유의 형식들

바흐친의 문학이론들은 제3기에 상당히 다양하게 전개되지만, 전체적으로는 장르가 사유의 형식이며 소설은 인간 경험을 가장 정확히 개념화하는 방식이라는 한 쌍의 가설에서 출발한다. 도스토옙스키 연구서를 수정한 제4기에, 바흐친은 단성적 소설이 다른 문학 형식들보다 우월한 만큼이나 다성적 소설이 단성적 소설보다 우월하다고 주장하게 된다.

바흐친은 이렇게 주장한다. 근본적으로 새로운 장르를 만들어 내면서 도스토옙스키는 "완전히 새로운 유형의 예술적 사유khudozhestvennoe myshlenie를 창안해 냈다고 생각하는데, 우리는 일단 그것을 다성적이라고 명명하고자 한다. … 도스토옙스키가 세계에 대한 일종의 새로운 예술적 사유의 모델을 창조했다고 말해도 좋을 것이다"(PDP, 3쪽).

바흐친은 이 주장을 자기 책의 새로운 결론으로 발전시키면서 장르의 문제에 전념한다. 바흐친에 따르면 도스토옙스키는 산문 장르들에 혁명을 일으켰다. 그리고 장르는 사유의 형식이기 때문에, 도스토옙스키는 세계를 사유하는 방식에도 혁명을 일으킨 것이다. "우리는 다성적 소설의 창조가 소설적 산문, 즉 소설의 범위 내에서 전개되는 모든 장르들의 발전에서뿐만 아니라 인류의 **예술적 사유**의 발전에서도 거대한 한 걸음을 내딛은 것이라고 생각한다. 우리는 하나의 장르로서의 소설의 경계를 넘어 특별한 **다성적인 예술적 사유**에 대해 말할 수 있을 것이다"(PDP, 270쪽). 바흐친은 도스토옙스키와 마찬가지로 세계에 대한 완전히 새로운 개념화를 통해 인류를 풍요롭게 한 아인슈타인을 종종 그에 필적할 만한 인물로 꼽는다.

도스토옙스키의 새로운 사유에서 가장 중요한 점은, 그것이 이전에는 전혀 접근할 수 없었던 인간 경험의 여러 측면을 접할 수 있게 했다는 점이다. 도스토옙스키 이전의 소설가들은 도덕적 책임과 인간적 선택에 대해 쓸 수는 있었지만, 그들 자신의 '본질적 잉여'와 플롯에 대한 진전된 지식은 인물의 자유를 그 모든 종결 불가능한 '사건성' 속에서 가시화할 수 없게 만들었다. 추상적 전사轉寫의 문제에 대해 자기 나름의 논의를 전개한 철학자들도 사건성과 '당위성'의 희미한 그림자 이상은 쓸 수 없었다. 그러나 도스토옙스키의 특별한 새 소설은 처음으로 "인간 존재의 저편, 그리고 무엇보다도 **단성적** 입장에서는" 이해할 수 없는 "**사유하는 인간 의식과 그 존재의 대화적 영역에 접근할 수 있게 했다**"(PDP, 270쪽).

이리하여 도스토옙스키의 다성성 창조는, 그것이 처음 나타난 문화적 영역을 훨씬 넘어서는 곳에까지 코페르니쿠스적 혁명을 일으켰다. 사실 모든 새로운 장르들은 그것이 예술적 사유의 형식에 깊이 뿌리박고 있다면, 위대한 철학 이론이나 과학 이론들이 그렇듯이 널리 적용될 수 있는 잠재력을 지니고 있다. 새로운 장르는 우리가 가지고 있는 세계관의 목록을 풍부하게 만들며, 로바쳅스키 등의 비유클리드 기하학이 상대주의적 우주 모델에 뜻밖에 적용된 것과 마찬가지로 먼 미래에 예기치 못한 적용도 가능하다는 것이 입증될 것이다.

바흐친에 따르면 지성사가들은 장르와 예술 형식들을 사유의 형식들**로서** 인정하지 않기 때문에 사상사의 가장 위대한 발견들을 놓치곤 한다. 그들은 텍스트나 책자에 실려 있는 명백한 진술들만 국한해서 다루거나, 설혹 문학작품을 다루더라도 철학적인 **내용**을 지닌 문장들만을 검토한다. 그러나 세계 사상에서 가장 위대한 발견들은 예술적 **형식**의 구체적 가시화 속에서 처음—또는 오직 거기에서만—발생했다. 철학적 전사도, 적절한 방식으로 생겨난 것들은 장르나 하위 장르의 창조를 불러일으키곤 했다.

바흐친이 지성사가들에게서 찾은 이러한 오류의 주된 사례는 교양소설(성장소설Bildungsroman)에 대한 그의 논의에서 나타난다. 18세기 사상에 대한 논의들이 공통적으로 인정하는 바는 그 시대의 경우 실제적인 역사적 감각이 부재했다는 점이다. 바흐친에 따르면, 이러한 판단은 연구를 확증해 주지 않는 텍스트들을 무의식중에 배제해 버리는 연구의 통상적인 범위 제한에서 비롯된 것이다. 연구의 범위 제한을 변화시켜 이전에 제대로 평가되지 못한 증거들까지 포함함으로써, "일반적으로 계몽주의 시대에는 역사성이 결여되었다는 악명 높은 견해는 근본적으로 수정되어야만 한다"(BSHR, 26쪽). 바흐친은 18세기에 시간과 역사를 개념화하는 일련의 새로운 방식들이 발전되었다고 주장한다. 그러나 흔히 사상사가들에게 오해돼 온 그 실험들은 철학 책자의 형식이 아니라 새로운 종류의 서사 형식을 취했다. "역사적 시간을 드러내게 될 이 과정은, 계몽주의 사상가들의 추상적인 철학적 견해라든가 엄격하게 역사적인 이데올로기적 견해에서보다는 **문학적 창조력**에서 더 빠르게, 완전하게, 그리고 심오하게 이루어졌다"(BSHR, 26쪽).

철학 논문이 어떤 종류의 문제들을 논하는 데 소설보다 더 적절한 것과 마찬가지로, 다른 문제들을 이해하는 데는 소설이 더 적합하다. 특히 소설은 전사轉寫의 원리를 모르기 때문에, 또는 전사 그 자체가 설명된 현상의 본질을 결정적으로 변화시킬 수 있기 때문에, 쉽게 규칙과 추상적 개념으로 '전사될 수' 없는 경험의 형식들에는 가장 적합하다. 이미 살펴본 것처럼 윤리적 문제는 전사될 경우 필연적으로 근본적인 성격 변화를 겪게 된다. 시간과 역사의 상이한 감각들도 전사된다면 마찬가지로 성격 변화를 겪게 될 것이다.

바흐친이 특정한 시간 감각이 **아직** 전사될 수 없다고 말하고자 했는지, 또는 그 시간 감각이 **원칙적으로** 전사될 수 없다고 말하고자 했는지는 불분명하다. 하지만 바흐친이 ① 특정한 시간 감각처럼 매우 구체적이고 복잡한 것을 어떤 비서사적 형식으로든 깊이 탐구할 수 있다고 생각하기 어렵다는 것, 그리고 ② 오늘날까지 시간적 경험의 다양성에 대한 감각을 소설만큼 풍부하게 제공하는 형식은 없었다는 것을 단언했음은 분명하다. 〈리얼리즘의 역사에서 교양소설과 그 의미〉라는 에세이와 거의 책 한 권 분량이 되는 〈소설의 시간 형식과 크로노토프 형식: 역사적 시학을 위한 노트〉라는 연구물은 소설적 통찰들을 시간으로 번역하기 위해 최대한의 노력을 기울이고 있다.

　장르는 명제를 설명하는 방식이 아니라 구체적인 사례를 전개하는 방식으로 세계에 대한 시각을 전달한다. 철학 이론처럼 세계관의 특성을 일일이 열거하는 대신, 장르는 독자로 하여금 세계를 특정한 방식으로 볼 수 있게 해 준다. 결코 정식화되지 않는, 경험에 대한 특수한 감각은 저자가 그/그녀의 작품을 창조할 때 그 과정에서 노력의 방향을 좌우한다. 장르에 기여하는 저자는 장르를 통해 세계를 경험하는 법을 배우며, 특히 작품이 의미심장하고 독창적일 경우엔 미래를 가시화하는 장르의 능력을 풍부하게 하는 법을 배운다. 간단히 말해서, 보는 방식으로 이해되는 장르는 (통상적인 의미에서) '형식'이라든가 (일련의 교의들로 부연될 수 있는) '이데올로기'가 아닌, '형식 창조적 이데올로기'—즉, 경험에 대한 특정한 감각을 구체화하는 특정한 창조적 행위—로 설명되어야 한다. 바흐친이 형식주의를 반대하는 것은 다름 아니라 형식주의가 형식의 중요성을 과소평가하기 때문이라고 말할 수 있을 것이다.

　제6장에서 우리는 다성적 소설의 형식 창조적 이데올로기가 저자의 지위 변화를 통해 구현되는 대화적 진리관과 관련되어 있음을 살펴보았다. 또한, 바흐친이 실제적인 것에 대해 비판적으로 부연하는 따위의 오류를 범하지 말라고 경고한 것도 살펴보았다. 기존의 형식 창조적 이데올로기를 전달하는 가장 좋은 방법은 그것의 진리 감각과 그 감각이 실현된 형

식에 대해 논하는 것이 될 테지만, 이러한 분리 자체는 필연적으로 장르를 지나치게 단순화한다. 이렇게 분리하면서도, 그것이 필연적으로 장르의 '생명'을 결여하고 있다는 점은 분명히 해야 할 것이다. 상당히 복잡한 장르의 형식 창조적 이데올로기는 결코 일련의 규칙들로 환원될 수 없으며 어떤 다른 방식으로도 완전히 전사될 수 없다. 다른 곳에서와 마찬가지로 이곳에서도 분석 도구로서의 전사의 적절한 사용은 현실적 시각이 놓여 있는 방향을 지시해 주거나, 장르의 지혜를 파악하는 정도만큼 추상적 분석을 보완해 줄 것이다. 전사된 명제들을 장르의 본질과 혼동하지 않는 한, 그것은 도움이 될 것이다. 이러한 의미에서 전사된 명제들은 일련의 언어학적 규칙과 유사한데, 그 규칙들은 언어가 궁극적으로 규칙의 문제가 아니라 할지라도 유용할 수 있다.

장르는 형식적 특징들의 생명 없는 집합체도 아니고 철학적 전제들의 추상적 결합체도 아니다. 비록 비판적인 전사들이 양자에 모두 관련되어 있을지라도 말이다. 사실 저자는 주어진 장르로 글을 쓸 때 장르의 형식 창조적 이데올로기와 상충되는 견해를 유지하곤 한다. 예컨대 우리는 도스토옙스키가 자신의 대화적 진리관과 양립할 수 없는 단성적 견해를 가지고 있음을 보았다. 그의 경우 대화적 진리관은 예술적인 '보는 원리'로 기능하고 있음에도 불구하고 이러한 상충이 생겨나곤 하는 것이다. 부분적으로 이러한 갈등과 그것의 제거는 도스토옙스키의 창작 과정의 원동력을 이룬다. 사실 저자가 부지중에 진리를 표현하고 글을 쓰는 과정에서 새로운 아이디어를 배우는 이유 중 하나는 형식 창조적 이데올로기와 개인적 확신 사이의 갈등에서 찾을 수 있다. 저자는 후자를 전자에 적응시켜야만 하며, 그렇지 않을 경우 작품은 실패할 것이다. 저자가 장르를 선택하면서 부분적으로 낯선 시각을 채택하고 스스로에게 일련의 어려운 속박을 부과하기 때문에 창작은 어느 정도 새로운 것을 산출한다. 바흐친이 암시하듯이 도스토옙스키는 부분적으로 낯선 다성성의 형식 창조적 이데올로기를 **사용**했을 뿐만 아니라 스스로 **창안**해 냈기 때문에 특히 위대하다.

바흐친이 볼 때 도스토옙스키의 진정한 기여는 그의 다소 인습적인 사회이론에 있는 것이 아니라 바로 그의 새로운 형식 창조적 이데올로기에 있다. "**형식**의 문제에 대한" 도스토옙스키 소설의 기여는 "그 소설들을 채우고 있는 구체적으로 이데올로기적이고 변화 가능한 내용에 대해서보다 더 깊고 더 압축적이며 더 일반적이다. … 자율적 의식의 내용이 변화하고, 생각도 변화하며, 대화의 내용도 변화하지만, 도스토옙스키가 인간 세계의 예술적 인식을 통해 발견한 새로운 형식들은 동일하게 남아 있다"(TRDB, 285쪽). 사회적 공간에 대한 소설적 이해가 초기 소설들이 전혀 알지 못했던 사회들을 탐구하는 데 사용될 수 있는 것과 마찬가지로, 다성적인 형식 창조적 이데올로기는—그것이 일단 발견되기만 한다면—도스토옙스키가 전혀 상상하지 못한 다양한 철학적 입장들의 대화를 위해 사용될 수도 있을 것이다. 도스토옙스키 작품들의 특정한 철학적 내용을 모조리 빼 버린다고 해도 위대한 가치를 지니는 것—대화적 진리 감각을 지닌 형식 창조적 이데올로기—은 그대로 남아 있을 것이다. 그러나 모든 저자들이 이와 같다고 말할 수는 없을 것이다. "예컨대 투르게네프의 경우 바자로프와 파벨 페트로비치 키르사노프 사이에 벌어졌던 논쟁의 내용을 제거한다면, 어떤 새로운 구조적 형식도 남아 있지 않을 것이다"(TRDB, 285쪽).[3]

3　[옮긴이주] 바흐친은 도스토옙스키가 발견한 다성적인 형식 창조적 이데올로기의 새로움과 중요성을 부각시키기 위해 그를 투르게네프와 비교하고 있다. 즉, 《아버지와 아들》에서는, 무신론자이자 유물론자로서 농노제도, 귀족 문화, 관념철학을 비판하는 바자로프와 보수주의

바흐친이 가장 소중히 생각한 예술가들은 새로운 형식 창조적 이데올로기를 창안해 냄으로써 인류가 세계를 가시화하는 방식을 풍부하게 하는 사람들이다. 괴테의 위대성은 그가 서사적 장르를 통해 시간 감각을 전달하는 데 기여했다는 점에 있다. 라블레는 소설이 관습을 감지하고 민중적 사회 형식들을 평가할 수 있도록 하는 데 결정적인 역할을 했다. 또한, 바흐친은 인문학 분야에서 서양 사상이 가장 크게 기여한 바는 그 장르의 다양성에 있다고 확신했다. 이러한 맥락에서 우리는 바흐친이 국부적인 유파들의 갈등이나 개인 저자들의 심리학, 또는 사회적 갈등의 '반영'을 강조하는 문학사를 얼마나 못마땅하게 여겼는지를 이해할 수 있다. 장르의 지혜를 탐구하는 좀 더 좋은 방법을 발견함으로써 비평은 훨씬 더 중요한 기여를 할 수 있을 것이다.

의미와 잠재력

> 의미론적 현상은 은폐된 형식으로 잠재적으로 존재할 수 있으며, 그것을 드러내고 싶어 하는 이후 시대의 의미론적인 문화적 맥락에서만 드러날 수 있다.
> ─RQ, 5쪽

장르에 대한 바흐친의 이해는 근대 이론을 괴롭혀 온 '의미의 문제'에 흥미로운 해답을 제공할 수 있게 해 주었다. 바흐친은 '기호학적 전체주의자들'이 제공하는 해답도, 절대적 '상대주의자들'이 제공하는 해답도 거부

자인 키르사노프의 논쟁적 관계가 근본적으로 각각의 철학적·이데올로기적 내용에 의해 규정되기 때문에 대화적 형식의 잠재성을 찾을 수 없다고 보는 것이다.

했다. 한편으로 그는 위대한 문학적 텍스트들은 고정된 의미를 지니지 않기 때문에 어떤 절차도 그 텍스트들의 고정된 의미를 규정할 수는 없다고 주장했다. 바흐친에게 의미란 전적으로 텍스트 **내에** 놓여 있지도 않으며 (통상적인 의미에서) 저자의 원래 의도와 동일시되지도 않는다. 작품들은 시간이 지나면서 진정으로 의미가 **성장**하는데, 의미가 고정되어 있다면 이러한 성장은 불가능할 것이다. 다른 한편으로 바흐친은 이와 반대되는 견해, 즉 의미가 전적으로 해석의 산물이라는 견해도 거부한다. 만일 우리가 보고자 하는 것만을 텍스트에서 발견할 수 있다면, 문학은 우리에게 어떤 가치도 결코 가르쳐 줄 수 없을 것이다.

바흐친에게 이 두 가지 선택지는 지식이란 하나의 체계여야 하며 그렇지 않으면 존재하지 않는다고 생각하는 소박한 과학주의의 산물이라는 점에서 동일한 것들이다. 바흐친은 이 대립되는 두 가지 입장에 '맥락'을 너무 단순하게 이해하도록 만드는 야콥슨의 의사소통 모델이나, 역사적 변화에 기대지만 정작 진정한 역사성에 대한 감각은 결여하고 있는 모든 상대주의적 의미 모델에서 발견되는 것과 같은 오류가 존재함을 발견했다. 기호학적 전체주의자들과 상대주의자들은 대개 바흐친 사상의 또 다른 핵심 개념인 잠재력을 제대로 인식하지 못한다.

바흐친에 따르면 아무리 위대한 문학작품을 쓴 작가라도 작품의 모든 중요한 암시를 완전히 지배할 수는 없다. 왜냐하면 위대한 문학작품은 수세기에 걸쳐 발전돼 온 자원들을 탐구하며, 또한 앞으로 도래할 수세기 동안 발전될 잠재력들을 포함하고 있기 때문이다. 이러한 원천 중에서도 가장 중요한 원천은 장르다. 수세기에 걸친 개념적 해석들을 축적해 지니고 있고 그 어떤 명제로도 환원될 수 없는 지혜를 담지하고 있는 장르는, 위대한 작가들이 감지할 수는 있지만 그 어떤 작가의 능력으로도 명확하게 확정할 수 없는 잠재력을 전달한다.

전신電信 의사소통 모델 또는 통상적인 '표현' 개념과는 반대로, 바흐친은 저자가 자신들의 사상을 정식화하고 그 다음에 언어와 장르의 자원을 이용해 그것을 '약호화'한다고 생각하지 않는다. 그런 경우에, 저자가 자기 작품의 잠재적 의미를 이해하지 못하는 것은 단지 그가 숙련되지 않았기 때문이거나 문학사의 임의적인 변덕, 예컨대 작품의 의미를 바꿀 수 있는 해석적 관습의 변화 같은 변덕 때문일 것이다. 자신이 즐겨 다루던 문제로 되돌아가면서 바흐친은 창작 과정의 또 다른 모델, 즉 위대한 작품에서 의미의 성장에 대해 세 번째로 대안적인 설명을 할 수 있게 해 주는 모델을 제시한다.

바흐친은 위대한 저자는 창작 과정에서 자신이 뜻하고자 하는 바의 '표현'에 입각해서만이 아니라 가능한 의미의 풍부성에 입각해서 자신의 작품을 판단한다고 말한다. 저자는 자기 작품에서 언어의 사용, 전통, 그리고 특히 수많은 장르의 자원들이 만들어 내는 복합성을 감지한다. 자신이 읽은 다른 작품들의 풍부한 잠재력에 응답함으로써, 저자는 자기 텍스트가 예측할 수 없는 환경에서 의미의 풍부한 잠재력을 지니는지, 그러한 변화들이 자신의 텍스트를 잠재적으로 더 풍부하게 하는지 빈약하게 하는지를 감지할 수 있는 능력을 계발한다. 이러한 감지는 그가 분명히 마음속에 품고 있는 특정한 의미들을 표현하고자 하는 욕망만큼이나 그의 작품을 좌우한다. 위대한 저자는 단순히 자신이 "말하고자 하는" 바를 표현할 뿐 그 이외에는 아무것도 하지 않는 작품과 풍부한 "의미론적 보물들"을 생산하기 위해 과거의 자원들을 탐구하는 작품 사이의 차이를 안다(RQ. 5쪽).

간단히 말해서 작품의 잠재력이란 예측할 수 없는 환경에서 자라날 수 있는 능력이다. 불확실성의 세계에서는 당장의 특정 기능을 수행할 수 있는 능력이 독점적인 가치를 갖지 않는다. 예기치 못한 것에 적응할 수 있는 유연성도 그에 못지않게 중요하다. 주요한 장르들은 그러한 종류의 유연성을 지니고 있으며, 주요한 작품들은 그 장르를 탐구한다.

그리하여 바흐친이 보기에는 작품을 해석할 수 있는 세 가지의 포괄적인 방법이 존재한다. 첫째, 의미를 저자가 특정하게 마음에 품고 있는 것 또는 저자의 동시대인들이 발견했을 법한 것과 동일시할 수 있다. 바흐친은 이런 종류의 해석을 작품을 "시대로 에워싸는" 것이라고 말하고(RQ. 4쪽), 그로 인해 제한되는 것과 그것이 제한하는 바를 발견한다. "시대로 에워싸는 것은 … 다음 세기에서 작품이 누릴 미래의 삶을 이해할 수 없게 한다. 이 삶은 일종의 역설로 나타난다"(RQ. 4쪽). 둘째, 작품을 전적으로 현재적 관심사를 통해 읽음으로써 '현대화하고 왜곡'할 수 있다. 첫 번째 해석 방법이 독자의 창조적 활동을 무위無爲로 돌리는 것처럼, 두 번째 방법은 저자의 활동을 똑같이 무위로 돌린다. 이 방법은 해석자가 무엇을 원하는지, 또는 어떻게 작품을 의미화하도록 훈련을 받았는지에 상관없이 단순히 작품을 의미화할 뿐이다. 바흐친의 견해에 따르면, 현대화와 왜곡은 시대로 에워싸는 것보다 훨씬 더 많은 한계를 가지고 있다. 왜냐하면 적어도 시대로 에워싸는 것은 우리가 이전에 알지 못했던 무언가를 배울 수 있게 해 주기 때문이다. 작품을 그 시대로 에워쌈으로써 우리는 적어도 그 시대에 대해 배우게 된다. 그러나 작품을 우리 식대로 이해하면 우리는 아무것도 배우지 못한다.

바흐친이 볼 때 의도주의 비평intentional criticism의 진짜 문제는 그것이 **충분히** 의도되어 있지 않다는 데 있다. 전형적으로 의도주의자들은 두 종류의 의도 중에서 오직 하나만을 이해하고 있다. 그들이 간과하는 것은 저자의 '다른 의도', 즉 그의 작품을 잠재적으로 풍부하게 만들어 주는 것이다. 작품을 그 시대로 에워쌀 때, 첫 번째 해석 방법의 실행자들은 결코 저자의 의도를 적절하게 드러낼 수 없다. 왜냐하면 그들은 그 의도 중 가장 풍부한 것을 애초부터 고려하지 않기 때문이다. 역설적이지만 정확히 말해서, 저자들은 자기 작품이 자신이 의도한 의미보다 더 많은 것을 의미하도록 의도한다. 그들은 일부러 자신들의 작품에 자신들이 부여할 수 있는 특정한 의미뿐만 아니라, 미래에 뜻하지 않은 환경에서 의미를 지닐 수 있는 "의도적인 잠재력"도 부여한다(DiN, 421쪽). 흔히 볼 수 있는 의도주의 비평과 그것에 대한 가장 평범한 비판이 함께 범하는 중대한 오류는 의도 자체를 너무 빈약하게 이해한다는 점이다.

바흐친에 따르면, 작품들은 두 가지 구별되는 이유 때문에 의미를 축적한다. 후대의 독자들은 ① 작품과 독자를 모두 황폐하게 만드는 방식으로 작품을 현대화하고 왜곡할 수 있거나, 반대로 ② 작품 속에 실제로 현전하는 잠재력을 발전시키고 개발하는 방향으로 작품을 해석할 수 있다. 이 두 번째 과정은 훈련과 주의를 필요로 하지만 독자와 작품을 모두 풍부하게 만들 수 있다. (물론 자기 시대에 의해 자기가 형성되는 방식을 인식하는 것이 언제나 어려운 것처럼, 일정한 시대의 독자가 자기 해석이 잠재력을 왜곡하는지 탐구하는지를 판결하기란 어렵다. 하지만 이 어려움이 구별 자체를 손상하지는 않는다.)

바흐친은 이러한 구별의 중요성을 강조하는데, 이 구별은 작품이 실로 반드시 **잠재적**이어야만 하는 어떤 것을 **포함**할 수 있다는 생각에 전적으로 의존한다. 이 생각은 종결불가능성이라는 그의 총괄 개념에서 비롯된 것으로서 일체의 인문학을 향한 바흐친의 접근법에서 중요한 위치를 차지한다. 그리하여 바흐친은 위대한 작품에 대해 자신이 주장하는 바를 개인과 전체 문화에 대해서도 주장한다. 개인과 문화는 모두 불특정한 잠재력을 지니고 있다. 혹은 바흐친이 때때로 지적하듯이, 잠재력은 위대한 작품, 개인, 문화가 그 자체와 '일치하지 않는' 이유, 그것들이 언제나 틈 구멍을 지니고 있는 이유, 그리고 아무리 그것들이 **충분히** 설명된다고 할 지라도 결코 **남김 없이** 설명된 적이 없었던 이유다. 개인이 언제나 "인간 성의 잉여"(EaN, 37쪽)를 지니고 있는 것처럼, 위대한 작품과 문화는 탐구되지 않은 잠재력의 '잉여'를 지니고 있다. 잠재력, 불일치, 그리고 잉여는 모든 것을 종결 불가능하게 만드는 세 가지며, 그것들에 대한 어떤 정의도 틀린 것으로 만들 수 있다.

본성상, 잠재력의 함의는 충분히 상술될 수 없다. 그리하여 셰익스피어의 작품은 "장대한 시간" 속에서 수세기에 걸쳐 그 의미가 성장해 왔다(RQ, 4쪽). 다른 위대한 작품들과 마찬가지로 셰익스피어의 작품은 "당대에서의 삶보다" 훨씬 풍부하고 "더 열정적이고 더 충만한" "사후의 삶"을 살아 왔다(RQ, 4쪽). 사실 모든 진정으로 위대한 작품은 "그것들이 창작된 시대를 뛰어넘어 성장한다. 우리는 셰익스피어 자신도 그의 동시대인도 우리가 지금 알고 있는 저 '위대한 셰익스피어'를 결코 알지 못했다고 말할 수 있다. 우리의 셰익스피어를 엘리자베스 여왕 시대로 억지로 밀어 넣는 것은 불가능하다"(RQ, 4쪽). 바흐친은 잠재성에서 셰익스피어의 현대판 경쟁자가 되는 도스토옙스키에 대해서도 비슷한 운명을 암시적으로 예고한다. "셰익스피어가 **셰익스피어**가 되었을 때, 도스토옙스키는 아직 도스토옙스키가 되지 못했다. 그는 여전히 그가 되는 중이다"(TRDB, 291쪽).

바흐친은 셰익스피어의 풍부한 '사후의 삶'이 현대화와 왜곡의 산물이 **아니라고** 주장한다. 그의 작품들은 후대 독자들의 노력 때문만이 아니라 그 작품 **안에** 실제로 존재하는 것에 의해서도 그 의미가 성장해 왔다. 그의 작품들은 처음부터 현전하는 잠재력, 거기에 존재하는 성장 능력 때

문에 성장해 왔으며, 아마도 저자는 그것을 잠재력**으로서** 분명하게 감지
했을 것이다. "물론 현대화와 왜곡은 존재해 왔고 앞으로도 계속 존재할
것이다. 그러나 그것이 셰익스피어가 성장하는 이유는 아니다. 그는 그의
작품 안에서 실제로 발견되어 왔고 또 계속해서 발견될 것이기 때문에 성
장하고 있지만, 그 자신도 그의 동시대인들도 그들 시대의 문화 맥락에서
는 그것을 의식적으로 지각하고 평가할 수 없었다"(RQ, 4쪽).

　셰익스피어와 그 밖의 위대한 작가들은 역사를 통해 축적된 문화적 자
산에 대한 감각을 직관적으로 가지고 있기 때문에 자신이 이해하는 것보
다 더 많은 것을 탐구할 수 있다. "셰익스피어가 자신의 작품에 품고 있
는 의미론적 보물은 수세기에 걸쳐, 심지어는 수천 년에 걸쳐 창조되고
집적된 것이다. 그것들은 언어 속에, 단지 문학적 언어 속에만이 아니라
… 다양한 발화적 의사소통 장르와 형식 속에", 그리고 대중문화 형식 속
에, "그 뿌리가 선사시대의 태곳적까지 거슬러 올라가는 플롯 속에, 결국
에는 사유 형식 속에까지 숨겨져 있다"(RQ, 5쪽). 다시 말해서 셰익스피어는
기호학적 모델이 말하려고 하는 바처럼 "메시지를 약호화"하지 않았다.
오히려 그는 "은폐된 형식 속에 잠재적으로 존재하는 의미론적 깊이"를
가지고 작품을 만들었다(RQ, 5쪽). 그는 "비활성 요소들이 아닌 … 이미 무
겁게 의미를 담지하고 의미로 충만해 있는 형식들을 가지고 작품을 만들
었기" 때문에 그렇게 멀리 떨어진 시대에도 의미를 지닐 수 있는 잠재력
을 포함할 수 있었다(RQ, 5쪽).

　간단히 말해서, 예술가들은 과거의 자원을 탐구함으로써 미래를 위한
잠재력을 창조한다. 문학에서 가장 중요한 과거 자산의 담지자—기억의
핵심 기관—는 장르다. "장르는 특별한 중요성을 지닌다. (문학과 발화의)
장르는 수세기에 걸친 삶을 통해서 세계의 특수한 측면들을 보고 해석하

는 형식들을 축적한다"(RQ, 5쪽). 그다지 위대하지 못한 예술가들은 작품을 만들어 내는 "외적 주형鑄型"(RQ, 5쪽)으로 장르를 사용한다. 하지만 진정으로 위대한 예술가들은 "장르의 잠재력"을 탐구한다(DiN, 390쪽). "셰익스피어는 그[자신의] 시대에 충분히 드러나거나 인식될 수 없었던 잠재적 의미의 엄청난 보물들을 이용했으며 그것들을 작품 속에 포함했다"(RQ, 5쪽).

바흐친에 따르면, 비평가의 특별한 역할은 잠재력을 드러내는 것이다. "저자 자신과 그의 동시대인들은 우선 자신들의 시대에 묶여 있는 것을 보고, 인식하고, 평가한다. 저자는 자기 시대와 자기 자신의 현재의 포로다. 이후의 시대는 그를 이러한 포로 신세에서 해방시키며, 문학 연구는 이 해방을 도와줄 것을 요청받는다"(RQ, 5쪽). 해방의 기술은 '창조적 이해'라고 불린다.

우리가 앞서 말했던 것처럼, 창조적 이해 과정에서 해석자는 특별한 종류의 대화를 창안해 낸다. "의미는 그것이 또 다른 낯선 의미와 마주치고 접촉하게 될 때만 그 깊이를 드러낸다. 이 의미들은 일종의 대화에 참여하는데, 대화는 이 특수한 의미들, 이 문화들의 폐쇄성과 일방성을 극복한다"(RQ, 7쪽). 이러한 대화를 통해 텍스트와 텍스트 해석자 모두가 풍요로워질 수 있다. 교환은 처음에는 어느 쪽도 가지고 있지 않았던 새롭고 가치 있는 의미들을 창조해 낸다. 텍스트는 새로운 의미들을 만들어 낼 잠재력을 지니고 있지만, 특정한 의미가 드러나기 위해서는 해석자와 그/그녀의 반복 불가능한 경험의 도움을 받아야 한다. 대화의 양측은 모두 적극적이다. "**자기 자신**의 질문을 가지고 있지 않으면 다르거나 낯선 그 어떤 것도 창조적으로 이해할 수 없다. … 이와 같은 두 문화의 대화적 조우는 융합이나 혼합을 낳지 않는다. 각각은 자신의 통일성과 **열린** 총체성을 간직하고 있지만, 상호적으로 풍요로워진다"(RQ, 7쪽). 자기 자신의 질문이라는 것을 강조하면서 바흐친은 초기 수고들이 지니고 있던 교의로 되돌아간다. 어느 누구도 내 입장에서 지금 내가 할 수 있는 것을 할 수 없다.

그리하여 창조적 이해는 대안적인 해석 형식들과는 달리 이중적이고 대화적인 활동을 요구한다. 상대주의나 현대화와는 반대로, 창조적 이해는 텍스트가 진정으로 **타자**이며 다른 경우에는 이용할 수 없는 의미론적 깊이를 지닌다고 가정한다. 시대로 에워싸는 것과도 반대로, 창조적 이해는 바흐친이 해석자만의 '외재성'이라고 부르는 것을 요구하는데, 이 외재성이란 그/그녀만의 문화 경험 자원들을 포함한다. 해석자는 텍스트의 원래 맥락을 재창조하는 데 만족하지 않으며, 자신의 것을 이용하기도 한다. "**창조적 이해**는 그 자체를, 시간 속에서의 그 고유한 장소를, 그 고유한 문화를 폐기하지 않는다. 그리하여 창조적 이해는 아무것도 망각하지 않는다. 이해하기 위해서는 이해하는 사람이—시간 속에서, 공간 속에서, 문화 속에서—그/그녀의 창조적 이해의 대상 **바깥에 자리 잡는** 것이 너무나도 중요하다"(RQ, 7쪽).

바흐친은 외재성 개념을 가져옴으로써 그의 첫 번째 시기 저작에 기댄다. "우리는 결코 자신의 외면을 보면서 그것을 하나의 전체로 이해할 수도 없으며, 거울이나 사진의 도움도 전혀 받을 수 없기 때문이다. 우리의 실제적인 외부는 오직 다른 사람들에 의해서만 보이고 이해될 수 있다. 그들은 공간적으로 우리 바깥에 자리 잡고 있기 때문이며, 그들은 **타자**들이기 때문이다"(RQ, 7쪽). 이와 마찬가지로, 어떤 문화의 위대한 텍스트이든지 그 잠재력을 발전시키기 위해서는 다른 문화의 조망을 필요로 한다. 사실 그 텍스트들에는 대부분 오직 다른 문화에 의해서만 드러날 수 있는 잠재성과 의미론적 깊이들이 있기 **때문에** 위대한 것이다.

다른 문화들에 대한 참조가 말해 주듯이, 바흐친은 민족지적이고 역사적인 해석이 위대한 작품들에 대한 해석과 본질적으로 동일한 쟁점들을 포함하고 있다고 주장한다. 셰익스피어에게 참된 것은 멀리 떨어진 시간과 장소에 대해서도 참이다. 다른 문화들은 스스로는 깨달을 수 없는 잠재력을 포함하고 있으며, 동시에 다른 어떤 방식으로도 이를 수 없는 의미론적 보상을 약속한다. 문학비평과 마찬가지로 문화사와 인류학도 자신의 외재성을 탐구하고 창조적 이해에 참여하면 큰 도움이 될 것이다.

바흐친에게 문화는 결코 폐쇄된 총체성의 기호학적 '체계'가 아니다. "과거의 각 문화에는 주어진 문화의 전체 역사적 삶을 통해 드러나지 않은 채로, 인식되지 않은 채로, 이용되지 않은 채로 남아 있는 엄청난 의미론적 가능성들이 놓여 있다"(RQ. 6쪽). 그것은 다른 시간과 장소에서 여전히 이용될 수 있다.

고대 자체는 우리가 지금 아는 고대를 알지 못했다. 학교에서 이런 농담을 하곤 했다. 고대 그리스인은 자신들에 관해 중요한 것, 즉 자신들이 고대 그리스인이었다는 것을 알지 못했다. … 그러나 사실 그리스인을 고대 그리스인으로 변형하는 시간적 거리는 … 고대에 대한 새로운 의미론적 가치들, 즉 그리스인들이 스스로 창조해 냈음에도 불구하고 사실상 알지 못했던 가치들에 대한 증대되는 발견들로 채워졌다(RQ. 6쪽).

발화 장르들

맥락과 약호. 맥락은 잠재적으로 종결 불가능하다. 약호는 종결되어야만 한다. 약호는 정보를 전달하는 기술적 수단에 불과하다. 그것은 인식적이고 창조적인 의의를 지니지 않는다. 약호는 신중하게 확정된, 살해당한 맥락이다. - N70~71, 147쪽

언어를 탁월하게 구사할 줄 아는 많은 사람이, 기존의 영역에서 장르 형식들을 실질적으로 구사하지 못하기 때문에 특정한 의사소통 영역에서는 거의 무력감을 느끼곤 한다. – SG, 80쪽

장르는 과거 행동의 잔재이며, 미래 행동을 형성하고 인도하고 억제하는 부가물이다. 바흐친은 장르의 기원과 본성을 설명하기 위해 일련의 은유를 사용한다. 그는 장르를 이전 상호작용들의 '결정체'에 비유하며, '응고된 사건들'이라고 지칭한다. 장르의 형식은 단순한 형식이 아니라 실로 "새로운, 아직 알지 못하는 내용에 접근하는 데 필수적인 다리를 놓아 주는 … 정형화되고 응고된 낡은 (친숙한) 내용"이다. 왜냐하면 그 내용은 "친숙하고 일반적으로 받아들여지는 응고된 낡은 세계관"이기 때문이다 (MHS, 165쪽).

장르는 미래의 행위를 위해 특정한 장을 제공하는데, 여기서 미래의 행위란 결코 어떤 패턴의 '적용'이라든가 '예증'이라든가 반복이 아니다. 장르는 특수한 사건들의 일반화할 수 있는 자원들을 담지하고 있다. 그러나 특정한 행위나 언표의 자원들은 각각의 반복 불가능한 환경 속에서 새로운 목적을 달성하기 위해 사용되어야 한다. 개개의 언표, 개개의 장르 사용은 실제적인 작업을 요구한다. 기존의 것을 가지고 시작하면서도 뭔가 다른 것을 창조해 내야만 한다.

이러한 부연 설명이 지시하듯이, 바흐친에게 장르는 엄격하게 문학적인 현상이 아니다. 오히려 문학 장르들은 그 자체가 '발화 장르'의 특정한 유형에 불과하다. 볼로시노프는 훨씬 더 나아가, 발화 장르 자체가 그가 '삶의 장르zhiznennye zhanry'(이 단어는 《마르크스주의와 언어철학》에는 '행동의 장르'라고 번역되어 있다)라고 지칭하는 또 다른 복합체의 한 부분이라고 주장한다. 사실 우리는 필연적으로 이러저러한 발화 장르 속에서 말한다.

우리는 발화 장르들이 학문적 연구로 별로 설명되지 않았다 할지라도, 실천 속에서 능숙하게 발화 장르들을 사용한다.[4]

바흐친에게 발화가 언제나 반복 가능한 문장의 형식이 아니라 반복 불가능한 언표의 형식을 취한다는 사실을 기억한다면, 발화를 하기 위해서는 문법과 통사론보다 훨씬 많은 것이 필요하다는 사실을 즉각 알 수 있을 것이다. 누구나 자신의 언표를 어떤 주어진 맥락 속에 놓아야만 한다. 발화자와 발화자가 제3자와 맺는 관계 사이의 사회적 관계를 제시할 필요가 있고, 일련의 가치를 지시할 필요가 있으며, 일련의 지각과 지각 방식을 제공할 필요가 있고, 가능하거나 있음직하거나 바람직한 행위들의 장을 그려 보여 줄 필요가 있으며, 시간과 공간에 대한 모호하거나 명확한 감각을 전달할 필요가 있고, 적절한 어조를 제시할 필요가 있으며, 다양한 이질언어성의 스타일과 언어를 포함하거나 배제할 필요가 있고, 일련의 목표를 설정할 필요가 있다.[5] 개개의 언표로 표출되기 이전에는 이 작업 자체가 불가능하기 때문에—그리고 어쨌든 예비적인 작업조차도 그 나름의 최초의 전제를 필요로 할 것이므로—우리는 특수한 전환의 출발점으로서 발화 장르들, 즉 언표의 '상대적으로 안정적인 유형들'에 의존한다.

사실 우리는 처음으로 말하는 그 순간부터 필연적으로 발화 장르들을 배우기 시작한다. 우리는 "문법을 학습하기 훨씬 전부터 유창하게 구사하는 모국어를 부여받은 것과 거의 같은 방식으로 이 발화 장르들을 부

---

4 "산문으로 말할 때 자신이 뭐라고 하는지 전혀 알지 못하는 몰리에르Molière의 주르댕 씨처럼, 우리는 장르들이 존재한다는 사실을 깨닫지 못한 채 다양한 장르 속에서 발화한다"(SG, 78쪽). 발화 장르들에 대한 더 상세한 논쟁은 Nina Perlina의 〈대화에 대한 대화: 바흐친-비노그라도프 논쟁A Dialogue on the Dialogue: The Baxtin-Vinogradov Exchange(1924~65)〉 참조.
5 따라서 전형적으로 희극적이거나 우스꽝스러운 인물은 발화 장르가 아니라 '언어'를 포착하는 자다(그레이시 앨런Gracie Allen이 그 예다).

여받는다"(SG. 78쪽). 언어를 안다는 것은 그 발화 장르들의 목록을 마음껏 활용한다는 것인데, 이는 좁은 의미에서의 '언어' 이상을 이해한다는 것을 뜻한다. 개개의 장르는 일련의 가치, 다양한 경험에 대해 사유하는 방식, 그리고 모든 기존의 맥락에 장르를 적절히 적용할 수 있게 해 주는 직관을 내포한다. 우리가 새로운 종류의 사회적 행위를 그 행위에 수반되는 장르들을 통해 배우는 매 순간 정식화되지 않은 엄청난 양의 인식적 내용이 획득되는데, 그 내용의 본성은 대체로 고찰되지 않은 채로 남겨져 왔다.

개개의 문화는 다양한 환경 속에서 서로 다른 많은 사회적 집단에 의해 실행되는 방대한 활동에 참여하기 때문에, 수많은 발화 장르를 지니고 있다. 문화의 '응고된 사건들'과 '결정화된' 행위처럼, 이 장르들은 문화 기억의 중요한 일부분을 이루며 많은 양의 문화 지혜를 전달한다. 이는 산문적이고, 정식화되지 않은, 고도로 구체적인 일상생활의 지혜이며, 그것을 식별하는 것이야말로 바흐친이 산문적 의식, '산문적 지성', '산문적 지혜', '산문적 시각'이라고 칭하는 것, 우리 연구가 '산문학'이라고 칭하는 것에서 핵심적으로 중요하다.

발화 장르들은 "(사회적 활동의) 특수한 영역이 발전하고 복잡해지는 만큼 분화되고 성장한다"(SG. 60쪽). 개인이나 문화가 더 풍부한 활동 또는 더 넓은 경험의 범위를 획득하는 만큼, 그것들의 장르 목록은 늘어난다. 그렇다면 전체적으로 볼 때 문화의 발화 장르들은 체계가 아니라 이질성과 형식을 지향하는 경향이 있다.

각각의 개별 장르는 일상적 실천과 가치들의 극히 미세한 변화까지 기록한다. 사실 "장르적·스타일적 실험과 변형의 길고 복잡한 길을 가로지르지 않은 채 언어의 체계로 들어갈 수 있는 새로운 현상(음성학적이든, 어휘론적이든, 문법적이든)이란 존재하지 않는다"(SG, 65쪽). 그러므로 발화 장르들은 사회사와 언어학사 사이의 핵심 고리다. 만일 언어의 역사를 이해하고자 한다면, "사회생활에서 발생하는 모든 변화를 좀 더 직접적이고 분명하고 유연하게 반영하는 … 발화 장르들의 특별한 역사를 전개해야 할 것이다"(SG, 65쪽).

장르는 경험을 축적한다. 우리 담론의 주제들이 언제나 다양한 방식으로 '이미 말해진 것들'이듯이, 장르는 용법이 다른 여러 층의 기록을 그 안에 담고 있다. 장르는 입법이 아니라 누적으로 형성된다. 역사적 과정의 진정한 결과로서, 장르는 미리 구상된 설계도라기보다는 오히려 조각조각을 기우는 작업과 유사하다. 장르가 절충의 결과물이라는 사실, 즉 처음부터 지금 소용이 되는 목적을 위해 고안된 것이 아니라 이전에는 다른 목적들에 소용되던 형식들이 지금의 목적에 맞게 조정된 것이라는 사실을 인식하지 못하면 장르를 이해할 수 없다. 대부분의 진화의 산물이 그렇듯이 장르는 현재의 용도에 완전히 들어맞지는 않는다. 그리고 바로 그런 이유 때문에 상대적으로 미래의 용도에 적용될 수 있으며, 또한 미래에 받아들여지더라도 최적의 상태로 들어맞지는 않을 것이다. 쉽게 구할 수 있는 재료들로 만들어졌기 때문에, 장르는 **서둘러 마련된 봉헌물들로 채워진** 문화의 제단—그 산문적 **풍자시**satura—의 한 부분이 된다.

이미 살펴본 것처럼, 바흐친은 장르의 형성을 설명하기 위해 이따금 유기체적 은유를 사용하곤 한다. 장르는 **상처가 아물거나, 합체되거나,** (뼈가 접합된다고 말해지듯이) **접합된다.** 결코 설계에 따라 형성되지도 구조로 통합되지도 않는 장르는 규칙 체계로서, 또는 규칙 체계에 의해 적절히 설명될 수 없다.

장르는 흔히 이전의 장르에서 개조되기 때문에, 과거의 용례들을 되찾고 현재의 경험을 또 다른 방식으로 재정의할 수 있는 잠재력을 지닐 수 있다. 어떤 장르들은 이런 종류의 '겹목소리 내기'에 확실히 도움을 준다. 그 장르들은 과거의 맥락을 회복하거나 새로운 맥락의 가능성을 암시한다. 장르의 예기치 못한 잠재력은 목소리를 '재강조'하는 데 사용될 수도 있다. 이러한 과정은 개인적 심리 생활—여기에서 우리는 타자의 담론들을 강조함으로써 우리 자신의 내적 담론에 이른다—과 집단적 사회생활—여기에서 그것은 어떤 종류의 경험이 준 교훈을 다른 경험에 적용할 수 있는 방법으로 기능한다—양자 모두에 공통되는 부분이다.

생활의 한 영역에서 형성된 장르는 다른 영역에도 들어올 수 있다. 예컨대 많은 역사적 시기에 특정한 종류의 문학 외적 발화 장르들은 문학 언어의 발전에 큰 영향을 미쳤다. 다양한 종류의 문어적 담론 또는 구어적 담화—예컨대 살롱의 담론 또는 특정한 유형의 철학적 토론의 담론—는 문학에 스며들어 여러 문학 장르에 영향을 미칠 수 있다. 장르들의 복잡한 상호작용은 각각의 장르가 다른 장르를 강조하는 식으로 이루어진다. 구어 장르들이 문어 장르들에 스며들 때, 상호작용은 특히 복잡해진다. "이차적인 장르들의 다소간 구별적인 대화화, 단성적인 구성의 약화, 청자를 상대 대화자로 보는 새로운 감각, 전체를 종결화하는 새로운 형식 등"을 알게 된다. "스타일이 있는 곳에 장르가 있다. 하나의 장르에서 다른 장르로의 스타일 이전은 그것과 배치되는 장르의 조건 하에서 스타일이 느껴지는 방식을 바꿀 뿐만 아니라, 기존 장르에 폭력을 가하거나 그것을 혁신하기도 한다"(SG, 66쪽). 특정한 장르들은 하나의 사회적 영역에서 다른 사회적 영역으로의 무수한 '전이'의 기록을 담고 있을 수 있다. 우리는 그 장르들 속에서 그와 같은 폭력과 혁신을 무수히 감지할 수 있다.

일상 회화적 장르들이 문학에 침입할 수 있는 것처럼, 정반대 과정 역시 발생할 수 있으며 또 빈번히 발생한다. 문학에서 차용된 발화 및 행위 규범들이 기존 사회집단들의 특정한 일상적 행위에 영향을 미친다. 그리고 적절한 재강조가 이루어진 후 문학에 다시 한 번 스며들 수 있다.

바흐친의 발화 장르 개념이 일반적으로 혼동되고 있기 때문에, 바흐친이 '문학' 장르와 '이차적인' 장르에 대해 말할 때 같은 명칭을 사용하지 않는다는 사실을 강조할 필요가 있다. 바흐친이 자신의 용어를 정의하고 있는 것처럼, 이차적인 장르는 문학적 장르에 필수적이지 않다. 그것은 비문학적인 장르와 구별되는 것이 아니라 '일차적인' 장르와 구별되는데, 이 일차적인 장르는 어떤 의미에서 장르의 원자(또는 아메바적 형식)라고 할 수 있다. 그것들 중 일부는 결합되어 좀 더 복잡한 이차적 장르를 형성할 수 있다. "그것[이차적 장르]은 형성되는 과정에서 다양한 일차적 (단순한) 장르를 흡수하고 소화한다"(SG, 62쪽). 이차적 장르는 모든 사회적 영역에서 형성된다. 그것은 철학적 주석, 학문적 논문, 보고나 명령이나 요청의 좀 더 단순한 유형들을 전형적으로 결합하는 실제적인 의사소통 형식들, 그리고 무수히 많은 그 밖의 교환을 포함한다. 문학 장르들은 이차적인 장르들의 한 종류일 뿐이다.

모든 이차적 장르의 형성은 필연적으로 거기에 흡수되는 일차적 장르의 재강조를 수반한다. 일단 그것이 이차적 장르의 일부분이 되면, 일차적 장르는 "실제 현실과 타자의 실제 언표들에 대한 직접적인 관계를 상실한다. 예컨대 소설에서 발견되는 일상적 대화나 서신의 응답은 … 전체로서, 즉 일상생활로서가 아니라 하나의 문학적·예술적 사건으로서 소설을 통해서만 실제 현실 속으로 들어간다"(SG, 62쪽). 일차적 장르는 이차적 장르에 통합될 때 경험에 대한 자신의 특징적인 어조나 정의를 대부분 보유할 수 있다. 이 경우 복잡한 종류의 겹목소리와 장르적 대화화가 드러나게 된다. 그렇지 않을 경우, 흡수 행위는 통합된 장르의 어조가 줄곧 침묵하도록 만든다. 일차적이든 이차적이든 '삽입된 장르'의 문제는 〈소설 속의 담론〉에서 길게 논의되고 있다.

장르는 그것이 확립되고 적응돼 온 맥락들을 '기억'하는 것처럼, 그 장르 속에서 전형적으로 나타나는 말들도 기억한다. 사실 우리가 막연하게 말의 "내포들"이라고 부르는 많은 것들이 실상은 말의 통상적인 장르적 맥락에서 비롯되는 "스타일적 아우라"일지도 모른다(SG, 87~88쪽). 전형적 맥락들이 "말에 부착되어 있는지도 모른다"(SG, 87쪽). 결국 우리는 말들을 사전에서 골라서 쓰는 것이 아니다. 오히려 "대체로 말들을 다른 **언표들**에서, 그리고 주로 장르상 우리의 언표와 친족관계에 있는 언표들에서 취한다"(SG, 87쪽). 말의 아우라는 "언어로서의 말 그 자체에"—그 사전적 의미에—속하는 것처럼 여겨질 수 있지만, 실제로 아우라는 "주어진 말이 통상적으로 기능하는 장르에" 속한다. "그것은 말에서 되울리는 장르 전체의 메아리다"(SG, 87쪽).

장르 기억

'장르 기억'이라는 관념은 어쩌면 바흐친의 세 번째 시기 전체에 내재할지도 모르지만, 1963년판 도스토옙스키 연구서에서 처음으로 뚜렷하게 전개되었다. 우리가 주목한 것처럼 장르는 이 책의 초판이 출간된 1929년 이후에야 바흐친의 사상에서 중심적인 것이 되었다. 개정에 착수하면서 바흐친은 30년 전에 발전시켰던 장르 이론을 포함하기 위해 텍스트를 상당 부분 고쳤다.

바흐친은 서양문학에서의 카니발적 형식들에 대해 쓸데없이 장황하게 논했던 것을 정당화하기 위해 장르의 일반적 문제들을 겉핥기 식으로 다룬다. 바흐친은 도스토옙스키가 장르의 전통적 기술들을 그가 혁신적으로 창시한 다성성과 결합시킴으로써 이전의 어떤 작가들보다도 카니발적 형식들의 풍부한 '잠재력'을 알고 있었고, 그 잠재력을 가장 충만하게 발전시키는 방법을 발견했다고 주장한다. 그러므로 도스토옙스키의 소설들은 이제까지 씌어진 것들 중 가장 위대한 메니포스적 풍자, 즉 고대까지 이어지는 전통의 "정점"이다(PDP, 121쪽).

바흐친은 이렇게 주장하면서 이에 대해 제기될 수 있는 반대 의견들을 거론한다. 도스토옙스키는 메니포스적 풍자를 거의 알지 못했을 것이다. 분명히 바흐친보다는 그 사례들을 훨씬 적게 알고 있었다. 더욱이 도스토옙스키는 카니발에 남아 있는 이러한 형식들의 원천에 대해서도 알지 못했을 것이다. "18세기와 19세기 대부분의 작가들"과 마찬가지로 "진정한 의미에서의 카니발은 그〔도스토옙스키〕에게 그 어떤 분명한 방식으로도 지각되지 못했을 것이다"(PDP, 157쪽). 그렇다면 도대체 어떻게 도스토옙스키가 스스로도 거의 알지 못했던 장르의 잠재력을 가장 잘 실현했고, '카니발적 정신'이라는 것이 있다는 것조차 의식하지 못했는데도 그 정신을 가장 효과적으로 실현했다고 주장할 수 있단 말인가?

이런 종류의 질문은 비단 도스토옙스키뿐만 아니라 다른 작가들과 관련해서도 틀림없이 중요하며, 일반적으로 '역사적 시학'에서는 필수적이다. 우리는 자신도 거의 알지 못하는 전통의 잠재력을 분명히 발전시키고 있는 작가들을 자주 만나곤 한다. 그런 경우 비평가들은 헛되이 '영향 작용'을 찾곤 한다. 바흐친은 만일 비평가들이 장르의 본성과 발전을 진정으로 이해한다면, 그들은 영향 작용이 아니라 "장르적 접촉"(PDP, 157쪽)을 찾게 될 것이라고 주장한다. 이러한 구별이 도스토옙스키 연구서 "장르의 특징" 장에서 전개되는 논의의 핵심을 이룬다.

바흐친은 영향을 연구한다는 것은 본질적으로 두 항의 관계를 연구하는 것이라고 설명한다. 한 작가의 작품의 원천을 다른 작가의 작품에서 추적한다. 예컨대 도스토옙스키의 유명한 아이디어들의 원천을 발자크 Honoré de Balzac에게서 찾는 식이다. 장르적 전통은 메니포스적 풍자와 도스토옙스키의 관계를 다루는 바흐친의 논의에서는 중요한 반면, 이러한 종류의 연구들에서는 그다지 중요하지 않다. 바흐친은 이렇게 강조한다. "우리는 독립된 개별 저자, 개별 작품, 개별 주제, 아이디어, 이미지의 영향에는 관심이 없다."(PDP, 159쪽) 우리의 확실한 관심사는 특수한 저자들을 통해 전달된 **장르적 전통 그 자체**의 영향이다. 여기서는 **통해**라는 단어가 중요하다.

도스토옙스키는 발자크를 읽으면서 그가 특별히 공헌한 바를 찾았을 것이다. 그리고 자신이 발자크 안에서 발견한 것에서 영향을 받았을 것이다. 그러나 그가 알고 있는 몇 안 되는 메니포스적 풍자들(볼테르Voltaire의 〈미크로메가Micromégas〉, 디드로Denis Diderot의 《라모의 조카Le Neveu de Rameau》)을 읽으면서 도스토옙스키는, 그 작품들이 속해 있는 장르적 전통을 작품들을 '통해' 보고 감지했다. 이러한 의미에서 문제의 작품들은 '영향의 원천'이 아니라 장르와의 '접촉'이었다. "개별적 영향 … 즉, 한 개별 작가가 다른 개별 작가에게 미친 영향을 연구하는 것은 충분히 가능하다[그리고 정당하다]. … 그러나 그 자체가 이미 하나의 특별한 과제이지만, 이곳에서는 다루지 않는다. 우리는 전통 그 자체에만 관심을 갖는다"(PDP, 159쪽).

도스토옙스키는 그 장르 특유의 '예술적 사유'를 발견하고자 많은 메니포스적 풍자들을 알아야 할 필요는 없었다. 일반적으로 말해, 어떤 장르가 세계를 지각하고 재현하는 방식을 이해하기 위해서 "작가가 그 전통의 모든 연결 고리와 모든 곁가지를 다 알 필요는 없다. 장르는 그 고유의 유기체적 논리를 지니고 있어서, 장르적 모델들 몇 가지 또는 단편들에 기초해서도 어느 정도 이해할 수 있고 창조적으로 흡수할 수 있다"(PDP, 157쪽). 장르의 논리를 이해하게 되면, 위대한 작가는 이러저러한 때 이러저러한 사람들에 의해 씌어졌음이 틀림없는 용례들을 짐작할 수 있다. 그리고 자기 세대 또는 경험의 자원들이 어떻게 장르의 잠재력을 더 잘 실현할 수 있는지도 상상할 수 있다. 메니포스적 풍자 정신을 이해하게 됨으로써, 도스토옙스키는 그 정신과 자신의 다성적 방법을 어떻게 결합해야 두 가지가 모두 풍요로워질 수 있는지를 알아냈다.

간단히 말해, 장르가 대신 기억해 준 덕에 도스토옙스키 본인은 많은 과거를 기억할 필요가 없었다. "도스토옙스키는 기존 장르의 전통이 자기 시대를 거쳐 가는 바로 그 지점에서 전통의 사슬과 연결되었다. … 다소 역설적으로 말하자면, 그것은 도스토옙스키의 주관적 기억이 아니었으며, 그가 작품을 쓴 바로 그 장르의, 고대 메니포스의 독특한 특징들을 간직하고 있는 객관적 기억이었다고 말할 수 있다"(PDP, 121쪽).

셰익스피어나 도스토옙스키와 같은 위대한 작가들은 전통과 특별한 관계를 갖는다. 그들은 다른 작가들보다 더 완전하게, 장르들에 의해 전달되는 과거의 풍부한 자원들을 직관한다. 그들은 그 자원들을 쓸 수 있는 과거와 미래의 잠재적 사용법들을 상상한다. 그러고는 미래에 예기치 못하게 발전하게 될 더 많은 잠재력들을 심어 놓는다. '장대한 시간'의 유산에 대한 이러한 특별한 사용과 혁신이 '장르의 삶'을 이룬다. "장르는 현재에 살지만 언제나 그 과거와 처음을 **기억한다**. 장르는 문학적 발전 과정에서 창조적 기억의 표본이다"(PDP, 106쪽).

장르와 사회학적 환원론

이제 위대한 작품들을 그것이 탄생한 시대에 입각해 바라보는 소박한 마르크스주의의 (또는 다른 사회학적인) '설명들'에 대해 바흐친이 왜 그토록 격렬하게 반대했는지를 알 수 있을 것이다. 위대한 작품들은 그것들이 만들어진 시대나 사회적 환경과는 상관없이, 수세기 과거의 자원을 끌어올리고 도래할 세대를 위해 잠재력을 발전시킨다. 결코 그 기원의 환경만으로는 설명되지 않는 위대한 작품들은 종결 불가능하며 그 스스로와도 일치하지 않는다.

바흐친이 보기에 작품이 씌어진 시대에 대한 이해가 필요하기는 해도 작품을 적절히 이해하는 데는 충분하지 않다. 확실히 위대한 작품들이 출현하는 시기는 우연하지 않다. 쉬운 예로 도스토옙스키의 작품들은 그 시간과 장소에서만 산출될 수 있었다. 그럼에도 그 작품들은 그 시간과 장소로 환원될 수 없다. 사르트르가 말하듯이, "발레리Paul Valéry는 프티부르주아 지식인이며, 그 점은 의심의 여지가 없다. 그러나 모든 프티부르주아 지식인이 발레리인 것은 아니다"(사르트르, 《방법의 탐구》, 56쪽). 바흐친은 다음과 같이 덧붙였을지도 모른다.《죄와 벌》은 러시아 자본주의 시대의 산물이다. 그러나 그 시대의 모든 산물이《죄와 벌》인 것은 아니다.

바흐친이 쟁점을 정식화하듯이, 시대는 작품이 출현하는 데 우호적이거나 적대적인 조건들을 제공하며 의미 있는 방식으로 작품을 형성할 수 있지만, 그럼에도 위대한 작품의 가장 풍부한 잠재력은 여러 시대에 걸쳐서 발전돼 왔다. 우리가 셰익스피어나 도스토옙스키의 시대를 아무리 속속들이 연구한다 할지라도, 그리고 그들의 개인적인 심리적 콤플렉스를 아무리 철저하게 입증한다 할지라도, 우리는 그들의 작품에 현전하는 모든 의미론적 깊이를 측량하지 못한다. 작가의 전기가 아무리 잘 조사되었다 할지라도 가장 중요한 순간—그것이 작가 삶의 경험에서 그 작품의 풍부한 의미들로 옮겨 갈 때—에 불충분한 것으로 여겨지는 것은 바로 이 때문이다. 우리는 위대한 작품들이나 창조적인 기획들이 흔히 여러 세대에 걸쳐서 완수되곤 한다는 메드베데프의 주장을 상기할 수 있을 것이다. 시대 자체는 '열린 총체성'임에도 위대한 작품들을 '시대로 에워싸게' 되면 그 작품들은 빈약해진다.

도스토옙스키 연구서의 제2판에서 바흐친은 '사회학주의'에 대한 견해를 밝힐 좋은 기회를 얻는다. 초판에 대해 1929년에 루나차르스키가 쓴 비교적 긍정적인 서평에 응답하면서, 바흐친은 도스토옙스키의 다성성을 그것이 출현한 자본주의적 조건과 소박하게 동일시하는 루나차르스키의 견해를 강력히 반박한다. 바흐친의 견해에 따르면, 사회학주의는 다른 많은 이들과 마찬가지로 루나차르스키가 문학의 의의를 오해하도록 만들었다. 특히 사회학주의는 루나차르스키가 도스토옙스키의 소설들을 곧 지나갈 그 시대의 징후에 불과한 것으로 보게 만들었는데, 이러한 입장에서는 다성성이란 한낱 역사적 관심 대상이 될 뿐이다. 루나차르스키의 견해에 따르면(바흐친이 인용하는 구절에 표현되어 있듯이), "도스토옙스키는 이곳에서도 서양에서도 아직 죽지 않았다. 왜냐하면 자본주의의 흔적이 거의 남지 않았다 할지라도 자본주의는 아직 죽지 않았기 때문이다"(루나차르스키, 〈'다중 언어성'에 대하여〉. PDP, 35쪽에서 재인용).

바흐친이 말하길, "물론 시학은 사회적이고 역사적인 분석과 분리될 수 없다. 그러나" 루나차르스키가 했던 것처럼 "그 분석들만으로 모두 해소할 수는 없다"(PDP, 36쪽). 다성성은 오랜 세대에 걸쳐 발전해 온 것이지 '자본주의 하'에서만 특유한 것이 아니다. "예술적 시각화의 새로운 형식들은 수세기에 걸쳐 천천히 준비된다. 어떤 일정한 시대는 다만 새로운 형식의 … 최종적 성숙을 위한 가시적 조건들을 만들어 낼 뿐이다"(PDP, 36쪽). 바흐친은 수세기에 걸쳐 형태를 갖춰 온 것은 또한 이후의 세기들 및 문화들과 새롭고도 뜻 깊은 대화를 나눌 수 있는 잠재력을 지닐 수 있다고 덧붙인다. 다성성이라는 것이 언제 발견되었는지와는 무관하게, 그 미래의 발전은 풍부해질 수밖에 없다. 도스토옙스키의 시대도 그의 인격도 "과거 속으로 사라진 지 오래지만, 이 조건에서 발견된 다성성의 새로운 구조적 원리는 이후 시대의 완전히 다른 조건 하에서도 예술적 의의를 간직하며, 또 계속해서 간직하게 될 것이다. 천재의 위대한 발견들은 특정한 시대의 특정한 조건으로 가능해지지만, 그것들은 결코 죽거나 그것들이 탄생한 시대와 더불어 가치를 상실하지 않는다"(PDP, 35쪽).

우리는 창조성이 현실적이고, 진행 중이며, 일상적인 삶의 과정 속에 내재함을 보여 주는 것이 바흐친이 행한 작업의 중요한 목적이었음을 강조해 왔다. 그리하여 그는 명상이나 초월적인 것의 암시를 통해 얻어지는 영감, 또는 무의식적인 분출에 의지하지 않은 채 창조성을 설명하고자 했다. 흔히 이러한 모델들은 적어도 플라톤 이후 줄곧 주목되었던 사실, 즉 시인들은 자신들이 '아는' 것보다 더 많은 것을 아는 것처럼—자신들이 끌어들일 수 있는 것보다 더 많은 의미를 작품에 자리 잡게 하는 것처럼—보인다는 사실을 설명해 준다. 장르 기억 및 개별 작가가 잠재적 의미들과 맺게 되는 관계를 다루는 바흐친의 이론은 비합리적이거나 신비적인 것에 기대지 않으면서, 이러한 '잉여의' 지식을 설명해 준다. 바흐친은 저 잉여의 지식에 대해 빠져나가는 듯한 설명을 하거나 그것을 설명 불가능한 것으로 부르지 않기 위해 주의한다. 오히려 그 잉여의 지식은 문화들을 가로지르고 장대한 시간의 세대들을 거쳐 작용하는 산문적 창조성의 이해 가능한 결과들이다.

소설과 여타 장르들

> 문학이론은 소설을 다룰 때 전적인 무능함이 드러난다. … 아리스토텔레스의 시
> 학은, 가끔은 너무 깊이 파묻혀 있어 거의 보이지 않을 정도지만, 여전히 장르 이
> 론의 안정된 토대로 남아 있다. 소설에 대해 아무런 언급도 하지 않는 한 아무런
> 문제도 없다. 그러나 소설화된 장르들의 존재는 이미 이론을 막다른 골목으로
> 이끈다. 소설의 문제에 대면하여, 장르 이론은 근본적으로 재구조화되지 않으면
> 안 된다. – EaN, 8쪽

다양한 이질언어적 언어가 특정한 사회적 경험에서 비롯된 것으로 여겨
지는 것처럼, 장르들은 시각화의 목록을 제공해 준다. 역사적 경험은 양
자를 모두 풍요롭게 한다.

장르와 이질언어적 언어의 비교는 바흐친 사상에서 중요한 또 다른 일
련의 문제를 제기한다. 이질언어적 언어들은 "상대화"되고 "대화화"될 수
있다. 즉, 그것들은 삶의 특정 측면에 대해 이야기하는 확실한 방법으로
서의 지위를 상실할 수 있다. 다른 언어들과 경쟁하지 않을 수 없는 이질
언어적 언어들은 "갈릴레오적" 우주(많은 언어적 세계가 존재하지만 중심에
는 어떤 것도 없는)로 들어간다. 이와 유사한 현상이 장르에서도 발생한다.
때때로 장르들은 삶의 일정한 측면을 시각화하는 가장 훌륭한 방법으로
서 경쟁 장르들과 경쟁하지 않을 수 없을 것이다. 장르는 더 이상 해당 영
역 안에서 의심의 여지 없이 올바른 것으로 간주될 수 없으며, 오히려 특
징적인 주제를 둘러싸고 진행되는 대화에 참가하는 하나의 참여자로 여
겨질 수 있을 것이다.

다시 말해, 문학이론과 문학사는 (메타언어학이 언어들의 상호작용을 고려하지 않으면 안 되듯이) 장르들의 **상호작용**을 고려하지 않으면 안 된다. 분명 이 문제는 새로운 것이 아니다. 이는 고대 이후 시학의 중심 주제가 되어 왔다. 그러나 장르들이 오해돼 온 것과 마찬가지로 그것들의 상호작용도 오해돼 왔다. 바흐친이 보기에 전통적 시학은 근본적인 오류들을 반복해서 범해 왔는데, 이는 오직 '산문적 의식'에 의해 인도되는 근본적으로 새로운 접근법만이 수정할 수 있는 것이다. 장르들의 상호작용을 제대로 이해하기 위해서는 시학만이 아니라 산문학도 필요한 것이다.

바흐친에 따르면, 시학은 장르들의 경쟁, 대화화, 그리고 갈등적 상호작용을 억압하는 경향이 있다. 그 자체가 '구심적인' 문화적 힘인 시학은 장르들의 역사를 구성하는 '원심적인' 힘에 결코 합당한 주의를 기울인 적이 없다. "과거의 위대한 유기적 시학들—아리스토텔레스, 호라티우스Horatius, 부알로Nicolas Boileau의 시학들—은 문학의 전체성, 그리고 이 전체성 안에 포함되는 모든 장르의 조화로운 상호작용을 전적으로 긍정하고 있다. 마치 문자 그대로 장르들의 하모니를 듣기라도 하는 듯하다"(EaN, 5쪽). 조화에 대한 이 같은 관심에서 시학은 그 "충만함과 철저함"(EaN, 5쪽)을 끌어낸다. 이에 대한 대가로 시학은 부조화에 대해서는 거의 완전히 귀머거리가 되어 버렸다. 시학은 의도적으로 질서를 전복시키는 데 관심을 두는 모든 장르들, "유럽의 예술적 산문의 발전에서 '대화적 노선'"(PDP, 270쪽)에 속하는 장르들을 제대로 평가하지 못한다. 이 부조화의 장르들 중 가장 위대한 것이 소설이다.

만일 소설 및 그와 관련된 장르들이 존재하지 않는다면, 시학을 넘어설 필요는 그다지 없을 것이다. 문학사에 대한 구조주의적 접근만으로도 어느 정도 충분할 것이다. 그리고 장르들은 일종의 주기적 일람표 속에 있는 정적인 요소로, 또는 적어도 규칙적이고 적법한 방식으로 변화하는 역동적 실체로 설명될 수 있을 것이다. 장르들의 조화는 문학사의 방무곡 方舞曲을 만들어 낼 수 있을 것이다. 하지만 소설 및 그와 관련된 장르들이 진지하게 고려된다면 이 모든 접근법은 타당하지 못한 것이 되어 버릴 것이다.

바흐친의 세 번째 시기는 전통적 시학(형식주의와 구조주의를 포함하여)의 정신과 대조를 이루는 방식으로 '소설성'을 설명하고자 하는 일련의 시도로 보일 수 있다. 이런 시도를 행하면서 바흐친은 문학사를 소설과 다른 장르들 사이의 끊임없는 갈등으로 묘사한다.

소설과 소설화

바흐친은 소설 및 다른 장르들과 소설의 관계에 대해 세 가지의 주요 이론을 전개했다. 이 세 가지 이론(그리고 몇 가지 부차적인 이론들)은 이 책의 제8장, 제9장, 제10장에서 논의된다. (《소설 속의 담론》과 〈소설 담론의 전사로부터〉에서 전개된) 세 가지 이론의 가장 성공적이고 독창적인 부분은 아마도 소설을 그 특별한 언어 사용법을 통해 설명하는 데 있을 것이다. 그와 거의 같은 정도로 인상적인 것은 장르들을 역사적 시간, 사회적 '공간', 개별 인물, 그리고 도덕적 행위의 서로 구별되는 개념화로서 분류하는 것이다. (바흐친은 이러한 접근법의 윤곽을 〈소설의 시간 형식과 크로노토프 형식〉, 〈리얼리즘의 역사에서 교양소설과 그 의미〉에서 그려 보여 준다.) 카니발과 관련된 생각에 기초를 둔 바흐친의 세 번째 주요한 소설 이론이 가장 먼저 서양에 널리 알려졌다. 우리가 볼 때 그것은 상당히 탁월함에도 혼히 과장되어 있으며, 결국 나머지 두 이론만큼 영속적이지 못하다.

우리가 바흐친의 세 번째 시기의 사상을 두 가지 노선(제3a기와 제3b기)으로 구별하고 있음을 기억할 것이다. 일반적으로 말해서 제3a기에 속하는 이론들은 제3b기의 이론들보다 더 설득력 있게 여겨진다. 제3b기의 이론들은 근본적인 '소설적 제국주의', 매혹적이지만 다소 불명확한 사고, 그리고 문학사에 대한 과도하게 극화된 설명으로 나아가는 경향이 있다. 이러한 방식으로 글을 쓸 때 바흐친은 소설을 선호하는 주제로서만이 아니라 하나의 '주인공'으로 다루기도 하며, 따라서 소설의 역사를 소설화한다. 우리는 이러한 악당 장르의 피카레스크적 모험을 따라가면서, 그 현명한 어리석음을 배우고, '고도의 영웅화' 형식들을 대가로 지불하는 라블레적 농담에 감탄한다. 반대로 제3a기에 바흐친의 산문학은 덜 극단적이기 때문에 좀 더 합당한 정식화를 성취한다. 그는 여전히 소설의 세계관을 선호하고 있음을 표현하지만 좀 덜 단정적이다. 그는 절대적인 것에 대한 소설의 거부를 절대적으로 시인하지 않는다. 다른 장르들도 비교적 높이 평가되고 존중된다. 반규범적이라기보다는 회의적으로, 바흐친은 많은 '진리관'을 인정하고, 신중한 산문적 정신으로 산문과 '산문적 지성'을 시인한다.

네 번째 시기에도 바흐친은 제3a기의 좀 덜 극단적인 정식화를 선택한다. 도스토옙스키 연구서에 덧붙인 새로운 결론에서 그는 과연 다성성이 단성주의를 '폐기물'로 만드는지를 묻는다. 그는 즉각 이 질문을 확대해, 소설과 같은 새로운 장르들이 과연 낡은 장르들을 폐물로 만드는지를 묻는다. 제3b기에 바흐친은 긍정적으로 대답할 방법을 찾았다. 그는 개정된 도스토옙스키 연구서에서 기탄없이 이렇게 대답한다. "물론 아니다. 새롭게 태어난 장르는 결코 기존의 어떤 장르들도 찬탈하거나 대체하지 않는다. 각각의 새로운 장르는 낡은 장르들의 보충물로서, 다만 기존 장르들의 범위를 넓힐 뿐이다. 왜냐하면 모든 장르는 그 나름의 주된 존재 영역을 가지고 있기 때문이다"(PDP, 271쪽).

그리하여 다성성은 단성주의를 폐기물로 만들지 않는다(그리고 아마도 소설은 경쟁하는 장르들의 생명을 종결시키지 않을 것이다). 왜냐하면 삶은 너무 변화무쌍할 뿐만 아니라 너무 산만하고 다양해서, 세계를 개념화하는 어떤 단 하나의 방법이 문제없이 우월성을 주장할 수는 없기 때문이다. "존재의 영역들, 인간과 자연의 영역들은 언제나 계속해서 존재하고 팽창할 것이다. 그리하여 그 영역들은 명확히 대상화되고 종결된 예술적 인식의 단성적 형식들을 요구한다"(PDP, 271쪽). 소설조차도, 많은 세계 중의 하나에 불과한, 갈릴레오적인 개념적 우주에서 작용하지 않으면 안 된다. "따라서 어떤 새로운 예술적 장르도 낡은 장르들을 무효로 돌리거나 대체하지 않는다"(PDP, 271쪽).

바흐친은 소설에 대한 이 세 가지 이론이 서로 어떠한 관계에 있는지는 분명하게 밝히지 않았다. 그 이론들은 몇 가지 분명한 점에서 서로 다르다. 상이한 기준에 따라 소설을 설명하기 때문에, 그 이론들은 동일한 장르에 속한다기보다는 상치된다. 한 이론에서는 '초기 소설'이었던 것이 다른 이론에서는 '전前소설'이 된다. 한 관점에서 보았을 때 소설성의 경계 안에 놓이는 텍스트가 다른 관점에서 보면 그 바깥에 놓인다. 우리는 이 차이들을 어떻게 화해시켜야 할 것인가?

우리가 볼 때, 바흐친은 아마도 자신의 이론들을 모순적이라기보다는 보완적인 것으로 여겼을 것이다. 각각의 특정한 세계 이해 방식이 극도로 복잡하기 때문에, 그것은 서로 다른 유리한 지점에서 다루어질 수 있으며, 다소 다른 결과들을 산출하게 될 것이다. 소설을 행위와 인물을 사유하는 한 방법이라고 보자면, 소설은 어떤 일련의 성격적 특징들을 가장 탁월하게 드러내면서 그와 유사한 텍스트들을 통해 가장 잘 재현되는 것으로 여겨진다. 그리고 언어에 대한 특정한 접근으로 보자면, 장르는 약간 다르게 보이고 따라서 다른 표본들을 제시하게 된다. 장르는 오랜 시기에 걸쳐 수많은 우발적 요인들의 누적과 상호작용에 의해 역사적으로 형성되기 때문에, 만일 장르가 모든 관점에서 동일한 것을 보았다고 한다면 그것은 놀라운 일이다. 설명의 변이성을 적절하게 해석하자면, 그것은 불일치가 아니라 비대칭을 나타낼 것이다. 그것은 또한 비평가들이 장르적 특성화 중에서 선택하기 전에 주의 깊게 질문들과 연구 목적들을 상술할 필요가 있음을 암시한다.

바흐친의 독자들 또한 바흐친이 논지를 전개하는 모든 지점에서 어떤 소설성 개념을 마음에 품고 있는지를 분명히 할 필요가 있다. 소설이라는 용어가 모든 에세이에서—같은 시기에 씌어진 에세이들에서도—동일한 의미를 지닌다고 생각하는 것은 잘못이다. 그의 텍스트들에서 가장 광범위하게 사용된 이 용어는 유럽 산문의 '대화적 노선' 전체를 지시하고 있다. 고대의 희비극 작품에서부터 오늘날에까지 이르는 이 노선은 고급 장르들뿐만 아니라 저급 장르들도 포함하고 있으며, 카니발, 패러디적 의례, 그리고 '욕지거리 장르들'과 같은 비문학적인 제도들까지 편입시키고 있는 것으로 보인다.

하지만 가장 좁은 의미에서 볼 때, 바흐친은 때로 **소설**을 고도로 제한된 부류를 지칭하고자 사용하는 듯하다. 여기에 포함되려면 바흐친의 모든 주요 규준들이 충족되어야 한다. 이러한 의미에서의 소설은 1800년 무렵 시작된, 흔히 소설이라고 불리는 텍스트들의 극히 일부분만을 포함하는 것으로 여겨진다. 우리가 말할 수 있는 한, 괴테(혹은 제인 오스틴Jane Austen?)의 작품들이 가장 좁은 의미에서의 첫 번째 소설이 될 것이다. 이 제한된 부류가 《죄와 벌》, 《위대한 유산Great Expectations》, 《미들마치》, 《안나 카레니나》, 《외제니 그랑데Eugénie Grandet》, 《파름의 수도원La Chartreuse de Parme》, 《보바리 부인Madame Bovary》, 《예브게니 오네긴》, 《바체스터 타워스Barchester Towers》와 흔히 소설이라고 불리는 그 밖의 많은 작품을 포함한다 할지라도, 《죽은 혼》(메니포스적 풍자로 분류되는 것이 더 합당한), 《모비 딕Moby Dick》(알레고리의 한 유형), 《뒤돌아보기Looking Backward》(유토피아), 《폭풍의 언덕Wuthering Heights》(로맨스), 《미시시피에서의 생활Life on the Mississippi》, 《에레혼Erewhon》, 《연초 도매상The Sot-Weed Factor》(현대적인 메니포스적 풍자들)은 포함하지 않을 것이다. 어떤 규준들에 따르면 리처드슨Samuel Richardson은 중요한 '전前소설가'이지만, 다른 규준들에 따르면 소설가일 뿐만 아니라 소설 장르 역사의 두 노선 중 첫 번째 노선의 실로 중요한 대표자가 된다.

소설에 대한 바흐친의 다양한 설명은 여러 가지 중요한 특징들을 공통적으로 지니고 있다. 그가 어떠한 원리에 입각해서 장르를 분류하든 상관없이, 바흐친은 언제나 그가 선호하는 가치들을 가장 충족시켜 주고 그의 총괄 개념들을 가장 잘 표현해 주는 형식으로 소설을 다룬다. 소설은 가장 대화적인 장르임이 틀림없다. 소설은 다른 어떤 경쟁자들보다도 인물과 사회, 지식을 종결 불가능한 것으로 다룬다. 소설은 산문적 가치들, 원심력에 대한 이해, 그리고 세계의 본질적인 산만함에 대한 감각에 가장 가깝다. 기존의 분류 도식에 따르면, 소설에 반대되는 장르들에는 확실성의 주장, 절대적 진리의 표현, 그리고 무시간적 지혜의 주장 등이 속하고, 이와 반대로 소설은 회의적이고, 실험적이며, 모든 현재 순간의 예측 불가능한 경험들에 열려 있다. 소설의 경쟁 장르들은 독자들에게서 경건한 거리를 두고 있다. 소설은 일상생활에 참여한다. 다른 장르들은 알 것을 요구하지만, 소설은 우리가 어떻게 아는지를 묻는다. 소설은 언어, 개념적 도식, 사회적 경험의 다중성을 잘 알고 있다. 다른 장르들이 예언하는 반면, 소설은 다만 추측할 뿐이다.

바흐친이 이러한 점들을 표현하는 또 다른 방식은, 다른 장르들의 상대적인 '소박성naivnost'을 언급하고, 소설을 그 같은 소박성을 극복할 수 있는 힘으로 설명하는 것이다. 따라서 오직 한 가지 발화 방법만이 존재한다든가, 한 무리의 가치만이 존재한다든가, 주어진 주제에 적합한 개념적 도식이 한 가지만 존재한다는, 의심되지 않은 가정에 근거한 장르는 전적으로 소박하다. 그것은 '첫 번째 유형의 말'과 같다. 그러한 가정이 문제시되는 순간 소박성은 부식되기 시작한다. 우리는 '세 번째 유형의 말'과 유사한 무언가를 보게 된다.

장르는 소박성을 잃어버린 후, 여전히 그 시초의 가치들을 거듭 주장하고, 계속해서 그 지각 도식을 사용하고, 그것이 선호하는 언어로 다시 이야기할 수 있지만, 그렇게 해도 장르는 변하게 될 것이다. 앞에서 이미 지적한 것처럼, 아무런 질문 없이 어떤 것을 받아들이는 것과 질문을 던진 후에 받아들이는 것 사이에는 엄청난 차이가 있기 때문이다. 소설과 조우한 장르는 **시험에 부쳐지고**, 그 후로 줄곧 장르의 가치들은 다른 데서 찾아지게 된다. 그 스타일은 양식화로 전환되고, 저자와 청중은 더 이상 장르의 가치들을 당연시하지 않으며 단지 그것들에 동의할 뿐이다. 그리고 우리가 지적했듯이 동의는 진정한 **대화적** 관계다. (제3a기와 제3b기 사이의 차이 중의 하나는 제3b기의 바흐친이 마치 동의하지 않는 것이 동의하는 것보다 반드시 덜 소박하기라도 한 듯이 쓰곤 했다는 점이다. 제3a기의 그는 그렇지 않았다.)

원칙적으로 모든 장르들은 경쟁 장르들이 더 자의식적이 되도록, "그 장르만의 가능성들과 한계들을 더 잘 지각하도록, 즉 그 **소박성**을 극복하도록"(PDP, 271쪽) 강제할 수 있다. 그러나 소설 및 그와 관련된 장르들은 갈릴레오적인 정신을 지니고 있기 때문에 이러한 기능을 가장 잘 수행한다. 소박성을 극복하는 것은 소설의 장르적 '과제' 중 일부다. 소설은 고요한 영역에 침범하여 그 영토성을 논박하고, 장르적 예절에 폭력을 가하고, 시적 조화를 전복한다. 이러한 행동에 직면하여 다른 장르들은 적응하지 않을 수 없다. 장르들이 적응하지 않는다면 그것들은 구제 불능으로 시대착오적이고 단순 소박한 것, 또는 뜻하지 않은 자기 패러디로 여겨지게 된다. 장르들이 결코 대체될 수 없다는 자신의 이전 진술과 모순될지도 모르지만, 어떤 점에서 바흐친은 적응에 실패한 장르들이 "'자연사'하게"(PDP, 272쪽) 되는 다원주의적 생존 투쟁을 상상하기까지 한다.

대체로 다른 장르들은 변화에 적응한다. 소설이 지배하는 시대에, 소설은 다른 장르들을 '소설화'하거나 '산문화'한다. 더욱이 소설의 지배를 가능하게 한 사회적 힘들—말하자면 회의적인 세계관—역시 다른 장르들에 직접적으로 작용한다. 이러한 시대에 소설화는 직접적으로도 간접적으로도 발생한다. "그렇다면 모든 문학은 '생성'의 과정에, 그리고 특별한 종류의 '장르 비평'에 사로잡힌다. 이러한 일은 헬레니즘 시대에, 그리고 중세 말기와 르네상스 시대에 여러 번 발생했지만, 특별한 힘과 명확성을 가지고 시작된 것은 18세기 후반이었다"(EaN, 5쪽).

바흐친이 볼 때 소설화는 문학사의 핵심적인 과정이다. 어느 시기에 머릿속에 떠올랐던 소설적 특징화에 의지하여, 그는 **소설화**라는 용어를 다양한 방식으로 사용한다. 이 다양한 사용법에서 공통된 것은, 소박한 장르가 '새로운 억양'을 갖게 된다는 것, 즉 세계관이 수정됨으로써 그 소박한 장르가 '소리 내는' 방식이 변한다는 것이다. 한때 언어가 비자의식적이고 정언적이었다면, 소설화된 이후 그것은 논쟁적이고 겹목소리를 내게 된다. 그것은 다른 발화 방식들을 곁눈질한다. 웃음과 자기 패러디는 이전에 문제시되지 않았던 진지함의 어조를 복잡하게 만든다. 숭배된 가치들은 일상적인 관념의 시장에서 발견되고, '절대적 과거'의 영웅들은 '열린-채-끝나는 현재'의 '거리낌 없는 구역'에서 다시 태어난다.

바흐친은 '소설화된' 작품들과 장르들의 수많은 사례를 제공한다. 바이런George Byron은 《돈 주안Don Juan》과 《귀공자 헤럴드의 순례Childe Harold's Pilgrimage》를 썼을 때 서사시를 소설화했고, 입센Henrik Ibsen은 연극을 소설화했으며, 하이네는 서정시를 산문화했다. 바흐친은 결국 소설의 시대에 어느 정도의 소설화는 불가피하다고 말한다.

바흐친은 이전의 몇몇 학자들이 소설화의 특징들을 묘사한 적이 있었다고 인정하는데, 그럼에도 그들은 그 의의를 이해하지 못했다.

〔문학사가들은〕 소설과 이미 완성된 다른 장르들 사이의 이러한 투쟁, 이 모든 소설화의 특징들을 흔히 '학파들'과 '경향들' 사이에서 벌어지는 실제적인 현실적 삶의 투쟁으로 환원시키곤 한다. 예컨대 소설화된 시를 그들은 '낭만시'(물론 맞는 말이다)라고 부르며, 그렇게 함으로써 그 주제를 모두 규명했다고 믿는다. 그들은 문학사의 표면적인 혼잡함 아래에서 문학과 언어의 주요하고도 핵심적인 운명을, 그 운명의 위대한 주인공들이 맨 처음으로 장르가 되는 모습을 보지 못한다(EaN, 7~8쪽).

제8장

산문학과
소설의 언어

MIKHAIL
BAKHTIN

다른(각양각색의 타자성의) 말들 사이에서 하나의 말이 지니는 대화적 지향은 담론상의 새롭고도 중요한 예술적 잠재력, 즉 독특한 산문 예술을 위한 잠재력을 창조해 내는데, 이는 소설에서 가장 완벽하고도 심오하게 표현되었다. – DiN, 275쪽

타인의 언어를 통해서 자신의 언어를 알게 되고 타인의 개념적 지평 속에서 자신의 개념적 지평을 인식하게 되는 과정이 소설에서 실현된다. – DiN, 365쪽

두 가지 신화가 동시에 사멸한다. 유일한 언어를 전제하는 언어의 신화와 완전한 통일을 전제하는 언어의 신화. – PND, 68쪽

이미 살펴본 것처럼, 바흐친에게 장르는 장치들의 위계질서도 아니고 주제들이나 형식들의 복합체도 아니며 해석 관습들의 집합도 아니다. 그것은 오히려 특정한 사유 형식, 즉 세계를 '장르의 눈'으로 시각화하는 방식이다. 장르의 의의는, 그 사유 방식이 철학에서 이미 정리된 원리들을 단순하게 표현하는 것이 아니라는 데 있다. 그것은 종종 철학적 전사에 선행하거나 거기서 완전히 벗어난 통찰을 제공해 준다. 위대한 작품들이나 멀리 떨어져 있는 문화들과 마찬가지로, 주류 장르들은 미래를 통찰하고 세계를 훨씬 더 복합적으로 제작할 수 있는 엄청난 잠재력이 있다.

　셰익스피어, 도스토옙스키 같은 위대한 작가들은 이런 "장르의 잠재력", 즉 장르의 예술적 가능성들을 감지하고 발굴함으로써 그 잠재력에 기여한다(DiN, 390쪽). 그래서 장르는 거기에 포함된 작품들이라는 견지에서 —씌어졌거나 씌어지게 될 작품들을 위한 분류로서—이해되어야 할 뿐만 아니라, 예기치 못한 경험에 직면했을 때 그에 반응해서 육성되는 현행적인 창조적 에너지로도 이해되어야 한다. 장르에 속한 위대한 작품들이 장르를 만드는 것이 아니다. 오히려 그 작품들은 장르의 '생생한 충동'에 의한 결과물이자 그 충동의 형상일 뿐이다. 장르는 과거를 기억하고

있을 뿐만 아니라 역사성 자체를 구성하는 우연성에 많건 적건 반응할 수 있다는 점에서 진정으로 역사적이다.

'형식 창조적 이데올로기'(혹은 '형식 창조적 힘')는 장르를 장르로 만드는 모든 것에 대해서 바흐친이 붙인 이름이다. 여기에는 세계를 보는 방식, 앞선 창조적 사유의 흔적들을 담고 있는 형식, 다른 장르들과의 상호 작용에 대한 기록, 미래의 발전을 위한 잠재력, 그리고 무엇보다도 특유의 장르 에너지가 포함된다. 특정 장르의 형식 창조적 이데올로기를 명제들의 집합이나 형식들의 복합체로 '남김 없이 전사transcription할 수'는 없다. 그런 전사는 반드시 장르의 시각화 방식을 과도하게 단순화할 수밖에 없고, 그래서 장르 잠재력을 지워 버리게 될 것이다. 다만 전사는 장르를 이해하기 위한 디딤돌로서, 즉 장르를 올바르게 보여 줄 방법으로서 일정한 가치를 지닐 수 있다. 우리가 전사를 충분한 설명으로 오해하지만 않는다면, 그리고 그것이 무언가를 간과할 수밖에 없다는 사실에 주의를 기울인다면, 전사는 문학 연구에 매우 중요한 도구가 될 수 있다.

바흐친은 도스토옙스키 연구서에서 다성성 개념을 그렇게 전사한 바 있다. 바흐친은 '독백적' 해설의 필연적인 누락을 반복해서 강조하는 가운데, 일련의 신념과 이를 실현하는 '형식'이라는 견지에서 다성성의 형식 창조적 이데올로기에 접근한다. 확실히 다성성은 내용과 그에 수반되는 형식을 더한 것이 아니라, 세계를 보는 방식으로서 그 둘을 모두 생성시키는 것이다. 그럼에도 어느 정도 인위적인 이런 분석적 실천을 통해서 그 보는 방식을 대략이나마 파악할 수 있다는 것이 바흐친의 생각이다. 그리고 나서 바흐친은 '대화적 진리 이해'를 지향하는 다성성의 이데올로기적 성향과 도스토옙스키가 그런 진리 이해를 실현할 수 있는 형식을 발견한 점에 대해 논한다.

이런 생각들은 1930년대와 1940년대에 씌어진 바흐친의 소설 이론들, 특히 제3a기의 저술들에 관한 정보를 제공해 준다. 바흐친이 다성성을 보는 방식a way of seeing으로 제시했을 때, 그리고 보는 방식을 논할 분석 기술을 발견했을 때, 그는 장르 일반에 대한 이런 접근법이 갖는 잠재력도 인식하고 있었다. 장르가 문학사의 역학에서 중심적인 것이었기 때문에, 바흐친은 이제 대담하게도 수천 년에 걸친 서구의 '예술적 사유'를 향해 물음을 던질 수 있었다. 바흐친의 제2기 작업에서는 언어의 발견이 핵심적인 문제로서 흥미를 유발했다면, 역사·장르·소설 등에 관한 관심은 제3기의 작업을 특히 흥미롭게 해 준다.

바흐친에게 소설은 복합적인 사유 형식이었을 뿐만 아니라 서구 사상의 최고 업적이기도 했다. 소설은 모든 철학 유파들뿐만 아니라 그 외의 모든 장르들보다 더 위대한 것이었다. 우선 강조해야 할 것은, 바흐친이 소설을 다른 장르들과 **구별하는** 이유야 그의 문학이론 및 언어이론에서 직접 도출된다 하더라도 다른 모든 장르들보다 소설을 선호하는 이유는 그렇지 않다는 사실이다. 소설에 대한 바흐친의 가치 평가는 거부한다 할지라도 소설에 대한 그의 기술만은 충분히 받아들일 만하다.

소설을 지나치게 높이 평가한 것은 바흐친이 본질적으로 문학 외적인 것에 관심이 있었음을 보여 준다. 분명 그것은 윤리적 의제, 이론주의와의 싸움, 그리고 대화, 종결불가능성, 특히 산문학이라는 포괄적 관심사에서 기인한다. 바흐친은 소설이 "산문적 지성", "산문적 시각", "산문적 지혜"(DiN, 404쪽) 등을 가장 잘 구현한 형식이라고 반복해서 말한다. 이 용어들은 바흐친이 명확히 규정을 제공해 준 것은 아니지만, 우리가 명명한바 "산문적 세계 감각"을 가리키는 듯하다. 이런 감각은 그의 전체적인 지적 기획에서 너무나도 중요한 것이어서 이를 구체화한 장르가 총애를 받게 된 것이다.

바흐친은 산문적 지혜를 소설에서 가장 중요한 형식 창조적 이데올로기의 일종으로 간주한 듯하다. 그러나 그 이데올로기가 너무나도 복잡하기 때문에 그 용어를 통해 소설을 직접 논하지는 않는다. 그 대신에 산문적 지혜의 독특한 두 측면을 분리한 후 그 각각을 하위의 형식 창조적 이데올로기로 받아들인 듯하다. 소설의 전체 의미는 이 둘의 조합에서 나올 것이다(그리고 다른 것들은 단지 힌트를 주는 데 불과할 것이다). 하위의 형식 창조적 이데올로기들 중 하나는 소설의 특별한 언어 감각과 관련되어 있고, 다른 하나는 사회적 공간, 역사적 시간, 성격, 인간 행위 등에 대한 소설의 감각과 관련되어 있다. 제3a기에 바흐친은 시간과 크로노토프에 관한 책 한 권 분량의 에세이, 그리고 교양소설에 대한 연구(이것 역시 지금 남아 있는 단편보다 훨씬 더 긴 것이었음을 한눈에 알아챌 수 있다)에서 소설의 두 번째 측면을 밝히고자 했다. 그는 〈소설 속의 담론〉과 이보다 약간 짧은 〈소설 담론의 전사로부터〉에서 언어에 대한 소설의 특별한 접근법을 밝히고자 했는데, 이것이 바로 우리가 이 장에서 다루려고 하는 테마다.

바흐친은 소설 속의 담론을 논하면서 **산문적**이라는 말과 **소설적**이라는 말을 거의 비슷한 의미로 사용한다. 물론 소설에서 발견되는 것이 산문만이 아니라는 것, 그리고 훨씬 더 중요하게는, 모든 산문이 소설에서 발생한 것은 아니라는 것을 그는 잘 알고 있었다. 예를 들어, 해설적인 산문에 초점을 맞춰서 산문의 이론을 전개한다면, 우리는 바흐친이 제시하는 것과는 전혀 다른 산문학에 이르게 될 것이다. 사실 바흐친은 이 무렵부터 다양한 종류의 해설적 산문에 크게 주목하고 있었다.[1] 요컨대 모든 산문이 소설적이라는 것이 아니라 산문적 지혜를 구현하는 특별한 에너지가 소설 속에서 가장 잘 실현된다는 것이다. 다시 말해, 소설이 산문의 '잠재력'을 가장 잘 실현한다는 것이다.

다른 곳과 마찬가지로 여기에서도 바흐친은 우리가 산문학의 두 가지 의미라고 불렀던 것, 즉 산문을 특권화하는 특별한 문학이론에 대한 신념과 산문적 세계관을 유기적으로 결합하고 있다. 위대한 산문만이 삶의 산문적 감각을 전달해 줄 수 있다. 어떤 산문은 다른 산문보다 그 감각을 더 잘 전달해 준다. 그래서 바흐친은 삶의 산문적 감각을 가장 잘 전달해 주는 소설과 '소설로 유인되는 모든 산문들', 말하자면 그 정도는 낮지만 산문의 잠재력을 이용하는 다른 형식들에 대해 숙고할 것을 제안한다. 그렇다고 해서 산문에 대한 다른 식의 접근법이 원칙적으로 배제되는 것은 아니다.

갈릴레오적 언어 의식

형식 창조적 이데올로기로서의 소설은 특히 바흐친이 묘사한 바 있는 특별한 언어관을 구현하고 발전시키는데, 이에 대해서는 이미 제4장에서 설명했다. 소설은 상호작용하면서 결합되어 있는 언어의 두 측면, 즉 대화성(특히 '두 번째 의미의 대화')과 이질언어성을 날카롭게 감지한다. 다수

---

1   해설적 산문의 산문학에 대해서는 Jeffrey Kittay · Wlad Godzich, 《산문의 등장: 산문학에 대한 에세이》 참조.

의 이질언어적 언어들이 서로 대화를 나누는 방법들과, 그런 대화가 만들어 내는 복합적 상호작용 종류들에 소설은 특별히 관심을 갖는다.

이질언어적 언어는 여러 면에서 이미 장르와 닮아 있다. 이미 살펴본 것처럼, 언어는 장르와 마찬가지로 세계를 말로 파악하는 방식이다. 우리는 언어의 눈에 대해서 말할 수 있는 것처럼 장르의 눈에 대해서도 말할 수 있다. (이질언어적) '언어'는 신념들의 복합체다. 각각의 이질언어적 언어는 사회적이면서도 심리적인 경험의 광범위한 배치에서 발생했다. 이 언어의 세계 감각은 세계에 대한 우발적 가치 평가들과 지각들이 첨가되고 재강조되면서 오랜 시간에 걸쳐 형성되어 왔다. 그래서 언어에는 그 발화자가 겪은 역사적 경험의 지혜가 담겨 있는 것이다.

또한 장르처럼 이질언어적 언어도 분명하게 표현할 수 있는 명제들의 집합이 아니라 경험에 반응해서 변화하며 이를 통해 잠재력을 육성하는 '생생한 충동'으로 이해하는 것이 바람직하다. 이 잠재력은 다른 언어 및 다른 신념 복합체와의 상호작용을 통해서 실현된다. 이는 장르나 위대한 작품 또는 문화 전반의 경우에도 마찬가지다. 알다시피 위대한 작품의 잠재력은 저자가 전혀 알지 못했던 경험을 반영하는 낯선 관점에 의해서 창조적으로 이해될 때 실현된다. 그래서 셰익스피어는 그의 작품이 담고는 있지만 오로지 새로운 관점에 의해 능동적으로 이해될 때만 실현될 수 있는 것에 힘입어 의미가 풍성해지는 것이다. 이미 알고 있듯이 모든 문화가 보유하고 있는 풍부한 지혜는 오로지 다른 문화의 관점에서 볼 때만 실현될 수 있으며, 이 경우 양쪽의 문화를 모두 풍요롭게 해 주는 대화가 일어나게 된다. 동일한 논리가 이질언어적 언어들에도 적용된다. 언어의 잠재력을 실현하고 발전시키기 위해서는 '외재성'—다른 언어들의 외재성—이 필요하다. 이 외재성은 어떤 교환을 가능하게 하는데, 이를 통해서 각각의 언어는 다른 언어에게 자신이 미처 알지 못했던 모습으로 나타나기도 하고, 이전에는 전혀 볼 수 없었던 새로운 통찰을 낳기도 한다.

물론 사회적 언어들의 대화가 늘 그렇게 풍성한 것은 아니지만, 만약 충분히 풍성하기만 하다면 그것은 원칙상 끝이 없고 '종결 불가능'하며 '무궁무진할' 것이다. 그 대화는 잠재력을 이용하(고 그것을 소진할 위험이 있)지만 훨씬 더 큰 잠재력을 생산해 낼 것이다.

언어들이 대화에 참여하면 복잡한 변화가 발생한다. 이런 변화들 가운데 몇몇은 각각의 대화에 특수한 것이지만, 다른 변화들은 좀 더 일반적인 견지에서 기술될 수 있다. 우선, 다른 언어와의 대화에 참여한 언어는 그 '소박성'을 상실하는데, 특히 대화가 특별히 그 언어에 익숙한 화제나 경험과 관련되어 있다면 더욱 그렇다. 그 언어는 낯선 관점에서 보이게 되고, 또 자신의 가치와 신념이 다른 언어에서는 어떻게 나타나는지를 이해하게 되기 때문에 자의식적이게 된다. 결과적으로 이렇게 되면, 언어는 이제 자기가 관여하는 화제에 대해서 마치 다른 방법이 없다는 듯이 직접적으로나 무의식적으로 말할 수 없게 된다. 언어는 발화할 뿐만 아니라 그 소리를 듣기 시작한다. 즉, 언어는 세계를 재현할 뿐만 아니라 자신을 재현의 대상으로 상상하기도 하는 것이다. 그래서 그 말은 어느 정도 '세 번째 유형의 말'로 바뀐다. 언어가 동일한 화제를 두고 다른 언어의 가능한 말과 자신의 말을 비교하는 청자들을 곁눈질할 때, 양식화나 겹목소리 내기의 몇몇 요소들이 나타날 수 있다. 말하자면 언어는 자신의 '이미지'와 마주친 탓에 자기 '얼굴'에 대해서 어느 정도 자의식적이게 된다.

이런 무의식성의 상실은 언어의 자기 감각에 심각한 결과를 초래한다. 특히 발화자들은 신념 복합체들을 비교하고, 동일한 화제라도 상이한 개념틀에 따라 접근할 수 있음을 검토하며, 사회적 사실을 다른 언어들에 비춰 생각하기 시작한다. 이들은 종교적 물음을 밥상머리의 언어로 검토하고, 자신들의 일상적 삶을 다른 계급이나 직업의 관점에서 관찰하기 시작한다. 발화자가 알고 있는 모든 언어는 어조가 바뀐다. 언어는 자신의 영역에서 더 이상 논의의 여지가 없는 것이 아니라, 단지 많은 가능한 언어 중 하나에 불과한 것이 된다. 언어는 시험에 부쳐졌고, 그래서 비록 시험을 통과했다 하더라도 결코 시험 전과 동일한 상태로 남을 수 없다. 언어는 결코 다시는 논의의 여지가 없는 것으로 소박하게 간주될 수 없다. 그것은 논박되어 왔고, 다시 논박될 수 있으며, 가능한 논박들에 맞서 늘 자신을 보호하고 있기 때문이다. 바흐친이 서술한 것처럼, 언어는 이제 "논쟁의 대상이 되었고, 논쟁될 수 있으며, 논쟁 중에 있다"(DiN, 332쪽). 말하자면, 심지어 언어가 자신은 논박될 수 없다고 단호하게 확신한다 하더라도, 그렇게 하는 바로 그 행위가 논박 가능성에 대한 감각을 드러내는 것이다. 세상의 모든 차이는 자기 권리에 대한 논쟁적 확신과 소박한 무의식성 사이에 있다.

언어가 삶을 영위하는 전 우주는 변화를 겪었다. 바흐친의 은유를 사용하자면, 이 우주는 이제 프톨레마이오스적인 것이 아니라 갈릴레오적인 것이다. 언어도 지구처럼 중심이 되기를 멈추고 많은 행성들 중 하나가 되었다. 상이한 언어들이 세계를 상이하게 이해한다는 것을, 그리고 그 모두가 서로 경쟁해야만 한다는 것을 언어는 '알고 있다'.

물론 실제의 삶에서는 모든 언어가 전적으로 프톨레마이오스적인 것은 아니다. 소박성과 갈릴레오적인 언어의 자의식은 연속체의 양극을 이루고 있다. 그러나 연속체 위에 있는 여러 점들 간의 차이는 우리의 세계 감각에 막대한 영향을 미친다.

소설가 갈릴레오

이제 우리는 언어의 견지에서 접근하여 소설의 형식 창조적 이데올로기를 기술할 수 있게 되었다. 바흐친에 따르면, 소설은 지극히 강렬한 갈릴레오적 언어 의식에 기초해 있다.

> 소설은 단일한 언어의 절대주의를 부인하는 갈릴레오적 언어 인식의 표현이다―말하자면 소설은 자신의 언어를 이데올로기적 세계의 유일한 언어적·의미론적 중심으로 생각하지 않는다. 이는 여러 민족어들, 좀 더 정확히 말하자면 여러 사회적 언어들의 무진장한 풍부함을 의식하는 인식이다―이 모든 언어들은 똑같이 '진리의 언어'가 될 수 있지만, 실제로는 사회집단이나 직업, 일상생활의 횡단면에 속하는 언어들에 불과하기 때문에 똑같이 상대적이고 사물화되어 있으며 제한적이다. 소설은 이데올로기적 세계의 언어적·의미론적 탈중심화, 즉 문학 의식의 어떤 언어적 고향 상실성을 가정함으로써 시작된다. 이때 문학 의식은 이데올로기적 사유를 담을 수 있는 신성하고도 단일한 언어적 매체를 더 이상 갖지 못한다. 그것은 사회적 언어들의 한복판에서 표명되는 의식이기 때문이다(DiN, 366~367쪽).

여기에서 강조해 둘 것은, 바흐친이 모든 언어는 '상대적'이라고 말할 때 이 말이 언어들 사이의 경쟁을 무가치하게 만드는 절대적인 철학적 상대주의에 대한 승인을 의미하는 것은 아니라는 사실이다. 모든 언어가 다른 언어와 관련해서(다른 언어에 견주어서) 끊임없이 시험에 부쳐지고 재시험에 부쳐지는 한, '소설의 눈'으로 볼 때 어떤 언어도 절대적 특권을 누리지 못한다는 것이 그의 생각이다. 어떤 언어든 바람직하거나 더 나은 것으로서—비록 잠정적인 것에 불과할지라도, 일련의 특정한 사항에 대해서나 특수한 물음과 관련해서—진리의 언어가 될 수 있다는 것이다.

갈릴레오적 언어 의식에 의해서 형성된 소설은 언어들 사이의 대화를 연출한다. 각각의 이질언어적 언어는 다른 언어들을 관찰하기도 하고 다른 언어들에 의해 관찰되기도 하면서, 다른 언어들의 눈으로 자신의 이미지를 흘끗 본다. 다양한 관점과 입장을 통해 소설은 지극히 풍부한 언어 이미지들의 '엄청난 풍요'를 가져다준다. 이 장르는 그런 이미지들을 창조하려면 '외재성'이 필요하다는 가정에 기초해 있다. "언어 이미지는 〔잠정적으로나마〕 규범으로 받아들여진 다른 언어의 시점에서만 구성될 수 있다"(DiN, 359쪽).

따라서 장르로서 소설의 기본적인 충동은 이질언어성을 가능한 한 강렬하게 대화화하는 것이다. 언어 이미지를 창조하는 것은 사회학적 조사의 한 형식으로서, 가치와 신념에 대한 탐색이지 한낱 형식의 유희가 아니다. 소설에 나타난 '언어의 이미지'는 "일련의 사회적 신념들이 가정하는 이미지이자, 자신의 담론, 즉 자신의 언어와 융합되어 있는 사회적 이데올로기소素의 이미지다. 그러므로 이런 이미지는 형식주의적 이미지와 매우 거리가 멀며, 그 언어의 예술적 처리 역시 형식주의적 처리와 거리가 멀다"(DiN, 357쪽). 이런 이미지는 사회를 구성하는 사회적 신념 복합체들을 이해할 수 있도록 해 주고, 또 예측할 수 없을 정도로 풍부하게 존재하는 언어들을 탐색할 수 있도록 해 주는 도구다.

이보다 훨씬 더 중요한 것은 소설적 이미지가 그런 언어들의 잠재력, 즉 언어들이 올바른 대화적 상황 속에서 나눠 줄 수 있는 지혜를 활성화하고 발전시킨다는 사실이다. 소설은 묘사일 뿐만 아니라 언어에 대한, 그리고 언어에 의한 창조적 이해 행위이기도 하다. 소설이 전제하는 언어는 "그것이 말해 줄 수 있는 것을 우리가 아직 다 배우지 못한 언어다. 그리고 새로운 대답을 얻어 내고 새로운 의미를 통찰해 내며 심지어는 새로운 말을 이끌어 내기 위해서, 우리가 새로운 맥락 속에 집어넣을 수 있고 새로운 재료를 덧붙일 수 있으며 새로운 상황에 놓을 수 있는 언어다"(DiN, 346쪽). 소설은 "다른 담론의 언어 속에서 실험을 하고 해답을 얻는다"(DiN, 347쪽).

실험 방법 가운데 하나는 일상생활에서 아직 깊이 있는 대화에 참여하지 못한 언어들 사이에 '점선'을 그리는 것이다. 소설가는 다양한 언어에 귀 기울이고 그 언어들 사이에서 새로운 대화를 창조해 내며, 그 산물들을 검토한 후 그 산물들—다른 언어들에 비추어 재강조된 언어들—을 가지고 와서는 그것들 사이에서도 대화를 연출해 낸다.

주어진 언어가 특별한 상황 속에서 어떻게 발전할 수 있는지, 혹은 보통 때와는 다른 환경 속에서 어떻게 상호작용할 수 있는지를 상상하기 위해서, 소설가는 주어진 언어의 특질을 과장할 수도 있다.

〔소설에서〕 사회적 언어는 … 재처리와 재형성, 그리고 자유자재로 예술을 지향하는 예술적 변형의 대상이 된다. 즉, 언어의 전형적 측면들이 그 언어의 특징으로서, 그 언어에 상징적으로 중요한 것으로서 추출된다는 것이다. 이러한 상황에서 재현된 언어가 경험적 현실에서 벗어나 있다는 사실은 매우 중요하다. 이는 재현된 언어가 특정 언어에 고유한 어떤 측면을 편향되게 선택하거나 과장한다는 의미에서뿐만 아니라—주어진 언어의 정신에 충실하면서도 실제 언어의 경험적 증거와는 전혀 다른—새로운 요소들을 자유롭게 창조한다는 의미에서도 그렇다(DiN, 336~337쪽).

소설가가 경험적 언어에 가까이 있을 때조차도, 그의 관심사는 한낱 재현이 아니라 대화를 생산해 내기 위해 '외재성'—다른 언어들의 외재성—을 최대한 이용하는 데 있다. 대화가 진정 성공한다면, 즉 진정 소설적이게 된다면, "[그렇게 만들어진 언어의] 이미지는 주어진 언어의 현실뿐만 아니라" 그 언어의 갈라진 틈에서 나올 수 있는 새로운 언어를 포함해서 "말하자면 그 잠재력까지도 드러내 준다"(DiN, 356쪽). 모든 이질언어적 언어는 미래의 언어들로 가득 차 있고 낡은 언어들을 되살려 낼 우려가 있으며, "언어의 지위를 탐내는 수많은 참칭자들"(DiN, 357쪽)을 안에 품고 있다.

소설은 언어들 간의 대화를 통해—즉, 다른 언어들의 입장에서 특정 언어의 이미지를 창조함으로써—작업하기 때문에, 겸손히 대화에 응하지 않는 절대적이고 권위적인 언어란 소설이 다룰 수 있는 담론이 아닐 것이다. 바흐친이 생각하는 절대적으로 '권위적인 말'은 터부때문이든 특별한 원본때문이든 아니면 경의의 태도때문이든 그것을 그 자체로 받아들이는 사람들에게 대화적 상호작용이 불가능한 말이다. 그는 절대적 '거리'를 두는 언어들, 즉 우리에게 동의할 권리조차 주지 않는 언어들에 대해 말하고 있는 것이다. 동의 역시 대화이고 그것은 이미 동의하지 않을 가능성을 인정하기 때문이다. 절대적 언어는 그것을 그 자체로 받아들이는 사람들에게 무조건적인 것이다. 언어를 그 자체로 받아들이는 사람들에게 절대적 언어는 무조건적인 것이며, 동의를 포함하는 대화는 늘 조건이 따라붙는다.

그런 절대적으로 권위적인 언어가 소설에 포함될 때는 다음과 같은 두 가지 사태 중 하나가 발생한다. 한편으로 그 언어는 (내적 발화 속의 권위적 담론처럼) 대화화되어서 절대적 권위를 상실할 수 있다. 이 경우 그 언어는 단지 권위를 갈망하는 수많은 언어 가운데 하나가 되거나 자신의 권위를 논쟁적으로 (그래서 불안하게) 단언하는 언어가 된다. 그렇지 않으면 그 언어는 한때 권위적이었지만 지금은 '탈중심화된' 것으로 간주된다. 다른 한편으로 절대적 언어가 대화화되지 않는다면 그것은 작품 전반에 낯선 불활성의 덩어리가 된다. 이런 불활성의 덩어리가 작품에서 중심적인 것이 되는 한 그 작품은 실패하게 된다. 바흐친은 이 두 번째 가능성의 실례로서 톨스토이의 《부활》 마지막 부분에 나오는 복음서 인용 부분을 든다. 그러나 그는 아마 사회주의 리얼리즘의 발흥을 포함해서 다른 교훈적 소설들을 염두에 두고 있었을 것이다.[2]

잘 씌어진 소설에서는 어떤 언어도 대화화되지 않거나 소박한 채로 남아 있을 수 없다. 심지어 저자의 언어인 '문학 언어'조차도 사회적 가치들, 특히 고급 문자문화의 가치들의 담지자가 된다. 저자는 투르게네프가 그렇게 한 것처럼 이런 가치들을 받아들임으로써 우리가 그 가치들을 받아들이게 할 수 있다. 하지만 그럼에도 저자는 그 언어를 갈릴레오의 언어적 우주 속에 있는 언어의 하나로서, '논쟁의 대상이 되고 논쟁할 수 있으며 논쟁 중인' 것으로 간주한다. 저자는 언어를 소박하게 사용할 수 없다. 만약 저자가 그렇게 한다면, 우리는 실패한 소설을 얻게 되거나 아니면 소설과 비슷하지만 실제로는 그와 다른 어떤 것을 얻게 된다.

바흐친은 언어가 진정 소설적이 되기 위해서는 이질언어성과 강렬한 대화화가 **모두** 필요하다는 점을 강조한다. 몇몇 독자들은 바흐친의 저작에 나타난 다양한 발화 스타일을 두고 소설 판단 척도에 대한 증거라며 만족스럽게 떠들었지만, 바흐친은 분명히 이질언어성만으로는 충분하지 않

---

2 《부활》의 서문)(TP2)에서, 바흐친은 어느 정도 아이로니컬하게도 이 소설을 새로운 소비에트의 '사회 이데올로기적 소설'의 모델로 분명히 추천한다. Gary S. Morson · Carly Emerson, 《바흐친 재고》, 257쪽 참조.

다고 생각했다. 참된 소설가는 "자신이 텍스트 속에 구현해 낸 낯선 언어들의 경험적 자료를 언어학적으로(방언 연구의 자세로) 정확하고도 완벽하게 재생산하는 데"(DiN, 366쪽) 관심을 두지 않는다. 중요한 것은 언어들이 타자의 관점에서 관찰된다는 사실, 언어들이 '혼종화'되어 언어들 사이에서 '무궁무진한' 대화가 창조된다는 사실이다. 그런 혼종화는 "엄청난 노력을 요구한다. 그것은 속속들이 양식화되어 있고, 철저하게 미리 계획된 것이기 때문이다. … 이것이 바로 … 평범한 산문 작가의 특징인 … 경박하고 분별없고 비체계적인 언어들의 혼합물로부터 혼종화를 구별해 준다"(DiN, 366쪽). 평범한 작가는 우리에게 "언어를 구성하는 요소들의 무작위적 혼합"(DiN, 366쪽)을 제공해 주지만, 언어를 대화화하지도 못하고 협주하지도 못하며 혼종화하지도 못한다. "〔참된〕 소설은 언어 지평의 확대와 심화, 즉 사회 언어적 분화에 대한 지각의 예각화"(DiN, 366쪽)와 언어 잠재력에 대한 감각의 심화를 요구한다.

이질언어성만으로는 소설을 생산해 내지 못한다면, 대화화나 겹목소리 내기만으로도 역시 그렇게 하지 못한다. 결국 "겹목소리를 내며 내적으로 대화화된 담론은 … 밀폐되어 있는 순수한 통일적 언어 체계, 즉 산문적 의식의 〔갈릴레오적〕 언어상대주의와 무관한 체계 속에서 … 또한 가능하다"(DiN, 325쪽). 사실상, 그런 비非이질언어적 겹목소리 내기는 근본적으로 갈릴레오적 소설성의 정신에 어울리지 않는 시 장르나 수사적 장르에서는 흔한 일이다. 겹목소리 내기만으로도 작품의 깊이와 흥미에 기여할 수는 있겠지만, 소설이 하는 일을 할 수는 없다. 이때 소설이 하는 일이란 사회적 언어의 이미지들을 창조해 내고 그것들을 통해 혼종화를 이루어 냄으로써, 사회적 언어들의 풍부함과 모호함 그리고 깊이를 탐색하는 것을 말한다. 시적 겹목소리 내기와 수사적 겹목소리 내기에는 "그런 담론이 성장할 만한 토양이 없다"(DiN, 325쪽). "단일 언어 체계라는 테두리 안에" 머무르는 한, "〔겹목소리 내기는〕 언어에 층을 형성하는 역사 생성의 힘들과 뿌리 깊이 연결되어 있는 풍요를 누리지 못한다. 그러므로 수사적 장르는 멀리서 들려오는 이런 생성의 메아리를 기껏해야 개인적인 논쟁쯤으로 축소할 뿐이다"(DiN, 325쪽).

바흐친의 진전된 설명에 따르면, 이질언어성 없는 대화는 근본적으로 사회적인 것이 아니라 본질적으로 개인적인 것—"두 사람 사이의 토론과 대담"(DiN, 325쪽)—이다. 그것은 언어의 개념적 지평을 다 발굴해 내지 못하며, 그래서 "어떤 근본적인 사회-언어적 협주도 없는 이런 겹목소리 내기는 단지 스타일상 부차적인 반주에 불과할 뿐이다. … 담론의 내적 분기(겹목소리 내기)는 단일하게 통일된 언어 및 줄곧 독백적인 스타일에서도 충분히 가능한 것으로 … 고작 유희, 즉 찻잔 속의 태풍에 불과할 뿐이다"(DiN, 325쪽).

반면 참된 소설의 겹목소리 내기는 "그 에너지, 즉 그 대화화된 애매모호성을 **개인적** 불협화음이나 오해 또는 모순에서 끌어오지 않는다"(DiN, 325쪽). 이런 불협화음이 얼마나 비극적이고 심각하든, 또 얼마나 "개인의 운명에 확고히 뿌리박혀 있"(DiN, 325쪽)든 말이다. 소설적 겹목소리 내기는 오히려 "사회-언어적 발화의 근본적 다양성과 다언어성에 깊숙이 뿌리내리고 있다"(DiN, 325~326쪽). 물론 소설에서도 사회적 언어는 인격화되고 대화는 개인들 사이에서 발생한다. 하지만 이런 개인의 "의지와 정신은 사회적 이질언어성 속에 침전되어 있고, 그것을 통해서 다시 파악된다"(DiN, 326쪽). 개인적 의식에는 사회적 가치들의 투쟁이 '스며들어' 있다. 그래서 개인적 의식들의 상호작용은 사회적 가치들의 상호작용이기도 하다.

이런 이유 때문에 소설적 대화성은 본질적으로 소진될 수 없고, 사회적 언어들의 무한한 잠재력을 상호 간의 대화 속에서 보여 준다. 겹목소리를 내는 참된 산문 담론은 결코 "언어적 이질언어성 속에 깊이 박힌 내적인 대화적 잠재력을 하나도 남김 없이 구현할 수 있는, 그런 명시적 대화를 위한 동기나 주제로 발전할 수 없다"(DiN, 326쪽). 요컨대 이질언어성은 담론을 비종결적으로 만들곤 한다. "진정한 산문 담론은 … 근본적으로 극화될 수 없거나 극적으로 해소될(진정으로 끝날) 수 없"으며, 결코 "인물들 사이의 단순한 대담이라는 틀 안에"(DiN, 326쪽) 끼워 맞춰질 수도 없다. 이런저런 이유 때문에 실제의 소설 담론은 연극의 '명시적 대화'와 근본적으로 다르다.

물론 몇몇 픽션 작가들은 사회적 이질언어성을 유심히 경청하지 않고 "언어 의식의 상대화"(DiN, 326쪽)를 끌어들이는 데 실패함으로써 사실상 무대 지시문이 딸린 연극 작품, 즉 픽션 형식을 빌린 드라마를 생산해 내는 데 그친다. 실내극chamber drama(연극의 형식을 취하지만 기껏해야 독서에 의해 실현되는 작품)에 대한 일종의 보완물로서 연극을 닮은 이런 픽션을 바흐친은 "비소설적 소설"(DiN, 327쪽 주 25번)이라고 부른다. 그는, 유사 소설이 어떻게 참된 소설과 구별되는지를 이해하지 못한 채 우선적으로 형식적 척도에 따라 소설에 접근하는 러시아 형식주의자들 및 기타 비평가들을 비난한다. 실제로 여러 유파와 전통을 자랑하는 형식주의자들은 그런 유사 소설 작품을 모범적인 소설로 받아들이는 특징이 있다.

'비소설적 소설'의 작가에게는 참된 소설의 근본 정신 및 에너지에 대한 감각이 결여되어 있다. 이들은 그 에너지의 잔여물 중 일부를 발견하고 그것을 모방하기는 하지만, 그 에너지 자체는 간과한다. 소설을 장르로서 이해하는 데 실패한 비평가들은 그 모작을 실물로 받아들인다. 그러나 소설을 소설로 만드는 것, 즉 어떤 장르를 장르로 만드는 것은 형식 창조적 이데올로기이며, 소설의 경우 그것은 갈릴레오적 언어 의식이다. "산문 스타일의 이런 언어적 지반에 발을 딛지 못하고 상대화된 갈릴레오적 언어 의식의 높이에 도달할 수 없다면, 또한 유기체적 겹목소리 내기와 활발하게 진화하는 담론 내적 대화화에 귀 기울이지 않는다면, 그런 소설가는 장르로서의 소설의 현실적 가능성과 책무를 결코 파악하거나 실현하지 못할 것이다"(DiN, 327쪽). 그 대신 작가는 "구성이나 주제 면에서 소설과 유사한 예술 작품, 즉 소설이 제작되는 것과 똑같이 '제작되는' 예술 작품을 만들어 내겠지만, 그렇다고 해서 소설을 창조해 내지는 못할 것이다. 스타일은 언제나 작가의 정체를 폭로하는 법이다"(DiN, 327쪽).

제작되는이라는 단어의 사용은 여기에서 '장치들'의 조합을 통해 제작되는 가공물이라는 러시아 형식주의자들의 문학작품 개념과, 아이헨바움의 〈고골의 '외투'는 어떻게 제작되었는가How Gogol's 'Overcoat' Is Made〉나 시클롭스키의 《돈 키호테》는 어떻게 제작되었는가How Don Quixote Is Made〉와 같은 유명한 산문 이론 에세이의 제목을 암시한다. 그러나 바흐친의 요점은 '제작' 기술이 얼마나 능숙하든, 그 생산물이 얼마나 흥미롭든 그런 작업이 소설성을 확보해 주지는 못한다는 것이다. 비평가들은 잘못된 관점에서, 말하자면 시학의 관점에서 문학에 접근하기 때문에 소설성의 부재를 알아채지 못하는 것이다.

시학 대 산문학

바흐친에게 러시아 형식주의자들이 작품을 '제작'으로 이해한 것은, 소설 일반에 대한 그들의 접근법과 마찬가지로 그들만의 독특한 오류가 아니다. 이런 이해는 오류라기보다 시학의 전통 전체에 걸쳐 있는 뿌리 깊은 특징이다. 시학은 서사시와 드라마, 그리고 특히 서정시를 연구하는 과정에서 개발된 기술을 소설에 적용함으로써 (충분히 이해할 수 있는) 실수를 범한다. 이 장르들의 예술적 힘과 의의는 소설의 그것과는 전혀 다른 형식 창조적 이데올로기에서 기인한다. 요컨대 시학을 보편적으로 적용할 수 있다고 생각하는 비평가들은 프톨레마이오스적 척도를 가지고 우주를 해석하지만, 필요한 것은 갈릴레오적 척도다. 소설이라는 장르를 이해하기 위해서는 시와 산문의 근본적인 차이를 인식하고, 그 구성적 특질에 적합한 이론을 가지고 산문에 접근할 필요가 있다. 시학 외에 우리에게 필요한 것은, 아직까지 우리가 얻지는 못했지만, 산문학이다.

산문학은 바흐친이 개발한 개념으로 소설적 담론을 일개 스타일이 아니라 스타일들의 스타일, 혹은 좀 더 정확하게 말하자면 스타일들의 대화화로 간주한다. 소설은 "언어들의 상호 조명"(DiN, 362쪽)과 혼종화에 몰두한다. 반면 시학의 전통은 스타일을 체계로서의 언어 자원에 대한 특수한 예증이나 '시적 언어' 일반의 특별한 용법으로 간주한다. 시학은 비유, 시적 구조, 여러 장르에서 나타난 다수의 수사적 장치에 초점을 맞추지만, 소설적 담론의 구성적 특질에 대해서는 본질적으로 전혀 아는 바가 없다. 단일한 문학 언어를 전제하든 홑목소리의 화자를 전제하든, 시학은 갈릴레오적 언어 의식에서 유래하는 담론을 포착할 수 없다. 물론 특정 소설의 특수성에 반응한 몇몇 비평가들이 있었지만, 그들 역시 일관성 있는 산문 이론의 '원리에 기초'해서 그렇게 하지는 못했다. 그래서 그들의 관찰은 비록 국부적으로는 의의가 있을지라도 불가피하게 임기응변적인 것일 수밖에 없다.

우리는 시학을 소설에 일괄적으로 적용할 경우 몇몇 특징적인 한계가 있음을 제1장에서 개괄적으로 살펴본 바 있다. 은유나 그 밖의 전형적인 시작법이 그리 풍부하게 사용되지 않은 작품들, 예컨대 소설을 두고 시학은 비예술적이라거나 반예술적이라는 선고를 내릴 것이다. 형식주의자들이 한동안 주장했던 것처럼 문학을 시적 언어의 견지에서 정의한다면, 몇몇 변칙적인 '서정적' 소설을 제외하고 장르로서의 소설은 "당대의 도덕적 선전 형식들"(구스타프 슈페트, 〈말의 내적 형식Vnutrenniaia forma slova〉. DiN, 268쪽에서 재인용) 가운데 하나가 되어 버린다. 그렇지 않으면 시학은 소설의 문학성을 플롯이나 구조, 또는 서사 장치와 같은 언어 외적 특질에서 찾아내고는 이런 특질을 분석하는 데 시작법을 동원한다. 이 접근법 역시 형식주의자들에 의해 사용되었고, 그 뒤에는 소설과 다른 서사 장르 사이의 차이를 제거해 버리는 경향이 있는 '서사학' 전통에 의해 사용된 바 있다. 소설은 사실상 바흐친의 경우처럼 근본적으로 다른 어떤 것으로 간주되는 것이 아니라, 산문으로 된 서사시나 서술된 드라마 혹은 긴 단편소설long short stories로 간주된다. 시학은 또한 비유의 견지에서 소설에 접근함으로써 소설을 알레고리나 우화로서, 혹은 특별한 종류의 메타문학적 가공물로서 간주하게 된다. 예컨대 낯선 문화를 두고 다른 것이 아니라 고유한 문화적 특질을 갖고 있는 것으로 생각할 때 그 문화에 대해 더 많이 배울 수 있는 것처럼, 위의 관점들은 나름대로 우리가 소설을 이해하는 데 많은 도움을 줄 수 있고 또 많은 도움을 주기도 했다. 그러나 분명 이런 수법으로 인해서 잃는 것도 있는데, 주의를 기울이지 않는다면 손실은 더 커지게 될 것이다. 그것은 바로 소설에서 "소설적 담론의 독특한 특질, 즉 장르로서의 소설의 문체적 특성specificum"(PND, 42쪽)을 인식하지 못하게 되는 것이다.

　시학과 전통적인 스타일 분석이 소설적 언어에 적용되면 잘못된 결과가 도출된다. 엄밀하게 말해서, 소설은 문체론이 이해하는 바의 스타일을 가지고 있지 않기 때문이다. 소설의 스타일은 스타일들의 스타일로서, "다른 차원의"(DiN, 298쪽) 스타일이다. 그래서 전통적 문체론은 장르의 진정한 스타일 특성을 다른 수많은 언어적 특질 가운데 하나로 바꿔 버린다. 비평가들이 분석을 통해서 이렇게 바꿔 놓은 것들의 목록에, 바흐친은 "저자의 몫만으로 … 즉, 어느 정도 정확하게 고립된 저자의 직접적인 말—보통의 직접적인 시적 재현 및 표현 방법〔은유, 비유, 어휘 사용역域·lexical register 등〕의 견지에서 이루어진 분석물—만으로" 이루어진 "스타일"을 끼워 넣는다(PND, 42쪽). 그렇지 않다면 비평가들은 "주어진 소설가의 언어에서 특수한 문학적 경향 … 말하자면 낭만주의, 자연주의, 표현주의 등에 특징적인 요소를 발견할 수도 있다"(PND, 42쪽). 또는 언어를 소설가의 "특정한 개성의 표현"(PND, 42쪽)으로 받아들일 수도 있다. 혹은 장르를 수사학적인 것으로, 그래서 수사학적 범주의 견지에서 다루어진 장치들로 볼 수도 있다. 이런 접근법들은 제각각 소설의 특정한 성격, (서간체 소설의 경우처럼) 파생 장르나 한정된 장르, 원칙적으로는 작품에 들어 있는 모든 '하위 스타일 단위'에 적용될 수 있을지도 모른다.

전체적으로 볼 때 이런 접근법들은 "장르 자체를 은폐함으로써 장르가 언어에 특정한 요구를 하기도 하고 언어에 특정한 가능성을 열어 놓기도 한다는 사실을 인식할 수 없게 한다"(PND, 43쪽). 결과적으로 비평의 관심사는 장르 자체에 대한 이해 대신 특수한 저자나 학파의 상대적으로 "사소한 스타일 변화"로 향하게 된다. 비평가들은 특정한 저자나 운동이라는 나무만 볼 뿐 장르라는 숲을 보는 데는 실패한다. "그사이에 소설 속의 담론은 자신만의 독특한 삶, 즉 좁은 의미의 시적 장르에 기반해서 형성된 스타일 범주의 시점으로는 이해할 수 없는 삶을 살아왔다"(PND, 43쪽).

산문 대 시

바흐친이 강조하는 바에 따르면, "소설(및 소설에 가까운 형식들)과 그 밖의 다른 장르—좁은 의미의 시적 장르—사이의 차이는 너무나도 근본적이고 절대적이어서, 시적 이미저리imagery 개념과 규범을 소설에 부과하려는 시도는 실패할 수밖에 없다"(PND, 43쪽). 산문(특히 소설)과 시(특히 서정시)의 차이는 무엇인가? 〈소설 속의 담론〉에서 바흐친은 종종 오해받지만 주목할 만한 몇몇 구절에서 그 본질적인 대립을 보여 주고자 한다.

바흐친은 더 나아가서, 소설과 시의 특징을 한정한다고 해서 그것이 소설과 시로 분류되는 텍스트들에 대한 경험적 일반화를 의미하지는 않는다는 사실을 반복해서 강조한다. 그의 관심사는 그 용어들의 용법도 아니고 분류 그 자체의 문제도 아니다. 오히려 바흐친은 언어와 세계에 대한 두 가지 구별되는 견해, 즉 너무나도 많은 소설과 너무나도 많은 서정시에서 표현되었던 두 가지 형식 창조적 이데올로기에 관심이 있다. "말할 필요도 없이 우리는 계속해서 〔그 자체로서의〕 시적 장르가 열망하는 극단을 전형적인 것으로 제시한다. 그로 인해 구체적인 시 작품에서 본래는 산문적인 특질을 발견하는 일이 가능해지고 그래서 여러 장르 유형들의 혼종이 수도 없이 존재할 수 있는 것이다"(DiN, 287쪽). 바꿔 말해서, 그의 관심사는 소설성과 서정성에 있다. 바흐친은 시학에 대한 거부를 분명히 하고자 잠시 동안 역사적 문제에 괄호를 쳤다가, 〈소설 속의 담론〉의 뒷부분에 가서야 그 문제로 되돌아온다.

시가 열망하는 '스타일적 한계'는 시인이 이질언어성이나 대화화와는 무관한 언어로 말한다는 데 있다. "시인은 통일되고 단일한 언어라는 관념, 그리고 독백적으로 봉인된 통일된 언표라는 관념을 받아들이는 한에서 시인이다. 이런 관념은 시인이 시를 쓰는 동안 시적 장르에 내재한다"(DiN, 296~297쪽). 갈릴레오적 언어 의식은 전적으로 시와 무관하다. 그래서 시인은 자신이 완전히 통제할 수 있는 언어를 발견하려고 노력하며, 그 언어를 발견한 뒤에는 자신의 의미를 표현하기 위해서 현실적으로 존재하는 다른 어떤 언어도 더 이상 필요로 하지 않는다. 즉, 그는 "직접적이면서도 무매개적으로" 말하고자 하는 것이다. "그래서 시인과 말 사이에는 어떤 거리도 있을 수 없다"(DiN, 297쪽). 사람들은 시인의 언어가 적합성 여부를 놓고 경쟁 관계에 있는 다른 시적 언어들을 '곁눈질'한다는 사실을 소설에서만큼 크게 느끼지 못한다. 시인의 언어는 이질언어적 언어들 중 하나에 불과한 것으로 제시되지도 않고 그렇게 사용되지도 않는다. 말하자면 시인은 "단일한 의도적 전체a single intentional whole로서의 언어로"(DiN, 297쪽)—하나의 언어가 아니라 언어로, 즉 언어 그 자체로—말하기 때문이다.

바흐친에게 "자기 언어의 제약성과 역사성 그리고 사회적 결정성에 대한 감각은 모두 시적 스타일과 무관하기 때문에, 이질언어적 세계의 수많은 언어 가운데 하나에 불과한 것인 자기의 언어와 비판적 관계를 맺는다는 것은 시적 스타일에 낯선 일이다"(DiN, 285쪽). 물론 시인과 독자 모두 자신이 이질언어적 세계에 살고 있다는 것을 인식하고는 있지만, 이런 인식은 "관례상"(DiN, 285쪽) 잠시 중단된다. 그런 인식은 소설의 '과제'이지 시의 '과제'는 아니기 때문이다.

시인은 혼자서 말할 수 있기 때문에, 자신이 말하고자 하는 바를 말하기 위해서 다른 의식이나 다른 언어와 상호작용할 필요가 없다. 시인은 자신만의 사회를 선택하고는—그가 곧 자신의 사회다—아마도 다른 시인이나 시에 대해서가 아니라면 '문을 닫는다'. 소설가가 이질언어성을 재현하고 심지어 과장하려고 하는 반면, 시인은 무시간적인 언어로 글을 쓰고자 이질언어성에서 벗어난다. 이때 무시간적이라 함은, 그 언어가 한낱 부분적인 것에 불과한 어떤 경험의 시점視點으로서 역사적으로 특정하게 형성된 것이라는 사실에 주의를 기울이지 않는다는 의미다. 셸리가 고찰한 것처럼, 시인의 언어는 "천상의 음악의 메아리"(셸리, 〈시의 옹호〉, 502쪽)다. 반면 소설가의 언어는 일상적 맥락에서 사회적으로 사용되고 있기 때문에 여전히 "온기가 있다"(DiN, 331쪽). 그러므로 소설가는 스쳐 지나가는 특정한 날의 언어로 말하는 반면, "시는 나날들의 특성을 제거한다"(DiN, 291쪽). 시 자체의 앞선 역사만이 시인의 기획 속에 들어오는 것이다. 하지만 여기에서도 풍부한 상호텍스트성이 가능한데, 시인은 언어 그 자체로, 말하자면 전체로서 받아들여진 시적 전통 자체로 말하기 때문이다.

바흐친은 때때로 "소설가는 '인용부호로' 말한다"고 기술한다. 소설가는 자신의 언어가 수많은 가능한 언어 가운데 하나라는 사실을 의식하고 있기 때문에, 그 언어에 특성을 부여해서 이런저런 정도로 사용하기만 할 뿐 그 언어에 완전히 빠져들지는 않는다. 소설가가 언어에서 '거리'를 둔다고 말했을 때 바흐친이 의도했던 바는 바로 이 점이다. 이 거리는 아주 가까운 것에서부터 아주 먼 것에 이르기까지 다양할지도 모른다. 하지만 우리는 "나 자신은 직접적으로 말하지 않는다. 아마 나는 전혀 다르게 말할 수 있었을 것이다"라는 소설가의 말을 어느 정도 이해할 수 있다.

우리가 소설에서 감지하는 것, 그리고 소설의 과제에 본질적인 것은 언어와의 거리들의 유희play다. 소설가는 글 쓰는 과정에서 언어의 잠재력과 한계를 탐색한다. 그는 목적이나 관점에 걸맞은 다른 잠재력을 알고 있다.

산문 작가의 언어는 저자와 저자의 궁극적인 의미론적 예시에 얼마나 근접해 있는가에 따라 전개된다. 즉, 언어의 어떤 측면은 저자의 의미론적·표현적 의도를(시에서처럼) 직접적이면서도 무매개적으로 표현하고, 다른 어떤 측면은 이런 의도를 왜곡한다. 그래서 저자는 이런 말들과 완전히 융합하지 않고 오히려 그것들 각각을 특수한 방식으로—유머, 아이러니, 패러디 등을 통해서—강조한다(DiN, 299쪽).

소설 속에서는 어떤 말도 모든 권위를 완전히 박탈당한다. 저자가 새로운 관점에서 그 말로 되돌아가고 그 말에 공손한 어조를 부여해서, 그 말에 색다른 '인용부호'를 단다고 할지라도 말이다. 어떤 종류든 인용부호는 소설적 스타일에는 본질적이지만 시적 스타일에는 그렇지 않다.

소설가의 충동은 "낯선 언어적 척도로 자신의 세계"(DiN, 287쪽)를 측정하는 데 있다. 이는 소설가가 낯선 언어를 소설에 포함하는 이유 가운데 하나다. 소설가는 낯선 관점에서 자신의 말을 읽고자 한다. 그래서 그는 무지몽매한 서술자를 이용하거나, 투르게네프처럼 저자가 선호하는 언어를 따르되 그 정합성 여부를 시험하는 방식으로 말하는 인물을 등장시킬 수도 있다. 반면, 통상적으로 시인은 낯선 언어를 이런 방식으로 사용하지 않는다. 물론 어떤 '저급한' 시적 장르는 인물의 발화를 통해서 확실히 이질언어적 언어를 끌어들이기도 하지만, 시적 언어와의 실제 대화를 허용하지는 않는다. 바흐친이 지적하는 것처럼, 이런 저급한 언어는 "작품의 실제 언어와 동일한 평면 위에 있지 않다. 즉, 그것은 인물들 가운데 한 명의 제스처를 묘사한 것일 뿐이지 묘사하고 있는 말로서 등장한 것은 아니다"(DiN, 287쪽). 그것은 단지 '두 번째 유형의 말'에 불과하다.

이런 의미에서 소설가의 언어는 의심의 언어라고 말할 수 있다. 이는 소설가가 의심을 표현하기 위해서 언어를 사용하기 때문이 아니라 자신의 언어를 의심하기 때문이다. 반면, 시적 언어는 의심을 표현할 때조차도 의

심받지 않는다. "시에서는 의심에 관한 담론조차도 의심받을 수 없는 담론으로 주조되어야만 한다"(DiN, 286쪽). 의심을 표현할 때에도 시적 언어가 의심의 모든 복합성과 모호한 뉘앙스를 표현하는 데—의심할 여지 없이—가장 좋은 방식으로 간주된다. 확실히 특수한 직업이나 집단의 한낱 일상적 사회 언어로는 그 의심을 더욱 적절하게 표현할 수 없다는 것이다.

그래서 시 창작 작업의 대부분은 현재성의 표식, 즉 지금의 덧없는 일상생활의 표식을 언어에서 벗겨 내는 데 할애된다. 리듬 자체만 해도 그것은 이질언어적 발화의 다양성을 평면화한다. "리듬은 전체 강약 체계의 모든 측면에 무매개적으로 개입함으로써 … 말 속에 잠재적으로 깊이 새겨져 있는 사회적 발화 세계와 사회적 인간 세계를 애초에 박멸한다"(DiN, 298쪽). 만약 박멸에 실패한다 하더라도, 리듬은 적어도 그것들이 풍부하게 발전하지 못하도록 막는다. "리듬은 시적 스타일의 표면에서, 그리고 시적 스타일이 설정하는 통일된 언어에서 통일성과 비의적 특질을 강화하고 더 나아가서는 거기에 집중하게 한다"(DiN, 298쪽).

이와 마찬가지로, 시적 언어를 창조하는 것, 즉 완벽한 표현을 얻으려는 시인의 노력은 일상적 사회 언어를 기억나게 하는 얼룩을 표백하려는 노력이다. "시 작품의 말 배후에서는 … 발화자의 직업이나 성향은 물론이려니와 … 그의 전형적이고 개성적인 이미지 또는 그의 말버릇이나 전형적 억양도 느낄 수 없다"(DiN, 297쪽). 시에만 있는 특별한 풍요를 달성하려면 시인은 우선 망각해야만 한다. "작품에 들어오는 모든 것은 레테의 강에 빠져서 다른 맥락에 있는 자신의 선행하는 삶을 망각해야만 한다. 즉, 언어는 시적 맥락에서의 삶만을 기억할 수 있다(하지만 그런 맥락에서라면 구체적인 회상도 가능하다)"(DiN, 298쪽. 원문에서는 전체 문장이 강조되어 있다).

물론 이질언어성은 언제나 현실에 현재하고 있었고, 시는 그것을 쳐다 보면서 씌어져 왔다. 그러나 이질언어성의 풍요를 발굴하는 것은 시의 과제가 아니어서, 이질언어성은 "(건축이 끝나면 비계가 제거되는 것처럼) 말끔히 청소되어 창작 과정의 쓰레기통 속에" 던져진다. "그래서 완성된 작품은 마치 '에덴의' 세계에 관한 발화처럼, 즉 그 대상과 공존하는 통일된 발화처럼 될 수 있다(DiN, 331쪽). 시는 덧없는 세계의 덧없는 발화를 뒤로하고 한낱 특수한 관심사와는 상관없이 무시간적으로 발화하는 데 성공함으로써 특별한 시적 가치를 창조해 낸다.

바흐친이 에덴적 시의 세계를 언급한 것은 시와 소설의 형식 창조적 이데올로기들 사이에 있는 근본적인 철학적 차이를 암시한다. 시는 단일한 진리 언어―"일상생활의 작은 원에서 멀리 떨어져 있는 순전히 시적인 초역사적 언어"(DiN, 331쪽)―의 적합성을 전제한다는 점에서 궁극적으로 유토피아적이다. 역사의 우연성과 일상생활의 산만함은 간과된다. 대신에 시인은 자신의 언어로 발화함으로써 만물의 본질을 꿰뚫어 보고, 그로 인해 동시대성이나 특정한 역사성이라는 불투명한 외투를 벗겨 버린다. 셸리는 다음과 같이 말한다. "시인은 … 천상의 음악을 유한한 귀에 맞추기 위해서 … 동시대인의 부덕함을 자신의 창조물이 차려입어야만 하는 일시적인 드레스로 간주한다. … 시는 세계의 아름다움을 가리고 있는 베일을 걷어낸다"(셸리, 〈시의 옹호〉, 502~503쪽).

시인은 자신의 언어를 의심하게 될 때도 또 다른 사회 언어, 즉 한낱 역사적인 발화 방식으로 향하지 않는다. 시적 언어가 실패하면 시인은 **언어 자체**를 의심하는 경향이 있다. 그래서 그는 사회적으로 지역화되고 역사적으로 시대가 정해져 있는 특수한 기존 방언에 의존하기보다는 "곧장 특히 시를 위한 새로운 언어를 인위적으로 창조하려 할 것이다"(DiN, 287쪽). 이 때문에 러시아 상징주의자들과 미래주의자들이 "특별한 '시어'", 즉

"신의 언어"(DiN, 287쪽)의 창조를 꿈꾼 것이다. 하지만 소설가들은 이 꿈을 공유하지 않는다.

단순한 일탈과는 거리가 먼 시의 그런 노력은 시 자체에서 본질적으로 유토피아적인 전제를 전경前景화한다. "단일한 하나의 특별한 시어라는 관념은 시적 담론의 전형적인 유토피아적 철학소素다. 그것은 시적 스타일의 현실적 조건과 요구에 기반한 것으로 … 다른 언어들(그중에서도 회화적 언어, 사업적 언어, 산문적 언어 등)을 결코 자신과 동등한 대상으로 취급하지 않는 시점의 … 스타일이다"(DiN, 287쪽). 이런 의미에서 소설은 지극히 반유토피아적이다. 소설은 단일한 진리 언어가 불가능하다는 것을 전제하며, 사회적 담론을 새롭고도 예측 불가능한 진리가 끝없이 발견되는 곳으로 여기기 때문이다.

제1장에서 살펴본 것처럼 바흐친에게 산문학은 한낱 시학의 보완물이 아니다. 즉, 다른 장르를 분석하기 위한 도구로서 시학 옆에 자리 잡고 있는 것이 아니라는 말이다. 바흐친의 논의에 따르면, 산문학은 시학 또한 변화시켰다. '소설적 담론'은 시학과 시적 언어의 이론 일반에 대한 '가혹한 시험'이다. 그래서 그 이론은 "소설을 … 비예술적이거나 유사 예술적인 장르로 인식하거나, 혹은 〔그렇지 않으면 그것은〕 … 전통적 문체론의 지반이 되고 그 모든 범주를 결정하는 시적 담론의 구상을 근본적으로 재검토해야만 한다"(DiN, 267쪽). 요컨대, **산문학과 시학의 관계는 하나의 이질언어적 언어와 외관상 권위적인 또 다른 언어의 관계와 같다.** 다시 말해, 산문학이 시학을 탈중심화하면 시학은 근본적으로 다른 우주와 만난다.

시적 언어의 우주와 마찬가지로 시학의 우주도 프톨레마이오스적이다. 그래서 그것을 대안적 우주와 동일한 우주에 자리 잡도록 만드는 것—그것을 대안적인 우주와 변증법적으로 만나도록 만드는 것—은 우주 자체를 변화시키는 일이다. 소설이 우월한 시대에 시가 결코 똑같은 소리를 낼 수 없는 것과 마찬가지로, 갈릴레오적 우주에서 시학은 더 이상 똑같은 시학일 수 없다.

폴 드 만Paul de Man은 바흐친에 관한 뛰어난 에세이에서 산문학—드 만은 이것을 '대화론dialogics'이라고 부른다—이 (아마도 특히) 해체주의적 시학을 포함해서 시학으로 간주되는 모든 것에 도전한다는 사실을 인정한다. 이 도전을 다루기 위해서 드 만은 바흐친이 시적 언어와 소설적 언어 사이에 그은 또 다른 대조, 즉 '비유'와 '겹목소리의 말' 사이의 대조에 초점을 맞춘다. 이 대조는 세밀하게 검토해 볼 만한 가치가 있다.

여기에서 바흐친의 논의는 난해해진다. 우선 강조되어야 할 점은 바흐친이 산문적 언어가 시적 언어보다 더 풍요롭다거나 복합적이라고 주장하지 않는다는 사실이다. 오히려 바흐친은 그 각각이 서로 다른 종류의 복합성을 전개한다고 단언한다. 시인은 비유를 풍요롭게 전개하며, 그래서 전체의 '언어적 보물창고'를 자기에게 유익한 쪽으로 처리한다. 시에서 비유나 상징은 근본적으로 다의적이고 복합적이며 매우 모호한 담론을 창조해 낸다는 점에서 소설 담론 못지않다. 그럼에도 "시의 모호성(혹은 다의성)과 산문의 겹목소리 내기 사이에는"(DiN, 328쪽) 근본적인 차이가 있다. "시 이론의 중심 문제가 시적 상징의 문제라면, 산문 이론의 중심 문제는 겹목소리 내기, 즉 내적으로 대화화된 말의 문제다"(DiN, 330쪽).

바흐친에 따르면, 우리가 "시적 상징(비유)에서 의미들의 상호 연관성"을 이해한다고 하더라도 "이 상호 연관성은 결코 대화적인 것이 아니다"(DiN, 327쪽). 그 상호 연관성이 대화적으로 이해되든 존재론적으로 이해되든 혹은 감정적이거나 가치 평가적으로 이해되든, 우리는 여전히 말과 대상의 관계에 관해 말하고 있을 뿐이다. 우리는 '시니피에'와 '시니피앙'

이라는 이론적 담론을 통해서 그 복합성에 대해 논할 수 있다. 하지만 비유가 아무리 복합적이라 해도, 비유는 그것을 언급할 단 하나의 목소리만을 필요로 한다. "시적 모호성을"—이것이 아무리 풍요롭다 해도—"표현하는 데는 하나의 목소리, 즉 단일한 억양 체계면 충분하다"(DiN, 378쪽). 겹목소리의 말은 정의상 두 개의 목소리와 두 명의 화자를 필요로 하며 종결 불가능한 대화를 암시한다. 반면 시적 상징은 "타자의 말, 즉 타자의 목소리와의 어떤 근본적인 관련성도 전제할 수 없다. 시적 상징의 다의성은 그와 동일시되는 목소리의 통일성을 전제하며, 그런 목소리란 자신의 담론과 완전히 하나라는 사실을 전제한다"(DiN, 378쪽). 시인이 제2의 목소리를 끌어들인다면, "시적 영역은 파괴되고 상징은 산문적 영역으로 옮겨 간다"(DiN, 378쪽).

요컨대 형식 자체를 가지고 형식적 분석을 넘어서려는 바흐친의 기획은 대담하기는 하지만 실패할 수밖에 없는 시도라고 드 만은 말한다. 드만의 논의에 따르면, 바흐친은 사회적 세계와 시적 세계 사이에 다리를 놓기 위해 대화로 향하지만, 그렇게 하는 가운데 대화 자체를 비유로 만들어 버림으로써 사실상 시적 세계를 벗어나지 못했다는 것이다. 이에 대해서 바흐친이라면 아마도 이렇게 답했을 것이다. 드 만의 반론이란 전형적인 독백적 상대주의로서, 시학의 프톨레마이오스적 우주를 유일하게 가능한 우주로 전제하고 있다고 말이다. 게다가 바흐친은 드 만이 바로 그 답변 과정에서 이질언어성이나 산문학까지는 아닐지라도 적어도 대화에는 의존하고 있다는 점을 덧붙일 것이다. 매슈 로버츠Mathew Roberts가 예리하게 고찰한 것처럼, 이 두 사상가의—그리고 해체론과 대화론의—대결은 어느 한 편이 제안한 용어로는 해결될 수 없다(로버츠, 〈시학, 해석학, 대화론 Poetics Hermeneutics Dialogics〉). 우리의 관점에서 볼 때, 그 둘 사이의 대화는 궁극적으로 시학과 산문학이라는 두 개의 근본적인 세계관 사이의 대화다.

혼종화: 소설의 실제 삶

시적 모호성과 소설적 겹목소리 내기의 차이를 파악할 수 있는 유일한 길은 매개되지 않은 직접적 담론을 겹목소리화해 보는 것이다. 그런 겹목소리 내기가 반드시 이질언어성의 소설적 사용이 되지는 않겠지만, 적어도 저자와 말 사이에 거리를 만들어서 이 말을 어떤 억양 인용부호로 감싸기는 할 것이다.

사실 이런 유의 '재강조화'는 일상생활에서 흔히 볼 수 있는 일이다. 우리는 다른 사람의 말을 끊임없이 인용하고 암시하며, 어떤 담론을 어느 정도 유보적으로 사용하기도 한다. 거리 두기는 무수한 음영을 갖고 있고, 셀 수 없이 많은 입장에서 생겨날 수 있으며, 규정할 수 없을 정도로 많은 이유 때문에 사용된다. 그 이유 중 몇몇만이 명확한 표시나 진술을 얻을 뿐, 모든 것이 뚜렷하게 감지되는 것은 아니다. 우리의 거리는 오로지 극단적인 경우에만 실제의 인용부호를 사용해야 (혹은 우리가 사용하고 있다는 것을 말해야) 할 정도로 멀다. '인용부호'라는 것은 본질적으로 정도의 문제에 불과하다.

장르로서의 소설은 일상생활의 자원을 이용하여, 거리 두기와 겹목소리 내기를 수단으로, 매개되지 않은 직접적 담론—시적, 권위적, 아포리즘적 담론, 또는 '소박한' 담론—을 재가공한다. 우리는 알렉세이 알렉산드로비치 카레닌이 상투적으로 했던 일을 소박한 언어와 관련해서 행한다. 바흐친이 제공한 예문은 이렇다. "'이거 뭐 다정한 남편이잖아. 마치 결혼을 한 지 아직 일 년도 채 안 된 것 같군그래. 한시바삐 당신을 만나고 싶어 마음을 불태우고 있다니.' 그는 그 느릿느릿한 가냘픈 목소리로 말했다. 그것은 그가 거의 항상 아내에 대해서 쓰는 어조로서, 진정으로 그런 말을 하는 놈을 비웃는 듯한 어조이기도 했다"(《안나 카레니나》, 제1부 제30장, 110~111쪽. DiN, 328쪽 주 26번에서 재인용). 톨스토이가 분명히 보여 주고 있고 안나도 알고 있는 바이지만, 카레닌은 자신의 사랑 고백을 사실로 느끼고 있으면서도 그 고백을 겹목소리화한다. 그는 자신이 의미하고자 하는 바를 직접 말하지 않는데, 이는 실제로 강한 애착과 사랑을 느낄 때조차도 그에게는 사랑의 담론이 낯설고 사랑의 언어와 어조가 부자연스럽게 느껴지기 때문이다. 소설 속의 인물들—과 실제의 사람들—은 종종 비슷한 이유로 인해 양식화된 언어나 거리를 둔 언어 형태에 호소하곤 한다. 때때로 우리는 미심쩍고 구식이지만 더 나은 담론이 없다는 이유로 수상쩍어하면서도 삶에서 담론을 빌려다 쓰곤 한다. 소설은 담론의 신념 복합체들과 이것들이 사용되는 다양한 방식들을 탐구하는 것으로서, 그런 실천들을 전경화하고 과장한다.

바흐친이 기술하는 바에 따르면 소설이 실제로 하는 일은 바로 이런 것이다. 소설은 말하자면 담론과 그 발화자가 서로에게로 향하는 것처럼, 가치와 어조의 복합적 유희인 것이다. 이 복합체가 펼쳐지는 가장 중요한 장소는 저자의 목소리다. 웨인 부스Wayne Booth가 바흐친의 소설 이론을 가리켜 "보여 주기"에 비해서 "말하기"를 특히 강력하게 지지했다고 결론 내린 데는 이유가 있었던 것이다(부스, 〈해석의 자유: 바흐친과 페미니즘 비평의 도전Freedom of Interpretation: Bakhtin and the Challenge of Feminist Criticism〉).[3] 저자

---

3 Wayne Booth, 《소설의 수사학The Rhetoric of Fiction》 참조. 에머슨이 번역한 《도스토옙스키

의 말하기는 담론의 혼종화를 유발하여 소설의 실제 삶인 개념적 지평들의 상호 만남을 활성화한다.

여기에서 바흐친의 핵심이 자주 오해되곤 하기 때문에 다음과 같은 사실은 특히 강조할 만하다. 소설성을 이루는 대화는 무엇보다도 인물들 간의 '문장 작법상 표현된 대화'에서 찾을 수 있는 것이 아니라, 저자 자신의 목소리의 혼종화되고 겹목소리화되고 대화화된 이질언어성에서 찾을 수 있다. "이 영역 안에서 저자와 인물 사이에 이루어지는 대화는 진술과 응답으로 확연히 구분되는 드라마적 대화가 아니라 특별한 유형의 소설적 대화이기 때문에 외형상 독백과 유사한 구조물의 울타리 내에서 실현된다"(DiN, 320쪽). 이런 유의 대화는 소설 고유의 영역에 속한다. 드라마에는 그에 상응하는 것이 없으며 다른 장르의 형식 창조적 이데올로기도 그것을 그렇게 충분히 활용할 수 없기 때문이다. "그런 대화의 잠재력은 소설적 산문의 기본적인 특권들 가운데 하나로, 드라마 장르나 순수한 시적 장르에는 전혀 해당되지 않는 특권이다"(DiN, 320쪽).

소설적 거리 유희에 대한 바흐친의 가장 방대한 사례 연구가 푸시킨의 《예브게니 오네긴》이므로, 우리는 이것을 하나의 표본으로 간주할 수 있을 것이다. 이 작품은 '운문소설'(이런 부제가 붙어 있다)이라는 점에서 흥미롭다. 푸시킨의 놀라운 업적은 사회에서 통용되는 모든 담론은 말할 것도 없고 모든 시적 담론에서 너무나도 복잡한 방식으로 거리를 둔 채, 촘촘히 짜인 운문 형식으로 '산문적 언어 의식'을 충분히 발전시킨 데 있다. 시적 담론에 대한 거리 두기는 렌스키의 소박하고도 지극히 낭만적인 시

시학의 문제들Problems of Dostoevsky's Poetics》의 서문에서, 부스는《소설의 수사학》이 다루었던 소설적 특질의 분석에서 바흐친이 더 나은 방식을 발견했다고 본다.

편을 얼마간 풀어 쓰는 데서 최고조에 이르는 듯하다.

> 그는 사랑에 귀 기울여 사랑을 노래했고
> 그의 노래는 티 없이 맑았다
> 순수한 처녀의 생각처럼
> 어린애의 단잠처럼, 달님처럼…
>
> 〔비교가 계속 이어진다〕(푸시킨, 《예브게니 오네긴》, 제2장, 10연 1~4행. PND, 43쪽에서 재인용)[4]

바흐친이 분석한 것처럼 우리는 위의 각 행에서 렌스키의 목소리와 스타일을 듣지만, 여기에는 "저자의 패러디적이고 아이러니적인 강세들"이 뒤얽힌 채 스며들어 있다. "구성적이거나 문법적인 수단을 통해서 렌스키의 목소리와 스타일을 저자의 발화와 구별할 필요가 없는 이유는 바로 여기에 있다"(PND, 44쪽). 독일식으로 표현된 렌스키의 러시아산 낭만적 운문이 저자의 바이런식 음가音價와 만날 때, 우리는 여기에서 매우 단촐한 혼종화의 실례를 발견한다. 그 결과 렌스키 언어의 이미지가 (그리고 암묵적으로는 저자의 바이런식 언어의 이미지 역시) 발생하는데, 이때 렌스키의 담론은 특별한 억양 인용부호 속에서 나타난다.

형식주의자들의 주장에도 불구하고, 푸시킨의 목소리가 이처럼 늘 패러디적인 것도 아니고 주로 패러디적인 것도 아니다. 거리와 '언어 이미지'의 종류는 상당히 다양하다. 때때로 저자는 렌스키에게 훨씬 더 가까이 다가가서, 자신의 담론과 렌스키의 담론을 대조하는 것이 늘 자기에게 이

---

4 《예브게니 오네긴》의 각 행은 월터 아른트Walter Arndt의 번역에서 변형된다. "비교가 계속 이어진다"라는 진술은 바흐친의 것이다.

익이 되는지를 의심하는 듯하다. 저자는 상상된 렌스키—혹은 저자 언어의 이미지를 형성할 수 있을 만큼 가설적이고 별로 소박하지 않은 렌스키—의 관점에서 자기 언어의 이미지를 은밀하게 형성한다. 바흐친은 또한 저자의 언어 사용도 고려하는데, 여기에는 오네긴에게 전형적인 것과 저자 특유의 아이러니에 가까운 것이 모두 포함된다.

> 살아오면서 명상에 잠겨 본 사람이라면
> 마음속 깊이 인간을 경멸하지 않을 수 없고
> 느낌이 있는 사람이라면
> 되돌아오지 않는 세월의 환영에 전율하기 마련
> 이미 아무것도 그를 사로잡지 못하고
> 회상과 회한만이
> 뱀처럼 그를 물어뜯는 법

(바흐친은 계속해서 다음과 같이 말한다.) 사람들은 우리 앞에 있는 것이 저자 자신의 직접적인 시적 금언이라고 생각할지도 모른다. 그러나 이어지는 행은 다음과 같다.

> 이 모든 것은 종종
> 대화에 큰 매력을 더해 주지

(설정된 저자가 오네긴에게 발화함으로써) 이 금언에는 이미 객관적인 색채가 가미된다.(푸시킨, 《예브게니 오네긴》, 제1장, 46연 1~9행. PDN, 44~45쪽에서 재인용)

여기에서 제시된 사례는 저자의 발화이긴 하지만, 이는 그의 '벗' 오네긴의 담론 영역 내에서 그에 수반하는 어조 및 음가와 더불어 구성된 발화다. 앞서 렌스키의 시편은 **재현된** 담론이었지만, 여기에서 오네긴 언어의 이미지는 재현**됨**과 동시에 재현한다. 저자의 담론은 오네긴의 담론에 꽤 가까이 있고, 비록 단서를 달고 있기는 하지만 상당한 정도로 오네긴에게 동의하기 때문이다. 저자는 오네긴의 언어 내부와 외부 모두에서 기능함으로써 주인공과의 "잠재적인 대담 구역 안에", 즉 **대화적 접촉** 구역 안에 자리 잡는다"(PND, 45쪽). 저자는 오네긴의 음가나 언어가 지닌 한계와 얄팍함을 잘 알고 있고 그 언어의 술수와 조리 없음을 날카롭게 감지하고 있지만, 그럼에도 오네긴이 "이 '언어'에 힘입을 때에만—비록 체계로서의 이 언어는 역사적으로 종말을 고했다고 하더라도—몇몇 매우 기본적인 관념이나 소견을 표현할 수 있다"(PND, 45쪽)는 점을 잘 알고 있다.

이와 같은 구절은 저자와 작품의 갈릴레오적 언어 의식, 즉 어떤 언어도 그 자체로는 불충분하다는 느낌을 대변한다. 그리고 이런 언어 의식에는 탐구 행위가 잠재적으로 무한히 진행된다는 점에서 다수의 목소리와 다수의 언어를 요구하는 진리의 종결불가능성에 대한 감각이 내포되어 있다. "그가 처한 삶의 상황을 안다고 해서 그 사람에 대해 다 아는 것이 아니듯, 특수한 담론을 안다고 해서 세계에 대해 다 아는 것은 아니다"(PND, 45쪽).

소설적 담론이 잘만 처리된다면, 거리들과 입장들의 광대한 배치는 '무진장 풍부한' 언어들을 취급하게 된다. 카레닌의 경우에서 보았듯이 소설 속의 인물은 언제나 자신이 마주치는 언어들을 재가공하며, 더욱 중요한 것은 그 인물이 언어를 특수하게 조합함으로써 저자의 발화를 오염시킨다는 사실이다. 저자가 인물의 발화를 억양 인용부호로 감쌀 때, 오히려 인물의 도전적 담론이 저자의 담론을 끊임없이 침해하거나 제한하는지도 모른다. 여기에서 바흐친은 겹목소리 내기라는 자신의 개념과, 보고된 발화가 보고하는 맥락을 녹여 버릴 수도 있다는 볼로시노프의 생각—〈소설 속의 담론〉의 기저에 있는 핵심적 통찰이자 볼로시노프가 바흐친에게 끼친 명백히 중요한 영향—을 동시에 전개하고 있다.[5]

인물 구역

인물들의 담론과 그들의 내적 발화는 대부분 저자가 그것들을 '의사 직접화법', '준비된 화법prepared-for discourse', 다른 유의 겹목소리 내기 등의 혼종화된 형식으로 재강조할 때 제시되기 때문에, 저자의 발화를 오염시키는 인물이라면 다른 인물의 발화에 대한 우리의 감각 역시 오염시킬 수 있다. 소설 속의 인물은 저자의 목소리라는 매체를 통해서 자신에게 나타나지 않는 인물들, 즉 자신이 만나지도 못했고 결코 만나지도 못할 인물들과 일종의 대화—특히 소설적 대화—를 나누게 된다.

〔어떤 주어진 인물의 가치와 언어가 우선〕 인물들을 둘러싸고 있는 저자의 발화 전체에 퍼지게 되는 것은 인물들에 의해 지극히 특별하고 민감한 인물 구역character zones이 창조될 때다. 이 구역은 인물의 단편적 발화, 다른 사람의 말을 은밀하게 전송하는 다양한 형식, 산만하게 흩어져 있는 다른 사람의 단어나 관용어구나 습관적 표현, 저자의 발화에

---

5 이런 유의 보고된 발화에 의해 보고하는 맥락이 해체되는 것에 대해서는 제4장을 보라.

침투한 다른 사람의 표현법(생략, 의문, 감탄) 등에 의해 형성된다. 그런 인물 구역은 인물의 목소리를 위한 행위의 장으로서 이런저런 방식으로 저자의 목소리를 침범한다(DiN, 316쪽).

그런 인물 구역이 창조될 경우, 그것은 인물에게서 거리를 두는 데 사용될 수 있고 통상적으로 그렇게 사용된다. 그 때문에 우리는 여기에서 두 인물 간의, 이들과 저자 간의, 그리고 이 셋 사이의 잠재적인 대화를 듣는다. 각 인물의 "영향 지평은 … 그에게 부여된 직접화법의 경계 너머로—종종 훨씬 멀리—확장된다. 주요 인물의 목소리가 점유하는 영역은 어떤 사건에서든 그의 직접적이고 '실제적인' 말보다 더 넓어진다"(DiN, 320쪽). 인물 구역에서는, 더구나 중첩된 인물 구역들에서는 "매우 다채로운 혼종적 구성물이 요동친다"(DiN, 320쪽). 우리는 "겉보기에 독백과 유사한 구성물의 울타리 내에서 실현되는"(DiN, 320쪽) 특별한 소설적 대화의 특히 강렬하고 복합적인 실례와 만날 수 있다.

우리는 이제 바흐친이 제시하는 소설 속 '혼종 담론'의 실례가 상대적으로 단출한 이유를 알 수 있다. 혼종화된 담론의 가장 복잡한 실례들은 소설의 진행 과정 너머에서 전개되고 축적된다. 그래서 비평가가 특수한 인물 구역들을 정립된 것으로 논하지 않는다면, 이후의 진행 과정에서 그 구역들이 있음을 확인하기란 거의 불가능할 것이다. 바흐친이 이 개념을 설명하고자 했다면 자신의 특별한 관점에서 전체 소설—《예브게니 오네긴》? 《안나 카레니나》? 《미들마치》?—을 연구할 필요가 있었지만, 그는 결코 그렇게 하지 않았다. 그 대신 바흐친은 대화화된 언어 중에서도 맥락과 상관없이 직접적으로 이해될 수 있는 구절을 골라서 논하고 있다. 이는 그 상호작용이 상대적으로 간단하기 때문이거나 아니면 그 구절이 상호작용 중에 있는 언어들에 대해 노골적인 논평을 하고 있기 때문이다. 투르게네프는 다양한 집단의 발화 방식이 시대적으로 변하는 것에 대해 각별한 '민속지적' 관심을 갖고 있었기 때문에 종종 그런 노골적인 진술들에 호소할 때가 많았는데, 그로 인해 그의 소설이 손쉬운 실례로 제시된다. 물론 바흐친이 지적하는 것처럼, 인물의 발화 자체에 대해 논평하는 바로 그 민속지적 담론은 특수한 언어와 그에 수반하는 신념들의 틀 내에서 발생한다. 그러므로 그것은 완벽하게 대화화되어 있다.

영국식 코믹 소설과 '공통어'

잠시 바흐친이 제시하는 몇몇 실례를 살펴보겠는데, 여기에는 좀 더 광범위하게 적용될 수 있는 몇 가지 개념이 도입되어 있기 때문이다. 그는 이른바 '영국식 코믹 소설'을 소설의 첫 번째 하위 장르로 제시하고는 이에 대해 간략하게 논한다. 기본적으로 특정 장르의 여러 하위 장르들은 모두 서로 다른 방식으로 그 형식 창조적 이데올로기를 실현하기 때문에 성취도 면에서도 차이가 있다. 다시 말해서, 어떤 하위 장르는 다른 것들보다 '장르의 잠재력'을 훨씬 더 월등하게 실현한다는 것이다. 하위 장르들을 다른 식으로 비교해 보더라도 깊이의 차이는 없고 다만 강조점이나 비교 방법의 차이가 있을 뿐이다.

바흐친이 기술하는 영국식 코믹 소설에는 영국 이외의 작품도 약간 포함되어 있기는 하지만, 필딩, 스몰릿Tobias Smollett, 스턴, 그리고 나중에는 디킨스 등이 주요 표본을 이룬다. 물론 영국식 코믹 소설의 요소들은 다른 유형의 소설에서도 찾아볼 수 있다. 이 하위 장르의 특징은 "특유의

'공통어' 취급법"(DiN. 301쪽)에 있다. 공통어, 즉 '여론'—즉, 소설에 의해 조사된 집단의 의견—을 결정하는 일정한 사회집단의 언어는 **"현행적 시점과 현행적 가치"**(DiN. 301~302쪽)를 전해 준다. 말하자면 그것은 지금 우리가 살아가는 방식과 '**지금 우리가 말하는 방식**'을 결정한다. 간혹 저자는 이 공통어로부터 지극히 먼 거리를 취하기도 한다.

그 회의는 오후 네다섯 시쯤에 개최되었는데, 이때 캐번디시 스퀘어의 할리가街 전 지역에서는 마차 바퀴 소리와 노크 소리가 울려 퍼지고 있었다. 이 시각은 머들 씨가 **세계적 규모의 상업과, 기술과 자본의 거대한 결합, 이 양자의 의미를 올바로 평가할 줄 아는 문명 세계의 모든 지역에서 영국의 이름이 더욱더 존경받도록 도모하는 그의 일상 업무를 마치고** 집에 돌아온 때였다. 머들 씨가 하는 일이 무엇인지는 그것이 돈을 벌어들이는 일이라는 것 외에는 그 누구도 정확히 알지 못했지만, 모든 사람들은 공식석상에서 바로 위와 같은 말로 머들 씨의 사업을 정의했으며, 이 말을 의문 없이 받아들이는 것이 낙타와 바늘구멍 우화에 대한 최신의 품위 있는 해석이었다(디킨스, 《어린 도릿Little Dorrit》, 제1권, 제33장. DiN. 303쪽에서 재인용. 고딕체는 바흐친이 강조한 것이다).

이 예문은 아주 단순한 편이다. 저자가 인용문 마지막에서 강조된 구절의 언어에 대해 정확한 논평을 달고 있기 때문이다. 인용부호가 없어도, 강조된 구절은 명백히 "(의회와 연회의) 의례적인 연설 언어에 대한 패러디적 양식화"(DiN. 303쪽)이자 그런 연설이 전달하는 가치의 이미지이고, (바흐친이 인용하는 다른 예문에서 볼 수 있는 것처럼) "코러스의 위선"에 대한 "폭로"(DiN. 304쪽)다. 이 인용문을 좀 더 자세히 검토해 보면, 우리는 강조된 부분의 처음 구절이 마치 폭로할 준비라도 하는 듯이 이미 매우 의례적이라는 사실을 알게 된다. 연회 연설의 말은 처음부터 거기에 "은폐된 형식으로" 있었다(DiN, 303쪽). 곰곰이 생각해 보면 우리는 더 분명한 일련의 억양 인용부호들과, 그 구절 전체에 걸쳐 있는 강렬한 반어법을 인식하게 된다. 이 예문은 다시 말하지만 매우 단순하다. 그러나 그것은 억양 인용부호의 용법과 밀도, 암묵적 장점 등에 대한 감수성이 소설을 이해하는 데 중심적이라는 사실을 보여 준다. 소설의 실제 행위는 바로 여기에서 찾을 수 있기 때문이다.

공통어로 표현된 말을 폭로하는 것은 폭로된 말을 낯선 의도로 오염시킬 수 있다. 그래서 폭로된 말을 나중에 한 번 더 사용하는 것은 그 말에 잠재된 반어법을 기억나게 할 것이다. "그리하여 정부가 보인 이 존경의 표시 덕분에 저 **경이로운** 은행과 다른 모든 경이로운 사업들이 지속적으로 번창해 나갔다. 그리고 많은 사람들이 오로지 이 황금의 경이가 살고 있는 집을 바라볼 목적만으로 캐번디시 스퀘어의 할리가를 찾아왔다"(디킨스, 《어린 도릿》, 제2권, 제12장. DiN, 303쪽에서 재인용. 고딕체는 바흐친이 강조한 것이다). 그래서 그런 (비고츠키가 약간 다른 맥락에서 사용한 용어를 사용하자면) "의미의 유입"은 부지중에 저자나 다른 인물의 내적 발화를 오염시키면서 다음 장면으로 옮겨진다. 디킨스는 자기 마음에 들지 않는 인물을 묘사할 때 그런 '못마땅한' 말을 사용해서 가치들의 대화를 설정하곤 한다.

의사 객관성

공통어에 초점을 맞추면 바흐친이 '의사 객관적 동기화'라고 명명한 기법

또한 더욱 확장해서 사용할 수 있게 된다. "그러나 타이트 바나클 씨는 윗옷의 단추를 턱 밑까지 채워 입는 사람이었고, 따라서 중요한 인물이었다"(디킨스, 《어린 도릿》, 제2권, 제12장. DiN, 305쪽에서 재인용. 고딕체는 바흐친이 강조한 것이다). 이 문장을 홑목소리로서 혹은 형식적 부호만 보고 분석한다면 그 논법은 저자에게 속할 것이다. 하지만 그 논법은 사실상 공통된 의견이나 이를 공유하는 인물들의 신념에 속한다. "따라서"라는 말은 오로지 그런 입장에서만 정당화된다. 소설 일반에 만연해 있는 의사 객관적 동기화는 이런 사례보다 훨씬 더 복잡할 것이다. 특수한 구절의 전체 논법이 이런 유형으로 너무나도 그럴듯하게 제시되면 독자는 그것을 저자나 심지어는 독자 자신의 논리로 받아들일 수도 있다. (바흐친은 분명 알지 못했을) 오스틴이 떠오른다. 그리고 《안나 카레니나》를 해석할 때 생기는 어려움이 대부분 그런 구절에 대한 상이한 평가에서 기인한다는 사실을 덧붙일 수 있을 것이다. 저자가 카레닌을 안나의 언어로 묘사하는 구절을 읽을 때, 우리는 그것을 의사 객관적인 것으로 취급하는가 그렇지 않은가?

　매우 복잡한 소설 담론을 이해하기 위해서는 발생한 문제의 종류를 지적할 필요가 있다. 이를 위해서 우리는 《안나 카레니나》라는 단 하나의 작품에서 실례를 가져올 것이다. 예컨대 안나가 브론스키와 살기 위해서 카레닌과 아들 세료자를 두고 떠나기 전에 한 생각과 발화를 톨스토이가 어떻게 부연 설명하는지 보자.

　"세료자는? 세료자는 어찌되었나?" 안나는 갑자기 생기에 찬 표정을 짓고 물었다. 그것은 오늘 아침이 되어서야 비로소 자기 아들의 존재를 생각해 냈기 때문이었다. …

　아들을 생각하자 안나는 즉시 지금까지 자기가 빠져 있던 구원받을 수 없는 상태에서 빠져나갈 수 있었다. 그녀는 상당히 과장된 것이기는 하지만 한편으로 진실이 들어 있기는 한, 자식을 위해서 살아가는 어머니의 역할을 상기해 냈던 것이다. 그녀는 지난 수년 동안 이 역할을 떠맡아 왔지만 지금 자기가 빠진 이 구원 없는 상태에서도 남편이나 브론스키와의 관계에 의해 좌우되지 않는 자신의 왕국이 있다는 것이 기쁘게 느껴졌다. 이 왕국이라는 것은 아들을 두고 하는 말이었다. 어떠한 경우에 처하게 될지라도 아들만은 저버릴 수 없을 것이다. 가령 남편에게 창피를 당하고 쫓겨난다 할지라도, 또한 브론스키가 자기에게 정나미가 떨어져 제멋대로 생활을 하게 될지라도(안나는 또다시 짜증을 내면서 비난하고 싶은 듯한 기분으로 그에 대해 생각했다), 아들만은 손에서 떼어 놓을 수 없는 것이다. 나에게는 삶의 목표가 있다. 어떻게 해서든지 행동하지 않으면 안 된다. 아들의 현재의 처지를 보장하기 위해서, 아들을 빼앗기지 않기 위해서, 아들을 나의 손에서 빼앗기기 전에 한시라도 빨리 행동하지 않으면 안 된다. 자, 아들을 데리고 뛰쳐나가지 않으면 안 된다. 이것이 지금 내가 하지 않으면 안 되는 단 한 가지의 일이다. 이 괴로운 처지에서 빠져나가 기분을 안정시킬 필요가 있다. 그러자 아들과 관계가 있는 눈앞에 닥친 일과, 그 아들을 데리고 당장에라도 어디론가 가지 않으면 안 된다는 생각이 그녀에게 필요한 안정감을 가져다주었다(톨스토이, 《안나 카레니나》, 제3부 제15장, 306쪽).

우리는 여기에서 의사 직접화법으로 표현된 안나의 사유 과정을 목격한다. 여러 목소리들이 유희하고 있는 것은 분명하며, 소설의 나머지 부분까지 고려해 보면 훨씬 더한 다양성이 감지될 것이다. 그녀가 브론스키 특유의 말을 들었을 때 그 말에 대한 반응을 어떻게 읊조리는지 우리는 듣게 된다. 그리고 '남자다운 자립'을 확신하는 브론스키의 말—실제로 확인시켜 주지는 않지만 아마도 힌트는 얻게 해 주는 문구—을 은근히 질책하는 톨스토이의 어조를 듣게 된다. 우리는 이와 유사한 것으로서 남편에 관한 그녀의 내적 사유들의 유희뿐만 아니라 곧 이어질 아들과의 대화에 관한 예측도 듣게 된다. 그 대화에서 그녀는 아들을 자극해서, 그가 그녀에게 영원히 헌신할 것임을 나타내는 감정을 처음으로 히스테리컬하게 분출하도록 만든다. 안나의 특징이라고는 볼 수 없는 '삶의 목표'라는 문구에서 우리는 레빈의 인물 구역을 탐지할 수 있고, 더 나아가서는 삶의 목표에 관해 레빈이 안나의 오빠인 스티바와 한 이야기를 탐지할 수도 있다. 이런 미묘한 암시들은 《어린 도릿》의 노골적인 아이러니와 큰 차이가 있다. 즉, 그 소설을 잘 알지 못하면 그런 암시들이 있다는 사실은 간과될 수 있지만, 그 소설을 잘 안다면 핵심어들을 감싸고 있는 억양 인용부호의 종류가 논의의 주제가 될 수 있다. 이 종류를 논한다는 것은 그 소설, 그리고 소설 일반의 중심 행동을 논한다는 것이다. 바흐친은 그런 논의가 비평의 적절한 무대라고 주장한다.

우리는 안나가 다른 인물들과 나누는 모든 암시적 대화에 침투함으로써 그녀의 부정한 행위에 대한 저자의 아이러니를 어느 정도(하지만 얼마나?) 듣게 된다. 그 부정한 행위 때문에 그녀는 브론스키를 비난하게 되는데, 이는 (그녀가 때로는 솔직하게 시인하는 것처럼) 브론스키가 하지도 않았고 할 의사도 없었다는 것을 잘 알면서도 혹시나 했을지도 모르기 때문에 비난하는 것이다. 그 아이러니는 안나가 아들과 나누는 묘하게 자기 도취적인 대화에서 더욱 심화되는 듯하다. 이 대화에서 아이는 부모에게 위안을 주기 위해 존재하며, 부모에게 문제가 생겼을 때만 그 관계가 고려되기 때문이다. 이 대화는 한 페이지 뒤에서 계속된다. "'이 애가 아버지와 한 패가 되어 나를 처벌할 수 있을까? 나를 불쌍하다고 여기지 않을 수도 있을까?' 이젠 눈물이 그녀의 뺨을 타고 흘러내렸다. 그러자 안나는 그걸 숨기기 위해서 느닷없이 일어나 거의 달음질치다시피 테라스로 나갔다"(톨스토이, 《안나 카레니나》, 제3부 제15장, 307쪽). 아들과의 완전한 의사 교환은 이것이 그 당시 '아들의 존재'에 대한 그녀의 첫 번째 회상이라는 저자의 논평으로, 그리고 '아이를 위해 살아간다'는, 부분적으로는 과장되어 있지만 부분적으로는 진실한 어머니의 역할'에 대한 (곧 망각되는) 그녀의 회상으로 준비된다—마지막 문구는 분명 사회적 담론, 즉 헌신의 노력과 아이러니의 복합적 혼합물로서 안나가 채택한 담론에서 인용한 것이다. 다양한 아이러니의 흔적이 그녀의 어느 정도 히스테리컬한 내적 담론을 유동적인 억양 인용부호 속으로 밀어 넣는다.

이런 고찰은 이(와 유사한 많은) 구절의 복합성의 종류를 아주 조금만 보여 줄 뿐이다. 저자 목소리의 아이러니는 어느 정도이고 어느 방향을 향하는가? 우리는 부연 설명하는 저자의 입장을 어떻게 평가할 수 있으며, 작품의 진행 과정에서는 얼마나 많은 아이러니의 변종이 발생하는가? 카레닌, 브론스키, 세료자의 아주 미약한 목소리 구역들은 어떠한 소리를 내는가? 우리는 안나를 부끄럽게 만들 수도 있는 타자들의 목소리(베치 츠베르스카야인가? 리디아 이바노브나 백작부인인가? 그들 모두의 공통된 의견인가?)를 어떻게 탐지할 수 있으며, 이를 탐지할 경우 어떻게 그녀를 정당화할 수 있는가? 그녀의 오빠는 여기에 있는 자기 정당화의 바로 그 패턴과 논법, 말하자면 소설의 발단에서부터 자신과 연관되어 있었고 이후 몇몇 인물의 언어와 신념을 거쳐서 형성된, 전적으로 비난을 거부하는 담론을 들을 수 있는가? 우리는 안나뿐만 아니라 오블론스키 가족의 어조를 어느 정도나 듣는가? 이 구절은 책의 뒷부분에서, 예컨대 세료자의 묘사에 영향을 끼치는 인물 구역을 정립하는 과정에서 어떻게 울려 퍼지는가? 우리는 여기에서 이런 물음들에 대답하려고 하지 않는다. 다만 이런 유형의 물음, 즉 억양 인용부호와 상호작용하는 인물 구역들을 복합적으로 추적하는 것이 소설을 이해하는 데 필수적인 활동이라는 점만을 지적하고자 할 뿐이다.

인물 구역 내에서 창작 활동을 하는 소설가란 매우 섬세한 과제를 수행한다는 점에서, 소설가의 활동은 일반적으로 매우 복잡하다. 저자가 적절하게 가시화해서 보여 주는 인물 구역은 인물의 생각과 느낌이 시간의 흐름에 따라서 어떻게 변화하는지를 내부에서부터 볼 수 있도록 해 준다. 저자가 궁극적으로는 인물을 비난한다고 하더라도, 독자는 인물의 관점과 동거하면서 또 인물의 관점을 대화적으로 공유하는 가운데 특별한 방식으로 소설에 공감할지도 모른다. 따라서 인물에 대한 저자의 궁극적인 시각에 관한 물음은 그런 경우 특히 복잡해지는 듯하다.

혼종화: 약간의 개선과 확장

바흐친이 말하는 여러 종류의 복합성은 다음의 인용문에서 확인할 수 있다.

브론스키의 삶은 자기가 하지 않으면 안 되는 일과 해서는 안 되는 일을 대체로 명료하게 결정할 원칙 체계가 확고하게 서 있어서 특히 행복했다. 이러한 원칙 체계는 아주 좁은 범위의 우발적 사건들을 포용하는 것에 지나지 않았으나 그 대신 원칙 그 자체는 의심할 여지가 없다. 그래서 브론스키는 결코 그 범위에서 벗어난 일이 없었기 때문에, 하지 않으면 안 되는 일을 실행하느라 망설인 적은 한순간도 없었다. 그는 이러한 원칙을 한 점의 의심도 없이 다음과 같이 규정하고 있었다. 즉, 트럼프 야바위꾼에게는 빚진 돈을 갚지 않으면 안 되지만, 양복점 주인에게는 갚을 필요가 없다, 어떤 사람도 속여서는 안 되지만 상대방 여자의 남편만은 예외다, 모욕을 용서할 수는 없지만 남을 모욕하는 것은 상관없다, 등이다. 대체로 이러한 원칙은 불합리하고 좋지 않은 일일지도 몰랐으나, 그것들은 의심할 여지가 없는 것이었기 때문에 브론스키는 그것을 실행하면서 별 염려 없이 우쭐해서 도도하게 굴 수가 있다. 다만 아주 최근에 안나와의 관계가 원인이 되어 자기의 원칙 체계가 반드시 모든 생활 조건을 규정하는 것은 아니라고 느끼기 시작하여, 장래에는 곤란과 의혹이 일어날 것만 같았으나, 브론스키는 이제 와서 그것에 대처할 실마리를 발견할 수는 없었다(톨스토이, 《안나 카레니나》, 제3부 제20장, 322~323쪽).

이 인용문은 바흐친의 몇몇 개념을 잘 보여 줄 뿐만 아니라 그 개념들을 확장할 수 있는 방식도 암시한다. 디킨스의 책에서 인용했던 구절처럼 톨스토이의 책에서 인용한 이 문단에도 부연 설명되어 있는 가치 및 언어와 부연 설명을 하고 있는 가치 및 언어 사이에 심각한 거리가 있다. 영국식 코믹 소설에서와 마찬가지로 여기에서도 특수한 유형의 공통된 의견, 이 경우에는 관료이자 젊고 씩씩한 독신남의 의견이 혼종화되어 해석되고 있다. 그러나 톨스토이의 부연 설명은 디킨스의 그것과 결과적으로는 유사하다고 하더라도 방법에서는 전혀 다르다. 디킨스의 '의사 객관적 동기화'에서 논법은 외관상 저자에 속하므로 객관적 입장에 해당하는 듯하지만, 실제로는 객관적인 방식으로 말하고자 하는 인물에 속한다. 그래서 그 부연 설명은 '의사 객관적'인 것이고, 말하자면 사실상 주관적인 것이다. 반면 브론스키는 결코 '남자에게 거짓말을 해서는 안 되지만, 여자에게는 그럴 수 있다'라고 말하지 않을 것이다. 그는 분명 그렇게 확신할 수 있고 독특한 환경에서 그 명제의 각 부분에 동의할 수도 있을 테지만, 그런 식의 대조는 그에게 낯선 일이다. 그 대조는 그가 버리게 될 일종의 위선을 암시하기 때문이다. 저자는 브론스키를 위해서 그 위선을 밝혀 보여준다. 인용문은 브론스키의 신념을 내부에서 부연 설명하는 것처럼 보이지만, 사실은 그 신념을 외부에서 재구성하고 있다. 따라서 우리는 바흐친의 용어를 확장해서 이를 '유사 주관적 동기화'의 사례라고 부를 수 있을 것이다. 이런 기법은 디킨스의 책에도 역시 등장하며, 그래서 두 사례는 두 저자의 차이가 아니라 소설적 담론이 제공하는 가능성을 서로 다르게 이용한 것으로 볼 수 있다.

이 구절에서는 톨스토이나 기타 소설가들이 즐겨 사용했던 또 다른 기법, 말하자면 짧막한 산문에서 종종 발견할 수 있는 동일한(혹은 의미론상 매우 유사한) 말의 반복—원칙 체계, 원칙, 규칙/우발적 사건들의 범위, 범위, 우발적 사건들/의심할 여지가 없는 것, 불변의 규칙—이 쓰이고 있다는 사실 역시 지적할 수 있다. 톨스토이의 독자들이 알고 있듯이 이런 유의 반복은 그의 저술에서 중심적인 위치를 차지하며, 비평가들이 알고 있듯이 톨스토이는 투르게네프나 기타 '유명 작가들'이 매우 능숙하게 사용했던 유의 우아한 변주를 의식적으로 기피했다. 바흐친의 접근법은 톨스토이가 사용했던 기법의 기능을 탐구하는 데 출발점이 된다.

일반적으로 하나의 문구가 반복될 때마다 그 문구의 '이미 말해진 것already-bespokenness'이라는 특질이 전경화되는 것을 볼 수 있다. 그 문구가 상이한 맥락 속에 구현된 뒤 상이한 목소리를 거쳐서 상이하게 기도된 자기 정당화 행위 속에서 나타나기 시작할 때, 우리는 하나의 혼종물에서 다음의 혼종물까지 흘러드는 '의미의 유입'을 감지한다. 이런 풍요로운 소설 구절을 큰 소리로 읽을 수 없는 이유 중 하나는, 거기에 목소리를 정확히 기재할 수 없는 너무나도 많은 혼종화의 지층이 있다는 데 있다.[6] 이런 반복은 나중에 다시 등장해서 이전의 문구가 기억나도록 해 줄 것이다. "내가 비난받을 일은 아니지만, 그것은 모두 나의 실수였소"(스티바가 '현행적 가치'를 공유하는 사람들이라는 상상의 청중 앞에서 행하는 자기 정당화)라는 문구의 변종들은 안나, 카레닌, 심지어는 키티와 레빈이라는 상이한 가치 지평들 속에서, 그리고 별개의 경험이라는 견지에서 다양한 방식으로 재강조된다.

톨스토이가 사용한 반복은 그가 존경했고 산문을 통해 그런 유의 계속적인 반복을 선보였던 앤서니 트롤로프Anthony Trollope에게서 빌려 온 것이다. 《안나 카레니나》의 독자들은 안나가 기차를 타고 가면서 영국 소설을 읽는다는 사실을 기억할 것이다. 이때 톨스토이는 (최소한) 그 소설 자체의 인상, 안나의 반응, 그녀의 귀에 울리는 브론스키의 목소리, 그런 부연 설명에서 저자가 유발하는 아이러니의 복잡한 유희 등 복합적인 소설적 혼종물 속에서 그 소설을 부연 설명하고 있다. 바로 그때 안나가 읽고 있는 소설은 분명 트롤로프의 팰리저Palliser 소설들[7] 중 하나일 것이다. 비록 정확히 알 수는 없지만 거기에는 의회와 여우사냥의 발화들이 포함되

---

6 바흐친의 고찰에 따르면, "그것을[그런 담론을] 큰 소리로 말하기는 힘들다. 큰 소리의 생생한 억양은 담론을 과도하게 독백화해서 그 안에 있는 다른 사람의 목소리를 정당화할 수 없게 하기 때문이다"(PDP, 198쪽).

7 [옮긴이주] 팰리저를 주인공으로 해서 1864~1980년에 쓰여진 일련의 작품들을 말한다. 《그녀를 용서할 수 있나요?Can You Forgive Her?》(1864~1965), 《공작의 아이들The Duke's Children》(1879~1980) 등이 유명하다.

어 있을 텐데, 이 둘은 트롤로프의 표식이자 그를 패러디하기에 가장 좋은 목표물로 만드는 특징이기도 하다. 이와 같은 경우 우리는 소설의 그런 인유들을 분석할 때 일반적으로 다음과 같은 중요한 질문을 던질 수 있다. 톨스토이는 트롤로프의 스타일 장치를 사용할 때 그것을 있는 그대로 눈치 챌 수 있게 사용했는가 그렇지 않은가? 그것은 창작 과정에 포함되지만 그냥 지나치도록 계획된 '비계'의 일부인가, 아니면 반대로 우리가 들으려 하는 것이 읽고 있는 텍스트의 외부에 있는 어떤 텍스트와의 대화와 소설적 겹목소리 내기의 사례는 아닌가? 소설가에게 두 가지 대안은 원칙상 모두 가능하다.

예컨대 푸시킨은 분명 바이런, 스턴, 카람진N. M. Karamzin 등뿐만 아니라 명백히 자신의 이전 저작에서도 자의식적으로 차용한 그런 수많은 구성상의 장치에 대해 우리가 귀 기울이기를 바랄 것이다. 하지만 톨스토이의 경우 이 물음에 대한 대답은 그리 분명하지 않다. 그래서 문제는 겹목소리 내기가 있느냐 없느냐에 관한 것이 아니라 겹목소리 내기의 정도나 종류에 관한 것으로 드러날 것이다. 게다가 그 물음을 해결하는 데 도움이 될 만한 정보는 확실히 독자가 들을 것으로 기대하는 것에 대한 감각, 말하자면 특정한 시기의 작품의 '대화 배경'에 대한 감각을 포함할 것이다. 그 대화 배경이 변화할 때마다, 그리고 그 안에서 여러 목소리들이 커지거나 침묵하게 될 때마다, 텍스트에서 작동하는 혼종화의 종류도 변하게 될 것이다. 바흐친이 고찰한 것처럼, 텍스트는 '재강조'되고 그런 의미에서 어느 정도 다른 것이 된다. 말하자면 사회적 이질언어성이라는 대화 배경을 활용함으로써 소설은 기나긴 역사적 삶의 과정 속에서 엄청나게 재강조된다. 이런 유의 변화는 텍스트에 잠재되어 있는 혼종화를 감소시킬 수도 있고 증가시킬 수도 있다.

알다시피 소설 속의 인물은 그 인물이 부재할 때도 작동하는 인물 구역을 만들어 낼 수 있는데, 이는 저자의 발화는 물론 다른 인물의 사상에 대한 혼종적 부연 설명에도 영향을 준다. 덧붙여 말하자면 작품은 인물 구역 외에 '다른 저자의 구역'도 만들어 내는데, 여기에서는 그런 저자의 가치와 신념이 소설적 대화의 일부가 된다. 다른 저자가 직접적 패러디의 대상(《샤멜라 앤드루스 부인의 일생에 대한 변호An Apology for the Life of Mrs. Shamela Andrews》와 《조지프 앤드루스Joseph Andrews》에서의 새뮤얼 리처드슨Samuel Richardson)이 될 때는 그 구역을 쉽사리 간파할 수 있지만, 대부분의 경우 인유는 매우 미묘하다. 그 구역은 윤곽이 뚜렷한 패러디에서보다는 훨씬 덜 적대적이고 덜 명시적인 방식으로 무수한 음영들, 뉘앙스들, 기록물 속에 등장하게 된다.

'영향'과 '장르 접촉'(이 책의 제7장)이라는 바흐친의 구분을 생각해 보면, 우리는 이 통찰 역시 확장할 수 있다. 또 다른 저자의 목소리는 간혹 자신의 기질적 가치와 언어가 아니라 자신의 장르나 하위 장르의 가치와 언어를 제시하고자 사용되곤 한다. 예컨대 우리는 트롤로프가 아니라 (말하자면 프랑스 소설에 대립하는) '영국 소설'의 전통을 탐색하려고 할 수도 있다. 이때 우리는 '장르 구역'이나 '전통 구역'이라고 부를 만한 것을 인식할 수 있다. 그로 인해 《안나 카레니나》를 이런 식으로 해석하는 독자들은—돌리, 키티, 스티바와 같은 이름에서, 인물들이 사용하는 영국식 구문이나 영국식 기수 혹은 영국식 농업 기술에서, 그리고 안나가 자신의 딸 대신 영국 아이에게 큰 관심을 보이는 데서—작품에 있는 수많은 '영국풍'의 울림을 들을 수 있다. 바흐친의 분석 정신을 이해한다면 그 독자들은 영국 소설이나 영국풍과 관련된 한 저자의 어조가 아니라, 유동적이면서도 다양한 '이미 말해진 것'의 어조나 퇴적층을 기대하게 될 것이다. 다시 말해, 여기에서 우리의 관심사는 톨스토이가 아니라 《안나 카레니나》의 사례들에서 가시화되는 소설적 가능성에 있다.

브론스키에 관한 구절은 스티바에 대한 또 다른 구절을 암시하는데, 여기에서 소설적 대화화는 작품의 심리적 문제들, 도덕적 문제들, 폭넓은 사회적 문제들이 서로 뒤섞이도록 한다.

스테판 아르카지이치의 사정은 몹시 좋지 않았다.

숲의 삼 분의 이에 대한 대금은 이미 써 버렸고 나머지 삼분의 일에 대해서도 거의 전부 일 할을 감하고 상인에게 앞당겨 받아 버렸다. 상인은 그 이상 돈을 내지 않았다. 게다가 또 올겨울은 다리야 알렉산드로브나가 처음으로 자기의 재산권을 정면으로 주장하고 숲의 나머지 삼 분의 일의 대금 수령증에 서명하는 것을 거부했다. 봉급은 전부 생활비와 피할 수 없는 자질구레한 빚을 갚는 데 써 버렸다. 그래서 돈이라고는 한 푼도 없었다.

이것은 불유쾌하고 입장 거북한 일이고 스테판 아르카지이치의 의견에 의하면 이대로 계속되어서는 안 될 일이었다. … 그리하여 그는 귀를 세우고 눈을 부릅뜨기 시작하여 겨울이 다 갈 무렵에는 굉장히 좋은 자리를 발견하고 그것을 향해 공격을 개시했다. 처음에는 모스크바에서 백모와 백부와 친구들을 통해서 그것에 착수하고 이윽고 기회가 무르익었다고 생각하자 봄에는 자기가 직접 페테르부르크로 나갔다. 그것은 이전에 비한다면 지금은 꽤 많아진 연간 천 루블에서 오만 루블까지의 수입이 있는 무던히 먹을 것이 있는 지위의 하나로, 남부 철도와 은행의 합명合名 조직에 의한 공동 대리 위원회의 서기관직이었다. 이 지위는 이러한 유의 모든 지위와 마찬가지로 한 인간 속에 아울러 갖춰지기가 어려운 극히 넓은 지식과 활동력을 요구했다. 그러나 이러한 요소를 지니고 있는 사람은 있을 까닭이 없었으므로 그런대로 정직하지 않은 사람보다는 정직한 사람에게 이 지위를 차지하게 하는 것이 상책이었다. 그런데 스테판 아르카지이치는 단순히 일반적인 의미에서 정직한 사람은 아니었고—모스크바에서 사람들이 '정직한' 정치인, '정직한' 작가, '정직한' 신문, '정직한' 제도, '정직한' 경향이라고 말할 때 사용되는 특별한 의미에서, 말하자면 사람이나 제도가 부정직하지 않다는 의미일 뿐만 아니라 그들 자신의 노선에 대해 말할 경우 권위에 대립적일 수 있다는 의미에서 강조된—정직한 사람이었다.

스테판 아르카지이치는 모스크바에서 언제나 이러한 표현이 쓰이고 있는 집단에 드나들고 있었고 거기에서 정직한 사람으로 통용되고 있었으므로 이 지위에 대해서는 다른 사람에 비해서 더 많은 권리를 가지고 있었던 것이다(톨스토이, 《안나 카레니나》, 제7부 제17장, 748~749쪽).

이 구절에서 우리는 억양 인용부호를 듣게 되는데, 이는 대략 앞의 구절에서 저자가 브론스키에게 거리를 둔 것만큼이나 저자가 스티바에게 거리를 두도록 해 준다. 이 구절이 진행되면서 스티바의 내적인 목소리는 관점들과 언어들의 복잡한 상호작용을 통해서 전개된다. 말하자면 그가 곧 들려올 아내의 비난 앞에서 자신을 정당화할 때, 자기가 진입하기를 바라는 집단의 언어를 사용할 때, 명백히 자신에게 유리한 정치적 언어를 융합해서 사용할 때 그렇게 전개되는 것이다.

어떤 집단의 모습(혹은 소리)이라도 쉽사리 취하는 스티바의 카멜레온과 같은 역할은 사회적 이질언어성에 대한 소설적 탐구에서 중심적인 위치를 차지한다. 첫 진술—"스테판 아르카지이치의 사정은 몹시 좋지 않았다"—은 이 구절의 어조가 스티바 자신의 내적 발화에서 형성하도록 해주는데, 이는 마치 그가 염두에 둔 집단의 상상된 타자들과 이야기를 하는 듯한 진술이다. 우리는 제1부에서 레빈의 동정심에 호소했던 그 어조, 하지만 레빈은 사실상 느끼지도 못했고 저자도 분명히 공감하지 않았던 그 어조를 듣는 것이다. 스티바는 (아내가 보기에) 바람둥이인 남편에게 자기 재산을 양도하지 않으려는 아내의 의외의 (그가 보기에) 부당한 고집 때문에 월급 모두를 '자질구레한 빚'을 갚는 데 쓴 것을 후회한다. 빚 담론은 이때까지 책의 중심적인 화제였고, 그래서 스티바에게 '자질구레한 빚'이란 아내와 아이들을 부양하기 위해서 푸주한, 재봉사, 그리고 기타 '생활비'로 사용된 돈을 의미한다. 바로 이 문장, 즉—실제로는 유흥비 "목적"으로 쓸—"돈이라고는 한 푼도 없었다"라는 결론은 그의 목소리로 발화되는데, 여기에서 우리는 같은 처지에 처한 채무자들의 동의하는 목소리와 더불어 돌리와 레빈의 항의하는 목소리의 반향을 들을 수 있다. 아마도—대화 배경에 대한 검토 없이 말하기란 매우 힘들겠지만—이 책의 동일한 부분에 있는 빚에 관한 유사한 구절들은 다른 저자의 구역, 특히 《허영의 시장Vanity Fair》의 '아무것도 없이 어떻게 한 해를 살 수 있는가 How To Live on Nothing a Year'라는 장과 그 당시 러시아 언론에 오르내렸던 귀족의 빈곤에 관한 담론에서 유래한 것이리라.

우리는 스티바가 추구하는 입장 때문에 두 구절에서 서로 다른 어조를 듣게 된다. 그 입장이란 각각 "이전에 비한다면 지금은 꽤 많아진 … 무던히 먹을 것이 있는 지위 중 하나"와 "남부 철도와 은행의 합명 조직에 의한 공동 대리 위원회의 서기관직"을 말한다. 첫 번째 구절은 스티바의 발화로서 그 집단에 속한 사람이라면 모두 자기들끼리 이렇게 묘사할 것이다(여기에는 매우 중요한 월급액의 범위도 기술되어 있다). 두 번째 구절은 스티바가 자신에게 예행연습을 해 보는 발화이기 때문에 그를 고용할 만한 힘이 있는 "두 명의 대신, 한 명의 귀부인, 그리고 두 명의 유태인"이 있을 때에만 한 치의 오차도 없이 또박또박 발음될 수 있을 것이다(톨스토이,《안나 카레니나》, 749쪽). 스티바의 예행연습은 분명 끝난 것이 아닌데, 그는 아직 어떤 은행들이 관련되어 있는지를 몰랐기 때문이다. 그러나 톨스토이는 여기에서 진행 중인 기억 과정이 곧 완결되었다는 사실을 나중에 말해 줄 것이다. 천 루블에서 오만 루블에 이르는 유독 격차가 큰 월급 범위에서 우리는 카레닌의 목소리를 탐지할 수 있다. 그는 다른 곳에서 그 격차가 큰 월급 범위를 효용성보다는 사회적 유착 관계에 비례하는 부당한 급료 체계의 증거로서, 즉 스티바는 당연한 것으로 인식하고 간주하는 사고와 발화 방식의 증거로서 해석하기 때문이다.

정직이라는 단어를 검토하는 것은 이 예문에서 계속 작동하는 과정, 즉 그 단어가 나타내고 있는 장르, 문맥, 집단 등을 통해서 의미를 획득하게 되는 과정을 전경화한다. 물론 이때의 '정직'은 실제의 정직과는 아무런 관련이 없으며, 다만 그 책에서 끊임없이 패러디되고 있는 자유주의라는 유행적 포즈와 관련이 있을 뿐이다. 스티바가 권위에 반대하는 태도를 취한다면, 그것은 오로지 '자유주의 그룹'과 자신을 연결할 때뿐이다. 이 그룹은 그에게 일자리를 제공해 줄 수도 있으며, 구세대 사람들이 보면 분명 비난할 만한 부정직한 일, 즉 아내에게 불성실하고 아내 돈을 마음대로 써 버리는 일에 대해서도 비난하지 않을 것처럼 보이기 때문이다. 우리는 저자가 처음에 스티바를 정직한 사람으로, 즉 "자신에 관한 한 믿음직한 사람"—"그는 자기를 속이고 자기가 자신의 행위를 후회하고 있다고 믿게 할 수는 없었다. … 그는 다만 아내의 눈을 좀 더 솜씨 있게 속일 수 없었던 것만을 후회했다"(톨스토이,《안나 카레니나》, 제1부 제2장, 5쪽)—으로 소개했던 곳에서 아이러니의 메아리를 감지할 수 있다. 책 전체에서 '믿음직함'과 '정직' 담론은 인물들을 통해서, 그리고 사회집단들을 통해서 짜이고, 그때마다 책에서 들려오는 목소리들의 복잡한 유희는 앞에서 언급한 혼종화에 가까워진다. 다시 말해, 설명에 도움이 될 만한 사례를 제시하려면 작품의 '의미 유입'이 진행되어 온 이전의 구절들을 반드시 고려해야 하는 이유가 바로 여기에 있다. 그런 구절들의 말은 특정 시대의 사회적 맥락에서 사용되는 용법을 되울려 주기도 하기 때문에, 바흐친의 개념을 이렇게 확장하는 것은 특정 시기의 매우 특수하고 사회적으로도 다양한 담론을 이해하는 것이 매우 중요한 일임을 알려 준다. 바흐친이 기술하는 것처럼, 각각의 소설은 플로베르가 쓴《통상 관념 사전Le dictionnaire des idées reçues》의 맹아를 내포하고 있다.

언어들의 상호 조명: 유기적 혼종과 의도적 혼종

바흐친은 혼종화의 두 유형, 즉 진정한 혼종화와 '언어들의 상호 조명'을 구별한다. 진정한 혼종화에는 단 하나의 담론만이 뚜렷이 현존한다. 대화 중에 있는 다른 담론은 으뜸 담론에 영향을 끼치는 것으로 감지된다. 이 담론은 으뜸 언어의 이미지를 만들어 내는 다른 언어로 감지되지만, 그 자체는 직접 볼 수 있는 것이 아니다. 반면 바흐친이 명명한 언어들의 상호 조명에서는 두 언어가 모두 뚜렷이 현존한다. 당연한 말이지만 이 두 가능성은 연속체의 양극단일 뿐이어서 때로는 주어진 담론이 부분적으로 현존하는 것인지 아니면 매우 강력하게 내재하는 것인지 식별하기가 매우 어려울 때가 있다. 이런 난점, 그리고 이를 유발하는 겹목소리 내기의 복합성을 이해하는 것이 소설을 이해하는 작업에서 중심적인 위치를 차지한다.

스티바의 저녁 파티 석상에서 교환된 복잡하고도 다양한 담론에 대한 카레닌의 성찰은 이와 매우 밀접하게 연관된 문제를 잘 보여 준다.

만찬을 하는 동안이며 그 뒤에 교환했던 이야기의 인상을 저도 모르게 자기의 회상 속에서 뒤적거리면서 알렉세이 알렉산드로비치는 쓸쓸한 여관방으로 돌아갔다. 용서해 주라고 한 다리야 알렉산드로브나의 말은 그의 마음에 그저 분노를 일으켰을 뿐이었다. 기독교의 계율이 자기의 경우에 적용된다 안 된다 하는 것은 너무나도 어려운 문제로, 글처럼 쉽사리 입 밖에 내놓을 수 있는 것이 아니었다. 그리고 이 문제는 벌써 오래전에 알렉세이 알렉산드로비치에 의해 부정적으로 해결된 것이었다. 이야기되었던 여러 가지 말 가운데서 가장 강하게 그의 마음을 자극한 것은 그 어리석고 마음씨 좋은 투로프친의 말이었다—**"사내답게 했어요, 결투를 신청해 가지고 쏴 죽여 버렸어요!"** 예의를 차리느라고 비록 아무도 입 밖에 내놓지는 않았지만 모두들 분명 그 이야기에 동감하고 있는 것 같았다(톨스토이, 《안나 카레니나》, 제4부 제17장, 430쪽).

카레닌은 기독교적 용서에 호소하는 돌리에게 대꾸하기 쉬운 길을 알고 있는데, 그것은 자신의 특징이기도 한 관료적이면서도 사법적인 용어로 그녀의 말을 재가공하는 것이다. 우리에게 죄지은 자들을 용서하라는 말이 계율이 되면 특수한 상황은 이에 해당하는 경우가 되며, 심문의 논법은 '적용된다'거나 '안 된다'의 문제가 된다. 물론 이 문제는 알렉세이 안드로비치에 의해 '부정적으로 해결'된 바 있다. 한 인물의 담론은 '무의식 중에' 타자의 언어로 재강조되고, 저자의 언어는 그 둘을 동시에 조명(하면서 아마도 그 둘에 의해 조명되기도)한다.

카레닌이 재가공하기 어렵다고 본 것은 '공통된 의견'인데, 이는 보통 그가 거의 들을 기회가 없는 말이다. 반면 여기에서 카레닌은 그리 어렵지 않게 탐지할 수 있는 분명한 표현을 발견한다. 투로프친의 직접적 발화 방식 및 그 함축적 가치와 카레닌의 관료적 언어 사이의 대조는 카레닌의 내적 발화에서 메아리치고, 점차 그 내적 발화에 화를 돋구며, 그래서 이번에는 그의 말이 타자의 말을 복잡하게 곁눈질하도록 하면서 공격적인 자기 정당화나 원한의 뉘앙스를 거기에 가미하게 할 것이다. 이와 달리 카레닌의 언어는 투로프친의 가치관을 조명하게 될 것이다. 우리가 브론스키류의 '멍청한' 뉘앙스가 초래할 파괴적인 효과를 인식하는 것처럼 말이다.

기독교 정신에 대한 카레닌의 관료적 해석은 사회에 실제로 있는 담론을 과장한 것이다. 이 담론의 용법을 이해하기 위해서는 바흐친의 또 다른 구분, 즉 '유기적' 혼종과 '의도적' 혼종 사이의 구분을 불러들일 필요가 있다. 양자는 일상생활에서 흔히 목격된다. 비의도적(혹은 유기적) 혼종화에서 발화자와 집단은 그들이 알고 있는 기존의 담론들을 뒤섞게 되고, 변화하는 매일매일의 경험을 받아들이기 위해서 서로 만나게 된다. 언표의 도가니 속에서 담론들은 새로운 담론을 생산해 내기 위해서 용법상 서로 뒤섞인다. 이상하긴 해도 쉽게 인식할 수 있는 혼합물을 창조해 내고자 특수한 기독교 언어는 관공서의 법률 언어와 결합한다. 모든 사람은 여러 상이한 집단에 참여하고 다양한 사회 언어를 습득하기 때문에, 그리고 모든 제도는 다수의 국외자들과 상호작용하는 다양한 구성원을 끌어들이기 때문에, 그런 유의 혼합은 언제나 발생한다. 그래서 이를테면 발화 장르, 말, 구문 구조 등은 상이한 어조를 띠게 되고 또 변화하게 된다. 결과적으로 "비의도적이고 무의식적인 혼종화는 모든 언어의 역사적 삶과 진화에서 가장 중요한 양식들 중 하나다. 언어 또는 언어들은 우선 〔그러한〕 혼종화에 의해서, 즉 다양하게 공존하는 '언어들'에 의해서 역사적으로 변화한다고 말할 수 있다"(DiN, 358~359쪽). 소설가는 낡은 혼종 언어들과 새로운 혼종 언어들의 함의와 잠재력을 탐지해서 개발한다.

바흐친은 모든 이질언어적 언어들이 발화자들조차 알아채지 못할 혼종화 과정을 통해 형성되었다고 생각하는 듯하다. 발화자들은 이런 유기적 혼종을 마치 홑목소리 담론인 양 직접적으로 사용한다. 그런가 하면 발화자들은 또한 사용 가능한 담론들을 겹목소리화함으로써 의도적 혼종을 생산해 내기도 하며, 그럼으로써 자신의 언어 이미지를 생산해 낸다. 소설가는 자신의 의도적 혼종을 가지고 유기적 혼종과 의도적 혼종을 모두 조명한다. 기독교적 관료 어법이라는 혼합물은 카레닌의 내적 발화라는 도가니 안에서 결투와 도전이라는 공통어와 만나게 된다. 소설 작품은 그런 혼종을 선택하고 창조해 내고 강화하는 것이다.

언어의 예술적 이미지는 그 본성상 언어적 혼종(의도적 혼종)이어야만 한다. 그것은 두 가지 언어 의식, 즉 재현되는 언어와 재현하는 언어가 각각 상이한 언어 체계에 속한 채 존재하는 데 필수적이다. 두 번째 재현하는 의식이 없다면, 두 번째 재현하는 언어적 의도가 없다면, 결과는 분명 언어의 이미지obraz가 아니라 단지 다른 사람의 언어의 표본obrazets에 불과할 것이다(DiN, 359쪽).

소설적 언어와 내적 삶

바흐친은 우리가 기술한 유형의 소설적 담론이 심리적 삶의 역동성을 그리는 데 특히 잘 들어맞는다고 믿었다. 제5장에서 살펴본 것처럼, 바흐친은 심리학을 내적 발화의 견지에서 이해했고, 그로 인해 내적 발화를 우리가 내면화해서 상호작용시킨 목소리들과 대화들 사이의 복합적 지향으로 기술했다. 우리는 "내적으로 설득력 있는 말들"로 자아를 형성하는데, 그 말들이란 "반은 우리의 것이고, 반은 다른 누군가의 것인" 일종의 혼종이다(DiN, 345쪽). 내적으로 설득력 있는 이런 말들은 설득력을 잃을 수도 있고 아이러니적 인용부호를 덧쓰게 될 수도 있지만, 때로는 모든 계층을 통해서 설득력을 재확신하게 될 수도 있다. 간단히 말해서, 자아Selfhood는 소설화와 너무나도 유사한 과정을 겪기 때문에, 적어도 바흐친이 이해하는 한에서 소설은 심리적 삶을 전달하는 최고의 형식이 된다.

바흐친은 〈소설 속의 담론〉에서 심리적 삶의 대화적 본성과 소설이 심리적 장르로서 갖는 특별한 잠재력에 대해 논하지만 그 실례를 제공하지는 않는다. 하지만 우리는 그 실례를 도스토옙스키 연구서에서 가져올 수 있다. 어머니에게서 여동생 두냐가 루진과 약혼하게 된 경위를 기술한 편지를 받고, 라스콜리니코프는 그 결혼의 본의가 자신을 위해 어머니와 여동생이 희생하는 데 있음을 그녀의 매우 과장된 진술에서 알아챈다. 도스토옙스키가 이 편지에 관한 라스콜리니코프의 내적 발화를 추적할 때, 우리는 어머니와 여동생의 목소리, 편지에 언급된 다른 사람들의 상상된 목소리, 그 상황에 대해 논평할 수 있는 사회적 목소리 등이 모두 어떻게 강렬한 대화 속으로 들어오는지 듣게 된다. 라스콜리니코프가 정신착란 상태에서 이제 막 살인을 자행하려 한다는 사실은 우리도 모두 갖고 있는 심리적 과정을 매우 강렬하게 해서 충분히 점검할 수 있도록 만들어 준다. 그리고 물론 이런 강렬한 내적 대화가 실제의 개별적인 타자들과 터놓고 대화할 수 있는 누군가에게서 발생한다는 사실에는 특별한 아이러니가 있다.

준॥ 직접화법과 복잡한 형태의 직접화법으로 전달된 라스콜리니코프의 내적 발화는 "바로 최근에 듣거나 읽었던 다른 사람의 말들로 가득 차 있다. … 그의 내적 발화는 다른 사람의 말들을 자신의 고유한 강세와 뒤섞거나 직접 재강조하면서 그 말들과 열정적으로 논쟁하는 가운데 그 말들에 뒤덮이게 된다. 결과적으로 그의 내적 발화는, 마치 그가 들었거나 접촉했던 다른 사람들의 모든 말에 대한 생생하고도 열정적인 응답들의 연쇄처럼 구성된다"(PDP, 238쪽). 우리는 현기증 나는 재강조화의 연속과 사람들 사이에서 벌어지는 일련의 상상된 대화들을 목격하게 되는데, 이때 처음에는 그 대화에 참여한 사람들이 라스콜리니코프의 의식 속에서 서로에게 말을 걸지만 다음에는 저자가 이들에게 말을 거는 것이다.

여기에서 다시 우리는 소설적 대화의 특별한 잠재력을 목격한다. "라스콜리니코프가 내적 발화 속으로 끌어들이는 모든 목소리들은 현실의 대화 속 목소리들 사이에서는 가능하지 않은 특이한 접촉을 하게 된다. 이 목소리들은 단일한 의식 내에서 한꺼번에 소리를 내기 때문에, 말하자면 상호 침투하게 되는 것이다. 그것들은 서로 가까워지고 중첩된다. 하지만 그것들은 교차 영역에 그에 상응하는 장애물들을 만들어 내기도 함으로써 부분적으로 엇갈리기도 한다"(PDP, 239쪽). 대화화된 이질언어성과 한없이 다양한 겹목소리 내기를 통한 '상호 침투 가능성'은 다른 어떤 수단을 통해서도 해낼 수 없는 순간순간의 자아의 형성 과정을 전해 준다.

바흐친은 분명 19세기에 형성된 소설의 거대한 잠재력이 아직 소진되지 않았다고 믿었다. 오늘날의 관점에서 볼 때, 소설에 대한 바흐친의 접근법이 현학적 자세히 읽기와 사회학적 분석의 기묘한 조합을 보여 준다는 사실 역시 분명하다. 바흐친의 독법은 사회적으로 이질적인, 다양하고 다층적인 억양이 부여되어 있는, 게다가 매일 사용된다는 점에서 여전히 '따끈따끈한' 담론의 복합적 유희에 초점을 맞춘다.

소설의 두 가지 스타일 노선

바흐친은 〈소설 속의 담론〉에서 60쪽에 달하는 마지막 장을 역사적 문제들을 설명하는 데 할애한다. 소설의 독특한 언어 사용은 시간적으로 어떻게 발전해 왔는가? 어떤 형식들과 하위 장르들이 갈릴레오적 언어 의식에 의해서 형성되어 왔는가? 이런 하위 장르들은 소설의 형식 창조적인 잠재력을 얼마나 성공적으로 활용해 왔는가? 그리고 여러 유형의 소설들은 어떻게 상호작용해 왔는가?

바흐친은 이런 물음에 대답하기 위해 대화와 이질언어성의 관점에서 그 장르사의 전반적인 윤곽을 스케치한다. 바흐친이 이런 스케치를 한 의도는 일련의 초보적인 제언을 통해 좀 더 섬세한 설명을 하려는 데 있었다. 이 설명 과정에서 그는 또한 언어 및 언어의 문학적 사용과 관련해 흥미로우면서도 새로운 여러 개념들을 제공한다.

바흐친은 소설의 문체사에서 두 가지 광의의 노선을 포착해 내는데, 이 두 가지 경쟁적 전통은 대화화된 '언어 이미지들'을 창조하기 위해 이질언어성의 자원을 활용하는 방식에 따라 나뉜다. 그는 장르의 '잠재력'을 더욱 충실하고 풍부하게 활용한다는 점에서 '두 번째 스타일 노선'을 선호한다. 소설의 역사를 이런 식으로 보는 것은, 자칫하면 곤혹스러울 수도 있는 논증 형식을 분명히 해 준다. 이를테면 바흐친은 소설을 두 부류로 나누면서도, 종종 두 번째 스타일 노선에만 있는 특징을 장르 전체의 규정으로 단정해 버리곤 한다. 이런 정식화에서 바흐친은 소설의 본질이라는 것—'소설성' 그 자체—을 분명히 염두에 두고 있다. 소설성은 두 번째 노선에서 훨씬 더 충분하게 발전하며, 그로 인해 두 번째 노선을 이해하는 것이 소설 장르를 이해하는 것이 된다. 바흐친에 따르면, 첫 번째 노선은 역사적으로는 중요할지라도 단지 진정한 소설성에 근접한 것일 뿐이다.

바흐친에 따르면, 우리가 이 장에서 예로 든 위대한 19세기 소설들은 두 가지 스타일 노선을 융합하고 있다. 이 융합에서 두 번째 노선은 명백히 첫 번째 노선보다 우세하다. "19세기 들어 두 번째 노선의 독특한 특질은 전체로서의 소설 장르에서 기본적인 구성적 특질이 된다. 두 번째 노선에서 소설적 담론은 자신만이 독특하게 가진, 그 특정한 스타일적 잠재력을 전부 발전시켰다. 두 번째 노선은 장르로서의 소설에 있는 모든 가능성을 단호하게 열어 놓았다. 이 노선에서 소설은 사실상의 소설이 된 것이다"(DiN, 414쪽). 우리가 지금까지 소설의 실제 삶이라고 기술해 왔던 여러 종류의 소설적 언어는 모두 두 번째 노선의 기본적 특질이 발전한 것이다.

18세기 전반까지만 해도 두 스타일 노선은 매우 독자적으로 발전해 왔다. 물론 그전에도 혼합의 실례가 없었던 것은 아니지만, 산발적인 것에 불과했다. 첫 번째 노선은 두 번째 것보다 더 일찍 결실을 맺었다. 고대 세계에서는, 첫 번째 노선이 "소피스트 소설"에서 "매우 충실하고도 완성된 표현"(DiN, 375쪽)을 얻었던 반면, 두 번째 노선은 몇몇 예비적 요소만을 성취했을 뿐이다. 그럼에도 두 번째 노선은 매우 중요한 소설의 하위 장르들과 위대한 개별 작품들을 모두 발전시켰다.

중세 후기 또는 르네상스 이후로 각 노선을 명실공히 대표하는 것들을 확인하기란 상대적으로 용이하다. 바흐친은 양쪽을 대표하는 여러 쌍의 대조물을 제시한다. "《아마디스Amadis de Gaula》[8]를 한편으로 하고 《가르강튀아와 팡타그뤼엘Gargantua et Pantagruel》[9]과 《돈 키호테》를 다른 한편으로 하는 대립, 고급 바로크 소설을 한편으로 하고 《짐플리치시무스Simplicissimus》,[10] 샤를 소렐Charles Sorel[11]과 스카롱Paul Scarron[12]의 소설들을 한편으로 하는 대립, 기사도 로망스를 한편으로 하고 패러디적 서사시, 풍자 노벨레, 피카레스크 소설을 다른 한편으로 하는 대립, 마지막으로 〔첫 번째 노선에 속하는〕 루소Jean-Jacques Rousseau 및 리처드슨과 〔두 번째 노선에 속하는〕 필딩, 스턴, 장 파울 사이의 대립"(DiN, 414쪽)이 그것이다.

이 두 노선은 갈릴레오적 언어 의식 자원을 근본적으로 상이한 방식으로 활용한다. 기본적으로 첫 번째 노선은 섬세하게 다듬어져 있어서, 실제 삶의 이질언어적 표현들이 결코 훼손할 수 없는 완결되고 우아한 스타

---

8 [옮긴이주] 《아마디스Amadis de Gaula》는 13세기나 14세기에 씌어진 산문 기사도 로망스로, 지금은 가르시아 로드리게스 데 몬탈보García Rodríguez de Mon-talvo의 수정본(1508)만이 전해진다. 《돈 키호테》가 씌어지기 전까지 스페인과 프랑스에서 큰 인기를 끌었다.

9 [옮긴이주] 《가르강튀아와 팡타그뤼엘Gargantua et Pantagruel》은 라블레의 작품으로 '팡타그뤼엘 연작'이라고 불리기도 하며, 〈팡타그뤼엘〉(1532), 〈가르강튀아〉(1534), 〈제3서〉(1545), 〈제4서〉(1552), 〈제5서〉(1564)로 구성되어 있다. 일반적으로는 전설적 거인 팡타그뤼엘과 그의 아버지 가르강튀아의 행적을 다룬 환상적 연대기 〈팡타그뤼엘〉과 〈가르강튀아〉를 일컫는다.

10 [옮긴이주] 《짐플리치시무스Simplicissimus》는 그리멜스하우젠H. J. C. Grimmelshausen이 30년전쟁 체험을 기반으로 쓴 1668년도 작품으로, 소년 짐플리치시무스('천치')의 변화무쌍한 삶을 그리고 있다. 소년이 성장하면서 인생의 의미를 깨닫는 과정이 잘 그려져 있으며, 이 때문에 성장소설의 효시로 평가받고 있다.

11 [옮긴이주] 샤를 소렐Charles Sorel(1599~1674)은 프랑스의 풍자시인이자 소설가다. 대표작 《이상한 양치기Le Berger extravagant》(1627)는 오노레 뒤르페Honoré d'urfé(1567~1625)의 《아스트레L'Astrée》가 구사한 귀족적인 세련된 문체를 패러디한 작품으로 유명하다.

12 [옮긴이주] 스카롱Paul Scarron(1610~1660)은 프랑스의 풍자시인이자 소설가 겸 극작가다. 대표작으로 스페인 피카레스크 소설의 영향을 받아 쓴 소설 《로망 코미크Le Roman comique》(1651~1657)가 있다.

일을 추구한다. 그렇지 않고 만약 이질언어성이 이 스타일을 훼손하려 든다면, 침투해 들어온 것들은 고립되어 전체 어조를 형성하는 고상한 언어와 동일한 평면 위에 결코 놓이지 못할 것이다. 우아함과 이질언어성 사이의 대비는, 만약 그런 것이 조금이라도 있다면, 지배적 언어의 우아함을 좀 더 쉽게 알아볼 수 있도록 해 줄 뿐이다. 그래서 그 정의상 첫 번째 노선에 속하는 작품들은 "오직 하나의 언어와 하나의 스타일만(이것은 다소간 엄격한 일관성을 갖고 있다)"(DiN, 375쪽)을 알고 있을 뿐이다. 그래서 "이질언어성은 소설의 언어와 소설의 세계가 논쟁적이면서도 토론적으로 뒤얽혀 있는 하나의 대화 배경으로서 소설에 영향을 끼치지만, 결국 소설 **외부에** 남는다"(DiN, 375쪽). 반면 두 번째 노선은 "이질언어성을 이용해서 그 고유의 의미를 협주해 내는가 하면, 직접적이면서도 순수한 저자의 모든 담론에 전면적으로 저항하는 가운데 이질언어성을 소설의 구성 속으로 끌어들인다"(DiN, 375쪽).

이 지점에서 우리는 도대체 왜 첫 번째 노선이 소설적인가라는 물음을 제기할 수 있다. 이질언어의 대화화와 언어의 갈릴레오적 탈중심화가 소설 장르를 규정하는 것이라면, 어떻게 하나의 스타일과 어조에 지배되는 작품을 소설이라고 부를 수 있는가? 바흐친이 이해하는 바에 따르면 그런 작품은 사실상 서정시에 더 가깝지 않은가? 결국 서정시 역시 (본질상) 이질언어성을 무시하고 하나의 언어를 유지하니 말이다.

바흐친은 이런 반박을 예상하고서 다음과 같은 점을 분명히 한다. 시와 달리 첫 번째 노선은 이질언어성을 깊이 의식한다는 것이다. 이 노선은 시가 관습적으로 그러하듯이 발화적 다양성을 '망각하지'도 않으며, 이렇게 세련된 소설 스타일이 해당 화제에 관해 말할 수 있는 유일한 발화 방식이라고 주장하지도 않는다. 반대로 첫 번째 노선의 스타일은 문앞의 이질언어성으로 둘러싸여 있는 형국이다. 여기에서 이질언어성은 이 스타일을 정복할 때를 기다리고 있다. 이 스타일은 발화적 다양성을 무시하는 것이 아니라, 그것을 논쟁적으로 지시한다. 그로 인해 첫 번째 노선의 스타일은 시험에 부쳐져서 논쟁의 대상이 되고 재시험에 부쳐지는 것으로 제시된다.

이질언어성과의 이런 논쟁이 첫 번째 스타일 노선에 속하는 소설의 태생적 '과제'를 이루는 반면, 서정시의 과제는 이와 전혀 다른 것으로서 그런 논쟁의 분위기 속에서는 전혀 성취될 수 없다. 물론 서정시인과 그의 독자도 이질언어적 세계 속에 살고는 있지만, '레테의 강에 몸을 담근' 그들은 이 세계에 주목하지 않는다. 하지만 첫 번째 노선의 소설가는 주위의 수많은 적대자를 잠시도 잊지 않는다. 첫 번째 노선의 스타일은 마치 외부의 경쟁적 언어들에 대답하고 있는 듯하다. 그래서 이 스타일은 부재하거나 침묵하는 대화자와의 논쟁이라는 기본적인 의미에서 실질적인 디아트리베diatribe[13]에 해당한다. 첫 번째 노선의 진정한 과제가 이질언어성을 '대화 배경'으로 전제한다고 했을 때, 바흐친이 의도한 바는 바로 이 점이었다. 바흐친이 고찰한 것처럼, "그런 양식화는 타자의 언어, 즉 다른 시점과 다른 개념적 지평에 대한 곁눈질을 내포한다. … 이는 소설적 양식화와 시적 양식화 사이의 가장 근본적인 구별점 중 하나다"(DiN, 375~376쪽).

바흐친은 또한 공간적인 유비를 제시하기도 한다. "시인은 마치 자기 언어권의 중심부에서 사는 것처럼 행동하며, 불가피하게 이질언어성과 대화적 접촉을 할 수밖에 없는 언어의 경계에는 너무 가까이 다가가지 않

---

13 [옮긴이주] 장광설을 뜻하는 고대 수사학 용어로서 소크라테스의 대화체 강의도 여기에 포함된다.

는다. 시인은 자기 언어의 경계를 넘어서려고 하지 않는다"(DiN, 399쪽). 반면 소설의 첫 번째 스타일 노선에 속하는 산문은 "자기 언어의 바로 그 경계선에 서서 주위의 이질언어성에 대화적으로 연루됨으로써 그 가장 본질적인 특질들이 울려 퍼지도록 하며, 결국에는 진행 중인 언어들의 대화에 참여하게 된다"(DiN, 399쪽).

소설의 두 스타일 노선은 마치 대화를 하듯이 이질언어성에 의존하면서도 이질언어성을 이용한다. 두 번째 노선은 이질언어성을 텍스트 속에 구현함으로써 그렇게 하며, 첫 번째 노선은 이질언어성이 '대화 배경'으로 현존하면서 활동한다는 사실에 의거해서 그렇게 한다. 그러므로, 첫 번째 노선이 소설 장르에 속하는 이유, 하지만 두 번째 노선이 장르의 잠재력을 훨씬 더 성공적으로 이용한 이유는 분명하다.

대화화의 주요 기술로서 대화 배경에 의존하는 것은 특별한 위험을 내포하고 있다. 너무나 분명한 것은 첫 번째 스타일이 반드시 특정한 독자를 전제하게 된다는 사실이다. 이때 그 독자는 대화 배경을 친밀하게 느낄 뿐만 아니라 그 배경이 주어진 구절 및 전체로서의 작품과 특정하게 상호작용한다는 것을 탐지할 수 있어야만 한다. 이런 작품들은 큰 난관에 봉착하게 되는데, 멀리 떨어져 있는 문화들과 원래의 배경을 모르는 세대들에게 그 대화성을 전달해야 하기 때문이다. 경우에 따라 독자들은 마음만 먹는다면 자신의 시대에서 그에 해당하는 것을 보충할 수도 있을 것이다. 하지만 그렇게 되면 작품의 대화성과 패러디적 특질은 대부분 상실될 수밖에 없을 것이다.

겉으로 노골적으로 드러나는 경우를 제외한다면 패러디가 투사된 낯선 담론의 배경을 알지 못할 경우, 즉 이차적 맥락을 모를 경우 패러디가 사용되었는지의 여부를 확인하기란 매우 어렵다. (즉, 패러디가 잘 드러나지 않는 문학적 산문에서는 패러디의 존재를 정확하게 확인하기가 어렵다.) 세계의 문학에는 패러디적 성격을 짐작할 수조차 없는 작품들이 많을 것이다. … 그리고 우리는 시공간적으로 제한된 작은 섬에서 세계의 문학을 바라볼 뿐이다(DiN, 374쪽).

우리는 이제 전통적인 소설 문체론 배후에 있는 기원과 잘못된 가정을 인식할 수 있다. 바흐친의 논의에 따르면, 그런 연구는 궁극적으로 시학에서 유래한 신념들에 기초하기 때문에 통상적으로 ① 첫 번째 노선을 장르의 결정인자로 취급하고, ② 대화적 배경의 본질적 역할을 고려하지 않음으로써 첫 번째 노선을 오해한다(DiN, 399쪽). 두 번째 노선의 대표 작품들을 다룰 때, 전통적 문체론은 세 번째 부당한 걸음을 내딛는다. 즉, 전통적 문체론은 몇몇 '세련된' 구절을 떼어 내 고찰함으로써 그 작품들을 마침내 첫 번째 노선의 소설로 바꿔 놓으며, 그런 다음에는 거기에 잘못된 시 분석 기술들을 적용하기 시작한다. 이런 과정은 시학의 오류들을 뒤섞어 놓을 뿐이다.

'초장르적 문학성'

첫 번째 스타일 노선의 담론은 바흐친에게 흥미로운 문제를 불러일으킨다. 그는 이 '스타일'이란 엄밀하게 말해서 자신이 지금까지 작업을 하면서 사용해 온 스타일의 정의와 일치하지 않는다고 말한다. 그 정의가 일상적 발화 장르, 서사시 장르, 서정 장르, 근대소설 등의 다양한 언어를 포괄할 정도로 광범위한 것이라 하더라도 그렇다. 바꿔 말해서, 첫 번째 스타일 노선의 언어는 매우 특별한 것으로 드러난다. 그리고 바흐친이 분석한 것처럼, 그 언어는 또한 사회생활에 작용하는 좀 더 포괄적인 경향들과 규범들을 이해하는 데 매우 중요한 역할을 수행한다.

바흐친의 정의에 따르면, 스타일이란 발화자, 청취자, 장르 형식, 사회 환경에 대한 평가, 추정된 타자의 담론, 가치들의 집합, 전제되거나 부정된 목적, 기획된 대담 주제 등을 아우르는 특정한 복합적 관계를 의미한다. 또는 바흐친이 간혹 더 간단히 설명하는 것처럼, "스타일이란 재료를 언어에, 그리고 언어를 재료에 유기적으로 동화시키려는 노력이다"(DiN, 378쪽). "시에서와 같이 화제에 직접 침투하든 아니면 문학적 산문에서와 같이 자신의 의도를 굴절시키든"(DiN, 378쪽), 스타일은 논의되어야 할 재료와 가치로 충만한 담론 형식 사이의 특정한 적합성에 의존한다. 이런 유의 **특정한** 관련성이 분명 첫 번째 스타일 노선의 담론에는 결여되어 있다.

바흐친이 잠시 역사적 문제들로 옮겨 가 고찰한 바에 따르면, 고대문학, 초기 기독교 전설, 브르타뉴-켈트 구비 설화, 다양한 문화에서 유래한 기타 형식들을 포함해 유럽에서 초기 소설적 산문의 발흥은 수많은 낯선 담론들과 장르들에 대한 끊임없는 "번역, 개작, 재개념화, 재강조"(DiN, 377쪽) 과정을 통해 가능했다. "유럽의 소설 산문은 심지어 다른 산문 작품을 자유롭게 (말하자면 재구성해서) 번역하는 과정에서 탄생하고 형성되었다고도 말할 수 있을 것이다"(DiN, 378쪽). 여기에 유럽 산문의 발전을 가져온 수많은 중요한 사회적 요소가 덧붙여진다. 그것은 첫째로 "그 창작자"와 청취자의 자의식적인 "문화적 국제주의"(DiN, 379쪽), 둘째로 산문이 "견고하고 통일된 사회적 토대를 결여하고 있었고 고정된 사회계층과 결합함으로써 얻을 수 있는 자신감이나 안정감을 결여하고 있었다"는 사실(DiN, 379쪽), 마지막으로 인쇄술의 새로운 결과로서 소설이 "사회계급들 사이에서 떠돌아 다니는 시기"를 맞이하게 되었다는 것이다(DiN, 379쪽). 이런 여러 요소 때문에 일종의 산문적 '고향 상실성'과 '뿌리 없음'이 창조되었다. 즉, 그것은 "말을 …그 재료에서" 떼어 내고, 말을 〔특별한〕 사회 이데올로기적 통일성"(DiN, 379쪽)에서 분리했다. 산문에서 특정한 생활 방식과 세계관을 반영하는 경험의 표시들은 지워졌다. "사회계급들 사이에서 떠돌아 다니며, 모든 뿌리를 결여하게 된 이 말은 특정한 관습들의 혼합이라는 성격을 띠게 된다. 하지만 이것은 시적 담론의 건강한 관습성이 아니라, 오히려 이런 조건 하에서는 담론을 충분히 예술적으로 사용할 수 없다는 사실 혹은 담론을 다양한 측면에서 재구성할 수 없다는 사실에 기인하는 관습성이었다"(DiN, 379쪽). 바꿔 말해서, (엄밀하게 정의된) 순수한 스타일을 대체할 만한 것이 발전할 필요가 있었던 것이다.

스타일의 대체물로서 등장한 것은 바흐친이 '단순 전시sheer exposition'라고 부른 것이었는데, 이 구절은 스타일의 대체물을 단지 부정적으로만 정의해 줄 뿐이었다. 긍정적으로 말하자면, "단순한 장식성"과 일반적 "문학성"의 형식을 띤 "특별한 관습성"이 등장한 것이었다(DiN, 380쪽).[14] 이런 관습성은 진정한 스타일의 부재로 인해 아직 다루어지지 못한 언어의 풍요로움과 가능성을 다룰 수 있는 새로운 방법을 제공했다. 어떤 장식성의 형식에서는 "공허하고 평이한 방식", 즉 통사론에서의 "부드러운 마무리"와 소리에서의 "공허한 협화음empty euphony"(DiN, 308쪽)이 목표가 되었다. 다

---

14 러시아 형식주의에 친숙한 독자들은, 바흐친의 문학성literariness이라는 용어가 문학을 문학이 되도록 하는 것이라는 형식주의적 의미로 사용되고 있지 않다는 점에 주의해야 한다. 하지만 바흐친은 형식주의자들을 비판적인 방식으로 끌어들이는 듯하다. 즉, 그는 형식주의자들이 전체를 규정하는 것이 아니라 사실상 매우 특정한 현상에 불과한 것을 문학의 본질로 오인했다는 점을 지적하는 듯하다.

른 장식성의 형식에서는 담론이 "동일하게 공허한 수사적 복합체, 화려하고 과도한 것, 장식적 외장을"(DiN, 380쪽) 추구했다. 이 장식적 담론은 시적 비유들을 이용할 수도 있다. 하지만 이런 맥락에서라면 그 비유들은 시에서와는 전혀 다른 방식으로 기능할 수밖에 없을 것이다. 이런저런 장식성의 형식은 "언어와 재료 사이의 절대적 균열을 합법화하고 (말하자면) 전범화"(DiN, 380쪽)하는 데 기여한다.

이 스타일의 대체물에서 특별한 점은 기획이나 관습에서 볼 때 그것이, 적어도 원칙적으로는 다른 재료에 일반적으로 적용될 수 있다는 사실이다. 그것은 특정한 상황과 재료에 부합하는 특정한 발화 장르에서 나온 것이 아니기 때문이다. "이런 식으로 사용된 언어는 중립적인 요소로서, 정확하게 말하면 그 표면적인 매력이 강조되도록 화려하게 꾸며져 있다는 점에서 흥미를 끌 뿐이다"(DiN, 380쪽). 이런 의미에서 그 언어는 '초장르적'인 것, 말하자면 어떤 특수한 발화 장르에도 묶여 있지 않은 것이 된다.

물론 그런 담론은 특별한 종류의 스타일, 즉 비록 광범위할지라도 특수한 경우에 사용하기 위해서 채택된 스타일로도 이해할 수 있다. 단순한 스타일로부터의 해방은 또 다른 스타일로 간주될 수 있다. 소설의 두 번째 스타일 노선은 사실상 첫 번째 노선의 스타일을 바로 이런 방식으로 이해하면서, 그것을 재현하는 과정에서 값어치를 깎아내릴 것이다. 그럼에도 첫 번째 노선의 담론이 자신을 단지 또 다른 언어로 간주해 줄 것을 근본적 과제로 삼지 않고 모든 단순한 특수집단의 언어들에 대한 대안으로 보여지고자 한다는 점을 인식한다면, 우리는 그 담론을 이해할 수 있을 것이다. 이후 첫 번째 노선의 담론의 요구가 두 번째 노선의 더 철두철미한 산문학에 영향을 받아 정체를 드러냈다고 하더라도, 그 요구가 광범위하게 받아들여졌다는 사실은 이 담론의 성공을 잘 보여 준다.

고향 상실성의 뿌리

여기서 잠시 바흐친이 어떤 방식으로 스타일의 대체물, 즉 첫 번째 노선의 '보편적 문학성'이라는 개념에 이르게 되는지 살펴볼 필요가 있다. 이 움직임은 사실상 바흐친의 제3기 사유 스타일에서 중요하고도 새로운 요소이기 때문이다. 일반적으로 말해서, 바흐친이 습득한 방식은 먼저 스타일, 제도, 장르 등 문화의 어떤 중요한 측면에 대한 정의를 제공한 뒤, 그 정의를 위반하는 것으로 규정되는 특수한 표면적 스타일, 제도, 장르를 상상하는 것이었다. 즉, 그는 특정 범주의 분명한 구성원을 발견했어야 하지만, 그 범주의 본질적 특질에 도전하거나 이 특질을 보란 듯이 무시하는 데서 중심적인 과제를 찾는 구성원만을 인식했을 뿐이다. 이런 의미에서, 스타일은 반反스타일이 되고 제도는 반제도가 되며 장르는 반장르가 된다.[15]

강조할 것은 어떤 범주에 도전하는 이런 '대체물'이 결코 '소박'하지 않다는 사실이다. 말하자면 이 '대체물'은 홑목소리 담론이 아니라 겹목소리 담론에 비유될 수 있는데, 이는 그것이 위반하는 규범들을 깊이 의식하기 때문이다. 이 '대체물'은 심층적인 의미에서 규범들에 의존해 있고, 대체물이 갱신된 체계에 재결합할 시점이 되면 결과적으로 이 규범들은 변화하게 된다. 이런 일이 벌어질 경우, 대체된 스타일, 대체된 장르, 대체된 제도는 당연히 반스타일, 반장르, 반제도가 되기를 멈출 것이다. 그리고 그 특별한 잠재력 역시 '축소될' 것이다. 이 흥미로운 대체물을 이해하고자 한다면, 범주에 재결합할 가능성이 늘 현존해 있다는 사실을 인식

---

15 이런 형태의 논의는, 예컨대 상대편을 규정한 뒤 변증법적 해결을 모색하는 볼로시노프의 습관과 대비될 수 있다.

해야만 한다. 부정된 범주의 관점에서 볼 때, 도전자의 존재가 진실로 그 범주를 위협하는지 아닌지, 혹은 반대로—'안전 밸브'나 규칙을 증명하는 예외로 제공됨으로써—도전자의 존재가 그 범주를 강화하는지 아닌지도 충분히 물어볼 수 있다.

바흐친은 제3기에 그런 대체물의 세 가지 주요 사례를 발견했다. 그에 대한 바흐친의 평가는 다양하다. 지금까지 밝혀진 바에 따르면, 바흐친은 '초장르적 문학성'을 이질언어성에 대한 경멸에서 유래하는 일종의 참칭적 스타일로서 매우 부정적으로 생각했던 듯하다. 이와 달리 그는 반제도의 사례—카니발—가 궁극적으로 '공식' 제도들을 약화시키는지 강화시키는지를 확신하지 못했음에도 그 사례를 분명하게 찬양했다. 그것은 제도 자체에 대한 대안을 마련해 준다. 〈서사시와 소설〉에서 바흐친은 소설을 반反장르로 기술했으며, 이런 특별한 지위를 다른 모든 장르들에 대한 소설의 우월성의 원인으로 해석했다. 그렇다면 평가상의 이런 차이를 어떻게 설명할 수 있을까?

우리는 일반적으로 사변적이면서도 발생론적인 설명을 할 것이다. 바흐친의 초기 저술에서 '대체물'에 해당하는 것을 찾는다면, 〈행위의 철학을 위하여〉에 나오는 추리의 사슬a chain of reasoning을 들 수 있다. 바흐친은 이 에세이에서 도덕적 책임이란 삶의 매 순간과 관련되어 있고, 거기서 벗어날 수 있는 어떤 정당한 탈출구도 존재하지 않는다고 강조했다. 하지만 정당하지 않은 탈출구는 존재한다. 사람들은 마치 '존재의 알리바이'가 있다는 듯이 살아갈 수 있고, '참칭자'로 살아갈 수도 있다. 도덕을 핵심으로 하는 세계에서, 사람들은 의무가 표면상 유예되는 순간들을 자의식적으로 구성하게 된다. 여기에서 바흐친의 요점은, 이러한 유예를 구성하는 바로 그 행위 자체가 (부정적인) 도덕적 가치를 갖는다는 것이다.

제3a기의 바흐친이 책임에 관심을 갖고 있었다는 사실, 그리고 그의 소설 이론이 부분적으로 이 장르가 산문적 의무에 대한 우리의 감각을 얼마나 심화시켰는지를 기술하고자 했다는 사실을 기억할 필요가 있다. 〈소설 속의 담론〉과 〈소설의 시간 형식과 크로노토프 형식〉의 중심 목표는 소설을 일상적인 책임의 실상과 본성을 파악할 수 있도록 해 주는 특별한 사유 형식으로 제시하는 데 있다. 그 에세이들이 기술하는 바에 따르면, 소설은 삶이 특정한 사회적 실천에, 그리고 불가피한 가치 평가의 장에 근본적으로 뿌리내리고 있음을 전제한다.

이와 달리, 제3b기의 바흐친은 포괄 개념들을 가지고 실험을 했는데, 이는 그 개념들 중 하나인 종결불가능성을 극단적으로 밀고 나가는 한편으로 다른 개념들을 유보하는 방식으로 이루어졌다. 순수한 종결불가능성에 의해 살아간다는 것은 삶을 하나의 '틈구멍'으로 만든다는 것인데, 이는 그가 이전에는 무책임하고 무익한 것으로 간주했던 삶의 관점이었다. 하지만 제3b기에 순수한 종결불가능성은 긍정적으로 다루어진다. 이런 식의 사유를 통해서 바흐친은 뿌리내림의 중단을 부당한 알리바이가 아니라 해방의 형식으로 기술하기에 이르렀다. 추측건대, 소설은 언제나 긍정적 가치들을 구현하기 때문에 오직 제3b기—즉, 〈서사시와 소설〉—에서만 반장르로 기술될 뿐, 제3a기(〈소설 속의 담론〉과 〈소설의 시간 형식과 크로노토프 형식〉)에서는 그렇게 기술되지 않는다. 〈소설 속의 담론〉이 초장르적 문학성에 대한 요구를 일상생활의 이질언어성, 카오스, '저속함' 등을 피하고자 하는 사려 깊지만 부질없는 시도로서 보여 준다면, 《라블레와 그의 세계》는 카니발을 공식 제도에서의 해방적 탈출로 기술한다.

바흐친이 이런 반문화 형식들에 대해 사용한 용어들은 제3b기에 그 형식들을 긍정적으로 재평가할 수 있도록 하는 하나의 길을 열어 놓는다. 그는 반문화 형식들을 '집이 없는', '뿌리 없는', '방황하는' 등의 용어로 기술한다. 우연하게도 이런 용어는 바흐친이 근대소설의 발전 과정에서 나타나는 몇몇 핵심 인물, 즉 광대, 바보, 악당을 기술하는 데 사용하는 용어이기도 하다. 이 세 인물은 "삶의 가면극 배우들"(FTC, 159쪽)인데, 바흐친이 이를 통해서 말하고자 한 것은 그들이 삶의 관습적 가면을 폭로한다는 사실이었다. 즉, 그들은 사실상 삶의 가면을 벗기는 배우들인 것이다. "이 세 인물에게 본질적인 것은 하나의 특권—이 세계에서 '타자'가 될 권리, 즉 삶에 통용될 수 있는 기존의 범주들 중 어느 하나와도 협력하지 않을 권리(그들에게는 이 범주들 중 어떤 것도 들어맞지 않으며, 그들은 단지 모든 상황의 이면과 오류만을 인식할 뿐이다)—이기도 한 독특한 특질이다. 반문화 형식들처럼 이 인물들은 사회적 범주에 속하지 않은 채, 집이 없는 상태에서, 그 범주에 대담하게 저항한다.

자신의 역할이나 제도를 자연스러운 것으로 전제하는 사람들의 오류를 폭로하기 위해서, 악당은 끊임없이 가면을 쓰고 벗는다. 바흐친은 이어 악당의 자세란 바로 소설가의 자세라고 진술한다. 그래서 악당의 '가면'이 바흐친의 새로운 이론에서 차지하는 위치가 비록 초기 텍스트의 '알리바이'나 '참칭자'의 위치와 비슷하더라도, 그 가면은 탈출에 전혀 도움이 안 되는 무익한 도구가 아니라 진실성과 진정성의 대행자로서 나타난다. 무책임함은 이제 '공식적인' 것에 대한 조롱으로 개조되어 긍정적인 가치를 갖게 된다.

제4기에 바흐친은 순수한 종결불가능성에 대한 칭송을 완화하거나 그만두었지만, 각각의 제도나 장르 또는 실천의 경우, 전체로서의 범주에 반항하는 것으로서 자의식적으로 정의되는 일종의 반실천을 상상하는 습관을 유지한 것 같다. 그는 그런 반항이 부질없다는 사실, 즉 그것은 마치 자신이 친구들을 무시하고 있음을 그 친구들에게 보여 주고자 하는 지하 생활자의 노력과 흡사하다는 사실을 다시금 강조한다. 하지만 이 노력은 아무리 부질없는 짓일지라도 괴롭게 만드는 생각이라는 가치를 가질 수는 있는데, 그럼으로써 불가능한 상태가 불가능하지 않을 수 있다면 어떤 상태일지 상상하도록 해 준다—다른 식으로라면 침묵할 수밖에 없는 것을 불안정한 은유를 통해서나마 넌지시 말해 준다.

이런 의미에서 생각해 보면, 바흐친의 마지막 저술에서 보여 준 수많은 수수께끼 같은 구절들은 바로 불가능하다고 여겨지는 것들의 본성을 생각해 보려는 의도에서 기인한 것인지 모른다. 예를 들어, 그는 너무나도 난해한 〈1970~1971년에 작성된 노트에서〉에서 상상 불가능한 "초超존재supra-existence"(《N70-71》, 137쪽), 순수한 침묵의 발화, 언표의 "제1저자"에게 직접 접근하기 등을 다룬다. 도스토옙스키 소설의 한 인물이 말한 것처럼, 어떤 이미지도 없는 이미지를 상상할 수 있을까? 언어가 필연적으로 대화적이라면, 그럼에도 대화 너머의 불가능한 발화에 대해 어떤 식으로라도 생각할 수 있을까? 거기에는 신비주의나 '부정 신학'의 희미한 뉘앙스가 가미되어 있다. 바흐친은 대심문관에 대한 그리스도의 조용한 키스를 끌어들이고는—전혀 불가능한 일이 아니라면—"(전통적으로 권위 있는 형식을 제외한) 순수한 자기표현의 장르"는 어떻게 성립될 수 있는지 묻는다. "수신자 없는 장르가 존재하는가?"(《N70-71》, 153쪽).

'고상한' 언어

이제 첫 번째 스타일 노선의 담론으로 돌아가 보자. 이 담론은 ① 특별한 맥락이나 장르에 묶여 있지 않은 것이자(그것은 초장르적이다), ② 일상생활의 저속한 이질언어성에 대해서 암암리에 논쟁적으로 맞서는 것으로 파악된다. 이 담론은 보편적인 '존중'과 예의 감각을 통해서 전해진다. 그것은 일상생활의 이질언어성을 깊이 의식함으로써 자신을 '고상한' 대안 담론으로 제시한다. 그것은 완곡어법을 닮아선지, 완곡어법을 자주 사용한다. 이런 담론이 암시하는 바는, 모든 전문 용어나 일상적 은어에는 반드시 '특정한 맥락의 낌새가 있다'는 사실이다. 이 특정한 맥락은 모든 이질언어적 언어들을 한낱 실용적 목적으로 오염시키는 것으로 인식되며, 그래서 사람들은 그 맥락 속에서 "저급한 속물적 연상이 만연해 있는, 협소한 실천적 지침"(〈N70~N71〉, 153쪽)을 감지하게 된다.

이와 달리, '초장르적 문학성'의 '뿌리 없음'은 그 담론이 일종의 보편성과, 맥락에서 자유로운 순수성을 요구할 수 있도록 해 준다. 어느 곳에서 사용되든, 무엇을 기술하든, 그 담론은 왜곡되지 않으며 그 화제는 고상한 것이 된다. 그것은 저급하고 천박한 사물이나 행동을 섬세하게 의식함으로써, 그런 것들이 있다는 사실을 인정하려 들지 않는다. "이 소설 담론에 특징적인 대상 파악 방식 및 표현 방식은 살아 움직이는 인간의 영원히 변화하는 세계관이 아니다. … 그것은 오히려 하나의 동일한 부동자세를 유지하려는 사람의 제한된 세계관이다. 그 사람은 좀 더 잘 보기 위해서 움직이는 것이 아니라 그 정반대를 위해서 움직인다—그는 움직임으로써 눈을 돌릴 수 있고 주목하지 **않을** 수 있으며 주의를 딴 데로 돌릴 수 있다"(DiN, 385쪽).

실존하는 것은 안전한 거리를 두고 경험된다. "이 세계관은 실생활의 사물이 아니라 문학적 사물과 그 이미지를 가리키는 언표적 지시체로 가득 찬 것으로서, 실제 세계의 조야한 이질언어성에 논쟁적으로 맞서면서 조야한 실생활과의 가능한 모든 연관성을 고통스럽게(비록 매우 논쟁적이어서 쉽게 알아챌 수 있는 방식으로 이루어지긴 하지만) 제거한다"(DiN, 385쪽).

이런 유의 담론은 초문학적인 사회생활에 큰 영향력을 발휘했다. 그것은 언어와 스타일 사이의 어딘가에 자리 잡고서, 어느 한쪽의 극단으로 나아감으로써 초문학적인 담론에 영향을 줄 수 있(고 또 그렇게 했)다. 한편으로 '고상한' 언어는—마치 '이것이 진정한 프랑스어다'라고 말하는 것처럼—민족어의 본질로 제시될 수 있었다. 이럴 경우, 고상한 담론은 "최고도의 보편성을 성취하지만 거의 모든 이데올로기적 색채와 특성은 박탈당하게 된다"(DiN, 382쪽). 이 담론은 이제 엘리트의 언어가 아니라, 원칙적으로 모든 사람들이 교육받거나 발화하는 정통 민족어로서 제시되기 때문이다. 이런 식으로 사용되는 '초장르적 문학성'은 민족어의 약호화와 '구심적' 규범화를 위한 힘이 된다.

다른 한편으로 초장르적 문학성은 반대 방향으로 향해서 "(언어적 한계에 대립하는 것으로서) 자신의 스타일적 한계를 추구"(DiN, 382쪽)할 수도 있다. 이 경우 초장르적 문학성은 이데올로기적으로 훨씬 더 구체적이면서도 규정적인 것이 된다. 이 문학성의 자기 감각은 다음과 같이 표현될 수 있을 것이다. '이것은 존경받는 사람들이 말하고 쓰는 방식이다.' 그것은 일상적 삶의 고상한 행동 규범을 재정의할 수 있는 힘이 된다. 즉, 대담을 이끌어 가는 방법, 편지나 일기를 쓰는 방법, 여러 행위들을 품위와 감성과 기품으로 포장하는 방법 등을 규정할 수 있는 힘이 되는 것이다. 그 영향 아래에서 그 전에는 비문학적이었던 장르가 "반半문학적"(DiN, 383쪽)인 것이 된다. 초장르적 문학성의 힘과 작동 범위는 때에 따라, 그리고 문화에 따라 다양해지지만, 고상한 발화자들이 삶 속에서 마주치게 되는 저급하고도 저속한 모든 영역들을 압도하는 경향이 있다. 사회적 변화가 아직 확고한 장르 규범에 속하지 않는 새로운 종류의 교환을 만들어 내는 곳에서, 그리고 기존의 규범들이 무기력해지거나 이미 의문스러운 것으로 느껴지는 곳에서, 초장르적 문학성은 커다란 성공을 거두는 듯하다. 그것이 전체 행동 영역의 양상, 또는 분명히 말하면 전체 삶의 양상에 영향을 끼칠 때, 우리는 그 영향을 특히 강하게 느낄 수 있다. 말하자면 이 경우 초장르적 문학성은 '문학적 행동'과 '문학적 인물'이 창조되도록 이끌어 준다. (소설의 첫 번째 스타일 노선에 따라서) 삶은 '소설화'된다.

그 부동적 태도에도 불구하고, 고상한 담론은 문학과 초문학적 삶 모두에서 끊임없이 변화한다. 부동적 태도가 바로 그처럼 저속한 삶을 논쟁적으로 무시하는 태도라면, 그런 변화는 담론의 바로 그 본성에 내포되어 있다. 담론에는 너무 뒤틀려서 알아볼 수 없게 된 순간에도 어떤 식으로든 그러한 흔적이 담겨 있다. 새로운 종류의 저속성과 이질언어성이 축적되자마자, 새로운 종류의 문학성은 그것을 '무시하기' 시작한다. 바흐친은 소설에서 문학성의 간략한 역사를 이처럼 개괄한다. (그는 또한 그런 사회적 삶의 역사, 즉 자기 에세이의 화제를 넘어서게 될 역사가 필요하다는 점을 지적한다.) 이와 같은 구절에서 우리는 바흐친이 마르크스주의적 틀을 기피하면서도 사회학적 문제들에 관여하고 있음을 알 수 있다. 말하자면 이는 명백히 볼로시노프와 메드베데프에 대한 바흐친의 대답인 것이다.

파토스의 담론

소설의 첫 번째 스타일 노선은 바흐친이 '파토스의 담론'(또는 '파토스적 세계')이라고 부른 것을 발전시켰다. 우선 러시아어 pafos와 pateticheskoe는 보통 동일한 그리스어 어근에서 나온 영어 단어로 번역되곤 하지만, 영어 pathos와 pathetic과는 상이한 의미를 갖고 있다는 점에 주목할 필요가 있다. 영어 단어가 슬픔의 뉘앙스를 갖고 있어서 연민, 비탄, 동정 등을 유발하는 특질을 암시한다면, 러시아어 pafos는 '열광', '고무', '활력', '격렬한 열의나 열정' 등을 포함한다. 소련 사전들은 '혁명적 파토스', '파토스를 갖고 말하는 것', '창조적 노동의 파토스' 등의 문구를 실례로 제공한다.

특히 바흐친은 〈소설 속의 담론〉에서 '산문적 파토스'나 '소설적 파토스'(그는 이 두 용어를 같은 뜻으로 사용한다)를 '시적'이거나 '권위적인' 파토스와 구분한다. 시적 파토스는 발화자와 담론 사이의 거리가 없이 직접적으로 표현된다. 그것은 "그 자체와 대상에 전적으로 충분하다. 발화자는 실로 그 담론에 완벽히 침잠하며, 거기에는 어떤 거리도 없고 어떤 유보 사항도 없다"(DiN, 394쪽). 반면 산문적 파토스는 언제나 '인용부호'를 달고 등장한다. 그것은 겹목소리를 낼 수밖에 없다.

바흐친의 지적에 따르면, 소설가는 산문적 파토스를 자신에게서 거리를 둔 담론으로 사용한다. 그는 이 담론을 직접적으로 말할 수 있기를 바라지만 그렇게 할 수 없다. 그 담론은 다른 시간, 다른 장르에 속해 있다. "소설에서 파토스의 담론은 거의 언제나 특정 시대나 특정 사회 세력이 더 이상 사용할 수 없는 어떤 다른 장르의 대리인이다. 이 파토스는 설교할 장소를 잃어버린 설교자, 사법적이거나 징벌적인 힘을 더 이상 갖고 있지 않은 무서운 판관, 포교 활동을 하지 않는 예언가, 정치적 능력을 잃어버린 정치가, 교회가 없는 신앙인 등의 담론이다"(DiN, 395쪽). 바흐친의 핵심은 다음과 같다. 즉, 그는 인물의 언어에 관해서가 아니라 저자의 언어에 관해서 말하고 있다. 힘을 상실한 판관과 닮은 것은 저자의 담론이다. 파토스적 담론을 직접적으로, 그리고 그것이 번성했던 조건 속에서 사용할 수 없다는 사실을 알고 있더라도, 저자는 그것을 적절하게 대체할 만한 담론이 없다는 사실도 알고 있다. 그래서 저자는 파토스적 담론을 조건부로 사용한다. 말하자면 "그는 자신의 의지에 반해서, 설교할 장소를 찾고, 설교자나 판관의 역할을 가장해야만 한다"(DiN, 395쪽). 발화를 위해서 역할을 가장하는 행위는 결국 그 열정적 어조에 어울리지 않는 한계 감각을 담론에 부여하게 된다. "여기에 소설적 파토스의 저주가 있다"(DiN, 395쪽).

파토스의 담론은 바로크 소설에서 지배적이었다. 여기에서 파토스의 담론은 주인공의 '완전무결함'을 시험한다는 기본 플롯과 연결되어 있다. 그 뉘앙스는 찬미적이고 웅장하며 공적이다. 말하자면, 이것은 "고도로 영웅화하는 파토스", 즉 "영웅주의와 공포의 파토스"(DiN, 397쪽·398쪽)다. 그러나 감상소설에서는 전혀 다른 파토스의 담론이 발생한다. 웅장한 것이나 정치적인 것, 혹은 역사적인 것을 더 이상 문제 삼지 않는 감상적 파토스 담론은 "일상생활의 도덕적 선택"에 자의식적으로 관심을 가지며, "개인적이고 가족적인 삶의 협소한 영역에 만족한다"(DiN, 396쪽). 그것은 자신의 사적인 방 안에서만 발화되는 '실내의 파토스'가 되어, 작은 공간에 대한 새로운 구상—혹은 바흐친이 이 시기에 쓴 다른 에세이의 용어를 사용하자면, 새로운 크로노토프—과 연결된다.

결과적으로 이 감상적 담론은 대립하고 있는 두 종류의 언어를 전제한다. 감상 소설에는 둘 중 어떤 것도 직접적으로 나타나지 않지만, 그 둘 모두 전제된 대화 배경에서 확인할 수 있다. "고도로 영웅화하는 파토스"처럼 감상적인 파토스도 자신이 선호하는 화제를 전혀 다른 방식으로 기술하는 저속한 이질언어성에 암묵적으로 대립한다. 그러나 그것은 그 선행자, 즉 이제는 "유사 고급의 것이자 허위적인 것"(DiN, 397쪽)으로 판명된 고도로 영웅화하는 파토스에 대해서도 역시 암묵적으로 대립한다. 바흐친의 핵심을 요약하면 다음과 같다.

섬세한 세부 묘사, 사소하고 부차적인 일상생활의 세부적 측면들에 관한 묘사를 전면화하는 바로 그 신중함 … 그리고 마지막으로 영웅적 강력함보다는 무기력함과 허약함에 의해 산출된 파토스, 즉 한 인간의 개념적 지평과 경험 영역을 가장 직접적인 소규모의 미시 세계(그 자신의 방)로 신중하게 제한하는 것—이 모두는 부정되는 과정에 있는 문학 스타일에 대한 논쟁적 대립으로 설명될 수 있다(DiN, 397~398쪽).

바로크 스타일에 비해서, 감상적 스타일과 화제는 명백히 위대한 19세기 소설에 더 가까워졌다. 일상생활에 대한 관심은 그 방향으로 나아가는 한 걸음이다. 그럼에도 《미들마치》와 감상적 서사 사이의 간극은 너무나도 크다. 감상적 스타일은 더욱이 첫 번째 스타일 노선의 산물이었다. "하나의 관습성 대신 … 감상주의는 다른—그리고 똑같이 추상적인—관습성을 창조한다. … 감상적 파토스 때문에 존중할 만한 것이 된 그 담론은 조야한 삶의 날담론을 대체하려고 하지만, 불가피하게도 삶의 현실적 이질언어성과 똑같이 희망 없는 대화적 투쟁을 하는 데서 끝난다"(DiN, 398쪽). 일반적으로 말해서, 소설의 첫 번째 스타일 노선은 특유의 "일방적 대화주의"를 넘어서는 데 실패하고 만다(DiN, 398쪽).

몰이해와 즐거운 속임수

첫 번째 스타일 노선의 언어는 두 번째 스타일 노선에 등장하게 되면 특권을 상실한다. 그것은 단지 다른 언어와 대화하기 위한 또 다른 이질언어적 언어가 될 뿐이다. 기사도 로망스의 담론, 바로크 소설의 담론, 감상적 서사의 담론은 더 이상 세계를 재현하지 못하고 그 세계의 일부로 재현될 뿐이다. 그것은 이질언어적 언어에서 눈을 돌릴 수 있는 특권을 상실하며, 그래서 그런 언어와 만나서는 자신을 방어할 수밖에 없게 된다. 그것은 현실적으로 겹목소리를 내게 된다. 이와 관련해서 모범이 되는 것은 《돈 키호테》에서 볼 수 있는 《아마디스》의 패러디적 처리다. "두 번째 스타일 노선의 경우, 기사도 로망스의 존중할 만한 언어는 … 언어들의 대화에서 단지 하나의 참여자가 될 뿐이고, 새로운 저자의 의도에 맞서 내적으로 대화적인 저항을 할 수 있는―세르반테스에게서 가장 심오하면서도 충분하게 예시되는―산문적 언어 이미지가 된다. 따라서 흥분한 채겹목소리를 내는 것은 바로 이미지다"(DiN, 386쪽). '고작 또 다른 언어'가 되지 않기를 바라는 만큼, 첫 번째 노선의 담론은 특히 두 번째 노선에 의해서 패러디되기 쉽다. 무난하게 패러디되는 것을 거부하고 능동적으로 저항하는 한, 두 번째 노선의 소설에 등장하는 첫 번째 노선의 담론은 이질언어적 대화를 풍요롭게 해 준다.

두 번째 노선의 소설에서 언어―존중할 만하거나 매우 교양 있는 사람의 언어―의 일반적인 '문학성'은 물론 중요한 역할을 한다. 그 '문학성'이 없다면 두 번째 노선의 위대한 작품들을 상상하기란 확실히 힘들 것이다. 투르게네프에게서 볼 수 있는 것처럼, 그런 담론은 심지어 저자 자신이 선호하는 발화와 글쓰기 방식으로 제공될 수도 있다. 그럼에도 두 번째 노선의 '문학적' 담론은 고상한 담론이 첫 번째 노선에서 기능한 것과는 전혀 다른 방식으로 기능한다. 고상한 담론을 얼마나 좋아하든 그리고 그것이 얼마나 많은 가치를 담고 있든, 두 번째 노선에 속하는 소설의 저자는 그 담론이 어떤 특별한 권리도 향유하지 못하는 고작 또 다른 직업적·계급적 방언에 불과하다는 사실을 잘 알고 있다. 그것은 다른 언어들과 동일한 평면 위에서 소설의 대화에 기여하고, 다른 언어들에 의해 시험에 부쳐지며, 시험 통과를 보장받지도 못한다.

두 번째 스타일 노선은 두 노선에 공통된 장치의 기능, 말하자면 삽입된 장르의 사용법도 역시 변화시킨다. 첫 번째 노선의 소설은 초문학적 삶을 세련되게 만든다는 기획의 일부로, 종종 잘 씌어진 편지, 엄밀한 의미의 대담, 다른 유형의 '좋은 스타일'에서 추출한 표본들을 포괄했다. 품위 있는 언어로 씌어진 이 부분들은 쉽게 분리할 수 있도록 만들어졌고, 실로 자주 분리되어 모델로 쓰이곤 했다. "《아마디스 보전寶典 · Treasure of Amadis》, 《모범 찬사집讚辭集 · The Book of Compliments》과 같은 특별한 책은 소설에서 추출한 대담, 편지, 연설 등의 모델을 모아 편집한 것이었다. … 기사도 로망스는 삶의 모든 가능한 상황과 사건에 알맞은 담론을 제공해 주었다"(DiN, 384쪽). 그런 분리 가능한 부분들을 생각해 볼 때, 텍스트에서 한 구절을 인용하거나 가져오는 일에 대해 비평가들이 보통 제기하는 전면적인 비난은 재고의 여지가 있다. 어떤 작품들의 특징은 독자가 맥락을 따르기도 하고 맥락에서 벗어나기도 하면서 어떤 부분을 취하도록 하거나 그렇게 하도록 독려하는 데 있기 때문이다.[16] 여기에서 우리는 바흐친이 전 생애에 걸쳐 '전체성'의 복합성에 관심을 갖고 있었다는 사실을 다시금 확인할 수 있다.

이미 살펴본 것처럼, 두 번째 노선의 소설은 삽입된 장르를 전혀 다른

---

16 이는 〈소설 속의 담론Discourse in the Novel〉에서만 확인할 수 있다. 그래서 우리는 바흐친이 계속 나갔으리라고 예상되는 방향으로 추론을 확장했다.

방식으로 사용한다. 초문학적 장르들(혹은 다른 문학 장르들)은 작품의 다른 담론들과 대화하게끔 설정된 다중적 담론의 채굴을 목적으로 포섭된 것이다. 그러므로 첫 번째 노선에서 삽입된 장르들은 소설 밖으로 문학성을 수출하기 위해 기획된 것이고, 두 번째 노선에서 삽입된 장르들은 소설 안으로 이질언어성을 수입하기 위해 기획된 것이다.

바흐친은 다음으로 두 번째 스타일 노선의 두 장치를 다루는데, 여기에는 세계와 언어에 대한 이 노선의 전체적인 감각이 특히 명료하게 반영되어 있다. 그것은 바로 "즐거운 속임수"와 "몰이해"다. 그는 우선 모든 종류의 "비주류 서사 장르(파블리오,[17] 소극, 비주류 패러디 장르)"(DiN, 400쪽)란 지배적인 기사도 로맨스의 흐름에서 벗어남으로써 고대 풍자 장르에서 시작된 작업, 말하자면 사회적 언어의 '이미지'를 감지해서 재현해 내는 방법을 발견하는 작업을 계속 이어 갔다고 설명한다. 이 장르의 경우, 겹목소리 내기, 패러디 담론, 스카즈 등의 스타일은 "모든 수준과 뉘앙스에서"(DiN, 400쪽) 특수한 발화 방식을 특정 종류의 발화자와 짝지었다. 이 장르는 '탈인격화된 언어'를 예시하는 발화 대신, 주어진 발화 방식의 사회적 유형성 및 가치 평가 습관을 알고 있었다. 이 장르는 '형식 창조적 충동'으로 나아갔는데, 이에 따라 "모든 담론은 자신의 이기적이고 편향된 소유자를 갖게 되었다. 즉, 모두가 공유하는 말이란 없으며 '누구에게도 속하지 않는' 말도 없다"(DiN, 401쪽).

앰브로즈 비어스Ambrose Bierce의 《악마의 사전The Devil's Dictionary》(이 책은 **무사안일**impunity을 부富로 정의하고, **이기주의자**를 다른 사람보다 자기를 더 신경 쓰는 사람으로 정의한다)과 같이, 그런 풍자 형식은 '말의 허위적 앞면'을 의

---

17 [옮긴이주] 12~13세기 프랑스에서 유행한 운문으로 된 짧은 이야기.

심했다. "중요한 것은 오히려 의미가 부과되는 현실적이면서도 언제나 자기본위적인 **용법**이고 발화자가 의미를 표현하는 방식—발화자의 입장(직업, 사회계급 등)과 구체적인 상황에 의해 결정되는 용법—이다. 누가 말하는가, 그리고 그는 어떤 조건 하에서 말하는가, 이것이 말의 현실적 의미를 결정한다"(DiN, 401쪽). 그러므로 그런 형식에 있는 '담론의 철학'은 급진적 회의주의로 나아가게 된다. 이 회의주의는 라블레에게서 훨씬 더 극단적으로 등장하게 되며, "허위를 모르는 직설적 담론의 소유 가능성을 전적으로 부정"(DiN, 401쪽)하게 된다.

이 '철학'은 이후의 전개 과정에서 소설적 발화의 중요한 범주, 즉 바흐친이 '즐거운 속임수'라고 부른 것을 창조할 수 있도록 해 주었다. 이런 유의 발화는 모든 '파토스'가 '거짓말'이라는 점, 그리고 어떤 계급이나 집단 혹은 직업의 언어도 '직설적 진리'를 갖지 못한다는 점을 전제한다. 말하자면 그것은 일종의 해체주의였던 것이다.

즐거운 속임수는 파토스의 거짓말에 대해—그리고 모든 것에 대해—"정확히 **거짓말쟁이**를 겨냥한다는 이유에서 정당화되는 **거짓말**, 즉 영리한 속임수"(DiN, 401쪽)로 응수하는 명랑한 악당의 언어다. 악당은 허위적 담론의 허위적인 면을 드러내고 그 혐오스러운 힘을 빼앗기 위해서 그 담론을 패러디하고 재가공한다. 이런 식으로 해서, "거짓말이었던 것은 즐거운 속임수로 [전환된다]. 허위는 아이러니적 의식에 의해서 조명되고, 행복한 악당의 입으로 패러디된다"(DiN, 402쪽). 거짓말에 대해 속임수로 응수하는 일을 바흐친이 칭송한 것은 소비에트라는 시대적 맥락을 고려할 때 충분히 이해할 만하지만, 허위에 대해 감정적으로 대응하는 것처럼 보일 수도 있다.

즐거운 속임수는 두 번째 스타일 노선의 또 다른 장치와 밀접하게 연결되어 있는데, 이는 두 번째 노선의 형식 창조적 충동과 역사적 발전에서 훨씬 더 중심적인 위치를 차지한다. 바흐친이 '몰이해'라고 부른 이 장치는 실로 **너무나** 중요한 것이어서, 이것이 제거된다면 두 번째 노선 역시 거의 사라져 버릴 것이다. 즐거운 속임수가 악당에게 속하는 것처럼, 몰이해는 이런저런 유형의 바보에게 속한다.[18]

바보는 파토스로 충만한 습관적 담론을 **이해하는 데 실패한다.** 이를 이해하지 못하는 사람 그리고 그에 대해 순진하지만 면밀한 질문을 던지는 사람이 그것을 듣게 될 때, 그 담론의 관습성과 가식이 폭로된다. 바꿔 말해서, 소설 속 바보의 어리석음은 대화적이다. 즉, "여기에서는 언제나 다른 누군가의 담론, 즉 세계를 전유해 온 다른 누군가의 파토스로 충만한 거짓말을 이해하는 데 단호하게 실패한다"(DiN, 403쪽). 그로 인해 바보는 종종 파토스의 담론을 전제한 뒤 설명하려고 하는 다른 인물—시인, 학자, 도덕가, 사제(세르반테스, 디드로) 등—과 짝이 된다. 《캉디드Candide》나 《파름의 수도원》 같은 작품에서는 몰이해가 스타일을 창조하는 가장 기본적인 힘이 된다. 그러나 푸시킨의 《벨킨 이야기》와 같은 작품에서는 단지 특정한 언어나 서술자, 혹은 특정한 종류의 경험과 연관될 뿐이다. 작품은 때로는 (《페르시아인의 편지Lettres persanes》에서) 이해하는 데 실패하는 특수한 인물을 묘사하기도 하고, 다른 때는 바보 서술자(걸리버)를 창조하기도 하며, 또 다른 경우에는 몰이해가 (톨스토이의 경우처럼) 저자의 근본적 입장을 특징짓기도 한다. 바흐친이 크로노토프 에세이에서 논한 바

---

18 〈소설 속의 담론〉과 〈소설의 시간 형식과 크로노토프 형식Forms of Time and of the Chronotope in the Novel〉 모두에서 바흐친은 풍자 장르나 소설이 바보와 악당이라는 민속적 이미지에 지고 있는 부채에 대해 사고한다. 이 민속적 이미지는 소설에서 근본적인 것으로 밝혀졌지만, 소설은 그 이미지를 재가공해서 엄청나게 변화시켰다. 바보와 바보의 장르는 곧 분리된다.

에 따르면, 바보는 이야기에 대한 저자의 관계에서 결정적인 영향력을 행사했다. 그래서 우리는 많은 작품에서 어떤 특정한 바보가 등장하지 않을 때조차도 몰이해라는 '어리석은' 태도를 탐지할 수 있는 것이다.

바흐친은 어리석은 관점과의 연대성을 저자가 증명할 필요는 없다고 강조한다. 때로는 바보를 조롱하는 것이 분명 가장 중요한 일이 될 수도 있다. 하지만 그런 경우에도 저자는 바보를 필요로 한다. "바로 그 몰이해라는 점에서 바보는 사회적 관습성의 세계를 **생소하게 만들기 때문이다.** 소설은 우둔함을 재현함으로써 **산문적 지성, 산문적 지혜**를 가르쳐준다. 바보를 다루거나 바보의 눈으로 세계를 다룸으로써 소설가의 눈은 일종의 **산문적 시각**을 배운다"(DiN, 404쪽. 고딕체는 인용자가 강조한 것이다). 모든 소설과 모든 소설적 경향은 "우둔함이나 몰이해의 이런저런 면모를 지니게 될 것"(DiN, 404쪽)이라고 말할 수 있다.

바흐친이 고찰하듯이, 몰이해는 세계를 '생소화한다'(생소하게 만든다, 낯설게 한다). **생소화**라는 용어는 물론 형식주의자들이 만든 것이다. 《전쟁과 평화》에서 전쟁터에 있는 피에르, 《안나 카레니나》에서 선거를 하는 레빈, 그리고 유럽 문명을 묘사하기 위해서 끌어오는 이방인이나 초자연적 존재 혹은 동물에 대한 수많은 이야기 등 바흐친이 언급하는 대부분의 사례들은 형식주의의 중심 개념을 위한 표준적 실례였던 것이다. 그렇지만 바흐친의 '생소화' 해석은 형식주의자들에게 빚지고 있음에도 그들과 뚜렷이 구별된다. 형식주의자들의 경우 생소화는 문학 자체를 규정하는 특질이었다. 말하자면 그것은 **모든** 문학을 문학으로 만드는 것이었다. 그래서 시클롭스키의 경우 이 장치를 사용하는 여러 형식들 사이에는 근본적으로 어떤 차이도 없었다. 시어는 일상언어를 생소하게 만들고, 문학적 서사는 예술적으로 '변형된' 플롯(파불라, 수제)을 생산하기 위해 일상적 이야기를 낯설게 하며, 시인이나 소설가는 지각을 방해하기에 충분히 낯선 은유를 선택함으로써 주의를 집중시킨다.

바흐친에게 이러한 접근법은 세계를 보는 특정한 방식이라는 너무나도 중요한 장르 범주를 간과한 것이다. 앞 장에서 살펴보았듯이, 바흐친 모임의 입장에서 보면 이런 장르 개념의 결여는 형식주의 시학의 중대한 단점이었다. 장르가 없다면, 사람들은 여러 장치들의 용법에 의해서뿐만 아니라 삶을 파악하는 근본적으로 상이한 '눈'이나 가치들의 유희에 맞춰진 '귀'에 의해서도 특징화되는, 명백한 형식들에 대한 감각을 상실하게 된다. 전쟁터에 있는 피에르를 시적 리듬과 동일하게 여기는 것은 톨스토이 소설에서 특별히 그 장면이 가지고 있는 소설적 특질을 간과하는 것이다. (형식주의적 의미의) '문학성'으로 나아가기에 앞서서 '소설성'—과 서정시성lyricness, 그리고 서사시성epicness—에 대해 조사할 필요가 있다. 톨스토이의 생소화를 보편적 문학 원리의 예로 보는 시클롭스키와 달리, 바흐친은 소설의 두 번째 스타일 노선의 형식 창조적 이데올로기를 표현하는 몰이해의 방식들을 강조한다. 이런 식으로 해서, 생소화는 '산문적 지성, 산문적 지혜'의 수단이 된다.

전범화와 재강조

바흐친의 소설 언어이론은 새로운 종류의 자세히 읽기 방법을 제공하고, 소설 텍스트를 활기 있게 주시할 것을 요구한다. 그러나 텍스트 자체에만 배타적으로 초점을 맞추는 것은 중대한 한계를 갖는다는 점 역시 지적할 수 있다. 이 한계는 첫 번째 스타일 노선에 속하는 소설들의 경우에서 즉시 나타나는데—너무나 많은 사람들이 그러하듯이—그 작품들을 사회 세계에서 떼어 낸 채 다룬다면 대부분의 특질은 사라져 버리고 말 것이기 때문이다. 첫 번째 노선의 소설 스타일은, 그것이 맞서 있는 대화적 배경을 의식하지 못한다면 적절하게 이해될 수 없다. 알다시피 이 소설은 텍스트에 정확히 재현되지 않는 사회적 이질언어성—정확히 말하면, 당대 이질언어성의 특정한 특질들—에 대한 의식을 전제하고 또 거기에 의존한다. 텍스트만을 보는 것은 작품을 전체적으로 보는 것이 아니다. 그것은 장르의 기본 관습과 '담론의 철학'을 오해하는 것이다. 겹목소리의 언표 스타일에서 하나의 목소리만을 포착한다면 그 스타일을 이해할 수 없는 것처럼, 전제된 사회적 언어의 뚜렷한 흔적을 탐색하지 않는다면 첫 번째 노선의 소설을 이해할 수 없다.

이미 살펴본 바 있듯이, 두 번째 스타일 노선의 소설은 사회적 이질언어성을 암묵적이라기보다는 명시적으로 사용한다. 이런 이유 때문에 이 노선의 소설이 대화적 배경에 의존하는 방식은 첫 번째 노선의 소설이 대화적 배경에 의존하는 방식과 현저히 다르다. 두 번째 노선의 소설에서는 텍스트 자체에 훨씬 더 많은 사회적 이질언어성에 관한 정보가 공급된다. 물론 두 번째 노선의 소설가들이 모두 투르게네프만큼 명시적인 것은 아니다—투르게네프는 특수한 말과 표현, 그리고 특수한 종류의 발음의 사회적 함의를 세밀하게 논평했으며, 집단에서 집단으로, 세대에서 세대로, 시대에서 시대로 움직이듯이 변화하는 발화 형식의 가치 평가적 아우라를 자주 추적하곤 했다. 그러나 두 번째 노선의 모든 소설은 (정의상) 독자들에게 대화화된 이질언어성의 사례를 충분히 제공함으로써, 이질언어성을 처리하는 복잡한 용법들을 탐지할 수 있도록 해 준다. 이런 소설이 그 시대의 최고 자료로 제공될 수 있는 이유 중 하나가 바로 여기에 있다.

그러므로 두 번째 노선의 소설은 첫 번째 노선의 소설과 달리 배경에 단순히 의탁하지 **않는다.** 그도 그럴 것이, 이질언어성의 특정한 특질에 대한 자각 없이도 두 번째 노선의 작품들에서 기본적인 갈릴레오적 의식이 이미 확인되기 때문이다. 그럼에도 두 번째 노선의 소설은 매우 중대한 방식들을 통해서 대화적 배경과 상호작용하는데, 그중 몇몇은 첫 번째 노선의 상호작용 방식과 **종류**에서 서로 다르다. 두 번째 노선의 소설이 그 배경과 맺는 다양한 관계를 이해하지 못한다면, 그 소설의 의미와 잠재력을 제대로 다룰 수 없을 것이다.

바흐친은 상호작용의 두 가지 일반적인 유형을 기술한다. 그는 약간 덜 중요한 유형을 '전범화canonization'(오늘날 정전 형성canon formation이라고 불리는 것과 혼동해서는 안 된다)라고 부른다. 이미 살펴본 바 있듯이, 두 번째 노선의 소설가는 특수한 직업이나 집단의 언어를 문학 언어나 다른 직업이나 집단의 언어와 연결함으로써, 그 언어들을 협주한다. 그러나 주어진 표현과 특수한 집단 간의 연결은 고정된 것이 아니다. 심지어 불과 10년이면 지방색이 강한 특수 집단의 언어라는 아우라를 지닌 표현 방식도 보편적인 문학 언어가 될 수 있다. 말하자면 그것은 '전범화될' 수 있다. 이 경우 저자는 그 표현 방식을 이전의 저자가 느꼈던 것처럼 느끼지 못할 것이다. 제인 오스틴에게는 특수 집단 언어였던 것이 조지 엘리엇에게는 전범화된 언어로 될 수 있다.[19] 그러나 다른 시대나 다른 문화권의 독

---

19 역사 소설가는 그런 변화에 대한 의식을 의식적으로 이용하려 한다. 예컨대《전쟁과 평화 war and peace》는 인물이 사용한 방언적 표현들을 독자가 감지할 수 있도록 해 주는데, 이는 그 표현들이 톨스토이가 작업을 하던 당시에 비해 전범화되었다고 해도 그렇다. 우리는 우리 자신의 언어와 '우리 할아버지'의 언어 간의 차이를 느낀다. 그 텍스트에 실린 프랑스어는 1805년의 독자들에게는 상투적인 것으로 이해되었을 테지만, 1865년에는 주석을 통해 설명될 필요가 있었다. 그래서 이 주석은 언어적 감수성의 차이를 표시해 준다. 마치 이 점

자는 그 변화를 겪지 못했고 역사적 경험의 감각도 '평면화되어' 있기 때문에, 그 차이를 탐색하기가 매우 힘들다는 사실을 깨닫게 될 것이다. 변화하는 대화적 배경을 내밀하게 인식하지 못하는 독자는 특정 시대에 전범화된 것, 따라서 작품의 특정 부분에서 발생하는 협주의 종류에 대해 거의 말할 수 없다는 사실을 깨닫게 될 것이다. 학생들에게 구어투나 '유행어'라는 표시가 나는—하지만 학생들은 그것을 별다른 표시가 나지 않는 평범한 영어 표현으로 받아들이는—표현을 피하도록 가르치고자 했던 사람들은 바흐친이 염두에 두었던 유의 현상을 이해할 수 있을 것이다. "분석을 위한 작품이 당대의 의식에서 멀어지면 멀어질수록, 어려움은 더욱 커진다"(DiN, 418쪽). 해석에 임해서는 엄청난 주의를 기울여야만 하는데, "협주의 기능을 〔언어의〕 그런 〔전범화된〕 측면 탓으로 돌리는 일은 엄청난 실수를 저지르는 것"(DiN, 418쪽)이기 때문이다.

어떤 시대에는 전범화의 과정이 상대적으로 늦게, 쉽게 추적할 수 없는 방식으로 일어난다. 그러나 전범화와 탈전범화, 그리고 전적으로 문학 언어 밖에서 이루어지는 특수 집단 언어들 간의 이동이 그 과정을 적절하게 재구성할 수 있을 만한 충분한 자료도 남겨 놓지 않은 채 급속하게 일어날 때, 소설은 번창하는 경향이 있다. 그렇지만 그런 재구성의 어려움과는 무관하게, 두 번째 노선의 소설은 보통 텍스트 외적인 사항들에 대한 세밀한 인식에는 **근본적으로** 의존하지 않는다. "언어들의 기본적인 협주, 그리고 의도들의 유희와 운동의 기본적인 노선을 파악하는 사람들에

을 강조하기라도 하듯이, 러시아인 톨스토이는 종종 옛날 식으로 프랑스어를 번역하곤 한다. 즉, 그는 즐겨 프랑스어를 1805년의 러시아어로 번역하곤 한다. 계급 문제 역시 텍스트에 매우 많은 언어적 에너지를 공급해 주는 연대기적 차이에 포함된다.

게 전범화는 전혀 [주요] 장해가 아니다"(DiN, 418쪽).[20]

바흐친은 두 번째 스타일 노선의 소설들과 그것들이 대화적 관계를 맺고 있는 배경 사이에서 벌어지는 상호작용의 두 번째 유형을 훨씬 더 중요한 것으로 간주한다. 그것은 실제로 문학사의 역동성과 문학적 가치의 본성에서 일반적으로 중심이 되는 문제를 불러일으킨다. 바흐친은 이런 유형의 상호작용을 '재강조'라고 부른다. 그것은 모든 문학 장르에서 발생할 수 있지만, 소설의 근본적인 에너지나 과제가 이미 재강조의 한 유형인 만큼 특히 소설에서 중요하다.

재강조는 한 언어나 여러 언어의 순수한 '산문적 이미지'에서 볼 수 있는 목소리들의 가치, 본성, 상호 관계 등을 변화시킨다. 상이한 배경 하에서 겹목소리의 이미지는 홑목소리의 이미지로 바뀔 수도 있고, 또 그 반대의 사태가 일어날 수도 있다. 즉, 희극적이거나 반어적인 억양은 종류나 정도가 바뀔 수 있으며, 목소리들이 상호작용하는 대화의 시점도 변경될 수 있다. 한때 상대적으로 무기력하게 패러디의 표적이 되었던 목소리가 능동적인 것으로 될 수도 있고, 패러디하는 목소리에 강력히 저항하게 될 수도 있다. 그 원래의 의미는 "조건이 변하면 … 주위를 둘러싸고 있는 딱딱한 껍질을 태워 없애고 패러디적 강조를 초래했던 모든 현실적 기반을 제거해 버리며, 그런 재강조를 흐리게 하거나 완전히 소멸시키는 가운데 새로운 밝은 빛을 발산"(DiN, 419쪽)할 수도 있다. 모든 진정한 "산문적 이미지"(DiN, 419쪽)에는 늘 의미심장한 변화가 일어날 수 있다. 가능한 재강조

---

20 번역서에서도 소설의 '기본적인' 대화성을 포착할 수 있는데, 바흐친이 요점을 기술하기 위해서 소설의 영어 번역본을 사용할 수 있었던 이유 중 하나는 바로 여기에 있을 것이다. 이는 또한 〈소설 속의 담론〉과 《도스토옙스키 시학의 문제들Problems of Dostoevsky's Poetics》의 영역본 독자들이 바흐친의 근본적인 요점을 파악할 수 있는 이유이기도 할 것이다.

의 수는 이질언어적 목소리들이나 언어들 사이의 가능한 관계의 수만큼 이나 많다.

재강조의 과정은 때때로 텍스트를 빈약하게 만들 수도 있다. 제7장에서 살펴본 바에 따르면, 어떤 텍스트에 대한 오늘날의 이해는 그것을 '현대화하고 왜곡하는' 데 기여할 수 있다. 소설의 경우, 왜곡은 복합적으로 작용하는 목소리들을 침묵시키거나 다른 문화와 세계관의 '타자성'을 억누르는 데 기인한다. 그러나 이해는 또한 왜곡이 없어야 '창조적'일 수 있다. 위대한 작품들은 그 **안에** 실제로 거대한 잠재력을 갖고 있다. 이 잠재력은 저자가 심사숙고해서 창조해 낸 것이지만, 저자는 그것이 이끌어 낼지도 모르는 특정한 의미를 의식하지 못했을 수도 있다. 이 새로운 의미를 유발하기 위해서 텍스트의 잠재력은 저자가 예상하거나 구체적으로 상상할 수 없었던 다른 관점들과 대화적 관계를 맺어야만 한다. 이런 유의 이해는 실제로 거기에 있는 잠재력을 풀어놓는 데 기여하기 때문에 왜곡이 아니며, 그래서 텍스트를 풍요롭게 해 준다. 재강조는 그런 창조적 이해의 중요한 수단이자 소설의 주요 수단이다.[21]

독자들만 위대한 작품을 재강조하는 것이 아니라, 다른 작가들도 그렇게 한다. 소설가들이 새로운 언어 이미지를 창조하는 방법 중 하나는 오래된 이미지를 재강조하는 것이다. 비주류 장르에서 언젠가 희극적인 이

---

[21] 예컨대 《돈 키호테》의 경우 방대한 재강조의 역사는 텍스트를 풍요롭게 했다. 확실히 어떤 재강조는 단지 텍스트를 현대화하거나 왜곡할 뿐이지만, 다른 재강조는 "이미지의 진전된 유기적 발전, 즉 그 속에 해결되지 않은 채로 있는 논의의 연속"(DiN, 410쪽)이었다. 바흐친의 고찰에 따르면, 작품들은 이런 식으로 실제로 성장한다. "이렇게 해서 서로 다른 시대에 서로 다른 삶을 살아가는 불멸의 소설적 이미지가 창조된다"(DiN, 410쪽).
어떤 잠재력의 활성화가 이전 시기에 다른 잠재력들과의 상호작용을 통해서 발전된 의미를 침묵시킬 수도 있다는 사실을 바흐친은 또한 지적한다. 얻는 것이 있으면 잃는 것도 있는 법이다.

미지로만 등장했던 인물(과 그의 언어), 또는 부차적인 인물이—말하자면 고통 받는 사람이자 불운한 사람으로 재현됨으로써—'좀 더 높은 층위'로 '전이될' 수 있다. 예를 들어, "구두쇠라는 전통적으로 희극적인 이미지는 자본가라는 새로운 이미지가 헤게모니를 확보하는 데 도움을 주었고, 그로 인해 돔비[22]라는 비극적 이미지로 상승하게 되었다"(DiN, 421쪽).

이런 식으로 저자와 독자는 텍스트나 장르의 "의도적 잠재력"—그 속에 의도적으로 "파묻혀 있는" 잠재력—을 활성화한다(DiN, 421쪽). 이런 잠재력 덕분에 위대한 작품들은 "각각의 새로운 시대에 더욱 새로운 대화적 배경에 기대어 의미의 더욱 새로운 측면을 드러낼 수 있다는 점을 보여 주었다. 그 의미론적 내용은 글자 그대로 계속 성장하고, 그 이상으로 계속 자신을 창조해 나간다"(DiN, 421쪽).

급진적 상대주의와 역사 감각은 전적으로 동일한 것은 아니라고 하더라도 종종 밀접하게 결합된 것으로 이해되곤 한다. 무시간적이고 선천적인 불활성의 가치나 의미를 유일하게 존재하는 입장으로 설정하는 이론가들은 간혹 정반대의 극을 유일하게 생각해 볼 만한 대안으로 제시하고는, 그 극에 '역사적'이라는 존칭을 부여한다. 바흐친의 시각에서 볼 때, 역사성에 대한 감각과 급진적 상대주의를 이렇게 동일시하는 것은 역시 동의할 수 없는 그 반대의 주장만큼이나 지나치게 소박하다. 이는 '현대화와 왜곡'을 '창조적 이해'와 동일시하는 것과 마찬가지여서, 역사의 복합적인 작동 방식을 이해할 수 없게끔 만든다. '장대한 시간'을 통해 전개되어 왔고 진정 새로운 발전을 가능하게 했던 잠재력을 인식하지 못한다

---

22 [옮긴이주] 돔비는 찰스 디킨스Charles Dickens의 소설 《돔비와 아들Dombey and Son》의 주인공이다.

면, 역사 감각은 풍부해질 수 없을 것이다. 이때 그 잠재력은 역사적 삶의 과정을 순수한 생성의 과정으로 만든다. 급진적 상대주의자에게 역사는 단 하나의 헤라클레이토스적 교훈, 즉 모든 것이 변한다는 것만을 가르쳐 주는 듯하다. 그러나 그 교훈은 너무 일반적이고 모든 시기의 모든 변화에 선험적으로 적용되기 때문에, 특수한 문화의 역사적 사실에 대한 인식을 쓸모없는 것으로 만든다. '역사'라는 방패 아래서는 기본적으로 반역사적인 시각이 득세하게 된다.

작품의 가치와 의미는 무수히 많은 이유로 인해 변화하는데, 그중 하나로 작품 자체에 있는 잠재력들이 대화를 통해 활성화되는 것을 들 수 있다. 가치가 전적으로 '상대적'이라고 말하는 것은 거대한 잠재력을 갖고 있는 작품과 그렇지 못한 작품 사이의 차이를 간과한다. 그런 잠재력에 대한 탐색이 매우 어렵고 장대한 시간을 통해서만 궁극적으로 가능하다는 것은 사실이다. 하지만 이렇게 말하는 것은 잠재력이 실제로는 거기에 없다고 말하는 것과 다르다. 오히려 잠재력에 대한 탐색은 절대론자든 상대주의자든, 체계로 환원될 수 없고 추상화로 해소될 수도 없는 역사성에 대한 감각에 접근하는 것을 말한다. 가치는 '경제적'일 뿐만 아니라 근본적으로 '역사적'이다. 바흐친이 〈소설 속의 담론〉의 마지막 문장에서 언급한 것처럼, "다시 한 번 말하지만 위대한 소설적 이미지들은 창조되고 난 이후에도 계속해서 성장하고 발전하기 때문이다. 그 이미지들은 원래 태어났던 날에서 아주 멀리 떨어진 다른 시대에도 창조적으로 변형될 수 있다"(DiN, 422쪽).

MIKHAIL
BAKHTIN

바흐친은 문학 장르를 특정한 사유 양식으로 보았다. 지성사가들은 통상적으로 '추상적 인식'의 산물에 초점을 맞춤으로써, 지성적 행위가 전혀 다른 형식, 말하자면 '예술적 사유'의 형식을 취할 수 있다는 사실을 간과한다.

문학 장르는 다른 데서 이루어진 발견을 예술적 형식으로 단순하게 '전사transcription하는' 것이 아니다. 문학 장르 자체가 발견을 한다. 이런 발견 중에는 후대 철학자들의 통찰을 예견한 것도 있고 아직까지 추상적 인식으로 정립되지 못한 것도 있으며, 막대한 손실을 감수하지 않는다면 결코 추상적 용어로 '전사할 수' 없는 것도 있다. 예컨대 (바흐친이 주장한 것처럼) 윤리학이 특수하고 구체적인 경우의 문제이지 예시되어야 할 규칙의 문제가 아니라면, 소설은 윤리적 사유의 가장 풍요로운 형식—그리고 아마도 사건의 '사건성'과 의무의 '당위성'을 상당한 정도로 간직하고 있는 유일한 형식—일 것이다. 여러 문학 장르들이 상이한 경험 영역들을 가장 잘 이해하는지도 모른다.

〈소설의 시간 형식과 크로노토프 형식〉은 서사 문학 장르가 사람·사건과 시간·공간의 관계를 가장 풍요롭게 발견해 왔다고 주장한다. 서사 장르의 큰 이점은 그 "농도와 구체성"(FTC, 250쪽)에서 찾을 수 있을 것이다. 사람과 세계의 관계를 이해할 수 있는 여러 방식들을 파악하려면, 문학 장르가 이루어 낸 많은 구체적인 가능성들과 매우 세부적인 가능성들을 검토해 볼 필요가 있다. 바흐친은 장르의 '생생한 충동'과 '형식 창조적 이데올로기'를 규정하는 것으로 받아들여질 수 있는 그런 가능성들을 **크로노토프**라고 부른다. 당연한 일이지만, 바흐친은 소설이 가장 풍부한 크로노토프를 가지고 있기 때문에 필시 서구 사상에 엄청난 공헌을 했으리라고 확신한다.

크로노토프와 시공간: 칸트와 아인슈타인

크로노토프는 정확히 무엇인가? 바흐친의 특징은 결코 간명한 정의를 제시하지 않는다는 데 있다. 오히려 그는 일단 약간의 도입적인 설명을 한 후, 구체적인 사례와 일반적인 설명을 번갈아 가며 반복적으로 제시한다. 이 과정에서 그 용어는 몇몇 상관된 의미를 갖고 있는 것으로 드러난다.

우선 크로노토프는 경험을 이해하는 방식을 의미한다. 그것은 사건과 행위의 본성을 이해할 수 있게 해 주는 특수한 형식 창조적 이데올로기다. 이런 의미에서 크로노토프 에세이는 바흐친이 초기에 (《행위의 철학을 위하여》에서) 갖고 있었던 '행위'에 대한 관심이 더욱 발전된 결과라고 이해할 수 있다. 행위는 반드시 특수한 맥락에서 수행된다. 크로노토프는 맥락을 이해하는 방식에 따라, 그리고 행위와 사건이 맥락과 맺는 관계를 이해하는 방식에 따라 구별된다.

모든 맥락은 근본적으로 그 맥락 안에서 작동하는 시간과 공간에 의해 형성된다. 물론 칸트는 시간과 공간이 인식의 필수불가결한 형식임을 오래전에 주장했고, 바흐친도 분명 이런 견해를 지지한다. 그러나 크로노토프 분석에서 시간과 공간을 "'초월적인 것'이 아니라 가장 직접적인 현실의 형식"(FTC, 85쪽 주 2번)으로 여긴다는 점을 강조할 때 바흐친은 칸트와 구별된다. 바흐친의 핵심은 시간과 공간이 **질적으로** 다양하다는 데 있다. 상이한 사회적 행위들과 이런 행위들의 재현물은 상이한 시간과 공간을 전제한다. 그러므로 시간과 공간은 단순히 중립적인 '수학적' 추상 개념이 아니다. 좀 더 정확하게 말하자면, 수학적 추상 개념으로서의 시간과 공간 개념 자체가 다른 크로노토프들과 구별되는 특정한 크로노토프를 규정한다는 것이다.

바흐친은 크로노토프를 규정하는 중요한 특질, 즉 신조어를 만들면서까지 파악하고자 했던 특질을 해명하기 위해서 아인슈타인을 끌어들인다. "문학에서 예술적으로 표현되는 시간적 관계와 공간적 관계의 내적 연관성에 대해 우리는 크로노토프(글자 그대로 '시간 공간time space')라는 이름을 부여할 것이다. 이 용어는 수학에서 사용되었고 상대성 이론(아인슈타인)의 일부로서 도입된 바 있다"(FTC. 84쪽. 번역 수정). 바흐친은 시간-공간(혹은 공간-시간)이라는 용어가 물리학에서 갖는 특정한 의미에는 관심이 없다고 말한다. "우리는 문학비평을 위해서 그 용어를 거의 (전적으로가 아니라 거의) 하나의 은유로 차용하고 있다"(FTC. 84쪽). 바흐친은 이 모호한 해설에서 '크로노토프'와 아인슈타인의 '시간-공간'의 관계가 동일성보다는 약하고 단순한 은유나 유비보다는 강하다는 점을 말하려고 하는 듯하다.[1]

상대성 이론에 부합하는 모든 사항이 크로노토프에도 적용된다고 가정하는 것은 잘못일 것이다. 그러나 그 둘을 비교하는 것은 적어도 다섯 가지 이유 때문에 의미가 있다. 이는 다음과 같은 바흐친의 논의에 정확

---

[1] 바흐친이 여기에서 염두에 두고 있는 관계는 흔히 사용되는 용어로 설명하기는 어렵지만, 일반 체계 이론과 대비시키면 그것을 이해하는 데 도움이 될 것이다. 일반 체계 이론은 종종 여러 체계가 수행해야만 하는 특수한 기능들—예를 들면 자원의 배분—에 초점을 맞추곤 한다. 여러 체계는—문화적인 것이든 경제적인 것이든 심리학적인 것이든 수력공학적인 것이든—자신만의 기능을 수행하기 위해서 상이한 메커니즘을 발전시켜 왔다. 사실 중요한 자원들은 언제나 제한적으로만 공급되었기 때문에 그것은 불가피한 일이기도 했다. 우리는 체계들을 비교하는 과정에서, 그 기능 수행의 메커니즘을 비교함으로써, 그리고 그 수행 방식들이 상이하게 발전해 온 이유를 파악함으로써 그 작동 방식들에 관해 많은 것을 배울 수 있다. 예컨대 경제 체계가 (시장 경제에서) 자원을 분배하기 위해서 '가격'을 사용한다면, 문화 체계는 '가치'를 사용할 것이고 수력공학 체계는 '수압'을 사용할 것이다. 이 세 항목 사이의 관계는 동일하지 않다—수압은 여러 중요한 측면에서 가치와 동일한 방식으로 작동하지 않으며 그렇게 한다고 가정하는 것은 잘못일 것이다. 그러나 이는 은유 이상으로 강력한 관계다. 이 관계는 상이한 체계의 유사한 기능 수행에 기초해 있기 때문이다. 이 점에 관해서 도움을 준 아론 카체넬린뵈겐Aron Katsenelinboigen에게 감사한다.

하면서도 명료하게 나타나 있다.

① 아인슈타인의 물리학에서와 마찬가지로 크로노토프에서도 시간과 공간은 분리된 것이 아니라 '내적으로 연관되어' 있다. 모든 크로노토프는 시간과 공간의 **'융합된'** 감각을 표현한다. 시간과 공간은 전체를 구성하며 추상적 분석 행위에 의해서만 분리될 수 있을 뿐이다. 하지만 이 추상적 분석은 논의되고 있는 크로노토프의 본성을 왜곡할 위험이 있다. 구체적인 경우 이 '융합'이 정확히 무엇을 의미하는지는 곧 검토할 것이다.

② 바흐친이 이해하는 바에 따르면, 아인슈타인 이론의 공식 자체가 시간과 공간에 관한 **다양한** 감각이 있을 수 있음을 증명해 준다. 아인슈타인의 이론에 비춰 볼 때, 뉴턴의 시간-공간은 절대적인 것이 아니라 가능한 여러 시간-공간 중 하나로 드러나게 된다. 아인슈타인의 시간-공간도 확실히 그렇다. 다른 시간-공간은 아원자亞原子 입자들의 상호작용과 같은 특수한 영역을 지배할 수도 있다. 2차적 시간-공간의 발견은 우리의 전반적인 방향 감각을 바꿔 놓을 수밖에 없다. 그래서 우리는 더 이상 시간-공간을 '소박하게' 바라볼 수 없으며, 이용 가능한 시간-공간들 사이에서 선택하거나 새로운 시간-공간을 발견할 가능성을 받아들여야만 하고, 그렇지 않다 하더라도 그 필연성을 고려해야만 한다. 이런 사유 노선은 결국 로바쳅스키가 비유클리드 기하학을 공식화한 근거들을 압축적으로 보여 준다. (칸트주의자들—이들은 유클리드 기하학을 올바른 것으로 증명할 수 없다고 하더라도, 공간을 파악할 수 있는 다른 방법이란 존재하지 않는다고 생각했다—에 반해서 로바쳅스키는 공간에 대한 다양한 개념화가 분명 가능하다는 점을 증명하기 위해 대안적 기하학을 제시했다.) 바흐친의 경우 공간의 기하학에 대해서 참인 것은 크로노토프에 대해서도 참이다. 말하자면 우리는 '이질시간raznovremennost'의 우주에 살고 있다. 또는 바흐친의 다

른 문구를 사용하자면, 아인슈타인의 모델은 '갈릴레오적 크로노토프 의식'을 전개할 수 있도록 해 준다.

③ 우주의 여러 측면이나 질서는 동일한 크로노토프에 의해 작동하는 것으로 간주될 수 없다. 우선 생물학적 유기체들은 자신만의 특별한 리듬을 갖고 있어서, 천문학적인 것과도 동일하지 않고 상호 간에도 동일하지 않다. 바흐친은 "1925년 여름 이 글의 저자는 생물학의 크로노토프를 주제로 한 우흐톰스키A. A. Ukhtomsky의 강의에 참석했다"(FTC, 84쪽 주 1번)[2]고 기록한다. 육체는 자신의 외적 행위와 내적 과정을 시간과 공간 안에서 조직해야만 한다. 유기체는 다양한 리듬들에 의해 작동하며, 그래서 그 리듬들을 조절해야만 한다. 이때 어떤 유기체의 리듬들은 서로 구별될 뿐만 아니라 다른 유기체의 리듬들과도 구별된다. 게다가 상이한 사회적 행위는 또한 여러 종류의 융합된 시간과 공간에 의해서 규정된다. 즉 조립라인, 농업 노동, 성교, 응접실 회화 등은 리듬과 공간적 조직이 전혀 다르다는 것이다. 바흐친이 문학의 크로노토프에 초점을 맞추고 있다고 하더라도, 우리는 이 개념이 훨씬 더 광범위하게 적용될 수 있고 또 문학적 현상에만 국한되지도 않는다는 사실을 알 수 있다. 바흐친의 용어를 사용하자면, 그는 아인슈타인의 시간-공간 개념에 은폐된 '잠재력'을 드러내 준다고 말할 수 있다.

④ 크로노토프는 다양성과 다층성 때문에 시간이 흐를수록 그때그때의 필요에 따라 변화할 것이다. 그래서 크로노토프는 실제적으로도 잠재적으로도 **역사적**이다. 이는 분명 바흐친이 연구서에 "역사 시학을 위한

---

2 바흐친과 우흐톰스키A. A. Ukhtomsky에 관해서는 Michael Holquist, 〈글쓰기로서의 응답하기: 미하일 바흐친의 통通언어학〉, 특히 67~70쪽 참조.

노트"라는 부제를 달았을 때 의도했던 바이기도 하다. 게다가 사회와 개인의 삶에서 크로노토프들은 서로 경쟁하기도 한다. 크로노토프들은 세계에 대한 감각들로서 암암리에 서로 논박(하거나 동의)할 수 있다. 말하자면 크로노토프들 상호 간의 관계는 대화적이다.

⑤ 크로노토프는 행위에서 가시적으로 제시되는 것이 아니라 행위의 토대다. 바흐친이 좋아하는 구분 중 하나를 사용하자면, 크로노토프는 세계 속에서 재현되는 것이 아니라 "사건의 재현 가능성 … 에 필수적인 토대"(FTC, 250쪽)다. 크로노토프는 플롯에 포함된 것이 아니라 특유의 플롯을 가능하게 해 주는 것이다. 이런 의미에서 "크로노토프는 서사의 매듭들이 묶이기도 하고 풀리기도 하는 장소다. 서사를 형성하는 의미는 무조건적으로 그것들[크로노토프들]에 속한다고 말할 수 있다"(FTC, 250쪽). 바흐친에게서 모든 의미는 가치 평가를 수반하기 때문에 크로노토프 역시 가치의 변수를 규정한다.

크로노토프적 물음과 가능성

문화와 문학에서 크로노토프 개념은 즉각적으로 수많은 문제들을 야기하는데, 제대로 전개된 모든 특정한 크로노토프는 이에 관한 대답을 제공해 준다. 인간의 행위와 행위의 맥락은 어떤 관계를 맺고 있는가? 맥락은 단순한 배경인가 아니면 능동적으로 사건을 형성하는가? 행위는 그것이 발생하는 장소와 시간에 상당한 정도로 의존하는가? 특수한 공간은 '대체 가능한가'? 동일한 종류의 행위가 상이한 역사적·사회적 맥락에서도 있을 수 있거나 일어날 수 있는가(아나크로니즘과 '아나토피즘'의 문제)?

사건들의 질서가 달라지는 일, (바흐친이 말하는 것처럼) 사건들이 '가역적'이거나 '반복 가능하게' 되는 일이 원칙적으로 가능한가? 사람은 어떤 종류의 주도권을 갖고 있는가, 말하자면 사람은 사건에 대해 수동적인 존재인가 아니면 스스로 선택과 통제를 수행하는가, 또 그렇다면 어떤 종류의 선택과 통제를 어느 정도나 수행하는가? 시간은 다양한 가능성과 더불어 열려 있는가 아니면 미리 결정되어 있는가? 사람이 가진 주도권의 정도와 종류를 인정할 경우, 그에게는 어떤 윤리적 책임이 부과되는가? 어떤 종류의 창조성이 가능한가? 사회적 맥락 자체는 변화하는가, 또 그렇다면 어떤 식으로 변화하는가? 시간과 공간은 그 안에서 일어나는 사건들에 의해서 형성되는가? 개인의 정체성과 성격은 사건에 따라서 변화하는가 아니면 고정되어 있는가? 만약 변한다면 그것들은 어떻게, 언제 그리고 어느 정도나 변화하는가? 일군의 특수한 사회적·역사적 요소들이 개인의 정체성을 형성하는 데 일정한 역할을 수행한다면, 과연 그 역할은 어떤 것인가?

이 경우, 공적인 것에 대립하는 것으로서 '개인적인' 것 혹은 사적인 것의 개념은 존재하는가? 사람은 완전히 '외면적인' 것으로 이해되는가 아니면 진정한 내면성이라는 것이 있는가, 그리고 만약 있다면 그것은 어떤 종류의 것인가? 그런 내면성이 사회적이면서도 역사적으로 형성되는 것이라면, 그런 형성은 공적인 자아나 역할을 형성하는 것과는 다른 방식으로 이루어지는가? 역사적 영역과 구별되는 일상적 영역이 존재하는가, 또는 다른 사람이나 집단의 일상적 영역과 구별되는 일상적 영역이 존재하는가? 그런 별개의 영역이 존재한다면, 각 영역들은 어떻게 상호작용하는가? 과거는 어떻게 현재에 영향을 미치는가, 그리고 현재와 가능한 미래들은 어떤 관계를 맺고 있는가? 지고의 가치는 과거에 놓여 있는가, 아니면 현재나 가까운 미래 혹은 먼 미래에 놓여 있는가?

이런 물음들은 각각 특정한 크로노토프들에 대해서 제기될 수 있을 것이다. 해답은 주어진 작품에 표현되어 있는 명쾌한 대답에서가 아니라 장르와 작품이 사건을 재현하는 방식에서 찾아야 할 것이다. 《전쟁과 평화》에 삽입된 에세이가 아니라 서사를 형성하는 바로 그 시간의 감각이 크로노토프를 규정하고, 또 그 에세이가 할 수 있었던 것보다도 더 심원하게 크로노토프를 규정한다. 그런 시간과 공간의 감각─크로노토프─은 그 자체로 우리가 위에서 언급했던 물음들에 대한 대답이다. 우리는 비평가로서 재현물뿐만 아니라 바로 그 재현의 지반도 탐사해야만 한다.

바흐친은 또한 작품에 묘사된 세계를 재현하는 크로노토프들과 저자와 독자, 더 정확히 말하면 저술과 독서의 크로노토프들이 맺고 있는 관계에 일련의 물음을 제기한다.

바흐친이 특수한 크로노토프들에 대해 제기하고자 하는 물음들을 고려할 때, 각각의 장르는 분명 상이한 '인물 이미지obraz cheloveka'(때로는 '인간 이미지'로 번역된다)를 제시한다. 각각의 장르는 또한 역사와 사회에 관해서도, 문화 이해에 본질적인 기타 범주들에 관해서도 상이한 개념을 제시한다. 따라서 우리는 크로노토프에 대한 연구가 왜 그런 폭넓은 함의를 갖는지 이해할 수 있다.

간단히 말해서, 바흐친이 이해하는 서사는 행위 가능성들을 개념화하는 특정한 방식에 의해서 형성된다. 이는 마치 각각의 장르가 특정한 장을 소유하는 것과 같다. 이때 장은 특수한 사건을 독창적으로 설명해 주지는 못할지라도 그 사건의 변수들은 결정해 준다. 장을 연구하는 것은 크로노토프를 연구하는 것이다. 그리고 특수한 사건의 연쇄뿐만 아니라 크로노토프까지도 설명할 수 없다면, 주어진 작품의 특수한 플롯에 대한 연구는 작품의 풍부함을 다 보여 줄 수 없을 것이다.

크로노토프는 너무나도 중요한 것이어서 우리 모두는 바흐친이 염두에 둔 것을 직관적으로 인식하게 된다. 예컨대 19세기 리얼리즘 소설에서라면 불가능하지는 않더라도 전혀 있을 법하지 않은 행위를 기사도 로망스나 다른 모험 설화에서는 충분히 기대할 수 있다. 그리고 우리는 그런 유의 작품에 있을 법한 것을 감지해서 주어진 작품에 대한 기대를 형성하는 경향이 있다. 우리는 또한 특정 유형의 작품들에는 어떤 가치와 의미 변수들이 있는지도 약간은 알고 있다. 사람들이 (어떤 작품만이 아니라) 어떤 장르를 다른 장르보다 더 선호하는 이유 중 하나가 바로 여기에 있다.

가능성들로 이루어진 장르의 장을 감지하는 것은 독서 행위의 중요한 부분(이고 비평이 다루어야만 하는 부분)이다. 각각의 크로노토프에서 "시간은 말하자면 복잡해지고 살이 붙어서 예술적으로 가시화된다. 이와 비슷하게 공간도 채워져서 시간, 플롯, 역사의 운동에 응답한다"(FTC, 84쪽). 문학과 문화 전반에서 시간은 늘 이런저런 방식으로 역사적이고 전기적이며, 공간은 늘 사회적이다. 그래서 문화의 크로노토프는 '역사적이고 전기적이며 사회적인 관계들의 장'으로 정의될 수 있다. 우리의 삶은 그런 여러 장들 속에서 전개되기 때문에, 장의 특성을 이해하는 것은 개별적 존재이자 사회적 존재로 살아가는 우리에게 매우 중요하다.

어느 시대에나 문학은 각양각색의 크로노토프를 제공한다. 전체적으로 볼 때 문학은 이질시간적이다. 대다수의 문학 장르들은 '인물 이미지'와 역사의 진행 과정, 그리고 사회의 역동성을 개념화하는 데 유용하다. 그러므로 다양한 장르들에 친숙하게 되면 경험의 특수한 면모들을 이해하는 데 충분한 선택의 기회를 제공받는다. 어떤 경우 몇몇 크로노토프들은 다른 크로노토프들보다 더 적합할 것이다.

장르(와 이에 수반되는 크로노토프)는 행위와 사건을 이해하는 데 특정한 사회가 기여하는 바의 일부를 담당한다. 장르가 새로 등장했거나 활력을 지니고 있다면, 특정한 장르는 사유나 경험을 형성하는 데서 매우 '생산적'일 것이다. 그러나 장르는 새로운 통찰을 유발할 수 있는 능력을 소진한 이후에도, "현실적으로 생산적이었거나 이후의 역사적 상황에 적합했던 의미를 모두 상실하게 될 때까지 그리고 그때 이후에도" 계속해서 "끈질기게 존재"한다(FTC, 85쪽). 오늘날 모험 시간은 인간의 행위를 이해하기에는 어느 정도 원시적인 방식이 된 듯하다. 그렇지만 모험 시간은 싸구려 소설과 연재만화, 〈람보〉나 〈인디애나 존스: 잃어버린 성궤를 찾아서〉 같은 영화, 그리고 셀 수 없이 많은 텔레비전 프로그램에서 계속 번성하고 있다. 물론 이 고대의 크로노토프가 여전히 그런 엄청난 영향력을 발휘하는 이유는 사회학적으로나 심리학적으로 중요한 문제다. 그러나 그 이유가 무엇이건 간에, 그 크로노토프가 특별히 행위와 사건의 특성에 관한 새로운 통찰을 낳는 것 같지는 않다. 모든 문화는 아마도 이런 유의 유물을 무수히 갖고 있을 것이다. "이는 전혀 다른 시대의 현상들이 문학에서 동시적으로 존재하는 이유를 설명해 준다. 그리고 이 점은 역사–문학적 전개 과정을 매우 복잡하게 만든다"(FTC, 85쪽).

크로노토프적 사유와 소설

지금까지의 내용은 어떤 크로노토프가 다른 크로노토프보다 본래적으로 더 우월하다는 것을 나타내지 않는다. 그러나 크로노토프에 대한 기술이 반드시 질적인 서열을 수반하는 것은 아니라 하더라도, 바흐친은 여전히 "실제의 역사적 시간과 공간" 및 "그런 시간과 공간에 있는 실제의 역사적 인물을 소화할" 때 어떤 장르는 다른 장르보다 더 우월하다고 주장하고자 한다(FTC. 84쪽). 바흐친이 보기에, 그리스 로망스가 '인물 이미지'와 행위를 이해하는 것은 《미들마치》 같은 소설이 행위와 인물을 이해하는 것과 다를 뿐만 아니라 그만큼 심오하지도 않다. 물론 어떤 장르가 다른 장르보다 '실제의 역사적 크로노토프'를 더 정확하게 이해할 수 있다는 바흐친의 주장을 받아들이지 않더라도, 크로노토프 개념의 효용성은 충분히 받아들일 수 있을 것이다. 하지만 바흐친에게 크로노토프들에 대한 가치 평가는 역사성의 실제적 본질을 이해하려는 기획에서도, 책임과 창조성을 실현할 수 있는 방식에 따라 세계를 정의하려는 목적을 위해서도 매우 중요하다. 그런 관심사는 바흐친이 애초에 크로노토프 개념을 전개한 주요 이유였을 것이다. 이에 못지않게 바흐친은 자신의 세 가지 총괄 개념을 실험할 수 있도록 해 준다는 점에서 소설을 찬양하기로 했을 것이다.

크로노토프 에세이 및 관련 저술들은 확실히 소설 장르를 해명하고 칭송하고자 했던 바흐친의 제3기 대기획의 일부였다. 〈소설 속의 담론〉과 〈소설 담론의 전사로부터〉에서 바흐친은 소설을 가장 복합적인 언어 감각을 소유한 장르로 기술했는데, 이 논의는 소설이 세계에 대한 가장 풍요로운 감각 또한 갖고 있다는 사실을 암시해 준다. 이질언어적 언어에 대해서 참인 것은 크로노토프에 대해서도 참이다. 소설은 가장 복합적인 크로노토프성의 감각을 소유함으로써 사람, 행위, 사건, 역사, 사회 등의 가장 심오한 이미지를 제공해 준다.

결국 소설의 담론이론과 소설의 크로노토프 이론은 동일한 이론의 두 측면이다. 소설의 형식 창조적 이데올로기는 이질언어적 언어의 관점과 시간과 공간의 이해 방식을 모두 포함한다. 물론 〈소설 속의 담론〉과 크로노토프 에세이는 각각 상이한 방식으로 사례들을 선택하고 장르사를 구성한다. 그러나 이런 차이는 결코 모순점에까지 이르지는 않으며, 추측건대 동일한 부류를 상이한 척도에 따라 검토한 데 기인할 것이다. 이 두 에세이의 정신과 기본적인 개념 파악은 너무나도 흡사해서 몇몇 곳에서는 심각할 정도로 중첩되기도 한다. 몇몇 소설의 '시험' 플롯에 관한 논의, 장르의 발전에서 광대, 바보, 악한이 수행하는 역할에 관한 논의, 언어들 간의 경쟁 혹은 크로노토프들 간의 경쟁에 관한 논의 등이 그 실례다. 인물 이미지를 '시험에 부치는' 소설은 인물의 언어 역시 시험에 부친다. 그래서 바보는 공식 언어의 허위성을 낯설게 하는 만큼 사회적 맥락에 대한 우리의 감각도 낯설게 한다. 라블레는 소설적 언어 감각의 발전에서 결정적인 역할을 하는 만큼 근대소설의 크로노토프의 발전에서도 결정적인 역할을 한다.

그러나 다음 장에서 논하겠지만, 크로노토프 에세이와 《라블레와 그의 세계》에서 라블레는 전혀 다르게 기술된다. 이런 차이점은 제3a기 바흐친과 제3b기 바흐친의 많은 차이점들, 특히 바흐친의 상이한 소설 이론들을 반영한다. 담론이론과 크로노토프 이론이 거의 완벽하게 상호 보완적인 반면, 카니발 이론은 경우에 따라서만 그 두 이론과 상호 보완적일 뿐 자주 모순되곤 한다.

우선 크로노토프 에세이의 기묘한 측면을 강조할 필요가 있다. 말하자면, 바흐친의 주요 충동은 분명 18세기 이후의 소설을 찬양하는 것이었음에도 불구하고, 그는 거의 전적으로 훨씬 이전의 작품들에 초점을 맞춘다. 우리는 소설과 대조되는 작품이나 소설에 비해 부족한 작품을 검토함으로써 소설이라는 것을 배우게 된다. 바흐친은 그리스 로망스에서 라블레에 이르기까지 문학적 크로노토프의 발전을 추적하지만, '실제의 역사적 시간'을 가장 잘 소화한 장르에까지는 결코 도달하지 못한다. 물론 그 에세이는 종종 논점을 이탈하여 19세기 소설의 몇몇 특질을 거론하기도 한다. 이는 세부적으로 보면 바흐친이 논하고 있는 크로노토프들과 분명히 관련되어 있긴 하지만 그런 작품들은 기본적으로 크로노토프 에세이의 '대화 배경'으로만 제시될 뿐이다. 따라서 그가 매우 소박한 것으로 간주하는 다른 장르의 특질들을 조심스럽게 뒤집어 놓음으로써 우리는 바흐친의 소설관을 구성할 수 있을 것이다.

크로노토프 에세이는 간혹 마치 단속적으로 씌어진 것처럼, 즉 저자가 때때로 지엽적으로 흐르거나 아니면 그다지 관심 없는 주제나 시대로 건너뛰는 것처럼 읽히곤 한다. 그리고 이미 지적한 것처럼 역사를 소화하는 방식을 다룬 그 에세이의 역사는 특별한 이유도 없이 라블레에서 끝난다. 마치 그 간극을 얼마간 메우기라도 하려는 듯이, 바흐친은 동일한 관념 복합체에서 기인한 것임이 틀림없는 더 진전된 고찰을 다른 두 에세이에서 제공한다. 그 두 에세이란 바로 〈리얼리즘의 역사에서 교양소설과 그 의미(소설의 역사적 유형학을 위하여)〉—이것은 분명 교육소설을 다룬 완성본 유작[3]의 일부다—와 〈서사시와 소설〉이다.

---

3 이 책을 출판했던 출판사는 독일의 침공이 있은 후 곧바로 폭파되었고, 수고는 유실된 듯하다. 사본의 경우 종이의 부족 때문에 바흐친이 그 대부분을 담배 마는 데 써 버렸다는 이야기(혹은 전설?)가 떠돌고 있다. 이 이야기는 미하일 불가코프Mikhail Bulgakov의 소설 《거장과 마르가리타The Master and Margarita》에 나오는 유명한 구절—"수고는 불타지 않는다"—과 흥미로운 대조를 이루는 듯하다. 1979년 러시아에서 출판되고 1986년 영국에서 출판된 부분의 출처가 교정본인지 완성된 수고인지 아니면 초고인지 불분명하다. 그리고 바흐친 기록 보관소에 있는 다른 자료들이 그 문제를 해명해 줄 수 있을지도 불분명하다.

크로노토프적 모티프

크로노토프 에세이의 전개 과정에서, 특히 1973년에 추가된 '결론'에서 바흐친은 전체 장르의 크로노토프와 자신이 '크로노토프적 모티프'라고 부른 것을 구별한다. 두 번째 용어는 바흐친의 언어이론과 유비해 보면 쉽게 이해될 수 있을 것이다. 어떤 말이 특정한 장르에 속하는 언표로 빈번히 등장한다면, 그 말이 발화될 때 특정한 장르의 가치와 의미는 어느 정도 감지될 것이다. 그 말은 '스타일적 아우라'를 획득하며, 이 아우라는 그 말이 다른 장르에서 사용될 때도 유지되는 듯하다. 요컨대 말은 자신의 과거를 '기억한다'. 엄밀히 말해서, 스타일적 아우라는 "언어 그 자체로서의 말"에 속하는 것이 **아니라** "주어진 그 말이 평상시에 그렇게 기능하게 만드는 장르에" 속한다. "말에서 울려 퍼지는 것은 장르적 전체의 메아리다"(SG, 87~88쪽). 이와 유사한 일이 문학 장르들의 전형적 장면이나 사건에서도 발생한다.

특수한 사건, 혹은 보통 그런 사건의 현장으로서 제공되는 특수한 장소는 어떤 크로노토프적 아우라를 획득하는데, 이 아우라는 사실상 주어진 사건이 전형적인 것으로 나타나게 되는 '장르적 전체의 메아리'다. 예컨대 꼭 아슬아슬한 때 벌어지는 추적과 탈출은 모험의 내러티브에 매우 특징적이며, 바로 그 추적의 가능성이나 마지막 순간에 탈출할 가능성 자체가 모험 시간을 암시할 것이다. 목가적인 시골 배경은 전원시에 전형적인 사건을 예고할 것이다. 살롱은 특정한 서사에서 살롱에 전형적인 대화나 입신 출세주의의 어조를 암시할 것이다. 이런 사건이나 장소가 다른 장르에서 이용된다면, 그 사건이나 장소는 자신의 과거를 '기억'해 내고는 이전 장르의 아우라를 새로운 장르에 가져올 것이다. 확실히 그 시간이나 장소는 이런 이유에서 구체화될 수 있다. 바흐친의 용어를 사용하자면 크로노토프적 모티프는 일종의 '응고된 사건'이고, 크로노토프적 장소는 거기에서 전형적으로 기능하는 시간과 공간이 응축된 일종의 유적遺跡이다. 크로노토프가 비문학적인 삶도 통치하기 때문에, 크로노토프적 모티프는 문학 외적인 원천에서도 끌어올 수 있다.

바흐친은 크로노토프적 모티프와 그 모티프에 담겨 있는 아우라의 흥미로운 실례를 몇 가지 제공해 준다. 문학의 경우, 예컨대 고딕소설에서 성은 일종의 건물일 뿐만 아니라 특정한 종류의 시간과 특별한 역사 감각으로 "철두철미하게 물든" 이미지가 되었다(FTC, 245~246쪽). 성에 관한 모든 것은 "시대와 세대의 흔적들"을 전해 주는데, 이는 예를 들면 그 건축물, 초상화 화랑, 무기, 가구, 고문서, 그리고 "왕조의 계승과 상속권의 이전을 포함한 특수한 인간관계"(FTC, 245~246쪽)를 암시하는 모든 것에서 확인할 수 있다. 전설과 전통은 성과 그 주변 구석구석에 '활기를 불어넣으'며, 그래서 고딕소설에서 전개되었던 서사의 종류를 암시해 주는 듯하다. (오스틴의 고딕소설 패러디물 《노생거 대성당Northanger Abbey》도 물론 성의 각 부분들의 아우라에 초점을 맞춘다.) 바흐친 역시 '문턱의 크로노토프'와 관련 지역들(계단, 현관, 복도)이 암시하는 시간의 종류를 강조하는데, 도스토옙스키는 이를 매우 뛰어나게 이용한 바 있다. 문턱의 아우라는 명백히 문학에서뿐만 아니라 삶에서도 취득된 것으로서 "삶의 위기와 단절"(DiN, 248쪽)에 부합한다. 그래서 이는 결정이 내려지는 곳 또는 망설임이 중대한 결과를 초래하는 곳으로서, '문턱 넘어서기'의 대담함이나 두려움이 심오한 의미를 얻게 되는 곳이다. 문턱은 위기의 시간을 추가적으로 소유하는 듯하다. 예컨대 목가적 모티프의 시간과는 대조적으로 "이 크로노토프에서 시간은 본질적으로 순간적이다. 거기에는 마치 어떤 지속도 없는 듯하다"(FTC, 248쪽).

바흐친은 이를테면 라스콜리니코프가 살인자라는 것을 라주미힌이 복도에서 깨닫게 되는 장면을 떠올린다. 바흐친은 또한 계단 위에서 일어나는 미시킨 공작의 간질병 발작을 염두에 두고 있는지도 모른다. 이때 미시킨은 "시간이 얼마 남지 않았다"(도스토옙스키, 《백치》, 제2부 제5장, 214쪽)라는 묵시록의 예언을 이해하게 될 때까지 발작이 얼마나 잦아질 것인지를 숙고한다.

어떤 크로노토프적 모티프들은 문학사에 눈에 띄게 오랫동안 잔존함으로써 특수한 사건을 불러일으킬 만한 힘을 획득했다. 다른 크로노토프적 모티프들은 "길의 크로노토프"(FTC, 243~245쪽)처럼 시간이 흐르면서 현저히 변화했다. 바흐친의 글을 읽을 때는, 이 경우 크로노토프라는 말이 '그리스 로망스의 크로노토프' 같은 구절에서와는 다른 의미로 사용된다는 점을 기억할 필요가 있다. 장르의 크로노토프는 응고된 사건이 아니라 개념들의 전체 복합체이자 경험을 이해하는 데 필수불가결한 방식이며, 인간의 삶을 가시화하고 재현하는 데 필요한 지반이다.[4]

그리스 로망스의 시간과 공간

> 따라서 모험의 크로노토프는 시간과 공간의 기술적이고 추상적인 연결에 의해서, 즉 시간적 연쇄에서는 계기들의 가역성에 의해서, 공간에서는 계기들의 교체 가능성에 의해서 규정된다. ─ FTC, 100쪽

크로노토프 에세이는 연대기적으로 서술되지만, 특정한 크로노토프의

---

4 장르로서의 크로노토프와 크로노토프적 모티프를 구별하는 것이 중요하다는 사실을 지적해 준 도널드 팽어Donald Fanger에게 감사한다.

발생을 자세히 다루지도 않고 크로노토프들의 순차적 발전을 가능케 하는 인과적 요소들을 면밀히 검토하지도 않는다. 그러므로 이 에세이는 하나의 역사가 아니라 연대기적 순서에 따른 사례들의 연속으로 이해하는 것이 바람직하다. 핵심적인 사례는 산문 픽션의 역사에서 끌어오지만, 잦은 논점 이탈을 통해 많은 여담에서는 (때로는 매우 길게) 서사시, 비극, 신화, 민담 등과 같은 다른 장르들의 크로노토프들과의 대비를 제공하기도 한다.

바흐친은 고대소설이 세 가지 주요 크로노토프를 발전시켰다고 주장한다. 그러면서 그 대조점으로서 '고대 여행소설' 같은 약간의 비주류 유형들도 언급한다. 주요 사례를 설명하기 위해서, 바흐친은 고대의 크로노토프들을 받아들인 최근 유럽 문학의 몇몇 형식을 간단히 지적한다.

가장 잘 알려져 있고 아마도 가장 분명한 첫 번째 사례는 그리스 로맨스, 혹은 바흐친의 명명법에 따르면 "고대 시련소설novel of ordeal"(FTC, 86쪽)이다. 그는 "서기 2~6세기에 씌어진 '그리스' 소설이나 '소피스트' 소설"(FTC, 86쪽)을 염두에 두었는데, 여기에는 헬리오도로스의 《아이티오피카》와 롱고스의 《다프니스와 클로이》 같은 작품들이 포함된다. 바흐친의 설명에서 중심이 되는 것은 아킬레우스 타티오스의 《레우키페와 클레이토폰》이다.

이 작품들은 눈에 띄게 유사한 플롯을 전개하며, 너무 비슷해서 복합 플롯 도식을 만들기도 쉽다. 매우 아름답고 순결한 결혼 적령기의 소년과 소녀가 우연히 만나서 갑작스럽고도 순간적인 열정에 사로잡히지만 결혼을 하지는 못한다. 두 연인은 헤어지게 되는데, 소설의 대부분에서 광활한 공간을 가로질러 서로를 찾아 헤매고, 장애물을 극복하고, 헤어졌다가는 다시 만나고, 조난을 당하고, 포로가 되고, 노예가 되고, 감옥에 갇히고, 거의 생명을 잃을 뻔한 위기에 처하고, 가까스로 순결을 지키고, 죽은 것으로 여겨졌지만 기적적으로 살아나고, 억울하게 고발당해서 재판을 받는다. 예상치 못한 만남, 예언, 꿈은 중요한 역할을 한다. 마침내 그 둘은 다시 만나서 결혼을 하고 해피엔딩으로 끝난다.

이 플롯의 요소들은 모두 낡았지만, 그럼에도 전체 크로노토프는 물려받은 모티프들의 총합 이상이었다고 바흐친은 고찰한다. 낡은 요소들은 새로운 시간과 공간의 구도 속으로 녹아들어 갔다. "그것들은 새롭고도 독특한 예술적 통일체 속으로 들어갔는데, 이 통일체는 게다가 다양한 고대 장르들의 단순한 기계적 혼합과도 거리가 먼 것이었다"(FTC, 104쪽). 그는 이 새로운 크로노토프를 "모험 시간의 낯선 세계"(FTC, 89쪽)라고 기술한다. 바흐친에게는 크로노토프의 특징을 나타낼 때 일반적으로 공간보다 시간이 더 중요하기 때문에, 모험 시간의 특성을 해명하는 데서 시작한다.

그리스 로망스의 모험에 관한 언급에서 중요한 것은 그 모험이 "어떤 흔적도 남기지 않는다"(FTC, 94쪽)는 사실이다. 그리스 로망스의 모험은 어디에도 영향을 끼치지 않으며, 그래서 그것이 만들어 내는 모든 차이점을 고려한다고 하더라도 그 모험은 발생하지 않은 것과 마찬가지다. 장애물이 전혀 없었더라도, 또 남녀 주인공이 사랑에 빠지자마자 결혼했더라도, 그들의 결말에는 아무런 차이가 없을 것이다. 물론 그랬더라면 소설 한 편을 잃었을 테지만 말이다. 남녀 주인공은 모험을 겪고 난 뒤에도 변하거나 성숙하거나 성장하지 않으며, 심지어는 생물학적인 나이도 먹지 않는다(경험과 시간의 효과에 대한 전통적 로망스의 이런 비현실적인 이해는 바로 볼테르의 《캉디드》와 푸시킨의 《루슬란과 류드밀라Ruslan and Lyudmila》에서 패러디된 바 있다. 캉디드와 퀴네공드가 모험을 마친 후 다시 만났을 때, 퀴네공드는 나이가 들어 추한 여자로 변해 있다. 푸시킨의 시에 등장하는 '남자 주인공' 역시 이와 비슷하게 연인의 변화에 충격을 받는다. 그는 깜짝 놀라서, '내가 당신을 떠난 지 그렇게 오래되었단 말입니까?'라고 묻는다. "정확히 40년/여인의 정곡을 찌르는 대답이었다Rovno sorok let/ Byl devy rokovoi otvet"(푸시킨,《루슬란과 류드밀라》, 19쪽).}.[5]

바꿔 말해서, 그리스 로망스의 모든 행위는 "전기적 시간의 두 순간 사이에 있는 초시간적 틈새"(FTC, 90쪽)에서 일어난다. 이는 '실제 지속'이라기보다는 '순수 일탈'의 시간으로서 19세기 소설—이 소설에서 경험은 사람을 변화시킨다—의 시간과 상반된다. 그리스 로망스의 사건은 남녀 주인공을 변화시키지 않기 때문에, 그 둘의 재결합은 그들이 언제 만나는가와는 무관하게 확실히 행복한 것이다. 달리 말해, 모험들을 잇는 끈의 길이가 왜 해당 작품에서보다 더 길거나 짧을 수 없는지 그 장르의 내적 논리는 어떤 이유도 제시하지 못한다. 17세기에 이 크로노토프로 씌어진 작품들은 부피가 많이 늘어났다. 이 작품들은 그리스 로망스보다 10~15배 더 길어졌는데, "이런 증가에는 원칙상 어떤 내적인 한계도 없다"(FTC, 94쪽).

더욱이 주어진 작품의 모험들이 주인공과 그의 세계에 어떤 변화도 일으키지 못하는 것과 마찬가지로, 그 모험들이 서로 다른 순서로 일어나지 말라는 법도 없다. 바흐친이 지적한 것처럼 그리스 로망스의 시간은 '가역적'이다. 이런 측면에서도 고대 시련소설은 근대 '성장'소설—이 소설에서 경험은 주인공을 변화시킨다—과 현저히 구별된다. 500쪽에 있는 안나 카레니나와 키티 시체르바타카예는 50쪽에 있는 인물과 동일하지 않다. 그래서 그들은 동일한 환경에서도 동일하게 행동하지 않을 것이다. 즉, 그들은 경험에서 배우는데, 이런 배움은 사실상 그 소설의 중심 테마

---

5 《캉디드Candide》의 실례는 바흐친이 제시했고, 《루슬란과 류드밀라Ruslan and Lyudmila》의 실례는 우리가 제시했다.

에서 핵심이 된다.

하지만 그리스 로맨스 안에 있는 각각의 모험에서는 시간이 매우 중요하다. 일련의 사건들 안에서 "기술적으로" 측정된 모험 시간은 "매우 강렬하지만 무차별적"(FTC, 90쪽)이다. 바흐친에게 '강렬한'이라는 말은 이전이나 이후의 한 순간이 결정적인 차이를 만들어 내는 경향이 있다는 것을 의미한다. 그래서 구원은 가능한 한 마지막 순간에 이루어지는데, 지나가는 사람들이 남자 주인공을 고통에서 구해 주고, 여자 주인공이 확실히 순결을 상실할 것 같은 순간에 뜻밖의 상황이 발생해서 그녀의 순결을 지켜 준다. 모든 일은 꼭 알맞은 시간에 일어난다. 그래서 모험 시간은 홈들로 주름져 있다고 말할 수 있다.

그래서 핵심 개념은 **갑자기**suddenly와 바로 그 순간at that moment이 된다. 이 세계에서는 동시성, 무차별적 우발성, 기적적 일치, 순전한 우연 등이 핵심 역할을 한다. 전쟁은 예기치 않게 중요한 순간에 분명한 이유도 없이 일어난다. 폭풍은 미지의 곳에서 불어 와 숙명적으로 배를 좌초시킨다. 그러므로 그리스 로맨스의 시간은 "모험적 '우연 시간'"(FTC, 94쪽)의 하나로서 비합리적인 힘이 인간의 삶으로 흘러 들어와 삶의 행로를 변경시키는 시간이다. 오래된 소설에서 그런 힘은 신이나 악마, 또는 마법사의 형태를 취할 것이다. 반면 근래의 소설에서는 "숨어서 기다리"거나 "때를 기다리는" 악한이 유사한 역할을 수행할 것이다. 이런 힘은 "'갑자기들'과 '바로 그 순간들'의 진정한 폭우"(FTC, 95쪽)를 만들어 낸다.

현실적인 역사적 맥락과 역사적 시간은 '무차별적'인 모험 시간의 모험들에 전혀 들어맞지 않는다. 전쟁이 일어나도 어떤 전쟁인지, 왜 일어났는지는 문제시되지 않는다. 그리고 남녀 주인공에게 일어나는 모든 일은 어떤 식으로도 역사적 과정을 형성하거나 반영하지 않는다. 이때 역사적 과정은 무작위적 파괴력을 지닌 또 다른 원천으로, 완전히 추상적으로 남는다. 여러 나라와 여러 시대의 저자들이 모험 플롯을 쉽사리 채택하고, 그래서 그 플롯의 연대를 정확히 추정하기가 어려운 이유 중 하나는 바로 여기에 있다. 이와는 대조적으로, 《미들마치》를 러시아 소설로 변형하거나 18세기 소설로 바꾸는 일은 지극히 어려울 것이다. 위대한 19세기 소설에서 성격과 인격은 사람들이 살아가는 사회역사적 세계의 특성에 의해서 의미심장하게 형성된다. 그리고 (예를 들면 여성에게) 가능한 행위나 가능한 기회는 변화하는 특정한 장소의 가치, 법률, 관습 등에 아주 많이 의존한다. 모험 시간에는 그런 의존이 존재하지 않는다.

그리스 로망스에서는 시간이 가역적인 것처럼 공간도 '교체 가능'하다. 조난을 당하려면 바다가 필요하지만 어떤 바다든 전혀 차이가 없다. 우연한 만남과 기적적인 사건이 벌어지려면 낯선 나라가 필요하지만 어떤 나라든 전혀 차이가 없을 것이다. 리얼리즘 소설에서 런던은 단순히 파리를 대신하는 영국의 런던이 아니며, 페테르부르크도 모스크바를 대신하지 못한다. 하지만 그리스 로망스에서는 에티오피아에서 일어나는 일이 페르시아에서도 쉽사리 일어날 수 있다.

그리스 로망스에 필요한 것은 "공간의 **추상적** 팽창"이다. 어떤 특정한 공간이 필요한 것은 아니지만—추적과 이별, 그리고 여러 장애물을 위해서—상당한 정도의 공간은 반드시 필요하다. 모험은 거대한 지리적 팽창을 가로질러 일어날 수 있다. 모험이 일어나지 않는 유일한 장소는 남자 주인공이나 여자 주인공의 고향인데, 이는 감금, 조난, 유괴 등이 매우 중요해지는 또 다른 이유다. 확실히 남녀 주인공은 보통 서로 다른 장소나 나라의 출신이다(누구도 옆집에 사는 소년이나 소녀와 사랑에 빠지지 않는다). 어떤 특수한 장소와의 연결을 끊어 버려서 세계를 충분히 낯설게 만드는 것이 필요하다.

왜 낯선 세계가 필요한가? 모험이 고향에서 일어난다면 특정한 습관들, 관습들, 관계들의 망은 순수한 우연의 힘을 제약할 것이다. "모든 구체화는 가장 단순하고 일상적인 다양성의 구체화일지라도 **규칙-생성의 힘**rule-generating force … 인간의 삶과 그 삶에 특정한 시간과의 **불가피한 유대**를 … 끌어들일 것이다"(FTC, 100쪽). 누군가 자신의 세계를 묘사한다면 그런 식의 구체화는 거의 피할 수 없을 것이다. "자신의 세계에 대한 묘사는—그 장소나 본질과 무관하게—결코 그리스 모험 시간에 필요한 만큼의 추상성을 달성할 수 없을 것이다"(FTC, 101쪽).

이런 까닭에 모험은 남녀 주인공이 처음으로 접하는 나라에서 벌어진다. 그래서 그 나라는 이국일 뿐만 아니라 미지의 "불분명한"(FTC, 101쪽) 나라이기도 하다. 그렇지만 중요한 것은 그 나라가 **이국 취향**의 산물이 아니라는 사실이다. 이국 취향이란 모국의 표준에 따라 끊임없이 측정하는 것을 말하고, 그로 인해 이 표준이 적극적이고 가치 평가적인 힘을 얻게 되기 때문이다. 어떤 것을 이국 취향적이라고 기술하기 위해서는, 그와 다른 어떤 것이 적어도 암시적으로는 정상적이고 또 익숙한 것이어야만 한다. 하지만 그리스 모험 시간은 모든 인간적인 것이 낯설어진 세계에서 기능한다. 고대 여행소설에 등장하는 것 같은 이국 취향은 우연의 자유로운 유희 역시 방해할 것이다. 그리스 로망스에서는 "주인공의 고향을 포함해서 모든 것이 이국적이다"(FTC, 101쪽). 물론 얼마간 정상성의 표준은 있을 수밖에 없으며, 그렇지 않을 경우 예외적 사건들은 그 자체로 표시될 수 없을 것이다. 하지만 정상적인 것의 특성은 그 정도가 "너무나도 미미해서, 그리스 로망스에서 저자의 '실제 시대'와 '실제 세계'라고 추정되는 것을 분석할 수 있는 방법을 고안해 내기란 학문적으로 거의 불가능했다"(FTC, 101쪽). 하지만 조지 엘리엇의 《로몰라Romola》나 레오나르도 다 빈치 Leonardo da Vinci를 다룬 메레슈콥스키D. Merezhkovsky의 소설은 거의 그렇지 않은데, 여기에는 영국제와 러시아제라는 직인이 너무나도 선명하게 찍혀 있기 때문이다.

그리스 로맨스에는 모험이 벌어지는 이국에 대한 묘사가 담겨 있지만, 이 묘사는 이국을 구체화하거나 상술하는 데 전혀 도움이 되지 않는다. 그것은 일상생활의 결이나 전체로서의 나라를 묘사하지 않는다. 오히려 그것은 중요한 일에서 떨어져 나온 기이한 일이나 독특한 사건에 초점을 맞춘다. 우리는 인간관계의 모체 대신 자연의 기이한 일, 이상한 동물, "어떤 것과도 연관되지 않은 조금 이상하고 고립된 기벽"(FTC, 102쪽) 등을 보게 된다. 이런 희귀한 것들은 실제로 모험과 동일한 재료로 만들어진다. 그리고 그것들은 바흐친이 고찰한 것처럼 "응고된 '갑자기들'(Merezhkovsky)"(FTC, 102쪽)이다.

그리스 로맨스: 인물 이미지와 시험의 이념

이제 그리스 로맨스의 인물 이미지가 19세기 소설(이나 다른 장르들)의 인물 이미지와 다를 수밖에 없다는 사실이 분명해졌다. 요컨대, 그리스 로맨스에서 숙명과 우연의 역할은 인물에게 주도권이 없음을 확증해 준다. 좋은 일과 나쁜 일이 인물들에게 일어난다. 왜냐하면 그 일을 통제하는 것은 숙명이나 신 또는 다른 비인간적 힘이기 때문이다. 주인공에게는 유괴를 당하거나 왕국을 얻는 일이 **일어날** 수 있다. 개인들은 "완전히 **수동적**"(FTC, 105쪽)이며, 그래서 그들의 행위는 "**공간을 가로지르는 강요된 움직임**

(탈출, 박해, 탐색)으로 축소된다. 말하자면 그 행위는 공간적 장소상의 변화로 축소되는 것이다"(FTC, 105쪽).

인물은 사건을 형성할 수 없기 때문에 기본적으로 **견뎌 내기**만 할 뿐이다. 이런 세계에서는 계산과 계획이 숙명과 우연의 맹목적인 힘을 전혀 방해할 수 없다. 그래서 소설은 인물의 심사숙고 대신 신탁의 예언, 전조, 예언적인 꿈 등을 묘사한다. "숙명과 신은 모든 주도권을 손에 쥐고서, 인물들에게 자신의 의지를 단순히 통보할 뿐이다"(FTC, 95쪽). 이는 인물들이 재앙을 피할 수 있도록 경고하기 위해서가 아니라, 아킬레우스 타티오스의 로망스에서 클리토폰이 깨달았던 것처럼 남녀 주인공이 자신의 고통을 좀 더 쉽게 견뎌 낼 수 있도록 하기 위해서다.

유럽 소설의 이후 전개 과정에서 그리스 모험 시간은 빈번하게 재등장한다. 그럴 경우 주도권은 "소설의 비개인적이고 익명적인 힘으로서의 우연이 아니면 숙명, 신성한 선견지명, 로망스적인 '악한'이나 로망스적인 '숨은 은인들'로서의 우연에 넘겨진다. 후자의 예는 월터 스콧Walter Scott 경의 역사 소설에서도 여전히 발견할 수 있다"(FTC, 95쪽). 어떤 소설이 오로지 부분적으로만 그리스 모험 시간으로 구성되어 있다고 하더라도, 그 시간이 '수반하는 결과'는 매우 중요한 역할을 수행할 수 있다.

그런 플롯을 지배하는 기본 이념은 **시험**이다. 남녀 주인공은 어떤 것에 의해서도 바뀌지 않는 고정된 정체성을 갖고 있다. 앞서 보았듯이 실제의 성장과 '생성'은 그리스 로망스에 존재하지 않는다. "이 뚜렷한 자기동일성은 그리스 로망스의 인물 이미지를 조직하는 중심이다"(FTC, 105쪽).[6] 고

---

6 〈소설 속의 담론〉에는 다음과 같은 문장으로 표현되어 있다. "정체성과 특수한 자아의 이 뚜렷한 상응은 그리스 로망스의 인간 이미지를 조직하는 중심이다." 우리는 tozhdestvo s samim soboi의 번역어로서 '자기동일성'을 선택했다. 여기에서 '자기동일성'은 《도스토옙스키 시학

통과 위험은 남자 주인공과 여자 주인공의 정체성, 특히 서로에 대한 충실함이나 순결함을 시험하는 것으로 파악된다. (어떤 근대의 독자는 누구나 항상 통과하는 시험이란 전혀 시험이 아니라고 반박할지도 모르지만 말이다.) 소설 전체와 그 안에 있는 각각의 모험은 남자 주인공과 여자 주인공이 각각 누구인지를 **확인시켜 준다**. 플롯은 순결함을 입증하는 일종의 재판 과정이다. 사실 재판 과정처럼 이루어진 시간의 수사학은 그리스 로망스에서 분명히 사용되었고, 이 로망스의 에토스를 전개하는 데서도 매우 중요한 역할을 했다. 시험이 가혹할수록 주인공의 온전함은 더욱더 증대된다. 남자 주인공과 여자 주인공은 그 상태 그대로 온전한 존재로 남는다. "사건의 망치로는 어떤 것도 부수지 못하고 아무것도 만들어 내지 못한다─그것은 단지 이미 완성된 생산물의 내구성만 시험할 뿐이다"(FTC, 107쪽).

시험의 이념은 유럽 서사 문학의 이후 발전에 엄청난 영향을 끼쳤다. 〈소설 속의 담론〉과 〈소설의 시간 형식과 크로노토프 형식〉에서 바흐친은 이 조직 이념의 몇몇 중요한 전개 양상을 나열한다. "서스펜스가 있으려면 참여해야 할 실체 역시 있어야만 한다는 바로 그 이유 때문에"(FTC, 107쪽), 바흐친은 우선 순수한 서스펜스란 결코 예술 장르를 위한 토대가 될 수 없다고 지적한다. 서스펜스에서는 뭔가 인간적인 것이 위기에 처해져야만 하며, 그래서 그것은 적어도 어느 정도는 항상 정체성의 감각이나 시험에 부쳐지는 성질과 결합되어 있다. 물론 "장르로서의 소설의 잠재력을 최소한도로" 축소하는 모험소설이 존재하지만, "그럼에도 불구하고 앙상한 플롯, 즉 앙상한 모험은 그 자체로는 결코 소설을 조직하는 힘이 될 수 없다"(DiN, 390쪽).

의 문제들〉에 나오는 "자기일치coincident with oneself"와 유사하고, 바흐친이 파악한 19세기 리얼리즘 소설의 불일치nesovpadenie와는 반대된다.

우리는 최소한 "초기 소설을 조직했던 몇몇 이념의 흔적들"만큼은 언제라도 발견할 수 있는데, 그 이념은 "주어진 플롯의 육체를 구성하고 마치 영혼처럼 그 플롯에 생명을 불어넣어 주었지만, 순수 모험소설에서는 이데올로기적 힘을 상실함으로써 계속 미약하게 명멸하기만 할 뿐이다"(DiN, 390쪽).

시험을 겪는 성질이 힘의 강도에서뿐만 아니라 종류에서도 차이가 난다는 사실 역시 소설의 역사에서 감지할 수 있다. "주인공의 시험이라는 이념이 … 소설의 가장 근본적인 조직 이념일 수 있는"(DiN, 388쪽) 한 유럽 소설에 매우 다양한 시험 형태들이 있다는 것은 그리 놀라운 일이 아니다. 매우 "유연한"(FTC, 107쪽) 이 "구성 이념"(FTC, 107쪽)은, 예컨대 기독교 성인전과 순교 문학에서도 나타나고 운문으로 된 기사도 로망스(이것은 연인의 충실함에 대한 시험과 기독교의 신앙에 대한 시험을 결합하고 있다)에서도 나타나며, 주인공의 "완전무결함"(FTC, 107쪽)을 시험하는 바로크 소설이나 기타 다른 많은 형식에서도 나타난다.

바로크 이후 "시험은 작품 조직상의 중요성을 현저히 상실하게 되"(FTC, 107쪽)지만, 결코 완전히 사라지지는 않는다. 시험은 다른 조직 이념들과 결합하거나 그것들에 종속됨으로써 "후대에도 소설의 조직 이념들 중 하나로서 보전된다"(FTC, 107쪽). 시험은 때때로 주인공이 시험을 통과하지 못하는 것과 같은 "부정적 결과"(FTC, 107쪽)를 낳기도 한다. 이 이념의 이후 변종들 가운데서 바흐친이 언급하는 것은 주인공의 "선택됨chosenness"이나 천부적 재능에 대한 시험, 예를 들면 프랑스 소설에 나오는 나폴레옹류의 벼락출세자에 대한 시험이다(FTC, 107~108쪽). 그리고 그것은 부도덕한 사람, 도덕 개혁론자, 니체주의자, 해방된 여성 등에 대한 시험이기도 하고, 러시아에서는 삶에 적응하는 지식인에 대한 시험('잉여 인간'에 관한 소설들)이기도 하며, (졸라Émile Zola에게는) 주인공의 '생물학적 가치'에 대한 시험이기도 하다. 시험의 이념을 극단적으로 복잡하게 적용한 것이 도스토옙스키의 소설들인데, 이것들은 모두 "매우 세밀하게 조각된 시험의 소설들이다"(DiN, 391쪽). 그럼에도 위대한 19세기 소설에는 어떤 새로운 요소가 도입되어 바로 그 시험 개념을 변화시킨다. 말하자면 이 요소는 시험의 전통적인 형식과 모티프를 새로운 인물 이미지에 적용한다.

그 새로운 요소는 바로 **생성**의 이념이다. 순수 시험의 소설은 (그리스 로망스에서처럼) 고정된 정체성을 전제하거나, 아니면 다른 변종들의 경우 갱생의 위기를 단 한 번만 겪는 정체성을 전제한다. 바흐친이 보기에 이 소설에는 "생성, 즉 인물의 점진적인 형성"(DiN, 392쪽)을 의미하는 진정한 발전의 개념이 없다. 전통적인 시험소설에서 주인공이 불변하는 "내적 고귀함"(DiN, 392쪽)을 보여 주었다면, 19세기의 주요 소설에서는 경험과 더불어 **계속적으로** 성장해 가는 주인공, 즉 외부의 사건과 그/그녀 자신의 결정에 따라 변화하는 주인공이 나타난다. 남녀 주인공은 선택을 통해서 **드러날** 뿐만 아니라 **만들어지기도** 한다.

생성의 소설은 종종 시험의 소설이 제공해 준 자원을 다른 목적에 사용하곤 한다. 본질적으로 문제는 사건이 주인공을 **시험한다**는 것, 그리고 그에 반응해서 주인공이 배우고 경험을 얻어 **생성된다**는 것이다. 필딩과 스턴에게서 이 두 이념은 이미 대등한 비율로 제시된 바 있다. "대륙의 교양소설"에서 "이상주의자나 기인에 대한 시험은 그들 자체를 소설에서 노골적으로 폭로하는 것이 아니라, 생각을 하는 실제의 사람들처럼 그들의 생성을 더욱 용이하게 해 준다. 이 소설에서 삶은 시금석이 아니라 학교다"(DiN, 393쪽).

그리스 로망스의 인물 이미지로 돌아가 보자. 이 장르는 사람을 순전히 개인이자 "사적인 인물"(FTC, 108쪽)로 표상한다는 점에서 고대문학의 다른 장르들과 대조된다. 이러한 인물 이미지는 "그리스 로망스의 **추상적이고 낯선 세계**에 상응한다. 이 세계에서 인물은" 자신의 모국이나 사회 조직, 심지어는 가족과 "어떤 유기적인 결합도 맺지 못한 채 고립된 사적 개인으로서 기능할 수 있을 뿐이다"(FTC, 108쪽). "그는 낯선 세계에서 길을 잃은 고독한 사람이다"(FTC, 108쪽). 그에게는 어떤 임무도 부여되지 않는다. 그래서 그는 "사생활과 고립"(FTC, 108쪽) 속에서 살아간다.

그러나 내면성을 묘사하는 심도 있는 방법들은 이런 식으로 사생활에 초점을 맞추지는 않는다. 바흐친의 고찰에 따르면, 일반적으로 "고대 세계는 사적 개인과 그의 삶에 적합한 형식 및 통일체를 만들어 내지 못했다"(FTC, 110쪽). 그렇지만 "비주류 서정적 서사 장르들이나 소규모의 일상적 장르들, 즉 평범한 삶의 희극과 노벨레에서"(FTC, 110쪽) 그것은 어느 정도 가능했다. 고대의 주류 장르들에서 초점은 공적인 것에 맞춰져 있었고, 사적인 삶은 설사 형상화된다고 해도 "단지 외적으로 부적절하게 제시될 뿐이었고, 따라서 비유기적이고 형식주의적인 형식으로, 말하자면 공적·관료적이거나 공적·수사적인 형식으로 배열될 뿐이었다"(FTC, 110쪽). 이를테면 그것은 《안나 카레니나》가 전적으로 카레닌에 의해서 이야기된다거나 《미들마치》가 카소본에 의해서 이야기되는 것과 같다.

따라서 그리스 로망스의 인물 이미지는 흥미로운 모순을 통해서 형성된다. 한편으로 인물은 사적이고 고립된 개인이다. 그래서 공적인 사건은 모두 "사적인 숙명과 관련되어 있는 한에서만"(FTC, 109쪽), 예를 들면 "주인공의 애정 행각이라는 층위에서"(FTC, 109쪽)만 의미를 갖는다. 공적인 삶이 사적인 삶의 견지에서 해석되는 것이지 그 반대가 아니다. 다른 한편으로 사적인 삶에 대한 묘사는 공식적 해명(이는 말하자면 내밀한 고백과 대립된다)이라는 매우 수사적이고 사법적인 형식으로 이루어진다. 이 소설에서

법적인 절차가 빈번하게 중요한 역할을 수행하는 이유 중 하나는 확실히 여기에 있다. 바흐친이 보기에 그리스 로망스의 흥미로운 결점은, 사적 개인의 통일성이란 오로지 "공적이고 수사적인 통일성"(FTC, 110쪽)에 불과하다는 사실에 있다.

그러므로 그리스 로망스의 크로노토프는 "모든 소설적 크로노토프들 중에서 가장 추상적인 것"이자 "가장 정적인 것"이라고 바흐친은 결론짓는다. "그 소설에 묘사된 행위는 결과적으로 그 세계의 어떤 것도 파괴하거나 개조하거나 변경하거나 새롭게 창조하지 않는다. 우리는 단지 처음의 것과 마지막의 것 사이의 동일성을 확인할 뿐이다. 모험 시간은 어떤 흔적도 남기지 않는다"(FTC, 110쪽). 물론 위대한 리얼리즘 소설에서는 사람들이 순수한 잠재력을 갖고 있고 경험이 흔적을 남긴다. 바흐친은 논의 전체를 통해서 그리스 로망스의 크로노토프를 기술할 뿐만 아니라 그 암묵적 대립물인 19세기 소설에 찬사를 보내는 듯하다.

일상생활의 모험소설 속 시간

> 변신은 개인의 삶 전체를 좀 더 중요한 위기의 순간 속에서 그려 내는 방법의 토대가 된다. 그것은 한 개인이 어떻게 과거의 자신과 달라지게 되는가를 보여 주기 때문이다. 우리는 동일한 개인의 첨예하게 구별되는 다양한 이미지, 즉 인생 행로의 다양한 시기와 단계로서 그 개인 속에 통합되어 있는 이미지들을 보게 된다. 엄밀한 의미에서 진화란 존재하지 않는다. 오히려 우리는 위기와 갱생만을 볼 뿐이다. - FTC, 115쪽

바흐친이 논하는 고대소설의 두 번째 유형은 고대에서 전해져 내려오는 실례가 얼마 되지 않는다는 점에서 매우 흥미롭다. '일상생활의 모험소설'

의 특질은 풍자나 헬레니즘 시대의 연설문 같은 다른 장르들에서도 나타나지만, 엄밀한 의미에서는 지금까지 남아 있는 고대의 두 작품만이 주로 이 크로노토프에 기초한다. 그 두 작품은 바로 아풀레이우스Apuleius의 《황금 당나귀》와 페트로니우스Petronius의 《사티리콘》이다. 이 크로노토프의 중요성은, 우선 유혹과 갱생의 기독교 서사를 포함해서 후대 문학에 끼친 영향에 있고, 다음으로는 공간적-시간적 감각의 상대적 복합성에 있다.

일상생활의 모험소설이라는 구절이 가리키는 것처럼 이 크로노토프는 두 가지 상이한 시간 감각, 즉 모험의 시간 감각과 일상생활의 시간 감각을 융합한다. 이 융합은 "단순한 기계적 혼합"(FTC, 111쪽)과 다르지만, 분석을 위해서 그 두 요소를 따로따로 논하는 것도 유용할 것이다.

《황금 당나귀》의 모험 시간은 그리스 로망스의 모험 시간과 현저히 다르다. 물론 그것은 우연한 사건, 예외적인 일, 상대적으로 불연속적인 모험 등으로 이루어진 시간이다. 플롯의 진행은 루키우스가 다시 인간으로 변신하는 것을 방해하는 우발적 사건들의 계속된 반복으로 이루어진다. 하지만 이 모험 시간은 다른 종류의 시간으로 둘러싸여 있어서, 그 "우연의 논리는 다른 상위의 논리에 종속된다"(FTC, 116쪽). 모험들을 잇는 끈은 전체 이야기, 즉 일종의 변신이라는 상위 논리의 한 계기일 뿐이다. 당나귀 루키우스의 모험은 위기와 갱생으로 구성된 삼부작 이야기의 한 부분이기 때문에, 모험의 의미는 더 큰 이야기에서 그것이 차지하는 역할에 따라 변하게 된다.

바흐친은 우선 변신의 논리를 역사와 개인의 삶에서 일어나는 변화를 이해하는 방식으로서 검토한다. 물론 아풀레이우스는 변신의 논리를 발명한 것이 아니라 채택했을 뿐인데, 그 논리는 이미 고대 세계에서 길고도 다양한 역사를 갖고 있었기 때문이다. 변신은 정통 문학뿐만 아니라 고대 철학, 종교 의식[여기에는 "초기 기독교 의식의 원형태"(FTC, 112쪽)도 포함된다], "서기 1~2세기에 매우 광범위하게 퍼져 있던" 여러 "조야한 주술 형식들", 민속 등에서 눈에 띄게 등장한다. 그리고 문학에서도 역시 이런 유의 사고는 길고도 복잡한 역사를 갖고 있다.

변신의 견지에서 변화를 파악한다는 것은 다음과 같은 근본적인 가정들을 포함한다. ① 변화는 실제로 일어난다. 그래서 정체성은 그리스 로망스에서처럼 정적이지 않다. ② 무한히 재배열되거나 확장될 수 있는 그리스 로망스나 기타 형식들의 연쇄적 변화와는 대조적으로, 변신의 시간과 그 변화는 불가역적이다. ③ 가장 중요한 것으로서, 변화 과정은 매우 특정한 방식으로 받아들여진다. 그것은 "직선적으로가 아니라 단속적으로, 즉 내부에 '매듭'이 있는 선으로 전개된다. … 이 이념의 구조는 너무나도 복합적이며 이 때문에 거기서 발전한 시간적 연쇄의 유형들이 극도로 다양해진다"(FTC, 113쪽).

예컨대 헤시오도스에게는 무수히 많은 연쇄적 변화가 있는데, 이는 "황금시대, 은시대, 청동시대, '트로이' 또는 영웅시대, 철기시대로 이루어진 다섯 시대의 신화"(FTC, 113쪽)를 포함해서, 이런저런 형태의 변신의 논리에 의해 지배된다. 소비에트 마르크스주의의 공식 '역사적 유물론' 역시 '비약'(혁명)에 의해 나뉘는 역사의 다섯 단계를 주장했다는 점에서, 이 부분은 마르크스주의 도식의 상대적으로 원시적인 논리—이 모델의 '지극히 다양한' 유형 중 하나에 불과한 것인가?—에 대한 간접적 논평으로 볼 수도 있다. 하지만 고대의 변신 논리라는 견지에서 변화를 받아들이는 것 이상으로 나아간 것은 아니다.

바흐친에 따르면 헤시오도스는 주술적 뉘앙스가 있는 **변신**이라는 용어를 사용하지 않지만, 후대에, 예를 들면 오비디우스Ovidius에 이르면 "변신이라는 일반 관념은 이미 개별적으로 고립된 존재의 사적 변신이 되고 이미 외형상의 경이적 변형이라는 특성을 획득하고 있다"(FTC, 114쪽). 아풀레이우스는 변신을 경이적인 것이자 개별적인 것으로서 훨씬 더 강력하게 받아들인다. 그것은 "개인적이고 개별적인 운명, 즉 우주적 전체와 역사적 전체 모두에서 떨어져 나온 어떤 운명을 개념화해서 그리기 위한 수단"(FTC, 114쪽)이 된다. 변신의 소설적 중요성은 그것이 **한 사람의 전 생애에 걸친 운명**을 모든 결정적 **전환점들에서**"(FTC, 114쪽) 파악한다는 사실에 있다.

결정적 순간, 즉 전환점이라는 개념은 이 논리에 본질적인데, 발전은 예를 들면 오스틴의 소설에서처럼 연속적이고 점진적이며 산문적인 것이 아니라 제한된 특정 순간에 일어나는 것으로 이해되기 때문이다. 그것은 "단절된 평형punctuated equilibrium"[7]의 논리다. 바로 이런 이유 때문에 그것은 초기 기독교의 "위기 성인전"(FTC, 115쪽)에 이상적인 매체가 되었다. 《황금 당나귀》에서 주인공의 삶은 두 번의 위기(당나귀가 되는 것과 사람의 모습으로 돌아오는 것)에 의해서 구별되는 세 시기로 이루어져 있다. 기독교의 위기 성인전에는 보통 두 시기, 구원 이전과 구원 이후만이 존재하지만 이야기의 핵심 논리는 동일하다.

그래서 그리스 로망스와는 달리 이런 유형의 이야기에 나타나는 사건은 삶으로부터의 '초시간적 중간'으로 묘사될 수 없다. 반대로 이 플롯은 전체적인 삶을 정의하는 하나의 방식이다. 물론 우리는 전체적인 삶을 보지 못하며, 기껏해야 변형의 순간에 대한 약간의 이미지나 설명만을 얻을

---

7 스티븐 굴드와 나일스 엘드리지Niles Eldridge가 점진적 다윈주의에 대한 대안으로 사용한 이 논리는 수많은 별개의 크로노토프가 모두 유용한 것으로 입증될 수 있음을 일깨워 줄 것이다.

뿐이다. 엄밀하게 말해서 사건은 완전한 "전기적 시간"(FTC. 116쪽) 속에서 전개되는 것이 아니라, 대부분 소설의 틀 바깥에서 발생한다. 우리는 루키우스와 세 번 마주치고 (소설에 삽입된 큐피드와 프시케의 이야기에서) 프시케와 두 번 만난다. 그럼에도 불구하고 묘사된 순간들은 **"인물의 뚜렷한 이미지, 즉 뒤에 이어질 전체적인 삶의 특성뿐만 아니라 인물의 본질까지도 형상화한다"**(FTC. 116쪽). 사건은 분명 흔적을 남긴다. 루키우스는 입회를 하게 됨에 따라 여생 동안 수사학자 겸 사제가 되고, 기독교 신자를 성자로 만들어 준 그 구원은 영구적인 것으로 파악된다.

이로 인해 우리는 《황금 당나귀》에서 다름 아닌 모험 시간의 몇몇 특징을—'우연에 의해 지배되는 … 예외적이고 희한한 사건들'로서 특수한 시간 속에서—발견하게 된다. 우리가 보게 되는 일련의 모험들은 각각 속도와 우발적 결합이라는 견지에서 그 시간이 '기술적으로' 측정되지만, 한편으로 하나의 **계열체로서** 목적과 방향을 갖고 있다.

이 새로운 논리에 상응하는 것은 바로 인물의 상이한 이미지다. 특히 주인공은 운명에 희롱당하기는 하지만, 자신이 통제하지도 못하고 책임도 지지 않는 힘의 대상에 불과한 것은 아니다. 행위자, 주도권, 책임이라는 척도가 이런 유의 소설 세계에 들어온다. 루키우스는 우선 자신의 나약함 때문에, 즉 육욕과 호기심 때문에 당나귀가 된다. 즉, 이 플롯의 후대 기독교판에서와 마찬가지로 그는 정말 죄인이 된다. 확실히 그 죄는 루키우스가 일정한 시간 동안 맹목적인 우연의 왕국으로 넘어가게 되는 이유다. 그래서 모험은 형벌이 되고, 루키우스는 이 형벌을 통해 마침내 구원을 얻게 된다. 루키우스가 인간으로 되돌아오는 일 역시 우연의 결과가 아니라 여신의 개입에 의한 결과다. 이처럼 우연의 법칙은 엄격히 제한되어 목적에 이바지하게 되는 것으로서, 그 자체가 주인공의 행위에 의한 결과물이다. 그리스 로망스에서도 시간은 마찬가지로 제한되어 있었지만, 이미 살펴본 것처럼 그것은 어떤 목적에도 이바지하지 않았고 주인공은 그에 대해 어떤 책임도 지지 않았다.

바흐친의 주장에 따르면, 일상생활의 모험소설에서는 주도권이 일정한 역할을 수행하긴 하지만 비교적 초보적인 방식으로 그렇게 한다. 우선 그 것은 《황금 당나귀》의 주인공에게 단 두 번 영향을 끼칠 뿐이다. 그가 당 나귀가 되기 전과, 훨씬 더 짧지만 그가 인간으로 되돌아오기 위해 여신 의 명령을 따를 때다. 주도권은 간헐적이고 불연속적이다. 혹은 바흐친의 초기 어법을 사용하자면, 주인공은 대부분의 삶에서 빈틈없는 '알리바이' 를 갖는다. 다음으로 주도권은 순전히 부정적인 것으로 이해됨으로써 실 수나 도덕적 약점으로 기술될 수 있다. 즉, "이 주도권은 **창조적인 의미에 서 볼 때 긍정적이지 않다**"(FTC, 116~117쪽). 19세기 소설에서 볼 수 있는 주도 권과 책임의 심각한 분화는 아직 존재하지 않는다.

이 주도권의 본성은 아폴레이우스가 꿈을 이용하는 데서 감지된다. 그 리스 로망스에서 꿈은 단지 남녀 주인공이 고통을 좀 더 쉽게 견뎌 낼 수 있도록 해 주는 데 불과한 것으로서 사건의 경과에는 영향을 끼칠 수 없 었던 반면, 《황금 당나귀》에서 꿈은 루키우스에게 여신의 명령을 전달한 다. 이때 루키우스가 여신의 명령을 따른다면, 그는 구원을 받을 수 있다. 그래서 비록 두 가지 대안 가운데 하나를 선택하는 것만이 가능하다고 해도 꿈은 주도권을 용인한다.

바흐친은 자신의 가치 판단에 따라 시간의 이런 개념화를 그리스 로망 스에 비해 "진보적인 것"으로 기술하지만, 곧이어 "몇몇 중요한 한계가 있 다"(FTC, 119쪽)는 말을 덧붙인다. 이미 기술한 한계에 덧붙여, 개인과 사회 세계의 관계에 대한 장르의 이해 역시 한계를 드러낸다. 그리스 로망스처럼 일상생활의 모험소설도 개인의 일대기를 사회와 별개의 것으로 이해한다. 개인의 삶은 그 자신의 고유 소관으로서 특정한 사회적 힘이나 역사적 변화에 영향을 받지 않는다. 그리고 주인공의 변화가 전혀 뜬금없는 것이라는 관점에서 볼 때 그는 사회에 어떤 표식도 남기지 않는다. "따라서 개인의 숙명과 그의 세계 사이의 연결은 외적이다. … 변신은 한낱 개인적이고 비생산적인 성격을 갖는다"(FTC, 119쪽).

앞서 보았듯이 바흐친에게 실제의 개인은 정말로 개별적이지만, 그럼에도 그 개별성은 특수한 사회적·역사적 힘에 의해서 본질적이면서도 결정적으로 형성된다. 그래서 인물의 유일무이함을 보증해 주는 것은 명백히 사회적 맥락의 다양성과 반복 불가능성이다. 게다가 사회적 힘은 일상생활 속에서 특수한 사람들과 집단들의 역학에 의해 발생한다. 따라서 일상생활의 모험소설과 암암리에 대조되는 19세기 소설은 개인의 이야기를 사회에 복잡한 방식으로 연결한다. 투르게네프의 《아버지와 아들》(1862) 같은 소설을 생각해 보면, 우리는 주인공의 이야기가 역사적 힘에 의해서 형성된다는 것, 그리고 바로 5년 전이나 5년 후였다면 그 이야기는 전혀 달라지거나 전적으로 불가능했으리라는 것을 인정하게 된다. 또한 그 이야기가, 그리고 그와 비슷한 이야기들이 러시아 사회에 심각한 영향을 끼쳤다는 것도 분명하다. 소설가가 자신의 작품을 종종 사회학적 탐구의 형식으로 상상하고, 그 작품에 대한 비평이 종종 사회를 분석하고 변화시키기 위한 방식이 되는 이유 중 하나는 바로 여기에 있다.

하나의 장르로서 19세기 소설은 시간착오를 알고 있다. 하지만 일상생활의 모험소설의 플롯은 "역사적 시간 안에 자리 잡고 있지 않다(말하자면 그 소설은 아직까지 시간의 불가역적인 역사적 연쇄를 모르기 때문에 그 연쇄에 참여하지 못한다)"(FTC, 120쪽).

일상생활 엿보기

《황금 당나귀》의 크로노토프는 그리스 로망스의 크로노토프보다 훨씬
더 구체적이다. "공간에는 … 좀 더 실체적인 시간이 스며들게 된다. 말하
자면 공간은 실제의 생생한 의미로 가득 차며 그래서 주인공과 운명 간
의 결정적인 관련성을 만들어 낸다"(FTC, 120쪽). 결과적으로 이 장르는 그리
스 로망스가 하지 못했던 일을 해낸다. 즉, 일상생활을 묘사한다는 것이
다. 물론 주인공은 본질적으로 일상생활에 의해서 형성되지 않으며, 일상
사는 주인공의 전기적 삶을 변화시키지 못한다. 매일매일의 세계는 "말하
자면 갓길과 곁길을 따라서 퍼져 나간다. 주인공과 그 삶의 주요 전환점
들은 **일상생활의 외부에서** 발견될 수밖에 없다"(FTC, 120~121쪽). 그럼에도 불
구하고 나날의 삶이 충분히 길게 묘사된다. 이 장르의 이런 특질, 그리고
평범한 세계를 재현하기 위해 이 장르가 사용하는 특정한 수단은 소설의
발전에 막대한 영향을 끼쳤다.

우리가 인용해 온 크로노토프 에세이의 장과 그 후속 장에서, 바흐친
은 나날의 **사적** 영역이라는 바로 그 개념이 고대문학과 고대문학의 인물
파악에서 상대적으로 늦게 발견된 것이라는 점을 강조한다. 공적 영역과
사적 영역을 (관련되어 있을지라도) 별개로 보는 근대인의 관점은 보편적인
것이 아니다. 그리고 바흐친의 견해에 따르면, 고대문학에 관한 수많은 논
쟁들은 후대의 연구자들이 늘 검증되지 않은 시대착오적 가정에 기대어
작업을 진행한다는 점에서 잘못된 것이다.

당나귀인 채로 머무는 동안 루키우스가 관찰하는 일상생활은 "**절대
적으로 개인적이고 사적인 삶**이다. 본성상 그 삶에는 **공적인** 것이 있을 수
없다"(FTC, 122쪽). 루키우스는 말하자면 시장에서나 코러스 앞에서처럼 공

적으로는 벌어질 수 없는 일들을 보고 듣는다. 이 사건들은 "사면의 벽과 오로지 두 쌍의 눈 사이에서만 벌어진다"(FTC, 122쪽). 그리고 이처럼 본질적으로 사적인 것이 묘사되었다는 사실은 그것을 그리는 데 필요한 기술적 문제들이 해결되었음을 의미한다. 저자에게는 사건을 묘사할 수 있는 새로운 **관점**이 필요했다. 그리스 로망스에서 인물의 삶(그에 관한 것)을 묘사하는 데 사용되었던, "부적절할 정도로 공적이고 수사적인 외적 형식"(FTC, 123쪽)보다 더 나은 어떤 것이 고안되어야만 했다.

기술적인 문제는 동시에 개념적인 문제이기도 하다. 삶이 완전히 공적인 것으로 여겨지거나 또는 공적인 삶만이 재현되어야 한다면, 묘사되어야 할 현상 자체는 이미 청중을 전제한다. "공적인 삶과 공적인 인간은 그 본질상 **열려 있고 가시적이며 가청적이다**"(FTC, 123쪽). 따라서 공적인 삶을 그리거나 공적인 삶이 인식되는 방법을 설명하는 데는 어떤 특별한 문제도 발생하지 않는다. 이와 달리 "사적인 개인과 사적인 삶이 (헬레니즘 시대에) 문학에 들어올 때는 불가피하게 문제가 발생할 수밖에 없었다"(FTC, 123쪽). 내밀한 영역에서 진행되는 것을 우리는 어떻게 인식하는가, 즉 어떤 관점에서 묘사하는가? 묘사되어야 할 삶의 본성을 전혀 거스르지도 않고 또 그것을 왜곡하지도 않는 관점이란 어떤 것인가? "이 사적인 삶은 본성상 … 사적인 삶에 대해 숙고하고 판단하고 평가하는 입장에 설 수 있는 '제3자'의 … 장소를 창조하지 못한다"(FTC, 122쪽). 그러나 공적인 삶은 불가피하게 그런 장소를 창조한다. 간단히 말해서, "**문학 형식의 공적인 성격과 그 내용의 사적인 성격 사이에 모순이 발생했던 것이다**"(FTC, 123쪽).

일상생활의 모험소설은 이 모순을 해결하기 위한 첫걸음이었다. "**사적인 장르**를 만들어 내는 과정이 시작되었다. 그러나 고대에는 이 과정이 완수되지 못했다"(FTC, 123쪽). 《황금 당나귀》의 재미는 부분적으로 이 문제를 해결하려는 초기의 노력에서 나온다. 문학사의 전개 과정에서 그런 해결책들은 매우 많이 고안되었다.

고대인이 이용할 수 있는 하나의 해결책은 형사재판이었는데, 이 재판에서 목격자의 증언, 증거, 고백, 그리고 이와 유사한 장치들은 결과적으로 공적인 행위를 만들어 낼 수 있었다. 이때 공적인 행위는 은밀한 일이나 사생활을 가정함으로써 이루어졌다. 폭로된 대상은 범죄 행위일 수 있으나 보통은 그 이상의 것이 폭로 대상이 되었다. 물론 이런 방법은 픽션에서 기나긴 역사를 갖고 있다.

《황금 당나귀》에서 루키우스의 변신은 그가 내밀한 행위를 관찰하는 데 필요한 특별한 관점을 획득할 수 있도록 해 준다. 당나귀가 곁에 있다고 해서 인간의 사생활이 위태로워지는 것은 아니기 때문이다. 루키우스는 또한, 길고도 뾰족한 당나귀 귀로 인해 정상적으로는 들을 수 없는 것을 식별할 수 있는 매우 유리한 입장을 누리기도 한다. 요컨대 당나귀의 지위는 엿보기와 엿듣기에 지극히 잘 들어맞는다.

일반적으로 말해서 "사적인 삶의 문학은 본질적으로 '타자들의 삶의 방식'을 기웃거리고 어깨 너머로 엿듣는 문학이다"(FTC, 123쪽). 어떤 의미에서 소설사의 대부분은 엿듣기의 역사이고, 바흐친이 정확하게 지적하고 있지는 않지만 이 경우 독자의 입장은 관음증 환자의 입장이 되는 듯하다. 소냐의 숙소 옆방에 우연히 묵게 된 스비드리가일로프가 옆방에서 라스콜리니코프가 하는 사적인 고백을 엿듣기 위해 의자를 벽 쪽으로 옮길 때, 그는 도스토옙스키의 독자들이 언제나 기대하는 일을 하는 것이다. 소설에서 벽은 귀를 갖고 있다. (도스토옙스키의 다른 어법을 따르자면) "낮 말은 새가 듣고 밤 말은 쥐가 듣는다"(도스토옙스키, 《죄와 벌》, 제3장 제6절, 268쪽).

루키우스의 특별한 입장은 후대의 문학에서 '제3자'를 사적인 장면에 놓는 방식과 유사하다. 예컨대 악당과 모험가는 "일상생활에 내적으로 참여"하지 않으며 "〔그래서〕 그 안에서 어떤 뚜렷하게 고정된 장소를 차지하지는 않지만, 그와 동시에 일상생활을 겪으면서 그 작동 방식을 배우도록 강요된"(FTC, 124쪽) 목격자다. 이 점은 하인의 경우에도 역시 해당하는데, 하인이란 "주인의 사적인 삶에서 영원한 '제3자로'" 묘사될 수 있기 때문이다(FTC, 124쪽). 창녀, 매춘부, 벼락부자 등도 유사한 기능을 한다. 벼락부자는 경력을 쌓고자 사적인 삶에 대해 공부하고 그 삶의 비밀을 엿들으며 그 삶의 은폐된 작동 방식을 탐구한다. 그는 "'밑바닥'(하인, 창녀, 뚜쟁이와 교제하고 그들에게서 '있는 그대로의' 삶에 관해 배우는 곳)을 향한 여행을 시작한다"(FTC, 126쪽). 삶의 다양한 영역을 가로지르는 그의 전체 행로는 사회를 백과사전 식으로 그릴 수 있도록 해 준다.

바흐친은 《라모의 조카》에서 이런 장치가 독창적으로 사용되었다는 점에서 디드로에게 경의를 표한다. 이 작품에서 주인공은 "당나귀, 악당, 떠돌이, 하인, 모험가, 벼락부자, 배우 등의 특정한 속성들을 모두 놀라우리만치 완벽하고도 심오하게 내적으로 구현하고 추출해 낸다"(FTC, 126쪽). 주인공은 그가 전해 주는 발화뿐만 아니라 존재 자체에서 **"사적인 삶 속 제3자의 철학"**(FTC, 126쪽)을 전체적으로 제공한다. "이것은 사적인 삶만을 알고 오로지 그것만을 간절히 바라는 사람, 하지만 거기에 참여하지도 못하고 그 안에 자신의 자리도 없는—그래서 사적인 삶의 모든 역할을 끝까지 해내지만, 자신의 정체성과 그 역할을 혼동하지 않는 가운데 사적인 삶을 전체적으로 전부 낱낱이 선명한 초점 하에 알고 있는—사람의 철학이다"(FTC, 126쪽).

엿보기와 엿듣기에 관한 서술은 스탈린 시대의 조건이나 문화에 대한 암시로 받아들일 수 있다(하지만 반드시 그래야만 하는 것은 아니다). 그것은 벽에 귀가 있는 세계('제3자'에 대한 계속되는 두려움)이고, 또 공적 감시 범위를 넘어서는 사적 영역이라는 관념에 대해 끊임없이 공격을 퍼부었던 세계다. 예컨대 사회주의 리얼리즘에서 말하는 '새로운 소비에트 인간'이란 전적으로 공적인 인물, 순수한 '외면성'을 추구하는 인물—간단히 말해서 '숨겨야 할 것'이 있다는 생각을 하지 않는 인물—이라는 새로운 인간 이미지였을 것이다. 바흐친에게 이런 의도가 있었는지는 모르겠지만, 자먀틴의 《우리》에서 불가코프의 《거장과 마르가리타》에 이르는 상당수의 소비에트 문학은 크로노토프 에세이의 이 장에서 끌어온 용어들을 통해 이해될 수 있다.

이미 살펴본 것처럼, 아풀레이우스와 페트로니우스에게 일상적 시간은 삶의 한 부분이 아니라 어느 정도 외부에 있는 것으로 이해된다. 루키우스는 일상적 시간을 형벌로서, 일시적인 것으로 경험한다. 여기에서 일상적 시간은 몰락, 즉 죽음으로 떠나는 여행의 등가물이다. "일상생활은 태양도 비치지 않고 별이 빛나는 창공도 없는 지하 세계, 즉 무덤이다"(FTC, 128쪽). 따라서 그것은 본래 외설적인 것, 음란한 것, 자연의 주기에서 떨어져 나온 것, 흩뿌려지고 파편화된 것, 전체로서의 작품을 이루는 구원의 총괄 플롯과는 근본적으로 다른 것으로 규정된다. 바흐친의 직유를 사용하자면, 일상적 세계는 작품의 기본 스토리와는 전혀 다른 축을 따라서 놓여 있으며, 일상적 시간은 "그 기본 축과 평행을 이루지도 않고 그것과 뒤얽혀 있지도 않다. 하지만 일상적 시간의 분할된 파편들—일상적 시간이 깨져서 만들어진 부분들—은 그 기본 축과 직각을 이루면서 그것과 수직으로 교차한다"(FTC, 128쪽). 다시금 19세기 소설과의 암묵적인 대조가 이루어지는데, 19세기 소설에서 일상적 시간은 (예를 들면 《안나 카레니나》에서) 일시적인 것이 아니라 작품 전체의 기본 크로노토프를 형성하는 것이기 때문이다.

아풀레이우스에게서 일상적 삶의 다양하고도 파편화된 측면들은 사회의 이질성을 드러내지만, 정적인 방식으로 그렇게 할 뿐이다. 《황금 당나귀》에는 어떤 사회적 생성도, 어떤 실제적인 역사적 변화의 감각도 존재하지 않는다. 그러나 페트로니우스에게서는 "역사적 시간의 최초 흔적"(FTC, 129쪽)이 뚜렷이 나타난다. 그는 다양한 사회 영역들을 재현할 뿐만 아니라 그 영역들이 사회 자체를 변화시키기 위해서 상호작용한다는 것—그래서 "세계는 움직이기 시작해서 미래로 떠밀려 가게 되고, 시간은 충만함과 역사성을 얻게 되리라"(FTC, 129쪽)는 것—을 암시해 주기도 하기 때문이다. 그렇지만 페트로니우스에게서도 역시 "이러한 [역사성의 이해] 과정은 … 완수되지 못한다"(FTC, 129쪽). 다시금 19세기 소설, 즉 발자크나 도스토옙스키와의 암묵적인 대조가 이루어진다.

고대 전기와 자서전

바흐친은 뒤이어 '전기와 자서전'이라 불리는 고대소설의 세 번째 유형으로 넘어간다. 그는 여기에다 즉시 "고대인은 우리가 (우리 식 어법을 따르자면) '소설'이라고 부르는 종류의 소설, 말하자면 전기적 모델의 영향을 받은 광의의 픽션을 만들어 내지 못했다"(FTC, 130쪽)는 유보 조항을 단다. 고대인은 "일련의 전기적·자서전적 형식들"(FTC, 130쪽)을 만들어 냈는데, 그 중심에는 "새로운 유형의 전기적 시간과 새로운 특성을 지닌 인간 이미지, 즉 전체 인생 행로를 거치는 개인의 이미지"(FTC, 130쪽)가 놓여 있다. 이런 작품은 오로지 삶의 '초시간적 틈'만을 묘사했던 그리스 로망스와 실질적으로 구별될 뿐만 아니라, 한두 번의 변신이나 그 변신 사이의 시기에 초점을 맞춤으로써 최종적인 개심 이후의 시기에 대해서는 더 이상 설명하지 않는 일상생활의 모험소설과도 실질적으로 구별된다.

분석 과정에서 바흐친은 끊임없이 규정들에 제한을 가하고 범주들을 세분화하는데, 이는 그가 하나의 현상에 대해서 말하는 것인지 아니면 더 나아가서 상대적으로 통일된 일군의 텍스트에 대해서도 말하는 것인지를 전혀 알 수 없게 될 때까지 계속된다. 일반적으로 바흐친에게 정교한 분류는 심리적 습관—도스토옙스키 연구서의 마지막 장에 있는 '산문적 말'의 분류를 떠올려도 좋을 것이다—이었던 듯하며, 가변적 환경에서 다소간 성공적인 것으로 증명되었다. 크로노토프 에세이의 이 부분은 마치 바흐친이 고대 전기와 자서전의 통일성을 알고 있었던 것처럼 읽히지만, 그것이 그리 성공적으로 상술되지는 못했다. 이는 고대문학에 대한 그의 광범위한 지식이 유보 조항들을 계속해서 생각나게 했기 때문이거나, 아니면 그가 그리스 로망스의 경우 그랬던 것과 마찬가지로 분석 과정에서 실제로 그 통일성을 생각하지 못했기 때문이다. 개념적 사유, 형식, 시기를 구별하는 데 많은 차이가 있다. 그래서 그리스, 헬레니즘, 로마의 다양한 시기와 다양한 사유에 적용되는 문화·역사적 유형학들 사이에도 많은 차이가 있다. 우리는 단지 이 논의들 중 핵심적인 몇 가지만을 살펴볼 것이다.

고대인에게서 공적 영역과 구별되는 사적 영역이나 내면성의 실감은 상대적으로 늦게 발전했다고 바흐친은 주장한다. 고대인의 자아 감각은 공적 인간이라는 관념과 "인간에 대한 공적 자의식"(FTC, 140쪽)에 의해서 결정적으로 형성되었다. 바흐친은 고대 전기에 대한 기술 자체가 어느 정도는 불가피하게 시대착오적일 수밖에 없다고 경고하는데, 이는 그 기술이 당시에는 존재하지 않았던 후대의 범주들에 입각해서 고대를 고찰하기 때문이다.

바흐친은 '수사학적'이라고 명명한 특별한 유형의 고대 전기를 논하면서, "이 유형의 토대에는 '찬사encomium'—고대의 '애가哀歌'를 대체했던 시민의 장례사와 추도사—가 놓여 있다"(FTC, 131쪽)고 진술한다. 찬사는 공적인 것으로 전제된 자아를 극찬하는 공식적인 연설이다. 찬사와 이에 기초한 전기 형식을 이해하기 위해서 우리는 찬사의 "내면적 크로노토프"가 아니라 "외면적 실생활의 크로노토프"(FTC, 131쪽), 즉 찬사가 전달되는 환경을 염두에 둘 필요가 있다. 그 환경은 단연 공적인 것이고 그 형식의 모든 것은 이런 공공성에 의해서 형성된다. "고대에 개인과 개인적 삶의 자서전적 자의식과 전기적 자의식은 우선 공공 광장에서 드러나고 형성되었다"(FTC, 131쪽).

광장의 실생활의 크로노토프에서 사람은 "모든 면에서 열려 있는" 것으로 파악되고, 또 "전적으로 표면적이다. 따라서 그의 모든 일은 공적이거나 국가적인 통제와 평가에 종속될 수밖에 없다"(FTC, 132쪽). 1930년대 소비에트라는 맥락에서 볼 때 이 진술은, 은폐되어 있긴 하지만, 경종을 울리려는 의도에서 씌어졌을 것이다. 공공 광장의 인물 이미지는 원칙적으로 "사적이거나 은밀하거나 개인적인" 어떤 것, 즉 "오로지 개인 자신에게만 관련된 어떤 것"(FTC, 132쪽)이 불가능하다는 데 그 본질이 있다. 모든 것은 보이거나 들릴 수 있다. "침묵하는 내적 삶, 침묵하는 슬픔, 침묵하는 생각 등은 〔이 초기 고대의〕 그리스인에게 전혀 낯선 것이었다"(FTC, 134쪽). 이런 유의 공공성과 "철저한 외면성"(FTC, 133쪽)으로 인해 자서전의 시점과 전기의 시점 사이에서 어떤 원칙적인 차이도 찾을 수 없게 되었다

(FTC, 132쪽). 내가 말할 수 있는 나에 관한 모든 중요한 일을 다른 사람 역시 말할 수 있다는 것이다. 19세기 소설의 관점에서 볼 때, 그런 인물의 이미지에서 가장 주목할 만한 점은 "개인 그 자신에게 침묵하는 핵심이나 비가시적 핵심이란 없다"(FTC, 134쪽)는 사실이다.

그러나 헬레니즘과 로마 시대에 중대한 변화가 일어난다. 바흐친은 자신의 자아를 칭찬하고 평가하는 일을 허용할 수 있는지에 관해 플루타르코스, 타키투스Tacitus 등 수사학자들 사이에서 벌어진 논쟁을 이 변화의 징후로 지적한다. 바흐친에게 이 논쟁의 중요성은 미약하게나마 이 논쟁이 빚어졌다는 사실에 있다. 이 문제 아래에서 약동하는 것은 "더욱 일반적인 물음, 말하자면 다른 사람의 삶에 대해 취한 접근법을 자기 삶에도 취하는 것이 정당한가, 다른 사람의 자아에 대해 취한 접근법을 자신의 자아에도 취하는 것이 정당한가라는 물음"(FTC, 133쪽)이기 때문이다. 이 점에서 전기의 시점과 자서전의 시점 사이에는 분명 원칙적인 차이가 있었다. 즉, "개인의 고전적인 공적 전체성은 붕괴되었다"(FTC, 133쪽).

이런 변화는 "존재의 모든 영역이 … **침묵하는 기록물**mute register로, 그리고 원칙상 비가시적인 어떤 것으로 … 번역되기 시작"(FTC, 134쪽)하도록 해주었다. 물론 고대에는 그런 변화가 충분히 이루어지지 못했다. 하지만 중요한 점은 사람들이 이제 공적인 접근법, 담론, 범주가 적용될 수 없는 사적 영역을 가진 것으로 이해될 수 있었다는 사실이다. 인물 또는 인물의 이미지는 이제 "침묵하는 비가시적 존재 영역"에 참여할 수 있게 되었다. "그 인물은 글자 그대로 침묵과 비가시성 속에 흠뻑 젖어 들었다. 그리고 이런 인물과 함께 고독이 찾아왔다"(FTC, 135쪽). 우리는 라스콜리니코프에게로 나아가는 도정에 있다. 이전에는 인물의 이미지가 핵심이나 껍데기를 갖고 있지 않았지만, 이제는 그 둘을 모두 갖게 되었다. 개인의 자의식조차도 완전히 공적인 범주에 의존한 채 전적으로 "외향적이었던"(FTC, 137 쪽) 초기 형식들과 달리, 이제 개인의 자의식은 어느 정도 "내밀하고도 개 인적인 측면들, 반복 불가능할 만큼 개별적인 측면들, 또 자아로 충만한 측면들"(FTC, 137쪽)로 이루어질 수 있게 되었다.

고대인은 이 변화된 자아관에 기초한 새로운 형식들을 발전시키지는 못했지만, 그 대신에 기존의 형식들을 일찍이 바꿔 놓았다. 부분적으로 는 고대인이 이런 통찰을 거의 발전시키지 못했기 때문에, 고대 세계에서 내면성을 묘사한다는 기획은 단지 시작에 불과했다. 바흐친은 세 종류의 '변형태'를 열거한다. 우선 "명료한 표현 형식을 발견할 수 없었던 개인적 이고 사적인 화제들은 **아이러니**와 **유머**의 옷을 입는다"(FTC, 143쪽). 바흐친 은 예컨대 호라티우스, 오비디우스, 프로페르티우스Propertius 등의 운문에 나타나는 아이러니적 자기규정을 인용한다.

더욱 흥미로운 변형태는 아티쿠스Atticus에게 보낸 키케로Cicero의 편지 에서 볼 수 있다. 여전히 매우 관습화되어 있었고 또 여전히 외면성으로 젖어 있었지만, 친숙한 편지는 "내밀하고도 친숙한 분위기" 속에서 "사 적 자아 감각"(FTC, 143쪽)을 탐색하기 위한 매체가 되었다. 이런 변화는 삶 의 여러 측면을 이제 어느 정도 공적 성격을 떨쳐 버린 것으로 재해석하 는 데 반영되어 있다. 예컨대 자연은 이제 하나의 "풍경", 즉 "완전히 사적 이고 단독적인 개인에게 … 지평(특수한 개인이 보는 것)이자 환경"(FTC, 143 쪽)으로 이해될 수 있다. 이때 개인은 "자연과 상호작용하는 것이 아니라" 오히려 산책을 하거나 무작위적으로 흘끗 보는 동안 자연을 관조한다 (FTC, 143쪽). "교양 있는 로마인의 사적 삶이 지닌 불안정한 통일성과 뒤얽 혀" 있는 "그림 같은 유물들"(FTC, 144쪽)이 시야에 들어온다. 이와 마찬가지 로 사소하고 세세한 매일매일의 삶이 중요해지듯 사적인 응접실도 중요하게 되며, 이런 산문적 사실들로 인해 이기심이 의미를 얻기 시작한다. '집에' 그리고 사적 공간에 있다는 것이 전기적이면서도 심리적인 가치를 얻게 된다.

바흐친은 사생활과 내면성을 지향하는 공적 형식의 세 번째 변형태를 '스토아적'이라고 부른다. 여러 작품들 가운데서 바흐친이 염두에 두었던 것은 여러 '위안문'(위안자로서의 철학과 상담하는 것), 이를테면 세네카Seneca의 편지, 마르쿠스 아우렐리우스Marcus Aurelius의 〈나 자신에게〉, 성 아우구스티누스Augustinus의 《고백록》 등이다. 이 작품들은 "—목격자도 없고 또 아무에게도 '제3자'의 목소리를 허용하지 않는—자신의 자아, 즉 자신의 특수한 '나'와의 새로운 관계"(FTC, 145쪽)를 제공해 준다. 아우렐리우스에게 타자의 시점은 분명 전적으로 부정적인 성격을 가지며 허영심의 원천이 된다. 이 세 번째 변형태는 오로지 사적인 의미만 있을 뿐 공적인 의미는 거의 없는 사건들—예를 들면, 키케로의 《위안》에 있는 딸의 죽음 (FTC, 145쪽)—의 중요성을 증대시킨다. 공적인 의미가 있는 사건들도 이제는 우선 사적인 함의라는 견지에서 기술될 것이다. 그래서 개인적 유한성의 감각이 전면에 등장한다.

이 모든 변형태들은 중요하다. 하지만 바흐친이 볼 때 이 변형태들은 앞으로 다가올 것에 비하면 여전히 원시적이다. "아직까지 진정 고독한 개인은 존재하지 않는다. 이 개인의 모습은 중세에 이르러서야 형성되고, 그 후 유럽 소설에서 지대한 역할을 수행한다"(FTC, 145쪽). 이기심은 비록 사적 영역을 내포하고 있을지라도 기본적으로는 여전히 공적 영역에 뿌리박혀 있었다. 징후적으로 보자면, 아우구스티누스의 《고백록》은 큰 소리로 하는 공식적인 연설을 요구하는 듯하다. "여기에서 고독은 여전히 매우 상대적이고 소박하다"(FTC, 145쪽).

이 논의 전체를 통해 바흐친의 산문학적 가치들이 명료하게 작동한다. 고대 전기와 자서전의 다음 특징, 즉 자아의 진정한 '생성', 성장, 출현 등의 결핍에 대한 설명으로 넘어갈 때, 바흐친은 한편으로 또 다른 총괄 개념인 종결불가능성을 끌어들이고 있는 듯하다. 바흐친은 아리스토텔레스의 엔텔레케이아[8] 개념이 "로마-헬레니즘 시기의 성숙한 전기 형식"에서 차지하는 중요성을 강조하는데, 이때 엔텔레케이아는 진정한 생성을 허용하지 않는 것으로 이해된다. "발전의 궁극적인 목적이 제1원인과 동일하다"(FTC, 145쪽)면 진정한 자기 창조가 불가능해지기 때문이다. 그 결과 "인물의 발전 과정에서" 일종의 "전도"(FTC, 145쪽)가 발생한다. 말하자면 목적이 항상 존재하면서 사건을 형성하며, 인생 행로는 기성의 특질을 단순히 드러낼 뿐이다. 이런 인물 이미지에서 시간은 새로운 것을 만들어 내지 못한다. 방해물이나 기회는 특질이 표현되는 것을 가로막거나 촉진할 수는 있지만, 진정으로 특질을 만들어 내지는 못한다. 정체성은 종자의 유전적 약호 속에 있는 것처럼 주어져 있다. 이런 측면에서, 19세기 소설은 경험에 의해 정체성이 질적으로 부단히 변화하는 진정한 생성 과정을 묘사한다는 점에서 고대의 이런 자서전 형식과 직접적으로 대조된다.

바흐친은 '성숙한' 로마-헬레니즘 전기의 두 유형을 골라낸다. 수에토니우스Suetonius가 예시하는 '분석적' 유형에서 전기는 '지침 항목'에 따라 제시된다. 인물의 전모는 처음부터 일련의 특질들로 주어져 있고, 전혀 별개의 시대에 벌어지는 사건들이 그 특질들 각각을 예증해 준다. 진정한 변화는 점차 감소한다. **분석적**이라는 용어를 사용할 때 바흐친은 이런 기

---

8 [옮긴이주] 엔텔레케이아는 '완전한 상태가 계속되는 것' 혹은 '목적에 있는 것'을 의미한다. 모든 운동의 시원으로서 순수 형상이라든가 제1원리가 이에 해당하며, 아리스토텔레스의 경우에는 신이 바로 그것이다.

법의 최근 사례, 예컨대 작가의 이력을 처음부터 주어진 주제의 변주로 간주하는 형식주의적이거나 구조주의적인 접근법을 염두에 두고 있었을 지도 모른다.

분석적 전기에 대립되는 것이 '활동적energetic' 전기인데, 이를 예시하는 것은 플루타르코스다. 여기에서는 아리스토텔레스의 **에네르게이아** 개념 이 중요하다. "인간의 본질은 그의 조건이 아니라 그의 활동에 의해서 실 현된다"(FTC, 140쪽). 행위는 실제의 인간을 이루는 본질적 특질을 단순히 예증하는 것이 아니다. 이와 달리 행위 그 자체가 "인물의 존재를 구성하 며, 인물은 그 에너지를 떠나서는 전혀 존재할 수 없다"(FTC, 141쪽). 따라서 정적인 특질들을 나열하는 것만으로는 인물에 접근할 수 없고, 반드시 그/그녀의 행위를 묘사해야만 한다.

그렇지만 활동적 전기에도 진정한 생성은 없다. 실제의 경험과 역사적 사건은 "단지" 한 개인의 특징적 에너지를 "드러내는 수단으로" 제시될 뿐이다(FTC, 141쪽). "역사적 현실은 인물 그 자체에게 어떤 결정적인 영향도 끼치지 못한다"(FTC, 141쪽). 엔텔레케이아는 여전히 우월한 것으로 군림하 며, 그로 인해 고대의 활동적 전기도 지침 항목에 의한 전기 못지않게 근 대소설에 대립된다. 엔텔레케이아에 지배되는 모든 작품에서 동일한 인 물이 상이한 문화나 상이한 시대에 동일한 방식으로 등장하거나 발전하 지 못할 이유는 원칙적으로 없다. 그러므로 활동적 전기에서는 (특질들을 단순히 나열하거나 예증하는 것이 아니라) 삶을 서술하는 것이 실제로 중요 하다 할지라도, 인물의 어떤 특질이 언제 처음으로 표명되는지는 전혀 문 제 되지 않는다는 의미에서 시간은 여전히 "가역적"(FTC, 141쪽)이다. 서로 다른 환경에서 이런저런 특질이 다른 특질보다 앞이나 뒤에 등장하겠지 만, 특질들의 총체성과 그 특질들 간의 관계는 변화하지 않는다. "인물 자체는 성장하지도 변화하지도 않으며, 단지 **채워질 뿐이다**"(FTC, 141쪽).

역사적 전도와 종말론

크로노토프 에세이에서처럼 산문학과 종결불가능성이 결합된다면, 단호한 반유토피아주의를 낳게 될 것이다. 모든 유토피아적 사유 형식은 개방성과, 매일매일의 창조적 노력이 갖는 중요성을 부인하는 것으로 이해된다. 물론 유토피아와 리얼리즘 소설은 서로 전통적인 적대자이고, 종종 상대방을 패러디하기도 한다. 그러므로 바흐친의 소설 중심적 크로노토프 에세이에 유토피아적 사유를 비판하는 부분이 있다는 사실은 그리 놀라운 것이 아니다. 여기에서 유토피아적 사유는 실제 역사적 시간의 감각과 진정한 생성의 감각을 불가능하게 만드는 것으로 기술된다.

바흐친에 따르면 실제적 생성의 감각이 존재하기 위해서는 미래, 특히 우리가 구체적으로 행위하는 직접적이거나 근접한 미래가 의미 있고 가치 있으며 변화에 열려 있는 것으로 인식되어야만 한다. 〈행위의 철학을 위하여〉에서와 같이, 바흐친은 세계를 우리 각자의 행위가 현실적인 가치를 지니는 곳으로 제시하고자 한다. 미래를 이런 식으로 보지 않는다면, 확실히 창조성 못지않게 윤리적 책임도 완전히 빈약해질 것이다. 바흐친은 두 종류의 유토피아적 크로노토프에 대해 논하는데, 그 각각은 "미래를 공허하게 만들고, 미래를 절개하며, 말하자면 최대한 미래를 착취한다"(FTC, 148쪽).

그중 하나는 "신화적이고 예술적인 사유"(FTC, 147쪽) 유형에 특징적인 것으로 '역사적 전도' 행위에 의해서 미래를 공허하게 만든다. 낙원 신화,

자연 상태, 영웅시대, 황금시대 등은 목적, 정의, 완전성을 미래가 아니라 과거에 자리 잡도록 한다. 이런 유의 '전위'나 '역사적 전도'에서 우리는 "시간에 대한 특별한 생각, 특히 미래 시간에 대한 특별한 생각"(FTC, 147쪽)을 목격한다. 구체적으로 말해서 미래는 비현실적인 것, 즉 존재하지도 않고 결코 존재한 적도 없는 것으로 여겨진다. 그래서 그것은 현재나 과거와 '동질적이지' 않다. 말하자면 상이한 실체로 이루어진 미래는 "기본적인 구체성을 상실하며—긍정적이고, 이상적이고, 의무적이고, 바람직한 모든 것은 전도를 통해서 과거(나 부분적으로는 현재)로 옮겨졌기 때문에—어느 정도 공허해지고 파편화된다"(FTC, 147쪽). 현재와 과거는 미래를 대가로 "풍요로워지"(FTC, 147쪽)며, 그래서 이상은 멀리 떨어져 있어서 접근할 수 없는 과거에 자리 잡거나, 만약 현재라면 멀리 떨어져 있는 장소(유토피아)에 자리 잡는다. 이런 유토피아는 다른 세계에 자리 잡고 있어서, 비록 현재와 동시에 존재한다 하더라도 어느 정도는 초시간적인 것으로 여겨진다. 이렇게 보면 정의正義는 **기획**project, 즉 가까운 미래에 우리 각자에게 의무로 부과되는 어떤 것이 아니다.

다른 유토피아적 사유 유형인 종말론에서 가까운 미래는 이와는 다른 방식으로—과거에 의해서가 아니라 절대적 종말에 의해서—공허해진다. 그 종말이 가까이 있든 멀리 있든, 그것이 완성의 도래든 파국의 도래든 완성을 위한 파국의 도래든, 그런 사유는 우리가 순간순간 살아가는 구체적이고도 가까운 미래를 평가 절하하는 결과를 낳는다. "종말론은 무가치한 종말에서 현재를 떼어 놓는 미래의 단편만을 언제나 인식한다. 그래서 시간을 분리하는 이 미래의 단편은 그 의미와 중요성을 잃어버려서, 한낱 끝없이 연기되는 현재의 불필요한 연장에 불과한 것이 된다"(FTC, 148쪽).

소비에트의 마르크스-레닌주의 이데올로기는 그 자체가 유토피아적 사유의 형식으로서 유토피아적 사유 전통 전체를 공식적으로 자신의 선조로 승인했기 때문에, 바흐친의 논평은 소비에트 이데올로기의 어떤 측면에 대한 비판이 될 것이다. 하지만 이 비판의 정확한 함의는 불분명하므로, 특정한 정치적 독해를 하기보다는 크로노토프 에세이의 일반적인 반유토피아주의를 강조하는 것이 더욱 현명한 듯하다.

기사도 로망스와 시각

바흐친이 분석한 것처럼 기사도 로망스는 모험 시간의 형식을 이용하는데, 이는 (볼프람 폰 에셴바흐Wolfram von Eschenbach의 《파르치팔Parzival》 같은) 대부분의 경우 그리스 로망스의 모험 시간과 비슷하지만 어떤 경우에는 《황금 당나귀》의 일상생활의 모험 시간과 비슷하다. 시간은 일련의 단절된 모험으로 파편화되는데, "이 안에서 시간은 추상적이면서도 기술적으로 배열된다. 그래서 시간과 공간의 연결도 한낱 기술적인 것에 불과하다"(FTC. 151쪽). 그리스 로망스에서와 마찬가지로 기사도 로망스에서도 우리는 주인공의 시험이라는 전형적인 모험 플롯뿐만 아니라, 동시성, 분리, 인정과 무시, 전제된 죽음 등과 같은 동일한 크로노토프적 모티프 또한 발견한다. 게다가 우리는 '갑자기들'로 형성된 동일한 시간 감각도 발견한다. 그럼에도 기사도 로망스는 새로운 요소를 추가하면서 그리스 로망스의 크로노토프와는 전혀 다른 크로노토프가 될 수 있었다.

기사도 로망스에서 전체 세계는 '갑자기들'에 떠넘겨지고 철두철미하게 경이적인 것이 된다. 갑자기 정상적인 생활 속에 돌출하여 남녀 주인공을 결국엔 정상적인 생활로 귀환함으로써 끝나게 될 일련의 모험으로 몰아

붙이는 대신, 우연한 사건이 **"모험 시간의"** 철저한 **"경이적 세계"**(FTC, 154쪽)를 완전히 떠맡아서 규정한다. **"'갑자기'가** 정상적인 것이 된다. … 그것은 경이적이기를 멈추지 않고도 일반적으로 적용 가능한 것이 된다"(FTC, 152쪽). "예상치 못함"이 규칙이 되고, 그래서 "예상치 못한 것, 그리고 오로지 예상치 못한 것만이 예상된다"(FTC, 152쪽). 그리스 로망스와 기사도 로망스의 다른 무수한 차이는 바로 이 차이에서 기인한다.

그리스 로망스의 주인공이 정상적인 삶의 복원을 바라는 반면, 기사도 로망스의 주인공은 모험을 추구한다. 모험은 기사도 로망스의 주인공에게 실로 본래적인 요소다. 그래서 모험으로 가득 찬 세계는 그리스 로망스의 남녀 주인공에게 낯설지 않은 것과 마찬가지로 그에게도 더 이상 낯설지 않다. 기사 주인공은 그 자체가 모험이고, "바로 그 본성상 그는 오로지 이 경이적인 우연의 세계에서만 살 수 있다. 모험만이 그의 정체성을 유지시켜 주기 때문이다"(FTC, 152쪽). 따라서 기사 주인공은 모험을 기대하고 찾아내는 사람으로서 어느 정도의 주도권을 갖는 반면, 이미 살펴본 것처럼 그리스 로망스의 주인공은 그렇지 않다.

그리스 로망스에서 우연이나 모험의 모티프는 "소박하"(FTC, 152쪽)지만, 기사도 로망스에서 우연은 매혹적이다. 그것은 선한 요정과 악한 요정으로 의인화되고, 감질나게 끌어당기는 매혹적인 숲이나 마법의 성에서 작동한다. 기사도 로망스의 주인공은 **"스스로를 찬미한다"**(FTC, 153쪽). 이런 의미에서 그리스 로망스는 영웅적 행위를 알지 못했다. 바흐친은 이런 관점에서 볼 때 기사도 로망스는 서사시에 더 가깝다고 지적한다. "사실상 운문으로 씌어진 초기 기사도 로망스는 서사시와 소설의 경계에 놓여 있다"(FTC, 154쪽).

게다가 기사도 로망스의 주인공이 어느 정도 개별적이면서도 상징적인 반면, 그리스 로망스의 주인공은 그렇지 않다. 서로서로 닮아 있는 그리스 로망스의 주인공들은 특정한 소설이나 저자에게 속해 있어서, 다른 소설들은 다른 주인공들을 중심으로 구성된다. 그러나 기사도 로망스에서 주인공들은 서로 다르다. "랜슬롯은 파르치팔을 전혀 닮지 않았고, 파르치팔은 트리스탄을 닮지 않았다"(FTC, 153쪽). 따라서 특정한 개인의 모험을 계속 이어 가려는 유혹이 나타난다. 이렇게 해서 우리는 개별적 로망스의 주인공뿐만 아니라 순환 연작의 주인공도 발견하게 된다. 이 주인공은 서사시의 주인공처럼 "공동 이미지 저장고에 속해 있다. 그렇지만 이 저장고는 서사시에서처럼 단순히 민족적이지 않고 국제적이다"(FTC, 153쪽).

마지막으로, 기사도 로망스의 크로노토프는 그리스 로망스와는 전혀 다른 방식으로 시간과 공간의 주관적 유희를 허용한다. 그리스 로망스에서 각 모험 속 시간은 하루가 언제나 하루이고 한 시간이 언제나 한 시간이라는 의미에서 기술적으로 정확하다. 하지만 철두철미하게 경이적인 기사도 로망스의 세계에서는 시간과 공간 그 자체도 경이적인 것이 된다. 전체 사건이 마치 전혀 일어나지 않았던 것처럼 사라져 버릴 수도 있으며, 동화에서처럼 시간이 늘어날 수도 있고 하루가 단축될 수도 있다. 즉, 시간 자체가 마법에 걸릴 수 있다. 공간적 범주 역시 동일한 방식으로 취급된다. 시간은 꿈의 시간처럼 될 수 있고, 그래서 꿈 자체가 새로운 기능을 떠맡고 사건에 영향을 주게 된다. 기사도 로망스의 후기 산문 형식에서 이런 경이적 세계의 전체성은 해체되기 시작하고, 그리스 로망스의 요소들과 비슷한 것들이 더욱 지배적이게 된다. 그러나 "이 독특한 크로노토프의 개별 측면들—특히 공간적 관점과 시간적 관점의 주관적 유희—은 이후의 소설사에서 이따금씩 재등장한다(물론 어느 정도는 변화된 기능을 가지고 재등장한다)"(FTC, 155쪽). 바흐친은 낭만주의자, 상징주의자, 표현주의자, 초현실주의자 등의 몇몇 작품을 염두에 두고 있다.

백과사전적 몽환시라는 장르는 시간과 공간을 훨씬 더 흥미롭게 파악한다. 바흐친이 염두에 둔 가장 중요한 작품들로는《장미 이야기Roman de la Rose》와《농부 피어스Piers Plowman》, 그리고 특히《신곡》이 있다. 이 작품들에서 특징적인 것은 어느 세기말에 나타나는 사회적 모순의 느낌, 즉 그 형식이 역사적 의미를 갖지 않을 수 없게 만드는 어떤 감각이다. 그렇지만 이와 동시에 그 작품들은 시간을 완전히 극복하고자 하는 훨씬 더 강력한 충동을 보여 준다.

이렇게 해서, 한편으로 우리는 윌리엄 랭런드William Langland와 단테에게서 다양한 사회계급과 다양한 종류의 사람으로 이루어진 "모순적 다중성"(FTC, 156쪽), 즉 "심오하게 역사적인"(FTC, 157쪽) 이미지를 발견한다. 다른 한편으로 이 장르는 이 역사적 수평축과 '직각을 이루는' 수직적 세계를 창조한다. 말하자면 그 장르의 형식 창조적 충동은 시간을 제어하고 극복하도록—"통시성을 공시화"(FTC, 157쪽)하도록—설계된 시간의 논리를 창조해 낸다. 지옥, 연옥, 천국이라는 단테의 여러 권역에서 우리는 "순전한 동시성"(FTC, 157쪽)의 시간, 즉 모든 것이 "순수한 동시적 존재"(FTC, 157쪽)로 융합되는 시간을 생산하고자 하는 충동을 발견한다. '이전'과 '이후'라는 개념은 실체를 상실한다. 오직 "순수한 동시성의 조건 아래에서만—혹은 동일한 말이지만, 시간을 완전히 벗어난 환경에서만—'있었던 것과 있는 것, 그리고 있어야 할 것'의 진정한 의미가 드러날 수 있다"(FTC, 157쪽)는 것이 그 장르의 감각이다. 그럼에도 단테 세계의 사람들은 "시간의 지표를 지니고 있다"(FTC, 157쪽). 사람들을 역사적 시간이 '스며들어' 있는 영원한 세계에 거주시킴으로써, 그 작품은 마치 인물들이 수직적 세계에서 수평적인 역사적 존재로 탈출하고자 하는 것처럼 읽힌다. "각각의 이미지는 역사적 잠재력으로 가득하기 때문에, 역사적 사건에 참여하기 위해서—시간적이고 역사적인 크로노토프에 참여하기 위해서—존재 전체를 내던진다. 그러나 예술가의 강력한 의지는 그 이미지에게 초시간적 수직축 위 영원한 부동의 장소에 머물 것을 선고한다"(FTC, 157쪽). 간단히 말해서, 이 작품의 특별한 힘은 대부분 전체의 형식 창조적 원리와 각 부분들의 시간성 사이, 즉 "생생한 역사적 시간과 내세의 초시간적 이상 사이의"(FTC, 158쪽) 긴장에서 유래한다. 바흐친에 따르면 라블레의 엄청난 패러디적 에너지는 내세의 이런 정적인 크로노토프에 반발해서 생겨났다.

우리는 훨씬 뒤에 도스토옙스키가 단테의 이 크로노토프를 이용하고자 했음을 알 수 있다. 바흐친은 '한순간의 교차'에 도스토옙스키가 매혹되었다는 점을 염두에 두었는데, 그것은 제6장에서도 논한 바 있지만 단테의 '순수한 동시성의 교차'와 유사한 논리를 적용한 것이었다.

산문적 알레고리화와 막간극적 크로노토프

"악한, 광대, 바보의 기능"이라는 제목이 달린 크로노토프 에세이의 제6장은 아마도 바흐친의 제3기 저술 중 가장 불투명한 부분일 것이다. 모호한 신조어들이 명확한 규정도 없이, 그리고 의미나 전체와의 연관성을 밝혀줄 만한 충분한 설명도 없이 도입된다. 바흐친이 분명 이 장의 화제들에 특별한 중요성을 부여하고 있다는 점에서, 이런 불투명성은 더욱 불만스럽다.

바흐친의 핵심은 그가 언급하는 《황금 당나귀》의 '일상생활'에 관한 논의와 밀접하게 관련되어 있는 듯하다. 기억해야 할 것은 저자, 즉 '제3자'의 입장이 사적인 것을 묘사하는 데 특별한 문제를 낳는다는 사실이다. 내밀한 것을 목격하는 자가 있다는 사실 자체가 자기모순적인 것처럼 보이기 때문이다. 공적 언어와 형식은 재현되는 사적 세계를 어느 정도 변경시킬 것이다. 당나귀의 형상, 그리고 후대의 문학에 등장하는 그와 유사한 형상들은 이 문제에 대한 특별한 해결책을 제시해 주었지만 충분한 해결책이 되지는 못했다. 여기에는 기법적인 것 이상이 고려되어야만 했다.

물론 '제3자'의 문제에서 더욱 심각한 것은 우리가 **"내적 인간"**(FTC. 164쪽)의 복잡한 세계, 즉 개별적이고 주관적인 경험의 세계를 이해하는 방법에 관한 문제다. 인물의 주관적 경험을 기술하는 저자는 필연적으로 타자의 주관적 경험을 기술하는 저자다.[9] 저자의 우월한 지위란 가능하지 않다는 점에서만이 아니라, 내적 경험의 본성이란 불분명한 것이어서 예술적 상상력으로 철저하게 사고되어야만 한다는 점에서도 저자의 입장은 문제적이다. "'내적 인간'과 그의 '자유롭고 자기 충족적인 주체성"(FTC. 164쪽)은 정확히 무엇인가? 이 문제를 해결하기 위해서는 형식적 해결책을 고안해 내는 것뿐만 아니라 실제적인 **예술적 사유**도 이루어져야만 했다. 그리고 바흐친이 높이 평가한 19세기 소설은 명백히 이런 사유 유형에 기대고 있었다.

몇몇 전통적 인물 형상들은 작가들이 이 문제를 철저하게 사유하는 데

---

9 이런 바흐친의 논점을 보완하자면 다음과 같은 사실에 주목할 필요가 있다. 19세기 소설에서 조차도, 콘스탄틴 레온티예프Konstantin Leontiev는 조용히 죽어 가는 인물의 마지막 순간을 기술할 때 톨스토이가 도무지 있을 수 없는 입장을 취한다는 점에 대해 이의를 제기할 수 있었다. "어떻게 톨스토이가 백작이 이것을 알고 있는가?"라고 레온티예프는 물었다. "그는 죽었다 살아난 것도 아니고 부활해서 우리를 방문한 것도 아니다"(레온티예프, 〈L. N. 톨스토이 백작의 소설들Novels of Count L. N. Tolstoy〉, 245쪽). 사형선고를 받은 남자의 마지막 순간을 기술하기 위해서 빅토르 위고Victor Hugo와 도스토옙스키가 특별히 사용한 장치들(예컨대 일기가 도무지 믿어지지 않을 정도로 마지막 순간까지 잘 기록되어 있다는 가정)에 대해서도 이와 비슷한 논쟁이 일었다. 도스토옙스키는 《작가 일기》의 1876년 11월호에 쓴 〈순한 사람 The Meek One〉에 대한 서문에서 이 문제에 대해 논한다.

도움을 주었다. 물론 광대, 바보, 악한은 문학에서뿐만 아니라 사회생활과 민속에서도 역시 오래된 형상이다. "이 예술적 이미지들에 역사적 측연測鉛을 드리운다 해도 우리는 그것들의 밑바닥에 닿지 못할 것이다—이 이미지들에는 그 정도의 깊이가 있다"(FTC, 158~159쪽). 이 깊이는 그 3인조에게 커다란 잠재력을 부여했고, 내적 인간의 문제를 해결할 필요가 있었던 소설은 그 잠재력의 일부를 사용했다.

우선 소설은 저자의 입장이라는 문제를 해결하고자 그 형상들을 포착했다. 당나귀, 지붕을 벗겨 버리는 악마, 결국에는 듣고 있었다는 것이 드러나는 가짜 귀머거리 등 정교하면서도 다루기 힘든 장치 대신, **소설가 자신**이 바보나 광대나 악한의 입장을 떠맡았다. 핵심은 소설을 쓰기 위해서는 이 세 형상 중 어느 하나가 소설 속에 반드시 도입되어야만 한다는 사실이 아니라(물론 이런 일이 자주 일어나기는 하지만), 그런 서술자가 명시적으로 등장하지는 않더라도 저자의 입장 자체가 '바보처럼' 된다는 사실에 있다.

바흐친의 고찰에 따르면, 내적 삶을 이해하기 위해서는 무엇보다도 먼저 그것을 은폐하는 모든 관습적 지층을 벗겨 내야만 한다. 바보가 된다는 것은 저자에게 '이해하지 않을' 권리, 즉 '몰이해'의 권리를 부여하는 것이다. 보로디노의 전투에 참전한 피에르뿐만 아니라 톨스토이 자신도, 독자나 대부분의 인물이 당연시하는 가장 단순한 사회적 관습조차 파악하지 못하는 바보의 입장에서 서술한다. "마침내 … 삶의 영원한 염탐꾼과 반사경이 되어 줄 … 존재 양식을 그릴 수 있는 형식이 발견되었다"(FTC, 161쪽).

이에 못지않게 중요한 것으로서, 바보의 이미지는 작품 **속의** 한 인물로 제시될 경우 사람의 내적 삶의 본성을 탐구할 수 있는 방식을 제공해 주었다. 여기에서 중요한 점은 첫째, 내적 인간에 직접적으로 접근할 수 없을 때 일종의 '은유적' 접근법이 필요했다는 사실이다. 여기에서 바흐친은 **은유적**이라는 말을 '간접적'이라는 의미로 사용한다. 둘째, 바보의 형상은 모든 인간성을 대표해서 규범이 드러나도록 해 주는 하나의 극단으로 이용될 수 있었다. 이런 특별한 의미에서 볼 때, 은유화는 또한 '알레고리화'가 된다. 바보를 이런 식으로 이용할 때, 소설은 인간의 경험 전체를 암시하기 위해서, 즉 본질적 인간과 모든 인간 생활의 이미지를 암시하기 위해서 (차르이자 신으로) 다양하게 변형되었던 바보 형상의 전통을 끌어들인다. 바흐친은 "신이나 지배자에서 노예나 범죄자나 바보로 변신[한] … 그리스도의 열정"을 하나의 실례로 인용한다. "그런 조건에서 인간은 알레고리의 상태에 있다. **알레고리적 상태**는 소설의 입장에서 보면 형식 유발이라는 엄청난 의미가 있다"(FTC, 161~162쪽).

마지막으로 알레고리화는 특히 **산문적** 목적을 위해서 사용된다. 은유와 알레고리는 (바흐친이 이 부분에서 사용하는 의미에 따르면) "산문적 은유"와 "산문적 알레고리"(FTC, 166쪽)다. 이것들은 특히 매우 내밀하고 산문적인 행위나 생각을 하는 사람들의 삶을 탐구하는 데 사용되곤 한다.

인물로서의 바보는 이런 탐구를 할 수 있는 방식을 제시해 주었다. **추다크**chudak(기인, 괴짜)의 모습을 한 바보는 "'내적 인간'을 드러내는 중요한 수단이 된다"(FTC, 164쪽). 바흐친이 제시하는 사례는 트리스트럼 섄디인데, 그는 기이한 의식 때문에 탐구 대상이 될 수 있는 바보이고, 우리의 모든 내적 삶의 본성을 좀 더 가시적으로 만드는 기벽을 소유한 사람이다. 이런 유의 기벽은 바흐친이 의미하는 산문적 알레고리화에서 중심을 차지한다.

바흐친은 이 지점에서 잠시 용어상의 문제를 논한다. 그 당시에는 이 현상을 나타낼 수 있는 적절한 용어가 없었고, 그래서 소설가들 자신이 간혹 중심인물에 기반해서 용어—팡타그뤼엘리즘, 샌디즘—를 주조하곤 했다. 아이러니, 패러디, 농담, 유머, 기발한 생각, 그로테스크 등의 용어들은 그 현상의 토대가 되는 기벽의 특별한 기능을 포착해 내지 못했다. 광대 기질이나 숭엄한 어리석음, 혹은 기벽에 대해 말하는 것조차도 이 형상이 그리스도와 마찬가지로 알레고리적이라는 점—이 형상을 통해서 우리는 모든 사람들의 내적 삶에 간접적으로 접근할 수 있다—을 간과한다. 따라서 바흐친은 그 현상을 나타내기 위해서 산문적 알레고리화라는 용어를 제안한다—하지만 바흐친은 이 용어 역시 한계가 있음을 알고 있었던 듯하다.

유감스럽게도 산문적 알레고리화나 산문적 은유라는 용어는 시적 알레고리화나 은유화와 직접적으로 대조를 이루는 듯하나, 바흐친은 이런 대조를 하려고 했던 것 같지는 않다. 산문적 은유는 시적 은유와 대립되지 않으며, 그 글자 그대로 "시적 은유와는 전혀 공통점을 갖고 있지 않다"(FTC. 166쪽). 우리는 바흐친의 신조어를 세 단계에 걸쳐서 이해할 필요가 있다. 즉, 우회로서의 은유, 은유적 우회로서의 알레고리 더하기 전체 인간 조건에 대한 암시로서의 알레고리, 내밀하게 진행되는 평범한 삶을 개념화해서 재현한다는 소설의 문제를 해결하기 위해 알레고리화를 사용하는 것으로서의 산문적 알레고리화.

산문적 알레고리화는 일단 정립되면 새로운 현상(좀 더 정확하게 말하면, 오래된 현상의 새로운 사용), 즉 '막간극적 크로노토프'가 될 수 있었고 또 그 자체로 그것을 생산해 내는 데 이용되었다. 샌디즘의 기벽은 작품의 지배적 크로노토프를 중단하는—그 크로노토프의 막간극이 되는—특별한 장면으로 확장될 수 있었다. 바흐친이 이에 가장 부합하는 예로 든 것은 《허영의 시장》인데, 이 작품의 제목은 중심 서사의 크로노토프를 중단시키고 그 크로노토프를 주목하게 만드는 막간극적 크로노토프를 지시한다. 막간극적 크로노토프는 너무나도 빈번하게 연극조의 크로노토프가 되는 경향이 있다. 말하자면 그것은 자신이 막간극으로 편입된 삶에서 분리되어 있으면서도 그 삶과 연결되는 일종의 연극의 크로노토프가 되는 경향이 있다. 문제를 더욱더 복잡하게 만드는 것은 이 크로노토프가 《허영의 시장》에서와 동일하게 전개되지 않을 수 있다는 사실, 즉 오직 특수한 순간에만 감지되는 '은폐된 크로노토프'일 수도 있다는 사실이다. "《트리스트럼 샌디》의 중심에는 인형극의 막간극적 크로노토프가 위장된 형태로 놓여 있다. 스터니즘Sterneanism은 저자 자신에 의해서 조종되고 논평되는 꼭두각시의 스타일이다"(FTC, 166쪽). 고골의 〈코〉에도 역시 이와 비슷한 은폐된 크로노토프가 있다.

막간극적 크로노토프는 스턴 이전에도 오랫동안 있었던 또 다른 기능을 전해 준다. 그것은 서로 다른 두 크로노토프적 관점에서 바라보는 행위의 가능성을 전경화함으로써 각각의 크로노토프가 가능한 여러 크로노토프들 중 하나라는 사실을 강조한다. 바흐친의 약간 다른 용어를 사용하자면, 막간극적 크로노토프는 '소박하고' '프톨레마이오스적'인 크로노토프를 전혀 허용하지 않는다. 그래서 그것은 '갈릴레오적 크로노토프 의식'을 창조해 낸다. 이 현상에 맞는 바흐친의 용어는 **혼종화**인데, 이는 시간-공간들의 혼종화를 꾀하기 위해서 바흐친이 (여러 이질언어적 언어들의) 소설적 혼종화의 논리를 끌어들이려 한다는 점을 암시해 준다. 우리는 이런 혼종화를 《돈 키호테》에서 볼 수 있는데, 여기에서는 "기사도 로망스의 '낯설고 경이적인 세계'의 크로노토프와 피카레스크 소설에 전형적인 '고국으로 통하는 꼬불꼬불한 지름길'의 크로노토프 사이에"(FTC, 165쪽) 복잡한 대화가 이루어진다. 실제의 모든 대화처럼 그 상호작용은 개별 크로노토프들을 조합할 뿐만 아니라 "개별 크로노토프의 성격을 근본적으로 변화시키기"도 한다. 그래서 "그 둘 모두는 은유적 의의를 가지고 실제 세계와 완전히 새로운 관계를 맺는다"(FTC, 165쪽). 막간극적 크로노토프는 대화적으로 상호작용하는 크로노토프들의 이런 잠재력을 이용하는 데도 역시 잘 들어맞는다.

괴테와 교양소설 에세이: 생성의 전사

바흐친의 크로노토프 에세이는 1937~1938년에, 괴테와 교양소설에 관한 연구서는 1936~1938년에 씌어진 듯하다. 괴테 에세이는 작은 단편만이 남아 있고 그중 일부는 내용 설명이나 개요의 형식처럼 보이기 때문에, 이 두 연구서 사이의 정확한 관계를 규명하기란 매우 힘들다. 하지만 이 둘이 밀접한 관계를 맺고 있다는 것만은 분명하다. 확실히 이 둘은 마치 동일한 연구서의 다른 부분처럼—괴테 에세이가 핵심 개념에 대한 해명을 요구한다면, 라블레에서 끝나는 크로노토프 에세이는 속편을 요구하는 것처럼—읽힌다. 현전하는 괴테 에세이는 크로노토프라는 용어를 자주 사용하기는 하지만 전혀 설명하지는 않는다. 돌이켜 보면 이 생략은 괴테 에세이를 크로노토프 에세이의 또 다른 장으로 읽는 것이 현명한 일임을 알려 준다.

교양소설 에세이의 기본 화제는 진정한 '생성'의 감각이 괴테의 시대에, 그리고 특히 괴테의 작품에 등장했다는 것이다. 바흐친에게 이 감각은 최소한 다음과 같은 세 가지 요소를 의미한다. ① 개인은 진정으로 성장해야만 한다. 즉, 개인의 정체성은 발전해야만 하고, 개인은 자신의 정체성을 발전시킬 수 있어야만 한다. 이렇게 파악된 정체성은 처음부터 어느 정도 있었던 것을 단순히 펼쳐 보이거나 드러내는 데 그치지 않는다. ② 이는 역사에도 해당한다. 즉 과거, 현재, 미래는 변화가 자의적인 방식으로 일어나지 않는다는 것(모든 일이 발생할 수는 없다)을 의미하는 진정한 성장 과정에 의해서 연결되어야만 한다. 또한 진정한 성장은 그 전개 과정이 비인격적인 자동적 힘의 작동에 의해서나 기계적 인과율에 의해서, 또는 그 외의 어떤 철저한 결정주의적 연쇄에 의해서는 완전히 다 설명될 수 없음을 의미한다. 요컨대 진정한 역사적 생성은 (각각 제한된) 연속성과 창조성을 모두 내포한다. 이 논의에서 우리는 바흐친이 미래를 위한 텍스트의 '잠재력'과 '장르 기억' 사이의 관계를 기술하는 데 사용했던 것과 본질적으로 동일한 논리를 감지할 수 있다.[10] ③ 두 과정—개인의 생성과 역사의 생성—은 상대방의 변종도 아니고 전적으로 독립적인 것도 아니다. 개인의 성장은 역사와 사회 세력들에 의해서 결정적으로 형성되지만 전적으로 그런 것은 아니다. 이때 역사와 사회 세력들은 한낱 배경이 아니다. 인격과 그 성장을 이해하기 위해서는 역사적 시간착오라는 개념이 필요하다. 이와 동시에 개인은 철저하게 '그 시대의 산물'로 환원될 수 있는 것도 아니다. 말하자면 개인은 놀라게 할 능력을 갖고 있는데, 궁극적으로 역사적 변화를 불러일으키는 것은 분명 이런 유의 놀라움이다. 내적 인간, 즉 사적이고 내밀한 영역은 자신의 상대적 완전무결함을 갖는다. 이는 바흐친의 언어사 기술 논리와 유사하다.

이 세 요소가 없다면—'복합적 변형도 허용된다'—진정한 역사성의 감각도 있을 수 없고 '시간의 충만함'이라는 감각도 있을 수 없다. 그래서 개

---

10 이 책의 제7장 참조.

인도 실제 있는 그대로 이해될 수 없다. 바흐친은 다음과 같이 적는다.

이 에세이의 중심 주제는 소설 속 인물의 이미지와 시간-공간이다. 우리는 실제의 역사적 시간과 역사적 인물을 소설이 흡수하고 있는지에 따라 판단할 것이다. 이 문제는 본성상 주로 이론적 문제지만, 구체적인 역사적 자료가 없다면 어떠한 이론적 문제도 해결될 수 없을 것이다. … 따라서 우리의 좀 더 특화된 주제는 소설 속에서 생성 과정에 있는 인물의 이미지다(BSHR, 19쪽).

바흐친은 진정한 생성의 감각이 발생하기 이전의 픽션을 '성장 없는 소설novels without emergence'로 분류하는 데서 시작한다(이 책 698~700쪽의 분류표 참조). 이 분류는 사실상 몇몇 관련 장르들을 통합하는 일련의 최상위 범주들로 이루어져 있다. 바흐친은 성장 없는 소설을 세 개의 포괄적 부류로 나눈다. 그래서 이런 분류를 크로노토프 에세이의 맥락에서 읽는다면, 그 세 부류는 고대의 세 가지 크로노토프뿐 아니라 그와 연관된 후대의 몇몇 장르도 포함한다.

바흐친이 제시하는 첫 번째 포괄적 부류는 '여행소설'인데, 여기에는 《황금 당나귀》(루키우스의 방랑), 《사티리콘》(엔콜피우스의 방랑), 피카레스크 소설들(《라자로 출세기Lazarillo de Tormes》, 《프랑시옹Françion》, 《질 블라스Gil Blas》), "디포의 모험-피카레스크 소설들(《싱글턴 선장Captain Singleton》, 《몰 플랜더스Moll Flanders》)"(BSHR, 10쪽), 스몰릿의 《로더릭 랜덤의 모험The Adventures of Roderick Random》, 《페러그린 피클의 모험The Adventures of Peregrine Pickle》, 《험프리 클링커의 원정The Expedition of Humphrey Clinker》, 그리고 기타 수많은 작품이 포함된다. 이 유형의 서사에서 주인공은 "공간 속의 움직이는 점"이고

"본질적으로 구별되는 어떤 특징도 가지지 않으며, 그 자신이 소설가의 예술적 배려에서 중심이 되지도 않는다"(BSHR, 19쪽). 그 대신 저자는 세계의 사회적 다양성을 묘사하기 위해서 모험을 이용한다.

이 다양성은 비역사적으로 이해된다. 그래서 우리는 "세계의 다양성에 관한 순전히 공간적이고 정태적인 이해"만을 발견한다. "세계는 차이와 대조의 공간적 연속이다"(BSHR, 11쪽). 이렇게 해서 "시간적 범주는 전혀 발전하지 않으"(BSHR, 11쪽)며, 역사나 개인의 발전에 대한 실제 감각도 존재하지 않는다. 주인공의 성장과 나이는 완전히 누락되거나, 아니면 어떤 본질적인 창조적 효과도 내지 못한 채 외형을 나타내기 위해서만 언급될 뿐이다. 이런 작품은 우선 모험 시간에 의존하며, 그래서 어떤 모험의 한계 내에서 시간을 기술적으로 측정하는 요소들이 시간을 결정하게 된다. 이 유형의 소설은 사회들을 대조함으로써 종종 '이국적'인 것에 초점을 맞추곤 한다. 그리고 정태적 세계의 정태적 인물을 묘사함으로써 "인간의 성장과 발전을 인식하지 못한다"(BSHR, 11쪽). 예컨대 주인공의 지위가 거지에서 부자로 변할지라도 "주인공 자신은 변화하지 않는다"(BSHR, 11쪽).

두 번째 포괄적 부류인 '시련소설the novel of ordeal'은 무수히 많은 작품들, 사실상 "〔이제까지〕 생산된 대부분의 〔유럽〕 소설"(BSHR, 11쪽)을 포함한다. 여기에는 그리스 로망스와 기사도 로망스, 초기 기독교의 (특히 순교자의) 성인전, 그리고 두 유형의 바로크 소설, 즉 래드클리프Ann Radcliffe, 루이스M. G. Lewis, 월폴Horace Walpole 등의 "모험-영웅소설"과 "열정으로 충만한 심리적 감상적 소설(루소, 리처드슨)"(BSHR, 14쪽) 등이 포함된다. 이 범주의 중심에는 주인공의 시험이라는 이념이 있다. 이미 살펴본 것처럼, 이런 유의 이야기가 이해하는 정체성은 완성되어 있고 변화하지 않으며 미리 주어져 있는 것이다. 그래서 특질들은 긍정되고 확증되지만 성장하거나 발전하지는 않는다. 바흐친의 견해에 따르면, 이 범주의 잠재력은 바로크 소설에서 가장 잘 실현되었다. 바로크 소설은 "규모가 큰 소설을 구성하는 데 필요한 플롯의 모든 가능성들을 시험의 이념에서 끌어올 수"(BSHR, 13쪽) 있었던 것이다.

시련소설이, 특히 그 바로크판에서 가장 크게 공헌한 점은 풍부한 '심리적 시간'의 감각이었다. 이런 시간은 예를 들면 위험에 대한 반응, 견딜 수 없는 불안, 열정 등에 대한 묘사에서 "주관적 인지 가능성과 지속"(BSHR, 15쪽)을 얻게 된다. 그럼에도 이런 유의 심리적 시간은 다른 것과, 심지어는 주인공의 나머지 삶과도 연결되어 있지 않다.

이 유형의 소설에서 일상생활은 여행소설에서보다 덜 중요해지는 경향이 있다. 여기에서 사회 세계는 19세기 소설과 달리 단순한 배경이 된다. 주인공은 근본적으로 세계에 영향을 끼치거나 세계에 영향을 받지 않으며, 세계의 변화를 추구하지도 않는다. 그래서 일반적으로 "시련소설에서는 주체와 객체, 인간과 세계의 상호작용 문제가 발생하지 않았다"(BSHR, 16쪽)고 말할 수 있을 것이다. "이는 이런 유형의 소설에서 영웅주의의 본성이 (역사적 주인공이 묘사될 때조차도) 비생산적이고 비창조적인 이유를 설명해 준다"(BSHR, 16쪽).

그럼에도 시험의 이념은 주인공을 중심으로 소설을 조직하는 데 성공했고, 교양소설에서 전개된 성장의 개념과 결합할 때에는 위대한 19세기 소설의 형성에 지대한 공헌을 할 수 있었다.

성장 없는 소설의 세 번째 포괄적 부류는 '전기소설'로서 "현실적으로 결코 순수한 형태로 존재하지 않았다"(BSHR, 17쪽). 그래서 이 부류는 크로노토프 에세이에 나오는 고대 전기나 자서전처럼 실로 이상하다. 여기에는 고대의 전기 작품, 초기 기독교 고백록, 성인전, 그리고 가장 중요한 것으로서 18세기의 '가족-전기' 소설 등이 포함된다. 바흐친이 언급하는 유일한 실례는 《톰 존스Tom Jones》다. 이 유형의 소설은 주인공의 삶 전체를 다루지 그 전체에서 모험주의적으로 벗어나 있는 한 부분을 다루지는 않는다. 다른 말로 하자면 이 소설은 "전기적 시간"(BSHR, 17쪽)의 감각을 펼쳐 보인다. 그 결과 삶의 사건들은 "반복 불가능하고 비가역적인 것들"(BSHR, 17~18쪽)이 된다. 게다가 한 인물에 대한 전기적 이해는 근본적으로 세대의 이념을 끌어들인다. 이 이념이 "여러 시대에 걸친 생명체들의 연속성"(BSHR, 18쪽)을 의미하기 때문에, 그런 작품들은 실제의 역사적 시간을 이해하기 위한 중요한 일보를 내딛는다. 그렇지만 이 작품들이 실제로 그런 이해에 도달한 것은 아니었다. 사회 세계가 단순한 배경 이상이 되기 시작하자 이제 이국 취향은 사라져 버린다. 피카레스크 소설에서는 사회적 위치가 가면에 불과했던 반면, 여기에서는 그 위치가 "삶을 결정하는 본질을 획득한다"(BSHR, 18쪽).

이제 주인공은 실제의 구체적 특질들, 즉 적극적 특질과 소극적 특질을 모두 갖게 된다. 그래서 "그는 [단지 수동적으로] 시험에 부쳐지는 것이 아니라 현실적인 결과물을 얻기 위해서 노력한다"(BSHR, 19쪽). 그럼에도 이런 특질은 '기성의' 것이자 미리 주어져 있는 것이다. 주인공은 작품 전체에 걸쳐서 본질적으로 변화하지 않는다. 사건은 주인공의 운명을 형성할 수는 있지만 그의 정체성을 건드리지는 못한다.

성장소설

가족-전기소설의 18세기 형태는 완전하고도 진정한 생성의 감각으로 나아가는 중요한 일보였다. 그 다음의 일보는 교육소설the novel of education의 몫이었다. 바흐친에 따르면, 괴테는 더욱 완전한, 시간과 발전의 감각을 통해서 사유했던 핵심 인물이었다. 이때 그 감각은 19세기 소설, 즉 유럽 역사에서 가장 풍요로운, 시간과 생성의 감각을 소유한 서사 형식이 발전하는 데 본질적인 것이었다. 바흐친의 연구서가 온전하게 남아 있었다면, 아마도 그의 사유에서 가장 위대한 세 명의 문학적 형상은 도스토옙스키, 라블레, 괴테라는 점이 밝혀졌을 것이다.

여행소설, 시련소설, 전기소설을 개괄한 뒤 바흐친은 주요 관심사인 "비할 바 없이 희귀한 유형"(BSHR, 21쪽)으로 향한다. 그것은 바로 **인물 성장소설**the novel of a person's emergence"(혹은 인물 '생성' 소설roman stanovleniia cheloveka)(BSHR, 21쪽)이다. 이런 소설의 몇몇 형태에서 주인공과 주인공의 이미지는 변화하고 생성되고 발전한다. 게다가 주인공 자신의 이런 변화는 (단지 주인공의 위치를 바꾸는 데 불과한 변화와는 대립되는 것으로서) **플롯상의 의의**를 획득하고, 그럼으로써 소설의 전체 플롯을 재해석하고 재구성한다"(BSHR, 21쪽). 이런 소설은 인물의 정체성을 단순히 드러내는 것이 아니라 인물이 어떻게 정체성을 발전시키는가를 **주제**로 삼는다. 엔텔레케이아는 더 이상 정체성을 규정하지 못한다. 그 대신 "시간이 인물에 도입되고, 인물의 이미지 자체에 들어와 인물의 운명과 삶의 모든 중요한 측면을 근본적으로 변화시킨다"(BSHR, 21쪽).

인물이 진정 이런 방식으로 성장한다는 생각은 심오하지만, 이때 역시 우리는 성장이 일어나는 **방법**을 이해하는 정도에 따라 (대안적 정식뿐만 아니라) 심오함의 등급을 식별할 수 있다. 바흐친은 성장소설의 다섯 가지 유형을 이해하는 데 토대가 되는 하나의 중요한 변수에 초점을 맞춘다. 그 변수는 "실제 역사적 시간의 흡수 정도"(BSHR, 21쪽)인데, 이는 특정한 소설이 개인의 생성과 사회역사적 변화의 관계를 이해하는 정도를 의미한다. 말하자면 가장 심오한 성장소설은 개인의 생성뿐만 아니라 사회의 생성도 재현한다. 그래서 이 소설은 이 두 과정을 상호 환원 불가능하지만 그럼에도 밀접하게 연결되어 있는 것으로서 재현한다.

성장소설의 첫 번째 유형은 '목가적-순환적' 크로노토프를 사용한다. 여기에서 성장은 나이를 먹은 결과로서, 그리고 아이에서 젊은이로, 성인으로, 노인으로 나아가는 진행 과정의 결과로서 고찰된다. 이는 각각의 삶이 언제 어디에서 발생하는가와 무관하게 그 삶에서 반복되기 때문에 순환적이다. 따라서 여기에는 개인의 생성에 대립하는 것으로서의 역사적 생성에 대한 실제 감각이 결여되어 있다. 바로 이때 이 크로노토프는 순수한 형태로 존재하는 것이 아니라—예컨대 주로 다른 크로노토프에 따라 작품을 쓴 스턴과 톨스토이에서뿐만 아니라 "18세기 전원시인의 작품과 향토주의 소설가들의 작품"(BSHR, 22쪽)에서처럼—다른 크로노토프와 결합한다.

이와 다른 유형의 순환적 시간은 성장소설의 두 번째 유형, 즉 '협의의' 교양소설의 크로노토프에서 찾을 수 있다. 여기에서 바흐친은—《키로파이디아》[11]에서 《허영의 시장》에 이르는 모든 작품을 포함하는 식으로—더 광범위하게 분류하면 자신이 염두에 둔 하위 부류의 독특한 크로노토프적 특질을 보지 못하게 할 것이니 오히려 교양소설을 협소하게 이해하는 것이 자신의 의도에 더 부합한다고 생각한다. 교양소설—"18세기 후반의 고전적 교육소설"(BSHR, 22쪽)—에서는 나이를 먹는다는 자연적 순환이 아니라 이상주의에서 회의주의와 체념으로 나아가는 경로가 정체성을 형

---

11 《키로파이디아》는 크세노폰(기원전 430~359)의 작품으로, 알렉산드로스 대왕 이전의 고대에 가장 유명했던 키루스 대왕의 허구적 전기다. 키루스가 교육을 받고 명성을 떨친 뒤 죽음에 이르는 과정이 그려져 있다.

성한다. 삶은 경험으로 인식되고, 그래서 "모든 사람이 거쳐야만 하는, 누구나 좀 더 철이 들게 된다는 동일한 결론이 도출되는"(BSHR, 22쪽) 학교로 인식된다. 바흐친은 빌란트Christoph Martin Wieland와 베첼Johann Carl Wetzel을 사례로 들고 있으며, 히펠Theodor Gottlieb von Hippel, 장 파울, 괴테 등에게서 이 크로노토프의 요소들을 인식해 낸다. 여기에서도 역시 진정한 역사적 생성은 선명하지 않다.

세 번째 유형에서는 순환성이 사라진다. 그래서 성장은 개별적이고 반복 불가능한 변화라는 견지에서 인식된다. "여기에서 성장은 삶의 환경과 사건이 총체적으로 변화한 데 따른 결과물, 말하자면 활동과 작업에 의한 결과물이다. 인간의 운명은 〔기성의 것이 아니라〕 창조되는 것이고, 이와 더불어 그 자신, 즉 성격도 창조된다"(BSHR, 22쪽). 《데이비드 카퍼필드David Copperfield》와 《톰 존스》는 이 유형을 예시해 주는 것으로 언급된다. (바흐친은 어떻게 《톰 존스》가 성장 없는 소설—가족-전기소설—이면서 동시에 성장의 소설일 수 있는지는 설명하지 않는다.)

'교훈적-교육소설didactic-pedagogical novel'은 네 번째 유형으로서 《키로파이디아》까지 거슬러 올라갈 수 있고 《에밀Émile》도 포함한다. 이 크로노토프의 요소들은 라블레와 괴테에게서 발견할 수 있다. 바흐친은 이 유형을 실제로 기술하지는 않는데, 이는 아마도 여기에 속하는 대다수의 작품들이 성장 없는 소설의 범주 중 어느 하나에 할당된다는 점을 그의 분류법이 대변해 주기 때문일 것이다. 일반적으로 우리는 바흐친의 분류가 다소 비일관적이라고 비난할 수 있다. 우리는 바로 〈심미적 행위에 있어서 저자와 주인공〉 이래 계속된 바흐친의 사유 습관을 다시금 감지할 수 있다. 그것은 자체 내에 추진력을 갖고서 비일관성—발견될 수도 있고 발견되지 않을 수도 있으며, 해결될 수도 있고 해결되지 않을 수도 있다—을 생산해 내는 일련

의 범주들을 갈고닦는다는 하나의 이념으로 사유하는 습관을 말한다.[12]

바흐친의 주요 관심사는 다섯 번째 유형인 '역사적 성장' 소설인데, 이는 매우 심오한 크로노토프성을 보여 준다. 이 유형은 "실제의 역사적 시간"(BSHR, 23쪽)을 흡수했다는 점에서 지금까지 씌어진 소설 부류나 하위 부류와 구별된다. 성장소설의 앞의 네 유형에서 인물은 정말로 발전했지만, 그 발전은 "말하자면 사적인 일이었고, 성장의 결과물 역시 본성상 사적이고 [순수하게] 전기적인 것이었다"(BSHR, 23쪽). 각각의 인물은 변화하고 발전했지만 그/그녀가 살았던 세계는 고정된 것으로 표상되었다. 그래서 예컨대 주인공은 불변하는 삶의 법칙에 적응하는 법을 배웠을 것이다. 교양소설에서 주인공은 세계에서 얻은 경험을 통해 형성되었지만, 세계 자체는 아무런 영향도 받지 않은 채 "근본적으로 부동의 기성품으로 주어졌다"(BSHR, 23쪽). 특정한 크로노토프의 형식 창조적 충동이 세계를 주어진 것이나 기성의 것(gotov)[13]이 아니라 실제 특정한 사람들의 삶에서 인간의 노력에 의해 창조되는 것(sozdan)으로 파악할 때, 비로소 완전한 실제적 시간 감각이 성취될 수 있다.

역사적 성장소설에서 인물은 "**세계와 더불어** 성장하고 세계 자체의 역사적 성장을 반영한다"(BSHR, 23쪽). 예컨대, 그는 두 역사적 시대 사이의 '이행점에' 자리할 수 있는데, 이 경우 그 이행 자체는 "인물 안에서 그리고 인물을 통해서 성취된다"(BSHR, 23쪽). 역사적 시간은 그의 정체성에 스며들

---

12 다시 말하지만, 소비에트판 선집의 편집자들이 (영어판의 토대가 된) 출판본 텍스트를 정확히 어떻게 만들어 냈는지 기술했다면 이 문제는 해결되었을지도 모른다. 일반적으로 바흐친에 관한 연구는 접근이 제한된 바흐친의 사료들을 포괄적으로 기술할 수 있을 때 크게 발전할 것이다.
13 러시아판 텍스트는 본질적으로 동의어인 이 두 용어를 'gotovaia dannost'(기성의 주어져 있는 것)라는 구절로 결합한다.

지만, 그럼에도 그 자신은 주도권을 쥐고 있기 때문에 역사적 시간의 단순한 생산물이 아니다. 이런 크로노토프에서 처음으로 "미래에 의해 장악된 조직력이 극도로 커진다"(BSHR, 23쪽).

바흐친이 말하는 '미래'는 우선 순전히 사적이고 전기적인 견지에서는 이해 불가능한 미래고, 다음으로 유토피아적이거나 종말론적인 것이 아니라 가까이 있는 구체적 미래다. 이 유형의 소설은 미래—개인의 실질적인 결정이 내려지는 영토—를 '근접한 발전 구역'으로 이해한다. 이 미래는 최고로 중요한 것이어서, 이 유형의 소설은 다른 모든 문학 형식들이 이전에 부여했던 것보다 더 높은 가치를 미래에 부여한다.

인물들이 이런 미래를 향해 살아가는 것처럼, 새로운 성격과 정체성이 세계와 더불어 성장하고 또 세계의 성장을 만들어 낸다. 이 유형의 소설은 시간착오를 알고 있을 뿐만 아니라 시간착오와 인격의 관계도 알고 있다. 말하자면 이 소설은 인물 유형이 왜 시대에서 시대로, 문화에서 문화로 반복될 수 없는지 알고 있는 것이다.

마지막으로, 그리고 아마 이 점이 가장 중요할 텐데, 이 유형의 소설에서는 "현실과 인간 잠재력의 문제, 자유와 필연의 문제, 그리고 창조적 주도권의 문제가 최고도로 제기된다"(BSHR, 24쪽). 바흐친의 전 생애에 걸친 관심사 중 하나가 창조성과 잠재력이 실현될 수 있는 세계 모델에 관한 상상이었음을 기억해야 할 것이다. 실현되어야 할 창조력은 "제곱근을 구하는 것" 이상이어야만 하고, 새로운 것은 과거의 기계적이거나 필연적인 결과물에 불과한 것이어서는 안 된다. 사람들은 자신의 노력으로 새로운 것을 만들어 내야만 하고, 혁신을 가능하게 하는 수동적 매개물에 그쳐서는 안 된다. '자유', '주도권', '인간적 잠재력' 등을 알고 있는 역사적 성장소설의 크로노토프는 바흐친에게 바로 그런 창조적 작업을 하는 사람의 모델이 되었다.

교양소설 에세이의 소설 분류

I. 성장 없는 소설(주인공의 이미지에는 발전이 없다).

　A. 여행소설

　　1. 크로노토프 에세이에 나오는 '일상생활의 모험소설'(《황금 당나귀》,
　　《사티리콘》)을 포함한다.

　　2. 다른 사례: 피카레스크 소설 (《질 블라스》). 디포의 모험-피카레스크
　　소설. 스몰릿의 소설.

　　3. 모험 시간을 이용한다.

　　4. 주인공은 공간 속의 움직이는 점이다.

　　5. 세계의 다양성과 이국 취향에 초점을 맞춘다.

　　6. 시간적 범주들은 미약하다.

　B. 시련소설

　　1. 크로노토프 에세이에서 기술된 그리스 로망스와 기사도 소설을 포함
　　한다.

　　2. 다른 사례: 초기 기독교의(특히 순교자의) 성인전, 두 유형의 바로크
　　소설, 즉 래드클리프, 루이스, 월폴 등의 '모험-영웅소설'과 루소, 리
　　처드슨 등의 '열정으로 충만한 심리적 감상적 소설'.

　　3. 이제까지 생산된 대부분의 소설을 포함한다.

　　4. 기본 플롯은 **시험**이다. 주인공의 정체성은 긍정되지만 성장하거나 발
　　전하지는 않는다.

　　5. 장르의 잠재력을 매우 잘 이용한 형태들이 주로 공헌한 점은 '심리적

시간' 감각이다.

    6. 사회 세계는 단순한 배경이다.

C. 전기소설

    1. 결코 순수한 형식으로는 존재하지 않았다.

    2. 크로노토프 에세이에서 기술되었던 고대 전기소설을 포함한다.

    3. 다른 사례: 초기 기독교 고백록, 성인전, 18세기의 '가족-전기소설'(《톰 존스》).

    4. 엔텔레케이아가 삶을 구성한다.

    5. 전기적 시간과 전체적 삶의 감각, 아마도 세대의 감각에서 작동한다.

II. 성장소설(인물의 이미지는 발전한다). 성장 없는 소설보다 훨씬 드물다.

A. 제1유형: 목가적-순환적 크로노토프

    1. 순수한 형태로는 존재하지 않고 다른 것과 결합함으로써만 존재하는 크로노토프.

    2. 18세기 전원시인 및 향토주의 소설에서 발견할 수 있다.

    3. 순환적 시간: 아이가 자라서 노인이 되는 삶의 순환에 의한 결과물로서의 성장.

B. 제2유형: 협의의 교양소설

    1. 18세기의 고전적인 교육소설을 포함한다(빌란트, 베첼).

    2. 순환적 시간: 이상주의에서 시작해 철이 들어 가는 경로가 삶을 형성한다.

C. 제3유형(이름 없음)

    1. 《데이비드 카퍼필드》와 《톰 존스》를 포함한다.

    2. 순환적 시간이 완화된다.

    3. 경험이 변화를 형성한다. 인물의 운명과 이미지는 인물 자신의 행위로

창조된다.

D. 제4유형: 교훈적-교육소설

1.《키로파이디아》까지 거슬러 올라갈 수 있고 《에밀》을 포함한다.

2. 기술되지 않았다.

E. 제5유형: 역사적 성장소설

1. 바흐친의 주요 관심사.

2. 이 크로노토프의 측면들은 거의 모든 중요한 리얼리즘 소설에서 발견

할 수 있다.

3. 유일하게 실제 역사적 시간을 흡수한 크로노토프.

주인공은 세계와 더불어 성장한다. 그래서 서로를 형성하는 개인의

변화와 사회의 변화를 모두 포함한다.

'창조적 필연'과 '시간의 충만함'

> 괴테는 … 스승인 스피노자가 그랬던 것처럼 … 영원의 **시점**에서가 아니라 … 시
> 간 속에서 그리고 시간의 힘 속에서 … 모든 것을 보았다. 하지만 이 시간의 힘
> 은 생산적이고 창조적인 힘이다. 모든 것에는—추상적 이념에서 강둑에 있는 바
> 위 조각 하나에 이르기까지—시간의 도장이 찍혀 있고 시간이 스며들어 있으며,
> 그 형식과 의미도 시간 속에서 추정된다. … [게다가] 특수한 발생 공간과 본질적
> 인 방식으로 연결되어 있지 않고, 어디에서나 일어날 수 있고 또 어디에서도 일어
> 날 수 없는 그런 사건이나 플롯, 또는 시간적 모티프('영원한' 플롯과 영원한 모티
> 프)는 괴테의 세계에 존재하지 않는다. 이 세계의 모든 것은 시간-공간, 즉 진정
> 한 **크로노토프**다. - BSHR, 42쪽

바흐친에게 괴테의 막대한 중요성은 밀접하게 연관되어 있는 두 가지
사실에서 기인한다. 첫째, 괴테는 19세기 소설의 발전을 이끈 중요한 크

로노토프적 발견을 해냈다. 둘째, 이 발견은 바흐친의 전 생애에 걸친 몇몇 관심사, 특히 행위의 본성과 창조성의 의미에 해법을 제공해 주었다.

괴테는 "시간의 충만함"(BSHR, 42쪽)을 알고 있었는데, 이는 바흐친에게 과거, 현재, 미래의 내적 연결을 의미하는 것이었다. 행위와 사건은 언제든 그것이 일어나는 특정한 환경에 반응하고, 그래서 미래의 행위를 위한 기회와 그에 대한 제약을 동시에 제공하는 새로운 환경을 창조해 낸다. 바흐친은 네 번째 시기에 **장구한 시간**이라는 용어를 사용하는데, 이는 과거의 사건이 제도, 이질언어적 언어, 장르 속에 응고되었을 때 뒤이은 각각의 현재 순간을 위해서 특정한 문제를 제기하기도 하고 특정한 자원을 제공하기도 한다는 사실을 의미한다. 어떤 작업이나 행위를 전적으로 그 자체의 순간 속에 가둬 버린다면 우리는 그 작업이나 행위를 이해할 수 없다. 메드베데프가 형식주의 문학사 모델에 반대한 이유는 그것이 수세대에 걸쳐 뻗어 나가는 발전을 이해할 수 없게 만든다는 데 있었다는 사실을 기억해야 할 것이다.

시간의 충만함에 대한 느낌이 있었기에 괴테는 창조성의 본성을 이해할 수 있었다. 창조성은 언제나 실제적이고 언제나 현행적인 것이어서, 기원을 알 수 없는 갑작스럽고도 신비스러운 분출로 간주될 수 없다. 이와 반대로 창조성은 언제나 특수한 시간, 특수한 환경에서 제기되는 문제들에 대한 응답이다. 바흐친은 여기에서 낭만주의적 창조성 관념에 반대하고 있다. 창조성은 일상생활의 조직에서 자라나 국부적인 기회나 요구에 응답하고 공헌하며, 그 과정에서 미래의 창조성을 위한 잠재력의 씨앗을 뿌린다.

바흐친은 창조적 과정에 대한 이런 시각을 "창조적 필연"(BSHR, 51쪽)과 "창조성의 필연"(BSHR, 39쪽)이라는 한 쌍의 역설적인 문구로 파악하고자 한다. 모순적인 것처럼 보이는 이 문구들은, 바흐친이 그것들을 사용하는 특수한 맥락 속에서 해석될 필요가 있다. 바흐친이 경고한 것처럼, '필연'이란 유달리 새로운 것들도 과거의 절차에 따른 자동적 결과물에 불과하다는 것을 뜻하지도 **않는다.** 이와 반대로 "괴테의 필연은 운명의 필연이나 자연의 기계적 필연과는 아주 거리가 멀었다"(BSHR, 39쪽). 세계가 운명론적이거나 기계적인 의미에서, 또는 엄밀한 결정론적 의미에서 필연에 의해 지배된다면, 실질적인 의미의 창조성이란 전혀 존재할 수 없을 것이다. 오히려 그것은 "물질적으로 창조적인 역사적 필연"(BSHR, 39쪽)이다. 필연이라는 용어는 창조성을 계시적이거나 유토피아적으로 이해하는 경향에 반대하기 위해서 사용된다. **필연**의 핵심은 만물이 창조적 작업으로만 생산되는 것은 아니라는 사실에 있다. 그래서 진정한 의미의 창조성은 "자의성이나 날조, 또는 추상적 환상을 모두"(BSHR, 39쪽) 배제한다. 창조성은 과거, 말하자면 이전의 창조성에 의해 제공된 자원을 이용하는 실제 인물의 실제 행위에 뿌리박고 있다. 즉, "창조적 영향력을 지닌 과거는 … 어느 정도 미래를 미리 결정한다"(BSHR, 34쪽).

'어느 정도'. 바흐친은 이 말을 저작에서 자주 사용하는데, 그럼으로써 검토 중인 현상을 보지 못하게 만드는 추상적이고 사물화된 대립을 피하고자 한다. 과거가 미래를 하나도 빠짐없이 결정한다면, 실제의 행위자가 사람이 아니라 비인격적 법칙이라는 점에서 창조적 작업은 무의미하다. 그리고 과거가 미래에 어떤 영향도 끼치지 않는다면, 창조적 생산물을 만들어 내는 비합리적인 초월적 충동에 주도권을 넘겨준다는 점에서 인간의 작업은 또한 분명 무의미하다. 바흐친에 따르면 괴테는 창조성의 실제 의미란 인간의 작업—"건설자로서의 인간"(BSHR, 35쪽, 'chelovekstroitel')—을 포함해야 한다는 점을 잘 알고 있었다. 그것은 구체적인 필요에서 유래한 작업, 그러나 또한 순전히 새로운 것이어서 과거에 의해 완전히 규정되지도 않는 어떤 것을 생산해 내는 작업을 포함해야만 한다. 괴테 에세이는 산문학과 불가분의 관계에 있는 응답적 종결불가능성responsive unfinalizability 을 바흐친이 어떻게 개념화하고 있는지 예증해 준다.

제4기의 바흐친의 장르 접근 방법을 돌이켜 보자. 바흐친이 말하는 장르는 과거를 '기억'하고 그 자원과 잠재력을 현재에 사용할 수 있도록 해 준다. 그래서 저자는 이 잠재력을 이용하고 그 과정에서 미래를 위한 새로운 잠재력을 창조해 낸다. 결과적으로 작품은 언제나 저자나 그의 동시대인이 알고 있는 것보다 더 많은 잠재적 의미(하지만 파악할 수 있는 의미는 드물다)를 담고 있다. 그 잠재력은 작품의 잠재력과 예측 불가능하고 유일무이한 해석자의 관점이 대화를 나누는 창조적 이해 과정 속에서, 이후 세대나 상이한 문화에 의해 예기치 못한 방식으로 활성화된다. 이 장르 모델은 '시간의 충만함'과 '창조적 필연'에 대한 바흐친 자신의 감각에서 유래한다. 괴테 에세이에서는 종결불가능성과 산문학의 모체에 대화라는 세 번째 총괄 개념이 추가된다.

시간 보기

> 세계의 공간적 전체에서 **시간**을 볼 수 있고 시간을 읽어 낼 수 있는 능력, 그리고 다른 한편으로는 공간의 내용물을 부동의 배경, 영원히 완성되어 있는 주어진 배경이 아니라 성장하는 전체, 하나의 사건으로서 파악할 수 있는 능력—이것은 자연과 함께 시작해 인간의 관습이나 관념으로 끝맺음으로써, 모든 것에서 시간의 경과를 나타내는 기호를 읽어 낼 수 있는 능력(추상적 관념에 다가가는 유일한 길)이다. … 보는 눈의 작업은 여기에서 매우 복잡한 사유 과정과 결합한다. ─ BSHR, 25쪽

현전하는 괴테 에세이의 세 번째이자 마지막 부분을 여는 위 구절은

크로노토프에 관한 저술과 초기 에세이들 사이에 중요한 연관관계가 있음을 보여 준다. 바흐친에게 중요한 것은 세계를 성장하는 사건으로서 파악하는 일, 즉—〈행위의 철학을 위하여〉의 어법을 따르자면—**사건성**을 이해하는 일이었다는 사실을 우선 지적해야겠다. 사건성은 기성의 추상적 체계나 근원적인 추상적 체계로 환원될 수 없으며, 시간을 넘어서, 그리고 모든 문화 영역들을 가로질러서 확장되는 가운데 끊임없이 새로운 것을 생산해 낸다. 바흐친에 따르면 괴테는 세계를 이런 식으로 이해했다. 그래서 괴테는 세계를 사물들의 총체성이나 사건의 배경으로 본 것이 아니라 그 자체로 현행적인 사건으로 보았던 것이다. 괴테가 **시간을 볼** 수 있었던 이유는 바로 여기에 있다.

바흐친은 괴테에게서 시각과 가시성이 매우 중요하다는 점을 길게 이야기한다. 괴테는 시간을 추상물로서뿐만 아니라 가시적인 과정으로서도 이해했고, 그래서 과거성의 표지를 지닌 구체적 대상에서 시간을 **보는** 것은 그에게 필연적인 일이었다. 바흐친이 괴테의 예술적 상상력이 지닌 이러한 측면에 매혹된 것은 아마도 자신의 초기 저술의 관심사를 반영한 것 같다. 여기에서는 특수한 공간과 시간 속에 있는 인물의 '시각장'이 중심적인 문제였다. 바흐친은 〈심미적 행위에 있어서 저자와 주인공〉의 시각론에서뿐만 아니라 각 인물의 '전망'을 형성하는 특수한 세부 사실의 묘사에서도 누락되었던 역사적이고 사회적인 차원을 괴테에게서 탐지한 것이 확실하다.

시간을 보는 것은 '이질시간성raznovremennost'[14]을 보는 것이기도 하다. 괴

---

14 이 용어는 〈리얼리즘의 역사에서 교양소설과 그 의미(소설의 역사적 유형학을 위하여)〉 에세이에서 '다중시간성multitemporality'으로 번역된 바 있다. '이질언어성raznorechie'과 분명히 대응한다는 점에서, 그리고 razno는 '복수성plurality'이 아니라 '다양성variety'을 가리

테가 풍경을 '읽었다'면, 그는 거기에서 여러 종류의 수많은 시간의 증거도 보았을 것이다. 그것은 자연의 주기로서, 인간의 노동, "나무와 가축의 성장, 사람의 노쇠"(BSHR, 25쪽), "엄밀한 의미의 역사적 시간 … 인간 창조성의 가시적 자취들, 인간의 손과 마음이 남긴 흔적들, 도시, 거리, 건물, 예술 작품, 기술, 사회 조직 등"(BSHR, 25쪽)으로 표시된다. 이것들은 그 자체가 이질시간적이다. 즉, 자연에는 여러 종류의 수많은 리듬이 있으며, 인간 행위의 여러 영역은 여러 종류의 시간에 의해서 작동한다. "각각의 다중 형식성multiformity 뒤에서 그〔괴테〕는 이질시간성을 보았다"(BSHR, 28쪽). 시간을 읽는 것은 시간성들로 채워진 세계의 상호작용을 보는 것이다.

말하자면 그런 시간을 읽는 능력temporal literacy은 외관상 정태적인 대상이나 제도 속에서 과거의 '응고된' 행위와 현재에도 여전히 '맥박 치는' 모든 것을 보는 것이다(BSHR, 29쪽). 모험 시간의 저급한 크로노토프성이 '응고된 갑자기들'이라는 정태적 대상을 생산해 냈던 것처럼, 괴테가 가치를 부여한 고급 크로노토프성은 전체 세계를 응고된 연쇄로 바꿔 놓았다. 이런 이유에서 괴테는 역사적 사건을 특정한 지형학적·지역적 배경 속에서 이해하는 데 열정적이었다. 그래서 그는 '타키투스를 로마 안에서 읽어 내려고' 했다.

따라서 진정한 크로노토프적 상상력의 경우 시간은 특정한 공간과의 상호 연관성 속에서 이해되어야만 하고, 공간은 역사적 시간이 스며들어 있는 것으로 이해되어야만 한다. "창조적 과거는 … 지상의 일부 공간을 인간을 위한 역사적 삶의 장소로, 즉 역사적 세계의 자그마한 구석으로

킨다는 점에서 우리는 '이질시간성'이 더 바람직하다고 생각한다. 그러나 '이질언어성' 대신 '다발화성vari-speechedness'이나 '다음성성vari-vocality'을 받아들인다면, '다시간성vari-temporality'도 'raznovremennost'에 대한 좋은 번역어가 될 것이다.

변형시키는 … 특정한 지역적 조건들 아래에서 필연적인 것이자 생산적인 것으로 드러나야만 한다"(BSHR, 34쪽). 이런 이유에서 괴테는 시간과 공간 혹은 과거와 현재의 내적 연결을 무시한 채 단지 과거와 현재를 섞어버리는 데 불과한 여행자들의 날조된 이야기, 모조 역사적 건축물, 인공 유적, 박물관에 있는 것과 유사한 유물 등을 싫어했다. "괴테의 크로노토프적 예술 상상력"(BSHR, 46쪽)은 공간적 허위성과 시간적 위선을 날카롭게 감지했다.

결국 괴테는 특정한 장면에서 늘 "미래의 신선한 바람"을 감지할 것이다(BSHR, 36쪽). 말하자면 괴테는 구체적인(유토피아적이거나 종말론적이지 않은) 미래의 행동을 가능하게 하는 기회들과 문제들, 그리고 속박들을 감지했다. 그는 건설자로서의 인간이 해야 했던 일을 매우 엄격하게 기록했다. 요약하면 이렇다.

이 [크로노토프적] 가시화의 주요 특질은 시간의 병합(현재와 과거의 융합), 공간 속에서 가시화되는 시간의 충만함과 명료성, 사건의 시간과 그것이 발생한 특정한 장소의 분리 불가능성(지역성과 역사), 시간(현재와 과거)의 가시적인 **본질적** 연관, 시간(현재 속 과거와 현재 그 자체)의 창조적이고 능동적인 본성, 시간에 침투해서 시간과 공간을 연결하고 시간과 시간을 연결해 주는 필연성, 그리고 마지막으로 지역화된 시간에 만연해 있는 그 필연성을 토대로 해서 괴테가 그린 이미지들의 시간적 충만함을 완성하는 미래의 도입 등이다(BSHR, 41~42쪽).

19세기 리얼리즘 소설은 이런 풍부한 시간 감각을 구체화했고, 더 나아가서 그 잠재력을 발전시켰다.

현존하는 괴테 에세이 원고는 괴테의 풍부한 시간 감각을 루소나 스콧의 상대적으로 빈약한 시간 감각과 대조하는 데서 끝난다. 바흐친은 우선 루소의 《고백록Confessions》에 초점을 맞추면서, "루소의 예술적 상상력 역시 크로노토프적"(BSHR, 50쪽)이었지만 괴테의 상상력만큼 그런 것은 아니었다고 고찰한다. 확실히 루소는 자연에서 시간을 볼 수 있었다. 그럼에도 루소의 예술적 상상력에서 "자연적 시간의 배경에서 분리돼 나온 시간은 오직 목가적 시간(역시 여전히 주기적인 시간)과 전기적 시간뿐이었고, 이것들은 이미 그 순환적 성격을 극복하기는 했지만 아직 실제의 역사적 시간과 완전히 통합되지는 못했다. 그러므로 창조적인 역사적 필연은 루소에게 거의 완전히 낯선 것이었다"(BSHR, 50쪽).

예를 들어 루소는 풍경을 관조할 때 그것을 인간화하는 데 성공한다. 말하자면 그는 풍경을 한 조각의 단순한 지상 공간에서 인간적 삶의 장소에 이르기까지 다양하게 변형시킨다. 그럼에도 이 삶은 목가적이고 생물학적인 것에 불과하다. 우리는 창조자이자 건설자로서의 인간 이미지를 괴테에게서는 발견하지만 루소에게서는 발견하지 못한다. 그래서 강조점은 사람들이 특정한 문제를 해결하는 가까운 구체적 미래가 아니라 유토피아적 황금시대, "말하자면 유토피아적 미래로 전이된 유토피아적 과거"(BSHR, 51쪽)의 이미지에 찍힌다. 바흐친은 실제의 미래를 '창백하게 만드는' '역사적 전도'의 최고 사례로서 루소를 인용한다. 그런 전도에서 자연은 역사를 '우회'하고, 우리는 역사적 과정에 개입하지 않은 채 자연에서 유토피아로 직행한다. 이렇게 해서 루소에게 "바람직한 것과 이상적인 것은 실제 시간과 필연에서 떨어져 나간다"(BSHR, 51쪽). 그래서 행동은 특수한 시간에 형성된 것으로 자리 잡지 못하고, 우리는 풍부한 시간착오의 감각을 놓치고 만다. 루소의 시간은 "실제 지속과 불가역성을 결여하고"(BSHR, 51쪽) 있다. 목가적인 나날만이 매일 반복되며, 그래서 괴테가 진정 역사적인 시간 감각에 의거해 재앙이라고 보았던 방식대로 자의적 환상이 루소의 명상을 형성한다.

스콧의 시편에서 바흐친에게 중요한 문제는 "공간에서 시간을 볼"(BSHR, 51쪽) 수 있는 저자의 능력이었다. 스콧은 많은 민속과 핀다로스를 생각나게 하는 방식으로 전설과 역사가 있는 특수한 장소에 거주한다. 즉, "지역적 민속은 공간을 시간으로 해석하고 공간에 시간을 침투시키며, 공간을 역사 속으로 끌어들인다"(BSHR, 52쪽). 그럼에도 스콧에게서 "시간은 여전히 **완결된 과거**라는 성질을 지니는"(BSHR, 53쪽)데, 이는 스콧이 묘사하는 과거의 사건이나 그림 같은 유물이 한낱 과거에 불과하다는 사실, 그래서 현재에는 어떤 창조적 영향력도 발휘하지 못한다는 사실을 의미한다. 스콧 역시 **"시간의 충만함"**(BSHR, 53쪽)에 대한 괴테의 심오한 인식을 결여하고 있다.

바흐친의 생각에 따르면, 괴테와 도스토옙스키는 두 가지 상이한 충동을 극단적으로 대표한다. (바흐친이 기술하는) 도스토옙스키는 순수한 동시성의 세계—'한순간의 단면도'—를 제시하기 위해서 발전을 보지 않았다는 사실을 기억해야 할 것이다. 그는 또한 주인공을 너무나도 작은 공간(문턱, 복도, 그리고 스캔들이 벌어지는 기타 장소)에 가두어 두는 경향이 있다. 세계를 이런 방식으로 가시화함으로써 도스토옙스키는 상이한 이데올로적 진영, 직업, 배경, 그리고 심지어는 상이한 시대에서 유래한 인물들이 매우 강렬한 대화를 나눌 수 있도록 했다. 도스토옙스키는 메니포스적 풍자의 자원을 발전시킴으로써, 그리고 지하 세계의 주인공들이 나누는 대화를 이용함으로써 시간의 외부에서 벌어지는 문턱의 대화의 지배자가 되었다. 이와 달리 괴테에게는 시간이 전부였다. 바흐친의 괴테는 시간을 보고 공간을 읽으려는 충동을 통해서, 생애를 가로지르고 장구한 시간을 가로지르는 발전을 산문적으로 이해하는 데 가장 적절한 시각을 예시해 준다.

바흐친에게 도스토옙스키는 일상생활과 역사적 발전에 대한 감각이 결여된 작품을 썼음에도 극단적인 대화주의자였다. 한편 괴테는 대화적 복합성을 얼마간 희생시키면서도 산문학의 모델이 되었다. 그 둘은 모두 종결불가능성에 대한 이해를 보여 주었지만, 그 형태는 서로 달랐다. 도스토옙스키에게 종결불가능성은 대화의 예측 불가능성에 의한 결과로서 어떤 것이 '갑자기' 발생할 수 있는 세계의 일부였다. 괴테에게 종결불가능성은 산문적인 것이었다. 그래서 잠재력을 갖고 있을 뿐만 아니라 속박에 사로잡혀 있기도 한 사람들은 작은 결정들이 축적되는 느린 과정을 통해서 변화해 간다.

'창조적 필연'의 대변인인 괴테는 자유와 속박을 분리 불가능한 것으로 이해했다. 도스토옙스키의 시각을 설명했던 것과 동일한 용어로 괴테의 시각이 갖는 의의를 평가한다면, 바흐친은 아마 다음과 같이 썼을 것이다. "세계에는 아직 절대적으로 최종적인 것이 발생하지 않았고, 끝에서 두 번째 오는 세계의 말이나 세계에 대한 말은 언제나 준비되어 있고 또 언제나 점진적으로 변화하고 있으며, 세계는 한계 내에서 다소간 열려 있고 자유롭다. 모든 것은 과거에서 와서, 우리가 열린 미래를 향해 살아갈 때 현재 속에서 재생된다."

서사시 대 소설, '절대적 과거' 대 '거리낌 없는 접촉 구역'

세계를 재현하는 데 유용한 장은 문학이 발전하는 것처럼 장르에서 장르로, 시

대에서 시대로 변화한다. 그 장은 서로 다른 방식으로 인식되며, 서로 다른 수단
에 의해서 공간적·시간적으로 제한된다. 그러나 그 장은 언제나 특정한 것이다.
- EaN, 27쪽

소설은 처음부터 그 핵심에 시간을 개념화하는 새로운 방식을 가진 장르로서 발
전했다. - EaN, 38쪽

앞서 보았듯이 바흐친의 에세이 〈서사시와 소설〉의 전반적인 어조는 제
3b기의 관심사에 의해 설정된다. 그러나 이 에세이의 몇몇 부분은 제3a기
의 논의들, 특히 다양한 장르의 크로노토프에 관한 생각을 전개한다. 결
국 이 부분은 크로노토프 에세이와 괴테 에세이의 궤도를 위대한 19세기
소설까지 확장시킨다.

〈서사시와 소설〉에서 바흐친은 소설적 크로노토프(바흐친은 이 개념을
이용하기는 하지만 이 용어를 사용하지는 않는다)를 두 가지 방식으로 기술
한다. 첫째는 하나의 대조점으로서 서사시의 비소설적 특질에 초점을 맞
추는 것이고, 둘째는 소설을 소설로 만드는 새로운 요소들을 길게 이야
기하는 것이다.

바흐친은 특징적이게도 '절대적 과거'라는 괴테와 실러J. C. F. von Schiller의
개념을 전개하는 데서 시작한다. 바흐친은 서사시에 내재하는 특수한 시
간 감각을 규정하기 위해 이 용어를 사용한다. 이때 그 시간 감각은 형식
적인 구성적 특질로서 세계를 재현하기 위한 지반이나 장이 된다. 서사시
는 소설 속 시간과 근본적으로 다른 방식으로, 사실상 그 시간에 대립하
는 방식으로 시간을 파악한다.

소설에서 저자와 독자는 소설이 묘사하는 세계와 동일한 **종류**의 시간
속에 존재하는 것으로 가정된다. 바흐친이 지적한 것처럼, 소설가와 독자
는 주인공과 '거리낌 없는 접촉 구역'에 존재한다. 그래서 푸시킨이 주인공

예브게니 오네긴에게 개인적으로 가까이 다가갈 수 있었던 반면, 서사시인은 아킬레우스나 아이네이스, 또는 아담에게 결코 그렇게 다가갈 수 없었다. 소설의 독자는 읽고 있는 책의 남자 주인공이나 여자 주인공과 자신을 동일시할 수 있는데, 이는 서사시의 청중에게는 불가능한 방식이다. 때때로 이 특별한 소설적 동일시는, 소설상의 장소에 대한 "지역적 숭배"('가난한 리자Poor Liza'가 몸을 던진 연못으로 여행하는 것)나 다양한 형태의 "보바리슴"(EaN, 32쪽)에서처럼 소박한 형태로 나타날지도 모른다. 분명 특별한 유형의 소설적 위험, 즉 "소설적 접촉 구역에 본래적인 특별한 위험"이 발생할 수 있다. 즉, "우리 자신은 현실적으로 소설에 들어갈 수도 있다. … 그 결과 우리는 자신의 삶을 소설에 대한 강박적 독서로, 혹은 소설적 모델에 기반한 꿈으로 대체할지도 모른다"(EaN, 32쪽). 우리는 마담 보바리나 도스토옙스키의 소설《백야》의 주인공처럼 될 수 있다. 바로 이런 현상은 소설의 독자와 주인공이 동일한 종류의 시간 속에서 살고 있다는 사실, 그래서 그 두 세계가 좀 더 쉽게 교환된다는 사실을 증명한다.

서사시에서는 그런 거리낌 없는 접촉 구역이 가능하지 않다. 서사시적 시간은 질적인 거리 때문에 현재(음유시인과 청자의 시간)에서 분리된 채 봉인된다. 일련의 "점진적인 순수 시간적 진행"(EaN, 15쪽)을 통해서는 서사시적 세계의 시간에 닿을 때까지 되돌아갈 수 없다. 서사시적 시간은 오래전의 것일 뿐만 아니라 근본적으로 상이한 것이자 전적으로 멀리 떨어져 있는 것으로서 이해되기 때문이다. 이런 의미에서 절대적 과거는 바로 **"한낱 덧없는 과거"**(EaN, 19쪽)가 아니라 **절대적인 것**이다. 이와 달리 소설은 과거를 단순히 또 다른 현재로 이해한다. 말하자면 그것은 지금은 발생하지 않는 이질적인 사건들이 발생했지만 일련의 뒷걸음질을 통해서 닿을 수 있는 시간이고, 묘사된 시간을 바로 우리의 시간처럼 끝이 열려 있고 비종결적이며 문제적인 시간으로 느끼게 하는 시간이다. 그로 인해 소설에서, 그리고 소설에서만 "과거에 대한 진정한 객관적 묘사가 가능해진다"(EaN, 29쪽). 소설만이 다른 시대의 사람들이 경험한 현재성의 느낌을 재현하기에 충분할 정도로 동시대성과 현재성을 알고 있기 때문이다.

서사시인과 청중을 서사시 영웅들의 세계에서 분리시키는 절대적 경계 때문에 우리는 단순한 시간적 범주(과거, 현재, 미래)가 아니라 "가치 부여된 시간적 범주"(EaN, 15쪽)에 대해서 말해야 할 것이다. 소설에서는 최고의 가치가 가까운 미래에 부여되는데, 바로 거기에서 실제적인 문제가 해결되어야만 하고 바로 거기에서 실제적인 생성이 이루어진다. 서사시에서는 모든 실제적인 가치가 절대적 과거에 속한다. 그래서 절대적 과거는 그 가치가 발생했던 세계고, 그 가치를 바꿀 수 있는 우리의 능력 너머에서 영원히 고정되어 버린 세계다. "과거에는 모든 것이 좋다. 그래서 [분명히] 실제로 좋은 모든 것(말하자면 '최초의' 것)은 **오직** 과거에서만 일어난다"(EaN, 15쪽).

결과적으로 서사시에서 전통은 "사실적 원천"(EaN, 16쪽) 이상의 특별한 의미를 갖는다. "그보다 중요한 것은 전통에 대한 의존성이 서사시의 형식 자체에 내재한다는 점이다"(EaN, 16쪽). 물론 소설 역시 전통을 반영할 수 있고 또 전통을 이용할 수 있지만, 서사시와는 다른 방식으로 그렇게 한다. 소설에서 전통은 개인적 경험이 접근할 수 있는 것이어서, 전통에 대해 개인적으로 가치 평가하는 일이 가능하다. 사람들은 전통과 대화할 수 있고, 또 전통에 동의하거나 동의하지 않을 권리—이 둘은 대화적 관계에 있다—를 갖는다. 그러나 서사시에서는 전통에 대해 그런 태도를 취하는 것이 불가능하다. "누구도 그것을 일별할 수 없을뿐더러 더듬을 수도 없고 만질 수도 없다. 그래서 어떤 시점을 취해도 그것을 볼 수 없다.

즉, 전통을 경험하는 것, 분석하는 것, 분리하는 것, 그 속에 침투하는 것 등이 모두 불가능하다는 것이다. 그것은 모두에 의해서 동일한 방식으로 가치 평가되고 자신에 대해서 경건한 태도를 요구하는, 신성불가침의 전통으로서만 주어진다"(EaN, 16쪽). 서사시적 전통은 분명 '내적으로 설득력 있는' 말이 아니라 '권위적인' 말과 유사하다. 〈소설 속의 담론〉에서 시를 규정할 때 서정시의 형식 창조적 이데올로기가 얻고자 노력했던 '이상적 한계'에 대해 말했던 것처럼, 여기에서도 바흐친은 모든 서사시에 대해서가 아니라 '서사시성'에 대해서 말하고 있다.

서사시에서는 실제로 중요한 일이란 이미 끝나 버린 것으로 간주된다. "서사시 세계에는 열린 채 끝남, 망설임, 미결정성을 위한 장소가 없다. 거기에는 우리가 미래를 일별할 수 있는 틈구멍이 없다. 그래서 그 세계는 자기 충족적인 것이고", 소설이 본성상 그러는 것과 달리 "어떤 속편을 전제하거나 요구하지도 않는다"(EaN, 16쪽).

그리스 로망스의 어떤 시간적 범주들은 서사시에서도 역시 잘 드러난다. 예컨대, "'이전'과 '이후', 순간들의 연쇄, 속도, 지속 등의 뉘앙스들"(EaN, 19쪽)이 그러하다. 그러나 이런 사건들은 잠재적으로 현재를 이끌어 내는 "현실적인 역사적 연쇄"(EaN, 19쪽) 속에서 지역화되지 않기 때문에, "모든 지점들이 현재라는 실제적이고 역동적인 시간을 중심으로 동일한 거리를 유지하는" 완성되고 완결된 "원환"(EaN, 19쪽)으로서 등장한다. 마치 전적인 "시간의 충만함"(EaN, 19쪽)이란 우리가 참여할 수 없는 서사시적 세계 속에 담겨 있다는 듯이 말이다.

이런 시간 감각은 왜 "서사시가 형식적인 시작에 무관심하고", 전체성의 감각을 잃지 않으면서도 "완성되지 않은 채 남을 수 있는지"(EaN, 31쪽)에 대해서 설명해 준다. 소설적 의미의 형식적 완결은 불필요한데, "전체의 구조는 각 부분에서 반복되고, 각 부분은 완성되어서 전체처럼 원환을 이루고 있기 때문이다. 이야기는 어떤 순간에서나 시작될 수 있고, 또 어떤 순간에서든 끝날 수 있다"(EaN, 31쪽). 그 **세계**는 전체적인 것이자 완성된 것이고, 이미 완성되어 있는 것으로 여겨진다. "《일리아스》는 트로이 연작에서 무작위적으로 발췌한 부분이다. 소설적 시점에서 보면 그 결말(헥토르의 매장)은 아마도 결말이 될 수 없을 것이다"(EaN, 32쪽). 물론 소설적 전제를 가지고 읽음으로써 서사시를 '소설화'하는 것, 그리고 그 결말의 소설적 이유를 찾는 것이 전혀 불가능한 일은 아니지만 말이다.

서사시의 형식 창조적 이데올로기라는 견지에서 읽는다면 서사시는 소설적 물음들—"전쟁은 어떻게 끝나는가? 누가 승리하는가? 아킬레우스에게는 어떤 일이 벌어질 것인가? 등"(EaN, 32쪽)—에 대답할 필요가 없다. 그 대답은 잘 알려져 있고, 그래서 관심사는 거기에 있지 않다. 다른 말로 해서, 서사시적 세계의 충만함과 완성됨은 소설에서 볼 수 있는 일종의 "계속되고자 하는 충동"과 "결말을 맺고자 하는 충동"(EaN, 31쪽)을 배제한다. 그런 충동들은 열린 미래의 세계, 그리고 모든 중요한 일이 아직 끝나지 않은 세계에서만 가능하기 때문이다.

"자신의 시간 속에서 위대함을 성취하는 것은 불가능하다"(EaN, 18쪽). 바흐친에게 이 말은 동시대인들이 위대함을 성취할 수 없다는 의미가 아니라, 어떤 시대가 끝이 열려 있는 현재로서, 즉 '거리낌 없는 접촉 구역'에 자리 잡고 있는 것으로서 느껴질 때는 서사시적 위대함이 불가능하다는 의미로 해석된다. 중요한 것은 사건이 언제 발생하는가가 아니라 사건이 발생하는 시간의 종류다. 동시대인들도 거리낌 없는 접촉 너머 특별한 세계에 존재하는 것으로 재현되고 감지된다면, 자신의 시간 속에서 위대함을 성취할 수 있다. 바흐친이 사회주의 리얼리즘 픽션, 소비에트 언론

(Stakhanovites), 공식 스탈린 표상 등에서 볼 수 있는 영웅의 서사시적 처리 방식을 염두에 두고 있었던 것도 당연하다.[15] 현재의 인물에 대한 서사시적 태도가 "19세기까지, 그리고 심지어는 그 이후까지도"(EaN, 20쪽) 이용돼 왔다는 바흐친의 불가해한 관찰에서도 역시 소비에트적 조건에 대한 암시를 느낄 수 있다.

반대의 현상도 가능하다. 전통적으로 서사시적 처리 방식을 따랐던 영웅을 거리낌 없는 접촉 구역, 즉 동시대적 시간 속에서 재현할 수 있고, 그럼으로써 그 영웅을 근본적으로 변화시킬 수 있다는 것이다. 예컨대 고대 세계에서도 몇몇 작품은 트로이 순환 연작의 영웅들을 마치 또 다른 현재에 살고 있는 것처럼 재현했으며, 그래서 우리는 "소설로 변형된 서사시적 … 존재를"(EaN, 15쪽) 목격하게 된다. 메니포스적 풍자에서, 예를 들면 루키아노스나 율리아누스Julianus에게서 서사시적 영웅들은 한꺼번에 지하 세계로 옮겨 가서는 거기에서 서로 밀치고 싸우면서 살아 있는 동시대인들과 논쟁한다. "시간적 가치가 부여된 예술적 지향의 중심이 근본적으로 바뀜"(EaN, 26쪽)으로써 영웅들은 거리낌 없는 접촉 구역, 사실상 "우리가 모든 것을 손에 쥘 수 있는 노골적인 접촉"(EaN, 26쪽) 구역으로 옮겨졌다. 고대의 메니포스적 풍자는 서사시적 영웅들을 절대적 과거에서 끌어냄으로써 근대소설의 크로노토프가 형성되는 데 도움을 주었다.

요컨대 "서사시적 과거는 예술에서 인물과 사건을 이해하는 특별한 형식이다. … 여기에서 예술적 표상은 영원한 모습의sub specie aeternitatis 표상이다"(EaN, 18쪽). 서사시 장르의 '눈'은 소설의 눈과는 다르게 본다.

---

15 사회주의 리얼리즘과 소비에트 문화의 이런 측면에 대해서는 Katerina Clark,《소비에트 소설The Soviet Novel》; Katerina Clark, 〈정치적 역사와 문학적 크로노토프Political History and Literary Choronotope〉 참조.

현재성과 '인간성의 잉여'

> 우리가 소설 속에서 보는 현실은 가능한 많은 현실 중 하나에 불과하다. 그래서 그것은 불가피한 것도 자의적인 것도 아니고, 그 안에 다른 가능성들을 담고 있다. – EaN, 37쪽

소설은 다른 어떤 장르보다도 '현재성'을 잘 알고 있다. 이때 '현재성'은 체험되는 것으로서의 시간, 그 시간과 과거의 관계, 그 시간이 언제나 지향하는 가까운 미래의 가치 등에 대한 감각을 말한다. "현재는 이른바 '전체성'(그렇지만 현재는 물론 전체가 아니다)의 측면에서 볼 때 본질적으로도 원칙적으로도 미결정적이다. 그래서 현재는 본성상 연속성을 요구하고, 미래를 향해 나아가며, 능동적이고도 의식적으로 미래를 향해 나아갈수록 그 미결정성은 점점 더 확실하고 필수불가결한 것이 된다"(EaN, 30쪽). 이렇게 볼 때 현재성은 결코 모든 것이 제자리를 잡고 있는 완전한 구조가 아니다. 현재성은 '결코 전체가 아니'고 늘 산만하며, 이 산만함이 그 정체성의 본질을 이룬다.

현재성은 여러 상이한 미래로 나아갈 수 있다는 의미에서도 또한 본성상 열려 있다. 그러므로 현재를 소급해서, 현재가 궁극적으로 나아가게 될 지점에서 현재를 적절히 서술하는 일은 불가능한데, 현재는 그리로 나아가지 않아도 되기 때문이다. 성공적으로 씌어진 소설에서 플롯은 여러 가능한 플롯 중 하나에 불과한 것으로 간주된다. 바꿔 말해서, 소설이 잠재력을 실현할 때 사건, 인물, 세계도 자신의 잠재력을 실현할 수 있다.

따라서 소설의 세계는 "최초의 말이(어떤 이상적 말도) 존재하지 않고 최후의 말도 아직 발화되지 않은 세계가 된다"(EaN, 30쪽). 여기에서 이 구절은

도스토옙스키 연구서에서 발췌한 것이거나, 아니면 〈서사시와 소설〉의 이 구절을 오히려 도스토옙스키 연구서에서 반복한 것일 수도 있다. 현재성을 고찰하는 바흐친의 논법에 따르면, 도스토옙스키는 소설 장르의 잠재력을 이런 측면에서 가장 발전시킨 작가가 될 것이다.

현재성과 가까운 미래에 대한 소설적 감각은, 그것이 괴테의 것이든 도스토옙스키의 것이든 바흐친에게 이루 헤아릴 수 없이 중요하다. 그로 인해 "예술적·이데올로기적 의식에서 시간과 세계가 처음으로 역사적인 것이 되기 때문이다. 말하자면 처음에는 여전히 불명료하고 혼란스러울지라도 시간과 세계가 생성으로서, 즉 실제 미래로의 부단한 운동으로서 전개되기 때문이다"(EaN, 30쪽). 아마도 톨스토이가 이런 의미의 소설적 잠재력을 가장 잘 발전시킨 작가일 것이다. 톨스토이는 변화를 점진적인 생성으로 이해함으로써 "〔각각의〕 순간에 가치를 부여하지도 않았고, 그 순간을 근본적이면서도 결정적인 어떤 것으로 채우려 하지도 않았다. … 톨스토이는 지속, 즉 시간의 확장을 사랑한다"(FTC, 249쪽). 괴테, 도스토옙스키, 톨스토이가 알고 있었던 것—그들이 장르의 형식 창조적 이데올로기 안에서 작업함으로써 알게 되었던 것—은, 미래가 열려 있지 않다면, 그리고 현재가 실제로 사람들의 노력으로 전개되어야 할, 혹은 아직 전개되지 않은 다양한 잠재력을 갖고 있지 않다면 실제적인 역사성의 감각도 있을 수 없다는 사실이다.

여러 가능한 미래—이질시간성의 또 다른 측면—는, 서사시나 기타 장르에서 통용되는 예언이 들어설 자리가 없는 세계에서만 파악될 수 있다. 예언이 아니라 불확실한 예측이 무지의 범주로서 사유하는 소설의 특징이다. 소설에서는 인식이 언제나 진정한 문제가 되며, 그래서 소설은 심각할 정도로 인식론적인 장르가 된다.

소설에 준하는 세계에서 인물 이미지는 시간이 지나면 반드시 변한다. 소설 속 주요 인물들은 달라질 수 있고 또 달라지게 되며, 그래서 그들이 될 수 있고 또 될 수 있었던 가능성들을 결코 완전히 소진해 버리지 않는다. 매 순간 오래된 잠재력들은 쇠퇴해서 마치 존재하지도 않았던 것처럼 인식되며, 오직 일부만이 실현될 수 있을 뿐인 새로운 잠재력들이 존재하게 된다. 이때는 다른 잠재력들이 사라져 버리고 훨씬 더 새로운 잠재력들이 생산되는 것이다. 인간은 늘 자신과 "일치하지는 않는"다(EaN, 36쪽). 이와 달리 서사시의 주인공은 그의 운명이고, 그가 달리 할 수 있는 일이란 존재하지 않는다. 그 운명 밖에서는 서사시나 비극의 주인공은 "아무것도 아니다. 그러므로 그는 숙명이 그에게 부여한 플롯의 기능이 된다. 그는 또 다른 운명이나 또 다른 플롯의 주인공이 될 수 없는 것이다"(EaN, 36쪽). 그러나 소설은 '만약의 것'에 대해 상상할 것을 요구하며, 그래서 소설가들은 때때로 '만약의 것'을 소재로 새로운 소설을 만들어 내기도 한다.

소설의 가장 기본적인 주제 중 하나는 "바로 주인공이 숙명이나 상황에 부적합하다는 것이다. 개인은 그의 숙명보다 크거나 그의 조건보다 작다. 그는 한꺼번에 서기, 지주, 상인, 약혼자, 질투심 많은 연인, 아버지 등이 될 수 없다"(EaN, 37쪽). 중심인물은 외부와 긴장 관계에 있는 내부, 즉 주관성을 갖고 있다. 그래서 그는 그가 자신을 느끼는 것과 같은 방식으로 외부에서 묘사될 수 없다. (여기에서 바흐친은 〈심미적 행위에 있어서 저자와 주인공〉에서 논의된 '자신을 지각하는 의식'의 딜레마를 전개한다.) 인물의 깊숙한 내부에는 잠재력이 존재하는데, 이런 잠재력이 소설에 의해서 가시화될 수 있는 것은 오로지 "미결정적 현재와의(그리고 결과적으로는 미래와의) 접촉 구역"(EaN, 37쪽)이나 시간에 대한 소설의 새로운 감각 때문이다. 모든 "실현되지 않은 잠재력과 실현되지 않은 요구"(EaN, 37쪽)를 통해 파악되는 소설의 주인공은 언제나 그의 본래 됨됨이가 아니라 그의 가능한 상태이며, 부분적으로는 미래를 재료로 만들어진 창조물이다. 즉 "미래가 존재하는데, 이 미래는 불가피하게 개인에게 의존하고 개인에게 뿌리를 내리고 있다"(EaN, 37쪽).

따라서 바흐친은 개인의 소설적 이미지를 속류의 (그리고 어느 정도는 현학적인) 마르크스주의나 더욱 비속한 사회학적 사유에 공통된 이미지와 대조한다. 하지만 아무리 많은 사람들이 역사와 사회에 의해 형성되어도 "개인은 기존 사회역사적 범주들의 육체 속으로 완전히 통합될 수 없다"(EaN, 37쪽). 그도 그럴 것이, 첫째로는 '실제 역사적 시간' 자체가 '범주'와 특질뿐만 아니라 잠재력 역시 갖고 있기 때문이며, 둘째로는 개인도 다른 곳에서는 발견할 수 없는 잠재력을 갖고 있기 때문이다. "개인의 모든 인간적 잠재력과 요구를 단번에 영구적으로 구현해 낼 수 있는 형식이란 없으며, 그의 마지막 말까지 다 소진해 버릴 수 있는 형식도 없고 … 넘쳐흐를 만큼 가득 차 있지만 바깥으로 넘쳐흐르지 않는 꼭 맞는 형식도 없다. … 기존의 모든 옷은 항상 인간에게 너무 꽉 끼며, 그래서 희극적이다"(EaN, 37쪽). 한 사람을 진정한 그로 만드는 것, 그리고 소설이 사람을 올바르게 이해하도록 해 주는 것이 바로 바흐친이 명명한 '인간성의 잉여'다. 즉, "언제나 미래에 대한 요구가 남아 있으므로, 이 미래를 위한 장소가 마련되어야만 한다"(EaN, 37쪽).

크로노토프와 대화

1973년에 바흐친은 크로노토프 에세이에 마지막 장을 덧붙였다. '맺는 말'은 우선 앞 장들에서 이미 서술된 주요 사항들을 분명히 밝히면서 요약한 후, 크로노토프의 분석을 새로운 주제에까지 확장한다. 물론 이 주제는 개요만 간단히 서술되어 있을 뿐이다. 간결하고도 잠언적이기까지 한 스타일로 씌어진 이 부분의 논의는 특별한 주의를 요한다.

바흐친의 고찰에 따르면, 지금까지 그는 특정 작품에서 사건이 벌어질 수 있는 중심 장이 되는 '주류 크로노토프'만을 장르를 규정하는 것으로서 기술해 왔다. 그러나 작품에는 종종 하나 이상의 크로노토프가 담기기도 한다. 그중 몇몇은 삶에서 끌어온 것일 수도 있고, 다른 몇몇은 여러 장르의 문학작품에서 끌어온 것일 수도 있다. 또 다른 몇몇은 응고된 사건으로서 특정한 크로노토프적 모티프 속에 현재하는 것일 수도 있다. 삶에서도 역시 특수한 제도들이나 활동들은 다양한 크로노토프들을 통해 결합하고, 또 그 크로노토프들로 이루어져 있다. "크로노토프들은 상호 포괄적이고, 공존하며, 서로 뒤얽힐 수 있고, 서로를 대체하거나 서로 대립할 수 있으며, 서로 모순될 수도 있고 훨씬 더 복잡한 상호 관련성 속에 있을 수도 있다"(FTC, 252쪽).

크로노토프들의 상호작용은 어떤 성질을 갖고 있는가? 이 상호작용은 분명 크로노토프적 용어로는 철저하게는커녕 대략적으로도 기술될 수 없다. 크로노토프는 특수한 종류의 활동을 위한 지반을 제공해 주고, 그 활동에 특수한 경험 감각을 가져다준다. 그러나 몇몇 크로노토프들 상호 간의 관계는 그중 어느 하나로 묘사할 수 있는 행동이 아니다. 우리는 상이한 질서로 된 관계들을 다루고 있는 것이다. 예컨대, 이런 관계들은 매우 다양한 뉘앙스를 지닌 동의나 이견, 패러디나 논쟁의 관계들이다. 다른 말로 하면, 작품 속 크로노토프들의 상호작용은 본성상 **대화적**이다.

'맺는 말'의 여기저기에서 바흐친은 대화와 크로노토프라는 두 가지 커다란 개념 사이의 연관을 탐색한다. 크로노토프들은 대화적으로 상호작용할 수 있다. 그리고 이런 생각은 명백히 이질언어성과의 유비를 통해서 주조된 용어인 ('교양소설' 에세이에 있는) '이질시간성' 개념 속에 이미 내포되어 있다('raznorechie'와 'raznovremennost'. 글자 그대로 말하자면 다多발화성varied-speechedness과 다시간성varied-timeness).

　다양한 이질언어적 언어들이 서로 대화적으로 마주칠 수 있는 만큼, 다양한 크로노토프들도 서로 대화적으로 마주칠 수 있다. 그 경우에 어떤 언어나 크로노토프의 경험 감각은 다른 언어나 크로노토프의 경험 감각에 비추어 형성된다. 우리는 상이한 장에서 일어나는 동일한 사건이나 상이한 이질언어적 언어로 논의되는 동일한 주제를 생각해 볼 수 있으며, 그래서 어떤 크로노토프나 언어에 있는 한계와 잠재력을 경쟁적 크로노토프나 언어와 관련해서 인식하게 될 수 있다. 그 과정에서 우리는 언어적 혹은 크로노토프적 '소박함'을 상실하게 될지도 모른다.

　크로노토프는 언어처럼 작용할 뿐만 아니라 발화 장르와 같은 특정 메타언어학적 범주에는 본래적으로 내재해 있기도 하다고 바흐친은 말한다. 특정한 발화 장르는 특수한 종류의 교환을 위한 규범, 가정, 가치 등을 규정할 때 그 교환이 의존하게 될 시간과 공간의 종류 역시 예상한다. (여기서 우리는 바흐친의 간략한 언급들을 이용해서 '점선'을 그리고 있다. 그래서 부득이 사례는 우리가 제시할 수밖에 없었다.) 예컨대 철도 안내소에서의 정보 교환은 공개 강연을 지배하는 것과는 다른 크로노토프 속에서 발생하지만, 특정한 시간·공간 감각 자체는 각각의 크로노토프에 본래적인 부분이다. 바흐친은 에드워드 홀Edward Hall이 나중에 (《숨겨진 차원 The Hidden Dimension》에서) 전개한 '프록세믹스proxemics'류의 통찰을 분명 염두에 두고 있었다. 바흐친의 관점에서 볼 때 이 말은 '크로노프록세믹스

chronoproxemics'같은 것으로 받아들이는 게 더 나을지도 모른다.[16]

따라서 모든 대화는 특정한 크로노토프 속에서 발생하고, 크로노토프들은 대화적 관계 속으로 들어간다. 각각의 개념은 다른 개념을 완전히 이해하는 데 필요하지만, 그럼에도 그 둘은 서로 다르다.

작품 속 크로노토프들의 대화를 이해하고자 한다면, "크로노토프들 사이에 존재하는 관계 자체는 크로노토프 안에 담겨 있는 어떤 관계 속으로 들어올 수 없다"(FTC, 252쪽)는 사실을 인식해야만 한다. 그래서 상호크로노토프적 관계는 작품—언제나 특정한 크로노토프 안에서 재현되는 작품—속에 재현된 세계의 일부는 아니지만 확실히 "전체로서의"(FTC, 252쪽) 작품 자체의 일부다. 바꿔 말해서, 이런 유의 크로노토프적 대화를 창조해 내는 작품은 그 속에 재현된 세계를 "저자, 즉 수행자의 세계, 그리고 청자와 독자의 세계로 들어가는"(FTC, 252쪽) 특별한 대화의 장으로 감싸는 듯하다.[17]

논의를 한 발짝 더 진전시켜 보면, 저자·독자·수행자·청자 등의 세계 역시 크로노토프적일 수밖에 없다. 즉, 이런 활동들은 특정한 종류의 시간과 공간 속에서 발생한다. 그러므로 우리는 다음과 같이 물을 수 있다.

---

16 "프록세믹스는 인간이 공간을 문화의 특수한 가공물로서 이용한다는 상호 관련된 고찰들과 이론들에 따라 내가 주조해 낸 용어다"(홀Edward Hall,《숨겨진 차원The Hidden Dimension》, 1쪽). 물론 바흐친은 적어도 시간을 위한 '동등한 시간equal time', 그리고 시간적 범주와 공간적 범주의 융합을 강조할 것이다.

17 여기에서 바흐친의 논리는 그의 틀과 전적으로 일치하는 것 같지는 않다. '겹목소리'의 크로노토프, 즉 다른 크로노토프를 암시하는 세계 감각과 세계 재현 방법을 소유한 크로노토프가 존재할 수 있기 때문이다. 이 경우 크로노토프적 대화는 특정한 크로노토프 안에서 가능한 듯하다. 바흐친이 크로노토프 에세이의 다른 곳에서 제시하는 사례들 중 하나를 들자면, 《캉디드》는 본질적으로 모험 시간의 크로노토프를 패러디함으로써 작동하는데, 이는 크로노토프들 사이의 대화가 이런 '겹목소리'의 패러디적 크로노토프 속에 이미 현전한다는 사실을 의미할 것이다. 그렇다면 우리는 겹목소리의 크로노토프라는 더욱 넓은 갑옷이 존재한다는 것도 역시 예상할 수 있다.

"저자의 크로노토프와 청자 혹은 독자의 크로노토프는 우리에게 어떻게 제시되는가?"(FTC, 252쪽). 이 물음에 답하려면, 텍스트는 문화 속에서 나타나는 한 죽은 물건(텍스트는 언제나 부분적으로 그런 상태다)에 불과한 것이 아니라는 사실, 즉 양피지나 종이 위에 씌어 있을 뿐만 아니라 언표이기도 하다는 사실을 인식할 필요가 있다. "우리는 텍스트를 보고 지각하기도 하지만, (혼자서 조용히 독서할 때조차) 언제나 그 속에서 목소리를 들을 수 있다. … 우리는 마지막 분석에서는 언제나 인간의 목소리에 이른다. 말하자면 우리는 인간 존재에 직면하게 되는 것이다"(FTC, 252~253쪽). 독자 역시 특정한 시간과 공간 속에서 수행되는 활동에 참여하는 실제의 사람이다. 바꿔 말해서, 저자와 독자는 모두 "통합적이지만 아직 완성되지 않은 실제의 역사적 세계", 말하자면 저술과 독서 활동이 현재성에 의해서 형성되는 종결 불가능한 세계 "속에 자리 잡고"(FTC, 253쪽) 있다.

이 세계는 "날카로운 범주적 경계에 의해 텍스트에 **재현된** 세계와 구별"(FTC, 253쪽)된다. 이 경계의 본성을 이해하지 못하면 두 가지 커다란 오류에 빠질 수 있다. 한편으로는, 그 경계를 충분히 진지하게 다루지 않을 경우 소박한 리얼리즘이나 소박한 전기주의, 또는 (다른 시대의 독자를 자기 시대의 독자와 혼동하는) 소박한 독자 수용과 같은 결과를 낳게 될 것이다.[18] 처음 두 종류의 소박성은 잘 알려져 있지만, 이 둘과 동등한 것으로 파악된 세 번째 것은 여러 형태의 독자수용이론에 대한 바흐친의 응답인 듯하다.

다른 한편으로는, 독서나 글쓰기의 세계와 재현된 세계의 경계를 상호

---

18 이 부분에서 바흐친은 세 번째 오류에 대해서는 이름을 부여하지 않았다. '소박한 독자 수용'이라는 용어는 우리가 만들어 낸 것이다.

침투 불가능한 것으로 잘못 이해할 경우 예컨대 형식주의자나 최근의 서사학에서 볼 수 있는 것처럼 "과도한 단순화를 통해 사소한 것을 도식적으로 시시콜콜 따지는"(FTC, 254쪽) 결과를 낳기 쉽다. 그래서 범주적 경계라는 말은, 언제나 구별은 해야 하지만 그렇다고 해서 상호작용이 전혀 불가능한 것은 아니라는 것을 의미한다. 오히려 상호작용은 늘 일어나고 있다. 그렇지 않으면 작품은 무의미하게 될 수도 있고 살아남지 못할 수도 있다. 재현된 세계와 독자·저자의 세계—창조하는 세계—사이에서는 "… 생물체와 주변 환경 사이에서 벌어지는 물질의 부단한 교환과 유사하게 … 부단한 교환이 이루어진다. 유기체는 살아 있는 한 환경과의 융합에 저항하지만, 그 환경에서 떨어져 나가면 죽게 된다"(FTC, 254쪽). 이 비교는 아인슈타인의 시간-공간과 크로노토프의 비교처럼 단순한 은유 이상의 의미를 지니기는 하지만, 둘 간의 완전한 동일성을 의미하지는 않는다.

창조하는 세계와 재현된 세계의 관계, 그리고 소박한 독자 수용의 위험성에 관한 바흐친의 생각은 장르, 해석, 장구한 시간 등을 다루었던 제4기의 작업에서 정초되는 듯하다. 그 때문에 중요한 점들은 종종 종결되지 않은 저자의 세계와 종결되지 않은 독자의 세계 사이에서 나타나곤 하는 차이들과 관련되어 있다. 그 두 세계는 떨어져 있는 시대 또는 떨어져 있는 문화일 수도 있기 때문이다. 그리고 물론 작품이 오래 살아남는다면 독자층 역시 달라질 것이다. 그러므로 크로노토프 에세이의 주제는 《신세계》 편집진의 질문에 답함〉과 〈도스토옙스키 연구서 개정을 위하여〉, 그리고 〈소설 속의 담론〉의 결론에서 제시된 바 있는 사유의 노선을 따르고 있다.[19]

---

19 이 결론도 크로노토프 에세이의 '맺는 말'처럼 바흐친이 말년에 쓴 것으로 볼 수 있을까?

잠재력이 풍부한 작품은 어떻게 장구한 시간에 걸쳐 발생하는 창조적 이해 행위를 통해서 의미가 증가하는가? '전범화'와 '재강조' 과정이 작품의 의미에 영향을 주거나 그 작품을 풍요롭게 할 수 있는 것처럼, 독자 세계의 크로노토프에서도 유사한 변화가 일어날 수 있다. 우리는 아마 변화하는 대화 배경뿐만 아니라 변화하는 크로노토프적 배경에 대해서도 말할 수 있을 것이다. 이런 요소들이, 혹은 이보다 더 많은 요소들이 문화들과 시대들의 실제적 대화를 가능하게 하는 문화의 차이—**외재성**—를 만들어 낸다.

기본적으로, 변화하는 크로노토프는 변화하는 언어가 제공해 주는 것과 같은 해석적 대안을 제공한다. 독자는 오로지 독창적이고 표면상 수동적인 자신의 크로노토프만을 보려고 함으로써 '작품을 작품의 시대 안에 가둘' 수 있다. 말하자면 독자는 순수한 감정이입에 참여할 수도 있고 가능한 한 자신의 외재성을 포기할 수도 있다. 혹은 훨씬 더 무익한 일이겠지만, 독자는 크로노토프적 차이들을 정반대의 방식으로 억누름으로써, 즉 오직 자신의 크로노토프만을 봄으로써 작품을 '현대화하고 왜곡할' 수도 있다. 마지막으로 독자는 가장 좋은 의미에서 진정 대화적인 창조적 이해 행위를 통해 차이와 외재성의 최고 이점을 취할 수도 있다. 독자는 이 차이를 원래 저자나 독자와는 전혀 다른 방식으로 작품의 잠재력을 탐색하기 위한 좋은 기회로 삼을 수 있다. 그래서 독자는 작품에 실제로 있는 것에 의해 풍요로와 지지만 이때 독자 스스로 특별한 경험을 불러일으킬 필요가 있다.

다른 부분에서 바흐친은 창조적 이해를 메타언어학적 틀, 즉 대화의 견지에서 기술한다. 그리고 그는 여기에서 그런 대화가 일어날 수 있는 특별한 **크로노토프**를 요청한다.

작품과 작품 속에 재현된 세계는 실제의 세계로 들어가서 그 세계를 풍요롭게 하고, 실제 세계는 청자와 독자의 창조적 지각을 통해 작품을 끊임없이 쇄신하는 가운데 작품을 창조하는 과정의 일부로서, 그리고 그 결과 작품이 지니게 된 생명력의 일부로서 작품과 작품의 세계로 들어간다. 물론 이 교환 과정은 그 자체가 크로노토프적이다. 그래서 이 과정은 무엇보다도 먼저 역사적으로 발전하고 있는 사회 세계에서 발생하지만, 그렇다고 해서 변화하는 역사적 공간과 접촉하지 않는 것은 아니다. 그 안에서 작품과 삶 사이의 이런 교환이 이루어지면, 우리는 심지어 작품의 독특한 삶을 구성하는 것으로서의 특별한 **창조적 크로노토프**라는 표현을 사용할 수도 있을 것이다(FTC, 254쪽).

'저자의 이미지'

문학작품을 이해하기 위해서는 반드시 독서와 창작의 크로노토프들을 더 완전히 탐구해야 한다고 바흐친은 주장한다. 청자나 독자, "그의 크로노토프적 상황, 작품을 쇄신하는 데서 그가 맡은 역할"(FTC, 257쪽) 등과 관련해서 바흐친은 다음과 같이 간결하면서도 모호하게 말한다. "모든 문학작품은 **자신에게서 벗어나 밖을 향해 있으며**, 즉 청자나 독자를 향해 있으며, 그래서 자신에 대한 반응을 어느 정도 예상한다"(FTC, 257쪽). 그는 작품의 '외면적' 크로노토프라는 개념 속에도 있고, 대화 분석과 크로노토프 분석의 결합 속에도 있는 통찰을 전개하고자 하는 듯하다. 저자성의 크로노토프와 관련해서, 바흐친은 조금은 더 실질적인 논평을 한다. 이 논평은 첫 번째 시기의 생각들을 쇄신하고 재강조한 것으로서, 다른 저술들, 특히 아직 영어로 번역되지 않은 저술들의 관점에서 접근하지 않는다면 그 의미가 분명히 드러나지 않을 것이다.

바흐친은 특정한 시대에 살고 있는 특수한 개인으로서의 저자(전기적 저자)와 작품의 창조자로서의 저자(이른바 저자의 이미지)를 구별하지만, 주요 관심사는 다른 문제에 있다. 바흐친은 다른 저술에서 저자의 의도란 의도론자나 그 반대론자가 상상했던 것보다 훨씬 더 복잡하다고 주장했던 것처럼, 크로노토프 에세이에서도 '저자의 이미지'라는 개념 자체는 너무나도 폭넓게 유통되기 때문에 처음부터 끝까지 명료하게 사유되지 못했다고 주장한다.

이 개념의 근본적인 문제는 정확히 말하자면 작품 창조자로서의 저자가 어떤 이미지도 갖지 않는다는 데 있다. 저자성은 고정된 이미지가 아니라 활동, 즉 순간순간의 작업 과정이기 때문이다. 그래서 저자는 미리 세워진 계획을 실행하는 사람이 아니라 열린 세계에서 미완의 과제에 관한 작업을 하는 사람으로 자신을 감지한다. 저자를 창조자로서 감지하는 한 우리는 그런 식으로, 말하자면 '이미지'가 없는 것으로 저자를 감지한다. 이런 고찰에서 우리는 바흐친이 창조적 과정에도 관심을 갖고, 종결 불가능성과 산문학이라는 총괄 개념에도 반복해서 관심을 가진 결과 그가 설명하고자 하는 용어 자체를 어떻게 형성하게 되고 또 때로는 어떻게 포기하게 되는지를 볼 수 있다.

바흐친의 요점을 달리 표현하면, 창조자로서의 저자는 창조된 것이 아니라 창조하는 것이기 때문에 엄밀히 말해서 어떤 이미지도 갖지 않는다. 창조자로서의 저자는 재현되는 것이 아니라 재현한다. 혹은 〈심미적 행위에 있어서 저자와 주인공〉의 어법을 사용하자면, 창조자로서의 저자는 무엇보다도 '나를 위한 나'의 영역에 존재하는데, 이는 그가 세계(또는 작품)의 일부가 아님을 의미한다. 오히려 저자는 작품 속에 **들어가는** 비종결적 구성물이다. 이렇게 말하는 것은 창조자로서의 저자를 인식할 수 없다는 의미가 아니라, 저자의 활동을 감지할 때에만 저자를 인식하게 된다는 의미다. 바흐친 역시 우리가 저자의 이미지를 **구성할 수** 없다고 말하지 않는다. 반대로 바흐친은 우리가 평소에 그런 이미지를 구성한다고 말한다. 몇몇 중요한 측면에서 그런 구성은 해석 작업에 도움을 주기 때문이다. 예컨대 구성된 저자의 이미지는 작품을 그것이 창조된 특정한 사회역사적 맥락과 관련지음으로써 전기적 자료를 이용할 수 있도록 해 준다. 이런 이미지는 "청자나 독자가 특정한 저자의 작품을 더욱 정확하고 깊이 있게 이해하는 데 도움을 줄 수 있다"(FTC, 257쪽). 그러나 우리가 창조하는 이미지는 아직 창조자로서의 저자가 아니다. 그것은 우리 식으로 말해서 '나를 위한 타자'이지 창조하는 현실적인 '나를 위한 나'는 아니다.

바흐친은 구성된 이미지와 창조자로서의 저자를 혼동함으로써 유발되는 오류에 대해 서술하지는 않지만, 두 가지 유형의 잘못이 저질러질 수 있다는 사실은 염두에 두었을 것이다. 첫째, 독자의 해석 행위에 연루되어 있는 잘못으로서, 결국 객관성이나 상대주의에 관한 무익한 논쟁으로 귀결되는 것이 있다. 둘째, 창조성의 본성을 순수한 과정으로 간주하는 과도한 단순화가 있을 수 있다. 이 경우 의도, 삶과 작품의 관계, 그리고 일반적으로 실제의 열린 작업 과정으로서의 창조성과 관련된 모든 것은 통상적으로 잘못 이해된다.

나를 위한 나, 즉 창조자로서의 저자는 언제나 작품 외부에 있거나 작품에서 비켜나 있다고 바흐친은 단언한다. 예를 들어, 내가 이야기를 한다면, "나는 이 사건에 대한 **이야기꾼**(이나 작가)으로서 이미 그 사건이 벌어지는 시간과 공간 외부에 있다"(FTC, 256쪽). 서술되는 그 사건은 완결되어 있지만 이야기하는 행위 자체는 완결되어 있지 않다.

이런 관점에서 바흐친은 형식주의자에게서 가져온 것이자 서사학에서 물려받은 몇몇 유명한 구별을 개조한다. 바흐친의 시각에서 보면, **파불라**와 **수제** 사이의 실제적인 차이는 무엇보다도 하나가 예술적으로 변형되어야 할 원료이고 다른 하나가 그 변형의 결과라는 사실에 있지 않다. 핵심적인 구별은 '상이한 세계들', 즉 재현된 사건들이 전개되는 한 세계와 저자가 그 사건들을 기술하는 과정의 또 다른 세계 사이에 있다. 이 세계들은 결합해서 "전체적이면서도 분할 불가능한 작품의 완전성"(FTC, 255쪽)을 생산해 낸다.

작품에 대한 파악은 이처럼 상이한 두 종류의 세계에 대한 인식을 내포한다. 창조자로서의 저자라는 관점에서 볼 때, 재현된 세계는 종결될 수 있는 데 반해 저자 자신의 세계는 종결될 수 없다. (도스토옙스키 연구서의 논의는, 작업 중인 저자의 세계와 마찬가지로 재현된 세계에도 개방성이 존재할 수 있는 것은 오직 다성적 작품에서뿐이라는 사실을 암시하는 듯하다.) 저자의 **활동**은 언제나 이런저런 방식으로, 예컨대 작품을 분할하는 행위나 출발점을 선택하는 행위 자체에서 감지될 수 있다. 그런 선택은 재현된 세계의 외부에서 이루어질 수밖에 없지만, 우리가 작품을 파악함으로써 드러나게 된다.

저자는 저자의 활동이 남긴 흔적을 전해 줄 수 있(고 우리는 그것을 파악할 수 있)지만, 창조하는 활동 자체나 행위하면서 창조하는 자아는 우리가 파악할 수도 없고 저자가 전해 줄 수도 없다. 바흐친의 다음과 같은 서술이 의미하는 바는 바로 이 점인 듯하다. "나 자신, 즉 나 자신의 '나'와 내가 하는 이야기의 주체인 '나'를 완전히 동일시하는 것은 자기 머리카락을 잡아당겨서 자신을 들어 올리려는 것만큼이나 불가능하다. … 이것이 바로 '저자의 이미지'라는 용어가 나에게 그토록 부적절해 보이는 이유다. 문학작품에서 이미지가 되고, 그 결과 문학작품의 크로노토프 속으로 들어가는 것은 모두 창조된 것이지 창조하는 힘이 아니다"(FTC, 256쪽).

크로노토프의 관문

바흐친은 "크로노토프 분석의 경계"(FTC, 257쪽)를 약간 고찰하면서 글을 맺는다. 많은 의미들은 크로노토프적이다. 말하자면 의미들은 본래 특정한 시간-공간에 의해서 형성된다. 하지만 모두가 그런 것은 아니다. 예컨대 우리는 대화적 관계가 크로노토프적 관계로 환원될 수 없다는 사실을 이미 살펴보았다. 게다가 과학, 예술, 문학 등의 무수한 의미 있는 요소들은 "시간적·공간적 결정에 종속되지 않는다"(FTC, 257쪽). 그 때문에 수학적 개념들은 시간과 공간을 측정하기 위해서는 사용될 수 있지만, 그 자체가 크로노토프적인 것은 아니다. '추상적 인식'에도 비슷한 개념들이 무수히 많다. 그래서 '예술적 사유'에서는 비非크로노토프적이면서도 의미 있는 요소들이 실제로 등장한다.

그럼에도 이런 비크로노토프적 요소들에 대한 우리의 구체적인 **파악**은 불가피하게 크로노토프적일 수밖에 없다. 우리 경험의 일부가 되기 위해서 이런 요소들은 특정한 맥락 속에서 이해되어야만 하기 때문이다. 그 맥락은 크로노토프적일 수밖에 없고, 부분적으로는 이해 행위를 형성하기도 한다. 간단히 말해서, 어떤 종류의 의미들은 원칙상 크로노토프적이지 않다고 하더라도, 이해 그 자체는 크로노토프성을 벗어날 수 없다. 또는 바흐친이 지적하는 것처럼, "그런 시간적·공간적 표현이 없다면 추상적 사유조차도 불가능하다. 따라서 의미의 영역으로 들어가려면 오로지 크로노토프의 관문을 거쳐야만 한다"(FTC, 258쪽).

이 마지막 문장은 모든 의미들이 본성상 크로노토프적이라는 식으로 오해되곤 했지만, 우리가 올바르게 이해하고 있다면 이런 해석은 잘못된 것이다. 의미들은 크로노토프의 관문 외부에 거주할 수 있지만, 우리는 그 관문 안에서 살아야만 한다. 의미들이 우리에게 이해되려면, 그것들이 우리에게 이르러야만 한다. 말하자면 의미들이 크로노토프의 관문을 거쳐야만 하는 것이다.

제10장

웃음과
카니발레스크

MIKHAIL
BAKHTIN

지금까지 우리는 바흐친이 '소설성'의 성질을 설명하기 위해 사용했던 두 가지 방식에 대해 논했다. 첫 번째 방식인 '대화화된 이질언어성'은 언어를 특별히 여러 목소리로 사용하는 것을 말한다. 두 번째 방법인 소설적 '크로노토프성'은 시간과 공간을 더욱더 역사적이고 구체적이며 차별적으로 사용하는 것을 나타낸다. 이 장에서는 바흐친이 소설 이해를 위해 제시하는 세 번째 모델, 막연하게 '카니발레스크Carnivalesque'라고 부를 수 있을 만한 것을 다룬다. 소설은 유쾌한 진리laughing truth에 의해 고무된 것, 패러디 장르와 카니발 정신에 빚지고 있는 것으로 기술된다. 도스토옙스키가 첫 번째 규준의 표본이고 괴테가 두 번째 규준의 표본인 것처럼, 라블레는 세 번째 규준의 주인공이다.

소설의 처음 두 지표, 즉 이질언어성과 고도의 크로노토프성은 모순 없이 양립할 수 있다. 이 두 지표에서는 목소리든 '시간-공간'이든 특수성과 이질성이 높은 가치를 부여받는다. 이것들은 다양한 개인과 목소리를 특정한 상황에 떠넘긴다는 점에서 동일한 형식 창조적 이데올로기의 면모를 보여 준다. 하지만 세 번째 범주는 전혀 다르다. 제3b기의 저술에서 가치는 의례적이고 집단적이며 일반화할 수 있는 것이 된다. 목소리와 육체는 모두 바흐친의 이전이나 이후의 정식과 상반되게 작동하기 시작한다. 그래서 우리는 '카니발 저술들'을, 고유한 동기와 내적 일관성을 갖고 있는 바흐친 저작 내의 독특한 계열이나 시기라고 말할 수 있다.

이 장에서 우리는 몇 가지 이유 때문에 연대기적으로 작업을 진행할 것이다. 첫째, 바흐친의 유명한 '카니발 용어들'은 다양한 맥락에서 전혀 다른 강조, 전혀 다른 평가, 전혀 다른 이론적 함의를 가지고 나타난다. 둘째, 연대기적 접근법은 바흐친이 그런 관념 복합체로 전환하게 된 근거를 탐구할 수 있도록 해 줄 것이다. 그렇게 하기 위해서는 카니발을 바흐친의 생각 '내부에서부터' 논해야 할 것이다. 그 개념은 어떤 문제를 해결하기 위해서 정식화되었으며, 바흐친은 왜 그런 해법을 가지고 실험을 했는가?

패러디와 패러디 분신

1930년대 후반에 쓴 에세이 〈소설 담론의 전사로부터〉에서 바흐친은 웃음의 해방적 잠재력에 대해 처음으로 광범위하게 서술한다. 바흐친은 과거를 회상하면서 오늘날 연구되는 이른바 문학적 패러디란 빈약해지고 축소된 것이라고 확신한다. 바흐친이 지적한 바에 따르면, "현대에 이르러 패러디의 기능은 협소하고 비생산적이게 되었다. 패러디는 창백해졌고, 현대 문학에서 패러디가 차지하는 위상도 하찮게 되었다"(PND, 71쪽). 오늘날 우리는 사람과 사물을 일방적으로 비웃는다. 진지한 말에 대한 조롱은 도처에 널려 있지만, 패러디의 고대적 복합성과 위력은 대부분 상실되었다.

바흐친에 따르면, 과거의 참되고 건강한 패러디에는 "어떤 허무주의적 부정도 없었다"(PND, 55쪽). 교환에 참여하는 모든 사람들이 사방에서 웃었다. 근대의 빈약한 패러디와 달리, 그런 패러디는 영웅이나 영웅적 위업을 침식하지 않는다. 이 패러디는 영웅적 위업의 비극적 영웅화만을 패러디할 뿐이다. "장르 자체가 … 유쾌하고도 불손한 인용부호 속에 넣어〔진다〕"(PND, 55쪽). 이런 유의 패러디는 진정한 영웅을 발생시킬 수 있다. 영웅은 바로 특정한 하나의 장르가 포괄할 수 있는 것보다 더 많은 성장과 변화의 가능성을 갖고 있기 때문에 영웅인 것이다. 진지한 말은 불신되지 않는다. 그것은 오히려 보충되고 보완된다.

바흐친은 〈소설 담론의 전사로부터〉 전체에 걸쳐서 두 유형의 패러디 혹은 웃음 사이의 이러한 근본적인 구별을 전제한다. 고대의 모든 진지한 말이 패러디 분신을 갖는다는 고찰을 할 때(PND, 53쪽) 바흐친이 의미하고자 한 것은, 그 분신이 진지한 말 그 자체를 불신했다는 것이 아니라 단지 그 말에 대한 일면적 해석을 불신했다는 것이다. 패러디는 여기에서 창조적 잠재력의 하위 범주로 등장한다. 그것은 "현실의 교정책"으로서 항상 어떤 하나의 장르나 말이 표현할 수 있는 것보다 더 풍부하고 더 모순적이다(PND, 55쪽). 이 교정책은 유쾌한 말의 실제 가치다. 그리고 이 유쾌한 말은 "로마의 법에 견줄 만큼 매우 생산적이고 불멸하는 로마의 창조물로 밝혀진다"(PND, 58쪽).

그래서 바흐친이 이 에세이나 기타 다른 에세이에서 열거하는 서사시 텍스트, 기도문, 문법, 전례 등에 대한 패러디를 그 동시대인들은 결코 무례한 것으로 받아들이지 않았다. 그런 패러디는 (언어적으로든 스타일적으로든) '의도적으로 대화화된 혼종'으로 받아들여졌던 것이다. 저자는 권위 있는 스타일에서 거리를 둠으로써 새로운 시점을 화제에 올릴 수 있었다. 이때 새로운 시점은 그 스타일을 풍요롭게 해 주었고 그 다중적 잠재력을 강조했으며, 그로 인해 창조적 예술가의 특별한 역할을 전경화했다. "언어 의식은 … 직접적인 말 외부에서 이루어졌고 … 창조하는 예술가는 언어를 타자의 눈으로 외부에서, 즉 잠재적으로 상이한 언어나 스타일의 시점에서 바라보기 시작했다"(PND, 60쪽). 진정한 패러디에서 **잠재력**과 **외재성**이 갖는 중요성을 이렇게 강조할 때, 우리는 그것이 1920년대 초부터 계속 바흐친에게 중심적이었던 관심사들과 밀접하게 연관되어 있음을 알게 된다.

바흐친에 의하면, 고대와 중세에는 (남아 있는 흔적은 거의 없지만) 문학, 민속, 행동 등에 걸쳐 매우 다양한 패러디 장르들이 있었다. 〈소설 담론의 전사로부터〉에서 바흐친은 '패러디-희화화' 형식과 축제의 합법성을 강조하고, 그로 인해 그것의 보수적 성격도 강조한다. 하지만 이후 라블레적이고 카니발적인 세계관에서 매우 큰 부분을 차지하게 되는 패러디적 웃음의 급진적 혹은 혁명적 면모에 대해서는 거의 암시하지 않는다.

그래서 〈소설 담론의 전사로부터〉는 관대하고 긍정적인 의제를 설정한다. 패러디는 원칙상의 권위가 아니라 오직 무시간적이고 절대적이라고 주장하는 권위만을 침식한다. 패러디 형식은 우리가 말에서 거리를 둘 수 있도록 해 주고, 어떤 주어진 언표 **외부에** 설 수 있도록 해 주며, 그 언표에 대한 우리 자신의 독특한 태도를 가정할 수 있도록 해 준다. 따라서 우리가 쓰는 패러디적 말이 중요한 것은 그것이 현실을 변화시킬 수 있기 때문이 아니라(그 말은 그러지 않아도 된다), 새로운 관점을 제공함으로써 해석학적 선택의 자유를 증진시키기 때문이다. 바흐친이 나중에 다소 금욕적인 이런 생각을 전개했던 것처럼, 인간의 참된 자유와 책임은 구체적인 사실을 변화시킬 수 있는 능력에 있는 것이 아니라 "증인과 판사"의 관조적 힘에 있는 것이다(N70~71, 137~138쪽).

《라블레와 그의 세계》에서 바흐친이 카니발적 웃음과 그로테스크한 육체를 다루는 것에 비해, 〈소설 담론의 전사로부터〉에서 바흐친의 관심은 개별적 발화자, 그리고 그 발화자의 언표가 지닌 어조와 내용에 좀 더 집중되어 있다. 돌이켜 보면, 제3b기의 '유토피아주의'는 우리가 〈소설 담론의 전사로부터〉에서 볼 수 있었던 패러디에 대한 신중하고 더욱 절제된 이해와는 어긋난다.

웃음의 크로노토프: 육화 대 잠재력

〈소설의 시간 형식과 크로노토프 형식〉은 웃음과 '민속적 구조물'을 다루는 데 몇 장을 할애한다. 여기에서 바흐친은 소설과 카니발레스크를 결합한다. 크로노토프 에세이의 맥락에서 볼 때, 카니발로 향하는 궤도는 종종 중심 논의와 충돌하곤 한다. 이 에세이에서 바흐친은 그 두 이론 사이에서 동요하고 있는 것처럼 보인다.

여기에서 바흐친은 초기 저술에 등장했던 두 가지 개념, 즉 **육화**와 **잠재력**에 초점을 맞춘다. 이 둘은 찬사를 받긴 하지만, 서로 구별되며 간혹 서로 충돌하는 것처럼 보일 때도 있다. 가치로서의 육화는 영웅을 그의 신체적 특성과 동일시하는 '민속적 정체성'에서 표현된다. 이 크로노토프에서 이념은 공간적으로도 시간적으로도 육화되는데, 이는 좋은 이념이 나쁜 이념보다 더 많은 공간을 차지하고 좋은 것은 모두 점점 더 커지는 방식으로 이루어진다. 한 인물이 성장할 때 세계도 성장한다. 그래서 우리는 크기와 가치의 직접적 비례 관계를 목격하게 된다. 이런 특별한 의미에서 '민속적 크로노토프'는 상징적인 것이 아니라 미메시스적인 것이다.

하지만 바흐친은 이런 직접적인 물질적 육화의 원리 옆에 (그리고 마치 동일한 평면 위에 있는 것처럼) **잠재력**이라는 관념을 끌어들이는데, 이는 그 본성상 표상되지 않으며 아마 직접적인 방식으로는 표상될 수 없을 것이다. 바흐친은 신화적 형상을 통해서 이 이념을 설명하기보다는 악당, 광대, 바보라는 세 명의 주변화된 인물에게로 눈을 돌린다. 어디에서 등장하든 **불일치**의 상징이 되는 이 삼인조는 어떤 주어진 역할 이상이 될 권리를 나타낸다. 즉, "이 세계에서 타자가 될 권리, 삶에 적용할 수 있는 기존의 범주들 중 어느 하나와도 타협하지 않을 권리"(FTC, 159쪽)를 나타낸다.

이렇게 해서 그들은 어떤 입장이든 다―그러나 단지 가면으로서만―이용할 수 있다.

바흐친에 따르면 광대와 바보는 세계에서 가장 오래된 웃음거리로서, 다른 사람을 웃음거리로 만드는 것이 아니라 자기를 웃음거리로 만든다. 웃음은 그들을 외부에 서게 해 주며, 어떤 내적 본질이나 계급, 신분, 직업, 환경 등의 외적 조건이 부여할 수 있는 모든 속박에서 그들을 해방시켜 준다. 그러므로 악당과 바보는 독특한 "막간의 크로노토프chronotope of the entr'acte"(FTC, 163쪽)를 향유하는데, 이 크로노토프는 (제9장에서 논의된) "막간극적 크로노토프intervalic chronotope"와 관련이 있기는 하지만 그와 동일한 것은 아니다. 막간의 크로노토프에서 악당과 바보는 가면을 벗고 제한된 어떠한 특정 플롯보다도 오래 살아남을 수 있는 권리를 행사한다. 우리가 특정한 시간과 공간 속에서 보게 되는 육체는 인격이나 인격의 발전 가능한 미래를 완전히 대변해 주지 **못한다**. 육화는 육체와 육체의 크기를 전부로 여기는 반면, 잠재력은 그것을 전부로 여기지 **않으며**, 그래서 육체는 보이는 그대로가 아니다.

바흐친은 이 두 대립 개념을 결합하기 위해서 "리얼리즘적 환상"(FTC, 150쪽)이라는 모순어법을 불러들인다. 그의 관점에서 볼 때, 민속을 개조한 이 크로노토프는 민속이 소설에 가장 실질적으로 공헌한 것이다. 그로 인해 바흐친은 이 에세이의 제7장에서 민속적 크로노토프를 처음으로 문학에―말하자면 라블레의 작품에―일관되게 적용한다.

거의 논의되지는 않지만 바흐친이 크로노토프 에세이에서 제시한 라블레 분석을 통해 우리는 '책임 있는 카니발'이라 할 만한 매혹적인 대목을 엿볼 수 있는데, 이때의 카니발은 인식 가능한 실제 시간과 공간 속 구체적 인격에 여전히 구속되어 있다. 그것은 어조와 정신에서 《라블레와 그의 세계》와 전혀 다르다. 이렇게 교정된 카니발은 역사적 과정에서 떠맡게 될 긍정적이고 적극적이며 인간적인 행위를 지향하게 된다. 크로노토프 에세이에서 바흐친은 세속적인 민속적 크로노토프와 라블레적 크로노토프의 연속성을 강조하면서, 역사와 육체에서 모든 구체적 의의를 박탈해 버리는 '중세적 세계관'을 양자의 공통된 적으로 규정한다. 이런 역사적 환경 아래에서 라블레의 과제는 "새롭고 전체적이며 조화로운 인간과 새로운 형태의 인간적 의사소통에 새로운 크로노토프를 제공해 줄 수 있는, 공간적으로도 시간적으로도 적합한 세계를 재창조하는 것"(FTC, 168쪽)이었다. 바꿔 말해서 라블레의 카니발적 웃음은 르네상스 인문주의에 필수적인 것이었다.

라블레적 사유의 궁극적인 목표를 전체성과 조화로 기술하면서도 바흐친은 중세적 세계관과 같은 강력한 적에 맞서기 위해서는 그로테스크한 것에 호소할 필요가 있다고 주장한다. 라블레가 육체와 말의 극단적인 (그리고 극도로 '교양 없는') 행동에 노골적으로 열광했던 것은 중세의 '초월적인 금욕적 세계관'에 의해 생산된 모든 '이데올로기적 부정물'에 대한 강력한 거부였다. 그는 정반대 방향으로 과장함으로써 그 세계관에 맞서 싸울 수 있었다(FTC, 185쪽). 이 대립 전략은 언어적이고 이데올로기적인 모든 습관적 '모태'를 파괴하고자 했다. 이를 위해서, 수백 수천 년의 오류로 가득 찬 언어들과 관념들을 전복시키기 위해 말과 이미지는 예기치 못한 방식으로 연결되었다. 그래서 이 전략은 또 다른 역설, 즉 "리얼리즘적인 민속적 환상"(FTC, 175쪽)을 낳았다.

이쯤 되면 라블레의 그로테스크는 명료하게 정의된 목적을 제시해 주는 것처럼 보인다. 그것은 새로운 세계로 나아가기 위한 잠정적 수단이었을 뿐, 새로운 세계의 모태 자체가 그로테스크한 것은 아니었다. 오히려 새로 태어난 세계에는 "내적인 진정한 필연이 만연하게 될"(FTC, 169쪽) 것이다. "낡은 세계상의 파괴와 새로운 상의 적극적 구성은 불가피하게 서로 뒤얽혀 있다"(FTC, 169쪽). 〈소설의 시간 형식과 크로노토프 형식〉의 라블레에게 그로테스크와 웃음은 창조성을 시간과 육체로 되돌려 놓으려는 전략이다(FTC, 170쪽).

《라블레와 그의 세계》와 달리 크로노토프 에세이는 구멍이나 돌기를 무작정 칭송하지 않으며, 그래서 '저급한 육체의 층위'와 그 활동에 열중하지도 않는다. 오히려 라블레의 소설은 적극적이고 가치 창조적인 육체로서의 인간 존재를 중심으로 세계상을 구성하고자 하는 최초의 시도로서 제시된다. 이런 목적 때문에 육체는 "그 복합성과 깊이를 증명하기 위해서 … 인간의 육체적 현실을 위한 새로운 장소를 드러내기 위해서"(FTC, 170쪽) 글자 그대로 열린다. 중세적 세계에서 육체는 음란하고 천박하며 자멸하는 것으로 간주되었고, 인간의 발화와 어떤 의미 있는 관계를 맺지 못하는 것으로 여겨졌다. 그러므로 일반적으로 육체는 "완성됨"에 대항하고, 공간적 원환성과 시간적 순환성에 대항하며, "실제 시간이 평가 절하되어 초시간적 범주들 속으로 용해되어 버리는"(FTC, 206쪽) 중세의 단선적이고 초월적인 역사관에 대항하는 것으로 여겨졌다. 바흐친의 시각에서 볼 때, 중세적 시간성은 순전히 파괴적인 것이었다. 말하자면 그것은 어떤 새로운 것도 만들어 낼 수 없었다. 라블레는 중세적 시간에 맞서 라블레식 전쟁을 벌인 것이다.

라블레적이고 카니발적인 크로노토프를 다룬 장들을 읽으면, 이 장들이 어느 정도나 부제가 선언하는 것처럼 **역사적** 시학의 에세이인지에 대해 계속해서 주목하게 된다. 바흐친은 이질언어성을 찬미했던 제3a기의 정신으로 라블레적 언어를 풍요로운 언어이면서 풍요롭게 만들어 주는 언어로서, 즉 생기 없는 중세적 어법에 논쟁적으로 맞서는 것으로서 묘사한다. 라블레는 말의 새로운 '연상 모태associative matrices'를 구성함으로써, 형식주의적 문구를 사용하자면 말을 '탈자동화했다'. 라블레는 '음주 계열체', '음식 계열체', '성性 계열체', '죽음 계열체' 등을 교묘하게 조작해 뒤섞음으로써 보통의 언표 결합을 괴상한 것으로 바꾸어 놓았다. 죽음에는 배설이 어느 정도 섞여 있고, 성에는 과식이 어느 정도 섞여 있는 것이다. 외설과 희극적 병치는 모든 고정된 범주들을 다시 생각해 보게끔 했다.

그로테스크한 말의 모태는 추상화된 위계적 말의 체계가 선점한 영토 속으로 난잡한 육체를 끌어들인다. 그 모태는 교양 있는 말 전체에 음란함을 퍼뜨리고, 추상적인 사상을 좀 더 물질적이고 구체적이며 폭넓게 공유할 수 있는 것으로 바꾸기 위해서 언어의 품위를 떨어뜨린다. 이렇게 해서 외설적인 것이 **대화의 일부**로 받아들여진다. 하지만 이 대화는《라블레와 그의 세계》에서 그로테스크한 언어가 작동하는 방식은 아니다.

〈소설의 시간 형식과 크로노토프 형식〉에서 그로테스크한 말의 모태는 글자 그대로 세계에 육체를 부여해 주고, 만물을 인간 육체라는 저울로 측정할 수 있도록 해 준다. 다른 말로 하면, 그것은 육체가 성장하는 것과 똑같이 성장하는 크로노토프를 세계에 부여한다. 바흐친이 지적하듯이, 중세 시대의 육체는 가래침을 뱉고 방귀를 뀌고 구토를 하고 술을 마시는 등 혐오스러운 것으로 표상되었다. 하지만 인문주의적 육체는 우아하고 교양 있으며, 조화롭게 발전할 것이다(FTC, 177~178쪽). 이런 이행이 일어나기 위해서는 그 둘을 잇는 한 발짝이 필요했다. 그래서 육체는 그 모든 유형을 경험해야만 했던 것이다. 바흐친은 이런 변화를 긍정적으로 평가한다.

여기에 있는 긍정적인 인문주의적 육체에 대한 찬사는,《라블레와 그의 세계》에 있는 가래침을 뱉고 실없이 웃는 그로테스크한 육체에 대한 잘 알려진 찬미와 뚜렷이 대조된다. 바흐친은 크로노토프 에세이에서 라블레가 사실은 **중용**의 옹호자였다고 주장하기까지 한다. 바흐친은 "음식의 교양과 중용이라는 테마가 정신의 생산성과 연결되어서 논의된다"는 점을 환기시킨다(FTC, 186쪽). "라블레는 결코 교양 없는 폭식이나 폭음을 옹호하지 않는다. 하지만 그는 식사나 음주가 인간 생활에서 매우 중요하다고 확신하고는, 그것을 이데올로기적으로 정당화하고 … 그것을 위한 교양을 수립하고자 한다"(FTC, 185쪽). 물론 여기에서 핵심적인 상징은, 육체의 교양에 주목했다는 점에서 바흐친이 격찬하는 텔렘 수도원이다. 그는 "라블레 세계관의 조화롭고 긍정적인 축, 즉 조화로운 인간이 살고 있는 이 조화로운 세계로 돌아갈 것"을 약속한다(FTC, 178쪽).

그럼에도 우리는 〈소설의 시간 형식과 크로노토프 형식〉에서 《라블레와 그의 세계》의 방향을 따르는 듯한 몇몇 틈구멍을 발견할 수도 있다. 비록 적은 수지만 카니발레스크적 유토피아의 흔적이 존재한다. 말이 아직도 우선은 개별적 인격의 담지자로 파악되긴 하지만, 카니발레스크적 육체를 거듭 주장하기 위해 말의 서사적 능력을 박탈하는 것으로 카니발을 바라보는 후기의 견해가 암시되어 있다. 르네상스적 인간의 새로운 육체는 진보하는 것일 뿐만 아니라, 기쁘게 '퇴보하는' 것으로도 묘사된다. 즉 그 육체는 고대의 민속적 크로노토프에서 힘을 끌어 온다는 것이다. 이 새로운 이미지는 "비가역적인 삶의 연쇄에 사로잡힌 개별적 육체가 아니라 … 〔오히려〕 비인격적 육체, 즉 태어나서 살다가 매우 다양한 방식으로 죽고는 또다시 태어나는 전체로서의 인간 종이라는 육체와 관련된다"(FTC, 173쪽). 바흐친에게는 다음과 같은 중요한 물음이 제기된다. 카니발에서처럼 육체가 개별적 경험을 박탈당한다면, 언어와 의미는 과연 육체로 되돌아갈 수 있는가?

이 물음에서 육화와 잠재력이—말하자면 '민속적' 크로노토프와 '소설적' 크로노토프가—처음으로 충분히 대면하게 된다. 바흐친이 잠정적(이고 유동적)인 해답으로 제출하는 것은 문화적 잠재력을 풍부하게 육화하고 있는 이상적 이미지로서의 "인문주의자의 우아하고 교양 있는 육체"(FTC, 178쪽)다. 그것은 대화에 참여하는 육체다. 이미 살펴본 바 있듯이, 크로노토프 에세이에서 르네상스 인문주의와 라블레 작품의 "조화롭고 긍정적인 축"(FTC, 178쪽)은 중요한 하위 텍스트이다. 하지만 라블레에 관한 논문(과 후기의 책)에서 '인문주의적 육체'는 거의 등장하지 않는다. 오히려 바흐친은 시끄럽게 떠들고 구토를 하는 중세적 육체를 이상화한다. 하지만 이 육체에는 특별한 역사적 과제가 부여되지 않을 뿐만 아니라 더 조화롭고 절도 있는 형식을 향한 '역사적 추진력'도 부여되지 않는다. 크로노토프 에세이에 있는 육체의 카니발적 이미지가 특히 과도기적인 것이라면, 이후 《라블레와 그의 세계》의 수정된 이미지는 오래된 민속적 크로노토프로 회귀한 것이다. 이때 민속적 크로노토프는 야수적 크기나 야만적 생명력 그리고 선善 사이에 무시간적인 일대일 등치관계를 성립시킨다.

〈소설의 시간 형식과 크로노토프 형식〉에서도 바흐친은 인문주의적 육체의 이상에서 몇 걸음 벗어나, 《라블레와 그의 세계》에서 높게 평가하는 기운 넘치고 양가적이며 너무나도 시끄럽게 떠드는 육체를 향해 나아간다. 예를 들어, 웃음은 바로 '유쾌한 죽음laughing death'으로서 크로노토프 에세이에 도입된다. 중세적 세계관에 대해 가능한 이런 매우 폭넓은 패러디에서 죽음은 누구에게도, 어떤 것에 대해서도 절대적인 종말이 아니다. 그러므로 그것은 오로지 그로테스크하고 바보스러운 평면 위를 어떤 특별한 파토스도 없이 지나갈 때만 발생한다. 죽음은 "집단적이고 역사적인 인간의 생활 세계에서"(FTC, 204쪽) 어떤 중요한 일도 시작하거나 끝내지 못한다. 의기양양한 삶의 전체성은—르네상스 인문주의의 목표 중 하나로서—**추상적인** 민속적 육체의 경우에는 가능하겠지만, 개별적인 육체의 경우에는 더 이상 가능하지 않을 것이다. 즉, 르네상스 인문주의를 옹호하는 바흐친의 내적 논리는, 확장해 보면 인문주의 너머를 가리키게 될 것이다. 극단적으로 밀고 나갈 경우, 인문주의에 대한 원래의 옹호는 인문주의를 포함하는 모든 문화적이고 역사적인 것에 대한 공격이 될 수 있을 것이다. 그리고《라블레와 그의 세계》에서 카니발과 라블레에 부여된 수정된 견해란 바로 이것이다.

　요컨대 라블레에 관한 바흐친의 두 연구는 카니발의 두 가지 이미지를 보여 준다. 그 각각은 바흐친이 1920년대에 전개한 바 있는 독특한 이념 쌍과 관련되어 있다. 크로노토프 에세이에서 라블레와 카니발은 오직 긍정하려는 목적을 위해서만 파괴하는 것으로 기술되는데, 이때 '인문주의'와 '중용'이야말로 라블레의 진정한 목표가 된다. 이런 카니발의 이미지에서 웃음은 그로테스크한 것일 뿐만 아니라 진지하고 역사적인 의미에서 능동적인 것이 된다. 웃음은 '유쾌한 죽음'의 이미지를 통해서 죽음과 사후의 삶을 과도하게 높이 평가했던 중세적 세계관에 저항한다. 카니발에 관한 이런 인문주의적이고 건강한 사유의 가닥은 바흐친의 초기 수고와 도스토옙스키 연구서의 관심사를 상기시킨다. 물론 인간적 유한성과 인간적 리듬이 과소평가되고 있긴 하지만, 바흐친의 분석틀은 여전히 '건축술적'인 것으로 볼 수 있다. 말하자면 카니발은 인간의 가치 체계를 중심으로 유용한 세계를 재구축하고자 하는 것이다. 크로노토프라는 개념 자체는 장르의 견지에서 건축술을 받아들인 것으로 이해할 수 있으며,

그래서 카니발적 크로노토프는 역사적 인간 가치와 특정한 인간 경험을 반드시 지향하게 된다.

카니발에 관한 바흐친의 두 번째 이념 쌍은 주로 《라블레와 그의 세계》에서 길게 탐구된 것으로, 본질상 '반反크로노토프적'이다. 바흐친이 이해한 라블레와 민속을 보면, 가치는 특정한 시간적 틀에서 분리되어 나가고 실제의 역사는 등록되지 않으며 공간은 철저하게 환상적인 것이 된다. 이런 조건 아래에서 웃음은 **단지** 왕관을 벗기는 것에 불과할 뿐이고, 모든 완결된 이미지는 억압적인 것으로 묘사된다. 언어는 명랑한 외설과 욕설로 제한된다. 이런 사유의 가닥은 바흐친 사유의 두 번째 발전 단계, 즉 순수한 틈구멍으로 해석되는 종결불가능성의 이념에 기인하는 듯하다.

대화가 (도스토옙스키 연구서와 〈소설 속의 담론〉에서처럼) 특정한 언표들이나 발화 인물들과 결부될 때, 바흐친은 인간 이미지의 특수성과 구체성을 강조하려는 경향이 있다. 그러나 대화적 말의 '틈구멍적 측면'이 강조되면―그리고 특히 이 '틈구멍 있는 말'이 웃음과 결합하면―이어지는 말은 전혀 다른 방식으로 의사소통할 수 있다. 유쾌한 말은 특정한 반응을 낳는 특정한 언표가 되는 대신 세계에 대한 일반적 태도가 된다. 웃음은 말과 결합하는 것이 아니라 말을 대체하려는 경향이 있다. 이런 일이 벌어지면 세계의 개방성은 통상적으로 탈역사화되고 탈인격화된다.

이렇게 해서 카니발의 두 가지 이미지, 즉 '인문주의적인'(혹은 크로노토프적인) 것과 '반反인문주의적인'(혹은 반크로노토프적인) 것은 바흐친이 제3a기에서 제3b기로 나아가는 것처럼 그의 사유에 공존한다. 《라블레와 그의 세계》에서 완전히 실현되는 반크로노토프적 대안을 살펴보기에 앞서 우리는 카니발화된 장르로 간주되는 소설의 운명을 검토할 것이다. 소설론에 관한 전반적인 진술은 1940년에 발표된 에세이 〈서사시와 소설〉에서 발견할 수 있다.

카니발, 바흐친이 선호하는 장르가 되다

육체, 웃음, 민속적 시간 등의 이념이 소설 속의 창조된 인물뿐만 아니라 장르 그 자체에도 적용된다면, 그 이념에는 어떤 일이 일어날까? 소설은 일종의 카니발 육체가 된다. 이때 무한하고 집단적인 민속적 육체와 유한하고 개별적이며 구획되어 있는 육체 사이의 대립은 무한하게 육화된 소설 장르와 다른 모든 장르들 사이의 대립으로 재설정된다. 소설은 육체를 갖고 있지만, 다른 장르들은 그렇지 않다. 소설은 만질 수 있고 더듬을 수 있으며 들어갈 수 있다. 그래서 소설은 실제의 사람을 담고 있을 뿐만 아니라 그 자체가 '자의식적으로 되어' 웃음 짓는 일종의 사람이기도 하다.

장르로서의 소설에 유용한 웃음은 창조성과 자유에 대한 바흐친의 생각을 근본적으로 바꿔 놓았다. '유쾌한 소설'은—말하자면, 소설 속의 유쾌한 인물과는 대조적으로—어떤 특별한 과제도 부여받지 않는다. 말하자면 그 소설은 특정한 반응이 아니어서 책임을 질 필요도 없다. 그것은 무엇보다도 힘에 반대하며, 그 때문에 이율배반적 특질을 드러내기 시작한다. 카니발이 실제 문화생활에서 하는 역할을 소설은 문학에서 하는 것이다.

바흐친은 이처럼 극도로 인격화된 소설을 '대화화된' 소설이라고 기술한다. 그러나 이 용어는 더 이상 어떤 작품 안에 있는 특정한 대화, 목소리 구역, 이질언어성의 표시 등과 우선적으로 연결되어 있지 않다. 이제 대화화는 또 다른 힘인 '소설화'와 손잡고 작업하는데, 이 개념은 좀 더 독백적인 다른 장르들을 겨냥하는 제국주의적 전략이자 "웃음, 아이러니, 유머, 자기 패러디의 요소"(EaN, 7쪽)에 의해서 그 장르들을 전복하는 것으로 이해될 수 있다. 바흐친이 소설에 관한 초기 에세이에서 찬양했던 크로노토프들의 상호 침투와 장르들의 복잡한 등급화는 이제 절대적 경계에 길을 내 준다. 서사시는 "침투 불가능한 경계에 의해 이후의 모든 시간과 격리된다". 그리고 "원환처럼 완결된" "서사시에는 어떤 틈구멍도 존재하지 않는다"(EaN, 16~17쪽). 이와 반대로 소설은 전부 틈구멍이다.

봉인된다는 것은 진지해진다는 것이지만, 웃음은 영원한 틈구멍이다. 그래서 소설을 틈구멍이라는 견지에서 살펴본다면, 웃음은 소설적 감수성에 절대적으로 본질적인 것이 된다. 바흐친의 새로운 시간 위계에 따르면, 과거와 과거의 장르는 언제나 불투명하고 진지하며 단가적單價的이다. 그러나 현재는 항상 희극적이고 명랑하며 양가적兩價的이다. 따라서 서사시적 재료는 오로지 익숙하게 하기familiarization나 웃음의 영토를 통과할 때만 소설적 재료로 변형될 수 있다. 〈서사시와 소설〉에서는 이처럼 어떤 사건을 희극적인 '접촉 구역'으로 끌어들이는 것이 사실상 '장르를 소설화'하기 위해 필요한 단 하나의 기술적 요건이다.

웃음은 우리를 자유롭게 해 준다. 웃음은 "대상 앞에서 느끼는 공포와 연민을 파괴"하며, 그로 인해 "**리얼리즘적으로 세계에 접근하는 데 필수불가결한** 대담함의 전제 조건을 마련해 주는 생기 있는 요소"(EaN, 23쪽. 고딕체는 인용자가 강조한 것이다)가 된다. 소설의 리얼리즘은 결국 대상들을 "대담한—과학적이면서도 예술적인—탐구적 실험의 손"(EaN, 23쪽)에 넘겨주는 웃음의 선물이다. 그로 인해 이 세계의 대상들과 맺는 가장 근본적이면서도 책임감 있는 관계는 희극적인 관계가 되며, 과학자이자 예술가로서 세계에 대해 '리얼리즘적이게' 되는 최고의 방법은 세계를 비웃는 것인 듯하다.

이런 관점에서 〈서사시와 소설〉은 소크라테스적 대화의 역설적 양가성과 메니포스적 풍자의 "좀 더 강력하고 날카로우며 저속한"(EaN, 26쪽) 웃음을 모두 거론한다.

이 웃음은 도발적이고 두려움이 없을 뿐만 아니라 기억력도 없다. 희극적 세계에는 "기억할 만한 것이 없고 그렇게 할 만한 전통도 없다. 사람들은 잊기 위해서 조롱한다"(EaN, 23쪽). 산문학과 대화—과거에 대한 의식에 크게 의존하는 바흐친의 두 총괄 개념—는 웃음, 말하자면 비종결성을 유발하는 가장 효과적인 수단에 지배되기 시작한다. 기억의 기관으로서의 장르는 이제 창조적 잠재력을 지닌 것이 아니라 창조적 잠재력을 제한하는 것으로 인식된다. 기억이 진정한 소설의 정신에서 떨어져 나가자마자, 웃음이 모욕으로서, 특히 교양 없는 친숙함으로서 들어설 수 있게 된다. 바흐친이 여기에서 찬미하기 시작하는 "희극적 해체 작업"(EaN, 24쪽)은 상처 받지도 않고 기억하지도 않고 죽지도 않는 카니발적 육체의 발단으로 볼 수 있다.

물론 바흐친은 《라블레와 그의 세계》에서보다 〈서사시와 소설〉에서 더 조심스럽다. 그는 소설이 과거를 희화화하지 않아도 된다는 점을 인정하며, 모욕적인 웃음을 높게 평가한 것도 그 자체 때문이 아니라 서사시적 거리를 파괴하는 데 필요한 **형식적** 구성 요소 때문이다. 오직 익숙하게 하기만이 내적 현실성, 잠재력, 진리의 다중성에 다가갈 수 있도록 해 준다. 그러므로 〈서사시와 소설〉에서는 웃음과 패러디가 언제나 그로테스크를 내포하는 것은 아니다. 웃음과 패러디는 단지 불일치성과 익숙하게 하기를 찬미하는 데 필요할 뿐이다. 《라블레와 그의 세계》에서 전개된 양가적 그로테스크에 관한 논의는 바흐친의 웃음의 유형학에서 전혀 다른 단계에 있는 것이었다.

《라블레와 그의 세계》와 바흐친 세계의 여분

하나의 과정이자 기술적 용어로서의 '카니발적 세계 감각'은 상호 연관되어 있는 바흐친의 여러 이념들을 포괄한다. 우선 그것은 모든 중요한 가치들이 개방성과 미완성 속에 있는 세계관이다. 그것은 세계에 대한 모든 진지하고 '폐쇄적인' 태도를 조롱하기 일쑤이며, 그래서 '왕관 벗기기', 즉 어떤 특정한 구조물의 위아래를 뒤집어 놓는 일에 찬사를 보내기도 한다. 왕관 벗기기는 모든 위계질서의 불안정성과 일시성을 상징적으로 나타내는 듯하다. 바흐친은 이런 두 행위를 하나의 양가적 제스처 속에서 일반화한다. 그것은 바로 '훼손' 혹은 '격하'다.

카니발적이지 않은 조건 아래에서라면 이런 훼손은 굴욕과 힘의 상실을 의미할 것이다. 하지만 카니발적 상징에서 격하는 언제나 적극적인 제스처, 즉 땅으로 끌어내리기와 이를 통한 갱신과 재잉태다. "〔카니발적〕 강등은 좀 더 나은 어떤 것을 끌어내기 위해서 동시에 파묻고 씨 뿌리고 죽이는 것이다"(RAHW, 21쪽). 혹은 카니발적 모욕의 좀 더 구체적인 이미지는 배설물 퍼붓기인데, 이는 땅을 비옥하게 만들어서 식물이 자라날 수 있도록 해 준다. "똥 퍼붓기와 오줌 속에 빠뜨리기"는 "이 낡은 세계의 즐거운 장례식"을 보여 준다. 그래서 "이 행위들은 땅속에 뿌려지는 씨와 마찬가지로, (웃음의 차원에서) 파헤쳐진 무덤 속으로 부드럽게 떨어지는 한 줌의 잔디와 같다"(RAHW, 176쪽). 배설하지도 않고 음식물을 먹지도 않을 때, 카니발적 육체의 최고 반사 행위는 웃는 것이다. 카니발적 웃음은 부정적이거나 일방적이지 않으며 권위적인 심판을 하지도 않는다. 이 웃음은 만물의 미완결 상태를 존중함으로써 언제나 양가적이게 된다.

훼손과 비웃음은 특별한 카니발적 이미지, 즉 그로테스크한 육체에서 이상화된다. 이 이미지에서 육체의 돌기와 틈새는 매우 중요하다. 이 돌기와 틈새는 음식물을 먹고 세계와 의사소통하는 통로이기 때문에, 육체가 빨리 성장할 수 있도록 도와준다. "그래서 그로테스크한 이미지의 예술적 논리는 완결되고 매끈매끈해서 침투 불가능한 육체의 피부를 무시한 채, 오직 육체라는 제한된 공간을 넘어서거나 아니면 육체의 깊숙한 곳으로 인도하는 그 파생물들(새싹, 봉오리)과 구멍들만을 간직한다"(RAHW, 317~318쪽). 이 육체는 먹고 마시고 웃으며 악담을 퍼붓는다. 하지만 반드시 세계를 관조하거나 세계와 대화를 나누는 것은 아니다.

바흐친은 육체적 활동들의 이런 전도된 위계질서를 "육체들 간의 경계 및 육체와 세계 간의 경계가 극복"(RAHW, 317쪽)되는 카니발적 이미지와 연결한다. 카니발은 개인적 고통과 죽음의 공포를 쫓아내는데, "그로테스크한 육체는 우주적이면서도 보편적이기"(RAHW, 318쪽) 때문이다. 죽음은 새로운 탄생과 융합하고 종말은 새로운 시작과 융합한다. 이 육체는 언제나 집단적인 것의 일부로서 집단적인 함의를 갖고 행동한다. 그래서 거기에는 어떤 사적인 공간도 없고 사적인 기억도 거의 없다. 또한 여기에는 '유토피아적' 급진주의의 요소도 있는데, 실제적 삶의 육체가 지닌 숙명과 달리 그로테스크한 육체의 잠재력은 언제나 실현되기 때문이다. 즉, 낡은 것은 늘 죽고 새로운 것은 늘 더욱 번성하고 성장한다.

그로테스크한 육체는 사건의 구경꾼이 될 수 없으며, 오직 참여자가 될 수 있을 뿐이다. 바흐친이 서술한 것처럼, 카니발적 세계 감각은 '풋라이트를 모른다'. "풋라이트가 없으면 연극 공연을 할 수 없듯이, 풋라이트는 카니발을 파괴할 것이다. 카니발은 사람들이 바라보는 광경이 아니다. 이와 달리 사람들이 카니발 속에서 살아간다. … 카니발이 계속되는 동안에는 그 이외의 다른 삶이란 존재하지 않는다"(RAHW, 7쪽). 그래서 카니발—

과 그것이 문학 형식 속에 스며든 결과물, 즉 '카니발화'—은 두 가지 융합을 성취한다. 하나는 리얼리즘과 유토피아적 이상 간의 융합이고, 다른 하나는 문학과 생식력 있는 실제 삶 간의 융합이다.

바흐친에 따르면, 지금까지의 "[라블레는] 겨우 근대화되었을 뿐이다. 즉, 라블레는 근대의 눈을 통해서, 그리고 대부분 19세기의 눈을 통해서 읽혀 왔다"(RAHW, 58쪽). 그런 '근대화'는 웃음이 할 수 있는 일을 '축소'하는 데로 귀결될 수 있다. 바흐친 자신은 심미적 프로그램으로서의 모더니즘을 무시하고 명백하게 멸시했지만, 그럼에도 20세기라는 '축소된' 시기의 입장에서 글을 썼다. 아마도 그는 텍스트 속에 있는 저자의 입장, 대화, 자아 등을 이해하는 데 필요한 자신의 개념적 구조가 축소되는 것을—그래서 라블레에 대한 자신의 견해가 왜곡되는 것을—두려워했을 것이다. 만일 그렇다면, 바흐친은 여기에서 자신의 초기 저술들과 대화를 나누고 있는 것일 수 있다.[1] 정말로 바흐친이 시대에 뒤처져서 잘못된 방향으로 나아갔다면, 그는 다음과 같은 물음을 제기하는 듯하다. 라블레에 대한 새로운 작업과 동일 재료에 대한 '크로노토프적' 처리 사이의 갈등은 바흐친이 '근대화'를 넘어서 버렸음을 보여 주는 것이 아닐까? 근본적인 종결불가능성(카니발화된 형식에 매우 특징적인 것)과 다른 산문적·대화적 총괄 개념들 간의 분기는 바흐친이 독법을 수정했음을, 즉 그가 그때그때에 맞게 독법을 성공적으로 재구성했음을 보여 주는 것이 아닐까?

이런 물음들에 대답하기란 쉬운 일이 아니며, 그래서 어떤 선험적인 대답만이 가능하다. 즉, 바흐친은 우선적으로 독서를 위해서 총괄 개념들

---

1 ('맺는 말' 부분을 뺀) 〈소설의 시간 형식과 크로노토프 형식〉은 《라블레와 그의 세계》 이전에 완성되었지만, 그럼에도 바흐친은 그 두 작업을 동시에 진행했을 것이다. 적어도 자료 보관소가 공개되기 전까지는 연대 추정은 의심스러울 수밖에 없다.

을 이용하는가, 아니면 그 총괄 개념들을 증명하기 위해서 독서를 이용하는가? 라블레와 도스토옙스키 연구서는 매우 기이한 특징들과 함께 위대한 통찰도 담고 있지만, 이 문제를 해결해 줄 수는 없을 것이다. 라블레 논문은 르네상스 전공 학자들에게 심하게 비판받기도 했고 매우 높게 평가받기도 했다. 하지만 여기에서 우리는 그런 비평에 개입하지는 않을 것이다. 이 장에서 《라블레와 그의 세계》는 특정 총괄 개념의 숙명을 보여 주는 실례로서, 그리고 바흐친의 카니발적 웃음의 용법에서 새로운 단계를 보여 주는 매개체로 간주된다. 이 새로운 단계에서 이념들은 앞선 시기의 이념들을 어떻게 보완하고 어떻게 변형시키는가? (축소되지 않은 웃음의 형식인) 종결불가능성은 어떤 지점에서 대화나 산문학과 결정적으로 갈라서는가? 바흐친의 이데올로기가 그런 새로운 방향 설정을 통해 잃은 것은 무엇이고 얻은 것은 무엇인가?

양극화와 '공공 광장의 말'

《라블레와 그의 세계》의 어조는 바흐친의 이전이나 이후 저작들과 현저히 다르다. 연구상의 겸손과 가설은 사라진다. 그래서 바흐친은 자신의 역사적 설명의 역사성을 가까스로 인정할 뿐이다. 이런 자기 과신은 얼마간 논문이라는 작업의 기본 틀거리 때문일 수도 있지만, 어느 정도는 스탈린 시절 고조된 권위적 수사와 과장을 배경으로 했기 때문일 것이다.

하지만 그 책의 어조를 나타내는 과장보다 더 놀라운 것은 이분법적 사유가 크게 증가했다는 사실이다. 크로노토프 에세이의 라블레 부분에서 강조된 것은 모순이나 대립이 아니라 **뒤범벅**이었다. 육체의 모태들은 중첩되고 맞물려서 그로테스크한 시나리오를 작성하지만, 어떤 의미에서도 깔끔하게 양극화되지는 않았다. 하지만 〈서사시와 소설〉에서 바흐친은 이분법적 정식으로 나아간다. 즉, 서사시의 '절대적 과거'가 소설의 직접적 현재와 대조되는 것이다. 《라블레와 그의 세계》에서는 이것이냐 저것이냐의 논리가 훨씬 더 강해진다.

먼저 라블레 연구서의 언어에 관한 논의를 보자. 〈심미적 행위에 있어서 저자와 주인공〉의 말에 관한 초창기 논평을 비롯하여 도스토옙스키 연구서를 거쳐 〈소설 속의 담론〉으로 이어지는 일련의 저술들을 통해 바흐친은 이원론적 정식화(사회적인 것 대 개인적인 것, 랑그 대 파롤)를 철저히 회피한다. 오히려 바흐친은 발화, 상황, 담론, 목적 등의 환원 불가능한 다중성을 강조한다. 언어는 그것이 마치 특정한 환경 속에서 또 다른 의식을 향해 있기라도 한 것처럼 하나의 의식을 제공해 준다. 바흐친은 이질언어성과 대화라는 개념에 이르렀을 때, 복잡한 대화적 관점을 취함으로써 모든 언표에는 무수히 많은 의도, 세계관, 가치 평가가 교차하고 있음을 알 수 있었다. 이분법의 회피는 바흐친의 설명에서 본질적인 것이었다. 그것은 바흐친의 사유를 (절대적 대립에 심취한) 형식주의와 (변증법적 모델로 무장한) 마르크스주의에서 구별시켜 주는 중요한 차이였다. 바흐친식 대화는 '모순'으로 축소될 수도 없고, 다양한 개별적 진실들에 대한 소설가의 조절로 축소될 수도 없다.

카니발에 대한 저술에서는 개인화된 언어가 사라진다. 그 대신 바흐친은 두 가지 극단적인 대안에 초점을 맞춘다. 국가나 교회 권력의 권위적 언어, 그리고 인쇄되지 않은 채 큰 목소리로 외쳐지는 말이 바로 그것이다. 바흐친은 《라블레와 그의 세계》의 두 번째 장 전체에 걸쳐서 반反권위적 언어, 즉 '시장의 언어'(좀 더 정확하게 말하면 ploshchandnoe slovo, 즉 '공공 광장의 말')를 설명한다. 이 말이 하는 일은 무엇인가?

바흐친의 어휘 목록에 올라 있는 다른 유형의 담론과 달리 공공 광장의 말은 집단적이면서도 호환 가능하다. 바흐친이 그 모델로 제시하는 것은 《가르강튀아와 팡타그뤼엘》의 서문인데, 이는 야바위꾼과 잡상인의 구술로 가득 차 있다. "말은 현실적으로 볼 때 외침이다. 즉, 말은 군중 가운데서 터지는 시끄러운 감탄사로서, 군중에게서 나와서 군중에게 말을 건다. … 〔발화자는〕 군중과 함께 있는 사람이다. 그래서 그는 군중의 대립자로서 제시되지 않으며, 군중을 가르치거나 비난하거나 위협하지도 않는다. 그는 군중과 함께 웃는다. … 이것은 절대적으로 즐겁고 대담한 잡담, 자유로우면서도 솔직한 잡담이다"(RAHW, 167쪽).

바흐친은 이 '공공 광장의 분위기'를 긍정적 가치로 제시한다. 물론 앞서 정립된 바흐친의 관점에서 보면 이렇게 제시되는 이유가 불분명해 보일 수도 있다. 결국 잡상인의 외침은 특정한 의미에는 전혀 무관심하다. 그것은 발화자와 청취자 간의 구별을 축소하며, 개별적인 어느 누구라도 그 언표 때문에 위험에 처할 일이 없을 정도로 "대담하면서도 자유롭다".[2] 누군가의 고유한 진실을 담고 있는 것(도스토옙스키 연구서와 기타 소설에 관한 저술에서는 언어의 과제였던 것)으로서의 말은 완전히 사라졌다. 사실상 카니발적 말은 실제로 소통되는 말이 아니다. 오히려 그 말은 배설물이 (육체와 대지 사이를) 매개한다고 이야기될 때와 같은 방식으로 **매개한다**. 그렇다고 해서 말이 더욱 강력한 비료라는 뜻이 아니다. 이런 기

---

2 어떤 의미에서 잡상인의 외침은—'우리'와 '코러스의 지원'을 기초로 해서 자신을 인식하는 '나'에 의존함으로써—바흐친 자신의 초기 저술에 있는 어떤 시나리오보다도 볼로시노프의 '공유된 사회적 시야'와 비슷하다. 볼로시노프의 《프로이트주의: 비판적 스케치》에 있는 〈생활 속의 담론과 예술 속의 담론〉 중 특히 102~103쪽 참조.

묘한 의미론 체계에서는 배변과 외설 취미가 친족관계를 밝혀 주는 실질적 보증인으로 대두한다.

겹목소리의 비평?

윤리적 관점에서도 '공공 광장의 말'의 역할은 바흐친의 다른 정식들과 어느 정도 상반된다. 대중적 자기선전—야바위꾼과 잡상인의 말—의 성공은 대부분 계략과 속임수에 기인하기 때문이다. 바흐친이 쓴 것처럼, "장터에서는 탐욕과 기만조차 아이로니컬하게도 거의 솔직한 성격을 지닌다"(RAHW, 160쪽). 이처럼 말을 윤리적으로 발화하는 인물에 기반하지 못하도록 분리해 내는 것은 민중의 웃음이 가진 특권 중 하나라고 말할 수 있다.

몇몇 구절에서 바흐친은 과거 러시아의 유명한 일화들을 그로테스크하게 (아마도 발뺌하듯이) 제시함으로써 카니발적 렌즈를 통해 실제의 역사를 읽어 낸다. 신하들에 대한 이반 뇌제雷帝의 잔인한 행동도 "비웃음과 조롱이라는 대중적 형식의 영향을 피할 수는 없었다"(RAHW, 270쪽). 그래서 바흐친은 이 행동을 진지함에 대한 전쟁, 즉 "러시아의 독실한 봉건적 전통에 대한"(RAHW, 270쪽) 투쟁으로 재현하기에 이른다. 〔스탈린이 이반을 이상화한 것을 생각해 본다면, 이 구절은 겹목소리를 내는 것이 아닌가? "오프리치니나oprichnina[3]는 해체되고 부정되었으며, 바로 그 정신은 공격을 받았다"(RAHW, 270쪽)라는 바흐친의 진술은 소련 비밀경찰에 대해서도 동일한 운명을 기원하는 것이 아닐까?〕 이런 역사적 독해를 보완하기 위해서 바흐친은 19세기의 유

---

3 〔옮긴이주〕 이반 4세의 친위대.

명한 급진 비평가 니콜라이 도브롤류보프Nikolai Dobrolyubov를 인용하는데, 그에 따르면 급진적 변화나 갱신은 "현재 처해 있는 삶의 질서에서 완전히 이탈할 가능성과 그 필요성에 대한"(RAHW, 274쪽) 확고한 믿음을 요구한다. 거의 믿을 수 없게도 바흐친은 이 구절을 카니발의 자유에 대한 정당화로 받아들인다. 이 지점에서 우리는 바흐친이 이반 뇌제에 대한 스탈린의 인식(과 이상화)을 패러디하고 있는지, 아니면 자신의 역이상화를 제공하고 있는지 쉽게 말할 수 없게 된다. 또한 반反공식적 의례를 정당화하기 위해 공식적으로 칭찬받는 비평가를 인용하는 데서 아이러니를 탐지할 수도 있다.

우리는 카니발 시기—가장 억압적이었던 스탈린주의 시기—의 언어 미학과 1920년대 초—급진주의와 자유로운 실험을 허용했던 시대—의 미래주의 미학 사이에서 흥미로운 평행선을 발견할 수도 있을 것이다. '그 자체로서의 말', 즉 표현 불가능한 말의 잠재력과 '초이성적'이고 부조리한 것이 될 수 있는 말의 권리를 찬양하는 것은 미래주의의 기본 교의였기 때문이다. 그렇게 파악된 말은 '현재 질서에서의 완전한 이탈'을 약속해 줄 수 있었다. 1920년대의 바흐친은 이처럼 말에서 내용이나 전통을 제거하는 경향에 맞서 싸웠다. 사실상 그는 미래주의나 이와 관련된 형식주의적 입장에 대한 거부를 중심으로 해서 언어예술 미학을 구축했던 것이다. 하지만 중세의 비호를 받았던 1940년대의 바흐친은 신뢰를 상실한(그래서 그 당시에는 위험스러웠던) '미래주의 요새'를 선택했다. 카니발화된 발화는 종결불가능성의 육화로서 "의미의 족쇄에서 해방"(RAHW, 423쪽)되었고, 덧붙이자면 역사의 족쇄에서도 역시 해방되었다. 바흐친은 사회주의 리얼리즘에 어느 정도 저항하고 불평하는 자세를 취함으로써, "모든 규범들, 심지어는 초보적인 논리 규범조차 무시하는 완전히 해방된 발화"의

"언어적 부조리"를 높게 평가했다(RAHW, 422쪽). 이런 구절에서 작동하는 겹목소리 내기의 범위와 종류를 규정하기란 지극히 힘든 일이다.

양극화된 육체, 텔렘 수도원, 르네상스 인문주의에 대한 재평가

바흐친은 평생 반응과 책임에 관심을 갖고 있었기 때문에 언어의 대화적 성분과 윤리적 성분을 가볍게 무시할 수 없었을 것이다. 그래서 우리는 이 새로운 공공 광장의 말이 바흐친의 지적 기획에서 어떤 기능을 수행하는지를 물어야만 한다. 바흐친의 정식들에 아이러니가 있는지의 여부와는 무관하게, 그 정식들을 한낱 정치적 알레고리로 치부해 버리는 것은 현명하지 못한 일이다. 여기에서 우리는 《라블레와 그의 세계》에 등장하는 두 번째 이항대립으로 눈을 돌릴 것이다. 그러면 우리에게는 양극화된 언어 외에도 '양극화된 육체'가 떠오르게 된다.

《라블레와 그의 세계》에서는 전혀 상반된 행동 양상을 보이는 두 가지 유형의 육체가 논의된다. 첫 번째 육체는 신뢰를 상실한 '부르주아 에고'와 연관되어 있고, 두 번째 것은 대중적 민속의 '집단적으로 전승된 육체'다. 전자는 매우 소유욕이 강하고 이기적이며, "이기주의적 열망과 소유"(RAHW, 19쪽)로 점철된 폐쇄적이고 사적인 삶을 산다. 후자는 매우 관대하고 사심이 없으며, "의기양양하고 축제적"(RAHW, 19쪽)이다. 한쪽 다리를 잃은 쇠약한 바흐친은 분명 원기 왕성한 '집단적 육체'의 정신적 잠재력에 강하게 매료되며, 다시 그의 이전이나 이후 저술들과 비교해 본다면, 그 해방적 측면에 공감을 표현한다. 필멸의 육체—바로 그 필멸성 때문에 이제 육체는 '덧없고 무의미하게' 된다—는 육체와 세계의 대중적·축제적 이미지에 있는 무시간적 요소들과 직접적으로 대립한다(RAHW, 211쪽).

언어와 육체의 이미지에 있는 두 가지 양극화는 종결불가능성의 함의를 탐구하고자 하는 바흐친의 시도로 볼 수 있다. 이 총괄 개념은 (웃음과 양가적 비난을 내재한) 공공 광장의 말과 (정체불명의 무감각하고 불멸하는) 전승된 육체를 이어 주는 필수적 고리다. 이것들이 함께 모여서 구체화되면 그로테스크한 이미지가 만들어진다. 즉, 열려 있고 '조정되며' 영원히 능동적이어서 영원히 재평가되는 이미지가 만들어지는 것이다.

바흐친의 다른 저작에서 대화의 무한성은 늘 죽음의 종결성을 배제한다. 예컨대 도스토옙스키 연구서의 논의에 따르면 의식을 내부에서 다성적으로 묘사하면서 결국 도스토옙스키의 세계에서 죽음이 추방되었다. 바흐친은 초기 저술들의 생각을 발전시키면서, 죽음이란 내부에서 경험될 수 있는 것이 아니라고 주장한다. 그래서 죽음은 타자들에게만 사실이 될 수 있다. 이 때문에 바흐친은 죽음의 시인으로서의 톨스토이를 대화적인 측면에서 혐오한다. 집단적 육체의 불멸성, 즉 육체의 한 부분을 잃게 될 때조차도 새살을 돋게 해 주고 그로 인해 육체의 각 부분의 불완전성을 즐기는 이 불멸성은, 무한히 열려 있는 삶의 과정에 대한 보증인이었던 이 불구의 학자를 매료시켰을 것이다.

종결불가능성만이 이런 육체의 이미지에서 칭송되는 유일한 가치는 아니다. 그로테스크 역시 바흐친이 심각하게 고려했던 세계의 두 가지 특질 혹은 지향, 즉 육체들의 상호 의존성과 삶의 산만함을 결합한다. 그로테스크한 육체는 "풍요로운 심연과 생산력 있는 돌출부로 이뤄져" 있다. 그래서 그것은 "결코 세계와 명확하게 구분되지 않으며, 세계와 서로 교환하고 뒤섞이며 합쳐진다"(RAHW, 339쪽). 사회주의 리얼리즘 예술(과 오늘날 파시스트 예술이라고 불릴 수 있는 것)이 깨끗하고 닫혀 있으며 자아도취적인 육체를 강조한다면, 그로테스크한 예술은 교환, 매개, 그리고 놀라움을 줄 수 있는 능력을 강조한다. 그로테스크는 "영원히 완성되지 않는 존재의 전체성"(RAHW, 379쪽 주 3번)을 복원한다.

이런 가치들은 바흐친의 전 생애에 걸쳐서 중요한 것이었다. 그러나 카니발의 의상을 입은 '육화된 잠재력'의 라블레판은 이전의 정식들과 전혀 다르다. 그런 한에서 초기 저술의 육화에 관한 논의는 어느 정도 반복 불가능한 시점과 지각의 지평에 초점을 맞추고 있는데, 우리는 이것을 '시각의 윤리학'이라고 말해도 좋을 것이다. 하지만 그로테스크한 육체는 눈을 강조하지 않는다. 여기에서 가장 문제시되는 기관은 코와 입인데, 이것들은 세계로 튀어나오거나 세계에서 영양분을 빨아들이기 때문이다. 바흐친이 공공 광장의 말과 그 육화, 즉 그로테스크한 이미지에 부여하는 이 새로운 지위는 르네상스 인문주의를 철저하게 재평가하고 그것을 대체하게 만든다.

텔렘 수도원에 대한 논의는 이런 재평가를 위한 안성맞춤의 시금석이 될 것이다. 돌이켜 보면 크로노토프 에세이의 맥락에서 수도원이나 수도원에서 이루어지는 '조화롭고 긍정적인 육체'의 양성은 인문주의적 이상, 즉 중세 이후의 인간을 고무시킨 목표를—라블레와 바흐친 자신에게—보여 주는 것으로 기술되었다. 그러나 《라블레와 그의 세계》에서 텔렘 수도원은 전혀 다른 조명을 받으며 등장한다. 텔렘을 '라블레 철학의 열쇠'로 보았던 19세기 러시아의 뛰어난 학자를 비판하면서 바흐친은 다음과 같이 설명한다. "실제로 텔렘은 라블레의 세계관과 이미지 체계, 또한 스타일에 대해서도 결코 특징적인 것이 아니다. 비록 이 전체 에피소드가 대중의 유토피아적 요소를 보여 준다고 하더라도, 텔렘은 근본적으로 르네상스의 귀족적 조류와 연결되어 있다. 이것은 대중적·축제적 분위기가 아니라 긍정의 인문주의적 유토피아다"(RAHW, 138쪽). 이어지는 주석에서는 수도원에 분명하게 구획된 부엌(과 일반적인 향연 이미지)이 없다는 것이 수도원의 정당성을 침해하는 것으로 받아들여진다(RAHW, 280쪽). 바흐친은 이제 수도원의 특이한 단조로움과 이에 대한 라블레의 명백한 애착을 전적으로 라블레적 부정의 메커니즘 탓으로 돌린다. 즉, "어떤 측면을 부정함으로써 긍정적 이미지를 구성한다는"(RAHW, 412쪽) 논리에 따라 언젠가 금지되었던 것이 이제 무엇이나 허용된다. 긍정적 이미지는 독자적 권리를 갖는 이상이 아니라 자신의 대립물에 대한 한낱 패러디가 될 뿐이다.

인문주의 자체도 재규정되기에 이른다. 인문주의에서 건강한 것은 무엇이나 민속에 가까운 것이 된다. "새로운 인문주의적 문화의 모든 이미지들은 … 시장의 분위기(글자 그대로 하면, "공공 광장의 분위기") 속에 빠져 있다"(RAHW, 170쪽). 나머지, 특히 더욱 절제되어 있거나 지적인 노력은 "책상물림의 인문주의자"—대중적 발화와 세속성에 대한 억압자로서의 교회와 권력에 대해 붙인 바흐친의 비난조 용어—의 분야가 된다(RAHW, 189쪽).

인문주의의 자리에 바흐친은 이상화된 여성적 원리—간혹 추정되는 것과 달리 바흐친이 라블레의 젠더 문제에 대해 전혀 눈감고 있었던 것은 아니라는 사실을 보여 주는 몇몇 지표 중 하나—를 불러들이는 듯하다.[4] 바흐친에 따르면 라블레에게 영감을 준 대중적 전통은 여성을 전혀 혐오하거나 부정하지 않았다. 여성은 모든 흐름과 변화의 원천, 즉 중세 갈리아 남자의 육체적 무덤으로 파악되었다. 오직 여성의 이미지는 통속화되었을 때만 감각적이고 저속한 것이 된다(RAHW, 240쪽). 그래서 그 이미지는

---

4 이런 관점에서 바흐친을 비판한 것으로는 Wayne C. Booth, 〈해석의 자유: 바흐친과 페미니즘 비평의 도전Freedom of Interpretation: Bakhtin and the Challenge of Feminist〉이 가장 유명하다.

젠더와 섹슈얼리티에 관한 "새로운 협소한 이해"로서, 여성을 부정적 이미지로 축소하는 16세기의 "도덕적이고 현학적인 인문주의 철학"(RAHW, 241쪽) 안에서 기술되었다.

조화로운 인문주의적 이상에 대한 이런 전적인 불신과 관련해서 끝으로 좀 더 일반적인 논평을 하나 더 추가하고자 한다. 말의 변화된 기능과 새롭게 이상화된 그로테스크와 더불어 바흐친은 특수성의 가치 또한 재평가한다. 이미 살펴보았듯이 바흐친의 행위 철학과 언어철학은 개별적인 인물을 특정한 사건에 묶어 놓았고, 각각의 언표마다 특정한 목소리들과 혼종들이 가능한 한 많이 자리 잡도록 해 주었다. 다자多者를 일자一者 속으로 허물어뜨리려는 시도, 황금시대를 미래 속으로 투사하려는 시도('역사적 전도'), 사건의 특질을 추상화하려는 시도 등은 모두 바흐친에 의해서—처음에는 '이론주의'로, 다음에는 '독백주의'로, 그 다음에는 '추상적 인식'으로—계속적으로 비판받았다. 하지만 라블레 연구서에서 바흐친은 특수하고 대체 불가능한 것에서 새로운 보편주의적 범주로, 즉 '이상적·현실적' 혹은 '유토피아적·리얼리즘적'이라는 범주로 강조점을 옮긴다. 이런 카니발적 방식으로 세상을 경험하게 되면, "사람들은 새롭고 순수한 인간관계를 위해서 말하자면 다시 태어나게 된다"(RAHW, 10쪽).

〈행위의 철학을 위하여〉와 〈심미적 행위에 있어서 저자와 주인공〉의 관점에서 볼 때, 우리는 다음과 같이 물을 수밖에 없다. '순수한 인간관계'가 있을 수 있는가? 그런 관계는 삶과 일대기에서 벗어나 다시 태어난 사람들, 말하자면 특정한 목소리나 육체가 다른 개인과 어디에서도 인접하지 않는 사람들, 즉 뚜렷한 외모를 지니지 않은 사람들 사이에서나 확보될 수 있을 것이다. 그렇지 않다면 그것은 필연적으로 불순한 인간관계일 수밖에 없다. 바흐친의 저술 대부분에서 '순수성'은 경멸적인 용어다. 〈행위의 철학을 위하여〉의 맥락에서 볼 때, 순수하게 인간적인(특수하지 않은) 사람은 '한낱 공허한 잠재력' 이상을 가질 수 없으며, 그래서 가짜 '알리바이'를 가진 '참칭자'로서 삶을 살아간다고 말할 수 있을 것이다.

이 초기의 에세이들에서 바흐친은 주어진 것과 정립된 것 사이에서의 끊임없는 재협상을 통한 균형을 강조했다. 하지만 새로운 카니발적 세계관에 따르면, 사람은 모두 영원히 고정되어 있거나 아니면 제멋대로 움직이는 순수한 가능성이 된다. 다시금 우리는 카니발레스크의 매력과 대담함을 경험하게 되는데, 이는 카니발레스크가 육화와 잠재력이라는 두 가지 모순된 이상을 양극단으로 밀고 나아가는 것을 말한다. 또한 우리는 바흐친이 짧은 시간이나마 새롭게 이항대립에 심취함으로써 초래된 결과도 알게 된다.

카니발의 위안

지금까지 우리는 바흐친의 초기 저술의 관점에서 그로테스크한 육체와 공공 광장의 말을 평가했다. 하지만 라블레 연구서 자체의 관점에서 보면, 이런 평가는 이제 '편협한'으로 드러날 것이다. 우리는 이제 바흐친을 그의 라블레적인 말 속에서 살피고자 하며, 그래서 그가 이해했던 대중적인 민속적 원천의 정신 속으로 들어가고자 한다. 카니발적 웃음의 정신은 《라블레와 그의 세계》의 많은 부분에서 무목적적이고 무차별적이며 유토피아적이고 무정부주의적일 때조차도 근본적으로는 긍정적이고 가치 발생적인 방식으로 기능할 수 있기 때문이다. 바흐친의 개념들을 특정한 용법에서 분리해 냄으로써 우리는 카니발적 세계관의 매력을 좀 더 적절하게 파악할 수 있을 것이다. 말하자면 우리는 다성성을 도스토옙스키에 관한 이론으로서뿐만 아니라 다른 식으로도 사용 가능한 개념으로서 받아들일 수 있다는 것이다. 카니발레스크의 근본적인 종결불가능성은 바흐친의 다른 총괄 개념들을 보완하기도 하고 침해하기도 한다. 카니발이 두 총괄 개념에서 분리되는 곳에서, 우리는 카니발이 그 개념들에 대한 효과적인 교정책처럼 보일 수 있는 이유를 제시할 것이다.

유쾌한 민속 장르의 경우 '형식 창조적'이거나 '장르 창조적'인 부분은 플롯의 외적 형상도 아니고 특정한 작품이 주조되는 언어 형식(신화, 서정시, 서사시)도 아니다. 그것은 오히려 세계에 대한 이전의 '시각'이다. 진정한 웃음이 보는 대로 세계를 본다는 것은 단지 우스꽝스러운 것을 발견하는 데 머무르지 않는다. 오히려 웃음은 좀 더 일반적으로 치유적인 것이 된다. 바흐친에 따르면, 르네상스 사상은 웃음을 인간의 정체성과 생득권을 이루는 본질적인 부분으로 생각했다. 웃음은 삶을 영위하는 우리에게 '위로와 조언을 해 주는' 어떤 것으로서 철학이 수세기 동안 수행했던 기능에 버금가는 일을 했다. 적어도 라블레는 축소되지 않은 웃음이 세계를 보는 하나의 가능한 시점이라는 것, 세계에 관한 진리의 형태들 중 하나라는 것을 믿었다. 다음과 같은 사실은 계속해서 반복되는 듯하다. 즉, 당신이 끝났다고 생각한 일이 아직 끝나지 않았다는 사실, 그리고 당신이 죽었다고 생각했던 사람이 반드시 죽은 것은 아니라는 사실이다. 각각의 특정한 장르는 삶의 어떤 측면들을 이해하는 데는 특히나 잘 들어맞지만 삶의 다른 측면들을 이해하는 데는 유난히 어울리지 않는다는 바흐친의 생각을 염두에 둔다면, "세계의 어떤 본질적인 측면들"(RAHW, 66쪽)은 오직 웃음에 의해서만 접근 가능한 것이라는 그의 확신도 이해할 수 있다.

바흐친의 주장에 따르면, '웃음의 진리'가 가치 있는 것은 그것이 구체적인 관념들을 전달해 주기 때문이 아니라, 그것이 결코 숭배하지도 않고 명령하지도 않고 구걸하지도 않기 때문이다. 이런 이유에서 그것은 두려움, 신비스러운 공포, 죄책감—첨언하자면 바흐친이 관심을 갖지도 않았고 특별히 잘 이해하지도 못했던, 세계에 대한 세 가지 반응—을 추방할 수 있다(RAHW, 90쪽). 바흐친이 시인하듯이 어떤 주어진 역사적 상황에서 웃음의 진리는 덧없다. 일상적인 불안과 공포는 늘 되풀이되기 때문이다. 그럼에도 카니발적 이미지는 "비공식적 진리", 즉 "우스꽝스러우면서도 기괴한 형식 속에서, 권력과 폭력의 상징들을 뒤집어 놓는 형식 속에서 나타나는 공포의 극복"(RAHW, 91쪽)을 제공한다. 바흐친에 따르면, 메니포스의 중심적인 교훈은 바로 그런 정신의 독립에 있었다. 지상에서는 웃음이 박해받을지 모르지만, 영원한 죽음의 왕국—비공식적 진리가 최고의 가치로서 지배하는 곳—에서는 웃음이 늘 함께한다(RAHW, 69쪽).

물론 웃음은 현실의 물질적 조건을 거의 바꿔 놓지 못한다. 특수한 르네상스적 웃음은 합법화되었고 특권을 향유했으며, 오로지 악에 대한 사람들의 태도를 바꿔 놓음으로써만 악을 멀리할 수 있었다. "본질적으로 웃음은 진리의 외적 형식이 아니라 내적 형식"(RAHW, 94쪽)이라고 바흐친은 설명한다. 그것은 "검열, 억압, 화형대에서 어느 정도" 사람들을 자유롭게 해 주었지만, 실제의 것들을 제거함으로써 그렇게 한 것이 아니라 "거대한 내적 검열로부터 … 수천 년 동안 인간 속에서 자라 온 두려움, 즉 성스러운 것, 금지, 과거, 권력 등에 대한 두려움에서" 사람들을 해방시켜 줌으로써 그렇게 한 것이었다(RAHW, 93~94쪽).

다시 말해, 여기에서 웃음에 관한 바흐친의 논의는 그가 말년에 '증인과 판사'의 자유에 관해 한 논의와 매우 유사하다. 이 자유는 "말하자면 존재를 물질적으로 변화시킬 수(도 없고 그렇게 하기를 바랄 수도) 없다. 그것은 단지 존재의 **감각**만을 변화시킬 수 있을 뿐이다"(N70~71, 137쪽). 이런 의미에서 웃음의 진리는 스토아적 진리이기도 하다. 바흐친은 말년의 수고에서 가장 중요한 몇몇 개념을 재사고하고 재통합하는데, 이때 '존재의 감각을 변화'시킬 수 있는 자유를 배타적으로 **말**과 연결한다. 대화를 버리고 종결불가능성만으로 실험을 하던 라블레 연구서에서 재평가와 복원의 역할을 맡은 것은 웃음과 그로테스크한 육체다.

하지만 우리는 《라블레와 그의 세계》가 진지한 말에 대해서 단순 명료한 자세를 취하고 있지는 않다는 사실에 주목해야 한다. 바흐친에 따르면, 민속적 유머는 모든 유형의 진지함에 저항한 것이 아니었다(RAHW, 121~123쪽). 복합적이고 생산적인 진지함의 형식들이 있을 수 있는데, 바흐친은 그중에서도 "창조적 파괴"(RAHW, 121쪽)를 알고 있는 비극적 진지함과 "깊고 순수한, 그러나 열려 있는 진지함"(RAHW, 122쪽)을 소유한 특정 장르들에 대해 언급한다. 이 모든 형식들의 공통점은 대담함이다. "진실로 열려 있는 진지함은 패러디나 아이러니를 두려워하지 않는다. … 자신이 미완의 전체에 부속되어 있다는 것(prichastnost' nezavershimomu tselomu)을 알기 때문이다"(RAHW, 122쪽). 그래서 진지한 긍정의 올바른 종류는 웃음prichastnyi과 마찬가지로 언제나 미완의 전체에 부속되거나 그 전체와 '함께한다'. 이 대목은 책임 있는 종결불가능성과 대화를 연상하게 한다는 점에서, 《라블레와 그의 세계》 이전과 이후의 바흐친을 구분하는 표시가 된다.

민속적 웃음의 역사적 숙명

바흐친에 따르면 라블레의 동시대인들은 그의 작품에 웃음이 철학적으로 도입된 것을 알고 있었다. 오직 이후의 세대만이 그의 이미지들을 문제적인 것으로—재미있기는 하지만 외설적이고 저속하며 천박한 것에 불과한 것으로—보았을 뿐이다. 바흐친은 민속적 유머 복합체가 공연보다는 참여에 의존하기 때문에 훨씬 불안정하여 실내에서 읽거나 글로 옮겨 적는 데 적합하지 않다고 말한다. 그것은 일단 문학 속으로 옮겨지게 되면 곧바로 해체되어서 저속해지거나(이 경우 중요하거나 본질적인 것은 희극의 대상이 될 수 없다는 사실이 전제된다), 아니면 목표물을 조준하는 웃음의 일방적 제스처가 되는 경향이 있다. 이 두 번째 방식으로(즉, 풍자적으로) 읽을 때 카니발적 웃음은 교훈적이거나 정치적인 의제를 떠맡게 된다. 민속적 유머의 주된 소명에 절대적으로 대립하는 이 웃음은 "풍자적 조소와 도덕적 비난이라는 부정적 목적"을 위해서 "혐오나 두려움을 고취"시키곤 한다(RAHW, 63쪽).

민속적 유머의 해체에 대한 바흐친의 짧은 설명(RAHW, 102~136쪽)은 《라블레와 그의 세계》에서 가장 흥미로운 대목에 속한다. 반면 비역사적이고 틀에 박힌 무아지경의 '카니발적 상징'을 길게 늘어놓은 장들에서는 문학사가 거론된다. 그는 웃음의 힘의 감소와 그 재능의 위축에 대한 향수 어린 이야기로 웃음의 역사적 숙명을 서술한다.

바흐친에 따르면 고대 세계도 이와 유사한 쇠퇴를 목격했다. 민속적 웃음이 처음으로 메니포스적 풍자에 길을 내주었던 것이다. 이 장르의 유쾌한 이미지들은 비록 여전히 아직은 양가적이고 건강한 것이었다 하더라도, 이미 어느 정도는 "도덕적 의미"(RAHW, 62~63쪽)에 의해 수정된 것이었다. 초기 기독교에서 웃음은 교화되거나 완전히 추방되었다. 하지만 중세 초기에 민속적 유머는 무시할 수 없을 정도로 매우 강력한 힘을 갖게 되었다. 교회와 국가 권력은 추방된 웃음을 찬양할 수 있는 특별한 날들을 지정하고, 웃음의 범위를 규제하는 조건으로 카니발을 허용함으로써 웃음을 묵인하고 통합했다.

가장 풍요로우면서도 가장 차별화된 웃음의 시대는 르네상스였는데, 이때 민속적 유머가 공식 문학 속으로 침입해 들어왔다. 그러나 문학 장르로의 성공적인 이전은 도리어 왜곡, 쇠퇴, 붕괴를 초래했다. 카니발은 시장에서 궁정 무도회로 이전되었다. 그래서 라블레적 웃음은 라블레적 장면에 기반한 발레를 낳게 되었다. 17세기에 라블레의 작품은 새로운 왜곡을 감수해야 했다. 즉, "전체 해석 체계"와 암호 해독 열쇠를 쥐고 있는 주석가들에 의해 추상적 알레고리로 읽히기 시작했던 것이다(RAHW, 113쪽). 바흐친에 따르면, 이 학자들은 기술적으로 정확하게 인유들을 해독했으면서도 그 텍스트의 의미를 축소했다. 위대한 작품의 이미지란 "언제나 더욱 깊고 넓으며, 전통과 연결되어 있고, 인유와는 별개의 고유한 심미적 논리를 갖고 있기"(RAHW, 114쪽) 때문이다.

근대에 이르러 라블레 수용은 바흐친에게 민속적 유머의 운명을 볼 수 있는 훌륭한 렌즈를 제공해 주었다. 라블레는 알레고리로서가 아니라 음란한 희극적 리얼리즘으로서 읽히기 시작했던 것이다. 육체에 대한 새로운 기준은 육체를 완성하고 연마하는 데 기여했다. 즉, 새로운 육체가 나오게 될 불룩한 배와 싹은 편평해졌고, 미완성의 세계의 모든 속성은 왕성하고도 산만한 육체 내부의 삶을 나타내는 모든 기호와 더불어 제거되었다(RAHW, 320~322쪽). 육체는 매개할 수 있는 힘을 상실했고, 죽음은 웃음을 멈추었다. 육체와 전기는 문학 속에서 점차 개별화되어 '사적인 것이 되었고', 공공 광장에서 육체에 관해 직접적으로 논하는 것은 엿보기와 관음증의 리얼리즘으로 대체되기 시작했다.

18세기 들어 과학적 경험주의의 득세와 함께, 라블레(와 일반적인 카니발 이미지)를 공감하며 읽는 데 반대하는 일이 벌어졌다. 계몽주의는 특히 양가성을 기피하고자 인식론을 발전시켰다. 바흐친이 말했듯이, 이 시기는 당연히 라블레를 이해하는 데서 최저점을 찍을 수밖에 없었다. 라블레에게 수태한 죽음이나 고상한 타락과 같은 양가적 이미지는 본질적인 것이었기 때문이다. 볼테르는 라블레의 유쾌한 이미지에서 단지 "박식함, 지저분함, 지루함" 그리고 부정적 풍자만을 보았을 뿐이다(RAHW, 116~117쪽).

19세기에 라블레는 어느 정도 저속한 이유에서이기는 하지만 다시 유행하게 되었다. "환상적인 장면이 신비주의로 변질되"(RAHW, 125쪽)거나 라블레가 윤리적·철학적 용어로 단일하게 해석되었다. 러시아에서는 라블레가 거의 연구되지 않았다. 하지만 그 당시 카니발의 광범위한 의미를 이해했던 단 한 명의 위대한 사상가가 바로 괴테였다. 그래서 바흐친은 《라블레와 그의 세계》에서 자기가 좋아하는 문학 텍스트들 중 하나인 괴테의 로마 카니발 경험을 기술하기도 한다. "괴테는 진지함과 공포란 전체에서 자신이 분리되어 있음을 의식하는 부분의 반영임을 이해했다. '영원한 미종결' 상태의 전체는 '유머러스한' 성격을 지닌다"(RAHW, 254쪽). 괴테의 독법에서 자신을 진지하게 완결된 전체로 간주하는 개인은 더욱 광범위한 사람들의 전체성, 즉 라블레가 이해했던 방식의 전체성에 대립된다. 괴테의 카니발 해석에 관한 바흐친의 논의는 '독백적 전체들'에 반대했던 도스토옙스키 연구서 제3장의 경우를 재평가한 수정본인 것이다.

카니발과 두 가지 판본의 도스토옙스키 연구서

1960년대 초에 다시 씌어진 바흐친의 도스토옙스키 연구서는 상이한 시기의 사유 흔적을 기록하고 있다. 1929년 텍스트는 다성성에 초점을 맞추고 있어서, 오늘날 일반적으로 읽히는 저작과는 현저히 다르다. 그 두 판본 간의 가장 큰 차이는 새로 씌어진 제4장에서 발견할 수 있는데, 이 부분은 바흐친이 1930년대와 1940년대에 카니발에 대해 품었던 생각을 반영(하고 교정)하기 때문이다. 새로 씌어진 이 장은 저작 전체와 얼마나 유기적으로 결합되어 있는가?

1929년 판본의 제4장 '도스토옙스키의 작품에서 모험 플롯의 기능'은 겨우 아홉 쪽에 불과하다. 그 대부분은 두 번째 판본(PDP, 101~105쪽)에도 여전히 남아 있지만, 65쪽에 이르는 메니포스적 풍자와 카니발화에 관한 새로운 논의에 가려져서 간과되기 십상이다. 원래의 제4장은 오직 도스토옙스키의 모험 플롯과 그 기능만을 다루고 있어서, 바흐친이 1930년대에 설명하게 될 그리스 로망스의 "모험의 크로노토프"에 대한 일종의 초안처럼 보인다.

바흐친이 상술한 바에 따르면, '모험의 주인공'은 도스토옙스키에게 적합하다. 도스토옙스키의 작품은 플롯에 의해 통합되지 않기 때문이다. 그래서 도스토옙스키는 플롯에 의존하지 않고도 자기를 규정하는 주인공이 필요했다.[5] "모험의 주인공에게는 어떤 일이라도 발생할 수 있고, 그래서 그는 어떤 것이라도 될 수 있다"(PTD, 94쪽). 그러나 플롯이 없다는 것은 운명과 목적이 없다는 것이기도 하다. 1929년 판본의 제4장은 대체로 도덕적 책임과 저자성의 건축술에 집중된 초기 저술들의 영향에서 씌어졌다고 볼 수 있으므로, 도스토옙스키의 인물들이 그 플롯 없는 상태에 **저항하고** 책임감 있게 '육화되기' 위해서 노력하는 정도가 강조된다. "[전

---

5 다성성에서 플롯이 하는 특별한 역할에 관해서는 이 책의 제6장 참조.

기소설에서는〕 주인공과 그를 둘러싼 객관 세계가 한 덩어리를 이루고 있어야만 했던 〔반면〕, 도스토옙스키의 주인공은 그런 의미로 육화되지도 않았고 또 그렇게 육화될 수도 없다. 그는 정상적인 전기 플롯을 따를 수 없다. 그래서 주인공 자신은 육화되기를 간절히 소망하고, 삶-플롯에 결부되기를 바란다"(PTD, 95쪽). 도스토옙스키는 주인공에게 이런 위안을 제공해 주려고 하지 않는다. 그는 인간의 자유가 사회, 가족, 일대기 등의 고정된 끈에 구속되는 것을 바라지 않기 때문이다.

따라서 도스토옙스키의 의도에 대한 바흐친의 재구성을 통해서 우리는 초창기 저자-주인공 시나리오의 흔적들을 발견하게 된다. 저자와 주인공은 (바흐친이 단테에게서 그렇게 읽어 낸 것처럼(FTC, 158쪽).) 불편한 사이다. 도스토옙스키는 자유로운 존재들을 창조하지만, 이들은 대심문관이 묘사한 인간성처럼 정상적인 전기 플롯이 주는 안정성을 추구한다. 다성성의 종말을 의미하는 전기 플롯은 주인공의 '의상'이 될 수 있을 뿐만 아니라 그의 육체와 영혼이 될 수도 있기 때문에(PTD, 98쪽) 도스토옙스키는 다성적 자유를 강조한다.

반면 모험 플롯은 결코 육체와 영혼이 아니며 언제나 한낱 의상에 불과할 뿐이다. 모험 플롯은 옷처럼 언제나 바꿔 입을 수 있는 것이며, 그래서 주인공은 "이미 유용하거나 안정적인 입장"(PTD, 99쪽)에 의존하지 않는다. 그런 플롯은 도스토옙스키의 다성적 기획에 특히 잘 들어맞으며, 부정적인 방식으로—톨스토이, 투르게네프, 곤차로프의 주인공들이 그랬던 것처럼, 사회적 역할에 '완전히 육화되'는 주인공을 허락하지 않는 방식으로—그 기획에 연결되어 있다. 하지만 모험의 주인공과 다성적 주인공은 근본적으로 서로 다르다. 모험 플롯은 그것이 담고 있는 것 때문이 아니라 그것이 결여하고 있는 것 때문에 잘 들어맞는다. 물론 카니발은 훨씬 더 많

은 것을 결여하고 있고, 그것이 보여 주는 특질들은 제도에 대한 대안으로
서가 아니라 제도 자체에 대한 패러디로서 경험된다. 카니발은 본질상 순
수한 모험이고 순수한 결여다. 즉, 그것은 육화된 공허인 것이다. 그래서
바흐친이 도스토옙스키 연구서로 돌아갔을 때, 그 제4장이 카니발의 견지
에서 도스토옙스키에 접근할 수 있는 기회를 제공해 주었던 것이다.

원래의 제4장에서 바흐친은 전통적인 플롯 짜기를 비판하며, 도스토
옙스키는 그러한 플롯에 실질적 가치를 부여하지 않았다고 주장한다. 그
자신이 이후 '반反크로노토프'의 옹호라고 불렀던 부분(이 부분은 개정판
에서 삭제된다)에서 바흐친은 다음과 같이 단언한다. "도스토옙스키의 플
롯은 최소한의 결말짓는 기능조차도 박탈당한다. … 본질적으로 도스토
옙스키의 모든 주인공은, 무한성 속의 두 피조물처럼 시간과 공간을 한
꺼번에 벗어나 있다. … 그들의 시각장이 교차하는 지점에 소설의 절정
이 있다. … 그들은 플롯에 대해서 외재적이다"(TF1929, 276~277쪽). 이 구절은
《라블레와 그의 세계》로 나아가는 바흐친 사유의 노선이 어째서 '건축술'
에서 '크로노토프'로 나아가는 노선과 유독 어긋나는지, 그 이유를 밝혀
준다. 크로노토프는 새로운 종류의 자아와 창조성이 형성될 기회를 만들
어 주는 장애를 제공한다. 그래서 반크로노토프는 '유쾌한 상대성'의 분
위기 속에서 이 장애를 격파해 버림으로써 자유를 획득한다.

바흐친은 도스토옙스키 연구서를 개정(1961)하기 위해 작성한 메모를
다음과 같은 말로 시작한다. "도스토옙스키의 플롯 장을 개정할 것. 특
별한 종류의 모험주의. 메니포스적 풍자의 문제 … 도스토옙스키의 공공
광장. 카니발적 화염의 불꽃"(TRDB, 283~284쪽). 이때 '특별한 종류의 모험주
의'는 자신이 선호하는 소설가에게 카니발을 적용할 때 바흐친이 펼쳐 보
였던 바로 그 개념이다.

1961년에 쓴 이 메모의 처음 몇 줄은 여러 방식으로 이해될 수 있다. 그중 가장 그럴듯한 것은, 바흐친이 도스토옙스키의 작품에서 라블레적 카니발과 다양한 형태의 '축소된 웃음'을 보았다는 것이다. 그러나 실용적인 고려가 일정한 역할을 했을 수도 있다. 도스토옙스키 연구서의 개정판은 바흐친이 '재발견'된 이후 출판 준비에 동의한 첫 번째 저작이었지만, 그 운명은 확정된 것이 아니었다. 바흐친은 여전히 '복원되지' 못했던 것이다. 유형 기간에 저술한 소설사에 대한 에세이, 라블레를 다룬 학위논문, 문학사에 관한 여러 강의록 등은 소비에트 학자들에게 잘 알려져 있었지만 언제 출판될 것인지는 예측할 수 없었다. 아마도 바흐친은 자신이 '개정판'을 구실로 웃음과 민속 문화의 역사에 대한 생각들을 추가하고 싶어 했거나 그렇게 하기를 권고받았을 것이다. 어쨌든 관습적인 학술 논문의 감각에는 전혀 익숙지 못했던 바흐친에게 수고들을 통합하는 일 정도는 흔히 있는 일이었다. 메니포스적 풍자로의 '역사적 일탈'이 사실상 '문학 장르의 이론과 역사에서 더 큰 의의'를 갖는 물음이라고 썼을 때, 그는 그런 배후의 동기들을 인정하는 듯하다.

그러므로 새로운 제4장을 읽을 때 우리는 카니발과 메니포스적 풍자에 관한 논의가 그 책 전체의 구조나 논리와 얼마나 유기적으로 결합되어 있는가를 물어야만 한다. 추가된 카니발 부분은 제3장 '도스토옙스키의 이념'과 제5장 '도스토옙스키의 담론'—그 내용은 1929년의 책과 본질적으로 다르지 않다—사이에 자리 잡고 있다. '카니발적 시간'과 '틈구멍 논리'는 그 연구서의 다른 곳에서 전개된 개념들을 자연스럽게 확장한 것인가? 아니면 제4장은 전체 하중을 너무나도 많이 종결불가능성 쪽에 둠으로써, 이 책에서 적당히 균형을 잘 유지하고 있던 다른 두 가지 총괄 개념에 피해를 주는 것은 아닌가? 이런 물음은 중요한데, 두 번째 판본에서 가장 훌륭하고 포괄적인 측면은 도스토옙스키의 초기 픽션 및 이후의 '카니발화된' 이야기들(《보보크》와 〈우스운 사람의 꿈〉)에 대한 독해라는 점이 종종 지적되었기 때문이다. 소설의 규모가 커질수록 그 안의 카니발적 구조는 더욱 제한되고 하중을 견디지 못하게 되어, 독자의 입장에서 바흐친을 더욱 불만족스럽게 만드는 듯하다.

바흐친이 도스토옙스키를 메니포스적 풍자의 전통에 결합하여 읽어 냈을 때, '플롯' 그 자체에 대한 논쟁은 외견상 그리 강렬하지 않았다. 그러한 입장 변화는 그가 앞서 30년 넘게 문학사에 관해 작업한 결과였을 것이다. 분명하게 말하자면 대화에도 원형이 있는 만큼 '메니포스적 플롯'과 플롯 전통도 있었던 것이다. 메니포스적 풍자가 작동하는 방식들 중 하나는 "플롯 상황을 설정함으로써 말을 불러일으키는"(PDP, 111쪽) 것이다. 바흐친은 라블레 연구서에서 저자를 문학 전통에서 해방시키고자 했던 것과 대조적으로, 1963년의 도스토옙스키 연구서에서는 카니발을 문학사의 한 계기로 도입한다. 그래서 그는 "물음을 역사 시학의 수준으로 옮길 것"(PDP, 105쪽)을 약속하면서 새로운 제4장을 시작한다. 결과적으로 도스토옙스키가 패러디 장르에 지고 있는 빚을 학문적으로 고려하기 시작할 때, 그의 어조는 라블레 연구서의 과장법을 벗어나게 된다.

도스토옙스키 연구서에서 바흐친은 카니발을 유사 문학 장르로 간주한다. 카니발이 문학 장르 자체와 구별되는 점은 그것이 독자나 청자를 결여하고 있다는 것이다. 즉, 거기에서는 모든 사람이 참여자다. 관객이 참여하지 않는다면 진정한 카니발은 있을 수 없다. 참여는커녕 우리는 공연물에 지나지 않는다. 카니발은 극장의 형식이 아니다. 바흐친이 《라블레와 그의 세계》와 《도스토옙스키 시학의 문제들》에서 강조한 것처럼, 카니발은 어떠한 '풋라이트'도 허락하지 않는다. 하지만 다른 중요한 측면에서 볼 때, 도스토옙스키 연구서에서 기술된 카니발은 바흐친이 보통 이해하고 있는 문학 장르와 비슷하다. 모든 장르와 마찬가지로, 카니발은 세계를 이해하는 방식으로서, 경험 감각을 형상화한다. '카니발적 진리 감각'과 카니발의 관계는 '대화적 진리 감각'과 다성적 소설의 관계, 그리고 '갈릴레오적 언어 의식'과 소설의 관계와 같다. 말하자면 카니발적 진리 감각은 형식 창조적 이데올로기의 본질적인 부분으로서, 그 자체로 "장르 창조적 의의"(PDP, 131쪽)를 지닌다.

모든 장르가 그렇듯이 정말 필요한 것은 형식 창조적 충동이다. 시대에 따라, 문화에 따라 카니발이 취하는 특정한 형식들, 그리고 몇몇 형식들은 카니발의 장르적 잠재력을 다른 것들보다 훨씬 더 완벽하게 이용한다. 그러나 어떤 형식을 취하든 카니발은 '추상적 사유'의 양식이 아니라 '예술적 사유'의 양식이다. 그것은 세계에 관한 일련의 명제들이 아니라 세계를 바라보는 방식이다. 그러므로 카니발은 견해들의 집합이라기보다는 시각의 지반이다. 카니발의 수많은 전형적 형식을 기술하고 난 뒤 바흐친은 다음과 같이 경고한다.

이런 카니발적 범주들은 평등이나 자유에 관한 추상적 사유, 즉 만물의 상호 관련성이나 대립자의 통일이 아니다. 천만에, 이 범주들은 삶자체의 형태로 경험되고 상연되는 구체적이고 감각적인 의례적-행렬적 '사유들', 매우 광범위한 유럽 민중 사이에서 수천 년 동안 힘을 합쳐 살아남은 '사유들'이다. 그것들이 문학에 그처럼 막대한 형식적, 장르 창조적 영향력을 발휘할 수 있었던 이유가 바로 여기에 있다(PDP, 123쪽).

문학의 카니발화와 진지한 소극 장르들

바흐친은 카니발의 형식 창조적 이데올로기에 관한 논의에 힘입어, 도스토옙스키 연구서의 새로운 제4장에서는 그것에 관해 더욱 폭넓은 역사적 논의를 전개한다. 바흐친은 고대에서 오늘날에 이르는 문학사는 비극이나 서사시와 같은 '진지한' 장르뿐만 아니라, 어조와 정신이 진지한 장르와는 전혀 다른 일련의 장르에 의해서도 형성되었다고 주장한다. 이 두 번째 '발전 노선'은 '카니발적 세계 감각'에 의해 형성된 것으로서 '추상적 개념들의 언어로'는 번역될 수 없으며, "그것과 감각적 성질이 유사한 예술적 이미지들의 언어로 대체될 수 있을 뿐이다. 즉, 문학 언어로는 번역될 수 있다는 것이다"(PDP, 122쪽). 이러한 대체를 위해서는 그 준(準)장르를 완전히 실현된 문학 장르로 바꿀 필요가 있었다. 이를테면 카니발 정신을 얼마간 계속 유지하면서도 풋라이트를 복원할 수 있는 길을 발견할 필요가 있었던 것이다. 엄밀하게 볼 때 문학의 카니발화라는 바흐친의 용어는 이런 대체를 가리키는 것으로서, 말하자면 (바흐친이 이런 표현을 사용하지는 않았지만) '카니발의 문학화'로 여겨질 수도 있을 것이다.

고대인은 고급의 진지한 형식과 구별되는 일군의 장르, 즉 '진지한 소극'이라고 할 만한 작품들을 명확히 알고 있었다. 여기에 속하는 장르들은 모두 '생생한 현재'를 출발점으로 삼았고, '거리낌 없는 접촉 구역'에서 행동했으며, 사람들을 '열린 채 끝난 현재' 속에서 행동하거나 발화하는 것으로 표상했다. 근본적인 변화는 "예술적 이미지가 구성되는 시간과 가치 구역에서 발생한다"(PDP, 108쪽). 장르는 또한 "자유로운 창안"(PDP, 108쪽)의 정신으로 규정되기도 했는데, 이 정신은 신화와 전설을 빈번하게 '냉소적 폭로'의 어조로 다루곤 했다. "이것은 문학 이미지의 역사에서 완벽한 혁명이다"(PDP, 108쪽). 마침내 진지한 소극 장르들은 세계를 재현하기 위해서 언어를 이용할 뿐만 아니라 재현의 대상으로서 언어를 이용하는 경향도 있었다. 이는 그 장르들이 다중 스타일화된 형식과 겹목소리 내기 기법을 발전시켰음을 의미한다. "결과적으로 여기에서는 문학의 재료인 말과 근본적으로 새로운 관계가 맺어진다"(PDP, 108쪽).

물론 고대의 진지한 소극 문학의 이런 특질은 바흐친이 격찬하는 소설에서 중심적인 것이 되었다. 그래서 그는 고대의 진지한 소극 장르에 대한 이해 없이 근대소설을 이해하기란 불가능하다고 주장한다. "어느 정도는 지나치게 단순화해서 도식적으로 말하는 것이지만, 소설 장르에는 세 가지 근본적인 뿌리가 있다고 할 수 있다. 그것은 서사시, 수사적인 것, 카니발적인 것이다(물론 이 사이에는 수많은 과도기적 형태가 있다)"(PDP, 109쪽). 바흐친은 분명 그리스 로망스를 소설 형성에 기여한 '수사적' 작품의 부류에 속하는 것으로 간주하려 한다. 그로 인해 크로노토프 에세이에서는 부분적으로 그리스 로망스에서 유래한 것으로 기술되었던 《황금 당나귀》와 《사티리콘》이 여기에서는 고대의 '카니발적' 작품으로 분류된다.

고대의 진지한 소극 작품들은 서구 문학에서 '카니발적 노선'을 열어 놓았다. 그중 특히 중요한 것은 소크라테스적 대화였는데, 바흐친은 이를 비록 제한적이나마 카니발적 진리 감각을 포착하는 데 유일하게 성공한 것으로 기술한다. 이 대화가 해체되면서 다른 여러 형식들이 나타났는데, 그중에서 가장 중요한 것이 메니포스적 풍자였다.[6] 바흐친은 "(간혹 그

---

6 바흐친은 메니포스의 열네 가지 전형적 특징을 제시한다(PDP, 114~118쪽). 그중에서 한층 강화된 희극적 요소, 기억 문학과 기존 전설의 구속에서 벗어난 새로운 자유, 여러 진리들을 시험하고 검토하기 위해서 환상적 상황을 더 대담하게 사용하는 것, 관념들을 부적절한 장소에 놓는 것(일종의 '슬럼 자연주의slum naturalism') 등을 강조한다. 메니포스적 주인공은 지켜 내야 할 신분이 없으며, 오로지 자신이 삶의 다양성에 접근하지 못하는 것만을 두려워한

렇게 하듯이) 메니포스적 풍자를 소크라테스적 대화의 붕괴에 따른 순수한 결과물[로]" 다루는 것은 잘못이라고 강조한다. "그 뿌리는 소크라테스적 대화에서보다 여기에서 더욱 결정적인 영향력을 발휘하는 카니발적 민속에 직접 닿아 있기 때문이다"(PDP, 112쪽). 카니발적 형식들이 언제 발생했든, 고대에서 르네상스에 이르기까지 그 형식들에는 분명 이중의 노선이 있다. 카니발적 형식들은 카니발의 직접적 영향과 카니발화된 선행 형식들을 통한 간접적 영향을 모두 반영하며, 카니발 정신으로 문학을 만

다. 순수하게 '학문적인' 물음은 모두 쇠퇴한다. 즉, 이런 환경에서는 궁극적인 윤리적 물음조차도 실천적인 것이다. 수많은 메니포스적 풍자는 세 가지 층위―'땅/올림포스/지하 세계'―에서 구성되는데, 그 장르의 실험적 환상성을 위해서는 얼마간 비범한 시점에서 관찰하는 일이 필요하기 때문이다. 광기나 별난 꿈 같은 비정상적 상태는 다층화된 인격, 즉 '자신과 일치하지 않는 인간'의 복합성을 탐구할 수 있는 길이 된다. 이와 마찬가지로, 이중적인 모습은 '인간의 서사시적·비극적 전체성'을 약하게 만들거나 파괴하고, 자신과의 대화 가능성을 만들어 내는 데 일조한다. 그 장르의 다른 특징은 모두 '서사시적 전체성'에 대한 이런 공격과 관련되어 있다. 추문 장면과 부적절한 행동이 그득하다. 그리고 선명한 대조, 모순어법, 상태의 급격한 변화 등이 자주 나타난다. 장르들의 삽입과 (보통 패러디된) 시의 혼합은 '다多어조의multi-toned' 전체가 창조될 수 있도록 해 준다. 그리고 마지막으로 거기에는―바흐친이 카니발화된 형식의 특징으로 육화와 잠재력의 긴장에 초점을 맞췄다는 점을 상기하자면―당시 화제가 되는 문제들에 대한 열기를 사회적 유토피아를 향한 활기찬 시나리오와 뒤섞으려는 경향이 있다.
'축소된 민속적 웃음'의 형식인 메니포스적 풍자의 섬세한 세부적 특징들은 라블레적 카니발레스크와 어떻게 다른가? 두 연구서가 말, 인물, 플롯 등을 다루는 데서 유사성이 있다는 것은 분명하다. 하지만 바흐친이 정상적인 인간의 육체와 개성을 이런 충동의 수단으로서 새롭게―아니, 다시금―강조한다는 점에서는 큰 차이가 있다. 여기서는 "전체 대중의 집단적 육체"에 대한 관심이 그리 크게 나타나 있지 않다. 사실상 이 장 전체에 걸쳐 단 한 번 마지못해 언급될 뿐이다(PDP, 128쪽).
게다가 꿈, 광기, 추문 등 인간과 그의 숙명으로서의 서사시적·비극적 전체성을 파괴하고자 했던 모든 것을 도덕적·심리학적으로 실험하는 일은 여기에서 대화를 풍요롭게―단순화되지도 않고, 밀폐되지도 않으며, 커다란 불협화음 같은 전체 속으로 흡수되지도 않게―해 준다. 바흐친이 육체 지향적인 라블레적 상태에게는 상당히 이질적인 정신의, 디아트리베diatribe, 독백, 향연 등의 고대 장르들을 어떻게 다루는지 주목할 필요가 있다(PDP, 120~122쪽). 여기에서 심포지엄은 단순히 배와 입을 위한 잔칫상이 아니다. 이와 마찬가지로 디아트리베와 독백도 '내적 대화성'을 위한 수단이자, 자신의 자아 및 사상과 대화적 관계를 맺는 수단이다.

들어 내는 그 특정한 방식들이 그때 적용된다.

　바흐친이 주장하는 바에 따르면, 메니포스적 풍자의 중요성이 과소평가되는 경향이 있는데, 그 부분적인 이유는 그 장르의 형식 창조적 충동이 오늘날까지 중요한 작품들을 계속해서 생산해 내고 있을지라도 그 용어의 시효가 지나 버렸다는 사실에 있다. "'서사시', '비극', '목가'와 같은 〔고전적〕 용어들을 근대 문학에 적용하는 것은 일반적으로 허용되어 왔고 관습화되어 있어서, 우리는 적어도 《전쟁과 평화》를 서사시라고 부르고 《보리스 고두노프》를 비극이라고 부르며 고골의 〈옛 세계의 지주들〉을 목가라고 불러도 당황하지 않는다. 그러나 '메니포스'〔메니포스적 풍자〕라는 장르 용어는 (특히 우리의 문학 연구에서) 관습적인 것이 아니기 때문에, 그것을 근대 문학작품에 적용하는 일은 … 어느 정도 낯설고도 부자연스럽게 보일 수 있다"(PDP, 178쪽 주 10번). 그럼에도 그 용어를 모르는 저자들이 그 장르의 정신—혹은 바흐친이 종종 그렇게 불렀듯이 "장르적 본질"(PDP, 161쪽)—을 발전시켰다. 메니포스적 풍자는 그런 작품들의 친족관계를 언제나 인식하지 못했던 비평가들에 의해 여러 상이한 방식으로 분류되거나 명명되었지만, 고대 세계 이후 근대에 이르기까지 줄곧 번성해 왔다. "사실상 그것은 (장르로서의 자신을 뚜렷하게 의식하든 그렇지 않든) 지금도 계속해서 발전하고 있다. … 메니포스적 풍자는 문학의 카니발적 세계 감각을 전해 주는 주요 전달자이자 통로가 되었다"(PDP, 113쪽).

　바흐친이 르네상스 이후의 메니포스적 풍자가로서 유일하게 언급한 사람은 도스토옙스키였지만, 그는 《트리스트럼 샌디》를 쓴 스턴과 《죽은 혼》을 쓴 고골 역시 염두에 두고 있었을 것이다. 바흐친이 그 장르에 대해 자세하게 기술한 것을 살펴보면, 마크 트웨인의 《대륙에서 온 편지Letters from the Earth》, 불가코프의 《거장과 마르가리타》, 귄터 그라스Güter Grass의

《양철북Die Blechtrommel》, 존 바스John Barth의 《연초 도매상The Sot-Weed Factor》 또한 매우 완벽한 메니포스적 풍자의 사례가 될 수 있을 것이다. 이 저자 중 몇몇은 그 장르를 '분명히 의식'하고 있었을 것이고, 기타 다른 저자들도 비록 불분명하긴 하지만 '그 장르에 대한 기억'을 통해서 실질적으로는 그것을 의식하고 있었을 것이다. (이런 맥락에서 바흐친은 장르 기억이라는 개념을 끌어들인다.)

중세를 지나면서 메니포스적 풍자 외에 다른 카니발화된 형식들도 유럽에 나타나기 시작했다. 그러나 바흐친에 따르면, 규격화된 모든 문학 형식들 속으로 카니발화가 강력하게 들이닥친 것은 르네상스 시대였다. 카니발적 세계 감각은 "모든 장르의 고급 문학을 인수해서 근본적으로 바꿔 놓았다"(PDP, 130쪽). 카니발적 웃음, 상징, 양가성은 르네상스 문학과 사상에 '깊이 침투했다'. 사실상 "그 시대의 인문주의자들이 받아들였던 고대조차도 어느 정도까지는 카니발적 세계 감각의 프리즘을 통해서 왜곡되었다"(PDP, 130쪽).

그래서 18세기와 19세기의 작가들은 전대의 문학에서 이런 '카니발적 감각'을 받아들임으로써 '장르 접촉'으로 가능해진 수많은 텍스트를 소유하게 되었다.[7] 메니포스적 풍자와 고대 및 중세의 다른 카니발화된 형식들 외에, 그들은 르네상스 시대의 주요 작가들—라블레는 물론 보카치오, 셰익스피어, 세르반테스 등—도 이용할 수 있었다. 그들은 또한 "(직접적으로 카니발화된) 초기 피카레스크 소설"(PDP, 157쪽)도 이용할 수 있었다.

그러나 르네상스 시대 이후 카니발적 웃음의 메아리는 다음과 같은 명백한 이유 때문에 쇠약해졌다. 즉, 사람들의 삶에서 카니발 자체가 갖는

---

7 우리는 바흐친의 '장르 접촉' 개념을 이 연구서 제7장에서 다룬 '영향'과는 구별하여 논한다.

중요성이 현저히 감소했던 것이다. 17세기 후반 이후 문학에서 카니발화의 자원은 거의 전대의 카니발화된 문학으로 제한되었다. 그전에는 "사람들이 카니발적 행동과 카니발적 세계 감각에 **직접 참여**했었다. … 그러므로 카니발화는 비매개적인 것으로 경험되었다(몇몇 장르는 사실상 직접적으로 카니발을 제공했다). **카니발화의 자원은 카니발 그 자체였다**"(PDP, 131쪽). 그러나 가면무도회에서, 스위프트Jonathan Swift와 볼테르의 풍자문학에서 우리는 '축소'된 카니발적 웃음의 메아리를 들을 수 있다. 왜냐하면 소리가 문학 속에서 충분히 들리기 위해서는 그것이 **지금** 막 문학으로 변모하고 있다는 감각이 보존되어야만 하기 때문이다. 스위프트의 작품들과 달리 라블레의 작품은 마치 문학의 왕국에서는 어쩐지 삶 자체가 '치외법권적' 권리를 누리게 되기라도 한 것처럼 예술과 삶의 경계선상에 놓여 있는 듯하다.

축소된 웃음

> 웃음은 현실과의 특정한 심미적 관계에 있지만, 그것은 논리적 언어로 번역될 수 있는 관계는 아니다. 말하자면 그것은 현실을 예술적으로 시각화해서 파악하기 위한 특정한 수단이고, 결과적으로 예술적 이미지나 플롯, 혹은 장르를 구축하기 위한 특정한 수단이다. 너무나도 창조적인, 그로 인해 장르-창조적인 힘을 양가적인 카니발적 웃음은 소유하고 있었다. −PDP, 164쪽

이 맥락에서 바흐친은 마침내 '축소된 웃음'이 의미하는 바를 설명한다. 라블레 연구서의 고찰과는 대조적으로, 바흐친은 여기에서 그 현상을 단지 카니발의 약화로서가 아니라 중요하고도 흥미로운 사실의 자격이 있

는 것으로서 다룬다. "축소된 웃음이라는 현상은 세계문학에서 상당히 중요한 것이다"라고 바흐친은 말한다. "축소된 웃음이 직접적으로 표현되는 것은 아니지만, 이를테면 '잘 들리지는 않지만', 그 흔적들은 이미지나 담론의 구조 속에 남아 있고 그 안에서 탐지될 수 있다. 고골 식으로 말하자면, 우리는 '투명한 웃음'이라고 말할 수 있을 것이다"(PDP, 178쪽 주 4번). 이런 웃음은 그 축소나 "비가시성"으로 인해 심오한 의미를 잃을 수도 있고 획득할 수도 있다. 예를 들어, 도스토옙스키에게서 축소된 웃음은 탁월하게 형상화되어서 그 소설의 위대한 대화에 본질적인 요소를 제공해 준다.

그렇다면 축소된 웃음이란 과연 무엇인가? 바흐친은 장르에 대한 자신의 생각을 수정해서 이 개념을 설명하는 데 사용한다. 분석적 목적을 위해서 우리는 웃음이 형식 창조적 이데올로기 또는 '장르-창조적 힘'이라고 말할 수 있겠는데, 이는 그것이 두 가지 측면에서—다시금 분석적으로—기술될 수 있음을 의미한다. 웃음의 세계 감각('카니발적 진리 감각')과 웃음의 특수한 형식적 실현이 바로 그것이다. 여기에서 좀 더 중요한 것은 전자다. 웃음이 이미지나 장면 혹은 작품을 형상화할 때, 그 장르-창조적 힘(혹은 형식 창조적 이데올로기)은 카니발적 세계 감각과 변화 감각을 부여해 준다. 웃음은 "어떤 현상을 변화와 이행 과정 속에서 포착하고 파악할 수 있으며 … [그래서] 쉬지 않고 창조적으로 변화할 수 있는 그 진화 과정의 양 축을 하나의 현상 속에 고정시킬" 수 있다. "죽음에서는 탄생이 예견되고 탄생에서는 죽음이 예견되며, 승리에서는 패배가 예견되고 패배에서는 승리가 예견된다. … 카니발적 웃음은 두 측면 중 어느 하나만을 절대화하지도 않고 일방적인 진지함 속에서 응고시키지도 않는다"(PDP, 64쪽).

축소된 웃음에서 형식 창조적 이데올로기는 여전히 이미지나 장면에 침투하지만, 꾸밈없는 웃음을 불러일으키는 명시적 유머는 전혀 없거나 은폐되어 있다. 이런 변화는 준_準 문학적인 카니발 형식이 특정한 문학 장르나 작품으로 변형되었음을 보여 준다. 그래서 웃음은 그 문학적 용법의 필요와 시각에 따라 개조된다. 웃음을 개조해서 사용하는 모든 장르는 —웃음을 포함해서 작품 속에 있는 모든 것을 형상화하는—선행하는 형식 창조적 이데올로기를 가질 수밖에 없기 때문이다. 그로 인해 문학 속의 웃음은 그 정도에서뿐만 아니라 그 종류에서도 매우 다양하다. 간혹 카니발적 웃음이 문학에 적용됨으로써 명시적 유머가 사라지기도 하지만, 웃음의 내적 논리는 "계속해서 이미지의 구조를 결정한다. ⋯ 말하자면, 우리는 재현된 현실의 구조 속에서 웃음이 남겨 놓은 자취를 발견하긴 하지만, 웃음 그 자체를 듣지는 못한다"(PDP, 164쪽). 예컨대 플라톤의 초기 소크라테스 대화편에서 "웃음은 (전적으로는 아니라고 하더라도) 축소되지만 중심인물(소크라테스)의 이미지 구조 속에, 대화를 나누기 위한 방법 속에, 그리고—가장 중요한 것으로—(수사적인 것이 아니라) 진정한 대화성 그 자체 속에 남아 있다"(PDP, 164쪽).

바흐친이 단언하는 것처럼, 르네상스 문학에서 웃음은 비록 '음량'의 차이는 있었어도 대체로 심하게 축소되지는 않았다. 웃음은 라블레에게서는 충분히 크게 들리지만, 《돈 키호테》에서는 그보다 약간 적게 들리고, 《바보 예찬Moriae encomium》에서는 훨씬 덜 들린다. 18~19세기에 웃음은 일반적으로 현저하게, 즉 '아이러니의 수준'과 축소된 관련 형식들로까지 축소된다. 여기서 강조해야 할 것은, 도스토옙스키 연구서에서의 이런 고찰이 문제의 작품들이 웃음을 사용할 때 심오함이 덜하다는 것을 암시하려는 의도는 아니었다는 점이다. 축소된 웃음에 대한 이런 평가는 《도스토옙스키 시학의 문제들》과 《라블레와 그의 세계》 사이에, 그리고 바흐친의 제4기와 제3기 사이에 중요한 차이가 있음을 보여 준다.

다성성과 메니포스적 풍자

도스토옙스키가 읽은 작품들(고골, 디드로, 볼테르)에서는 카니발의 메아리를 거의 들을 수 없다고 할지라도, 바흐친이 보기에 도스토옙스키는 카니발화된 장르들의 '장르 잠재력'을 다른 작가들보다 훨씬 성공적으로 이용한 작가였다.[8] "도스토옙스키는 이 장르 잠재력을 창조적으로 이용함으로써 고대 메니포스적 작가들에게서 멀리 떨어져 나갔다. 고대의 메니포스는 그 철학적·사회적 문제들의 설정에서, 그리고 그 예술적 자질 면에서 도스토옙스키에 비해 원시적이고 빈약해 보인다"(PDP, 121쪽). 도스토옙스키는 자신의 물음들을 정리한 후, 자신의 시대에서 자원을 끌어온다. 말하자면 그는 '창조적 이해력'을 가지고 메니포스적 작품들을 읽었던 것이다. 이때 다성성은 장르의 풍부한 잠재력에 이상적으로 들어맞았고, 다성적 소설은 메니포스적 풍자 속에서 대화적 진리 감각을 전달하는 데 꼭 맞는 경험 감각과 일련의 형식을 발견했다.

간단히 말해서, "소크라테스적 대화와 같은 메니포스적 풍자는 단지 다성성이 등장하는 데 필요한 특정 장르 조건들을 준비할 수 있었을 뿐

---

8 바흐친이 주장하는 바에 따르면, 도스토옙스키는 분명 혹은 아마도 수많은 메니포스적 풍자 작품을 알고 있었을 것이다. 루키아노스(그의 작품들은 러시아에 널리 알려져 있었고 모방작들을 낳기도 했다)의 작품들, 《신성한 클라우디우스의 바보 만들기Apoclocyntosis divi claudii》(세네카), 《사티리콘》, 《황금 당나귀》, 그리고 고골N. V. Gogol, 디드로Denis Diderot, 볼테르Voltaire와 호프만E. T. A. Hoffmann, 포Edgar Allan Poe 등의 작품이 여기에 포함된다.

이다"(PDP, 122쪽). 진리의 대화적 본성에 대한 취약한 감각은 소크라테스적 대화의 형식 창조적 이데올로기에 나타나 있었으며, 그것은 메니포스적 풍자와 이후의 카니발화된 형식들이 남긴 유산이었다. 하지만 도스토옙스키가 다성성을 발견했을 때 비로소 그런 감각을 전달하고 발전시킬 수 있는 비옥한 길이 발견되었다. 도스토옙스키는 이전의 작품들에서 배웠지만 그것들을 넘어섰다.

도스토옙스키는 또한 그 장르의 다른 전통적 특질들을 다성성에 도입함으로써 메니포스적 풍자에 새 생명을 불어넣었다. 메니포스적 풍자의 특징인 비정상적 상황과 지극히 솔직한 발화는 도스토옙스키 식 '목소리 이념들'의 충돌에 잘 들어맞았고, 그래서 도스토옙스키는 말이 말을 낳는 고대의 기법(아나크라이시스)을 차용하기도 했다. 다성성은 또한 세계에 대한 궁극적인 물음과 궁극적인 입장을 탐구하기 위해서 전통적인 메니포스적 기법들을 확장할 수 있는 길을 열어 주었다. 즉, (도스토옙스키의 작품에 등장하는 인물들의 꿈과 환상 속에 있는) 지하 세계나 천국으로의 여행, 다른 세계에서, 그리고 극한 상황이나 의식의 한계 상황에서 벌어지는 대화(이반 카라마조프와 악마 간의 대담에서 볼 수 있는 것과 같은 '문턱의 대화'), 사람들이 자신의 가장 기본적인 신념들과 삶의 감각을 발견하고 표현할 수 있게 하는 일상의 영향이나 사회적 입장에서 일시적으로 해방된 환경 등을 탐구하기 위해서 말이다. 그런 "카니발적 공간과 시간"에서 인물은 개별 인물의 "순수한 인간성"(PDP, 173쪽)에 기반한 것으로서, 특별한 유형의 대담이 벌어질 수 있도록 해 주는 '삶 외부의 삶'을 경험한다. 이를 재강조하기 위해서 바흐친은 《악령》에서 샤토프가 스타브로긴에게 호소하는 장면을 인용한다. "우리는 두 **존재**이며 … **세상이 끝날 때까지** … **영원히** 함께할 것입니다. … 어조를 낮추고, **인간답게 말해요!**"(도스토옙스키, 《악령》, 제1부 제2장.

PDP, 177쪽에서 재인용. 고딕체와 말줄임표는 바흐친의 것이다). 여기에서 우리는 '유토피아적·리얼리즘적' 억양을 감지하게 되는데, 이에 근거해서 바흐친은 《라블레와 그의 세계》에서 카니발적 조건에서 사람들이 "새롭고도 순수한 인간관계"로 부활하는 것(RAHW, 10쪽)을 찬양할 수 있었다. 그러나 도스토옙스키적 맥락에서 볼 때, 이런 '순수한 인간적' 상호 관계는 집단적 육체 속으로 흡수되지도 않고 진정한 대화에서 멀어지지도 않는다. 여기에서 대화를 위한 이런 특별한 카니발적 크로노토프는 "하나의 특정하게 제한된 시대 속에서 살아가는 개인적 삶의 협소한 무대를, 모든 인간성에 적용 가능한, 최고로 보편적인 **신비극 무대**로까지 확장할 수 있도록 해 준다"(PDP, 177쪽).[9]

장르 조건들

다성성이 카니발과 메니포스적 풍자와 맺는 관계를 분석할 때 바흐친은 '역사 시학'의 세 가지 핵심 개념—잠재력, 장르 기억, '장르 조건들'—을 결합한다. 우리가 이미 (제7장에서) 살펴본 바 있듯이 앞의 두 개념은 바흐친의 사유에서 광범위하게 사용되고 있었다. 세 번째 개념인 '장르 조건들' 역시 확장된 논의를 요구하는 듯하다. 가장 중요한 것은, 과거의 자원이 어떻게 변화를 완전히 결정하지 않으면서도 변화를 허용할 수 있는지 기술할 수 있는 방법을 그 개념이 제공해 준다는 사실이다. 새로운 조건은 장르의 혁신을 가능하게 하고 장르 안에 새로운 잠재력이 형성될 수

---

9 바흐친은 이 에세이에서 '크로노토프'라는 용어를 사용하지 않는다. 하지만 그가 카니발적 공간과 시간을 거론할 때, 그리고 그 공간과 시간이 도스토옙스키적 '문턱'으로 전치되는 것을 거론할 때 그 개념이 분명히 드러난다.

있도록 해 주지만, 그 혁신은 어떤 의미에서도 자동적이거나 예정되어 있는 것이 아니고 '기성의 것'도 아니다. 장르의 혁신은 단순히 발견되는 것이 아니라, 작가의 실제 작품에 의해 진정으로 창조되는 것이다. 작가의 특수한 시각은 현재의 조건에 의해 형성되지만 그것에 의해 전적으로 결정되는 것은 아니어서, 이용 가능한 장르 자원과 그/그녀가 생산적인 대화를 나눌 수 있도록 해 준다. 늘 진정한 창조성을 증명하는 데 관심을 갖고 있었던 바흐친은 도스토옙스키의 참된 독창성을 강조하는 것으로 이 장의 결론을 맺는다.

도스토옙스키를 특정한 전통과 연결함으로써, 우리가 그의 작품의 심오한 독창성과 개인적 독특함을 조금이라도 제한해서는 안 된다는 것은 두말할 필요도 없다. 도스토옙스키는 **진정한 다성성**의 창조자로서, 당연히 소크라테스적 대화, 고대의 메니포스적 풍자, 중세 신비극 안에, 그리고 셰익스피어와 세르반테스, 볼테르와 디드로, 발자크와 위고 안에 있지도 않았고 있을 수도 없었다. 그러나 다성성은 〔그럼에도〕 유럽 문학의 이런 발전 노선에 의해서 **근본적인** 방식으로 준비되어 있었다. 소크라테스적 대화와 메니포스와 더불어 시작된 이 전통 전체는 도스토옙스키의 매우 독창적이고 혁신적인 다성적 소설 형식 속에서 부활하고 갱신되었다(PDP, 178쪽).

도스토옙스키에 대한 카니발적 접근이 갖는 문제들

도스토옙스키의 작품을 카니발의 별빛 아래에서 논할 때, 바흐친은 메니포스적 요소를 과장하고 있는 듯하다. 그는 도스토옙스키의 기묘한 후기 작품인 〈보보크〉를 "완벽한 메니포스"라고 기술한 후, 그것을 "거의 〔도스토옙스키의〕 창조적 작품들 전체의 소우주"로 간주한다(PDP, 144쪽). 일반적으로 바흐친은 그 작품에 도스토옙스키의 정전이라는 너무나도 실체적인 무게를 부여하면서까지 메니포스적 세계관의 역할을 유지하고자 한다. 이는 바흐친이 후기 작품들을 삽화적으로 처리하는 이유를 설명해 줄 것이다. 이때 바흐친 자신도 인정하듯이 카니발화는 엄격하게 "축소된다"(PDP, 164쪽). 의심할 바 없이 이런 유의 풍자 논법은 좀 더 긴 소설의 특정 장면들에 스며들 수는 있어도 그 소설의 좀 더 넓은 구조나 이데올로기를 결정하지는 못한다. 그래서 우리는 '축소된 웃음'이라는 개념이 아무리 시사하는 바가 많다고 하더라도, 그 또한 재빨리 느슨하게 적용될 수 있다고는 생각하지 않는다. 몇몇 프로이트주의자들이 증거 부재를 억압의 징표로 받아들이고, 오히려 그것을 가장 강력한 증거로 받아들이는 것과 똑같은 방식으로, 바흐친은 종종 웃음의 부재를 웃음의 뚜렷한 '축소'의 신호이자 조용히 침투해 있는 웃음의 현존의 신호로 받아들이는 것 같다.

《백치》에 대한 바흐친의 논의를 보면, 이 소설의 독자들은 중요하고도 진정 비극적인 차원이 사라져 버렸음을 느낄 수 있다(PDP, 173~174쪽). 바흐친은 미시킨 공작이 '카니발 천국'에 자리 잡도록 하는데, 이는 미시킨이 너무 심할 정도로 타자들을 종결짓는 호의를 베풀려고 하기 때문이다. 즉, 그는 타자가 가장 절망적인 자아에서 해방되고, 심지어는 그런 부정적 자아의 존재 자체를 부인하기를 바라는 것이다. 하지만 확실히 이런 독법은 그 소설의 중요한 역설을 간과하고 있다. 공작이—공작에게 칼을 겨눈—로고진에게 "파르피온, 나는 믿지 못하겠어!"라고 소리칠 때, 또는 공작이 난잡한 여주인공 나스타샤 필리포브나에게 모든 증거에도 불구하고 실제로 그녀는 "그런 유의 여자"가 아니라고 장담할 때, 그는 바흐친역시 간혹 지적하는 약점—웃어넘길 수 없는 악이 있음을 인식하지 못하는 것—을 드러낸다. 사실 미시킨이 손해를 입는 것도 바로 사람들의 가장 호의적인 특질, 즉 그들의 원망과 저항이 묻어나는 '독백적' 가치 평가만을 믿으려 하기 때문이다. 바흐친 역시 미시킨이 지나가는 곳마다 일어나는 비극과 살인에 대해서 눈을 감는다. 윤리적 저술들에서 바흐친은—언제나 창조적 잠재력에 의해 고무됨으로써—악에 저항할 필요성보다는선을 행할 기회를 강조했다. 이는 그가 선호하는 작가의 문제의식과는 매우 어긋나는 태도였다.

그렇지만 바흐친이 행한 도스토옙스키의 '카니발화'가 전혀 무가치한것은 아니다. 도스토옙스키의 모든 작품이 〈보보크〉와 유사하지는 않지만, 이 작품은 분명 도스토옙스키의 위대한 소설들에 있는 특질들을 극단적으로 예증하는 것으로 보이는 듯하다. 이 특질들은 바흐친을 제외하고 누구에게도 주목받지 못했다. 유머는, 그리고 전혀 축소되지 않은 유머는 도스토옙스키의 작품에서 실제로 중요한 역할을 하며, 그의 책을 읽는 특별한 경험에 근본적으로 기여하는 바가 있다. 바흐친의 분석이 지나가는 궤적은 도스토옙스키의 익살이라는 문제의식을 지나서 잠재적인사회적 힘으로서의 내향적 웃음, 즉 원한이라는 문제의식까지 그 흔적을남기고 있다. 말하자면 냉정한 유머, 어두운 에토스, 신랄한 농신제bitter Saturnalia의 정치적 도전에까지 그 흔적을 남기고 있다. 그 궤적은 바흐친이모든 자비로운 낙관주의나 친절한 금욕주의를 가지고 나아갔던 것보다더 멀리 우리를 데려간다.[10]

---

10 바흐친의 관념들을 이렇게 확장하는 문제에 관해서는 다음을 참조하라. Michael Bernstein,

바흐친은 카니발화가 도스토옙스키 작품의 완결성에 기여한 바를 논할 때 (그리고 잠재적으로는 다른 곳에서도) 특히 생각이 많은 듯하다. 다성성이나 진정한 대화처럼 "카니발적 세계 감각 역시 어떤 시기도 알지 못하며, 사실상 모든 종류의 **완결짓는 결말**에 대해서 적대적이다. 모든 종말은 한낱 새로운 시작에 불과하다. 그래서 카니발적 이미지는 계속적으로 다시 태어난다"(PDP, 165쪽). 바흐친이 볼 때 비평가들은 아리스토텔레스의 카타르시스(또는 정화) 개념을 너무 성급하게 도스토옙스키의 작품에 적용해 왔다. 물론 개념화된 전체로서의 모든 예술 작품은 어떤 유의 (매우 폭넓게 받아들여진) 카타르시스를 가져야 하지만, "(아리스토텔레스적 의미의) 비극적 카타르시스는 도스토옙스키에게 적용될 수 없다"(PDP, 166쪽). 이 카타르시스는 웃음, 카니발, 메니포스적 풍자 등의 종결불가능성과 일치하지 않으며, 세 가지 잠재력을 모두 펼쳐 보였던 작가인 도스토옙스키와도 일치하지 않는다. 이런 맥락에서 바흐친은 다음과 같이 말한다. "도스토옙스키의 소설들을 종결짓는 카타르시스는 다음과 같은 방식으로—물론 부적절하고 어느 정도는 합리주의적이지만—표현될 수 있을 것이다. '세계에는 아직 어떤 최종적인 것도 발생하지 않았다. … 세계는 열려 있고 자유로우며, 만물은 여전히 미래 속에 있고 언제나 미래 속에 있을 것이다.' … 하지만 이것은 결국 양가적 웃음의 정화하는 **감각**이기도 하다"(PDP, 166쪽).

확실히 바흐친의 분석은 도스토옙스키를 편파적으로 읽은 것으로서, (다른 많은 것들 가운데서도) 도스토옙스키의 묵시록적이고 신비주의적인 측면을 무시한다. 그러나 카니발을 다룬 다른 저술의 맥락에서 볼 때, 새

〈카니발이 신랄해질 때When the Carnival Turns Bitter〉; Michael Bernstein, 〈원한의 시학 Poetics of Ressentiment〉; Aaron Fogel, 〈강요된 발화Coerced Speech〉.

로운 제4장은—카니발의 희미한 반영이 아니라 그 자체로 매우 생산적인 것으로 인식된—'문학적 웃음'을 불신하기보다는 복원한다. 결국 문학적 웃음과 메니포스적 풍자는 '위대한 대화의 열린 구조가 창조될 수 있도록 해 주고, 사람들 간의 인가된 사회적 상호작용이 정신과 지성의 고급 영역—이전에는 우선 단일하고 통합된 독백적 의식의 영역, 즉 자기 내적으로 전개되는 통합적이고 분리 불가능한 정신의 영역이었던 것—으로 옮겨질 수 있도록 해 준다"(PDP, 177쪽).[11] 도스토옙스키가 카니발적 세계 감각과 메니포스적 풍자에 진 빚은 "윤리적 유아론뿐만 아니라 인식론적 유아론도 극복할 수 있도록"(PDP, 177쪽) 도와주었다. "오직 자기하고만 있는 홀로인 사람은 그 고유한 삶의 가장 깊숙하고 익숙한 영역에서조차도 균형을 유지할 수 없다. 그래서 그는 또 다른 의식 없이는 아무것도 할 수가 없다. 한 명의 사람은 그 자신만으로는 결코 완전한 충만함을 발견할 수 없다"(PDP, 177쪽). 이 부분에서 우리는 개정된 도스토옙스키 연구서가 《라블레와 그의 세계》와는 달리 카니발 개념을 고쳐서 대화 개념과 결합 가능하게 만들었음을 매우 분명히 알 수 있다.

그러므로 도스토옙스키 연구서에서 카니발로 되돌아간 것은 바흐친이 생애 마지막 20년 동안 자신의 주요 관념들을 재검토하는 데 매우 중요한 과정이다. 카니발이 대화에 종속될 때 바흐친은 바쿠닌적이거나 마르크스주의적인 수사학을 피하게 된다. 그는 묵혀 둔 기록들과 좀 더 산문적인 대화들로 되돌아간다. 그는 "웃음은 매우 내밀한 감정과 결합할 수 있다"(N70-71, 135쪽)라고 적는다. 이제 웃음에 관한 분석에서 바흐친의 관심사

---

11 바흐친이 독백적인, '자기 내부에서 전개되는 통합적이고 분리 불가능한 정신'과 대화를 대조한 데는 변증법과 대화를 대조하려는 의도도 있었다.

는 웃음의 상처 받지 않는 성질이나 비인격적인 우주적 힘도 아니고, 카니발 축제의 가슴과 엉덩이도 아니다. 그는 "진지한 얼굴(두려움이나 위협)의 분석, 그리고 유쾌한 얼굴의 분석"(N70~71, 134쪽)에만 관심이 있을 뿐이다.

바흐친의 총괄 개념들 가운데 카니발레스크

대차대조표를 통해서 얻을 수 있는 것은 무엇인가? 제3a기와 제4기에 바흐친은 '종결 불가능한' 카니발적 요소들을 다른 두 가지 총괄 개념, 즉 산문학과 대화에 종속시켰다. 제3b기에 카니발의 잠재력은 일종의 탈육화된 육화로서 **그 자체로** 자유롭게 되고, 산문학과 대화는 지반을 상실하게 된다. 마치 바흐친이 그 두 총괄 개념의 단점을 인식하고는, 그 두 개념을 의문시하면서 재검토하는 방식으로 세 번째 개념을 이용하기라도 한 것처럼 말이다.

바흐친은 대화의 가장 취약한 측면이 관용에 있다는 사실을 느꼈을 것이다. 바흐친을 피상적으로 읽더라도 그의 대화들에 내포된 잠재적 타자는 우호적인 경계들과 연속체들에 의거해서 살아간다는 사실이 드러나기 때문이다. 바흐친의 타자는 대체로 자상하게 행동하며, 우리가 더불어 살면서 혜택을 볼 수 있도록 항상 노력한다. 이런 타자의 가장 나쁜 점은 대답을 할 수 없다는 데 있다. 응답을 기다리는 자아는, 타자가 그 자아에게 부여할 수 있는 온갖 규정을 구체화하거나 무효로 만들기에 충분할 만큼 반발력과 활력을 지닌 것으로 간주된다. 바흐친은 자아와 사회 간의 원칙적인 갈등을 전제하지 않는 것과 마찬가지로, 유기체와 환경 간의 어떤 절대적인 갈등도 전제하지 않는다.

간혹 "들어 주는 이being heard의 절대적 결여"(PT. 126쪽)로서의 지옥을 환기하는 것만 제외한다면, 바흐친은 삶의 공포를 탐구하지 않는다. 카니발은 그 공포를 새로운 방식으로 추방하고자 할 때만 공포에 말을 건넨다. 카니발적 웃음은 '충분한 토론'이라는 자상한 대화적 시나리오에 의존하지 않는 내부의 조절 방식을 제공해 준다. 세계관으로서의 산문학은 또한 위기와 급격한 변화를 피해 눈에 띄지도 않으리만큼 작은 조절을 과도하게 강조하는 경향이 있다. 가르강튀아적 이미지와 급진적 전복을 특징으로 하는 카니발은 바흐친에게 교정책의 매력이 있었을 것이다.

하지만 덧붙일 것은, 카니발 자체가 매우 관용적이면서도 비현실적인 방식으로 파국과 공포에 말을 건넨다는 사실이다. 바흐친은 카니발적 폭력과 이율배반적 에너지의 위험을 간과한다. 간단히 말해서, 바흐친을 감동시킨 것은 카니발이 아니라 '카니발적 상징'이고, 성교를 하는 실제의 개별적 육체가 아니라 연장되고 초월되어서 집단적 육체를 불멸의 것으로 만들 수 있는 잠재력이다. (몇몇 사람들이 그랬던 것처럼) 카니발적 구성물이 그 자체로 패러디적 겹목소리를 낸다고 가정하지 않았다면, 바흐친은 적어도 '축소된' 형태를 취하는 카니발의 철학적—거의 정치적이지는 않은—함의를 진지하게 고려하지 않았을 것이다. 《악령》의 저자와는 대조적으로 《라블레와 그의 세계》의 저자는 바쿠닌에서 시갈료프[12]에게로 나아가는 데는 한 발짝이면 족하다는 사실을 충분히 파악하지 못했다. 도스토옙스키의 인물은 "나는 나 자신의 자료들 때문에 혼란스럽게 되었

---

12 [옮긴이주] 시갈료프는 도스토옙스키의 《악령》에 등장하는 인물이다. 사회주의자 모임에서 이전의 모든 사회철학자들을 자기모순에 빠진 바보들이라고 비난한 후, 절대적 자유의 가설에서 절대적 전제주의의 사회 체계를 도출해 낸다. 이 체계는 소수 정예가 얼굴 없는 대중의 무리를 다스려야 한다고 주장한다.

고, 내 결론은 애초에 출발할 때 갖고 있던 근원적인 이념과 직접 모순되는 것입니다"라고 말한다. "무한한 자유에서 출발해서 나는 무한한 전제주의로 결론을 맺고 있는 겁니다"(《악령》, 제2부 제7장 제2절, 409쪽). 바흐친의 세 가지 총괄 개념들은 물론 서로 완벽하게 들어맞지는 않지만, 그의 삶이라는 좀 더 광범위한 관점에서 보면 그 개념들은 각각 예상치 못했던 비판과 형식 창조적 통찰에 종속되어 있는 것처럼 보인다.

태초에 대화가 있었다

자, 이제는 우리의 모습을 닮은 사람을 만들자.
그래서 그 사람이 바다에 사는 물고기와
하늘을 날아다니는 날짐승과 짐짐승과
땅 위를 기어 다니는 모든 생물을 다스리게 하자.
– 〈창세기〉 1장 26절

1950년대 후반, 일군의 모스크바 대학원생들은 두 가지 충격적인 사실을 발견한다. 하나는 1929년에 출간된 《도스토옙스키 창작의 문제들》이라는 낡은 책에 나타난 도스토옙스키 해석이 독창적이라는 사실이었고, 다른 하나는 그 무명의 저자가 아직 생존해 있을 뿐 아니라 출간되지 않은 엄청난 분량의 원고를 쌓아 둔 채로 왕성하게 연구에 몰두하고 있다는 사실이었다. 미하일 바흐친은 그렇게 모국인 소련에서조차 뒤늦게 '발굴된' 학자였다. 그러나 그의 위상은 1960년대에 소련에서 복권되는 것을 계기로 급변한다. 1963년에 그의 도스토옙스키 연구서가, 1965년에 그의 라블레 연구서가 재출간되고 1970~1980년대에 그것들이 프랑스어, 영어, 일본어 등으로 연달아 번역 출판되면서, 그는 '대화', '다성성', '카니발', '크로노토프' 등의 유행어를 만들어 내는 '바흐친 산업'의 주인공이 되었다. 하지만 이때는 이미 그의 생애의 말년(바흐친 제4기)이었다.

한국에서는 1980년대 후반부터 바흐친이 조명받기 시작했다. 1988년 서울올림픽을 전후해 바흐친과 그의 동료들의 주저가 번역되었고, 이어서 홀퀴스트, 토도로프의 번역서나 김욱동의 책 등이 안내서로서 등장하면서 바흐친의 이미지가 형성·전파되었다. 다른 나라에서 그랬던 것처럼 다성성, 카니발, 크로노토프 등의 개념이 유행했고 그것을 적용한 논문들이 수도 없이 생산되었다. 그러나 그것도 한때였다. 라블레 연구서가 번역된 2001년에는 이미 바흐친에 대한 관심이 시들해져 있었다. 바흐친의 책은 절판되기 시작했고 그에 관련된 이론적 논의도 거의 자취를 감추었다.[1] 오늘날 한국에서 바흐친은 한국의 연구자들이 강제로 맺어 준 맞수 루카치와 더불어 역사 속에 묻힌 구식 이론가 취급을 받고 있다. 흡사 치료의 기회를 놓치고 절단해야만 했던 바흐친의 한쪽 다리처럼, 그는 1980년대 후반에서 1990년대로 이어지는 역사적 격변기에 마르크스주의와 포스트모더니즘 사이에서 모호한 인상만 남긴 채 국내에서 유행처럼 사라져 버렸다.

그러나 이 책은 시대적 한계 때문에 우리가 미처 알아보지 못했던 바흐친 이론의 현재적 가치를 복원하고 그와 진정으로 대화적 관계를 맺게 해 준다. 저자 모슨과 에머슨은 설명이 필요 없는 바흐친 전문가로서, 바흐친의 주저 《대화적 상상력The Dialogic Imagination》과 《도스토옙스키 시학의 문제들》을 영어권에 번역 소개하고 바흐친 관련 논문도 여럿 발표하면서 바흐친 재조명에 적극적으로 참여했다. 그래서 이들이 바흐친을 바라보는 시각에는 특별한 데가 있다. 이 책에 의하면 바흐친의 이론은 마르크스주의, 아나키즘, 기호학, 형식주의, 구조주의, 프로이트주의 등등의 여

---

1 이 책의 번역이 종료된 후, 바흐친의 초기 수고를 선별해서 번역한 《말의 미학》(길, 2006)이 출간되었다. 그동안 번역되지 않았던 작품들이라 바흐친을 이해하는 데 많은 도움을 줄 것이라 생각한다. 시기상 《말의 미학》의 번역 용어를 참조하지 못했다. 《말의 미학》 역자들(김희숙·박종소)에 따르면 바흐친 전집이 준비되고 있다고 한다. 새삼 바흐친의 재발견과 르네상스를 기대해 본다.

러 이론주의(즉, 독백주의)의 한계를 극복하는 과정에서 형성되었다. 그러므로 이러저러한 이론적 테두리 속에서 바흐친을 이해하는 것이 아니라 바흐친을 기준으로 일련의 이론들의 가능성과 한계를 평가하는 것이 타당하다. 바흐친은 마르크스주의자도, 아나키스트도, 기호학자도, 구조주의자도, 형식주의자도, 심리학자도 아니다. 그래서 이 책의 저자들은 이론이라는 틀에 얽매이지 않고 바흐친을 있는 그대로 이해하기 위해 크게 두 가지 전제에 동의할 것을 요구한다.

첫째, 바흐친을 마르크스주의의 테두리에 가둬서는 안 된다. 바흐친은 오히려 평생토록 체계적 사유와 유토피아주의, 그리고 종합(변증법적 종합)에 저항했다. 그렇기 때문에 모슨과 에머슨은 먼저 1924년에서 1929년 사이(바흐친 제2기)에 바흐친 모임의 동료들이 간행한 책들, 즉 지금까지도 바흐친의 공저 여부가 확인되지 않는 책들[《프로이트주의: 비판적 스케치》(1927), 《문학 연구의 형식적 방법》(1928), 《마르크스주의와 언어철학》(1929) 등]의 저자 명단에서 바흐친의 이름을 과감하게 삭제할 것을 당부한다. 각각 심리학, 문예학, 언어학을 연구 대상으로 하는 이 책들은 하나같이 마르크스주의의 입장을 견지하고 있기 때문에 바흐친의 이론을 마르크스주의라는 좁은 테두리에 가둬 놓을 우려가 있다는 것이다. 현재 대다수의 바흐친 연구자들이 볼로시노프와 메드베데프의 책을 바흐친의 저서에 포함시켜서 연구하는 관행에 비추어 보면 다소 도발적인 주장이다. 특히 이 책들이 1980년대 후반부터 한국에서의 바흐친 이미지 형성에 기여한 바를 생각하면 이는 상당히 충격적인 발언이다. 그러나 이 책들이 바흐친의 저서 목록에서 제외된다고 해서 바흐친의 이론을 설명하는 데서조차 완전히 배척되는 것은 아니다. 오히려, 볼로시노프와 메드베데프를 바흐친의 가명으로 생각하지 않고 독자적 저자명으로 인정했을 때 그들을 진정한 바흐친의 대화 상대자로서, 바흐친 식으로 말하면 '내적 대화자'로서, 즉 바흐친 이론의 잠재력에 말을 걸어 준 동료로서 평가할 수 있게 된다. 바흐친의 동료들과 바흐친 자신을 한통속으로, 한목소리를 내는 사람들로 만드는 것은 바흐친의 '대화주의'에 정면으로 어긋나는 '독백주의적 발상'에 지나지 않는다. 그런 뜻에서 이 책은 바흐친과의 대화적 관계 속에서 동료들의 책을 바라보고 있다.

둘째, 이 책은 또한 아나키스트 바흐친의 이미지를 경계한다. 바흐친을 '카니발'적 욕설이 난무하는 집단적 도취와 그로테스크한 육체미의 옹호자로 등재시킨 《라블레와 그의 세계》를 겨냥한 생각이다. 바흐친의 라블레 연구서에는 '소설' 장르의 제국주의적 흡수력(모든 장르들의 소설화)에 대한 바흐친의 욕망이 과도하게 노출되어 있다. 도스토옙스키 연구서 출간 이후 당국에 체포되었다가 다시 세상의 주목을 받게 될 때까지의 시기, 즉 바흐친 제3기(1930~1940년대)는 라블레와 괴테 연구에 집중되었다. 하지만 두 연구는 마치 지킬 박사와 하이드 씨처럼 서로 어울릴 수 없다. 애초에 박사학위 논문으로 준비된 《라블레와 그의 세계》의 카니발 노선은 괴테 연구를 통해 구체화된 크로노토프 노선과 이론적으로 충돌한다는 것이다. 모슨과 에머슨은 라블레 연구서의 내용이 심각하게 '반크로노토프적'이라고 주장한다(크로노토프 에세이에 '라블레의 크로노토프' 부분이 포함되어 있다 하더라도 말이다). 따라서 이들은 괴테 연구물을 제3a기의 노선으로, 라블레 연구물을 제3b기의 노선으로 분리해 평가할 것을 제안한다. 바흐친에게 대화의 중요성을 알려 준 도스토옙스키와 더불어 라블레, 괴테는 바흐친 이론의 세 가지 원천에 해당된다. 제2기에 부각된 대화는 제3기에 이르러 괴테를 통해서는 산문학으로, 라블레를 통해서는 종결불가능성으로 분화 발전했다. 물론 제1기부터 대화, 산문학, 종결

불가능성이라는 세 가지 총괄 개념이 잠재해 있었지만 본격적인 발전은 제2기의 도스토옙스키 연구와 제3기의 괴테, 라블레 연구를 통해서 가능해졌다. 그런데 유독 라블레 연구서에서는 대화와 산문학을 억압할 지경으로 종결불가능성이 강조되었다. 대화를 가능케 하는 최소한의 인격적 '거리'가 무시되고 집단적 도취와 비인격적 행위가 난무하게 된 것이다. 급기야 대화의 가능성이 차단되면서 전통 및 권위와의 '생산적·창조적 대화'보다는 모든 전통과 권위에 대한 '맹목적 파괴'가 권장된다. 나와 남의 구분이 없는 카니발에서는 타자가 없으므로 타자에 응답하는, 책임지는 주체도 사라지게 된다. '책임지는 주체', '창조성', '타자'가 사라진 집단 황홀경의 경험에서는 대화와 산문학이 사라지고 만다. 이는 죽을 수밖에 없는 일상의 평범한 인간들이 자신의 한계를 돌보지 않고 신적인 황홀경에 빠져 육체를 초월하는 경험과도 같다. 이렇게 되면 하늘에서 땅으로 사람들의 관심을 되돌려 놓았다는 바흐친의 산문학이 무의미해진다. 이것이 제3b기 라블레 연구서에 대해 '제한적' 접근이 이루어져야 하는 이유다.

이 책은 산문학을 기반으로 하고 대화와 종결불가능성을 양쪽 기둥으로 삼아 구축되는 바흐친 세계의 이미지를 그리고 있다. 이때 산문학은 산문으로 기록되는 대화뿐 아니라 산문적인 우리의 일상 대화 모두를 포함하며, 더 나아가 개인과 사회, 문화와 문화, 장르와 장르, 전통과 현대 따위와 같이 심리적·육체적·사회적·공간적·시간적·이데올로기적 '경계'와 '접촉 지점'에서 발생하는 모든 현상을 그 대상으로 포함한다. '시학'에 비해 생소하게 느껴지는 '산문학Prosaics'이라는 용어는, 바흐친을 산문학의 창시자로 규정지은 이 책의 저자 모슨이 고안해 낸 개념이다. 바흐친에 따르면, 오랫동안 문학 연구는 '시학'이라는 이름으로 행해졌다. 동양뿐 아니라 서양에서도 산문은 시에 비해 열등한 장르로 취급되었다. 바흐친이 한창 대화를 연구하던 1920년대 러시아의 경우도 마찬가지여서 형식주의자들은 산문에 비해서 시의 우월성을 신봉했다. 그들 내부에서 문학적인 것은 곧 시적인 것으로 통했다. 문학다운 것, 즉 문학성을 탐구한다는 것은 시성을 묻는 것과도 같았다. 그러므로 러시아 형식주의자들에게 '비문학'은 지루한 일상을 가리키는 말에 지나지 않았다. 문학, 즉 시는 사람들을 낯익은 일상에서 벗어나게 하여 '낯설게 하기'를 체험케 하는 것을 가장 큰 목적으로 여겼다. 지루하고 낯익은 일상은 벗어나야 할 감옥이지 푸근한 고향은 아니었다. 그런데 바흐친은 바로 그 일상을 자신의 산문학이 뿌리내려야 할 자리로 여겼다. 그런 의미에서 바흐친의 산문학은 '일상 예찬'(토도로프의 책 제목이기도 하다)에 연결된다. 바흐친의 산문학은 러시아 형식주의자들의 시학중심주의에 일상이라는 또 다른 중심을 세우고 있다. 문학(시)과 삶(산문)은 별개가 아니다. 삶과 결별하거나 삶을 초월한 곳에는 문학이 있을 수 없다. 그러나 욕심이 과하면 삶이 문학을 삼켜 버릴 수가 있으니 라블레 연구서 경우가 그렇다.

한편 바흐친 산문학의 한쪽 기둥은 대화다. 다성성, 겹목소리 내기, 이질언어성 등의 신조어에 익숙하지 않은 사람들도 대화가 무엇인지는 잘 안다고 생각하겠지만 바흐친의 대화는 일반적인 의미의 대화와 다르다. 이 책에서 바흐친의 대화는 평범한 말의 기저에 있는 대화적 성격에서부터, 내 안에 있는 여러 목소리들 간의 경쟁적 성격, 더 나아가 대화적으로 세계를 보는 방법으로까지 의미를 확장한다. 여기에서는 평범한 말, 평범한 삶의 대화적 성격을 보자. 대화는 '말'로 이루어져 있는데, 바흐친은 말에 연구가 집중되기 전부터 대화적 성격에 관심을 보였다. 대화는 '시선의 교환'에 관련된다. 시선은 한계를 지니며 불공평하다. 나는 타자의 뒤통수를 볼 수 있기에 타자에게 그의 뒤통수가 어떻게 보이는지 말해 줄수 있지만, 정작 나의 뒤통수가 어떻게 보이는지를 알기 위해서는 타자의도움을 받을 수밖에 없다. 타자는 그 눈을 통해서 나의 전체적 윤곽을알아내는 데 반드시 필요한 존재가 된다. 타자가 지금 당장 눈앞에 없다고 하더라도 나는 마치 타자가 있는 것처럼 타자의 시선을 의식하면서 살아가기 마련이다. 그 수많은 시선을 의식하는 곳에서 나의 정체성이 형성되며 드러난다. 이때 '어긋난 시선' 때문에 타자들이 소유하고 있는 것이'시선의 잉여'다. 그 잉여는 나의 시선의 '한계'를 가리켜 준다. 그 한계(나에게는 한계, 타자에게는 잉여)가 나의 정체와 윤곽선을, 즉 나의 형식을 구성한다. 타자는 나의 정체를 종결짓기 위해 내 시선의 한계를 그리지만,그때마다 나는 그 시선을 통해 내가 미처 볼 수 없었던 개방된 시야를 확보하게 된다. 나는 내가 종결 불가능하다는 것을 알게 된다. 나를 종결하려는 타자의 시선이 나로 하여금 종결불가능성을 보게 한다. 종결불가능성을 핵으로 하는 나의 정체성은 타자의 시선을 통해서 알려진다. 나의열린 정체성을 알아보기 위해서는 반드시 타자의 시선이, 외부의 시선이,낯선 사람의 시선이 요청된다.

　논의를 문화(공동체)의 경계로 넓혀도 마찬가지다. 자기 문화를 제대로 알기 위해서는 반드시 다른 문화의 눈이 필요하다. 다른 문화의 시선은 자기 문화를 시험에 들게 하고 의심을 거치게 함으로써, 자기 문화의한계와 잠재성을 드러내 준다. 그것은 이미 나의 종결된 정체성에 타인의 눈이 박혀 있다는 것, 타인이 들어온 흔적이 있다는 것을 뜻한다. 자기 문화, 자기 공동체에 대한 '확신'에는 언제나 이미 의심과 회의, 시험의 과정이 포함되어 있다. 다른 문화 및 다른 공동체와 '대화적 관계'를 맺고 나서야 자기 문화와 공동체에 대한 '확신'이 들어서기 때문이다. 한 목소리를 내기 전에 이미 여러 목소리들 간의 대화가 있었다. 다시 말해서, 태초에 대화(디알로고스_dialogos)가 있었다. 따라서 태초에 로고스가 있었다는 〈요한복음〉 기자의 주장은 틀렸다. 새로운 신(진리, 규범)의 이름은 대화다.

이제 대화의 본래 모습인 '말'로 옮겨 보자. 앞서 말했듯이, 산문적인 것(평범한 것)에서는 시적인 것(문학적인 것)을 경험할 수 없으므로, 삶을 초월한 '유토피아'에서만 참된 자유와 창조성이 가능하다는 생각은 낭만주의의 유산이다. 시적인 것, 문학적인 것의 충격에 비하면 삶은 지루하다. 이처럼 삶으로부터 분리되어 초월적인 미의 세계를 꿈꾸는 당시의 낭만주의적 문학론에 반대하면서 바흐친은 평범하고 느리고 지루한 일상적 경험 세계 내부에서 진정한 자유와 창조성이 가능하다는 것을 입증하고자 했다. 그러므로 산문학은 초월적 세계를 대상으로 하는 형이상학적 시학을 비판하고 경험 세계를 기반으로 한다는 점에서 현상학의 기획에 가깝다. 1920년대 초반에 바흐친이 몸담았던 칸트 세미나의 흔적이다.

바흐친에 따르면 모든 말에는 그것이 발화되기도 전에 '언제나 이미' 다른 말을 향한 물음과 예상되는 응답의 경험이 내포되어 있다. 그 다른 말이 꼭 청자의 말일 필요는 없다. 분명한 것은 화자의 입에서 말이 나와서 청자에게 도달하기 이전에 이미 청자의 말이 화자의 말 속에 포함되어 있다는 사실이다. 일반적으로 대화라고 하면 화자와 청자가 서로 자신의 말을 주고받는 것을 생각한다. 그런데 외적인 대화가 아니라 내적인 대화를 생각해 보자. 화자와 청자가 말을 주고받는 순서는 뒤죽박죽이며, 화자의 말과 청자의 말 사이에는 이미 대화가 이루어졌으며, 말은 그렇게 겹쳐진 채로 발화된다. 목소리가 여럿 겹치면 무슨 의미인지 알아들을 수 없을 것이라는 생각은 말끔하게 기록된 문자를 중심으로 했을 때만 통용된다. 언어를 구성하는 데는 문자 외에도 억양이나 어조, 말투 등 정확하게 기록할 수 없고 유형화할 수 없는 비언어적 자질이 포함되는 법이다. 문자로 뚜렷하게 기록할 수 있게 바깥으로 표현된 '문장' 이전에 그런 비언어적 자질들이 타자의 말과 겹쳐진 상태를 바흐친은 '언표'라고 말한다. 우리는 보통 '문장의 교환'을 대화라고 생각하지만, 바흐친의 대화는 '언표의 교환'을 전제한다. 내적 언표의 수준에는 앞서 말했던 시선의 교환에서처럼 타인의 언표에 대한 응답과 반응이 포함되어 있다. 모든 언표는 '외적인 대화'(문장의 교환) 형식을 취하기 이전에 이미 '내적인 대화'다.

문장은 활자로 고정되어 다른 상황에서도 똑같은 모습으로 여러 번 반복해서 등장할 수 있지만, 언표는 청자와 그 상황에 따라 매번 다른 방식으로 내적 대화를 구성하기 때문에 언제나 한 번밖에 존재하지 않으며 반복 재생될 수 없다. 또한 누구나 발음할 수 있는 추상적인 문장에 비해서 언표는 그 사람의 목소리와 분리될 수 없다. 그러므로 '주인 없는 말'은 있을 수가 없다. 다른 한편으로 말은 다른 사람의 말과 겹쳐져 있기 때문에 화자는 그 말의 온전한 소유자가 아니다. 다른 사람 또한 그 소유권을 주장할 수 있다. 그 소유권을 둘러싼 분쟁(헤게모니 다툼)을 통과함으로써, 즉 다른 사람의 목소리의 도움을 받음으로 인해서 그 말은 누구나 발음할 수 있는 공허한 문장이 아니라 그 화자의 입에서만 가능한 유일하고 일회적이며 반복 불가능한 언표가 될 수 있다. 그 말이 추상적인 문장이 아니라 '나의 언표'가 되기 위해서는 반드시 '타자의 말'의 도움을 받지 않을 수 없다. 나의 말은 타자의 말의 도움을 받아야만 비로소 나의 말이 된다. 이처럼 나의 말(목소리들)은 내부에서조차 항상 나 자신과 일치하지 않는다.

　이제 화자와 청자의 관계를 나와 타자의 관계를 중심으로 해서 재구성해 보면 역설에 빠지고 만다. 나만의 반복 불가능성을 형성하고 주장하기 위해서는 반드시 타자를 그 안에 포함하고 있어야 한다는 역설이 그것이다. 이미 완결되고 폐쇄된 주체라는 '근대적 자율적 주체' 개념에서는 대화가 억압된다. 오히려 새로운 주체는 주체가 되기 위해서 언제나 이미 그 안에 타자를 향한 개방성을 포함하고 있어야 한다. 새로운 주체는 언제나 아직 주체가 아닌 주체다. 그것은 모든 개인에게 적용되는 보편적 개인이 아니라 단독자를 뜻한다. 새로운 주체, 즉 단독자가 되기 위해서 개인은 반드시 타자를 향해 열려 있어야 한다. 타자가 없으면 개인도 없고, 타자가 없다면 나의 단독성도 불가능해진다. 심지어 나의 독백조차 타자와의 대화적 관계를 전제할 때만 가능하다. 따라서 자아와 타자를 고립시키고 그 안에서 대화를 상상하는 고전적인 소통 모델은 바흐친에게 더 이상 유효하지 않다. 고전적인 소통 모델에 기대는 기호학 또한 마찬가지다. 고정된 랑그만을 연구의 대상으로 삼고 파롤은 개인적 방언으로서 무시해버리는 언어학 역시 바흐친에게서는 부정된다.

　그렇다면 타자와의 대화적 관계는 나의 삶에 어떤 의미를 지니는가? 타자의 말은 언제나 나의 말의 함정과 어둠을 의심하게 만들고, 나의 말의 숨은 잠재력을 볼 수 있게 만든다. 다시 말해서, 타자의 말은 내가 나의 말의 잠재력에 말을 걸 수 있게 한다. 내적 대화를 통해 생성되는 것은 아직 한 번도 실현된 적 없는 내 말의 잠재력이다. 나의 말도 타자에게는 동일한 기능을 수행한다. 타자 또한 낯선 나의 말을 통해서 자신의 잠재력에 말을 걸게 될 것이다. 그가 나의 말을 향해 열려 있다면 말이다. 타자를 향해서 마음을 열었을 때 나와 타자는 모두 자신의 말에서 '잠재력'

을 발견하게 되고, 그로 인해서 창조성을 발휘하게 된다. 진정한 대화는 그 자체가 창조를 부추기는 행위인 것이다. 이러한 창조성이 나의 말에 고유한 것이라면 사람들은 나에게 그 말에 대한 책임을 물을 수 있다. 누구나 할 수 있는 말이 아니라 나의 잠재성을 통해서 발화된 말이라면 그 말에 대해서 나는 책임을 면할 수 없다. 일상이란 매일 틀에 박힌 삶을 살아가는 것이 아니다. 살아간다는 것 자체가 창조 행위다. 다시는 반복되지 않는 일상의 말과 행위는 그 자체로 나의 것이며 내가 내 말에 책임을 지는 한 나의 말은 언제나 창조적이다. 책임지는 자아, 창조하는 자아야말로 바흐친의 산문학에 거주하는 시민이다. 책임지는 자아, 창조적인 자아는 언제나 자기 말의 외부를 통해, 잉여를 통해, 타자를 통해 자신의 말을 바라보는 사람이다. 말에 대한 타자의 시험을 두려워하는 사회, 말에 대한 타자의 의심을 통과하지 않은 말을 내뱉는 사회, 그렇게 의심받지 않은 말이 지배하는 사회에 필요한 것은 대화다. 그런 뜻에서 바흐친은 다른 사람의 말에 응답하는 자신과 먼저 대화하기를 권한다.

이 책의 내용을 더 이상 반복하는 것은 무의미하다. 이외에도, 대화의 원칙이 소설 창작의 과정에 적용되면 다성성이 된다는 것, 또한 다성성은 마치 예수가 신적인 지위를 버리지 않으면서도 철저하게 인간으로 살아간 것처럼 저자가 주인공과 관계를 맺는 방식에서의 혁명적 전환에 연관된다는 것, 오래된 발화 유형들은 이른바 발화 장르를 형성하고 있는데 소설 장르 또한 그 발화 장르의 일종이라는 것, 그러므로 오래된 발화 장르는 살아 있는 사람처럼 '기억'하고 '재생'하며 살아간다는 것, 소설 창작에서도 그 장르 기억에 말을 걸어 기존의 장르가 보여 주지 못한 새로운 잠재력을 선보이는 사람들이 있다는 것 등 이 모든 것들이 대화적 관계의 연장선에서 논의되고 있다. 이를 통해서 이 책의 저자들은 과거의 전통적 주체를 대체하여 새로운 '대화적 주체'를 구성하고, 이 대화적 주체야말로 오래된 과거를 대화적 관계 속에서 끌어안는 참된 '보존자'의 모델이며, 먼 미래를 보고 기존의 밭을 일구는 참된 '창조자'의 모델임을 선포하고 있다. 새로운 주체는 타자와의 차이를 통해 숨 쉬는 열린 주체이지만, 카니발 현장에서처럼 타자와 한 덩어리로 통합되지 않고 참된 개별자로 남는다는 점에서 가장 이상적인 주체의 이미지로 제시된다.

지나친 요약은 한쪽으로 치우치지 않으려고 언제나 긴장을 유지하며 저술된 이 책의 균형을 제대로 전달하지 못한다. 물론 지나친 균형 감각이 때로는 보수적으로 보일 때도 있다. 예컨대 혈기왕성한 낭만주의적 이론가들이 혁명처럼 도래할 급격한 단절의 시간을 기다리는 동안 바흐친은 아주 느리게 진행되는 일상의 평범하고 지루한 시간과의 대화를 더 중시한다는 점이 그렇다. 하지만 그런 조심스러운 부분도 이 책의 창의적인 면이라는 것은 의심할 여지가 없다. 그것은 결국 전통적인 주체/객체, 화자/청자, 개인/사회의 대립에 기생하는 모든 독백적 사고와 대립하지 않고 대화적 관계를 맺으려는 그들 저자의 일관된 태도를 반영하고 있다. 전통적인 주체 개념에 구멍을 내고 타자와의 '대화적 관계'를 원초적 현상으로 주목한 바흐친의 통찰은 안과 바깥의 뫼비우스적 관계를 숙고하는 데리다의 진술에서, 텍스트들 간의 대화적 상호작용을 강조하는 크리스테바의 '상호텍스트성'에서, 전통적 교환과 의사소통 모델의 한계를 넘어서려고 하는 가라타니 고진柄谷行人의 '비대칭적 교환'에서 새로운 방식으로 출현하게 된다. 그 외에, 바흐친이 구별한 두 가지 스타일 노선은 아우어바흐Erich Auerbach의 '스타일 분리' 및 '스타일 혼합'과, 바흐친의 종결불가능성은 열린 사회를 주장하는 칼 포퍼Karl Popper의 '반증 가능성'과, 바흐친의 타자적 시선의 문제는 사르트르의 '타자의 응시'와, 바흐친의 내적 대화의 응답 모델은 이데올로기에 대한 신개념을 제시한 알튀세Louis Althusser의 '호명' 개념과 지속적인 대화의 가능성을 열어 두고 있다. 그들이 서로 영향을 주고받았는지는 알 수도 없고 중요하지도 않다. 그보다 중요한 것은 충분한 대화가 이루어지기 전에 여러 이론을 전전하는 사람들에게 바흐친이 아직 '타자'의 기능을 할 수 있다는 사실이다. 그들이 바흐친과 '대화적 관계'를 맺게 될 때 우리는 더 새롭고 참신한 목소리들의 협연을 듣게 될 것이다.

번역 과정에서 바흐친에 대한 이론적 관심과 애정만으로는 부족하다는 생각을 많이 했다. 시중에 나와 있는 온전하지 못한 번역서들에 평소 불만이 많았는데, 그러한 불만을 되받아야 하는 처지에 서게 되었다. 치밀하게 한다고 했지만 여전히 부족한 부분이 있으리라 생각한다.

2006년 6월

역자들을 대표해서 오문석

참고문헌

본문에서 인용된 바흐친, 메드베데프, 볼로시노프의 글에 대해서는 19~22쪽의 약어표 참조

Aristotle, *Nichomachean Ethics*, The Basic Works of Aristotle, Richard McKeon (ed.) (New York: Random House, 1941).

Sergei Averintsev, Review of *M. M. Bakhtin, Literaturno-kriticheskie stat'i*(1986), Druzhba narodov 3(1988), 256~259쪽.

Gregory Bateson, "Why Do Things Get in a Muddle?", *Steps to an Ecology of Mind*(New York: Ballantine, 1972), 3~8쪽.

Robert Belknap, *The Structure of "The Brothers Karamazov"*(The Hague: Mouton, 1967; Reprint, Evanston, Ill.: Northwestern Univ. Press, 1989).

Naum Berkovskii, Review of "Problemy tvorchestva Dostoevskogo", *Zvezda*, no. 7(1929). N. Berkovskii, *Mir, sozdavaaemyi literaturoi* (Moscow: Sovetskii pisatel', 1989), 119~121쪽 에 재수록.

Isaiah Berlin, "Political Ideas in the Twentieth Century", *Four Essays on Liberty*(London: Oxford Univ. Press, 1969), 1~40쪽.

Michael André Bernstein, "The Poetics of Ressentiment", Gary Saul Morson · Caryl Emerson (eds.), *Rethinking Bakhtin: Extensions and Challenges*(Evanston, Ill.: Northwestern Univ. Press, 1989), 197~223쪽.

_____, "When the Carnival Turns Bitter: Preliminary Reflections upon the Abject Hero", Gary Saul Morson (ed.), *Bakhtin: Essays and Dialogues on His Work*(Chicago: Univ. of Chicago Press, 1986), 99~121쪽.

Wayne C. Booth, "Freedom of Interpretation: Bakhtin and the Challenge of Feminist Criticism", Gary Saul Morson (ed.), *Mikhail Bakhtin: Essays and Dialogues on His Work*(Chicago: Univ. of Chicago Press, 1986), 145~176쪽. *Critical Inquiry* 9(1982년 9월)에 최초 수록.

_____, *The Rhetoric of Fiction*(Chicago: Univ. of Chicago Press, 1961).

Jorge Luis Borges, "Tlön, Uqbar, Orbis Tertis", Donald A. Yates · James E. Irby (eds.), *Labyrinth: Selected Stories and Other Writings* (New York: New Directions, 1964).

G. A. (Sverdlovsk) Brandt, "Eticheskaia dominanta kul'tury v filosofii M. Bakhtina", *Estetika M. M. Bakhtinal i sovremenost'*(Saransk: Mordovskii gosudarstvennyi universitet, 1989), 22~24쪽.

Fernand Braudel, "History and the Social Sciences: The Long Durée", *On History*, Sarah Mattews (trans.) (Chacago: Univ. of Chicago Press, 1980), 25~54쪽.

_____, "The Situation of History in 1950", *On History*, Sarah Mattews (trans.) (Chicago:

Univ. of Chicago Press, 1980), 6~22쪽.

_____, *The Structures of Everyday Life: The Limits of the Possible(Civilization and Capitalism, 15th~18th Century* 제1권), Sîan Reynolds (trans.) (New York: Harper & Row, 1981). 원서는 *Les Structures du Quotidien: Le Possible et L'Impossible*(Paris: Librairie Armand Colin, 1979).

Edward J. Brown, "Soviet Structuralism, A Semiotic Approach", Robert Louis Jackson · Stephen Rudy (eds.), *Russian Formalism: A Retrospective Glance, a Festshrift in Honor Victor Erlich*(New Haven, Conn.: Yale Center for International and Area Studies, 1985), 118~120쪽.

Mikhail Bulgakov, *The Master and Margarita*, Michael Glenny (trans.) (New York: Harvill, 1967).

David Carroll, "The Alterity of Discourse: Form, History, and the Question of the Political in M. M. Bakhtin", *Diacritics* 13, no. 2(1983년 여름), 65~83쪽.

Anton Chekhov, "Uncle Vanya", *Chekhov: The Major Plays*, Ann Dunnigan (trans.) (New York: Signet, 1964), 171~231쪽.

Katerina Clark, "Political History and Literary Chronotope: Some Soviet Case Studies", Gary Saul Morson (ed.), *Literature and History: Theoretical Problems and Russian Case Studies* (Stanford, Calif.: Stanford Univ. Press, 1986), 230~246쪽.

_____, *The Soviet Novel: History as Ritual*(Chicago: Univ. of Chicago Press, 1981).

Katerina Clark · Michael Holquist, "A Continuing Dialogue", *Slavic and East European Journal* 30, no. 1(1986년 봄), 96~102쪽.

_____, *Mikhail Bakhtin*(Cambridge, Mass.: Harvard Univ. Press, 1984).

Paul De Man, "Dialogue and Dialogism", Gary Saul Morson · Caryl Emerson (eds.), *Rethinking Bakhtin: Extensions and Challenges* (Evanston, Ill.: Northwestern Univ. Press, 1989), 105~114쪽. Poetics Today 4, no. 1(1983)에 최초 수록.

Fyodor Dostoevsky, *The Brothers Karamazov*, Constance Garnett (trans.) (New York: Random House, 1950).

_____, *The Idiot*, Constance Garnett (trans.) (New York: Random House, 1935).

_____, "Notes from Underground", *"Notes from Under-ground" and "The Grand Inquisitor"*, Garnett의 번역을 Ralph Matlaw가 개정(New York: Dutton, 1960).

_____, *The Possessed, Constnace Garnett* (trans.) (New York: Random House, 1963).

Freeman Dyson, *Infinite in All Directions*(New York: Harper & Row, 1988).

George Eliot, *Middlemarch*(New York: Random House, 1984).

Caryl Emerson, "Bakhtin, Dostoevsky, and the Rise of Novel Imperialism"(미출판).

_____, "Problems with Baxtin's Poetics", *Slavic and East European Journal* 32, no. 4(1988년 겨울), 503~525쪽.

_____, "The Tolstoy Connection in Bakhtin", Gary Saul Morson · Caryl Emerson (eds.), *Rethinking Bakhtin: Extensions and Challenges*(Evanston, Ill.: Northwestern Univ. Press, 1989), 149~170쪽.

Aaron Fogel, "Coerced Speech and the Oedipus Dialogue Complex", Gary Saul Morson ·

Caryl Emerson (eds.), Rethinking Bakhtin: *Extensions and Challenges*(Evanston, Ill.: Northwestern Univ. Press, 1985).

Sigmund Freud, *Civilization and Its Discontents*, James Strachey (ed·trans.) (New York: Norton, 1961).

_____, "Creative Writers and Daydreaming", Hazard Adams (ed.), *Critical Theory Since Palto*(New York: Harcourt Brace, 1971), 749~753쪽.

_____, *The Psychopathology of Everyday Life*, James Strachey (ed.), Alan Tyson (trans.) (New York: Norton, 1965).

P. N. Furbank·W. R. Owens, *The Canonisation of Daniel Defoe* (New Haven, Conn.: Yale Univ. Press, 1988).

F. W. Galan, *Historic Structures: The Prague School Project, 1928~1945*(Austin: Univ. of Texas Press, 1985).

James Gleick, *Chaos: Making a New Science*(New York: Viking, 1987).

Wlad Godzich, Foreword to M. M. Bakhtin·P. N. Medvedev, *The Formal Method in Literary Scholarship: An Introduction to Sociological Poetics*, Albert J. Wehrle (trans.) (Cambridge, Mass.: Harvard Univ. Press, 1985), vii~xiv쪽.

Nikolai Gogol, "The Overcoat", Leonard Kent (ed.), *The Collected Tales and Plays of Nikolai Gogol*. Garnett의 번역을 엮은이가 개정(New York: Norton, 1982).

Stephen J. Gould, *The Panda's Thumb: More Reflections in Natural History*(New York: Norton, 1982).

_____, "Pleasant Dreams", *An Urchin in the Storm: Essays about Books and Ideas*(New York: Norton, 1987), 199~207쪽.

Loren R. Graham, *Science, Philosophy and Human Behavior in the Soviet Union*(New York: Columbia Univ. Press, 1987).

Richard Gustafson, *Leo Tolstoy, Resident and Stranger: A Study in Fiction and Theology*(Princeton, N. J.: Princeton Univ. Press, 1986).

Edward T. Hall, *The Hidden Dimension*(Garden City, N. Y.: Anchor, 1969).

W. Wolfgang Holdheim, "Idola Fori Academica", *Stanford Literature Review* 4(1987), 7~21쪽.

Michael Holquist, "Answering as Authoring: Mikhail Bakhtin's Trans-Linguistics", Gary Saul Morson (ed.), *Mikhail Bakhtin: Essays and Dialogues on His Work*(Chicago: Univ. of Chicago Press, 1986), 59~71쪽.

_____, "The Politics of Representation", Stephen J. Greenblatt (ed.), *Allegory and Representation*(Baltimore, Md.: Johns Hopkins Univ. Press, 1982), 163~183쪽.

John Holt, *How Children Fail*(New York: Pitman, 1964).

Victor Hugo, *Les Misérables, Lascelles Wraxal* (trans.) (New York: Heritage, 1938).

Viach. Vs. Ivanov, "The Significance of M. M. Bakhtin's Ideas on Sign, Utterance and Dialogue for Modern Semiotics", Henryk Baran (ed.), *Semiotics and Structuralism: Reading from the Soviet Union* (White Plains, N. Y.: International Arts and Sciences Press, 1976), 310~367쪽. 러시아어 텍스트는 Viach. Vs. Ivanov, "Znachenie idei M. M. Bakhtina o znake, vyskazyvanii i dialoge dlia sovremennoi semiotkki", *Trudy po znakovym siste-mam*, vol. 6(Tartu, 1973), 6~44쪽.

Robert Louis Jackson, "Aristotelian Movement and Design in Part Two of Notes from the Underground", *The Art of Dostoevsky: Deliriums and Nocturnes*(Princeton, N. J.: Princeton Univ. Press, 1981), 171~188쪽.

_____, *Dostoevsky's Quest for Form: A Study of His Philosophy of Art*(New Haven, Conn.: Yale Univ. Press, 1966; second edition, Bloomington, Ind.: Physsardt, 1978).

Albert R. Jonsen·Stephen Toulmin, *The Abuse of Casuistry: A History of Moral Reasoning*(Berkeley: Univ. of California Press, 1988).

David Joravsky, *Russian Psychology: A Critical History*(Oxford: Basil Blackwell, 1989).

Jeffrey Kittay·Wlad Godzich, *The Emergence of Prose: An Essay in Prosaics*(Minneapolis: Univ. of Minnesota Press, 1987).

Bruce Kochis·W. G. Regier, *Review of The Dialogic Imagination*, *Genre* 14, no. 4(1981년 겨울), 530~535쪽.

Vadim Kozhinov, "Tak eto bylo…", *Don*, no. 10(1988), 156~159쪽.

Nic. J. T. A. Kramer·Jacob de Smit, *Systems Thinking: Concepts and Notions*(Leiden, the Netherlands: Martinus Nijhoff, 1977).

Julia Kristeva, "Word, Dialogue and Novel", Leon S. Roudiez (ed.), *Desire in Language: A Semiotic Approach to Literature and Art*(New York: Columbia Univ. Press, 1980), 64~91쪽. 1967년에 처음 출판.

_____, "The Ruin of a Poetics", Stephen Bann·John E. Bowlt (eds.), *Russian Formalism: A Collection of Articles and Texts in Translation*(Edinburgh: Scottish Univ. Press, 1973; Published in the United States by Harper & Row, 1973), 102~119쪽. 1970년에 처음 출판.

Konstantin Loentiev, "The Novels of Count L. N. Tolstoy: Analysis, Style, and Atmosphere", Spencer E. Roberts (ed.·trans.), *Essays in Russian Literature: The Conservative View*(Athens: Ohio Univ. Press, 1968).

N. O. Losskii, *Intuitivnaia filosofiia Bergsona*, 3rd ed.(Petersburg: Uchitel', 1922).

Ju. M. Lotman, "O semiosfere", Trudy po znakovym sistemam, vol. 17(Tartu, 1984), 5~23쪽.

Ju. M. Lotman·V. A. Uspenskij·V. V. Ivanov·V. N. Toporov·A. M. Pjatigorskij, *Theses on the Semiotic Study of Culture*[러시아권 텍스트에 적용](Lisse, the Netherlands: The Peter de Ridder Press, 1975). 이 견해를 갱신한 더 최근의 글은 Lotman, "O semiosfere".

Gary Saul Morson (ed.), *Mikhail Bakhtin: Essays and Dialogues on His Work*(Chicago: Univ. of Chicago Press, 1986).

_____, "The Baxtin Industry", *Slavic and East European Journal* 30, no. 1(1986년 봄), 81~90쪽.

_____, "Dostoevsky's Anti-Semitism and the Critics", *Slavic and East European Journal* 27, no. 3(1983년 가을), 302~317쪽.

_____, *Hidden in Plain View: Narrative and Creative Potentials in "War and Peace"*(Stanford, Calif.: Stanford Univ. Press, 1987).

_____, (ed.), *Literature and History: Theoretical Problems and Russian Case Studies* (Stanford, Calif.: Stanford Univ. Press, 1987).

_____, "Prosaics: An Approach to the Humanities", *The American Scholar* (1988년 가을), 515~528쪽.

_____, "Prosaics and Anna Karenina", *Tolstoy Studies* 1 (1988), 1~12쪽.

Gary Saul Morson · Caryl Emerson, *Heteroglossary: Terms and Concepts of the Bakhtin Group* (출간 예정).

_____, (eds.), *Rethinking Bakhtin: Extensions and Challenges* (Evanston, Ill.: Northwestern Univ. Press, 1989).

A. Nemzer, *Review of Boris Eikhenbaum, O literature, Raboty raznykh let* (1987), *Novyi mir*, no. 4 (1988), 260~264쪽.

Nina Perlina, "Bakhtin-Medvedev-Voloshinov: An Apple of Discourse", *University of Ottawa Quarterly* 53 (1983), 35~47쪽.

_____, "A Dialogue on the Dialogue: The Baxtin-Vinogradov Exchange (1924~65)", *Slavic and East European Journal* 32, no. 4 (1988년 겨울), 526~541쪽.

_____, "Funny Things Are Happening on the Way to the Baxtin Forum", *Kennan Institute Occasional Paper* no. 231 (Washington, D. C., 1989).

Gerald Pirog, "The Bakhtin Circle's Freud: From Positivism to Hermeneutics", *Poetics Today* 8, nos. 3~4 (1987), 591~610쪽.

Edgar Allen Poe, "The Philosophy of Composition", G. R. Thompson (ed.), *Great Short Works of Edgar Allen Poe* (New York: Harper & Row, 1970).

David Powelstock, "Remarks Regarding Baxtin's View on Poetry" (미출판, 1988).

Ilya Prigogine, *From Being to Becoming: Time and Complexity in the Physical Sciences* (San Francisco: Freeman, 1980).

A. S. Pushkin, *Eugene Onegin: A Novel in Verse, Walter Arndt* (trans.) (New York: Dutton, 1963).

_____, "Ruslan and Lyudmila", *Polnoe sobranie sochinenii v desiati tomakh*, vol. 4 (Leningrad: Nauka, 1977).

Mathew Roberts, "Bakhtin and Jakobson", *Slavic and East European Journal* (출간 예정).

_____, "Neither a Formalist nor a Marxist Be" (미출판).

_____, "Poetics Hermeneutics Dialogics: Bakhtin and Paul de Man", Gary Saul Morson · Caryl Emerson (eds.), *Rethinking Bakhtin: Extensions and Challenges* (Evanston, Ill.: Northwestern Univ. Press, 1989), 115~134쪽.

Jean-Paul Sartre, *Search for a Method*, Hazel E. Barnes (trans.) (New York: Random House, 1963. 1968년에 페이퍼백으로 재출간).

Peter Seyffert, *Soviet Literary Structuralism: Background, Debate, Issue* (Columbus, Ohio: Slavica, 1983).

Percy Bysshe Shelley, "A Defense of Poetry", Hazard Adams (ed.), *Critical Theory Since Plato* (New York: Harcourt Brace, 1971), 499~513쪽.

Ann Shukman, "Bakhtin's Tolstoy Prefaces", Gary Saul Morson·Caryl Emerson (eds.), *Rethinking Bakhtin: Extensions and Challenges* (Evanston, Ill.: Northwestern Univ. Press, 1989), 137~148쪽.

Slavic and East European Journal 30, no. 1(1986년 봄), 81~102쪽: "Forum on Baxtin". 여기에 는 다음과 같은 글들이 포함돼 있다. Gary Saul Morson, "The Baxtin Industry", 81~90쪽; I. R. Titunik, "The Baxtin Problem: Concerning Katerina Clark and Michael Holquist's Mikhail Bakhtin", 91~95쪽; Katerina Clark·Michael Holquist, "A Continuing Dialogue", 96~102쪽.

A. A. Smirnov, "Puti i zadachi nauki o literature", *Literaturnaia mysl'* 2(1923), 91~109쪽.

Susan Stewart, "Shouts in the Street: Bakhtin's Anti-Linguistics", Gary Saul Morson (ed.), *Mikhail Bakhtin: Essays and Dialogues on His Work* (Chicago: Univ. of Chicago Press, 1986), 41~57쪽.

Victor Terras (ed.), *Handbook of Russian Literature* (New Haven, Conn.: Yale Univ. Press, 1985).

I. R. Titunik, "Baxtin &/or Volosinov &/or Medvedev: Dialogue &/or Doubletalk", Benjamin A. Stolz·I. R. Titunik·Lubomir Dolezel (eds.), *Language and Literary Theory*, Papers in *Slavic Philology* no. 5(Ann Arbor: Department of Slavic Language and Literature, Univ. of Michigan, 1984), 535~564쪽.

_____, "The Baxtin Problem: Concerning Katerina Clark and Michael Holquist's Mikhail Bakhtin", *Slavic and East European Journal* 30, no. 1(1986년 봄), 91~95쪽.

Tzvetan Todorov, *Mikhail Bakhtin: The Dialogical Principle*, Wlad Godzich (trans.) (Minneapolis: Univ. of Minnesota Press, 1984). 원서는 *Mikhail Bakhtine: le principe dialogique suivi de Érits du Cercle de Bakhtine* (Paris: Seuil, 1981).

_____, The Poetics of Prose, Richard Howard (trans.) (Ithaca, N. Y.: Cornell Univ. Press, 1977). 원서는 *La Poéique de la prose* (Paris: Seuil, 1971).

Leo Tolstoy, *Anna Karenina*, Leonard J. Kent·Nina Berberova (eds.), Constnce Garnett (trans.) (New York: Random House, 1965). 러시아어 텍스트는 50주기 기념판 90권.

_____, *War and Peace*, Ann Dunnigan (trans.) (New York: Signet, 1968). 러시아어 텍스트는 50주기 기념판 90권.

_____, "Why Do Men Stupefy Themselves?", *Leo Tolstoy: Selected Essays*, Aylmer Maude (trans.) (New York: Random House, 1964), 185~203쪽.

Boris Tomashevsky, "Literature and Biography", Ladislav Matejka·Krystyna Pomorska (eds.), *Readings in Russian Poetics: Formalist and Structuralist Views* (Cambridge, Mass.: MIT Press, 1971), 47~55쪽.

Stephen Toulmin, "The Tyranny of Principles", *The Hastings Center Report* 11, no. 6(1981년 12월), 31~38쪽.

Vladimir Turbin, "M. M. Bakhtin: Buenos Aires-Kemerovo", *Literaturnaia Rossiia* no. 18(1989년 5월 5일), 8쪽.

Yuri Tynyanov·Roman Jakobson, "Problems in the Study of Literature and Language", Ladislav Matejka·Krystyna Pomorska (eds.), *Readings in Russian Poetics: Formalist and*

Structuralist Views (Cambridge, Mass.: MIT Press, 1971), 79~81쪽.

Lev Semenovich Vygotsky, "Interaction Between Learning and Development", Michael Cole·Vera John-Steiner·Sylvia Scribner·Ellen Souberman (eds.), *Mind and Society: The Development of Higher Psychological Processes* (Cambridge, Mass.: Harvard Univ. Press, 1978), 84~86쪽.

_____, *The Psychology of Art*, Scripta Technica (trans.) (Cam-bridge, Mass.: MIT Press, 1971).

_____, "Tool and Symbol in Child Development", Michael Cole·Vera John-Steiner·Sylvia Scribner·Ellen Souberman (eds.), *Mind and Society: The Development of Higher Psychological Processes* (Cambridge, Mass.: Harvard Univ. Press, 1978), 19~30쪽.

Albert J. Wehrle, "Introduction: M. M. Bakhtin / P. N. Medvedev", M. M. Bakhtin·P. N. Medvedev, *The Formal Method in Literary Scholarship: A Critical Introduction to Sociological Poetics*, Albert J. Wehrle (trans.) (Cambridge, Mass.: Harvard Univ. Press, 1985), xv~xxiv쪽.

James Wertsch, *Vygotsky and the Social Formation of Mind* (Cambridge, Mass.: Harvard Univ. Press, 1985).

Raymond Williams, *Marxism and Literature* (Oxford: Oxford Univ. Press, 1977).

William K. Wimsatt, Jr., *The Prose Style of Samuel Johnson* (New Haven, Conn.: Yale Univ. Press, 1941; second printing, 1963).

Ludwig Wittgenstein, *Philosophical Investigations*, 3rd ed., G. E. M. Anscombe (trans.) (New York: Macmillan, 1958).

_____, *Tractatus Logico-Philosophicus*, D. F. Spears·B. F. McGuinness (trans.) (London: Routledge and Kegan Paul, 1961).

번역된 바흐친 (학파) 저술 목록

1. 국역

미하일 바흐친, 김희숙·박종소 옮김, 〈예술과 책임〉, 《말의 미학》(길, 2006).

_____, 이득재 옮김, 〈예술과 책임〉, 《바흐젠의 소설미학》(열린책들, 1988).

_____, 김희숙·박종소 옮김, 〈미적 활동에서의 작가와 주인공〉, 《말의 미학》(길, 2006).

_____, 박인기 옮김, 〈저자와 작품의 관계〉, 《작가란 무엇인가》, 박인기 엮음(지식산업사, 1997).

_____, 이득재 옮김, 〈언어예술 작품에 있어서 내용, 재료 및 형식의 문제〉, 《바흐젠의 소설미학》(열린책들, 1988).

미하일 바흐친, 김희숙·박종소 옮김, 〈러시아 문학사 강의에서. 뱌체슬라프 이바노프〉, 《말의 미학》(길, 2006).

_____, 이득재 옮김, 〈언어학과 반언어학〉, 《바흐젠의 소설미학》(열린책들, 1988).

V.N. 볼로쉬노프, 최현무 옮김, 〈생활 속의 담론과 시 속의 담론: 사회학적 시학을 위한 기여〉, 《바흐젠: 문학사회학과 대화이론》, 츠베탕 토도로프 지음(까치, 1987).

_____, 송기한 옮김, 〈생활 속의 담론과 시 속의 담론 (사회학적 시학에 관하여)〉, 《프로이트주의》, 바흐젠·볼로쉬노프, 송기한 옮김(예문, 1989).

미하일 바흐친·V.N. 볼로쉬노프, 송기한 옮김, 《프로이트주의》(예문, 1989).

_____, 송기한 옮김, 《(바흐젠이 말하는) 새로운 프로이트》(예문, 1998).

미하일 바흐친, 이득재 옮김, 《문예학의 형식적 방법》(문예출판사, 1992).

미하일 바흐친·V.N. 볼로쉬노프, 송기한 옮김, 《마르크스주의와 언어철학》(한겨레, 1988).

V.N. 볼로쉬노프, 송기한 옮김, 《언어와 이데올로기》(푸른사상사, 2005).

_____, 송기한 옮김, 〈토대와 상부구조〉, 《마르크스주의》, 유진 런 외, 김병익 외 옮김(고려원, 1991).

미하일 바흐친, 김근식 옮김, 《도스또예프스끼 詩學》(정음사, 1989).

_____, 김근식 옮김, 《(M. 바흐젠)도스또예프스끼 창작론》(중앙대학교출판부, 2003).

미하일 바흐친, 김희숙·박종소 옮김, 〈저서 《도스또예프스키 창작의 제 문제》에서〉, 《말의 미학》(길, 2006).

_____, 이상옥 옮김, 〈도스토예프스키 소설 시학의 제 문제-〈지하생활자의 수기〉론〉, 《현대문학비평론》, 미하일 M. 바흐친 외, 김용권 외 옮김(한신문화사, 1994).

_____, 이득재 옮김, 〈산문어의 유형〉, 《바흐젠의 소설미학》(열린책들, 1988).

_____, 조주관 옮김, 〈산문어의 유형〉, 《러시아 현대비평이론》, 로만 야꼽슨 외, 조주관 옮김(민음사, 1993).

_____, 최현무 옮김, 《《부활》의 서문》, 《바흐젠: 문학사회학과 대화이론》, 츠베탕 토도로프(까치, 1987).

_____, 전승희 외 옮김, 〈소설 속의 담론〉, 《장편소설과 민중언어》(창작과비평사, 1988).

_____, 이득재 옮김, 〈소설 속의 말〉, 《바흐찐의 소설미학》(열린책들, 1988).

_____, 김희숙·박종소 옮김, 〈교양소설과 리얼리즘 역사 속에서의 그 의미〉, 《말의 미학》(길, 2006).

_____, 전승희 외 옮김, 〈소설 속의 시간과 크로노토프의 형식〉, 《장편소설과 민중언어》(창작과비평사, 1988).

_____, 이덕형·최건영 옮김, 《프랑수아 라블레의 작품과 중세 및 르네상스의 민중문화》(아카넷, 2001).

_____, 최현무 옮김, 〈라블레와 고골리-이야기의 기술과 민중적 희극〉, 《바흐찐: 문학사회학과 대화이론》, 츠베탕 토도로프(까치, 1987).

_____, 전승희 외 옮김, 〈서사시와 장편소설〉, 《장편소설과 민중언어》(창작과비평사, 1988).

미하일 바흐친, 최현무 옮김, 〈서사시와 소설-소설 분석의 방법론〉, 《바흐찐: 문학사회학과 대화이론》, 츠베탕 토도로프(까치, 1987).

_____, 김희숙·박종소 옮김, 〈담화 장르의 문제〉, 《말의 미학》(길, 2006).

_____, 김희숙·박종소 옮김, 〈언어학, 어문학 그리고 다른 인문학에서 텍스트의 문제〉, 《말의 미학》(길, 2006).

_____, 박인기 옮김, 〈언어학, 문헌학, 인문과학의 텍스트 문제: 철학적 분석 시론〉, 《작가란 무엇인가》, 박인기 엮음(지식산업사, 1997).

_____, 김희숙·박종소 옮김, 〈도스토예프스키에 관한 저서의 개작 계획〉, 《말의 미학》(길, 2006).

_____, 김희숙·박종소 옮김, 《《신세계》 편집진의 물음에 대한 답변〉, 《말의 미학》(길, 2006).

_____, 김희숙·박종소 옮김, 〈1970~71년의 노트에서〉, 《말의 미학》(길, 2006).

_____, 김희숙·박종소 옮김, 〈인문학의 방법론을 위하여〉, 《말의 미학》(길, 2006).

_____, 김윤하 옮김, 《프로이트주의》(뿔(웅진), 2011).

_____, 최건영 옮김, 《예술과 책임》(뿔(웅진), 2011).

_____, 김근식 옮김, 《도스토예프스끼 시학의 제문제》(중앙대학교출판부, 2011).

2. 영역

M.M. Bakhtin, Michael Holquist·Vadim Liapunov (eds.), Vadim Liapunov (trans.), "Art and Answerability", *Art and Answerability* (Austin: University of Texas Press, 1990).

M.M. Bakhtin, Caryl Emerson·Michael Holquist (eds.), Vadim Liapunov (trans.), *Toward a Philosophy of the Act* (Austin: University of Texas Press, 1993).

_____, Michael Holquist·Vadim Liapunov (eds.), Vadim Liapunov (trans.), "Author and Hero in Aesthetic Activity", *Art and Answerability* (Austin: University of Texas Press, 1990).

_____, Michael Holquist·Vadim Liapunov (eds.), Vadim Liapunov (trans.), "`The Problem of Content, Material, and Form in Verbal Art", *Art and Answerability* (Austin: University of Texas Press, 1990).

V.N. Voloshinov, "Discourse in Life and Discourse in Poetry (Concerning Sociological

Poetics)", V.N. Voloshinov, I.R. Titunik·Neil R. Bruss (eds.), *Freudism: A Critical Sketch*(Bloomington: Indiana Univ. Press, 1987).

_____, I.R. Titunik·Neil R. Bruss (eds.), *Freudism: A Critical Sketch*(Bloomington: Indiana Univ. Press, 1987).

P.N. Medvedev, Albert J. Wehrle (trans.), *The Formal Method in Literary Scholarship: A Critical Introduction to Sociological Poetics* (Cambridge, Mass: Harvard Univ. Press, 1985).

V.N. Voloshinov, Ladislav Matejka·I.R. Titunik (trans.), *Marxism and the Philosophy of Language*(Cambridge, Mass: Harvard Univ. Press, 1986).

Mikhail Bakhtin, Caryl Emerson (ed.·trans.), *Problems of Dostoevsky's Poetics*(Minneapolis: Univ. of Minnesota Press, 1984).

Mixail Baxtin, Ladislav Matejka·Krystyna Pomorska (eds.), "Discourse Typology in Prose", *Readings in Russian Poetics: Formalist and Structuralist Views*(Cambridge: MIT Press, 1971).

Caryl Emerson (trans.), "Bakhtin's Prefaces to Tolstoy(1929)", Gary Saul Morson·Caryl Emerson (eds.), *Rethinking Bakhtin: Extensions and Challenges*(Evanston Ill.: Northwestern Univ. Press, 1989).

M.M. Bakhtin, Michael Holquis (ed.), Caryle Emerson·Michael Holquist(trans.), "Discourse in the Novel", *The Dialectic Imagination*(Austin: Univ. of Texas Press, 1981).

_____, Caryl Emerson·Michael Holquist (eds.), Vern W. McGee (trans.), "The Bildungsroman and Its Significance in the History of Realism", *Speech Genres and Other Late Essays*(Austin: Univ. of Texas Press, 1986).

_____, Michael Holquis (ed.), Caryle Emerson·Michael Holquist (trans.), "Forms of Time and of the Chronotope in the Novel", *The Dialectic Imagination*(Austin: Univ. of Texas Press, 1981).

_____, Michael Holquis (ed.), Caryle Emerson·Michael Holquist (trans.), "From the Prehistory of Novelistic Discourse", *The Dialectic Imagination*(Austin: Univ. of Texas Press, 1981).

_____, Helene Iswolsky (trans.), *Rablais and His World*(Cambridge, Mass.: MIT Press, 1968). .

_____, Michael Holquis (ed.), Caryle Emerson·Michael Holquist (trans.), "Epic and Novel", *The Dialectic Imagination*(Austin: Univ. of Texas Press, 1981).

_____, Caryl Emerson·Michael Holquist (eds.), Vern W. McGee (trans.), "The Problem of Speech Genres", *Speech Genres and Other Late Essays*(Austin: Univ. of Texas Press, 1986).

M.M. Bakhtin, Caryl Emerson·Michael Holquist (eds.), Vern W. McGee (trans.), "The Problem of the Text in Linguistics, Philology, and the Human Sciences", *Speech Genres and Other Late Essays* (Austin: Univ. of Texas Press, 1986).

_____, Caryl Emerson (ed.·trans.), "Toward a Reworking of the Dostoevsky Book", *Problems of Dostoevsky's Poetics* (Minneapolis: Univ. of Minnesota Press, 1984).

_____, Caryl Emerson·Michael Holquist (eds.), Vern W. McGee (trans.), "Response to a

Question from the *Novy Mir Editorial Staff* ", *Speech Genres and Other Late Essays* (Austin: Univ. of Texas Press, 1986).

_____, Caryl Emerson·Michael Holquist (eds.), Vern W. McGee (trans.), "From Notes Made in 1970~71", *Speech Genres and Other Late Essays* (Austin: Univ. of Texas Press, 1986).

_____, Caryl Emerson·Michael Holquist (eds.), Vern W. McGee (trans.), "Toward a Methodology for the Human Sciences", *Speech Genres and Other Late Essays* (Austin: Univ. of Texas Press, 1986).

_____, Slav N. Gratchev·Margarita Marinova (eds.), Margarita Marinova (trans.), *Mikhail Bakhtin: The Duvakin Interviews, 1973* (Lewisburg: Rutgers University Press, 2019).

찾아보기

개념

ㄱ

314, 403, 411, 418, 498, 523, 637, 703,
727, 750, 760, 774, 793
총체적 인상 365
총합 76, 475, 477, 644
축소된 웃음 774, 782, 784, 789
축제 177, 184, 738, 759, 761, 793
치외법권 362, 782
친숙한 편지 671
침묵 255, 277, 364, 510, 577, 593, 603, 621,
669, 670

ㅋ

카니발과 카니발화 41, 134, 138, 168, 172,
185, 191, 213, 259, 410, 473, 747, 753,
758, 771, 775, 779, 781, 785, 789
카니발적 폭력 794
카오스 이론 80
카타르시스 123, 451, 791
코러스와 코러스의 지원 154, 349, 351, 375,
399, 567, 662, 756
코페르니쿠스적 혁명 113, 144, 460, 489
쾌락 원칙 376
크로노토프 38, 41, 57, 89, 105, 107, 138,
158, 166, 172, 183, 315, 402, 455, 532,
608, 614, 627~645, 655, 662, 6666~669,
675, 679, 681, 685~687, 691, 694~701,
705~707, 710, 715, 719~731, 739~749,
754, 761, 771, 778, 787
크로노토프의 관문 730, 731
크로노프록세믹스 721

ㅌ

타자를 위한 나 325, 327, 333, 335, 338, 343,
346, 369, 384, 385
타자의 고통 424

탄력 있는 환경 111, 255
탈문법화 296
탈인격화 612, 747
탈중심화 83, 537, 541, 555, 592
탐정물 56
텍스트와 목소리 36, 121, 189, 392, 621, 723
텔렘 수도원 180, 744, 759, 761
통각적 배경 241, 364
통사론 237, 293, 296, 298, 381, 474, 480,
505, 597
통시적 변화와 역사성 99
통일된 언어 138, 259, 543, 553
통일성 25~27, 35, 75~77, 89, 107, 118, 127,
146, 152, 161, 169, 257, 331, 342, 362,
402, 412, 420, 441, 445~449, 454, 468,
476, 483, 501, 553, 597, 655, 668, 671
틈구멍 41, 96, 139, 144, 284, 290~293, 347,
394, 402, 4996, 601, 713, 744, 749, 774
틈구멍을 지닌 말 290~292

ㅍ

파불라와 수제 56, 615, 729
파토스 481, 606~609, 613, 746
꽝타그뤼엘리즘 685
패러디 172, 182, 185, 218, 271, 278, 339,
393, 460, 473, 522, 526, 552, 561, 577,
578, 582, 591, 610, 620, 675, 685, 720,
735~738, 745, 750, 758, 762, 773, 775
평면화된 역사 감각 619
평범함 65
폭로 182, 363, 452, 545, 567, 602, 614, 653,
664, 777
표현 496
표현주의 548
풋라이트 180, 340, 438, 752, 775, 777
풍자 612

바흐친의 산문학

2020년 7월 30일 초판 1쇄 발행

지은이 | 게리 솔 모슨 · 캐릴 에머슨
옮긴이 | 오문석 · 차승기 · 이진형
펴낸이 | 노경인 · 김주영

펴낸곳 | 도서출판 앨피
출판등록 | 2004년 11월 23일 제2011-000087호
주소 | 우)07275 서울시 영등포구 영등포로 5길 19(양평동 2가, 동아프라임밸리) 1202-1호
전화 | 02-336-2776 팩스 | 0505-115-0525
블로그 | bolg.naver.com/lpbook12
전자우편 | lpbook12@naver.com

ISBN 979-11-90901-01-7